# Gerhard Marg
## *Demetrius*

Roman

Verlag Volk & Welt
Berlin

*Für Ditha*

# I
# Feuerwerk

Auf zwei hohen Portalpfeilern züngelten aus Pechpfannen Flammen in die Nacht. Der Schein flatterte auf einen Menschenhaufen nieder, der durch das schmiedeeiserne Portalgitter in die lange Auffahrt eines winterlich kahlen Parks blickte – hinüber zu den erleuchteten Fensterreihen eines stattlichen Herrenhauses. Diese stumme Schar bärtiger Männer in zerlappten Pelzjacken, eingemummelter Weiber und zitternder Kinder schaute mit fasziniertem Stumpfheit, ohne Neid und Bewunderung drein. Dann und wann vielleicht entfachte eine leise herüberwehende Tonwirrnis von aufjubilierenden Flöten und Geigen, Trompetenklang und Paukenhall unter den Fellmützen und Kopftüchern ein wenig Vorstellungskraft und weckte Bilder von festlichem Hin- und Herdrängen edler Herren in Samt, edler Damen in Seide, das da herumschwitzte von Saal zu Saal, vom Pokulieren und Randalieren hingeflegelter Zecher an langen Bankettafeln beiderseits von Kerzenleuchterfluchten, von der Geschäftigkeit buntbekittelter, servierender Diener – oh was! Man würde sie in einigen Tagen wundern und prahlen hören, und wie sie sich selbst dabei heimlich den Wanst vollgestopft; stammten sie doch aus des großen Wojewoden Dörfern ringsumher.

Endlich wandten sich ein paar Kerle ab und trotteten über leichtverglaste Pfützen in die Novembernacht davon, dem Katendunst, ihren Lehmöfen und Strohschütten entgegen.

»Jegor«, hustete einer der Zerlumpten, »was die da wohl schleppen an Bratenbergen und Schnaps, an viel, viel Schnaps, so viel Schnaps!«

Jetzt sah er im nachtbegrabenen Dorf ein einsames Fensterloch rötlich aufschimmern und brummte: »Vater Baruch ... Schnarcht auch noch nicht ... Was der aufs große Fest geliefert hat! Der verdient immer, wird sündhaft reich an Herr und Knecht.«

Hinter dem winzigen Giebelfenster unterm Strohdach stand da der Greis, der Jude, der Dörfer Händler und Schenkenwirt, zwinkerte zum fernen Flimmern hinüber, faßte die alte Schwester beim Ellbogen, tappte mit ihr die wacklige Stiege hinab und knurrte etwas wie: »Ah, Rahel, Schulden, Schulden, Berge von Schulden. Sehr munter verpraßt das den Gottessegen! Und was zahlt's uns zurück, das Sodom der Unbeschnittenen? Fußtritte, Peitschenhiebe, Hohn! Doch wart ab! Wie lange? Siehst du, siehst du die hochedle Schlachta Polens, des erlauchten Polens? Wie unser großer Wojewod, so all seine Prasser da, die Hochmutteufel von Babel! Geduld, Rahelleben, Geduld!«

Um ihre Schulden sorgten sich freilich die Feiernden nicht. In einem der Renaissanceräume, an welchen links der lärmerfüllte Bankettsaal, rechts der Tanzsaal grenzten, hatten sich in steilen Lederstühlen am Kamin ein paar verschnaufende, pokalbewehrte Edelleute niedergelassen, um sich unter Pelzkappen, deren Federbüsche aus blitzenden Agraffen stiegen, vielsagenden Blicks, in lässiger Eleganz, bei übergeschlagenen Beinen, jene Skandalaffäre zuzuraunen: die von Iwolskis Tod. Mniszek habe Iwolskis, des Poveretto, Gütchen im Wege gelegen, so erklärte einer der pumphosigen, langberockten Kavaliere, Mniszek habe das Gütchen kaufen wollen, doch Iwolski, der Gruft seiner Väter gedenkend, habe ihn ausgelacht, sei dann aber zum Osterfest auf Mniszeks versöhnliche Einladung hin hier auf Ssambor Gast gewesen, drei Tage lang, mit vielen Nachbarn, bei Schmaus und Schnaps und Mannesküssen auf Wange und Bart, doch als er nach all dem dulce jubilum heimgefahren, habe er Haus und Gut nicht mehr gefunden, wo sie doch immer gestanden, da hinter der Birkenzufahrt. In den Tartarus versunken? Iwolski habe in seiner Kutsche gehockt, hingegafft und das Maul zwischen Tränenrinnsalen nicht mehr zugekriegt. Kurz, Mniszeks Trupps und Iwolskis Leibeigene hätten in diesen drei Tagen alles niedergebrannt gehabt, die Trümmer abgeräumt und dann ... Vieh und Mensch vor den Pflügen! – unter Peitschenknall die Stätte eben- und glattgepflügt. Iwolski sei die Galle ins Blut getreten, derart, daß er quittegelb sich ohne Erben und Testament bald empfohlen habe.

Die Herren, teils sich auf die Schenkel schlagend, teils unter gerunzelten Brauen ins Kaminfeuer schielend, fanden diesen Streich schon fast moskowitisch, à la Iwan le Terrible. Doch zeuge er für des Wojewoden Machtbewußtsein, und –: »Nun ja! Wir sind seine Gäste. Die Schlachta, nicht nur unser Flügel, braucht ihn. Ob sich der König auch das von ihm bieten läßt? Was mag er gesagt haben?« Man wurde sich einig, Majestät könne wieder nur gestöhnt haben: Utinam possim! O könnt' ich, wie ich müßte, wie ich wollte! – Man trank sich santée zu, strich an den Schnurrbartzipfeln herunter und stellte fest: Ja, zu wollen habe der Wasa nicht viel, das Schwedenblut. Schier unerschütterlich sei seine Geduld gegen diesen seinen Sohn Absalom. Doch Mniszeks Clique und Claque und sein Veto im Reichstag, nun ja! Da sei auch sein Hinterhalt bei der Societas Jesu, welchem Orden sich auch die Majestät so fromm unterwerfe, und immerhin, wer den Mniszek angreife, vergreife sich am Vorkämpfer der Adelsfreiheit. Zwar habe Fürst Sapieha, Mniszeks Erzfeind, die Klage pro Iwolski übernommen, aber eben dadurch gewinne die Sache erst ihr Gesicht.

Ein langhalsiger, dürrer Glatzkopf raunte seitwärts geneigt, der Wojewode sei ein filou, aber wenn es nach Sapieha und dem Wasa ginge, dann – »Adel, großer und kleiner, ins Joch, dann ins Joch zu deinen Bauern«!

Man trank sich zu und brach dann plötzlich ab und eilends auf, denn Fanfaren riefen zur Polonaise. Die Herren eilten, ihre Damen oder Freunde und Kameraden zu suchen und in den Reigen zu führen.

Im Hauptsaal saßen im geplusterten Staat ihrer Röcke auf dreistufiger Seitenempore auch ein paar Matronen, mit steifen Halskrausen oder steilen Spitzenkragen, entschlossen, den Tänzerzug kritisch zu mustern. Das Brautpaar führte bereits die sich ständig verlängernde Polonaise der gemischten und der Herrenpaare an. Wie stolz, streng, fürstlich beide Brautleute im tänzerischen Schritt! Auch als die Reihe hinter ihnen schon feurig schwang, immer noch streng und irgendwie starr. Die thronenden Olympierinnen hinter ihren Fächern mußten gefährlichen Ernst auf dem breiten Litauergesicht Konstantins und bleiche Trauer auf dem Dianenantlitz der blutjungen brünetten Braut mit dem furchtbar teuren Perlengewinde im Haar konstatieren und einander fragen, ob diese Schwermut nur der modischen Grandezza zuzuzählen und nichts als interessante Maske sei. Ah, sie sei nicht glücklich, die schöne Maryna! Doch morgen würden sie beide vorm Altar knien. Finito! Der Fürstensohn solle ja kochen vor Eifersucht, trage seine Liebste doch noch ein ander Bild im Herzen. Man wisse manches, man höre viel. Auch stellte man fest, der alte Bräutigamsvater, Fürst Adam Wiśniewiecki stehe da drüben mit den verschränkten Armen doch recht düster herum, seiner schwarzen Tracht entsprechend, beim Wojewoden, seinem neuen Verwandten. Beide Väter schritten nicht mit. Eh bien, Mniszek habe es wieder geschafft: Verbindung voller Belange für sein Haus, Alliance mit dem ersten Geschlecht Lithuaniens. Ob auch der alte

Wiśniewiecki – hm! wie ein Seher voll düsterer Ahnungen starre er drein! –, ob auch er auf seine Kosten kommen werde? Mniszek gewiß. Die runzligste unter den Matronen, eine wohl neunzigjährige, meckerte: »Mein Gatte, der Fürst – Gott hab ihn selig! –, sagte oft: Mniszeks Macht, ah, sie wird noch ebenso bedrohlich für unsereins wie für den Thron. So sprach er und verblich.«

Nun kam aus den welken Backentaschen einer Bräutigamstante über feuchte Hängelippen die phlegmatische Frage: »Doch der da drüben, ihr Täubchen, der grauseidene Einsame mit der roten Schärpe, dem goldenen Schnurbesatz und der schweren Kette? Der Hochgewachsene mit dem Knebelbart? Nun ja, die Exzellenz im Türrahmen? Die da so breitbeinig steht?«

Ihr wurde bedeutet, das eben sei doch der Großkanzler ihres großen Litauerlandes, den sie kennen sollte, Fürst Sapieha. Was es den wohl innerlich gekostet habe, bei Mniszek als Gast zu erscheinen!

Bei der bewundernden Betrachtung des Tänzerzuges, der immer schwungvoller den Saal umkreiste und umjauchzte, nahmen die Damen nun einen jungen Fürsten Ostroschski aufs Korn, welcher, ein rechter Apoll, vergeblich seinen Weltschmerz hinter gefrorenem Lächeln zu verbergen trachtete; er sei ein sonettedichtender Anbeter der bezaubernden Maryna gewesen, er sei es wohl noch, von seiner unglücklichen Flamme bis ins Mark verzehrt, doch nun – welche Haltung! Fast kriegerisch! Übrigens sei er der Trabanten des Sapieha einer und von gefährlicher Rachsucht nicht frei, was sich aus folgender Anekdote ergebe.

Es kam nicht mehr zum Bericht der kleinen Historie, denn die Maultasche fragte mißtrauisch, welches Kavaliersbild der bräutlichen Mniszekstochter noch vor Augen stehe.

»Oh«, wurde sie von mehreren Damen begütigt, »ein unbedeutender Grieche oder Bulgare! Ja, wo steckt er nur? Er tanzt nicht mit. Wo ist er abgeblieben! Kurz, ein gewisser Kyrillos, zweifelhafter Herkunft, ein Desperado, ein Pflegesohn und Haushofmeister Mniszeks, übrigens Jesuitenschüler, Zögling des charmanten Beichtigers des teuren Wirtes. Natürlich keine Partie. Mesalliancen solchen Ausmaßes undenkbar! Dergleichen kann auch jenem Kyrillos und Maryna nie in den Sinn gekommen sein.«

Übrigens – wo wohl der Wojewode geblieben?

In der Tat stand jetzt Adam Wiśniewiecki allein da und ließ sich auf dem hohen Baldachinpodium mit seiner Schwärze auf rotseidenem Sessel nieder. Und ins Jubilieren der Flöten, Gamben, Violen und in die Prahlerei der Hörner regierte immer heißer hinein der schritt- und schwungbeschwörende Takt der Bässe und Pauken.

Der Wojewode hatte sich zurückgezogen. Er stiefelte durch einen langen Flur, den Kassetten überwölbten und an dessen Wänden Öllampen flackerten, und stieg dann die Treppe hinauf. Er trat vor Jegor, den alten Diener, der vor einer Tür offenbar Wache hielt. Auf die Frage, was er hier treibe und wo der hochwürdige Vater sei, erklärte Jegor devot, der Pater habe in seiner Stube dahier eine geistliche Besprechung mit den Herren Patres Wielewiecki und Ssawiecki und habe ihm anbefohlen, ausnahmslos jedermann von der verschlossenen Tür fernzuhalten.

»Auch mich? Versperrte Türen in meinem Haus?«

Doch der Wojewode faßte sich rasch. Schließlich war es sein Beichtiger, der über sein ewiges Heil Macht hatte. Ehe er sich recht fragen konnte, was dies colloquium wohl wieder zu bedeuten habe, fühlte er sich von seiner Unruhe aufs neue durchwühlt: Es geht gewiß um Kyrill, den Saufaus, der drüben auf seinem Bett seinen frühen Rausch ausschläft. Sie machen sich Sorgen um ihn, zumal Pomaski. Verflucht und verdammt, wann lüften sie den Schleier, der plötzlich wie aus fernem Wetterleuchten gewoben scheint? Abi in malum!

Was mein Schwiegersohn durch Geburt ist, wird Kyrill nie. Punctum!

Bei solchen Gedanken hatte der vierschrötige Glatzkopf mit dem hängenden Riesenschnurrbart auf Jegors Stiefelspitzen gestarrt. Jetzt beschloß er, den päpstlichen Legaten – vielleicht erspürte er da etwas? – aufzusuchen, ihn, der trotz seines Alters einem Mniszek zu Ehren zur feierlichen Handlung als Illustrissimus unter den Hochzeitsgästen erschienen war, vor zwei Stunden auf Ssambor Wohnung genommen hatte und sich von den Strapazen der Reise, die ihn über Sandomierz geführt, in seinem Appartement erholte. Er wandte sich also ab und ging davon.

Jegor lauschte nicht, doch soviel schien ihm gewiß, die Konferenz da drinnen, zu der der Herr Pater seine Ordensbrüder gebeten, verlaufe ziemlich erregt.

Im weißgetünchten Raum saßen, in Soutanen gekleidet, der hagere Wielewiecki, krumm und alt, hohlwangig und hinfällig, und der mit Pomaski gleichaltrige, unter starken Stirnwülsten energisch blickende Ssawiecki an einem nackten, schweren Tisch, auf dem in blankem Halter eine einzige Kerze brannte. Zwischen Bücherbock und Kruzifix auf der einen, der Bettstatt auf der anderen Seite ging Pomaski auf und ab und entlastete sein Herz. Was er darstellte, war der Werdegang des ihm anvertrauten jungen Mannes. Wofür er um Rat flehte, das war das Ausweglose der Situation. Man sprach lateinisch.

Er tat die Befürchtung kund, sein Schützling gehe ihm vor den Augen zugrunde; unbändig, wie er nach seines Vaters Blut nun einmal sei, und er, Pomaski, habe manches versehen. Was ihn, Pomaski, nur wenig entschuldige, sei der Umstand, daß Kyrill ihm gegenüber so abweisend geworden sei, sich schon lange nicht mehr offenbart habe, ferner die Not, Kyrill auf eine Zukunft abrichten zu müssen, die er zugleich habe verhüllen und hinausschieben müssen. Jetzt drohe Zusammenbruch, sofern man nicht endlich Kyrill sich selbst offenbare. Und wenn das nicht sofort geschehe, noch ehe das Sakrament Maryna unlöslich an den Wiśniewiecki binde, so komme die Offenbarung für Kyrill womöglich zu spät. Blitze sie jetzt aber auf, so werde der Blitz ein Feuer in ihm entzünden, in dem sich alle Kräfte in und um Kyrill versammeln würden – hazardosamente. Freilich, ob die Dinge in Polen und Moskowien für die Ernte Kyrills, der Societas und des Heiligen Stuhles schon reif geworden?

Auf die müden Fragen des alten Wielewiecki, wessen er sich ernstlich anzuklagen habe, wann es zu Kyrills Verfall, wie es zu dieser Hochzeit habe kommen können und ob Pomaskis Urteil über Kyrills Qualitäten in summa noch Bestand habe, gab er folgendes kund:

Zwanzig Jahre lang habe er nichts versäumt, sei ihm viel geglückt. Er habe Mniszek bestimmt, den Findling wie einen Sohn zu halten, ohne nach Herkunft und Bestimmung zu fragen, habe Mniszeks Neugier paralysiert und Kyrill in alle Künste eingewiesen, die den fechtenden, tanzenden, reitenden Edelmann und Höfling, den Staatsmann, den Krieger und Feldherrn, ja den Monarchen ausmachten, und dies sei unauffällig und so akademisch geschehen, als gehe es um pure Wissenschaft der Wissenschaft halber. Er habe ein für alles Heroische empfängliches Herz von Kindheit auf zu antikem Tatendurst begeistert, zugleich demütig an Rom gebunden und zur Bewunderung für die vielschichtige Weltpolitik des Vatikans angeleitet, zum Glauben an den romazentrischen Heilsplan der göttlichen Dreifaltigkeit, auch in die Fragen der Union der Kirchen eingeweiht. Da habe das Herrscherblut aufgeblüht in solchem ihm eigenen, tiefempfundenen Element. An Kyrills Entfaltung habe Maryna, der wilde Junge im Mädchenkleid, von Kind auf teilgenommen. Er, Pomaski, habe die beiden gern miteinander herumstreifen, Abenteuer dichten und bestehen sehen, habe sie in Träumen künftiger

Größe sich berauschen lassen und schon früh mit dem Gedanken gespielt, daraus könne vielleicht noch eine ganz besondere Gemeinschaft werden, habe doch auch Maryna schon ein Weibesgenie offenbart, das den Mann Kyrillos, den vor der Geliebten eitlen Jüngling, einst noch würde von Tat zu Tat befeuern können. Ehrgeizig sei Maryna und trotzig wie der Vater, und beide seien für alles erregbar, was in Glück oder Unglück aus dem Gewühl der Geschichte rage wie Fels aus Schaum und Meer. Das müßten Dichter besingen, dies fast vermessene Jungsein, das alle Schranken überspringe –

Ssawiecki unterbrach: Das sei ihnen ziemlich bekannt. Weiter, wenn's beliebe!

Nun ja, doch dann habe sich eben die Not erhoben, daß er dem so hungrig Gemachten das Brot nicht habe reichen können und dürfen. In diesem geschlechterstolzen Polen gebe es für den namenlosen Fremdling keinerlei Aufstieg, nämlich zu der Höhe hinauf, von der ihm sein Genius hätte entgegenjauchzen können: Von hier aus – Flug in die Weite! Kein Mniszek und kein Orden habe über dem Namenlosen die fehlende Ahnenwolke versammeln können, über diesem undefinierbaren Balkanesen. Ja, Mniszeks Name sei ihm oft zum Hemmnis geworden, keine Empfehlung gewesen. Pomaski habe vorausgesehen, Kyrill werde ihn, den Beschwörer einer Fata Morgana um den Schmachtenden in der Wüste, noch verwünschen. Da sei er denn mit Kyrill durch Europa gereist, habe ihn in noble Kreise geführt, damit er seine Wartezeit mit Amouren, Bällen, Jagden, Studien vertrödle und überbrücke. Umsonst, umsonst. Zu albernen Sauforgien sei er abgesunken, zu mürrischem oder blasiertem Zynismus, freilich nicht in die Arme fürstlicher Circen und Hetären. Maryna habe ihm zu tief im Blut gesessen. Wie tief, das habe Pomaski, der mehr und mehr Kyrills Vertrauen und Offenheit eingebüßt und öfter als einmal als lästiger Mahner unflätig von ihm angefahren worden, alsbald ermessen.

Wielewiecki winkte ab. Niemand wohl, meinte er, würde an Pomaskis Stelle die Lage haben meistern können. Soweit dürfe Pomaski beruhigt sein.

Ssawiecki, eine senkrechte Falte über der Boxernase, sah vor sich hin.

Nun aber, rief Pomaski, habe das Elend den Grad der Vollkommenheit erreicht, nach der Rückkehr, hier auf Ssambor. Oh, dieser Mniszek! Der habe sich inzwischen auf seine Weise gerührt gehabt und Maryna dem Jugendgefährten abwendig gemacht, bis in diese verfluchte Hochzeit hinein. Insoweit sei Mniszek ja zu entschuldigen, als Kyrill ihm und Maryna seit langem keine Zeile mehr gesandt – im Gefühl, der Freundin nicht bieten zu können, was ihr zugehöre, und Mniszek auf eine Zukunft Kyrills in Polen nicht mehr habe reflektieren können. Der Wojewode habe der einzigen Tochter also den fürstlichen Bräutigam gefischt. Und Maryna, von Kyrill anscheinend aufgegeben oder vergessen, Maryna, stolz auf ihr ziemlich ruiniertes, aber altes Geschlecht, sehr stolz, Maryna habe sich dem ›noblesse oblige‹ gebeugt und sich zum standesgemäßen Opfer dargebracht. Davon hätten Kyrill und Pomaski auf ihren Reisen keine Kenntnis gehabt. Und nun, kaum hätten Kyrill und Maryna einander gegenübergestanden – kurz vor Marynas plötzlicher Hochzeit hier, da sei es blaß wie der auszehrende Tod in beider Gesichter gestiegen, und so tanze nun eine trauernde Braut mit einem vergällten Bräutigam, Kyrill aber sei um den Rest seines Gleichgewichts gebracht. Das Schlimmste könne noch befürchtet werden.

»Selbstmord?« fragten, sich erhebend, beide Patres zugleich.

»Unsinn«, knurrte Ssawiecki hinterher und setzte sich wieder.

Pomaski meinte: »Es würde genügen, wenn er seinen Selbstmord wie bisher zu Ende – lebte, unstet, flüchtig, ein

Säufer und Abenteurer.« Wielewiecki runzelte die Stirn: »Also doch kein Charakter, wie wir ihn brauchen.«

»Ich sage euch, Brüder«, rief Pomaski, »es ist sein Ausmaß oder Unmaß, was seine Größe und Gefahr macht und ihn zu dem prädestiniert, was er nach des Himmels Ratschluß ist. Gewöhnt euch an das curiosum, das ein Liebespathos, wie man's nur der schmachtenden Phantasie bramarbasierender Poeten willig zugesteht, hier Fleisch, Blut und Wirklichkeit geworden. Nehmt die Ausnahme hin! Tatsache ist sie – wie der ganze Mann.«

Was also noch geschehen könne?

So kam Pater Pomaski auf den Anfang zurück. Noch sei Maryna – trotz allem – frei, noch diese eine Nacht. Wenn man es jetzt noch wage, dem Wojewoden zu eröffnen, wer sein Kyrillos sei, dann werde er es vielleicht noch auf sich nehmen, die Feierlichkeiten abzubrechen, die Trauung unter irgendeinem Vorwand aufzuschieben und sich auch – wenn's denn nicht anders wolle – mit der ganzen Sippe der Wiśniewiecki zu überwerfen (was ja nach Kyrills Enthüllung Folgen haben würde, die erträglich wären), Maryna also zu befreien – für Kyrill, der dann nicht mehr Kyrill hieße! Um schließlich unter Aufbietung seiner politischen Potenzen das entscheidende Abenteuer seines Lebens zu wagen, eines von einmaliger Art. Endlich würde dann sein Ehrgeiz das nie geahnte Ziel vor sich haben, um dessentwillen er verbrennen könne, was er jemals angebetet, um anzubeten, was er nie geträumt, endlich könne er dann auf weit mehr als auf die vollkommene Sanierung hoffen, und endlich diene sein ungerechter Mammon an Geltung und Macht dann dem göttlichen Willen und Ziel.

Als man dergleichen erwog und sich noch nicht entschließen konnte, in die Sache, die bisher allein der Orden betrieben, den Herrn Legaten einzuweihen, klopfte es in verabredetem langsamen Rhythmus an die Tür. Pomaski riegelte auf. Es mußte Jegor sein. Und der Alte trat ein und fragte, ob sein Gebieter, der zum zweiten Male vor der Schwelle stehe, nunmehr genehm sei, doch schon trat dieser selber ein.

Sich kurz und gedrungen verneigend, bat er die Väter, gütigst Platz zu behalten, obwohl sie sich gar nicht erhoben hatten, und erkundigte sich scherzhaft, ob man etwa ihm den Lausepelz gewaschen. Die Jesuiten schwiegen vor sich hin. Dann warfen sich Wielewiecki und Ssawiecki einen Blick zu, nickten leicht und standen auf. Der erste wandte sich an Pomaski: Es sei wohl ratsam, ihn und sein Beichtkind ein Weilchen allein zu lassen. Der Geist des Herrn werde Pomaski das rechte Wort auf die Zunge legen. Der biß sich auf die Lippe und fragte heiser mit Blick zum Marienbild an der Wand, ob der Würfel – wirklich gefallen. Wieder blickten sich die andern beiden Väter an, stechenden Auges der eine, fragend und die Stirn voller Runzeln der andere, energisch nickte Ssawiecki, nachgiebig der andere, wonach beide mit langem Blick den Wojewoden zu erforschen schienen. Wielewiecki legte die Hand auf Pomaskis Schulter: Es sei an der Zeit, den Herrn Legaten zu besuchen.

Er ging, der jüngere folgte, beide überließen den confrater seiner schweren Stunde. Die Tür fiel hinter ihnen zu.

Langsam ließ sich Pomaski nieder, stützte den Ellbogen auf, barg sein Gesicht in die Hand und fragte nach geraumer Weile, was denn wohl nach Mniszeks Meinung mit Kyrillos, dem Unglücksmenschen, los sei. Nach zwanzig Jahren gehorsamen – oder desinteressierten – Schweigens brenne der Wojewode jetzt doch sichtlich darauf, aus den alten Schranken hervorzubrechen und zu erfahren, wer sein Schutzbefohlener sei.

Wer er schon sein solle? brummte leichthin der Gefragte. Irgendein Häuptlingssproß! Bulgare, Serbe, Rumäne, Grieche, dem Roßschweif entlaufen. Oder?

Was denn wohl der Orden an ihm habe?

»Was kann's sein? Ein Stückchen Kirchenpolitik mit einer der häretischen Winkelkirchen unterm Halbmond.«

»Mehr nicht?«

Mniszek zuckte die Achseln.

Es werde ihn noch anspringen und umwerfen, sagte der Pater, wie nichts in seinem Leben, sobald er's wisse und das viel, viel größere Ziel sehe, das freilich in vermuteter Richtung liege.

Der alte Mniszek, so kam es mit jovialer Ruhe zurück, sei völlig Ohr und ganz Gehorsam, wie bis dato.

Er nehme ihn beim Wort! rief Pomaski, kreuzte die Arme und sprach, als befehle er: »Ben' ac breviter, diese Hochzeit widerspricht dem großen Werk, das zu tun ist!« Freilich sei es nicht Mniszeks Schuld, daß die Dinge dahin gekommen. Doch er, Pomaski, fürchte, fordern zu müssen, daß die Trauung morgen – unterbleibe.

Mniszek geriet mit leicht gewinkelten Armen in eine vorgebeugte Haltung wie ein Ringkämpfer, der den Gegner erwartet, riß Mund und Augen auf, fuhr sich mit beiden Händen ins Haar, daß es hinter der Glatze nach beiden Seiten stand, und explodierte schließlich: »Was? Träum' ich? Sprach das der Geist des Wahnsinns aus Euch, Hochwürden, oder sitzt er in mir und läßt mich halluzinieren?«

»Lieber Wojewode, Wahnsinn hat hier weder Mund noch Ohr.«

»Hahaha! da verhüllt sich denn wohl ein Zeus in Kyrill? Und Maryna hat die neue Alkmene zu sein, mit der der Gott einen neuen Herkules zu erzeugen hätte, einer Welt zum Heil?«

»Anders«, erklärte Pomaski, »würde auch ich an des Hochzeitsvaters Statt kaum reagieren, aber, Herr Wojewode, Ihr werdet noch knien vor Kyrill!«

Jetzt lief Mniszek hin und her und lachte: Knien? Magnifique, was man ihm da zumute, auch nur zu denken wage!

Reizend! Wohl den tollsten und dümmsten Skandal dieses kaum begonnenen Säkulums. Sapieha plötzlich im Bund mit den Wiśniewieckis, den tödlich beleidigten, und ihrem ganzen Anhang! Contra Mniszek! Ob ein Mniszek sich die ihm von aller Welt geneidete Vetternschaft so mühsam errungen habe zu nichts als Selbstmord? Irrsinnige Fehde das! Lachhaft! Oder was für ein Retter dann der Herr Kyrill für den Mniszek noch sei? Welche Übermacht sich wohl in diesem menschgewordenen Zeus verhülle?

»Maryna«, begann der Pater –

»– tut, was not!« unterbrach ihn der Alte. »Laßt mein Kind aus dem Spiel, Reverendissime!«

Aber wartend stand er still.

Der Pater sah zu ihm empor und lächelte, löste die gekreuzten Arme und legte sie auf die Lehnen. »Ihr braust da los, lieber Freund, wie ein Baum im ersten, voranstürmenden Gewitterstoß.«

Schon rief der Wojewode vorwurfsvoll und fast kläglich: »Ihr sagtet nie: ›Spare ihm Maryna auf!‹«

»Recte!« so sein Beichtiger mit Beichtigerton, »darüber laß uns nun reden, mein Sohn!«

Erhob sich und prophezeite, des Wojewoden Ehrgeiz werde noch diese Nacht zu ungeahnten, endlich lohnenden Höhen hinüberspähen und die Schwingen dorthin entfalten, Maryna aber, von ihrer Sternenstunde ergriffen, sich mit Kyrill zu einem Bunde vereinen, dessen Leidenschaft alles gewohnte Menschenmaß sprenge. Mniszek dürfe Unerhörtes wagen. Es bringe sich in Kürze ein. Mniszek sei der Mann danach, der Mutigste unter den Mächtigen, der Mann des Alles-oder-Nichts, in dessen Brust das Größere stets der Feind des Großen sei.

Das waren tolle Schmeicheleien, doch – »Wer ist Kyrill?« Diesen Ruf stieß der Alte wie ein Messer in den Pater hinein.

»Kyrill?« rief jener und geriet in träumerische Begeisterung. »Ein Bettler einst vor hundert Pforten und abgewiesen, doch bald ein Krösus, dessen Gold oder Name wohl alle Tore sprengt.«

Jetzt stand der Alte wie benommen. Sein Kinn zwischen den Schnauzbartenden, die sich mit Hilfe der Backenhaare fast bis zu den Schultern zogen, flatterte. Er röchelte: »Was für ein Name, der sein wahres Wesen –?«

Pomaskis Gesicht mit den tiefliegenden Augen war wie auf ferne Zuschauerränge gerichtet. Er rief, fast spüre Kyrill schon seinen Namen. Ein so Berufener fühle sich immer und finde sein Kaisertum. Und das solle Mniszek bedenken: Seine Maryna hinfort dürfe des Geliebten Gefährtin zu künftiger Größe sein. Sie werde ihn im Reich der Schismatiker beim Vatikan festhalten und helfen, jene große Tochter der schwergestraften Konstantinopolis, jenes gewaltigste Patriarchat, zum Stuhle St. Petri so behutsam als zäh zurückzuleiten. Danach werde man wohl noch einmal Mohammeds Geschmeiß übers Schwarze Meer zurückdrängen, in Kreuzzügen, wie er hoffe, zu denen dies politisch zersplitterte und im Glauben zerrissene, dies verzärtelte Europa sich kaum mehr aufraffe, und das werde dann auch rückwärts drücken auf die germanischen Ketzerstaaten, die dann nicht mehr allein vom romanischen Süden und Westen her, sondern auch vom slawischen Osten überschattet würden. Und wirkungsvoll genug streckte hier Pomaski die Hände hoch und spielte einen Verzückten in Flammen: »O segnet, segnet, großer Gregor, dritter Innozenz, achter Bonifazius! Ave Maria, gratia plena, coeli regina, mundi spes, dein ganzer Himmel jauchzt um dich auf, wenn San Pietro, wenn der Vatikan, die Engelsburg und die alten Basiliken der ewigen Roma illuminiert den Tag der großen Union beider seit einem Halbjahrtausend getrennten katholischen Kirchen feiern! Amen! Amen und Amen!«

Nun fiel der Blitz der Erkenntnis auf den Wojewoden herab.

»Ihr Himmlischen«, stöhnte er und ließ sich schwer in den Sessel sinken, stützte die Ellbogen auf die Knie, den Kopf in die Hände, sann und prüfte, was er sann: Der Zarewitsch – wie hieß er doch? Der Sohn der Marfa ... Von dem da drüben, wie man neulich gehört, das Gerücht geht ... Der Sohn des Schrecklichen! Wie hieß er? Dimitrij hieß er!

Damit sprang er auf und stand, die Fäuste an der Brust, vor dem Pater wie ein Gorilla: »Dimitrij Iwanowitsch? Dimitrij Iwanowitsch Rjurik?«

Pomaski, keiner Antwort fähig, umarmte ihn. Sie standen Brust an Brust. Dann griff der Alte nach des Paters Halskreuz und drückte es inbrünstig an die Lippen.

Nun schlug der Hall von Detonationen an ihre Ohren. Sie traten auseinander. Mniszek dachte kurz: Zehn Uhr! Das Feuerwerk! Reckte aber die Arme, stiefelte umher und rief: »Das aber, das wird kein Feuerwerk! Sondern Schlachtendonner! Der Herr der Geschichte rührt sich, reckt und streckt sich!« Scheinbar überwältigt, stürzte er auf die Knie und küßte den Saum der Soutane seines Pomaski: »Oh, dies dem ganzen Orden!« Er sprang auf und ging mit schüttelnden Fäusten umher: »Gigantenpläne! Das gestirnte Firmament der einen heiligen Kirche auch dort über der nächtlichen Weite! Durch Dimitrij, den Auferstandenen und – mein Kind! Für Maryna – jene Krone? Auf solchem Gipfel meine Maryna? Wir, wir drei! Wir – Instrumente göttlicher Planung?! Ja, das drückt dereinst von allen Seiten auf den teutonischen Pöbel! Ah, die Schweine! Scheite gehortet, Großinquisitor!«

Das Feuerwerk stockte wohl.

Draußen im Schloßpark hatte man's angerichtet. Da prallte vor dem grell aufleuchtenden Dunkel das Leibeigenenvolk von der Parkpforte zurück, als die Böller krachten und die Pulverschlangen ihre Lauffeuer kreuz und quer unter den Bäumen dahinzischen ließen, und als eine prächtige

Rakete ihren bunten Sternenregen verstreute, wenigstens eine! ›Ah, die Feuerkraft dies, mit der man heutzutage Schlachten schlägt!‹ Sie wichen, standen wieder, gafften, bekreuzigten sich.

Mehr aber brannte nicht auf. Man hörte im Dunkel die hin und her eilenden Feuerwerker fluchen, ihre Lunten glommen bald hier, bald dort auf, doch ein alter Stelzfuß im zersprengten Haufen der Zuschauer, ein Kriegsinvalide, wußte Bescheid: Der Teufelsdreck sei naß geworden.

Man sah die hellen Fenster drüben mit Schattenrissen lugender Gäste gefüllt und, als weiteres Spektakel ausblieb, die Gestalten sich wieder verlieren.

Im rechten Palastflügel hatte das Getöse auf einen Schläfer eingewirkt, der in der Finsternis seines von schweren Vorhängen umschlossenen Baldachinbettes, unzugedeckt, doch völlig angekleidet, auf dem Rücken geschnarcht und die ungeheizte Luft mit Weindunst vollgeatmet hatte. Die Detonationen waren in sein Unterbewußtsein gesprungen. Er nahm den Ton des Böllerschusses hinüber – nach Venezia.

Arktisch kalt weht's ja über die piazza! Seltsam! Doch sie schwärmen wie sonst vorm Mittagsböllerschuß auf, die Taubenschwärme vor San Marco. Avanti! ruft Messer Ludovico ihm zu, reißt ihn um den Dogenpalast wie im Fluge herum und mit langgezogenen, eseltreiberischen Aaa-vanti, amico! hundert Ellen übers Wasser weg auf die aussegelnde Kogge hinüber, von deren Heckturm ihnen der capitano, mit grandezza seinen Federhut schwingend, ein lautschnarrendes Bravissimo! zuruft. Beide Freunde verbeugen sich mit taumelndem Kratzfuß, stehen dann, auf offener See bereits, Arm in Arm und spähen zur Zypresseninsel der Sirenen hinüber, deren ferner Gesang, vom Wind verweht, herüberdringt, hinter deren umschäumtem Felsgestade, weit, weit dahinter, die sonnige Höhe von Capri versinkt. Capri? Und lauter sakral dröhnende und brummende Bässe geben jetzt

Antwort auf einen schmelzenden Tenor, und von dem Gedröhn ist auch der Bauch der Kogge erfüllt, und davon vibriert alles Holz. Ihr Glatzköpfigen, ihr Schnauzbärte an Bord hier, hingelagert an Deck unter gebauschten Segeln, lumpengepanzerte Kosakenchöre, feierliche Humpenschwinger, was läuten eure Humpen wie Osterglocken von Kathedralen? Wo geht es hin, ihr Sänger?

Er schreitet durch ihre ihn nicht beachtenden Gruppen, sie orgeln, läuten weiter, eins mit dem Meeresrauschen, mit diesem basso continuo:

»Durch des Herkules Säulen
in des Sturmes Heulen
tausend, tausend Meilen
hinüber ins Goldland! Dorado, dorado!«

Schwerelos klettert oder schwebt er die Strickleiter hoch, sitzt auf Topp und späht unter abblendender Hand über unbegrenzte Weiten, die von Schaumkämmen leuchten. Kämmen? Nichts als Delphine sind's, Rücken an Rücken, wovon die Fläche bis zur Kimmung lebt. Und der große da hinten mit hohem Bugschaum vor der grünschuppigen Brust, der Triton, er rauscht abseits näher und stößt ins Muschelhorn, daß ihm die schlammbemoosten Backen – wie Froschblasen – anschwellen. Auf seinem Rücken, leicht geschürzt, die Schaumgeborne? Maryna! Ihre Linke hält sich an der Schilfmähne fest, die Rechte winkt zu ihm herüber: ›Ahoi, Kyrill!‹ und rauscht vorüber, ach, plötzlich von tausend Harpyen umflattert, umkreischt, umzankt! Er schreit vom Mast her: ›Maryna! Gefahr! Wohin?‹ Vom Bugwasserwall des schon weit vorausfahrenden Triton taumelt das Schiff wie toll, daß die Masten herumschlagen und alle Quersegel prasseln. Maryna ruft aus der Ferne zurück: ›Zum Strom der Amazonen! Du huldigst mir dort!‹ ›Gut‹, denkt er freudebebend,

›in ihr klassisches Reich! Penthesilea!‹ So kommandiert er hinunter: ›Alle Segel – hißt!‹ Doch der Kapitän auf der Bugkanzel kommandiert ihn nieder: ›Steuer herum, zum Teufel! Kurs – Szylla und Charybdis!‹ – ›Hund!‹ tobt Kyrill, und er steht da vor ihm und packt ihn beim Kragen, denn der Kerl ist Mniszek mit dem großen Schnurrbart, und Kyrill fährt ihn an: ›Auch hier mir im Weg? Was hast du mich da erst großgezogen?‹ – ›Frag's unsern Pomaski!‹ ruft Mniszek verächtlich. Kyrill erwidert: ›Den hab' ich in besonderem Verdacht.‹ – ›Hoho, du bist vom Größenwahn besessen‹, lacht Mniszek häßlich.

›Das merk' ich!‹ ruft Kyrill und dringt gefährlich auf den Alten ein. ›Aber welchen Affen hat er an mir gefressen? Was bildhauert er an mir herum? Am Kümmeltürken, am Findling? Was schleppt er mich durch Deutschland und Italien? Ich fühl' mich als Ungar, daß du's weißt! Ich ahne, weiß es sogar und sag' es doch niemand, was ich bin: ein illegitimer Sohn Stephan Bathorys, des Ungarn und Helden auf dem polnischen Thron!‹

Mniszek schüttelt sich vor Gelächter und streckt ihm Hand und Zeigefinger zur Nasenwurzel entgegen. Kyrill schlägt wütend nach dieser schlenkernden Hand, springt zurück, reißt ein Türkenschwert aus der Scheide – wo hat er's her? –, und Mniszek tut ihm zum Hohne alles nach, als wäre er Kyrills Spiegelbild, und plötzlich ist er es auch, Zug um Zug. Kyrill tritt um so wütender zum Angriff auf sich selbst einen Schritt zurück, doch tritt dabei in ein Loch und stürzt rücklings von Überschlag zu Überschlag eine dunkle Stiege hinunter in den Schiffsbauch und liegt dann betäubt in Finsternis da – ohne Schmerzen, während hundertstimmiges Kosakengelächter ihm in chorischen Akkorden nachdröhnt. Er steht auf und schämt sich – vor wem? Vor all den Gästen im Saal da unten, im Saal voller Rauch, der von den Wandfackeln kommt, und voller Musik, die nicht tönt. Bin ich ein

Geist? denkt er. Sie haben nichts gemerkt, fahren im Tanze fort, tanzen geräuschlos – schwebend und schwingend –, ein völlig stummer Geisterkrakowiak immer rings um den Saal, um den Katafalk, der da inmitten steht und über dem die feierlichen Kandelaber brennen.

Oh! Siehst du, du Marmorblasse? Du siehst nichts mehr, da liegst du regungslos auf königlicher Bahre. Die Kerzen flackern vom Windzug deiner Tänzer. Das hast du nun uns angetan.

»Euch? Mir! Sie? Du! Kümmeltürke!« so brüllt der Totenwächter ihr zu Häupten, der breitgesichtige Jungfürst, und streckt ihm den Zeigefinger zwischen die Augen wie eben erst Mniszek, daß Kyrill augenblicks schielt, aber die andere Tatze, die legt Fürst Konstantin dabei breitlastend auf die mühselig aufatmende Brust der Toten. Haß quillt wie Krampf in Kyrills Brust hoch. Er zieht und jagt den schlanken Degen durch Konstantins Hals, daß es ihm schwarz und heiß ins Antlitz zurückschießt, wie Gift ihn versengt und blendet. Wie rasend haut der Blinde nun um sich, hört die Kandelaber stürzen, kann wieder sehn, sieht die Bahre aufbrennen, alles fängt Feuer, und Kyrill irrt in einem Flammenwald umher, brennt schon selber und ist zufrieden mit diesem Flammentod, der erlöst.

Da wiehert's hinter ihm voll tierischer Treue, göttlicher Klage, seine Rappstute Andromache stößt ihn von hinten mit den Nüstern an. Wohin, Andromache? Ja nicht über die Sterne weg! Zur Tiefe, Andromache! Er greift in die Mähne, er springt in den Sattel, und schon schwirren und trommeln die Hufe. Doch nicht hinunter geht's. Hinauf in einem leeren Riesenzylinder an gemauerten Wänden in Kreisen, in weiten, schwindligen Kreisen eine Wendeltreppe hinauf. Bis plötzlich ein hartes Halt! dem Höher-und-höher-Rasen entgegenfällt wie Steinschlag. Das war Pomaskis Stimme. Der steht da und sperrt ihm breitarmig den Weg. Da steht das

Tier sofort, zittert, bäumt sich, doch trotz Sporen rechts und links kniet es vor dem lächelnden Pater wie ein Zirkusgaul unwürdig nieder. Bahn frei! schreit Kyrill und reitet den Dummkopf zu Boden. Und höher wieder und höher geht's in Kreisen! Jetzt aber schwebt die Stute schon, alle viere langgestreckt, und auf ihrem Rücken hinter ihm klammert sich der Pater an ihn und leiert wie ein Guslasänger eine Predigt herunter – con tremulando, eine Art Ballade über den verborgenen Gott, der im Dunkel wohne, respektive in blendendem Licht, und aus den Tiefen des Domes quillt dazu vielstimmiger Chorgesang, von dorther, wo im Abgrund vor funkelndem Hochaltar in offenen Särgen Braut und Bräutigam liegen, von Weihrauch umwölkt, rosenüberregnet, einander nun doch im Tode angetraut.

Oh, da rast sein Brustkorb gegen eine gespannte Zentnerkette, und Andromache jagt unter dem Reiter weg wie das Maultier Absaloms. Da klagt, mehrfach widerhallend, Pomaskis Stimme von irgendwoher: ›O Absalom, mein Sohn, mein Sohn! Wollte Gott, ich wäre für dich gestorben! O Absalom, mein Sohn, mein Sohn!‹ Kyrill hängt atemlos an jener Kette, die Fäuste halten ihn noch. Er sieht noch unter sich in der schwarzen Tiefe des Riesenzylinders fauliges Wasser greulich große Blasen werfen, er stürzt hinab und schlägt in die aufschäumende Jauche, versinkt, ertrinkt, lischt aus – ohne Atemnot; lischt aus – und erwacht.

Da lag der Träumer mit fauligem Geschmack im Mund, voll Überdruß und Ekel, und aus viel Dumpfheit sammelten sich die Gedanken. Wohin trug sie doch der Triton? Zum Strom der Ströme, dem kaiserlichen Amazonas, der aus tausend Urwaldströmen sich labyrinthisch sammelt, immer uferloser sich breitet und als ein Meer sich ins Meer verliert. Wie hieß der Spanier doch, der Konquistador vor hundert Jahren, der vom gebirgigen Peru her die odysseische Schiffahrt wagte und von Dorf zu Dorf abenteuernd ein Weltreich nahm, immer durch brodelnde Urriesenwildnis, die allnächtlich von Affen und Papageien lärmte, erfüllt von Schwüle, Kampf- und Todesschreien, Mord- und Zeugungsorgien? Wie hieß der Teufelskerl, der den vergoldeten Gottkönig inmitten heiliger Seen in seinem Goldland suchte, auf Amazonendörfer stieß und mit ihnen in klassischem Kriege lag? Orellana! Der Verräter Pizarros! Und der Pater, der das so prächtig damals beim Wein erzählen konnte – über dem dicken Wälzer, der von den Birnenschädeln und ihrem Kautschuk, von Tapiren und reißenden Mordfischen im Strom der Ströme wußte, von jenem Pater Carvajal, welcher von Meßopfer zu Meßopfer auf dem Boden der Dämonen diesen Boden für Gottes Reich und die spanische Krone okkupiert hatte? Den könnte ich wiederfinden, wenn ich ihn suchte, er wiese mich weiter nach Lissabon, ich würde segeln und auf Orellanas Spuren das Dorado suchen helfen, das Dorado und Maryna, die thronende Penthesilea der braunen Amazonen dort, der bogenbewehrten.

Kyrill stützte sich hoch auf beide Ellbogen, schlug schließlich zornig die Bettvorhänge auseinander, stand auf und reckte sich gähnend und fror. Idiotie! Er fegte die letzten Traumschwaden auseinander. Dann starrte er vor sich hin.

Von Kosaken träumte ich. Sie füllten das Deck, brummten und pokulierten. Wie das klang! Am Dnestr, Dnepr, Don und Kuban und weiterhin, da dehnen sich die Gefilde der Freiheit, da sammeln sich all die Desperados des Ostens! Tollköpfe, versoffene Studenten und verkrachte Fürstensöhne werden Hetmans über Räuberbanden, die aus herumvagabundierendem ukrainischem und russischem Bauernpöbel zusammenströmen, da tummelt sich, was noch wild und ungebändigt und unter kein Joch zu zwingen, da werden die Heldenlieder in den brünstigen Zonen der Gefahr noch gelebt. Räuberei, das ist Heldenhandwerk, sagt sich der noch Ungezähmte, ist das Handwerk des Freien. Ja, die Räuberbanden sind dort fromm, haben da ihre Popen, bekreuzigen sich in Dorfkirchen und Kathedralen und beten an, sind nicht einfach krimineller Abschaum, sie sind ein Stand. Das Kosakentum – kriegerischer Räuberadel, den Reiterhorden Asiens abgeguckt! Das illustriert die Jugendzeit jener Reiche, die, wie das Römische einst, auch als ausgewachsene Weltreiche, nichts als magna latrocinia sind, laut Sankt Augustinus, in welche Schwindelgloriole sie sich auch hüllen mögen. Ein Kerl, der lesen, schreiben, denken, ordnen, herrschen und kommandieren kann, mit Leichtigkeit wird der im Kosakentum ein Großer. Das wäre ein Ziel: Als Saporoger-Ataman sich über die anderen Hetmans weit und breit erheben und hinaufräubern und siegen, bis man so eine Art Khan wird, ein einigender Attila, der ein Reich begründet, ein Khanat zumindest, welches die Nachbarn diplomatisch umwerben und umbuckeln müssen und als teuren Bundesgenossen chartern und auszahlen. Ein Abenteurer, der den Teufel nicht fürchtet und kein bäurischer Tölpel ist, der wird da groß. Vielleicht im fernen Astrachan, da sollte man's ...

Ja nun – Bisher war's mir nicht gut genug, mich unter Gurgelabschneidern im Dienst der Muttergottes zu tummeln, ziellos, nur um der Bewegung, der Prügelei, der Gefahren, des Raubes willen, für so ein Steppenheldentum; doch warum hochmütig? Ach, mir hängen die Schalen europäischer Gesittung, Dressur und Geistigkeit an. Bin ein Gezähmter. Will immer ›Ziele‹ sehen. Dienen statt rauben. ›Himmlischen Lorbeer‹ verdienen. ›Ordnungen‹ bauen. Die Macht muß ›Sinn‹ haben, Ruhm ›Gehalt‹, der Staub ›Ideen‹! Wozu geschah denn nun aber meine Abrichtung und Dressur, Pomaski? Wieso brach man mir die Hauer aus, wozu verdarb man meine Kraft für ein Leben im Stil Timur Lenks, wieso machtet ihr mich zu dem, was ich bin? Zum Polen, der in Polen nichts zu suchen hat, zum Abendländer, der in Europa erstickt? Ich – Pole, hahaha! Was schrie ich doch im Traume dem Wojewoden zu? »Ich bin ein Sohn der Bathory!« Also? Summa summarum?

Auf dem Tisch leuchtete die Funzel, und daneben lag noch die lange Pistole beim offenen Kasten. Der junge Mann ergriff die Waffe, wog sie in der Hand, gähnend und frierend, langte das Pulverhorn aus dem Kasten, füllte mit unsicherer Hand, wobei viel vorbeistreute, den Lauf, stopfte die Kugel davor und probierte die kalte Mündung an der Schläfe, dann im Mund, legte die Waffe wieder hin und stützte sich mit beiden Händen auf die Tischplatte. Seine Lippen bewegten sich nun schon, doch tonlos: Einmal seh' ich dich noch in deiner öden Pracht ... Solltest mit mir gehn. Doch wer bin ich? Einer, der dich tanzen sehen darf. Luder!

So ergriff ihn denn Zorn. Er straffte sich. Zu den Kosaken geh' ich und reite, bis mir dein Augenpaar, Hexe, in der Steppe Nacht und Dunst vergeht.

Im Schlagschatten des Tisches stand auf dem Stuhl eine irdene Schüssel, aus der ein nasses Linnen hing. Er tauchte die Hände ins Wasser, dann auch das Tuch, drückte es ans Gesicht, netzte den Nacken, klatschte das Tuch an die Wand, streifte sich die Haare zurück und begab sich in den Flur und die Treppe hinab, zu den Gästen hinunter, durstig nach neuem Wein und der Erneuerung seines Leides.

Inzwischen hatten sich die Patres Ssawiecki und Wielewiecki zum Legaten begeben. Sie saßen bei ihm im teppichbekleideten Zimmer. Der Bischof von Reggio, Graf Rangoni, hatte sich in wollene Decken hüllen lassen, obwohl der Raum gut geheizt war. Die Buchenscheite prasselten im Kamin. Endlich hatte sich sein Frösteln verloren. Er entschälte sich. Sein längliches Aristokratengesicht mit der mächtigen Stirn und den müden Lidern, die in mageren Augenhöhlen die Augäpfel fast überdeckten, war geneigt. Er hätte sich behaglich fühlen können, doch was taten ihm die

Tollheiten an, die dieser Ssawiecki da seinen Ohren – und damit dem Heiligen Stuhl – auslieferte! Der andre Jesuit, der dürre Alte, schwieg, saß mit eingesunkener Brust und ließ den Ordensbruder allein mit dem Legaten verhandeln.

Ssawiecki hatte in gedrängter Kürze dargestellt, wer Kyrillos sei, wie und wo er dereinst dreijährig in die Hände der Gesellschaft Jesu nach Polen gelangt, warum die Hochzeit abzubrechen und der rechtmäßige Herr der Moskowiter zu enthüllen sei. Rangoni lehnte ab – mit ständigem Kopfschütteln, ohne Worte. Als er sich genug gewundert, begann er zu erwidern.

Skeptisch erkundigte er sich nach allen Einzelheiten der wundersamen Errettung des Prinzen. Ssawiecki betonte, der damalige Ordensgeneral würde sich auf fragwürdige Dinge nicht eingelassen haben. Die Beweisstücke für die Errettung und den Fluchtweg des Zarenkindes seien geprüft worden und lückenlos. Der Legat erwiderte, er wolle die bewährte Wachsamkeit des Ordens nicht bezweifeln, doch frage er sich, ob die Argumente auch öffentlich den Glauben finden würden, der in Polen sowohl wie im Zarenreich erforderlich wäre. Der Pater gab seiner Zuversicht Ausdruck, der König werde zu gewinnen sein, auch der Reichstag. Was die Russen betreffe –

»Zu gewinnen – wofür? Tatsächlich für einen Krieg, des Prätendenten Krieg?«

»Ja, Exzellenz.«

Die Exzellenz runzelte die Stirn: Man habe zu bedenken, daß zwischen der polnischen Krone und dem Zarenszepter Friede beschworen worden – auf zweiundzwanzig Jahre. Ssawiecki fragte, ob Verträge, die den fortbestehenden kalten Krieg nur kaschierten, ein moralischer Grund seien, einen Mörder und Räuber ungestraft seine Macht genießen zu lassen und dem legitimen Herrscher sein menschliches und göttliches Recht vorzuenthalten. Rangoni gab zu erwägen, ob es dem göttlichen Willen entspreche, Kriegsnot über Völker zu bringen, wo es sich um die Rechte eines einzelnen handle.

»Exzellenz!« rief Ssawiecki, »es handelt sich ja um tausendmal mehr!«

Er gab den Hoffnungen Ausdruck, die sich an die Person des Prätendenten hinsichtlich der Union mit dem Moskauer Patriarchat knüpften. Der Legat horchte auf: Bitte, der Reihe nach!

Was zunächst einmal werden solle, wenn Seine Majestät der König oder der Reichstag ablehnten, mindestens sich desinteressiert und neutral verhielten? Der Kontrahent erwiderte, man habe Trümpfe in der Hand, kurzblickenden Widerstand in Krakau zum Erliegen zu bringen, schlimmstenfalls zu übergehen. Da sei der Wojewode von Sandomierz mit seinem Anhang, da sei Ritterlichkeit in Polen noch nicht ausgestorben. Ferner –

Rangoni winkte abermals ab: »Ritterlichkeit ... Du meinst, mein Sohn, Ruhm- und Raubsucht, Dünkel und abenteuernder Schlendrian.«

Also gut, fuhr er fort, die Herren Brüder setzten, wenn alle Stränge rissen, auf Magnatenherrlichkeit und Freibeuterhaufen. Ob das nicht die Autorität der Krone weiterhin paralysiere? Die Krone Polens werde nachgerade zum Gespött der Welt.

Ssawiecki fragte, ob die Exzellenz aus so viel Bedenklichkeit nicht lieber auftauchen und dem Heiligen Vater Bericht erstatten wolle mit dem Ziel, daß Seine Heiligkeit mindestens ein Segen- und Grußwort an den Prätendenten richte, sobald dieser, seines Inkognito ledig, um König und Reichstag ringe? Eine solche Glückwunschadresse werde Wunder wirken am Hofe, im Reichstag, bei der Schlachta und auch im Polenvolk.

»Auch wohl in Rußland«, fügte Rangoni bei, »aber andersherum.« Nun, berichten werde er nach Rom, jedoch nach eigener Intention. Nun schulde ihm der phantasievolle Bruder noch weiteren Aufschluß. Wie er sich im Falle eines Krieges die Erringung des Sieges träume? Bislang seien die zwischen Polen und Rußland stattgehabten Balgereien recht unentschieden verlaufen, und wie ein Prätendent, wenn ihn lediglich ein geringes Expeditionsheer begleite, gegen die gewaltigen Aufgebote des Zaren siegen solle, das sich auszumalen reiche seine Vorstellungsgabe nicht zu. Auch sei nicht zu vergessen, wie verhaßt der Pole in Moskowien sei, und leider nicht nur wegen seiner Ergebenheit gegenüber Rom und der heiligen Kirche.

Der energische Jesuit zog Vergleiche zwischen dem Bukephalosritter, dem antiken Alexander, und dem Zarewitsch, zwischen den makedonischen Scharen, die jenem Perserimperium einst so hoch überlegen gewesen, und dem Polentum und seiner westlichen Kultur, die dem halbasiatischen Moskowiterreich ebenso voraus seien, und steigerte sich dann, da der Legat seinen Nationalstolz gütig belächelte, zu der Behauptung, im vorliegenden Falle sei die Chance für einen Sieg des Prätendenten weit überzeugender, als sie einst dem den Bosporus überschiffenden Alexander vorangeleuchtet. Denn Boris Godunow, der Usurpator, sei in seinem Rußland verhaßt und halte sich nur mit Hilfe eines Schreckensregiments. Rangoni meinte, dergleichen seien die Völker dort gewöhnt. Ssawiecki entgegnete: Der Schrecken, der jenen vierten Iwan legitimiert habe, diskriminiere den Illegitimen, nämlich Boris. Er zitierte: »Quod licet Jovi, non licet bovi.« Der Legat gab zurück: Den ›Illegitimen‹ habe seine Kirche, die Duma und die Bevölkerung nach seiner langen, bewährten Regentschaft in aller Form inthronisiert. Und, wie gesagt, seine Völker seien zu Revolutionen nicht aufgelegt. Viel duldend, lebten sie meistens noch geschichtslos in abgeschiedenen Weiten dahin.

»Wer's glaubt!« rief der Jesuit. »Immerhin, so leistet die träge Masse auch uns in ihrer Zerstreuung zumindest keinen Widerstand.«

»Und des Zaren Riesenheere? Von harten Bojaren geführt und in langwierigen Kriegen erprobt?«

Eben der barbarische Adel dort, erklärte Ssawiecki, sei des Zaren gefährlichster Feind, den er mühsam in Schranken halte. Die würden überlaufen zum Sproß Iwans, noch ehe es zu echten Schlachten gekommen.

»Wieso? Sind sie in die Rjuriks vernarrt? Da steht, soviel man hört, Haus gegen Haus, übrigens nicht viel anders als in Polen, und so manches will an die Macht. Der schwächste Herrscher ist ihnen der liebste. Halt, da fang' ich mich selbst. Freilich, was kann ihnen schwächer erscheinen als ein Prätendent, der sich auf nichts als Ausländer stützt? Von da aus gesehen wär's denkbar, daß sie überliefen. Doch in diesem Falle – zu welchem Zweck geschähe es dann? Um unter dem Popanz, sobald sie ihn inthronisiert, ihr Interregnum zu haben, um den Kobold, sobald er seine Schuldigkeit getan, im Kasten wieder verschwinden zu lassen. Es lebe die Anarchie, die große Gelegenheit für alle, die es angeht! – Doch Hypothesen, Hypothesen von A bis Z, die den Nationalstolz drüben unterschätzen, jenen Zorn, der, alle Herzen einend, aufbricht, wenn es die Abwehr ungeladener Gäste in ihr heiliges Land und ihre Kirche gilt.«

Nun verwies der andere auf verläßliche Nachrichten, die Pomaski besitze und die genug verrieten über eine seltsame Bewegung bei den Saporoger Kosaken und denen an Don und Dnepr. Dort sei ein ekstatischer Mönch, ein hinreißender Prediger und Wühler am Werk, der das seit Jahren grassierende Gerücht, daß der Befreier Rußlands lebe und kommen werde zu seiner Zeit, aufgreife und als Ruf des Allmächtigen an sein Volk herumpredige. Bald, bald solle der Erwählte, ein Sohn Iwans, des mit frommem Schauder

Verehrten, herüberstürmen – in schier messianischer Kraft. Daß man diesen Mönch noch immer nicht habe aufgreifen können, sei recht bezeichnend. Die Kosakenlager versteckten ihren Elias vor den ausschwärmenden Häschern der Nachbarwojewoden immer zur rechten Zeit, sie glaubten ihrem Propheten von Herzen und erwarteten den Tag ihres Helden gegen den Antichrist, der in Moskau sitze. Der Legat stützte den Kopf in die Hand und murmelte: »Ihr meint, Herr Bruder, der Allmächtige bahne ihm den Weg?«

Er warf die Decken von den Knien, stand auf und ging umher. Schließlich trat er vor Wielewiecki und fragte ihn, warum er gar nichts äußere. Der Angeredete erhob sich in seiner Länge und gestand leise und devot, seine Bedenken seien leider nachgerade die Seiner Exzellenz – schon seit langem.

Empört warf sein Ordensbruder das Boxergesicht zu ihm herum.

Der Italiener grübelte vor sich hin: »Ja, so viele Bedenken gibt's, so viel, viel zu bedenken.«

Er wanderte hin und her und fuhr fort: »Fassen wir's noch mal zusammen! Echtheit – oder Irrtum? Dies das erste. Ich rede nicht von abgekarteten Täuschungen, obwohl Intrigen solcher Art in der Geschichte der Völker nicht selten sind, ich rede nicht von Fälschung, hinter der unkontrollierbare Mächte stehen könnten. Nun gut, der junge Mann ist Iwans des Schrecklichen eigenes Blut. Aber glaubt es die Welt, glauben es König und Reichstag? Wenn nicht, wer glaubte es sonst noch? Und glaubte alle Welt, wer zieht für den Prätendenten das Schwert? Und können und werden wir siegen? Auch mit Freischärlerbanden in einem Privatkrieg auf eigene Faust? Sofern nämlich König und Reichstag ablehnen. Ein zu uns überlaufendes Rußland, sagst du? Was für Wunder müßten geschehen, sollte der Rächer in Moskau einziehen und seiner fraglichen Väter Thron besteigen! Freilich, vor

Gott ist kein Ding unmöglich, aber ist Gott mit ihm? Uns, sagst du wohl, interessiert die Affäre nur in einer Hinsicht: Im Blick auf die Union mit den Häretikern. So seid denn, meine Brüder, vor der größten aller Fraglichkeiten füglich gewarnt: Wohl ist die Wiedervereinigung mit der östlichen Kirche das unaufgebbare, mit aller Intensität wachzuhaltende, durchaus auch real zu verfolgende, heilige Ziel, doch für den abergläubischen Romhaß des törichten Klerus dort, vom Patriarchen bis zum dümmsten Steppenpopen und all ihrer hörigen Seelen, auch jener kriegerischen Kosakenstämme, für diesen Haß wider den Vater der Christenheit weiß ich nur noch eine Parallele, nämlich die infernalische Tobsucht des barbarischen Lästermauls und Erzketzers zu Wittenberg vor zwei, drei Generationen. Ein junger Zar nun, Römling, vom romergebenen Polen inthronisiert – nun, mögen ihm dort auch Herzen fürs erste zufliegen, wie weit wird danach seine Vollmacht reichen, wenn es gilt, jenen Klerus, jene fernen Völker Rom entgegenzuführen? Vertraut ihr auf die geistliche Machtstellung des Zaren? Cäsaropapismus hin, Cäsaropapismus her –«

Hier unterbrach ihn Ssawiecki: »Fragen, Exzellenz, nichts als Fragen. Wo bleibt der Glaube, der Berge versetzt? Es muß begonnen werden! Wer die Hand an den Pflug legt, der tut, ist er zum Reiche Gottes geschickt, vorwärts blickend Schritt um Schritt. So zieht er schnurgerade Furche an Furche. Unser der gläubige Wille, Gottes das Ende. Sei es unerforschlich. Er erhört über Bitten und Verstehen! Darum beginnen, beginnen! Unser die militia; der Feldherr der militantes thront nicht nur droben in seiner Glorie, er ist bei uns alle Tage bis an der Welt Ende!«

Gute Steigerungen! dachte Rangoni. Er erklärte, er werde der Kurie berichten.

»Exzellenz, in welchem Sinn?«

Nachdenklich entschied er: »In unser beider sehr verschiedener Sicht. Begrüßt der Heilige Vater einmal diesen Jüngling als den haeres Moscoviae, so sei's! Doch das könnte er frühestens, wenn der Prätendent allgemeine Anerkennung gefunden und kein lapsus mehr zu befürchten.«

»Das käme zu spät, Exzellenz, zu spät!« rief Ssawiecki.

Der Greis lächelte: »Überlassen wir's der Entscheidung der auf dem Heiligen Stuhl sich inkarnierenden Weisheit. Euch kommt der Heilige Geist von dort noch früh genug mit Extrapost. Was mich betrifft, meine Herren und Brüder« – er schwieg vor sich nieder. Dann vollendete er: Herr Mniszek liebe das Abenteuer, gewiß, doch nur, soweit der Ausgang gesichert. Ganz überflüssig zu diskutieren, ob er diese Verschwägerung mit den Wiśniewieckis so spät noch aufgibt, um so unsichere, so gefährliche Fracht zu laden. Den Sperling in der Hand ziehe er der Taube auf dem Dache zweifellos vor.

Jetzt nahm zum ersten Mal Wielewiecki das Wort. Er bat besorgt, immerhin auch das streng katholische Herz des Wojewoden in Anschlag zu bringen.

Ssawiecki unterbrach barsch: Ihm sei unzweifelhaft, wie sich Mniszek entscheiden werde. Die Hochzeit werde mit einem Knall –

Er stockte, man horchte.

»– gleich dem Spektakel draußen enden?« fragte der Bischof, denn es war nun der Augenblick, da die Feuerwerkskörper im Park zu detonieren begannen.

»So laßt euch denn herbei, meine Freunde, zu vernehmen, wozu ich mich entschlossen. Ich werde Herrn Mniszek warnen, heute noch warnen! Gute Nacht! Auf morgen – in der Kapelle bei der Trauung!«

Die Patres standen auf. Er schlug flüchtig das Kreuz über sie. Nur der hagere Wielewiecki verneigte sich. Der andere hatte Stahl im Genick. Die Patres waren entlassen. Der ältere ging nachdenklich, der jüngere zornrot davon.

Auf dem Flur ergriff Ssawiecki den Gefährten beim Arm: »Auf ein Wort!« Er führte ihn ein paar Türen weiter und nötigte ihn in sein Gemach.

Dieses ähnelte dem, das Pomaski bewohnte. Das von der Decke hängende Öllämpchen durchlichtete das Dunkel kaum. Den hl. Ignatius an der Kalkwand im Rücken, trat Ssawiecki vor den Confrater und zürnte: »Du schweigst und schweigst! Du stimmst Rangoni zu! Verrätst du die große Sache, die du selber einst an Pomaski und mich weitergegeben? Pomaski hat sein Leben daran gewandt! Und nun?«

Der Alte, dessen Scheitel fast an das Lämpchen stieß, seufzte: »Vor so viel Jahren, ja – Ich verlor sie fast aus dem Auge, schrieb die Sache ab, die Torheit meiner allzu langwierigen Jugend, und hatte Ruhe. Doch nun sie plötzlich aufersteht –«

Er wandte sich zum Heiligenbild und kniete davor am Betpult hin. Er legte die Stirn auf die gefalteten Hände.

»Was denn nun?« knurrte der andere.

Wielewiecki antwortete nicht. Schließlich hob er sein Gesicht zum Bildnis empor und murmelte über die Fingerspitzen weg, es richte sich nun all sein Hoffen, das ihm in der Affäre noch verbleibe, auf den Bischof von Reggio, nämlich, daß Exzellenz beim Wojewoden Erfolg haben möge.

Ssawiecki schnappte nach Luft.

Da stand der Alte auf, schritt zu ihm, legte ihm die Hände auf die Schultern und raunte ihm ins Ohr: »Unser Kyrill – ist das echte Prinzchen längst nicht mehr.«

Der andere verstand nicht.

»So höre denn die peinlichste Beichte meines Lebens!« Der Alte ließ beide Hände auf Ssawieckis Schultern liegen. »Unterm Siegel eines – vorläufig – unverbrüchlichen Schweigens.«

Bald sank es wie Winternebel auf Ssawiecki und legte Reif auf seine Stirn, denn der Freund berichtete: Wohl habe der

Orden einst das Kind Iwans zu treuen Händen empfangen, doch in erbärmlichem Zustand. Es sei gestorben. Da habe er, der Heißsporn Wielewiecki, ohne Auftrag, ohne Mitwisserschaft, aus einem Krakauer Findelhaus einen geeigneten Jungen zum Ersatz herausgesucht und untergeschoben, damit auf diesen – vielleicht! – irgendwann einmal Würde und Rechte des verstorbenen Prinzen übergehen könnten. Ja, er habe Schicksal gespielt, ohne zu wissen, für welche Gelegenheit und ob sie jemals komme. Was Pomaski betreffe, der sei ein betrogener Mann.

Nun wuchs im dunklen Raum ein entsetzliches Schweigen und füllte ihn aus. Der Beichtende durchbrach es und fuhr fort: »Du fragst, warum ich Bruder Pomaski bis heute in seiner bona fides stecken ließ? Oder dich? Die pia fraus hat ihre Logik. Wo wäre Pomaski dieser glühende Eifer für seinen Zarewitsch hergekommen – ohne dies ehrliche Engagement? Jetzt aber, Bruderherz, unter den Worten seiner Exzellenz des Herrn Legaten, jetzt ist mir endgültig klargeworden, daß der ganze, tolle Streich keinerlei Verheißung hat – seitens eines so übel herausgeforderten Himmels.«

Er ließ Ssawiecki los und wankte umher: »Und darum sei's genug hiermit. Gott sei mir Sünder gnädig! Auch im Eifer für die heilige Kirche kann Brunst aus der Hölle sein. Wer hat Christum gekreuzigt? Nicht Huren noch Zöllner! Lauter religiosi, Theologen, Ordensleute und Priester ... Erreicht Rangoni beim Wojewoden nichts, so offenbare ich selber unserem Pomaski, dem guten, was ich dir kundgetan, dir als erstem; so schweige ich, falls er nicht abläßt, auch vor Kyrill nicht, dem mit tausend Wohltaten so greulich Mißhandelten, auch nicht vor der Welt. Das Embryo meiner bedenkenlosen Eifererjahre soll nicht zum Austrag kommen.«

Endlich hatte sich Ssawiecki erholt. Er fauchte. »Das wirst du nicht tun! Es sei denn, du erhieltest die Ermächtigung dazu – vom General.«

Wielewiecki stand stirnrunzelnd da und schielte dann mit Augen, die sich immer weiter zum hl. Ignaz zurückwandten, auf seinen fernen Vorgesetzten in Rom, empfand seine gegenwärtige Ohnmacht, beugte sich der Disziplin, tastete sich zum nächsten Stuhl hin, ließ sich hineinsinken und sagte vor sich hin: »Ja, noch will ich schweigen. Bis zu meiner Beichte dann vor ihm in Rom. Doch meiner Reise dorthin eilt ein Brief voraus.«

Nur zu! dachte der andere, bis du in Rom bist oder dein Brief, rollt die Lawine längst. Er trat vor Wielewiecki hin: »Ob echt, ob unecht, Bruder, dieser Kyrill, nur er ist der Rechte, nur er! Was schiert uns das zuletzt so kranke, so verdorbene Blut Iwans? Überhaupt, dieser Iwan! Den ersten Thronfolger schlug er tot, der zweite gedieh zum Halbidioten, und jenes Früchtchen Dimitrij fiel gewiß nicht weit vom Stamm. Kyrills ingenium aber, das ist ein wirklicher Adelsbrief, das nenn' ich seine Herrscherweihe, sein gottentstammtes Recht. Dies – und das in ihm keimende große Werk der Zukunft! Denken wir Jesuiten an Dynastien oder an Völker und ihr ewiges Heil? Sind wir Anbeter des Götzen Legitimität? Du fandest den Rechten, den einzig Berufenen im Findelhaus, fischtest den neuen Mose aus dem Nil. Gott war mit dir. Es lebe der Erwählte!«

Die Lampe erlosch. In purer Finsternis hörte Wielewiecki noch Schritte, hörte den Fall der Tür – und saß allein.

Der andere brach bei Pomaski und Mniszek ein und übersah dort mit einem Blick die Lage. Pomaski stand am Fenster und grollte ja wohl ins Dunkel hinaus, Mniszek hockte wie zusammengeschlagen im Sessel und ließ den Schädel hängen. Hatte der Legat ihn richtig eingeschätzt? Volltönend aber, strahlend und beschwingt erkundigte sich der Eintretende, ob er den Wojewoden in der großen Stunde seiner Berufung beglückwünschen und segnen dürfe, worauf Pomaski herumfuhr und »Er will nicht!« murrte.

Nach dem ersten Rausch, welcher dem Wojewoden Nacken und Glatzkopf mit Blut, Glut und Mut gefüllt, war das Wägen und Rechnen gekommen: Was er da aufzuopfern im Begriffe sei und welche ungriffige Felswand er hinauf solle über schwindelerregendem Abgrund. Er drückte gleichsam das Gesicht an diese Wand, um weder hinauf- noch hinunterblicken zu müssen, und hing da, wie Ssawiecki schätzte, zwischen Feigheit und Gier. Der Pater mochte appelliert haben, woran er wollte, er mochte den Magnaten-Ehrgeiz berückt oder die Vaterliebe gemahnt haben, sich der doch vergötterten Tochter zu erbarmen, die am Kreuz ihrer großen Liebe hänge – der Wojewode saß da und scheuchte seine Gedanken hin und her. Er bedachte, wie er seine Latifundien nun bis zur letzten Ackerkrume, bis zum letzten Hufnagel, bis zur letzten Dachpfanne für den Kriegszug des Zarewitsch würde verpfänden müssen, wenn König Sigismund und der Reichstag nicht anbissen und mitriskierten; welcher Adelsteil in diesem Falle oder überhaupt seinem Beispiel folgen würde, welcher nicht; welche Wucherer er noch aufsuchen und auspressen könne; wie wundersam der Krieg verlaufen müßte, wenn sein ›Schwiegersohn‹ bestehen und triumphieren solle, und erkannte: Er habe alles zu verlieren, zu gewinnen aber sei womöglich der Pfahl und das Hohngelächter der Welt. Ja – oder auch – freilich – die Herrlichkeit der Herrlichkeiten!

Nun ging's andersherum. Schließlich wisse der Orden, was er seit so langer Zeit unternehme; schließlich habe er, Mniszek, öfters als Hasardeur, und nicht nur am Roulette, gespielt und gewonnen (wenn auch nie ohne gewisse Garantien, freilich, freilich); schließlich habe ihn Pomaski zum Manne der Vorsehung gemacht, es gehe um die Union; schließlich ... Was ihm weniger zu schaffen machte, das waren die Wiśniewieckis. Sie würden rasen, gewiß, und dann doch vielleicht mittun, da sie nicht gern was verpassen. Heilig die Zarenperson, groß ihre Epiphanie, lockend das Abenteuer, Ruhm, Kampf, Beute! Meutern sie, die Wiśniewieckis, was bedeutet ihr Groll, gewinn' ich nur König und Reichstag? Ja, wenn! Wenn! Verflucht und verdammt, ist das alles nicht purer Wahnsinn? Gott erhalte mir den Verstand!

So verzehrte er sich und verfiel, da trat der eiserne Pater ein.

»Er will nicht?« rief er. »Er muß!«

Aufs neue brachen nun Verheißungen, Ermutigungen, heroische Appelle und religiöse Postulate wie ein Sturzbach auf den Schwankenden herab, diesmal aus Ssawieckis Mund. Er fand zu keinem Entschluß. Die Zeit verrann ...

Ssawiecki dachte an Rangoni, stampfte auf und rief: »So handeln wir selbst!« Noch sei der Prinz auf Mniszek nicht angewiesen, rief er, noch gelte die Stimme des Ordens und des Papstes etwas vor Thron und Reichstag, noch sei Polen der ritterliche Vorstreiter der Kirche, noch sei Gelegenheit, einen Mniszek spüren zu lassen, was es heiße, die große Chance verpaßt, anderen den Vorrang und die Führung in die Hände gespielt und sich ins hinterste Treffen verdrückt zu haben, noch sei zu erwarten, daß Dimitrij, sobald er seinen Stand und seine Sendung erfaßt, auch über seine Menschlichkeiten, die Maryna beträfen, hinwegkommen werde. Solle denn die Tochter Mniszeks eine Fürstin Wiśniewiecki heißen und bleiben und sich in litauischer Öde an der Seite eines ungeliebten Haustyrannen zu Tode grämen, wenn die Siegesposten herüberflattern würden. Wenn der Zarewitsch sich erst kenne und empfinde, so werde er rufen – gleich jenem Aeneas Piccolomini, als er Papst geworden: Cyrillum rejicite, Demetrium recipite! Das Liebesschmachten sei dann abgetan, und der Privatmann ersterbe im Imperator, der Seladon im Helden.

Der Mann, dem so eingeheizt wurde, bat schließlich um eine Stunde Bedenkzeit. Ssawiecki war einverstanden. »Habeat!« sagte auch Pater Pomaski und dachte: Ich hab' die Qualen satt. Gott sei's befohlen! Der Mann im Sessel stöhnte: »Welche Nacht!«

Pomaski warf sich rücklings auf sein Bett und verschränkte die Hände im Nacken. Sein Confrater setzte sich in den noch freien Stuhl. Im anderen sann der Wojewode, vorgebeugt, den Kopf in den Händen.

Der Ahnungslose, um den es ging, war im Bankettsaal aufgetaucht, und seine zwei deutschen Doggen, Hussa und Heda, glücklich, ihn wieder zu haben, waren im Eingang an ihm hochgesprungen.

An der langen Tafel saßen nur hier und da noch einige Schmauser, welche die Geflügel- und Fleischteile mit Händen vor den Lippen zerrissen und die benagten Knochen über die Schulter hinter sich warfen, wo sich Hunde daran gütlich taten.

Kyrill setzte sich einsam an ein Tafelende und starrte auf das befleckte Tischtuch.

»Tokaier und Braten!«

Der angerufene Lakai besorgte das Verlangte im Nebenraum, wo man Kuchenberge, Bratenplatten und Kompotte verwaltete, brachte von allem und tischte auf.

Kyrill fütterte zuerst die Doggen, schenkte sich Becher um Becher ein und leerte sie durstig.

Ein alter Schlachziz schwankte heran, probierte einen großartigen Kratzfuß, fiel vornüber, richtete sich kniend auf und hob zu Kyrill die Quellaugen und einen belehrenden Finger auf. »Schert Euch zum Teufel!« wurde er angeknurrt. Der Dickwanst stützte sich an der Bank hoch, ließ sich darauf schwer nieder, mühte sich lallend, ein Geschwätz zu beginnen, bekam aus Kyrills Kanne einen Sturzbach Weins auf die Platte, patschte sich darauf und begriff nichts. Er gab es auf, legte sich mit breiten Armen auf den Tisch und schnarchte. Kyrill schwenkte sitzend die Beine herum, so daß er ihm rittlings den Rücken zukehrte, und klopfte Hussa und Heda. Hussa schleifte am Halsband die Hundepeitsche mit sich herum. Kyrill befreite ihn davon und steckte sie in die Leibschärpe, leerte den letzten Becher und stand auf.

Als er durch den Mittelraum dem Tanzsaal entgegenschritt, sahen ihm sitzende und stehende Gästegruppen nach. Zwei Damen bekrittelten seine ausländische Seigneurstracht, die für einen Halblakaien anmaßend sei: den spanischen, schwarzsamtenen Schulterumhang mit dem steifen Nackenkragen, die roten Strumpfhosen, die schwere Kette vor der blauseidenen Brust, die geschlitzten Puffärmel, aus denen der weiße Damast quoll, und die gelbe Leibschärpe mit der Lederpeitsche darin. Aber immerhin – einen Schritt habe er am Leibe, eine Haltung, n'est ce pas? Hübsch ist er auch. Diese von der Nasenwurzel her geschwungenen Brauen, die männlichen Lippen, die freie Stirn! Eine der Schönen raunte: »So stell' ich mir Alkibiades vor, allerdings bärtig. Bartlos war der schöne Grieche ja nicht.«

Kyrill lehnte mit untergeschlagenen Armen am Türpfosten des Tanzsaales und blickte dämonisch – wie sie meinte – zu Maryna hinüber, die vom erhöhten Baldachinpodest her zwischen Bräutigam und Schwiegervater in ihrem Schmuck funkelte und lachte und mit einem Schwarm von jungen Edelleuten scharmuzierte.

Sie ist wieder umgekleidet! stellte er fest, trägt die Halskrause jetzt, darüber noch ein breites Duftrad aus steifen Spitzen. Von den Schultern fällt steifknickend die schwere orangene Schleppe, die, akanthusförmig ausgesäumt, beinahe steht. Eng umschließt das gelbseidene Mieder lang und spitz zulaufend die perlenbehangene Brust, und von den Hüften ab fällt das Kleid wie schwerer Wasserfall in faltiger Fülle zu Boden. Wie dies Artemisgesicht zwischen den langglitzernden Ohrgehängen wechselt! Maryna, du strahlst, du hast alles hinter dir.

Die Kavaliere vor ihr waren dabei, den Bräutigam zu einem Trinkduell herauszufordern. Einer, ihr Sprecher, las vom Zettel ab, was sie soeben in Reime gebracht, ein anderer hielt dabei einen hohen Damenstiefel voll Wein empor, den Herkulestrunk. Kyrill vernahm es noch gerade:

> »Entführt hast du der Perlen Perl'
> Polonien, der erlauchten Magd.
> Miß dich mit uns nun, Diebeskerl,
> sauf ihren Stiefel unverzagt!
> Njemen und Weichsel fordern hier,
> Litauerfürst, dich und dein Land.
> Leerst du ihn aus, so schweigen wir,
> die Perle sei dir zuerkannt.«

Maryna lachte und erklärte, man kämpfe nicht um ungefährdeten Besitz, ebensowenig um unerreichbar Verlorenes. Offenbar wollte sie Konstantin vor dem trunkenmachenden Duell bewahren. Doch die Schar lärmte: »Setz Contra, Contra, Lithuania! Hic stat Polonia!« Konstantin flüsterte der Braut etwas ins Ohr, worauf sie sich niederließ, er ihr kniend einen der Brokatschuhe auszog, diesen vom Diener, welcher mit einer Zinnkanne vorüberging, füllen ließ, aufstand, den Schuh, wie ein Priester seine Monstranz, erhob und feierlich leerte. Applaus des ganzen Saales belohnte die galante Szene. Doch damit waren die Kavaliere nicht zufrieden. Sie krakeelten, sie alle seien hoffnungslose Anbeter der hohen Wojewodentochter gewesen und blieben es, hinsiechend, ach, in den Liebestod, doch verlangten sie dafür Rache.

So stieg der Bräutigam, der längst von Eitelkeit schwoll und sich etwas zutraute, herab: Gut denn, er sei geübt für solchen Strauß. Pro Lithuania – contra Poloniam! Dann ergriff er den Stiefel, setzte an und schluckte, während Maryna, eine

Falte zwischen den Brauen, mit plötzlich müden Augen über sie alle ins Leere hinweg – und scheu auf Kyrill blickte.

Als Konstantin fertig, ließ die Musikantentruppe in ihrer Loge oben rühmende Fanfaren schmettern, schrie die Schar der Burschen vor Genugtuung auf, einer umarmte den anderen und alle den unbesiegbaren Konstantin. Sie hoben ihn auf die Schultern und trugen ihn im Triumph hinweg, an Kyrill vorbei, dem Bankettsaal zu. Dann schwangen wieder die Klänge eines feurigen Krakowiak auf. Aus der vorüberlärmenden Gruppe löste sich ein Junger und fiel Kyrill um den Hals. Das war der junge Fürst Ostroschski, der Sohn des Krakauer Kastellans. Er schwankte schon erheblich, suchte Kyrill zu küssen, nannte ihn seinen einzigen wahren Rivalen, den es eifersüchtig nach den gleichen Schmerzen verlangt habe, die Ostroschski durchstehe; die anderen Laffen seien blödsinnige Prahler. Er forderte Kyrill zum Versöhnungstrunk und gemeinsamen Opfer ihrer Tränen auf.

Die übrigen, die inzwischen Konstantins Füße zu Boden ließen, scharten sich auch um die beiden und gedachten, Kyrill mitzuziehen, der aber, bedrängt und behängt, schwenkte sie mit einer einzigen Wendung zornig derart von sich, daß sie auseinandertorkelten, und rückte dann seine Kleidung zurecht.

»Laßt den Fuhrknecht!« rief jemand.

Schimpfend zog man mit Konstantin weiter. Da geschah es, daß einer der Kavaliere Ostroschski ein Schreiben entwendete, das aus dessen Rocktasche hervortrat, und es überflog. Während Kyrills Blick wieder zu Maryna hinüberschweifte, die sich, um dem Blick zu entgehen, ihrem greisen Schwiegervater zuwandte und mit ihm ein Gespräch forcierte, ging der Entwender des Schreibens unter die Musikantenloge, winkte mit dem Papier hinauf und verlangte einen Tusch. Eine Fanfare erklang, und aller Blicke im Saal richteten sich auf den agierenden Jüngling. Man scharte sich um ihn, auch die Zechermannschaft mit Konstantin strömte auf das Signal hin vom Bankettsaal zurück. Nun verkündete der junge Stutzer mit Emphase, er habe der erlauchten corona ein selbst Petrarca in den Schatten rückendes Poem zu verlesen. Was der Diamant sei am Ringe, im Dom die Monstranz, Maryna in des Festes Mitte und in ihrer vollkommenen Gestalt das bräutliche Herz, das sei unter allen Huldigungen des Tages, die man ihr opfere, dies Poem.

Ostroschski in der Saaltür tappte vernebelten Hirns nach seiner Tasche, bemerkte den Verlust und verzog sich, indes der Salonlöwe zum Podest hinauffederte und mit Komödiantenpathos folgende Phrasen deklamierte:

»Heiß brennen deiner Scheiterhaufen Flammen,
Hispania, die du, den Gott beschwörend,
am Phlegeton entzündest, Ketzer zehrend.
Mein Leid brennt heißer als sie all zusammen.
Dein Schweifen, Klagen, Heulen und Verdammen
um das geraubte Kind, so sinnbetörend
es gelle, Ceres, ist so herzbeschwerend
nicht wie mein Jammer! Mag er Gott entstammen,
was hilft's? Nie, nie mehr läßt es los, das
                          Hadesdunkel.
Mein Lieb, du thronst bei deinem Pluto bleich,
Proserpina! Nun würge dich dein Sehnen
dort wie mich meins hier würgt. Ein fahl Gefunkel
gleich Sternen steht um dich im Schattenreich,
gefrorne Perlen: meine heißen Tränen.«

Ah! Charmant! ging es durch den Saal. Man klatschte und pries, man fragte, wer der Dichter sei. Konstantin aber blitzte Kyrill an, schritt mit zorniger Wendung auf den Deklamator zu, entriß ihm das über die Menge hin und her geschwenkte Papier und marschierte, durch die Gäste drängend, auf Kyrill zurück. Das Papier in der Faust zerknüllend stand er vor ihm und schnauzte ihn an: Wer hier der Pluto sei?

Der kreuzte die Arme, sah ihn dumpf an und knurrte, der Fürst solle den Autor fragen. Worauf ihm dieser den Papierball ins Gesicht warf. Kyrills Rechte zuckte zum Degen. Doch er ließ ihn stecken, schritt an Konstantin vorbei und durch die verstummende Menge auf Maryna, die thronende, zu, verbeugte sich und forderte die blaß auf ihn Niederblickende zum Tanze auf. Der Musikmeister sah es und fiel mit seinen Fiedlern und Bläsern ein.

Getragene Klänge für einen Schreittanz füllten den Saal. Maryna erhob sich, ihre Zähne blitzten aus lächelndem Mund. Sie reichte niedersteigend Kyrill die Hand.

Sie schritten dahin, andere Paare folgten dem Beispiel und schlossen sich an, den gefährlichen Auftritt überspielend. Sonst stand man mit Getuschel und Blicken herum, die bald den alten, bald den jungen Wiśniewiecki streiften. Dieser blieb wie ein Klotz auf dem Platz, den so lange Kyrill eingenommen. Sein breites Gesicht flammte. Immerhin löste sich die bedrohliche Spannung im Raum. Im wehmütigen Gedudel und ehernen Rhythmus der Sarabande und im wieder wachsenden Stimmenlärm ging das Zwiegespräch unter, das nun Kyrill und Maryna, ohne einander anzublicken, beim Schreiten und Sichneigen, beim Vor- und Rückschritt und im Wechsel nach links und rechts miteinander wagten – nach Minuten anfänglichen Schweigens.

Leise kam es zuerst von Marynas Lippen: »Du bist ganz sonderbar. Hast du etwas vor?« Langes Schweigen. »Was willst du sagen, Kyrill?«

»Nichts. Wir schreiten einen Totentanz. Neue Variante für Holbein.«

Schweigen.

»Totentanz? Wer soll hier sterben?«

»Ein eisiges Händchen ruht in einer eisigen Hand. Mit uns

schreitet der Tod. Sein Griff umspannt unsere Hände inmitten.«

Schweigen.

»Laß doch die Komödie!«

»Das ist keine Komödie, sondern ein Tanz an die offene Hadespforte.«

»Mit mir?«

»Keine Angst! Dort werde ich mich mit Handkuß verneigen und allein ins Dunkel entweichen. Du kehrst um, zu den anderen zurück. Sie sind auch nur Schatten.«

»Du sollst nicht den Tragöden spielen!«

»Das Spiel geht rasch zu Ende.«

»Haltlos bist du! Kindisch! Verächtlich!«

»Mir gleich. Für wen soll ich den Tapferen spielen?«

Sie schritten, wechselten, verneigten sich, schritten, wechselten, schwiegen.

»Du willst mich quälen.«

»Ja.«

»Ich achte nur Männer.«

»Und heiratest ein Hornvieh.«

»Du benimmst dich – na!«

»Miserabel. Um dir den Abschied zu erleichtern. Lerne mich verachten.«

Er fühlte ihre Hand in der seinen zittern. Er hörte ihre Lippen sagen: »Kyrill, wenn du das tust – unmenschlich wär's! Ja, ich spiee hinter dir her, in den Abgrund hinab.«

»O könnte ich das doch erreichen!«

Sie wechselten aneinander vorüber und schwiegen. Endlich flehte sie mit brennendem Augenaufschlag zu ihm empor: »Du weißt, an welches Gesetz ich mich aufopfere.«

»Wegwerfe. Gehe jeder seinen ihm vorgezeichneten Weg – in sein apartes Nichts. Und doch, das gleiche Dunkel ist schon um uns beide her.«

»Ist das deine Liebe?«

»Ja. Sie ist vergiftet.«

»Also Haß. Du, es gibt einen großen Haß und den der Kanaille. Du wirst gemein.«

»Entsprechend deinem noblesse oblige.«

»Das Gemeine haßt die Gemeinheit nicht. Ich hasse dich ungemein.«

»Haha, so ist es ja erreicht.«

Sie schritten, wechselten, neigten sich, schritten, wechselten, schwiegen.

»Du kennst mich besser. Du weißt, daß ich muß.«

Er erwiderte: »Wie ich. Schwankst du? Schwindel? Ist dir übel?«

Nach einer Pause klagte sie kleinlaut: »Angst – auch um dich.«

Er schüttelte den Kopf: »Nur um dich! Um deine künftigen Tage und Nächte – mit ihm. Mir ist bald wohl.«

»Du glaubst nicht an Gott, Kyrill. Das spürte ich immer. Selbstmörder sind verflucht.«

»Selbstmörderinnen etwa nicht?«

»Ich werde leben, leben.«

»Ja, lauter Tod. Es ist ein Totentanz, wie gesagt, jetzt noch zu zweien, später tanzest du ihn allein. Mein Weg ist schon sehr kurz.«

»Da soll ich dich wohl beneiden? So sei es denn!«

Schweigen.

»Könntest ja mit mir gehn.«

Wieder fühlte er ihr Zittern Hand in Hand. Er hörte sie schlucken, dann sagen: »Ich wähle – das Schwerere. Stets sei es meine Wahl.«

Dann aber kam es aus ihr wie ein winselndes Bitten: »Geh schlafen, Kyrill!«

»Sofort, sofort, mit einer schweren eisernen Pille im Maul.«

»Du willst mich entsetzen, martern, quälen. Ich glaube dir

nichts. Du weißt nicht, was du tust und redest. Du bist betrunken.«
»Ja, von eurem Wein, der war Gift.«
»Seit – wann?«
»Seit zwei Jahrzehnten.«
»Verfluchst du unsere schöne Kindheit? Alles? Ich bin dir dafür so dankbar, Kyrill.«
Er lachte: »Ich verfluche.«
Sie schwiegen. Und wieder begann sie: »Alle Großen wurden groß nur durch Verzicht.«
»Du gutes, wohlerzogenes Kind, allen Gefasels von Größe bin ich satt bis zum Erbrechen.«
»Gut, so lerne beten!«
Er lachte trocken: »Dein Name sei gelobt! so betete der junge Hecht nach Sankt Antonius Fischpredigt, als er im Rachen des alten Hechts verschwand.«
»Lästerung!«
»Wessen? Der da lästert sich selbst in der ganzen Breite seiner famosen Schöpfung. Der Mensch ist nur ein bißchen deren Zunge – und sein schlechtes Gewissen, nicht?«
Fast weinte sie: »Nein, nein, diese Welt, sie ist eben nur sündig, von ihm so geschieden, und daher – Er aber ist heilig, heilig, Kyrill.«
»Süße Predigerin, du kommst ganz aus dem Takt. Stolpere nicht!«
Sie gewann wieder tänzerische Haltung.
»Die Welt ist weit, Kyrill. Von Litauen aus –«
»Dein Stierkopf soll wohl mein Protektor sein? Kein Bukephalos für mich. Solche Pferde reite ich nicht. Er reitet ja dich.«
»Führ mich an meinen Platz!« zischte sie empört.
»An den seinen!« sagte er kalt und hielt ihre Hand störrisch fest. »Wir sind noch nicht am Ziel. Laß uns denn bis dahin schweigen, Maryna.«

Sie schritten, wechselten, neigten sich, schritten und schwiegen.

»Ich flehe dich an, Kyrill –«

Die Musik war am Erlöschen. Er sagte wie mitsterbend: »Nun stehen wir vor der weiten, dunklen Grotte. Lebe wohl, mein Leben, lebe wohl!«

Der letzte Akkord verklang, Kyrill beugte sich nieder, küßte ihre Hand und entließ sie als Schwankende zu ihrem Sessel, hinauf zum finsteren Schwiegervater, ging davon und nahm nichts mehr wahr. Nahm nicht wahr, wie der alte Fürst sich seitlich zu ihr neigte und flüsternd rügte, das habe lange gewährt – mit einem so standeswidrigen Tänzer, sie sei nun Fürstin. Er nahm nicht wahr, wie einige Edelleute den von Wein und Eifersucht kochenden Konstantin umsonst zu beschwichtigen suchten, und kam erst zu sich, als dieser mit zwei, drei wuchtigen Schritten vor ihm stand und, Antlitz fast an Antlitz, ihn sprühend anschrie: Nochmals – er wolle wissen, wer hier Pluto sei!

Die Menge der Tänzer, die gerade auseinandertrat, fuhr zu den beiden herum. Knisternde Stille füllte den Saal. Auf Kyrills Gesicht sanken die Lider über haßstumpfe Augäpfel halb nieder.

Plötzlich verzerrte tierische Wut des Bräutigams Antlitz zur lodernden Fratze. Der betrunkene untersetzte Mann riß aus Kyrills Schärpe die Hundepeitsche heraus und hieb dem Verhaßten eine flammende Strieme quer über das Angesicht. Der so Geschändete stand ein paar Sekunden lang mit geschlossenen Augen da und hörte noch Marynas leisen Aufschrei, bewegte ganz langsam die Rechte zum Degengriff hinüber, umspannte den Griff genießerisch, als wolle er ihn in der Faust zerquetschen, riß den Blitz aus der Scheide und sprang in Spreizstellung. Auch dem Fürsten fuhr der Stahl heraus. Und schon klirrten die Klingen und wirbelten im Zweikampf. Die Rasenden vernahmen weder den Schockschrei der Damen, noch gewahrten sie das Herausschießen vieler anderer Säbel und Degen umher, gewahrten auch nicht, wie eine der Doggen Kyrills aufbellend heranschoß, zu seines Herren Verteidigung dem Fürsten in die Seite fuhr und sich daran festbiß, und schon fuhr Kyrills schlanker Stahl dem Gegner mit orgiastischer Gier durch die Brust. Ein allgemeiner Schreckensruf schoß hoch, Damen schlugen die Hände vor die Augen, und während sich einige Herren auf den Zusammenbrechenden stürzten, fuhren andere auf Kyrill los. Maryna stand versteinert. Doppelmord wäre jetzt das Ende der Hochzeit gewesen, wenn nicht plötzlich Pater Pomaski, vom Wojewoden und von Ssawiecki gefolgt, zwischen Kyrill und die sich auf ihn stürzenden Rächer des fürstlichen Blutes hereingesprungen wäre – wo kam er plötzlich hergerannt? –, um Kyrill mit seinem Priesterleibe zu decken und unter gereckten Armen herumzuschreien: »Es ist der Zarewitsch! Der Russen Zarewitsch! Ein Geweihter Gottes! Der Sohn des letzten Iwan!«

Seine rechte Hand hob jene Pistole zur Decke, mit der Kyrill in seinem Zimmer gespielt, und feuerte sie ab. Der schockierende Knall und der Schrei des Paters ließen alles wie mit Zauberschlag erstarren. Man ließ die Degen sinken, oder soweit man um Konstantin kniete, richtete man sich horchend halb empor.

»Procul, o procul este, profani!« rief nochmals Pomaski, warf die Pistole weg und umeilte mit schüttelnden Armen Kyrill, um ihn allseitig zu sichern.

»Zarensohn! Mein Kyrill! Mein Dimitrij!« tönte jetzt auch Mniszeks Baß, und mit ausgebreiteten Armen drängte der Wirt seine Gäste zurück, während Ssawiecki die um den Gefallenen veranlaßte, diesen schleunigst fort- und hinauszutragen. Er faßte selbst zu.

Die Würfel waren gefallen. Da stand denn nun Kyrill-Dimitrij, und seine Faust am noch halbgekrümmten Arm hielt den noch aufstrebenden Degen mit Kraft. Da stand er wie sein Denkmal, und der Blick seiner runden Augen saß fest im Begeisterungsblick Pater Pomaskis.

Denn was geschah! Dieser Pomaski – da! er ließ sich vor ihm auf ein Knie nieder und kreuzte die Hände auf der Brust! Und dieser Mniszek, er warf sich neben Pomaski auf beide Knie und neigte den breiten Nacken. Und es war ein weiter Kreis von Staunenden um beide Knienden und Dimitrij.

Dimitrij wandte den Blick und ließ ihn kreisen, bis er an Maryna, der herüberstarrenden Maryna drüben, haftenblieb, an ihren Augen, die alles überbrannten, auch Adam Wiśniewiecki, der krumm und betäubt halb vor ihr stand. Sie schlug beide Hände vor das Gesicht. Dann zog sie sie langsam nieder, die Augen wurden frei und standen in Flammen. Sie drückte links und rechts vom offenen Munde die Hände gegen die Wangen, empfindungslos vor so viel Andrang der Empfindung, der in ihr Seelenhaus einbrechen wollte und verkeilt in der Pforte hängenblieb. Fürst Adams überbuschte Augen folgten medusisch tot und verständnislos der Gruppe, die sich soeben mit seines sterbenden Sohnes Leib aus der Saaltür schob. Dimitrijs Blick wanderte in Marynas Antlitz umher und stürzte dann in ihre Augen, als wolle er sich nie mehr daraus lösen.

Der Wojewode sprang auf, ließ den Säbel über sich kreisen und brüllte sein »Vivat Caesar Moscovitarum, Demetrius, filius Joannis Basilidis!«

Das war derselbe Mann, der soeben noch zwischen den Patres dagesessen und, die Stirn in den Händen, um Erleuchtung oder ein Wunder gebetet, das ihm so oder so Konstantin vom Halse schaffe, der da erwogen, ob irgendein nicht gerade tötender Trank – Ach, Aufschub! Maryna könnte doch Krankheit simulieren? Und so fort.

Pomaski hatte sich plötzlich vom Lager geschwungen, war zum Zarewitsch hinübergegangen, hatte das Zimmer leer gefunden und die geladene Pistole auf dem Tisch, er war mit dieser zurückgekehrt und hatte die beiden aufgerufen, den Vermißten suchen zu helfen. Da drang auch schon von unten her verdächtiger Lärm durch die offene Tür herein. So waren sie noch zu rechter Zeit gekommen. Rettung in letzter Sekunde!

Der Huldigungsruf des Wojewoden war noch nicht verhallt, da eilte noch jemand herein, Fürst Sapieha, der sich, um auszuruhen, in sein Appartement zurückgezogen. Auf Pomaskis Schuß war er hinabgeeilt. Da war an ihm der Sterbende vorbeigetragen worden und der alte Wiśniewiecki hinterhergewankt. Er sah es von halber Treppe. Bluthochzeit! Im Hause Mniszek! Was steckte dahinter? So war er nun mit ein paar Schritten im Saal, hörte noch den Hausherrn lärmen und dachte: Ein neuer Skandal! Jetzt muß der Mann zu fassen sein.

Er trat vor Dimitrij hin und erklärte ihn für verhaftet, wandte sich zu Pomaski und verlangte Erklärungen. Mniszek übersah er.

Der Jesuit richtete sich hoch auf und wies ihn zurecht: Einer Schutzhaft bedürfe es nicht. Der Zarewitsch stehe über des Landes Gesetzen und unter dem Schutz der Kirche. Er, Pomaski, sei bereit, wiewohl hier kein Tribunal sei, vor den Ohren Seiner Majestät, des Zarewitsch, vor dem Großkanzler, vor den beklagenswerten Vätern des Bräutigams und der Braut, vor dem unglücklichen Duellanten, der sich ahnungslos an einer Majestät vergriffen, vor der bejammernswerten Maryna, vor dem Legaten des Heiligen Stuhls, vor der ganzen tieferschütterten, hohen Gästeschar hier und damit vor Polen und des polnischen Königs Majestät die ersten Aufschlüsse zu geben. Nach einem feierlichen »Favete linguis!« nahm er mit Verneigung Dimitrijs Linke und führte ihn Maryna entgegen. Voranschreitend forschte er in ihren Zügen.

Sie wandte noch kein Auge von Dimitrij, dieser keines von ihr. Mniszek folgte bis zum Podest, reichte dort der Tochter die Hand, leitete sie herunter und schloß sie in die väterlichen Arme. Diese, wie zusammenbrechend, warf ihr Gesicht an seine Schulter. Er winkte einem Diener. Dieser schob einen Sessel heran. Dahinein ließ der Vater sein Töchterchen sinken. Die Gäste standen respektvoll in weitem Halbkreis. Mniszek hielt Marynas Linke tröstlich fest.

In der Saalpforte tauchte zwischen den anderen beiden Jesuiten nun auch der päpstliche Legat auf, vermutlich von Ssawiecki gerufen. Alles verneigte sich.

Dimitrij stand oben zur Menge gewandt, doch wie verloren ins Unendliche schauend, den aufstrebenden, blutigen Degen immer noch in der Faust. Pomaski machte ihn leise darauf aufmerksam. Mit nachdenklicher Langsamkeit legte der junge Mann die Spitze an den Scheidenausgang. Dann, wie zu sich kommend, stieß er die Länge der Klinge jäh hinab, hob das Kinn und warf das Gesicht zu Pomaski herum. In seinen Mienen stand zu lesen: Rede!

Der Pater hielt es für schicklich, vorerst an Bruder Ssawiecki, der zur Rechten des sitzenden Legaten stand und wurzelte, die Frage nach dem Befinden Konstantins zu richten, was dieser mit der Andeutung von geschehendem ärztlichem Beistand erwiderte. Das Leben des Verwundeten sei wohl kaum in Gefahr. Maryna, in der nun wohl ein Kampf war zwischen der Pflicht, dem sterbenden Bräutigam nahe zu sein (was einige Matronenblicke ihr zuzuflammen schienen), und ihrem Verlangen, mitzuerleben, was nun mit Kyrill geschehen würde, Maryna spielte, was ihr jetzt am leichtesten fiel und gegeben schien: die ihrer nicht mehr Mächtige. Sie ließ den Kopf wie vergehend zur Seite hängen. Hinter geschlossenen Lidern verbarg sie alles, was sie durchstürmte. Der Vater verstand sie und klagte: »Ihr Herz will brechen!« Eine Tante näherte sich und fragte, ob sie helfen und das arme Kind hinausgeleiten dürfe, der Wojewode jedoch nahm von Jegor, dem Alten, ein Glas Wasser entgegen und suchte seine Tochter zu erquicken. Diese nahm, scheinbar bewußtlos, keinen Tropfen, mußte denn also wohl sitzen bleiben. Mniszeks Hände machten die Geste der Ratlosigkeit. Er stellte sich zwischen Maryna und die Gäste. So war sie gedeckt.

Schon beherrschte Pomaskis Stimme den Saal.

»Exzellenz! Erlauchte Fürstlichkeiten! Edle Schlachta! Mesdames! Daß man wisse, wie dieser sich und aller Welt bisher Unbekannte ein Unberührbarer sei, bitte ich, in Kürze dies zu vernehmen. Vor zwei Dezennien wurde das angeblich hingemordete Kind Demetrius, des Zaren Iwans IV. letztes Söhnchen, aus Uglitsch nach langwierigen Fluchtwegen der Gesellschaft Jesu übergeben. Wer weiß, wie lange noch der Orden das Geheimnis würde gehütet haben aus Rücksicht auf die Ruhe der Welt, wenn dies unselige Duell, das der Zarewitsch sicherlich nicht vermeiden konnte, für desselben Leben, Freiheit und Zukunft nicht solche Gefahr heraufbeschworen. Selbstverständlich ist die Gesellschaft Jesu, wie ihr jeder gute Katholik blindlings zutrauen wird, im Besitz aller Beweise und Dokumente, die jeden Zweifel an der Identität des Sohnes Iwans des Großen ausschließen. Nun aber muß Seine Majestät der Zarewitsch selbst entscheiden, ob sie hic et nunc, coram publico oder vorerst allein zu vernehmen wünscht, wie höchstdieselbe durch Gottes Gnade vor dem Wüten eines kindesmörderischen Herodes nach Polen gerettet und für diese Stunde bewahrt worden, ferner, welche Zeugen und Zeugnisse seine Abstammung und Würde bekennen und offenbaren.« Er wandte sich an Dimitrij: »Zarewitsch Dimitrij Iwanowitsch, welche Konsequenzen Eure Majestät für Eure Zukunft zu ziehen gedenken, ist vollends Eurer Majestät Entscheidung (zu dem gewünschten Zeitpunkt) zu überlassen.«

»Ach was! Nur her mit den Argumenten, hic et nunc!« so brach es barsch in des Paters Rede hinein, und dies Kommando kam von Leo Sapieha, der mit eingestützten Armen vor Dimitrij und dessen Herold auf den Fußballen wippte.

Da stieß ein eigenartiger Blick Dimitrijs in den seinen und funkelte darin fort, die geschwungenen Brauen zogen sich bedrohlich zusammen, und schneidend klang die Frage: »Seid Ihr gefragt oder ich, Herr?«

Siehe da, dachte so mancher und manche, ein erster Flammenstoß aus dem Vulkan eines funkelnagelneuen Selbstgefühls. Nicht gespielt!

Sapieha prüfte ihn aus schmalen Augen und hörte ihn zum Pater sagen:

»Ihr könnt vor mir schweigen, Hochwürden, väterlicher, alter Freund, jetzt und ewiglich, denn ich glaube, daß ich bin, was ich bin ...« Er stockte, aber es stürmte in ihm beseligend weiter: Ich glaube, glaube, glaube! Das war's, das hat in mir als lauter Irrlicht der Friedlosigkeit herumgeirrt! Er mußte die Augen schließen. Ekstatisch wuchs es in ihm auf. Sein rechtes Handgelenk fuhr vor die Augen und verdeckte den Tränensturz. Er mußte – er wollte – wohin? Auf und davon! Unter die nächtlichen Wolken ins winterlich Weite! Aber er wandte sich ab und blieb. Rührung ließ alle verstummen, Damen schluchzten, Herren wischten sich die Augen, man schneuzte sich in Tücher.

Sapieha sah schrägen Blicks zur Saaldecke empor und hatte enge Lippen, er legte die sich aus den Hüften lösenden Hände auf dem Rücken zusammen, wartete, senkte die Stirn und betrachtete Dimitrijs Schienbeine. Dieser wurde wieder Herr seiner selbst, besann sich auf Marynas Nähe, ließ sich im Sessel nieder, umspannte mit den Händen die Griffe der Armlehnen und atmete tief, ein Gegenstand der Andacht und Sympathie – oder auch schon leise vorwitternder Hoffnungen. Welche Sensation! Morgenluft! Morgenluft! Arsenale springen auf! Kanonen rumpeln und rollen! Pferde wiehern, Kolonnen trappeln! Marsch, Ritt, Sturm in die Ferne! Geschützdonner! Brennende Dörfer am Horizont! Ruhm! Beute! Auf der Fährte Stephan Bathorys! Polonia, deine Zukunft liegt im Osten!

Der Legat saß zurückgelehnt, des aufgestützten Armes Hand lag leicht geschlossen an den Lippen, sein Haupt war gesenkt, die Augen waren still und stet zu Dimitrij erhoben. Stehend flankierten ihn die beiden Patres, von denen der mit der zerknitterten Stirn vor sich niederträumte, der mit der Boxerstirn Franz Pomaski anleuchtete. Der begann nun wieder zu reden:

Zar Iwan, den seine Völker unter dem Namen des Gewaltigen, Schrecklichen, wie keinen ihrer Gebieter verehrten, habe in seinem Sohn Fjodor dem Reich einen frommen Toren hinterlassen müssen, für welchen dessen Gattin Irina und deren Bruder Boris Godunow und wiederum dessen Weib, eine Tochter des berüchtigten Maljuta Skuratow, jahrelang die Herrschermacht verwaltet hätten – mehr schlecht als recht. Schließlich habe Godunow als Reichsregent den thronenden Schwager und Blödling kränkeln und hinsiechen gesehn. Da habe ihm der Versucher zugeraunt: ›Boris, dies wird das Ende deiner Herrlichkeit. Denn Iwans letzter und nachgeborener Sohn, das Kind in Uglitsch, der kleine Dimitrij, was wird er nach Fjodors Hinscheiden sein? Der Spielball mächtiger rivalisierender Häuser, Vorwand und üble Parole, Objekt ränkesüchtiger Bojaren. Dich aber pflügen sie unter und Irina, die Zarinwitwe, mit. Erbarme dich Rußlands und bleibe, was du bist, des Reiches erprobter Regent! Werde danach, was dir zwar nie an der Wiege gesungen worden und Gott dir dennoch zugedacht: Erbe der Krone! Es kostet dich nichts als eines zwar unschuldigen, aber unheilvollen Kindes Blut! Das Kind gesellst du den seligen Reigen der Kinder von Bethlehem bei, Rußland bewahrst du vor neuen Wirren, und du begründest eine gesunde, gute, neue Dynastie. Sei hart! Die Kirche deines Reiches wird dich segnen, sie wird dich dankbar krönen und immer auf betenden Händen tragen. Auch ruhen ja alle Schätze der Vergebung in ihrem Schoß.‹

So habe der Versucher sich die Tatarenseele gefangen. Nun denn, in Uglitsch habe Marfa Fjodorowna Nagaja, die Witwe Iwans, an der Wiege des kaum dreijährigen Prinzen abseits der Welt residiert.

»Noch atmete Zar Fjodor«, so fuhr Pomaski fort, »da stand in einer Nacht Uglitsch in Flammen, doch die Feuerglocken heulten umsonst. Mordbrennerbanden waren am Werk. Verschwenderisch opferte der Reichsregent eine Stadt auf, nur um den Palast zu gefährden und die Panik zur Ermordung des ängstlich gehüteten Prinzen auszunutzen. Seine Kreaturen drangen als Feuerwehrleute in den Palast. Wozu? Um das zu rettende Kind in stürzenden Balken, Qualm und Flammen angeblich zu verlieren und am nächsten Tag die halbverkohlte Leiche unter Trümmern auffinden und bergen zu lassen. Tags darauf erscholl zwiefache Wehklage: um den Untergang der Stadt und den des Prinzen. Der halbe hölzerne Palast war dahin. Die kleine Leiche, fast unkenntlich, wird der armen Mutter vor die Füße gelegt, schleunigst eingesargt und hastig bestattet. Die Bevölkerung von Uglitsch aber schöpft Verdacht, beginnt zu wüten, nimmt an verdächtigen Palastleuten und anderen Individuen blutige Rache. Nun muß der Reichsregent sein Gesicht wahren. Er läßt eine Untersuchungskommission falsche Protokolle verfertigen, die rebellische Bevölkerung nach Sibirien verschleppen und den Rest von Uglitsch schleifen. Seit zwanzig Jahren sitzt Marfa nun hinter Klostermauern und ahnt nicht des lebendigen Sohnes und Rächers Berufung. Wie nun das Wunder der Rettung geschehn?«

Pomaski berichtete: Der Marfa Leibarzt, ein Deutscher

aus dem Bannkreis von Köln am Rhein, Simon geheißen, habe Unrat gewittert, nämlich seit einem Bestechungsversuch durch Bitjagowskij, einen Kämmerer der Zarinwitwe. Dieser seit langem unerträgliche Haustyrann habe Simon zu bewegen versucht, das Kind an eine dem Regenten ergebene Familie – ohne der angeblich allzu störrischen Mutter Wissen – auszuliefern, natürlich allein zu des gefährdeten Kindes Sicherheit. Simon habe monologisiert: Wie kann ich ahnen, wer hier dem Kinde wohl, wer ihm wehe will? Fürsorglich habe der getreue Mann Nacht für Nacht sein eigenes Söhnchen mit dem Prinzen in der Wiege vertauscht, mit Wissen seines weinenden Weibes, doch ohne Wissen der Marfa, die er nicht zu beunruhigen gewünscht. Sein eigenes Geblüt, sein Kind, sei dann das heilige Opfer geworden, das Gott ihm lohne, ihm, seinem Weib und dem Kinde selbst – in Ewigkeit. Droben seien sie längst vereint, die drei. Die Spießgesellen aber um die drei Bitjagowskij Vater, Sohn und Neffe, diese betrogenen Teufel seien nicht weit gekommen auf ihrem Ritt nach Moskau. Der Uglitscher Kommandant habe sie auf Weisung des Regenten durch nachgesandte Banditen einholen und nieder- und stummachen lassen. Das sei der Tyrannen gewöhnlicher Lohn. Nun aber habe Simon sich vergeblich gemüht, Marfa zu verständigen und zu trösten. Sie habe abseits in strenger Haft gesessen, leichtfertiger, feiger, unmütterlicher Art in der Brandnacht bezichtigt, ja der Aufwiegelung der Uglitscher angeklagt, die das Verbrechen in blutigem Aufstand zu rächen unternommen. Kurz, Marfa sei von ihren Bedienten und aller Welt isoliert gehalten worden. Auch habe der getreue Leibarzt keine Stunde im Chaos von Uglitsch verlieren dürfen, zumal der kleine Dimitrij für jedermann leicht erkennbar gewesen. Er habe das Kind auf langer Irrfahrt von Kloster zu Kloster geborgen und zuletzt zum Paten des Kindes, dem in die Ukraine verbannten Fürsten Mstislawskij, gebracht. Der

Fürst habe sein Patenkind sofort am etwas kürzeren linken Arm, am Wärzlein unter dem rechten Augenwinkel, am Iwansantlitz, an allem wiedererkannt und ein Zeugnis darüber ausgefertigt und besiegelt, ihm auch ein kostbares Brustkreuz, das hochberühmte Heiligtum seines Hauses, segnend verehrt, jenes Kleinod, das durch ein Jahrtausend von Kaiser Justinian her in der Hagia Sophia zu Konstantinopel gehütet worden und schließlich als Heiratsgut der byzantinischen Prinzessin Helena nach Moskau an den Zarenhof gekommen und später den Mstislawskijs vermacht worden sei. Simon und der Fürst seien übereingekommen, keinem Sterblichen, auch der Nonne Marfa nicht, von der Rettung des Prinzen vorläufig etwas anzuvertrauen. Denn sehr bald, zumal nach des Zaren Fjodor Tode, erst recht nach des Regenten Krönung, habe sowohl am Zarenhofe wie im Volk das Gerücht, ja die Gewißheit bestanden, die Verbrechen von Uglitsch gingen auf den zurück, der der Welt das unverschämte Nachspiel von Uglitsch geliefert, und übrigens sei er mißlungen, der Streich, der Teufel geprellt und der Prinz gerettet, Wassilij Iwanowitsch Schuiskij aber, das Haupt jener Kommission, der hohe Bojar, sei ein Schuft. Kurz, Fürst Mstislawskij habe befohlen, das Kind über die Grenze zu schaffen – »hierher zu unserem teuren Fürsten Adam Wiśniewiecki. Oh, wär's nur geglückt!« rief Pomaski, »wäre doch der Zarewitsch an unseres Konstantin Seite herangewachsen, nicht hier in Ssambor noch in Sandomir unter den Fittichen unseres teuren Wojewoden! Wahrlich, dies Duell hier hätte nie stattgefunden, und diese Hochzeit befleckte kein Blut! Doch weiter!«

Die Grenzen zum Litauerland seien auffallenderweise bewacht gewesen. Allzu ängstlich habe Simon beschlossen: Recta via nach Moskau zurück! Freilich, so nahe an seinem Herzen habe da Herodes den kleinen Todfeind, den Gotterwählten, nicht gesucht. Doch nun sei Simon tödlich erkrankt und habe das Kind Otrepjew, einem Mönch des berühmten Tschudowklosters, hinsterbend übergeben. Dieser endlich habe den Prinzen in Krakau dem Ordenshaus sozusagen auf die Schwelle gelegt. Die dort eingeweihten Brüder hätten der Botschaft des jungen merkwürdigen Mönches natürlich noch nicht geglaubt, sondern weitere Beweise gesucht – und auch erhalten. Ein Pole, der in Uglitsch als Gefangener gelebt und dort als Ofensetzer und -heizer im Palast aus und ein gegangen, habe sich – dank den Bemühungen jenes Otrepjew – eingefunden und die Identität des Zarenkindes feierlich beschworen, und ein Russe, Offizier der Uglitscher Palastgarde, flüchtig seit jener Brandnacht, desgleichen. Agenten hätten Abschriften der Uglitscher Kommissionsakten herbeigeschafft, und jener Russe habe das in sich widerspruchsvolle, ungeheuerliche Lügengewebe im Licht der selbsterlebten facta zerpflückt. Die Aufzeichnungen des Ordens über die Nachforschungen und alle Indizien seien in sicherer Verwahrung.

»Das kostbarste Stück«, rief jetzt Pomaski, »birgt dieser Priesterrock an meiner Brust, seit zwei Jahrzehnten schon: Jenes Kleinod eben Justinians, das Heiligtum der Mstislawskij!«

Damit griff er in die Soutane, zog das von Edelsteinen blitzende Kettenkreuz hervor, und: »Schaut auf! Da funkelt's! Man kniee!« rief er und erhob das Kleinod ekstatisch über die Menge, die sich bekreuzigte oder auch hinkniete. Nun wandte er sich an Dimitrij, weitete mit beiden Händen die Kette über dessen sich neigendem Scheitel und hängte ihm das Kreuz mit den Worten um: »Das fromme Vaterland grüßt seinen rechtmäßigen Herrn! Ist es Gottes und Eurer Majestät Wille, so sei dieser Akt Vorschattung Eurer künftigen Begabung mit der zarischen Krone, mit Zepter, Reichsapfel und Hermelin! Jetzt glänzt das Kreuz auf Eurer Majestät Brust; das Kreuz des Herrn und Erlösers weisen alle

Reichsinsignien. So komme, was mag, muß und soll – fühlt Euch in dieser Stunde berufen und küßt inbrünstig und dankbar dieses Kreuz, mein Prinz, vor dem Allmächtigen, der Eure Majestät in tausend Gefahren bis hierher gesegnet; seid in täglicher Fürbitte eingedenk des getreuen Wächters und Retters Eurer so bedrohten Kindheit, eingedenk seines Weibes und des hingeopferten Kindes; dankbar dem Mönch, der, vom Genius Rußlands und aller Russen Treue beflügelt, Euch und Eure Zukunft uns Jüngern des heiligen Ignatius anvertraut – nach viel Strapazen und Ängsten, und der noch lebt und derselbe ist, welcher nun seit Jahren Eurer Sache und Rache Bahnbereiter, Elias und Engel bei den tapferen Kosaken an den Strömen ist; seid dankbar, mein Prinz, dem edlen Wojewoden, Eurer Majestät zweitem Vater, der Euch behütet und erzogen, ohne je nach des Fremdlings Herkunft und Bestimmung zu fragen – wie er sich sacramentaliter verpflichtet; seid dankbar selbst den Widrigkeiten, die Ihr in Polen, Eurem zweiten Vaterlande, habt hinnehmen müssen; ja, seid in Gott dankbar all den Ärgernissen und Enttäuschungen, die Eurer Majestät Tage zunehmend vergällten und sie gerade so in diesen Tag der Verheißung münden ließen; seid dankbar Euren Lehrern, mein Prinz, die Euch aufs Ungewisse, doch, auf alle Fälle, für Eure Zukunft zurüsteten und bereiteten –« Hier überwältigte es ihn.

»Dank Dir, mein Pomaski, Vater und Freund!« flüsterte Dimitrij und umarmte den Pater tief bewegt, hielt ihn lange und flüsterte ihm ins Ohr: »Vergib mir alle Bitternis! Ich war ein gequälter Quälgeist.«

Pomaski, aus der Umarmung gelöst, sagte bescheiden: »Wo ich Euch zu bilden versucht, mein herrlicher Prinz, geschah es um Gotteslohn. Es war begnadende Pflicht und adelte den unnützen Knecht. Doch das erwägt mit Eurem königlichen Herzen: Ob Eure Dankbarkeit nur in Dankgebeten zu bestehen habe, ob nicht vielleicht in Taten, jenen Taten, die weniger um Eurer Majestät Glück und Herrlichkeit, als vielmehr um einer ganz besonderen Sendung willen fällig, für welche die Vorsehung Eure Majestät aufgespart, um einer Berufung willen, deren Ergreifung einst den Zaren Demetrius in die Chöre der großen Seligen der heiligen Kirche erheben müßte, es gelinge nun oder nicht. Prinz Dimitrij, ich frage Euch hier vor Seiner Exzellenz dem Herrn Legaten des Heiligen Stuhls – und begehre noch keinerlei Zusage: Ist Euch deutlich, was die Kirche, was deren himmlisches Haupt, was unsere liebe Himmelskönigin von Euch (auf Eurem Thron inmitten der großen Häresie) dereinst erwarten mögen?«

Dimitrij blickte ihn wie ein Träumer an, nickte und reichte dem Eiferer die Hand. Dann werden wir sein wie die Träumenden! dachte er und fühlte sich in dieser Stunde wohl zu allem fähig und dazu befreit und bereit, eine Welt aus den Angeln zu heben. Doch ließ ihn sofort ein warnender Instinkt Pomaskis allzu offene und ausschweifende Fragen als fatal empfinden, dies vorzeitige, öffentliche Ausschreien von Fernzielen, die ihm persönlich so fremd und die seinen – seinen! – doch erst abzutastenden, zu gewinnenden, zu erobernden Russen noch fremder sein könnten. Es ließ ihn Abgründe wittern.

Doch nun barst es in Mniszek. Er sprang mit zwei Sätzen zu Dimitrij hinauf, schwang seinen Säbel und rief: »Mein Dimitrij, Zarewitsch, nicht mein Sohn mehr, sondern Gebieter und Majestät, Wunderkind Gottes, leite die irrenden Schafe zum Stuhle Petri zurück! Polen folgt dir wie ich! Polen und Gott – deine Kraft! Des Heiligen Stuhles getreueste Republik und ihr König begreifen ihre Sendung und ihren höchsten Ruhm, für den sie erschaffen, der ihrer marianischen Ritterlichkeit winkt: Moskowien aus dem Schisma zu erlösen!« Er trat einen Schritt zurück und deklamierte zur Decke empor: »Danach weicht einst, ihr Turbane unter dem grünen Banner und flatterndem Roßschweif, vor des Zaren Heeren vom Balkan über den Bosporus in die Wüsten Arabiens zurück, dann versinke, bleicher Halbmond, hinter Europas Horizont. Und schließlich verzage auch die germanische Ketzerei in Nord und West, erdrückt und überlagert von Ost und Süd, von Slawen wie Romanen!« Er überschrie sich fast, zur Menge seiner Gäste gewandt: »Auf! Zum Heiligen Krieg! Als erster erzittere der Usurpator Boris Godunow! Die Zeit neuer Kreuzzüge bricht an! Und wir, die edlen Geschlechter im freien Polen, verzetteln und zerfleischen unsere Kräfte nicht mehr in kleinlichen Rivalitäten und sinnloser Zwietracht! Uns allen tut sich die Weite großer gemeinsamer Ziele auf! Hier steht unser Held, ein neuer Makkabäus! Über uns, die Schwerter bei Fuß, Sankt Michael mit seinen himmlischen Heeren!«

Maryna, die genug gehört, mußte wohl endlich zum sterbenden Bräutigam fort. Sie schlug die Hände nochmals vors Antlitz und stürzte durch die Menge mit einer Klage um Konstantin zur Saaltür hin und eilte hinaus.

Endlich! dachten einige Damen, und: Arme Maryna! Dein Konstantin leider, sollte er sterben, er wäre nicht zu rächen. Noch nicht Gattin und schon Witwe? Mon Dieu! Nachdenklich folgten ihr Dimitrijs Augen. Gramvoll und philosophisch nickte Mniszek vor sich hin. Um den Mund des Großkanzlers spielten zynische Schlänglein. Dieser Sapieha kehrte dem Triumvirat da oben den Rücken zu, verbeugte sich vor dem Legaten, der wie in tiefer Einsamkeit in seinem Sessel vor sich hin sann und an seinem Brustkreuz spielte, und rief dann in die Gäste hinein: »Genug jetzt! Die polnische Krone lebt mit dem Zaren in Frieden. Ich selber war vor wenigen Jahren das Haupt der königlichen Gesandtschaft und gedenke für Verträge und Eide einzustehn, wie auch der König selbst. Ich warne im voraus, vorbeugend und für alle Fälle, ich warne bereits aus dieser sonderbaren

Stunde und von dieser Stätte her ganz Polen, sich ruhelosen und lüsternen Herzens etwa in verdächtige Abenteuer zu stürzen, unkritisch genug, um unsere ewigen Verschwörer und Föderateure, Bauernschinder und Hasardeure, die noblen Judenschuldner und faulenzenden Talmihelden –«
Mniszek rief: »Ein Mann zuviel in diesem Haus!«
»Viele zuviel!« zürnte Sapieha, »und reif für Ketten, Kerker und Galgen heiße ich alles, was sich da zum lächerlichsten aller Kriegszüge zusammenrotten könnte, zu einem Kriegszug, sag' ich, in dem dies Torengesindel, jämmerlich aufs Haupt geschlagen, zerstiebend und rückwärts fliehend, imstande wäre, die großen Heere des Zaren über die Grenze hereinzuholen – über Kiew, Wilna, Lublin oder Warschau weg! Ins Tollhaus, was da phantasiert, es könne das Geschichte machen, was in ein Lustspiel des Terenz gehört! Doch daß es nicht einmal Geschichten mache, dafür werde ich sorgen, so wahr ich Sapieha heiße!«

Die letzten Sätze gingen in zornigem Tumult unter. Sapieha eilte davon. Draußen hörten ihn einige noch durch die Flure rufen: »Marzin, anspannen! Recta via nach Krakau!«

Er eilte weiter, hemmte dann den Schritt und kehrte zu einer Tür zurück, zauderte, zwang sich zur Ruhe, drückte die Klinke behutsam nieder und lugte durch den Türspalt, stellte fest, er habe die rechte Tür erwischt, und trat ein – in den Raum des Todes. Er blieb an der Tür stehen und sah Maryna vorgeneigt sitzen, die Hände vor den Augen. Vor ihr lag, aufs Lager gestreckt, der verblichene Bräutigam. Maryna schluchzte. Doch weshalb wohl? fragte er sich. Aus welchen Empfindungen? Am Leichnam kniete des Toten Vater. Sein grauer Kopf war gegen des Sohnes Brust gesenkt, seine Arme lagen über der regungslosen Brust. Ein paar Edelleute standen zu Füßen, ein paar Diener zu Häupten des Toten. In die Stille sickerte nur das Weinen, in welchem sich Marynas Herz befreite. Sapieha schlug ein Kreuz und entfernte sich so lautlos, wie er gekommen, fast unbeachtet. Unterwegs schwor er sich, der Sache auf den Grund zu gehen. Beweinst du den Verblichenen, schöne Kanaille? Sind es Freudentränen?

In seinem Zimmer riegelte er hinter sich zu. Dort erwachte im Lehnstuhl sein Sekretär aus dem Schlaf und sprang auf. Der Fürst befahl, zu schreiben, was er diktiere, bis die Wagen vorfahren würden. Der Schreiber machte sein Schreibzeug fertig und setzte sich davor, während sein Herr schon nach dem Reisepelz langte und den Pelzhut aufstülpte. Dann saß Sapieha, riß die Tanzschuhe von den Füßen und warf sie weg, zog die Reisestiefel an und begann dabei zu diktieren. Es waren erste Notizen für den Vortrag vor dem König. Endlich pochte der Diener Marzin und meldete durch die verschlossene Tür, die Wagen und das Gefolge stünden bereit.

Als Sapieha bald darauf an der Schloßrampe draußen unter hochgehaltenen Fackeln seinen vierspännigen Wagen bestieg und sein stattliches Gefolge die Pferde, gab ihm niemand Abschied noch Geleit. Lautlos fielen dicke Flocken. Zwischen trappelnden Reitern und ihren Fackeln rasselte die Kolonne davon und durch die Auffahrt in die Nacht hinaus. Wie hundert Augen glühten die Palastfenster nach und versanken.

Im Dahinrütteln durch Felder und Wälder beruhigten sich des Fürsten Gedanken. Die Decken wärmten ihn. Er dachte: Wechsle das Zeichen vor einer Notenreihe, Frau Musika, und aus Maggiore wird Minore, aus dem Discanto ein Basso. So wird aus einem Hochzeits- ein Leichenschmaus, aus der Brautfahrt der Trauerkondukt. Ob der König wieder dem Beichtpfaffen erliegt? Ich baue auf dich, Rangoni, daß du sie beide zügelst. Alter Jerzy, du glaubst natürlich gern an deinen neuen Schwiegersohn – denn das wird er doch? –, und er selber glaubt auch an sich, wer will ihm das verargen? Gesetzt, er glaube an sich mit Recht, gerade dann – umbringen sollte man ihn, wenn er sich nicht zurückhält! Ist er klug – hm!, dann freilich könnte man ihn vielleicht für spätere Aktionen reservieren. Vorläufig muß er den Entsager machen. Könnten wir Moskau so mir nichts, dir nichts – quasi für ihn – erobern, ja, dann! Doch – vestigia terrent! Stephan Bathory, auch du schafftest es nicht. So brauchen wir nun die moskowitische Freundschaft. Erst die Union mit Schweden her, und mit dieser Großmacht dann vielleicht – meinethalben – auf Moskau los, nicht eher. Aber die Union des schwedischen und polnischen Throns – wer hat sie uns versaut? Diese Wühler an allen christkatholischen Höfen, die Zeloten Roms, diese Anrichter von Bartholomäusnächten. Geschmeiß à la Pomaski. Deine Beichtväter, Zygmunt Wasa. Dein Schweden bist du vorläufig los. Sollen sie dir nun noch Moskau auf den Hals ziehen, während dein Thron noch selbst in Polen wackelt? Mag dein Paladin von Sandomierz, der Krakeeler, allein marschieren und sich endlich den Hals brechen, falls ihn plötzlich phantastischer Mut überfällt und niemand ihn halten kann. Doch so weit sind wir noch nicht. Hübsch erst deine Sache bewiesen, Märchenprinz Demetrius, und daß du mehr bist als ein neues Glied in der langen Kette ebenso falscher als erfolgloser Kronprätendenten! Ich war zu hitzig. Sah schon Gespenster. Berge kreißen und gebären ein Mäuschen. Nubicula est, transibit.

So zupften seine Gedanken an den verknäuelten Fäden, bis ihm alles entglitt und er in Halbschlaf versank.

Inzwischen nahmen die Dinge im Schloß ihren Verlauf. Sapieha hatte kaum den Saal verlassen, so waren Helden über Helden säbelschwingend mit Huldigungen und ekstatischen Parolen auf Dimitrij zugesprungen. Der hatte wie abwesend in den Tumult geschaut. Seine Gedanken hatte der Großkanzler hinter sich hergerissen. Sein Schauen verlor sich wie in finstern Flammen. In seiner Seele kreiste es wie Speichen eines Rades, die sich kaum mehr unterscheiden lassen. Er rief sich zu: Ohne Interventionskrieg der polnisch-litauischen Republik bleibe ich, was ich gewesen, ein Nichts, und kann nichts wagen, jetzt nicht und künftig nicht. Auch Maryna gönnt mir der Alte dann kaum. Und dieser Sapieha mit seinen Genossen zieht König und Reichstag an sich. Sicherlich. Rußland aber, was ist's? Eine Sphinx, ein Krater voll Rauch, ein nächtliches Meer ohne Küste. Dies Moskowien, bis heute hab' ich's so ziemlich verabscheut als abergläubische Tyrannei, als ›Großkhanat Iwans des Berüchtigten‹. Das risse mich nun an sich? Lieben lernen soll ich's? Und bekehren? Zu Iwan mich bekennen als meinem Blut und vorbestimmtem Ich in der tieferen Schicht?

Mißtrauisch horchte er in sich hinein. Wie leises Schaudern regte es sich in ihm – vor wem? Vor ihm selbst. Er dachte: Iwan und was da seinesgleichen, ach, es muß besser sein als ihr Ruf. Wer kennt des Menschen Tiefe, wer des Herrschers Not, wer die Wehen eines großen politischen Gebärens? Später davon! Wo find' ich hier Stille, wo komm' ich hier endlich zu mir?

Doch er riß sich aus sich heraus, blickte nach außen und sah sich im Saal von Wind und Wellen umtobt. Er gebot diesem Wind und diesem Meer, und es ward stille. Er rief: »Genug von mir, ihr meine neuen Freunde, Getreue!«

Er forderte Mniszek auf, nach dem Verwundeten zu schaun, bat, dessen Vater, den greisen Fürsten, im Namen des an dem Unglück unschuldigen Zarewitsch um Vergebung anzuflehn und ihm zu sagen, der Zarewitsch sei nichts als Furcht für des Verwundeten Leben, nichts als Gebet für dessen Genesung. Auch möge der Wojewode nach der eignen Tochter sehn.

Pomaski schloß sich Mniszek mit der Erklärung an, Fürst Konstantin bedürfe wohl des geistlichen Beistands. Rangoni erhob sich und bat Ssawiecki und Wielewiecki, ihn in seinem

Zimmer zu erwarten. Als auch sie den Saal verlassen, trat er auf Dimitrij zu, und durch die Stille, die sich seinem Wort wie ein feierliches Spalier öffnete, zog seine priesterliche Stimme leisen, langsamen Ganges Dimitrij entgegen:

Er habe kein Recht zu zweifeln, daß er vor dem rechten Zarewitsch stehe, doch als Priester sehe er jetzt nur ein Menschenkind vor sich und bete über einer Seele, die plötzlich ein fragwürdiger Reichtum überschütte, gewaltige Verheißungen lockten und äußere und innere Gefahren bedrohten. Ja, er bete für dieser Seele Heil. Welche Titel dem Helden der Stunde auch zukämen, er nenne ihn jetzt nur seinen geliebten Sohn, er segne und besprenge ihn mit dem göttlichen Wort: Dem Hoffärtigen widersteht Gott, aber dem Demütigen gibt Er Gnade. Nie solle Dimitrij den flüchtigen, vielleicht nie wiederkehrenden und alles entscheidenden Augenblick der Demut versäumen. Demut sei der Mut, aus heiligem Antrieb anders als die Getriebenen der Erde zu sein, nicht auf sich selbst, sondern dienstbar auf Gott und seine Heiligen zu schaun, zu baun, zu traun. Was immer über dem geliebten Sohn hereinbrechen möge, was an ihm, mit ihm, um oder durch ihn geschehen möge, er flehe für ihn zu allen Heiligen, sie möchten Schulter an Schulter um ihn die Wache stellen. Ihn selbst bitte er, künftig selber zu beten ohne Unterlaß: Führe uns nicht in Versuchung! Ob Dimitrij einst so Großes begehren dürfe oder ob er verzichten müsse, ob er triumphieren dürfe oder Verfolgung zu leiden habe, ununterbrochen solle er wissen und unerschütterlich glauben, daß der Himmel an ihm, dem so vor allem Volk besonders Genommenen, große Taten zu tun gedenke, so oder so, und oft sei die seligste, sei die einzig gebotene Tat des Erwählten die resignatio ad infernum, Entsagung bis zur Hölle, die Wahl des Kreuzes. Ob es wohl größeren Adel gebe denn den, in Selbstverleugnung am eigenen Kreuz dem gekreuzigten Sohne Gottes nachzusiegen, wie ihm auch Leib und Seele verschmachten wollten, um droben dann mit *Ihm* im Reich der Vollendeten zu triumphieren?

Während der alte Priester so sprach, kam langsamen Schrittes Wielewiecki zurück und meldete, was schon auf seiner Stirn geschrieben stand: Fürst Konstantin habe vollendet.

Totenstille, allgemeines Kreuzschlagen, dann Aufschluchzen, Anwandlungen von Ohnmachten unter den Damen, dann ein langer hysterischer Aufschrei, und Kavaliere sprangen hilfreich hinzu. Dimitrij ließ den Kopf hängen. Der Legat nickte ihm seitlich über die Schulter weg mehrmals zu: »Schließt – oder eröffnet Euch dieser Blutzoll den unbekannten, nächtlichen Weg, mein Prinz? Würde der Weg, wenn Ihr ihn wagtet, nicht durch zahllose Schranken führen, die gleichfalls nichts als schwerer Blutzoll öffnete? Der Himmel verhüte, daß diese Straße einst in einem Blutsumpf endet, in dem Ihr einbrecht und versinkt!«

Damit trat er zu Wielewiecki und folgte ihm zum Toten. Ein Schlachziz murmelte seinem Nachbar zu: »Was soll er tun, der Prinz, angesichts so guter Wünsche und so düsterer Prognosen? Ins Kloster gehn?« Der Angeredete schüttelte sich das große Schweigen von den Schultern und zertrat es mit dem Ruf: »Ein Vivat dem legitimen Autokrator aller Reußen!«, zog den Degen, trat vor, kniete vor Dimitrij hin und küßte die Klinge. Er bot Dimitrij Hab und Gut, Waffe und Wehr, Schild und Ehre und zwölfmalhundert bewaffnete Seelen an. Dabei murmelte ein Litauer einem Ruthenen zu: »Augen auf! Seine Schuldwechsel streut er ihm auch vor die Füße.« Der Ruthene flüsterte zurück: »Und fällt überhaupt in die delikate Szene wie Vogeldreck in elevierten Priesterkelch.« Ein Anhänger Sapiehas rief dem Großkanzler im Geiste nach: Mut, lieber Fürst, drauf und dran!

Da gab es ein neues Vortreten und Huldigen, das mehr mit Würde geschah, doch Dimitrij erhob die Hände:

»Nochmals, Freunde und Brüder, nicht weiter heute! Habt Dank! Ach, was brauche ich jetzt? Einsame Stunden, einsame Stunden. Lebt wohl! Verzeiht!«

Er stieg hinunter und verließ durch die den Weg freigebende Menge den Saal.

Eine Greisin kehrte sich mit der Frage zurück: »Nun, Duchesse, teuerste Montauban, hat sich Eure galizische Reise gelohnt? Was für ein Schauspiel bieten wir Euch!«

Die Montauban lispelte unter Tränen ins Taschentuch: Ach, wie jetzt der Prinz wohl beten und ringen werde im verborgenen! Ach, so habe wohl noch niemand auf polnischer Erde gekniet! Ach, der arme Bräutigam, ach, die Braut!

Die Musikanten oben packten leise ihr Gerät zusammen und schlichen davon. Der alte Jegor kam und winkte den an den Wänden herumstehenden Lakaien. Dann kehrte Mniszek – ganz Düsternis – mit Pomaski zu seinen mit gedämpfter Erregtheit debattierenden Gästen zurück. Er räusperte sich feierlich. Alles wandte sich verstummend ihm zu. Er bat seine teuren Gaste, mit Gebeten für den teuren Verblichenen zur Ruhe zu gehen und anderen Tags noch seine Gäste zu bleiben – zum Trost der Braut und der Väter, bis sie alle in der, ach, für eine Trauung dekorierten Kapelle dem dort aufzubahrenden Fürsten die letzten Ehren gezollt, den Exequien beigewohnt und dem Trauerkondukt für ein Stück Weges das Geleit gegeben.

Nun traten sie alle an ihn heran und drückten ihm die Hand, die Herren mit tragischer Miene, die Damen mit schwimmenden Augen und kläglichen Seufzern, die Anverwandten der Wiśniewieckis lagen sich gegenseitig in den Armen. Dann leerte sich der Saal.

Alle Säle lagen in verlorenem Lichterglanz und entseelt. Die Lakaien stiegen auf Trittleitern zu den Kronleuchtern empor. Jegor weckte am Bankettisch ein paar Schnarcher mit Mühe und Not und ließ sie hinausführen oder -schleppen, unter anderen auch den jungen Ostroschski, der alles verschlafen hatte und nur einmal vom Knall der Pistole erwacht war, um sofort wieder in seine Betäubung zu versinken.

Dort jedoch, wo man um den mit einem Laken überdeckten Toten kniend oder stehend die üblichen Gebete murmelte und respondierte, zog Vater Mniszek seine Tochter aus dem Sessel und an sich. Er und Pomaski führten sie hinaus.

In Marynas Wohnraum angelangt, bat der Vater sie zärtlich, sich niederzulegen. Sie nickte, begab sich in den Schlafraum, legte dort die festliche Garderobe ab und ein dunkles Hauskleid an, kehrte zurück und legte sich auf das Ruhebett. Mniszek bedeckte sie mit gesteppter Seide, warf dem Pater, der sich neben Maryna auf einem Samthocker niederließ und wie ein freundlicher Arzt ihre Hand in die seine nahm, einen bedeutenden Blick zu und verließ leise über knarrendes Parkett das Zimmer. Draußen strich er die Schnurrbartenden nieder und ging rüstig davon.

Marynas Augen suchten groß und unruhig an der bunten Balkendecke über sich hin und her. »Geht er zu ihm?« flüsterte sie.

Pomaski nickte gewinnend und drückte ihr Händchen.

»Falsch!« sagte Maryna und richtete sich halb auf. »Ich muß zu ihm, nicht er zu mir!«

»Ich verstehe, Maryna. Du meinst, er war lange genug auf dem Wege zu dir.«

»Vater Franz, Ihr habt uns immer verstanden.« Maryna legte sich zurück. »Wie danke ich Euch! Ihr werdet immer unser guter Engel sein.« Sie richtete sich wieder auf. »Gehn wir, ehe er kommt!«

Pomaski riet, die beiden Männer ein wenig noch sich selbst zu überlassen. So verharrten sie denn beide. Nach einer geraumen Weile begann er:

»Kind! Ich brauche dich nicht zu fragen, wie leid dir Konstantin tut. Dein Herz ist gut, soviel es jetzt auch durchstürmt. Doch wirst du nun Dimitrij, komme, was mag, um so getreuer zur Seite stehn, bis daß der Tod euch scheidet? Denn Gott gibt euch zusammen, das ist gewiß, Gott selbst. Ich brauche dich nicht zu katechisieren: Wirst du, sofern des Allmächtigen Gnade euch dorthin erhöhen sollte, würdest du, Maryna, unerschütterlich drüben deiner Kirche die Treue halten? Als Mitherrscherin? Eins aber würde ich jetzt gern vernehmen wie einen Schwur: Wirst du – gegebenenfalls – beharrlich und unbeirrbar Kurs halten auf jenes große Endziel hin, für welches allein der Orden deinen Dimitrij bewahrt hat, dessen Zweck erst wirklich seinen Kampf rechtfertigt und heiligt? Wirst du, auch wenn ihr auf dem Kurse kreuzen müßt, dabei verharren, allen Widerständen zum Trotz, klug wie die Schlange und ohne Falsch wie die Tauben, unirritierbar wie der meerüberschwingende Storch auf seinem Flug, wie der seinem hohen Laichplatz sich durch tosendes Stromgefälle entgegenkämpfende Lachs? Du kennst das Ziel.«

»Wie du mein Herz.«

Er nickte. »Aber – zwei Herzen wirst du immer haben. Zwei Feuer werden in dir sein – wie an elliptischen Punkten. Eins brennt dann für Dimitrij, eins für den Katholizismus. Doch wenn die Ellipse auseinanderbricht? Gesetzt, deine Liebe zu Dimitrij wird dir im Drang politischer, vordergründiger Realitäten und Nöte zur Versuchung, die andre Glut auszuwischen, die zweite für die erste aufzuopfern? Gesetzt den Fall, dein Zar beschwört dich einmal und befiehlt: Laß ab von deinem Eifer, wir haben andres zu tun, wir kommen so nicht durch, auch sind wir Russen geworden, verantwortlich für dieses Reich, sind keine Pioniere Roms, und nur die östliche Kirche ist des Reiches Seele und innerer Zusammenhalt, nur sie des Zarenthrones Fundament – ach, und so fort?«

Maryna runzelte die Brauen. Ihre Augen fixierten einen Punkt an der Decke. Endlich fuhr sie auf, warf die Decke von sich und ging umher. Sie rief: »Ach, was sprecht Ihr von so entlegenem Wenn und Wenn! Noch sind tausendmal andere Wenn und Aber zu überklettern. Da taucht noch Gipfel über Gipfel auf. Erst Einzug in Moskau, dann Festigung unsrer Herrschaft, dann vielleicht Türkenkriege oder so was, bis Dimitrij richtig populär ist und auf seinen Ruhm hin das letzte wagen kann. Ich weiß, Ihr seid geduldig, und Orden und Kurie sind klug und wissen zu warten. Zwanzig Jahre habt ihr Dimitrij geduldig gehütet und getragen. So habt, wenn's not tut, für weitere Jahrzehnte Geduld! Ich jedenfalls gelobe Treue, ihm wie Rom. Mehr kann ich nicht. Warum die beiden Feuer unterscheiden und ihren Widerstreit fürchten? Doch jetzt, Vater, in dieser Minute, jetzt brennt mich die Sehnsucht *dieser* Minute. Ich ertrag es nicht länger: Hin zu ihm!«

Pomaski sann noch ein Weilchen vor sich hin, erhob sich und geleitete das erregte Mädchen hinaus, eine Treppe empor und vor Dimitrijs Tür. Dort zauderten sie. Dann pochte er an.

Nach einer Weile öffnete Mniszek, trat vor die Tochter hin, nahm ihren Kopf fest in beide Hände, küßte sie auf die Stirn, lächelte in breiter Güte, strich die Bartenden wieder zu den Schultern hinab und brummte Pomaski zu: »Hier sind wir überzählig.« Er führte Maryna hinein, kam zurück und schloß aufatmend die Tür. Vater und Pater gingen davon. Viel gab es noch zu rüsten: Aufbahrung, Trauermahl und Kondukt nach Rang und Würden, und am Nachmittag die Eroberung wenigstens der bedeutendsten unter den Gästen, mit denen dann eine Konföderation – und so weiter. Nun, beim donnerfrohen Zeus!

Als Dimitrij in sein Zimmer zurückgekehrt, war er auf die Knie niedergefallen, hatte die Arme emporgereckt, und alles in ihm war Gebetsschrei: Dank, Dank, Dank dir – für mich, daß ich bin, was ich bin! ›Wir werden sein wie die Träumenden.‹ Doch das gilt für die Verklärten. Die Erde steht noch. Weltweite kann sich um ein Herz zusammenziehen zu Kerker- und Grabesenge, man hat's erlebt. Was juble ich? Daß ich auf einen neuen Namen höre? Der neue Name, wie, wenn er mir auf den Nacken springt, wie ein Dämon; mich würgt und gegen lauter Wände reitet, bis ich zerschundener daran zusammenbreche als je zuvor? Mein Platz ist besetzt. Wer in aller Welt wartet auf einen, der nach zwanzig Jahren von den Toten aufersteht und die Ohnmacht verkörpert? Mein Platz ist besetzt. Wie ging es jenem Veteran, der als Verschollener aus Persien, wohin man ihn verkauft, nach Sandomierz heimkehrte und Haus und Hof, Weib und Kind in fremder Hand fand? Er kehrte auf dem Absatz um, eh' er sich kundgetan, nahm die Tonsur und starb im entlegensten Kloster. Die mir da unten im Saal gehuldigt, sie zwingen König und Reich nicht hinter mich. Und intervenierte Polen doch, was wäre dann ich im Spiel der Mächte? O du Gewalt über allen Gewalten, die über mir ist, freiwillig geb' ich's nicht auf! Kampf! – Vorsehung? Schauerlich Unbekanntes, zu dem ich nie beten gelernt, ist es jetzt Sünde, dir nicht zu vertraun? Du befahlst dem Alten im Morgenland: Schlachte mir deinen Sohn, in dem alle meine Verheißungen an dich beschlossen sind! Abraham schrie da nicht auf: Mich hat ein Teufel genarrt und treibt sein Spiel mit mir. Er hoffte noch, als er schon sein Schlachtmesser hob, und – wurde befreit! Warum? Weil er glaubte! Gott, so wuße er, wird sich ein andres Opfer ersehn! Alles wagend, gehorchte er blindlings. Und er wurde belohnt. Soll ich mein Hoffen, mein eben geborenes, schlachten, oder ist der Ruf schon erklungen: Tue deinem Kinde kein Leid an? Was ist mir verhängt, Verborgener? Ich will, will und will Frevel darin sehn, mein Schicksal nicht zu begreifen! Was ich begreife, ergreif' ich. Es soll mich

treiben wie Steppenbrand! Sprung in den Abgrund! Wer weiß, was Glaube ist, was Gottversuchen? Wer kennt die Grenze? Hinein in alle Besessenheiten!
Er sah den Horizont im Wetterleuchten.

In diesem Augenblick hatte Mniszek gepocht, war eingetreten, hatte sich verbeugt und stand dann feierlich da, räusperte sich und bat, ihm den Durchbruch seiner Empfindungen im Augenblick der von Schrecken umringten Errettung und Enthüllung des Zarewitsch zu verzeihn. Doch jetzt ... Jene Empfindung, durch Todesschauer und Totenklage gezogen wie durch Schlammeis, recht ernüchtert also, jetzt werde sie zu ernster Sorge. Dimitrij wolle auch diese Ernüchterung verzeihn, und daß sie nun das Wort ergreife! Er räusperte sich nochmals und drechselte weiter: Er wage zu äußern, daß er für möglich halte, Majestät könnte kapabel sein, Maryna jetzt oder künftighin – nach schicklichem Zeitverlauf – wieder zu umwerben. Er könne dergleichen Dimitrij nicht wünschen, denn eine Wojewodentochter sei für einen Zarewitsch zu gering, ob derselbe nun sein Recht einzufordern und zu erstreiten gedenke oder nicht. Sollte der Zarewitsch Maryna die alte Neigung bewahren wollen, so bäte er, es nicht mehr zu erkennen zu geben. Er, Vater eines Kindes, das im gleichen Augenblick den ungeliebten Bräutigam wie den hoch über sich entrückten Geliebten verloren, biete Dimitrij selbstverständlich seine Dienste und alles an, was er besitze – zu beliebiger Verfügung. Allein er würde dem Zarewitsch freier dienen können, nämlich unverdächtiger vor der Welt und dem eigenen Gewissen, wenn er in der Aufopferung an höchstdenselben nicht zugleich pro domo kämpfe, fürs eigne Haus, den eignen Vorteil, das eigne Kind. Ebenso müsse Dimitrij ungebunden zu seinen Entschlüssen kommen, ohne Rücksicht auf irgendwen, und danach handeln.

Dimitrij war, um den alten Widerwillen empfinden zu

können, zu sehr von seiner Stunde erfüllt. So dankte er lachend Marynas Vater, den er stets auch als den seinen empfunden habe, für dies wohlgemeinte Meisterstück unangebrachter Selbsterniedrigung und falscher Fürsorge. Doch wenn der Zarewitsch an der Dienstbeflissenheit Seiner Exzellenz des Herrn Wojewoden nicht zweifeln solle, so müsse er nun schon die Probe aufs Exempel machen.

»Jede Probe, Majestät, und sogleich!«

»Nur die eine: Daß Ihr mir – gegenüber Maryna – freie Hand laßt und ihr die Entscheidung anheimstellt. Geleitet mich zu ihr zur Aussprache inter quattuor oculos, und zwar sofort, wie gesagt!«

Während Mniszek den Kopf senkte und die Brauen bedenklich hob – (wie dereinst ein gewisser Maximus Cunctator! dachte Dimitrij) –, da war es geschehn, daß Pomaski an die Tür pochte.

So waren nun die Liebenden allein.

Sie standen sich im Halbdunkel gegenüber. Des Raumes Kälte und Öde spürten sie nicht.

Endlich begann er leise: »Du – zu mir?«

Ohne den Blick von ihr zu wenden, langte er nach der Öllampe auf dem Tisch und hielt sie in Brusthöhe vor sich: »Nun wird in deinen Augen mein Schicksal stehn.«

»Kyrill ...« Sie lächelte, schlug die Augen nieder und verbesserte sich: »Majestät!«

»Die laß in den Wolken der Zukunft thronen! Dir bliebe ich gern Kyrill.« Auch er mußte sich korrigieren: »Dimitrij.«

Nun hob er die Lampe zaghaft gegen ihr Gesicht und erglühte vor Glück. Sie hatte die Augen zu ihm aufgeschlagen, und er las sein Schicksal. Er ließ die Lampe wieder sinken und sprach in das vom Lufthauch flackernde Flämmchen niederwärts:

»Das unglückselige Duell – unser Verhängnis, nicht? Da stehst du, und deine Augen sagen: Ich preise es. Doch ich griff in den Bau deiner Pläne, nicht wahr, und riß ihn zusammen.«

»Du nicht. Der Himmel. Das Verhängnis. Und es kann nicht Sünde sein, wenn ich ihm danke. Ach, dieser Peitschenhieb, er traf auch mich! Ich küsse die Strieme. Ich bin ja an allem schuld. Dich hat er entehrt, mich aber gestraft und gerichtet, der Hieb. Du mußtest dich schlagen. Und hättest du ihn hingenommen, Kyrill, um meinetwillen, Dimitrij –«

»Dann?«

»Ich hätte dich zugleich lieben und hassen müssen und womöglich verachtet. Und wäre jetzt elend.« Tränen traten in ihre Augen. Sie schluckte. Aber sie rief sich zu: Gerichtet bin ich und erlöst und noch erhöht! Alles zugleich!

Er sah sie an und flüsterte: »Solche Vergebung spendet kein Beichtiger im Sakrament wie jetzt dein Herz.«

Und sie: »Hier tut nur *eine* Vergebung not: Von dir zu mir, Dimitrij.«

»Mädchen! Und doch sahst du mich deinen Verlobten niederstechen, sahst Blut. Ach, nicht nur einen Wahrer seiner Ehre sahst du, sondern den eifersüchtig rasenden und hassenden Mörder, und du sahst Blut, dies Blut.«

»Weißt du noch, wie du als Junge piepende Mäuse aus ihren Wasserfallen rettetest? Ich bin so zart und zimperlich nicht, auch gegen mich nicht. Nicht einmal gegen dich, das hast du doch erfahren.«

Nach einer Weile fuhr sie fort: »Natürlich war's entsetzlich. Sein armer Vater jetzt! Und dieser Skandal! Die Leute werden immerzu von der Bluthochzeit von Ssambor reden. Man wird auf Jahrmärkten Schauerballaden von uns singen. Doch alles war Fügung. Schuld hin, Schuld her! Erstens fällt sie auf mich zurück ... Aber sie drückt mich nicht mehr ... Das heißt, die Schuld gegen dich wiegt ja schwer ... Ach, warum stellst du die Lampe nicht weg? Was ich auch sagen werde, glaube an mich und dich und alles, ohne zu sehn!«

Er stellte die Lampe ab.

»Dimitrij, sieh, ich bin gekommen. Ich bitte dir alles, alles ab – unter tausend Tränen, ja?«

Dann gestand sie, nicht einmal für Erbarmen sei in ihrem Herzen Raum, nicht einmal für den Jammer des armen, alten Fürsten Adam. Das sei wohl scheußlich und grauenhaft, doch sie könne nicht anders, zu groß sei diese Stunde Dimitrijs.

»Maryna, soll es auch die deine sein? Sie ist unser beider Verhängnis.«

Da griff sie nach seiner Hand, drückte sie, beugte sich, küßte sie, fiel auf die Knie, umschlang und netzte seine Knie mit Tränen. Er aber nahm ihren Kopf in beide Hände, zog sie empor, küßte dabei ihren Scheitel und drückte sie dann lange an sich. So standen sie regungslos. Doch wie sollten ihre Herzen fassen, was über sie hereinbrach und wie in Strudeln dahinriß? Sie ließen sich treiben und hielten einander nur fest. Bis die Fülle des nicht zu Fassenden, das sie gefaßt, sie wieder voneinander trieb. Unrast neben Unrast, so saßen sie dann im Halbdunkel einander gegenüber, ihre Worte aber hasteten über hin- und herschnellende Brücken wie Lastträger her und hin, die einander im Kommen und Gehen überrennen. Dimitrij gestand, wie unfaßlich Marynas ›noblesse oblige‹ ihm gewesen. Ihm an ihrer Stelle würde es unerschwinglich gewesen sein. Ja, sie sei nicht zimperlich, sei viel stärker als er. Er habe sich so haltlos gezeigt. Ob sie ihn nicht verachtet habe?

Sie predigte eifrig, die Tiefe seiner Leiden habe ihr geschmeichelt. Aber sie sei eben oberflächlicher als er und habe sich nicht in solchen Gründen und Ketten gewälzt wie er, an solchen Wänden wie er sich die Stirn nicht eingerannt, in ihr rumore kein solches Leben, sie sei bloß ein Mädchen, nicht so mächtig getrieben wie er, darum müsse er in allem viel unbändiger sein. Das bißchen Maryna, das könne sie schon beherrschen, zur Not sogar veräußern, daran liege nicht viel. Ihre paar Leidenschaften, die pfeife sie zur Not schon wie brave Hunde heran. Kurz, ihre Seele könne nicht wie die seine leiden, er, er müsse so sein als der Sohn des Iwan. Daß er so aus Rand und Band geraten, habe sie übrigens erst zu spät erfahren, aber es schmeichle ihr, wie gesagt ...

An betörenden Blicken ließ sie es bei diesen Wiederholungen nicht fehlen.

Er mußte sie überbieten und bestürmte sie, bei der Wahrheit zu bleiben und ihn nicht auf ihre Kosten groß zu machen, vielmehr ihm künftig noch oft von ihrem Geiste einen Hauch zu spenden. Er nannte sie seine heilige Hexe, denn in unheimlicher Schöne strahlte ihn ihr großes Augenpaar aus dem Dunkel an.

Maryna badete in lauter Gnade: Ach, daß sie ihm sollte dienen dürfen als Quell seiner Freuden, als Kraft! Er faltete die Hände auf der Brust und flüsterte: Vor ihr werde er endlich fromm. Beide empfanden den betäubend hereinwehenden Föhn der gemeinsamen künftigen Mühen, Gefahren und Ziele, und daß – bei Gott! – kein blutiger Schatten zwischen ihnen stand. Er fragte sogar – was gänzlich überflüssig, ob er wieder um Maryna werben dürfe, sobald sein Stern sich würde erhoben haben, und als sie seine Hände küßte, konnte und konnte er's nicht fassen, daß das zierliche Menschenkind vor ihm seine Braut war. Sie warf sich wieder auf die Knie vor ihm und legte den Kopf darauf, er litt es nicht, riß sie wieder hoch und an sich und bedeckte sie mit immer noch wie verzweifelten Küssen derart, daß sie fast den Atem verlor. Küsse wühlten in ihrem geöffneten Mund, tranken von ihren Augen die Tränen weg, sogen an ihrem Hals und machten ihn und die sich windenden, nackten Schultern fleckig, und in all dem Stöhnen und Seufzen flackerten bei beiden die durchlittenen Schmerzen nach – ins

Wetterleuchten nahender Verhängnisse, da waren Trotz, Herausforderung und wilder Wagemut, Heroenauffahrt mit Fanfarengeschmetter und Titanenekstase. Deiche und Dämme schmolzen! Doch Wille, Wille brannte im Trieb, Geist im Willen, und der verlangte in beiden Herzen herrscherlich nach des Augenblicks Meisterung.

»Wie«, fragte er, »wenn mein Stern nicht steigen will? Oder steigt und stürzt?« Er antwortete selbst: »Gut, dann bist du frei!«

Das konnte wohl nicht ernst gemeint sein. Sie schwor: »Ich teile Enttäuschung und Aufstieg, Sieg wie Unsieg mit dir, doch eins verlang' ich, und das ist Bedingung: Den Kampf! Sieg oder Unsieg dann! Abseits der Gefahr ist für unsre Liebe kein Raum!«

Da gab es denn ein neues Umschlingen, mit der Inbrunst einer Vermessenheit, die Hölle und Himmel zurief: Ihr zwei sonst Unversöhnlichen, wenn ihr euch gegen uns zwei zusammenschlösset, euch vereint an unserem Unmaß zu rächen, dennoch – wir lassen nicht ab!

Und dennoch wurde er noch einmal nüchtern und fragte: »Wenn mich nun König und Republik blockieren, verkaufen, ausliefern?«

Sie griff ihm mit beiden Händen ins Haar und rüttelte ihn kräftig: Ob ihm denn immer noch lauter Unheilswitterung im Blut sitze? Dann rauschte sie im Halbdunkel umher und deklamierte:

»Ich will dir zu einem ganzen Heere werden, sans phrase, ich treibe dir halb Polen zu. Du sagst, Kampfkorps brauch' ich, Böller, Kanonen, Musketen, Fourage, Roß und Reiter und Geld, Geld, Geld! Ach, Kyrill – (pardon, immer noch ›Kyrill‹!) – von Herrensitz zu Herrensitz mach' ich dir unsre Kavaliere mobil. Wozu knieten und lagen sie mir bis jetzt zu Füßen? Jetzt sollen sie mich erhöhn!«

Er schlug sich amüsiert auf die Schenkel. Und was er ihr

auch vorrechnete, sie schwärmte und glaubte und rief: »Mit den Dreihundert Gideons, nicht mit den Tausenden der Philister war der Herr der Heerscharen. Hie Schwert des Herrn und Gideon!«

Er staunte indessen, wie sie ihm nun die Hekatomben von Menschen, die sein Sieg kosten, vielleicht die Zehntausende, die seine Niederlage fressen würde, opfernd darbrachte – wie Salome, die Hexe, ihrem Fürsten das Haupt Johannes des Täufers. Er gefährdete ja ganz Polen mit. Fragt mich einst, so fragte er sich, kein Gott und Teufel danach, wieso ich auf mein Recht nicht verzichtet, wieso ich Mord und Brand und die mir vielleicht bis in den Tartarus nachhallenden Verwünschungen nicht vermieden? Sie sieht alles auf goldenem Hintergrund, den malt ihr die Kirche so schön. So kam er auf die Union zu sprechen und sagte:

»Nicht alle Berufenen sind auserwählt. Eine ungeheure Vergeuderin ist die Natur. Wieviel Samen verstreut ein Baum!«

»Natur?« rief Maryna. »Du stehst vor Gott. Glaube den frommen Vätern! Wirf deine Verantwortung ihnen vor die Füße, und Gott selber hebt sie auf. Ohne Schuld natürlich kein Handeln. Der Hohepriester droben nimmt sie auf sich zur großen Schuld der Welt. Sollte uns der Ewige scheitern lassen? Und täte er's und befragte uns dann noch hochnotpeinlich im letzten Gericht – wir forderten ihn aus den Schranken und riefen: Du machst uns nicht irre! Sieh, so erschufst, so verbandest du uns, so beriefst und führtest du uns. Sieh, da war keine Vermessenheit! Und sein Lächeln würde auf uns niederstrahlen, Dimitrij. Mein guter, stolzer, mein herrlicher Adler, traue dem, der dich so zugerüstet, so geführt, so berufen! Stürze dich demütig in die Hölle, wenn er's will, und sie wird dir zum Himmel. Hat Pomaski uns das nicht beiden im Unterricht beigebracht? Man muß ja doch alles auf Seine Gnade wagen. Auch die Schuld, wenn unser

Gewissen nicht aus und ein weiß. Und dann um so demütiger unterm Kreuz des Versöhners knien. Und vor der mütterlichen, allerheiligsten Fürsprecherin. Das steht wohl auch im Katechismus, und du hättest ihn besser lernen sollen. Droben, Dimitrij, steht eine Sonne der Gnade und Liebe, die nie untergeht. Glaube keiner Wolke! Sie verschleiert sie bloß.« –

Über der nächtlichen Stille draußen stand keine Sonne, stand der wechselnde Mond. Der war längst aufgegangen und trat nun gerade aus den silbernen Säumen einer sich rasch verschiebenden Wolkenlücke.

Durch die dunklen Fensterreihen des Palastes fiel sein Licht, zum Beispiel auf das im hohen Lehnstuhl zurückgelehnte, wach sinnende Gesicht des Bischofs von Reggio. Der Legat war wieder in seine Decken gehüllt und fror.

Eine andre Leuchtbahn senkte sich in Wielewieckis Zimmer. Dort kniete der Jesuit am Betpult. Seine Hände lagen aneinander, seine Stirn auf den Händen. Sein weißer Haarkranz leuchtete auf.

Ganz woanders fiel das bleiche Licht auf Adam Wiśniewiecki. Der stand am Fenster und starrte in die Weite, aber seine Augen waren erloschen, sein graubärtiger Kiefer hing, die schimmernden Haarsträhnen standen zerzaust um den Hinterkopf. Endlich fing er zu beben an, sackte zusammen, riß Halt suchend im Sturz einen schweren Tischteppich mit, und auf dem Teppich klirrten und klangen Silberleuchter und blinkende Schalen. Dann war Ruhe.

Am Himmel quoll um die grelle Mondscheibe neue Finsternis und deckte sie zu. Kleine Flocken begannen zu stieben. Ein Windstoß jagte sie an die Fensterscheiben.

## II
# Der fromme König

Zwielichtig dunkelten die Türme Krakaus und seiner Königsburg empor. Der Morgen, weit herübergrauend über Waldungen, verschneite Hügel und einsame Dörfer, drang noch nicht durch die eine bleigefaßte Scheibe in die Schlafkammer, in der den jungen Fürsten Ostroschski ein Offizier aus dem Morgenschlaf riß. Der Schlaftrunkene – er hatte wieder zu lange gefeiert – mußte mehrfach angerufen und gerüttelt werden, bis er begriff:

Ein hageres Gespenst bettle bei der Wache an der Schloßpforte wie sinnverwirrt um unzeitigen Einlaß, um ja der erste zu sein, den Majestät zu Beginn der Audienzen heute empfange. Das Wesen nenne sich Wielewiecki, sei Jesuit, beteure, dringlichste Botschaft an den König zu haben, fasele konfuses Zeug und sei, wenn nicht wahnsinnig oder betrunken, im Fieber. Wahrscheinlich krank. Zurückgewiesen, berufe es sich auf den Herrn Schloßkastellan, der doch so früh nicht zu wecken sei. Ob nun statt des alten nicht der junge Fürst den sonderbaren Mann inquirieren wolle? Majestät sei ja höchstihrerseits dem Orden zugetan. Möglicherweise kenne der junge Fürst den Pater?

Wielewiecki? sann Fürst Ostroschski nach und richtete sich in den Kissen auf. Er sammelte seine Geister, und Erinnerung überfiel ihn: Ssambor! Bluthochzeit! Das Totenamt danach! An dem ich wie ein Blödsinniger, betäubt, verkatert und verständnislos teilnahm. Der Trauerkondukt. Jene drei Patres! Darunter war ein Wielewiecki, ja.

Er fragte, ob die Putzer und Heizer das Schloß schon geräumt. Der Offizier wollte nachsehen, doch der junge Fürst entschied anders: »Bleibt! Vielmehr – lauft, mein Lieber, und schafft Hochwürden zu mir!«

Er griff zur Tischglocke, schellte und befahl dem hereintretenden Burschen die Garderobe.

Als der Wachtoffizier nach einiger Zeit den schwankenden, keuchenden Pater hereinführte, war Ostroschski schon fast in Form, saß noch auf dem Bettrand und zog sich die im Schaftrand breit zurückfallenden Stiefel an, sprang aber auf, verneigte sich vor Wielewiecki und konnte den Zusammenbrechenden gerade noch auffangen.

»Den Sessel her!«

Der Pater sackte hinein. Der Fürst betrachtete ihn. Dann befahl er, den Arzt zu wecken. Der Offizier enteilte, auch der Bursche auf des Fürsten Wink, dieser durch die seitliche Spitzbogentür.

»Ehrwürdiger Vater, wie seid Ihr so krank! Was treibt Euch zu uns – noch vor Tage?«

Der Jesuit lag mit geschlossenen Augen im Sessel und stammelte Unverständliches. Doch Ostroschski kombinierte und wurde bald hellwach. Einer in vielen Strahlen aufwachsenden Fontäne gleich, stiegen nach und nach Mitleid, Neugier, Ahnung, freudiges Erschrecken und rachsüchtige Hoffnung in ihm empor, und durch die Strahlen wanderte Maryna heran, und hinter ihr, der Durchsichtigen, ihr Märchenprinz, der Verhaßte.

Der Pater da verbrannte ja wohl im Feuer einer Lungenentzündung. Der Fürst kannte das Krankheitsbild von seines Bruders Sterben her.

Er wandte sich zum Bett zurück, ergriff die Decke, warf sie auf den Röchelnden, stopfte sie links und rechts zwischen ihn und die Sessellehne, machte ihm Vorwürfe – und stand dann wie ein Laurer. Der Alte schien jetzt bewußtlos. Ostroschski legte eine Handfläche auf des Paters glühende Stirn und beobachtete, wie er zu sich kam und nach seiner Ledertasche tastete, die am Schulterriemen zur Seite hing, nun aber unter der Decke stak. Hilfreich wollte der Fürst die Tasche vorziehen helfen, doch mit entsetztem Aufreißen der Augen drückte der Kranke die flatternde Hand darauf.

Der Fürst stand regungslos und hörte sein Blut in den Ohren pochen. Dann vernahm er von des Kranken Lippen ganze Sätze, aus denen hervorging: Er, Wielewiecki, sei auf der Heimfahrt von Ssambor nach Krakau erkrankt, und der Tod sei nah, im Tode aber das Gericht. Morgen werde er beichten. Nein, das Morgen sei da. Heute also, diesen Tag noch. Wie lange noch Nacht? Ach, der Tod sei ganz nah. Zum König! Die erste Beichte dem König! Oder dem Legaten. Ob der Legat schon abgereist sei? Enthüllung! Große Offenbarung! Der Fürst aber brauche ihn nicht so anzustieren! Ihn gehe das nichts an, zum Teufel! Ob nicht endlich der König –? Rasch, den König wecken, rasch! Beichten! Der Tod – ein Dieb in der Nacht ...

Lallend versank er wieder im Kreis seiner Fieberwellen.

Ostroschski ließ ihn sinken. In Begeisterung aufbrennend, ging er hin und her und wartete auf den Arzt. Es dämmerte jetzt um Baumkronen und Zinnen draußen. Ostroschski stand am Fenster und sah nichts als dies: Ihr Bräutigam tot. Sie selber frei! Für jenen Demetrius? Man munkelt's. Doch jetzt – der Pater! Was offenbart er? Soll Lächerlichkeit Maryna und ihren Karnevalsprinzen erwürgen? Springt der Würger, ein Kobold, aus jener Ledertasche? Hoffnung wieder, Hoffnung für mich? Der Himmel aller Schmachtenden räche mich! Oh, Maryna, wie wird es uns gehen, wie wird es uns gehen?

Plötzlich bäumte sich der Pater im Sessel auf und ächzte

furchtbar. Mit zwei zögernden Pantherschritten näherte sich ihm Ostroschski. Der Pater warf sich wie im Krampf, rollte vom Sessel und verröchelte am Boden. Langsam wurde es ganz still.

Das Ende? Herzschlag? Das kam zu plötzlich. Ostroschski kniete hin, sein Blick hing an der Schultertasche. Endlich griff er zu, riß den Riemen unter dem Kopf des Toten vor, eilte mit der Beute ans Fenster, öffnete, hielt drei Briefe in der Hand, verbarg sie im Ärmelaufschlag, hängte dem Toten die Tasche wieder um, ging hinaus, rief den Burschen heran und ins Zimmer, half den Leblosen betten und befahl dazubleiben, während er selbst zum Arzt laufe, und war hinaus.

Er sprang eine Treppe hinauf, verschloß sich in einem Raum, der im Dämmerlicht eine Registratur erkennen ließ, riß am Fenster die Briefe auf und überflog die Blätter. Erst schien das auf und nieder schwingende Gekritzel unleserlich, doch bald entzifferte Ostroschski Latein: Endesunterzeichneter beschwöre vor dem ewigen Richter, bei der Himmelskönigin, allen Heiligen und seiner Seelen Seligkeit, daß der auf Ssambor als Zarewitsch ausgeschrieene Fremdling namens Kyrill eine Kreatur seines eigenen armen Witzes und sündigen Eifers sei, statt des echten, seinerzeit verstorbenen Zarenkindes da und da von ihm unterschoben …

Die Schreiben schienen gleichlautend, alle drei, nur Adresse und Anrede waren verschieden. Die erste: In Sigismundi, regis Poloniae, principis Litoaniae etc. majestatem. Die anderen zwei? Siehe da: An Leo Sapieha und Claudio Rangoni.

O du famoser Jünger deines Herrn! Die Welt ein Karneval! Blamage, Maryna, Blamage! Wem leckt das Hündchen jetzt die Hand, wem legt es sich zu Füßen? Siehst du dies Gelumpe hier, das ich vernichten oder präsentieren kann? Bin ich dein Schicksal jetzt oder nicht? Ich, der dir nichts mehr galt, bin deiner Gestirne Herr.

Er fuhr sich durchs Haar und rannte umher. Toller Morgen! Entschlüsse jetzt! Doch halt! Erst recherchieren, ob dieser Tausendsapperlot von Pater seine Beichte wirklich noch niemandem anvertraut! Ob ich sein einziger Mitwisser bin – oder nicht mehr? Fulminant, fulminant! Majestät, Großkanzler, Exzellenz, euch diese confessiones überreichen? Vorläufig nicht. Es sei denn, das Geheimnis sei nicht mehr mein allein. Maryna, dein Augenpaar soll sich als erstes über diesen Zeilen da weiten! Aus deinem Mäulchen breche das erste geisterhafte Oh! Ich muß mich ja bei dir in Geltung setzen, mir deinen Dank verdienen, muß dir Gelegenheit schaffen, rechtzeitig abzuspringen, vielmehr die Karnevalskutsche gar nicht erst zu besteigen. Ich werde dir, deinem Erzeuger und deinem Haus die ruinöse Blamage ersparen. Das verdient dann doch Dank, nicht wahr? Mniszek, alter Verbrecher, du sollst sogar selbst den Entlarver spielen vor König und Nation. Und das, Schwiegerväterchen, das verdient dann doch wohl Dank, riesigen Dank? Oder nicht? Tausend Küsse auf dein Händchen, Maryna, schon halte ich es fest!

Doch Ostroschski stutzte, stand still und schlug sich vor den Kopf.

Dummkopf! Wozu Enthüllungen coram publico? Statt dessen, alter Mniszek, ein Giftchen vielleicht? Für den Karnevalsprinzen? Quasi von moskowitischen Agenten her? Und ein tolles Begräbnis dann für den unglücklichsten aller Romanprinzen. Die Weltgeschichte als Klageweib über dem Unvollendeten. Und hymnische Flüche wider den Kreml! Und dann, dann verdient doch mein Schweigen größten Dank, dann verdient es mir doch Maryna, wie? Was? Holla?

Er besann sich auf den toten Jesuiten. Ja, zum Arzt! Arzt? Wieso? Man holt ihn ja.

Nun ließ der junge Mann die Briefe im Samtrock verschwinden, ging hinaus und beschwingt die Stufen hinab und kehrte zum verstummten Pater zurück. Den plagte kein Erdenfieber mehr. Und da stand ja am Bett schon in seiner langen Schaube der Arzt, der Offizier von der Wache hinter ihm, und zwischen Tür und leerem Sessel zwei Bediente. Der Medikus wandte sich zum jungen Fürsten und sagte nur: »Tot.« Danach blickte er auf den stillen Mann zurück, faßte mit der rechten Hand sinnend seinen Knebelbart, schlug danach das Kreuz und verließ den Raum ...

Das Innere der gotischen Burgkapelle hellte sich noch nicht auf. Schwarz stiegen rings und steil die schmalen Fenster. Zwei Altarkerzen ließen Ornamente und Goldteile eines figurenreichen Altars aufblinken, vor dem – unter dem Rot der Ewigen Lampe – ein Priester die Frühmesse las. Er flüsterte. Hinter ihm stand auf breiter Fliesenfläche ein einsames Pult, an dem ein Beter kniete. Die dunkle Gestalt war vom Mantel verhangen. Da stieg das Pianissimo eines nach und nach stärker schwellenden, vielstimmigen Hymnus auf. Die Säulen, Gewölbe und Mauern lösten sich in Klang auf und sangen: Salve, sancta Parens, enixa puerpera Regem: qui caelum terramque regit in saecula saeculorum! Hier liegt dein Ritter dir zu Füßen. Endlich hast du den Schlaflosen mit einer ganzen Nacht traumlosen Schlafes erquickt, daß er erfrischt all deine Süße und Schöne, o du Mutter der allerbarmherzigsten Minne, durchkoste. Er weiht dir seine ferne Heimat wieder, denkt der ihm und dir entrissenen Lande gen Mitternacht. Wann hilfst du ihm auf den Thron dort zurück, dir zur Ehre und Macht? Du weißt, wie ich Schweden um dich verlor, und selbst der Bathory, mit Schweden vereint, bezwang die östliche Barbarei nicht. Zwar auch dein Polen ist groß, doch beherrsche ich's? Ich regiere nicht, ich laviere. Wer ist Polen? Die großen Geschlechter sind's. Bauern und Bürger zählen nicht, zahlen nur. Dennoch weiß es sich als dein östliches Bollwerk. Ein Bollwerk hat sein Wesen im Contra. Bathory, soll man wirklich Moskowien, statt es fernzuhalten, an das Abendland schließen? Der schlafende Riese dort, was täte er, geweckt vom Geiste Europas, bedeckt mit den Waffen des Westens, entwachsend seiner dumpfen Jugend und Lethargie? Er erdrückte, überwüchse uns einst? Das ist so eine liebe Sache mit der Union. Sie holt uns das Meer zu nah heran. Andererseits: Wer hält die Geschichte auf? Du, Bathory, warst zum Wagnis bereit, und bezwangst doch selbst die polnischen Großen nicht. Die lähmten auch dich. Und warst doch so stark. Fordertest ritterlich den Tyrann zum Zweikampf zwischen den Heeren heraus. Das sollte zwischen Ost und West entscheiden. O weh! Bin nicht so stark wie du, sehe tiefer. Weisheit macht bang, Kraft wohnt in der Torheit. Aber ist der Gigant jetzt nicht sehr krank – unter diesem Godunow? Polen auch. Ich laviere. Wie würde ich erst auf dem schwedischen Thron und zwischen beiden lavieren? Aber die Ostsee muß mein sein und dem Moskowiter versperrt. Das Baltikum sei die Barriere!

Ah, deine Macht wieder, Palestrina, aus jenen Sphären, da du nun weilst. Wie heiliger Eros die Stimmen einander anmutig und streng umwerben heißt! Verteufelt schön wie die Engel begegnen und umarmen sie sich. Ungestillt entfliehen sie einander – zur Begattung mit anderen Engeln, doch keine Eifersucht entbrennt – droben im Äther. Linienklarheit, schwerelos, leidloses Ringen! Das sind die Harmonien der Gedanken in Gott vor Beginn, ihr erlöstes Jubilate am Ende, inzwischen –. Wir weinen noch.

Soll Polen stürmen? Quasi unter dem Banner des Prätendenten? Aufnehmen wieder und wagen, was Stephan Bathory abbrach? Bin ich für die große Stunde zu klein? Ist dieses Godunow Not nicht schärfer als einst die des Iwan vor König Stephan? Nun, wenn ich siege und dieser Demetrius drüben für uns regiert – womöglich bänger laviert als ich hier in Krakau –, habe ich dann Ruhe von dorther für mein Ringen um Schweden? Traum der Träume: Polen und Litauen, Schweden und die Ostsee, Osteuropa und Moskowien, alles geeint unter einer sich mir erneuernden oströmischen Kaiserkrone, die ich dann trage. Haha! Ich – Widerpart des Habsburgers, jenes Erben Karls des Großen und Westroms? Zygmunt Wasa – Erbe von Byzanz und doch, wie Habsburg, Sohn des Heiligen Vaters! O weh, Moskowien, noch bist du der Abgrund; dich füllen, überbrücken, bezwingen wir nicht. Nicht ohne die Ostseeunion. Darum das erste Ziel: Schweden! Hätte ich doch Wladislaw ans Luthertum riskiert! Union vom Nordkap bis zum Schwarzen Meer – Was kostet die moskowitische Neutralität? Gerade diesen Dimitrij. Gott erhalte Altrußland in seiner Ferne, Zwietracht, Dumpfheit und Barbarei! Dreh ich mich nicht im Teufelskreis? Über mir die Engelsreigen der Hymne im unersättlichen Spiel ... Jetzt verhaucht auch sie. Sechs- oder siebenstimmig, dieser letzte Akkord! Oh, noch einmal bricht er auseinander, fließt wie ein Stauwehr in acht Kaskaden ab. Die schlängeln sich schimmernd ins Weite. Der Knabensopran – zu spitz jetzt – über dem Tenor. Der Baß gründet nicht ganz in makelloser Schwärze. Nichts makellos auf Erden.

Unser Polen! Wir, seine Wahlkönige, kommen fernher. Bald ein französischer Valois, bald ein ungarischer Bathory, bald ein schwedischer Wasa, so geht es wohl fort. Ein Valois läßt sich hier zum König krönen, flieht – o Schande! – bei Nacht und Nebel nach Frankreich, weil dort wie ein Stern ein angenehmerer Thron aufblinkt, und überläßt das erlauchte Polen seiner Verblüffung, o mon Dieu!

Schon das Offertorium? Durch dein Erbarmen, o Herr, und durch die Fürsprache der seligen, allzeit reinen Jungfrau Maria möge diese Opfergabe uns zu ewigem und zeitlichem Glück und Frieden verhelfen. Durch unseren Herrn ... Auch zum zeitlichen Glück. In der Zeitlichkeit gilt die ratio. Also rechne, Zygmunt: Großpolen plus Schweden minus Rußland gleich Auslieferung des Prätendenten, er sei echt oder unecht, an den Zaren. Resultat: Moskowitische Freundschaft und Neutralität ... Wir armen Sünder! Heilige Mutter Gottes, bitte für mich jetzt und in der Stunde meines Todes! Gegrüßet seist du! Selig der Schoß der Jungfrau, der getragen den Sohn des ewigen Vaters. Polen bleibt deine Ritterschaft, ich ihr König. Ich hasse, die dein vergessen. So laß mich Schweden dir weihen, es den Ketzern entreißen, die dein nicht achten! Wahrlich, welche Ströme von Poesie und beziehungsreichem Tiefsinn, welche Fülle göttlicher Gedanken sind aus dir, o Madonna, auf die Menschheit niedergeflossen! Mutter der Mütter, du bist die den Bräutigam täglich empfangende Brautkirche, du jede Gott sich öffnende Seele, ja, Mutter Erde und Himmelskönigin in einem, und die süße, unbefleckte Gemahlin des allmächtigen Vaters ewiglich. Ich verstumme vor dir. Verstummt doch auch das seraphische Tönen. Palestrinas Gesang verrinnt ... Wie dich nun das Schweigen feiert im Wunder der Wandlung und dir nachlauscht, wie die Stille redet!

Wer schnauft dahinten? Meiner Hofleute einer, der dicke Orzochowski natürlich. Grauenvoll, die heilige Wandlung zu verschlafen! Entgleiste Geräusche zudem vertrage ich nicht. Ich vertrage weder Schlaf- noch Eßgeräusche, noch knirschende Sägen oder Sensengedengel. Oder Mißton im Quartett.

Der König wandte langsam den Kopf herum, um sich den Schnarcher im Dunkel der Loge dahinten zu merken. Jemand stieß den Schläfer an. Der König gab sich wieder der Andacht hin.

Wie der Legat seine Meinung geändert! Erst bis zum Rande voller Bedenken, ganz Warner, jetzt – Protektor des jungen Mannes, der ihn berückt hat. Nein, das große Ziel berückt ihn. Und heute noch soll ich entscheiden. Soviel heikle Audienzen drohen! Umschanzt mich, ihr Heiligen, denn ich bin sehr verzagt ...

In des Königs Arbeitsraum, fern der Kapelle, stand jetzt am schweren flämischen Tisch Pan Kowalski und ordnete die schriftlichen Eingänge im Licht eines Kerzenleuchters, der auf dem Kaminsims stand. In allerlei Rahmen dunkelten italienische und niederländische Meisterwerke. Sie hingen in mehreren Reihen. Marmorne Büsten dämmerten aus düsteren Winkeln, und das Gewölbe ließ die Auffahrt der Mutter Gottes in orangenen Wolken ahnen. Der Sekretär überflog noch einmal das Schreiben des Legaten und prägte sich das Wichtigste ein: die Argumente für des Prinzen Echtheit nicht zu entwerten; seine Fähigkeiten nicht anzuzweifeln; Siegeschancen angesichts der innerrussischen Zustände; die kirchliche Union durchaus noch realisierbar; Reise nach Rom zur Erlangung des päpstlichen Segens für den Prätendenten; Pater Ssawiecki übernimmt den Vortrag vor Majestät; et cetera, et cetera.

Kowalski legte den Brief zum übrigen, langte zum Federmesser und reinigte sich versonnen die Fingernägel. Da trat ein schwarzbemäntelter Greis ein, breitbärtig wie Vater Abraham, ein Mann mit breitem Mund und eingewurzelter Grüblermiene. Stumm grüßte ihn Kowalski. »In Ewigkeit, amen«, antwortete der Hofastrolog. Er meldete, soeben verlasse Majestät die Kapelle und verlange nach Meister Camillo Rossario. Der Gelehrte sei bereits am Werk, doch Majestät könne die Gerüche seines laboratorii nicht ertragen. Der Sekretarius möge die Güte haben, den Alchimista rufen zu lassen. Majestät werde sich im Rittersaal ergehen.

Kowalski ließ die Tischglocke ertönen und verständigte einen hereintretenden Lakaien, worauf sich der Astrolog entfernte.

Der begab sich über noch düstere, steinerne Treppen zum Rittersaal hinauf, stand zweifelnd vor der Pforte, öffnete seine Mappe und betrachtete mit Kopfschütteln seine horoskopischen Skizzen und Notizen. Für diesmal fast wertlos! dachte er.

Drinnen wandelte der König in seinem weiten Umhang. Er trug glatt zurückgebürstetes Haar, Knebelbart à la mode, die Nase war geschwungen, seine Arme hielt er gekreuzt. Er ging an den Waffensammlungen dahin, die die getünchten Wände bedeckten, an Rüstungen, Fahnen und Schlachtenbildern, und philosophierte, hier und da verharrend vor einem kostbaren Schwert, einer reichverzierten Arkebuse, prächtigen Partisanen, einer prunkvollen geriffelten Rüstung oder dem Rohr einer Feldschlange.

Was für ein Weg vom Schleuderstein und Kannibalenknüppel zum schöngeschmiedeten Schwert, Schild und nickenden Helmbusch Hektors, bis zu diesen ziselierten Panzern dann, der edlen Ritterwehr, und wieder bis zur Kanone und geballten Ladung? Wo führt das hin? Bin ich der Schwächling, für den Sapieha mich hält? Ich will es ihm weisen, will noch dir, Bathory, auf der Ruhmesbahn folgen. Das heißt, erst – die Ostseeunion. Den Schwedenthron her! Und zuallererst Gold heran, Gold, Gold! O ewige Misere! Wo bleibt mein Alchimist?

Es pochte, der Astrolog trat ein und verharrte in tiefer Verneigung. Dann begann er auf des Königs Wink und bedauerte, so wenig zu bringen. Weder Geburtstag noch -stunde des Zarewitsch stehe fest, mithin sei das Horoskop nicht verbindlich. Stimme das Datum, so sei des Prätendenten Thronbesteigung sicher. Das andere Horoskop, das des Zaren, leide am gleichen Übel. Stimme das Datum, so sei sein Sturz gewiß. Was die Konstellationen des heutigen Tages betreffe, so sei der Majestät die via aureae mediocritatis zwischen Ja und Nein zu empfehlen, äußerste Vorsicht, die den Dingen vorerst ihren Lauf lasse.

»Immer wieder pythische Orakel!« seufzte der König und wandte sich mit Blicken stummer Verzweiflung ab. Er ging umher, der Astrolog begann in der Mappe zu blättern. Der König stand vor einem Schwert still und entzifferte: Nie ohne Grund aus der Scheide, nie ohne Ehre zurück. Was tun? Die Sterne also schweigen, über einer Vermessenheit wohl, die schauen will, wo man glauben und wagen soll? Lesen wir aus den Sternen doch nur heraus, was wir zuvor hineingeschrieben? Ach, der Mensch, dies Stäubchen! Der König wandte sich zum Astrologen und sprach dergleichen aus.

Der entgegnete, verwundet und verwundert: »Majestät! Erdenstaub ist Sternenstaub! Und der Mensch – er ist ja das geistbegnadete unter den Sternwesen. Er eben ist's, der sich mit seinem Erdenstern im Gesetz der gestirnten Unendlichkeit gefangen, dem höchsten Willen untertan weiß. Vergessen Majestät des Valens Sternenlied, worin der Kriegsmann des Schicksals im amor fati hinkniet und sich demütig der alldurchflammenden Hierarchie unterwirft? Und Nechepso und Petosiris, die Ägypter? Und den tiefen Glauben Platons an die göttliche Beseeltheit der in so wunderbarem Gleichmaß hinziehenden Sphären? War dieser Glaube nicht auch des Ptolemäus Fundament? Und der Scholastiker, der großen Päpste und des unsterblichen Dante? Des Marsilio Ficino? Darum deckt das Horoskop, Majestät, des Menschenherzens Herz auf. Der uns aber die hohe Kunst verliehen, das ist der ewige Gott.«

Das Gespräch brach ab, denn der erwartete Italiener war eingetreten, und der König lachte, nun seien die drei Weisen des Morgenlandes wieder beisammen.

Der hurtige Sohn des Südens verneigte sich mit Anmut.

»Camillo Rossario«, fragte der König, »wie weit noch bis zum Stein der Weisen, wie weit zum Weißen, wenn schon nicht zum Roten Löwen? Gold oder Silber, mir wäre beides recht.«

Zur Bestechung der schwedischen Granden! dachte Rossario und parlierte drauflos. Staunen sei die Mutter der Philosophie, la madre della philosophia, Geduld die Amme experimentierender Wissenschaft, Fürstenhuld aber Vater und Patron zugleich –

»Also nichts Neues?«

Der Alchimist ließ seine Augen funkeln: »Nichts als nur Neues, Majestät! Von Herzschlag zu Herzschlag ist das alte Geheimnis jung und erregend, nie veraltend, und die Umwandlungsmöglichkeit aller Metalle ist gewiß.«

Der König, der, wie er erklärte, nach der Frühandacht gern eine Morgenstunde der Weisheit zu widmen liebe, bedankte sich für den gestrigen Hinweis auf Victorinus, den Augustiner, dessen Hymne auf Johannes in der Tat jenen Scholastikern recht gebe, die da behaupten, Johannes der Evangelist habe aus Holz Gold gemacht und dies, wie seine Edelsteine, an die Armen verschenkt. Auch über Abu Musa Dschafar al Sofi habe er gestern noch nachgelesen.

Nun brach Meister Rossario mit einer neuen Entdeckung hervor: Die Apokalypse des Johannes, soviel sehe er jetzt, verstehe niemand, der sie nicht durchweg alchimistisch deute, und wem über diesem Buch das Firmament göttlicher Erkenntnisse aufgegangen, dem geselle sich auch die irdische Weisheit bei.

Nun wollte freilich der Hofastrolog die Apokalypse allein von der astrologischen Seite her genommen wissen, doch der König lenkte auf die Alchimie zurück, und so sprachen sie über Pico de Mirandola, stritten, inwiefern die ägyptischen, ja auch die griechischen Mythologien lauter alchimistische – nein, astrologische – nein, alchimistische Erkenntnisse darstellten; handelten – wieder einmal! – vom Hermes Trismegistos und dem Buche Henoch, bis der König, müde und hungrig geworden, die Stunde der Weisheit für beendet erklärte, die Gelehrten entließ und mit einem faden Gefühl zu seinem Frühstück einsam hinterschritt. –

Zu dieser Stunde saß in gastlicher Klosterzelle Pater Ssawiecki und notierte, was er dem König in Rangonis Auftrag vorzutragen gedachte. Dann stand er auf, um zu Rangoni zu eilen, stellte aber fest, daß es noch zu zeitig sei, und beschloß, unterwegs in ein Gasthaus einzukehren und einem tüchtigen Frühstück zuzusprechen mit gutem Wein.

Der Tag wird schwer! sagte er sich, als er die noch ziemlich leeren Gassen dahinschritt. Es freute ihn, daß der Legat seine Romreise nun doch zurückgestellt, um zur Erweichung des Widerstandes beim König, am Hofe und womöglich noch im Lubliner Reichstag das Seine zu tun. So weit hatte er, Ssawiecki, die Exzellenz gebracht, daß sie nicht mehr zu wissen schien, wohin zuerst zu fliegen sei.

Plötzlich hemmte er den Schritt. Er überlegte, ob er nicht sogleich nach dem alten Sorgenkind zu sehen habe, nach Wielewiecki. Nicht, daß er um des Kranken Leben bangte. Bangen? Wieso! Höchstens um Wielewieckis Schweigsamkeit. Sonst hoffte er auf dessen raschen, seligen Heimgang. Nun, erst nach den Audienzen würde er zu ihm gehen ...

Als helle Silhouette mit mehreren gedrungenen Türmen erhob sich südlich von Krakau aus nackten Baumgruppen vor dem Violett dunstiger Wälder jenes Schloß, das Dimitrij und die Seinen beherbergte. Dort erwachte Dimitrij in seinem halbverhangenen Baldachinbett vom Geräusch, das der Ofenheizer verursachte. Sein erster Gedanke ließ ihn hochfahren: Die große Entscheidung – heute! Er warf die Betten zurück, schwang die Beine hinaus und dehnte die Arme, eilte entblößt zum Waschgeschirr und begann sich schnaufend und singend mit nassen Tüchern zu reiben. Die Kehle noch etwas wund und rauh? Gottlob, kein Fieber.

»Ruf den Barbier!« rief er dem Heizer zu, der mit geleertem Klobenkorb das Zimmer verließ. Als der Bartkratzer erschien, stand Dimitrij im gesteppten Schlafrock aufgestützt am Tisch, den Folianten und Schriften bedeckten. Er vertiefte sich in seine mitternächtlichen Zeilen.

»Warten!« brummte er und las weiter. »Oder marsch,

komm und polier mich! Glänzen muß ich wie Apollon. Heute steh' ich vor dem Konig.«

Zwei Bücher, die auf dem Boden lagen, stieß er mit dem Fuß beiseite, warf sich, einige Manuskriptblätter in der Hand, in den Fensterstuhl, und während der Figaro Schaum schlug, das Messer wetzte, ihn einseifte, rasierte und zuletzt seine kurzwelligen Haare einrieb und zurückkämmte, während dieser ganzen Zeit hielt Dimitrij seine Blätter in Blickhöhe, bald in der linken, bald in der rechten Hand, und las, hier und da in Gedanken ergänzend und berichtigend:

»Ob ich, meine Maryna, in dieser Nacht nichts Besseres weiß, als mich über Chroniken um Stunden kostbaren Schlafes zu bringen, schnupfend und erkältet – bei erkaltetem Ofen? Ich bin in Decken gewickelt, und was brauche ich viel Schlaf! Wunderkräfte strömen mir Stunde um Stunde zu! Doch durch dies Dickicht muß ich schleunigst hindurch. In Eile denn, mit kalten Fingern, heißem Herzen und innerlich ganz licht, tief in der Nacht!

War mein Vater, was seinerzeit Fürst Kurbskij hier aus ihm gemacht, eine Art Satan? Oder mehr Genie? Beides? Was soll ich von mir selber halten, Maryna? Du weißt, wie man mich herumreicht und feiert. Ich schrieb Dir, welche Leute, die mir früher den Weg vertreten hätten, jetzt mich umwedeln. Zuweilen aber treffe ich auf Impertinenz. Gestern fragte mich ein Laffe an seinem Riechfläschchen vorbei sehr geistreich: ›Also Ihr seid ein Sohn jenes Iwan?‹ Dann klopfte er mir tröstlich auf die Schulter: ›Macht Euch nichts draus!‹ Fast gab's ein Duell, aber ich dachte an Konstantin Wiśniewiecki, und unser Gastgeber bog die Sache zurecht. Da sitz' ich und forsche nun.

Daß einst Tacitus, Sueton und Genossen, statt Geschichte zu begreifen, sich an Hofklatsch und Pöbelparolen gehalten, daß sie das Bild der großen Cäsaren noch heute in jeder Scholarengeneration entstellen, sagte ich Dir oft. Nun, mein

Vater hatte Feinde um sich, wie Du, Maryna, Verehrer. In einem Delirium von Verrat drohte er zuweilen unterzugehen, doch er griff durch. Die Besiegten rächten sich mit Greuelmärchen. Ich aber sehe mit Sohnesaugen.

Für ihn, der als Dreijähriger auf den Thron geklettert, regiert zunächst Großfürstin Helena, die Mutter. Selbstverständlich opponieren, intrigieren, sabotieren, rebellieren, rivalisieren die Granden – unter Führung seiner Oheime, der Brüder meines Großvaters Wassilijs III. Die Regentin muß zwei Schwäger töten und stirbt selbst verdächtig rasch. Nun können sich die großen Familien in Fehden tummeln, und neun Jahre lang lösen Bojarenregime, lösen die Bjelskijs, die Schuiskijs, die Glinskijs einander ab. Einkerkerungen und Erdrosselungen. Was hatte mein Vater als Kind zu erdulden an Ängsten, Roheiten, Kränkungen, wie war er herumgestoßen und oft gefährdet! Darin erwuchs sein Geist, in dieser Herren Schule wurde er groß. Was ihn schier überwuchs, das war sein Ingrimm, sein Wundsein, Stolz und Härte, Mißtrauen, Haß und schrankenlose Verachtung. Wen wundert das an einem Herrschgenie vom Range Alexanders? Wäre mein Vater jünger gestorben, im Alter etwa jenes Makedonen, niemand bestritte ihm, dem antiken Eroberer gleich zu sein. Hätte Alexander meines Vaters Alter erreicht, wie hätte der strahlende Zeussohn in Blut waten müssen, um seine Diadochen zu bändigen!

Früh zeigt sich meines Vaters Unrast, strotzt er von eigenen neuen Gedanken in der Außen- und Innenpolitik, offenbart er Einfallsreichtum, hat er Witterung für die Fährten der günstigen und widrigen Götter. Früh wird seine Unbeugsamkeit kund, eine Seele, die sich vor Ungeduld und Ungestüm, Sendungsgefühl und Tatendrang, Zorn, Stolz, Haß und Verachtung hybrid zu übersteigern droht, zu unbarmherziger, schwarzgalliger, vielleicht auch zynischer Tyrannenmajestät. Hier liegt Tragik vor, Maryna, welche Ehrfurcht und, wenn nicht Liebe, so doch Erbarmen gebietet. Wie schreibt Theophrast, des Aristoteles Schüler, von der Tragödie? Sie sei die Darstellung eines Heroenschicksals. Und Seneca? Ecce tragoedia: vir fortis cum mala fortuna compositus, der Tapfere und sein widriges Geschick, der Bedeutende, wie er darin ringt, notwendig auch frevelt und dennoch untergehend seine Größe behauptet und leidend sein Los erfüllt. Zeigt sich Größe nicht am herrlichsten im Untergang? Dies nebenbei. Mein Vater jedenfalls biß sich durch. Was da vor seinen aufflammenden Jovisaugen aufschrak, erschauerte, ob schuldig oder nicht, das fühlte sehr wohl, daß da ein Riese einsam in Gletscherzonen litt, litt, litt und daß sein Zorn Gottes Zorn war. Der Schreckliche, dieser sein Name ist Ausdruck einer fast religiösen Verehrung.

Die Verschwörungen und Verrätereien rissen wohl nie ab. Entsprechend reagierte er. Dies unablässige Rächen und Richten quälte ihn selbst. Sein Wüten beschwerte und verstörte sein Gewissen. Welchen grandiosen Ausmaßes, welcher Leidenschaften, welches urtümlich Menschlichen und hintergründig Göttlichen ist offenbar mein ganzes, großes, zukunftsträchtiges Volk fähig! Der Tag der Russen kommt, wenn die Zwerge, die uns jetzt Barbaren schimpfen, ihre Tage hinter sich haben. Ich staune über meines Vaters Belesenheit. Was da in der kindlich dumpfen, kirchlich konservierten, rührenden Einfalt und Weltfremdheit seiner Umwelt an ihn von draußen herantritt, sei es ein fremdes Buch, sei es ein ausländischer Gast, sei es die römische Geschichte, sei es die lutherische Ketzerei oder die der römischen Kirche (Dispute mit Jesuiten!), sei es Technik und Fabrikation, Bergwerk, Handel und Schiffahrt – das alles erregt ihn zum Visionär, das frißt er in sich hinein und haucht dann Entschlüsse und Wagnisse wie Feueratem aus.

Welche Reformen im Reich! Ein Beamtennetz breitet sich aus. Das Heereswesen wird neu gestaltet. Bezirks- und

Landschaftsreformen sorgen dafür, daß den Statthaltern in den Städten, den Amtleuten auf dem Lande die Futterkrippen mit einem Schlage versinken. Neuernennungen überall! Zentralisierung der Regierungsgewalt. Sein Berater ist ein Kirchenfürst Sylvester, daneben ein Kanzleirat Adaschew. Und nun die Außenpolitik!

Mein Vater erobert das Tatarenreich Kasan (er leitet selber den Krieg!) und macht es durch Landverteilungen an moskowitische Grundherren und durch zahlreiche Klostergründungen russisch und christlich zugleich. Über Kasan hinweg tragen offene Straßen die Reichsgrenzen bis Sibirien vor. Welche Wendung der Dinge nach den Jahrhunderten der Knechtschaft, daß auch das Khanat Astrachan des Zaren Beute wird und an diesem Bollwerk die asiatisch-türkischen Springfluten sich brechen müssen! Kreuzzug über Kreuzzug! Das Reich als streitbare Kirche! Urteile selbst: Bewährt Moskowien seine christliche Mission oder nicht?

Und so gehört nun die Wolga als Handelsstraße dem Reich und verbindet es über das Kaspische Meer hin mit Persien und Mittelasien im Güteraustausch. Mein Vater legt vor das Krimkhanat die Verhaulinie, hinter der er seine Dienstmannen ansiedelt, tapfere Bojarensöhne. Wohldurchdacht und geordnet ist ihr Wachdienst dort in der Steppe Weiten. Auch das ukrainische Kosakentum schickt seine Helden hin.

Und weiter kreist des gewaltigen Mannes Blick in die Runde.

Zugang zum Baltischen Meer! ist die neue Parole, die ihm der Gott der Geschichte zuraunt. Und Pforten und Fenster auf nach Europa! Mit ein Gewicht sein im Staatensystem des Westens! Her mit Livland ans Herz der großen Mutter, das im Kreml schlägt!

Und, Maryna, das schwere, bald allzu schwere Ringen, es beginnt.

Umsonst hat der Zar um Englands Hilfe geworben. Trotz

großer Siege und Erfolge – Livland trotzt. Großpolen ist für Livland aufgestanden, auch Schweden und Dänemark. Der Zar rückt gegen Litauen vor, um die dort russisch redenden Völker heimzuholen. Siege, Verrätereien, Sorgen und Meutereien! Jener Fürst Kurbskij, Vorsitzer im Erlesenen Rat, wird zum Verräter und flieht nach Polen, um hier ein Leben lang als kläffender Emigrant Namen und Werk seines Herrn zu schänden.

Längst nämlich war des Zaren Geduld erschöpft, hatte er mit der ganzen Meute gebrochen, hatte er Moskau verlassen und sich wie ein Abdankender auf ein Jagdschloß zurückgezogen. Entsetzt hatte ihn der Adel bestürmt und angefleht: ›Kehre zurück! Bleibe Zar! Sonst bricht die Anarchie herein und der äußere Feind! Ohnmacht befällt das Reich, und die Sintflut droht!‹ Da hatte denn der große Iwan seine Bedingungen diktiert: ›Ich, erhaben über jedes Gesetz, bin Diktator; mein ist die Rache an allen Hinderern und Verrätern!‹ Sie hatten zitternd zugestimmt, er dann seine neue Rächerschar, seine fanatische Avantgarde gegründet, die unbarmherzig jedem seiner Winke gehorchte, er hatte jene Opritschniki berufen, die schwarzen Reiter mit Besen und Hundekopf im Sattel. *Ein* Herr nur noch, sonst nichts als lauter Knechte! dies seine Parole. Keine Ränge und Stände mehr! Alles gleich- und glattgewalzt! *Ein* Imperator und lauter Diener!

Gewiß, Maryna, das paßt uns nicht, das reimt sich schlecht mit eurer Adelsfreiheit, doch kann ich mir denken, daß die Krakauer Könige meinen Vater, den sie zu schmähen lieben, beneiden.

Wo praktizierte mein Vater die neue Ordnung? Stelle Dir seinen tollkühnen Einfall vor:

Er faßt die wirtschaftlich entscheidenden Städte und Gebiete des Reiches in seiner Faust zusammen, jagt die Widersacher, die da auf breiten Adelsgütern sitzen, hinaus, überläßt das übrige Reich rings um seine eigene Staatsdomäne herum einer zweiten, der Moskauer Regierung, ja einem ziemlich albernen Nebenzaren, der sein Popanz bleibt, teilt also das Reich – etwa nach Weise der späteren römischen Kaiser – und schafft sich von seiner befestigten neuen Residenz aus im Walde zunächst eine tabula rasa in seinem eigenen avantgardistischen Reichsteil. Verbannungen, Einkerkerungen, Hinrichtungen, Ausradierungen ganzer Herrensitze. Zu Tausenden verjagt und verpflanzt der Zar seine Großen. Er regiert seine Kernlande mit eisernem Zepter und gedenkt sie zum Musterstaat im Staate zu gestalten. Er verteilt die Herrensitze als Lehnsbesitz an seine Dienstbeflissenen; die Vertriebenen aber tauchen im anderen, im degradierten Reichsgebiet fremd, traditions- und machtlos unter. Auch dies zweite Reichsgebiet wird dann zum gehorsamen Anschluß an die starke Mitte gebracht. Der Zar ist nun das Reich. An ihm zerschellen alle Komplotte, auch die Verschwörung mit dem Khan der Krim, der sengend und mordend als Bundesgenosse der Verräter gegen Moskau heraufzieht. Schließlich ist das Reich zusammengeschweißt und halbwegs gebändigt.

Wieviel aber hat es gekostet! Nowgorod, die weitherrschende Herrin, die königliche Kolonisatorin des Nordens, er muß sie ausrotten mit Stumpf und Stiel, weil sie in jenem großen Kriege, den ich erwähnt, mit Polen verhandelt, sich Polen anzuschließen wünscht. Erschrick nicht, Maryna! Meine Mutter muß ein Engel an Sanftmut sein. Ich bin mein Vater längst nicht mehr. Auch bedarf es jetzt wohl anderer Geister, nachdem er das Seine getan.

Freilich, wie gesagt, wieviel Kräfte in Stadt und Land, in allen Ständen des Volkes, wieviel Wirtschaftskraft und Schlagkraft des Heeres hat dieses Ringen im Inneren und der Krieg an den Fronten verzehrt! Bathory griff mit einem Großreich an und war mit Schweden verbündet. Im Süden drohten Türken und Krimtataren. Welche Bedrängnis um Iwan IV. in diesem längsten aller Kriege, die Rußland je gesehen! Bathory belagerte Pskow, doch Pskow leistete herrlichen Widerstand und hielt Bathorys Siegeszug auf (wie hat dort mein Volk seine kriegerischen Tugenden, seine Heimatliebe, seine Zarentreue und seine Berufung zu künftigen Jahrhunderten offenbart!), und der vom Zaren angerufene und mit Unionsgedanken geköderte Papst rief Bathory zur Ordnung und stiftete Frieden. Zur Union der Kirchen aber kam es nicht, so fleißig auch Possevino, der Friedensstifter, beim Zaren darum rang. Mein Vater zögerte – und starb, erschöpft an Seele und Leib, erschöpft wie sein Reich, dem er in genialischer Ungeduld zu Schweres zugemutet.

Doch meines Vaters letzte Jahre – wem galten sie? Der Wiederbelebung der verödeten Dörfer, der niederliegenden Landwirtschaft, dem friedlichen Aufbau.

Ach, ich muß schließen, obschon ich noch längst nicht am Ende bin. Mein übervolles Herz wird nimmer leer, und strömte es sich in Tagen und Nächten aus bis an den letzten Schlag.

Ich habe wohl die Ereignisse, Jahre, Epochen durcheinandergebracht. In der Tat, ich übersehe die Reihenfolge noch nicht, und Lücken klaffen, doch das Gesamtbild steht.

Genug von mir, Maryna! Morgen nachmittags schicke ich Extrapost: über den Empfang beim König. Morgen, morgen!

Verlästern wir die ›Raserei‹ der Kolosse nicht leichthin, wie Vergilius in seinem Pfahlbürgervers: ›Quidquid delierant reges, plectuntur Achivi.‹ Bedenken wir, in wieviel Dummheit, Dumpfheit, stolze und niedrige Art sich der große Hinderer, den die Hebräer Satan nannten, verschanzt, und welche Widersetzlichkeiten sie erst zum Rasen bringen, zum Rasen, das dann, mag es noch so schuldig werden, schließlich doch Treue ist gegen die eigene Berufung, das eigene

Werk, den eigenen Gott, nämlich eben den Herrn der Geschichte.
Gute Nacht, mein geliebtes Leben!
Sehr glücklich entschläft           Dein Dimitrij.«

Dem Leser dieser Zeilen klopfte jemand auf die Schulter. Er blickte herum. »Freund Pomaski!« rief er. Der Pater verneigte sich in strahlender Laune. Dimitrij sprang auf, der Barbier verzog sich, Dimitrij trat in die Nebenkammer, wo er den Schlafrock abwarf und seinen Anzug vollendete. Dabei fragte er munter nach Neuigkeiten durch die Tür.

Der Pater erzählte, die Abendgesellschaft habe noch stundenlang nach Dimitrijs Abgang im Nachglanz seiner Glorie geschwelgt. Diese fächernden Damen! Sie hätten gesagt: Da sei kein Franzose, der sich vor dem Zarewitsch mit seinem esprit nicht verstecken müßte, kein Espagnole, dem vor Dimitrij nicht ein Unterschied zwischen gespielter und angeborener Grandezza aufgehe, kein Italiano, der da nicht neidgetroffen staunen würde, daß sich in einem Russen Grazie und Männlichkeit so ungezwungen durchdringen könnten. Zum Schluß habe es ein Vivat gegeben auf den Prototyp eines neuen, anderen, entbarbarisierten Rußland. Und so fort.

Dimitrij fragte zurück, ob man nicht noch süßere Rauchopfer der Person Pomaskis dargebracht, da doch nur Pomaski jenes pädagogische Mirakel gelungen sei. Es übertrumpfe ja wohl die Auferweckung des Lazarus. Na, die Laffen würden vielleicht noch zu atmen vergessen vor der Epiphanie des neuen Rußland. »Nichts Neues vom König?«

Bei Hofe stehe es, wie es gestanden, erklärte Pomaski. Man müsse sich zunächst mit der moralischen Anerkennung durch den König – und hernach durch den Papst – bescheiden. Der Triumphzug des Zarewitsch von Bankett zu Bankett hierher und die charmanten Eroberungszüge Marynas böten Gewähr für einen imponierenden Aufbruch des Adels. Die revolutionäre Situation in der Provinz Ssewersk, die in der Strahlung des Kosakentums liege, garantiere einen tiefen Durchstoß durch sich öffnende Festungen und Städte hin. Er, Pomaski, warte ungeduldig auf Nachrichten von Grigorij, dem Kosakenpropheten.

Soviel sei klar, rief Dimitrij durch die Tür zurück, er werde sein künftiges Heer bei Kiew zusammenziehen, nicht bei Smolensk, so viel näher dies auch vor Moskau liege. Er wünsche, es wäre nur erst soweit: Lagerleben und Trompetenschall! Er wisse nicht mehr, ob er noch wünschen solle, daß ganz Polen für ihn streite. Er könne sich vorstellen, daß die Heere des Boris wohl zum rechtmäßigen Herrscher überlaufen, doch wie die Bestien der Taiga kämpfen würden, wenn der Pole mit seiner ganzen Macht nahte – auf den Spuren Stephan Bathorys, Namen und Banner des Demetrius aber vielleicht nur mißbrauche. Der Russe liebe sein Vaterland, verwünsche nur Godunow, er liebe den Sohn des Iwan, hasse aber das römische Polen. Liebe zu Liebe denn, Haß zu Haß! Darin liege wohl der Schlüssel zum Sieg. Doch was Pomaski nun zu folgendem meine – es sei ihm über Nacht so beigekommen. –

Damit trat Dimitrij, fast völlig, und zwar in Schwarz gekleidet, durch die Tür herein: Ob es nicht weise oder unumgänglich sei, daß er zum griechischen Bekenntnis übertrete? So viel wisse er nun: In Rußland seien Kirche und Staat so eins wie in Byzanz, so wie die beiden Adlerköpfe im Wappen (das sei ja aus Byzanz). Zar und Patriarch bedienten einander nach der Devise: Manus manum lavat. Der Zar wisse sich als obersten Abt, als Inhaber der geistlichen Würde, und wiederum der Patriarch, der, wie seine Hierarchie, dem Adel entstamme, er sei mit seinen Bischöfen und Äbten Träger administrativer Funktionen, sie alle seien Stützen und Glieder des Ständestaats. Staat und Kirche seien zusammengewachsene Zwillinge, ganz anders noch als einst im salischen und staufischen Europa, weit weg von jedem Investiturstreit. Ergo sei ein Zar römischer Konfession vorläufig undenkbar, nicht wahr?

Dimitrij sah Pomaski mit verschränkten Armen vor sich niedersinnen. Beruhigend fuhr er darum fort, er würde natürlich den nur äußerlichen Bekenntniswechsel im Rahmen der in Kiew gültigen Union vollziehen, also römischer Christ mit griechischem Ritus sein. Der Weg zum Endziel der Union im großen müsse ja wohl mit viel taktischer Weisheit gepflastert werden.

Franz Pomaski gestand sich, solche Erwägungen seien ihm nicht neu, er habe sie längst in sich bewegt. Warum befiel ihn denn jetzt diese Unruhe, diese Beklemmung, dieser Argwohn, diese Angst, während er sich doch der Klugheit seines Schülers freute?

Dieses Opfer, mußte man es nicht wirklich bringen?

Dimitrij streckte dem Pater die Hände hin. Der Freund schlug ein. Dann umarmten sie sich.

»Mein Kastor!« rief Dimitrij.

»Pollux!« lachte der Jesuit ...

Vor dem Palast des Legaten Rangoni führte ein Reitknecht in Küraß und Helm zwei gesattelte Pferde am Halfter hin und her. Ein Hellebardier, der am geschwungenen Steingeländer der Freitreppe lehnte, gleichfalls in Harnisch und Helm, sah ihm gleichmütig zu. Bis er Pater Ssawiecki, der die Straße heraufkam, erkannte, des Paters Gruß durch militärische Haltung erwiderte und auf dessen fragenden Blick erklärte: Fürst Sapieha sei da.

Ssawiecki schritt nachdenklich empor und verschwand in der Flurhalle. Als wäre er hier zu Hause, sprang er mit Sätzen über je zwei Stufen die Treppe hinauf. Oben trat ihm ein Kaplan entgegen: Exzellenz könne im Moment nicht empfangen –

»Weiß, fra capellano«, sagte der Pater und legte den Arm um des anderen Schulter. »Warten wir in deinem Kabinett! Da hört man's auch. Um so sicherer knüpfe ich danach an meines Vorbesuchers Beredsamkeit an.«

Sie gingen.

Im Adjutantenkabinett, vom Saal durch eine hellhörige Wand abgetrennt, ließ der Pater sich, allein gelassen, leise in einem Wandstuhl nieder und horchte, so gut es gehen mochte – ohne viel Neues zu erfahren, wie er sich eingestand.

Er hörte den Großkanzler staunen, daß die Exzellenz von der Unionsidee neuerdings wie behext sei; worauf Rangonis Stimme bat, der Fürst wolle dem Auge der Kurie immerhin noch nüchterne Sicht für reale Möglichkeiten zutrauen. Im übrigen täten auch dem Großkanzler gewisse Wandlungen gut. Er würde die Dinge dann nicht mehr so durch roten Zornschleier sehen.

»Zorn? Auf wen?«

»Auf den Kontrahenten.«

Der Fürst: Ob der Legat meine, eines Sapieha Zorn auf Jerzy Mniszek könne eines Sapieha Urteil in der Sache des Königs und Reiches trüben?

Mehr vielleicht, war die Antwort, als einem Sapieha bewußt sei. Eine Pause trat ein.

Sapieha mochte sich etwas schroff erhoben haben, denn sein Stuhl fiel um. Dann kam seine Stimme: Er müsse wohl doch das Auge der Kurie hier mit einer Linse bewaffnen, daß es zunächst einmal den Sapieha erkenne.

Bitte!

Das Leben ein Traum! so die Poeten. Ein bißchen träume jeder Sterbliche am großen Traum der Erde mit, auch ein Sapieha; wo sonst die Einfälle herkämen? Ihn nenne man witzelnd den letzten Römer – ob seiner Verehrung der Reichsidee, in deren Weite freilich für armselige Magnatenautarkie kein Raum sei. Er stehe, wie für die Stärkung der Königsmacht, für die unlösliche Personalunion von Polen und Litauen ein und hasse die läppischen Animositäten beider Teile widereinander, er plädiere sogar für den Anschluß Schwedens, wiewohl er die Gefahren für eine sich verzettelnde Königsmacht kenne; aber er denke grundsätzlich immer im Reichsstil und bedaure, daß ein Zusammenschluß des ganzen christlichen Abendlandes, gleichgültig, ob unter einem Habsburger, Valois oder sonst wem, zu den kaum noch realisierbaren Dingen gehöre und bereits verlöschende fata morgana sei. Ginge es nach ihm, so spannte sich Europa von Gibraltar bis zum Ural, und das schwedisch-polnische Reich, das da zu schmieden, läge inmitten. So viel vom Sapieha. Ob denn nun der Herr Legat, Vertreter einer weltumspannenden Kirchenpolitik, für solchen Träumer kein Verständnis habe? Auch nicht für seinen Widerwillen gegen Mniszek und Konsorten?

»Giusto!« sagte der Legat und bat, zur Sache überzugehen.

Leo Sapieha: Der König müsse sich jetzt entscheiden, welche der beiden Partien er zu spielen wünsche, die russische oder die schwedische. Er habe sich bereits entschieden, und die Reihenfolge sei klar. Für das erste dieser Spiele gebe es keinen Verzug mehr, und man benötige das moskowitische Desinteressement. Erst, wenn diese Partie gewonnen, könne man gegebenenfalls die Victoria des Bathory aus ihrem Zauberschlaf befreien. Polen allein könne Moskau nicht bekriegen, so groß auch sein Dünkel sei, und für einen geschlagenen Sigismund hätte der schwedische Adel schon gar keine Krone mehr feil. Der Legat möge ein Einsehen haben und seine Majestät nicht mehr irritieren. Es sei schon sehr, sehr viel, wenn man vermeiden könne, den Prätendenten an Moskau auszuliefern, ohne des Zaren Freundschaft zu verscherzen.

Der Legat fragte, ob Rußlands rechtmäßiger Monarch nichts als ein aufzuopfernder Bauer im Schachbrett sei. »Was sonst?« So des Großkanzlers Stimme. »Gesetzt, dieser fragwürdige Iwanowitsch sei der Magnet, der alles an sich zöge, was drüben Godunow gram – der Zar behielte Getreue genug, befehligte immer noch Riesenaufgebote, und gar nicht mal schlecht. Und gesetzt, dieser Demetrius rücke einmal in Moskau ein als unser trojanisches Pferd, so mißriete die List. Das Pferd ginge in Flammen auf, und wir, die Mannschaft in seinem Bauch, verbrennten! Ihr alle kennt den Russen schlecht. Moskau ist kein albernes Troja. Kurzum, ich widerstehe beim König bis aufs Blut, und mindestens im Reichstag geht mein Veto durchs Ziel.«

Danach, rief der Legat, sei dreierlei zu erwarten: Erstens zögen die Magnaten unter dem Prätendenten doch ins Feld, zweitens, Krieg und Prätendent, von Polen im Stich gelassen, gingen verloren, und drittens umwände dann das Königszepter, welches die Tollen nicht halten konnte, eine Blamage mehr.

»Recte, recte!« so des Fürsten Stimme. Darum sei ein Doppeltes nötig: den Prätendenten auf spätere Zeit zu vertrösten und den König zu veranlassen, daß er den Zarewitsch als Trumpf fest in der Spielhand behalte.

»Wenn nun beides mißglückt?«

»Dann, Exzellenz, liefern wir entweder den Prätendenten aus, oder, falls das nicht mehr in unserer Macht, stirbt er womöglich plötzlich. Oder drittens, was nicht unbedenklich: Wir lassen ihn und seine Haufen einfach ins Verderben rennen, der König distanziert sich von vornherein und bringt dem Zaren bei, wie sehr sein Vetter Zygmunt die Katastrophe der aufsässigen Abenteurer im vorweg entschieden habe. Da wären wir gleich allerlei Plagegeister los.«

Rangoni mochte ihn wohl anblicken mit einer Miene, die empört fragte: Und das mir, dem Priester?

Der andere fuhr ruhig fort. Er fragte, ob die Exzellenz nicht einsehe, daß eines von Polen inthronisierten Zaren, also eines polnischen Statthalters Thron – denn um etwas anderes gehe es doch nicht! – in Moskau keinen Bestand haben könne? Gewisse Intriganten um den König würden vielleicht erwidern: Um so besser, und hoffentlich bleibt oder wird seine Abstammung zweifelhaft, denn je ausschließlicher seine Macht auf polnischen Schultern ruht, um so bedingungsloser ruft er uns zu sich, und dann verlassen wir Moskau nie mehr. – Da aber sei die Antwort Sapiehas: Nie mehr? Bis sich ganz Rußland im Aufruhr erhebt! Und dann haben wir den Schlamassel am Hals!

Es könne auch anders kommen, sagte der Bischof von Reggio.

Sapieha lachte: »Anders? Gut, anders! Angenommen, der Prätendent sei comme il faut, erobere und bändige sein Moskau und Reich – ob er dann nicht der Versuchung erliegen würde, die polnische Hörigkeit abzuschütteln und als neugebackener Patriot an der Spitze seiner Heere Polen einmal mit Krieg zu überziehen, ein rechter Sohn seines Vaters?«

»Ihr widersprecht Euch, und die Zukunft ist dunkel«, erwiderte Rangoni, »der Allmächtige liebt, im Dunkel zu wohnen. Er hat Finsternis zu seinem Versteck gemacht.«

»Falls der Herr Bischof nunmehr zu predigen wünscht, so schlage ich ihm als Thema vor: Warum ein römischer Priester sich aus der Politik nicht heraushält, auch Blutvergießen nicht scheut, wo ein König, dem das Schwert doch verliehen, es zu ziehn und zu schwingen zögert, weil er der Tragik des Machtspiels, darin er täglich schuldig werden muß, sich voll bewußt ist.«

Wieder trat Schweigen ein. Dann sagte der Legat: »Mein lieber Fürst, befehlt dem Chirurgus, daß er schneide, doch ja kein Tröpfchen Blut vergieße! Ist die Kirche auf Erden Vorwegnahme des überirdischen Friedens? Oder haust sie so abseits, daß sie nichts als Anbetung, Diakonie und Martyrium wäre? Zwingt nicht Verantwortlichkeit das Schiff des Herrn aus stillen Buchten auf die grobe See immer wieder hinaus, in die Stürme der Dämonen? Heißt Handeln nicht schuldig werden? Gilt das nicht gerade für den Typ des Heiligen? Und bin ich Eremit? Nicht Kirchenpolitiker? Darf ich die Tat scheun aus Scheu vor Verschuldung? So wahr die Kirche Scheiterhaufen schichtet und Gottes Kriege führt – nämlich aus ihrer weitgespannten Liebe heraus und auf göttliche Vergebung hin, so wahr sie in heiligen Schmerzen weiß, daß Wundenschlagen bitterer als Wundenempfangen ist, Blutvergießen schwerer als Bluten, Foltern folterischer als Gefoltertwerden, so zäh verfolge ich das Ziel, zaudernd, bangend und betend unter Schauern und Tränen. Mehrfach habe ich seit dem Abend auf Ssambor dem Prinzen nahegelegt, zu verzichten, doch kann ich es ihm als Joch und Gesetz auflegen? Wie, wenn er unter eigenem Gesetz, dem seiner Väter, dem der Geschichte, dem seines Gottes steht und wie ein Komet uns alle in seinen Schweif reißen soll, dem Ziele zu, das der Himmel uns weist? Also bitte ich Eure Durchlaucht –«

»Nichts da!« rief Sapieha. »Nun denn, ich unterstehe *meinem* Gesetz. Das weiß von fremden Gesetzen nichts. Entschuldigt mich! Gehabt Euch wohl, Exzellenz! Euren Segen!«

Rangoni fragte noch, ob er zum König gehe. Auf des Fürsten Ja versprach er, in Kürze zu folgen.

Pater Ssawiecki hörte den Großkanzler gehn, wartete, pochte dann an und trat ein. Der Legat blickte ihn etwas befremdet, dann schmerzlich und grüblerisch an und reichte ihm die Hand zum Kuß. Er erkundigte sich, ob Ssawiecki etwa das Gespräch –?

»Gut, gut. So wißt Ihr, wie die Dinge stehen. Reitet zum Prätendenten und instruiert ihn, das heißt, ja nicht über Details! Diese behaltet für Euch! Auch wie müde und ratlos ich wieder bin, verratet niemand. Doch mag und mag ich nun die Sache nicht mehr hindern, wie schwer auch die Bedenken wieder lasten, die Ihr, lieber Bruder, mir doch nie zerstreut habt. Was die Bitte um den Segen des Heiligen Vaters betrifft, da tut's wohl auch ein Brief mit Extrapost? Ich bleibe ... Übrigens – wie geht es Wielewiecki?« Ssawiecki wollte antworten, die Krise stehe noch aus, da huschte der Kaplan herein und teilte erregt des Paters Ableben und dessen seltsame Umstände mit.

Pater Ssawiecki erschrak, doch verbarg er seinen Verdacht und fragte nur bestürzt, was denn des Verewigten letzte Äußerungen gewesen.

Der Kaplan berichtete, Fürst Ostroschski habe den Eindruck gehabt, daß der Fiebernde vorgehabt, dem König konfuse Gesichte vorzutragen, doch sei seinen Stammeleien kein Sinn zu entnehmen gewesen. Ssawiecki beruhigte sich und atmete auf. Requiscas in pace, du starbst zur rechten Zeit. Der Himmel verschloß dir den Mund. Er treibt sein Werk. Zugleich nahm er sich vor, in des Toten Kammer dessen Hinterlassenschaft durchzusehen und an sich zu nehmen, auch festzustellen, ob noch Besucher dagewesen oder irgendwelche Post vom Krankenbett hinausgegangen. Doch er zweifelte nicht: Gott am Werk, Gott am Werk!

Nun sagte er: »Exzellenz werden gespürt haben, daß Bruder Wielewiecki in die Affäre Zweifel zu setzen begann. Allzu müde Gedanken, die sein getrübter Geist nicht mehr kontrollieren konnte, überfielen sein Alter immer häufiger ...«

Warum sagte er das? Der Legat des Heiligen Stuhles hatte ihn so prüfend angeblickt ...

Lichtbahnen von der noch tiefstehenden Sonne fielen durch die hohen Fenster. Krakau schien ein schöner Wintertag beschieden. Die Weichsel deckten noch stille Nebel, in der Stadt aber war schon viel Leben erwacht. Wo auf den

Plätzen, in Gassen und an Toren sprach man nicht schon von der Tagessensation, dem Empfang des Märchenprinzen beim König, und davon, was der Empfang entscheiden und heraufführen werde? Hoffentlich keinen Krieg? Handwerkerhände unterbrachen die Arbeit auf der Hobelbank und dem Schneidertisch, das Schuheflicken und Schweineausschlachten, wo fremde Mäuler hereinschwatzten und die eigenen Ohren lauschten. Bäcker und Schankwirte hatten viel Zuspruch und Stuben voller Leute und Lärm.

Und die Oberen?

Man saß in der Halle der Kaufmannschaft. Schlank strebten die Säulen empor, und wie Palmblätter schwangen aus ihnen die gotischen Rippen. Die hohen Gewölbe dunkelten blau und waren voller Gestirne. Die Wände bedeckten mythologische Fresken. Dort saßen an mancherlei Tischen Gutsherren, Stadtpatrizier und Kaufleute und erhitzten sich schon am Morgen die Köpfe mit Wein. Hoch schwoll der Lärm der Begrüßung auf, so oft einer von draußen hinzukam und mit der Faust auf den Tisch pochte, an dem er sich niederzulassen wünschte.

Überall die gleichen Themen: Demetrius beim König! Der König – ganz Edelmann! Exurgite! Vivat Demetrius! Nieder mit Godunow! In tirannos! Die Kosaken warten auf uns! Brauchen wir sie, die Strolche? Aber der Reichstag! Der nahe Reichstag in Lublin! Pfeifen wir auf die Palaver! Der Adel ist frei! Ein Hoch der erlauchten Königsrepublik! Doch Fürst Sapieha?

Eine Stimme zürnte aus der Ecke herüber: »Der wühlt und bohrt, belagert den König, speit uns fort und fort in die Suppe!«

Ein Herr in der Hallenmitte rief zurück: »Der soll's nicht lange treiben! Auch dafür ist gesorgt.«

Einige lachten: »Wollt Ihr ihn als Ragout fin verspeisen, Herr Bruder, und selber Kanzler sein?«

Der in der Mitte rief: »Ich sage Euch, es ist gesorgt dafür!«
Einer unter Reiherfedern mit weißem Knebelbart schlug mit beiden Händen auf den Tisch und warf in die Debatte seines Kreises vorgebeugt die Frage, ob es nicht doch ein wahrer Jammer sei, daß der junge Held ausgerechnet von jenem Iwan herstamme.
»Warum?«
»Warum? Dies Warum einem der Veteranen Bathorys? Hat man vergessen, wen wir damals jagten? Woher denn nun diese Liebe für seinen Sprößling?«
»Der ist ja kein Moskowiter mehr!« entgegnete ein Schlachziz in Hermelinkappe und schwarzem Federbusch, »hier fiel der Apfel weit vom Pferd.«
Zustimmung erscholl in der Runde, und der Veteran wurde gefragt, ob er den Prinzen selber schon erlebt? Zum Beispiel, wie er dem Gaul in die Mähne greife und in den Sattel springe? Ob der Zarewitsch und sein Reittier nicht eins seien wie ein Kentaur? Ob er nicht fechte wie der Satan? (Diesen Schluck den Manen Konstantin Wiśniewieckis! Ave pia anima!) Ob der Prinz nicht der waghalsigste Nimrod sei vor dem Herrn? Das sei einer, der auf Throne gehöre und unter dem zu kämpfen preiswürdig sei.
Da rief der Veteran: »Um so bedenklicher, helfen wir einem Tüchtigen dort an die Macht! Der hilfeflehende Freund von heute – wie leicht kann er der Feind von morgen sein!«
»Bei Eurer Kriegerehre, Herr Vetter!« dröhnte jetzt ein Schmerbauch, der hinzugetreten, »der ebenso ritterliche als törichte Rückzug Bathorys damals wiederholt sich nicht. Sitzt Polen mit Dimitrij erst in Moskau, wehen unsere Fahnen am Kreml dort mit, so bringt uns kein Himmel und keine Hölle mehr weg. Dimitrij braucht dort uns, wir brauchen ihn. Bathory streicht sich dann im Himmel den Bart.«
Eine ganze Schar solcher Halb- und Viertelheroen hatte sich hinzugesellt und umstand den Tisch. Ins große Debat-

tieren lächelte ein mongoloider Schwarzkopf mit kantigem Adamsapfel, in pelzverbrämten, grünen Samt gekleidet. Er kräuselte den Schnurrbart, bat mehrfach ums Wort, erhielt es endlich und neigte sich etwas auf den Tisch mit gestützten Fingerspitzen:
»Edle Freunde«, flüsterte er, »Ihr wißt offenbar das Neueste noch nicht? Den salto mortale der Tagessensation?«
»Was denn? Redet, Pan Kosinski!«
Er kostete die Spannung aus. Seine Augen schimmerten als Striche. Er offenbarte dann, langsam jedes Wort betonend: »Der Prinz ist nicht der Sohn Iwans.«
Man lärmte: »Was? Hahaha! Was sonst? Der König empfängt ihn ja doch! Der Herr Legat und die Societas Jesu –«
»Gewiß, gewiß«, raunte der dürre Mongoloid und beugte sich tiefer hinab: »Ein Herrschersohn ist er, das ist gewiß, allein –«
»Allein kein Sohn Iwans?«
»Sic est! Solche Söhne hat das verdorbene Blut des Gealterten nicht mehr gezeugt, das zeugte Idioten und Epileptiker.«
»Wessen Sohn, Vetter?«
»So hört! Ich kolportiere keine Novität. Geht es doch durch die edelsten Häuser Polens als immer gewissere Kunde, secretissime freilich, secretissime! Auch hier sei's geflüstert! Die edlen Herren schreien es nicht in die Gassen.«
Er sah sich lauernd im Saale um.
»Macht es kurz, Herr Bruder!«
Der war mit der Vorrede noch nicht fertig. Er raunte, und immer größere Scharen umstellten inzwischen die Runde: »Nämlich den Moskowitern, Ihr Herren, muß die Kunde verborgen bleiben. Diskretion! Ihnen die Lesart: Es ist der Sohn eures Iwan, der Zarewitsch! Doch die Wahrheit für uns! Sie wird die Eingeweihten befeuern wie Mars in Person!«

»Wollt Ihr uns foppen? Redet endlich!«
»Wer foppt Veteranen und Nachfahren Bathorys? So vernehmt denn und gebt es an die rechten Ohren weiter: Dieser Dimitrij ist kein anderer, kein anderer als Stephan Bathorys eigener Sohn. Sein königlicher Bastard ist er! Pole!«
Fäuste fielen auf den Tisch, Körper warfen sich in die Stuhllehnen zurück. Was! Hahaha! Unsinn, Herr Bruder! Allgemeiner Lärm.
Der Flüsterer richtete sich auf. Seine schwarzen Augen gingen verschleiert und bedeutungsvoll von einem zum anderen. Er fügte hinzu: »Die Sonne bringt es an den Tag. Dann denkt an mich! Nochmals, werte Herrn: Jene öffentliche Lesart für Moskowien und die Welt; das Mysterium für des Helden Kameraden, zumal für König Stephans Veteranen!«
Nun erhob sich schwerfällig und aufflammenden Blicks unter weißbuschigen Brauen der Alte, stemmte die Fäuste in die Hüften und röchelte aus tieferregter Brust:
»Ein Sohn Bathorys – als Moskowitergroßfürst! Das wäre! All ihr Heiligen! Da birst man ja von Gesichten! Das wäre ... Oh!«
Ein triumphales Gelächter ging herum und im Stimmentumult der ganzen Halle unter. Allerwärts große Gebärden, Lachen, Rufe, Fragen, dazwischen das Begehren: »Beweis! Beweis!«, das wegwerfende: »Fama! Eins der kurzlebigen Gerüchte!« und das hitzige: »Es könnte sein! Er ist Bathory wie aus dem Gesicht geschnitten!«
Der Grünsamtene, immer heftiger umringt, hin und her gedreht, nach Einzelheiten befragt, suchte zu stillen, und manches »Pst!« und »Silentium!« und »Geheimnis wahren! Schreit es nicht hinaus!« durchlief den Saal. Der Geist des großen Bathory ging um.
Im Herrensitz, der Dimitrij beherbergte, hatte sich nun auch Jerzy Mniszek zum großen Tag gerüstet. Im halblan-

gen, lichtblauen Galarock stand er da, der von goldenem Schnurbesatz funkelte. Der offene Mantel war mit Hermelin gesäumt. Der breit zurückfallende Kragen war vom Weißfuchs. Sein Diener, als Schritte sich der Tür näherten, zog rasch noch die Vorhänge vor dem Bett zusammen, und Dimitrij trat ein. Strahlend streckte Mniszek ihm beide Hände entgegen; er hatte ihn bitten lassen. Der Frühstückstisch war für beide gedeckt. Er befahl dem Lakaien, nach den Gespannen zu sehen; er selber wolle ihn hier würdig bei Tisch vertreten, scherzte er und lud zu Tisch und bediente selbst, als man Platz genommen, mit guter Laune und kernigen Witzen. Er quittierte sie selbst mit männlichem Gelächter.

Wozu er meinen Hofnarren macht? dachte Dimitrij, als er zum gewürzten Brei und kalten Kalbsbraten langte und dem Glühwein zusprach, der ihm aus einer über Holzkohlenglut summenden Silberterrine in den Humpen gelöffelt wurde.

Der Wojewode teilte mit, was Pomaski vom Verlauf und Ergebnis der heutigen Audienz beim König halte, und Dimitrij fragte sich, warum der Pater nicht mit herübergebeten worden. Er ahnte etwas. Mniszek billigte den Gedanken Dimitrijs, den Pomaski ihm vorgetragen habe, zur Orthodoxie überzuwechseln, bat aber, Maryna nicht zum gleichen Schritt zu bereden. Er habe sie streng katholisch erzogen. Ihrem zarten Gewissen sei dergleichen nicht zuzumuten.

Dahinter steckt Pomaski, dachte Dimitrij.

Dann bat ihn der Wojewode zu erwägen, ob Maryna nicht in gewissen, der Kirchenunion fast schon zugehörigen Gebieten, die ihr vielleicht als Morgengabe zu überschreiben seien, schon römische Gotteshäuser und Priester unterhalten dürfe.

Morgengabe! An sie? An Mniszek.

Überhaupt, meinte der Alte, höflich zutrinkend, seien nun gewisse Präliminarien, die dem künftigen Range Marynas

Rechnung trügen, zu klären. Dimitrij habe gestern angedeutet –

Der lächelte: Maryna sowie der Herr Wojewode würden mit ihm zufrieden sein. Ob er Vorschläge habe?

Er habe einiges in letzter Nacht bedacht und notiert, erklärte Mniszek ernst. Was ihn betreffe, so möge Dimitrij bedenken, daß er alles bis zum letzten Forkenstiel für den Kriegszug verpfände und hinopfere – mit ebensoviel Freudigkeit als – freilich – Sorge. Er habe auch alte Schulden, wie bekannt.

Dimitrij sicherte überreiche Vergeltung zu und bat um Einsicht in des Wojewoden Notizen.

So stand Mniszek auf, den Schnauzbart wischend, holte vom Bettisch Papiere und Hornbrille, ließ sich nieder und vertiefte sich bebrillt in seine Zettel. Dann begann er:

Wenn Dimitrij Marynas künftigen Rang und wagende Treue gleich Mniszek veranschlage, so möge er erwägen, ob der Genossin auf den Wegen der Gefahr nicht Nowgorod und Pskow als Fürstentümer anzubieten seien. Jenes verarmte Nowgorod, das des Prinzen erhabener Vater einst furchtbar gestraft, um Nowgorods Neigung zu Polen willen, nicht wahr? Es werde Maryna, die Polin, mit Freuden empfangen, Maryna aber seine Wunden endgültig heilen und es zur Brücke zwischen Ost und West erhöhen. Und was Pskow betreffe, da habe Bathorys Siegeszug, der die Vereinigung aller Slawen zum Ziele gehabt, freilich ein Ende gefunden. Wie schön, wenn auch hier die Banner der großen Versöhnung wehten, der neuen Eintracht zwischen Ost und West.

Dimitrij fand in der Suppe, die er gerade löffelte, ein Haar und warf es hinaus.

Nowgorod und Pskow gehörten ja wohl auch zur kirchlichen Union, oder nicht? Er wisse das nicht genau. Da müsse Maryna sich zum römischen Glauben bekennen dürfen, wie gesagt, bis die Stunde der Union für ganz Rußland erscheine.

Mniszek blickte auf. Dimitrij nickte ernst.

Was ihn, Mniszek, selber betreffe, so bitte er bis zur vollzogenen Krönung um keine Kopeke. Doch nachher? Dimitrij wollte generös sein und bot eine Million polnischer Gulden als erstes Entgelt für den Einsatz des getreuen Kampfgefährten. Der dankte mit verbindlicher Verneigung. Dimitrij, in seine Serviette hustend, schlug vor, einen Verlobungsvertrag mit den erwähnten Bedingungen vorsichtshalber erst nach errungenem Sieg –

Freilich, fiel der Alte ein, der Vertrag müsse als strengstes Geheimnis gehütet werden, noch über die Krönung hinaus, ja für ewige Zeit. Dennoch halte er es für korrekt, ihn auszufertigen.

»Wann?« fragte sein Schwiegersohn. »Es tut nicht not zwischen uns.«

Mniszek lachte: »Freilich nicht, freilich nicht. Wo aber gibt es denn ein politisches Übereinkommen ohne Dokument? Meinerseits bin ich nicht gewohnt, ohne dergleichen – hm!«

Du hast mich in der Hand! dachte Dimitrij, solange mir nicht ganz Polen hilft. Doch wie erst ganz Polen bezahlen? Der König drückt sich und wird auch so schon nicht billiger als Mniszek sein. Sigismund sähe wohl gern ganz Rußland als Ragout vor sich und mich als Löffel obenauf.

»Nun!« sagte Mniszek, »reicht die Vorsehung, wie ich nicht zweifle, Eurer Majestät den Siegeskranz, so tritt der Vertrag in Kraft. Andernfalls erledigt er sich ja von selbst.«

Dimitrij aß nicht mehr und blickte mit gerunzelten Brauen auf seinen Teller.

»So ist es nichts als Formalität, wenn man das Heiratsversprechen in eine Präambel hängt ... Ja, die praeambula ... Wie sie wohl lauten müßte?« Mniszek rieb sich die Stirn, als müsse er die Formel jetzt erst finden.

Dimitrij bat, frei zu sprechen.

»Nun denn, sie müßte besagen, daß der Verlobungskonsens erst nach dem Siege wirksam würde. Zweifellos nehmen Majestät diese Bedingung an.«
Dimitrij nickte.
»Auch müßte bis zur Hochzeit noch ein weiteres Jahr verstreichen, damit der Sieger, falls er sich im Interesse seines Thrones doch noch anders besänne und aus politischen Erwägungen von Maryna glaubte Abstand nehmen zu müssen, freie Hand hätte. Die Staatsräson geht allemal vor.«
Dimitrij dankte für so viel uneigennützige Rücksicht. Ja, ja, neue Throne wackeln mitunter. Mniszek erhob sich und stützte die Fäuste auf den Tisch: »Nach Verlauf der Frist müßten der Zar einerseits, Maryna und ich andererseits den Vertrag durch Nichterneuerung stillschweigend kündigen können.«
Dimitrij begriff, erhob sich gleichfalls, trat ans Fenster, blickte in den sonnigen Tag und sagte: »Einverstanden, Herr Wojewode. Im ganzen einverstanden.«
Dann fragte er sich nochmals, was nun erst der König fordern werde. Er wandte sich um, er sprach die Frage aus. Überraschenderweise erklärte Mniszek, er habe insgeheim vorfühlen lassen und vom Herrn Geheimsekretär die Andeutung eingeheimst, Majestät legten eventuell Wert auf Smolensk und –
»Worauf noch?«
»Auf die Provinz Sewersk.«
»Die ganze Sewersk?« Auf Dimitrijs errötendem Antlitz schwoll die Stirnader: So fleddern sie mich! Saubere Perspektiven! Aufteilung Rußlands! Panslawien à la Bathory. Schönes Ziel, doch das okkupiere ich für mein Reich und mich ...
Schließlich wiederholte er für sich, er habe nur zu bewilligen. Die Devise heiße: Kommt Zeit, kommt Rat. Dann kam ihm ein Gedanke: Der König und sein Vasall, sie sollen das

Zanken kriegen. Möglich, daß ich dann dazwischenfahre, wie in der Fabel der Adler zwischen Fuchs und Wolf, und die Beute entführe. So warf er den Köder hin: »Herr Wojewode, Eure Forderungen sind billig, allzu billig, sie sind bescheiden. Ihr zwingt mich, Euch dazuzutun. Ich werde den König wissen lassen, daß ich Sewersk und Smolensk ihm und Euch als Ganzes vermache unter der Bedingung, daß Zygmunt Wasa und Jerzy Mniszek sich in das Vermächtnis nach eigenem Ermessen teilen. Alsdann seht zu, wie Ihr, Herr Vater, zu Eurem Vorteil kommt! Und auch dort die west-östliche Brücke baut!«

Er fühlte, wie der Fuchs bereits auf die Beute losschoß, sie in den Zähnen hielt und den heranschleichenden Wolf anknurrte ...

Vor diesem Wolf, dem König, stand gerade Leo Sapieha, blickte ihm ein letztes Mal eindringlich ins Auge und fragte, ob Majestät gegenüber Kurie und Orden fest zu beharren entschlossen sei.

»Worauf denn also?« fragte der König mit einer Gebärde leidenden Überdrusses und stampfte auf.

Im Großkanzler brodelte es, doch verschloß er in sich, was er vor so viel Unentschlossenheit empfand, und zog noch einmal die Summe.

»Darauf«, betonte er, »daß das schwedische Sujet den Vorrang hat, wozu man russischer Neutralität bedarf; daß ein Krieg mit Moskau nicht zu verantworten ist, solange man nicht in der alten Waffengemeinschaft marschiert, nämlich mit dem Norden vereint; und daß der König, wenn er den Bruch mit dem lärmenden Anhang des Prätendenten glaubt meiden zu müssen, die Dinge laufen zu lassen hat, wie sie laufen, ohne sich zu beteiligen.«

Der König stand auf: »Mein Lieber, was bleibt mir übrig? Unmöglich, ich seh's nun, diesen Kreuzbuben als Trumpf aufzusparen. Der Zar wird übrigens auf Auslieferung bestehen. Treibt es denn im Reichstag voran, wie Ihr wollt, lieber Fürst! Wollen an Moskau schreiben – zu gelegener Zeit, daß ich die Rasselbande den Heeren und Henkern des Zaren feierlich überantworte und im voraus danke für die Befreiung von einigen Meuterern ... Doch wie, wenn man mir dann in Polen Verrat vorwirft, Verrat an denen, die quasi unterm Banner des Zarewitsch die Sache Polens verfochten hätten? Oder wenn Zar Boris den zusammengeschlagenen Resten über die Grenze weg nachsetzt, da er sein Heer dann so schön beieinander und auf dem Marsch hat? Sollte man nicht doch –«

Sapieha entschloß sich: »Ja, Majestät! Dieser Demetrius stirbt am besten sofort, mysteriös, wie er begonnen, und der Spuk hat ein plötzliches Ende.«

Der König warf abwehrend die Hände hoch: »Bedenkt, mit wem Ihr redet!«

Nach einer Pause sagte Sapieha ohne Verlegenheit: »Majestät meinen: O si tacuisses! Wenn du geschwiegen und gehandelt hättest – ohne mich!«

Der König sagte sinnend: »Meinerseits kann ich dem Zaren nur noch schreiben, daß es unter Unserer Königlichen Würde sei, in die Komödie einzugreifen ... Mniszek also breche sich den Hals!«

Auch gut! dachte Sapieha bei sich, denn fiele der Prätendent sofort aus, so wäre Mniszek leider gerettet.

»Doch nun«, bat der König, »laßt mich allein!«

Leo Sapieha verneigte sich und ging.

Eskortiert und gefolgt von Lanzenreitern ritt er vom Wawel durch die Stadt. In einer der belebtesten Gassen voll einengender Kauf- und Handwerkerbuden mußte seine Reiterschar sich in die Länge dehnen. Da krachte aus dem Torweg eines Gasthauses ein Schuß. Sapieha, taub vom nahen Knall, spürte den Einschlag der Kugel in der Schulter, warf sein Pferd zum Schützen herum, kriegte nochmals Pulverkrach und -dampf aus des Attentäters langer Pistole fast ins Gesicht, und durch den Blutschleier, der ihm über die Augen rieselte, gewahrte er, wie einige seiner Gewappneten, vom Pferd gesprungen, den Tobsüchtigen packten und niederrangen. Er spürte es aus der verwundeten Schulter quellen, überließ die entsetzte Menge ihrem Tumult, den Verhafteten den Reitern und trabte davon, nur noch vom Wunsche beseelt, sich bis in sein Domizil hinein aufrecht zu halten ...

Bald darauf galoppierte vom Stadttor zwischen zwei bewaffneten Reitern Ssawiecki in die winterlich weiße, sonnige Weite hinaus, dorthin, woher Dimitrij kommen mußte, und wo er von allerlei schaulustigem Volk, das da die Straße zur Weichselbrücke belebte, erwartet wurde. Fast wäre er Zeuge des Attentats auf Sapieha geworden. Nun hatte man ihm auf seine Fragen nur zugelärmt, Fürst Sapieha sei als Verblutender dort und dort aus dem Sattel gesunken und liege irgendwo als Sterbender. So erfüllte den Pater, als er jetzt über die Weichselbrücke setzte, immenser Jubel: Der Himmel bahnt dir den Weg, Dimitrij! Oder etwa nicht? Fällt dir jetzt wohl der Reichstag zu – oder nicht? Wie? Was? Das Eisen schmieden, solange es glüht!

Weit draußen im gastlichen Schlosse war man aufgebrochen. Vierspännig fuhr Mniszek in seiner Karosse voran, gedeckt von Vor- und Nachhut, dann folgte sechsspännig, beiderseits eskortiert, das Prunkgefährt, das Dimitrij mit Pomaski der Stadt entgegentrug, und eine kleine Armee von fröhlich lärmenden adligen Reitern trappelte hinterher, in ihrer Mitte der Schloßherr mit seinen Söhnen und Vettern, alle auf prächtigen Schabracken. So zog der farbige Zug durch das Dorf in die freien Gefilde, und die nachgaffenden, verhärmten Dörfler verloren sich wieder in ihren Katen. Pomaski sah seinen Dimitrij von der Seite an und begriff, daß ihn weniger das Gewicht der nächsten Stunden belaste als vielmehr –

»Ärgert Euch nicht, Majestät!« tröstete er und lachte, »Rußland ist groß, und Smolensk, Pskow und so weiter sind dir treu. Herrn Mniszek hättet Ihr dort am Seil. Auch des Königs Forderungen fürchtet nicht! Er ist uns Jesuiten treu ergeben. Wir soufflieren ihm schon.«

Dimitrij schwieg, er ging schon anderen Problemen nach: Brückenschlag? In den weißrussisch-litauisch-ukrainischen Grenzgebieten? Die Frage lautet, wer dort wen in den Sack steckt. Alle Fenster nach Westen auf? Ja, doch im Sinne Rußlands, des Herren im Hause, nicht in dem des Einbrechers, der einsteigen will. Jetzt gilt es, von Grund auf mich in den Russen zu verwandeln, und schwitzte ich Blut dabei! Dein Blut in mir, Vater Iwan, in mir dein Blut! Das bleibt sich treu. Meine Brüder, ihr sollt mir vertrauen dürfen. Die Nachwelt soll nicht höhnen: Er war halb und halb, hat sich zwischen die Stühle gesetzt, wurde zwischen den Steinen zerrieben. Rußland verwandeln? Ja. Doch degradieren, entmannen, verraten? Nein.

Der Pater legte eine Hand auf die seine: Er wisse, woran Dimitrij laboriere. Seine Gedanken kreisten wohl wieder um Iwan IV. und seine Hinterlassenschaft, und wie das Erbe zu hüten sei.

Dimitrij erwiderte: Da sei so viel in Dunkel gehüllt. Er stoße nach Rußland wie in ein Jenseits vor. Was verstehe er vom Proteus Iwan? Kaum kenne er die fürstlichen Geschlechter, zu deren Zentralsonne sich Iwan gemacht. Was wisse er schon vom Reich, welches in der Vielfalt seiner Völkerschaften selber ein vielgestaltiger Proteus sei, was vom russischen Heereswesen, was vom Bauerntum, dessen Not sicher nicht geringer sei als hier in Polen, was von der russischen Geschichte überhaupt, was von den fälligen Reformen oder drohenden Widerständen, was von der Kirche dort und ihren Strömungen? Und so fort.

Der Pater beruhigte: Das alles zu studieren, wolle er Dimitrij zur Seite stehen. Bis zum Tage des Sieges werde Dimitrij die große und freilich zerklüftete Welt dort überspähen. Aber gerade im Abstand vereinfache sich der ordnende Überblick. Jetzt nur an die nächste, große Stunde gedacht! Vielmehr, es sei gut, sich heiter zu zerstreuen!

»Kennt Ihr Euren Stammbaum? Ich meine, so, wie ihn der Herr Vater gesehen? Eure Majestät stammt vom julischen Kaiserhaus ab, vom leiblichen Bruder Julius Cäsars, haha, respektive des Augustus, nämlich von Pruss, der zwischen Weichsel und Njemen sein Zepter schwang.«

Dimitrij blickte ihn fragend an.

»So hört und staunt! Die russische Geschichte beginnt natürlich mit der Sintflut und führt von Vater Noah, dem braven, recta via zu Sesostris alias Ramses II. als Herren der Welt. Dem Pharao folgt in direkter Reihe Alexander der Große, der als Sohn eines ägyptischen Priesters Ahnherr der Ptolemäer wird. Deren Dynastie beschließt die hochweise Kleopatra, die den zur Eroberung ihres Reiches abgesandten Römer Antonin betört und im Ehebett vereinnahmt. Solches mißfällt nun Julius Cäsar, dem Zaren Roms, also daß er den unerledigten Auftrag der Eroberung Ägyptens an seinen cher frère weitergibt. Dieser aber heißt Augustus und besiegt und liquidiert denn auch den treulosen Antonin. Kleopatra setzt sich Schlangen an die rosigen Brüste, was praeter propter voll mythischen Tiefsinns war. Diese Bemerkung von mir. Unterdes wird Julius Cäsar, wie männiglich bekannt, in seiner Duma ermordet, und Römer und Ägypter wählen Augustus zum gemeinsamen Generalissimus. Sie bekleiden ihn mit dem altheiligen Purpur des Sesostris und der Krone des Cäsars von Indien, die einst Alexander vom Indus mit herübergebracht, und mit dem Ornat des weltbeherrschenden Felix. Nun richtet Augustus – leider war auch er nur ein Säugling in Geographie und Historie – seine Reiche ein: ein Reich Ägypten, ein Reich Alexandrien, ein Reich an den Ufern der Weichsel. An der Weichsel, wie gesagt, schwingt Brüderchen Pruss das Zepter und residiert in Mamborok, was soviel wie Marienburg heißt. Als dessen Dynastie im vierten Geschlecht regiert, erbittet sich Groß-Nowgorod einen Fürsten aus dessen herrlicher gens, und siehe da: Großfürst Wladimir, dem der byzantinische Kaiser Konstantin Monomach Krone, Mantel und Segen übersendet, er, der Erbe der Weltgeltung Ägyptens, Roms und Byzantiums, der Krone Indiens, des Diadems der Normannenfürsten, der Erbe Rjuriks, Produkt also des großen Ramses und Alexanders und Augustus' und Konstantins und was weiß ich, dieser heilige Wladimir hat geblüht bis ins Blut der Iwane, blüht jetzt im siebzehnten Gliede von Pruss her in Euch, mein Prinz, und demnächst wieder in Moskau, dessen Würde die Baukunst der Italiener mit herrlichen Kathedralen und dem bekannten Kreml herausgestrichen, geziert und verklärt hat. Kurz, Moskau ist die Krönung der ganzen gottgelenkten Menschheitsgeschichte und Ausbund und Extrakt aller menschlichen virtus. Der Westen und sein Kaisertum zählen nicht. Solche Dinge meldet die Saga vom Fürsten Wladimir, beschreibt die Feder eines uralten Metropoliten, Spiridon geheißen. Nun wißt Ihr Bescheid.«

Dimitrij blickte keineswegs heiter drein. Pomaski bat, solches Fabulieren recht zu verstehen, in dem sich, wie in Josephs Träumen, Berufungsgewißheit ausspreche. Dimitrij möge ermessen, welches Würde- und Selbstbewußtsein er in Moskau vorfinden und mit Taten zu befriedigen haben werde.

Dimitrij stellte Fragen. Er selber habe ja nun auch erste Blicke hinübergetan und staune über dem Rätsel, wie rührende Demut und Frömmigkeit dort so leidenswillig, ja – süchtig, so begierig nach dem Kreuz, sich mit der trotzigen Aufsässigkeit der Geschlechter und der Härte der Regierungsweisen reime. Er fragte sich mit dem gelehrten Herberstain, ob ein so duldsam-beharrliches und noch schwer bewegliches Menschentum solche Herrschaft brauche und begehre oder ob diese erst ein solches Volk hervorgebracht. Wahrscheinlich sei es so: Die Herren drückten das Volk, diese der Zar, und alles sei ein einziges Knechten und Knechtsein geworden. Andererseits frage er sich, ob ein Menschentum, das so viel ehrfürchtigen Sinn fürs Kolossale und Außergewöhnliche verrate, nicht selber heroisch sei – in urtümlicher Unmittelbarkeit. Offenbar empfinde man dort das Gewaltige als Wert an sich, als göttlichen Wert, so daß man ihm hingerissen huldige, womöglich wie jene Inder vor dem ungeheuren Götterwagen tun, von dem sie sich vor lauter Begeisterung zermalmen lassen. Er stelle sich vor, daß da der trächtige Sinn gern ins Grenzenlose schweife, daß da Ahnung und Gefühl, Phantasie und Wille, durch fordernde Größe gereizt, von der Straße des Mittelmäßigen, der Besonnenheit und Zucht leicht abschwärme, um Mauern zu stürmen, die das Erschreckliche, Ungeheuerliche von seinen Anbetern trennen und entfernen. Und daher – ja ... Andererseits habe ihm ja gestern erst bei der Festivität Pan Zamoiski angedeutet: Es sei in den Jahrhunderten der Goldenen Horde des Russen Erfahrung, Instinkt und Gewohnheit geworden, dem Mächtigen auszuweichen, die Gewalt mit geschmeidiger Unterwerfung zu täuschen, hingeduckt den Sturm über sich wegfegen zu lassen, alle Eroberer und Tyrannen mit Geduld zu überdauern und zu absorbieren und mißtrauisch gegen alles auf der Hut zu sein, bis man am System der Gewalt womöglich teilhat, indem man als ihr Büttel über den anderen aufsteigt. Wie es den Moskauer Großfürsten vor den anderen Fürsten gelungen sei.

Kurz – so schloß Dimitrij – dieses Rußland, urtümlich im Guten wie im Bösen, scheine ebenso fähig zu berauschtem Aufschwung wie zu schwermütiger Resignation. Er fühle Grenzenlosigkeit sich auf ihn stürzen, er sehe seine künftigen Pflichten wie ein Heer von Wegelagerern ihn überfallen und verschleppen – ins Unbekannt. Es sei doch toll: Er wolle Völker regieren, die er nicht kenne. Aber mit Bangen liebe er sie schon. Ihn reize und beängstige seine Mission, die Seele eines träumenden Riesen zu erwecken. Ob sie nicht schon längst erwacht sei?

»Die Zauberformel der Erweckung – wie heißt sie?« rief nun Franz Pomaski. »Anschluß an Rom, ans Abendland! Diese Begegnung ist für den Westen ebenso fruchtbar wie für den Osten. Dies Eurer Herrschaft A und O! Doch genug davon! Und später Schritt für Schritt durch die Pässe, die den Blick begrenzen, voran! Wenn die Richtung nur festliegt und die Gewißheit glüht, daß das Vor- und Aufwärts ein Westwärts ist und Rom entgegenführt. Da habe jeder Tag dann seine eigne Plage!«

Da kam der Zug der Wagen und Pferde dicht vor einem Walde ins Stocken und stand. Siehe da, Pater Ssawiecki kam herangesprengt und hielt neben dem Wagen des Wojewoden. Dieser stieg aus und sprach mit ihm, prallte zurück, eilte zu Dimitrij, stemmte die Fäuste in den Pelz und rief mit Augengefunkel: »Sapieha ermordet! Was sagt Ihr? Voilà! Voilà! Bedenken wir die Folgen, Majestät! In Krakau mehr davon!«

Er stiefelte erregt zu seinem Wagen zurück, wandte sich noch einmal um und rief: »Ist's ärgerlich oder förderlich? Wir konferieren darüber vor der Audienz!« Er lud Ssawiecki zu sich in den Wagen, der Jesuit saß ab und stieg ein, und weiter ging's durch den Wald. Danach grüßten die Türme von Krakau im Sonnenlicht herüber. Dann fuhr und ritt man durch die Huldigungen der Leute, die die Straße umstanden. Dimitrij suchte die Konsequenzen der Neuigkeit zu durchdenken. Man zog durch das Stadttor, durch die Straßen der Händler, Karrenschieber, Gaffer und Mützenschwenker, rasselte über Kopfsteinpflaster ins volkumlagerte Burgtor und hinüber zu den Räumen des Schloßkastellans, des alten Fürsten Ostroschski. Als dieser Herr, ein gichtisches Männchen, in dessen faltiges Gesicht sich der Schmerz langwieriger Krankenlager eingefressen, sie empfangen, teilte er zunächst Ssawiecki mit, der Legat erwarte ihn dort und dort; worauf der Jesuit sich empfahl. Dann teilte er mit seiner brüchigen Stimme mit, der König sei sofort nach der Nachricht vom Attentat mit seinem Beichtvater aufgebrochen, um nach dem Verwundeten zu schaun, überzeugt, der Großkanzler müsse sterben, obwohl derselbe gottlob gar nicht gefährlich verwundet worden. Doch müsse Majestät bald zurück sein, um seine Exzellenz den Herrn Legaten und danach den Zarewitsch zu empfangen. Der Zeremonienmeister habe das hinterlassen. Vorläufig warte auf Dimitrij ein Fürst Wiśniewiecki im Auftrag des alten Fürsten Adam, seines Oheims. Ob der Zarewitsch ihn zu empfangen geruhe?

Dimitrij bejahte, forderte Mniszek und Pomaski auf, ihn zu begleiten, und ging dem alten Ostroschski nach.

In einem kleinen, mit Gobelins geschmückten Kaminzimmer sprang ein junger Kavalier aus dem Sessel hoch, machte eine für seine Korpulenz sehr schöne Reverenz und trug nach erfolgter Begrüßung und Vorstellung, nachdem Ostroschski sich zurückgezogen, etwa folgendes vor:

Fürst Adam Wiśniewiecki bringe täglich in der Gruft am Sarge des Sohnes ganze Stunden zu. Seine Fürbitten für die Seele im Fegefeuer seien um so inbrünstiger, als er allein dem Verewigten die Schuld an seinem unglücklichen Ende beimessen könne. Es verschärfe sein Leid, dem Zarewitsch nicht grollen zu dürfen, ja sich mit all seinem Besitz, seiner Macht, seinem Einfluß höchstdemselben zur Verfügung stellen zu müssen, zähle man doch Fürst Adam nicht umsonst zu den letzten Rittern der erlauchten Republik, und wo ein Jerzy Mniszek Gut und Ehre dem Zarensohne aufopfernd zu

Füßen lege, da könne sich ein Wiśniewiecki nicht hadernd hinter dem Sarkophag des einzigen Sohnes verlieren, da müsse er dem hohen Enterbten in seinem Unglück beistehn, ihm zu seinem Recht verhelfen und zugleich der großen Stunde zu dienen suchen, die da Freundschaft zwischen den beiden Kronen und Reichen verheiße, über welcher Stunde zu alledem noch am Horizont das Morgenrot der langersehnten Versöhnung zwischen beiden Kirchen erscheine. Auch schlössen ja besondere Bande von ferner Vergangenheit her die Wiśniewieckis an die Dynastie der Moskauer Großfürsten. Kurzum, der greise Fürst habe ihn, den Neffen, den Chef der jüngeren Linie des Hauses, den Sprecher dieses, an Sohnes Statt in alle Rechte eingesetzt und nun als seinen Botschafter hierher entsandt, um dem Sohne des großen Iwan aufzuopfern, was, wie die Herrschaft Bragin, das Erbe des Gefallenen gewesen. Der Zarewitsch möge geruhen, für den Kriegszug über Macht und Besitz der Wiśniewieckis frei zu verfügen.

Mniszek dachte: Adam, alter Adam, speiübel wird dir vor meinem Glück, meinen Chancen, meinem Vorsprung vor dir. Nur heran, halte mit! Bin und bleibe dir doch um zehn Pferdelängen voraus, ich, der Vater Marynas.

Und Dimitrij? Er fragte sich: Welche Provinz denkt nun Wiśniewiecki zu erben? So kroch mir noch niemand zu wie der, dem ich den einzigen Sohn erstach. So verwettet man sich mit Haut und Haar auf meinen Sieg. Sohn Iwans zu sein – Teufel ja, welche Lust!

Er gab Rührung und Dankbarkeit kund, und man trat, nachdem man sich niedergelassen, in detaillierte Verhandlungen ein: Wieviel Soldaten Mniszek, wieviel – im Verhältnis dazu – Adam Wiśniewiecki aufstellen werde, wieviel Pferde, Kanonen, Fourage auf die und die Gebiete entfielen, welche Kommandostellen zu errichten, an wen sie zu vergeben seien. Zuletzt ging es an die Fragen der Finanzierung der ganzen Expedition. Die Strategie behielt Dimitrij sich sehr entschieden selber vor.

Da trat Fürst Ostroschski mit dem Zeremonienmeister ein, einem düsterprächtigen Adonis. Dieser grüßte gemessen und bat lispelnd Dimitrij, Mniszek und Pomaski in den Vorsaal mit hinüber. Der König verhandle bereits mit dem Herrn Legaten, man könne nicht wissen, wie lange, man möge zur Stelle sein. So folgten ihm die drei, Dimitrij voran, und zurück blieben in tiefer Verbeugung der greise Ostroschski und der runde Wiśniewiecki.

Als der König die Nachricht vom Attentat erhalten, war ihm der Schweiß auf die Stirn getreten. Gottes Gericht, Gottes Gericht! An Sapieha – wegen seiner Mordgedanken! Gedanken gelten vor dem Himmel wie die vollzogene Tat. Ich selber habe sie ihm nicht entschieden verwehrt, in zweideutiger Weise ließ ich ihn ziehn. Mein innerster Wunsch war beteiligt, ich bin mitgerichtet! Die nächste Kugel steckt in irgendeinem Lauf für mich. O du Richter über den Sternen, strafe mich nicht in deinem Grimm!

Sofort hatte er den Beichtvater, den Jesuiten Kamratowski, rufen lassen, ihm gebeichtet, ihn angefleht, dem Sterbenden zu Reue, Beichte, Absolution und zur Letzten Ölung zu verhelfen. Er hatte dann, zur Sühnung seiner Mitversündigung, entschieden, er wolle – auf die Gefahr hin, daß ihn unterwegs die nächste Kugel Gottes niederstrecke – mit dem Pater gehn, um mitringen zu helfen um des Störrischen Seele. Gott habe gesprochen, gesprochen für den Zarewitsch.

Der Beichtvater hatte Mühe gehabt, den Skrupulanten halbwegs zu beruhigen, hatte sich dann mit ihm auf den Weg gemacht und war hinter der berittenen Garde der Sänfte des Königs vorangeschritten, wobei ein Chorknabe ihm den Leib des Herrn vorantrug und alles Volks rechts und links auf die Knie sank. Unterwegs hatte der König, eines nahen Endes gewärtig, freilich hinter zugezogenen Gardinen, aufrecht sitzend gebetet und seine wie des Großkanzlers Seele Gott befohlen. Aber zuletzt waren sie angelangt, hatten den Verwundeten im Lehnstuhl munter fluchend vorgefunden und keineswegs als Mortanden. Der Arzt hatte die Kugel aus der Schulter gerade entfernt gehabt, den Streifschuß über der Stirn verbunden, das blutige Gesicht gewaschen und war nun beim Bandagieren der Schulter. Dabei hatte er den König beruhigt, und zu Kommunion und Letzter Ölung war es noch ein weiter Weg. Schließlich hatte der König sehr gebieterisch erklärt, hinfort stehe der Prätendent unter seinem persönlichen Schutz.

Als er dann in der Sänfte, diesmal ganz unverhängt, heimgetragen worden, Garde hinten, Garde vorn und allenthalben Zuruf des mitrennenden Volkes, fühlte er tief beglückt, der Himmel habe es bei der Warnung bewenden lassen. Danach hatte er sich kritisch gefragt, ob nicht auch Gottes Widersacher, der große Verblender, die Schüsse könnte abgefeuert haben, indessen sich besonnen, daß der Allmächtige auch im Satan, auch im Gottlosen wirke, indem die Höllischen nolens volens seine Masken und Sklaven seien, so daß doch Gott allein Autor und Regisseur hinter allen Akteuren des äonischen Dramas sei, das Himmel, Erde und Hölle umfasse, Motor aller Geister in Über- und Unterwelt und derer in Fleisch und Blut. Also habe doch Gott gesprochen. Schließlich hatte sich die Majestät in ihrem mit Gemälden behangenen und Büsten umstellten Privatgemach an einem Becher Tokaier gestärkt, den Beichtvater dankend entlassen und den antichambrierenden Legaten samt Pater Ssawiecki empfangen.

Pater und Legat hatten ein für ihre Aussaat gut gelockertes Feld vorgefunden. Nun saß der Bischof von Reggio da und spielte wie gewöhnlich an seinem Brustkreuz, der gründliche Pater aber, dem er das Wort erteilt, holte weit aus: Die Union der Kirchen sei, wie die Majestät ja wisse, vor dem Fall Konstantinopels bereits einmal Ereignis geworden. In Ferrara und Florenz seien auf elf feierlichen Sitzungen der Kaiser von Ostrom und sein Patriarch, umringt vom Metropoliten von Kiew, dem Bischof Awraam von Susdal und siebenhundert Klerikern und Laien der griechischen, armenischen, chaldäischen, syrischen und maronitischen Kirchen mit dem Heiligen Vater übereingekommen, daß es weniger um dogmatische und liturgische Differenzen denn um den Primat des Papstes gehe. Und jetzt, in der Türkennot, sei der byzantinische Trotz geschmolzen, jetzt habe der Osten die Hilfe des Westens erfleht und auf die Wunder des rettenden Kreuzzugs gehofft. Der greise ökumenische Patriarch habe die Vertragsbesiegelung und die Freudenfeiern der katholischen Welt nicht mehr erlebt. An der Pest, die das Konzil von Ferrara nach Florenz verscheucht habe, sei er dahingestorben. Die Urkunde mit den Siegeln und Namen des byzantinischen Kaisers, des Papstes, aller östlichen Patriarchen, des Kiewer Metropoliten, des Bischofs von Susdal et ceterorum habe, um ein Jahrhundert verspätet, das Gottesgericht nicht mehr aufzuhalten vermocht, sei in dessen Flammen verbrannt. Wie stürmisch auch der Heilige Vater geworben – ein so stumpfsinniges desinteressement, ein so matter Aufbruch des Abendlandes habe nur noch das Gerichtswort der Apokalypse bestätigt: O daß du heiß oder kalt wärest! Weil du aber lau bist, will ich dich ausspeien aus meinem Munde! So habe der Kirche einiger Herr wiederholt, Byzanz zerscheitert und das Abendland entsetzt. Anno vierzehnhundertdreiundfünfzig sei der letzte Griechenkaiser auf den Wällen seiner Stadt gefallen.

Was nun Moskau betreffe, den Erben von Byzanz, so habe es schon vor Konstantinopels Fall die von Kiew und Susdal beschworene Kirchenunion nie anerkannt. Wieviel Seelen auch heute noch der Union in den litauisch-russischen Grenzgebieten angehörten und nach Kiew blickten, Moskau in seinem Ehrgeiz habe die Union als Verrat an der Orthodoxie ausposaunt, seinen Metropoliten zum Patriarchen erhoben und sich zum Führer der Unionsgegner in der ganzen östlichen Welt aufgeworfen. Was im Osten die Union heute hintertreibe, stehe hinter der Kanzlei des Moskauer Kirchenoberhaupts.

Zur Geschichte dieser moskowitischen Ambitionen werde sich Majestät an folgendes erinnern: Im Anschluß ans Unionskonzil anno Domini vierzehnhunderteinundvierzig sei Metropolit Isidoros, der zum römischen Kardinal erhobene, mit einem sehr großen, daher recht langsam schleichenden Fuhrpark voller Ehrengaben, Schätze und Kunstwerke nach Moskau gereist, habe vor dem Großfürsten und dessen Hof in der Krönungskathedrale des Kreml den Gottesdienst römischer Religion nach griechischem Ritus gehalten und feierlich die Vereinigung beider Kirchen verkündigt. Doch Wassilij der Geblendete, nicht nur leiblich geblendet in einer der Palastrevolutionen jener Zeit, auch geistlich geblendet durch den, der hier erleuchten, dort verstocken könne, dieser Großfürst also habe barbarisch reagiert comme il faut, nämlich den Metropoliten schnurstracks in Ketten werfen lassen. Und wäre diesem nicht nach halbjährigem Schmachten die Flucht geglückt, so zählte er zu den großen Märtyrern der einen unzertrennten Kirche des Herrn. So sei nun die Union auf Kiew, Smolensk, Cholm, Polock, Wladimir-Wolynsk und andere Gebiete beschränkt geblieben. Ein besonderes Konzil russischer Bischöfe habe bestimmt, das geistliche Oberhaupt ihrer Kirche sei fortan allein aus ihrer Mitte und ohne Befragung des ökumenischen Patriarchen zu wählen. Ja, und dann sei Konstantinopel gefallen, und der Sultan habe natürlich sofort alle neugeknüpften Bande zwischen Ost und West zersäbelt. Er habe nur noch solche Patriarchen in seinem Reich geduldet, die gegen Rom in alter Weise zu geifern gewußt.

Dies sei nun die summa, so schloß der Pater: Das moskowitische Kirchentum werde nur in äußerster Gefahr nach Rom schauen und rufen lernen. Auch Iwan IV. habe es gelernt, aber den Papst dann gegen Bathory mit List und Erfolg vor den eigenen Wagen gespannt. Nun führe noch ein anderer Weg ins Ziel: Daß der neue Zar die Union kraft seiner geistlichen Gewalt als längst bestehend anerkennt. Die Gelegenheit sei greifbar. Der fromme König müsse seine Mission erkennen. Die künstlich gezüchteten Antiromaffekte in Rußland seien überwindbar – im Zeichen der eigentlichen Mutter Rußlands, Kiews. Die Barriere zwischen Kiew und Rußland müsse verschwinden. Der operative Eingriff könne zunächst nur militärischer Art sein. Des Prätendenten Vater habe die Möglichkeiten der Union mit der ihm eigenen Leidenschaft studiert. Seine Dispute mit Legat Antonio Possevino, Societas Jesu, über den Primat des Vicarius Christi hätten zu seinen aufregendsten Erlebnissen gehört. Der Heilige Vater habe damals noch nicht triumphiert. Kaum habe er durch Possevino den Bathory dazu gebracht gehabt, in Rußland die christliche Avantgarde gegen Asien zu sehen und es um der von Iwan verheißenen Union willen nicht zu zertrümmern, sondern sich mit Livland zufriedenzugeben, so sei der so gerettete Zar auf die alten Wege zurückgeschwenkt und habe den Legaten mit leeren Händen heimgeschickt. Nicht ganz mit leeren. Possevino habe immerhin die Duldung des Katholizismus in Wort, Schrift und Druck und die römischen Seminare an den Reichsgrenzen, so in Wilna und Dorpat, erlangt. Nun aber sei der Prätendent Katholik. Unter seinem Zepter könnten Latinität und Rom bis Sibirien ausstrahlen. Es gehe um die Anbahnung globaler Entscheidungen. Wie er, Ssawiecki, die Dinge sehe, so sehe sie auch Seine Exzellenz, der Legat, so auch Rom.

Der König wanderte auf und ab. Die großen Aspekte rissen ihn hin. Nun erschien ihm das Attentat auf Sapieha ganz klar als himmlisches Zeichen contra Sapieha, pro Dimitrij und den Orden. Er bedauerte schon, daß der Himmel Sapieha überhaupt am Leben gelassen, denn der würde sich nicht bekehren, sondern sich im Reichstag durchsetzen – gegen den König, gegen den Krieg. Also Selbsthilfe, Selbsthilfe! Ja, der Prinz muß Anhang finden und einen solchen Zulauf, daß der Reichstagsbeschluß ein Schlag ins Wasser wird! Ich will dem Prinzen helfen, ich, der König! Unterderhand natürlich und so gut ich kann. Läuft die Sache erst, kommen erste Siegesposten, dann rück' ich wohl noch selbst hinterdrein. Ja, ja, ›Deus le volt‹. Schweden? Cura posterior. So stehe ich denn zur Sache! Er rief: »Rechnet auf mich! Ich bin jetzt bereit, den Prinzen zu begrüßen, sofort, sogleich!«

Da hob Rangoni wie Einhalt gebietend noch einmal die Hand: »Doch keine halbe Sache, Majestät –!«

Der König deklamierte: »Ist sie aus Gott, wer will sie dämpfen?« Und gedämpft fügte er selber hinzu: »Oder haltet ihr Godunow für so stark? Es stinkt doch in seinem Reich, nicht wahr?«

Nun begann Ssawiecki zu orakeln, am Rande welcher Anarchie das hungernde Rußland stehe. Er prophezeite den Überlauf der Truppen und die Übergabe der Städte.

Rangoni wollte den König nicht wieder unsicher machen, riet ihm aber, seine Minister in geeigneter Weise zu unterrichten, damit es nicht wieder heiße: Auf dem Wawel diktierten Jesuiten und Pfaffen.

Der König schellte mit der Tischglocke. Der Zeremonienmeister erschien und erhielt den Befehl, den Hof, soweit er beieinander sei, im Roten Saal zum Empfang des Prinzen zu versammeln.

Dimitrij inzwischen, die Faust um sein Mstislawskijsches Brustkreuz gespannt, ging in wachsender Erregung im Vorsaal auf und ab, das gleiche taten Mniszek und Pomaski, jeder in sich gekehrt. Dimitrij erblickte an der Wand das Virginal, schlug den Deckel auf und einige Tasten an, griff dann mit beiden Händen zu und ließ ein paar jähe Läufe sich überwachsen und schrill steigern, bis sie sich zu grell gespannten Akkorden vereinten und disharmonisch zerbrachen, wandte sich ab und setzte sich wieder in Gang. Der Pater begegnete ihm, hielt ihn bei den Schultern männlich fest und strahlte ihm Zuversicht zu. Dimitrij nickte. Mniszek brütete wohl über dem Problem Sewersk und der geschicktesten Überrundung seines Königs, auch in Smolensk. Dann trat Pater Ssawiecki ein und meldete, es sei soweit. »Endlich!« rief Mniszek, winkte zum Abschied und ging voraus, er gehörte zum Königsgefolge. Die beiden Patres konferierten. Dimitrij wanderte weiter, sein Blick wurde stählern. Er predigte sich seinen Rang. Endlich stand der Zeremonienmeister da und bat ihn, zu folgen.

Er folgte durch mehrere Pforten an betreßten Dienern vorbei. Vorm Roten Saal beschloß er, mit russischer Gebärde aufzutreten, senkte also das Gesicht und kreuzte die Hände auf der Brust, gewahrte vorschreitend weder links noch rechts die an den Wänden stehenden Hofleute, blickte dann auf, hielt vor dem König, sah ihn und dachte: Oha! In der klassisch gewordenen Haltung der Potentaten, die Rechte auf den Tisch gestützt! Ruhig entblößte er sein Haupt, küßte die ihm dargereichte, von Ringen funkelnde, schmale Hand, auf die beim Niederbeugen sein Brustkreuz fiel, richtete sich auf, wartete umsonst auf eine Anrede und hörte sich selbst in zunächst suchenden, dann festen Worten reden:

Daß er als Schutzflehender der Majestät Knie umfasse, daß er Majestät bitte, dem unglücklichen Sohn eines ruhmreichen Zaren zum Heile Rußlands, zum Ruhme Polens, zum Gericht über einen mörderischen Usurpator, zur Verherrlichung des Rechts und um Gottes willen zu seinem Recht zu verhelfen.

Der König schwieg.

Dimitrij fragte, ob Majestät die Geschichte seiner Errettung und die Beweise seiner Identität bekannt seien oder – Der König schien in seinen Anblick verloren. Mit großen Augen maß er ihn. Dimitrij fühlte sich genötigt, mit der Darstellung zu beginnen, berichtete von vergangenen Dingen und sprach von seiner Zuversicht zu des Königs ritterlichem Sinn. Warum nur der auf ihm ruhende Blick immer unsicherer wurde, fast scheu? Oder mißtrauisch, ablehnend, fast voll heimlichen Erschreckens? Um so entschiedener sprach er.

Er fühlte recht. König Sigismund gefiel wohl zuerst die stolze Demut des jungen Mannes, doch was ihm imponierte, fing ihn dann zu beunruhigen an, je länger Dimitrij sprach. Und bald bedrängte und bedrückte ihn die hier redende geistige Wachheit und raumfüllende Willensstrahlung, und da hub in ihm das Abwehren und Zurückweichen an. Es kristallisierte sich in ihm zu Gedanken: Der ist's! Der Sohn des Tyrannen! Geborener Herrscher ... Kraft! Verhängnis? Der wird siegen. Ein sehr zu fürchtender Nachbar dann, Rußland unter ihm – ein Gigant! Ihn fördern? Der schüttelt jede Vormundschaft ab, sobald er thront. Freund – und Vasall? Der Feind von morgen! Bedrohlich! Hab' ich's nicht immer gesagt: Moskau muß schlafen! Der – eine Ausstrahlung unserer Welt bis zum Ural? Wir liefern Rußland in ihm das geistige Arsenal zu unserer Bekämpfung! Panslawien? Ja, von ihm aus – und über uns her! Der schwenkt auf die Bahnen seines Erzeugers ein. Das Blut Iwans rumort in ihm, wird explosiv ... Will Gott diesen, dann nicht uns. Ach, wer weiß, was Gott will! Gott wohnt im Dunkel. Das Horoskop taugt nichts. Wer rast wider sein eigen Fleisch? Der da nicht, warum wir? Der narrt uns und den Papst noch gründlicher als einst Iwan. Der verbündet sich mit Schweden. Träumt nicht, ihr Herrn! Sapieha hat die rechte Witterung. Wie ich. Moskowien solchen Kopf aufsetzen? Oh!

Dunkel spürte Dimitrij im Sprechen, was in seinem Gegenüber vor sich ging. Instinktiv nahm er wieder den Ton des Schutzflehenden an, bat wie unter Tränen um großherzige Gnade, sicherte unauslöschliche Dankbarkeit und Ergebenheit zu, und schließlich tropfte seine Rede aus in ein Schweigen, das den Raum erfüllte.

Der König mußte endlich antworten. Aber was? Geschehe, dachte er, was ich nicht aufhalten kann, er aber renne in sein Verderben!

Der König sprach, von Silbe zu Silbe balancierend, ernst und mild:

»Gott sei Dein Schutz, Demetrius, mein Bruder! Deine Geburt ist Uns bekannt und wird durch Gottes Diener, durch aufrechte Männer und klare Beweise bezeugt ...«

Was weiter? Wie alle lauschen! Der Prinz fixiert meine Schuhe. Wie wohl dieser Mniszek –! Schon fiel's ihm ein:

»Wir weisen Dir eine Pension –«

Die Summe darf nicht schäbig sein, soll Mniszek schmerzen; nicht zu königlich, berücksichtige des Zaren Zorn!

»– von vierzigtausend Gulden an. Wir ermächtigen und beauftragen Unsern teuren Wojewoden von Sandomierz, Unsern Paladin, sie an Dich auszuzahlen.«

Wie Mniszek glotzt!

»Wir gestatten Dir als Unserem Freunde und Gast, die Ratschläge und Dienste Unserer Untertanen anzunehmen ...«

Dimitrij, niederblickend, schien unbewegt. Er begriff: Mniszek hat Schulden beim König und kann sie nicht zahlen. Davon gehen die Vierzigtausend ab. Falscher Scheck, au fond perdu. Zum Ärger keine Zeit jetzt! Doch das von den Ratschlägen und Diensten berechtigt zu allem. Keine Auslassungen mehr? Keine Einladung zur Tafel. Das war verdammt kurz. Jede Reichshilfe also entfällt. Doch summa summarum: Bin bestätigt und anerkannt. Genügt. Was erwidern? Die Wichtigtuer rechts und links hoffentlich legen mein Schweigen als Überwältigung von Freude und Dankbarkeit aus! Habeant sibi! Dieser Laffe von König – durchschaut er mich?

Der Wasa erwartete wohl eine Erwiderung, um sich daran weiterzutasten. Dimitrij aber verneigte sich stumm und tief – mochte es ruhig als hilflose Schüchternheit erscheinen –, wandte sich um und eilte, scheinbar vor innerer Erregung keines Wortes mächtig, hinaus.

Danach kam Leben in die Herren des Hofes. Der Zeremonienmeister tat in seinen Gesten verblüffend kund, daß der Prinz so – entlaufen, ohne von ihm den Wink zur Entlassung und das Geleit empfangen zu haben. Doch die meisten waren vom Prinzen so oder so angetan, der Rest lächelte süffisant. Der Legat trat mit dem König zur Seite und fragte verwundert: »Mehr also gedachten Eure Majestät nicht –?«

Der König wich nervös und verlegen aus: Er müsse sich zum Gebet zurückziehn, um alles Gott zu befehlen. Dem Wojewoden Mniszek sei mitzuteilen, daß alles Künftige seine Angelegenheit sei, er möge, wie gewohnt, seinen Vorteil wahrnehmen.

Damit grüßte er und ging davon. Alles verneigte sich, brach gleichfalls auf und verlor sich. Einige strebten dem Zarewitsch nach, um ihm Glück zu wünschen, doch der war mit stürmischen Schritten schon dort, wo ihn seine Patres aufgefangen. Ohne seinen Schritt zu hemmen, ging er mit dem Ruf: »Weiterwerben, rüsten, kämpfen! Nicht gefackelt, dieser König wackelt!« zwischen ihnen hindurch.

Sie liefen ihm nach, und Mniszek holte die drei erst unten an den vorfahrenden Wagen auf dem Schloßplatz ein.

# III
# Ein Vagabund

Zar Boris stieg im schweren, offenen Pelzkaftan, darunter blauseiden gewandet, hinter dem Diener, der die Laterne zu ihm hinabstreckte und zurückleuchten ließ, mühselig eine dunkle Bodenstiege empor. Ihm folgten ein junger westeuropäisch gekleideter Edelmann in kurzem Samtmantel, Strumpfhosen und Barett und diesem Herrn zwei Strelitzenoffiziere. Droben im weiten Bodenraum voller Sparren und Balken hellte sich die Finsternis durch einige Dachluken zur Dämmerung auf.

Der Zar schritt gebückt, als fürchte er, am Dachgefüge anzustoßen, seinem jungen Gast vorauf und stand dann vor einigen sonderbaren Konstruktionen aus Glasröhren und Federn, Spiegeln und Linsen, Holz- und Metallgestänge, Rädchen, Gewichten und Schnüren. Die Apparate verstaubten da auf langer Tafelplatte. Er wies lässig hin und sagte: »Da, liebe Neugier, da siehst du sie nun: ein perpetuum mobile neben dem andern. So nennt ja ihr Lateiner das. Spielereien aus alter Zeit. Schade um den versäumten Schlaf. Da verrotten sie nun. So gehört es sich auch.«

»Und keins wollte laufen, Majestät?«

Der Herrscher bewegte verneinend lange und langsam sein blondbärtiges Haupt, dann murmelte er: »Ein Weilchen schon, doch mit geborgter Kraft, und das ist nichts. Ich war ein Narr, ein bißchen Abendländer. Vergebe dir Gott deinen Hochmut! würde meine Kirche sagen. Wir Evasbrut wollen noch immerdar wie Er sein, Bauherr statt Handlanger, meint sie. Ist uns eingepflanzt im Paradies, am tiefsten uns Herrschenden, die wir auf Erden Götter spielen müssen ... Ein ganz eigener Fluch.«

Der Herzog, hellockig wie ein Sagaheld, doch mit modischem Bärtchen, bestaunte die Apparate: »Majestät hatten keinen Mechanikermeister zur Seite?«

»Doch. Hol ihn der Teufel! Ein deutscher Mathematikus war's. Der hat mich erst verführt dazu ... Nein, bei der Wahrheit geblieben! Bestärkt, bestärkt ... Ihr Heiligen! Noch nicht einmal das Weltall Gottes ist ein perpetuum. Es hat seinen Anfang gehabt, es endet. Ewig ist Gott allein, der Immer- und Allesbeweger, sein Reich, darin das Sterbliche verschlungen wird in den Sieg, so lehrt meine rechtgläubige Kirche, und Gott abwischen wird alle Tränen, wo der Tod nicht mehr ist noch Leid noch Geschrei ... Hm! Leben ohne Tod? Zeit ohne Anfang und Ende, was ist das, mein lieber Johann? Lauter Mysterium. Doch genug, Prinzchen. Grimmig kalt ist es hier oben, gehn wir!«

Wie man gekommen, stieg man hinab.

Im kleinen Trinkraum, umglänzt von Zinngeschirr, Krügen und Tellern in braunen Borden, ließen sich Zar und Herzog auf der Ofenbank nieder. Ein Schenk mit grauem Urväterbart trat ein und kredenzte auf kleinem Türkentablett mit Würzwein gefüllte goldene Becher. Der Zar lehnte mit leisem Kopfschütteln ab, doch bat er den Freund, zu trinken. Der tat es auf des Zaren Wohl. Als der Alte gegangen, erhob sich der junge Mann, ging sinnend umher und lehnte sich dann, halb sitzend, ans Brett des bleigefaßten Fensterchens.

»Eure Majestät haben den Mathematikus und die Geräte verwünscht und sind doch, scheint mir, ein Reichsmechanikus par excellence.«

»Heißt das, Bursche, daß mein Reichsgefüge auch nichts taugt?«

Herzog Johann überlegte. Dann erwiderte er: »Darf ich bekennen, daß ich noch von keinem Herrscher gelesen, der sein Regieren mit so mühseliger Berechnung getan und sich selber zugleich so wach, so kritisch und bewußt zu beurteilen gestrebt wie Eure Majestät?«

Der Zar rief ärgerlich: »Du beantwortest meine Frage nicht! Aber du bist noch jung genug, um Lehren anzunehmen.«

Er stand auf, und des Herzogs Augen verfolgten, wie der Zar so unruhig umherging, dieser kränklich blasse, schöngesichtige, in sich gebeugte und schon grauhaarige Mann.

»Siehst du, Johann: Kein Urwald so unausrottbar und grenzenlos als des russischen Volkes geduldige Treue! Was hat Iwan ihr einst zugemutet! Wie ein Tiger brach er oft vor, unvermutet. Wer fühlte sich da sicher? Und doch – Rußland ist groß und der Zar sehr weit. Fällt auch Blitz über Blitz, wie viele trifft es schon? Ob es mal hier und mal dort brennt, das bißchen Donner verzieht sich. Ich habe Iwan dem Großen zu Ehren den Glockenturm des Erlösertors gebaut. Und doch – was fehlte Iwan? Das Systematisch-Dauernde, Gründliche und Genaue, das fixierte, umfassende, aber kleinmaschige Gesetz. Alles war Improvisation, beruhte auf seinen zwei sterblichen Augen. Was unterscheidet mich, seinen Schüler, von ihm? Daß ich nicht mehr so blind zustoße, so regellos dreinfahre und bald hier, bald dort dem Zorne Gottes Bahn breche, sondern über alles ein sehr genaues Netz von Augen und Ohren breite, was mich – hol mich der Teufel! – noch in den Stand setzen wird, in jeder Sippschaft selbst die Gedanken heraufzufischen und allem den Puls zu fühlen. Unter Iwan, da konnte sich trotz aller Kesseltreiben gefährliches Wild genug durchschlagen. Da war noch längst nicht jedes Rad ins große Rädergefüge gerückt. Nun fühlen sie erst den Zuchtmeister, den allgegenwärtigen, und was Regierung ist. Oh, sie empfinden sie als Tyrannei, doch ist sie Tyrannei nur über dem, der unter Freiheit Zügellosigkeit versteht und Unabhängigkeit in der Unordnung sucht. Sind sie erst fähig zum Reich, so werden sie's anders sehen und im Dienen Freiheit gewinnen ... Siehst du, das ist deines Schwiegervaters Tyrannei. Sie denkt: Flöckchen um Flöckchen, dicht bei dicht, so schneit auch ein ganzes Gebirge zu. Der heidnischen Wildheit der Steifnackigen setz' ich, so wahr sie getauft sind, ein Ende und erfülle so das Testament Iwans. ›Entweder die Clans oder das Reich!‹, das war sein Entweder-Oder. Erst recht ist es das meine. ›Zurück oder vorwärts?‹ da liegt die Entscheidung ... Ja, ja, die Ausfälle dieses Tigers, das sprunghafte Planen, das konnte der Russe vermeiden, gar ermüden. Wer aber will *mir* entwischen, meiner Stetigkeit?«

Immer unsteter lief der Zar umher:

»Da schimpfen sie, daß ich sie in Verboten ersticke, weil ich auf jeden Mißbrauch, der irgendwie möglich, Paragraphen häufle. Sie seien nie so Sklaven gewesen wie jetzt, so schimpfen sie. Die Steine verstehen nicht die Wohltat des großen Gefüges, in das sie gehören, für das sie zu behauen sind. Das stellt nur Lauscher, Häscher, Zuchtmeister und Henker fest. Sie sind noch sehr dumm, meine lieben Kinder. Kinder muß man fest fassen, stäupen, schleifen wie Edelstein. Einst werden die Enkel rühmen, was ihren Vätern geschah. Nur *behauene* Balken taugen zum Haus. Ich danke Gott, daß er mir Semjon, meinen lieben Bruder, zugesellt. Oh, der ertüftelt's! Der strickt das Netz!«

Er kicherte ein wenig in sich hinein, stand dann vor Herzog Johann still und fragte: »Mein Lieber, schaudert nun auch dich vor mir? Wie? Was?«

»Majestät –«

»Pah, du bist Westler! Ein Däne! Euer Dänemark! Euer Ländchen, zahm und bald geordnet im eng besiedelten Westen! Dies kleine Dänemark! – Doch freue ich mich deiner

Heimat, dieser neuen Heimat meiner guten Xenja. Hier in dieser Weite, Weite, Weite, die unsere Seelen unglücklich macht, da spare du dir dein Aber, hörst du!«
»Ich sage ja nichts«, sagte der Herzog.
»Soll das heißen, ich nähme ja doch von niemand Einwand und Ratschlag an? Sei's! Dieweil nichts weiser als das Logische. Das will ich sehen, ob ich den Strom bändige oder er meine Mühlen wegschwemmt!«
»Wer herrscht, macht sich Feinde.«
»Hast du auch schon ihr Knurren gehört? Zeige sie an – und hüte dich vor ihren Ränken, auf ihren Gelagen aber vor Gift! – Heute gehst du zu Schuiskij? Hm! Hilf mir sein Herz gewinnen! Dieser sündhaft reiche Schuiskij ist in der Duma Wortführer und Schutzherr der Kaufmannschaft ... Doch ich fürchte sie alle nicht. Sollen sie mich hassen, sprach jener Römerzar, solange sie mich fürchten! Ich war der einzige am Hofe Iwans, der es wagte, dem rasenden Iwan in den Arm zu fallen, als er den Stab gegen den Sohn schwang und ihn erschlug. Ich, ich brauchte nie vor Iwan zu kriechen wie die anderen. Meine Klugheit und Stete waren dem Schrecklichen wertvoller als der anderen Zappelei und Gewedel. Da sollte ich jetzt Bojaren fürchten? Ich fass' sie alle noch! Noch freilich warte ich zu. Ich greif' mir nicht die ersten besten heraus wie er ...«

Er lachte leise und gefährlich.

Der Herzog lenkte ab und machte ein paar Schritte. »Kommt es daher, daß es unter Eurer Majestät Regierung weit weniger Emigranten gibt als unterm vierten Iwan?«

Der Zar lächelte glücklich: »Alle Fluchtwege – verbaut, mein Schatz! Hat man dir noch nicht gerühmt – oder vorgeflennt, welche Kaution jeder Große mir stellt, dafür, daß er nicht in fremden Dienst entwischt? So die Glinskijs, die Bjelskijs, Worotynskijs und so fort? Haha, und welche Bürgschaften wieder für sie von soundso viel anderen übernommen werden? Welche Hochwohlgeborenen weiter haften?

Zum Beispiel bürgen für Bjelskij neunundzwanzig, für die neunundzwanzig weitere hundertundzwanzig, und so fort. So jeder für jeden. Flieht einer, so reißt er Hunderte ins Verderben. Da passen sie schon hübsch aufeinander auf. Freilich. Semjon muß auf dem Sprung sein, daß sie nicht en bloc – so ging es ja fast Iwan. Damals mitten in schwerster Kriegszeit, als der Krieg mit Livland sich zum Ringen mit Polen und Litauen auswuchs, damals flohen fünf, darunter Kurbskij, und alles drohte mit Aufstand und Flucht. Da schlug der Schreckliche zu und zwang die ganze Bande, dem Polenkönig in höchst zarentreuer, höchst patriotischer, höchst beleidigender Weise Bescheid zu schreiben. Aber das kommt nun wohl nicht wieder vor ...«

Der Däne dachte an das perpetuum mobile oben. Nach einer Weile wünschte er dem herumwandernden Mann festen Glauben an das ewige Leben seiner Nation.

»Ewig ist Gott allein, kannst du nicht hören?«

Der Zar stand still und schien jetzt in sich hineinzulauschen.

»Mitunter – seltsam! Diese Angst in mir – Wie eben jetzt – in diesem Augenblick ... Das kommt vom Herzen, sagt der Arzt, der grundgelehrte Deutsche. Ich aber würde sagen: nicht vom Herzen, überhaupt nicht von innen her. Vielmehr – aus weiter Ferne fühle ich's nahen, gerade heute wieder! Über Schneegefilde und durch Wälder reitet's. Wer? Ein Feind. Vom Westen her? Aus Polen? Aus der Ukraine? Reitet so nicht der Teufel? – Das schießt feindselige Gedanken wie Giftpfeile in mein krankes Herz hier!«

Er keuchte nun wie ein Seher mit weiten Augen:

»Sicher ein Finne! Ein Magier! Auf einem Schimmel seh' ich ihn reiten! Des Satans Engel, der mich wohl noch mit Fäusten schlägt!«

Er schrie gepreßt auf, drückte beide Hände auf sein Herz und brach zusammen.

Der Herzog sprang hinzu und fing ihn auf. Der alte Diener stolperte herein. Sie setzten den augenrollenden Mann auf die Ofenbank. Langsam erholte er sich wieder, legte den Arm vor sein Gesicht, und der Däne eilte davon, die Zariza zu suchen. Der Zar ließ den Arm fallen und stierte vor sich nieder:

»Es kommt – von fern ... Wer? Der läppische Gauner? Semjon, sei auf der Hut!«

Der Alte reichte ihm den unbenutzten Becher vom Tablett. Boris trank, und der Anfall verflog, doch blieb der Kranke hocken und beugte sich vor, stützte die Ellbogen auf die Schenkel und legte sein Gesicht in die Hände ...

Wie aus einem makellosen, unendlichen Kristall senkte sich indigofarbenes Dämmern auf breitgewellte Schneefelder, über deren Westhorizont die große Klarheit noch blaß gerötet war. Die zarte Mondsichel stand in stiller Raumlosigkeit. Der Reiter auf seinem schreitenden, schnobernden Schimmel hörte auf, an seinen Zaren zu denken, und begann eins seiner Lieder zu summen. Das sang da von Judas Ischariot: Wie ihn der Sturm vom Baume riß, an dem er baumelte, ins nächtliche Wolkentreiben hineinwirbelte, und wie er seither, wo schwere Wetter ziehen, über Meer und Land fährt, fluchend und wimmernd, unsterblich:

>»... Fels und Kuppelstadt
>vorüberfegend streift er mit den Füßen.
>Er wirbelt weiter wie ein dürres Blatt
>aus Wüstenglut zu Eismeerfinsternissen.
>Und Judas rast und lästert Gott so wild
>und freut sich des Verrats, verjüngt im Hassen.
>Sein Angstschweiß fällt aufs grünende Gefild
>als weißer Reif und läßt die Welt erblassen.«

Endlich langte der Reiter, seiner Elegien satt, zur baumelnden Bastflasche und trank den Wodkarest. Dann blickte er um sich: Die Nacht war nicht mehr fern, doch keine Hütte in Sicht. Er setzte den Schimmel in Trab. Der Weg war kaum erkennbar, doch die Schneedecke flach, der Boden hart, der Frost gelind. Irgendwo unterkriechen! Schon blinkte die Sichel droben hell. Da tauchte am Horizont etwas Schwarzes auf. Er erkannte einen überdachten Heuschober für die Postreiter des Zaren. Dort würde es sich übernachten lassen. Er erreichte das Depot, sprang aus dem Sattel, umschritt es, kletterte hinauf und stieß im Heu auf einen verwühlten Schläfer. Der fuhr empor und brüllte auf. Da wühlten sich zwei andere Kerle aus dem Heuberg und fielen ihn an, doch er warf sie kraftvoll von sich, zog blank und ließ den Säbel im Kreise sausen: »Ihr Dummköpfe, bin ich ein Häscher? Flüchtling und Wanderer wie ihr! Gut Freund!«

Die drei maßen ihn. Seine Fellkapuze, die jetzt herabhing, gab einen bärtigen Mönchs- oder Popenkopf mit langem Haar frei, doch alles andere sah kosakisch aus. Der Neuling musterte auch sie: Flüchtige Bauern, Hungergespenster! Na, sie sollten nur mithalten, rief er, an seinem Speck, ihm beschere der Herrgott alle Tage Neues!

Sie halfen ihm den Schimmel absatteln, füttern und für die Nacht bedecken, empfingen aus dem Sattelgepäck Brot und Speck, erzählten dann dem Reiter, als sie miteinander im Heu lagerten und kauten, von ihren halbverreckten Dörfern und ihrer Flucht aus Herrenfron und Verzweiflung auf Litauen zu.

Ob sie verrückt seien? lachte der Neue, ob sie nicht wüßten, wohin die Tausende wanderten, nämlich zweck Sammlung für den nahenden Bauernsturm? Zu den Kosaken! Zum großen Vater Don! Und wer die Kriegszucht aus dem Grund erlernen wolle, der pfeife da auf Weibesliebe und Kinderzucht, auf Bett und dörfliche Zuflucht, der gehe zu den Saporogern, deren Fleisch Leder sei und deren Knochen Eisen.

Auf die Frage der drei, ob er von daher komme und wie es da sei, erzählte er darauflos, und sie lauschten seinem Heldenlied, das voll lockender Gewalt, voller Prahlerei und voll Lachens war:

»Sei gegrüßt, Vater Don in weiter Ferne, und du Bündel heiliger Ströme, Krone des Don, breithinblitzende Gewässer um hundert Inseln, welche die fischenden Söhne der Freiheit bergen und auf große Fahrt entsenden, ob zu Fuß, ob zu Roß, ob zu Schiff, über Länder- und Meeresweiten, die Helden des göttlichen Zorns, die Zecher und Tänzer zwischen Kriegen und Schlachten, so lebenswütig im Herzen des Todes, so zeugungs- und mordfroh – wie Gott, der sich ja auch in Geburten und Toden wälzt wie das Füllen im Frühlingsklee. O Vater Don! Dort, wo du rauschest, gurgelst, Nächte breit durchnebelst, bist du der Gottheit rangerste Offenbarung. Don heißt dort Gott!

Seht, rechtgläubige Brüder, ›Don‹, das kommt noch vor der Dreifaltigkeit, vor der Himmelskönigin, vor allen Heiligen, allem verehrten Bildnis, worin das starke Geheimnis den Betern nah. Was sind dem frommen Kosaken dort Ikone und Sakramente ohne den Don? Der Don, der Don ist Bild und Kraft Gottes. Don Vater, Don Sohn, Don Heiliger Geist, Erzengel Don und heiliger Don Nikolaj, Don Iwanowitsch und Donderondondon, so donnert's! Warum der Don ein Sohn Iwans sei? Weiß der Teufel, Brüder! Der große Iwan – der steckt uns in den Knochen. Iwan ist wie Gott. Der Don aber ist Gottes Sohn und die Nebel des Don – Gottes heiliger Geist.

Wißt ihr, Brüder, daß der Sohn des Iwan auch Demetrius heißt? So hieß und so kommt er, Don Dimitrij Iwanowitsch, der Auferstandene, der lang Beweinte, kommt als Bauernbefreier, erlöst euch vom Antichrist auf dem Zarenthron und von Leibherrenknute, Hunger, Menschenfresserei und Pest. Oh, das geht euch durcheinander? Was tut's, wovon uns dumm wird? Das Ungereimte, nur das ist göttlich, das ist das Heilige, Brüder. Auf zum Don!

Da hausen meine Brüder, dort erwarten sie euch, wie der Don all seine Nebenflüsse empfängt, dort schwellen die Horden an von euresgleichen, den vielen, vielen Tausend strolchender Bauern. Denn die Kosaken, die Kinder des Don, sie werden die Brüder des anderen Iwanowitsch heißen, dessen, der da kommt – als Befreier.

Oh, der rechte Kosak! Ob er sich auf zarischem, ob auf litauischem Boden tummelt, nur Rastort ist ihm sein Dorf, wo Weib und Kind und Greis für ihn ackern und fischen. Doch das Dorf steht nicht fest, verwurzelt in immer gleichem Grund. Es wandert umher von Ort zu Ort, von Geschlecht zu Geschlecht, und ist nur Zuflucht und Rast derer, die von Raub- und Kriegsfahrt wiederkehren, um Sieg und Gefallene zu feiern in herrlichen Saufgelagen, um die Weiber wieder zu schwängern und die heranwachsenden Söhne zu stählen. Oh, was können sie singen, tanzen, zeugen, saufen, die listenreichen Krieger, die Riesen der Wildnis, die großen Reißer und Würger! Und ist doch alles nur Übung für jenen letzten Sturm, angesichts dessen selbst der Tatar neidvoll erblassen wird. Und sie sind unparteilich gerecht, ihr Brüder. Auf alle Nachbarn dehnen sie ihre Verheerungen gleichmäßig aus. Ob Russen, Litauer, Türken, Tataren, sie alle müssen ihnen zur Ertüchtigung und Erprobung ihres Kriegertums dienen, zum Gewinn von Narben und Ruhm.

Am liebsten freilich erproben sie sich an Tataren- und Türkengeschmeiß, den Heiden. Sie erproben die Kreuzzüge Christi und schützen das Reich der Rechtgläubigen. Das macht ein gut Gewissen, haha!

Ihr Hungersklaven, was die Freiheit liebt und das Tummeln auf der Heldenbahn der Gefahren, fern aller hündischen Fron, was vor Bär, Luchs und Wolf sich nicht länger seines Menschseins schämen will, was flüchtig wurde vor Knute und Strang und der Fesselung an die Scholle, was noch den schweifenden Sturmgeist der Steppe verspürt, was langversunkener Heldenalter der Vorzeit gedenkt und künftiger großer Entfacher, Empörer, heiliger Teufel wartet, was den Tataren jahrhundertelang ihr Schweifen und Schwelgen in Mord und Brand geneidet, was schließlich in deren Schule gelernt, ihnen in ihrer Art zu begegnen (aber im Namen des Vaters, des Sohnes und des Heiligen Geistes!) – seht, Brüder, all das wurde und wird Kosak. Wo gibt es noch Freiheit auf Erden, wo den Nachklang der Urzeit, das Nahen der Endzeit? Am Don, ihr Brüder, am Don!«

So phantasierte er und roch beneidenswert nach Schnaps. Die drei Lauscher im Heu starrten ins uferlose Funkeln der hohen Nacht. Sie fragten, wie lange er dort gewesen, ob er dort Priester sei, was für Beute man heimschaffe, ob da nie Hunger quäle.

Er habe dort, so prahlte er, als Kosak die Hälfte seines Lebens verjubelt. Pope? Ja. Krieger? Erst recht. Der Horde immer voran und des Atamans Freund.

»Seht, jede Wolfsmeute kürt sich ihr Leittier und jede Horde ihren Ataman. Dessen Zepter ist die Keule. Des Atamans Macht über Leben und Tod, in Friedenszeit schmilzt sie dahin wie Schnee im Lenz, doch wehe denen, die ihr in Kriegszeit trotzen! Da herrscht der Ataman über Leib und Leben, Gut und Blut wie der Zar, wie Gott, unbeschränkt. Dem bin ich nachgegangen, Brüder, woher die Ordnung und Weise komme. Von den Tataren her, von den Horden des Dschingiskhan und seiner Nachfahren! Des Kosaken Kriegerordnung und -sitte ist von daher. Doch die Timur Lenks und Tamerlane haben ihren Meister gefunden. Der Schüler meistert seinen Zuchtherrn. Was gibt ihnen des Kosaken Schlauheit, Wildheit, Mut und Härte noch nach, was sein

Blutdurst? Und worin besiegt er sie? Darin, daß er, wo er sich reichgeräubert, den Reichtum unverweichlicht von sich stößt, sich wieder armpraßt, arm bis auf die Summe, die ihm die Hauptbegierde seines Lebens stillt, nämlich, daß er sich das Pferd kaufe, wo er's nicht rauben gekonnt, sein treues Pferd mit Sattel und Zaumzeug. Doch sonst? Aus Lumpen sein Panzer, schmucklos sein Säbel, unblank die Axt. Aber die Arkebuse muß treffen – die Lerche in der Luft auf hundert Schritt. Oh, was für Schützen sie sind! Gefürchtet in aller Welt und in jedem Heerzug begehrt. Sie züchten Pferde wie meins und reiten wie die Wolkengeister, das weiß man. Wer wirbt und fürchtet sie nicht, die Narbenvollen?

Könnt ihr reiten, ihr drei? Was frag' ich! Nicht mal mit Ochsen habt ihr gepflügt. Tut nichts, Brüder. Die Masse der Kosaken kämpft zu Fuß. Der Krieger zu Fuß läßt Kanonen donnern, um die er sein Leben läßt, denn das ist Gesetz. Und er springt auf die Planken des hurtigen Seglers, ist Ruderer, Steuermann, Kämpfer von Bord zu Bord mit Fackel und Messer und beherrscht, was flutet und fließt, schäumt und brandet. Gott segne die Seeräuberei! Auf den Planken hab' ich mir meine ersten Ehren erbeutet, als ich Jüngling war.

Wie das zuging? Zwanzig Jahre zurück! Merkt auf! Wir hatten die Flotte in Schilfbuchten beieinander, und der Pope las die Messe im Waldlager am abendlich dämmernden Don. Alles betete: Laß nächtlichen Nebel wallen, Vater Don, du Don Iwanowitsch, verbirg unsere Ausfahrt, daß wir mitten durch die Kriegsschiffe der Heiden kreuzen, vorüber an ihren Ufertürmen und -schanzen am Asowmeer, hinaus ins große Türkenmeer, das sie das Schwarze nennen. Glaubt mir, unseres Popen Gebet und der Horden Glaube sind sehr stark. Also daß auch damals Vater Don das Dunkel mit Nebeln dickte und uns inmitten der lauernden Drachen verbarg. Als es graute, schossen unsere Kiele schon durch die schäumende Unendlichkeit. Wohin? Kühn dem fernen Bosporus entgegen, der türkischen Pforte zu.

Drei Türkenschiffe stellen uns, wollen uns entern. Wir lassen sie kommen. Im Nahkampf – Brandfackeln und Sprünge hinüber und Messer und Mord. Wir machen die Kinder des Lügenpropheten nieder, auf Planken und im Tauwerk, nicht ohne Verluste und Wunden. Doch wir entkommen: bis an die nächtlichen Felsgestade. Da liegen wir in Klüften, springen durch Klippe und Brandung an Land und schleichen uns vor – zum Sommerpalast eines Paschas, der da verloren durchs Dunkel der Zypressen herüberschimmert. Die Wächter in plötzlichem Ansprung niedergestochen und hinein in den Harem, und ein halb Dutzend rekelnder Damen aus den Seidenkissen gezerrt und mit Knebeln in den Mäulchen hinausgezaubert! In die Schiffe zurück und heidi! hinaus auf die hohe See und alle Segel gehißt! Und zurück über lange Wogen in günstigem Sturm, dem Asowmeer und den fernen, fernen Mündungen des Don sehnsüchtig entgegen.

Da kreuzten die Hundesöhne wohl wieder und lauerten, doch Vater Don sandte Nacht und Nebel, und wir schlichen hindurch, überfielen noch die letzte Palisadenfestung, machten, die dort Lärm schlugen, stumm, da waren sie sehr friedlich, und raubten Waffen und Fourage und sprengten den Turm mit Pulverkraft. Als die Heidenhunde unter geblähten Segeln heranschossen, stoben wir los und mit Ruderer- und Windeskraft in die heiligen Labyrinthe der Arme unseres Don. So wahr ich hier liege, ich lag nach dieser ersten Siegesfahrt meiner Jugend hoch belohnt als erster bei einer der Töchter des Lügenpropheten in unserem Dorf. Was wurde da getanzt und gesoffen nach feierlichem Dank an Gott und Vater Don und den heiligen Nikolaj? Und wir schrieben dem Pascha an den Sultanshof einen schönen Brief.

Brüder, ist das ein Leben? Wer von euch nennt mich jetzt

einen Lügenbeutel? Wagt er's, so schlag ich ihm den Schädel ein. Maul auf, wer denkt so?«

Einer bekreuzigte sich. Der Prahler sah das und fragte: »Was soll das? Jede Memme soll es sich merken: Seiner Sünden Menge deckt der Kosak mit den Übeln zu, die er den Ungläubigen zufügt. Da hast du unser Bußsakrament. Danach richte dich!«

Und er fuhr fort, es gebe, wie gesagt, noch eine besondere Horde, das erlesene Heer der ganz scharfen Krieger, der Saporoger, und wer in ihrer Schule nie gewesen, dem fehle noch der Ruf eines ganzen Kosaken, trotz allem, trotz allem.

»Die Saporoger, wie gesagt, verschmähen Dorf, Scholle und Weiber gänzlich, zeugen weder männliche noch weibliche Nachkommenschaft, kennen nur das Kriegslager der Männer und ergänzen sich aus dem Zustrom von Verbannten, Verfolgten, herumfahrenden Helden und Abenteurern, den ganz Unbändigen. Die bändigt dort die rauheste Zucht, also daß ihre Kräfte ganz und gar der Horde dienstbar werden und sich in nichts denn Heldenfahrten entladen. O Ströme und Gewässer, ich grüße eure heiligen Orden aus dieser öden Ferne. Schlaf und Traum entführe mich an eure Ufer, die von Kranichen glänzen und Reihern. Rausche herüber unter wilder Schwäne Flug und umflüstere mich, Regung des Schilfes an den fischreichen Ufern!«

So endete der Reiter. Nachtwind erhob sich. Die vier verkrochen sich im Heu und entschliefen.

Wieherte nicht der Schimmel? Der Reiter fuhr auf. Der Morgen graute. Da tappten doch Hufe?

Und schon sprang ein Kerl von einer dickbehaarten Fuchsstute und schrie: »Hallo!«

Ein Dienstmann der Obrigkeit! Der Häscher fuchtelte mit blankem Säbel herum: »Auf, ihr Strolche! Ausreißer seid ihr! Ins Gefängnis mit euch!«

Sie schauten aus dummen, mit Halmen behangenen Gesichtern. Als erster stand unser Schimmelreiter auf und trat demütig zum Bauernschnapper – und bald auch ein wenig hinter ihn. Die Bauern ergaben sich und gaben die mageren Handgelenke zur Fesselung preis. Da plötzlich sprang der Kosakenpope den Häscher von hinten an, packte ihn und schmiß ihn um, keiner wußte wie, setzte ihm den Stiefel auf die Brust und lachte: »Ist dir dein Schergenleben was wert? Wie wagst du das: Einer gegen vier? So mutig oder erzdumm oder schon besoffen?« Der Mann hatte den Säbel verloren. Nun durfte er unter Tritten wieder aufstehen. Sein Besieger holte den Schimmel heran, zerrte aus dem Sattelsack ein Heiliges Buch, Tintenfaß und Schreibgerät, riß aus dem Buch das letzte, leere Blatt heraus, legte es auf das Buch und befahl: »Bück dich!« Auf dem gekrümmten Rücken des zurückschielenden Dienstmannes beschrieb er das Blatt, griff in die Tiefe seiner Manteltasche, holte ein Siegel heraus, benetzte es mit der Tinte und stempelte sorgfältig das Blatt. Dann erst befahl er:

»Komm hoch, Freundchen, und hör zu! Dies Siegel auf dem Blatt, das kennst du. Ein rechtes Wojewodensiegel, wie? Kraft dessen und dieser Zeilen bist du jetzt ein Strafgefangener, ob es dich auch wundert, und dieser Lange da ist statt deiner ein Dienstmann, eben das, was du noch eben selber warst. Der führt dich nun gefangen, wohin und so weit er will, und steckt dich irgendwo ins Loch. Aber er reitet deinen Fuchs, du stiefelst am Strick hinterdrein. Denke nicht, daß du dich vor irgend jemand freilügen kannst, als wärst du er und er du. Dokument! Dokument! Dies Dokument ist gut, und wer es sieht, bekreuzigt sich, reißt die Mütze ab und murmelt: Gott schütze den Zaren! Wechselt die Kleider! Dir seine Lumpen, ihm deinen Pelz! am besten, du wanderst mit ihm freiwillig weit, weit mit bis zu Vater Don. Segne euch Gott alle miteinander!«

So überließ er die vier ihrem Staunen, Witz, Mut oder

Glück, schwang sich auf seinen Schimmel und wendete noch einmal zurück:

»Grüßt Vater Don! Grüßt meinen besten Freund dort, den Kosakenpriester Grischka Otrepjew, so ihr ihn seht. Grüßt den großen Ataman Korela!«

»Von wem?«

Er trabte davon und den Hügel hinab: »Von mir!« rief er noch zurück, und weg war er.

Die Sonne stieg, und ein neuer Tag vereinte am Mittag die blendende Bläue oben mit der gleißenden Weiße unten, und die Sonne sank, und die gläserne Horizontkuppel glühte nach.

Glockengebimmel vom Zwiebeltürmchen einer hölzernen Kirche bettelte eine leere Dorfstraße entlang. Aus verfallenen Katen hier und da traten zerlumpte, bärtige Männer oder ein altes Weib hier und Kinder dort. Alles staunte stumm und fragte sich: Der Pope ist doch tot. Die Glocke hat so lange geschwiegen. Wer läutet sie nun? Warum? – Mehr und mehr Hungergestalten sammelten sich auf der Dorfstraße, und kleine Scharen wankten am Ziehbrunnen vorbei zur Kirche hinan. Ein Krüppel folgte auf zwei Krücken nach. Als sie auf dem verschneiten Kirchhöfchen zwischen schiefen Kreuzen dahinstapften, trat aus dem Tempelchen mit erhobenen Armen und Seherblick ein Unbekannter, halb Pope, halb Kosak. Sie bekreuzigten sich vor dessen entrücktem Gesichtsausdruck, vor dieser Gebärde und wichen vor seinem feierlichen Schritt zurück. Er trat auf den Krüppel mit beschwörend gesenkten Armen zu und rief: »Im Namen des Vaters, des Sohnes und des Heiligen Geistes, wirf die Krücken fort und wandle!« Die Krücken fielen aus den Achseln, der Krüppel reckte sich, stand und brach in die Knie, fing zu schluchzen an, stand wieder auf und flüsterte: »Du bist Christus!« Alle bebten und starrten ihn an: Ein Wunder! Der Fremde rief: »Hier ist kein Christus, doch sein Engel.

Wer Ohren hat zu hören, der höre, was der Geist seinen Erwählten sagt!«

Und er predigte:

»Drei Jahre Mißwuchs, ihr Brüder, ihr Schwestern, drei Jahre Hunger, so weit ich wanderte: verödete Dörfer. Nach den Flüchtigen aber fahnden die Schergen des Zaren, des Antichrist auf dem Throne Davids, doch all die Getretenen strömen der Freiheit zu, gen Süden, gen Süden, sofern die Bauernschnapper sie nicht fangen und zurückschleppen in ihrer alten Tyrannen Fron. Und Dörfer sah ich, die waren bis in die tiefste Hölle verflucht, dieweil man dort Sterbende noch besonders erschlagen, ausgeweidet, gebraten und gefressen. Und warum schlägt der Himmel so hart das heilige Volk und läßt die Hölle los? Darum, weil es in Moskau, der heiligen Stadt, auf dem Throne Davids den dreimal Verfluchten duldet. Dem ziehe ich entgegen, um vor ihm zu stehen, wie Mose vor Pharao, wie Elias vor Ahab stand, und ihm den Fluch in die Fratze zu schleudern, ja, mit Prophetenvollmacht! Und doch bin ich noch nichts vor dem weit größeren Propheten dieser Endzeit, jenem Grigorij Otrepjew an den Ufern des Don. Euch aber ruft der Geist: Wer noch Mark in den Knochen, Mut und Zorn in der Seele hat, der breche alsbald auf, wie einst Abraham aus Ur in Chalidäa, und wandere ins gelobte Land der Kosakenfreiheit, reihe sich unter jenes Otrepjew segnenden Händen in die Rächerhorden ein und harre des himmlisch Erkorenen, der vom Niedergange her naht. Doch wer so weit nicht wandern kann, der bleibe und schleife hier Sensen, schmiede und spitze Spieße, schnitze und spicke Keulen und sei zum großen Aufstand bereit! So weit das unermeßliche Reich der rechtgläubigen Völker sich dehnt, so weit wird der Bauer aufstehen und seine tausend Tyrannen ausrotten, in großen Heeren des göttlichen Zornes wider Moskau ziehen und den Verfluchtesten der Verfluchten austilgen aus dem Land der

Lebendigen. Denn schon hat der Herr der Heerscharen droben die Engel in Waffen des Lichtes zum Aufgebot über euch versammelt, auf Erden aber den Führer der künftigen Bauernheere erlesen, und vor ihnen allen den Ataman Korela. Aber der künftige, neue, junge, gute Zar, den sie vereint erhöhen werden, der David Gottes, der Erwecker, der Befreier, der große, lichte, liebe Rächer, der die tausend Bauernfresser mit der Schärfe des Schwertes schlägt auf dieser Erde Gottes, die hinterher nach dem großen Gericht den Sanftmütigen gehört, der ist der Sohn des gestrengen Iwan, der da ein Donner war der hochmütigen Kreatur. Demetrius heißt er, Dimitrij Iwanowitsch, und kommt vom Untergang der Sonne her, ist selbst ein Geretteter, ein Wiedererstandener, und wurde einst der Wut des Herodes entrückt ...«

Er predigte, flammte und raste, und plötzlich schrie er auf: »Ach, die Kraft verzehrt sich in mir! Habt ihr noch Schnaps da, habt ihr noch Brot und Salz versteckt und etwas Speck, so opfert, daß ich esse und weiter offenbare, was kein Auge geschaut und kein Ohr vernommen!«

Alsbald stahl sich der geheilte Krüppel hinweg und trottete dem Dorfe zu. Als er wiederkehrte mit seinem letzten, verheimlichten Hort an Rübenfusel, Brot, Salz, Speck, da war der Hetzer Gottes noch immer am Prophezeien, und der Krüppel erlebte das zweite Wunder der Stunde.

Als nämlich Ilja schluchzte und schrie, davon werde die brache Wildnis nicht gepflügt und trächtig, daß man die Herren vertilge, und als der Fallsüchtige des Dorfes, der Timofej, dem Wundermann sogar zurief, er sei ein Bote der Finsternis, da fuhr der Prophet ihn an: »Weiche, du Geist der Lästerung, im Namen des Hochgelobten!« Timofej fiel in Krämpfe, ach, wie so oft, doch diesmal schlug er nicht um sich, sondern lag ruhig da wie im Schlaf. Dann bat ihn der Wundermann mit Ruhe: »Stehe auf und sei befreit, so, wie die Bauern erstehen und befreit sein werden!« Und siehe da,

Timofej stand auf und lächelte sonderbar, und sein hohles Gesicht war wie das eines Engels. Bauern, Frauen, selbst Kinder weinten auf, knieten, schlugen sich an die sündige Brust, bekreuzigten sich, weinten, hofften, und ihre Herzen waren ganz voll Licht, und auf ihren Zungen schmeckten sie Honig.

Nun brachte der Krüppel seine Opfer dar, und der Gottesmann nahm alles hoheitsvoll entgegen und sprach: »Gott wird es dir vergelten und zehnfach wiederbescheren, mein Bruder. Doch ihr anderen, was kniet ihr und kniet? Auch ihr habt noch Speise und Trank versteckt. Bringt euer Letztes! Nicht mir, sondern dem Himmel! Stellt alles vor die Bilderwand, vor die lieben Himmelsfenster, vor denen ich knien werde in tiefster Einsamkeit. Denn dort, da heute Donnerstag, dort erscheint mir heute wieder der heilige Nikolaj mit vierzehn Engeln in himmlischem Glanz, und das Heiligtum wird voll Duft sein und voll schrecklichen Lichtes. Oh, hütet euch einzublicken, denn eure Augen würden blind davon und eure Seele müßte vor Entsetzen sterben. Und da, da reiche ich dann den Himmlischen eure Gaben. Sie nehmen sie mit hinauf zum himmlischen Mahl der Erleuchteten, und die Brocken nähren dort die Fünftausendmalfünftausend der göttlichen Scharen, die der Himmelskönig bewirtet wie einst das irdische Israel am Galiläameer; ›da wurden sie alle satt‹. So speist er eure Nothelfer droben von eurem Brot und Schnaps, eurer Liebe. Wenn der heilige Nikolaj aber wird von mir gewichen sein, dann kommt die überaus duftende Wolke und entrückt mich für dieses Tages Rest und für die Nacht, daß ich droben wie Sankt Paulus Gesänge höre und Stimmen, die kein Mund aussagen kann, und danach genährt von himmlischem Licht irgendwo wiederkehre und weiter predige, wie ich bei euch getan, von Dorf zu Dorf, von Stadt zu Stadt, bis daß ich zu Moskau vor Pharao stehe, vor Saul, vor Ahab, und leidend vollende, leidend. Eilt, stellt eure Gaben um mich, euren Mittler, und danach gehe still ein jeder in seine Hütte und bete vor seiner Ikone die Nacht hindurch und wisse: Wenn die tausend Sterne diese vom Befreierzaren bald überstürmte Erde still umglitzern, dann weile ich in den Sternen und rede für euch, für euch. Und betet allezeit für Dimitrij Iwanowitsch und seine Heere!«

Mit aneinandergelegten Fingern wandte er sich und schritt erhaben ins Kirchlein. Lange kniete er darin vor der Ikonostasis, deren dunkle Bilder Spinngewebe entstellten. Die Leute draußen wichen noch nicht. Schließlich fand er das Knien zu schmerzhaft und legte sich in Kreuzesbreitung auf die Stufen. Er lauschte und nahm wahr, wie die Bauernschritte draußen davontappten und daß sie schließlich wiederkehrten. Er veränderte seine Lage nicht, da jemand hereinäugen konnte. Endlich trat man ein und stellte irdene Krüge und Schüsseln um ihn auf den Boden, bekreuzigte sich und schlich wieder davon. Rückwärts schielend richtete er sich auf, huschte mit tückischen Sprüngen zur Kirchentür, legte sein Ohr an den Spalt, hörte draußen Zweifel und Mißtrauen wispern, auch daß da jemand Wache halten wolle, ob der Wundermann womöglich nachts durch die Tür entweiche und alle betrüge. Leise verriegelte er die Tür. Schlich zurück, aß und trank und verstaute, was er an Nahrung mitnehmen konnte, in Tasche und Hängebeutel und forschte nach einem Versteck für sich. Er durchschritt die Mitteltür der Ikonenwand, trat in den Altarraum, musterte begehrlich die silbernen Geräte auf dem Altar, das edelsteinschwere Buch, Kelch, Schale, heilige Lanze, hob die Altarverkleidung, sah in der Vorderwand des Altars ein Gittertürchen, öffnete es, tastete mit langem Arm hinein und einen Sarg ab, in dem ja wohl ein Wunderpope moderte. Auf diesen Sarg konnte er sich zur Not hineinzwängen, um bäuchlings gelagert zu warten. Dann kam er wieder nach vorn, hockte sich nieder, blinzelte mißtrauisch zur Kirchentür, aß und trank elenden Rübenschnaps, und schließlich verhüllte ihn Finsternis. Dann war es soweit. Er holte aus der Brusttasche einen Beutel, schüttete daraus einen Haufen auf den Lehmboden, schlug Feuer und entzündete das Häufchen mit blaugefrorenen Händen. Aromatische Wolken stiegen auf und füllten das Kirchendunkel mit Rauch und Duft. Endlich fegte er den glimmenden Rest mit einem Schwung seiner Hand weg, entriegelte die Kirchentür und begab sich in sein Versteck, zwängte sich auf den Sarg in den Altar, zog das Türchen zu, und der schwere Vorhang fiel nieder. Endlich, endlich schlichen die verdammten Tölpel herein, schnupperten, bekreuzigten sich, knieten und vergingen fast am Schnuppern des himmlischen Duftes. Der Gottesmann fort, die Gefäße fast leer, die Wolke dagewesen, er mit den Opfergaben entrückt! Auch der Altarraum – leer! Schließlich hörte der ›Entrückte‹ sie davoneilen. Sie rannten ins Dorf durch die Sternennacht wie die Hirten von Bethlehem, verkündeten die Mär von Haus zu Haus, und schließlich sammelte sich das ganze Dorf vor und in der Kirche, weinte, kniete, bekreuzigte und umarmte sich, kehrte heim zu Herdfeuern und Lehmöfen und durchfeierte Hütte an Hütte die Nacht. Dann im Morgengrauen wollten sie es nochmals sehen, trotteten ins Heiligtum, drangen ins Allerheiligste vor, und das Ende vom Lied waren Flüche und ingrimmiges Gelächter, denn sie fanden die heiligen Geräte nicht mehr, sahen Silberleisten und Edelgestein vom Buch gebrochen, das Türlein zum Popensarg unter hochgeschlagenem Altarbehang offen, und einer trat in einen Haufen frischen Menschenunrats.

Der zum Himmel Entrückte aber hatte im fernen Birkenwäldchen seinen dort angebundenen Schimmel längst wiedergefunden und galoppierte neuen Abenteuern entgegen, recht freudenvoll.

Tageweit lag das Städtchen entfernt, an dessen Rand ein

Häuschen von einer kleinen Hochzeit durchstampft und durchlärmt wurde. Es war Nacht. Öllämpchen flackerten in dem niedrigen Raum. Branntwein hatte die Hirne der Männer, Frauen, des Popen vernebelt, des Bräutigams, der stämmigen Braut im ererbten Kopfschmuck der Mutter. All die verglasten Augen und träumenden Ohren der aufgestützten Köpfe hingen am Geschwätz des Fremdlings, der ihnen zu solcher Fülle von Fleisch und Schnaps verholfen. Sie hatten getanzt und gebrüllt, daß das Häuschen gewackelt und das ungeladene Volk draußen vor den Fensterläden ehrfürchtig gelauscht hatte, und Portionen waren sogar hinausgereicht worden. Wie waren sie nun alle satt und dankbar da drinnen! Der Fremdling hatte seinen eigenen schönen Schimmel zur Schlachtung geopfert, denn der Schimmel, den er am Halfter hatte führen müssen, der hatte wohl einen Lungenriß gehabt und jedenfalls Blut geschnoddert, und warum? Wohl wegen des zu schweren Fäßchens voll Schnaps auf dem Sattelknauf, das der Reiter irgendwo aufgetrieben und eingehandelt für – weiß der Teufel wo – gestohlene Kostbarkeiten. Was ging das die Hochzeiter an, in welches Herrenhaus er eingebrochen? Der Polizeimensch feierte ja mit, schnarchte unter dem Tisch, und der Fremde war ein schlauer Kosak, den griffen sie nicht! Sie hörten ihn prahlen, und manchmal schien er ihnen meilenweit im Nebel entrückt, obwohl er an gleicher besudelter Tafelplatte saß. Er war so teuflisch studiert, daß der Pope ihn sprachlos anglubschte wie ein Bär. Was – was sagt er jetzt?

»Bräutigam«, sagte er, »*ein* Weib ist *kein* Weib bei uns. Doch willst du deinen Acker fruchtbar, dann umarme dein Liebchen in der Neumondnacht in der Furche! Und das sagt die göttliche Schrift: Die Weiber verdienen sich das Himmelreich durch Gebären. Darum ist es sündige Versäumnis, Jungfern zu dulden. Weiber-, Kinder- und Gütergemeinschaft, so kommt die Urzeit wieder und das Endparadies.

Am Don ist einer wie ich, halb Mönch, halb Krieger, der hat große Offenbarung empfangen. ›Höre, Grischka Otrepjew‹, sagte der Erzengel zu ihm, ›höre, mein Sohn! Du hast im Kloster einst dein Blut kasteit, es dünkte dich allzu geil. Nun empfange es den Geist des Herrn wie Simson! Er dringe dir hiermit in die Lenden, und was du nun zeugst in geheiligter Brunst, sei's männlich, sei's weiblich, ist heiliges Volk. Sei brünstiger denn als König Salomo inmitten seiner dreitausend Königinnen!‹ – Und der Engel rührte mit prasselnder Fackel an sein Geschlecht, und siehe, der Mann ward ein Stier vor Brunst und heiligte zahllose Weiber, die da starke Arme hatten, runde Waden und volle Brüste. Wie deren Männer und Väter auch grollten – die meisten lachten, die Weiber aber glaubten alle an ihn und wurden selig. Des heiligen Grischka Same nun wird wie Sand am Meer und wie die Sterne des Himmels sein, dem Abrahams gleich. Und, Brüder, für welchen Tag? Für das Reich des rächenden Bauernzaren, von dem ich euch gesagt, der als der Gesalbte der Heilszeit vom Niedergang her gegen Moskau naht!«

Endlich erhob sich schwer der dicke Pope, lehnte schnaufend an des Tisches Kante und lallte: »Du bist ein Räudiger! Predigst den Teufel!« Er wandte sich den Frauen zu und brüllte seine eigne Eheliebste an: »Für deine ungewaschenen Ohren ist das nichts! Scher dich nach Haus! Wird's bald? Zu Bett mit dir, sag' ich!«

Hier männlich grunzendes Gelächter, dort weibliches Murren und Plärren. Doch der Pope drohte mit der Faust. Während er wieder schwer in sich zusammenfiel, den dicken, bärtigen Kopf in die Hand stützte, unter alkoholischen Tränen aufschluchzte und die Gäste auflachten, stand das Popenweib mit brennendem Blick in des Fremden Augen langsam auf. Der Griff des fremden Blickes in den ihren entmachtete sie schon. Sie ging.

Der Wundermann sprang auf und kommandierte: Tanzen! Er sprang auf den Tisch, ließ tanzend Krüge, Schüsseln, Brocken rings in die auffahrenden Gäste flitzen, und schon stampften, lärmten, tanzten sie mit auf den Dielen, daß es dröhnte. Nur der aufgestützt dösende Pope blieb mit schwindenden Sinnen hocken. Tanzwut befiel nun die Springpuppen des Magiers, Zwang wirbelte sie herum. Als sie erschöpft zu Boden rollten oder mit nach Gleichgewicht rudernden Armen herumstanden oder -torkelten, war der Fremde verschwunden, man merkte es kaum.

Endlich erwachte der Pope, hob den Kopf von den Armen, alles um ihn her schnarchte, und der letzte Kienspan an der Wand glomm aus. Er erhob sich im stinkenden Dunkel, taumelte über Leiber hinaus und seinem Blockhaus unweit der Kirche zu, fand seine Tür verriegelt, sank, mit dem breiten Rücken gegen sie scheuernd, auf dem Schnee der Schwelle zusammen und schlief wieder ein. Plötzlich gab die Tür nach hinten nach, der Pope rollte rückwärts ins Haus, und über ihn weg sprang einer ins Zwielicht und rief: »Dein Mütterchen ist noch brav gefüttert, Bruder im Herrn! So rund und doch so ausgehungert? Für diesmal aber satt.« Und war um die Ecke entschwunden.

Doch wie er nun durch die graue Weite wanderte, haderte er, dann und wann gähnend, vor sich hin: »Bruder Innerlich, so der Satan mit sich selber uneins wird, wie soll sein Reich bestehn? Da führst du ihn als Michael ein, aber hebst ihm das Hemd hoch, daß man sehe, wie schwarz er darunter, da tust du messianische Wunder und setzest dein Häufchen vor den Altar. Du lüftest aus purer Lust am Verblüffen nach jeder Tirade die Maske und weidest dich am Entsetzen. Gewiß, langweilig ist die Hölle und zum Kotzen, doch höllisch ernst auch, und so geht's nicht, so nicht ...«

Leicht vernebelt und bleich stieg die Wintersonne empor, und dieser Tag trat wieder der Nacht auf die Fersen, und die Nacht dem Tag.

Als der Wandrer im Gastraum der Poststation sich Tag und Nacht auf dem Ofen von seiner Erschöpfung freigeschnarcht, stieß ihn der runde Postmeister im gesteppten Kaftan mit dem Strauchbesen wach. Er solle zum Stall verduften, es komme hoher Besuch. Der zerzauste Kopf tauchte oben auf, das schlafgeschwollene Gesicht hing über dem Ofenrand: »Wer kommt, du Hundesohn?«

Ein Vorreiter melde den großen Bojaren Kurzjew mit Troß. Hier werde jetzt gefegt. Schon fuhr der Strauchbesen hin und her und häufelte Staub und Stroh.

Der Kerl auf dem Ofen ward munter, sprang herab und befahl: »Grütze aufs Feuer, Speck in die Pfanne, gedörrte Pflaumen gedämpft! Der Herr Bojar und ich, wir werden speisen. Der Herr bezahlt's!« Er wanderte hinaus und durch den langen Stall, musternd an den Hinterbacken der malmenden Postpferde vorbei, ins Freie auf den Hof, ließ am schrägen Balken den Holzeimer in den Brunnen hinab, holte ihn gefüllt herauf, warf Mantel, Kutte, Hemd ab und wusch sich stöhnend und prustend bis zum Nabel, kämmte die Haare mit den zehn Fingern, kehrte angekleidet in den Stall zurück und musterte nochmals die Gäule: Welchen soll ich stehlen? In der Stube setzte er sich an die Ofenbank. Der Raum war vom ärgsten Dreck gesäubert.

Der Postmeister trampelte herein und fuhr ihn an: »Soll ich dir Beine machen?«

»Willst du 'ne Delle im Schädel? Halt's Maul und wisse: Ich hab' ein Staatsgeschäft mit Seiner Herrlichkeit. Glotze nicht, wisch dir die Nase!«

Endlich lärmte und trabte es draußen vielhufig und -stimmig heran. Der Wirt stürzte hinaus und buckelte. Der kurzbärtige Bojar, ein Riese im Pelz, stieg aus der Troika und trat, ohne den Postmeister zu beachten, ein. Sein großes berittenes Gefolge hatte in Hof und Stall und draußen die Pferde zu füttern und mußte auch selber fressen.

Der Riese Kurzjew stand breitbeinig im Gastraum und blickte düster auf den Fremden, der da in Ehrfurcht ersterbend sich vor ihm neigte. Der herumwatschelnde Postmeister bot Platz an und polterte zur Küche hinaus. Als er mit Wodka und dampfender Schüssel wiederkehrte, stellte er verwundert fest, daß der große Herr den Ofengast des Wortes würdigte und fragte: »Wie? Vom Don her? Kosak? Das trifft sich.« Dann schnauzte der Bojar ihn, den bedienenden Wirt, gar an: Er solle sich trollen und ausgeruhte Pferde für die Troika zusammenstellen. Den Reittieren viel Hafer gönnen! So konnte er nicht mehr erlauschen, was der große Herr und der andere verhandelten.

Nun, Kurzjew befahl: »Berichte, Kosak! Was geht bei euch vor am Don? Wie heißt dein Ataman?«

»Korela, Herr.«

»Kennst du einen Grigorij Otrepjew?«

»So gut wie den Ataman, Herr.«

»Bei der Mutter Gottes, das trifft sich. Was weißt du von Otrepjew?«

»Er ist der Kosaken Prophet, Fürst, predigt gewaltig. Nicht wie die Schriftgelehrten.«

»Was predigt er?«

»Den Aufstand, den Krieg wider den Zaren. Und große Wunder und Zeichen tut er in der Kraft Satans, dem er die Seele verkauft hat. Das sage *ich*, doch die Horden macht er dumm. Sie schwören auf ihn und seine Gesichte.«

»Was prophezeit er?«

»Den Bauernsturm unter dem kommenden engelgleichen Zaren, der da nicht nur ein Rächer des zu Uglitsch um Thron und Reich gebrachten Iwanowitsch sei, vielmehr dieser selbst. Denn der Zarewitsch lebe durch Gottes Huld und ziehe gar bald heran, und so weiter, papperlapapp. Väterchen Zar hat gewiß davon gehört und entsendet darum diesen seinen großen Bojaren?«

»Wo will er selbst herstammen, dieser Lügenprophet?«

»Aus dem Tschudowkloster gibt er vor entwischt zu sein, wo ihm der heilige Nikolaj erschienen und befohlen, zu den Kosaken zu ziehn. In jener Nacht schon habe der Himmel ihm den künftigen Rächer vor Augen gerückt.«

»Aus dem Tschudow, hm! Das wenigstens stimmt – Was sagt er so über die Treue der Moskauer Bürger, der Kaufmannschaft, der Bojaren, der Soldaten und so weiter?«

»Vielerlei, Fürst. Daß sie alle dem großen Rächer und Befreier entgegenlaufen würden. Er lügt, daß sich die Balken biegen.«

»Du hast ihm nie geglaubt. Wie viele noch außer dir?«

»Oh, gnädiger Fürst, ich schrie ihn oft in Versammlungen nieder und kriegte so die Jacke voll, daß ich am Leben verzagte. Aber ich hab' es gerettet für Väterchen Zar. Darf dein Knecht, hoher Bojar, um deine Empfehlung bitten, daß meine Kriegerkraft und Zarentreue bei den Strelitzen unterkommt?«

»Empfehlung? Dich kenn' ich noch nicht. Was weiß der Hurensohn über Moskau sonst noch?«

»Daß die Hungersnot dort weit mehr als hundertzwanzigtausend Menschen, lauter rechtgläubige Christen, die nichts zu fressen gehabt, gefressen, und daß sogar die Mächtigen dort das Gericht auf Väterchen Boris herabflehn.«

»Dem Satan will ich jetzt das Handwerk legen.«

»Will der Herr zum Don?«

»Wär's gefährlich? Sage mir, Mann, wie und wo werde ich des Otrepjew mächtig?«

»Nirgendwo, Herr. Mit tausend und aber tausend Leibern stellen die Horden sich um ihn. Danke der große Bojar Gott und den Heiligen, wenn er dort mit seinem Atem, wenn schon ohne seinen Troß, davonkommt!«

»Ich, des Zaren Gesandter?«

»Was gelten dort der Zar und sein Herold?«

»Ist dort, seit du weg bist, niemand mehr des Otrepjew Feind? Schafft keine List, was Zarenwort *nicht* schafft?«

»Das müßte schon eine höllisch schlaue List sein, erhabener Herr. Da müßte schon eine Entführung glücken – so bei Nacht und Nebel. Ja, ja, da müßte man gar weise zu Werke gehn ...«

»Du tust, als wüßtest du Rat.«

»Laß deinen Knecht nachsinnen, o Fürst!«

»Sinne, Kosak, und friß dabei, der Brei wird kalt. Trinke deinen Gedanken Flügel an!«

Bescheiden setzte sich der Grübler an des Bojaren Tisch, bekreuzigte sich und löffelte mit ihm wie geistesabwesend aus gleicher Schüssel, trank mit ihm große Gläser Wodka vom gleichen Krug, kaute leidenschaftlicher und sann.

»Wie heißt du?« fragte der Bojar.

»Timofei Wassiljewitsch Sabakin.«

»Nun gib mir deinen Rat, Timofei Wassiljewitsch!«

»Gnädiger Herr, ich sehe einen Weg ...«

»Das ist dein Glück. Maul auf! Will den Weg dir lohnen, find' ich ihn hin und zurück, zurück mit Otrepjew an der Kette.«

»Nun, der hohe Bojar wende sich allein an den großen Ataman Korela! Verehre der Herr ihm ein paar Rösser! Korela ist ein Pferdenarr wie keiner. Und machst du ihn zum Strelitzenchef, so folgt er dir in Person und bringt Otrepjew und wohl noch eine Handvoll Freunde gleich nach Moskau mit.«

»Wie! Ist ihm Otrepjew, ist ihm die Keule des Ataman dafür feil?«

»Nicht dafür. Doch den Otrepjew haßt er längst wie Saul den Samuel, und er hat das Räuberleben satt, seit ihm das Reißen in den Gliedern sitzt. Nimmt der Zar ihn noch als Strelitzenhauptmann an – trotz seiner Gicht, was werden ihm dann die alten, wilden Gesellen noch sein? Irregeführte.

Du mußt ihm vorflausen, wie sehr den Zaren nach ihm verlangt. Übrigens ist er ein Balte und von Narben bedeckt. Verhandle heimlich mit ihm und sage nicht gleich von Otrepjew, aber grüß ihn vom Sabakin. Fürst, mit einer ganzen Kolonne folgt er dir nach. So kannst du ihn und den Lügner nach Moskau ziehn.«

Sie berieten hin und her, aßen und tranken sich in Glut, bis der Bojar aufbrach und brummte: »Daraus kann nichts werden, Kosak, daß du jetzt nach Moskau weiterbummelst. Erst reitest du mit uns und führst uns zu Korela!«

»Ich habe kein Pferd, es brach die Fessel, ich strolche zu Fuß jetzt, recht wie ein Lump.«

»Such dir das beste Pferd im Stall aus!«

Schon geschehen! dachte der andre und ging. Der Bojar wollte noch ein Nickerchen tun, warf sich auf die Ofenbank und schnarchte in Kürze.

Als er – viel zu spät – erwachte, brüllte er ob des Zeitverlustes den Postmeister an und befahl seinen Leuten auf dem Hof den Aufbruch. Man werde die Nacht hindurch reiten! Sie trabten davon, Reiter vorn und hinten, inmitten die Troika mit Kurzjew und Wagen voller Gepäck. Rasch ging es voran. Es dämmerte, es nachtete, man hörte Wölfe heulen, Schneelicht hellte die Finsternis auf, sogar in den Wäldern. Des Bojaren neuer Trabant hielt sich immer weiter nach hinten und zu einem der Nachhutreiter. Mit dem plauderte er dann und wann. Im Morgengrauen stellte man auf einem Rastort fest – (o wie fluchte da der Bojar!) –, daß die beiden, Sabakin und sein neuer Freund, zum Teufel waren, wahrscheinlich auf der Rückreise nach Moskau.

Ach, der Bojar sollte ein Wöchlein darauf noch ganz anders fluchen.

Ein blasser Streifen Morgenröte lag auf dem Horizont, und auf dem lichten Streifen lastete violette Finsternis, und dann verging der Streifen und alles Ferne und Nahe in einem dichten, nicht endenden Flockenfall. Dick gefiedert, schnurgerade und lautlos fiel der sanfte Schleier auch in dem kahlen Birkenwald und auf den Lanzenreiter darin und seinen Entführer, die, beide hoch zu Roß, nebeneinander in einer Senke hielten. Der sich Sabakin nannte, sprach zum anderen: »Ilja, Kamerad, Geduld! Sie müssen hier vorbei. Der Deutsche hat im Städtchen seine Tscheremissen entlassen, er ist zu geizig, ich hab's im Krug verfolgt. Er reist dies letzte Stück Weges bis Moskau mit dem Diener allein. Halte dich wacker zu mir! Einst soll es dir bei Korela nicht fehlen. Du reitest der Troika entgegen, schreist Halt! und krakeelst von Dokumenten, das andre mache ich. Danach werden wir große Herren in Moskau. Das heißt, der Herr bin ich, du mein Lakai, versteht sich, doch dein Anteil soll dir nicht fehlen. Sollst fressen, daß dir das Maul schäumt.«

Sie hörten Schellenklang. Aus dem dicken Gestöber schattete die Troika heran. Die Reiter sprengten vor. Der vorderste senkte seine Lanze und gebot Halt. Die Troika stand. Der dickbeschneite Kaufmann im Schlitten knöpfte sich mühselig auf und kramte unwirsch den verlangten Paß vor. Der Analphabet im Sattel nahm ihn entgegen und musterte ihn mit Ausdauer und Wichtigkeit, hielt ihn aber über Kopf. Da krachte dem Deutschen auch schon Sabakins Pistolenschuß ins Genick, und der Kutscher sprang mit Kehrtwendung auf. Ilja jagte ihm die Lanze in den Leib. Die Pferde bäumten sich vom Schuß und Schrei, dann standen sie stampfend und zerrten hin und her. Die Wegelagerer saßen ab, zogen die Sterbenden aus dem Schlitten, rissen ihnen Pelze und Kleidung vom Leibe, Stück für Stück, schöne, städtische Kleidung, schließlich lagen zwei nackte Leichen im Schnee, und die dicht und sanft fallenden Flocken deckten sie geruhsam zu; während die Mörder eiligst ihre eignen Hüllen abwarfen, die fremden anzogen und ihr Gelumpe sowie die Lanze abseits im Schnee verscharrten. Sie holten auch die Leichen, kamen wieder und banden ihre ledig gewordenen Reittiere an die Schlittenrückwand, schwangen sich auf die Bank, der eine von links her, der andre von rechts, die Geißel knallte, die Pferde zogen an und flitzten los. Nunmehr hieß der eine laut Dokument Balthasar Köbke, Kaufmann aus Krakau, der andre war ein Fuhrknecht Jury aus Lublin, zugleich Barbier und angeworbener Leibdiener des ersten, der sich in Handelsgeschäften auf dem Weg nach Moskau befand.

Wieder lag langstreifige Abendröte auf dem Horizont. Der Schneefall hatte aufgehört. Großspurig rauschte die Troika vor der Pforte eines Klosters vor. Das lag am Rande eines ersten dörflichen Vororts von Moskau. Jury sprang ab, läutete am Pflugeisen und begehrte Einlaß. Der Bruder Pförtner stapfte über den Klosterhof daher und öffnete das schwere Bohlentor in der Feldsteinmauer. Der fremde Herr stieg gravitätisch aus und ließ sich vor den Abt führen. Dieser, ein graubärtiger, hagerer Mann, empfing ihn mit prüfendem Blick, doch gastlich im wohlgeheizten Dielenraum, und ein paar Mönche standen dabei. Einer erhielt die Anweisung, dem ausländischen Herrn seine Zelle und dem Diener, sobald er ausgespannt, ein Strohlager im Stallverschlag anzuweisen. Doch der Deutsche bat in einem Russisch, das der Abt verwundert und lobend anerkannte, den Diener mit ihm in gleicher Zelle nächtigen zu lassen, er benötige ihn, auch bat er um Licht.

Als die Schurken in der Zelle das Mahl verzehrten, das ein Mönch ihnen aufs Wandtischchen gestellt, befahl der Kaufherr, während ein Bruder den Ofen mit Kloben heizte, seinem Diener, im Gepäck nach dem Scher- und Rasierzeug zu suchen. Sein Bart gehöre nun für seinen Verkehr mit den englischen Kaufherren in Moskau gestutzt auf westliche Art. Der Heizer wurde um heißes Wasser gebeten.

Eine Stunde darauf stand der Kaufherr zufrieden da,

strich sich lachend durch das gekürzte Haupthaar, über die glatten Kinnbacken, den Knebelbart, ganz Balthasar Köbke – Gott hab ihn selig!, beschaute sich im Handspiegel, während er mit dem Lämpchen in der anderen Hand sein Gesicht anleuchtete und meinte: »Wie ein Balte schau ich drein, wie ein Wiener, wie ein Pariser, haha! Du verstehst dein Handwerk.« Der Barbier grinste: Er habe in Moskau Schweden, Engländer, Deutsche und Polen genug bedient. Jetzt müsse er auch sich –

»Das besorge *ich*. Den Zottelkopf kriegst du nach polnischer Lakaienart«, sagte sein Gebieter und schnitt dem dann und wann Aufächzenden, der vor ihm auf dem Schemel saß, eine kreisrunde Haarkappe mit scharfem Rand.

Als sie beraten, was in Moskau gefällig sein würde, staunte der zum Abräumen hereingetretene Mönch die Verwandelten an. Er fragte, ob der Herr zur Nacht weitere Decken brauche, der aber lud ihn zum Sitzen ein. »Du riechst nach Farbe«, sagte er zum Niedersitzenden. Freundlich erwiderte der, er male Ikonen. Der Fremde zeigte sich interessiert und wollte seine Werkstatt sehn. Der Mönch war erbötig, Jury legte sich schlafen, der Kaufherr folgte dem voranleuchtenden Bruder über den Flur in dessen geräumige Zelle. Die hing voller Heiligenbilder, und auf der Staffelei stand ein sehr großes Brustbild Christi mit lehrend erhobener Hand, auf Holz gemalt. Davor hing von der Decke herab eine kupferne Ampel, deren drei Dochte der Künstler entzündete. Da blinkten und funkelten rings an den Wänden die getriebenen Metallteile aller Ikonen, und das Allherrscherhaupt auf der Staffelei starrte ernst aus übergroßen, schwarzen Pupillen. Der Fremdling bekreuzigte und verneigte sich. Er lobte das Werk mit ehrfürchtig dunkler Stimme. Der Maler schwieg in Demut und hörte den Betrachter erzählen, er habe am Don bei den Kosaken auf seinen Handelsreisen einen Ikonenmaler kennengelernt, der

Pope und Krieger, Kosak und Prophet und alles zugleich gewesen, Grigorij Otrepjew geheißen. Der Mönch war entsetzt: »Meint der Herr jenen Räudigen? Den Apostanten? Den verlorenen Sohn des Tschudow? Den Vater der Lüge?«
»Wohl eben den, Bruder Mönch. Wie heißt du?«
»Anastasij.«
»Gut, Anastasij, eben den. Der hat mir in nächtlicher Trunkenheit viel von sich vorgeflaust, dann aber mit zunehmender Zerknirschtheit vor*geflennt*, nun kenn' ich sein Herz. Er ist ein Mensch der Reue.«
»Alles Lüge, Herr, was von so verruchten Lippen kommt.«
»Diesmal, Bruder Anastasij, kaum. Er hatte seine wehleidige Stunde, und der Met ließ Lippen und Augen von Wahrheit überströmen. Ich weiß nun, was ihn aus dem Kloster getrieben.«
»Ach!«
»Er klagte, er sei ein Märtyrer durch und durch, diene dem Satan aus purer Demut und schwelge im ›Rausch der Sünde‹, damit die unerringliche, unbezwingliche, unerschütterliche, unverbitterliche Gnade droben um so gewaltiger über ihm sich vollenden und verherrlichen könne, denn all unsere frommen Werke, die seien ja doch alle ichverseucht und voll anmaßender Lüge und Eitelkeit und kränkten die Gnade – (nach dem heiligen Paulus). Lasset uns sündigen, daß die Gnade um so göttlicher über uns armen, wüsten Teufeln entflamme, so rief dieser Otrepjew, uns um so tiefer hinabknirsche in ganz und gar verzweifelnde, allerredlichste, allerwahrhaftigste Demut –«
»Der Besessene!« rief Anastasij, »dem gerade wehrt der Apostel. Er hat die rasenden Libertiner verflucht!«
»Das weiß Otrepjew sehr gut, Bruder Anastasij, aber eben darin weist er den Apostel zurecht und sich die größere Folgerichtigkeit zu. Er klagte, er habe einst Fliesen hohlge-

kniet, sich mit Fasten, Wachen und Geißelungen schier vernichtet, sich zu Entrückungen und Verzückungen emporgekraxelt, um wie der heilige Paulus im dritten Himmel unsäglicher Gesichte und Engelgesänge gewürdigt zu werden; süchtig, wie andere nach Schnaps, habe er Tag für Tag den Leib des Herrn, die Speise der Unsterblichkeit in sich geschluckt, um die Verwandlung seiner Natur zu erfahren, zeitweise allstündlich gebeichtet und Buße über Buße getan im Heiligungsdrang seiner Seele, und die Brüder und Gläubigen weit und breit hätten ihn schon zum Heiligen des Jahrhunderts ausgeschrien. Die Leute in den Straßen hätten vor Andacht geschmatzt, wenn er ausgemergelt das schwere Holzkreuz auf wundem Rücken umhergeschleppt. Doch all das sei Fratze gewesen, Mummenschanz, Parade, Komödie, Pose vorm Spiegel der göttlichen Augen und dem der eigenen Seele, Ehrgeiz, Eitelkeit, fromme Hochstapelei vor Mensch und Gott, Selbstbemitleidung, Selbstbewunderung, anmaßend und Krampf, dies Ringen um göttliche Art und gutes Gewissen, kurzum: anzuspeien, anzuspeien! Mit einem Wort: Religion! Werde, o Mensch, was du bist: Satan! Du wirst doch nichts anderes! Wälze dich im Kot! Tobe lieber, lästere, fluche! Sei folgerichtig und bewußt die dunkle Folie der Glorie Gottes! Nur über der Hölle ist der Himmel Himmel, in der Nacht nur strahlen die Sterne, nur über Teufeleien wird die Gottheit göttlich, über vollkommenem Satanismus die Gnade vollkommen. So will Gott strahlen und prunken! Er allein! Jeder anderen Kreatur verbietet er's. Werde, o Mensch, wozu du erschaffen, geh demutsvoll im Satanischen auf, Gott zur Ehre! Nur Teufel ehren ihn wirklich, nur sie erhöhen ihn. Vom Teufelverschlucken lebt der Allerhöchste, der heilig Fremde da droben. Oh, rief Otrepjew, wohl habe ihn damals in seiner Heiligungsraserei, in seinem Wie-Gott-sein-Wollen, alle fremde und eigene Bewunderung angeekelt, denn heimlich, heimlich habe er danach gelechzt und geschmachtet und davon gelebt, zumal vom gerührten Tränengetröpfel seines größten Zuschauers, jenes unverschämten Aufpassers an allen Ecken und Enden, nämlich des Hochgelobten. Darob habe er sich nur noch grausamer zerschunden – um eitler denn je vor solcher seiner Qual niederzuknien. Holla! schrie eines Morgens Grischka, ward ich zum Gaukler, zum Maskenmann, zum Affen Christi, zum Hochstapler Gottes, zum typisch Frommen ersehen, so erfüll' ich denn ehrlich die Lüge, die ich vom Scheitel bis zur Sohle bin, und töte sie, indem ich sie ehrlich lebe, ein Maskenmann nicht mehr vor mir und dem Himmel, aber vor aller Welt. Der Welt den Schmiedehammer in die Fresse! – Dir fehlt vielleicht die rechte Schuldlast, so dacht' ich wohl noch heimlich, du kennst pralle, saftige, blutige Schuld noch immer nur vom Hörensagen; schaff sie dir her, sie peinigt dich gesund, bringt dich ins Maß der vielen! Umsonst! Und das Ende? Ein heitres Chaos richte ich nun an, so schrie er, braue Unheil auf Erden noch und noch und tobe mich aus; allein – o neues Entsetzen! – der fremde Gott, er scheint nun jenseits gar von Gut und Böse, von Engeln und Teufeln, von Rache wie Erbarmen zu stehn! Wie erwürgend ist sein Schweigen! Es macht uns einfach blödsinnig. Und eins nur steht fest, so schrie Otrepjew: So setzt er sich ununterbrochen durch – in unserem wirbelnden Nichts! Und also diene ich nun der mich fressenden Heiligkeit, der ich mich in den Rachen spiele und rolle, und also hoff' ich verzweifelnd dennoch auf nichts als seine Gnade, der ich das grenzenloseste, ungeheuerlichste Reich abstecke. Und also – hahaha! – also haben wir beide unseren Spaß, ich den meinen, er den seinen! Juchheidi, ich bin nun der Lügner schlechthin in weltweitem Stil (wie früher im Verborgenen). So räche ich den Menschen, so rächt in mir der Mensch durch seine Selbstvernichtung Gott selbst, den ganz, ganz anderen! O orgiastischer Tanz im Höllenrachen, o Rausch in Flammenqual, o zerknirschtes Hoffen und hoffende Verzweiflung!«

Anastasij retirierte mit entsetztem Blick auf den Erzähler, der sich mit dem Geschilderten offenbar identifizierte, und floh unter Selbstbekreuzigung hinaus.

Der Zurückbleibende gnitterte in sich hinein, studierte den schwarzen Christusblick zurücktretend mit gekreuzten Armen und streichelte dabei seinen Knebelbart. Dann blinzelte er zu den Farbnäpfen hin, wählte sorgfältig einen Pinsel, nahm damit aus einem der Näpfe ein Gelbgrün auf, mischte es auf der Palette mit Weiß und strich es auf die Allherrscheraugen derart, daß von den schwarzen Pupillen nur ein senkrechter Schlitz, eine Katzenpupille, zurückblieb, trat rückwärts und bewunderte seinen Treffer. Er konstatierte: Mit phosphoreszierendem Teufelsblick starrt der hohe, himmlische Herr jetzt her. Er grinste vergnügt, drückte mit Daumen und Zeigefinger die Dochte der Ampel aus und begab sich mit seinem Lämpchen über den Flur in sein Bett zurück.

Noch graute der Morgen nicht, als er Jury-Ilja wachrüttelte, und es dämmerte noch, da jagte die Troika zum Tor hinaus, Moskau entgegen.

Ein Schlitten hielt – tags darauf – in der schönen Vorstadt, wo zur Sommerszeit die reichen Kaufleute wohnten, vor der burgähnlich steinernen, von dicken Türmen eingefaßten Palastfront der wehrhaften Familie Stroganow. Jury-Ilja war nun Kutscher mit blitzenden Tressen an Rock und Hut, thronte auf dem Bock und döste, während sein Kumpan im Empfangsraum oben den Hausherrn erwartete, und zwar stehend, geziert mit üppigem Federhut, steifem Spitzenkragen, pelzgefüttertem, samtenem Umhang, mit seidenen Strümpfen und breitfallenden Stulpstiefeln, roten Kniebänderrosetten und kurzen Pumphosen. Er duftete nach Moschus. Musternd ging er an den Wandgobelins, die den Reiterzug der Stroganow-Kosaken nach Sibirien darstellten, ging er am Sims voll chinesischer, persischer, italischer Keramiken herum, betrachtete das dunkle Porträt des Hausherrn, die mit chinesischem Damast verhängte Truhe, auf dem der Drache geschlängelt dahinflog, die gekreuzten Waffen an der Wand, die goldenen Türkenkännchen und russischen Emaillearbeiten im offenen Schrein und die Marienikone in der Ecke. Der Herr Stroganow, dachte er, nimmt es an Pracht mit dem Zaren auf. Adel und Hochadel fressen ihm aus der Hand. Hier bin ich recht.

Endlich trat, von livrierten Dienern gefolgt, der Wirtschaftsgewaltige ein, gedrungen und breit im langen roten, schnurbesetzten Damastrock. Der Gast machte seinen Kratzfuß und schwenkte den Federhut. Vollwangig ließ Stroganow lachende Zähne blitzen aus bärtigem Mund, freundlich rollte sein ruhiger Baß. Er begrüßte den Krakauer Geschäftsfreund, dankte den Heiligen, die ihn auf langer Reise so sicher geleitet, und daß er, Stroganow, ihn endlich schaue von Angesicht zu Angesicht.

Der Gast tat kund, mit welcher Ehrfurcht er das Haupt jener Stroganows grüße, die unter dem Ataman Jermak Timofejewitsch ein eigenes Kosakenheer zur Eroberung der sibirischen Weiten habe entsenden können, vergleichbar den deutschen Fuggern und Welsern und ihren ruhmreichen Expeditionsheeren, die weit überm Ozean in der neuen Welt Reiche erobert und Faktoreien gegründet. Stroganow versprach ihm Hilfe bei der Begründung der neuen Niederlassung ›Balthasar Köbke‹ in Moskau und erkundigte sich, was er zu liefern die Ehre haben werde. Der andere nannte Pelze, Edelgestein, Teppiche, Damast, chinesische Seide, Gewürze und rühmte die Handelsbeziehungen des Hauses Stroganow über Wolga und Kaspimeer zum Orient hinunter. Der Russe, erwiderte jener, sei an venezianischen Spiegeln, Brabanter Seide, Würzweinen, Spieldosen und Stutzuhren interessiert –

»Stutzuhren! Prächtig!«

Herr Köbke rückte seinen Mantel beiseite, der über dem Sessel lag, und hob behutsam mit beiden Händen ein Wunderwerk von Stutzuhr empor. Aus dem figurenreichen, vergoldeten Sockel stiegen Alabastersäulchen, und auf diesen ruhte das Uhrwerk mit blauemailliertem Zifferblatt. Er stellte die Uhr vor den begierigen Blicken vorsichtig auf die Intarsienplatte des Tisches, setzte den beigebundenen Pendel ein und in Gang, rückte am Zeiger, und ein liebliches Getön der Spieldose im Sockel erklang. Beglückt stand Stroganow da, umarmte den Geschäftsfreund, verlangte eine ansehnliche Serie solcher Uhren und erwarb für fünfhundert Goldstücke, zahlbar sofort, das Verkaufsmonopol. Bojaren und Fürsten würden sich darum reißen. Väterchen werde ein Stück zum Geschenk erhalten. Dann verlor er sich in die Beschäftigung mit der Uhr, saß am Tisch wie ein träumerischer Junge, ließ sich die Gehäusewand öffnen, äugte hinein, ließ sich alles erklären, jedes Rädchen, und das Glöckchenspiel mußte immer wieder läuten, er zog es auf und stellte die Zeiger, und die Spieldose tat Wunder über Wunder kund. Schließlich befahl er dem einen der Livrierten das Frühstück, dem anderen die Niederschrift des Vertrages an Ort und Stelle und probierte mit dem Freunde zum letzten Male den Klingklang der Dose. Der Schreiber kritzelte sorgfältig am Tisch, der andere Diener kam und servierte Wodka und Süßigkeiten, Stroganow bat, unverweilt zuzulangen, doch der bis dahin so unbefangene, heitere Deutsche tat plötzlich mißtrauisch, ja entsetzt: »Unverweilt? Vergessen Euer Gnaden das Gebet, das kein Moskowiter ungestraft vor gedecktem Tische vergißt? Schon fühl' und weiß ich mich als Moskowiter, Euer Gnaden.«

Und verblüfft und ein wenig erblassend hörte Stroganow ihn genau die Worte beten, die der Zar selber gesetzt und anbefohlen für jede Mahlzeit bei Androhung schwerer Pein:

»Bei dieser Speise, Heilige Dreifaltigkeit, die mein Zar mir vergönnt und darreicht, bitte ich dich flehentlich für das Leibes- und Seelenheil des einzigen christlichen Monarchen der Welt, dem alle übrigen Herrscher als Sklaven dienen, dessen Geist ein Abgrund der Weisheit und dessen Herz von Liebe und Demut erfüllt ist. Amen!«

Danach erst setzte sich der Gast, griff zu und lachte schelmisch zu Stroganow empor. Er habe soeben, sagte er, große Strafe von dem Haus der Stroganow gewandt. Stroganow drohte ihm lachend mit dem Finger, schielte aber unsicher nach dem gebückt schreibenden Sekretär und wanderte nachdenklich umher. Er fragte, woher Herr Balthasar Köbke ein so vorzügliches Russisch habe, und vernahm, der Geschäftsfreund lebe viel in Kiew, und in Litauen sprächen die meisten Leute die Sprache ihrer rechten Heimat und des Zaren, ihres rechtmäßigen Herrn.

Der Sekretär war fertig, las den Kontrakt, Herr Köbke unterzeichnete mit gotischen Lettern in deutscher Zunge: Ritter vom Pferdefuß. Dann warf er die Feder wirbelnd gegen die Wand.

Als die beiden Herren sich unter vier Augen befanden und Köbke die Fünfhundert eingestrichen, erzählte er Späße, und Stroganow meinte, Freund Köbke habe den Schalk im Nacken. Der erwiderte augenzwinkernd: »Wie Euer Gnaden.«

»Was meinst du, Brüderchen?«

Brüderchen wanderte mit eleganten Wendungen umher und plauderte: Er habe die Ehre gehabt, den Leiter der Stroganowschen Niederlassung in Kiew zu bewirten, und dieser habe ihm tolle Neuigkeiten aufgetischt, jene, die sein Chef hier in Moskau ja zweifellos kenne, denn was ein treuer Diener wisse, berichte er gewiß sofort seinem Herrn. Kurzum, es werde Krieg geben, wie der große Stroganow wisse.

»Krieg?«

»Wie? Die so wachen Ohren Stroganows hätten wirklich

noch nichts von dem totgesagten Dimitrij Iwanowitsch, dem Uglitscher, gehört, der da in Polen aufgetaucht und den König und dessen Völker zum Feldzug gegen Moskau umwirbt? Aber! Aber! Haha, hier braucht man vor Balthasar Köbke nicht so erstaunt zu tun!«

»Nichts weiß ich, viellieber Freund!«

»Bei allen Heiligen! Da muß sich aber der Herr Stroganow, ehe die Konkurrenz davon hört, schnellstens um die Kriegsaufträge bemühen! Der Zar wird rüsten.«

Jetzt stand Stroganow wie ein Klotz da und schwitzte vor Argwohn kalten Reif: Der Fremde, ist er ein Agent und Versucher im Dienst Semjon Godunows? Was weiß er von dem, was ich weiß? Sein ironisch Gebet vorhin! Ist dieser Köbke …Ist er überhaupt – Balthasar Köbke aus Krakau? Zweifellos ein Agent! Er kommt direkt vom großen Laurer!

Stroganow wurde rabiat und verlangte mit bedrohlicher Kälte des Fremden Papiere zu sehen.

»Meinen – Paß?« fragte der verständnislos.

»Eben den! Was weiß ich von Polen? Was von jenem Spektakel? Was von dir? Dich sah ich noch nie. Entschuldige, Balthasar Köbke: Deinen Paß!«

Der andere stand auf und holte ihn aus dem auf dem Sessel liegenden Mantel und reichte ihn kopfschüttelnd hin. Stroganow studierte ihn und verglich die Personalbeschreibung mit dem Unbekannten. Es stimmte.

Er gab den Paß zurück und stiefelte gesenkten Kopfes herum. Der Köbke lachte auf und fragte: »Was paßt Euer Gnaden nicht an des Fremdlings Nase? Mein Rat war goldrichtig.« Er zuckte die Achseln: »Versäumt ihn! Meinethalben!«

Er setzte sich wieder und schlug die Beine übereinander. Mindestens, fragte er, müsse doch der König der moskowitischen Kaufmannschaft seit langem vom Kosakenpropheten am Don gehört haben, der für den Gauner in Polen werbe? Die Händler und wachen Geister eines Stroganow finde man doch überall. Schweigen. Er fuhr fort: Nun denn, er, der Köbke, sehe schon, daß er in Moskau auf lauter glühende Lava trete.

Er bat um Verzeihung und dann noch um Empfehlungen seiner Person an diverse Handelsherren und Adelshäuser in und um Moskau, um gütige Unterstützung seiner künftigen Firma dahier und sprach die Hoffnung aus, eine Hand werde ja wohl die andere waschen.

Schließlich Umarmung und Abschied. Der Fremde ging. Draußen auf dem Platz tat er den Sprung in den Schlitten, und Jury-Ilja, der Kutscher, hörte den unter den Sitz geworfenen Dukatenbeutel klirren. Der Schlitten fuhr davon.

Stroganow schaute ihm von oben durch das Fenster nach: »Hm!« –

Auch vor dem Palast des Fürsten Schuiskij unweit des Kreml hielt in diesen Tagen der Schlitten.

Ein schön getäfeltes Schlafzimmer war da, mit ziemlich niedriger Decke, deren braune Balken sich in der Diagonale kreuzten, darunter ein Baldachin-Prunkbett mit an den Pfosten zusammengeschobenen Brokatvorhängen. Daraus warf der Fürst verschlafen die Beine, blinzelte den Kammerdiener an, der ihn geweckt, hielt sich an seinem länglichen Bocksbart fest und fragte: »Wer? Und vom Großfürsten Semjon? Wie – sieht er aus?«

Der Diener schilderte den im Vorsaal Wartenden, der ein Engländer oder Deutscher oder auch ein Pole sei.

»Kein Russe?«

Der etwas bucklige Fürst erhob sich, der Diener warf ihm den Leibrock um und holte den Fremden befehlsgemäß. Der Verdächtige federte herein, zog lässig den Hut und verneigte sich kalt und gemessen. Er stellte sich vor: Balthasar Köbke, neuerdings Kaufmann dahier, jedoch – im Auftrag des Chefs der Geheimpolizei.

Stille erfüllte den Raum.

Was der Großfürst wünsche?

Er befehle den Großbojaren Fürst Wassilij Iwanowitsch Schuiskij unverzüglich zu sich – samt seinem Herrn Bruder.

»Der – der ist doch verreist ... Hm! Gebrauchtest du den Ausdruck Befehl? Weise ihn vor, mein Freund, den Befehl! Dich kenne ich nicht.«

Der andere lächelte komisch: »Wie? Der Großbojar folgt wohl nicht gern? Eile tut not und Unauffälligkeit, nicht so viel Umstand. Genügt nicht das Wort des erhabenen Bruders der Majestät? Der Schlitten wartet. Mir persönlich wolle der Fürst Schuiskij den mir gewordenen Auftrag nicht verargen.«

Der Fürst zitterte bereits innerlich. Was für unbekannte Pirschhunde der Verfluchte hat, sogar schon Landesfremde! Er fragte: »Weißt du, was es soll?«

»Gewiß, Großbojar.«

»Zürnt er? Mir?«

»*Sein* Zorn wäre ja wohl der des Zaren, nicht wahr? Dem widersteht kein gehorsamer Knecht.«

»Zorn? Ich folge guten Gewissens.«

»So braucht der Fürst Schuiskij mich ja nicht zu fragen.«

»Ich frage dennoch! Das bietet niemand einem Schuiskij.«

»Außer der Majestät – durch deren erhabenen Bruder, welcher der Majestät alldurchdringendes, allerwachsamstes Auge heißt, der Argus von Moskau, nicht?«

»Freund, was ist's?«

»Nun denn, in Eile. Ohne Genehmigung der Majestät darf kein Hofmann ehelichen. Wollt Ihr nicht die Fürstin Mstislawskij –«

»Hahaha! Wollen! Das hat noch lange Weile! Die Stunde zur entsprechenden Bitte vor dem Thron ist noch nicht da.«

»Ferner: Ohne des Zaren Genehmigung sich vom Hof zu entfernen, und sei's auch nur für eine Nacht, wird als Aufruhr geahndet.«

»Mein Bruder ist verreist, nicht ich.«
»Der Chef des Hauses haftet für ihn. Ferner: Jede Versammlung von Bojaren, und sei es auch nur zu einem Plauderstündchen beim Honigwodka, gilt als Komplott und Verschwörung.«
»Wie? Nahm ich an dergleichen teil?«
»Vorgestern, im Haus der Romanows. Nur ein Stündchen war's im engsten Kreis, allein – Nun ja ... Ferner: Hat der Fürst Schuiskij dort vor Nikita Romanow die Zunge wohl gehütet? Gewisse Lauscher haben eine Äußerung des Mißvergnügens gemeldet. Weswegen übrigens ist der Herr Bruder flüchtig? Wohl weil der Patriarch neulich ein Wort hat rügen müssen, das der Fürst als fromme Frage drapiert hatte, das aber dem Zaren unterstellte, er wolle schier als Abglanz Gottes verehrt sein, welches gehe auf Kosten Christi und abgöttisch klinge?«
»Mein Bruder ist mündig, Freund, er stehe für sich ein! Bin ich er?«
»Ihr haftet für ihn, den jüngeren mit, das wißt Ihr. Glaubt mir nur, Fürst Wassilij Iwanowitsch, ich selber hätte Euch ja gern verteidigt, doch wer bin ich? Ich hab' auch dazu angesetzt, doch Fürst Semjon erwiderte leise: Das möchte alles noch hingehen, allein –«
»Was noch?«
»Ja nun ... Der Fürst Wassilij hat einst die Kommission – ja, und dann die Strafexpedition von Uglitsch geführt. Er muß wissen, ob die dort bestattete Kindesleiche die des Dimitrij Iwanowitsch war oder nicht, ob der Zarewitsch noch lebt oder nicht.«
Schuiskij fühlte seinen Schlund trocken werden. »Allerdings«, sagte er.
So sah ihn der schreckliche Agent denn mitleidig an: »Ihr dauert mich wirklich, Fürst. Ein gewisser Grigorij Otrepjew ist beim Grenzübertritt nach Kiew aufgegriffen und in Ket-

ten herangeschafft worden, liegt irgendwo im Kerker und wird wohl auf der Folterbank – leider – alles gestehen. Ja. Drei Briefe fand man beim Verhafteten. Einen, der die Handschrift des Wassilij Iwanowitsch Schuiskij wies und an Otrepjew gerichtet ist. Einen zweiten jenes Otrepjew an einen gewissen polnischen Jesuiten, noch nicht abgesandt. Einen dritten jenes Jesuiten an Otrepjew. Alle drei vernichtend für ihn, Euch und einen gewissen Kriegsbrandstifter, der sich – mit Recht wohl gar – Dimitrij nennt. Oh, mein Fürst, wie Ihr verfallt! Wie Euer Anblick mein Herz …! Ach, könntet Ihr noch in dieser Stunde fliehn!«

Schuiskij legte sich das Gewissen eines Märtyrers zu, richtete sich auf und sagte von fürstlicher Höhe herab:

»Alle Welt kennt den Fürsten Schuiskij als Hort der Rechtgläubigkeit, altrussischer Sitte, der Furcht Gottes und des Zaren. Derselbe wird Semjon vor des Zaren Majestät zur Rechenschaft ziehn. Ein Schuiskij hat nie mit einem Otrepjew oder dem polnischen Narren da zu tun gehabt. Darauf küßt er das Kreuz.«

»Fürst! Ja keine Eide, die Euch um Eurer Seelen Seligkeit bringen und den alten Frevel, den Ihr kaum mehr abstreiten könnt, vermehren! Vernehmt im Zusammenhang, welches Bild von Eurer Vergangenheit sich der Großfürst Semjon als Mosaik aus Stückchen zusammensetzt! Erstens: Dem Chef der Uglitschkommission lag es sehr nah, von einem flüchtigen deutschen Arzt und Retter zu fabeln, dessen Kind statt des Zarewitsch bestattet worden sei und der jenem Otrepjew den echten Prinzen mit Eiopopeio überreicht habe. Zweitens hat der Fürst Schuiskij bereits vor siebzehn Jahren den verbannten Mstislawskij in ein Komplott – eben in dieser Affäre – zu ziehen und die Donkosaken zum Aufstand zu bringen versucht. Mstislawskij in seiner Verbannung starb. Gottlob, so unterblieb dort die Verschwörung. Dem Schuiskij entfiel dann der Mut hier. Drittens versuchte der Fürst vor elf Jahren abermals, mit jenem Otrepjew, dem Kosaken, anzubandeln. Doch der suchte damals als Flibustier nach anderem Lorbeer und war nicht habhaft. Viertens: Vor drei Jahren hat der Fürst Wassilij sich bei Otrepjew abermals nach dem angeblichen Zarewitsch erkundigt. Damals antwortete der Übeltäter durch einen Kurier, der Zarewitsch lebe noch und reife heran, es könne nun losgehen mit der Propheterei. Fünftens: Durchlaucht trugen seither allerlei im Sinn. Wirren, Bauernaufstände und Bojarenkomplotte sollten eine Lage schaffen, die es Durchlaucht erlauben würde, im trüben zu fischen. Sechstens: Jeder der Vorstöße Eurer Durchlaucht vor siebzehn, vor elf, vor drei Jahren geschah in einer Notzeit Rußlands, ob nun Tataren heranstürmten oder Moskau brannte oder Mißernten die hungernden Massen rebellisch machten. In summa also hätte der Fürst Schuiskij ein gewisses Ziel nie aus den Augen verloren. Möglich, daß Durchlaucht zwischendurch jahrelang daran verzagt, ja es vergessen, die Sache fortgeschoben haben. Möglich, daß es jenem Otrepjew nicht anders ergangen. Aber nun, da das beschworene Gespenst in der Ferne plötzlich Gestalt annimmt und leibhaftig wie aus Schwaden hervortritt, schlagen sich der Herr Großbojar hier und jener Otrepjew dort auf den Schenkel, gucken sich über Weiten hin an, wiehern leise und rufen sich zu: Kind Gottes, was sagst du nun? Es ist soweit, es ist soweit! – Dies Porträt des Fürsten Schuiskij weist Semjons Mosaik trotz vieler Lücken schon auf. Wünschen Durchlaucht, daß ich jetzt in den Einzelheiten ergänze? Doch es verschlänge kostbare Zeit. Oh, könnten Durchlaucht noch fliehen!«

Schuiskij stierte ins Nichts.

Der andere seufzte: »Ihr fragt, ›wohin?‹ und ›wie?‹. Nun, ich könnte die Verhaftung hinausschieben, könnte melden – hm! Flieht! Ich weiß, Ihr werdet mir dankbar sein. Ich bin arm. Ich wiese Euren Dank nicht zurück. Freilich: Wohin?«

In die hohlen Bartwangen des Fürsten kam Farbe. Wie die Katze sich zum Hund herumwirft, duckt, ängt, so Fürst Schuiskij vor dem unsichtbaren Feind hinter ihm, vor Semjon Godunow, als stände der an der Truhe beim Bett. Dann stürzte der Bucklige zu dieser Truhe hin, stieß den Deckel hoch, warf dem anderen drei Säckel daraus vor die Füße, sprang auf und stand krumm da, hielt selbst in jeder Faust einen Beutel, drückte diese an die Brust, eilte wie ein Gefangener, der nach einer Tür sucht, herum und rief heiser: »Schaff mich hinaus, Freund! In deinem Schlitten! Nur vor die Stadt! Dann wird mir der Himmel sagen, wohin! Nur eine Nacht Vorsprung! – Ach, du fürchtest für dich! Ich weiß: Lieber, du fliehst mit mir. Reich bist du dann, reich! Ich weiß auch für dich den Fluchtweg, für uns beide. Erbarme dich um Jesu Christi willen!«

Da stieg im Balthasar Köbke ein niederträchtig und gemächlich glucksendes Lachen hoch: »Gemach! Ich wüßte etwas noch Besseres, das sicherer hilft als Flucht. Der Otrepjew im Kerker, der hängt sich einfach auf und ist dann stumm, nicht wahr? Das schaff' ich schon. Und diese drei schrecklichen Briefe, ja nun –« Er griff in sein Wams: »Hier sind sie! Verbrennen wir sie! Ganz einfach, wie?« Und damit hielt er sie Schuiskij unter die Nase.

Ein Aufstöhnen, niederklirrende Beutel, zugreifende Hände! Dann aber ein neues Aufwimmern, und Wassilijs Hände schlugen an seine nasse Stirn: »Was nützt mir noch Otrepjews Tod? Die Briefe kennt der Oberhenker, der Schuft! Warum verschweigst du das? Quäler!«

Joviales, beruhigendes Lachen: »Mitnichten. Er sah sie wirklich noch nicht. Und was mich betrifft: Hört, ich verkaufe sie Euch. Gebt mir alle fünf Säckel dafür! Das sind sie wert. Und danach – ins Feuer damit!« Er riß die Briefe aus Schuiskijs Händen, eilte zum Ofen, kniete, warf die Eisentür auf und die Dokumente in die Glut, stand auf, sah dem Auflodern zu, reckte die Arme, kam im Tanzschritt zurück und jubelte leise: »Wie gut, wie süß, wie überirdisch schön, daß Grischka Otrepjew noch frei dahintänzelt und dich, hirnloses Scheusal, jetzt und hier noch umarmen kann! Nichts geht doch über eine gute Maske! In meine Arme, Bruderherz! Komm, Wassilij! Kennst du deinen Grischka, deinen Grischka nicht mehr?«

Er breitete die Arme, Schuiskij fiel wie ein Sterbender hinein. Otrepjew klopfte ihm liebreich den Buckel und gnitterte: »Das war, bei allen Himmeln und Höllen, ein gar zu niedlicher Scherz. Vergib mir, Bruderherz, in Satans Namen! Hahaha, ich kann's ja nicht lassen, nicht lassen!«

Als des Fürsten Seele im erfrischenden Hauch der Empörung zu sich gekommen, gewann sie den fürstlichen Abstand zurück. Otrepjew sah sich zurückgestoßen, doch das war für die Würde Schuiskijs zu spät. Als Otrepjew ihm später an besonderem Tisch bei kaltem Braten, Brot und Wein gegenübersaß, blieb er so frech wie zuvor.

Der Bojar saß in Zorn und düsterer Steifheit und strich sich abermals als gottesfürchtigen Hort des guten, alten Rechtes heraus. Daher seine Feindschaft gegen Zar Boris.

Otrepjew lachte, alles sei Schwindel, Schuiskij glaube weder an Himmel noch Hölle, lediglich an seinen Geldsack, er sei nicht der Frommen, sondern der großen Schacherer Hort, die da Land und Meer durchzögen und Schuiskij Anteil gäben an mancherlei bösen Händeln – Schweige- und Schmiergeld dazu. Schuiskij habe ferner das echte Kind des Iwan tatsächlich begraben und folglich ihm, Otrepjew, damals irgendeinen x-beliebigen Bastard aufgehalst.

Als der Fürst entsetzt betonte, die Protokolle habe er nur deshalb so gezimmert, um den echten Zarewitsch um so sicherer über die Grenze schaffen zu können, verbat sich Otrepjew weiteres Possenspiel. Er sei bekanntlich Hellseher und imstande, im Wald eine Nähnadel zu finden, die man in einer Baumrinde verstecke, und also durchschaue er mit mehr als Geierblick, was der Großbojar bis dato gedeichselt und für die Zukunft plane.

Nämlich? fragte das Hochspringen der eckigen Brauen Schuiskijs.

Nämlich! Väterchen Boris habe nicht gewünscht, daß Fürst Wassilij seinem Hause Nachkommenschaft erzeuge. So habe der Arme sich mit Konkubinen trösten müssen, und eine davon sogar geliebt, ingleichen auch das wackere Söhnchen, das er ihr gemacht. Und eben diesen seinen eigenen Bastard habe er dann Otrepjew als Zarewitsch angehängt. Das vom getreuen Arzt Simon, dem Retter, sei dumme Flunkerei.

Unter dem grellen Blick seines Gastes versagte Schuiskij allmählich wie unter Zauberbann. Er schnappte schließlich wie ein Karpfen, gab alles zu und seufzte:

»Nun weißt du, warum ich durch zwei Jahrzehnte so beharrlich an meinen Sohn und Rächer gedacht. Ja, er ist mein Fleisch und Blut. Maranatha! ruf' ich ihm zu, komme bald, komme bald! Ich beschwöre dich, im Namen unserer hohen Ahnen und meiner erwürgten Gesippen, komm und räche uns, mein Sohn!«

Otrepjew amüsierte sich, fand alles köstlich und fragte, ob Schuiskij sich nicht wundere, daß ein Otrepjew, der von Anfang an die Abstammung des ihm überlieferten Kindes gekannt, noch viel ausgiebiger und aktiver denn Schuiskij dem falschen Prinzen sich aufgeopfert.

In der Tat, was hatte dieser Otrepjew davon gehabt, für einen schuiskischen Bastard sich so abzumühen? Otrepjew lächelte väterlich: »Wie, wenn ich deinen Bastard gen Himmel, nach Polen aber ein Produkt meiner eigenen Lenden befördert hätte? Daher vielleicht mein Eifer?«

Der Großbojar erstarrte wieder. Doch dann deklamierte er, als glaube er's selber: »Nie hättest du eine Frucht vom Baume Rjurik, gewachsen am Zweig der Schuiskij, so wegzuwerfen gewagt. Auch nie einen adligen Prätendenten gezeugt, wie dieser Demetrius – nach Zeugenberichten – ist.«

Da schüttelte sich Otrepjew vor Lachen: »Nimm mal an, mein Engel, ich hätte damals folgendermaßen gedacht: Schuiskij ist ein impotenter Schneider, folglich ist der Bankert, den er mir aufhalst, irgendein Balg aus seinem Leibeigenengesindel; dahingegen zeugt ein Otrepjew lauter königlich Gewächs. Und dann hätte ich mich unter meinem stattlichen Nachwuchs umgesehen, den gelungensten Sprößling herausgesucht und jenem berühmten Ketzerorden des Westens als Kuckucksei ins Nestchen gelegt?«

Schuiskij imitierte seines Gegenüber Heiterkeit und gab zu bedenken: »Wenn dem so wäre, du Schalk, so würde ja ich jetzt dafür sorgen, daß er nie zum Zuge oder Siege und an die Macht käme.«

»Wieso? Du kannst doch nichts! Bedenke, wie rasch ich dir das Hemd hochheben kann, du Strolch! Scherz beiseite. Nur guten Muts! Das Kind ist dein Kind, und der Gott, an den du nicht glaubst und der mir mit Satanas eins ist, der wird es siegen lassen. Ich gucke ihm in die Karten, sehe ja hell, ich kann dir aufs Haar genau prophezeien, wie der Schwank weitergeht. Willst du's wissen? Ich sehe, du lechzest danach. Frage keine finnischen Zauberer, keine Hexe von Endor, frage mich!«

Schuiskijs Schweigen fragte sehr.

»Spitze die Ohren! Nie wirst du es einst nach dem Siege publik machen, dein Rächer, der Vertilger der Godunows, sei dein Blut, ein Schuiskij sei nun Zar. Ihm aber wirst du's doch beichten? Du wirst sagen: Söhnchen, du bist mein Söhnchen, laß mich teilhaben an deiner Macht! – Oder nein, nein! So weit geht eines Schuiskij Selbstentäuschung nicht. Vielmehr du wirst einen Aufruhr gegen ihn anzetteln, den eigenen Sprößling als polnischen Gauner ausschreien und ihn zu beerben suchen, ehe ein Mstislawskij oder Nagoi oder

Bjelskij oder Romanow dir zuvorkommt und dich überspringt.«

Schuiskij stand auf: »Hast du Hellblick, du Teufel, so weißt du auch, daß es mir genügt, in meinem Sohn zu herrschen und durch ihn.« Er setzte sich wieder und ächzte: »Wenn er nur erst kämpfte und siegte!«

Otrepjew beruhigte ihn: »Der schafft's, der schafft's, so wahr ich der Prophet bin ... Das heißt: Er – würde es schaffen.«

»Würde?«

»Ja, wenn ich nicht zu ihm ginge und ihn warnte und spräche: Bengelchen, sieh dich dereinst vor deinem Papa, dem Fürsten Schuiskij, vor! Umbringen wird er dich einst und beerben wollen!«

»Nichts sagst du ihm. Er brächte dich um. Du brächtest dich selbst damit um.«

»Vielleicht. Jedoch – was läge mir daran?«

»Kurzum, kein Vater bringt den Sohn um, den er zu solcher Größe erlesen.«

»Haha, du bist sein Vater eben nicht. Ich werde hingehen und zu ihm sagen: Majestät, werde ich sagen, du bist ein Otrepjew, du bist mein eigen Fleisch und Blut. Darum hüte dich nicht nur vor jenem Schuiskij, der immerhin die Idee von dir ins Spiel gebracht, sondern überhaupt vor allen seinen Standesgenossen! Bringe sie alle miteinander um und überbiete den schrecklichen Iwan und legitimiere dich so als sein echtes Blut!«

So höhnte er, und wieder trafen seine phosphoreszierenden Augen den Großbojaren mit übler Kraft. Der fragte matt und wie verzagend:

»Warum quälst du mich?«

»Ach, du armes Häschen! Gut, lassen wir's dabei, der Jüngling sei dein Sohn! Mir sei er der Iwanowitsch. Und ich bin sein Prophet.« –

In der Nacht lag der Fürst mit brennenden Augen im Bett auf dem Rücken und zischelte zuweilen in die Finsternis hinauf. Sein Herz hämmerte, und seine Augen sahen immer wieder zwei Lichter, die Augen Otrepjews, wie einen Doppelkometen aus der Ferne heranschießen, genauso grün, wie sie ihn beim Pokulieren angefunkelt. Davon fieberte der ganze, noch trunkene Leib. Und das war das Letzte gewesen: Der Erpresser hatte ihn bereden und zwingen wollen, ihn, den Verrückten, beim Argus von Moskau, bei Semjon Godunow einzuführen. Wozu? Es war ihm lediglich um einen neuen Spaß zu tun. Er wolle, so hatte er gesagt, Semjon mit allerlei riskanten Lügen durch hübsche Konfusionen in eine ungeheure Dummheit lotsen. Das hatte er gesagt. Verdammt, als tue das not! Und dann hatte er Schuiskij zugelallt und sich dabei an die Schläfe getippt: Hier sitzt der wahre Rang auf Erden, du ur-ur-uradliger Basilisk, du!

Schuiskij fuhr im Bett hoch und saß aufrecht. Der Lump muß sowieso verstummen! beschloß er. Denn packt ihn mal die Langeweile, die Sucht nach neuem Spektakel, sein wüster Wahnsinn – seit wann ist er so verrückt? –, so kriegt er's fertig, den ganzen Bau mir in die Luft zu jagen, nur um sich einen neuen Jux zu machen. Er ist verrückt.

Schuiskij stand auf und wanderte im langen Nachtrock umher. Dabei brabbelte er vor sich hin: Du hast dich jetzt genug getummelt. Wir sind fertig. Geh schlafen, Gaukler! Der Krieg steht vor der Tür. Du aber, Grigorij, bist nur noch Gefahr, Gefahr. Wann also? Morgen früh schon, beim Frühbier, das du nach deinen durchzechten Nächten den billigen Jakob nennst.

Du triffst bei den Schatten die Herren der Uglitscher Kommission, wo sie alle drei versammelt sind: Kleschnin und Wylusgin und Metropolit Gelasij. Mach, daß du hinterherkommst, Grischka, dorthin, wo alles schweigt!

Der Fürst wurde ruhiger. Er warf sich wieder auf das Bett. Aber Schlaf wurde ihm nicht mehr in dieser Nacht.

Am nächsten Tag gehorchte er doch: Man fuhr zu Semjon Godunow.

Zwei Schlitten fuhren dem Kreml zu, vierspännig der des Großbojaren, zweispännig der andere, in dem Otrepjew, ein Abt und ein Edelmann saßen. Sie rauschten durchs Erlösertor und bekreuzigten sich, hielten im Kreml an der Rampe des hölzernen Zarenpalastes, wurden von den Strelitzen empfangen und von einem Offizier ins Innere des Palastes geführt. Schuiskij und Otrepjew gelangten sofort zu Semjon, der Abt und der Edelmann blieben im Vorraum zurück.

Der Edelmann setzte sich verzagt auf die Bank und klagte, er könne doch nichts dafür, daß einst sein Bruder und kürzlich nun auch noch sein Neffe durch Flucht aus dem gleichen Kloster unendliche Schande auf den Namen Otrepjew gehäuft. Der zweite Otrepjew sei ein solcher Galgenstrick wie der erste, und man könne nun schon glauben, was man bei seiner Geburt gemunkelt, nämlich Grischka der Jüngere sei Grischkas des Älteren Bastard, in Umarmung der eigenen Schwägerin entstanden und dem wackeren Bruder Bogdan in die Wiege gemogelt. Zwar Bogdans Weib habe es bestritten und sei darüber gestorben, jedoch –

Der Igumen – der Abt – gab dem Jammermann einen Rat: Grischka den Älteren möglichst gar nicht zu erwähnen, es gehe um Grischka den Jüngeren, der ja wahrscheinlich mit dem polnischen Gauner identisch sei. Man wisse hier zwischen den beiden Otrepjews wahrscheinlich keinen rechten Unterschied, und so, wie Kurzjew zum Don geschickt worden sei – eines Otrepjew wegen, so werde man ihn, Smirnoj-Otrepjew, vielleicht nun nach Polen entsenden, denselben Taugenichts aus dem Kostüm des Prätendenten herauszuholen.

Inzwischen trat in Semjons teppichbehangenen Dienstraum der Gefürchtete selbst ein – leicht und wie schwebend. Sein Bart und Haar waren braun und gepflegt, sein Gesicht hübsch und leer. Liebenswürdig vorgeneigt, grüßte er die sich tief Verbeugenden. Otrepjew wurde als Balthasar Köbke vorgestellt. Er bat um Zulassung seiner Firma in Moskau und erklärte dann, er überbringe Nachrichten, die selbst des Reiches nie schlummernder Wächter vielleicht noch verwerten könne. Semjon bot Plätze auf der gepolsterten Bank an, die frei im Raume stand, und setzte sich ihnen gegenüber. Herr Köbke redete, und nie wich von Semjons Lippen das festgefrorene Lächeln, nie aus seinen Augen das trübe Lauern.

Der Kaufmann berichtete, er sei schon vor Lublin, in welcher Stadt ein polnischer Reichstag beginne, dem Gerücht begegnet, der Wojewode von Sandomierz habe einen Schützling bei sich, der kein Geringerer als der letztgeborene Sohn des großen Iwan sei und die Absicht habe, König und Reichstag um Hilfe gegen den Usurpator seines Thrones anzurufen und Rußland mit Krieg zu überziehen. Er, Köbke, habe in Lublin Station gemacht und auf dem Marktplatz miterlebt, wie sich der junge Gauner zwischen seinem Protektor und einem Abt über viel lärmendem Volk auf dem Balkon gezeigt, um huldreich niederzuwinken. Des Abenteurers Gesicht sei ihm sogleich bekannt vorgekommen. Später habe er sich erinnert, daß das derselbe Jüngling sei, den er vor Jahresfrist gelegentlich einer Fahrt durch die sewerische Ukraine als Bahnbereiter des totgeglaubten Dimitrij Iwanowitsch erlebt habe. Er sei überzeugt, der junge Mensch im Kosakenlager, der sich damals als visionären Propheten gegeben, sei identisch mit dem Schelm auf dem Lubliner Balkon. Die Leute in Lublin hätten auf Köbkes Fragen erzählt, der Zarewitsch habe sich in mönchischer Verkleidung und in Begleitung eines anderen Mönches im Kloster von Petschora eingefunden, sei dort schwer erkrankt und habe den Abt gebeten, seine letzte Beichte anzuhören. Staunend habe der Abt dabei vernommen, der Kranke sei kein Mönch, habe nie Profeß getan, heiße Demetrius und sei der Sohn des vierten Iwan und der Marfa Fjodorowna Nagaja. Alsbald habe der Abt alles an die große Glocke gehängt und den vermeintlichen Zarewitsch nach seiner Genesung dem Wojewoden von Sandomierz zugeführt. In ganz Sewerien, in den polnischen Städten und an den Höfen der Magnaten habe der Komödiant viel Zulauf. Er, Köbke, habe nachgeforscht, unter welchem Namen sich der Pseudoprinz in Petschora eingeschlichen, und den Namen Gregorius nennen hören. Das habe ihm bestätigt, daß Grischka, der Kosakenprediger, mit dem Lubliner Betrüger eins sei. Weiteres könne der Herr Großbojar berichten.

»Bitte«, bat leise des Godunow lächelnder Mund Herrn Schuiskij. Der begann:

»Er habe sich eines Strelitzenhauptmanns Bogdan-Otrepjew entsonnen, der vor Jahren in einer Schlägerei seine Treue für den Zaren mit dem Leben bezahlt, und daß dessen mißratener Sohn später vom Vormund, Paten und Oheim Smirnoj-Otrepjew ins Kloster gesteckt worden. Schuiskij habe nun zum Abt des Tschudowklosters geschickt und aus den Akten dort die Bestätigung erhalten, besagter Grischka habe beim Patriarchen eine Schreiberstelle innegehabt, Gelder veruntreut und sich aus Furcht vor Strafe aus dem Staube gemacht. Schuiskij habe heutigentags den Edelmann Smirnoj-Otrepjew zu sich gebeten und festgestellt, daß sich dessen Personalbeschreibung mit der des Abtes und des achtbaren Kaufmanns Köbke decke. Somit habe er sich beeilt, alle drei Herren dem Chef der zarischen Polizei unverzüglich zuzuführen. Den Patriarchen als vierten Zeugen zu bitten sei in Semjons Weisheit und Belieben zu stellen. Smirnoj-Otrepjew und der Tschudowabt seien in der Halle gegenwärtig.

Großfürst Semjon sann vor sich hin und betrachtete seine

Ringe, erhob sich, worin ihm die anderen beiden höflich folgten, bedankte sich und wallte leichtfüßig hinaus.

Bald trat ein Kanzleirat herein, um, wie er sagte, die Herren zu unterhalten, in Wahrheit wollte er sie wohl unter Augen haben. Köbke erzählte von fernen Ländern. Endlich kehrte der Großfürst zurück: Die Sache sei verworren. Gewiß, man wisse von einem Kosakenpopen Otrepjew, der da im Süden sein Unwesen treibe und gleichfalls ein Abtrünniger sei, doch sei er schon vor zwei Jahrzehnten entflohen. Der müsse an die vierzig zählen, sei folglich nicht identisch mit dem vor Jahresfrist entlaufenen Otrepjew, beziehungsweise dem Abenteurer in Polen. Was nun Balthasar Köbke meine?

Der sagte bescheidentlich, der von ihm gemeinte Otrepjew habe jedenfalls erst vor Jahresfrist unter den Kosaken und Bauern zu wühlen begonnen, sei dort verschwunden und nun in Polen als Dimitrij aufgetaucht.

Semjon fragte, ob der ehrenwerte Kaufmann wisse, welcher Sprache sich der Betrüger bedient habe. Davon wußte nun Herr Köbke nichts Genaues. Er vermutete: doch wohl der russischen? Das Polnische könne ihm kaum vertraut sein.

Semjon fragte, wie ein in Moskau so gut Bekannter die Dreistigkeit haben könne, sich in Moskau als Zarewitsch Dimitrij vorstellen zu wollen?

Antwort: So weit denke der Mensch vermutlich gar nicht. Ihm sei es wohl genug, sich ein paar Monate lang als Zarensohn aushalten zu lassen, danach werde er das Weite suchen. Das sei so der Hochstapler Art, sie seien Kinder des Augenblicks. Den Polen indessen sei er als Vorwand zum Krieg vielleicht genug.

Semjon erwog noch dies und das, erwähnte, er habe Kurzjew zu den Kosaken entsandt, um Otrepjew, den Kosaken, aufzugreifen, und man werde bald klarer sehen. Er bedankte sich nochmals, bat, Schuiskij und die Herren draußen möchten noch bleiben, Herr Köbke jedoch sich unter Schuiskijs Dach zur Verfügung halten.

Als Köbke-Otrepjew im Schlitten davonfuhr, trällerte er ein Tanzlied vor sich hin, ein recht fideles. –

Die Nachmittagssonne neigte sich zum Untergang, als der Fürst Schuiskij in Pelz und hoher Bojarenmütze die Treppe in seinem Palast hinaufstieg, nach seinem Gast fragte und ihn zu sich ins Trinkzimmer befahl. Der Diener, an den er sich gewandt, erklärte, der Fremde warte dort bereits.

In der Tat, Otrepjew rekelte sich auf dem Diwan und labte sich, schon angesäuselt, an Schuiskijs Wein. »Holla!« rief er, den Humpen ihm entgegenschwingend, »berichte, Erhabener! Was gab's bei Väterchen? Wie kamst du endlich weg? Wie steht die Schlacht?«

Der Fürst blitzte ihn indigniert an und warf Kaftan und Kopfbedeckung ab. Der Diener fing beides auf und verschwand damit. Dann wanderte der Großbojar umher. Otrepjew sah ihm voll heiterer Spannung zu und vernahm dann folgendes:

»Der Zar, Semjon, die Zariza und Schuiskij hätten sich zu viert beraten. Väterchen habe sehr gezürnt, daß der Hochstapler bei König Sigismund empfangen worden. Schuiskij habe ihn begütigt: Dieser König könne sich ja mit seinen Großen nicht überwerfen und vertraue auf den Reichstag, der den Abenteurer abweisen werde, und das Ganze sei Farce. Sigismund werde den Waffenstillstand nicht brechen. Man solle, wie vorgesehen, die Entlarvung des Schwindlers durch Smirnoj-Otrepjew in Ruhe abwarten und die Auslieferung fordern.

Hierauf sei man auf die rätselhafte Herkunft des Burschen zu sprechen gekommen. Mütterchen habe gepoltert und Semjon gefragt, woher er wisse, daß dieser Deutsche, der Köbke, kein Dummkopf oder Schlimmeres und der polnische Gauner mit dem jüngeren Otrepjew eine Person sei. Sie ihrerseits denke es sich nach wie vor so, daß der Gauner, der ja wohl Polnisch könne, aus einem der Seminare der polnisch wie russisch sprechenden Grenzlande zu den Kosaken entwichen sei, wie solches öfters geschehe, daß er im Seminar Schreiben und Lesen, bei den Kosaken Reiten und kriegerische Künste erlernt habe und dort bei diesen aufsässigen Horden auf den Gedanken verfallen sei, den erretteten Zarewitsch zu spielen, von dem Pöbel und Adel schon lange flunkerten, und von dort sei er wohl nach Polen zurückgekehrt. Der Teufel wisse Genaueres.

Väterchen habe dem Köbke Glauben geschenkt und gemeint, Otrepjew der Ältere habe Otrepjew den Jüngeren zu sich und den Kosaken herübergeholt, ihn mitwerben und -hetzen lassen und dann nach Polen zurückgeschickt. Er, der Zar, teile seine Aufmerksamkeit zwischen den Vorgängen bei den Kosaken und denen in der Polakei.

Darauf habe Semjon den Pfeffer seiner Weisheit in den Brei geschmissen und geargwöhnt, Bojarenkreise könnten hinter dem ganzen Gaunerstreich stehen. Die Romanows schienen ihm verdächtig, von den Nagojs ganz zu schweigen. So und so. Er warne Väterchen, die Einladung der Romanows zum Gastmahl anzunehmen.

Nun habe der Zar getobt und gefragt, wem er dann noch trauen solle, wenn selbst Nikita Romanow – ach! Da könne er ja ebensogut Wassilij Schuiskij und Semjon verdächtigen und auf der Stelle erwürgen!

Dann sei das Grübeln angegangen, was nun zu tun sei. Mütterchen, Schwager Semjon und er, Schuiskij, hätten Väterchen geraten, ja nicht den Dreck in Moskau breitzutreten, ihm keinerlei Bedeutung zu verschaffen, sondern Kurzjew und Smirnoj-Otrepjew erst zurückzuerwarten. Dem letzten sei eine Botschaft an den Krakauer Hof mitzugeben.

Doch dann, so fuhr der Großbojar fort, dann sei ein Blitz dareingefahren, ein herrlicher Blitz:

»Ein Blitz in Gestalt des Stjepan Godunow. Der brach da in Reisepelz und Filzstiefeln, verdreckt und übernächtig und direkt von seinem Pferdesattel herunter in den Palast und unsere Beratung ein, war aus der Gegend von Putiwl in rastloser Flucht herübergehetzt und meldete Väterchen dies: Eine schwärmende Saporogerabteilung habe sich durch die ganze aufgeregte, aufgewühlte Sewersk geworfen und allenthalben die bevorstehende Ankunft des Zarewitsch ausgeschrien. Er, Stjepan, habe sich mit ein paar Hundertschaften aufgemacht, um der Bande das Handwerk zu legen; wenn möglich, im Guten. Da sei er von den Banditen aus einem Walde heraus überfallen worden, er, ein Godunow! Der größte Teil seines Gefolges sei niedergestochen und abgeknallt oder gefangen und verschleppt und sein ganzer Transport geplündert worden, er selbst habe sich mit wenigen Wackeren knapp herausgehauen. Anderen Tags hätten die Kosaken die Gefangenen laufen lassen, nämlich ihm nachgeschickt, mit dem Auftrag, einem gewissen Boris anzukündigen, daß sie, die Saporoger, in Kürze den Zarewitsch Demetrius als ihren gottgesalbten Herrn nach Moskau zurückbringen würden. Väterchen solle den heiligen Ornat zeitig zurechtlegen und sich schleunigst als Klöppel in die große Zarenglocke des Erlösertors hängen, ehe man ihn pfundweise unter Sätteln als Tatarenschmaus mürbe ritte.«

Otrepjew fuhr auf diesen Bericht hin mit einem Jauchzer hoch und tanzte wie ein Verrückter. Auch Schuiskij lachte mickerig, gebot dann aber ängstlich horchend Schweigen. Gedämpft berichtete er weiter:

»Väterchen war wie der Kalk an der Wand, Mütterchen schimpfte wie ein Fuhrknecht, Semjon beruhigte sie und setzte Väterchen auseinander, daß Züge ausschwärmender Saporoger nichts Neues seien. Freilich – solches Feldgeschrei, solche Infamie, begangen am Zarenvetter, sei von ernster Vorbedeutung. Er habe übrigens längst Krieg und massenhaften Abfall prophezeit. Doch dem könne man zuvorkommen.«

»Brüderchen!« jubelte Otrepjew, »was war das Endergebnis? Welcher weise Beschluß krönte das Ganze?«

»Ja nun«, lächelte Schuiskij, »zum ersten befahl Väterchen die Auswechselung aller Grenzkommandanten in den westlichen Städten durch Basmanow und andere bewährte Leute, zum zweiten eine Teilmobilmachung in Marschrichtung West, zum dritten beschloß man dann doch, den Dreck öffentlich breitzutreten und dreistweg auszuposaunen: Der Gauner in Polen ist als Grigorij Otrepjew entlarvt! Da Moskau von Verrat stinke, sei alles schwer zu bedrohen, was verdächtig, auf neue Wirren Hoffnungen zu setzen. Zum vierten beschloß man, die Nonne Marfa aus ihrem Kloster heranzuschaffen, daß sie öffentlich vor allem Volke beschwöre, ihr Kind Dimitrij sei tot. Auf diese Maßnahme drang Marfa Grigorjewna.«

»Weiter, weiter, Goldjunge!« bettelte blinkenden Blicks Otrepjew.

»Weiter? Weiter kam man nicht, denn wieder schlug ein Blitz ein, der alle auseinanderscheuchte.«

»Oh, Serie herrlicher Blitze! Welch ein neuer Satansblitz, Wassiluschka?«

»Ja, nun, der Leibarzt wurde gemeldet und trat erregt ein. Er meldete Erbrechen, Ohnmacht und hohes Fieber bei Herzog Johann, dem seit Tagen Erkrankten.«

»Was für ein Herzog?« wollte Otrepjew wissen.

»Ach, du weißt nicht! Johann von Dänemark, der Verlobte Xenjas, Väterchens geliebter künftiger Eidam, der seit Wochen mit uns in Moskau zecht und jetzt krank liegt.«

»Doch kein Gift?« forschte Otrepjew. »Von wem?«

»Ei was Gift und immer Gift!« knurrte Schuiskij. »Er verträgt unsere Kost nicht, hat keinen Russenmagen und keine Russenblase. Kurzum«, beschloß Schuiskij, »Väterchen und

Mütterchen gingen besorgt zum Krankenlager und wollten in Kürze wiederkehren, kamen aber in anderthalb Stunden nicht. Semjon und Stjepan zogen sich inzwischen zu Sonderbesprechungen zurück, und ich, ich habe mich schließlich empfehlen lassen und bin gegangen. Das ist alles.«

»Genügt ja!« lachte Otrepjew, lief zum Schanktisch, füllte zwei Becher, reichte einen Schuiskij und stieß mit ihm in weitausholendem Schwung auf den großen Durcheinanderwerfer, den Diabolos, an.

Am nächsten Tage leuchteten goldene Zeilen von purpurnen Plakaten, die an den Kirchen hafteten, und Popen oder Beamte lasen von besonderen Handblättern in lauschende Menschenmengen hinab mit lauter Stimme:

»Wir, Zar Boris, aus Gottes Gnaden Selbstherrscher aller Rechtgläubigen, einziger christlicher Monarch auf Erden, dem alle Herrscher als Knechte dienen, wir tuen euch kund:

Wir haben Nachricht erhalten, es lasse sich in Litauen ein gewisser Schelm den Zarewitsch Dimitrij, Fürsten von Uglitsch, nennen, Sohn des hochseligen großen Iwan. Besagter Schelm ist kein anderer als ein entlaufener Mönch namens Grischka Otrepjew, Sohn des Strelitzenhauptmanns Bogdan Otrepjew. Nachdem er im Jahre siebentausendsiebenhundertundelf der erschaffenen Welt im Tschudowkloster die Tonsur erhalten, ging er nach Litauen und fand sich in Gesellschaft eines anderen Mönches namens Michael Powadin im Kloster von Petschora ein. Dort heuchelte er schwere Krankheit, bat den Abt, seine letzte Beichte anzuhören, und beichtete, daß er der Zarewitsch aus Uglitsch sei. Getreue Diener hätten ihn solange verborgen gehalten und aufgezogen. Die Kutte habe er zu seiner Maskierung angelegt, aber nie Profeß getan. Er bat den Abt, seine Beichte, sobald er gestorben, öffentlich kundzutun. Doch alsbald stand er auf, sprach und befand sich besser. Der durch den Schurken getäuschte Abt schrieb an den König von Polen und die Senatoren, worauf der Abtrünnige seine Kutte von sich warf und nach Sandomierz ging, wo er nun öffentlich den Namen des Zarewitsch trägt. Und in der ganzen Sewersk sowohl wie in den polnischen Städten gibt es Narren und Buben, die dem Betrüger Glaubwürdigkeit beimessen. Wir haben seinen Oheim Smirnoj-Otrepjew nach Polen geschickt, daß er ihn dort entlarve. Jow, Unser heiliger Patriarch, hat den Abtrünnigen und alle, so ihm anhängen sollten, exkommuniziert. Sie sind verflucht und mögen sich fürchten und rechtzeitig bekehren! Niemand gaffe der lächerlichen Posse auch nur zu! Der König von Polen, Unser Freund und Bundesgenosse, wird den längst Entlarvten sehr bald vor unser Gericht liefern. Jeder Rechtgläubige und Getreue zeige Uns die Verräter an, die imstande und verdächtig scheinen, dem Märchen von der Errettung des vor zwanzig Jahren bei der Uglitscher Feuersbrunst kläglich verunglückten und alldort bestatteten Zarewitsch Ohr und Lippe, ja auch nur einen Gedanken zu leihen. Friede mit euch! Boris, der Zar.«

So scholl die Kunde auch vor der Wassilij-Kathedrale, und Stille folgte ihr. Ein knebelbärtiger Fremdling inmitten der lauschenden Menge vor dieser steingewordenen Flammenbrunst ›Zu Marias Schutz und Fürbitte‹ schrie hutschwenkend auf: »Lang lebe der Zar!«, und allerlei Leute lärmten gehorsam mit. Dann schritt er seinem Schlitten zu, fuhr über die Weite des Roten Platzes davon und strahlte in sich hinein: Kann Lächerlichkeit töten, dann töte sie jetzt, hier im Kreml und dort im Lubliner Reichstag! Armer Smirnoj-Otrepjew ... Doch jetzt – zur Schwelle der erlauchten Romanows! Wassilij, ich schaff' sie dir vom Hals, die gefährliche Konkurrenz. Bereiten sie dir wirklich eine Grube? Meinethalben! Wir beide, wir brauchen uns noch, wir hübschen zwei. Will's der Himmel, so stürzen sie selber hinein.

Das Kontor des schreibkundigen Hausmeisters und Kanzlers der Romanows war vom dicken Schneefall draußen in

Düsternis gehüllt. Dort saßen sie, Otrepjew und der Ratsherr, und Otrepjew zog vor dem kränklichen Mann mit den zitternden Händen die Summe ihres gedämpften Gesprächs:
»Du weißt nun, Brüderchen, was in Polen gefällig. Auch dein Herr weiß Bescheid, hat er doch längst Familienrat gehalten. Des Zaren Lauscherlein hat jedes Wörtlein erhascht. Mein Freund Semjon weiß und sieht, worauf Nikita Romanow und Söhne stille Hoffnungen setzen. Ja, ja, sie wittern Morgenluft. Ihr Unwille gegen Zar Boris ist ruchbar worden. Jetzt seid ihr alle dran, du mit. Retten kannst du niemanden mehr, so sei klug und rette dich! Fallen sie, so stoße noch nach! Zum letzten Mal: Nimm diese Päckchen! Verbirg sie im Kornboden! Flugs dann zum Schuiskij gepilgert und angezeigt, diese exotischen Gewürzchen hätten die Romanows für das Gastmahl aufbewahrt, das sie Väterchen Zar, seinem großfürstlichen Bruder und dem Großbojaren selbst in Ehrfurcht ersterbend zu geben gedacht. Wozu der Zar sein Erscheinen schon huldreich zugesagt. Dann bist du Zucker, ein Honigkind, ein Wonnestöpsel, denn Schuiskij rühmt dich dann, und der Zar kann sehr, sehr dankbar sein. Freundchen, entscheide dich!«

Als die Schneewolken draußen vorüber waren und Abendklarheit hereinleuchtete, war des Ratsherrn Seele voll grauer Finsternis, und Schneefall deckte darin die gestorbene Treue zu ...

# IV
# De Profundis

In einem der oberen, flach gewölbten Räume seines Palastes saß am Schachtisch Patriarch Jow mit seinem Freunde Romanow. Abendsonne glühte aus tiefen Nischen in braunbunten Fensterchen. Man nippte aus Zinnbechern, schwieg und spielte. Auf des Patriarchen Brust die Panhagia und an seinen Händen die schweren Ringe funkelten dann und wann auf.

Jenseits des bunten Kachelofens saß ein lesender Mönch, des Kirchenfürsten Adjutant. Er sann über einem Schweinslederfolianten und studierte auf Wunsch des Gebieters den geistlichen Streit der Jossifiten und Uneigennützigen, seufzte ob dem Für und Wider und dachte: Die Uneigennützigen also wünschen die Kirche im Meerestoben der Politik und alles sündigen Erdenstreits – als leuchtende Insel des Heils. Die Jossifiten flechten Kirche und Welt ineinander, Staat und Kirche sind da rechter und linker Arm des einen Christus, des alle Gewalt im Himmel und auf Erden. Doch gewinnt so die arge Welt nicht falsche Verklärung? Verliert die Großkirche sich nicht an der Erde Macht und Pracht? Was tut der Kirche not? Das große Anderssein als die Welt, Läuterung der Frömmigkeit, Heiligung der Sitten und zumal der Mönche und Popen geistliche Zucht. Kirche, das heißt: die Herausgerufene. Zwar des Heilands Gebot an die Seinen, arm zu sein, widerspricht nicht dem heiligen Luxus im Gottesdienst; solche Verschwendung ist zu Gottes Ehre; hat doch der Heiland die ihn verschwenderisch salbende Maria von Bethanien gesegnet; aber der Geistliche selbst soll arm sein. Vater Jow lebt in Luxus.

Der Mönch musterte den Kachelofen mit den farbig glasierten Ornamenten, das kostbare Schnitzwerk an Bänken und Stühlen, die an den Wänden standen, die schönen Simse voller Silbergerät, die goldgedruckte Ledertapete über dem braunen Paneel, die bunte Deckenwölbung, die aus der Mitte nach den vier Ecken hin Bogenkanten niederließ, zwischen denen prächtige Blattornamente die Wölbungsteile bedeckten, die flachgerundete Intarsientür, das blanke Parkett um den persischen Teppich, die teuren Folianten über der schwerbeschlagenen Truhe. Er schritt leise hinüber, nahm nacheinander einige Werke zur Hand, blätterte und bewunderte die farbigen Miniaturen, die Initialen und Kolonnen der Handschriften und Inkunabeln, das Pflanzenbuch voller Spruchweisheit und das Kräuterbuch für den Arzt, den hochberühmten ›Smaragd‹. Gar einen Band weltlicher Heldengesänge fand er und Lieder, wie das Volk sie singt. Das ›Stufenbuch‹ mit den Geschlechtern der Zaren und ihren reichsmehrenden Taten stand da, und des Fürsten Kurbskij ›Geschichte der Großfürsten von Moskau‹. Auch ein Wiegendruck: die Fabel von der Einnahme Kasans. Dort das Hohelied vom belagerten Pskow. Ach, die wunderschönen Verzierungen! Ach, Schönheit macht das Erdenleben allzu verführerisch! Lenkt sie vom Himmel ab? Spiegelt sie ihn wider und zieht sie hinan?

Vom Kreml her summte dunkler Glockenton. Wie lange schon? Da weckte die Glocke Schwestern auf, hell weinende und schwarz zürnende, bald fern, bald nah, als kämen Engelchöre über der Stadt zu sich aus Traum und Meditation. Der Patriarch stand verwundert auf, trat ans Fenster, öffnete und ließ den Blick über die zwischen Wäldchen und Feldchen gehäuften und zerstreuten Stadtteile, Dächerweiten und Klöster und zahllose Zwiebeltürmchen schweifen. Moskau schien sich, auf dem Grund eines Klangmeeres schimmernd, in lauter Klang zu lösen und zu dehnen – bis in die offene Ferne, in der sich die Randsiedlungen verloren.

Doch nicht das Engelsläuten? fragte er sich, schloß und setzte sich wieder. Zerstreut spielte er weiter. Auch der Kontrahent war nicht bei der Sache, lehnte sich endlich zurück und begann:

»Vater Jow, du bist mein Pate ...«

»Nun, Fjodor?«

»Du weißt, ich halte nicht viel von der Erleuchtung unserer Fallsüchtigen, Trunkenen und Blöden. Du sagst vielleicht, ich sei kein rechter, frommer Russe mehr, und es stehe geschrieben: Was töricht vor der Welt, das hat Gott erwählt, und das Niedriggeborene und Verachtete, daß er die Weisen beschäme, und seine Kraft ist in den Schwachen mächtig, und das Heilige kommt in Knechtsgestalt und so ...«

Jow blickte ihn forschend an. Der junge Romanow berichtete, was ihm vor der Erzengelkathedrale begegnet. Die allverehrte Idiotin, die ekstatische Jelena, habe da wieder zwischen Armen, Krüppeln und Trotteln an der Pforte gehockt, und als er ihr, der sich Hin-und-her-Wiegenden, sein Almosen gespendet, habe sie jäh an ihm hinaufgestarrt, sich aufjauchzend in den Schnee geworfen und seine Stiefel umarmt und geküßt. Ihrem Gestammel sei zu entnehmen gewesen, daß sie ihn für einen Erzbischof angeschaut. Kurz, er frage, ob auch das Prophezeiung sei.

»Das wolle Gott verhüten!« erwiderte der Patriarch, »denn es würde bedeuten, daß du zuvor Witwer wirst. Wer wird Mönch, solange seine Ehe besteht, wer rückt in die Hierarchie auf, ohne Mönch zu sein? Getrost, du wirst kein Erzbischof. Wer weiß, was Jelena gestammelt.«

»Aber«, rief Fjodor Romanow, »sie hat weitergeplärrt, so daß sich alles Volk bekreuzigte: O Mischa, junger Mischa, o

Mischa, mein Zar! – Wer heißt nun Mischa? Mein Sohn heißt so. Wie denn: Ich – Erzbischof, mein Michael – Zar? Und meine Marfa – tot? Oder – gleich mir ins Kloster gesteckt? Auch solches ist schon vorgekommen. Ich bitte dich um deinen Segen.«

Jows Segenshand drückte ihm die vier Enden des Kreuzeszeichens auf Stirn und Brust und beide Schultern.

Inzwischen hatte der Mönch auf den Wink eines in der Tür erscheinenden Bruders den Raum verlassen. Beide empfingen draußen an breiter Stiege einen sehr jungen Bojaren, der in schnurbesetztem Kaftan heraufeilte, und verneigten sich. Er fuhr zwischen ihnen durch, und ehe man ihn melden konnte, stand er vor dem Patriarchen. Der erhob sich und blickte ihn voll banger Ahnung an: »Nun, Basmanow?«

Basmanow nickte ernst: »Tot.«

»Der Herzog?«

Der Bojar bejahte und fuhr fort: Der Zar sei diesmal noch tiefer erschüttert als beim Heimgang seiner erhabenen Schwester, der Zariza Irina, sei zum Erlösertor gerannt und den Glockenturm hinauf. Jetzt das große Läuten über Moskau, das habe er erregt. Die Zariza bitte Jow, unverzüglich zu kommen.

»Prokopij!« rief der Patriarch, »den Schlitten! Zum Kreml!«

Die Mönche enteilten. Basmanow erklärte, er seinerseits reite zum Großbojaren, daß der die Duma einberufe. Bald rauschte des Patriarchen Schlitten hinter vier Pferden an Basaren, die gerade schlossen, und tief sich verneigenden Passanten vorbei über den Roten Platz zum Erlösertor, und gewaltig dröhnten und bellten jetzt linker Hand die vielen Glocken der Wassilij Blaschennij. Im Kreml am Zarenpalast sprangen Strelitzen herzu und halfen Jow beim Aussteigen. Die schmale Priestergestalt stieg durch die düstere Halle eine breite, teppichbelegte Treppe empor, welche Prunkhellebardiere mit spitzen Phantasiehelmen flankierten. Im Vorsaal erhoben sich Bojaren und verneigten sich vor dem Hindurchschreitenden. Zwei Offiziere geleiteten ihn weiter. Endlich war er am Ziel, in einem der herrscherlichen Wohnräume.

Da stand des Zaren deutscher Leibarzt, da erhob sich Großfürst Semjon und trat auf Jow zu. Semjon schilderte unvermittelt, erregt und tief betroffen, was geschehen. Es sei ein toller Anblick gewesen, die Majestät am Seil auf und nieder schießen zu sehen, empor, als wolle er in den Turm fahren, in die Knie hinab, als wolle er durch die Dielen brechen, eine Verkörperung aufwärtsspringender Wut, niedergeschmetterter Verzweiflung – bis der Rasende endlich zurückgefallen und ohnmächtig liegengeblieben sei. Nun man ihn gebettet habe, sei er zu sich gekommen, aber er antworte niemand, nur seine Augen strömten.

Er gab dem Arzt das Wort, und dieser meinte, in den seit langem erschöpften Körper der Majestät sei nunmehr eine Seelenqual gefahren, die mehr als Schmerz um den lieben Toten sei. Hier sei der Beichtiger zuständig, nicht der Arzt.

Semjon entließ ihn ärgerlich und bot dem Patriarchen Platz an, wanderte in seiner katzenhaft linden Weise umher und trug folgendes vor:

Zar Boris habe für Xenja darum einen Bräutigam im Ausland ausgesucht, damit Fjodor Borissowitsch, dem Thronerben, einst im Schwager kein gefährlicher Mitregierer entstehe. Auch habe Dänemark Bundesgenosse und Gegengewicht gegen Schweden werden sollen. Nunmehr, nach Herzog Johanns Tode, werde sich Xenja entscheiden müssen, ob sie eines neuen Freiers warten oder den Schleier nehmen wolle. Des Zaren Leben scheine mehr und mehr zu verlöschen. Für den Fall seines – hoffentlich nicht zu nahen – Heimgangs sei die Losung: Ja keinen Reichsrat wieder, der Fjodor tyrannisieren, den Unmündigen bedrohen,

Ränke spinnen, Moskau in neue Wirren stürzen könnte. Der Zar habe bestimmt, bis zur Volljährigkeit Fjodors sollten ihm lediglich Semjon, die Zariza und Jow zur Seite stehen. Nun wolle Gott geben, daß der Zar an Leib und Seele noch einmal genese und bleibe, bis dies sein Testament überholt sei.

Jow fragte nach den Ereignissen der letzten Stunde und hörte, Zar, Zariza, Semjon und Fjodor seien bei Xenja gewesen, ihr beten zu helfen für ihres Verlobten Leben, da sei der Arzt ganz fassungslos eingetreten, nachdem ihm der Kranke plötzlich verschieden. Der Zar, einst so ausgeglichen, kühl, beherrscht, sei aufgesprungen, habe dagestanden wie ein Betrunkener, plötzlich den Herrscherstab an sich gerissen und auf den Arzt geschwungen, als habe der den Dänen umgebracht, den Stab dann aber, Iwans gedenkend, wie gelähmt hinter sich fallen lassen, zumal alle aufgeschrien hätten, und Marfa Grigorjewna habe den Gatten umarmt. Der habe sich dann losgerissen und sei zum Erlösertor gerannt. Das andere wisse Jow. Solche Tobsucht häufe sich in letzter Zeit. Erst heute im Rat, als man vom Schwindler in Polen gesprochen, habe der Zar Schuiskij angefallen und geschrien: ›Du hast ihn in Uglitsch eingescharrt, du Hund! Schwöre mir tausend Eide, daß das Luder verfault ist! Aber was sind schon Bojareneide! Dich reiß' ich mit glühenden Zangen, du Schurke, daß es Iwan im Grab durch die Nerven rieselt, wenn du dich hast betrügen lassen und Dimitrij lebt! Du denkst wohl, du hast noch deine Rechnung mit mir, Satan?‹ – So der Zar. Er, Semjon, habe den Bruder kaum besänftigen können. Kurzum, Schuiskij und die Romanows konspirierten miteinander, zugleich verdächtige Schuiskij Romanow und dieser ihn. Das sei noch ein Glück. So sei des Romanows Giftmordplan, dem der Zar und des Zaren Bruder samt Schuiskij hätten zum Opfer fallen sollen, ans Tageslicht gekommen.

Entsetzt trat nun Jow, unfähig, das zu fassen, für die Romanows ein und rief: »Semjon, beargwöhne einmal deinen ununterbrochenen Argwohn! Schuiskij lügt!«

Der andere lächelte ruhig: »Diesmal lügt er nicht. Nicht von Schuiskij ging es aus. Der Ratsherr der Romanows machte die Anzeige, er!«

»Wie, wenn Schuiskij ihn gekauft?«

»Du bist ja selbst des Argwohns voll. Doch das Gegenteil steht fest: Der Ratsherr tat's von sich aus und suchte Schuiskij auf in seines Gewissens Angst und Not. Kurz, ich lasse Haussuchung halten.«

»Wann?«

»Eben jetzt.«

»Ist Nikita Romanow in Haft?«

»Keineswegs. Er wird die Haussuchung für ergebnislos halten und dreist in der Duma erscheinen.«

Der Patriarch gedachte seines Paten Fjodor Nikitowitsch und stöhnte. Großfürst Semjon bat ihn, sich zu fassen und kein Wort davon vor dem Kranken zu verlieren. Jow möge nun aber gehen und einer kranken Seele beistehen. Sie blieben wohl am besten ohne Zeugen.

Bleich und dann und wann den Schritt einhaltend, ging der Priester langsam davon. Semjons Augen blinkten ihm verschleiert nach.

Jow saß an seines Zaren Bett. Dessen Gesicht war gedunsen, und auch die dicken Hände verrieten den Herzkranken. Der Zar richtete sich auf, klagte über Atemnot und begehrte in den Sessel. Jow und der alte Diener im Urväterbart stützten ihn, als er die paar Schritte zum Sessel tat. Matt lag er dann darin mit geschlossenen Augen. Jow hieß den Diener gehen und setzte sich Boris gegenüber. Hinter ihm stand ein hoher, siebenarmiger Leuchter, nachgebildet dem im Jerusalemer Tempel. Dessen Flämmchen vergoldeten die Dämmerung. Das Gesicht des Kranken war beleuchtet, das Jows im Schatten. Tröstlich sprach der Priester, und kläglich begann der Leidende:

»Wenn ich sterbe, Jow, steckst du mir den Himmelspaß zu; das tust du, hörst du? Du schreibst in den Paß, daß ich als rechter griechischer Christ gelebt und Sakrament und alles Heil empfangen, und den zeig' ich vor ... Und jetzt muß ich beichten ...«

Nun kam es Welle um Welle aus ihm wie endlose Klage, wie tränentrunkener Gesang:

»Wie wird es Fjodor ergehen? Ach, als der fromme Fjodor Iwanowitsch starb, mußte ich mich über ihn neigen, und er flüsterte, immer noch lächelnd: ›Lege deine Hände auf diese heiligen Reliquien, Regent des rechtgläubigen Volkes! Beherrsche es mit Weisheit! Du wirst das Ziel deiner Wünsche erreichen, aber erfahren, daß auf dieser Erde alles Eitelkeit und Täuschung ist.‹ Da weinten die Bojaren ringsum, und die nicht weinen konnten, netzten heimlich die Augen mit Speichel, ja. Jetzt aber stirbt ein Allverhaßter ... Schrecklich, in Gottes Hand zu fallen! Er ist ein fressend Feuer. In seinen Segnungen war viel Fluch, Gnade war wie Zorn, mein Glück Verführung und Falle. Dann Schlag auf Schlag. Nun sinke ich in den Grund. Der Gott, der es auch im Satan treibt, schlägt das Land, ach, um meinetwillen. Sein Zorn kreist mich ein – in den bösen Seelen. Er hetzt und hetzt die Großen wider mich. Soviel Geblüt, das sich auf Rjurik zurückführt. Mißernten, Bauernflucht, Pest, Hunger und dumpfes Brodeln unter Rußlands heiliger Erde ...«

Jow schalt, die Majestät habe so oft die allergewisseste Absolution erhalten, sei gerade als Gottes Gezüchtigter Gottes Geliebter, und solcher Rückfall in Verzweiflung sei Undank und Lästerung der Gnade, die sich am Kreuz verblutet habe und vom Kelch des Heils so oft in ihn übergeströmt sei, ihn auch in seinen Herrschertaten gesegnet habe. Nur eins entschuldige diese Glaubensschwäche, nämlich, daß über ihn, den durch Arbeit Erschöpften, der Dämon der Schwermut geraten.

Der Zar wies ihn als falschen Tröster ab. Gott kenne ihn besser. Doch ja, Schwermut! Er sei Saul, der Verworfene.

»Um meinetwillen«, klagte er, »ging nach Irina nun auch Johann dahin, Xenjas Glück. Er war mir lieb, mein Bruder Jonathan, ich habe große Freude und Wonne an ihm gehabt. Ach, sooft ich ihn empfing, lugte Xenja durch das Gitter dort und belauschte uns beglückt! Nun, nach seiner Heimfahrt, kommt über uns alle, über ganz Rußland die große Heimsuchung – vom Westen her – um meinetwillen ...«

Jow erwog Exorzismen, beschloß jedoch, vorerst nur zu lauschen und der priesterliche Kanal zu sein, durch den der Jammer abfließen könne, neigte Haupt und Ohr und vernahm bekannte Dinge:

»Ihr Himmlischen, den überstrengen Iwan verehrten sie, den soviel milderen Godunow bespien sie, bis er den Schrecklichen nachzuäffen begann. Sie wollten's nicht anders. Allein – dadurch wurde er kein Rjurik, kein mit Schaudern Verehrter. Hundertundfünfzig lüsterne, neidische, giftige Altsippen im Reich, dazwischen ich, der Halbtatar! Sie wollen ihre Freiheit in einem ohnmächtigen Reich, das dann Schweden, Polen und Tataren offenstünde. Der dritte Iwan züchtigte sie mit Peitschen, der vierte mit Skorpionen, womit soll nun ich noch ... Ach, ach! Semjon ist mein Zorn, lauert und überfällt, reißt und richtet – und häuft und häuft der Verstockten Haß auf mich. Hab' ich die Bauern an die Scholle gefesselt? Ja, ja. Doch selbst ihre Herren verwünschen mich, und die Kosakenmacht schwillt vom Zustrom der Schweifenden und schattet herüber. Sie erwarten den Wundermann, den Auferstandenen, den Rächer! Lieber Jow, laß doch die Jahre an dir vorüberziehn! Moskau brannte ab. Wie dankte es mir die Hilfe, die ausgeschütteten Schätze, den Wiederaufbau? – Wen soll ich nicht alles vergiftet haben? Zuerst den großen Iwan, dann den frommen Fjodor und sein Weib, das mein Schwesterchen war, und zuvor noch ihr Töchterchen, und jetzt gewiß auch den Dänen ... Moskau erhob ich zum Patriarchat, dich zum Patriarchen. Warum? Weil du mein Spießgeselle bist, was sonst? Ich habe dem Reich das schwedische Karelien erobert – das zählt nicht. Ich habe die Reiterheere der Krimtataren von den Mauern Moskaus bis an ihr Meer zum Teufel gejagt, doch das war abgekartetes Spiel zwischen mir und dem Khan. Und so fort, ach, und so fort ...«

Jow schüttelte das Haupt: Gerade vor so viel Bosheit leuchte des Zaren Majestät wie der Sterne Reinheit in der Nacht. Doch qualvoll lachte Boris auf:

»Reinheit? Ich bin auf Gottes Tafeln gelöscht um jener einen Sünde willen – vor zwanzig Jahren. Um jener einen? Nie war ich rein. Immer rief ich: Das Reich, das Reich! und meinte zuerst doch wohl mich, mein Haus, mein Geblüt. Bin immer noch voll Lüge, Jow. Sage nicht: Du bist ein Mensch! Nein, ich bin der Unmensch! Denn ein Verfluchter ist kein Mensch mehr. Ich bin ein Wurm – seit damals! Dimitrij Iwanowitsch ... Uglitsch ... Vertilgung einer ganzen Stadt ... Dreißigtausend Uglitscher nach Sibirien ... Seither bin ich Saul. Mich tröstet kein harfender David mehr. Aber der rächende David zieht herauf.«

Jow zürnte: »Der Teufelsbraten! Du tatest das Notwendige damals! Du empfingst göttlichen Freispruch im Sakrament und die Krone zugleich. Laß den Kleinen ruhn!«

»Ich lass' ihn ja, aber er läßt mich nicht! Er kommt! Er raunt mir Tag und Nacht zu, daß Absolution aus dem Munde Jows nicht gelte. Jow sei meine Kreatur. Meine Reue gelte nicht, denn ich genösse ja meinen Raub und verteidigte ihn immer noch bei Tag und Nacht und mit Blutvergießen. Mein Richten sei Morden, wie Iwans Morden ein Richten gewesen sei. Meine Sorge um das Reich sei der Schwindelornat um meines Herzens Argheit. Mein Herz verwese in mir. So raunt er. Rede nicht, Jow, ich weiß ihm zu antworten, so gut wie du! Ich strecke es zum Himmel empor, was für mich sprechen und zeugen soll, doch kein Echo droben als leises Gelächter.«

Welche Worte er dem kleinen Verkläger gebe?

»Haha, ich sage ihm alles, wie's war, rechne ihm vor. Sieh, sag' ich, nach des Gestrengen Tod trat dem frommen Toren Fjodor laut Testament jener Erlesene Kronrat zur Seite, Mstislawskij, Nikita Romanow, Iwan Schuiskij, Bogdan Bjelskij, der Schuft, die Führung an sich zu reißen. Bjelskijs Plan war der, sich hinter Marfa Fjodorowna zu stecken, das letzte Weib und die einzige Witwe Iwans, und sich mit ihr und ihren Nagois dazu zu verschwören, Marfas nachgeborenen Säugling zum Großfürsten auszurufen an Fjodors Statt, um dann als Vormund des Kindes zu herrschen, als ein ›Regent Bjelskij‹, das heißt, zu wüten, mich zu entmachten, mich und mein Haus im Kerker zu erwürgen! Denn das war klar, daß mein Gewicht in jener Gewalt lag, die ich durch die Schwester über meinen Schwager, den Zaren, hatte. Ja, der Zar war nasser Ton auf meiner Töpferscheibe. Sieh, klage ich dem Verkläger, sollte ich mein und meines Hauses Verderben erwarten, sollte ich abtreten für den rohen Prahlhans Bjelskij? Hätte ich dich nicht um des Reiches willen schon damals wie eine blindgeborene Katze ersäufen sollen? Doch siehe, so sag' ich, ich tat's nicht, tat's nicht, verbannte nur Marfa und dich nach Uglitsch, ließ sie dort Hof führen, wie es ihr zukam, ihre Nagois wanderten mit, ich aber herrschte fromm, weise und ungekrönt über Irina, Zar und Reich und diente so treu im Herrschen, daß mir der Ruhmestitel ›Der Diener‹ und ›Naher Großbojar‹ wurde – merke dir das, kleiner Dimitrij, du Frosch! Lachst du und sagst, den Titel hätte ich mir selber besorgt? Ich kann dir beweisen, daß er mir zukam. Doch neue Parteiungen überwucherten mich und des

Reiches Frieden. Jetzt steckten sich der Mstislawskij und der Schuiskij hinter die Wirtschaftsgewaltigen Moskaus, verkrochen sich hinter die großen Geldsäcke, und die Kaufmannschaft, diese Rotte Korah, beschwor den Zaren, mein Schwesterchen, die unfruchtbare Zariza, zu verstoßen und Mstislawskijs Schwester ins Ehebett und auf den Thron zu heben. Und hätte ich damals nicht dich, Jow, mein Freund, und deine Autorität gewonnen, ich wäre der neuen Gefahr nicht Herr geworden. Fast wäre ich damals mit Irina gestürzt. Nun aber focht ich mit der Gegner Waffen, ließ vor der Duma den bestochenen Kanzler der Schuiskijs erscheinen, und dieser klagte sie der Verschwörung gegen des Zaren Ehe und gegen den ›Nahen Großbojaren‹, den Retter des Vaterlandes, an, klagte auf Verrat am Gottesfrieden des Reiches. Da wanderten die schuldigen Schuiskijs ihrerseits in die Kerker, in ihre Erdrosselungsqual, viele, ziemlich viele, so wie man's den Godunows zugedacht – den Mstislawskij hab' ich noch gnädig verbannt –, und das Reich hatte Ruhe, du aber, Jow, du wurdest Patriarch. Doch neue Not erhob sich. Irina gebar, o Wunder! Doch das Kind – starb, und Fjodor kümmerte dahin und schwand von Monat zu Monat. Ha, sag' ich zum kleinen Verkläger, da schoben wieder die Nagois dich, den Windelvergolder von Uglitsch, nach vorn – als Throneserben. Immer noch tat ich dir nichts zuleide, Balg du! Und Fjodor starb, und ich tat dir noch immer nichts, sondern Irina wurde Erbin des Thrones, und den neuen Kronrat, der ihr zur Seite trat, führte ich. Gut, doch wie lange? Gib Antwort! Du weißt, das alte Spiel begann von vorn. Ratsmitglied Romanow machte sich an deine Oheime, die Nagois, heran, wurde zum Freier um Marfas, deiner Mutter, Hand. Was wußtest damals du davon, du Torf? Und schon fühlte er sich als Regent. Ach, wie das Treiben meine Schwester ängstigte und zermürbte, die Zarte! Sie entwich ins Kloster, und ich – noch immer, noch immer tat ich dir nichts zuleide. Doch Irina begann zu kränkeln – natürlich an meinem Gift, so lästerten die Idioten. Jetzt stand ich wirklich vorm Abgrund, jetzt endlich war's soweit, jetzt endlich, endlich geschah's. Ich mochte, ich konnte nicht mehr, war es satt, war schlaflos und schlafsüchtig, und du fielst, ein Opfer für Rußland und meine Ruhe. Ich mochte nicht mehr, ich mochte nicht mehr. Verklage die großen Geschlechter, Kaulquappe, nicht mich! Selbst das Brüderpaar Schuiskij, dieser mich hassende Rest aus ihres Hauses Untergang, gestand mir später feierlich zu, ich hätte recht gehandelt. Wassilij Schuiskij führte die Uglitscher Kommission, leugnete dort den Mord ab und mußte Uglitsch leider, als es über die Leute des Zaren herfiel, vertilgen. So arg hatte es mein Befehl nicht gemeint. Doch er schonte niemand, denn das sollte der Ausweis seiner zürnenden Treue sein – mir gegenüber. So lege dich schlafen, mach deine Windeln voll und laß mich ruhn! Was ziehst du jetzt vom Westen herauf? Und lügst du gar, du seist der Mund des Verklägers und Richters droben, so schrei ich diesen statt deiner an und frage: Wieso verlangst du, Schöpfer und Durchhalter einer so satanischen Welt, von herrschenden Männern und Handhabern der Macht, die mit der Unterwelt ringen, sie sollten Heilige und reines Herzens sein? Sind wir Anachoreten? Gib Antwort, so du kannst! Hast du aber besondere Vergebung und Gnade für uns Herrscher bereit, so geize nicht! Her damit! – Siehst du, Jow, so gebe ich's ihm. Doch ach, es hilft nicht, es hilft nicht ...«

Jow verwies abermals auf das Lamm, das der Welt und zumal ihrer Herren Sünde trage. Nicht Reinheit, doch Demut verlange es und Annahme des in stellvertretender Sühne strömenden göttlichen Bluts. Lieber auf das Lamm Gottes hin Sünde wagen für das Reich, auf daß das Lamm nicht umsonst geopfert sei, und in Zerknirschung getrost sein, als rein bleiben wollen ohne wagende, wenn auch notwendig sündige Tat, da die eigentliche Sünde mangelnde Demut vorm Lamm sei, Unterschätzung und Verwerfung seiner Allvergebungsgewalt, das Verlangen nach Selbstrechtfertigung aus eigener Güte und eigener Tugend.

»Mein lieber Sohn Boris«, sagte er, »Christus starb nicht für nichts und umsonst, nicht für die anmaßende Torheit bequemen Gewissens, er starb für große, starke, blutbesudelte Sünder, ja.«

Da rief sein Beichtkind: »Das mag in deinem Munde Wahrheit sein, Jow, in meinem Herzen wird es zu Erschleichnis und Raub, zum Freibrief für eigene Argheit, zu Lüge wird's! Gott redet anders zu mir. Denn die Funken von Uglitsch damals flogen nach Moskau herüber, und Moskau brannte als Lohe meines Gerichts! Haha, erst freute ich mich dieser Feuersbrunst, dachte ich doch, sie lenke die Herzen von Uglitsch ab. So dachte ich, doch der Himmel meinte es anders. Die Abgebrannten nahmen es als Offenbarung des göttlichen Zorns, des Gerichts über mich, den Henker von Uglitsch. Ja, so greuelten sie, ich hätte Moskau selber angesteckt, um von den Uglitscher Greueln abzulenken, und man dankte mir den Platzregen meiner Wohltaten, der über die Abgebrannten fiel, so schlecht! Und die Tataren erschienen sengend und würgend vor der kaum wiedererstandenen, schöneren Stadt, und auch das fiel auf mich, als hätte ich sie gerufen, und meine Siege wuschen mich nicht rein, und so ging es fort und fort. Ach, du weißt ja alles, Jow, alles.«

Jow griff nochmals zur Strenge: »Auch dies, Boris, weiß ich: Daß du den Feind in dir hast, in dir allein! Gott gab dir Sieg über Sieg, du achtest es nicht. Er schuf dir Unglück und Ängste, du verstehst ihn nicht. Er rückt dir Christi Kreuz vor, du trommelst mit Fäusten dagegen. Was soll er mit dir noch beginnen? Doch klage weiter, klage, klage dich müde! Groß ist Gottes Geduld und lang seine Zeit.«

Und der Wehleidige kam mit selbstquälerischer Lust auf

das herrliche Schaustück zu sprechen, welches sie beide in entscheidender Stunde in Szene gesetzt, natürlich im hoffenden Aufblick zum sündentilgenden Lamm. Noch habe Irina im Kloster geatmet, noch der kaum zweijährige Prinz in Uglitsch seine Spiele gespielt, da hätten sie die Rollen und jedes Stichwort zum großen Mummenschanz sauber verteilt gehabt. Bojarenschaft und Geistlichkeit und Volksmassen hätten Irinas Klosterpforte belagert und die Novizin beschworen, zum Thron zurückzukehren, doch sie sei fest geblieben. Bojaren hätten das Volk zur Rednerestrade auf den Roten Platz gerufen, um eine zarenlose Vielfürstenherrschaft zu proklamieren, haha, und das sei von ihm und Jow ja eingeplant gewesen, so gut wie des Pöbels antwortendes Wut- und Angstgeschrei, das da rief: Lieber *einen* Tyrannen, der euch schrecklicher züchtigt als Iwan der Schreckliche, denn hundert Tyrannen, die einander und uns alle fressen, bis daß der Feind hereinstürmt von Nord, West und Süd! Boris sei Zar, Boris sei Zar! – Da sei denn Jow zum Samuel geworden und habe Volkes Stimme Gottes Stimme genannt und die Reichsversammlung der Vierhundertvierundsiebzig berufen. Und diese habe tumultuarisch geechot: Boris sei Zar, Boris sei Zar! Und die mit den sagenumdüsterten Namen hätten daran glauben müssen, daß des Halbtataren Sonnenaufgang all ihre Sternhaufen auslöschen ließ. Zu viel, viel Tausenden sei alles Volk mit Kirchenbannern und -bildern singend dahergezogen, Jow voran, und die Bürger hätten geflennt, haha, voran auch die Gewitzigsten unter den Edelleuten, also daß der Schnee von den Tränen geschmolzen sei; die Mütter hätten gejammert und ihre Kinder hochgestreckt, die armen Würmer, doch der edle Boris habe sich beharrlich geweigert, die Krone anzunehmen, und dann –! Kinderprozessionen, die engelweiß durch die Menge gezogen seien, und Wunderwirkungen der berühmten Bilder und endlich, endlich sei er an der Hand Jows mit Irina vor dem Palast erschienen, weißseidenstrahlend wie die Unschuld, und habe das selig aufbrüllende Volk unter wirklichen Tränenströmen gegrüßt. Doch inzwischen sei ja das Opfer in Uglitsch gefallen; Jow also habe seinen neuen Zaren mit blutdurchflossenem Öl gesalbt. Von diesem Tage an sei überhaupt nichts mehr gelungen, gar nichts, und krank zum Tode sei sein Herz. »So krank«, rief Boris, »so krank! Ah, dieses Herz, es heult –«

Und damit sprang er auf, stürzte zur Ikonenecke hinüber, brach an dem schweren Kniepult zusammen, krümmte und streckte sich, krümmte und streckte sich – mit Schlägen an die Brust – und winselte: »Deine Pfeile stecken in mir, und deine Hand drückt mich nieder! Es ist nichts Gesundes an meinem Leibe vor deinem Drohen, und ist kein Friede in meinen Gebeinen vor meiner Sünde, denn meine Sünden gehen über mein Haupt, wie eine schwere Last sind sie mir zu schwer geworden! Meine Wunden stinken und eitern von meiner Torheit! Ich gehe krumm und sehr gebückt, den ganzen Tag gehe ich traurig, ich heule vor Unruhe meines Herzens –« Hier brach er in sich ein, rollte seitlich zu Boden und blieb rücklings mit offenen Armen, offenem Munde, ohne Bewußtsein und röchelnd liegen.

Er lag in tiefer Nacht, und dunkle Nacht bedeckte den aus grauem Schneelicht zu ungestirnten Höhen aufdämmernden Kreml.

Das Dunkel füllte auch einen anderen Raum im Palast, bis da der leise eintretende wirrbärtige Alte das Licht flackernder Kerzen auf silbernem Leuchter hereintrug. Er stellte ihn auf den Wandtisch und gewahrte, vom Licht noch erst geblendet, die Zariza Marfa Grigorjewna beim Fenster aufrecht sitzen, dann auch den Arzt, der vor der Heiligenecke ihr gegenüberstand. Leise, wie er gekommen, wollte er gehen, doch sie fragte ihn nach Xenja und dem Zarewitsch. Er gab Bescheid, Xenja liege und lese in heiligen Büchern, der

Zarewitsch sitze mitleidvoll dabei. Die Zariza schwieg. Er wartete. »Troll dich!« murrte sie dann, und er trollte sich. Auf seinem Weg durch den spärlich erleuchteten Flur bekreuzigte er sich: Was du für eine Mutter bist! Trösten kannst du nicht, weder Tochter noch Gatten noch Sohn. Steif und hölzern dahocken mit diesen vorquellenden Zigeuneraugen unter der immer wie zornig niedergezogenen rechten und der wie drohend gehobenen linken Braue, mit der Hakennase über dem Männermund und dem Heldenkinn, oje, die rechte Tochter Maljuta Skuratows, des großen Henkers Iwans, des sagenumraunten Helden. Wem grollst du nicht? Jetzt grollst du, daß die Seelchen hier sich härmen. Du schiltst sie ja wohl weichlich. Du hast noch nie geweint und hassest Tränen, wer sie auch weine, du kannst nicht lieben durch Gottes Zorn, weder meinen Zaren noch meine Xenja noch den guten Fjodor Borissowitsch. Was brütest du? Gott sei diesem Hause und Mütterchen Rußland gnädig und barmherzig!

»Du brummelst, Väterchen. Was ist's?« lachte in leisem Baß der wachestehende Hellebardier, an dem er vorüberging.

»Habe ich gebrummelt? Man wird steinalt, da brummelt man, und hier ist viel Kummer.«

Da drinnen erfuhr die Zariza vom Arzt, der Zar bestehe darauf, daß die für diese Nacht einberufene Duma nicht abbestellt werde, sondern die Trauernachricht sowie die Weisungen für die Feierlichkeiten entgegennehme; sie erfuhr, daß der Zar trotz seiner Schwäche präsidieren werde und – ja, daß der Großfürst Semjon und der Patriarch mit dem Großbojaren jetzt ein weiteres berieten. Was, das wisse er natürlich nicht, doch er fürchte, es könne zu einer alles andere als feierlichen Duma geraten, denn das Gespräch verlaufe erregt. Marfa Grigorjewna erhob sich und sagte dumpf: »Auch ich falle ins Gewicht. Nichts übrigens erfrischt den Zaren so wie ein guter Ingrimm. Der spottet deiner Mixturen, Arzt. Geh!«

Er verbeugte sich und gehorchte, sie aber in ihrem faltenreichen, brokatenen Gewand voller Litzen und dem vom Granat schimmernden Kopfschmuck rauschte an ihm vorüber und durch den Flur den Gemächern des Zaren zu. Der Arzt dachte: Nun stürze noch dein Öl darein! Du gießest es nicht in grobe See, sondern in Flammen. Wär ich hier endlich weit weg, zum Teufel!

Die Nacht schritt voran, die Duma versammelte sich.

Vielflammige Kronleuchter hingen aus den hohen Wölbungen in den langen Saal. Dessen steile, schlanke Fenster links und rechts, von innen düster, glühten durch tausend Farbglasrhomben in die Nacht hinaus und schütteten Licht auf eine Galerie, die den Saal im Freien umlief. Auf dieser standen Mann an Mann, mit Arkebusen und Säbeln, Hellebarden und Spießen bewehrt, rotberockte Strelitzen, und die Rücken waren dem Außengeländer zugekehrt. Sonderbares Kommando, das die Duma in ihre Gewalt gab! Sie wunderten sich. Zwei ihrer Hauptleute standen vor dem Saaleingang vorn und brummten sich dann und wann etwas zu, wenn da unten der eine oder andere Aristokrat vom Pferde stieg, ins Fackellicht vor der Freitreppe eintauchte und würdig emporgestiegen kam, jeder lang und prächtig gewandet und unter der steilen schwarzen Mütze ein Riese. Sie tauschten jeweils die Namen der Ankömmlinge aus und ließen sie kritischen Blicks passieren. Die dann schraken wohl jedesmal auf – beim Innewerden der Strelitzen. Jetzt kam der Großbojar herauf. Wer folgte ihm? Sein Schreiber? Sein Protokollführer wohl. Sie ließen Schuiskij und – Otrepjew passieren. Otrepjew hatte eine Glatze, war bartlos und bebrillt dazu.

So füllten sich im Saal die langen Wandbänke unter den Fenstern und an der Portalseite. Wo man in der Kirche das

Allerheiligste suchen würde, da funkelte hier der Thronbau, und Otrepjew, der hinter Schuiskij durch des Saales Mitte auf den Thron zuschritt, sah ihn zum ersten Mal. Das gefächerte, helmartig aufschwingende Zierdach auf vier gewundenen Säulen schwebte über einem goldenen Sessel. Schuiskij wies Otrepjew seinen Platz am Tisch der Schreiber an und kehrte zum Empfang des Zaren an die Pforte zurück. Otrepjew saß und beäugte des Thronbaues Pracht. An den vorderen Säulen hafteten vergoldete Doppeladler. Silberne Löwen saßen hochgereckt vor den Sockeln. Silberne Greifen trugen den purpurnen Polstersitz, hinter dessen Lehne im Gehäus eine Brokatwand die mannigfachen zarischen Wappen wies. Trauben aus Perlen und Edelgestein hingen als Baldachinfransen rings vom Dachrand schwer herab und funkelten, und auf des Daches Spitze glühte das griechische Kreuz. Otrepjew ließ die Augen über die Bojaren wandern, die wie steife Mosaikapostel längs der Wände thronten, um zwei Stufen über des Saales Mittelrechteck erhöht. Da – der Telepnew, und da – Obolenskij, lächelte er, dort Taschtischew, Schachowskoj, Scheremetjew, dort Wjesenskij, und der, und der, und der.

Kommandorufe kündigten draußen endlich den Zaren an. Schuiskij stand zum Empfang bereit. Der Zug nahte majestätisch aus dem Dunkel der Nacht zwischen Fackelträgern. Durch das Gardespalier auf der Freitreppe stiegen dem Zaren zwei Paare voran, gekleidet in weiße Seidenmäntel und Hermelin – wie Engel. Sie trugen langgestielte, silberne Äxte auf den Schultern und weiße, hohe Fellmützen auf den bartlos jugendlichen Köpfen. Der gleichfalls weißgekleidete Herrscher wurde von zwei seiner Edlen feierlich unter den Armen gestützt. Ihm folgten der Patriarch und hohe Geistlichkeit, danach Semjon allein und danach weiteres Gefolge. Garde machte den Schluß. Schuiskij verneigte sich tief vor der Majestät. Dann schritt er, ganz düstere Würde, wennschon etwas bucklig, durch das weitoffene Portal voran. Drinnen neigten in Todesstille rings die stehenden Bojaren die hochbehuteten Zeusköpfe über auf der Brust gekreuzten Händen. Als Boris den Thron bestieg, erstarrten links und rechts davon die beiden engelgleichen Liktorenpaare in auf den Saal zuschreitender und die Äxte schwingender Bewegung, erstarrten und verharrten so. Hinter ihnen zur Rechten des Thrones nahmen Jow und seine Kleriker Aufstellung, zur Linken der Großbojar mit dem Reichsschwert und die anderen Erlesenen. Semjon Godunow mit einigen seiner Beamten und Offiziere blieb in des Saales Mitte zurück und blickte vor sich nieder. Als der Zar sich nach allen Seiten verneigt und sich niedergelassen, rauschte es rings vom Brokat und der Seide der sich niedersetzenden Edlen. Otrepjew tauchte seine Feder ins Fäßchen.

Endlich schritt Semjon lautlos vor, legte sich geschmeidig vor dem Thron nieder, erhob sich, wandte sich um und begann mit leiser Stimme:

Im Namen der Majestät! Es habe dem allmächtigen Herrn über Leben und Tod gefallen, Seine Königliche Hoheit Herzog Johann, des Dänenkönigs leiblichen Bruder, abzurufen von dieser Welt der Sünden und Tränen. Allrußland möge nun die fromme Seele dem göttlichen Erbarmen befehlen und um des Himmels Trost beten für die tiefbekümmerten Herzen des Zaren, der Zariza und zumal der Zarewna, die ihr künftiges Leben wohl frommen Gebeten für ihres Verlobten Heil zu weihen gedenke – als Christi Braut. Die Hofbojarenschaft sei zum feierlichen Totenamt berufen, das bei Sonnenaufgang beginne. Freilich nicht alle hier, nicht alle seien solches priesterlichen Dienstes wert, nicht alle. Der Großfürst schloß: »Land, Land, Land, höre des Herren Wort! Der Patriarch verkündet's.«

Einige der Zeusköpfe an den Wänden schauten einander an.

Jow trat vor, während Semjon zur Saalmitte zurückschritt.

»Brüder im Herrn, ihr Starken in Israel!« begann der Hirt der Rechtgläubigen. »Der Zar hat Trauer und klagt. Er hebt mit Klage an. Ach, das Maß ist voll, spricht der Zar. Darum steht euer Patriarch als Rufer in der Wüste vor euch. Hört den Bußruf wohl und haltet Gericht, Gericht am eigenen Herzen, und danach fegt den alten Sauerteig aus! Reinigt dies Haus, die Stadt und das Reich!

Herzog Johann war noch nicht verblichen, und schon wisperte es hier und da: Er stirbt an des Zaren Eifersucht, er empfing zuviel von jener Liebe, die der Zar entbehrt. Nun, das wirft unser erhabener Gebieter den Verleumdern in den Hals zurück. Sollte aber den Allgeliebten auf einem der vielen Gastmählern, die ihr ihm bereitetet, ein Giftkraut hingerafft haben oder starb er durch Hexerei und Beschwörung, so sehet zu, wen ihr greift! Starb er natürlichen Todes, weil Gott ihn zu sich gezogen aus lauter Güte, wer verleumdet dann die Majestät? Oh, diese Bosheit hängt nur als letztes Glied an einer langen Kette. Diese Kette weise ich vor, schaut alle ihre Glieder an!

Wer schickte dereinst das Gerücht durch die Gassen der Stadt, Boris, damals Regent noch, sei in herbstlicher Sturmnacht Steppenhexen begegnet, die ihm tanzend die Zarenkrone vorgehalten und für sieben arge Jahre verheißen, und er habe den Davonschwirrenden nachgerufen: Und wenn's nur sieben noch ärgere Tage sind, Zar will ich sein! Ihr Großen in Israel, wer war es, der dies erfand? Wer war's, der vor zwei Jahrzehnten den eben Gekrönten der Brandstiftung von Uglitsch und des Mordes am Zarewitsch verdächtigte? Wer nannte des Zaren Gericht an den Uglitschern Massenmord? Wer hetzte dann hier die Bürger auf, im Namen jener dreißigtausend Verbannten, die dort der Strahl des Zornes getroffen, jenes überirdischen Zornes, dem der Zar ebenso dienen muß wie der himmlischen Gnade? Wer zischelte, der Zar habe deshalb so zugeschlagen, um Tausende und aber Tausende von Anklägern stumm zu machen und seine Unschuld herauszustreichen?«

Ein Murmeln erhob sich im Saal. Man hörte Rufe: »Die Nagois damals, und sie traf das Gericht.«

»Nur einige Schuldige traf's«, rief Jow. »Wie viele nicht? Ihr wußtet ja doch so genau, warum Zar Boris, dem ihr in den Tagen seiner Krönung euer Hosianna zuschrieet, das ihr alsbald ins ›Kreuzige, Kreuzige!‹ zu kehren gedachtet, warum er so lange zögerte, die Krone anzunehmen. Wenn nicht um euretwillen, die er fürchtete, dann doch gewiß, weil ihm graute vor der Kürze der Spanne der sieben Jahre, die ihm die Hexenzunft verheißen, und weil er, dem einst sieben Tage genug gewesen, nun das belastete Glück der sieben Jahre in seiner Seele Angst und Schweiß hinausschieben wollte – angesichts der nachfolgenden Verdammnis. Wer lästerte dann, der Zar habe Moskau in Asche gelegt, um Uglitsch vergessen zu machen? Oder lästerte, mindestens die Zariza sei es gewesen, die Tochter des Skuratow-Bjelskij? Sie habe unschuldige Kindlein geschlachtet, deren Herzen in Weihwasser getaucht und das verteufelte Naß dann nachts in die Straßen gesprengt. Da seien denn die Flammen alsbald aus tausend Dächern gefahren. Wer lästerte, dies sei geschehen, um edle Geschlechter des in solcher Feuersnot und solchem Elend versuchten Aufruhrs verklagen und sie dann ausrotten zu können, die Brandgeschädigten aber, das gemeine Volk, mit einem Platzregen von milden Gaben sich listig zu kaufen und der Massen Liebe, Dank und Treue an sich zu ziehn? Und denkt der schrecklichen Tage, da die Tataren des Kassim Gerai, des Khans der Krim, vor den Mauern Moskaus wüteten und der Zar die ungebetenen Gäste im Sturm zurückfegte, also, daß kaum ein Drittel die Heimat erreichte, zwei Drittel aber auf unaufhaltsamer Flucht der Schärfe des Schwertes erlagen! Wer lästerte da, der Retter des Vaterlandes habe Kassim Gerai zuvor mit Tonnen Goldes gekauft und seine Reiterhorden so herbeigerufen? Wer lästerte, Kassim Gerai habe seine eigenen Heere in ihr Verderben verkauft, nur um dem Erbfeind, dem Zaren, zum Ruhm des größten Tatarenbesiegers zu verhelfen und daheim dann sein Gold zu verprassen? O Lächerlichkeit! Was stand da ungeheuerlicher vor uns auf, die Dummheit, der Wahnsinn, die Frechheit, der Undank oder die Bosheit? All diese Teufelshuren, die hat der Oberste der Teufel geschwängert fort und fort, so daß sie warfen und warfen und ihre Brut heranwuchs und Enkel zeugte – wie Ratten, bis heute! Denn wer teufelte, der Zariza Irina ersehntes Kind sei des Regenten Bastard, sei der Blutschande zwischen Bruder und Schwester entsprungen, da Fjodor nicht zeugen könne? Wer sah's dann göttlich bestätigt in des Kindes Tod? Wer wieder raunte, Boris, der Regent, habe es umgebracht, genauso wie einst den großen Iwan oder wie dessen Nachfolger, nämlich den eigenen Schwager, oder das Kind Dimitrij oder schließlich gar die eigene Schwester, die Witwe und Nonne? Und wer, wenn er gefragt wurde, warum auch das letzte geschehen, wußte nicht Auskunft und flüsterte, die Nonne habe ihm Gericht und schreckliches Ende wahrgesagt und ihn abzutreten und öffentlich Bekenntnis, Reue und Buße zu tun beschworen, ehe der totgesagte Dimitrij, der in Uglitsch Gerettete, als Rächer nahe? Ja, sie habe ihn bedrängt, diesen suchen zu lassen, freiwillig nach Moskau zu holen und zu krönen, selber aber von ihm jedes Gericht hinzunehmen, auf daß er, Boris, vielleicht doch noch dem Himmelsgericht entgehe? Und wartet man jetzt nicht des Schelms, der vom Westen herüberspukt und sich Dimitrij Iwanowitsch nennt? Wer schickt sich hier noch nicht im stillen an, ihm die Bahn zu ebnen? Und wer wundert sich noch, daß Großfürst Semjon seit Jahr und Tag so große Arbeit hat mit Horchen und Greifen, Verhören, Foltern und Köpfen? Abgrund über Abgrund tut sich auf! Doch so verrucht und des Teufels ist nicht das russische Volk. Das Volk der Russen ist kindlich, gut, sanft, geduldig und fromm. Solche Giftküchen brodeln in wenigen Häusern, spricht der Zar, hinter den Schwellen solcher, die man die Helden in Israel heißt. Was wird dort der glorreichen Herrschaft Seiner Majestät nicht verdacht? Da holt er Deutsche herein zur Hebung von Handel, Gütererzeugung und Wohlfahrt, und schon lärmt man: Heiden sind sie, Söhne des Apostaten, Zauberers und Nonnenschänders Luther, des Hurensohnes, zwiefache Ketzer, denn der Luther war ärger als der Römerpapst, und den alten, rechten Glauben Rußlands sollen sie unterwühlen. Nun denn: Ich, Hort aller Rechtgläubigen, ich, Patriarch Jow, lache darüber und erwidere: Man ärgert sich über ihre unternehmende Geschicklichkeit, ihren Fleiß, ihre Kunst, denn sie werden reich. Der Zar aber denkt: Wohlan, ich will Russen entsenden, daß sie lernen und wiederkehren und Russen dann Russen belehren. Er schickt achtzehn eurer Söhne nach England, Deutschland, Frankreich und muß sie mit Gewalt aus den Armen der Väter und Mütter reißen, die um die Erlesenen wie um Verlorene greinen. Und wahrhaftig, sie gehen verloren an Leib und Seele, und keiner der achtzehn kehrt zurück; die Väter und Mütter behalten recht, und der Zar ist enttäuscht, die achtzehn haben Schande über ihn und Rußland gebracht. So begreift doch, warum Väterchen die Fremden hereinholt! Weiter: Ihr wißt, wie nach dreijährigem Mißwuchs die Dörfer und Güter durch Bauernflucht veröden. Hungersnot in und um Moskau! Und wenn des Zaren Majestät die Bauern festpflockt, wenn er fortsetzt, was der gestrenge Iwan mit Volkszählung und Bauernverwurzelung eingeleitet, wenn er die Stromer an die Scholle verweist und der alten Heidenfreiheit des Schweifens und Streifens wehrt, dann fluchen ihm die Herren, fluchen und greinen: Seht, sagen sie, nun jagt der Zar uns auch noch die letzten weg. Während doch *ihr* die leibeigen Gewordenen schindet und den Kosaken zujagt, dem Süden zu, der noch blüht. Schlechte Herren seid ihr, weil arge Knechte! Ruft der Zar dem Armen zu, der Herr sei sein Bruder, so heult der auf: Ja, aber der Bruder heißt Kain, und ich bin Abel! Doch was sind all diese zarischen Blöd- und Bosheiten, was all seine Giftmorde, was sein Erschleichen des Thrones im Bunde mit der Hölle, die selbst die heiligen Bilder weinen ließ, was sind all diese Lappereien vor seinem ärgsten Verbrechen, vor jenem Greuel der Greuel, der ihm hoch und niedrig, reich und arm verfeindet? Seht, er verwehrt die Schnapsbrennerei dem Adel, der Kaufmannschaft und dem gemeinen Bürger und macht den Branntwein staatlich! Da werden sie alle sich einig. Denn die Brenner und Schacherer wollen und müssen ja reich sein über torkelndem Pöbel, und Abel säuft sich siech und tot an Kains liederlichem Fusel. Weg mit dem Zaren! brüllt man, der Zar allein will Wodkakrämer sein, brennt sogar gesunden Wodka und nimmt uns das Geschäft! Ach, hör ich hier etliche denken, du kommst weit ab, Jow! Ist dies die Stunde des Verklagens oder die der Totenklage? Was soll das alles? Dieses soll's: Ihr bringt mir meinen Zaren um in eurer Bosheit! Ach, seine Seele leidet! Seht, er verfällt! Zur Buße rufe ich, da neue Gefahr heraufzieht – von Polen her. Stark ist der Wicht dort nicht, es sei denn durch Verräter im Reich. Um Reinigung geht's! Nicht, die den Zaren bespein für des teuren Toten Tod, sondern die Reinen allein, sie sollen dann den teuren Toten ehren, sie sollen vor Gott als Fürbitter stehen, sie das rechtgläubige Reich verteidigen!

›Wehe der Welt der Ärgernis halben!‹ Wie Hosea weint: ›Die Söhne Ephraims, die so geharnischt den Bogen führten, fielen ab zur Zeit des Streites, denn sie hielten nicht die Befehle des Herrn und wollten in des Herrn Gesetz nicht wandeln. Ephraim läuft wie eine tolle Kuh –‹«

Hier endlich schnellte der Zar hoch, um zu bersten, außerstande, seine mit Jows Sätzen sich nervös steigernde Wut länger zu bändigen. Er fuhr hoch wie gebissen, unterbrach den Strafprediger und schrie mit einer Stimme, die sich bald heiserkrähte:

»Ihr Giftmischer, Kellermolche, ihr Pestratten, nun starb auch mein Dänenprinz an mir! Ja, ja! Ihr habt den Beweis! Vor Stundenfrist verbot ich ja die Einbalsamierung des Toten für seine letzte, weite Fahrt, aber schon wißt ihr's wieder, warum, und tuschelt es herum. Oh, nicht, weil es gegen den Willen Gottes, der Verwesung Einhalt zu tun, nicht weil es Frevel, dem ein Bein zu stellen, der uns verwesen heißt, o nein! Vielmehr, damit die Spur meiner Untat, meines Neides unentdeckt bleibe! Was murmelt ihr da? Daß das ja noch niemand habe behaupten können, murmelt ihr? Ich kenne euch! Andere hab' ich schon wispern hören: Gut, daß der Heide sich totgefressen und -gesoffen, denn Xenja wär' im Heidenland zur Verräterin ihres Glaubens geworden.

Doch nun, Bojaren, zu jenem Gift, das endlich mir, mir den Garaus sollte machen, auch leiblich! Semjon, tritt vor! Entlarve die Banditen, die mich, dich und den Großbojaren an ihren Tisch geladen, wo der Tod nun vergeblich als unser Mundschenk bereitsteht!«

Das Raunen im Hin und Her der Bojarenmützen und -bärte schwoll seit langem bedrohlich an. Doch Semjon, zur Saalpforte gewandt, hob lässig den Arm und kommandierte sehr ruhig: »Strelitzen!« Die Offiziere um ihn stampften klirrend zur Pforte, stießen sie auf, Mannschaft drang ein, stand breitbeinig da und sperrte den Ausgang, die Offiziere kamen zu Semjon zurückgerasselt, dieser wandte sich zum

Thron hin, ging auf ihn zu und die zwei Stufen hinan, kehrte sich zum Saal zurück und rief: »Zeugen, heran!«, wartete gemächlich, bis Schuiskij hinter ihm das Zarenschwert dem Nebenmann überreicht und sich unterhalb vor ihn, Semjon, gestellt, bis aus der Strelitzenschar an der Pforte der alte, dürre Ratsherr der Romanows sich löste, zwei Beutel im Arm, unsicheren Blicks heranwankte und sich krumm und kläglich vor Semjon postierte, bis das Gemurmel saalauf, saalab verstummte. Semjon gebot gleichsam verschlafenen Blicks und mit freundlicher Stimme: »Wer sich nun angeklagt sieht, der trete vor!«

Aller Edlen Gesichter kehrten sich mit einem Male auf einen massiven Alten hin, der links vom Thron neben dem Schwerthaltenden stand. Man hatte ja dessen Ratsherrn erkannt. Schweigen. Dann kam neue, hin- und herwogende, zornige Regung in die Reihen der hochbehuteten Gottvaterköpfe. Dem Vierschrötigen neben dem Schwerthalter trat Schweiß auf die kahle Kugelstirn. Eine seiner Hände, deren Finger von Ringen schwer waren, stieg zum Hals empor und umspannte ihn unter dem Bart, wohl um die Halsschlagadern zu bändigen. Seine Augen schlossen sich, seine Brust hob und senkte sich.

Ja, er sagte sich: Mein Gastmahl – so verleumdet! Und mein Kanzler im Spiel. Wer noch? Schuiskij? Bin ich, der Romanow, verloren? Umringt mich, Ahnen! Doch Mut jetzt, Mut! Vor! Sprung in den Abgrund, Gott fängt mich auf! Er dachte an Jelenas Wort zu Fjodor und daran, daß ja Mischa sein Enkel sei ...

Mit seiner Leibesfülle trat er vor und stand nach fünf Schritten breitbeinig vor seinem Kanzler neben Semjon Godunow da. Seine rechte Faust schien eine imaginäre Stichwaffe zu umspannen. Semjon kehrte ihm das Gesicht nicht zu, fragte nur so in den Saal hinein, ob Freund Nikita vielleicht ganz gern Besuch empfange oder erwidere ohne Wissen und Willen des Zaren, so zum Tee, zum Schnäpschen oder balkanischen Weinchen.

Endlich trotzte Nikita heraus: »Dein eigener Freund war bei mir, Wassilij Schuiskij, der Großbojar.«

»Weiß, Nikita. Und bei wem warst du selber? Erst heute? Warum schweigst du? Bei Bogdan Bjelskij, nicht? – Holla, Fürst Bjelskij, stimmt das, ja oder nein?«

Keine Antwort, auch von Bjelskij, des Schwerthalters Nebenmann, nicht.

»Nur Verstockte schweigen vor dem Thron wie ihr«, klagte er wehmütig lächelnd. »Fürst Romanow«, fuhr er fort, »warum ließ ich dein Haus durchsuchen?«

Romanow höhnte: »Wenige ergründen deine Weisheit, Semjon Godunow, wie sollte ein Romanow deine Dummheit verstehn?«

Der Lächler sprach: »Zeuge vom Haus der Romanows, zeige vor, was meine Leute auf eurem Speicher gefunden!«

Dem dürren Alten entfielen die Beutel, die er vorstrecken wollte, aus gelähmten Händen. Da lagen sie.

»Du kennst sie natürlich nicht, Nikita. Für wen sammelst du giftige Kräuter und Pulver? Du schweigst? Spielst du den Empörten, so – als hätte ich selbst die Beutel in deinen Speicher gesteckt? Dein Ratsherr hat alles gestanden. Auch deine Briefe und was du mit dem Großbojaren verhandelt. Er und dein Kanzler, die sind sehr wichtige Zeugen.«

Da donnerte der alte Fürst los: »Lügner, Lügner, beide sind Lügner! Ihr Vater ist der Teufel, der der Vater der Lüge heißt! Ihr Heiligen, wem ist hier jetzt an meinem Sturz gelegen? Dir, Schuiskij! Denn du, du setztest auf den polnischen Schelm, den Dimitrij-Otrepjew, meine Treue aber kennst du. Ich soll dir, du Schurke, dir und deinem Dimitrij-Otrepjew aus der Bahn heraus. Wenn irgendeinem, dir bin ich zuviel, und du steckst mit ihm, dem falschen Zarewitsch, unter einer Decke.«

Semjon lächelte: »Ah, so drehst du den Spieß herum. Frechheit, meinst du, siegt. Nun, der Großbojar horchte dich nur aus, Brüderchen, schlug bei dir aufs Büschchen. Darum war er bei dir und flocht an deinen üblen Netzen scheinbar mit.«

Romanow versuchte ein überlegenes Gelächter. Es kam aus der Tiefe eiskalter Angst. Er brüllte:

»Auf seinen Busch schlug *ich*! Und nur darum lud ich ihn zu mir! *Ich* habe *ihn* versucht!«

»Du drehst ihn um, den Spieß, Nikita. Und warum diktierst du Briefe nach Polen?«

Romanow fauchte seinen Ratsherrn an: »Sag ihm, an wen, du – du –«

Dem versagte die Stimme, er zitterte nur. Semjon antwortete für ihn: »An gute, große Freunde dort.«

»Nun denn, du blinder Späher, du eitler Narr, ich schrieb, um dem Gauner dort auf die Spur zu kommen, ihm und seinen Helfern, Herr! Um – um –«

»Was hast du davon, mein Freund? Was bewog dich dazu?«

»Zarentreue.«

»Gab ich dir Auftrag dazu? *Ich* flechte das Netz. *Ich* postiere Augen und Ohren. Und ich bin selten blind.«

In Ekel, Wut und Verzweiflung tobte Romanow: »Was hab' ich hier vor der Duma mit dir, du Spinne, zu hadern?« Er wandte sich zum Zaren, der ihn offenen Mundes unverwandt, wie in sich hängend und hohlwangig anstierte, und er schrie: »Ich, ich werde klagen, ich, vor deinem gerechten Gericht! Berufe gerechtes Gericht, Majestät!«

Aus Boris kam es dumpf hervor: »Soll dir werden, soll dir werden.«

Da sprang Fürst Nikita, jählings zurückgewandt, die Stufen hinab und eilte bis zur Saalesmitte, breitete dort die Arme und rief nach rechts und links den Bojaren zu: »Wer tritt fürs ehrbare Haus der Romanows ein?«

Doch all die bärtigen Helden in Israel, sie blickten ihn wie Grübler an und – schwitzten.

»Bjelskij! Freund Bogdan!« flehte suchenden Blicks der Einsame, besann sich, daß der Angerufene hinterwärts stand und eben noch links vom Thron sein Nebenmann gewesen, und fuhr nach dieser Richtung herum. Auf des graustruppigen Bjelskij gesenkter Stirn über gerunzelten dunklen Brauen lag rotes Zorngewitter. Dieser Mann überlegte: Fallen die Romanows, dann ich hinterher, ich, der Größten einer unter Iwan, vor dem die Godunows einst krochen. Sei es gewagt! Die Faust dem Wolf in den Rachen! Vor!

Energisch verließ er seinen Platz, schritt in den Saal hinab zu Romanow und rief nach allen Seiten herumschreitend und zuletzt zum Throne hinauf:

»Beim Ruhm meiner Ahnen und Schlachten, bei meiner Treue gegen drei Herrscher, bei meiner Nachfahren Heil, bei der Mutter Gottes, dem heiligen Nikolaj und allen Heiligen, ich zeuge für Romanow gegen Schuiskij, den alte und allbekannte Rache gegen den Zaren treibt, ich rufe ihm zu: Du, Schuiskij, steckst hinter dem falschen Zarewitsch, du, Schuiskij, warst ja einst der Erheber in Uglitsch. Ihr Herren und Brüder, hütet euch vor dem Buckligen da, den Gott gezeichnet! Zar Boris, bestelle gerechtes Gericht!«

Siehe da, kräftig akkordierten jetzt grollende Bojarenbässe: »Väterchen Zar, Gossudar, Majestät, gerechtes Gericht!«

Boris fuhr auf und keuchte: »Gerechtes, gerechtes –? Was sonst? Bin ich Sanherib, bin ich irgendein Khan, morde ich, statt zu richten, und gar zur Lust? – He, tritt näher, Bogdan Bjelskij!«

Herausfordernd schritt der Hüne heran und verneigte sich streng. Dann lächelte Boris tückisch: »Auf dich, auf dich hab' ich gewartet, Söhnchen.«

Danach durchfuhr es ihn, und er schlenkerte dem Verklagten heftig an vorgestreckter Hand den Zeigefinger entgegen: »Wo sind deine Söhne, du?«

Stille trat ein. Dann kam die feste Antwort: »In fremden Diensten, wie bekannt.« Und Bjelskij fügte hinzu: »Es ist Bojarenrecht, seinen Herrn zu wählen, altes Warägerrecht, ihn zu wechseln, das weiß deine Majestät.«

»Im Dunstkreis also jenes Gauners sind sie.«

»Nein! Im Dienst der polnischen Majestät, des Verbündeten, des Freundes deiner Majestät.«

»Ah! Wie Kurbskij einst, der Überläufer und Verräter. Kommst du mir mit verrottetem Warägerrecht? Bin ich nur Herr unter Herren? Ist inzwischen nicht das Reich geworden? Wurde der rechtgläubige Großfürst von Moskau nicht aller Herren Herr? Ist Abfall vom Zaren, vom Haupt des Reiches, nicht Verrat am Reich und Abfall von Gott, von Gott?«

Pause. Bjelskij wurde kleinlaut, aber er gab noch beschwörend zu bedenken: »Sie retteten ihr Leben, Herr.«

»Schon besser. Warum? Warum flohen sie mich, als ich sie haschen wollte? Warum flohen sie meinen Grimm?«

»Weil sie unschuldig waren, unschuldig sind!«

»Zürnt der Zar der Unschuld?«

»Zittern muß sie, findet sie keinen Glauben.«

Was hätte Iwan jetzt gesagt? dachte Boris, und er kopierte Iwan und rief:

»Hast du noch nie gehört, was geschrieben steht? Der heilige Petros schreibt: ›Besser ist's, daß ihr von Wohltat wegen Pein leidet denn von Übeltat wegen. Das ist Gnade, so jemand das Übel verträgt und leidet Unrecht; denn was ist das für ein Ruhm, so ihr um Missetat willen Streiche leidet? Aber so ihr um Wohltat willen leidet, das ist Gnade bei Gott‹ – Wie? War denn kein Mönch, kein frommer Vater bei euch im Haus, Bogdan, der deine Söhne so lehrte? Auch dies sagt die göttliche Unterweisung zur Seligkeit durch den Apostelfürsten – merke wohl auf: ›Ihr Knechte seid untertan mit aller Furcht den Herren, nicht allein den gütigen und gelinden, sondern auch den wunderlichen!‹ – Warum also, du Abtrünniger, ließest du deine ungeratenen Lümmel meinen Zorn verachten?«

»Ach, du herrliche Majestät, sie fragten ja auch nach *meinem* Zorne nicht.«

»Wie? Was? Keine Zucht im Hause Bjelskij? Und du, wie ich höre, schickst ihnen nun noch Grüße zu und segnest sie, anstatt sie zu verwünschen und abzuschütteln? Sind wohl Grüße dabei – auch an den Sohn der Finsternis, an jenen Schelm?«

»Majestät!« rief Bjelskij mit erhobener Schwurhand, »bis gestern habe ich noch nichts vom falschen Zarewitsch gewußt! Erst durch deiner Majestät öffentliche Botschaft!«

»Bis gestern nichts, bis gestern? Du liegst wohl mit den Fröschen im Winterschlaf? Nun, das hast du gewiß gelogen! Und darum lügst du alles! Du, du also, du nur warst es, du bist sein Urheber, du allein! Jetzt sehe ich helle und bin erleuchtet. Du erfandest ihn, du schicktest ihn hin, er ist die Puppe auf deiner Hand! Du wirbst für ihn hier Dummköpfe und Verräter, du bahnst ihm die Straße der Sünde hierher und schon in den Straßen der Stadt!«

Bjelskij glotzte vor Fassungslosigkeit wie ein Stier. Es verschlug ihm den Atem. Dann begann er unbändig und ganz unziemlich zu lachen: »Bei meinem Barte!« Er rollte, die Hände eingestemmt, den Rumpf in bauchigem Gelächter: »Ich, ich, ich?«

Sprachlos prallte da sein Herr zurück ob so frevler Verachtung der Majestät. Das war mehr als Aufruhr, mehr als Zarenmord, es war Schändung! Vollkommen hilflos sah er ihm zu, sein Kopf geriet ins Wackeln. Als das Lachen des Bjelskij zu Ende gelacht war, mummelte sein Mund und fand dann, fast tonlos, die Worte:

»Du hast dich jetzt totgelacht, das weißt du wohl, ja, bei deinem Barte, bei dem du geschworen. Spitze noch einmal die Ohren, eh' sie ertaubt sind, Bjelskij! Du meldest dich bei meinem Leibarzt, hörst du? mit dem Befehl, daß er dir jedes Haar deines Schwurbartes auszureißen habe, jedes einzeln, und danach stellst du dich mir vor, und danach –« er brüllte – »Tod ist zuwenig! Fort nach Sibirien dann und härteste Fron! Strelitzen, er braucht Geleit, schafft ihn zum Arzt!«

Ehe der Fürst es sich versah, war er von herpolternden Kriegern umringt, angepackt und herumgerissen. Er torkelte und ruderte unter Stößen zur Pforte wie betäubt hinaus. Doch jetzt schwoll endlich wieder dumpfes Lärmen durch die aus ihrer Lähmung erwachenden Bojarenreihen: Ob wohl Iwan auferstanden? fragten sie. Ob nicht schon genug Edle blindtappendem Argwohn erlegen? Ob den Semjon der Ruhm Skuratows nicht schlafen lasse? Beim heiligen Wassilij!

Der vierschrötige Romanow nahm das wahr, und Wut und Mut der Verzweiflung füllten ihn aus. Es flammte und sprühte um ihn. In dieser Halle, schrie er, habe der Zar nur drei Feinde: Sich selbst! Danach Semjon! Danach Schuiskij! Der habe Semjon auf die Romanows gehetzt. Nun steche der Zar blindwütig wie in nächtlichem Nahkampf um sich, kenne nicht Freund noch Feind. So habe es einst auch Iwan getrieben!

Das zustimmende Lärmen im Saal verdichtete sich zu lauten Protesten. Einige Herren verließen die Sitzreihe und stürzten nach vorn.

Aufruhr! schrie es in Boris. Zu Jow, der ratlos, verwirrt, ja wie vernichtet dastand, fuhr er herum, schüttelte wieder die Rechte in den meuternden Saal hinein und schrie heiser und schrill:

»Siehe doch auf die Hunde, Vater Jow, siehe die bösen Arbeiter! Wie ich dir oft gesagt, nun aber sage ich mit Weinen von den Feinden des Kreuzes des Herrn, welchen der Bauch ihr Gott ist, derer, die irdisch gesinnt sind! Diese da meint und straft Paulos! O ihr Verfluchten, ihr Verstockten, kommt ihr mir mit Iwan, mit Skuratow, mit seiner fliegenden Garde? Gar damit, daß wir Godunows damals aus dem Nichts heraus groß geworden, die wir doch Fürsten sind? Ihr kommt mir recht. Euch in die Ohren: Kein Größerer war in Rußland als Iwan, und keiner seiner Gedanken größer als der, euch auszurotten, ihr Isaurier, ihr Kopronymosse, ihr ewig Rückwärtsgewandten, die ihr das Reich in euer altes Zwergengewühl zurückzureißen gedenkt, um eurer Urväterfreiheit zu frönen in gottloser Anarchie! Kein Schrecknis Iwans göttlicher, als da er sich sein Kernreich im Reiche schuf, seinen Sonderstaat, seine Domäne, darin er keine Fürsten und Herren, keine Bojarentröpfe mehr litt, darin er die fliegenden Schwarzkittel reinen Tisch machen ließ mit Ehren und Rängen, Vorrechten und muffigen Bräuchen und mit den Verrätern selbst! Wo es nur noch *einen* Herrn gab, sonst nichts als Knechte, und jeder Kopf, der sich aus der Gleichheit der Knechte herauszuheben wagte, fiel, wo blonder Altrusse und schwarzer Tatar, wo jedes Geblüt sich zu vermischen und nur einer Ehre zu frönen hatte, gute Knechte, nichts als Knechte zu sein! Von wo aus er das Reich zu gestalten anhub! Wurde ich nicht sein erster Knecht und Günstling damals, ich, der Halbtatar? Ja, ja, nach seinem Willen, und seiner Sendung verschworen! Heiratete ich die Tochter des Maljuta Skuratow-Bjelskij aus Schlauheit, um über euch einst aufzusteigen? Ich preise Skuratow, Iwans rastlos fallendes Beil! Waren euch die Henkergarden mit Besen und Hundekopf Teufelssöhne? Gott braucht viele Teufel als Würgeengel, um den Friedensengeln Bahn zu bereiten! Nur Heilsgedanken sind in seinem Zorn. Doch was predige ich Bären und Büffeln? Was predigt der Patriarch Rebellen,

Ungläubigen, Gottlosen, Abtrünnigen oder Giftköchen und zarenmörderischen Romanows?«

Nikita Romanow sah nun klar sein und seines Hauses Los. So fiel er hohnlachend Boris ins hektische Geschrei: »Boris, du bist nicht der Mann, den wir Romanows zu fürchten hätten. *Meinem* Hause hat Jelena den Thron prophezeit! Was sie da jauchzte im Geist – Telepnew und Golowin sind Zeugen –«

»Du lügst!« überschrie sich Boris, »ich, ich, ich gehe zur Jelena. Mir, mir wird sie wahrsagen, mir, und singen: ›Du bist wie ein üppiger Ölbaum im Hause Gottes. Und baden wird der Gerechte seine Füße im Blute der Gottlosen! Sela!‹ Doch jetzt, Nikita, höre du jetzt auch *meine* Prophetie: Du hängst und faulst drei Wochen lang überm Tisch deines Hauses, und deine sauberen Söhne und Töchter, sie sollen unter deinem Gestank dort fressen und saufen dreimal am Tag, drei Wochen lang, und beten für den Zaren, beten mein Gebet und Wort für Wort! Und danach fort mit deinem Madensack unters Eis der Moskwa, mit deinem Abschaum aber in Kerker und Verbannung! Pack dich!«

Schrecklich höhnte noch Nikita: »Du Jehu, vergiß auch nicht, die Klöster für mein Seelenheil beten zu lassen, wie Iwan einst tat, du sein Affe –«

Semjon, bis dahin wie versonnen lauschend, hatte nun einen Trupp herangewinkt. Die Leute stürzten sich auf den Fürsten. Neue Trupps drangen von draußen nach, umstellten den ganzen inneren Saal und fixierten die Bojaren, und die Bojaren verstummten endlich völlig. Doch um Zar Boris stieg es schwarz empor und umnachtete ihn. Im Blutsturz fiel er zusammen.

Als er zu sich kam, lag er auf seinem Bett. Spärliche Lämpchen glühten wie in düsterer Ferne. Die im weiten Halbkreis herumstehenden Gestalten gewahrte er kaum, begriff auch lange nichts. Was hatte er geträumt? Wieder versank er in purpurnes Dämmern. Draußen graute der Morgen. Aber im Halbschlafenden war dennoch etwas hellwach, und das betete oft Gebetetes, holte angelnd aus der Finsternis, der wie ausgebluteten Finsternis, Satzbrocken an Satzbrocken wie Lumpen an Lumpen hoch. Es stammelte da drinnen, so tief innen, daß sich die Lippen nicht mitzurühren brauchten. Nur die Augen regten sich unter geschlossenen Lidern.

»Merke auf mich und erhöre mich ... Wie ich so kläglich zage und heule ... daß der Feind mich so drängt ... Denn sie wollen mir Tücke beweisen ... und sind mir heftig gram ...«

Es betete klarer und klarer in ihm, schon zusammenhängend, aber fiebrig heiß:

»O hätte ich Flügel wie Tauben, daß ich flöge und etwo bliebe ... Siehe, so wollte ich gerne wegfliegen und in der Wüste bleiben ... Ich wollte eilen, daß ich entrönne vor dem Sturmwind und Wetter ... Mache ihre Zungen uneins, Herr, und laß sie untergehn, denn ich sehe Frevel und Hader in der Stadt.«

Hier öffneten sich die Augen und gingen hin und her. »Sie legen ihre Hände auf deinen Friedsamen und entheiligen deinen Bund. Ihr Mund ist glätter denn Butter, und haben doch Krieg im Sinn. Ihre Worte sind gelinder denn Öl und sind doch bloße Schwerter ...«

Hier flatterten seine Lippen und flüsterten mit: »Ach, Herr, des Abends heulen sie wie die Hunde und laufen in der Stadt umher, sie laufen hin und her nach Fraß, werden nicht satt und murren.«

Er betete ganz vernehmlich, und seine Fingerspitzen legten sich zitternd aneinander:

»Doch Gott ist mein Schutz. Gott erzeigt mir reichlich seine Güte und läßt mich am Gemetzel meiner Feinde meine Lust sehen. Vertilge sie ohne Gnade! Vertilge sie, daß sie nicht mehr seien!«

Dann schwieg er. Seine Kräfte schwanden wieder. Erneut

wuchs das Dunkel um ihn. Aber er stöhnte noch: »... daß man innewerde, daß du Herrscher seiest in Jakob ... und zwischen den Enden ... der Welt ...«

In erlösender Ohnmachtstiefe ertrank ihm wieder Beten und Geist.

# V
# Marfa

Noch einmal war es Winter geworden.
Unter dem dunklen Ziehbalken eines Brunnens auf dem weiten Platz eines verschneiten, einsamen Dorfes war ein altes Weiblein damit beschäftigt, ihren Holzeimer in die schwarze Tiefe hinabzulassen.

Sie richtete sich horchend auf, wandte sich um und blinzelte unter abblendender Hand zurück. Eine Lanzenreiterkolonne kam da zwischen den weitgeschwungenen, von Schnee und Frühsonne gleißenden Hügeln herangaloppiert. Sie sah, daß eine Schlittentroika folgte und dem Schlitten wieder eine Kolonne. Unter dickbereiften Birken unweit des Brunnens hielten die rauchenden und dampfschnobernden Tiere an. Einer der Reiter winkte das Mütterchen heran. Es stapfte hin, verneigte sich vor dem pelzverkleideten Herrn im Schlitten, dessen Bart von Reif schimmerte und dessen hohe Kopfbedeckung die eines Klerikers war. Freundlich fragte der Geistliche sie nach dem Kloster von Tscherepowez. Das Weib gab Kunde: Nur noch ums Wäldchen herum.

Weiter ging's, und der reine Pulverschnee stäubte um den Zug. Der Geistliche erblickte dann auch bald das Ziel, blinkende Zwiebeltürmchen und weite Feldsteinmauern um ein paar niedrige Gebäude. Ein so geringes Kloster! dachte er.

Nun sprengten einige seiner Vorreiter vor und begehrten mit Hörnerschall Einlaß. Klosterfrauen fanden sich hinter dem Tor ein. Es öffnete sich. Der ganze Zug rauschte in den

Klosterhof und hielt. Der hohe Kleriker wickelte sich aus den Decken und verschwand, von zwei Nonnen geleitet, im Blockhaus der Äbtissin. In deren wohlgeheiztem Empfangsraum mit golden schimmernder Ikonenecke, mächtigem Lehmofen, grobem Tisch und ein paar Schemeln küßte die Alte Väterchens Hand. Er segnete sie. Dann ließ er seinen Reisepelz von den Schultern gleiten. Bedienende Nonnen fingen ihn auf und trugen ihn fort. Eine andere brachte im Krug heißes Getränk, Becher, Kascha und Schinken. Sie ließen den hohen Gast mit der korpulenten, breitgesichtigen Mutter allein.

Diese ließ sich nun nieder und wartete, immerfort den zahnlosen Mund in Kaubewegung rührend und den Körper auf und nieder wiegend. Der Gast hatte sich bekreuzigt und zugelangt. Bald nahm er, noch beim Essen, das Wort.

Er komme von Moskau auf Befehl des Patriarchen. Der Ruhm der Marfa erfülle das Zarenhaus und sei ja längst zu den Engeln gedrungen. Der Patriarch erwäge, die Gottbegnadete zur Äbtissin eines anderen, berühmten Klosters zu erhöhen. Er habe ihn, den Archimandrit Sergej, herübergesandt, genaue Erkundigung über den Heiligungsweg der geliebten Schwester einzuziehen und sie, falls auch die Äbtissin, die Igumenja von Tscherepowez, ihr ein gutes Zeugnis über die Eignung zur geistlichen Führung und zur Verwaltung eines Klosters gebe, dem Patriarchen und seiner Majestät vorzuführen. Marfa Fjodorowna solle dann vor dem Volke von Moskau, das sie nie vergessen habe und in herzlicher Demut liebe, Ehre empfangen als ein erhebendes Beispiel der Frömmigkeit, heiliger Weisheit und himmlischer Gnade.

Die Igumenja verneigte sich entsagungsvoll und wiegte weiter auf und nieder.

Ihr Gast begehrte eine Schilderung, wie Marfa, die einst doch ungebärdige, herrische, unter Zwang geschorene und hierher verbannte Frau, zu dem Frieden gekommen, der da höher als alle Vernunft. Die Klostermutter kaute heftiger und sann. Dann begann sie, wie nach fernen Erinnerungen tastend:

Einst habe die Zariza in der Pracht des Hofes, auch noch als Uglitscher Witwe, an den Brüsten der Welt mit heißen Lippen gesogen. Sie habe da manchen, nur nicht sich selber, zu zähmen gewußt; danach die Schrecken von Uglitsch, des Kindes Tod, den Verlust von Ehre, Freiheit und Reichtum zu verwinden gehabt. Erst habe sie hier wie ein Unhold herumgesessen, mit toten, zu Tränen und Schlaf unfähigen Augen, ohne zu klagen oder Beichte und erleichterndes Gespräch zu suchen, ein Abgrund wohl der Verbitterung und Rachsucht, zugedeckt vom Grün üppiger Erinnerungen und umkränzt von den Gletschern kranken und kränkenden Hochmuts. Als endlich wieder Regung in sie gekommen, habe sie viel Bissigkeit und Bosheit kundgetan und die Schwestern beleidigt. Dann sei sie wieder verstummt und scheinbar ganz erstorben, habe Speise verweigert und nur *sich* aufgezehrt, sei schließlich als ein Skelett aufs Sterbelager gesunken und wäre zur Hölle gefahren, hätte nicht der von ihr, der Äbtissin, herbeigerufene Bruder Makarij, der gepriesene Staretz, der Entbinder vieler Seelen, am Bett der Verlöschenden durch Gottes Gnade das Wunder vollbracht, die vereiste Seele aufzutauen. Es sei eine Totenerweckung gewesen. In geheimnisvollen Stunden und Nächten, die nur Marfa und der selige Makarij kennten, sei der Todesengel von Marfas Herzen gewichen und der Geist des Herrn über sie gekommen wie Blütenregen im Lenz, und zwar in dem Ausmaß, wie es dieser außerordentlichen und starken Frau zugehöre. Der Staretz sei ihr Meister geblieben bis an seinen hochseligen Tod. Dieser Lehrer der Meditation habe sie schließlich von Schau zu Schau, von Versenkung zu Versenkung geführt, weiter als ihr sonst jemand hätte folgen können. Sie habe unter seiner Hand die Augen schließen gelernt, daß ihr die Welt und die eigene Vergangenheit in der überlichten Finsternis Gottes versunken und zerschmolzen sei. Freilich sei ihr Herz kein geschmeidiger Stoff in des Bildners Händen gewesen, mehr als einmal noch habe der Eigenwille niedergebrochen oder erlöst werden müssen. Andererseits habe sie eine solche Fähigkeit zur Sammlung bewiesen, daß Makarij über sie erstaunt gewesen und selber zum Empfangenden geworden. Dann aber sei auch für die Schwestern und viele draußen die Zeit des Segens angebrochen. Denn zwischen ihren Übungen der Selbstversenkung, besser gesagt: ihres Sichfallenlassens in die göttliche Tiefe, habe ihre für Führung begabte frauliche Kraft andere anzuleiten unternommen, und selbst Bäuerinnen und Mägde seien zu ihr gewallfahrtet, um sich ihren Tröstungen und Weisungen zu unterwerfen. Makarij habe, als dies begonnen, sie zunächst mit dem Hinweis gedemütigt, daß sie immerhin noch Schülerin sei und nach Schwärmerart mehr ausgeben wolle, als sie einnehme. Er habe sie dann in neue, wohl letzte Bereiche des Ersterbens geführt. Nun sei der Meister seit Jahren im Himmel und lehre die Engel, auf dem Sterbebett aber habe er Marfa seine liebste Blume genannt, der er am Wegrand begegnet sei. Abscheidend habe er die Blume Christo dargebracht. Seither teile sich Marfas Tag in die Kontemplation der Frühe, in die Leitung und Beratung anderer Seelen und in ihr Studium. Da schreibe sie auch ihre Gedanken nieder, und das währe oft bis in die Nacht.

Davon, so sagte jetzt der Archimandrit, der über dem Bericht der Igumenja sein Mahl vergaß, hätten Patriarch und Zar vernommen. Er bitte nun um der Igumenja Zeugnis, daß Marfa, seit sie vor der Welt die Augen geschlossen, wirklich mit Gott, dem lebendigen Gott, in Berührung gekommen und ihm, nicht frommer Schwärmerei und Selbstbetäubung verfallen sei. Verwundert fragte die Alte, ob man in Moskau noch Argwohn hege? Wie man Tscherepowez seinen Ruhm und leuchtenden Hort entführen könne, um ein anderes Kloster damit zu zieren, wenn man noch so frage – ungeachtet des Zeugnisses des hochseligen Makarij?

Der Geistliche rückte mit seinem eigentlichen Anliegen heraus: Marfa solle vor Volk und Reich das Kreuz darauf küssen, ihr Kind Dimitrij sei tot. Er stellte dar, welche Gefahr zwar nicht Väterchen Zar oder Mütterchen Rußland drohe, wohl aber dem Frieden. Man müsse nun sichergehen und wissen, daß Marfa der Wahrheit die Ehre geben werde, andernfalls wünsche man sie nicht in Versuchung zu führen und das Heilige in ihr zu trüben – durch Berührung eines vielleicht noch ungetilgten, abgelagerten Moders am Seelengrund.

Die Äbtissin war für den Stolz ihres Klosters gekränkt. Der Archimandrit gestand, er – wie auch der Patriarch – sei kein Freund der hesychastischen Mystik und rechne immerhin mit der Möglichkeit, sie könnte eine schlafende Tiefe nur überhäuten wie dünnes Eis einen herbstlichen See. Er wünsche zu hören, ob Marfa am gemeinsamen Gottesdienst teilnehme und am Essen und Trinken der himmlischen Leiblichkeit des Herrn. Die Hochzeit von Himmel und Erde am Tisch des Herrn sei das Herz der Kirche und der Ursprung aller Verwandlung. Gott habe man nur in Christus. Wer Gott an sich begehre, sterbe daran, und ein solches Sterben sei dann nicht nur ein mystisches und nicht Gnade, sondern Gericht. Solle Marfa ein Kloster führen, so müsse ihre Rechtgläubigkeit von Verirrungen frei sein.

Nun begannen Klostermutter und Kirchenfürst einen geistlichen Streit um die Geltung der hesychastischen Mystik innerhalb der orthodox-anatolischen Kirche. Sie sprachen von den Kontroversen zwischen Nikiphoros und Palamas und von der Entscheidung des Kaisers Johannes Katakuzinos. Kurz und gut, so schloß die Igumenja mit zornrotem

Kopfwackeln und Augenblitzen, der hochselige Makarij stehe für Marfa vom Himmel her ein. Tscherepowez werde übrigens glücklich sein, die Verehrte behalten zu dürfen.

So erhob sich der Gesandte Moskaus und bat, der Nonne zugeführt zu werden. Die Igumenja gab zu bedenken, daß Marfa zu dieser Stunde noch meditiere. Er aber meinte, seine Sache sei wichtig genug, um Marfas Kreise stören zu dürfen. So geleitete sie ihn über den Hof an den herumstehenden Reitern und ihren Pferden vorbei in das fernste und kleinste der hölzernen Klostergebäude. Leise führte sie ihn bei Marfa ein.

Da stand Sergej zunächst in Finsternis. Dann schob die Alte den Vorhang des einzigen Fensterchens halb zur Seite, und er gewahrte die Nonne im Sessel. Ihre Augen unter dem weißen Linnenstrich der schwarzen Kopfverkleidung waren geschlossen, ihr energisches Profil schien gelöst – wie bei einer im Tode Verklärten. Ihre Füße ruhten dicht beieinander auf einer Fußbank und die Hände auf beiden Schenkeln. Sie atmete still und regelmäßig. Die kurze Gestalt der Äbtissin verneigte sich – kauenden Mundes – und verließ dann den Raum. Sie ließ ein lautes Schweigen zurück.

Den Kleriker befiel eine Scheu, als begehe er ein Attentat am Heiligen. Sein Blick hing an der Entrückten. Endlich wagte er zu flüstern: »Schwester Marfa!«

Hinter ihren Lidern regte es sich ein wenig.

»Marfa Fjodorowna Nagaja!« wiederholte er lauter.

Ihre Stirn verfinsterte sich etwas.

Er befahl: »Meine Tochter, im Namen des heiligen Patriarchen, im Namen der Majestät des Zaren, im Namen Gottes, erwache, sieh mich an, rede mit mir!«

Halb nur tat Marfa die Augen auf, blickte ihn leer und lange an und rührte sich nicht.

Sergej nannte seinen Rang und Namen und erklärte ihr, Gott rufe sie in seines rechtgläubigen Volkes und Reiches

Not. Dann fragte er nach geraumer Weile: »Wo kommst du her, Kind Gottes?«

Sie begann die Lippen zu rühren, dann zu flüstern, dann war Stimme in ihren Worten:

»Wo das Schweigen spricht, das Tönende verstummt, wo weder Tag noch Nacht, nicht das All und nicht das Nichts ist, weder Mensch noch Gott ... Nur Wüste, Wüste. Ich tauche triefend aus dem Meer des ewigen Lebens, darin ertrinken muß, was zum Abgrund begehrt und zur Stille ...«

»Meine Tochter, warst du bei Gott?« Seine Augen horchten mit. Sie nickte fast unmerklich: »Ja. Doch ich nicht. War in Gott, doch ich nicht. Nicht in Gott, dem Gott unsrer Blindheit, Bewußtheit, Frommheit. Drum war ich in Gott.«

Stille.

»Ich wiederhole, Marfa. Mich schickt der Patriarch von Moskau – im Namen der zarischen Majestät.«

»Welcher Majestät?« flüsterte sie, ohne ihre Haltung zu ändern. Er erklärte es ihr. Sie führte langsam eine Hand zur Stirn, sann mühsam nach und fragte, warum man sie störe.

Er köderte nach ihr mit dem Ruf des Patriarchen, fortan einem der berühmtesten Nonnenklöster des Reiches vorzustehn und dort mit dem Pfunde ihrer göttlichen Weisheit zu wuchern – als die Begnadete, die sie sei. Da sie lange nichts erwiderte, stellte er ihr die zugedachte Erhöhung ausführlich vor Augen, bis sie sich endlich langsam erhob, die Unterarme in die weiten Ärmel zusammensteckte und einige Schritte tat. Er maß ihre Gestalt und fand sie ungebeugt, wie es einer rüstigen Matrone zwischen vierzig und fünfzig zukommt. Doch die Züge – wie alt! Die Brauen noch dunkel, doch angegraut wohl ihr Haar unter der schwarzen Verhüllung. Er dachte: Das neue Amt scheint sie ein wenig zu reizen. Doch sie erklärte, sie stehe allen Verwaltungsdingen zu fern und sei am Leibe zu matt und alt für die ihr zugedachten Ehren. Dann seufzte sie wieder kläglich auf und fragte, warum man den spiegelglatten See errege, sei's auch nur mit Falterflügelschlag. Danach schien sie unter den Worten des Moskowiters zu überlegen und schritt schon stärker aus, bis sie zuletzt gefestigt vor ihm stand und um Bedenkzeit bat, zwar noch bat, doch mit gebieterischer Kürze. Er gewährte die Frist einer Stunde.

Draußen begannen die hellen Klosterglocken zu läuten. Er fingerte nachdenklich seinen Bart hinab und bat, da ja nun wohl die Stunde schlage, wo sie zu seelsorgerlichem Gespräch bedürftige Seelen empfange, als die bedürftigste unter allen um Unterweisung. Er sei groben Verstandes, mehr ein Mann der Verwaltung, stehe vor allem den Ekstasen der Erleuchteten völlig fern, komme immer seltener zu persönlicher Kontemplation und grüble oft vergeblich hinter den Nachfolgern des Dionysios Areopagita her.

»Ein Archimandrit aus Moskau?« lächelte sie. »Und sucht bei mir in Tscherepowez Licht?« Sie spürte wohl etwas wie Unlauterkeit in dieserArt der Selbsteinführung, fühlte sich aber begehrt. Ihr Eifer erwachte.

Man ging von der Liturgie aus, sprach vom Wesen der Demut, von gewissen Schauungen Erleuchteter, und wie der Gottliebende nicht müde werde, in Spiralen anbetender Betrachtung den Geliebten zu umkreisen, und daß solche Liebe sich in heiliger Monotonie erweise, Wiederholung ihr Anliegen sei, auch in der Liturgie, und wie hoch man wohl in das allüberschwebende Wesen, in die eine alles überwesende Nichtheit Gottes, eben durch lauter Verneinungen und lauter heiliges Sterben von Stufe zu Stufe, aufsteige. Marfa lehrte, der Wissende stehe keinerlei Gegenständlichkeit mehr gegenüber, erlebe er doch alle Dinge in sich und sich in den Dingen, sei doch alles Außen innen und alles Innerliche draußen, Außen- und Innentum in Wesenseinheit sich gleich. Wenn es also kein Gegenüber mehr gebe von Ich und Nichtich, von Ich und Du, von Seele zu Seele, von Person zu Person, dann erst recht nicht das von Seele und Gott.

Als dem lauschenden Schüler bange zu werden schien, rief sie: »Begreife doch, Blinder! Dein armes Auge, so du Gott gleichsam erblickst, ist dasselbe Auge, womit er *dich* gewahrt. O wahrlich, dies weiß ich gewiß: Mein Auge und Gottes Auge, sie sind *ein* Auge. Da ist nur *ein* Gesicht, *ein* Erkennen, *eine* Liebe. Gott ist in allen Dingen und alle Dinge in Gott, der Mensch in Gott und Gott in ihm.«

Der Fremde seufzte: Nun sitze er da und stütze den Kopf in die Hände wie Nikodemos vor dem Herrn bei der Nacht und müsse fragen: Wie mag solches zugehn? Marfa gebot, seine Logik, die Gott gegenüber dem Maulwurf gleiche, unterirdisch und blind sei, aufzuopfern. Dieweil alle Unterschiede in Gott sich aufhöben, sei Gott der allgemeinste, der höchste und freilich leerste Begriff, Wüste und Ungestalt, das reine Nichts, jene Majestät, die man nur im Weder-Noch recht verehre. Ein so demütiges Gemüt wisse, daß das Kleinste in ihm umfassender als alle Himmelsweite sei, daß das Unendliche und Ewige von keinerlei Kleinheit und Größe wisse, weder von Zeit noch Raum.

Ihr Nikodemos tastete sie weiter ab: »Hat nicht schon der Grieche Heraklit gemeint: Eins ist alles, alles ist eins? Aber der war doch ein Heide?«

»Oh«, rief Marfa, »der ewige Sämann hat im Samenwurf, der Geist im Sichselberversäen, seit Anbeginn auch fernste Äcker befruchtet; auch in heidnischen Geistern keimte und keimt verstreutes Licht. Diesem Nachweis dienen einige meiner Schriften dort. Merke auf, Bruder Sergej –!« Sie trat an den Tisch und zog aus beschriebenen Blättern eins hervor, ging zum kleinen Fenster, schob den Vorhang gänzlich beiseite und erklärte aus ihren Notizen:

Ein weiser Chinese, der fromme Lao-Tse, habe geschrieben:

Ein Etwas west, das unbegreiflich und vollkommen ist und vor Himmel und Erde schon war, nichts als Stille und ohne Gestalt, das Einzige, das unantastbar und ohne Wechsel und Wandel west, alle Orte durchdringend und aller Dinge Mutter zu nennen. Darum reinige man das Gemüt von allem, womit die Sehnsucht es füllt, daß Platz werde für die göttliche Bahn!

Der Archimandrit dachte: Woher verschafft sich Marfa solches? nickte aber ernsthaft und sagte: »›Du bist nicht weit vom Reiche Gottes‹, so hätte zu dem weisen Heiden der Herr gesagt, nicht wahr, meine Schwester?«

Sie nickte.

Wo bleibt nur Christus, der Entsühner, Gnadenmittler und Erlöser? fragte sich der Archimandrit und begehrte es mit unterwürfiger Neugier zu wissen: Ob Christus nichts mehr zu schaffen brauche, ob er für nichts gestorben und auferstanden sei, oder auf welche Weise es sonst noch wahr bleibe, daß uns kein anderer Name im Himmel und auf Erden gegeben sei, darin wir sollten selig werden, als der seine?

Sie gab lächelnd zur Antwort, er sei ja, wie gesagt, der Sämann auch dieser Saat, all seines Blutes, das er über die Völker sprenge, und sein Blut sei Geist. Sein Abstieg vom Himmel, seine Geburt, sein Tod, sein Auferstehen, seine Auffahrt und ewige Herrlichkeit seien zeugende Urbilder, die sich im Entwerden und Auferstehen aller benedeiten Seelen wiederholten und vollendeten. O seliges Kreuz, o geistliches Martyrium!

Eine Pause entstand. Dann begann es in Marfa deutlich zu fragen, warum der Fremde so befremdlich frage. Der wolle ja wohl nicht lernen? Er frage wohl nur aus? Sie brach die Erörterungen ab und äußerte kühl, sie verzichte gern auf die Bürde und Würde, die man ihr auf die Schultern zu legen gedenke. Ein Kloster sei ihr wie das andre, und je ärmlicher und entlegener, um so lieber sei es ihr. Versenktheit sei Versenktheit hier wie dort und mache übrigens zum Regiment untauglich. Sie begehre nichts als gekreuzigt zu werden sich und der Welt, nichts als den mystischen Tod.

Aber der Moskauer Sendbote hatte Witterung und tat sich darauf schon etwas zugute. Er glaubte ihr nicht. Sie ist noch gekränkt, sagte er sich, so stolz wie eh' und je, weiß es aber vor lauter Tiefsinn nicht, und daher lehnt sie ab. Dabei lockt sie der neue Rang. Wie ich das rieche! Alles Ketzertum ist eitel und lüstern, an Demut arm. Ich fürchte, sie taugt uns in Moskau auf dem Roten Platze nicht. Doch laß weiter sehn!

Er bekundete seine Ehrfurcht vor einem Wachstum, das nicht nur den nichtigen Leiden der Welt, sondern auch den Schmerzen der eigenen Vergangenheit entschlüpft und entwachsen sei wie die Zikade ihrer Puppe. Allein Marfa müsse sich in Moskau entscheiden vor den Ohren des Patriarchen. Auch sei dort noch ein andres, heiliges, wenngleich weltlich-politisches Werk zu tun – im gehorsamen Aufblick zur zarischen und göttlichen Majestät.

Sie horchte auf und blieb vor dem Fensterchen, den Raum verdunkelnd, stehen. Er teilte ihr in scheinbar gewichtlosen Worten mit, was für ein Betrüger den Frieden des Reiches und die fromme Treue rechtgläubiger Menschen meine bedrohen zu können. Der sei ein eidbrüchiger Mönch und Taugenichts. Man habe seine Abstammung und Anverwandten längst erkundet. Es nütze ihm nichts mehr, fortzulügen, das Kind, welches man einst in Uglitsch beerdigt, sei nicht der Marfa Sohn gewesen, vielmehr er selber sei's. Wohl ein halbes Dutzend einander widersprechender Gerüchte über seine Errettung und Vergangenheit scheine der Zauberer, der sich zweifellos dem Teufel verschrieben, ausgestreut zu haben. Bestehe auch keine Gefahr für Reich und Thron, so kenne man doch die kindliche Torheit der Menge, die das Märchen liebe, das Wunder verehre, Ungereimtes anbete und Teufeln, die sich als Engel drapierten, leichtlich verfalle.

Kurzum, es gehe auch um das Seelenheil einiger Wirrköpfe. Ein kurzes Wort Marfas könne dem Spuk ein rasches Ende bereiten. Man müsse vorbeugen. Moskau, treu um den Zaren geschart, erwarte das Wort der Mutter. Dies Wort werde das Gesicht des Gauklers, der sich ja auch in *ihre* Arme schleichen wolle, entleeren wie feuriger Engelsatem.

Alles, was Sergej über den Fall zu berichten für gut hielt, vernahm die Nonne ohne ein Anzeichen irgendeiner Bewegung. Sie stand abgewandt, gedachte eines versunkenen Vorvorgestern, fragte apathisch: »Dimitrij?«, schüttelte den Kopf: »Tot« – und machte eine verwerfende Handbewegung. Oder stieg es nicht doch wie Bläschen, wie dunkle Perlen in ihrer Seele hoch? Sergej beobachtete. Doch sie erkundigte sich, ob es nicht genüge, wenn sie eine schriftliche Erklärung nach Moskau sende. Er verneinte und bestand auf dem öffentlichen Akt des Schwurs vor allem Volk auf dem Roten Platz.

Da fing sie an, den feierlichen Akt sich vorzustellen, das festliche Aufgebot, die Kirchenbanner, die Masse der Moskowiter, die zu ihr aufschauen würde, und die hinter ihr funkelnden Türme des Kreml. Sie lächelte: Sie würde also ihr altes Moskau wiedersehen. Ach, was waren ihr noch die Stätten der Vergangenheit nach so vielen Himmelsreisen? Und doch, die Größe und wohl auch die Wichtigkeit des Auftritts, zu dem sie berufen, hatte irgendeinen Reiz. Sie begann umherzuwandern, Unruhe durchprickelte sie in der Tiefe, fast noch unbewußt. Sie negierte sie vor sich und dem Abgesandten und erklärte sich mit dem Ton gleichgültiger Langeweile und überdrüssiger Ungeduld dem Willen des Zaren und des Patriarchen gehorsam. Sie sagte die Mitfahrt nach Moskau zu. Dann bat sie, endlich wieder ihrer Ruhe und Einsamkeit überlassen zu werden, da die eingeläutete Stunde denen gehöre, die wohl wieder anpochen würden. Und ihr Blick verfinsterte sich, als sie wieder umherging, wie nach innen lauschend, sie hörte kaum noch zu, als der Kleriker von den Einzelheiten der Reise sprach, hatte nur noch das Bedürfnis, allein zu sein, allein, allein. Auch die Seelen draußen, sie müßten warten! Sie nahm nicht wahr, wann und wie der Archimandrit seinen Abgang nahm, sie fand sich allein. Allein? Alles andre als allein. Sie disputierte:

Nach Moskau? Hm! Sofort? Gleichviel ... Schwören soll ich? Was? – Hab' ich den kleinen Leichnam damals nicht gesehen und beweint? Ja. Auch erkannt? Wie entstellt er auch war, ich zweifelte nie. Doch jetzt – kann ich denn wirklich vor Gott und den Menschen beschwören, daß ... Was weiß ich, was da inzwischen die zwanzig Jahre, die mir hier vorübernebelten, zutage gebracht? Fern sei mir der Gedanke –

Warum zweifelte ich nie an Dimitrijs Tod und daß da vorbedachter Mord geschehn? Weil ich den Mörder kannte. Was sollte dir auch bei deinem Streich mißlungen sein, Boris? Auch die Verstümmelung, Hinrichtung und Verschleppung der aufrührerischen Uglitscher war dein Werk. Die armen, guten Leute ... Ihre Wut, ihr Schmerz um mein Unglück und dann ihr Los und alles, alles bezeichnete mir des Kindes Mörder und Ermordung. Doch heute – wie soll ich beschwören, es gebe da keinerlei Irrtum? Warum genügt den Übeltätern eigentlich nicht ihr Nachweis, der fremde Schwindler sei der und der? Sie müßten mir einmal die Uglitschakten öffnen! Die kenne ich noch nicht! Nun, sie werden's tun. Wenn sie sagen, der Fremde sei der und der, so können sie das auch belegen, und zwar vor aller Welt. Der Bursche ist überführt. Doch wieso brauchen sie dann noch so dringend meinen feierlichen Schwur, das öffentliche Schaustück? Nur um einiger Wirrköpfe willen? Hierin lügt der Archimandrit. Wenn hierin, worin noch? Boris hat Angst. Rußland wird im Aufruhr sein, Boris in großer Bedrängnis. Und seine Furcht kennt keine Scham mehr, läßt den Mörder sich an die Mutter seines Opfers hängen. Der

Folterer fleht seinen Gefolterten an. Ich plötzlich wäre eines Boris Godunow Retterin? So könnten die Dinge wohl stehen. Glaubt ihm wohl niemand mehr im ganzen weiten Rußland? Mein Wort nun wäre der rettende Fels im Meer für ihn, den Schiffbrüchigen? Und *sein* Wort wäre nichts als Spreu im Wind?

Sie stand still. Sie zitterte schon. Sie fragte sich weiter: Was bedeutet das alles im Hinblick auf den, der sich den Sohn Iwans und der Marfa Fjodorowna nennt? Sie ging umher, sie eilte fast, sie rannte. Da schlug sie die Hände vors Gesicht, denn da, da überfiel es sie vergewaltigend aus Höhen und Tiefen, sie konnte es nur noch erleiden.

So erbebt ja die Erde unter Feuerstößen aus der Tiefe, dachte sie später, so beult sie auf und zerreißt und klafft – wie damals meine Seele. Oder es kam nicht von unten, es war wie Blitz und blendende Helle von oben her, wie ein Schwerthieb vom Himmel schlug es in mich und ließ mein Innerstes aufbrennen, es sprengte mich wie den Leib einer Gebärenden.

Ja, Wehen spannten, weiteten und begnadeten sie. Überfällt nicht grelles Licht den Epileptiker im Anfall des Übels? Und sie litt ja ein wenig an dieser »heiligen Krankheit«. Das durchrieselte sie von den Schenkeln hinauf zum Herzen, von dort durch alle Glieder und bis in die Fingerspitzen, das sprühte noch aus diesen fort mit jener ekstatischen Süße, die Plotinos beschrieben und die sie selbst dann und wann in Versenkungen schon vorgeschmeckt. So wirft der hinaufgestoßene Meeresgrund im Seebeben die Meereslast auseinander, dachte sie später, und ein hinaufgestemmtes Eiland erhebt sich in auseinanderschäumender Brandung und dampft dann, von Wasserfällen triefend, ins Sonnenlicht hinauf. Erstickte, alte Qual, längst vergessen geglaubtes Fieber, weggelogenes Fleisch, Geist der Erde, von falschen, ohnmächtigen Himmeln überdeckt, das alles brach auf und war plötzlich da, wieder da. O Gott, schlage die Hölle! rief da etwas ganz unmystisch in ihr, doch ihr innerster Wille lief anders, der genas in solcher Hölle, barg sich darin und fühlte sich wohl in der Wärme und bat nur, ebenso unmystisch: Begnade mich, Ewiger, mitten in ihr, in ihr! Ich habe dir in Entselbstung gedient, bis wir eins im andern erstarben, nun gib mir Urlaub von dir, einen kurzen nur, o laß das wahr sein, daß mein Prinzchen lebt! Sie verwunderte sich ihres so törichten Gebettels, das einer Mystikerin unwürdig war, und wußte nur dies: Mein Dimitrij lebt, er lebt und ruft mich, er ruft mich zu sich, er ruft!

Unter solcher Widerfahrnis brach sie in die Knie und fühlte sich wie aus dünner Gipfelluft in betäubende Tieflandschwüle geworfen. Sie kniete und krümmte sich keuchend am Boden, bangte, ob sie wohl wahnsinnig werde, erlebte aber, wie ein Tränenstrom sie gleich einem Aderlaß erleichterte. Ihre Tränen waren wie Herzblut. Endlich stand sie taumelnd auf, reckte sich und streckte die Arme empor, und der Gott, nach dem sie jetzt angelte und griff, war nicht mehr der allüberwesend Ferne, sondern in lauter Fleisch und Blut, genau so wie sie selber, und flammend nah. Aber war es denn ein Engel oder war's der ewige Versucher im Engelsgewand? Gleichviel! Der Mystikerin waren all diese Wesenheiten naiver Religion, all diese Mächte des Jenseits, die lichten und die dunklen, eben doch längst in dem einen Allwirkenden zusammengeströmt und zerflossen. Gleichviel denn! Nichts als irdische Gewißheit glühte durch ihre Blutbahnen und war mehr als Ahnung und Hoffnung, war dankstammelnde Gewißheit, und in dem lautlos schluchzenden Stöhnen, das aus ihrer Seele Verstecken auffuhr, in diesem heißen, halberstickten »Dimitrij lebt!« waren Himmel und Hölle eins und hoben sich auf. Dieser innere Schrei fuhr zur Himmelskuppel wie Kugelblitz oder Stern und zersprang daran in bunte Schnuppen und Funken, und jeder Funke war

Gläubigkeit, ja schon Entschluß: Dimitrij lebt, er lebt, und das will ich bekennen und dafür leiden. Er aber, mein Dimitrij, rächt. Wen? Mein totes Kind? Sich selbst, denn er ist es selbst, und rächt mich mit und richtet den schuldigen Despoten. Es wird ihm gelingen. Zepter und Reich fallen ihm zu, so wahr ich für ihn zeugen werde. Er ein Frevler? Ein flüchtiger Mönch? Nein! Ich aber werde selbst zur flüchtigen Nonne, ach, um ihn nur einmal noch zu sehn!

Ach, wer hat mich hier in das große Abseits geworfen, mir das Haar und mit ihm das Leben weggeschoren und die Kraft? Was hab' ich, Makarij, mit dir hier gesucht? Gott und das ewige Licht; doch nicht das Leben, sondern den Tod in ihm, meinen und seinen Tod, und im Tode Freiheit; denn rings war Ersticken, Kerker und Nacht. Dimitrij aber irrte indessen umher! Er, den ich einst mit Zittern und mühsam überspieltem Grauen von Iwan empfing, den ich mit ehrgeizigen Hoffnungen austrug, den ich, keuchend vor Zorn, aber bös triumphierend, gebar, der noch im Witwentum mein Trumpf war und den ich mit Verzweiflung begrub. Gott wollte mich läutern, sag' ich jetzt so kindlich wie irgendeine Ninotschka, die eine Kerze weiht, und ich wurde geläutert – hier in Tscherepowez, ich danke dir, Makarij. Hier erst begrub ich meinen Sohn und mit ihm mein irdisches Leben; nun empfang' ich ihn wieder und mit ihm ein geläutertes und begnadetes Muttertum. Sicherlich bist du ein rechter Held geworden, Dimitrij. Du bist mein Held! Deiner Mutter Herzschlag ist wie Glockenschwung, von deiner Ferne berührt, und dröhnt von deinem Namen. Ich bin ganz klares Geläut. Jetzt sage ich – und rede töricht nach Menschenweise: Gott ruft mich zu dir, und das ist nun der sogenannte Lebendige Gott, der echte und rechte, der handelnde, der Herr der Geschichte, der tobende, der vom Sinai, der aus Moses' feurigem Busch, der Hirt und Herr der Erzväter und des alten und neuen Israel; und nun der Berufer eines neuen Mose, deiner, mein Dimitrij, und meiner. Dürsten soll ich wieder, hungern und brennen, wie Menschenkinder tun; bin geläuterte Erde, bin Himmel und Erde zugleich. Ich frevle doch nicht, ich frevle doch nicht?

Auch im Magen spürte Marfa Hunger, Erschöpfung in allen Nerven, Gier nach Speise und Trank wie ein Genesender nach langer Entkräftung. Das neue Leben zehrte sie nun schon mit Sekundenschnelle leiblich auf. So, dachte sie, lechzten einst die heidnischen Schatten der Unterwelt nach dem Blut in der Grube, nach der Verleiblichung. So lechzten danach Gespenster und Dämonen, nach diesem Menschsein in Haß und Brunst, wie ich nach irdischem Lieben, Bangen, Hoffen, Wagnis, Opfer, Sieg und Sturz, Triumph und Verzweiflung schmachte. Marfa fielen auch die antiken Mänaden ein, die im Rausch Lebendiges zerrissen und verschlangen. Wohl erschrak sie, doch immer ferner versank am Horizont das Land ihrer mystischen Untergänge. Sie fühlte sich wie aus zauberischer Sphären Bannkreis gelöst, stand wie an Schiffes Bord und sah den Strand vergehn. Würde sie je wieder zurückbegehren? Das Wesen, das sie dort gehabt, wurde wesenlos. War es nicht Flucht gewesen, ein Unterkriechen im Dickicht, wie das wundkranke Getier sich im Dickicht verbirgt, um ungestört zu verenden? Nochmals, sie verwünschte Makarij nicht, sondern dankte ihm für die Beschwichtigung ihrer Leidenschaften und für jeden Weg in die Entrückung, und doch gab sie lachend Abschied dem allüberwesenden Einen und wußte, der habe seine Verborgenheit nun in Fleisch und Blut erst recht – und nun erst Stimme, und seine Stimme Donner und Hall. Der Archimandrit hatte recht gehabt: Man hat Gott nie, er hat *uns*, und er und wir haben *einander* in Fleisch und Blut, sehen einander im Mittler, dem Gekreuzigten, an. Man soll nicht in seine Gletscherwolken kraxeln, er steigt ja herunter und tritt in unsere Tür, der Gott Abrahams, Isaaks und Jakobs und aller Sünder; aber er stirbt denen, die sich an ihm zu Tode denken. Nun ruft er mich aus dir, mein Sohn! Dich hat er wie Mose gerettet, und du triebst wie er auf einem anderen rettenden Nil, einem anderen Gerichts- und Gnadenstrom des Allwirkenden dahin, auch du hast inzwischen irgendwo vor deinem brennenden Dornbusch gestanden. Nun wirst du deine dir bestimmten Taten tun, nicht aber vor dem dir gelobten Väterlande auf irgendeinem Nebo schmachtend verenden. In unwiderstehlicher Landnahme fährst du durch deiner Väter Land, das walte Gott! Jericho wird vor deinen Posaunen zusammenstürzen, wie ich hier in meine Knie gestürzt bin, und Boris dein Kanaan räumen. Schwärme ich nur? Wie kommt das, daß ich das so sicher weiß?

Marfa sah auf dem Bettisch einen Kanten übriggebliebenen Brotes, ergriff ihn, biß gierig hinein und schlang wie ein Tier, und währenddessen wanderten Millionen Menschengesichter, zu schwankenden Wolken vereint, aus den russischen Weiten rings auf sie heran und flehten aus weinenden Augen. Auch aus dem Oben der Engel und dem Unten der Dämonen fühlte sie sich angeschaut von Millionen Augensternen. Alles starrte auf sie ein und wartete auf ihr entscheidendes Wort. Da schlug sie die Hände vor ihre Augen und wurde sich ihrer ganzen Macht bewußt. Oh, ihr Wort in Moskau würde kein Wort des Verrates werden. Sie, vorm Busch ihrer Berufung, zog ihre Schuhe aus als auf heiligem Land und schwor dem Gott in den Flammen zu: Du, nach dem ich tappte und dessen abweisende Majestät ich darin erfuhr und verehrte, daß sie tötete, throne du weiter in deinem endlosen Weder-Noch, dennoch bist du nicht der Ferne allein, der Überwölbende, du bist der alles Durchrasende, und erst darin hast du deine Verborgenheit ganz. Du rollst dein All in jedem Herz- und Pulsschlag und Atemzug vor dir her. Wer gafft im Dahinstieben des Sandsturms, selber ein Sandkorn, neugierig zurück auf dich, den Sturm? Wehe dem, der zurückgafft, er erstarrt wie Lots Weib. Nun will ich vorwärts fegen in deinem Wind. Was wir Menschen auch treiben, wir sind Getriebene; was wir auch leben, *du* bist es, der uns lebt. Es geschehe dein Wille, du Wille, Wille und nichts als Wille!

Es pochte. Eine Schwester trat ein und meldete, es sei heute niemand da, um Marfas Wort und Segen zu begehren.

»Ich hätte auch niemand empfangen heute!« rief Marfa entschieden. »Bringe ein kräftiges Frühstück, Fleisch, auch Wodka! Ich hungre entsetzlich.«

Die Nonne stand baß erstaunt und offenen Mundes. Marfa trat zornig auf und scheuchte sie an die Erfüllung ihres Wunsches. Die Nonne »trollte« sich, wie ihr geboten, und fand bei der Äbtissin Sergej, richtete Marfas Begehren aus und vernahm, daß der Aufbruch noch heute und schon in Kürze erfolge.

Im Speisesaal wurde die lärmende Mannschaft von verschüchterten Nonnen bewirtet. Die nicht erst entsattelten Pferde draußen standen Heu malmend längs der Klostermauer im Hof, die Lanzen in Pyramiden. Als die gesättigten Reiter wieder bei ihren Tieren herumstapften, versammelten sich auf der Igumenja Befehl alle Klosterschwestern in der Kirche, und Marfa, wohl gestärkt und gehüllt in einen für sie mitgebrachten kostbaren Fahrpelz, trat zwischen der Klostermutter und dem Archimandriten herein. Die Igumenja sprach trauernd von der Absicht des Patriarchen und daß die geliebte Schwester wohl für immer von Tscherepowez scheide. Sie segnete die vor ihr Niederkniende. Dann erhob sich Marfa und nahm mit raschen Umarmungen von allen Schwestern Abschied. Sie war mit dem Herzen, das spürte man befremdet und das bedachte Sergej mit nachdenklichem Gesicht, schon weit weg und davon. Aber die Nonnen weinten. Marfa bat mit tiefer Verbeugung alle um Verzeihung für alles Unrecht, das sie ihnen jemals zugefügt, um ihre Fürbitten zu Gott, zur allerschönsten Mutter Gottes und allen Heiligen – und brach dann selbst in ein ihre Schultern schüttelndes Weinen aus. Ihr Verhängnis überfiel sie mit Gewalt: War es nicht Todesverhängnis? Sie würde ja einem Despoten – trotzen!

Sie wandte sich ab und eilte davon. Die Äbtissin und der Archimandrit folgten ihr mit den Nonnen bis zur Troika. Sie stieg ein. Die aufgesessenen Reiter trabten schon außerhalb der Klosterpforte umher. Nachdem der Geistliche stehend vom Schlitten aus noch einmal die ganze Nonnenschar mit großer Gebärde gesegnet, ging die Ausfahrt vonstatten. Mit Lärm und Hussa stob die Kavalkade davon, Reiter vorn, Reiter hinten, inmitten die Troika mit Marfa und dem Moskauer Sendling.

Beide blickten wortlos über das Auf und Nieder der drei Pferdeköpfe ins Schneestaubgewölk ihrer Vorreiter. Zwischen beiden gingen die straffen Leinen des Lenkers, der hinter ihnen auf dem Kufenbrett stand. Über beiden zerplatzte dann und wann sein Peitschenknall. Der Archimandrit hätte gern in Marfas Zügen geforscht, doch ihr Profil war von der Pelzkapuze abgeschirmt. Dies Antlitz aber, mit bald offenen, bald geschlossenen Augen der winterlichen Weite zugekehrt, wechselte stundenlang zwischen Straffheit und Welken. Die männlichen Lippen arbeiteten dann und wann. Nach dem erregenden Aufschwung folgte Ermattung, die brachte Ernüchterung, kritische Fragen und tiefer und tiefer bohrende Zweifel mit. Sie verzogen sich wohl dann und wann wie die fernen Wolfsrudel an den Waldhorizonten, die man zuweilen erblickte, doch sie kamen in Rudeln wieder und umkreisten Marfas Herz. Sie rekonstruierte alle Einzelheiten der Uglitscher Schreckensmainacht, rief sich alle Gesichter zurück, die des treulosen Bitjagowskij und seiner vermutlichen Helfer, des Höflings Tretjakow, des Arztes Simon, der Amme Wolochowa und ihres Sohnes Ossip – und das entstellte Gesichtchen des aufgebahrten Kindes bei den Exequien. Sie dachte ihrer verbannten Brüder, Mischa und Grischka – ach, ob sie noch lebten? Wo verkommen sie wohl in trauriger Öde? Sie rief ihnen zu: Der Unbekannte in Polen ist unser aller Rächer, und wäre er tausendmal nicht mein Sohn! Aber da hatte sie sich nun vollends ertappt! Eine kalte Welle ging über ihr Herz, und sie erschrak über alles, was in ihr vorgegangen. Krampfig drückte sie unter dem Pelz die Fäuste an die Brust: Da, da, da, in den Abgründen da drinnen, die niemand in sich ausforscht, ausleuchtet und beherrscht, was wechselt darin nun fort und fort mir zwischen Hoffen und Verzagen, Angst und Trotz? Sie ahnte über sich den Klagelaut eines Engels, den Klageruf: Marfa, Marfa, du bist ein Spielball worden jener Dämonen, die aus dir aufgefahren mit zerrissenen Ketten, spürst du das denn nicht? Was reißt dich jetzt durch diese winterlichen Weiten dahin, die dein Schlitten durchfliegt, was steht dir der Kreml so grell im Blick? Fiebert ein immer noch ungezähmtes Herz in dir armseligem Erdenglanz entgegen, dem einst mit Angst und Not kaum besessenen, und redet dir vor, es sei dein Mutterherz, und befiehlt dir wider Einsicht und Verstand, dein Kind lebe? Ach, sie hatte gewiß mehr als *ein* Herz in sich! Sprach nicht wiederum des Herzens Herz in ihr: Laß dir dein Verlangen nicht verleumden?! Ja, es sprach: Du sollst als guter Geist um den Sohn des Schrecklichen sein, dazu bist du geläutert worden, damit aus ihm kein zweiter Schrecklicher werde, sondern des friedlosen Vaters friedevolles Vermächtnis und schöne Erfüllung. Dazu wurdest du zubereitet und aufgespart. Sie summte weiter wie ein Insekt im Spinnennetz. Sie stellte sich den Unbekannten vor, suchte sich sein Antlitz, seine Stimme, seine Gestalt, seinen Gang, seine Gesten auszumalen und fragte sich, ob *er* sich wohl *auch* schon so nach ihr sehne, wenn schon nicht gar so sehr. »Gewiß!« flüsterte sie heiß, »ist er's, dann sehnt er sich auch.«

Sergej vernahm dies Flüstern, verstand es aber nicht.

Marfa sprach Dimitrij an: Du glaubst an dich? Es könnte ja sein, daß du unbewußt Marionette an fremden Schnüren bist, mein Lieber? Den verborgenen Spieler, in dessen Händen sich die Schnüre sammeln könnten, kenne ich natürlich auch nicht. Heißt der Spieler Polen? Aber dir fällt ja wohl schon Rußland zu. So große Kreise kann weder ein Betrug noch ein Irrtum ziehen, nicht? Doch was rechne ich hin, was rechne ich her, ich werde alles prüfen, durchstöbern, erforschen und erfahren. Boris wird die Akten, die Wahrheit, selbst seine Gedanken nicht zu verstecken brauchen, denn alles werde ich wittern und durchspähn und dann die Wahrheit ohne Rücksicht auf Boris und dich und mein eigenes Herz und ganz erbarmungslos bekennen, das soll geschehen, ja, ja, ja!

Nun zogen die unseligen zwei Jahre ihrer Ehe mit Iwan vorüber und erweckten vor ihr all das Grauen, all den Ekel, all die stolze und intrigante Begierde und all die Ängste im goldenen Käfig, all die Eitelkeit und Hohlheit von damals, die von so viel Perlen und Tränen schimmerten. Als der ›Unhold‹ plötzlich damals verstorben, war er schon auf neue Brautschau aus gewesen, hatte sein Gesandter in London schon um eine englische Nachfolgerin vorgesprochen. Gewiß hat die Engländerin damals schon genauso gedacht wie Marfa und die Vorgängerinnen, wie einst die byzantinische Theodora: Der kaiserliche Purpur ist das schönste Leichenhemd. Dann fragte Marfa wieder Dimitrij: Und was blüht mir nun bei *dir*, falls du siegst und ich bei dir wohne? Ach, sicher ist jetzt nur dies: Habe ich mich erst einmal in deine Gewalt begeben, dann bin ich darin verstrickt, läßt du mich nie mehr frei, da wäre kein Widerruf mehr möglich, es sei denn durch meinen Tod, du müßtest mich und so den Widerruf in mir ersticken. Also muß ich jetzt und sofort, ehe dein Krieg beginnt, alles entscheiden und über dir die

Schicksalsgöttin sein und über Millionen – dort auf dem Roten Platz. Alles wägen, alles wagen! Sie sollen mir schon die Archive öffnen! Das walte Gott!

Und wenn ich's doch nicht entziffern und das Rätsel nicht aufschlüsseln kann, alles im Zwielicht bleibt und alle Umrisse schwanken? Wie, wenn er nun echt ist, und ich verkenne ihn? Wie, wenn er ein Schelm oder Narr ist, und ich vertraue ihm? Beides kann geschehn. Wahrscheinlich aber geschieht das dritte: daß ich in Moskau die Achseln zucke und zusammensinkend stöhne: Ich weiß es nicht, ich weiß es nicht ... Und dann? Schon damit zöge ich mir das Gericht des Despoten zu, Erpressung bedrohte mich, wohl gar die Folter, vielleicht der Tod. Und ich hätte zugleich meinen Sohn womöglich verraten und schwer geschädigt. Und den Frieden Rußlands hätte ich nicht gerettet. Denn auf mein bloßes »Ich weiß es nicht« gäbe der Fremde nicht auf, er sei nun, wer er wolle.

Ihre Gedanken verwirrten sich. Sie hieb die Knäuel mit dem Schwert durch und entschied: Ich werde wagen müssen, ein blindes Ja oder Nein. Sofort warf sie den Entscheid um: Nein, nein, das wäre unerträglich! Ich muß mir, wenn mir in Moskau keine Klarheit wird, diese Klarheit aus den Gesichtszügen des jungen Mannes selber holen gehn, muß flüchten und zu ihm reisen! Und dann – ob er nun Dimitrij ist oder nicht – werde ich seine Gefangene sein. Das ist für ihn dann sein größter Sieg, für Boris die schwerste Niederlage, aber für mich dann die große Gewißheit! Ganz gewiß ... Hoffentlich ... Vielleicht ... Oder umnachtet mich auch dort noch vor ihm und fort und fort der mörderische Zweifel? Hilf, Himmel, hilf!

Sie weinte sich im stillen aus, und als sie sich satt geweint, stellte sie sich vor, wie Boris reagieren würde, wenn sie sich vor seinen Ohren für den Empörer entschiede. Selbst wenn Boris ihr beipflichten müßte, so würde er nicht zurücktreten, sondern sich auf seine Weihen berufen, sie aber hätte ihr Leben verwirkt. Sie hörte schon den Patriarchen mahnen, drohen oder flehen: Marfa, und wenn er tausendmal dein Dimitrij ist, bedenke, er bringt Krieg, Wirren und Leid ins längst schon schwer getroffene Land, darum opfre ihn nun ein zweites Mal auf, diesmal um deines Volkes willen! Und wäre er tausendmal dein Sohn, denke an Abraham auf Morija, bedenke ... und so fort! Doch schon wies sie ihm die Zähne und lachte: Nein, so komme mir niemand! Rußland liegt im argen, das stimmt, doch seinem Unheil ist ein Heiland zubestimmt, und der heißt Dimitrij! – Ja, und dann?

Dann? Sie sank in sich zusammen. Eine letzte Flutwelle, eine Welle schwärzester Traurigkeit, überfiel sie, und ihre Seele glitt schnell und schwer wie ein Stein, sank und sank in nichts als lastende Nacht hinab, in Todesgewißheit. Sie würde die Zukunft der Dinge, die sie so für den jungen Mann entschiede, nicht mehr schauen und erleben. Sie schloß die Augen und sah zuletzt noch zwei Gestalten. Die eine bot ihr eine Dornenkrone an, mahnte sie mit stillen Augen zum Bekennertod für ihren Dimitrij; die andre Erscheinung bot ihr das gleiche mit der Mahnung, Boris alles zu verzeihen und den Unbekannten auf alle Fälle aufzuopfern. Beide Gestalten verschwammen in eins und lösten sich auf. Zurück blieb die Gewißheit, alle hellen und dunklen Klänge Himmels und der Hölle schmölzen zusammen auf einen Ton, und die Verwirrung ihres Gewissens sei unheilbar. Gott schien ihr wieder ganz unansprechbar, kein Du mehr, sondern das alte, unbekannte All-Eine, jenseits von Gut und Böse. Es kommt auf eins hinaus, dachte sie noch, ehe sie einschlief, ihn glauben oder leugnen, so fremd ist er, so fern. Mag alles werden, wie es will; ich bin müde, ich treibe dahin ...

Die Sonne sank, das Abendrot verdämmerte, es dunkelte endlich, und Moskau war noch fern. Erste Sterne blitzten. Man fuhr in ein Kloster ein und nahm dort Nachtquartier.

Sergej fand ein Schreiben des zarischen Sekretariats vor, erbrach und entzifferte es im kümmerlichen Licht der Lampe. Der Herrscher befahl, unauffällig und ohne die Reiter in Moskau einzuziehen; der Empfang der Nonne sei geheim.

Am nächsten Vormittag durchrauschte die Troika ohne Begleitung die erst verstreuten, dann dichteren Randsiedlungen der heiligen Stadt und passierte dann die Schlagbäume und die Tore der Bollwerkringe. Unter dem Mittagläuten ließ die Kremlwache am Erlösertor sie ein. Endlich stand Marfa mit ihrem Begleiter, von Bojaren mit ehrfurchtsvoller Verneigung empfangen, in einem der Säle des Palastes. Beklommen und pochenden Herzens stand sie da. Verstohlen tasteten ihre Augen die einst vertraute, wieder um sie aufgetauchte Wirklichkeit ab. Man geleitete sie weiter. An der obersten Stufe der breiten Wendeltreppe empfing sie Semjon, verneigte sich fein und nahm ihre Hand.

Im Empfangssaal stand der Zar, zu seiner Linken der Patriarch, rechts die Zariza. Nichts als väterliche Huld wohnte in den Zügen des Patriarchen, aller Gram der Erde zerknitterte das Herrscherantlitz, hochfahrender Abstand thronte in den markanten Zügen der Zariza. Marfa schritt, auf ihren schwarzen Stock gestützt, aus der Weite des Saales heran. Semjon folgte mit leisem Tritt.

Marfa Grigorjewna musterte ihre Vorgängerin in der Würde der Zariza: Die Haube mit dem schwarzen Fellbesatz umrahmt ein undurchdringliches Antlitz. Das wird mir trotzen! dachte sie. Auf der Stirn der weiße Streifen aus Linnen kleidet sie gut über den dunklen Brauen und Augen. Der von den Schultern fallende, in Pelz gefaßte Mantelumhang verhüllt eine ungebeugte, noch stämmige Gestalt. Das Nonnengewand läßt sie größer erscheinen, als sie ist. Vom Hals fließt über die Brust ein schimmerndes Spitzenjabot, sehr zart. Von der den Krückstock führenden, hoffärtig bunt beringten Hand baumelt an der dicken, dunklen Perlenschnur ein sehr kostbares Kreuz. Versteckt sich nicht lauter Haß hinter dem Feiergesicht? Sehr tief verneigt sie sich nicht.

Niederkniend küßte jetzt Marfa die ihr entgegenkommende Hand des Zaren und stand, auf ihren Stock gestemmt, etwas mühseliger auf, als ihrem Alter zuzutrauen war. Der Patriarch trat auf sie zu und berührte sie segnend an Stirn und Brust und Schultern. Seitlich hielt sich Semjon mit verschleiertem Samtblick zurück. Der Zar beendete das Schweigen mit einem heiseren Willkommen. Danach versenkte sich Marfas Blick in die nächtlichen Augen der Zariza. Endlich schien ein erstes Lächeln um Marfas Lippen zucken zu wollen. Die Zariza hielt es für spöttisch, und ihre rechte dunkle Braue sank noch tiefer, die linke hob sich höher, ihr Mund unter der Höckernase verfestigte sich. Sie las nun aus Marfas Augen diese Anrede heraus: ›Du erkennst mich wohl nicht mehr? Ja, ich stand hier lange vor deiner Zeit, damals, als dein Vater, der Schubiack, noch meines Gatten willfähriger Knecht war, ein Großknecht freilich, ein großer, großer Henkersknecht.‹ Marfa las in der Zariza Blick die Erwiderung: ›Niemand erinnert mich ungestraft an Dinge der Vergangenheit. Sieh dich vor, du Null!‹ Boris warf Jow einen Blick zu, worauf der zu reden begann.

Er pries Gott und dankte Marfa, daß das rechtgläubige Rußland in ihr eine Heilige geschenkt erhalten, und berichtete, wozu man sie vor allem Volk zu erhöhen gedenke.

Vom Judaslohn zur Sache! dachte sie und erklärte, sie sehne sich nach Tscherepowez zurück, sei auf Stille, nicht auf Macht und Ehren aus.

Der lächelnde Blick Semjons schien zu fragen, ob das wohl stimme. Und: Gelogen! riefen die Zigeuneraugen der Skuratowstochter ihm zu.

Jow erkundigte sich, ob die ehrwürdige Schwester ermesse, was das Vaterland von ihr erwarte. Er schilderte den

Abenteurer, der sich – als Agent der alten Reichsfeinde – erfreche, ihr Sohn heißen zu wollen, und fragte, ob sie, wie nicht zu zweifeln, bereit und gerüstet sei?

Was sie denn beschwören solle? fragte sie töricht. Nun, daß das Fürstlein von Uglitsch dem Jüngsten Tag und der Auferstehung des Fleisches entgegenschlafe.

Sie schlug die Augen nieder und erwiderte, sie werde die Wahrheit beschwören. Auch Semjon ließ die Lider sinken. Welche Wahrheit? hieß das. Der Patriarch fragte, ob sie sogleich – nach dem gemeinsamen Mahle – dazu bereit sei.

Marfa dachte, der Widerhall ihres Herzens müsse jetzt von den Wänden her allen vernehmlich sein, so begann es in ihren Ohren zu pochen. Sie legte die Linke auf den Aufruhr da drinnen, brachte sich tief aufatmend zur Ruhe, legte dann die geschweifte Achatkrücke ihres Stockes an den Mund und sagte sinnend: »Sobald ich sie weiß, die Wahrheit.«

Zar, Zariza, Patriarch und Semjon machten runde Augen. Die Zariza fragte: »Du – weißt – es – nicht?«

Stille füllte den Raum. Die Herrscherin wiederholte: »Du weißt sie noch nicht? Was weißt du nicht?«

Diese Stimme erweckte in Marfa Entschlossenheit. Unwillig fragte sie zurück: »Was erfuhr ich bisher in meiner Verborgenheit von den Dingen der Welt, was von der Fabel jenes Betrügers? Nichts. Ihr aber, ihr müßt es ja alles wissen, alles. Nicht ich. Wer sonst, falls nicht einmal ihr es sicher wüßtet, voran des Zaren Majestät?«

Jow begütigte: »Nicht darum geht es, was wir wissen. Natürlich wissen wir alles. Es geht um dein Zeugnis: Daß deines seligen Kindes Hülle in Uglitsch liegt und verwest.«

»Liegt. Hm! Verwest? Vielleicht auch nicht verwest? So grabt doch nach!« riet Marfa. »Vielleicht hat Gott ihm einen Strahl seiner Osterkraft ins Grab zugewandt, so daß er unverwest geblieben und himmlische Wohlgerüche ausströmt?«

»Verhöhnst du uns«, fragte die Zariza.

»Wieso? Jede Rechtgläubige weiß, daß solches zuweilen Märtyrern zuteil wird.«

Nun, darin lag die Anklage, das Kind sei ermordet worden. Sie schwiegen alle vier. Jow blickte Marfa streng an: »Als du einst an der kleinen Bahre standest, um wen weintest du da?«

»Ich weinte überhaupt nicht, konnte nicht weinen. Doch was ich beweinen wollte, hielt ich seit zwei Jahrzehnten für mein Kind.«

Jow nickte. Semjon fragte sanft: »Du hieltest? Heute nicht mehr, Marfa Fjodorowna?«

Wieder hob sie die Stockkrücke an die Unterlippe und blickte nieder: »Des Zaren Majestät wolle die Güte haben, mir die Akten der Uglitschkommission zu öffnen. Ich will alles gewissenhaft prüfen. Natürlich zweifle ich nicht ...« Sie sann vor sich nieder.

»Natürlich zweifelst du!« rief der Zar, »wozu sonst ...«

Die Zariza rief: »Sie zweifelt keineswegs! Sie ist ganz sicher, daß die Protokolle voll Lug und Trug sind! Sie wagt es!«

Marfa hatte schmale Lippen. Dann fragte sie: »Soll ich beschwören, was ihr beschwört oder was ich weiß?«

»Was alle Welt weiß!« befahl die Zariza. »Und das weißt auch du!«

»Weiß die Welt? So braucht sie mein Zeugnis nicht mehr ... Doch wohlan!« rief Marfa, und es schmeckte nach Hohn, »ich will der Welt sagen, sie solle sich halten an das, was sie weiß oder glaubt, genauso viel oder wenig, wie ich weiß oder glaube.«

Der Patriarch fragte streng: »Was weiß und glaubt die Welt nach deiner Meinung?«

Sie fragte zurück: »Wer hat das Ohr am Herzen des Volkes, der Kreml oder ich, die in Tscherepowez Erblindete und Ertaubte?«

Des Zaren Augen wurden stumpf, und sein Mund tat sich auf. Er sah wie ein soeben Verstorbener aus. Empörung brannte in den Augen der Zariza, Staunen wiegte das Haupt des Patriarchen hin und her, der Großfürst nickte trübe und bedeutungsvoll.

Jetzt trat Jow beschwörend vor Marfa hin: »Lebt dein Kind oder nicht?«

Und Marfa nahm ihr Herz in beide Hände, Marfa bekannte, Marfa sagte und klagte und bebte es heraus: »Ob es lebt? Hienieden lebt? So wahr ich lebe, bei allen Heiligen, ich weiß es nicht, ich weiß es nicht. Nein, ich weiß es nicht, seit gestern nicht mehr. Ich muß es erst ergründen.«

Das machte sie nun alle so stumm, wie nächtliche Wälder schweigen in der Schwüle kurz vor dem Gewitter, vor Sturm und Blitz und Regen.

»Und das«, fragte endlich der Zar, »das willst du vor dem Hof – und dem Volk – das willst du sagen: Daß du nichts weißt?« Er fing zornig zu beben an. »Du willst die Augen zum Himmel verrenken wie jetzt und – flennen und die Achseln zucken –?«

»Ob ich auch nur dieses soll und darf«, rief Marfa kläglich, »ich weiß auch dies nicht!«

Jow gab die Sache noch nicht verloren. Er sah einer Mutter schwere Not. Was für ein Leben lag hinter ihr! Und sie war ja doch heiligen und untadeligen Herzens. Man mußte sie geistlich überwinden.

»Meine Tochter, du hast dein aufgebahrtes Prinzchen damals angeschaut, nicht wahr? Du nickst. Aber nicht erkannt? Da schüttelst du den Kopf.« Er wandte sich zur Zarin: »Das Kind war durch die Flammen entstellt.«

Schweigen.

Da hielt es die Zariza nicht länger. Sie schrie den Patriarchen an: »Du nimmst sie noch in Schutz, die Heuchlerin, die verdammte Hexe, die Satanshure! Maske war all ihr Frommtun. Diese Seele wimmelt von Maden und Läusen wie ein toter Hund! Jetzt erlebt ihr ihre Selbstentlarvung. Da steht vor uns der Verrat! – Du Bestie, willst du schwören, was du sollst oder nicht?«

In Marfas Antlitz riefen solche Peitschenhiebe Wort für Wort eine arge Verwandlung hervor, als führen Schwärme von Rachegeistern von innen nach außen wie Schwertfische aus dunkler Flut. Während sich auch des Zaren Blut durch alle Adern im Zornesfeuer verjüngte, fuhr die Tochter Maljuta Skuratows herum, ergriff den schweren bronzenen Tischleuchter und schleuderte ihn auf die Nonne mit solcher Wucht, daß sie zusammenbrach und Jow und Semjon mit vorgestreckten Armen, geduckt und entsetzt, dastanden, zum Zusprung bereit. Die Zarin lachte noch: »Sie will nicht wollen, sie muß erst müssen!«, und gedachte wohl, die Zusammengekrümmte, sobald sie sich erhöbe, mit Fußtritten erneut zusammenzustoßen, doch nun schirmten Jow und Semjon die Mißhandelte ab und halfen ihr auf die Knie. Über ihre Stirn floß Blut. Kniend schob sie mit starken Armen ihre Helfer nach links und rechts zur Seite und hob ihr breites Gesicht, das immer neue Blutrinnsale vom weißen Stirnstreifen her übersickerten, der Zariza entgegen. Ihre Augen spießten die Feindin auf, ihre Zähne lagen hinter verzerrten Lippen wie zum Biß bloß. Dann schloß sie die Augen, warf den Kopf zurück, lachte auf wie in Märtyrerseligkeit und genoß die Leidensbereitschaft, die sie durchwütete und mit Riesenkraft erfüllte. Taumelnd sprang sie auf die Füße und schrie mit dem leuchtenden Antlitz der Ekstatikerin:

»Er lebt! Mörderfratzen vor mir! Gerichtete Mörder, geprellte Teufel! Mein Dimitrij lebt! Er rast auf Schwingen heran und rächt! Das will ich beschwören, das und nichts anderes, ihr Verfluchten!«

Da gurgelte die Zariza: »Du wirst dich hüten oder hinter

schalldichten Mauern schrein, bis du endgültig verstummst!«

»Ihr werdet euch hüten, ihr, mir noch irgendein Leid zu tun. Doch heran nur und über mich her! Probt die Hölle an mir aus, die ihr in euch tragt. Ihr haltet sie nicht aus, ich aber will alle alten Märtyrer beschämen!«

»Eben *darauf* baust du Aas«, zischte die Zariza, »daß *keine* Folter dir drohe!«

»Du Luder, du Abschaum«, schrie Marfa, »siehst mich bereit! Doch könnte euch euer ärgster Feind dazu nicht raten. Hahahaha! Richtet mich nur hin, ihr richtet euch selbst damit vor aller Welt! Foltert, mordet, wie einst mein Kind und die Uglitscher, nun auch mich! Öffnet und ebnet so meinem Sohn die Straße der Rache! Besprengt sie mit unserem Blut! Aus jedem Tropfen wächst ein Haufe Krieger auf!«

Der Zar stand krumm und schwankend. In seinem Herzen winselte es: Ich hab's gewußt. Gott ist mit ihm, ich bin verflucht. Und ihr Dimitrij starb wirklich nicht! Schuiskij hat mich betrogen, der Himmel ihn gerettet, den Balg. Oder sterben lassen und auferweckt, auferweckt! So oder so, sein echter Rächer naht, naht, naht!

Semjon überlegte, während sein Arm Marfa noch hilfreich umfing: Nach Tscherepowez zurück mit ihr, das weitere findet sich dort. Voller Ekel stieß sie seinen Arm hinweg.

Nun legte der Patriarch seinerseits eine Hand auf eine ihrer Schultern, und sie ließ es geschehen. Er wandte sie mit ruhiger, väterlicher Kraft herum und führte sie der Tür entgegen, hielt dort inne, kehrte sich halb zurück und sagte: »Sie weiß nicht, was sie spricht. Man hat sie aufgebracht. Man überlasse die Verstörte mir!«

»Fahr ab mit ihr und laß dir eine Nase drehn!« höhnte die Herrscherin.

So führte er Marfa hinaus.

Semjon Godunow sah seinen Bruder wieder einmal der

Ohnmacht nahe. Boris griff sich ans Herz und flüsterte vor sich hin: »Führe die Geschäfte weiter, Semjon! Rüste und führe du den Krieg! Ich will auf Wallfahrt gehen. Meine letzte Zuflucht – sei weit, weit ab. Ach, könnte ich bis zum heiligen Athos! Dort wollte ich – Mönch unter Mönchen – beschließen.«

Seine Gattin wandte sich verächtlich ab und rauschte mit schweren Schritten und erhobenen Hauptes hinaus. –

Um das erhabene Geländer der runden Estrade des Roten Platzes sammelte sich zu dieser Stunde viel Volk. Hier und da steckten Gruppen die Köpfe tuschelnd zusammen mit schiefen Blicken nach links und rechts oder schwatzten auch laut, umringt von Mithörenden. Bängere hielten sich abseits. Der Zustrom von Ackerbürgern und Handwerkern, von Frauen mit Buckelkörben, von Karrenschiebern oder auch von einspännig heranläutenden Schlitten mit auslugenden Kutschern wuchs, armes Hungergesindel schlich heran, und Kaufleute, Juden und Christen, auch einige herrische Kaftanträger drängten herzu. Das schob sich durchs Gedränge und suchte bald hier, bald dort zu erforschen, welche zarische Proklamation man erwarte.

Einer in zerlapptem Bauernpelz und mit einer Schaffellmütze, deren Ohrenklappen abstanden, ein Glattrasierter, stellte befriedigt fest: Liebe Seele, sei guten Muts. Die Funken in Gassen und Gäßchen, von meinen Rebellchen ausgetragen, haben sich wie Steppenglut hindurchgeschwelt, und hier vereint sie sich zum flackernden Brand. Man weiß Bescheid: Sie ist da, und hier soll sie auf der Estrade stehen an Väterchens Seite. Was fragt der dicknasige Krämer da? Woher man's wisse? Ja, Väterchen hat's in der Tat nicht kundgemacht. Wieso kein festlicher Einzug? fragt Bruder Mönch. 's ist eben mal so durchgesickert. Ah, der Metzger meint, daß Marfa eitlen Ehren feind sei. Hier der Flickschuster weiß es besser: Man hätte es im Gottesdienst hören müssen, meint er. Ja, du bist hell auf der Platte. Oje, das kommt und geht und steht und wurzelt, die halbe Stadt scheint auf den Beinen.

Und Stunden verrannen. Es flackerte über den Tausenden, sie schwitzten geduldig, die Märzsonne brannte. Längst war man bei der Frage: Wenn Marfa nicht erscheint, was dann? Hat sie sich womöglich Väterchen verweigert, sich zum Sohne bekannt? Paßt auf, der Zarewitsch lebt tatsächlich! Kriegerisch naht das rächende Blut Iwans.

Der Mann im Bauernpelz drängelte plötzlich in Richtung auf das Erlösertor hinaus: Liebe Seele, jetzt halte dich abseits, es riecht brenzlig, denn siehe, der erste Reitertrupp kommt aus dem Tor.

Ein Bojar in Kettenhemd und blinkendem Spitzhelm erschien auf einem Schimmelhengst von der Torhalle her, ein Dutzend berittener Strelitzen folgte, ein paar Dutzend Strelitzen marschierten hinterdrein. Der Bojar hielt seinen Schimmel an, blickte durch sein Visier über das Gewimmel und Getümmel, riß den Säbel aus der Scheide, verlangte mit lautem Kommandoruf Raum und preschte als Spitze des Keils in die aufschreiende und auseinanderklaffende Menge; seine Reiter erweiterten die Lücke mit gefällten Lanzen, seine Mannschaft zu Fuß mit ihren Hellebarden, auch Geißelhiebe klatschten nach links und rechts. Je näher der Estrade, um so rücksichtsloser ritt oder rannte das Korps auch über Leiber hinweg, die keinen Raum mehr zum Weichen hatten. Rings an den äußeren Ufern des Menschengewoges begann ein Flüchten, und das Getümmel in der Mitte war voller Geschrei und Druck und Drang wie grobe See. Schon sprengte der Anführer auf die Estrade hinauf. Stampfend hielt da oben sein Schimmel und warf den Kopf empor. Der Bojar streckte den Säbel hoch und befahl Ruhe. Seine Stimme schmetterte unter hochgeschobenem Visier:

»Rechtgläubiges Volk. Ich will euch wohl. Ich frage im

Namen des Zaren: Was sucht ihr hier? Wer berief euch? Seid ihr so gottlos, daß ihr Aufruhr begeht?«

Nur die im näheren Umkreis verstanden ihn. Die Unruhe brandete wieder auf.

»Trete einer vor und stehe mir Rede und Antwort!«
Niemand trat vor.

Der Bojar warf sein Tier herum und befahl, ein paar herauszugreifen und vorzuführen. Bald waren ein paar Leute am Kragen gefaßt und wurden auf die Estrade gezerrt und gestoßen. Angstvoll standen sie da, und einige knieten schon.

»Was also gibt's? Was soll's? Rede, du Zottelkopf!«

Der flehte: »Gnade, Väterchen! Hier ist kein Aufruhr. Da sei Gott vor!« Er berichtete, welche Kunde die Stadt durchfliege. Nun wolle man die Allverehrte und Väterchen Zar begrüßen.

Der Bojar kaute am blonden Schnurrbart. Sollte oder konnte er noch leugnen, daß Marfa gekommen war? Sie schienen's alle zu wissen, weiß der Henker woher. Nun, Marfa würde den Eid ja doch noch beschwören, das walte Gott! – So rief er denn in die Flut der zehntausend Gesichter:

»Ihr wartet hier auf Väterchen und Marfa. Eure Liebe vergelte euch Gott, doch kommt nicht früher, als bis man euch ruft! Bei Strafe an Leib und Leben, an Hab und Gut, ein jeder gehe an sein Tagewerk! So befiehlt der Zar. Man wird es euch sagen, wann Marfa spricht, morgen, übermorgen oder wann sonst. Trollt euch! Es lebe der Zar!«

Er beobachtete, wie die Masse allmählich nach allen Seiten enttäuscht abwanderte und der Rote Platz sich nach und nach einigermaßen leerte. Nur die Niedergerittenen lagen noch da oder hockten ächzend herum oder hinkten davon, hier und da von Freunden gestützt.

Einen dieser Humpelnden führte hilfreich der Glattrasierte und tröstete: »Brauchst nicht zu jammern, Brüderchen, du wirst wieder. Was habt ihr hier auch verloren? Mutter Marfa wird den gottlosen Eid so leicht nicht schwören, mit dem sie ihren Sohn verleugnen würde wie Petrus den Herrn. So, jetzt bist du heraus, jetzt sieh allein zu, wie du weiterkommst! Schließ mich in dein Nachtgebet ein! Ich war dir gut. Ich heiße Grischka, aus dem berühmten Haus der Otrepjew.« Damit ließ er ihn stehen und machte sich davon. –

Als die Sonne versank und die klare Himmelsglocke rötlich glühte, stand der Patriarch vor Marfa Grigorjewna und berichtete, Marfa Fjodorowna sei unbeweglichen Sinnes geblieben, bedaure ihre Heftigkeit, bitte dieserhalb um Verzeihung, glaube aber fest an ihren lebendigen Sohn.

Als es in allen Gassen dämmerte, beriet der Zar, vom Arzt und dem alten Diener zu Bett gebracht, mit seinem Bruder, mit Schuiskij und Mstislawskij die Mobilmachung eines Teiles seines Heeres, die schwierige Wahl der Strategen und – zum letzten Mal – die Einsetzung zuverlässiger Stadt- und Festungskommandanten in den westlichen Grenzgebieten. Immerhin, ein versöhnliches Schreiben des polnischen Königs sowie der günstige Beschluß des Lubliner Reichstags, im gleichen Briefe mitgeteilt, gaben Gewähr, der Waffenstillstand werde nicht gebrochen werden. Dies Dokument beruhigte den Zaren, so daß er den heiligen Athos wieder vergaß. Schuiskij grübelte inzwischen, wo sich wohl Freund Otrepjew tummle, der ihm so gänzlich unvergiftet abhanden gekommen. Im übrigen hatte er gehofft, ein hohes Kriegskommando zu erhalten. Es beunruhigte ihn, daß der Herrscher ihn so kalt überging. Otrepjew weg und er kaltgestellt – hing das miteinander zusammen? Stank es bereits um ihn? Und wie sollte der Insurgent nun siegen, wenn Schuiskij ihm nicht siegen half?

Als es über der eistreibenden Moskwa und weit und breit

dunkelte, rückte Xenja ihre große Stickrahmenarbeit, über der sie schon lange träumend, ohne zu sticheln, gesessen (es war ein Bildnis des heiligen Nikolaj), beiseite und ließ Kerzenleuchter bringen. In deren Licht las sie dann im Buch der Heiligenlegenden. Ihr gegenüber breitete ihr Bruder Fjodor einen großen Bogen aus und zeichnete und kolorierte eine Landkarte seines künftigen Reiches, eine der ersten in dieser Art, wie er wohl wußte. Er hatte sie aus allerlei Büchertafeln zusammengestellt und war auf des Vaters Lob im voraus sehr stolz. Hinterher würde er die Stutzuhr, Geschenk des Herrn Stroganow, auseinandernehmen und wieder zusammenbasteln. Das konnte gewiß noch kein Russe im Reich außer ihm. Und morgen würde ihn Väterchen an den Beratungen des Kronrats teilnehmen lassen. Und danach Unterricht in Latein und in der Geschichte des römischen Reiches.

Als die ersten Sterne blitzten, die Tore der Stadtbollwerke und die Schlagbäume die erstorbenen Straßen der Hauptstadt sperrten und die Nachtposten aufzogen, da fuhr im Schlitten Marfa, einen Palastoffizier als Begleiter neben sich, aus dem Kremltor. Nur zwei Reiter vorn, zwei hinten geleiteten die Troika.

Als die volle, große Mondscheibe mit erst rötlichem, dann immer weißerem Glanze aufstieg und, kleiner werdend, die beschneiten Dächer, Gärten und Felder versilberte, nahm am äußersten Stadtrand eine Reiterkolonne den Schlitten in die Mitte und eskortierte ihn.

Im Schweigen der Sternnacht senkte sich Ruhe auf Marfas Herz. Dies Herz hielt Zwiesprache mit dem fernen Geliebten und war wie der Himmel voller Licht, weil es den Sohn nicht verraten. Aber Nacht ist Nacht. Es umnachtete sie der Schmerz, daß sie nun zweifellos verloren sei und das Kommende nicht mehr erleben werde. Zwar Jow würde für sie eintreten und Boris vorläufig nicht die Dummheit begehen, sich vor der Welt mit ihrem Tod zu belasten. Aber Dimitrijs Triumph würde sie nicht mehr schauen. Ach, mag geschehen, was will, dachte sie, mein Tod hilft meinem Dimitrij. Gern sterbe ich für ihn ... Nein, nicht gern! Wie alles in mir nach dem einen lechzt: an des Triumphators Seite zu stehen, umringt vom Kniefall einer befreiten Welt, ein Gegenbild der Schmerzenreichen unter dem Kreuz, die freudenreichste aller Erdenmütter, Mutter des Auferstandenen, hunderttausendfältig gepriesen, benedeit und beneidet! Wer lebt, darf hoffen, dachte sie endlich, und nun mehrten sich ihre Hoffnungen wie die Sterne am Himmelszelt.

Man rastete für den Rest der Nacht im nämlichen Kloster wie auf der Herfahrt, man langte am folgenden Tag bei lautlos sinkendem Flockenfall in Tscherepowez an.

Als Marfa wieder in ihrer alten Zelle lag, da war diese, wie vor langen Jahren, wieder nichts als verhaßter Kerker. Ihre Phantasien, mochten sie noch so oft in die Weite springen, sie prallten an die Decke ihres Verlieses, fielen wie ein Steinregen auf sie zurück und steinigten sie. Diese Wände zogen sich enger und enger um sie zusammen und umschlossen sie wie ein Sarg.

Nach ihrer Ankunft hatte der Palastoffizier sofort die Äbtissin aufgesucht und erklärt, Marfa habe es nach Tscherepowez zurückverlangt, nachdem sie Väterchen, Mütterchen und den Patriarchen bitter enttäuscht. Die Igumenja habe nun zu bescheinigen, daß Marfa in ihrer Obhut sei. Sie habe sie streng zu verwahren und dem Hauptmann seiner im Dorf zurückzulassenden Reiter bei dessen täglichem Kontrollbesuch vom Befinden der Nonne Bericht zu geben und sie ihm regelmäßig vorzuführen. Diese Anordnungen kamen in einem Ton, daß die Alte stumm den verlangten Schein ausfertigte, siegelte und überreichte. – Zwei Tage darauf, als dieser Offizier Semjon die Ausführung des Befehls meldete, ahnten er und sein Gebieter nicht, was sich zur gleichen Stunde in Tscherepowez begab und seine Meldung überholte ...

Schüsse und Hundegekläff im Dorf waren das erste, Herantrappeln von Pferden und Männergebrüll vor dem Kloster das zweite, beides geschah am hellichten Tag. Ehe herbeieilende Nonnen die Bohlenpforte öffnen konnten, zerkrachten die Riegel, sprang das Tor unter Axthieben auf und preschten die Reiter herein. Marfa, die ihren Zwinger – es war nicht mehr ihre alte ferne Zelle – wie eine gefangene Bärin abwanderte, stand still und hielt den Atem ein. Sie lauschte. Es schrie in ihr auf: Seine Henker, sie sind da! Lebewohl, mein Dimitrij!

Sie wankte zur Tür, öffnete und lauschte in den Gang hinaus. Genauso wie sie traten ein paar Schwestern aus ihren Zellen, spitzten die Ohren und machten entsetzte Augen. Sie hastete an ihnen vorbei, um vielleicht noch die Äbtissin zu erreichen, in ihren Schutz oder vor den Ikonostas der Klosterkirche zu flüchten. Da polterte es schon lärmend heran und brach um die Ecke: ein bartloser Kosak, hinter ihm seine Krieger in gesteppten Kitteln, und die rissen die Äbtissin mit sich. Da stand der Oberbandit vor Marfa still und blitzte sie an, sie, die sich rasch in ihr Schicksal ergab, sich in ihrer Märtyrerwürde aufrichtete und äugte wie eine Tigerin.

»Halt!« rief der Kerl, die Arme als Sperre breitend. Sein Gefolge stand, und er wandte sich zurück.

»Heran, Mütterchen!« befahl er der Igumenja, legte seinen Arm um ihre Schultern und streckte die linke Hand Marfa entgegen: »Die ist es, die oder keine, habe ich recht?«

Die Alte kaute und schwieg.

»Nicht so verstockt, Mütterchen!« knurrte hinter ihr ein Kerl mit schiefer Zottelmütze. Sie kaute und schwieg. Der Anführer rief: »Das ist die Mutter unseres Zarewitsch! Seht, die geborene Herrscherin!«

Unseres? Ein jäher Schein flog über Marfas Züge.

Der Mann trat auf sie zu, senkte vor ihr ein Knie, riß die Kappe vom blanken Schädel und warf sie an die Wand, griff nach Marfas Gewandsaum, küßte ihn, riß dann den Säbel aus der Lederscheide, schwenkte ihn und schrie: »Lang lebe Marfa Fjodorowna Nagaja in Freiheit und Ruhm und langen Liedern und großer Macht!«

Nun gingen auch die anderen Banditen in die Knie und riefen: »Heil Marfa und Dimitrij, dem Zarewitsch!«

Der Anführer sprang auf, die übrigen auch. Sie bemächtigten sich Marfas, hoben sie auf die Schultern und trugen sie lärmend davon. Der Klostermutter, die, an die Wand gedrängt, nicht das Kopfwackeln, doch das Kauen vergaß, rief der Glatzkopf, nachdem er seine Mütze aufgelesen, zu: »Und jetzt wird gefeiert, gefressen und gesoffen! Komm, Mütterchen, komm! Ihr anderen«, rief er den Nonnen zu, »marsch in eure Zellen, bis man euch ruft! Daß mir da keine die Nase heraussteckt!«

Draußen die abgesessenen Reiter vor den Pforten der Klostergebäude standen Wache. Im Refektorium ließ man Marfa zu Boden. Ihr folgte mit der Äbtissin der Räuberhauptmann und seine Trabanten. Im Saale warf sich Marfa vor der Ikone, die aus ihrer düstren Ecke hinter brennender Ampel funkelte, auf die Kniebank und betete; ihr Kopf ruhte auf ihren Armen. Sie wandte sich nicht mehr zurück. Der Hauptmann befahl einem Kumpan, ins Dorf zu reiten und nachzuschaun, ob alles in Ordnung. Der wischte mit dem Ärmel über die Nase und schob ab. Dann wandte sich der Oberbandit an die Klostermutter, drückte sie auf einen Hocker nieder und führte sie in die Lage der Dinge ein:

Er sei der Kinderschreck, der Ausposauner des erlauchten Sohnes der Beterin da, und habe in Erfahrung gebracht, wie tapfer sich das Weib des Iwan für den Sohn geschlagen und wie man ihr zu gelegener Zeit allhier mit Gift zu vergeben gedenke. Der Igumenja habe man die Rolle zugedacht, die Welt um eine saftige Lüge reicher zu machen, etwa, wie Freund Satanas mit Schwefelgestank zu Marfa eingebrochen sei und ihr das krachende Genick abgedreht habe und so dergleichen. Ihm selber sei es ein leichtes gewesen, zu einer der prächtigen Banden in den Wäldern dahier zu stoßen, der Bande Bauern zuzugesellen und gen Tscherepowez zu schweifen. Sie hätten die Zarenwache im Dorfquartier soeben überwältigt und samt dem Herrn Hauptmann gen Himmel gesandt, bis auf die Handvoll williger Überläufer; diese hätten dann wacker mitgestochen und so manchem den roten Saft aus der Nase geschneuzt. Seine Helden würden nun als Wachablösung im Dorfe liegen bleiben, Mädchen umarmen, tüchtig eins saufen und Dorf und Kloster verwahren bis zu dem Tag, da Marfa vermutlich über die Grenze sei. Die Igumenja wolle nun die Gewogenheit haben, für Marfa Reisebrief und Auftrag auszufertigen – für irgendeine Anastasja oder Lisaweta aus Kloster Dingsda nach Kloster Soundso, ingleichen für ihre Reiter, denn dann und wann müsse man in Klöstern verschnaufen und nächtigen. Das beste sei es, die Äbtissin reise mit, zumal Väterchen Boris ihr doch einmal über die Glatze komme und sie haftbar mache. Doch jetzt sei keine Zeit mehr zu verplappern. Frisch die Schinkenkammern, die Schweineställchen, Mühle und Scheune auf! »Zuallererst aber«, so schloß er, »Maul auf, Mütterchen, und gib Antwort!«

Die Alte sah zu Boden und bekreuzigte sich langsam: Sie sei in Gottes Hand. Darin wolle sie bleiben und darüber sterben. Sie fertige keine falschen Dokumente aus, verfluche die Übeltäter – und Marfa mit, sofern sie gegen des Zaren Willen entweiche. Dann stöhnte sie auf: Sie verstehe die Welt und gar nichts mehr und wünsche zu sterben.

»Des Menschen Wille ist sein Himmelreich!« lachte Otrepjew. »Die paar Zeilen schreibe und siegle ich selbst, bin groß in Kleinigkeiten, doch überlege dir's, Alte! Die ansehnlicheren deiner Nonnen, so fürcht' ich, die werden um deines Trotzes willen lernen müssen, was für lustige Einhörner

die Männlein sind, und du müßtest das Licht dabei halten.
– Ich reise mit. Getrost, Mütterchen, des Fleisches tausend Sündlein schluckt die Himmelsgnade weg wie der Walfisch Heringsschwärme; der schnappt summarisch, doch schluckt sie Stück für Stück. Papperlapapp! Zur Sache! Entscheide dich, ich warte. Du willst jetzt, seh' ich, mit Mutter Marfa mütterlich reden. Ich warte. Ich warte vor der Tür.«

Er ging und warf die Tür ins Schloß, legte aber sofort ein Ohr ans Holz und hörte nach geraumer Zeit die Igumenja Marfa rufen.

Diese stand nun wohl auf, und die Alte umarmte sie wohl. Was sie sagte, war lange nicht zu vernehmen, doch dann vernahm Otrepjew die flehentliche Bitte: »Rette dein Bild und deinen Ruhm in unseren Seelen!« Und nach einer Weile: »Sie können dir keine Gewalt tun, so weit sie dich verschleppen. Du kannst unterwegs Lärm schlagen. Fürchte nicht sie, die den Leib töten können, aber die Seele nicht!« Pause. »Ach, du weißt nicht mehr, wo hier die Himmlischen, wo die Finsteren sind, wo Wahrheit, wo Lüge, wo Gehorsam, wo Empörung sei?« Pause. »Seit Jahren, Marfa, wagte ich nie, dich zur Beichte zu rufen. Gott verzeihe mir, was ich an dir versäumt! ER starb dir, statt dir übermächtig zu werden, das sehe ich nun. Du vergingst nicht in IHM, sondern ER in dir … Ich fürchte dich. Du – in solcher Verstrickung!« Pause. »Ich werde irre.« Pause. »Geliebtes Herz, meine Tochter! Ich binde dich in deine Sünde, so du entweichst. Keine Gnade dem Apostaten! Jenes Trugbild ist nicht dein Sohn, es kann nur der Versucher sein.« Pause.

Endlich kam Marfas Stimme: »Du mich binden? Du mich?« Sie lachte. »Die Sünde wider Christus könnten Abt und Äbtissin vergeben, wer aber vergibt die Sünde wider Äbtissin und Abt?« Pause. »Wen willst du meistern, dumme Gans? Schweige, rate ich dir!« Schweigen. Jetzt rief es mit Leidenschaft, und das war nochmals Marfas Stimme: »Es ruft! Sein Echo dröhnt und hallt und hallt aus Himmeln und Höllen. Was hab' ich mit dir zu schaffen? Wer wagt es, ihn zu deuten? Er ist in nichts als Fleisch und Blut. Mich ruft mein eigen Fleisch und Blut. Arme sind gebreitet. Ich muß hinein, in mein Verhängnis hinein!«

Otrepjew stieß die Tür weit auf und breitete seine Arme. Marfa stürzte hinein.

»Töchterchen!« sagte er liebreich, seufzte: »Ach ja, ja«, und streichelte ihren Rücken. Zugleich sah er, wie sich die Äbtissin abwandte und an Marfas Statt vor der Ikone niederwarf. –

Zur gleichen Stunde, da dies geschah und in Moskau Semjon Brief und Siegel und Meldung empfing, Marfa befinde sich wohlbewacht in ihrer Klausur, geschah es weiter, daß ein lärmender Moskowiterhaufe über den Roten Platz zur Estrade hintollte, vorn heilige Bilder, Mönche und Kirchensänger und hinten allerlei Volk, das ganze von Kindern umrannt. Der Zug trug auf einer Bahre ein kniendes verhutzeltes Weiblein, ein in sich gekrümmtes, das dann und wann die dürren Arme hochwarf und krampfig aufjauchzte. Von allen Seiten erhielt das Getümmel Zulauf, und die sich anschlossen, gafften zur hexenhaften Alten hinauf. Der war das Kopftuch vom wirren weißen Haar auf die Schultern gerutscht, und alle erkannten sie: die heilige Jelena, die Törin Gottes, Moskaus Debora, die Begnadete, Schauende, Schreckliche! Wo tragt ihr sie hin, Brüder? Ruht wieder der Geist auf ihr? Was hat sie geweissagt? Warum setzt man sie da oben ab? Ja so, sie hat danach verlangt. Sie hat danach geschrien. Da liegt sie auf den Knien, und ihre Stirn schlägt fort und fort auf die Fliesen. Aber sie sagt nichts. Doch, sie richtet sich auf, wirft die Arme hoch, schreit. Was schreit sie? ›Ich bin Marfa, ich bin Marfa!‹ Das schreit sie und jauchzt. Ja, hier hat Marfa reden wollen und nicht gedurft. Was zetert sie jetzt? Wehe, schreit sie, wehe! Sie verflucht Väterchen. Der Geist ist in ihr, der hier durch Marfa reden gewollt und nicht gedurft, falsche Eide schwören gesollt und nicht gewollt, und kündigt den Zarewitsch an! Hoho, Brüder, eine Jelena zu richten, hinzurichten, das wagt kein noch so arger Zar. Und sie hat ihn verflucht. Habt ihr's gehört? Sie hat ihn verflucht.

»Komm, Alte!« weimerte abseits ein Greis seiner Frau zu, »wir wissen genug. Jetzt weg hier und ins Gebet! Großes Gericht kommt über Rußland, das ist gewiß, und am Zaren beginnt's.« Er zog die Frau mit sich fort.

Die Masse lärmte noch lange. Ein Bäcker schwang sich auf die Estrade, stieg auf das Geländer und schrie: »Der Zarewitsch ein Moskauer Mönch? Ein Abtrünniger? Er – jener flüchtige Otrepjew, von dem der Zar uns –? Hahahaha! Da habt ihr's: Lügen haben kurze Beine! Nie hat der Zarewitsch Moskauer Luft geatmet. Das ist bekannt, daß er von Kindesbeinen an in der Fremde gewesen. Da wuchs er heran. Nun haben wir's vom Himmel verbrieft und besiegelt, nun sprach die heilige Jelena!«

Alles schalt und fluchte, klagte und flehte Jelena an, Mütterchen Rußland, das leidende, zu segnen, daß es aus dem Gottesgericht, welches nun komme, geläutert hervorgehe – von Heimsuchung zu Heimsuchung und von einer Klarheit zur anderen.

# VI
## Die Bärenhatz

Eine Leuchtbahn stieß wie ein zartes Himmelsschwert von einem Fenster hoch in der Kuppel zur Ikonenwand nieder und ließ ihre Goldteile aufglühen. Da leuchtete auch der kostbare Ornat des blondbärtigen Metropoliten auf, der zwischen zwei assistierenden Priestern heranschritt. Vor ihm kniete auf den Stufen Dimitrij und empfing aus funkelndem Kelch in goldenem Löffel das in Wein gebrockte Brot, den Leib und das Blut des Herrn. Das wie aus einem Abgrund von Stürmen aufbrechende Rufen und Beschwören, dann wieder in ihn zurückfallende und in der Tiefe fortflüsternde Flehen, Danken und Anbeten der erhabenen Sängerschar da hinten oberhalb seines Gefolges, welches weit zurück auf den Fliesen der Kathedrale mitkniete, das war jetzt nur noch ein Summen und Zirpen in verzücktestem Pianissimo, es löste sich in Verklärung auf.

Pater Pomaski kniete weit hinter der Beterschar, schaute empor zum riesigen Christusbild in der Kuppelwölbung, das majestätisch alles überherrschte, und betete innerlich: König aller Könige, du gebietest auch hier. Mein Dimitrij verläßt jetzt seine römische Mutter nicht. Hier preist dich auf dem Boden der Union, hier umstrahlt uns mit zahllosen Heiligtümern das hochheilige Kiew, die Mutter aller russischen Lande und Städte, hier vollzieht sich in Dimitrijs Seele die große Versöhnung stellvertretend für ganz Rußland. Du nimmst die Opfer unserer ohne dich ohnmächtigen Bemühungen an und segnest diesen Beginn. Amen.

Er bekreuzigte sich – römisch – und stand auf.

Die Feier ging zu Ende. Der Kirchenfürst umarmte und küßte Dimitrij auf beide Wangen und führte ihn an der rechten Hand durch das Heiligtum und die sich verneigenden Edelleute der Ausgangspforte zu. Seine Priester folgten.

Als Dimitrij an Pomaski vorüberkam, reichte er ihm mit bittendem Blick die Rechte. So schritt er denn zwischen Ost und West, Hand in Hand mit beiden, dem Kirchenportal entgegen und stellte sich die Menge vor, die da draußen seiner harrte.

Bedenken! Ob es nicht ebenso richtig, wenn der Pater hinten bliebe? Er ließ des Paters Hand los und warf ihm wieder einen bittenden Blick zu. Der Jesuit verstand, lächelte und trat zurück. Er führte so die nachfolgenden Kiewer Priester an. Denen folgte die Schar der meist galizischen Edelleute. Noch einmal schwoll der Chorgesang zu drommetendem Lobpreis an, dann öffnete sich die Pforte, und Dimitrij und der Oberhirt Kiews standen unter mächtig einsetzendem Glockengeläut über der tausendköpfigen Menge, die niederkniete und dann, vom Metropoliten gesegnet, aufstand und gaffte oder in lange Ovationen ausbrach.

Dimitrij trat vor und verneigte sich. Als er zurücktrat, wurde sein Blick von einem anderen, fernen Tumult gefesselt, der aus der Straßentiefe heraufkam. Das waren ja Kosaken, die lanzenbewehrt herangaloppierten und ein strohbeladenes Gefährt eskortierten. Mit Lärm und Lachen trabten sie heran, und in die auseinanderstiebende Menge hinein und arbeiteten sich rücksichtslos vor. Die Edelleute hinter Dimitrij wurden unruhig. Das ganze sah nach Überfall aus. Doch die vorderen Kosaken winkten lachend und begütigend herüber – von ihren tanzenden Pferden her, rissen ihre Säbel heraus, streckten sie in beiden Händen Dimitrij entgegen und küßten sie, wandten dann ihre Tiere und ließen den Wagen, dessen Kasten aus Weidengeflecht bestand, zwischen sich heran. Ein paar Reiter saßen ab, klappten die Rückwand des Wagens nieder, räumten mit zugreifenden Armen Stroh herunter und zogen einen von oben bis unten verschnürten, bärtigen Riesenkerl an den Stiefeln heraus, stellten ihn auf die Füße, wickelten ihn aus, stülpten ihm lachend seine hohe Bojarenmütze auf und stießen ihn heran. Das Volk reckte die Hälse: Das sei ja wohl ein ausgewachsener Hofbojar aus Moskau!

Inzwischen schrie der vorderste Reiter auf seinem tänzelnden Gaul, ein schnauzbärtig vollgesichtiger Kerl, heiser auf den Zarewitsch ein:

Der Ataman Korela lasse grüßen. Er habe vernommen, der Sohn Iwans weile in Kiew. Der Ataman rufe ihm zu: Majestät, gebiete über uns! Soweit man des Korela Keule ehrt und fürchtet, unterwirft sich dir alles, Dorf bei Dorf. Der Ataman rufe ihm ferner zu: Beeile dich, Dimitrij Iwanowitsch! Die ganze Sewersk ist eine Stute, die ihren Hengst wittert und wiehert! Wiehere, Hengst, zurück, und die Sewersk hält kein Zügel mehr und rennt dir zu! Der Ataman rufe ihm schließlich zu: Federfuchserei ist nicht des Atamans Sache, doch diesen Bojaren Kurzjew aus Moskau, den sende ich dir statt Brief und Siegel. Er mag dir beichten, wie er zur Ehre kommt, der erste vom Kreml zu sein, der jetzt im Kniefall vor dir den Kopf verliert und sein schwarzes Blut deiner Glorie opfert!

Einer seiner Herren übersetzte es Dimitrij Satz für Satz.

Inzwischen stand Kurzjew vor ihm und riß entsetzt Augen und Mund auf, als überfalle ihn Offenbarung. Dann schlug er plötzlich die Arme vor der Brust übereinander, brach in die Knie, stöhnte und rief: »Bei allen Heiligen, du bist der Sohn Iwans!«

Bei den Kosaken und im Volke brach höhnisches Gelächter aus: Er hat die Hosen voll! Er huldigt! Doch der Bojar rief wie außer sich, noch immer kniend: »O du Fleisch von seinem Fleisch, Blut von seinem Blut! Dimitrij Iwanowitsch! Mein Zar! Majestät!«

Er sprang auf: »Und jener Otrepjew, der dich gepredigt, der ist kein Lügner! Fluch auf Boris, der mich entsandt, um deinen Propheten aufzugreifen! Schande über mich, daß ich dich jetzt erst und zu spät erkenne! Nimm meinen verfluchten Kopf! Ja, büßen will ich, sterben, ich tollwütiger Hund, stellvertretend, wenn's deiner Gnade beliebt, für alle, die dir im Kreml widerstehen! Nimm meinen nichtsnutzigen Kopf mir ab, den ich hasse, der auf dein Unheil sann! Ach, wir wandeln in Finsternis und wissen alle nicht, was wir tun!« Damit zerrte er sich mit beiden Händen den Rock vom Hals, als begehre er den erlösenden Stich in die Kehle.

»Sei still, Bojar!« gebot Dimitrij und winkte der Menge. Es wurde still.

»Wie also heißt du?«

»Kurzjew.«

»Hofmann beim Usurpator?«

»Ich war's, ich war's. Jetzt nichts als dein schuldiger Knecht. Richte ihn!«

Diese Selbstbespeiung! dachte Dimitrij. Können eurer noch viele so heucheln, seit mein Vater euch wie Schaubudenluchse durch brennende Reifen springen gelehrt?

Und doch, wie er den Hünen so unter sich stehen sah und seinen Blick studierte, der mit Ergriffenheit in Dimitrijs Zügen zu studieren schien, da wagte er's nicht mehr, den Mann der Heuchelei zu zeihen. Dieser Bojar war sichtlich überwältigt von der Gewißheit, dem leibhaftigen Johannes redivivus gegenüberzustehen. Warum ihm nicht glauben zu seiner Ehre?

»Wie kamst du in Banden und Stricke, Bojar Kurzjew?«

Der berichtete nun, wie der Großfürst Semjon ihn zu den

Kosaken geschickt, um den Wegbereiter des Iwanowitsch zu identifizieren und auszuheben; wie er sich dem Ataman Korela anvertraut, dieser ihn und seine Mannschaft zum Trunk geladen, dann in der Trunkenheit überwältigt, gefangengesetzt und nun an die wahrhaftige Majestät ausgeliefert habe. Korela habe recht getan! Er, Kurzjew, danke Gott wie jener Greis: Nun lässest du deinen Diener in Frieden fahren, denn meine Augen haben meinen Herren gesehen!

»So umarme ich denn den ersten Bojaren vom Kreml, der mir huldigt!«

Dimitrij schritt zu Kurzjew hinab und schloß ihn in die Arme. Als dieser danach wieder in die Knie brach und in die Hände weinte, rief er in die Menge:

»Diese Umarmung allen, die zu mir finden!«, wandte sich um, stieg wieder die Stufen hinauf, kehrte sich zurück und gebot: »Auf, mein Freund und Bruder! Und höre!« Ernst fuhr er fort: »Denkbar, daß sich dennoch in deinem Gewissen bald ein Streit erhebt. Boris ist immerhin der Gesalbte, wie? Jeder Russe ihm mit heiligem Eid unterworfen. Gehör' ich auch an seine Stelle, so weiß doch bald wohl manche fromme Seele nicht, wem hier Treue zu halten, wo sie zu brechen sei. Ich danke dir für dein Bekenntnis, stelle dir aber frei, heimzureisen und zu Boris zu stehen. Neutralität – nicht möglich. Niemand kann zwei Herren dienen. Alles russische Blut muß fortan den einen oder anderen lieben oder hassen. Du bist frei, ganz frei.«

Edelmütiger Fuchs! Als hätte ich jetzt noch die Wahl! dachte Kurzjew. Er faltete die Hände auf der Brust, streckte sie wie zur Fesselung hin und rief: »Dir gehöre ich an! Bin ich ein Rohr im Winde? So deine Majestät mich dessen würdigt, will ich an ihrer Seite mitsiegen oder verbluten.«

Das Volk weit hinten, das vergeblich Hälse reckte und Ohren spitzte, fragte: Was hat er gesagt? Die vorderen gaben rückwärts Bescheid. Dimitrij erhob seine Stimme:

»Noch einmal, Bojar, überlege dir's recht!«
»Nimm mich hin!« schluchzte Kurzjew auf.
Dimitrijs Augen blinkten: Dir bleibt nichts anderes mehr, das ist gewiß.
Das wußte auch der anführende Kosak. Er lachte von seinem Pferd herunter: »Dimitrij Iwanowitsch, Väterchen würde ihn köpfen, kehrte er heim, schon seiner Schande wegen bei Korela, und dann des Kniefalls wegen vor dir!«
»Trau dem Bojaren nicht!« scholl es aus vielen Männerkehlen.
»Sprich, Kurzjew!«
Der schalt und schimpfte in die Menge zurück: »Ich hab' ihm mein Leben hingeworfen, ich lechzte nach sühnendem Tod. Will er statt dessen meines Schwertes Treue und Kraft, was kläfft ihr? In der ersten Stunde aber, da er mir mißtraut, geb' ich mir selbst den Tod, das schwöre ich.«
Dimitrij bat den Metropoliten und danach Kurzjew, seine und des Fürsten Glinskij Gäste zu sein, hieß die Herren aufsitzen und wies Kurzjew ein gesatteltes Pferd zu. Als er selbst, der lärmenden Menge zuwinkend, im Sattel saß und der Metropolit mit Pater Pomaski in den Wagen stieg, rief er den Leuten des Ataman Korela zu, sie sollten folgen und gleichfalls seine Gäste sein, solange sie irgend wollten. Da warfen sie jauchzend ihre Lanzen und Arkebusen hoch.
Das große Getümmel verlor sich hinter dem forttrabenden Zug. Am Stadttor nahm die dort zurückgelassene Reitereskorte Dimitrij wieder in Empfang und trabte voran. Dimitrij folgte dem Wagen, neben ihm ritt Kurzjew, den er viel zu fragen hatte. Die Kavaliere machten den Schluß, die Donkosaken die Nachhut. Ihr leerer Strohwagen rumpelte hinterher.
Dimitrij fragte Kurzjew nach Otrepjew aus und erfuhr, der sei gerade irgendwohin auf Fahrt gewesen. Er ließ sich Korela beschreiben. Kurzjew sagte, das könne niemand wis-

sen, wie Korela, den Einäugigen, Gott der Herr im Gesicht erschaffen, denn Brauen, Nase und alles seien von Säbelhiebnarben verunstaltet. Dies Rauhbein werde noch in der Hölle die Teufel zu Kosaken drillen. Dimitrij fragte nach Boris. Kurzjew berichtete, einen wie schweren Stand der Zar habe – trotz seiner Verdienste im Krieg und Frieden. Dimitrij fragte nach den Unruhen und erfuhr, daß selbst die Räuberbanden durchaus gottesfürchtig, auch zarengläubig seien, sich aber nach dem *rechten* Herrscher sehnten, der sie (die Kosaken voran) gegen Moskau führen werde. Nach ihrem Engelzaren fragten sie.

Mein Stichwort! dachte Dimitrij und erkundigte sich auch nach der Belastung der Bauern. Ja nun, die Grundherrensteuer müsse ja sein, und sie heische die fünfte, vierte oder dritte Garbe, freilich komme die Reichssteuer dazu, und auch für die Aussaat müsse allerlei bleiben, sogar zum Essen. Oft sei der Bauer seinem Herren verschuldet und müsse dafür Frondienst leisten. Das drücke und gifte ihn, so daß er eben oft in die Wälder flüchte, um als Räuber ein freier Mann zu sein, oder er weiche auf klösterlichen Grund aus, wo man ihn milder behandle. Ja, der Landbesitz der Klöster mit seinen Seelen wachse und wachse, auch durch die Landstiftungen der großen und kleinen Herren. Ganz Rußland drohe zu einem einzigen Klostergebiet zu werden, so jedenfalls schimpfe man. Fast umsonst sei der Bauer drakonisch an die Scholle gefesselt worden, zuerst von Iwan, der Majestät erlauchtem Vater. Dimitrij fragte, wieviel Land überhaupt wohl bebaut sei. Kurzjew klagte: Ach, die Kriege und Verheerungen! Von hundert Teilen fünf bis höchstens fünfundzwanzig, alles andere sei noch immer Wüstenei gewesen. – Ob es keine wohlhabenden Bauern gebe? Wieviel ein satter Bauer besitze, und wo solche noch zu finden? – Wo sich abseits der Herrensitze freie Dörflergemeinschaft zu gemeinsamer Saat und Ernte zusammenschließe, da möge der

Bauer noch zwei Pferde haben, drei Kühe, fünf Schweine, sechs, sieben, acht Schafe und ein paar Bienenstöcke. Und viele, viele Kinder dazu. Das seien die Friedlichen, so nennten sie sich. Sie prügelten wohl Weib und Kind, doch liebten sie sie auch und liebten ihr Land und priesen noch heute Iwan, den Richter der Großen. Doch wisse die Zarenkanzlei auch von Dörfern, die in fünfunddreißig Jahren sechsmal die ganze Bewohnerschaft gewechselt. Aber dort sei nicht nur das Elend daran schuld, auch der alte, heidnische Wandertrieb, dessen die heilige Kirche mit Wasser und Geist noch nicht mächtig geworden.

So ging es fort. Danach trennte Dimitrij sich von ihm und ritt neben dem Wagen dahin, worin er den Kirchenfürsten und Franz Pomaski von Nil von der Sora sprechen hörte. Der Staretz Nil, so hieß es, habe ein strenges Christentum der Armut, Innerlichkeit und tätigen Liebe gegen die veräußerlichte kultische Pracht, gegen die Überfülle der in ihrem Reichtum oft verweltlichten Klöster und gegen die Verflechtung von Kirche und Staat gestellt. Jesuit und Metropolit erwogen, wie weit das gegen Nil Sorski von Abt Jossif vertretene volks- und weltmächtige Staats- und Großkirchentum mit seinen Zeremonien, Klöstern und Reichtümern in Gefahr sei, schwärmerisch die Welt zu verklären und die Patriarchenkirche dem politischen Regiment auszuliefern. Pomaski würdigte die römische Zweischwertertheorie und meinte zuletzt, Nils und Jossifs Ideen müßten einander ergänzen und in Schranken halten.

Dimitrij spann für sich fort: Der Zar, der nicht zu Jossif hielte, sägte an dem Aste, auf dem er selber sitzt. Zweischwertertheorie? Jossif ist mir lieber. Mein Patriarch der Kirche Haupt, ich aber ihr Hals, der's zu drehen weiß! Dann strahle das heilige Moskau über alle östlichen Kirchen hin! Union? Mit Rom? Daß Rom mir womöglich den Patriarchen und Klerus noch wegziehe an sein großes Herz? Ich begreife schon, Vater Iwan, was dir das Ding anrüchig gemacht. Manches freilich empfiehlt sie auch, die Union, die die Blicke westwärts lenkt. Schließlich hat Rom nicht mehr die Macht, Herrscher so zu gefährden wie einst, nicht einmal in seinem westlichen Bereich, also würde es dankbar sein, wenn die Union West und Ost als eigenständige Größen auch nur lose aneinander bände. Platonische Liebe per distance, keine Ehe, nicht wahr? So viel zu meiner Konversion.

Er hob die Augen auf und freute sich des sonneüberglänzten Stromes und der Hügel. Hier bei Kiew, rief sein Herz ihnen zu, schlag' ich mein Lager auf und sammle mein Heer, wenn der letzte Schnee da verdunstet. Eure Birkenhaine werden leichtgrünende Schleier tragen, frei von Schollen wird der Dnepr blitzen, und die gefiederten Frühlingssänger werden trällern. Dann sollt ihr auf Zelte und Biwakfeuer schaun, und ich von euren Höhen spähe mit Ungeduld über die Grenzen dort in mein Reich. Es wartet auf mich, es wartet.

Er gab seiner Stute die Sporen und jagte den Hang hinan – unbekümmert um die Wohinrufe hinter ihm. Oben auf der weißen, kahlen Kuppe vor der blauen Himmelswand sah man ihn, die abschirmende Hand über den Augen, das Treibeis des befreiten Stromes überspähen. Seine Blicke folgten einem Geschwader heimziehender, schnarrender Wandergänse über Hügel und braune Flächen und violette Wälder bis in den mit dem Himmel sich einenden Silberdunst des fernsten Horizonts. Er kam wieder herabgaloppiert, ritt am Zuge vorbei und dem Zuge voraus. Es ging durch kahle Buchenwälder. Endlich scholl ihnen Fanfarengruß entgegen. Der kam von einem Turm her, dessen Zinnen die Gipfel der Fichten überragten. Man hatte nach ihnen Ausschau gehalten. Sie ritten über eine donnernde Bohlenbrücke durch Palisaden in einen weiten Schloßhof. Vom hinteren Areal der Ställe eilten Knechte heran. Auf seines hölzernen Jagdschlosses Freitreppe stand Fürst Glinskij zum Empfang bereit und schwenkte eine Pelzmütze mit weißen Reiherfedern. Das Trompeten vom Turm hörte auf. Man stieg ab. Der Fürst begrüßte am Wagen den Metropoliten sehr devot und geleitete ihn und den Pater zum Portal hinan, das sich mit buntbekittelten Dienern füllte. Maryna trat heraus, knickste vor dem Metropoliten mit Ehrerbietung und Grazie und geleitete ihn ins Innere, während Fürst Glinskij seinen Gästen, deren Reittiere bereits weggeführt wurden, die Frage zurief, ob sie sogleich zur Besichtigung des Bärenzwingers aufgelegt seien. Die Herren sollten entscheiden, ob sie heute schon beide Bestien oder nur eine zu hetzen wünschten.

Man wollte die Bären sehen und begab sich in plaudernden Gruppen zum Zwinger in den hinteren Hof.

In seinem Käfig lag ein brauner Zottelriese auf der Seite, bei ihm sein Wärter, ein Bursche in offener Schaffelljacke; der hatte den Kopf an das Fell und einen Arm über die Vorderbeine des Tieres gelegt und half ihm schlafen. Im Gelächter der guckenden Herrenschar hoben er und sein Bär die struppigen Köpfe und glotzten gleichmäßig dumm durch das Gitter.

Glinskij erklärte: Der Wanja, sonst zum Sterben zu dumm, sei seit Jahren Spielgefährte aller Petze, die man hier ziehe, sei fast selbst schon ein Bär und der einzige, der heute mit Enak in den Wald hinauswandern könne, um ihn in die Fallgrube zu befördern. Diese Hinterlist gehe dem armen Kerl jedesmal aufs Gemüt. Er beichte die Sünde des Verrats an seinen Freunden regelmäßig mit Schnodder und Rotz dem Popen.

Hierauf bewunderte man vor einem anderen Käfig auch die Bärin Njuta, die sich am Gitter auf den Hintertatzen erhob und bettelnd eine Vorderklaue hinaushängte. Man entschied, an einer Hatz werde es heute genug sein, morgen sei auch noch ein Tag. Nun gab es weidmännische Diskussionen und Jägerlatein. Der Jagdherr gab bekannt, wo die Grube für Njuta vorbereitet sei und wo die für Enak den Großen, wieviel Hunde angreifen würden, wie die Treiber- und die Schützenketten sich postieren müßten, wo das Tier, falls es sich durchschlagen sollte, auf die letzten Schüsse stoße, und wenn es auch dort durchwische, so sei ihm honoris causa lebenslängliche Freiheit gewiß, Erhebung in den Bärenadels- und -ritterstand. Als die Herren gingen, starrte Wanja, der Bärenmensch, ihnen mit traurigen Augen nach.

Man besuchte noch den Hundezwinger. Ohrenbetäubendes Gebell erhob sich aus allen Boxen im niedrigen Blockhaus, als man es passierte. Auf dem Rückweg zum Schloß teilte Fürst Glinskij Dimitrij mit, Post sei eingetroffen, Herr Mniszek werde vor morgen nicht kommen, möglicherweise halte ihn der Reichstag noch länger auf. Übrigens habe Maryna inzwischen sehr nett hier die Hausfrau gemacht, die Dienerschaft wie ein Feldherr kommandiert und dem Hauswirt die selige Hausfrau ersetzt. Endlich brachte er noch seine verspäteten Glückwünsche zu Dimitrijs Übertritt zur orthodoxen Kirche an. Sie erstiegen die Freitreppe und traten in die mit Gehörn und Geweihen, Eberköpfen, Bärenfellen und Waffen geschmückte Halle ein. Dort hörte Dimitrij noch, welche Herren, zum Teil mit ihren Damen, noch eingetroffen seien. Deren stattliche Dienerschaften lägen zum Teil im Dorfe in Quartier. Die Damen machten sich wohl noch zurecht und überwachten die Herrichtung ihrer abendlichen Roben. Er wurde gefragt, ob es ihm recht sei, daß die Herrschaften, obwohl es sich um die erste Begegnung mit dem Zarewitsch handle, sich jetzt in jagdgemäßer Garderobe präsentierten. Man müsse gleich nach dem Essen aufbrechen, die Tage seien noch ziemlich kurz.

Sie traten in festliche Räume. Da warteten schon Damen und Herren. Der Schwarm der Kavaliere folgte nach. Die Vorstellungscour begann. –

Währenddessen rollte durch Buchenwälder eine vierspännige Reisekutsche heran. Zwei Reiter trabten vorauf, zwei hinten nach. Auf einem der Zugtiere saß der Kutscher, im Wagen lehnte und dehnte sich wohlig eingehüllt der junge Fürst Ostroschski.

Die Fahrtbewegung erregte Melodien in ihm. Er summte sie in den hochgeschlagenen, feuchtgeatmeten Biberkragen, und sein Herz lachte: Ein Stündchen noch, ihr Ahnungslosen, und der ungebetene Gast ist da! Karnevalsprinz, geballte Ladung unter dein Traumschloß, mein Banner dann auf die Ruinen! Geliebte, es trifft dich hart, doch – excusez, ich bin so frei, es jetzt schon auszukosten. Sei meine Muse und gib mir ein Sonett ein – an dich! Ich liebe dich, Schillernde, um deines kleinen Herrinnenfußes willen, der so unbarmherzig über mich und so viel Stufen aus Fleisch und Bein aufsteigt – zu nichts Geringerem als jenem Thron, inmitten der Himmelfahrtswolke, die sich aus der Anbetung von Millionen zusammenballt. So ein Weltreich steht dir gut, Weibsteufelchen, wie? Cleopatra – Schon dichtete er und begann, da er zu einer Jagdpartie fuhr, jägerisch. Rasch floß es ihm im gleichen Bilde zu. Er wiederholte jedes Stück, feilte, prägte sich's ein und genoß dann die dürftigen Zeilen:

> Was ist's, das meine Jägerbrunst entzündet,
> dir nachzusetzen, schöne Pantherin?
> Dein Hochmut, kalt wie Eis, dein Katzensinn,
> der schlank dich in das Dickicht mir entwindet.
> O toller Reiz, der mich so sklavisch bindet
> an deinen Schritt, dem ich verfallen bin!
> O Raubgang im Gebirg nach Thronen hin!
> Ihm all mein Haß, in Liebesqual gegründet!
> Du, gleich Tamara und Cleopatra,
> so, wie du bist, so wie ich dich verliere,

so lieb ich knirschend dich. Doch siehst du da
die Todeswaffe, die ich bei mir führe?
Komm, buckle, streif mich, schmeichle, schnurre: Ja!
hauskätzchenzahm, sonst – Schuß! und streck dich,
       Ziere! –

Währenddessen defilierte die Besungene mitten im Reigen der jungen Damen an Dimitrij vorüber, ohne ihr Verhältnis zu ihm in der Art ihrer Devotion zu verraten, ob auch alle Bescheid wußten. Danach verneigte sich Dimitrij vor den Ehepaaren, dann vor den würdigen Alten, zuletzt vor den Herrn Kameraden. Ihn flankierten nur der Jesuit und der Metropolit.

Zu einer Sensation wurde dann der Bojar Kurzjew. Dieser hatte die Besichtigung der Bären und Hunde nicht mitgemacht, war inzwischen in Glinskijs Schlafzimmer gebracht, von zwei Lakaien hergerichtet und mit einem großgemusterten Kaftan des Fürsten so herausgeputzt worden, daß er sich sehen lassen konnte. Als er nun eintrat, übernahm Dimitrij selbst seine Vorstellung und berichtete, wie der Himmel Kurzjew zu seinem Freunde und Mitstreiter gemacht. Alle taten herzlich zum Bojaren. Während Ostroschski in seinem Wagen am Wiederkäuen seiner Tiraden keinen Geschmack mehr fand, ließ man sich im Bankettsaal – nach stillem Händefalten und der zum Teil römischen, zum Teil griechischen Bekreuzigung – munter plaudernd nieder; die servierenden Diener traten von allen Seiten hinzu und stellten die reich dekorierten Speiseplatten und Weinkannen zwischen die Kerzenleuchter der hufeisenförmig gestellten Tafel. Der Wirt präsidierte zwischen dem Metropoliten und Dimitrij. Dieser wünschte sich den Bojaren zur anderen Seite, Maryna ließ sich – etwas scheu – neben dem Metropoliten nieder.

Unten an einem der Tafelenden murmelte ein Herr hinter

seiner Serviette: »Habt Ihr die Augen bemerkt, Odowalski, mit denen der Barbar auf Marynas Décolleté und die gelenke Taille starrte? Er ist entrüstet.«

»C'est ça, mon cher, die russische Dame, ob schmächtig, ob kolossal, hat ihre Reize von der Kehle abwärts im Fall ihres Kaftans unahnbar zu machen. Die Schönheit muß darunter trauern wie ein unter die Trappisten gesteckter Deklamator oder Poet.«

»Oh, ma precieuse«, lächelte eine Matrone eine ihr gegenübersitzende jugendliche Böhmin an, deren Halsumkleidung, ein wahres Wagenrad, ihr nicht sehr neu schien, »an Eurem entzückenden Teller- und Spitzenkragen bewundere ich vor allem eins: Wie ist es möglich, daß er, nachdem er schon soviel Diners und Feste erlebt, noch nie von Suppe oder verunglückten Bissen befleckt und beträufelt worden?«

Die schöne Böhmin erwiderte: »Weil ich, meine sehr witzige Dame, einen Extralöffel benutze, diesen da.« Und sie wies die mitgebrachte, sehr langgestielte Konstruktion vor und behauptete, auch dieses Gerät freilich würde ihr wenig nützen, wenn ihre Hand auch nur halb so zitterte wie der ehrwürdigen Matrone greises Haupt!

Oh, wie es jetzt erst zitterte, dies Haupt!

»Mein lieber Sagorski«, fragte vorgebeugt ein Herr über den Tisch, »Eure Uhr da im verschließbaren Achatkreuz am Halsband ist wohl eine Pariser Arbeit?«

»Gefällt sie Euch? Ich bitte Euch, nehmt sie hin! Niemandem verehre ich sie lieber als Euch.«

Da gab es nun Abwehr und dringliches Angebot, und die Szene entfesselte Rundgespräche über deutsche Stutzuhren, venezianische Spiegel, französische Parfümflakons, die häufig als goldene Weintrauben gebildet seien, und zwar so, daß aus jeder Beere eine anders duftende Essenz sprühen könne, auch darüber, welche Bedeutung, welche Ermunterung oder Gewährung in amourösen Affären jedem dieser Gerüche zukomme. Ach ja, Paris, Rom, Bologna, Augsburg, Nürnberg, Prag!

Man pries die in der Freien Adelsrepublik Polonia sich mehrende Sitte, die jungen Leute auf Bildungs- und Studienreisen in die europäischen Länder zu schicken, konversierte immer lauter über Humanismus, Moraltheologie und jesuitisches Theater, worauf der alte Glinskij von einem Erlebnis erzählte, das er selbst vor Jahren im Globe Theater zu London gehabt, wo die Kerle allerlei Römeraffären und solche des englischen oder italischen Adels inszeniert hätten, derart, daß der Pöbel allen Respekt und er selber das Lachen oder Heulen gekriegt. Man wurde sich schließlich einig, daß Polen das ritterlichste Land Europas sei, der letzte Held von König Artus Tafelrunde. Zwar predigten die Franziskaner mit viel Recht gegen die Spielwut, den Leichtsinn, die Bacchanalien und die ewige Verliebtheit des polnischen Adels im Schatten klirrender Duelle, doch nirgendwo gebe es zartere Rücksicht auf die Dame als hier – seit den schönen Tagen der sagenumwobenen provence, nirgendwo ein ausgeprägteres Ehrgefühl, nirgendwo eine vornehmere Mißachtung körperlicher Arbeit und der Schnödheit des Geldverdienens, des Krämer- und Wuchergeistes, nirgendwo auch – abgesehen von Frankreich und Italien – graziösere und galantere Courtoisie, gepflegtere Beredsamkeit. Und das alles erblühe nirgendwo in so unbändiger und eifersüchtiger Freiheitsliebe. Der Wein tat seine Wirkung.

Dimitrij, zumeist im Gespräch mit Kurzjew, hatte einiges aufgefangen und dachte: Muß einstimmen ins Eigenlob – mit Psalmen, auf acht Seiten zu singen. Er ließ verlauten, wie sehr er sich berufen wisse, in sein rauhes Vaterland recht viel von diesem Geiste hinüberwehen zu lassen. Doch in einem zum Beispiel stehe der ganze europäische Norden noch hinter dem Süden zurück. So geistvolle Hofnarren wie in Italien habe er nie mehr erlebt – (um so mehr unfreiwillige, unbezahlte und echte Narren, zum Exempel hier! fügte er für sich hinzu). Er denke eines Hofballs in Ferrara. Da sei so ein Carfulo oder Gonella die regierende Sonne gewesen. Der habe in Dingen der Rechtswissenschaft wie ein Bologneser Professor argumentiert, von der Heilkunst wie ein neuer Paracelsus, vom Dogma wie der Großinquisitor geschwatzt, der habe Perioden wie Cicero gebaut, bergamaskisch wie der gröbste Bauer gepoltert, gesungen wie der erste Kastrat zu San Pietro in Rom, der habe die Grandezza des Spaniers, den Gang eines Deutschen oder des Russen oder die Aussprache des Florentiners oder das Krähen des Neapolitaners imitiert, habe ex tempore gedichtet, immer mit blitzschnellem Witz geantwortet und alle unterhalten, sei der geistvollste Ansager beim trionfo, ein Spieler mit vier, fünf Bällen, ein wirbelnder Purzelbaumschläger gewesen und scheinbar der wüsteste Zecher vor dem Herrn. Dies letzte freilich nur zum Schein. All sein Gesöff habe er unerhört geschickt in einem Schwamm verschwinden lassen.

Plötzlich erscholl unterm Tisch ein heftiges Gackern, als habe da eine Henne gelegt, und zwischen Glinskij und Dimitrij tauchte ein schlanker, ranker Lustigmacher im Schellenkleid auf, flatterte gackernd im Saal umher und wußte dann die Geräusche der im Morast schnäbelnden Ente, dann Kalb, Ziege und Rind, das wiehernde Pferd und den bettelnden Brummbär darzustellen.

»Das ist noch nichts!« rief sein Herr, Fürst Glinskij, ihm zu. »Spiel uns – sagen wir – einen besoffenen Pfaffen, der die Messe liest!«

Das besorgte der Narr, indem er sich an einem imaginären Altar schwankend festhielt, mit dem Lektionar, das er nicht entziffern konnte, ob er es nun über Kopf oder richtig hielt, nicht fertig wurde, heilige Formeln nuschelte und mit versagender Hand das Kreuz schlug. Sooft er beim Beten mit der Zunge stolperte, kriegte er die Wut und fluchte mörderisch, um dann weiter zu leiern: Kyrie eleison, syrie keseilon, lyrie seleikon ... Danach rief ihn einer aus der laut lachenden Gesellschaft an, er solle einen Edelmann spielen, den alle hier kennten und doch erst erraten müßten. Der Bursche schritt gedrungen umher, räusperte, redete gewichtig und strich sich den Schnurrbart nach links und rechts zu den Schultern, und als man schrie: »Mniszek, Mniszek!«, ging er schon mit untergeschlagenen Armen anders umher und sprach und grübelte als Großkanzler Sapieha. Dann gab er mit lässiger Eleganz den König. »Spiele einen von uns«, hieß es dann. Der Lustigmacher stiefelte umher, zog mit krauser Nase Schnupfen auf, fingerte am Bart hinunter und sprach in rollendem Baß russisch. Dimitrij erriet lachend sofort Kurzjew und befahl: »Jetzt sei der Zarewitsch, moi même!« Da galoppierte der junge Mann mit verhängtem Zügel auf der Stelle, schwang mit schmetterndem »Kameraden, mir nach!« den Säbel, hieb nach links und rechts, dirigierte sein Pferd zwischen feindlichen Reitern, die ihn wohl sehr bedrängten, und alles schrie »Bravissimo!«.

Dimitrij rief der Tafelrunde zu, er müsse zurücknehmen, was er von den nordischen Narren gesagt, dieser Junge habe Talent. Da erhob sich Fürst Glinskij und erklärte, er habe die Ehre, diesen Lümmel, der ihm erst vor wenigen Monden zugelaufen, dem hohen Gast zu verehren. Dimitrij erhob sich gleichfalls und umarmte den Spender. Der Spaßmacher brach clownhaft in ein lautes Plärren und Schluchzen aus, das ebenso unvermittelt in ein jubilierendes Freudengeschrei übersprang. Er wirbelte wie ein Kreisel und sprang aus solchem Drehen mit einem Satz vor Dimitrij auf die Knie und wurzelte da mit auf der Brust gefalteten Händen und geneigtem Kopf. Niemand begriff, wie man aus solchem Kreiseln heraus plötzlich so Statue sein könne.

»Wie heißt du?« fragte Dimitrij.

»Kolja.«

»Dein Vater?«

»Kochelew.«

»Ein Russe gar? Ein hübscher Bursche bist du. Wie alt?«

»Goldkind, wir könnten Zwillinge sein.«

»Meinst du. Da wärst du ein Rjurik. Vielleicht wachsen wir noch zusammen – zu einem Brüderpaar. Wo stammst du her?«

»Aus der Gosse von Kasan. Tataren stahlen mich als Kind, diese wackeren Beine dann mich meinen Räubern. Zu den Donkosaken wollte ich, doch blieb ich hier nun hängen, bei Vetter Glinskij.«

»Du gehörst zu meinem berittenen Gefolge! Denn das sah ich, daß du reiten kannst. Du betreust zunächst meine Hunde.«

Mit dem Baß eines Neufundländers bellend tummelte Kochelew um die Tafel, tippelte mit dem hellen Gekläff eines Spitzes zurück und schoß zuletzt mit dem wütenden Anschlag eines Kettenköters zur unteren Tür hinaus. Seine Vorstellung war für diesmal beendet.

In diesem Augenblick trat in der oberen Tür der Hofmeister ein, flüsterte Fürst Glinskij etwas zu, und dieser gab es Dimitrij weiter. Dimitrij nickte. Der Fürst erhob sich und rief:

»Meine Damen und Herren, ein weiterer, unverhoffter Gast vom fernen Lublin, Fürst Ostroschski, der Sohn des Krakauer Schloßkastellans. Sicherlich bringt er Nachricht vom Reichstag.«

Ah! ging es hin und her und leitete Lärm und Geschwätz ein. »Hoffentlich«, rief einer, »bringt er die Kriegserklärung mit!«

»Sollen wir sie wünschen?« rief Dimitrij. »Wir schaffen es selbst!«

Abgesehen von den Darbietungen Kochelews, hatte die Gesellschaft bisher Maryna gelangweilt, was freilich ihrem charmanten und ununterbrochenen Geplauder nicht anzumerken gewesen, denn mit dem russisch sprechenden und russisch schweigenden Metropoliten zur Rechten und dem sturen Litauer zur Linken war nicht viel anzufangen; der Anblick der mit so brüchiger Stimme meckernden Alten ihr gegenüber machte ihr Sodbrennen. Nun entsann sich ihr litauischer Tischnachbar der Bluthochzeit auf Ssambor und welche unheilvolle Rolle dort des Fürsten Ostroschski Sonett gespielt. Er beschloß: Jetzt lanciere ich diesen Laffen an Marynas Seite. Da werden sie gucken, sie und ihr Zarewitsch! Er stand auf und ging mit onkelhaft gebreiteten Armen auf den gerade eintretenden Jungfürsten zu, beschlagnahmte ihn und wußte es dahin zu bringen, daß er – nach der Begrüßung durch Glinskij und Dimitrij – neben Maryna auf seinen Platz zu sitzen kam. Sich selber suchte er einen anderen Ort, wo er zu Bruder Innerlich sprach: Hier hör' ich auch genug für Leo Sapieha.

Maryna fragte Ostroschski, was er Lustiges bringe, es blitze ihm ja nur so aus den Augen.

»Ein tolles Stück, meine Teuerste!« lachte der Jungfürst und fragte, ob er's nicht gleich coram publico – Gewiß, warum nicht? Ganz Lublin wälze sich ja vor Lachen, es sei publik. Er erbat bei Glinskij das Wort, klingelte an sein geschliffenes Glas, stand auf und begann:

»Majestät, Durchlaucht, Exzellenz, edle Damen und Herren. Weidmännischen Gruß zuvor an die schon rosig erglühte Runde von unserem allverehrten Jerzy Mniszek. Es hält ihn noch in Lublin, er kann nicht unter uns weilen. Denn ob auch Seine Majestät der Zarewitsch sich entschlossen, nicht erst abzuwarten, wann und wie der für den Kriegszug inflammierte Reichstag durch des Großkanzlers Veto zu Fall kommt, sondern presto, prestissimo zu handeln und facta zu schaffen – der wackere Jerzy Mniszek versucht es noch ein letztes Mal, die Dinge in Lublin für eine Reichsintervention (unter des Zarewitsch Banner) zu wenden, nämlich, nachdem sich dort ein spectaculum zugetragen, das dem Prestige Eurer Majestät ebensolchen Auftrieb geben dürfte, als es dem Ansehen und der Sache des Moskauer Usurpators Eintrag tut.

Kommt da mit Gefolge als Gesandter des moskowitischen Despoten ein gewisser Smirnoj-Otrepjew in Lublin angereist, begehrt vom König empfangen zu werden, kriegt zunächst nur den Herrn Kämmerer und Geheimsekretär zu fassen und offenbart ihm folgendes: Der Vielumschrieene, der sich mala fide Dimitrij Iwanowitsch nennt, sei ein aus einem Moskauer Kloster entlaufener Mönch und Taugenichts namens Grigorij Otrepjew und – Gott sei's geklagt! – sein eigener leiblicher Neffe. Der habe sich vor mehr als Jahresfrist in Polen eingeschlichen, und ein gewisser Abt, der ihn dann als sein vom Tode genesenes Beichtkind und als Zarewitsch Seiner Exzellenz, dem Wojewoden von Sandomierz, leichtgläubig in die Hände gespielt, sei der erste seiner Genarrten gewesen. Nun habe er, Smirnoj-Otrepjew, im Auftrag des Zaren diese Reise getan, um den Hochstapler zu entlarven und vor seine Richter nach Moskau zu holen.«

Homerisches Gelächter umlief die Tafelrunde.

»Hahaha!« fuhr Ostroschski fort, »cela va sans dire, unser Herr Kämmerer war baff, hielt ihn für einen Verrückten, ließ sich die Vollmacht weisen, brach dann – hahaha! – in das gleiche Gelächter aus wie meine Lauscherinnen und Lauscher hier, und die Olympier stimmten ein. Doch wenn er dachte, er werde dem beklagenswerten Oheim irgendeines entwischten Apostaten ein Licht aufstecken und ihm klarmachen können, daß der Prätendent schon seit früher Kindheit in Polen geweilt habe und unter den Fittichen eines Mniszek herangewachsen, unter dem Namen Kyrill erzogen worden und sich selbst bis vor kurzem unbekannt gewesen sei, daß sich Boris Godunow also irren, ja den Kopf verloren haben müsse, notabene sein Nachrichtendienst keine Kopeke wert sei, auch daß es einen Abt von Petschora in der ganzen Affäre nicht gebe –, wenn also der Herr Kämmerer mit dergleichen Eindruck zu machen hoffte, so irrte er sich. Nur Väterchen Zar konnte ja recht haben – gleich dem allwissenden Gott, auch gegen tausend Zeugen.

So verwies denn unser Kammerherr den störrisch mißtrauischen Moskowiter nicht erst an den König von Polen (denn wie hätte ein polnischer König wider die Allwissenheit von Väterchen Zar bestehen sollen?), sondern an den Wojewoden von Sandomierz selbst, weil der ja jede erwünschte Auskunft geben und es eher ertragen könne, dem Zaren von Moskau als unglaubwürdige, listenreiche und lügnerische Person gegenüberzustehen. Eh bien!

Nun hat ja unser Mniszek den Schalk im Nacken. Statt sich mit Belehrungen des edlen Smirnoj-Otrepjew aufzuhalten, versteckt er seiner Augen Heiterkeit unter Bestürzung und Trübsinn, schüttelt klagend das Haupt und ermuntert ihn, mit einer großen und wohlgefügten Entlarvungsrede im Lubliner Reichstag aufzutreten und sich von niemand verwirren und abhalten zu lassen, am wenigsten von einem gewissen Fürsten Sapieha.

Am nächsten Tage ahnt Fürst Sapieha nicht, was Jerzy Mniszek da dem Reichstag vorführt und auf der Rednerbühne postieren läßt. Unser armer Moskowiter trägt mit Blitz, Donnerschlag und Regengüssen sein Zeug vor, und der Dolmetscher übersetzt es Satz für Satz.

Majestät, erlauchte und edle Corona! Was das im Reichstag für ein Gaudium gab! Quelle blamage für Moskau und die Gegner unseres Prinzen! Ach, die verdroß es so, daß sie den Ärmsten, ihren unerwünschten Alliierten, zu guter Letzt mit Händen von der Tribüne rissen, also, daß er in ihrem Strudel aus dem Saal gedreht und gewirbelt wurde wie eine Figur im Lustspiel.«

Man lachte herzlich.

»Umsonst, daß Mniszek und Genossen ihn danach in seinem Quartier bestürmten, er möge dennoch nicht den Mut verlieren, er solle diesen von Gott verlassenen und unbegreiflichen Reichstag seinerseits auch verlassen und sich mit Mniszek stante pede zum Prätendenten selbst begeben, um ihm Auge in Auge, aber vor aller Welt Ohren, zuzuschreien: ›Neffe, Taugenichts, Grischka, du Besudeler des guten Namens Otrepjew, hab' ich dich, Schurke? Willst du Lümmel mir noch ins Angesicht leugnen, daß ich dein armer, geschlagener Vatersbruder bin? Schon einmal geschlagen vor zwei Jahrzehnten durch meines gleichnamigen Bruders Flucht aus dem gleichen Kloster zu den Kosaken hin? Doch der war gegen dich ein Waisenknabe, du Überschuft, der wollte wenigstens kein Zarewitsch sein und geweihte Herrscher stürzen und Throne ergaunern! O du Strolch, ich preise Gott, daß er deinen alten, ehrlichen Vater, meinen Bruder Bogdan, diese neue Schande nicht mehr erleben ließ.‹ Et cetera.

Erhabene Corona, wie auch unser Jerzy Mniszek dem armen Gesandten solche Confrontation schmackhaft machte und ihm sicheres Geleit bis zur Grenze zuschwor – Herr Smirnoj-Otrepjew muß nun wohl unsicher geworden sein. Kurzum, er ist Hals über Kopf in Richtung Moskau abgereist. Hoffentlich läßt ihn Väterchen Zar nicht eigene Dummheit entgelten.

Wen wundert es nun, daß unser Jerzy Mniszek die Auflockerung des Bodens im Reichstag noch einmal zur Aussaat zu nutzen gedenkt? Ist's mir gestattet, so leere ich jetzt diesen Humpen zum ersten Viertel auf das Wohl Eurer Majestät, zum zweiten auf das des bedauernswerten Smirnoj-Otrepjew, zum dritten aber auf die in diesem Hause sich sammelnden und beratenden Herren – am Ort des künftigen Aufbruchs und auf den Damenflor. Und da das Glück der heutigen Jagd ein gutes Omen für den Feldzug sein wird, gelte der vierte Schluck dem Weidmannsheil!«

»Wir halten mit!« erscholl es von allen Seiten. Sie sprangen von ihren Sitzen auf und leerten ihre Gefäße nach Ostroschskis Kommando: Zum ersten, zum zweiten, zum dritten, zum vierten. Dann nahm man in ausgelassenster Laune Platz und umarmte einander. Maryna strahlte. Doch Ostroschski schielte sie bald merkwürdig an und zupfte an seinem Schnurrbärtchen. Dimitrij lachte: Die besten Kochelews seien doch immer die unfreiwilligen. Er scherzte mit Glinskij und toastete Maryna zu. Hier und da im Lärm der bunten Reihen erkundigte sich vorgebeugt oder zur Seite geneigt und die Hand als Schalltrichter am Ohr ein Galizier oder Weißrusse, der des Polnischen nicht recht mächtig, nach Einzelheiten der Rede oder überhaupt nach dem Grunde der großen Heiterkeit, dieses Sich-auf-die-Schenkel-Klatschens und Brüllens, dieser Springflut von Freude. Bojar Kurzjew schien Ostroschski verstanden zu haben, lachte zurückhaltend dumpfe Kaskaden in Baß, hatte dann aber das Gefühl, er müsse sich äußern, erhob sich, räusperte sich und bedauerte, als einige Stille eingetreten, in schlechtem Polnisch, daß es ihm nicht vergönnt sei, hier und heute den hochachtbaren Smirnoj-Otrepjew zu umarmen und seinem wahren Gebieter zuzuführen. Nun werde Smirnoj in Moskau schweigen müssen wie ein Frosch unterm Eis, oder er müsse gar weiterflunkern. Die Lügen würden kurze Beine haben. Der Himmel breche dem Iwanowitsch sichtlich Bahn.

Man trank ihm zu, und der Lärm der erhitzten Schmauser und Zecher, auch der wacker mithaltenden Damen, ging weiter.

Dimitrij neigte sich dem niedersitzenden Bojaren zu und fragte ihn über die Nonne Marfa, seine Mutter, aus. Der Bojar wollte sie vor mehr als zwei Jahrzehnten nur zweimal bei großen Empfängen von fern gesehen haben. Damals sei sie eine russische Schönheit gewesen, und das Volk vermute in ihr heute fast eine Heilige. Dimitrij fragte, ob ihr wohl Gefahr drohen werde, wenn er als Rächer nahe, ob sie von Zuträgern Botschaft empfangen könne, daß ihr Sohn noch lebe, ob sie ihn unter des Tyrannen Bedrohung nicht werde verleugnen müssen. Kurzjew gab ungewisse Antworten. Danach begehrte Dimitrij Aufschluß über das russische Kriegswesen, die Art der Kontingente und ihre Erstellung, über Bewaffnung und Verpflegung – nämlich nach Maßgabe der sie aufbietenden Landsitze der Fürsten, der titulierten oder nichttitulierten Bojaren oder der Klöster, und so fort. Er hörte von fünf Hauptabteilungen im Kampf: vom großen Regiment, von dem zur rechten und dem zur linken Hand, vom Vor- und Nachtrupp. Er hörte von den Rangordnungen der Befehlshaber dieser Kampf- und Marschkörper: daß nur die fünf ersten Wojewoden, nämlich die der fünf Hauptabteilungen, gleichhohen Ranges seien und einander im Kommando nachfolgten, ihnen dann die fünf zweiten Wojewoden, diesen dann die fünf dritten und so fort. Dimitrij fragte, ob es nicht Konfusionen abgebe, wenn zum Beispiel in Abteilung eins ihrem gefallenen ersten Wojewoden nicht ihr zweiter, dritter, vierter, fünfter im Kommando folge, sondern der Wojewode eins der Abteilung zwei, dann wieder der Wojewode eins der Abteilung drei und so fort. Solche Personalveränderung müsse vom Übel sein. Wahrscheinlich sei die erste Wojewodschaft nur aus allerersten Familien besetzbar? Und doch müßten tüchtige Heerführer, die aus Familien stammten, welche nur zur dritten oder vierten Wojewodschaft berechtigten, um ihrer Tüchtigkeit willen in die Funktion der ersten Wojewodschaft aufrücken können. Kurzjew wehrte entschieden ab: Er für sein Teil würde das Schlachtfeld gekränkt verlassen und heimreiten, wenn ihm jemand aus geringerer Familie als Vorgesetzter zugemutet würde.

Das sei er seinen Ahnen schuldig. Schlimm für Godunow! dachte Dimitrij – nicht für mich. Ich hernach will's ändern. Hoffentlich geht's ohne deine Methoden ab, Vater Iwan. Immer noch der alte Dünkel!

Fürst Ostroschski und Maryna konversierten, doch wurden seine Antworten immer zerstreuter. Sie spürte den eisigen Hauch und schöpfte Verdacht: Er hat noch was, und das ist kein Schwank mehr wie der, mit dem er sich eingeführt. Spitzelt er? Als das Getöse am lautesten ging, fragte sie ihn, was ihn bedrücke. Er bat leise um ein sekretes Gespräch – nachher, nach der Tafel, während der Jagd; er jage nicht mit und bitte Maryna dringlichst, gleichfalls fernzubleiben und ihn zu empfangen – irgendwo, doch fern von ihrem Verlobten. Diesen gehe es freilich an, ihn, sein Glück und – das ihre. Sie müsse alles sofort erst selbst und allein entscheiden. Nicht so erblassen jetzt! Man merke es. Kurzum, Herrn Mniszek hielten ganz andere Dinge beim Reichstag fest als die von Ostroschski genannten. Entsetzliche Entdeckungen, ja ... Dabei faßte der Blick des Hübschlings sie mit solcher Starrheit aus toten Augenwinkeln an, daß in ihr das Grauen aufstand und zum Entsetzen heranwuchs. Sie fror und zitterte. Ostroschski bat: »Nachher, Herrin, und streng geheim!« Dann lachte er auf, als habe er soeben einen herrlichen Witz gemacht, griff nach der Kanne, schenkte sich ein, prostete nach allen Seiten, und Maryna sah mit fragendem Lächeln durch ihn hindurch – auf Dimitrij hin.

Wieder geschah eine Unterbrechung. Der Hofmeister eilte herein, beugte sich zu seinem Herrn nieder und meldete: »Ein Pater Ssawiecki. Er kommt zu Pferde.« Der Fürst erhob sich, schritt zur Tür, empfing den Jesuiten, führte ihn der Tafel zu und stellte ihn vor: »Ein zweiter, unverhoffter Gast aus der Stadt des Reichstags«, rief er, »Pater Ssawiecki.« Dann wandte er sich zu ihm zurück: »Will's Gott, so bringt Ihr ebenso gute Botschaft, ehrwürdiger Vater, wie Fürst

Ostroschski, auf dessen Spur Ihr hergeritten. Nun kommt, erholt und stärkt Euch!«

Doch der Pater bat die Tafelnden zunächst mit ausgebreiteten Armen um Gehör. Es dränge ihn, seiner Botschaft sich sogleich zu entledigen. Ja, gute Botschaft bringe er mit. Der Heilige Vater in Rom habe über seinen Legaten beim Krakauer Hof an die Majestät des Zarewitsch den apostolischen Segen übersandt. Das Schreiben laute ›Ad Haerem Moscoviae, Filium Joannis Basilidis‹. Er, Ssawiecki, sei beauftragt worden, der Majestät das breve zu überbringen und höchstdieselbe zu bitten, sie wolle gestatten, daß das breve im Reichstag verlesen werde. Mit der päpstlichen Anerkennung der Ansprüche Seiner Majestät gedenke Herr Mniszek die Partei Sapieha zu überwinden. Maryna flammte innerlich auf. Ssawiecki schloß mit dem Ruf: »Es lebe Zar Demetrius!«

»Vivat, vivat, vivat!« scholl es durch den Saal. Dimitrij umarmte den Pater unter dem Jubel, Becherklirren und allgemeinem Aufspringen seiner Gäste. Es brandete hin und her um die drei Tafeln. Pater Pomaski, der sich, um gewissen Herren nahe zu sein, nach unten gesetzt, kam herüber, umarmte seinen confrater und stand dann Hand in Hand mit Dimitrij. Der Tumult nahm kein Ende. Die Tischrunde schien sich in ein Hin und Her der Gäste auflösen zu wollen. Alles stand und ging und debattierte enthusiasmiert durcheinander, den Weinkelch in der Hand, maß dem Reichstagsabschied in der Sache des Prätendenten – er falle aus wie er wolle – kaum noch Bedeutung bei, versprach sich großen Zulauf seitens der Schlachta, pfiff auf Sapiehas Veto, das er vielleicht nicht mehr riskieren werde, und selbst wer Mniszek nicht mochte, strahlte nun um seine Tochter her: Unser alter Mniszek, er ist doch der Beharrlichste von allen! Wär' er nur bald erst hier!

Maryna, so umringt, war es dann doch wieder nicht leicht

ums Herz: dieser Ostroschski! Sollte er also gar nichts haben? Was brächten ihm infame Lügen ein? Sie stand, lachte und trank allen Bescheid und dachte dabei: Ausholen muß ich ihn doch, den Wichtigtuer!

Dann drang Dimitrijs Ruf durch das Stimmengewirr. Er bat um Gehör. Glinskij ließ wieder die Plätze einnehmen. Dimitrij blieb als einziger stehen und hielt eine Ansprache, in der er dem Metropoliten, dem gastfreien Fürsten Glinskij und allen Anwesenden, zumal den neuen Freunden aus der Nachbarschaft für ihre Ergebenheit dankte. Fast sei er hier schon auf russischem Boden. In diesem Jagdschloß des Freundes Glinskij treffe er sich nun mit den künftigen Befehlshabern seiner kleinen, aber unbesieglichen und von Festung zu Festung anschwellenden Armee. Unweit Kiews würden seine Truppen ihr erstes Feld- und Sammellager beziehen. Freund Glinskij habe ihm dies Haus als Standquartier zur Verfügung gestellt. Von hier aus werde man in die sewerische Ukraine aufbrechen. Viel habe er mitzuteilen, viel Freundesrat entgegenzunehmen, doch das hebe er sich für den Abend auf. Da wolle er auch in würdiger Weise das Schreiben Seiner Heiligkeit entgegennehmen und kundtun. Jetzt, so habe ihm Fürst Glinskij gesagt, gelte es, das Mahl zu beenden. Der hochwürdige Ssawiecki wolle so freundlich sein, in seinem Zimmer nachzutafeln. Alle übrigen – auf zur Bärenhatz! Die Tage seien noch nicht allzu lang. Freilich, wer von der Reise her versäumten Schlaf nachzuholen habe, dem empfehle der Gastfreund, sich für den Abend frischzuschlafen. Auch morgen sei noch eine Hatz. Der Hauptbär, Enak der Große, versprehe ein noch größeres Jagdvergnügen als die Bärin des heutigen Tags.

So kam man zum Dankgebet. Als man endlich aufbrach, wanderten Wanja, der Bärenknecht, und Enak, der watschelnde Riese, Arm in Arm bereits durch tauenden Winterwald. Wanja machte halt und nahm aus seiner Tonflasche einen benebelnden Schluck, der war so lang, daß der Bär sich gelangweilt auf die Vorderfüße niederließ und das Gesträuch durchschnupperte. Dann kehrte er zum zweibeinigen Freunde zurück und äugte hoch. Da hielt ihm der eine Rede:

»Muß mich trösten, Enak, wegen deiner. Dich hab' ich großgepäppelt, oder nicht? Bist ja mein Schöner, Guter. Nun soll ich dich – ach, tue ich's nicht, so prügelt man mich tot. Soll ich dich laufen lassen und totbleiben? Du schüttelst den dicken Kopf. Also – weiter!«

Der Bär, der Wanja die rechte Pranke wieder um den Nacken legte und zweibeinig weiterwatschelte, vernahm, er solle sich morgen, wenn man ihm den Stamm in die Grube hinabschiebe, auf eine üble Meute gefaßt machen. Es seien darunter Beißer, die um keinen Preis mehr losließen, doch Enak könne ein Dutzend davon blitzschnell reißen und schmeißen, Gott habe ihm schöne Pranken verliehen. Währenddessen solle er Raum gewinnen und waldwärts durchbrechen, aber die Arkebusen meiden. Njuta, die man schon heute hetze, die freilich werde wohl daran glauben müssen, doch ein Enak – haha! – der komme schon durch. Dann aber – auf in die Freiheit!

So gelangten sie, schließlich wieder sechsbeinig, zur Lichtung und erreichten über weißes Gefilde die Höhe des Hügels, wo zwischen herumliegenden Baumstämmen und abgehacktem Geäst die mit Zweigen überdeckte Fallgrube lauerte. Da ließ denn Wanja tränentröpfelnd Enak vorangehen, blieb ihm auf den Fersen und gab ihm, sobald er mit den Vordertatzen einbrach, von hinten noch einen mächtigen Tritt. Der Bär plumpste mit Überschlag in die Tiefe. Astwerk rauschte ihm nach, er brüllte unten ärgerlich auf, rannte an den steilen Wänden der Grube umher, fand keinen Ausweg und äugte nach oben, wo Wanja sich bekreuzigte, unter Tränen um Verzeihung bat, ihm Mut zusprach, ihn nochmals zum Durchbruch ermahnte und Abschied nahm. Genau so, doch ganz anderswo, hatte er zuvor schon Njuta in ihre Gruft befördert.

Als er zurückkehrte, war der Schloßhof bereits vom lärmenden Aufbruch der Jagdteilnehmer erfüllt. Da kläffte, sprang und zerrte an ihren Leinen die Meute der Hetz- und Bluthunde. Die Knechte, die die Leinen in ihren Fäusten vereinigten, zwangen die kaum zu bändigenden Tiere mit Peitschenknall dann und wann zu Boden. Die Kavaliere schwangen sich in die Sättel, die Damen bestiegen ihre Wagen, und der Kastenwagen mit den Arkebusen, Hieb-, Stoß-, Wurf- und Stichwaffen verließ bereits den Hof und fuhr voraus, von spießbewehrten Treibern begleitet.

Dimitrij hörte beim Abschied von Maryna in der Halle ihre Bitten und Warnungen ärgerlich an, ärgerlich, weil er bedauerte, daß Hausfrauenpflichten sie abhalten sollten, der Hatz beizuwohnen. Wie dann auch Glinskij sie bat, sich ja nichts entgehen zu lassen und das weitere hier dem Hofmeister zu überlassen, sie wehrte ab, knickste anmutig und entfloh wie ein Reh. Der Fürst bedeutete dem nachblickenden Dimitrij, sie müsse ja wohl ein Geheimnis haben, bereite ihm vielleicht Überraschungen vor.

Einige Gäste zogen sich zum Schläfchen in ihre Zimmer zurück. Auch Ostroschski entschuldigte sich und versprach Jagdfieber genug für den folgenden Tag.

Bald danach stand Maryna oben an einem Fenster, winkte Dimitrij, der, aus dem Hof hinaustrabend, sich noch einmal im Sattel zu ihr umdrehte, nach, sah die Herren hinterhergaloppieren, die Hundemeuten mit vorgestreckten Hälsen ihre zurückstemmenden Gebieter hinter sich herreißen, auch die Wagen der Damen den Schloßhof verlassen, und dann trat zwischen ihre Brauen eine steile Falte. Ihre Augen blickten wie in feindliche Leere. Sie wandte sich ab, ließ sich vor dem Kamin auf einen Hocker nieder, stützte das Kinn in die Hand und sann in die Flammen.

Es pochte. Auf ihr »Wer da?« trat schüchtern eine buntgekleidete ruthenische Magd ein und überbrachte knicksend ein zusammengefaltetes Schreiben. Maryna erkannte das Siegel und hieß sie gehen. Dann öffnete sie hastig und überflog, auf der Truhe niedersinkend, die wohl erst eben flüchtig hingeworfenen Zeilen: »Teuerste Herrin! Erhalte ich keinen anderen Bescheid, so erkühne ich mich, aller Sitte zuwider, aber der Not gehorchend und gänzlich Eurem Dienst geweiht, heimlich in Eurem Gemach Euch aufzusuchen. Sorgt, daß niemand lausche!

Vernehmt: Dokumente eines verstorbenen, Euch nicht unbekannten Ordensmannes beweisen, daß der Prätendent kein Sohn des Zaren Iwan, erst recht nicht, wie man hier und da noch hofft, des Stephan Bathory, vielmehr ein anonymer Findling sei. Diese Entdeckung ist es, die Euren Herrn Vater in Lublin zurückhält. Er war zuletzt, da ich abreiste, dabei, sich vor König und Reichstag vom Prätendenten abzusetzen. Pater Ssawiecki weiß das noch nicht. Darüber, teuerste Maryna, hört mich schleunigst an! Euch zu Füßen – Ostroschski.«

Maryna las, lächelte töricht, las und schluckte. Ihr Herz, betäubt erst und wie von einfallender Weltraumkälte vereisend, begann um sein Leben zu pochen, ihre Ohren dröhnten, mit beiden Händen umspannte sie ihren Hals, als könne sie da ihren Würger erwürgen. Angst! Übelkeit! Tod! Oh, Dimitrij! Tonlos flatterten ihre Lippen: Dokumente ... Findling ... Vater schwört ab ... Wielewiecki ... Beweise, Findling, Dokumente ... Vater schwört ab ...

Nein, nein!

Sie fuhr hoch: Intrige! Niedertracht! Ein Attentat, nichts weiter! Wie, und so leicht irritiert und vergiftet man mich?

Ostroschski, hast du Zeilen vom Vater mit? Nein, nein, nein! Vater müßte wahnsinnig geworden sein! Der Verrückte bist du! Der mein Herz für ein Stündchen zermartern und zerpflücken will! Wozu? Rachsucht! Unsinn, er kann sich's nicht leisten! Wie büßte er's! Ich bin verrückt! Ich, ich! Wenn Ostroschski *doch* von Vater Handschrift hätte! Sagte er das? Halt, da stimmt etwas nicht! Warum mir allein hier die Entdeckung, mir allein *vor* Ssawiecki, Pomaski, Dimitrij? Sie alle ahnungslos, bloß dieser Ostroschski nicht, der Laffe? Ein Fallstrick. Aber wozu? Er trete an, sogleich und hierher. Einer von uns beiden bleibt dann auf der Strecke! Wo bleibt er? Wo bleibt er?

Sie lief zur Tür und öffnete leise, um in den Flur zu lugen, – und da stand er auch schon, schlank und sichtlich erregt. Schon wand er sich hastig hinein und verneigte sich ernst. Leise zog er die Tür hinter sich zu und den Riegel vor.

Maryna trat zurück, stand mitten im Raum, ihr Herz schlug fest, ruhig und stark. Ostroschski spürte das. Ein stolzer, zornig messender Blick griff ihn an. Um so schwerer begann nun *sein* Herz zu arbeiten.

Er fragte stockend, ob sie sich stark genug fühle. O gewiß, das entspreche ihrer Natur, schmeichelte er, sie sei fähig zu großen, auch schmerzlichsten Entschlüssen.

»Stark genug«, erwiderte sie, »Lügengewebe mit einem Hauch zu zerblasen.«

»Das macht mich glücklich!« gab er zurück. »Zwei Jahrzehnte lang hat das Gewebe gehalten. Freilich, es blies auch niemand darein, es befand sich in einer der windgeschützten Hecken des tapferen Ordens. Die Spinne, die es gewoben, heißt Wielewiecki und ist nicht mehr. Mir hat er sein Geheimnis hinterlassen. Ich sehe Euch zittern, Maryna, es tut mir leid. Doch besser ein Ende mit Schrecken als – nicht wahr?«

Nun schilderte er die Vorgänge in der Sterbestunde des reuigen Paters. Maryna hörte begierig und wurde wie draußen der winterlich dunstige Himmel so fahl. Sie zwang sich zu einem ungläubigen Lächeln: »Wie! Und mein Vater hat diese höchst verdächtige Hinterlassenschaft mit eigenen Augen geprüft? Er hat sich unsicher machen, erschüttern, gar überzeugen lassen?«

Ostroschski nickte ernst.

»Und ist zum Abfall vom Zarewitsch bereit – und dabei, sich öffentlich loszusagen – und –?«

Ostroschski bestätigte. Seine Hände stiegen und fielen mit der Gebärde der Ausweglosigkeit.

»Das ist nicht wahr! Er hätte mir's geschrieben!«

»Der Brief ist unterwegs.«

Jetzt brach Marynas Seele aufstöhnend zusammen. Den Kopf in den Händen, fuhr sie in die grund- und saumlose Tiefe alles Elends, vor allem des neuen Elends ihres Geliebten, hinab, unfähig, die ganze Vernichtungsgewalt in sich aufzunehmen und auszumessen. Maria mit den sieben Schwertern! dachte Ostroschski. Er sprang hinzu und fing sie auf. Als er sie im Stuhle niederließ, lachte es mitten aus dem Herzen seines Mitleids und Erbarmens vor befriedigter Rachsucht auf. Er fühlte, wie er genoß. Dann verwünschte er dies Lachen, und das Mitleid nahm überhand. Er beeilte sich, ihr zuzuflüstern: »Getrost! Noch ist zu solcher Verzweiflung kein Grund.« Er schluckte und gestand, er habe da etwas vorgegriffen, sei den Dingen vorausgeeilt, um sich überhaupt erst einmal Gehör zu verschaffen. Kurz, Mniszek wisse und ahne noch nichts, aber bald, sobald er's wissen werde, bald werde er vor König und Reichsständen tun, was unabweislich geworden.

Ein Blitz der Hoffnung fuhr durch Marynas Sinn: die erste Lüge! So lügt er alles, alles! Schon straffte und steifte sich ihre Seele. Listig fragte sie – aber so aufwimmernd, als glaube sie Ostroschski alles – listig fragte sie, um aus ihm herauszuangeln, was ihre Hoffnung bestätigen könnte:

»Oh, warum muß ich nun die erste sein, die das Grausige überfährt – inmitten der Ahnungslosen? Ihr Himmlischen, ihr Heiligen!«

»Warum? Außer dem Bedauernswerten, dem betrogenen Betrüger, geht es Euch ja am nächsten an, nicht wahr? Doch fragt lieber: Wozu? Nun, weil Ihr als erste entscheiden sollt und müßt ...«

»Entscheiden – was?«

Er schwieg. Nach einer Weile sagte sie dumpf vor sich hin: »Ich kenne Euch, Ostroschski. Ihr mochtet nicht auf den Genuß verzichten, mich, die ihr umsonst umworben, einmal am Boden zu sehen. Ihr habt es nun gesehen.«

»Ich«, klagte er, »bin Euer Mitverdammter! So vereine uns nun die Stunde der Qual, uns beide allein jetzt auf dieser weiten, armen, verfluchten Erde!«

Wieder zuckte ein Hoffnungsblitz, greller noch als der erste, durch Marynas Hirn und Herz: Du also – außer mir – der einzige Wisser? Ist es so, was willst du dann von mir? Weinend fragte sie ihn danach aus: »Ihr wart der einzig Wissende bisher?«

»Der einzige«, gestand er, »außer dir, Maryna.«

Er duzt mich schon! dachte sie und durchstieß mit jähem Durchblick sein Gerede, wie man Getreide mit prüfendem Speer probiert. Erpresser! Doch mit Männerleidenschaft läßt sich spielen. Nur näher heran!

Sie stand auf, beschwor ihn mit ringenden Händen und stand vor seiner ›Großmut‹ als Bettlerin da, sammelte alle betörende Schönheit in ihren Augen, ihrer Stimme, ihren Gebärden. Sie bat, er solle um Christi Barmherzigkeit willen den unglücklichen Helden nicht zugrunde richten. Ihm gehe die Sonne seines Rechtes mit seinem Namen unter; da treffe ihn die Axt an der Wurzel und bis ins Mark. Dabei sei und bleibe er ja doch der Berufene Gottes. Gott frage seine Helden in ihrer Weltstunde, für die sie geboren, nicht nach dem Stalle, darin sie das Licht der Welt erblickt, nicht nach der Krippe, den Windeln; er rufe rauhe Propheten vom Pflug und hinter der Herde weg, schaffe das All aus dem

Nichts und mache zum Eckstein, was die Bauleute verwerfen –

Da warf er leise die Frage ein, ob die rang- und adelsstolze Maryna ihr und ihrer Ahnen Blut mit dem eines obskuren Findlings vereinen und den tollen Mut aufbringen könne, auf schwanken Diebesleitern zu so steilen Höhen mitten im Orkan emporzuschwindeln.

»Ostroschski, mich selbst laßt aus dem Spiel! Mit mir macht, was Ihr wollt! Ich verzichte gern auf ihn, auf alles. Tretet mich in den Staub! Oder nehmt mich hin! Wer bin denn ich! Nur ihn verschont! Und nicht nur um seinetwillen! Um Polens willen, dem eine große Stunde schlägt, um der Kirche und ihrer Ziele willen, für die ihn die Vorsehung aufgebracht. Ich sehe lauter Fügung und Verhängnis. Was redet Ihr so läppisch von Betrug?« Sie rief: »Eher aber würde ich Dimitrij heimlich noch heute, ehe er etwas ahnt oder erfährt, vergiften und so oder so von sich selbst erlösen, als daß ich ihn zum Gespött der Welt werden und sein Bewußtsein in diese Hölle stürzen ließe!«

Ostroschski bewunderte sie und dachte: Doch sangeswert – eine Liebe, die dazu bereit! Sie ist auch wohl zu weit mehr bereit. Sie würde mir diesen herrlichen Leib aufopfern und hinwerfen wie ein entseeltes Stück, wie Schlacke, um ihn zu retten, um ihm seine Illusion, seine Seele, seinen Glauben an sich und sein gutes Gewissen zu erhalten. Hinterher wäre sie imstande, wie Lukrezia zu sterben. Ja, mir gäbe sie nur Leib und Leben hin, ihm aber opferte sie ihr Gewissen und ihrer Seele ewiges Heil auf. Wie reizend schwindelt sie ihrem Gott die Ohren voll und hält ihm (ganz allerliebst!) sein Polen und seine Kirche unter die Nase. O Reiz ohne Ende, der mich wahnsinnig macht! Doch langsam, langsam, sicheren Schritts! List entzündet List.

Er beteuerte seine Pein, den falschen Zarewitsch nicht retten, Marynas Herz nicht verschonen zu können, nur noch auf ihres Vaters und Polens Heil bedacht sein zu müssen, und eröffnete ihr, die sich abgewandt, seinen heimlichen Plan – und seine Augen belauerten sie:

Er sehe sich gottlob in der Lage, ihrem Vater die Chance zu verschaffen, coram publico als der eigentliche Entdecker und Offenbarer jener Dokumente das Gespensterschiff zu verlassen und es in die Tiefe zu schicken, sich zu rehabilitieren, des Prätendenten Unschuld zu betonen, den Namen Ostroschski zu unterschlagen und so zu handeln, als habe die Welt keinem anderen als Jerzy Mniszek die – seiner selbst nicht schonende – Enthüllung zu verdanken.

Maryna spielte, schluckend unter Tränen, die halbwegs Beruhigte und fragte, womit die Mniszeks so fürsorgliche Rücksicht seitens der Ostroschskis verdient hätten. Er gestand, ihn bewege selbstverständlich nichts als die unauslöschliche Leidenschaft für sie. Das sei leicht zu erraten. Ihn, den Unseligsten unter ihren Verschmähten, werde es ein ganz klein wenig glücklich machen, sich die Unerreichbare wenigstens zu stillem Dank verpflichtet zu haben.

Dank? Aha!

Sie sagte mit stiller Würde, es sei ihr nicht gegeben, irgendeine Wohltat nicht mit vollgerütteltem Maß zu vergelten.

Er flüsterte, er wage nichts mehr zu begehren.

Sie drang leise vor: Sie wolle es ihm mit dem Teuersten lohnen, was sie besitze, wenn – Sie seufzte tief auf.

Selig erschrocken fragte er – fast tonlos: »Wenn?« und trat näher.

»Wenn Ihr nur schweigt, Fürst Ostroschski, lebenslang und gänzlich schweigt und mir – jene Urkunden schenkt. Ja, liefert sie mir aus! Es wird Euch nie gereuen.«

Er biß sich auf die Lippen und schloß ein Weilchen die Augen. Jetzt aufs Ganze!

Er stellte ihr in stockenden Sätzen vor: Zwar seien Reichtum und Macht der Ostroschskis ziemlich gering, doch nicht ihr Name, und blank ihr Schild, und groß wie die sinkende Sonne überm Meeresrand sei seine unglückliche Liebe. Ach, er beginne zu stammeln, er verzage bereits. Plötzlich kniete er hin und faltete seine Hände:

»Maryna, du selbst, du hast mich jetzt dazu ermutigt. Der Himmel ist mein Zeuge. Du hast gesagt, du seiest bereit, den höchsten Preis ... So gib mir die Chance! Laß mich dem Schild der Mniszeks huldigen vor aller Welt – durch deines und meines Namens Verbindung. Sei stark und klug und nimm mein Herz in deine weißen Hände, das Verlorene aber gib verloren! O wende dich nicht ab, du meine Göttin, mit all deiner Macht und Gewalt! Rede denn, was soll ich dem Prätendenten zuliebe tun, nur, daß du deinen Fuß von seinem heillosen Pfade nimmst und herüberlenkst zu mir? Gebiete! Soll ich die Dokumente in dies Feuer da werfen – wie meine Seele in die deine fliegt und vergeht? Soll ich ferner –«

Er stand auf, stand wie in Flammen und rief ekstatisch: »Gut! Sieh mich entschlossen! Auch die Exzellenz, dein Vater selbst, er mag schweigen denn, genauso wie ich! Nur eben, daß er sich in aller Stille von seinem Protegé entferne und ihm kriegerische Gefolgschaft verweigere. Sein Beispiel zöge; da fielen die Edelleute in hellen Haufen ab, und Dimitrij, auch als bleibender Zarewitsch, er würde resignieren; da kämpfte er gar nicht erst, er nähme als General ohne Leute und König ohne Land Dienste in Polen oder sonst in der Welt, zöge sich gewiß auch von dir und allem zurück – wie einst, als er noch Kyrill hieß –«

Wie einst! durchschrie es Maryna. Oh, sie kannte dies Einst!

»Oder – scheint dir all das unerträglich für ihn und ärger als Tod, nun, so falle er guten Glaubens auf dem Felde der Ehre, rühmlich, unentlarvt und betrauert, er falle unter der Übermacht! Es wäre ein herrlicher Abgang, ein Sonnenuntergang! Und du, du bist dann – trauernd – frei ... Für wen? Für mich ...«

Sie kehrte sich rasch ab, ging zum Fenster und wälzte einen Stein auf ihres Herzens Zorn, Ekel und Haß. Aber sie hörte ihn weiterwerben:

»So wahr ich der einzige Wisser bin – außer dir, du meine Angebetete, so wahr ich dein und sein Schicksal bin (und deines Vaters Schicksal), ich kann dem so oder so Betrogenen nicht helfen. Verloren ist er – so oder so. Auch deinem Vater und dir. Wenn treueste, ritterliche Liebe noch Damen beglücken kann, so erhöre mich! Einst kauert dir dann Fortuna gefesselt als Sklavin zu Füßen. Ich fühle mich stark genug, sie dir zu binden.«

In einem Ausbruch von Flammen, die all ihre Klugheit verbrannten, fuhr sie herum und schrie: »Deinen Stallknecht eher als dich! Mir aus den Augen, Erpresser! Vernichte uns alle drei!«

Hätte er nach solchem Keulenschlag in ihren funkelnden Augen noch lesen können, so hätte er dies entziffert: Vernichtung droht jetzt dir allein! Er aber stöhnte dumpf auf und zischte dann los, von Verzweiflung getrieben:

»Erpresser? Wer hätte mich dazu gemacht? Du, die sich so sträflich in ihre tausend Reize wickelt! So stampfe mich nur noch tiefer hinab in meine Selbsterniedrigung! Doch wehe dir, willst du daran meinen Unwert ermessen und nicht den Irrsinn meiner Versklavtheit an dich! Du Hexe du!«

»Ich will dich ja nur erhöhn, zum Teufel!« rief sie. »Offenbare jetzt deinen Adel – durch Verzicht!«

Er lachte höhnisch auf: »Verzicht! Mort de ma vie, du weißt zu fordern, du weißt aus Instinkt, worin dein Reiz vor mir besteht: Was dich mir entführt, das eben reißt mich zu dir hin und auf die Knie!«

»So gelte es denn, mein Ritter! Ehre mich so, wie ich bin! Ich sehe, du siehst mich groß. Jetzt mit *deiner* Größe heraus, und strafe mein Wort, das dich Erpresser schimpfte, Lüge! Noch einmal, Ostroschski: Um Polens, um der Kirche, vor allem um Dimitrijs und nicht um meinetwillen – laß ihn ungekränkt seine Straße ziehn! Bringst du das fertig – meiner schone dann nicht!«

Schweigen.

»Höre, liebster Ostroschski, sei verständig, ritterlich und stark!« So hatte auch sie nun das Du verwandt. »Wohl muß ich ihm erst noch Treue halten – bis zu seinem Sieg oder Untergang – als seine Verlobte, doch dann, ich verspreche dir bei allen Heiligen und meiner Seelen Seligkeit, dann, wenn er, in den siegreichen Herrscher verwandelt, von mir nicht loskommt und abläßt – trotz seiner neuen Geschäfte, dann entleibe ich mich dir zuliebe, damit du an meiner Bahre weißt, daß ich nun niemandem angehöre, gegen den deine Eifersucht rasen könnte. Doch geht er unter oder läßt er mich frei, wächst er in seinem großen Rußland über seine kleine Polenbraut hinaus, wie zu hoffen, dann bin ich dein – als eine Fürstin Ostroschski. Ich küsse darauf das Kreuz, sieh her!«

Mit staunendem Blick sah der Jungfürst sie das Kruzifixus von der Wand nehmen und zum Munde führen. Danach, das Kruzifix an der Brust, legte sie gar ihre Stirn an seine Schulter, ihren von kläglichem Weinen erschütterten Leib an den seinen. Doch nun hingen seine Arme wie gelähmt herab. Er konnte sie nicht umfangen. Was sie ihm da als Köder zugeworfen, verschaffte ihm nichts als verschärfte Tortur. Er sah nur, hörte, empfand und ermaß in Marynas leidvollem Schwur nichts als die unnahbare Leidenschaft, welche sie ganz und gar als Opfer vor Dimitrijs Füße hinriß und für Ostroschski, den Erpresser, nie auch nur für einen Pulsschlag freigeben würde, und wäre sie fünfzig Jahre lang eine Fürstin Ostroschski. Abermals hatte sie ihm nichts als ihres Seins entleerte Schale hingeworfen. So verkrampfte sich in ihm die ganze Wut seines Schmerzes. Schmerz aber haßt, was ihn erregt, er beißt danach. So fuhr in ihm ein Quälgeist auf, der ebenso infam rächen wollte, als er hoffnungslos litt.

Er knirschte: »Ich akzeptiere, Maryna. Aber jetzt – das Unterpfand dafür, daß du einst Wort hältst, ihm nie gehören wirst, so oder so, als Tote oder als meine Braut. Ich will das Unterpfand!« Er umschlang sie leidenschaftlich: »Willst du, kannst du dich einst wirklich opfern, wie du beschworen, dann kannst du es – oder lernst und offenbarst es schon jetzt. Hexe, die Traube deiner Liebe, sie hängt mir zu hoch, ist mir zu sauer darum, die verfluchte, ich will sie nicht mehr, doch dafür eins, und das ist der Preis für mein Schweigen, für jene Dokumente, und du zahlst ihn: deinen Leib! Aber jetzt – ich sehe schon – jetzt wirst du aus Treue zu ihm, dem Betrüger, deine Treue zu ihm aufopfern an mich, jetzt wirfst du mir an den Hals um seinetwillen, was ihm gehört, dich! Köstliche Paradoxie! Ich reiße es an mich, in dieser Nacht, in diesem Raume hier!« Er hielt sie bei den Schultern von sich ab und fraß sie mit Blicken. »Bist du dazu bereit?«

Böse hielt sie die Augen geschlossen. Stille stürzte in Stille. Seine Arme fielen herab.

Maryna schwankte zur Wand, hängte das Kruzifix daran und legte ihre Stirn auf die durchnagelten Füße. Ihr Herz rief alle Unterirdischen herauf. Dann kam's von ihren Lippen, ein abgewandtes, flüsterndes Raunen: »Auf daß du deine ganze Schande über meinem geschändeten Leibe empfindest und dein Nichts über meinem Opfer – ich sage: Ja, ja ...«

Endlich wandte sie sich zu ihm um: »Vorher – die Dokumente!«

Vorher! Ostroschski argwöhnte List. Seine Mannheit fühlte er im voraus gelähmt. Doch er beharrte wie verrückt: »So suche ich denn nichts als das Ausmaß meines Nichts in deiner Unendlichkeit. Jetzt bringe ich sie dir dar, die schönen

Bekenntnisse einer Jesuitenseele. Erwarte mich hier. Ich hole sie.« Er wandte sich ab, riegelte auf und ging.

Da fuhr sie in sich zusammen, schoß zur Truhe hinüber, riß den Deckel hoch, wühlte aus ihrem Reisegepäck ein Stilett hervor, riß die Bettvorhänge auseinander, steckte die Waffe unter das Kopfkissen, setzte sich auf den Hocker vor den Kamin, warf noch einen Kloben in die Glut und sah bereits im sich verjüngenden Feuer die verräterischen Zeilen verbrennen. Werde ich es schaffen? bebte und bangte sie dann. Heilige Mutter Gottes, was wird das? Steh mir bei! Wenn es, wenn es geglückt – niemand soll mich zu tadeln wagen: Was sucht ein Mannsbild in meinem Gemach? – Sie sann auf die rechte Darstellung.

Sie fuhr wieder auf, war mit einem Sprung am Bett, holte das Stilett vor und steckte es unter die Kelimdecke des Wandtisches. Mit flackernden Augen eilte sie dann umher, warf sich vor dem Kruzifix auf die Knie und kniete noch, als Ostroschski leise und als ein ruhiger Mann wieder eintrat, in ihren Anblick versank und stehenblieb, zum Kamin ging, sich auf den Hocker niederließ, die Papiere aus seinem Wams hervorzog und in die Flammen redete; und was sie da hörte, beruhigte sie sehr:

»Fürchte nichts! Ich nehm' es für genossen. Es war mir serviert; räume wieder ab! So besudelt sich ein Ostroschski nicht – mit der herrlichen Mniszek: Die Komplicin gehört zu ihrem Komplicen. Fahrt hin in eure Hochstapeleien! Bis die geprellte Welt euch selber prellt – bis ins Jenseits hinauf. Ich sehe das Ende. Hätt' es euch gern erspart.«

Nach einer Pause fuhr er fort: »Nun, wollt Ihr, venerabilissima, die Hinterlassenschaft des sauberen Paters Euch nicht ansehen? Überzeugt Euch, ob seine Beichtzettelchen Euch den Eindruck der Echtheit machen oder nicht! Hier seine Siegel. Sein ductus, sein Namenszug. Alles liegt ja wohl in Archiven fest.«

Maryna trat herzu, blickte hinein – und dachte an das Stilett. Sie nahm die Briefe über seine Schulter weg entgegen und richtete den Blick ins prasselnde Feuer. Danach studierte sie hastig, aber luchsäugig die drei Adressen, Unterschriften, Siegel, Textstücke, und das dauerte seine Weile.

»Seid Ihr fertig?« hörte sie ihn müde fragen. »Werft sie ins Feuer! Autodafé!«

Siegreich reichte sie ihm die Schriftstücke zurück, und eins nach dem anderen, von seiner Hand verächtlich hineingeworfen, ging in Flammen auf. Beide sahen dem Verkrümmen und Verkohlen der Papiere zu, aber Maryna entschied bei sich, hiermit allein sei es noch nicht getan.

Als habe er innerlich vernommen, was sie dachte, sprach er zum Kamin hin: »Ich werde schweigen wie die Sphinx der Wüste. Ich werde an der Tafel der pokulierenden Götter sitzen und mit ihnen eurer Tragikomödie zuschauen, wenn schon nicht so heiter wie sie, die unbarmherzigen Lacher. Als einziger Eingeweihter unter den Sterblichen werde ich nicht einmal schmunzeln, wenn sie amüsiert das Ende erwarten. Ach, mag die Posse glücklich enden! Von mir aus. Der Spaß soll gelten.«

Prahlhänse sind schlechte Schweiger! dachte sie – zumal bei den Gelagen der Sterblichen. Von dir, Ostroschski, abhängig sein – ein Leben lang? Nein!

Es zog sie zum Dolch da unter dem Tuch. Sie sah den Rücken vor sich. Die Kraft einer Besessenen durchglühte sie. Doch dann fühlte sie diese Kraft aus ihrem Leibe zu Boden gleiten und sie verlassen. Sie stand machtlos da und schalt sich feige, dann dankte sie dem Himmel, daß der Verstand sie noch nicht völlig verlassen. Was mutete sie sich zu! Es konnte nicht glücken, nie! Statt dessen tut es wohl auch ein Banditenüberfall auf der Rückfahrt ... Vielmehr – hier sind ja Kosaken, hier sind die Kerle zur Hand, die den Bojaren hergebracht. Rasch wären sie mit ihm über die Grenze ...

Ostroschski philosophierte ins goldene Flackern hinein, lachte leise und sagte: »Fast alles auf der Welt ist Schwindel. Dieser Erbe zumal des Dschingiskhan, was braucht er legitim zu sein? Haha, ihr zwei! Drapiert euch nur mit eurer Mission, bis ihr vorm Spiegel euch selber glaubt! Immer recht gottesfürchtig und gewichtig! Seid wachsam, phrasenreich und frech! Die Weltgeschichte ist die Allerweltshure, und der Himmel hat Humor, ist auch sehr hoch und weit weg. Tatatata! Fanfarenruf! Das Spiel kann beginnen.«

Er stand wie zerschlagen auf, verbeugte sich vor Maryna sehr förmlich, erklärte, er müsse sich nun frei und gesundtummeln und wolle der Jagdgesellschaft nach. Maryna könne ihn ja begleiten, auch sie halte hier nun nichts mehr ab – n' est ce pas? Er nahm an der Tür die Klinke in die Hand, kehrte sich nochmals um und murmelte vor sich nieder: »Ich wollte, Maryna, ich wäre wahrhaft imstande, dich vor meinem eigenen Herzen als die lumpige Komplicin eines Schurken zu verleumden. Doch *er* ist ohne Furcht und Tadel, wie gesagt, und *dich* macht auch nicht nur nackter Ehrgeiz toll. Mit meinem totalen Verstummen werde ich dir und ihm hinfort gerecht. So habe ich an eurer schuldigen Größe teil. Dies – meiner Liebe Ende, ohne Ende.«

Er warf mit bitterem Auflachen den Kopf zurück und ging. –

Nicht lange danach huschte Maryna in einem weißen, über der Brust zusammengerafften Pelzumhang, der weit und faltig bis auf ihre Knöchel fiel, über den hinteren Hof, scheu um sich blickend, den Stallungen zu und trat in einen Futterraum, wo sie Korelas Kosaken um eine umgestülpte Waschbütte auf Stroh bei Schmaus und Trunk gelagert fand. Ihre Pferde waren fast die einzigen, die im angrenzenden, weiten Stallraum noch an den Raufen standen und Heu und Hafer malmten.

Unter den Kosaken saß Wanja betrübt auf einer Kiste.

Maryna gab den Reitersleuten, das Russische radebrechend, doch gestenreich und heiter zu verstehen, sie wolle sich nach der Bewirtung und dem Befinden der tapferen Rossetummler erkundigen. Sie erntete Zuruf, Lobpreis und Zutrunk. Dann befahl sie Wanja auf polnisch, ihr zu folgen. Die Kosaken blieben zurück, begannen zu singen, begannen zu tanzen.

Nach geraumer Weile kehrte Wanja wieder, stand verstört und mit nach innen funkelnden Augen da, holte einen Beutel aus seiner Tasche und glotzte ihn an. Er rief die Reiter heran und hielt mit ihnen Rat. Gedämpftes Stimmengewirr. Bis gierigen Blickes ein jeder Reitersmann sein blankes Goldstück aus dem Beutel empfing. Sie umarmten Wanja als neuen Kosakenbruder, der nun mit ihnen über die Grenze gehe, und gaben Entschlossenheit kund, den zornigen Auftrag seiner Herrin ebenso zornig auszuführen. Morgen also, oder übermorgen, sobald der Fuchs, der verdammte, davonschnüre, seiner fernen Heimat zu.

Doch siehe da: Des Polen Reitknecht, sein Fuhrmann, trat herein, ging an ihnen vorüber zu den Boxen hin, begann da hinten eins der ihm zugehörigen Pferdchen zu zäumen und zu satteln. Die Kosaken lümmelten sich beobachtend an den Türpfosten. Schiefe Blicke, bärtiges Gemurmel, die Frage: Ob der feine Herr womöglich schon heute, schon jetzt entwischen wolle? Er ahne doch wohl nichts?

Sie stießen ihren Obmann mit den Ellbogen, winkten mit dem Kopf und schickten ihn hinüber, um den Reitknecht auszuholen. Der Obmann schlenderte denn auch gemächlich mit seiner Schnapskanne hin und fing ein kameradschaftliches Gespräch mit ihm an, ließ ihn saufen und brachte in Erfahrung, der Fürst Ostroschski reise noch nicht, er wolle nur zur Bärenhatz hinüber. Ja so ... Bald war das Polenpferd gesattelt. Der Reitknecht führte es durch die

Futterkammer an den herumstehenden Helden vorbei nach draußen und dem vorderen Schloßhof zu.

Wanja und seine Kameraden sahen ihm recht gleichmütig nach. Danach traten sie erregt zusammen und berieten sich aufs neue. Nach raunendem Hin und Her kam des Obmanns Entschluß und Befehl: Nach!

Sie stolperten in den Stall, zogen die Bauchgurte ihrer allzeit gesattelten Gäule fest, führten die Tiere hinaus, spannten zwei vor ihren Kastenwagen, Wanja verkroch sich in dessen Strohberg, und schon ging es hinaus mit Getrappel und Gerassel von Hof zu Hof und durch das Palisadentor auf dem Waldwege dahin.

Aus einem der Schloßfenster fragten zwei Augen hinter ihnen drein: Sie verweigern sich mir? Sie suchen das Weite? Hat Wanja mich verraten?

Fürst Ostroschski war noch nicht weit voran. Dahintrabend verfolgte er die Huf- und Räderspuren der Jagdgesellschaft im Schneematsch auf dem Waldweg. Da hörte er's hinter sich herangaloppieren, hörte Wagengerassel. Er wandte seine Ludmilla und sah zurück. Kosaken! Ach, die Kerle wohl, die den Bojaren ... Heim geht es über die Grenze!

Er trabte weiter und befand sich bald in ihrem ihn einholenden Schwarm. Sie galoppierten dann nicht an ihm vorüber, sie trabten nun auch und hielten mit ihm Schritt, eine seltsam schweigende Eskorte. Wollten sie ihm zur Bärenhatz folgen? Und schlossen sie sich, da ortsunkundig, ihm an? Kann den Weg auch nur erraten, dachte er. Er galoppierte jetzt, um sie loszuwerden, aber sie galoppierten auch. Er sah sich dabei die wattegepanzerten, pelzbehangenen, struppigen Helden links und rechts an. Mißtrauen stieg in ihm auf. Dieser Auswurf der Steppe! Das führt doch was im Schilde? Beschatten sie mich? Sind sie – mir nachgeschickt?

Er sammelte sein Russisch zusammen und lachte kameradschaftlich: »Ihr Kerle, ihr seid wohl Saporoger? Oder vom Dnepr? Oder Don? Oder wo sonst her?«

Dicht neben ihm hielt sich jetzt der Obmann und bleckte lachend die Zähne im Bart. Unwillig rief Ostroschski: »Macht fort, zum Teufel, die Grenze ist noch weit, der Abend nah!«

Schon war er recht unheimlich beiderseits und von vorn und hinten von der Eskorte umdrängt. Er hielt an, die anderen auch; er setzte beide Fäuste auf seine Schenkel, sah finsteren Blicks herum und brüllte sie an: »Straße frei!«

Nichts rührte sich. Nur verlegenes Lachen links und rechts.

»Was wollt ihr?«

Sie bildeten mit ihren stampfenden Pferden Mauern um ihn.

Jetzt knurrte ihn der Obmann an: »Ist das wahr, gnädiger Herr: Du bist dem großen Sohn des großen Iwan, unserem Heiden und Zaren, feind? Du sinnst auf Tücke?«

Entsetzte Gewißheit in Ostroschski: Sie sind mir auf die Spur gehetzt! Maryna!

Er riß seinen Säbel heraus und schrie: »Mir vom Leibe, Gesindel!« Doch er sah rings Kosakensäbel aus Scheiden fahren. Er war ein gefangener Mann. Kaum entschloß er sich zu Todesmut und -wut, zum Sporengeben und Dreinschlagen, so schlug ihm von rechts schon ein Säbelhieb die Waffe aus der Faust, schon packte es ihn von hinten und riß ihn vom aufbäumenden Pferd, schon sprang es um den zu Boden Gestürzten mit vielen Füßen dumpf auf die Erde und packte ihn an den Handgelenken und mit würgendem Griff um die Kehle. Fast lautlos und nur ein Ächzen, Stampfen und Klirren war dieser blitzschnelle Kampf. Ringend noch und keuchend, sah Ostroschski aus dem Wagenstroh einen plumpen Kerl auftauchen und mit geweiteten Augen zuschauen. Dann deckten fuchtelnde Fäuste sein

Gesicht zu. »Maul halten!« hieß es, »oder du steckst am Spieß!«

Entführung über die Grenze? hoffte Ostroschski noch. Er fluchte, da traf ihn ein Kinnhieb und warf ihn rücklings um, dann kniete es auf ihm, band ihm die Arme an den Leib und die Füße mit Stricken zusammen, stopfte ihm einen Knebel in die aufgesprengten Kiefer und riß ihn wieder hoch.

»Wanja«, hörte er den Obmann kommandieren, »jetzt hast du auch schon deinen Gaul. Den feinen Burschen statt deiner ins Stroh! Komm, mach Platz!«

Ehe der Gefangene sich dessen versah, lag er im dahinpolternden Gefährt unterm Strohberg, hin und her gerüttelt. Es galoppierte um ihn. Er sah Marynas Züge über sich, und seine Seele spie ihr da hinein: Teufelshure! Von solchem Fleisch also sind meine Tamaras und Cleopatras! Er röchelte. Erstickungsangst überfiel ihn. Dann hörte das Poltern, Rütteln und Traben auf. Man hielt. Heiseres Palavern und Raunen ringsum. Dann fühlte er sich an den Stiefeln herausgezerrt und -gerissen und schlug rücklings auf dem Erdboden auf. Man löste ihm die Stricke von den Stiefeln und riß ihn hoch: Auf! Gefesselt und geknebelt taumelte er, auch an den Schultern gepackt und in den Rücken gestoßen, im Getümmel vorwärts. Hinter ihm der Waldrand, vor ihm freies Gelände im harschen Schnee. Das Stoßen ließ nach, und er stand, um ihn die Horde. Man löste ihm den Strick von den Armen, der Hauptbandit riß ihm das Tuch aus den Zähnen und höhnte: »He, was taugst du uns drüben am Don, du Stöpsel! Du wirst doch nie ein Kosak. Wir haben's uns überlegt, wir lassen dich hier. Nun kämpf um dein parfümiertes Leben, solang du's noch riechen kannst! Da, deine Plempe, nimm sie mit!« Der Mann stieß ihm den Säbel in die Scheide, das Getümmel riß Ostroschski hoch und schleuderte ihn in die Luft, und er stürzte durch ein Laubdach in eine Tiefe, in die Grube Enaks des Großen ...

Als alles vorüber war, Bärengebrüll und Todesschrei und das Niederstieren und -horchen der Mörder, als alles still geworden, sagte der Obmann mit Bewunderung zum erblichenen Wanja: »Dein Bär ist gut. Und du bist der einzige, dem der Starke gut ist? Dem da hat er's schnell besorgt, bei allen schwarzen Engeln Gottes.«

Wanja wischte sich die Nase mit dem Ärmel.

»So lassen wir ihn jetzt entwischen!« fuhr der Kosak fort. »Der hat's verdient.«

Wanja brütete vor sich nieder. Sein Gewissen schlug ihm: Hätte ich nie von Kosakenfreiheit geträumt! Jetzt muß ich mit. Die Hexe, die verfluchte! Aber das Blutgeld ist mit den Kameraden geteilt, ich bin der Ihre geworden. Endlich hob er die Lider und sah die Kosaken zum Walde zurückstapfen und dann da unten wartend aus angemessener Ferne zurückgaffen.

So ging er um die Grube herum, hob das Ende eines Baumstammes an und zerrte es an die Grubenkante, ging ans andere Ende, nahm es auf die Schulter und schob den Stamm in die Grube nieder. Bald kam Enak heraufgeklettert, beschnüffelte seines Freundes Hand, richtete sich auf und legte eine Tatze auf seine Schulter. Wanja ließ den Bären nieder, wühlte ihm im zottigen Nacken, gab ihm einen Schlag auf das Hinterteil und befahl: »Troll dich, Enak, in die Freiheit!« Gehorsam bummelte der Bär davon. Die Kosaken, während Wanja auf sie zukam, beobachteten die Bestie, die immer rascher und zielsicherer davontummelte. Dann schlugen sie Wanja anerkennend auf die Schulter und trotteten mit ihm in den schweigenden Wald und zu ihren Gäulen zurück. Abendwolken dunkelten langgestreckt herüber. –

Inzwischen nahm die Jagdpartie ein rühmliches Ende. Die Bärin Njuta war mit der Meute, die an ihr hing, wie ein Knäuel von Tieren auf die Speermänner gleichsam zugerollt, hatte Raum gewonnen und, eine vielköpfig in sich selbst verbissene, brüllende und heulende Hydra, durch die verstreute Jägerkette – welche der Hunde und Schützen wegen nicht sogleich losfeuern konnte – sich verblüffend rasch der äußersten Schützenlinie genähert. Hund über Hund blieb zerrissen liegen. Da krachten Feuerblitze aus dem Dickicht, so daß der Bärin die Wolle vom Rücken flog. Schon erreichte sie den Waldessaum, und die drei letzten Reiter, die zwischen den Stämmen im Sattel saßen, nämlich Glinskij in der Mitte und rechts und links von ihm in bedeutendem Abstand Kurzjew und Dimitrij. Die Bärin nahm Richtung auf die Lücke zwischen Glinskij und Dimitrij. Kurzjew ritt etwas abseits, um seinem künftigen Zaren nicht den ihm allein gebührenden Jagdruhm zu schmälern. Glinskij saß ab, vermutlich, weil er vom Rücken des ängstlich umhertanzenden Pferdes mit seiner Arkebuse nicht zielen konnte. Auch Dimitrij sprang aus dem Sattel, mit dem Gedanken: Tapferes Tier, ruhmlos für dich, nach so siegreichem Durchbruch unter dem Blitz feiger Fern- und Feuerwaffen zu enden. Leib wider Leib, so nehm' ich dich an.

Voller Entsetzen sahen aus der Ferne die Damen in ihren Wagen, sahen die über die Weite verstreuten Treiber, die Spießer, die Schützen, sah vom Pferd her Kurzjew und aus der Nähe der spreizbeinig stehende Fürst Glinskij, der seine Arkebuse schußbereit auf der Gabel hielt, dem plötzlichen Endkampf zu, dem rasch wechselnden Auf und Nieder von sich umkreisender Menschen- und Tiergestalt: wie Dimitrij strauchelte, bäuchlings am Boden lag, das Tier sich von hinten zum Genickbiß über ihn erhob, Dimitrij den Dolchgriff auf seinen Nacken setzte und die Spitze dem Rachen entgegenblitzen ließ, so daß Njuta nicht zupacken konnte – da krachte Glinskijs Arkebuse, der Bär ließ von Dimitrij ab, wandte sich wütend Glinskij zu, Dimitrij sprang auf und stand nun seinerseits dem Fürsten bei, der, nachdem sein Pulver verschossen, zurückfuhr und sein Langmesser zog.

Dimitrij stieß das seine Njuta in den Rücken. Sie wandte sich zu ihm zurück und empfing aufbäumend den zweiten Stoß in die Kehle. Da war es schließlich geschafft. Das Tier wälzte sich im Schnee, empfing weitere Stiche und lag da. Alles, was Beine hatte, eilte heran. Dimitrij aber gab dem Tier den Gnadenstoß. Auch die Wagen näherten sich von fern. Bald gab es um den Jagdhelden ein Rühmen, Händeschütteln und Hornblasen, dann eine Obduktion der Wunden des verendeten Tieres. Es stellte sich heraus, daß nur Dimitrijs Messer, kein Schuß und nichts sonst von Belang gewesen war. Man hob den Zarewitsch als König der Jagd auf die Schultern, tat aber auch entsetzt ob seines Leichtsinns: Er habe seine Zukunft und alles aufs Spiel gesetzt. Der abgesessene Kurzjew kniete vor seinem Herrscher hin und küßte ihm die Hand, die ihn zugleich emporzog. Dimitrij bedankte sich beim Fürsten Glinskij für den ablenkenden und somit rettenden Schuß. Er war doch recht nachdenklich geworden.

Die Treiber schnürten Njutas Tatzen mit Stricken zusammen und trugen das Tier an durchgesteckten und geschulterten Spießen zum Kastenwagen hinüber, der hinter galoppierenden Pferdchen heransprang. Die Gesellschaft in fachmännisch schwatzenden Gruppen wurde sich einig, auf der Rückfahrt zum Schloß noch den Umweg über die andere Grube zu machen und das Gelände für den kommenden Tag in Augenschein zu nehmen. Dimitrij versprach, den verehrten Herren morgen den weit gefährlicheren Gegner allein zu gönnen. Er werde durch Geschäfte verhindert sein.

So trabte und fuhr die Gesellschaft, Wagen und Reiter in buntem Gemenge, dem Walde zu und verschwand im Gehölz. Hinter ihnen klagte das Rot im zerwühlten Wundbett und zertrampelten Schnee zum Abendhimmel hinauf. –

Im Jagdschloß saßen die beiden Patres beim Rotwein in Pomaskis Raum, vom Schimmer des Kaminfeuers angeglüht und umdunkelt von den Holzwänden voller Geweihe. Den

Wein ihrer Zinnbecher mit umschließenden Händen temperierend und einander zutrinkend, besprachen sie, was in den Beratungen geltend zu machen sei. Ihr General, betonte Ssawiecki, habe an das Prinzip erinnert, bei aller Mitwirkung auf Unauffälligkeit bedacht zu sein. Pomaski berichtete, Dimitrij wolle täglich zwei Stunden Russisch nehmen, und Ssawiecki, der diese Sprache schulmäßig beherrschte, erklärte sich freudig zur Übernahme des Unterrichts unter Hinzuziehung eines guten Zweisprachigen aus dieser Gegend – oder vielleicht des heute eingetroffenen, freilich mit Vorsicht zu genießenden Bojaren – bereit. Pomaski sagte, der Zarewitsch könne das Russische gut übersetzen, doch hapre es mit der Konversation. Dann erzählte er von der wieder so beglückenden Aufgeschlossenheit Dimitrijs ihm gegenüber. Dimitrij sei so zuversichtlich und befreit! Und habe ihm auch sein Tagebuch überlassen. Ssawiecki bat, daran teilhaben zu dürfen. An einigem dürfe er's sicher, sagte Pomaski, Dimitrij werde nichts dawider haben. Er stand auf, holte das Buch herüber, setzte sich und las diese und jene Sentenz vor, vertiefte sich dann ein paar Seiten weiter in andere Notizen und trug vor:

»Mittwoch nach Invokavit.

Im Herberstain gelesen. Ich möchte aufheulen vor Leid um mein Volk. Nichts kann so hassen wie die Liebe, die ihr Geliebtes schänden und martern sieht.

Jahr für Jahr haben damals die Nogaierstämme und andere Horden aus den Khanaten den Südosten überfallen und alles verheert und Hunderttausende weggeschleppt. Die Sklavenmärkte in den Hafenstädten am Schwarzen Meer, in Persien, ja in Nordafrika waren von russischer Menschenware überfüllt. In Kasan lebten fünfzigtausend Russen in schlimmster Sklaverei, als mein Vater es einnahm. Der Russe war allenthalben das wohlfeilste Arbeitsvieh, die Russinnen füllten die Harems geiler Islamiten. Zehntausende gingen Jahr für Jahr meinem Volke verloren. Herberstain berichtet von einem Überfall, der achtzigtausend Untertanen des Zaren auf die islamischen Sklavenmärkte warf. Die Unverkäuflichen schlug man kurzerhand tot. Und wie man Hunden Hasen gibt, um sie zu blutgierigen Beißern zu machen, so warf man die Alten und Kranken den jungen Tataren hin zur Einübung in erbarmungslosem Massenmord. Diese Jungmannschaft warf ihre Opfer ins Meer, schleuderte sie von Felshöhen, schmiß sie mit Steinen tot oder schlachtete sie im Blutrausch.

Andererseits hört man, daß die Verschleppten sich mit sechs Jahren Sklavenfron freidienen können, doch müssen sie danach im Lande bleiben.

Meine und des Reiches große Mission heißt: Kreuzzüge gen Ost und Süd, gegen Mohammeds Geschmeiß. Das ist's, was Rußland seit langem der Christenheit leistet, was seine abendländische Anerkennung – weiß Gott! – verdient und seine Verankerung im Abendland erfordert. Ich will das kriegerische Reich als die streitbare Kirche ansehen und das Heidentum in Ost und Süd mit Taufwasser erlösen, nicht nur mit Schwertblut, getreu der Mission, von der mein Vater durchdrungen war und die er in jenem Gemälde der streitbaren Kirche in der Wassilij Blaschenny am Roten Platz verherrlichen ließ.«

Pomaski hielt inne, sagte »und so weiter« und blätterte. Die meisten Notizen, bemerkte er, bezeugten, wie Dimitrijs Geist sich immer wieder fasziniert mit der Rätselgestalt seines Erzeugers auseinandersetze, ihn befrage und, wo nicht zu entschuldigen, so doch fast priesterlich zu verstehen suche. Dimitrijs Blick scheine da Tiefen seelischer und geschichtlicher Erkenntnis zu gewinnen. Auch ringe Dimitrij um kirchenpolitische Klarheit.

»Was schreibt er?«

»Hier ein Aphorismus. ›Rußland – eine cäsaropapistische

Theokratie. Ein anerkannter Kirchenlehrer im vierten Jahrhundert lehrt: Sobald ein Kaiser den Namen Augustus empfängt, schuldet man ihm Gehorsam und treuesten Dienst *wie einem leibhaftigen Gott*. Gottesdienst ist es, in Krieg und Frieden blindlings dem anzuhängen, der auf Gottes Anordnung herrscht. Soweit der Kirchenvater. Moskau – das neue Byzanz.‹ – Nun, Ssawiecki? Lauert da Gefahr?«

»Ach was! Wir bleiben ja um ihn. Das ist unser Amt, ihm einzuhämmern, daß das Schwert dem Kaiser vom Papst verliehen wird, und *der* Kaiser, der sich dem vicarius Christi nicht unterwirft, notwendig der Hybris verfällt, mindestens der Versuchung, sich an Christi Stelle zu setzen und seine Macht zu mißbrauchen. Vision des Antichrist. Wohl sind Reich und Kirche ein corpus, jedoch kein monstrum mit zwei Köpfen gleichen Ranges. Die Kirche muß frei sein, das ist klar, und der eine Kopf Wahrer der göttlichen Belange auch im Politischen.«

Pomaski lächelte und dachte: Gott bewahre dir dein schlichtes Gemüt, du Landsknecht des Herrn! Mir geselle er den Engel der Geduld, der Warten lehrt und spricht: Im Hoffen und Stillesein werdet ihr stark sein. Aber Maryna ist auch noch da. Übrigens ... Als ich sie eben erst unter den zurückgebliebenen Gästen, die sich nach dem Schläfchen um sie sammelten, traf – eine merkwürdige Unrast oder Zerfahrenheit war da in ihrem Bemühen, geistreich, lustig und lieblich zu scheinen. Nun ja, sie kennt seine jägerische Waghalsigkeit.

Da drang von draußen der Lärm der zurückkehrenden Bärenhetzer an sein Ohr, Hundegekläff, Trappeln und Rufen. Auch Ssawiecki stand auf, wennschon mühselig. Er müsse sich vorerst noch strecken, ächzte er, der lange Ritt habe ihm zugesetzt. Pomaski möge ihn rufen, sobald er ihn benötige.

So trennten sie sich.

Unten angelangt, erwartete Pomaski im Kreise der Ausgeruhten den Eintritt der jagdlichen Damen und Herren in der von Kerzen umschimmerten Halle. Die Stummheit, mit der sich nach und nach dieser Eintritt vollzog, die Bedrücktheit und Nachdenklichkeit der Erscheinenden, ließ Unheil ahnen. Die Empfangenden verstummten und fragten, was es gäbe; die Eingetretenen blickten mit bedeutungsvollem Ernst auf den Herrn des Hauses hin, der besonders düster erschien. Entsetzt blickte ihn Pomaski an: »Wo ist die Majestät?«

»Bei unserem verunglückten Freund«, war die Antwort. Man fragte: »Verunglückt? Wer?«

Glinskij gab Bericht: Man habe den jungen Fürsten Ostroschski, zu Tode gerissen, in der leeren Grube des Bären Enak vorgefunden.

Entsetzen griff um sich. Fragen bestürmten ihn.

Glinskij sprach von unerklärlichen Dingen, vom in die Grube geschobenen Stamm, an dem sich der Tollkühne müsse hinabgelassen haben, um, vielleicht betrunken oder umnachtet, das Ungetüm allein zu bestehen. Seltsam aber seien diese Trampelspuren zur Grube, um sie her und zurück. Er fragte, wann der Jungfürst aufgebrochen sei, und wieso allein? Doch wohl zu Pferde? Doch wohl, um zur Jagdpartie zu stoßen? Wo aber sei sein Reitpferd geblieben? Man habe keines gefunden. Und wo sein Reitknecht? Es liege hoffentlich doch kein Verbrechen vor?

Ein leiser, stöhnender Laut kam von hinten. Einige blickten sich um, Pomaski aber *fuhr* herum. Maryna, die im Dämmerdunkel hinten erschienen, drohte umzusinken und wurde von Damen und einem Kavalier hinweggeführt. Der Jesuit wandte sich wieder nachdenklich zurück, ging langsam dem Portal zu und die Freitreppe hinab und lief dann ins Abendgrauen hinaus auf den hinteren Hof.

Da stand Dimitrij neben einem der Wagen und sah zu, wie Bedienstete den schlaffen Leib des Toten auf ihre Schultern luden und schweigend hinwegtrugen.

»Majestät, wie konnte das geschehen?«

Dimitrij zuckte die Achseln und führte Pomaski am Arm schweigend mit sich und die Stufen hinauf in die Halle zurück. Dort brachte man gerade Ostroschskis Reitknecht von hinten herein. Der Mann stand mit stumpfsinniger Fassungslosigkeit vor dem Fürsten. Der stellte ein Verhör an. Der Reitknecht stotterte etwas vom Ausritt seines Herrn, und in seinen mißtrauisch herumsuchenden Augen leuchtete es wie Ahnung auf und zorniger Verdacht. Nun auch von Dimitrij befragt, berichtete er vom plötzlichen Aufbruch der Kosakenschar.

»Sie sind fort?« fragte Dimitrij. »Ohne Abschied?«

»Ah!« grollte dumpf die Stimme des Bojaren Kurzjew.

»Wußten sie von der Bärengrube? Kannten sie den Ort?« fragte Dimitrij.

»Hallo! Wo ist Wanja, der Bärenwärter?« rief Glinskij. »Heran mit ihm! – Indessen, meine Damen und Herren, das Haus hat Sessel und bietet Bequemlichkeiten. Ich bitte, legt ab und macht es Euch leichter. Leid lastet ohnehin genug.«

Es dauerte eine Weile, bis seine Gäste ihre Pelze an Diener losgeworden, sich in der Halle niedergelassen oder auch kopfschüttelnd entfernt hatten. Während Dimitrij nach Maryna fragte, von ihrem mitleidigen Anfall Kunde erhielt und sich zu ihr begab, kam, an ihm vorbei, der Hofmeister heran und berichtete, von Wanja sei keine Spur zu finden.

Nun gab es ein neues Raten und Vermuten, hier ein »Aha!« und dort ein abwehrendes »Ei was!« bei den sitzenden oder stehenden Gruppen, und Pomaski entfernte sich nachdenklich auf der Spur Dimitrijs. Es zog auch ihn zu Marynas Zimmer hinauf.

Dimitrij trat gerade bei ihr ein, Pomaski sah es von fern und hemmte seine Schritte. Er dachte, er müsse vielleicht etwas warten.

Dimitrijs Blick fiel auf eine am Gebetpult kniend hingeworfene Maryna. Ihr Gesicht lag in ihren Händen, ihr Rücken bebte. Durch das Knarren des Fußbodens aufgeschreckt, warf sie ihren Kopf zu ihm herum. Er sah ein Paar Augen voll Verzweiflung groß auf sich gerichtet, sah ihre Lippen um schmerzlich zusammengebissene Zähne geöffnet, doch das Gesicht flog wieder in die Hände zurück. Er trat befremdet näher und legte beide Hände auf ihre zuckenden Schultern. »Maryna, so tief bewegt dich dieser Untergang?«

Sie nahm alle Kraft zusammen. Durch ihre Wirrsal schoß der Gedanke: Er gibt mir das Stichwort. Langsam stand sie auf und wandte sich zu ihm um. Da war ihr Antlitz schon verwandelt. Er las darin nur noch trauernden Ernst. Diese Augen tasteten noch groß und fremd in seinen Zügen herum, als sei er die Sphinx, als müsse sie sie enträtseln, blickten auch so erbarmungsvoll, wie Kassandrenaugen das unselige Schicksal eines ahnungslos Verdammten wortlos klagend ermessen. Doch dann zitterte ihr Mund in so schmerzlich lächelnder Süße, wie zu aufopfernder Hingabe verklärt, und unter Tränen winkten ihre Augen ihm schon gütig lächelnd zu. In dieser mühsamen Selbstverwandlung war es für Maryna das leichteste, ihr niederfallendes Gesicht an seiner Brust zu verstecken, sich an ihn zu werfen und sich von ihm umarmen zu lassen. Sie tat danach. Sie lauschte auf seines Herzens Schlag – ach, es war doch kein *fremdes* Herz geworden! – und spürte seiner Lippen Kuß in ihrem Haar.

Dimitrij tröstete: Er preise und liebe so zartes Mitleid und verstehe es wohl, denn erst eben habe sie den Entseelten bei Tisch zur Seite gehabt und seine muntere Stimme gehört, die Stimme eines, der sie geliebt. Dem Mädchenherzen sei kein Verehrer fremd, auch kein verschmähter, nicht wahr?

Sie blickte bräutlich zu ihm auf und lenkte seufzend auf den armen, armen, alten Ostroschski, den Vater, ab. Da pochte es, Pomaski trat ein.

Dimitrij ließ Maryna los und bedeutete dem Pater, es sei schon gut, das geschmolzene Herz sei wieder fest. Maryna nickte mehrfach rasch und schluckte.

Während sie zum Tisch ging, dort ihr Spitzentüchlein ergriff, die Augen wischte und sich schneuzte, fragte der Pater, ob sie Hellseherin sei und das zweite Gesicht habe. Ihm komme es so vor, als habe sie das Unheil gefühlt, vielleicht gerade in dem Augenblick, da es geschehen. Sie habe vorher so seltsam getan.

Ja, sagte sie, sie habe es empfunden, doch gemeint, sie ängstige sich um Dimitrij. »Ach«, fragte sie, »wie hat es nur zu diesem Jammer kommen können?«

Nun erörterten sie die verdächtigen Umstände des kosakischen Aufbruchs und der Flucht des Bärenlümmels, der vielleicht als seine Ketten brechender Sklave im Aufstand gegen polnisches Herrentum mit diesem Racheakt seinem Banditeninstinkt gefolgt sei, denn es gebe hier viel rebellisches Volk, wie Fürst Glinskij versichere. Schließlich bat Maryna Dimitrij, sich den Gästen zuzugesellen, sie wolle sich herrichten. Ihm und Glinskij falle es zu, das Schrecknis aufzuklären und des Toten Heimfahrt vorzubereiten. Die Tagung werde doch hoffentlich darunter nicht leiden. Dimitrij küßte ihre Hand und ging, nachdem der Pater es für seine erste Pflicht erklärt, beim Toten die Gebete zu verrichten. Schon hatte der Pater die Türklinke in der Hand, da rief ihn Maryna zögernd und wie nach innerem Kampf leise zurück. Er trat vor sie hin, sie ließ sich in den Sessel sinken und geriet ins Schluchzen und außer sich. Er erschrak. Endlich begann sie, das tränenüberlaufene Gesicht zum Kaminfeuer gekehrt:

»Immer hast du in meiner Seele gelesen, auch wo ich nicht dein Beichtkind war, Vater ...«

Stille.

Er fragte, ob sie jetzt etwas zu beichten habe und warum sie so leide.

Nach längerem Grübeln schickte sie die überflüssige Frage voraus: »Ein Beichtiger ist doch – unter allen Umständen – verschwiegen, Vater, wie die Sterne droben, wie das Grab, wie der Fisch unterm Eis?«

Er nickte.

»Du hast mir beigebracht: Des Priesters Freispruch, an den sich reuige Seelen klammern, gilt in Zeit und Ewigkeit, ist endgültig gültig auch da, wo ein fehlsamer Priester anders bindet und löst, als der Allwissende wünscht. Also daß Gott selbst in seiner Gnade um des Beichtamts willen sich in des Priesters votum binden und fesseln läßt.«

Er horchte, bejahte aber und verneinte weder mit Wort noch Geste.

Sie beschwor ihn: »Du hast es mir eingebleut: Wie der Priester hienieden verriegelt und öffnet, genauso schlagen auch die Himmelspforten oben zu oder springen auf. Ergo sacerdos major quam Deus ... Gott gibt sich aus Gnaden ganz und gar in des Priesters Gewalt; so entäußert er sich seiner Gottheit!«

Endlich nickte er.

»Wenn«, fragte sie, den Blick vom Feuer lösend und in seine Augen wendend, »wenn nun der Beichtiger freispricht – gegen Wissen und Gewissen, dann auch?«

»Kein Beichtiger spricht gegen sein Gewissen frei, ledig und los, mein Kind.«

»Doch – wenn es ihn gäbe? Und – wenn er müßte? Um größerer, heiliger Zwecke willen?«

Pomaski horchte und bangte.

»Heiligen göttliche Zwecke nicht die armen Mittel auf Erden? Die sind doch *meistens* sündig. Bekennt sich der Hohepriester droben nicht auch zu fragwürdigen Absolutionen?«

»Was hast du, Maryna?«

»Ja oder nein?« rief sie mit bang begehrenden Augen.

Er forschte in ihr.

»Sonst«, rief sie, »sonst – sagst du ›nein‹, so beichte ich nicht!«

»Beichte um jeden Preis, Maryna, um jeden Preis!«

Sie kämpfte in sich. Dann schlug sie die Hände vor das Gesicht, fiel in die Sessellehne zurück und schüttelte sich vor unterdrücktem Weinen. Er sah es, und seine kombinierenden Ahnungen wurden zu einem Wirbelwind von Gedanken. Er begriff, er werde zu retten haben, und nicht sie allein, sondern vieles ... alles.

Er entschloß sich – und fühlte sich darin sündig werden – entschloß sich zu dem väterlichen Bescheid: »Dich, Maryna, ja, dich kenne ich gut. Dein Herz ist zart und gut. Wo du Reue fühlst, muß dir da mein absolvo nicht gewiß sein? Beichte! Ich nehme alles auf mich – hinieden und droben.«

Das nahm sie tief in sich auf. Sie stürzte auf die Knie und rief: »Bei deinem Gott, dessen Priester du bist, im Namen der Mutter Gottes, ihres Sohnes und aller Heiligen, ich nehme dich beim Wort. Und so beichte ich.« Sie umschlang seine Knie und drückte ihr Gesicht daran: »Ich, ich habe Ostroschski umgebracht.« Das flüsterte sie nur.

Pater Pomaski sah auf sie nieder. Er stand wie ein Gelähmter. Dann preßte er Zähne und Lippen aufeinander, faßte sie bei den Armen, zog sie empor, ließ sie in den Sessel zurücksinken, brach dann selbst auf seinem Sitz zusammen und flüsterte in die hohlen Hände:

»Um Gottes willen, warum?«

Mit einander überspringenden Worten hastete sie in den Ereignissen umher: Ostroschski habe sie erpressen wollen, Dimitrij fahren zu lassen und eine Fürstin Ostroschski zu werden, ja sogar nur seine Dirne für eine Nacht, und das sei doch gewiß schon todeswürdig, nicht?

Pomaskis Seele flatterte wie ein Mantel im Wind. Er stieß die Frage hervor: »Erpressung – womit?«

Maryna berichtete verzweifelt vom Auftauchen der Dokumente an bis zu Ostroschskis Verzicht und wie sie sich klargeworden, ein Mensch mit solchem Wissen dürfe nicht am Leben bleiben. Sie berichtete, wie sie über Wanja Ostroschski bei den Kosaken angeschwärzt, wobei sie aber mehr an Entführung über die Grenze gedacht, doch nun sei alles so rasch gekommen und so ganz anders. Sie sprudelte alles durcheinander, ließ aber nichts aus.

Als habe er nichts begriffen, fragte der Pater nochmals, womit denn Ostroschski sie habe erpressen wollen, und dann danach, was in Wielewieckis Briefen gestanden. Maryna wimmerte auf: »So höre doch! Daß mein Dimitrij nicht Dimitrij ist!«

Er stand tödlich getroffen, dennoch fragte er wieder und wieder nach dem Text, und sie mußte ihn wieder und wieder zitieren, er wollte es wörtlich wissen, und sie mußte schwören, daß sie die Zeilen wirklich mit eigenen Augen gelesen. Dann sprang er mit bissigem Gelächter auf: Das Geschreibsel sei natürlich fingiert gewesen und Fälschung, Schurkerei, Intrige von A bis Z. Er wetterte und rannte umher: »Wie konntest du Närrin dich so ins Bockshorn jagen lassen! Von diesem Strolch, hinter dem andere Strolche stehen! Oh, daß ich diese Teufelsdokumente, diese idiotischen Schmierereien besäße! Sie zu verbrennen! Ich breitete sie mit Wonne aller Welt vor der Nase aus! Natürlich hat der Schurke den Tod verdient, aber einen schlimmeren als diesen heimlichen und bloß blutigen, nämlich den öffentlichen, moralischen, einen lebenslänglichen vor aller Welt! Ihr Heiligen! Man wird der Mordtat, denn das ist sie nun, und dir auf die Sprünge kommen, man wird die Briefe, nun sie vernichtet sind, für echt erklären, dich zur Mörderin machen und Dimitrij zum betrogenen Betrüger! Blindrasende Einfalt! Unbedachtsames Mädchen, was hast du getan! Den Zarewitsch und dich entsetzlich kompromittiert und verdächtig gemacht, zugleich den Orden hämischer Verleumdung überliefert und das große Werk des Himmels halbwegs verpfuscht!«

Maryna jammerte: »O hättest du recht, hättest du recht! Ach, wäre mein Dimitrij Dimitrij! Alles andere käme dann zurecht! Ein Himmelswerk hängt nicht von kläglichen Irrtümern ab. Welcher Erdenwurm könnte den Willen der Allmacht verpfuschen, du großer Theologe, du? O Vater Pomaski, belüge dich nicht selbst! Du kannst dich nicht an Spinnweben aus dem Brunnen herausziehn. Was hältst du dir die Augen zu? Alle, alle kennen die Hand Wielewieckis aus soviel Briefen, wir kennen sein Siegel –«

»Du hast gar keine Ahnung von Fälscherkunst, unseliges Ding! Dies ist noch gar nichts!« rief Pomaski und stampfte wütend auf.

Nun kletterte doch in Marynas Seele eine armselige Hoffnung hoch: Ach, wenn Dimitrij nur Dimitrij bliebe! Sie wäre als Büßerin zu jedem Verzicht bereit! Sonst aber wäre ja der Orden selber an allem schuld! So bat sie denn:

»Vater, ich flehe zum Himmel, du möchtest recht behalten; doch behältst du nicht recht – rasch jetzt und auf alle Fälle die Absolution! Und ewiges Schweigen über meine Schuld dann! Ja?«

Doch da hielt er nun inne und fragte irritiert und plötzlich selbst aus jeder Sicherheit verstoßen:

»Und außer Ostroschski war wirklich kein Wissender mehr?«

»Keiner!«

»Weißt du das ganz gewiß? So fest, wie daß eins und eins zwei ist?«

Sie stellte dar, warum Ostroschski hierin nicht könne gelogen haben, und wies in den Kamin: »In diesem Feuer sind die Briefe verkohlt.«

Sie fiel auf die Knie und begann mit Händen, die die glühenden Klobenreste auseinanderwarfen, nach Ascheresten des Papiers in der Glut zu graben, ohne Empfindung für Schmerz.

Er hob den Handrücken vor die Augen: »Maryna, wenn du recht hast und nicht ich, dann – oh, dann ist bei Dimitrij kein Recht mehr. Dann ist alles vertan, alles verloren, und mein Lehen betrogen wie das Dimitrijs – Kyrills – oder wer er sei. Auf Sand – wer will auf fliegenden Sand bauen? Wie büßen wir jetzt unsere Schuld?«

Sie sprang auf und rief: »Mit Weitermachen! Und als erstes will ich meine Absolution! Du kennst Dimitrijs Geist und Berufung, Kopf und Mut. Bist du selber ein Mann? Gar ein Mann Gottes? Was liegt an seiner Geburt? Der Orden, so hast du stets gelehrt, denkt da reifer und anders –«

»Gut, gut, Maryna, gut« – er strich umherwandernd die Finger durch sein Haar – »die Schülerin bringt ihren Meister zurecht. Wielewieckis Name aber ist mißbraucht. Gefälschte Briefe sind ihm unterschoben. Ostroschski ist und bleibt ein Lump! Vielmehr – er war es.«

»So bleib es dabei!« jammerte Maryna. »Doch nun die Absolution! Ich bin voll Reue! Mea culpa, mea culpa, mea maxima culpa!«

Und wieder hielt Pomaski inne und blickte in die schwelenden Flammen:

»Kein einziger Wisser – seit Wielewieckis unseligem Tode – als Ostroschski? Keiner – seit Ostroschskis unseligem Tode – als du und ich?«

»Keiner«, weinte sie still und fragte dann treuherzig: »Und da sage doch selbst, Vater: Durfte denn da Ostroschski am Leben bleiben? Er ist ein Schwätzer, ein Saufaus, ein Prahlhans, ein Dichterling. Nimmermehr! Nun – *war* er das alles ...«

Pomaski bestätigte in sich, nicht vor ihr: Nimmermehr.

»Also die Absolution!« gebot sie mit Ungeduld und verzweifeltem Flehen.

Ja, dachte er. Doch noch begehrte er wieder und nochmals zu wissen, wie sie es mit dem Bärenwärter und den Kosaken bloß angestellt.

»Das ist doch nicht wichtig!« rief sie, berichtete aber rasch, wie sie dem Leibeigenen Flucht, Kosakenfreiheit und Gold geboten. Aber Ostroschskis Tod in der Bärengrube sei wirklich Wanjas und der Kosaken eigenes Werk. Übrigens Mord sei doch nicht immer Mord, nämlich vor Gott. Es gebe doch glänzende Sünden und gute Werke, die wie Sünde aussähen. Das habe er oft gesagt. Sie wolle endlich die Absolution.

»Wovon denn noch?« fragte er verwundert, »wenn du dich selbst freisprichst, deine Gesinnung gutheißest und nichts zu bereuen zu haben glaubst? Ist deine Buße damit geschehen? Oder würdest du Ostroschski auch noch ein zweites Mal umbringen?«

Sie sann vor sich nieder und raunte dann: »Tausendmal.«

»Wie? Anders bereust du nicht? Höchst seltsame Buße!« Er stellte ihr vor, sie sei verstockt, und nur Angstreue wegen üblen Ausganges, nicht Herzensbetrübnis noch Gottesliebe redeten aus ihr. Da kehrte sie den Spieß um und fragte: »Was redet denn aus Euch, Vater? Was hättet Ihr an meiner Statt getan? Wie hat dein Orden erst vor mir und ihm zu büßen und abzubitten!«

So griff sie an. Er aber parierte: »Was ich getan hätte? Die Fälschung der Welt unter die Nase gehalten, das hätte ich getan.«

»Nein! Das hättest du nie gewagt! Auch dann nicht, wenn du sie für Fälschung gehalten hättest.«

»Hättest? Ich halte sie doch.«

»Du hältst sie nicht!«

»Beichtkind und Beichtiger – sind die Rollen vertauscht?«

»Ja, beichtet Ihr nur erst selbst vor mir, wenn ich auch kein absolvo sprechen darf! Gesteht, Vater, ob Ihr Dimitrij, er sei echt oder falsch, jetzt abschütteln und seinem Elend, seiner Hölle auf Erden preisgeben dürft oder könnt oder wollt, mit ihm das große Werk und all Eure eignen Mühen!«

Pomaski hatte schmale Lippen und nahm sich redlich ins Selbstgericht. Ja, sagte er sich, sie hat recht, ich gebe es nicht mehr auf. Betrogen oder nicht, springe ich mit Dimitrij, dem Echten oder Betrogenen, mitten ins Ziel! Dies Ziel – vielleicht ist's eine Bärengrube, dann geht's hinab, oder der Moskauer Thron, dann hinauf. Ich schweige. Das bedeutet: Ich spreche hier frei, ledig und los. So will ich für den Orden büßen? Ja, so. Quod erat demonstrandum.

Er ging umher, Marynas Antlitz folgte ihm und leuchtete fahl aus der Dunkelheit des Zimmers. Er hielt seine Seele fest und sezierte sie wie der Forscher sein lebendiges Opfer. Er gestand sich ein: Das Mädchen weiß Bescheid, auch ich bin ohne Hoffnung, daß die Wielewieckibriefe Fälschung. Wielewiecki hat's mir wirklich angetan, mich der Illusion überantwortet. Und ich verwünsche ihn nicht einmal. Diese Jahre stiller Hoffnung waren mir eine beschwingte Zeit. Gläubig formte ich den Geliebten. Wielewiecki, ich fluche dir nicht, ich danke dir noch. Ergo: So ich Maryna absolviere, die reuelose, nur von Angst um Dimitrij erfüllte, sie, die in ihrer Hingabe und Leidenschaft selbst ihr ewiges Heil in den Wind schlüge und sich zu weiteren Greueln entschlösse (ach, was fährt wütender drein als die Liebe, die sieht, wie man ihr Geliebtes schändet und würgt, so schrieb Dimitrij), wenn ich Maryna also absolviere, dann springt *ihr* die himmlische Pforte auf, *mir* aber schlägt sie zu. Indem ich sie freispreche und löse, verdamme und binde ich mich. Mißbrauch des Priesteramts? Sünde wider den Heiligen Geist?

Zornige Tränen stiegen ihm in die Augen. Er fühlte sich wild entschlossen, Gott ins Angesicht seine Priestermacht – um Gottes willen! – zu mißbrauchen, ihn gegen sich selbst zu kehren; bereit, wenn es denn sein solle, solches ewiglich zu büßen: Wenn er nur Dimitrij dem großen Werk erhalten könne; doch der Allmächtige werde alles segnen, er müsse und werde es tun! Sein Herz rief: Wir lassen dich nicht, du segnest uns denn! Mein absolvo gilt! So gib dich barmherzig in meine Hand, der du tausendmal größer als unser Herz bist! Und ob du mich darum verdammtest, mein absolvo gilt!

Sein Angesicht flammte in der Finsternis, als er vor Maryna hintrat.

»Nieder!« gebot er, und sie brach wie gefällt in die Knie.

So sprach er sie los, legte ihr Schweigen auf bis an den Jüngsten Tag und schwur ihr seinerseits Schweigen zu.

Kaum hatte er die bleischwere Hand von ihrem Haar gelöst, so fuhr er herum und stürmte mit einem fast drohenden »Amen!« davon ...

Ssawiecki in seinem Gastzimmer erwachte vom Schlaf. Die Lampe auf dem Tisch war erloschen, im Kamin glommen noch Fünkchen. Nacht füllte den Raum.

Darin stand regungslos eine noch schwärzere Gestalt am Lagerende zu seinen Füßen. Das starrte ihn ja wohl an. Davon war er wohl erwacht.

Er stützte sich auf die Ellenbogen und suchte mit schlafdumpfem Blick die Erscheinung zu enträtseln. Es war Bruder Pomaski.

Ssawiecki warf die Decke zurück, die Beine hinaus, stand auf und erkundigte sich, ob er den Beginn der Verhandlungen verschlafen. Da der andere schwieg, trat er auf ihn zu und legte ihm endlich seine Hände wie schwere Fragen auf die Schultern. Da waren beide Schultern naß von Schnee.

»Wo kommst du her?«

»Es schneit draußen«, murmelte Pomaski.

»Warum treibst du dich ohne Mantel draußen herum?«

»Ich habe mir keine Ruhe errennen können. Nun komme ich zu dir, um zu beichten.«

»Du? Vor mir?«

»Bist du nicht Priester – wie ich? Dein absolvo gilt wie meins im Himmel und auf Erden. Sacerdos major quam Deus. Kein Toter schweigt wie des Beichtigers Mund.«

Er beichtete mit steinerner Ruhe das ganze Geschehen von Wielewieckis Eigenmächtigkeit über dessen Hingang und Hinterlassenschaft weg bis zu Marynas Beichte. Er, Pomaski, brauche Absolution für solche Absolution. Aber, außerstande zu bereuen, wage er auch Ssawieckis Fluch. Könne Ssawiecki absolvieren, dann verschlinge der Abgrund der Gnade wohl alles, Dimitrij könne dann wohl bleiben, was er gewesen.

Lachte Ssawiecki nicht schallend auf? Im Gegenteil, er schwieg. So stand in Pomaski, noch während er sprach, ein von Wort zu Wort wachsendes Sich-Verwundern auf: daß Ssawiecki keinerlei Bestürzung kundtat, vielmehr zu lächeln schien und väterlich vor sich hinnickte. Dann kam wirklich ein leise knurrendes Lachen.

Ssawiecki tat seinem nun verstummten Beichtkind kund, was er schon auf der Bluthochzeit von Ssambor erfahren und wie er die Vorsehung preise, daß sie alles, alles, bis in diese Minute alles zum Guten gewandt. Nunmehr vertraue er fester als je, daß sich in der Sache nichts vollenden werde als jener göttliche Wille, der auch Sünde und Schuld in seine heiligen Pläne verwebe, um seinen Erwählten zu erhöhen. So hätten einst die Frevel der Josephsbrüder dazu gedient, den ins Elend Verkauften zu ihrem Retter und Herrn zu erheben. So habe der Ewige die Sünde der Welt, die seinen Sohn ans Kreuz erhöhe, dazu verdammt, ihn in die Herrlichkeit zu erhöhen. Kein Verschulden, weder das Wielewieckis noch das Marynas oder Pomaskis, werde den Himmel an der Erfüllung seiner guten Gedanken hindern. Alle Dämonen dienten ihm ja, und das mache die Teufel zu widerwilligen Engeln.

Hörte Pomaski noch hin? Er schüttelte den Kopf und bedachte mit harmvoller Bitternis wohl nur dies: Ich also bin der Letzte gewesen, der die Wahrheit erfahren. Wielewiecki, Ssawiecki, Ostroschski und Maryna, sie alle waren vor mir wissend – von dem, was nunmehr, so Gott will, so Gott will, bis an den Jüngsten Tag niemand, niemand mehr erfährt ...

Er kniete hin, Ssawiecki sprach ihn ledig und los. Wieso durften über ihm und ringsumher noch all die Fragezeichen am Himmel stehen und brennen? Die ewige Majestät hat sich in Priestergewalt entleert, in der Sünder Hände gegeben! Sacerdos major quam Deus ... Wie?

# VII
# Inferno

Mit leisem Aufschrei fuhr Maryna in noch dunkler Nacht aus dem Schlaf, saß im Bett aufrecht, wehrte sich mit den Armen. Es dauerte seine Zeit, bis sie sich zurechtfand. Noch rauschte es um sie her, aber der Bär, den der zerfleischte Ostroschski auf sie zuritt, bäumte sich nicht mehr über ihr auf, nur das Rollen seiner Stimme dröhnte noch fort, doch das war der gewittrige Sturm, der draußen in Stößen an den geschlossenen Fensterläden riß, in den Baumkronen wühlte, in Regenböen an Scheiben prasselte. Das Unwetter war *draußen*.

Und der Zerfleischte, er war in des Teufels, nicht in Gottes Namen gekommen! Er durfte nicht mehr drohen! Der Priester hatte gesprochen: Du bist los, ledig und frei! Das galt, galt, galt! ›Gehe hin in Frieden!‹ so hatte Priestermund sie damals entlassen. Ostroschski, wo du auch im Fegefeuer weilst, ich will für dich hundert Messen bestellen, mich aber läßt du in Frieden, du hast keinen Teil an mir.

Und so verbarg sie sich in der Daunendecke, und ihr Herz wurde allmählich still. Wohligkeit umhüllte sie, und sie flüsterte unter der Hülle ein Paternoster und ein Ave Maria, die sie Ostroschski zuwandte, doch am Ende hingen ihre Gedanken fürbittend an Dimitrij. Sie nannte ihn mit Inbrunst den Erwählten des Himmels und umschlang ihn an warmer Brust. Sie sah ihn im Aufbruch seines Heerlagers oder im Zelt am Feldtisch bei brennender Laterne oder nächtlich durch Sturm und Regen reitend. Die Bilder schwammen ineinander. Maryna schlief wieder ein, schlief in den Frühling hinüber.

Denn der Lenz war in Sturm und Wolkenbrüchen genaht. Plötzlich war er da, und leuchtende Stille, feierlicher Glanz und Wärme lagen auf Ssambor und den noch feuchten und bräunlichen Rasenflächen des Gutsparks. Hinter nackten Baumgipfeln ertrank blaue Unendlichkeit in sich selber und machte den Blick schwindeln.

Maryna kam vom Grabe ihrer Mutter. Im Parkmausoleum hatte sie mit ihr Zwiesprache gehalten, viel gedacht und manches gefragt, nun saß sie auf der Schloßterrasse. Zwischen ihr und Ssawiecki, der sich gerade niederließ, häuften sich auf dem Tischchen Werke über Volk und Geschichte Rußlands und erbrochene Briefe. Der Pater nahm einige Bücher zur Hand, besichtigte die Titel und legte sie zurück. Er schaute dann zu Maryna hinüber und sagte leichthin:

»Ihr nehmt da ein besonderes Buch zur Hand, Verehrteste. Confrater Pomaski hat mir daraus vorgetragen. Darf ich auch Euch um Einblick bitten? Zwar bin ich Eures Verlobten Beichtiger nicht, doch geht es auch mir um Belehrung über den Osten und wie er sich dem Blick des Zarewitsch stellt. Wäre er zugegen, so bäte ich natürlich ihn. Wählt aus, was Ihr mir mitteilen wollt, was nicht!«

»So weitschweifig und bescheiden?« lächelte sie. »Liebesergüsse brauch' ich Euch nicht zu unterschlagen, nach solchen suche ich in diesen Blättern umsonst. Im übrigen sind mir Eure Kriterien wichtig. Commençons!«

Nachdem sie hin und her geblättert, trug sie vor. Dimitrij stellte da fest, daß sein Vaterland im Begriff sei, ein zentralistisches System zu werden; daß Iwan IV. zum prägenden Typ geworden, der die Zukunft noch lange beherrschen werde; daß seinen Erben im Regiment so viel Autorität gehören werde, als die seine sie trage; daß im inneren und äußeren Ringen Iwans das Reich erst so recht zu sich gekommen sei, Weltblick gewonnen, sich in die Weltgeschichte geworfen und seine Straße unter den Stiefel genommen habe; daß sich seither dumpf und dumm gewordene Traditionen lockerten und daß er, Dimitrij, die fälligen Reformen ahne.

Marynas Seele schwor ihm hier insgeheim zu: Deine Berufung bleibt dir, wer du auch seist, da du bist, der du bist!

»Weiter, Verehrteste!«

Sie las wörtlich: »Unter der Goldenen Horde lag es auf den versklavten Fürsten wie ein Gesetz: Beim Dschingiskhan andere Fürstenhäuser zu denunzieren, zu stürzen und zu beerben und den gemeinen Mann bis zum Weißbluten zu erpressen, um dem Großkhan und seinen Satrapen die Gewölbe zu füllen. Wer so zur Ausbeuterhorde aufrückte, überwuchs die Mitverdammten. Die Moskauer Herrlichkeit stieg wohl nicht viel anders über die Großen von Kiew, Nowgorod, Wladimir, Susdal, Rostow und Twer auf. Homo homini lupus, wo gilt das, wenn nicht unter der Sklavenpeitsche?

Nun aber hungert jede Macht nach Selbstrechtfertigung in der Idee. Und das wurde der andere Sieg Moskaus: Daß meine Väter dort nach dem Zerfall der Goldenen Horde mit dem Beistand der Rußland bis dahin allein bewahrenden und einenden Kirche jenen Anspruch erhoben, der Moskau heute sinnvoll glorifiziert, nämlich in der rechts-, reichs- und heilsgeschichtlichen Erbfolge der römischen und byzantinischen Kaiser zu stehen und Moskau zum zweiten Byzanz, zum dritten Rom, zum letzten Jerusalem aller Rechtgläubigen zu erheben. Den so verstandenen Zarentitel übernahm mein Vater mit traumschwerer Leidenschaft vor fünfzig Jahren.«

Hier warf der Pater nachdenklich ein: »Dimitrij wird natürlich nie vergessen, daß vielleicht die östliche, auf keinen Fall die westliche Cäsarenkrone in Moskau ruht. Die westliche ist vergeben.« Er dachte der alten Rivalität zwischen Ost und West seit der Antike, er träumte vom letzten Universalreich aller Menschheit, und er beschloß, die Union der Kirchen sei die nächste Etappe. Maryna las bereits weiter:

»Sonntag vor den Fasten. – Welche Erfahrungen formten das große Antlitz dort? Die Gewohnheit der Unterjochten, dem schrecklichen Tataren kein Wort zu glauben und ihn und alles zu überdauern. Mein Vater: Ein magisch Dreieck aus der Pflicht, die ganze Härte der göttlich verliehenen Macht zu verkörpern, aus der Versuchung, sich vom Dämon der Macht sündhaft hinreißen zu lassen, und aus dem bußfertigen Ideal mönchisch weltentsagender Heiligkeit. Die Zaren sterben in der Kutte. Dieser ganze religiöse Wust bleibe mir fremd!

Der Selbstherrscher, erhaben über jedes Gesetz, durfte auch Kleriker strafen, ja töten, gar vor dem Ikonostas ungestraft niedermetzeln, wenn sie ihn allzu kühn bedrohten. So erlitt ein gewisser Philippos, Metropolit, der gegen meines Vaters Terror in dessen bängster Zeit zu predigen wagte, den Märtyrertod. Notabene: Das Volk verehrt ihn als Heiligen.

Ach, wer hat reuiger in Gewissensqual geblutet, gebetet und gebüßt als meines Vaters zerrissene Seele?

Soweit er scheiterte, zerbrach er an sich. Mir scheint, er habe im Kampf mit dem Gestern bereits das Blut des Morgen vergeudet, viel Verwirrung, Verantwortungsangst und Verfall befördert und das Reich physisch entkräftet. Dennoch: In seiner Seele rang des russischen Volkes Wissen von der ihm zugewiesenen Zukunft mit der Bängnis, Träger alles menschlichen Leidens zu sein. Oh, wie ich diesen Wahn bekämpfen will! Aber ich denke an meines Vaters Gebetsschrei: ›Nimm mir das Lachen, o Gott, und gib mir das Weinen und Klagen, denn wahrlich, diese Welt ist hassenswert und abscheulich!‹ Und dennoch – immer wieder dieser Tatendurst in ihm, diese Eroberungs- und Gestaltungswut, dieser Hunger nach Ruhm! Ecce homo!«

Maryna hielt inne. Sie und ihr Lauscher schwiegen lange. Und, was keiner vom anderen wußte, beide dachten das gleiche: Ach, Ihr Heiligen! Immer »sein, sein, sein Vater«! Wie muß er immerfort nun so um »seinen Vater« ringen!

»Aschermittwoch. – Der Knabe Iwan wollte Held sein, der Jüngling Eroberer und Gesetzgeber, der Mann war ein Despot. Welches Sternbild beherrschte ihn? Ein jüdisch-christlich-heidnisches Leitbild aus davidischer Berufung, konstantinischer Würde und dschingiskhanischer Tyrannis.«

Wissen wir! dachte der Pater. Kommt nichts Kirchenpolitisches? Er bat Maryna, ihr die Mühe des Lesens abnehmen zu dürfen, sie zauderte etwas, doch dann empfing er das Buch, blätterte ein wenig und hatte, was er begehrte. Er las vor:

»Seine Gespräche mit Legat Possevino, Societas Jesu, waren ein großes Ereignis in seinem Leben. Der Orden imponierte ihm. Sein Hof befürchtete, er wolle Rußland romanisieren. Die an blinden Gehorsam Gewöhnten hätten ja wohl die Union gefressen, wie? Possevinos Auftreten, Gelahrtheit, Schlagfertigkeit, Überlegenheit, vor allem die Gesellschafts- und Morallehre der aufgeklärten Societas machten Eindruck.«

Der Pater blickte Maryna befriedigt an, sie nickte.

»Im livländischen Krieg stritt er in Kokenhusen einmal vom Pferd herunter mit einem lutherischen Pfaffen über die Lehre der Ketzer, brannte ihm, der Luther mit Sankt Paulus verglichen und einen Propheten geheißen, die Reitpeitsche ins Gesicht und sprengte davon mit dem Ruf: ›Zum Teufel mit eurem Luther!‹ Aber die Jesuiten taten's ihm an.«

Der Pater dachte, du wirst das Opfer wagen und bringen,

um das der Barbar Possevino betrog. Ein Opfer und ein Wagnis wird es ja bedeuten. Dann blätterte er, suchte und fand:

»Das Hundertkapitelbuch studiert, das Werk einer seiner Synoden. Redliches Bemühen. Man erfährt daraus: Das Volk ist roh, behält in der Kirche die Mützen auf, redet laut, schimpft und lärmt. Der Chorgesang ist ungeschliffen. Die Popen sind Trinker, grob und ohne Autorität. Während des Gottesdienstes streiten sie sich und schimpfen hinter dem Ikonostas. In den Klöstern Prasserei und Unzucht, weil sie für alles, was reist und herumfährt, die Wirtshäuser sind. Andererseits drängt sich das Volk zu den Wallfahrtsorten und Reliquienkirchen und um Popen, Mönche und Äbte. Doch wo ist da Seelsorge? Liturgismus scheint alles und voller Magie, ärger noch als bei uns.«

Der Pater räusperte sich. Er las zu Ende: »Aber auch Volksschulen soll man begründen, heißt es da, und Klosterschulen für Geistliche und Laien. Natürlich wird die ganze westliche Zivilisation als gottlos verdammt. Soweit das Hundertkapitelbuch.«

Maryna mochte nicht mehr hören und legte sich frühlingsmüde zurück, die Arme unter dem Kopf.

»Das letzte noch!« bat er, »die letzte Notiz von Montag nach Oculi. Die Tinte ist noch frisch.« Da stieß er nun leider auf verdächtige Dinge.

»Ich bin ein rechter Zwitter zwischen West und Ost. So ärgert mich die Verheerung von Nowgorod und Livland und die Nasführung Roms, andererseits freut es mich diebisch, wie Bathory als Gefoppter und Possevino mit leeren Händen abziehen. Schwierige Mission, den Osten am Westen, den Westen am Osten christlich zu rächen, d. h., sie miteinander auszusöhnen, Rußland nach Europa, Europa nach Rußland hineinzuziehen. Ich denke so: Der westliche Geist sei Moskaus Amme, bis das Kind an ihren Brüsten zum Herkules wird, der sie dann in den Terem steckt! Hoffentlich löst sich die furchtbare Spannung friedlich, doch ist der Friede nicht das wichtigste. Ach, lauter Fernziel. Mein propagandistisches Nahziel heißt: Kreuzzug gegen den islamischen Süden und Osten. Die zündende Hauptparole: Befreiung Konstantinopels vom Joch des Lügenpropheten. Die Goldene Pforte gehört ins Reich. Unter solcher Devise etikettiere ich meine Armeen als ›Streitbare Kirche‹. Man kann sie später auch in anderer Richtung gebrauchen. Vorläufig – Bund mit dem Westen.« Ssawieckis Stirn verfinsterte sich. Auch Maryna horchte auf.

Er las: »Verlockend – diese theokratische Einheit von Zaren- und Patriarchentum! Nochmals und nochmals: Da gibt es keinen Investiturstreit, keinen Ehekrach zwischen Staat und Kirche. Das muß erhalten bleiben – trotz der fraglichen Union.«

Des Paters Überaugenwülste verdickten sich, seine Lippen wurden sehr schmal, seine Blicke drangen mißtrauisch in die Augen Marynas: »Fraglicher Union?«

»Natürlich!« rief sie recht unbefangen. »Was ist nicht fraglich auf Erden? Frag*würdig* nennt er unser Ziel ja nicht.«

Ssawiecki sann vor sich hin. Maryna erwog, ob sie mit der Ausleihung des Buches nicht zu freigebig gewesen. Sie erhob sich und trotzte:

»Ihr habt Euch einst zurückzuhalten, Geduld zu üben, zu warten und seiner Weisheit genauso zu vertrauen wie seiner Redlichkeit und wie mir! Ihr wißt, wessen Kante ich halte, und Dimitrij ist sehr klug. Übrigens Pater Pomaski auch. Er denkt genauso wie ich. Seid Ihr fertig?«

Sie nahm ihm das Buch weg und lenkte ab: »Er wird mit diesem Iwan nicht fertig. Er hat mir einmal geschrieben – in einem wirklich frommen Brief, das Richten und Hinrichten sei Gottes fremdes Werk, zu dem sich Gott der Finsteren bediene, sein eigentliches und eigenstes aber sei Gnade üben, und so sei es auch mit dem Schrecklichen gewesen. Wie er, so könne nur enttäuschte Liebe zürnen, in übermenschlich-göttlichem Zorn. Das Übermenschliche stehe dem Unmenschlichen nah.

»Hm!« machte Ssawiecki. »Weiter?«

»Nichts.« Ach, dachte sie, wenn du wüßtest, Geliebter, wie wenig du um jenes Gräßlichen willen der Lüge bedarfst! Auch der Pater erhob sich, und beide promenierten durch den Park – vorbei an schimmernden Statuen auf noch ungepflegten Wegen, um, wie sie vorschlug, unter Buchen die ersten Anemonen zu suchen oder doch Märzbecher oder die blauen Kissen der Leberblümchen. –

Zu dieser Stunde geschah es in einem von Vögeln durchzwitscherten, von Lichtflämmchen durchzüngelten Buchenwalde unweit des Kiewer Heerlagers, daß der Bojar Kurzjew vom Pferde stieg, die Leine an einem der sich dick und silbrig hochwindenden Stämme befestigte, auf der raschelnden Laubschicht des Waldbodenhügels anstieg und um sich spähte. Er gab durch hohle Hände Kuckucksruf, horchte ohne Ergebnis, stapfte weiter, rief wieder viermal und lauschte nach allen Seiten. Endlich ein Rascheln im Unterholz. Ein Kerl tauchte auf, ein struppiger Mönch. Der Bojar winkte ihn ruhig heran.

»Ohren auf, Philaret! Hier der Brief. Er trägt keine Unterschrift. Der Zar kennt mein Zeichen Das Boot liegt im Schilf. Drüben pilgerst du nach Morawsk. Der Wojewode dort bringt dich weiter. Wo sind die Leute?«

Der Mönch wies über die Schulter ins Gehölz zurück.

»Gut. Dein Kreuz!«

Der Mönch fingerte sein Brustkreuz aus der Kutte, der Bojar nahm und küßte es: »Bei diesem Eid, Mann Gottes – und behalte im Schädel, was der Brief nicht sagt! – ich bin der Getreue, der den Betrüger von Anfang an getäuscht hat. Und jetzt, so melde, verdürbe ich ihn. Beteure, daß mich zwiefache Treue getrieben, mein armes Leben ans Blut des Verbrechers zu wagen: Treue zum Zaren und zum rechten Glauben. Denn hinter diesem Magier steht der Papst. So, hoff' ich, wird Väterchen seinen Knecht nicht länger verwünschen, sondern segnen. Segne du mich auch!«

Der Mönch segnete ihn und versicherte, mit Gottes Hilfe alles besorgen zu wollen, küßte des Bojaren Rechte und wich ins Dickicht zurück.

Kurzjew stand da, strich sich den Bart und schüttelte den Kopf. Der Tollkopf, so dachte er zum tausendsten Mal, will mit den paar Halunken auf Moskau los. Er muß auf die Hölle vertrauen, ein Magier, ein Lehrling finnischer Zauberer sein, mit Satan im Bund. Sonst – unbegreiflich! Ja, ginge Groß-Polen mit ihm, wie ich gemeint, das wäre was. Ja, dann! Doch damit ist's vorbei. Er ist verloren. Und mag er auch der echte Iwanowitsch sein, ich muß mich reinwaschen und retten. Was wäscht mich vor Väterchen rein? Nichts als sein Blut.

Er setzte sich wieder in Gang, stapfte durch eine morastige Senke voller Erlengebüsch und gab erneut seinen Kuckucksruf. Da erhoben sich die Banditen aus ihrem Gestrüpp, kamen mit Axt, Bogen oder Arkebuse bewehrt heran, ein gutes Dutzend, triefende Männer, und umringten ihn.

»Wo sind Eure Pferde?« fragte Kurzjew. Sie wiesen ihm die Richtung. »Kommt mit!« Er ging zurück, sie folgten. An der Waldstraße wies er ihnen die Deckung an oder die Baumkronen, in die sie zu klettern hätten. Sollte der Hexer mit mehr als sechs Berittenen kommen – sei es in wenigen Stunden, sei es gegen Abend –, so sollten sie ihn unbehelligt passieren lassen – sonst – Kugel und Pfeil von oben, Äxte und Spieße von allen Seiten her, und alles niedergemacht. Bis auf ihn natürlich, den Bojaren. Er sei im Gefolge und helfe dann schon mit. Danach auf die Gäule und zum Dnepr und hinüber. Er schwimme mit. Noch könne er sie nicht belohnen, doch Väterchen sei unermeßlich reich an Gut und Gnade. Er schloß mit dem Namen der Dreifaltigkeit, und alle bekreuzigten sich, auch er. Danach scheuchte er sie fort. Während sie hinter den Stämmen verschwanden oder einander in die Bäume halfen, schritt der Riese zu seinem Pferd zurück, blickte sich noch im Sattel nach den Leuten um, lachte, weil er selber keinen mehr ausmachen konnte, wandte sein Reittier – eine Gabe Dimitrijs! – und trabte davon. –

Jetzt faßte im Park von Ssambor der Pater, der neben der anemonenpflückenden Maryna stand, den alten Jegor ins Auge. Dieser näherte sich mit einer silbernen Schale. »Was bringt der Alte?« Maryna erhob sich und ging dem Diener entgegen. Er sagte würdevoll: »Eine Botschaft Seiner Majestät des Zarewitsch. Ein Kurier ist da.« Er wurde entlassen und ging.

Maryna gab dem Pater die Anemonen zu halten und riß den Brief auf und überflog ihn. Sie leuchtet wie die Morgensonne auf! dachte Ssawiecki. »Gutes?« erkundigte er sich. Sie rief: »O mein Gott!« und sie las: »Wenn du dies erbrichst, erbreche ich Rußland, setzen wir über den Strom. Da stehe ich nun an meinem Rubicon: Jacta est alea. Hebe heilige Hände über uns auf, du meine Victoria! Demetrius.«

Maryna sah seinen Aufbruch vor sich, und fortan jagten sich die Bilder ihrer Phantasie. Dennoch gingen sie alle fehl, denn das Ereignis hatte sich verzögert und der Brief früher sein Ziel erreicht als gedacht. Sie verabschiedete sich vom Pater und huschte in ihre Räume, wo sie dem Bilde der Gottesmutter die Anemonen zum Kranze wand und aufsetzte und sich dann auf die Knie warf. –

Indessen reckte sich in der Ferne im Sattel seiner Schimmelstute, deren rote Schabracke mit ihren Goldfransen im Sonnenlicht flimmerte, ihr Dimitrij und spähte umher. Da ragte seine schlanke Reitergestalt in Helm und Brustharnisch auf einem kleinen Hügel vor dem berittenen Gefolge, das mit seinen Drachen- und Flügelhelmen, Leopardenfellen und Mantelfarben rechtschaffen prunkte über dem hin- und herlärmenden Gewimmel stämmeschleppender, sandkarrender, balkenbehauender Pioniere und Troßknechte. Da dehnte sich über die lange Flucht dunkler Kähne die sandgedeckte Knüppelbrücke. Mit seinen Rammpfählen ein von emsig werkendem Volk umwimmelter Brückenkopf leuchtete herüber und wuchs der Brücke entgegen.

Er wandte sein Reittier und trabte durch die Hauptgasse des Lagers zurück, die von grauen oder bräunlichen Zelten flankiert war, und ritt vor dem nachtrabenden Gefolge den Berg hinan. Sein Blick schweifte nach rechts und links über geräumig verteilte Lagerkomplexe und Pferdereihen an Balkenbarrieren, sah die Fütterer und Striegler bei der Arbeit, das windstille steile Emporrauchen zahlloser Biwakfeuer, ritt durch das Treiben des von Planwagen umstellten weiten Marketenderplatzes, wo Halbbetrunkene über schon breitbeinig auf dem Boden Schnarchende hinwegstiegen, wo Gruppen auf Paukenfellen würfelten oder Axtwurfspiele vor einer Bohlenwand trieben, sah eine Gruppe um einen Guslaspieler stehen, der auf einem Berg von prallen Säcken hockte, fiedelte und plärrte, sah Juden mit ihren Bauchläden herumdienern und eifrig handeln, und jenseits der Senken voller Zelte überflog sein Blick geordnete Fuhrparkkolonnen bis zu den Höhen, enge Schweine- und Pferdegehege und die in Birkenhainen an schimmernden Stämmen angebundenen Rinder und Ziegen. Geradeaus ansteigend, säumten die Lagerstraße nur noch buntstreifige, prächtige Rundzelte, die der Offiziere und hohen Herren, während auf oberster Kuppel Dimitrijs rotes Zelt gesondert stand, von Goldfransen umblitzt, überragt von der unter dem goldenen Doppeladler schlaff hängenden Zarenfahne und von Gardisten bewacht.

Da stand ja auch vor dem Zelt Herr Mniszek. Dimitrij faßte ihn ins Auge. Die Arme auf der Brust gekreuzt, ließ der sichtlich Mißvergnügte die Reiter herankommen und brütete vor sich hin. Was sprach und schwieg er sich zu? Er hatte sich entschlossen, hier und sofort vor all den Herren die Stimme zu erheben, koste es, was es wolle, und Vernunft zu predigen, Vernunft.

Die Herren waren heran und stiegen ab. Der Wojewode strich sich den Schnauzbart schulterwärts, trat dem absitzenden Schwiegersohn näher und fragte, sich verneigend, mit freundlicher Ironie:

»Nun, Majestät, so wäre er da, der Moment, da der Funke springt und der Pulverschlange in den Schwanz beißt? Da in diesem letzten Krieg zwischen Polen und Russen für beide Reiche ewiger Friede ausbricht? Haha! Wann setzen wir über, Majestät?«

Dimitrij trat auf ihn zu: »Ihr nennt das Ziel, Herr Wojewode: Friede zwischen beiden Reichen. Zuvor unseren Sieg!«

»Des großen Stephan großer Traum!« lachte heiser, den Hals seines Pferdes klopfend, ein Husarenoberst, dem ein Bärenfell von der linken Schulter hing und bronzene Adlerschwingen hoch vom Helme standen. »Ein Vivat dem Endreich aller Slawen!«

»Nur eins war ehedem nicht klar«, fügte einer in breiter Fellmütze bei, ein Dicker und Glattrasierter, »nämlich, wer wen zu gängeln habe. Ihr Himmlischen, da bot dieser edle, vom Slawentum so überzeugte Nichtslawe und Magyar dem Zaren folgendes an« – und dabei wandte er sich heiter an alle Kameraden, als erzähle er eine Zote –: »Sterbe ich vor dir, Vetter Iwan, so fällt Groß-Polen dir zu, stirbst du vor mir, so erbe ich Rußland. Famos, famos! Gar zum Zweikampf hat er Iwan mal herausgefordert, der chevalereske Träumer! Das sollte denn das Gottesurteil sein, olala!«

Dimitrij breitete die Arme aus und lud die Herren, deren Reittiere von Knechten entführt wurden, in sein Zelt ein. Dort bot er Platz auf den Hockern an, wanderte zwischen den Niedersitzenden umher, streifte die Handschuhe ab und riet, wenn man schon Polen gegen Rußland auswiege, es unbefangen zu tun. Polen fühle sich überlegen, doch wie unfrei sei seine Regierung, wie bunt sein Nationalcharakter! Und was werde den längeren Atem haben, polnischer Elan oder russische Geduld? Die Adelsfreiheit der Königsrepublik komme ihm, Dimitrij, jetzt zustatten, doch auf die Dauer sei sie fatal, schmecke nach Anarchie. Dagegen die Straffung, nicht wahr, in einem Reiche, wo unbedingter Gehorsam gegen den Souverän Religion sei? Hm!

Die Herren wehrten unwillig oder mit Spott und Gelächter ab, aber Dimitrij lud, da man einmal bei der Sache sei, zu folgender Erwägung ein:

Die Polen holten sich ihre Könige Gott weiß woher, die Russen sähen im Herrscher, der aus ihrem Blut stamme, den Vater. Der Sohn fühle sich dort dem Vater unterworfen. Zwar Polen und Russen hätten die gleichen slawischen Voreltern, aber die alte weit- und freischwärmende Art sei in Rußland fast schon gebändigt, die Reichskirche habe dort seit alters die Nation geeint. Leider sei unter der polnischen Krone weder Einheit des Glaubens noch der Sprache noch der Nationalität. Die deutschen Provinzen seien lutherisch, Litauen und die Ukraine griechischen Glaubens, Altpolen römisch. Doch dem möge sein, wie ihm wolle, eins sei klar: Nur in der Freundschaft mit Polen werde sein Thron einst Bestand haben. »Schluß mit all dem Dünkel hüben und drüben, ihr Herren!« so schloß er. »Friedliche Rivalität, bis zum Ausgleich! Einmal kommt er.«

Herr Mniszek stand schwer auf, räusperte sich langwierig und bedankte sich für dieses »privatissimum«. Doch da Dimitrij hier keine Essays, sondern den Krieg vorbereite und gar gewinnen wolle, so müsse man wohl aufs hic et nunc zurück. Dimitrij fragte, was er auf dem Herzen habe.

»Mit Freimut denn! Eure Majestät müssen, das ist nun meine Überzeugung geworden, zuwarten, bis unsere Heeresmacht sich mindestens verdreifacht hat. Expressis verbis: Wir können nicht hazardosamente mit elftausend Lanzenreitern, fünfhundert Kriegern zu Fuß, tausend Zuläufern aus Rußland, drei- bis viertausend donischen oder ein paar tausend saporogischen Kosaken, die unser – angeblich – drüben noch warten, und ein paar weiteren Emigrantenhaufen, die – vielleicht – auch noch ausstehen, wir können damit, sage ich, den Riesenheeren nicht entgegenziehen, die dieser Godunow vor Moskau versammelt. Ich denke groß von unseren tapferen Makedonen, wie man uns nennt, und ihrem Alexander, allein – zwischen Tapferkeit und Tollheit, da ist ein Unterschied. Ich muß darauf bestehen –«

Dimitrij blitzte ihn ein wenig an: »Wes ist hier die Führung, Exzellenz?«

»Nun, ich denke, der Kern unserer Kriegsmacht, nämlich die polnische Kavallerie, steht unter meiner Führung und hängt an meiner Person.«

Dimitrij fragte sehr deutlich: »Und Ihr, Herr, untersteht Ihr niemand weiter?«

Er begriff: Da meldet sich die erste Meuterei! Ach was, tröstete er sich, ein neuer Erpressungsversuch. Seitens Mniszek nichts Neues. Doch warte nur!

Er schlug einen gewinnenden Ton an und lächelte mit ruhiger, fröhlicher Sicherheit auf die Herren in der Runde nieder: »Morgen, morgen, meine Brüder und Herren. Morgen, Herr Wojewode von Sandomierz, morgen in der Frühe, morgen! Zeit verlieren mit Lauern auf weiteren Zuzug? Wir wachsen unterwegs. Zeit verlieren mit Herrn Mniszeks vergeblichem Hoffen auf eine doch noch erfolgende Kriegserklärung des Königs an Boris? Lieber nicht! Erstens, es würde die Russen womöglich in einen vaterländischen Großkrieg treiben, wenn Polen en bloc hereinbräche. Einbrechen darf nur der Sohn des großen Iwan, welcher einem Boris, nicht Rußland, sein Contra bietet. Naht der rechtmäßige Herr als Befreier, nicht Polen, dann werden die Hunderttausende, die der Usurpator da mühselig genug zusammentreibt, so miserabel kämpfen, als seine Sache verflucht und die meine gerecht ist. Sie laufen über und bringen ihre Festungen auf dem Buckel mit. Der Name ›Demetrius‹ tut's. Die Anhänglichkeit an die alte Waräger-Dynastie.«

»Recte, recte«, lachten die meisten Herren, »das walte Gott!«

»Item: Ich darf dem Usurpator keine Zeit mehr lassen, seine schwerfällige Mobilmachung zu vollenden. Überraschung, heiße Märsche, wie die der Legionen des Gallien erobernden Cäsar, das ist die Parole. Item: Siegesposten müssen durch Polen wie Rußland fliegen, quam celerrime. Wird meiner Victoria Räderrollen hier wie dort als ferner Donner laut, dann strömen mir – zu rechter Zeit noch – die Tausende zu, von hinten und vorn, die jetzt noch lauern und zaudern. Viertens – oder fünftens –«

»Pardon!« unterbrach ihn der Alte. »Zum ersten: Es ist meine Kavallerie, die die entscheidenden Taten tun muß, wodurch der Russe dann ja doch erfährt, wie sein Zarewitsch nur durch Polen siegt –«

»Mit Hilfe *Gottes* siegt er!« warf Dimitrij ein.

»Zum zweiten«, fuhr Mniszek beharrlich fort, »den Überlauf der Hunderttausende seh' ich noch nicht. Herbeiphantasieren läßt sich Euer Majestät Victoria nicht. Sie läuft, wie immer, den stärkeren Bataillonen zu. Zum dritten –«

»Herr Wojewode!« rief Dimitrij von bedeutender Höhe herab, »wir wollen uns, ehe Ihr weitererzählt, verständigen. Zunächst einmal: Seid so lieb und gebt jeden Versuch auf, mich heute oder künftig unter Druck zu setzen! Dafür stelle ich Euch als Entgelt die Wahl frei, mit allen, die sich Eurer Person verschreiben, sofort und sang- und klanglos heimzuziehen. Unsere Kontrakte sind dann gelöst, naturellement. Eurer erhabenen Tochter, der Dame Maryna, sei es überlassen, sich dann zu ihrem cher papa zu bekennen, oder – Nun ja! Allein – ich weiß ja, wie Eure Exzellenz sich längst entschieden haben. Euer wahres Antlitz unter der Maske da ist mir nicht fremd. Dem Wojewoden von Sandomierz geht nicht umsonst der Ruf der Tapferkeit voraus. Diesem Ritter wird niemand nachsagen dürfen, er habe sich für den Prätendenten in Selbstaufopferung, Selbstausplünderung bis zu dem Augenblick gerührt, wo es ernst geworden, und endlich losgeschlagen, dann aber sei er zum Winsler geworden, vor seinem eigenen Mut entsetzt in die Knie gesackt –«

»Herr!« begehrte der Alte auf, und seine Rechte fuhr zum Degengriff, sein theatralischer Blick in Dimitrijs freundlich gewinnendes Lächeln. Da war er schon geschlagen und wußte sich bedient, sah nicht nur seine Maryna und künftigen Fürstentümer versinken, wußte vielmehr, daß ihm daheim keine Dachpfanne, kein Hufeisen, kein Strohhalm mehr gehörte und keine Seele in seinen Dörfern, war doch alles auf eine Karte gesetzt und für Dimitrijs Sache verpfändet. Wie die Schlupfwespe die Raupe, hatte Dimitrijs Sache seine Existenz leergefressen. Und jetzt – dieser ihn entblößende Hohn!

»Herr!« hatte er fast gebrüllt. Dimitrij blickte sich verwundert um: »Wen meint er?« Dann wandte er sich Mniszek zu: »Wie nannten mich Eure Exzellenz? Euren Herrn? Gewiß, doch hat der gewisse Titel, Exzellenz. Eure Gebärde schickt sich weder für Euch noch für mich.«

Die Herumsitzenden blickten auf ihre Stiefelspitzen und genossen. Dimitrij vollendete mit eisiger Höflichkeit: »Sollte der Herr Wojewode begreifen, daß er sich zu entschuldigen habe, so bitte er getrost um eine Stunde der Verständigung und Versöhnung. Ich gewähre sie gern, mir liegt daran. Meine Entscheidung hält sie nicht auf. Ich selber bitte ihn um Nachsicht, wo ich ihm zu nahe getreten.«

Nun, alter Eisenfresser, dachten wohl einige der Herren, deinen Meister gefunden? Andere blickten finster, zwei schauten sich an und sagten sich ohne Worte: Immerhin, diesen Meister müssen wir uns ziehn, darin hat Mniszek recht. Dimitrij aber wiederholte sich: Rien du nouveau! Doch wo du keine Wahl mehr hast, da wächst du in deine Heldenrolle schon hinein.

Da schwoll vom Lager ein Lärm heran, der sich längst hörbar gemacht. Allen war die Ablenkung willkommen. Dimitrij trat horchend in die Zelttür, rief den Wachtposten an und fragte, was es da unten gebe. Der salutierte:

»Neuen Zuzug, Eure Majestät. Sie kommen von Kiew und ziehen schon ein.«

Alles im Zelt erhob sich.

Es mußten viele hundert Reiter sein, und Fußvolk und ein langer Troß wand sich weit hinterher. Der Troß löste sich ab und blieb draußen, und um die Lanzenreiter im Lager sprang und tummelte sich mit Säbel- und Helmeschwenken das zur Begrüßung hinzurennende Heervolk. Dimitrij schätzte, die Reiter seien Kosaken und Sewersker Landvolk bilde das Fußvolk. Rasch kehrte er ins Zelt zurück und forderte die Herren auf, sich vor dem Zelt zu postieren und die Heraufkunft der neuen Kameraden zu erwarten. Er werde hervortreten, sobald ihm Meldung geschehe; Mniszek möge ihm zur Seite bleiben.

So drängten sich die Offiziere hinaus, Dimitrij und Mniszek zogen sich zurück. Der Zeltvorhang schlug zusammen. Der Schwiegersohn packte den Schwiegervater bei den Schultern, rüttelte ihn und lachte: »Deine Besorgnis zehren die nächsten Stunden und Tage weg wie späten Schnee. Wetten?«

Dann vernahmen sie, wie da draußen die Reiter herauftrabten, unweit hielten, nach ihrem Begehr gefragt wurden, wie einer die Antwort herüberrief, sie wollten Kämpfer des Zarewitsch sein, wie sie Dimitrij hochleben ließen, der Ruf sich hundertstimmig nach hinten fortpflanzte und in den Massen toste, und endlich trat einer der Husarenobersten ein und meldete. Der Vorhang ging auseinander, und der Zarewitsch trat mit ruhigem Schritt ins Freie. Mniszek folgte ihm. Ungeheurer Begrüßungslärm unter Lanzenschwenken und Säbelschwingen brach los, Arkebusenschüsse krachten, und der Lärm brandete wieder bis in die Tiefe der Lagerstraßen hinab. Kaum, daß die vordersten Reiter Dimitrij gewahrten, bäumte sich das Pferd des Anführers, eines glattrasierten, blankhäuptigen Kosaken in rüstigem Mannesalter, der dann stolz näher ritt, aus dem Sattel sprang, vor Dimitrij hinkniete, die ihm dargereichte Hand küßte, wieder aufsprang, das Pferd am Halfter ergriff und zurückwich, um schließlich mit weitaufgerissenem Ekstatikerblick Dimitrij förmlich zu fressen. »Himmel und Hölle! Mein Sohn, mein herrlicher Sohn!« schrie er.

Dann wandte dieser Mann sich zu den Reitern und gebot mit aufgerecktem Arm Stille. Die Reiter gaben das Schweigegebot weiter, und als endlich Ruhe eingetreten, begann er seine Huldigungsrede:

»Es lebe Dimitrij Iwanowitsch Rjurik, einst gekreuzigt, jetzt auferstanden und unbesieglich durch Gottes Gnade, emporgetragen von den Gebeten seiner bedrängten Untertanen, gefürchtet von Godunow und seinen Banditen!

Fünfhundert Kosaken bringe ich, für die ich nun spreche, und diese fünfhundert stehen für die Sewersk, und die Sewersk für Rußland. Mit diesen Kosaken schickt mich Korela vom Don herauf und läßt dir sagen: Mit mehr als fünfhundert anderen, den Erlesensten, rücke er nach und gedenke dir auf deinem Vormarsch zu begegnen, auch zu den Saporogern habe er geschickt. Sie machen sich, wie sie melden, zu vielen Tausenden auf. So zaudre nicht länger! Alles hohe Kriegertum im weiten Süden ruft seinen Sagenumrankten, der da leuchtet in der Glorie göttlicher Fügungen, und der gemeine Mann ruft seinen Engelzaren, der das Reich der Gerechtigkeit heraufführt, das Reich des Herrn über jene Herren, die darin gedemütigt werden wie das niedere Volk erhoben. Tröstet, tröstet mein Volk! spricht der Allmächtige, redet Jerusalem zu Herzen und ruft sie heran, denn ihre Knechtschaft hat ein Ende und ihre Missetat ist bezahlt. Zwiefältig hat sie empfangen von der Hand des Herrn für alle ihre Sünden. Wahrlich, von Stätte zu Stätte, von Dorf zu Dorf war eine Predigerstimme bis heute: Bereitet dem Herrn den Weg, macht auf dem Gefilde eine ebene Bahn unserem Gott! Alle Täler sollen erhöht werden – nämlich Abel, der gemeine, versklavte, verelendete Mann – und alle Berge und Hügel sollen erniedrigt werden – das sind die Bojaren, Fürsten und Grundherrn, nämlich der Bruder Kain – und was höckrig, soll eben, und was Buckel ist, Fläche werden, denn die Herrlichkeit des Herrn soll offenbart werden – ach, in dir! in dir! – und alles Fleisch miteinander wird es sehen. Des Herrn Mund hat's geredet.

So führe uns hinan, Gesalbter Gottes! In dir das Blut des schrecklichen Iwan! Zügle die Großen wie er, richte, bändige! Doch den Geringen liebe noch weit, weit zärtlicher als er! Er, so er die Großen schlug, rottete mit ihnen und ihren Familien oft auch ihre Dörfer aus mit Mann und Maus und all ihren hörigen Seelen, Vogel und Fisch. Du aber hast nicht nur ihn zum Vater, ihn, in dem uns der göttliche Zorn erschienen, sondern eine milde Heilige zur Mutter, die allerfrömmste Marfa. So vertrauen wir auch auf deine Milde, die alle Welt schon kennt und rühmt und die ihr Erbteil und Nachlaß in dir.

Ich Unwürdiger aber bringe dir über dem allen sie selbst

zu, deine erlauchte Frau Mutter, o Zarewitsch, und wahrlich, sie und ihr Bekenntnis zu dir gilt mehr als hunderttausend Krieger, in ihr stürmt dir ganz Rußland ans Herz. Wer dürfte jetzt noch an dir zweifeln? Ja, nun seh' ich dich aufbrennen, Pfingstflammen umlodern dich. Ja, ich bringe dir Marfa zu! Nach Kiew haben wir sie geleitet, der Jubel ganz Kiews empfing sie, beim Metropoliten weilt sie, im würdigsten aller Klöster rastet sie von den Beschwerden wochenlanger Flucht und Fahrt, die sie unter meiner und meiner Kameraden Bedeckung durch die Ukraine geführt. Dürfte ich prahlen, müßte ich nicht allein die Wunder des Allerhöchsten preisen, so riefen wir allen Guslasängern zu: Jetzt rühmt uns und den tollen Streich ihrer so herrlich geglückten Entführung! Und wenn Marfa Fjodorowna Nagaja gerastet, so ist es ihr Wille, gegen Abend aufzubrechen und in deine Arme zu eilen. Nun bereite, du Auferstandener, deiner gebenedeiten Mutter Maria den denkwürdigsten, ewiger Gesänge werten Empfang, du aller Söhne herrlichster!

Und wisse zuletzt auch dies: Hier steht dein Prophet, du Gesalbter! Es steht geschrieben: Der Herrherr tut nichts, er offenbare denn sein Geheimnis vor den Propheten, seinen Knechten. Der Löwe brüllt, wer sollte sich nicht fürchten? Der Herrherr redet, wer sollte nicht weissagen? Verkündigt in den Palästen zu Asdod und in den Palästen im Lande Ägypten und sprecht: Sammelt euch auf die Berge Samarias und sehet, welch ein groß Zetergeschrei und Unrecht darin ist! Und sehet, das ist mein Knecht, an dem ich festhalte, und mein Auserwählter, an welchem meine Seele Wohlgefallen hat–«

Da streckte Dimitrij ihm den rechten Arm entgegen und rief: »Und siehe, du bist Grischka Otrepjew! In meine Arme, Getreuster der Treuen, du mein zweiter Vater, du erste Verkörperung all der Gnaden, die sich an mir erfüllten und erfüllen!«

Otrepjew eilte auf ihn zu und in Dimitrijs Umarmung.

Da brach wieder, so weit das Lager von Reitern und Männern wimmelte und in Waffen blitzte, der Vulkan der Begeisterung aus. Als Dimitrij Otrepjew losließ, streckte auch Mniszek dem Gefeierten als ein offenbar Bekehrter seine Hand hin, und Dimitrij schüttelte sie. Dann wandte er sich seinem Gefolge zu, gab Befehl, den neuen Kameraden ihre Plätze anzuweisen, legte den Arm um Otrepjews Schultern und kehrte mit ihm in das Zeltinnere zurück. Mniszek folgte.

Den wollte Dimitrij jetzt los sein, um die erste, festliche Stunde der Begegnung mit seinem Retter und Wundermann unter vier Augen auszukosten, den hundert Mären seiner Vergangenheit zu lauschen und zu hören von alledem, was sich jetzt in Rußland tue. Um Mniszek zugleich zu ehren, erteilte er ihm den Auftrag, mit prächtigem Gefolge nach Kiew zu reiten, Marfa in des Sohnes Namen zu begrüßen, ihr dienstbar zu sein und sie ins Jagdschloß zu geleiten, wohin er sogleich mit Otrepjew aufbrechen werde, um dort den Empfang vorzubereiten. Da verabschiedete sich denn Mniszek würdevoll und ging.

Bald brachte die Ordonnanz auf silbernem Tablett eine Kanne Weins und Becher herein und schenkte ein.

»Dir diesen Trunk und mein ganzes Herz voll Dankbarkeit!«

Mit diesem vor Erregung leise gesprochenen Toast hob Dimitrij seinen Becher gegen Otrepjew. Der rief mit brennendem Blick zurück:

»Dies bringt der Vater dem Sohne dar! Wahrlich, er sieht in ihm – in aller Demut, aber auch nicht nur gleichsam – sein eigenes Fleisch und Blut!«

Zuviel gesagt! dachte Dimitrij. Sie tranken, Otrepjew leerte mit einem Zug.

Dimitrij lachte: »Du scheinst verschmachtet, mein Bruder! Schenke dir nach!« Der ergriff die Kanne: »Auf meines wonnigen Zaren Wohl ist solch ein Becherlein nichts. Erlauben Eure Majestät?«

Schon setzte er die Kanne an und soff, daß es ihm links und rechts vom Munde floß, haute sie dann auf den Feldtisch, als sollte der nie wieder zu etwas gut sein, und wischte sich seligschwimmenden Blicks mit dem Ärmel über das Maul. Den er für seinen Sohn hielt, staunte – ganz nach Wunsch.

Dann saßen sie nieder, und Otrepjew, fort und fort befragt, ließ seine Phantasie sich tummeln in den Lügengefilden wie ein Wildpferd, in Gefilden, die sie schon tausendmal vor Tausenden durchjagt, doch war eine Stimme in ihm, die ihn, den rasch Berauschten, vor Unmaß warnte.

Da trat salutierend die Wache herein und meldete Kurzjew, den Bojaren. Kotzwetter! dachte Otrepjew, den kenn' ich. Mich soll er nicht erkennen.

»Wenn er's kurz macht!« sagte Dimitrij und befahl den Gemeldeten herein.

Kurzjew erschien, verneigte sich und starrte Otrepjew an. Dimitrij fragte, ob er wisse, was sich zugetragen?

»Alles, Majestät«, erwiderte der und brachte seine Glückwünsche dar.

Dimitrij stellte ihm lachend jenen Otrepjew vor, den Kurzjew bei Korela habe ausheben sollen. Was Kurzjew nun bringe?

Ein Schreiben der Dame Maryna Mniszek, Herr Pomaski habe es ihm im Schloß übergeben, erwiderte der, holte es aus dem Kaftan und überreichte es. Dimitrij nahm es mit Dank entgegen, steckte es ungelesen weg – zum ersten Mal hob er einen Brief Marynas für andere Stunden auf und erhob sich.

»Bojar, du begleitest uns beide mit ein paar Reitern zum Schloß. Dorthin kommt meine Mutter, noch heute, noch heute.«

Kurzjew verneigte sich, ging und dachte: Alles geht gut.

Dann habe ich gleich euch beide im Sack, und auf Marfa wartet – ein Nichts. Das paukt mich prächtig heraus, das schafft mir große Gnaden. Er bekreuzigte sich. –

In Kiew fuhr Marfa in offenem Wagen zwischen mitrennendem Volksgetümmel und einigen Reitern von ihrer Klosterherberge aus dem Palast des Metropoliten entgegen. An dessen Freitreppe empfing der hohe Kleriker, von Priestern assistiert, segnend die die Stufen Heraufschreitende. Marfa verneigte sich, und die Volksmenge brach in Ovationen aus und schrie noch, als der Metropolit mit Marfa und den Priestern im Palast verschwand.

Dimitrij ritt indessen neben Otrepjew und vor Kurzjew und der nachtrappelnden Eskorte durch die Waldungen seinem Hauptquartier entgegen. Er fragte und fragte, und Otrepjew gab Bescheid und sang ihm auch eine Ballade vor, die man unter den Kosaken und in den Sewersker Städten und Dörfern singe, eine Ballade auf den Zarewitsch und sein Reich der Gerechtigkeit mit vielen monotonen, auf- und niederfallenden Strophen, die die Einzelheiten der göttlichen Errettung des Prinzen und die Treuetaten des guten Grischka schilderten. Oh, dachte dieser unter dem Singen, ein Dichter bin ich schon. Wie jener, der sein Rom ansteckte und sein Feuerchen besang. Will einst verenden mit seiner Klage: Was für ein Tausendsapperment geht in mir dahin!

Dimitrij aber lauschte dem Lied, dem Lied aus seines Volkes Seele.

Da knallte ein Schuß aus dem Dickicht, ein zweiter und dritter folgte aus Buchenkronen, sein Pferd bäumte sich, eine Kugel war an Dimitrijs Ohr hart vorbeigezischt, und unter Otrepjew brach das Tier stöhnend zusammen. Der Reiter rollte auf den Waldweg und sprang auf die Beine. Wild schaute sich Dimitrij um. Wo war Kurzjew mit den Reitern abgeblieben? Er riß seinen Schimmel herum und sprengte zurück.

Da trabten sie heran, Kurzjew entsetzt und bleich. Dimitrij schöpfte Verdacht: »Wo bleibt ihr?« schrie er sie wütend an. »Packt die Wegelagerer!«

Und: »Her zu mir!« brüllte Otrepjew, zog seinen Säbel und rannte mutig seitab ins Dickicht vor. Sogleich schwärmten alle Reiter in die Richtung aus, von wo die Schüsse gekommen. Kurzjew stieg ab, zog seine Plempe und stapfte hinter den Reitern her. Dimitrij wartete zu Roß und entdeckte einen Schützen über sich im Baum, zog seine lange Pistole aus der Satteltasche, schlug Feuer, zückte sie auf den Baumschützen und knallte ihn herunter. Der Kerl plumpste durchs Geäst und schlug auf dem Boden auf. Der Bojar wandte sich um, sprang auf ihn zu, holte aus und zerhieb ihm mit wildem Säbelschwung den Schädel.

Dimitrij schrie ihn an: »Idiot! Auf die Folter gehörte der! Was machst du ihn stumm?«

Reiter kamen zurück – ohne Gefangene.

»Halunken!« wetterte Dimitrij sie an. »Banditen, die zu Fuß, holt ihr zu Pferde nicht ein?«

Da wandten sie wieder die Gäule und galoppierten in die graugrüne Wildnis zurück. Bald kam Otrepjew aus Busch und Baum gestiefelt, keuchend und zornig, trat an Dimitrijs Pferd heran und raunte Dimitrij zu: »Dahinter steckt dieser Kurzjew. Die Reiter sind bestochen. Sieh dich vor, Zarewitsch, mein Söhnchen!«

Dimitrij klopfte seinem tanzenden Pferd den Hals und schwieg finster vor sich hin. Dann befahl er: »Kurzjew! Hierher!«

Der Bojar kam heran; er fluchte innerlich verzweifelt: Hatte ich's ihnen nicht eingeremst, ja nicht zu ballern, wenn mehr als ein halb Dutzend – ach!

Dimitrij fixierte ihn: »Bojar, was hältst du von diesem Attentat?«

»Das kommt von Boris Godunow und wird das einzige nicht bleiben.«

»Du warst nicht zur Stelle.«
»Wer sollte es ahnen?«
»Du nicht?«
»Majestät!« grollte Kurzjew dumpf auf, »dies deinem Getreuen?«
»Dieser Getreue sagte einmal: Bei des Zarewitsch erstem, leisestem Verdacht bring' ich mich um.«
Kurzjew schwieg, seine Augen rollten angstvoll, doch dann fuhr er auf und setzte sich die Degenschneide mit beiden Fäusten an die Kehle, und Dimitrij zweifelte nicht, mit einem einzigen Ruck der Arme werde sich der verzweifelte Mann den Hals abschneiden – jetzt und sofort, wenn er, Dimitrij, noch drei Sekunden schwiege und also schweigend richtete –, und so rief er:
»Degen weg!«
Kurzjew senkte die Waffe und bog sie in seinen Fäusten.
Versöhnlicher fragte Dimitrij: »Warum bliebt ihr zurück?«
»Weil mein Klepper lahmt und an der Fessel blutet. Sieh selbst, Zarewitsch!«
»Ich werde es mir ansehen. Grigorij Otrepjew wird deinen Wallach reiten. Du trabe zu Fuß vor uns her!«
»Zu Fuß – ich, ein Bojar?«
»Ich hole wohl noch mehr deinesgleichen vom hohen Pferd herunter. Gehorche, Knecht!«
»Ich mag nun nicht mehr leben. Deine Majestät befiehlt entweder mir oder ihrem Argwohn den Tod! Einer von beiden muß dran, Majestät!«
Dimitrij brüllte: »Beide sollt ihr leben, du und mein Argwohn! Dies ist mein Befehl!«
Da brach der große Mann langsam in die Knie, beugte sich vor und berührte den Waldboden mit seiner Stirn. Dimitrij lächelte bitter über ihn weg.
»Kommen die Kerle überhaupt nicht mehr wieder?«

fragte er dann ruhig. »Auf!« fuhr er wieder Kurzjew an. Dieser sprang auf die Füße.

»Wo bleiben sie, zum Teufel?«

»Wo du sie hinbefahlst, Herr!«

»Pfeif sie heran!«

Der Bojar wandte sich ab, stieg durch die Stämme schwer hinan, steckte zwei Finger in den Mund und stieß Pfiffe aus.

Otrepjews Herz lachte ob der soeben vorgefallenen Szene zwischen Dimitrij und Kurzjew und jubelte innerlich: Du mein zuckersüßes Bengelchen, mein wackeres Blut! Dabei untersuchte er die blutige Fessel des ihm zugewiesenen Reittiers, war voller Verdacht, zuckte aber unentschieden die Schultern, stieg in den Sattel und ritt zu Dimitrij heran. Der sann vor sich hin und beschloß, den Bojaren, sollte man ihn nicht überführen können, wieder Vertrauen spüren zu lassen, ja, ihn um Pardon zu bitten und ihm Gelegenheit zu weiteren, wohlbeäugten Schweinereien zu bieten. So befahl er ihm, als er zurückkam, wieder ein Pferd zu nehmen und sich künftig durch verdoppelte Wachsamkeit treu zu erweisen, so daß jeder Verdacht von ihm falle wie vom Bleßhuhn das Wasser. Dann überreichte er ihm die zweite seiner Pistolen und hieß ihn den zusammengebrochenen Gaul mit Schläfenschuß töten. Kurzjew gehorchte. Das daliegende Tier fuhr unter dem Schuß noch einmal zusammen und verreckte dann mit zitternden Beinen.

Die Reiter kamen durch das Dickicht und zwischen den Stämmen wieder herangetrabt, Kurzjew saß auf, schwer von Kummer, der Zug trabte an, und der zugunsten des Bojaren seines Reittiers lediggewordene Reiter trollte ärgerlich hinterher und murmelte: »Das ging mal schief, Bojar. Jetzt hüte den Kopf, du Stinker!« Er warf einen schiefen Blick auf den toten Attentäter zurück und dessen zerklaffte Stirn und bequemte sich dann zu einer Art von schwerfälligem Dauerlauf, ließ aber bald darin nach, als er die Reiterschar weit vor sich entschwinden sah.

Unbehelligt gelangte diese zum Jagdschloß. Trompetenruf vom Turm verkündete die Ankunft.

Pater Pomaski sprang in seiner Kammer vom Schreibtisch auf und eilte hinunter, im Kopf noch die Zeilen, die er gerade an Ssawiecki aufgesetzt und die den Empfänger herbeorderten, da Dimitrij auch im Kriege zwischen Zelten und Posten die Lektionen in Latein und im Russischen fortzuführen wünsche. Er, Pomaski, treibe asiatische Geschichte sowie Theologie und Liturgik der orientalischen Kirchen. Nach alledem frage der rastlose Held.

Er trat zur Freitreppe hinaus, sah den Reitertrupp in den Hof traben und grüßte mit fröhlichen Verneigungen.

Dimitrij, dicht vor den Stufen, blieb noch im Sattel, wies mit großer Handbewegung auf seinen Hintermann Otrepjew und rief Pomaski strahlend zu: »Otrepjew und kein anderer!«

Nun strahlte der Pater zu dem Wundermann empor, der seine Pelzkappe vom Kopf riß, mit ausgelassenem Jauchzer in die Luft warf, sie wieder auffing und mit keckem Stoß sich schief auf den kahlen Schädel stülpte. Dann ergriff dieser Otrepjew mit beiden Fäusten den Sattelwulst, schwang den Körper zum Handstand rückwärts hoch, sprang mit einem Satz zu Boden und hieb dabei seinem Pferd mit flacher Hand auf die Hinterbacke, derart, daß es sich aufbäumte und davonstob. Auch Kurzjew und Dimitrij stiegen ab. Der Rest der Berittenen trabte den hinteren Höfen zu und nahm die drei ledig gewordenen Reittiere mit.

Dimitrij lachte auf, als er Otrepjews Tatze mit ausholender Bewegung in die dargereichte Hand des ihm die paar Stufen entgegenkommenden Paters niederfahren sah und erlebte, wie der Jesuit unter solchem Handschlag, der seine Rechte folterisch umspannte und martialisch rüttelte, fast zusammenknickte.

So lernte Pomaski den Rätselhaften, mit dem er so manche Zeile gewechselt, von Angesicht zu Angesicht kennen.

In der Diele durfte er staunen ob all den Neuigkeiten, die er, von Dimitrij, Kurzjew und Otrepjew umringt, bis zu den Einzelheiten des Attentats erfuhr. Da gipfelten seine Empfindungen in dem Ruf: »Gesegnet sei dies Haus, gesegnet dieser Tag, darin wir Otrepjew, den Retter, den Bahnbereiter, und Marfa, die Dulderin, die Erlöste, zum ersten Mal in des wieder einmal so gnädig Bewahrten Armen sehen!«

Nun wurde das Haus zum Empfang der Marfa zugerüstet, und nachdem Kurzjew in anderen Geschäften verabschiedet war, saßen die großen Drei in der sechseckigen, mit Gehörn, Eberköpfen, ausgestopften Raubvögeln und Waffen geschmückten Trinkstube im Eckturm des Schlosses abseits, und ihre vom Wein beschwingten Gespräche beim Imbiß, der in Zinngeschirr aufgetischt worden, tummelten sich hin und her und gegeneinander. Dann meldete ein Lakai das auf Dimitrijs Anweisung für Otrepjew zubereitete Bad. Dimitrij geleitete seinen Wundermann hinauf in den Raum, wo die große Holzbütte voll heißen Wassers mit allem ausgebreiteten Zubehör den Gast erwartete. Dimitrij, der sich noch keinen Augenblick von seinem Tollkopf und Heldenpopen, diesem zweiten seiner vielen Väter, trennen mochte, ging umher und freute sich zunächst einmal der Wonnelaute des Mannes, der da auf Stühlen und Schemeln die ersten Gastgeschenke und Liebesgaben vorfand: ukrainische Edelmannsgarderobe, ein blinkendes Kettenhemd, Spitzhelm, Lederkoller und Stiefel und anderen Reiterdreß. Ja, lachte Dimitrij, künftig gehöre Otrepjew an seine Seite und müsse etwas auf sich halten. Zweifellos wolle er nicht priesterlich, sondern kriegerisch dabeisein. Otrepjew, während er sich entkleidete und seine verschwitzten Bekleidungsstücke in die Ecke feuerte, lachte, das Dankesagen sei bei Kindern und Kosaken ein hartes Ding, er werde lieber Taten tun. Dimitrij bewunderte den narbenbedeckten, sehnigen Leib des nackten Kerls und sah ihm zu, wie er in den Dampfwolken der Bütte unter bald heißen, bald kalten Eimerstürzen prustend und schnaufend, Gesänge erhebend oder auch Dimitrijs Reden beantwortend, planschte, sich mit Sandseife scheuerte und sich zuletzt so überspülte, daß die Stube schwamm.

Eine Stunde darauf beim Mahle zu dritt steckte er dem Herausgeputzten einen Goldring mit großem Amethyst an den Zeigefinger und umarmte und küßte ihn. Otrepjew, als wolle er keine Rührung aufkommen lassen, tat hellhörerisch und behauptete, dieser Moment rühre an alle Glocken Moskaus, und ihr Gedröhne mache ihn taub.

Nach dem Essen ergingen sich Pater und Steppenpope selbander unter den noch nackten Baumkronen längs der Wildgehege.

Der Zarewitsch hatte zu tun. Otrepjew mochte seiner Bravheit, die in vorderhand noch glaubwürdigen Flunkereien umherschweifte, satt geworden sein. Ihn gelüstete bereits, zu sehen, wie ein Weiser dumm guckt. So lachte er ob Pomaskis Frage, ob er Familie habe, laut auf: Wieviel Weiber er schon beglückt, darüber habe er nicht Buch geführt. Seine Nachkommen überzähle kaum der Allwissende. Freilich, auf Salomos dreitausend Königinnen habe er's noch nicht gebracht. Nun, da schneide die Heilige Schrift ein bißchen auf, wie?

Als die beiden zur Schloßtreppe zurückkehrten, da trappelte eben eine muntere kleine Reiterschar durch das Hoftor herein. Voran ritt Dimitrijs Spaßmacher, diesmal nicht in Narren-, sondern Jägertracht. Ihm folgten ein paar Leibeigene Glinskijs als Jagdgefährten. Während die Reiter vor dem Schloß vorübertrabten, schaute Kochelew neugierig auf den Neuling Otrepjew hin und schaute noch zurück, als der Trupp schon um die Schloßecke bog, den hinteren Höfen zu.

Auch Otrepjew hatte mit plötzlich erwachendem und sehr überraschtem Blick den anderen ins Auge gefaßt, fragte, wer das gewesen, erhielt die Auskunft: »Kochelew, des Zarewitsch Hofnarr«, und murmelte: »Ein hübscher Junge! Holla, ein interessanter Kopf!« Er sagte, er müsse ihn kennenlernen, eilte die Freitreppe hinab und hinter dem Jägertrupp her. Den Pater ließ er stehen.

Am Kavaliershaus sprang Kochelew vom Pferd, während die Gefährten mit der Jagdbeute zu den Wirtschaftsgebäuden weitertrabten. Als er seinen Fuchs an einem der Ringe beim Portal des Gästehauses, wo auch er sein Zimmer hatte, angebunden, blickte er, wie unter magischem Zwang, zurück und sah Otrepjew mit untergeschlagenen Armen einige Schritte abseits stehen und ihn mustern. Sie fixierten sich nun beide. Endlich lachte Otrepjew auf und schritt mit zur Umarmung gebreiteten Armen heran: »Den Narren zieht's zur Narrheit hin, das ist der Weltgeschichte Sinn! Heda, Goldjunge, bist du mir hier zuvorgekommen? Und machst mir Konkurrenz?« Damit schloß er Kochelew in seine Arme und küßte ihn auf die Nasenspitze. Der durfte sein Licht nicht unter den Scheffel stellen, drängte Otrepjew majestätisch von sich ab und mimte einen Grenzkommandanten: »Alles ganz schön und grün, doch dein Paß, Name, Herkunft, Wohnort, Alter, Beruf und so weiter?«

Otrepjew nannte seinen Namen. Da fuhr Kochelew begeistert auf: »Grischka, der Sagenhafte? Der Aufwiegler der Sewersk, dessen Schlagschatten über Rußland fällt dicht neben den des Zarewitsch? Der Abtrünnige aus dem Tschudow? Mein Idol! Mein Prototyp! Meine Sehnsucht!«

»Hab' ich dich endlich«, schrie Otrepjew, nahm Kochelews Kopf in beide Hände und hielt ihn dicht vor den seinen, um das Antlitz voller Liebe anzufunkeln. »Also lebst du, also verspeisten und verdauten dich keine Wölfe! So wahr ich ich bin – jetzt will ich dir sagen, Goldjunge, wer du in Wahrheit bist und was du in diesem Augenblick denkst. Blick mich an! Du denkst: ›Ich heiße ja nicht Kochelew, ich heiße Otrepjew wie du. Ich bin auch nicht von Kasan her, ich bin dem Tschudow entlaufen genau wie du. Und du bist mir auch kein Fremder, sondern mein Oheim, wir sind *ein* Blut.‹ Das denkst du, Junge, doch fürchte nichts, ich verrate deine Vergangenheit niemand, so wahr ich mehr noch bin als dein Vaterbruder, so wahr ich dein Vater bin. Ja, dein Papa. Bruderliebe hat dich gezeugt, Liebling, Bruderliebe, die des Bruders Weib beglückte. Oh, du bist mir gelungen, du ranker und schlanker Kerl mit deinem klugen Augenpaar. Alles an dir ähnelt mir verteufelt. Du meine zweite Jugend, du, fast so teuer mir wie Dimitrij, der Herrliche! Ach ihr, ihr beide nun, ihr einander gesellt! Blühe, Otrepjewsche Dynastie! Rede nicht, höre zu, mein lieber Grischka, höre, was Grischka der Ältere, dein Erzeuger, dir sagt! Er beschwört dich: Sieh im Zarewitsch nie nur deinen Herrn, sieh den Bruder in ihm! Es muß dich an seine Seite reißen mit einer Inbrunst, die treu macht, weibisch und hündisch treu – bis in den Tod! Werde ihm mehr als ein Lustigmacher, werde sein wachster Wächter unter all seinen Feinden! Die Narrenkappe öffnet dir Weg über Weg. Oh, fast werde ich fromm, wenn ich euch zwei beieinander denke. Wie dauert mich mein früher Tod ... Doch stets wird ein Otrepjew um ihn sein, mein Blut, mein Geist, mein Witz, mein Spott und Schmerz.«

So komödiantisch dies wieder kam, in Otrepjews des Älteren Augen standen Tränen, und in Otrepjews des Jüngeren Augen traten sie auch.

Bediente kamen von links und Krieger von rechts über den Hof. Otrepjew der Jüngere riß sich auflachend los:

»In mein Gemach, Erzeuger! Wein steht in Fülle bereit!«

Er verbeugte sich tief, lud mit beiden Händen zum Eintritt ins Haus ein, und beide verschwanden darin zum Austausch ihrer Herzen, Erinnerungen, Hoffnungen und Späße.

Gut anderthalb Stunden darauf schickte Dimitrij nach beiden und beendete so ihr tête à tête. Kochelew mußte mit einem Auftrag zum Fürsten Glinskij ins Lager reiten und dort über Nacht bleiben, Otrepjew ließ sich bei Dimitrij und Pomaski nieder. Der Prätendent fragte ihn, ob er sich gut mit Kochelew verstehe. Der antwortete: »Steckte ein Regenwurm den Kopf aus der Erde, sah einen anderen das gleiche tun und entbrannte in Liebe zu ihm und sprach: Signorina, wie mich nach Euch verlangt! – Faselt nicht, Mynheer! so der andere, eh' er versank – bin Euer Schwanzende, nichts weiter.«

Dimitrij verstand nicht, lachte aber, der Pater lächelte – und zog sich bald zurück. Er fühlte, er müsse seine Unruhe, die ihn vor diesem Irrwisch und Steppenfeuer wieder befiel, loswerden. Während sich also der bereits angesäuselte Dunkelmann mit Dimitrij bei Kanne und Becher in einer lauschigen Ecke des zum abendlichen Empfang zugerüsteten Prunkraumes niederließ, stieg der Pater in sein Zimmer hinauf. Lange saß er über seinem Brevier, ohne aufzufassen, was die Augen lasen, die Lippen murmelten. Witterte er neue Abgründe?

Der Held also und sein Prophet saßen ein Stockwerk tiefer. Otrepjew strich Kochelew vor Dimitrij tüchtig heraus, doch dann – Dieser Otrepjew, der so oft im Genuß heraufbeschworener Gefahren und kriegerischer Nahkämpfe Gevatter Tod ins Visier gegrinst, verfiel plötzlich. Denn wie entschieden er auch am Tokaier sog und schon die süßen Nebel emporglühen fühlte, er spürte sich vom Jenseits überfallen, vergewaltigt, sich selbst entfremdet wie seit langem nicht, er fror wie im Schlagschatten des nahenden Todes. Zwar besann er sich vieler Zusammenbrüche, die ihn unvermutet und ohne Grund überkommen, mit Überdruß, Schweigsamwerden und stillem Grauen begonnen und zu haltlosen Heul- und Klagestunden geführt hatten, doch diesmal ...

Nun, der gegenwärtigen würde er mit Schnaps zuvorkommen. Fehlte der, so tat's auch wohl der Tokaier. Er schenkte sich ruhelos ein, um den gefährlichen Punkt zu überwinden, zu überspringen, schenkte sich ein, prostete und trank mit wiederholtem albernem Excusez! – und bald kochte er wieder und palaverte in schöner Frische. Aber – fühlte er doch nicht immer noch das Schwarze unter sich? Man durfte nicht aufhören, sich einzuwölken. Die Wolke mußte ihn blenden und tragen. Bald wußte er, er werde als Betrunkener aus der Rolle fallen, sich vor seinem jungen Gott da enthüllen, anders als im Dampfbad oben, und diesen dazu, all das zu früh, viel zu früh! Doch – walt's der Gott der Götter und sein Satan! Auch einen Torso staunt man schon als Wunderwerk an, auch heut schon scheint der alte Spieß 'ne lebensfähige Frühgeburt. Noch, so tröstete er sich während seines ausgelassenen Schwatzens, noch gebe es vernünftige Gespräche: über Marfa, über all die Ehen Iwans, oder wie Iwan die erste Brautwahl hielt – im prächtigsten Märchenstil, analog der alten, wohl byzantinischen Herrschersage. Er erzählte: Die hundert schönsten Bojarentöchter habe der Zar da aus den Weiten des Reiches geladen, habe von Saal zu Saal die malerischen Reihen durchschritten, ha, wie beim Roßkauf, und mit *einem* Blick die holdeste, klügste, zugleich verschämteste, ausgespäht und, als flamme es plötzlich aus allen Dielenfugen, an sich gerissen und sofort in sein Schlafgemach verschleppt und das Schlößchen erbrochen. Dreizehn Jahre lang sei sie die große, ja einzige Liebe seines einsamen Lebens gewesen, eine Romanowa, Anastasja geheißen. Für ihren Verlust habe er sich ein Leben lang gerächt... Auch von der Eroberung Kasans wußte Otrepjew zu erzählen. Ein dänischer Ingenieur habe mit seiner Mine in die Mauern Kasans die entscheidende Bresche gesprengt. Zar Iwan, Herz aller Herzen, Maul aller Mäuler, der habe während des Kampfes im Zelt gehockt und mit Messen den

Himmel bestürmt, wie weiland Mose mit aufgereckten und gestützten Armen im Amalekiterkampf. Wer also habe Kasan erobert? Wer kein ungläubiger Hund, müsse bekennen: allein der Gossudar! Auch über das Räuberunwesen in den heimischen Wäldern wußte Otrepjew Bescheid, sagte aber Dimitrij nichts Neues. Der Räuber sei der letzte Freie und sein Stand ein ehrlicher Stand, eines jeden Buben Traum. Dann warnte Otrepjew seinen lieben Sohn, wie er ihn nannte, mit blasphemischen Witzeleien vor dem dicken, nicht schwangeren, nur vollgefressenen Bauch der großen Mutter Kirche. Allmählich begann der Bezechte infam zu flunkern, zu lästern und zu schweinigeln, und so starrte ihn sein »lieber Sohn« – der ihm plötzlich sehr fern und winzig und wie in Nebeln zu verkümmern schien – immer befremdeter an.

Ja, Dimitrij erstarrte vor wachsendem Grauen. Dies zügellose Gesicht da vor ihm offenbarte bereits tiefste Verderbnis. Was sollte er nun von den Mächten halten, die dieser säuische Elias ihm aufgetrieben und mobil gemacht?

»Beim Satan, meinem lieben Freund!« brüllte Otrepjew, als wittre er Dimitrijs Gedanken, »dir graut ein bißchen vor mir? Nur Unverschämtheit gibt noch rechten Ton! Und bald haben wir zwei nötig, uns selbst unsere nackten Ärsche zu weisen. Herunter vom Sockel, Söhnchen! Der Apfel fällt nicht weit vom Roß!«

Dimitrij, von der Bändigung eines ihn mehr und mehr erfüllenden Bebens beansprucht, schenkte ihm geflissentlich ein, mimte den beipflichtenden Lacher und fragte: »Wieso die nackten?«

»Weil ich, der Maskenmann, ein Feind bin jener schönen Fratzen, die man im Spiegel sich selber macht, vor allem des verteufelten Hochmuts, in den ihr Duzfreunde des Himmels, ihr Sakramenteschlucker, euch verkriecht, wie Adam und Eva im Busch. Doch belügt nur Gott und die Welt, das ist wacker! Allein sich selbst belügen? Pfui Teufel! Aber das seh' ich nun schon: Lass' ich meine Maske und Draperie fallen, so setzen Eure Kaiserliche Hohlheit die höchstihre erst recht auf, denn nichts, so denken höchstdieselbe, geht übers Sichselberbescheißen! O gewiß, vor Eurer Majestät Pöbel wird christliches Großtun nötig sein – immerdar und alleweil. Da verwandle dich, mein Dreckspatz, in den Sohn des Schrecklichen! Übrigens – er und ich, wir sind eins! In mehr als einem Betracht.«

Dimitrij lächelte irr und lockte: »Du lallst wie das delphische Orakel. Wirf Licht in deine Tiraden! Was meinst du, Saufkumpan?«

»Zum Beispiel dies: Eurer Kaiserlichen Hohlheit Milde und Großmut, an sich famos als Trick, ist idiotisch. Ei, ei, ei, gefährlich ist sie, gefährlich ...«

»Wieso?«

»Sagte ich das nicht schon? Den Sohn des Donnerers legitimiert der Henker. Wir, dein Väterchen Grischka Otrepjew, erdreisten uns, für einen Seelenkenner gelten zu wollen, der dies Land wie'n Tastenmeister sein Organon spielt. Oha, unsereins müßt' an deiner Stelle stehn, unsereins!«

Dimitrij schenkte verbissen ein, entschlossen, ihn zur schamlosesten Selbstentblößung zu bringen. Otrepjew begriff das, warf es ihm ins Gesicht, lachte und versicherte, Dimitrij kenne Otrepjewsche Sauftüchtigkeit schlecht. »Doch sollst du's haben, so du es willst, und in meinem Hauch wirbeln wie trockener Staub!« Dann legte er los: »Wie kommt man von sich los? Nun, du Herz aus Butter, Schmaddertortenprinz, Milchbreischleckerchen, besieh, was dein freundlich, dein väterlich Wildschwein dir grunzend herauswühlt! Ein Beispiel, wie man's frühzeitig anpackt. Kommt da ein klein Mädchen zu ihrem achtjährigen Freund gerannt, der, wenn er groß, ein steinharter Reitersmann werden will, birgt ein Täubchen in den Händen und flennt: ›Versteck's,

Grischka, Mutter will's braten, Vater fressen, und's hat noch keinmal im Sonnenschein – ach weh!‹ – Nimmt es Grischka, küßt es aufs Schnäbelchen, hält's an die Wangen, tanzt leise und liebkosend damit umher – und ratsch! dreht ihm den Kopf ab; das Rümpfchen wirft er der Rotznase ans Köpfchen: ›Da, bring's deiner Alten!‹ – So übte sich Bübchen in Härte.«

»Dieser Grischka warst du?«

»So wahr ich noch lebe und furzen kann!« Otrepjew ließ einen fahren. »Noch, noch! – Nun, so tat's auch Eurer Kaiserlichen Hohlheit Papa. Da hatte er mal wieder einen Bojarensitz auszurotten befohlen, zwei seiner Schwarzen hatten (aus eigenmächtiger Barmherzigkeit!) ein Windelscheißerchen übriggelassen und geborgen, dann wieder, weil's entdeckt worden, in Angst und Reue beschlossen, Väterchen zu beichten und um Gnade zu flehn. Da ließ der große Iwan – es war beim Mahl mit den Hofbojaren – das Kind sich reichen, trug's versonnen als trällernde Amme umher, herzte, schaukelte, küßte die süße, lachende Unschuld, und die zwei Dummköpfe strahlten schon, Großwürdenträgertränen flossen in Bärte, all die Mitesser staunten. Doch Väterchen langte nach dem Bratenmesser, stieß es dem Balg in die Brust und warf ihn durchs Fenster auf den Hof in die Hundemeute. Die beiden Henker, die untauglichen, köpfte ihr Oberhenker Skuratow. So stählte Väterchen sein Herz und lehrte seine Bojaren gehorchen.«

Dimitrij biß auf die Lippen. Dann bat er düster: »Oh, mehr, mehr davon!«

Otrepjew häufte nun behaglich Greuelhistorie auf Greuelhistorie und log und malte sie aus: Der Schreckliche habe Hinrichtungen beizuwohnen gepflegt, Weiber vor ihrem Marterpfahl noch öffentlich schänden lassen, oft an den Torturen seiner Gefangenen teilgenommen, sie eigenhändig mit glühenden Zangen gezwickt und deren Weiber, Söhne,

Töchter gezwungen, andächtige Zeugen zu sein, sich also nicht nur an fremden Leibesqualen, nein, auch an Seelenqualen gestählt. »Er wußte ja, sein Herz sei zu weich, zu weich! Du zweifelst? Wie litt der Gewaltige im also selbstzerfleischten Gewissen! Bei Gott, er quälte sich selbst am wütigsten, war grenzenlos leidenssüchtig und rang gerade darum um die unendliche Härte Gottes. Das war sein Bußgang! Ave pia anima! wie ihr Lateiner sagt.«

Derart weidete sich Otrepjew, so weit er noch durch die Taubheitsballen seiner Trunkenheit, die zwischen ihm und Dimitrij auf und nieder sanken, hindurchpeilen konnte, an Dimitrijs Blässe und fuhr, sich einschenkend und dabei einiges vorbeigießend, fort:

»Hallo! Doch das Gericht an Nowgorod wird dir bekannt sein? Schweigen?«

Schweigen.

»Nicht bockig, Junge! Die Nowgoroder hatten's verdient, du lieber Himmel! Hatten lange genug geprahlt: ›Wer kann wider Gott und Groß-Nowgorod?‹ Großartiger noch als die Pleskauer hatten diese Halunken sich eine ausgedehnte Republik zusammenkolonisiert – mit Arbeit, Schacher und geistvoller Räuberei. Nowgorod, schon einmal vom dritten Iwan zu Boden geworfen, zog es immer noch nach Polen hin. Es schnitt Rußland den Weg zum Baltischen Meer ab. Auch war's ein giftig Emigrantennest. Was die Wälder an Flüchtlingen nicht mehr bergen mochten, suchte Zuflucht in Nowgorod. Und wie in Nowgorod wühlten die Ausreißer auch in Warschau, Krakau, Kowno, Kiew, Halitsch, Konstantinopel, in Schweden und Deutschland. Kurz, ›Nowgorod‹ hieß die Begierde, Nordrußland in die polnisch-litauische Föderation zu ziehen. Oh, das Verräterpack! So leid es Väterchen um die Faktoreien, um die Tüchtigkeit, Regsamkeit, Bildung der Nowgoroder war – er mußte richten, mußte. Und wie er das besorgte, haha!«

»Otrepjew, ich weiß.«
»Wohl nicht alles!«
Der Schwätzer setzte sich steil zurück und deklamierte:
»Majestät! Sechs Wochen lang tilgte die Zarenrache all die sündigen Kinder Adams dort, all Vieh und alle Nahrungsmittel, plünderte selbst die Klöster leer, auch weit und breit noch um die Stadt herum. Was vor den Augen des Zaren nicht im Massaker verbrannte, gerädert und erstochen ward, wurde verschleppt. Eine Wüste blieb, wo Nowgorods sündige Blüte geprunkt. Ein kläglicher Rest der Rotte Korah, ein paar Männlein, schleppte man anderen Tags vor den zürnenden Mose. Doch da strahlte er wieder auf die Zitternden nieder wie die Maiensonne und sprach gar väterlich, des zum Zeichen, wie nicht nur Gott, der Rächer, wie auch der milde Vater unseres Herrn und Heilands in ihm sei. Er sprach –«

Und Otrepjew erhob sich und imitierte mit größter Feierlichkeit:

»›Siebzehn Männer Nowgorods, übriggeblieben durch die Gnade des allmächtigen Gottes und der reinen Gottesmutter und aller Heiligen, betet für unsere zarische Herrschaft, für unsere Söhne Iwan und Fjodor und für unser christliebend Heer, auf daß Gott uns den Sieg verleihe über all unsere heimlichen Feinde und Widersacher! Gott aber richte droben weiter, was hier zum Verräter geworden, auch zum Verräter an euch: Euren Erzbischof Pimen, seine bösen Ratgeber und Genossen! Und alles vergossene Blut falle auf sie! Es soll von den Verrätern droben gefordert werden! Ihr aber klagt nicht mehr über all dieses, sondern lebt dankbar in dieser Stadt! Und also belasse ich euch als Statthalter den Bojaren und Wojewoden Fürst Pjotr Danilowitsch Pranskij.‹«

Otrepjew ließ sich in seinen Stuhl zurückfallen und fuhr fort.

»Und danach ließ er sein Gericht noch über Pleskau aus. Auch Sodom und Gomorrha waren ja der Städte zwei. – Wer will noch sagen, Junge, Iwan sei ein Mensch gewesen wie wir? Er war wie Gott – beziehungsweise sein Teufel, ja ... So einer! Einer wie ich. Ach, ach, ach, er war wie ich, nicht weniger, nicht mehr! Söhnchen, eifre ihm nach! Als sein Sohn, als mein Sohn! Und Rußland liegt deiner Kaiserlichen Hohlheit zu Füßen.«

Dimitrij wußte nicht mehr, ob er diesen boshaften Affen träume oder –

Also der da hatte ihn einst nach Polen –?

Während er ihn anstarrte, geschah es unterhalb seines Bewußtseins, daß ihm sein Grund unter den Füßen zu verschwinden, sein Glaube an sich und all sein Recht in Fragwürdigkeiten, in Grauen, ins Nichts zu versinken begann, daß er sich wie ein Ertrinkender festklammerte an Pomaski, dem Orden und allem, was bisher sein Gewissen ausgemacht, daß er sich ans Wams griff und nach dem Mstislawskijschen Brustkreuz fühlte. Streng und steinern erhob er sich.

»Weise dich aus« – seine Stimme war belegt –, »daß du jener Grigorij bist, jener, der mich damals – mir und meiner Sendung erhalten.«

Nun, auch Otrepjew stand auf, ein wenig schwankend und innerlich lachend in einer Weise, daß es ihn schlenkerte, machte dann ein sehr verwundertes Gesicht und fragte zurück, wieviel Zeugen Dimitrij benötige. Plötzlich schrie er unwillig auf:

»Warum, zum Henker, warum, in Dreiteufels Namen, warum soll der Satan, mein guter Freund, dich nicht bestallt haben? Ist er nicht unseres Herrgotts Satrap? Du und dein Werk, ihr habt schon eure Sendung, das muß ich wissen, und du wirst es erfahren!«

Danach, da Dimitrij schwieg, wiegte er wie trauernd ob soviel Verstocktheit den Kopf und schlug sich leise mit der

Faust an die Brust: »Was mich betrifft, ich sündiger Mensch bin Werkzeug, Werkzeug des himmlischen Possenreißers, und heute noch abgelegt, tot und abgetan – Ja, ich bin Mensch, doch der Teufel spricht: Mir ist nichts Menschliches fremd.«

Dimitrij stand in Flamme und Frost. Weiter, weiter! Hören, hören! Nochmals schlug er eine heisere Lache an, schlug mit der Faust auf den Tisch, warf sich in den Stuhl und bewunderte Otrepjew gebührend, lenkte auf Iwan zurück und fragte, ob diese Inkarnation von Zorn und Gnade nicht auch heitere, menschlich-heitere Züge getragen. Er stand auf und ging umher. Dafür warf sich Otrepjew im Sitz zurück, streckte die Beine, tat die Daumen in den roten Gürtel des langen blauen Leibrocks und dröhnte ein schönes Lachen:

»Oh, des großen Zaren Humor! Wo beginnen, wo enden? Da ergeht eines sonnigen Tages Befehl an die Bürger von Moskau, sie hätten ihm einen Hut Flöhe zu liefern. Die Deputation erscheint und schlottert, kniet und bittet um Nachsicht: So viel Flöhe könne man weder fangen noch hüten. Antwort Iwans: Rebellen! Ihr liebt Euer Ungeziefer mehr als mich, den Reiniger! Dreckschweine ihr! Bußzahlung von siebentausend Rubeln!

Doch nun das Genialste, das in der ganzen Geschichte der Menschheit noch nie Gewagte!

Du hast von dem zarischen Staat im Staate gehört. Als der Schreckliche wußte, daß er von seinem Kernstaat aus Rußland in geziemende Furcht gesetzt, beschloß er einen überdimensionalen Scherz. Der Herrscher über allen Herrschern, er fragte gern Reisende über das Ausland aus. So ließ er sich von Venezianern den Karneval schildern und erinnerte sich entsprechender Bräuche im alten Babylon vor dreitausend Jährchen, davon er gelesen, der Bücherwurm. Dort in Babylon nämlich ward Jahr für Jahr irgend so'n Lausekerl aus der Masse des Volkes für ein paar fröhliche Tage zum Großkönig ausgeschrien. Der echte König dankte für die Festzeit ab, der Tauschkönig durfte schlemmen, prunken, paradieren, selbst der königlichen Weiber sich nach Lust bedienen. Wer hätte das versäumt, Bübchen? Du? Herr und Diener gab's da im Reiche nicht mehr, die Illusion der Ordnung hörte endlich mal auf. Man wollte hernach den Übergang vom Chaos zum Kosmos feiern. Da leisteten sich denn die Götter Babylons diesen Witz: Ein kreuzfideler junger Gärtner, Ellilbani geheißen, errang die Würde der Chaosmajestät, und der wahre König – o großer Marduk! – er verreckte plötzlich. Ellilbani mußte König bleiben und blieb's bis an sein selig Ende. Dies Schauspiel nun, Junge, hat Iwan IV. in seinem heiligen Moskau inszeniert. Bedenke das mal: in einem Reiche, wo das Lachen teuer war und die Spektakelbühne des gottlosen Westens verflucht! Er inthronisierte einen frisch getauften Moslem, den Tataren und Tölpel Simeon Bekbulatowitsch, als Zaren über ganz Rußland, brachte ihm mit seinen Söhnen in sklavischer Unterwürfigkeit alle Ehren dar, todernst, und zwang Bojaren, Heerführer, Priester und Volk, ihn peinlich nachzuäffen. So verhöhnte der Witzbold gar fein und köstlich sein und jedes Gottesgnadentum, die Gloriole der Krone, des Reiches, die Religion und die viel beschriene Würde des Menschen, des vorm heiligen Gott auch so vermessenen Erdenwurms, so genoß er den Triumph seines Machtgefühls. Jahrelang! Jeder Große fragte sich, wie man's nun wohl recht mache vor den Brauen Iwans, und wann er wohl vorbrechen werde aus seiner Waldresidenz, um sich an denen zu rächen, die Simeon zu echt, oder an denen, die ihm zu lässig gehuldigt. All ihr Herrscher auf Erden, all ihr Ärsche mit den vergoldeten Ohren, quittegelb hättet ihr sterben müssen vor Neid, hättet ihr Grütze im Schädel gehabt! Wie müßtet ihr heute noch mitschmunzeln in des Schrecklichen Vergnügen, seine Großwürdenträger, diese feigen Schufte und Schergen, als genarrte Sklaven eines sklavischen Narren und vollends als Puppen des hintergründigen Autors der ganzen Komödie zu sehen! Welttheater! O Wollust ohnegleichen! Das war ein Karneval! Schade, dieser Iwan hat *vor* mir gelebt! Ei, ei! Kaiserliche Hohlheit, mit Gunst: Es ist der Gipfel meiner Theologie: Sündiget wacker, sündiget beharrlich, fanatisch, unnachgiebig, maßlos, denn nur so erlebt ihr die Süßigkeit – zwar nicht der Vergebung, aber einer Rechtfertigung, die die vorbestimmte Verdammnis unter Küssen und Tränen der Verzweiflung umarmt. So nur dient man dem fressenden Feuer droben, daß man sich ihm als Zunder, Brennstoff, Pech, Öl und Stroh hinhäuft, hinwirft, in welches Futter sich der prasselnde Zorn, die schreckliche, unerreichbare, gar nichts vergebende Heiligkeit dann verbeißen kann, aus welchen Opfern sie zu endloser Brunst emporwächst.«

Otrepjew sprang auf, tanzte, schäumte, geiferte, phantasierte: »O große Seele! Dein Menschen- und Selbst- und Gotteshaß, dein zerknirschungsseliger Trotz, er hetzte dich in deinen wahrhaftigsten Stunden dem größten, letzten, dem entsetzlichen Gericht entgegen; so fülltest du dich mit Grauen, Höllenangst, tage- und nächtelangem Beten. O du überengelischer, erzallerdemütigster, o abgründig heiligster Teufel du! O du Vulkan der Wahrhaftigkeit, ausbrechend über die Lügengefilde der Frommen! Heilig ist Satan, denn Gott läßt ihn nicht los! Käme er los von Gott, er litte nicht mehr. Er weiß das und teufelt doch. Das ist größer als Gott. Verdammt ist nur, was in Gott noch kreiselt und tobt, wen Gott noch hält, noch nicht weggezehrt. Nun aber will er, muß und will er leiden, der Satan, in Selbstzerfleischung ganz tief in Gott, daß Gott prasse, daß der Teufel den ewigen Teufelschlucker und Höllenschlürfer als Richter ehre, ehre, ehre –«

Hier fuhr ihn Dimitrij an und überschrie sich fast:

»Du nichts als besoffener Auswurf, Pestbeule du!« Er keuchte: »Mir aus den Augen!«

»Wie? Ach, wohin denn? Erbarmen! Ich hänge mich ja an dich – wie an Gott!« Otrepjew lachte und streckte sehnsüchtige die Arme nach ihm aus: »Denn du bist Ellilbani, der Chaoskönig! Möge der Godunow, der Babelstyrann, schleunigst darüber verrecken! Dir, mein Söhnchen, der du dann im Regiment, dir seinen Terem und Thron und langes, langes Leben! Und – ewiges Erbrechen!«

Dimitrij fühlte sich dem Wahnsinn nah und griff nach dem letzten Pfosten: Nein, nicht er, sein Retter da hatte – irgendwann – den Verstand verloren! Gibt es wirklich Besessenheit? Seit wann ist der da des Teufels? Er bekreuzigte sich.

Otrepjew schrie: »Ich, ich und niemand sonst war, ist und wird je wieder Iwan dem Schrecklichen eins! Er ist in mich gefahren, wir zwei sind eins! Ich träum's nicht mehr, ich war dabei – damals – als einer von seiner schwarzen Horde. Ja, niemand gleicht ihm außer mir. Ja, ihn und seine Posse, um wieviel mehr all die Bühnenpoeten der Vor- und Nachwelt verdunkelt von nun an mein Ruhm! Denn man wird rühmen: Dieses Otrepjew Bühnenbretter waren des Herrgotts Weltgeschichte; seine Narrenkönige, so sich spießten, und seine Völker, so sich um ihre Könige fraßen, keine ertüftelten Schatten. Da dröhnte niemand Poetengewäsch, jeder das eigene. Mord und Totschlag erfand sich augenblicks und von selbst. Und alle schwarzen Engel Gottes in der Rolle des glossierenden Chors – drunten im Abgrund der Lästerung! Oh, wird man sagen, des Südens Lorbeerwälder reichen nicht zu für den Kranz ums Haupt des Otrepjew, das an die Sterne schrammt. Ein matter Prolog nur war die Bekbulatowitsch-Posse des großen Iwan! Und auch die hatte längst ihre Vorläufer. Kaiser Caligula machte einst ein Pferd zum Konsul, aber Otrepjew den Teufel zum Zaren. Heil Ellilbani! Es lebe Caligula und sein Gaul, Iwan und sein Bekbulatowitsch! Es sterbe Grigorij Otrepjew und es wirble Demetrius, sein Kreisel, den er aufgesetzt! Hoch der Karneval! Heil dem ewigen Chaos! Heil, Satan, dir, dich grüßen, die da sterben!«

Hier ließ sich der tanzende Derwisch, wie von einem schweren Schlag niedergehauen, keuchend rücklings in seinen krachenden Stuhl fallen. Hätte das Möbel nicht hinter ihm gestanden, er wäre lang zu Boden geschlagen. Während er röchelnd in seinem Sitz hing und die Arme baumeln ließ, stand Dimitrij verloren da. In ihm hing seine Seele nicht anders als dieser Verrückte im Raum.

Doch so erstarrt wohl ein Mutterleib in aussichtsloser Wehen Drang und Not, wie seine Seele tat, denn – was rang da mit- und ineinander, um gleichzeitig ans Licht zu springen! Angst, fast die Gewißheit, Otrepjew lüge nicht, und Chaos habe ihn, Dimitrij, ausgespien, ja, er, Dimitrij, sei alles andere als ein Sproß Iwans. (Ach, hatte er nicht im Grunde längst, ja schon von Anfang an diesen Blitzschlag erwartet?) Und da stand schon das Bewußtsein auf, er sei in abschüssiger, unaufhaltsamer Fahrt zum Abgrund begriffen, die ihn entferne von jedem Recht auf Krieg und Sieg und Macht und großspuriges Heldenleben – und auf Maryna. Denn so wahnsinnig konnte er nicht sein, in Wasserstürze zu springen, die ihn durch nächtliche Klüfte und an triefenden Überhängen vorbei dem letzten Absturz entgegenreißen würden. Nein! Noch konnte er zurück! Das leuchtete wie Trost in ihm auf – Oder nein, nicht mehr! so wischten Regenböen hinterher und löschten das Licht. Also blieb es dabei: Dimitrij, du rodelst in reißender Fahrt, Tausende hängen an dir. Enttäuschtest du sie, sie brächten dich um. Ach, Maryna! Wes Sohn ich auch sei, nichts bin ich als ein Wölkchen im Sturm, haltlos und rasch zerblasen! Es sei denn, es rette sich unter gewisse Gipfel ...

Und schon saß in seinen Kiefern, Fäusten und jedem Glied

nichts als Verbissenheit, durchbrannte ihn Wille aus jenseitiger Willenstiefe: Wer du auch seist, sei dein, wage dich dran! Hast du nicht längst schon als Herumgestoßener einen neuen Adel geahnt, den des Umwälzers, Neuerers, Rebellen, des berufenen Sohnes des Volkes? Was geht mich dieser Wüstling an? Ich – sein eigen? Er und Iwan, sagte er, eins? Gut, so bin ich mein! – Still! jetzt plärrt er und singt. Er verfällt. Noch ist er nicht zu Ende, wird viel noch offenbaren. Still!

Dimitrij lehnte sich mit dem Rücken gegen die Wand, an die er seine beiden schweißigen Handflächen wie Saugnäpfe legte, und nun mochte Grischka wieder beginnen.

Dessen Seele war inzwischen bis zu jener Trunkenheitsschicht abgesunken, wo sie quallig und breit zu friedlich flennender, in süßer Stumpfheit sich selbst genießender Klage zerfließen konnte. In solchem Zustand pflegte er, die Arme vor sich breit auf den Tisch und den Kopf auf einen Arm gelagert, das, was noch irgend in ihm dachte, zu singen, zu summen, zu reimen, ehe es ganz verschwand. So plärrte er auch jetzt, stützte aber diesmal einen Ellbogen auf und den Schädel an die Faust und suchte lallend eine Melodie, während die andere Hand bleischwer an der Tischplatte klebte. Seine Augen schwammen in Tränen. Es kam aus ihm wie Bänkelsang und Kirchenpsalm und wie aus weiter Ferne. Dimitrij kreuzte seine Arme über dem übel pochenden Herzen, stand an seiner Wand, lauschte, hier und da das unverständlich Gelallte kombinierend, und vernahm:

> »Es war einmal! Da war
> ein Väterchen Bojar,
> der sprach zu Grischka: Komm,
> du bist so herzensgut und fromm,
> nimm dieses süße Kind,
> nach Polen bring's geschwind!

> Da droht ihm nicht mehr der Barbar.
> Ein Prinzlein ist's und wird einst Zar.
> O trag's davon!
> Kyrie, kyrie, kyrie,
> eleison!«

Ein Bojar also. Welcher? Aber ich – ich bin der Prinz, ich bin's ...

Otrepjew schnarchte ein kurzes Lachen aus und ein und fuhr dann fort:

> »Der Grischka dachte: ›Schalk,
> 's ist bloß ein Hurenbalg!‹
> Der Grischka war nicht dumm,
> das Würmchen bracht' er um.
> Er schmiß es in den Teich,
> war selbst ja kinderreich,
> und wählt' in stolzer Vaterschaft
> ein hübsch Gewächs aus eignem Saft.
> Komm, süßer Sohn!
> Kyrie, kyrie, kyrie,
> eleison!«

Es überrieselte Dimitrij, daß er fror: Aus! Du, du hättest den Prinzen, wie einst als Junge jenes Täubchen –? Und mich unterschoben, mich, weil ich dein Blut –? Vielmehr – schon das, was ihm der Anonymus eingehändigt, schon das war, sagt er, ein Hurenbalg ...

Otrepjew plärrte mit friedlich froher Seele, verschleiertem Hirn und heiserer Stimme Strophe um Strophe mühelos weiter. Kein Reim ging daneben, und jede Strophe endete mit einem langfigurigen Kyrieleis.

Da kam alles zu Wort: Wie die klugen Ordensleute dem Otrepjew aufgesessen, sein Fleisch und Blut aufgepäppelt hätten – (wie einst der Pharaonenhof das Findelkind Mose), auch, wie das erstgeborene unter seinen Früchtchen, Otrepjew der Zweite (mit seines Bruders Weib gezeugt) vor Jahresfrist aus dem gleichen Kloster entwichen (wie einst der Erzeuger) und gar nicht weit weg sei. Geprellt nun seien der Kreml, der Pater und jener Bojar, nicht betrogen sei allein die Kaiserliche Hohlheit, Dimitrij Otrepjew, denn welch ein Aufstieg winke ihm – kyrie eleison!

Allmählich tropfte der Singsang aus, beredtes Schweigen trat ein – bis der verstummte Sänger sich langsam und feierlich erhob, schwankend dastand, sich bekreuzigte und offenbar einen Prediger vor ganz Rußland darstellte. Er begann zu salbadern, dann und wann mit strauchelnder Zunge, die er mit einem Schlag auf seinen Hinterkopf immer wieder in Gang brachte, er predigte mit ausholenden Gesten, würdevoll, feierlich, ernst, düster, in monotonem Baß:

Nun sei für ihn die Todesstunde da, nachdem er alles offenbart, denn wie ernstlich er auch den heißgeliebten Sohn auf die Verwerflichkeit des Vatermordes verweise, so würde es ihn, den Vater, doch tief enttäuschen, hoch empören, wenn sein eigen Fleisch und Blut sich von Bedenken hemmen ließe und *nicht* am Vater ungesäumt vergriffe. Dimitrij habe zu beweisen, daß er nicht aus der Art geschlagen, vielmehr seines Erzeugers würdig, nämlich ernstlich gewillt sei, das große Ziel, das er im Raubtierblick habe, auch festzuhalten und über des Vaters Verstummen hinweg fortzustürmen bis zum Siege. Wahrlich, der Mann, der ihn von der Tafel des Lebens wegwischen könne wie ein Krümchen, dürfe nicht leben, müsse verstummen! Da helfe ihm kein winselnd Versprechen und Beschwören, er werde gewiß ja das Maul halten, um der erste aller Schmarotzer und Nutznießer an des heißgeliebten eigenen Sohnes Macht und Thron zu sein. Nein, nein, das helfe ihm alles nichts, der große Grischka Otrepjew müsse, wolle, ja dürfe jetzt sterben – von seines Sohnes Hand. Das kröne sein Werk, vollende seinen Ruhm. Eins hinterlasse er gekreuzigt seinem Kreuziger: Der Grigorij Otrepjew sei der Kopf eines langen, langen Bandwurms neuartiger Märtyrerfolgen. Nichts sei er gewesen als ein einziger Sturzbach Öls in die Lohe ums Himmlische her. Doch ach! Ach, wer schreibt der Menschheit das Heiligenbuch vom gottunseligen Leben und Märtyrertod des Grigorij Otrepjew? O Söhnchen, Söhnchen, dein Herz allein nun ist mein Brief und Testament. Wieviel ich nun auch schon darein geschrieben, jetzt – die Überschrift, das Titelblatt ...«

Mit taumelnder Hand malte er in Richtung auf Dimitrijs Brust hin Schriftzeichen in die Luft und diktierte sich selbst. Er nuschelte: »Wunderseltsame, mit Blut geschriebene Weisheit eines verkrachten Mystikers, des Heillos-Heiligen, der da gelehret den fremden Gott, so jenseits stehe von Gut und Bös, Licht und Finsternis, und bezeuget werde in lästerndem Lobpreis, geifernder Ehrfurcht, aufsässiger Demut, speiender Liebe ... Ach!«

Endlich fiel der Betrunkene in sich zusammen, in seinen Sessel hinein, schlug mit der Stirn dann auf den Tisch, blieb so liegen, weinte friedlich und schlief ein wie ein übermüdetes Kind.

Dimitrij löste sich von seiner Wand ab und trat auf den Bewußtlosen zu, innerlich gewandelt, als einer, der zu sich gekommen und verwundert ist, daß er einem solchen Subjekt so auf sein bloßes Geschwätz hin zu glauben begonnen, einen solchen besoffenen Possenreißer und Hirnkranken, ein solches Lügenmaul für seinen leiblichen Vater und sich und seine Sache so mir nichts, dir nichts für verloren zu halten fähig geworden. Einst hatte er im Prager Studentenkreis selbst gelästert, der Mensch sei der fadeste aller Witze, die je gerissen worden, und wer sich den geleistet, dessen Freund wolle er nicht sein. Nun aber hatte er seit Monaten hinaufgeflüstert: Spart mich auf, ihr Mächte, spart mich für meine

Siege und Werke auf! Aber freilich, freilich ... *Warum* hatte er dies so unablässig gebetet, so innig-bang, warum war er seither ein so rastlos Herumjagender, ein so hastig und hitzig und viel zu weit Planender geworden, oft so schlaflos in qualvollem Strotzen von Ideen, überfordert, übermannt, überspannt? Weil er sich insgeheim zwischen Vulkanen wußte, die sich samt und sonders über ihn entleeren würden, ach, morgen, übermorgen. Voller Ahnung, das große Traumbild werde verlöschen, hatten sich alle Saugkräfte seiner Seele daran geheftet! Und jetzt –? Ich lasse es nicht, gebe ihm wieder mein Blut, und das verlöschende kriegt Farbe und Fleisch zurück und – das Gesicht Marynas!

Da ertönte plötzlich hinter ihm eine klare, bekannte Stimme:

»Was habt Ihr denn, mein Prinz?«

Er fuhr herum und sah den Pater stehen. Pomaskis Augenpaar durchwanderte forschend die Züge Dimitrijs, bis deren Verstörtheit auf sein eigenes Gesicht übersprang und Dimitrij auf des Paters Antlitz seinen eigenen Seelenzustand gespiegelt finden und ermessen konnte. Lange brachte der Pater kein Wort heraus. Endlich zeigte er auf den Schlafenden hin, und seine Augen richteten an Dimitrij die große, stumme, schreckliche Frage. Er wagte kein Wort mehr. Seine Stimme hätte ja doch versagt.

Dimitrij flüsterte (lächerlicherweise, dachte er, flüstere ich, als dürfe ich den Schläfer nicht stören): »Was hier vorgeht ... willst du wissen?«

Er berichtete in erregten und zerknüllten Satzgebilden, dieser Mensch da wolle einst von einem Bojaren den Prinzen von Uglitsch, vielmehr statt des Prinzen irgendeinen Findling erhalten, ihn umgebracht und als Ersatz dafür sein eigen Fleisch und Blut der Societas in die Hände gespielt haben, ein Betrüger also sowohl des ominösen Bojaren wie der Jesuiten sein. Trunkenheit habe ihn zu diesen – Phantasmen oder – zynischen Offenbarungen verleitet, andererseits habe die Besoffenheit ihn gehindert, Beweise anzutreten, Zeugen zu nennen, jenen Bojaren, den angeblichen Initiator des Ganzen, und so fort.

Dieser Bericht geriet ihm auch deshalb so schlecht, weil er, während er sprach, schon der Frage nachsetzte, ob es wohl richtig sei, den Pater schon jetzt – oder überhaupt – ins Vorgefallene einzuweihen, da man nicht wissen könne, wie er reagieren werde, ob er nicht – gegebenenfalls – den Mut verlieren und dann durchsetzen würde, daß geblasen werde: Das Ganze halt!, während man doch fortzumachen hätte – ohne Mitwisser, auch ohne Pomaski einzuweihen, unnachgiebig, rücksichtslos, unerschütterlich.

Es dauerte seine Zeit, bis der Jesuit alle Teile in sich geordnet und verarbeitet hatte. Mit jeder Frage seinerseits, die er tat, mit jedem Schlag seines Herzens, der ihm geschah, durchfror ihn heiß und schweißtreibend das Bewußtsein, daß das da, das da viel bedrohlicher sei als jener Betrug, den sich Wielewiecki geleistet und Ostroschski erpresserisch vor Maryna offenbart hatte, oder als das, was er, Pomaski, selbst soeben noch – im Zimmer oben – angesichts dieses Otrepjew – dunkel geahnt. Rasch jedoch zu denken gewohnt, rief er sich viererlei zu: Erstens, an unseres Erkorenen illegalem Ursprung ändert sich nichts, aber zweitens, er weiß es nun eben, weiß, daß er nicht mehr auf seine Ahnentafel, sondern allein auf seine Erwählung und den heiligen Auftrag zu schaun und zu pochen hat, drittens jedoch, wir müssen die Namen jenes Bojarenkreises eruieren, der das ganze – wahrscheinlich in bewußt betrügerischer Absicht – inauguriert hat. Hat dieser Kreis jetzt auch kein ander Interesse als seines Werkzeugs Sieg und Erfolg, so ist doch er es, dessen Wort und Gewalt Dimitrij später tödlich bedroht. Viertens: Jener Betrug Wielewieckis, jener Erpressungsversuch Ostroschskis, jene Beichte Marynas, das alles bleibe

Dimitrij unter sieben Siegeln verborgen! Nicht um seinetwillen – denn was ändert's für ihn? – jedoch –

Da rief ihn Dimitrij an: »Was grübelst, was murmelst du?«

Pomaski schrak auf.

»Rede doch endlich!« befahl Dimitrij. Und Dimitrij schrie: »O mein Himmel, bist denn auch du durch solche Delirien so leicht aus den Latschen zu jagen? Der Kerl da, was soll er anderes sein als ein neues, unblutiges Attentat, das mich von innen her, vom Gewissen her umbringen soll? Ein Bestochener? Oder Erpresser? Ein besoffener Prahlhans? Ein Verrückter? Vielleicht, daß ihm, wie ich's an einem verseuchten Kavalier in Wien erlebt, die Franzosenmaladie ins Gehirn schießt – im letzten Stadium? Oder gibt's wirklich Besessene? Denkbar. Zweifellos! Gerade hier! Bin ich des Himmels Werkzeug, wie du mir einbleust, so wär' der Teufel eine Schlafmütze, schickte er mir nicht in der Larve meiner Getreuesten solche Unterteufel daher, die mir die Axt in Mark und Wurzel schlagen! Alles und jedes ist glaubhaft, nur dieser Besoffene nicht.«

Pomaski schwieg und starrte nieder. Da schrie Dimitrij verzweifelt auf:

»Warum glaubst du denn *ihm*, zum Henker?«

Der Pater pflichtete endlich bei und stimmte zu: »Ja, noch sei alles leerer Spuk. Die Wahrheit siege und sei bei ihm, Dimitrij solle sein eigen sein und bleiben. Nie und nimmer sei er dieses Strolches Geblüt, und wäre er's, wäre er's auch – stets erwähle sich der Himmel das Niedriggeborene, Verachtete, Verworfene und Nichtige, auf daß sich ja kein Fleisch vor ihm rühme.

Doch Dimitrijs Gedanken schweiften schon anderswo. Er grübelte und fragte: »Was lehrt ihr Jesuiten vom Recht und Wesen der Dynastie, von der Erblichkeit der Krone, von Ursprung, Würde, Verleihung oder Handhabung der Macht, was rechtfertigt sie und vor welchen Instanzen, was ist es mit dem Volk und seiner Freiheit und so weiter?«

»Carissime!« antwortete Pomaski, als halte er mit seinem Schüler Stunde, »omnia, quae attinent, didicisti. Ipse tibi respondeas. Nil te spero oblitum esse. Quae docent fratres?«\*

»Sie lehren dies«, gab Dimitrij Bescheid – mit einer Versonnenheit, die schon wieder weiter, weit hinter die Worte, schweifte: »Alle Fürstenmacht geht vom Volke aus. Gott hat die weltliche Gewalt keinem Sterblichen besonders verliehen, also gehört sie der Vielheit und ruht auf dem Volk. Dies kann sie *einem* übertragen, auch mehreren, es kann sich monarchisch oder oligarchisch regieren – oder mißhandeln lassen, kann sie auch wieder zurücknehmen und neu verleihen. Jeder Handhaber der Macht, auch der Enkel einer sich fast schon vergottenden Dynastie kann entthront, in Acht getan, ja erschlagen werden wie ein toller Hund, sofern er nicht tut, was er soll. Aber die Königin seiner Pflichten ist der Untertanen Seelenheil. Dies Heil ist nirgendwo als im Bannkreis der römischen Kirche. Als Pflichtvergessener, der seine Königsmacht schlecht genutzt und mißbraucht hat, ist erst vor kurzem der Valois, Frankreichs König, gefallen. Das Attentat, das ihn niederstreckte, hat als Gericht an eines gekrönten Hauptes Wankelmut in heiliger Sache zu gelten. Christliches Volk, das Volk überhaupt, ist im Grundsatz frei, dynastische Rechte sind an sich nichts, der Krone Erblichkeit kann hier und dort, kann je und dann das geschichtlich Gegebene und kann förderlich sein, doch zu welcherlei Ideologie oder Übereinkunft man in den Dingen der Ordnung auch komme – hier unter dem wechselnden Mond, nur eins legalisiert die Herrschermacht vor Gott und Volk: die Erfüllung ihrer Berufung, der Gehorsam ...«

---

\* Teuerster! Was das betrifft, das hast du alles gelernt. Du magst dir selbst antworten. Hoffentlich hast du nichts vergessen. Was lehren die Brüder?

War Dimitrij zu Ende? Pomaski griff in das Weitersinnen des Verstummten ein: »Perge, discipule! Wer hat das Untertanenrecht auf Gehorsamsverweigerung theologisch untersucht und bestätigt? Wer hat ihm präzise Formulierungen an die Hand gegeben? Responde!«

»Die Sorbonne«, antwortete der Gefragte und fuhr fort: »Diese nüchterne, einst sogar von meinem Herrn Vater« – er verbesserte sich – »von Iwan IV. bewunderte Lehre, sie steht über jeder dynastischen Ideologie.«

Der Jesuit bestätigte: »Es gibt weder gottgeweihte Dynastien, deren Blut schier sakramentale Wandlung erfahren, noch, wie im Heidentum, solche, die von Göttern abstammen, wie die römischen Julier oder der japanesische Mikado oder aztekische Montezuma –«

»Mit einem Wort«, fuhr Dimitrij darein, »mein Recht liegt in meinem Auftrag, mein Adel heißt Berufung und Vermögen. Da ist meine Ahnenreihe und Weihe. Damit springe ich in die moskowitische Erbfolge hinein – genausogut wie irgendein Abkömmling jener Moskauer Satrapen des Dschingiskhan, die sich über Rjurik bis auf den Divus Julius zurückführen. Im Magnificat steht's: Er stößt die Gewaltigen vom Stuhl und erhebt die Niedrigen. Hm. Bestand haben wird mein Recht allein in der Erfüllung meiner Sendung. So meinst du doch? Gut …« Und nun erhob sich seine Stimme und klang bitter: »Ich erwidere: Solche Meinerei ist billig. Recht hin, Recht her, und mein Recht komme, woher es wolle, ich frage nicht nach meinem Recht, ich frage nach meinem Ende. Denn bin ich nichts als Ausgeburt eines Chaos, wie soll ich das Chaos bändigen und gestalten? Schwindel bleibt Schwindel, und das, was des Schwindels bedarf, es nenne sich großartig Erwählung, Berufung und Sendung, besudelt sich selbst damit, wird selbst zu Schwindelei und macht keine Geschichte. Ich höre Sapieha! Er zitierte damals Terenz.«

Pomaski rief: »Ich aber zitiere unsere Schriften und beschwöre dich im Namen Gottes: Wenn irgendwo, dann heiligt hier der Zweck Person und Mittel, dich, dich und keinen Godunow.«

Düster erwiderte Dimitrij: »Sofern der Zweck erreicht wird, Vater! Ich aber – wie fühle *ich* mich schon? Wie einen Falter, den Bubenhände zerpflücken.«

»Dimitrij!«

»Bin plötzlich Untertan ... Nenne mich ruhig wieder Kyrill! Oder Junker Anonymus! Der Namenlose fragt dich: Wo in aller Welt stand ich ›Berufener‹ denn wie Gideon vor seinem Engel in der Tenne, wo warfen sich mir Recht, Berufung, Sendung wie Wegelagerer an den Hals, wo halst und herzt mich meine bräutliche Zukunft? Sie umhalst mich wie Dalila den Simson. Philister über dir! wird sie kreischen, wenn sie mich würgen und blenden sollen, morgen, übermorgen.«

Pomaski gab ihm innerlich völlig recht, doch ließ es nicht zu, machte sich stark und tat empört: »Menschlein! Du hättest den Himmel dich nicht auf deinen Weg rufen und hetzen gehört und gesehn? Weder im Drang und Sturm deines Blutes noch in den Fügungen, die dich griffen? Nicht auf der Bluthochzeit von Ssambor? Nicht im Gären deiner Völker, die deiner warten, nicht in der Weltstunde, die sich zurüstet für dich wie eine Braut; nach dir wie das reife Weizenfeld nach dem Schnitter rauschend verlangt? Nicht in den Planungen meines Ordens, der dich hegt und trägt, nicht in den Herzensflammen deiner inbrünstig glaubenden Maryna?«

Maryna! Unter diesem Namen glühte der Glanz eines verzweifelten Fanatismus in Dimitrijs Augen auf. Der junge Mann sprang mit ein paar Sätzen auf den schnarchenden Otrepjew los, ergriff und rüttelte ihn, riß ihn hoch und schüttelte ihn so, daß das Gewand des kaum Erwachenden krachte und sein Schädel hin und her flog. Dann ließ er ihn wieder fallen und rannte hinaus, kam mit einer Kupferkanne, die er draußen auf der Anrichte wußte, zurück und stürzte ihm die kalte Wasserflut ins Gesicht. Dieser Guß brachte den Schnarcher zu sich. Pomaski erlebte, wie Dimitrij seinen triefenden Propheten hochriß, mit einem Fußtritt dessen Stuhl umstieß, den Ernüchterten vor sich her bis zur Wand hin schob und schüttelte und ihm Fragen in die Ohren brüllte, die doch um Gottes willen niemand im Schloß vernehmen durfte, Fragen nach jenem Bojaren, der einst den Mönch nach Polen in Marsch gesetzt, Fragen nach Beweisen für seine Lügen. Er sah ihn das Mstislawskijsche Brustkreuz aus dem Halsausschnitt zerren, dem Gewürgten vor die Augen halten und nach der Herkunft dieses Kreuzes fragen. Dann erlebte er auch den Erfolg solcher berserkerhaften Befragung. Des Wüstlings nasse Fratze fing schmerzlich zu lächeln an, seine Hände erhoben sich abwehrend und begütigend: Er wolle ja reden.

Da lockerte sich Dimitrijs Griff, und leise lachend gab der Inquirierte kund:

Oh, das Kreuzchen, das sei kein kosakischer Raub noch Diebstahl, nein. Oh, das habe der verbannte Fürst, der Mstislawskij, dieser leichtgläubigste aller vergrämten Godunowfresser, dem kleinen Balg umgehängt, damals in den Tagen der Flucht, ja, ja, und das Prinzchen von Uglitsch gemeint. Das schon. Doch es damit eben nicht dem in Uglitsch vermodernden Prinzchen verehrt, sondern ihm, Dimitrij, dem zwiefach Eingetauschten, dem Samen Otrepjews, dem jetzt von Otrepjew angebeteten, dem gelungensten seiner Erzeugnisse. Was aber jenen Dunkelmann, den Erzaugurator, betreffe, so gebe Grigorij Otrepjew seinem, ach, so gescheiten Fleisch und Blut ein Rätselchen auf, das hinterlasse er ihm, und spreche: Rate, Söhnchen! Zeige, daß du mein Köpfchen hast! Du angelst ihn schon. Entdeckst du ihn nicht, heute nicht, morgen nicht, nie, so bewiese das Riesendummheit. So dumme, so mißratene Otrepjews aber gehörten nicht auf Throne. Und es müsse Gefahr sein, Rätsel und Dunkel im menschlichen Leben, Urwald voller Schleichen und Jagen, Salz im Schinken, Honig im Wodka –

Dimitrij hieb ihm die Faust so hart ins Gesicht, daß er an der Wand niedersackte und dann umschlug, trat den Liegenden und riß den Degen heraus, zückte ihm dessen Spitze ins Gesicht und – wie auch der entsetzte Pater Einhalt gebot und sich den Arm vor die Augen hielt – er keuchte:

»Wer bist du Hund? Von wem gekauft? Seit wann? Beweise dich, mich, alles, oder verreck! Mein Vater bist du nicht!« Der Daliegende röchelte befriedigt bei geschlossenen Augen: »Bist du – so weit? Fast mußte ich schon zweifeln, daß du – mein Blut, denn – wieso lebe ich noch? Sei ein Otrepjew, stoß zu! Danach – sei, was du willst!«

In Dimitrijs Arm verkrampften sich Kräfte, die den Degen niederzustoßen, und Kräfte, die ihn wegzuwerfen drängten; der Krampf lähmte den Arm bis zur Faust. Der Degen fiel klirrend zu Boden.

Da schollen Fanfarenstöße vom Turm und verschlangen sich wie langwehende Wimpel. Was da? Wer kommt?

Dimitrij blickte auf Pomaski zurück. Dem fiel es ein: »Marfa!« rief er entsetzt.

Wie in Geistesabwesenheit verklärte sich Dimitrijs Gesicht. Sonnenaufgang nach betäubender Nacht ...

»Oh, meine Mutter!«

»Ja«, rief fest und stark der Pater, »deine Mutter.«

Beide schwiegen. Die Sonne ging unter. Wie fernstes Echo auf Pomaskis Ruf kam es zurück, und von Dimitrijs Lippen kam es: »Meine – Mutter ...«

Doch tauchte die Sonne wieder mit gleißender Spitze auf: Marfa, Marfa mußte die Entscheidung bringen! Marfa, die Mutter, würde die Stimme der Offenbarung sein. Umarmt sie mich, dann zerfallen die Schaumkämme der Lüge, und gestillte Wasser spiegeln den blauen Himmel. Andernfalls – andernfalls soll sie mein und Marynas und der ganzen Sache Todesengel sein. Dies Herz einer Mutter und Heiligen wird wissend sein, wird enthüllen. Ich – ich kann's nicht mehr wissen ...

Inzwischen stand hinter Dimitrij Otrepjew mühselig auf, wankte auf ihn zu und streckte ihm flehende Arme hin. Er lallte nicht mehr, er flüsterte, wenn schon mit Mühe: »Jetzt zum ersten Mal – und zum letzten, mein Herzchen: Du meine Schönheit! Weiche nicht! Muß dich doch einmal umarmen, ehe du Marfa umarmst und mich der Tod ... Denn dies ist meine Stunde ...«

Die Fanfaren spielten lustig ineinander.

Dimitrij wich zurück. Er dachte – und Pomaski, so wußte er, dachte dasselbe: Muß er nicht stumm sein, ehe Marfa –?

Nein, trete das Schicksal herein, die Parze, und offenbare die Lose: Gnade oder Verdammnis! Erst dann ... Was dann?

Nun, ob Gnade oder Verdammnis – er lebe! Entweder er schadet nicht, oder – wir sind alle dahin.

So befahl ihm Dimitrij, den Rausch auszuschlafen. Danach werde man sich sprechen.

»Schlafen? Jetzt? Und gehen?« jaulte der Possenreißer auf, als habe ihn ein Geißelhieb getroffen ... »Ich soll nicht Zeuge der ewig denkwürdigen Szene sein, die man da eintrompetet?« Er versprach, wenn man ihn unterm Tisch da mitluchsen lasse, weder zu rülpsen noch zu atmen.

Die Fanfaren endeten mit einem gespannten Schlußakkord. Rossegetrappel und Rufe und Wagengerassel erfüllten den Schloßhof. Dimitrijs Nerven rissen vor der sabbernden Fratze. Mit einem Satz sprang er seitwärts, riß vom Boden den Degen an sich und jagte ihn Otrepjew durch die Brust, ließ die Waffe darin sitzen, sah den Verblüfften noch nach dem Degengriff niederstaunen und langsam in die Knie brechen, wandte sich ab, rief heiser dem entgeisterten Pater den

Befehl zu, ihn wegzuschaffen, denn die Parze komme hierher, und eilte hinaus.

Im Flur besann er sich, daß er draußen nicht mit leerer Scheide auftreten könne, lief in den Saal zurück, riß dem gegen die Wand halbaufgerichtet Daliegenden, der sich mit der Rechten die Klinge aus der Brust ziehen wollte, diese durch dessen Faust weg und an sich, stieß sie, mit irrem Blick davonrennend, in die Scheide, hielt auf dem Flur vor einem der hohen Spiegel inne, die zwischen den Fenstern vom Boden an bis zur Decke stiegen, starrte sich wie aus Nebel an, bis er wieder scharf sah, rückte an seiner Kleidung, strich rasch die Haare glatt und in seine Züge Glätte und Ruhe hinein. Doch die mißriet zunächst zu verbissenem Fanatismus, danach zu tragischer Maske, dann zu trauernder Herablassung oder gar Mitleid. Endlich gedieh sie zur Darstellung der vor Marfa angemessenen Empfindungen: demütig werbender Hoheit, banger Hoffnung, edler Scheu, befangener Freude, neugierig schüchterner Zärtlichkeit, zur Darstellung von Zuversicht und Selbstsicherheit und des ihm vor kurzem noch eigenen, wohlvertrauten guten Gewissens. Als er in der Dielenhalle die Klinke der Haustür schon in der Hand hielt und Domestiken und Leibgardisten von hinten herab- und herbeieilten, um sie statt seiner zu öffnen und Spalier zu stellen, durchfuhr es ihn, wie untunlich es sei, vor so viel Augen die ungewisse Szene der ersten Begegnung zu spielen. Viel besser, Pomaski nähme die Alte draußen in Empfang und geleitete sie ins Innere zu ihm. Doch Pomaski hatte ja zu tun, die Situation lag fest, er mußte den Stier bei den Hörnern fassen, er schlug die Klinke nieder, riß die Tür auf, trat mit entschlossenem Schritt hinaus und sah –

– sah Marfa, die ihren Wagen verlassen, an der Hand des würdevollen Mniszek die Stufen der Freitreppe ersteigen und jetzt zu ihm, der eine höfisch einladende Haltung annahm, mit weiten, hellen Augen emporstarren.

Vor diesem Blick der Marfa sah er das ganze bunte Getümmel der teils absitzenden, teils noch im Sattel ragenden, teils schon abgestiegenen Herren und Reiter, der Pferde, Gespanne und Wagen nicht. So standen sich ein Menschenkind, das auf seine leibliche Mutter, und eines, das auf seinen leiblichen Sohn zu blicken inständig hoffte, einsam gegenüber.

Während der Anfahrt von Kiew hatte Marfas Seele, taub für die halb martialischen, halb grandseigneurhaften Unterhaltungskünste des neben ihr sitzenden Wojewoden, blind auch für Landschaft und Umwelt, den einen Gedanken umkreist: Mein erster Blick auf ihn wird alles entscheiden. Diesem Moment hatte sie entgegengefiebert – in der Gewißheit, sie werde, einmal in des Unbekannten Gewalt, seine Gefangene sein, außerstande, ihm die Anerkennung zu verweigern, es sei denn, sie verzichte auf ihr Leben. O hoffnungsvolle Ängste!

Nun erfaßte ihr Auge den jungen Mann, der da aus auffliegender Pforte so leidenschaftlich hervorgetreten war, mit großen Augen über ihr stand und sich verneigte. Alles in ihr rief: Rasse! Schönheit! Ein Edelmann! Wie ein Gott! Doch – O mein Gott! – fremd mir, ein Außerhalbmeiner, ein gutes, starkes Wesen, doch nicht mein Eigen ...

Sofort nahm Dimitrij die Hemmung wahr. Angst schimmerte in seinen Augen auf. Seine Seele stieß in Marfa hinein, wie um ihr Innerstes aufzureißen, und in diesem Vorstoßen war doch vielerlei: Ehrfurcht vor der aufrechten Matrone, unwillkürliche Sympathie, Hinneigung, ja, gewiß, doch eben auch Ratlosigkeit. Was schaute ihn da so groß an? Er sagte sich sofort: Der erste An- und Augenblick entscheidet gar nichts, kann's auch nicht. Handeln! Zunächst ins Haus! Was wir nicht meistern, meistert uns. Oh, wie die Kerle da hinten jetzt wohl gaffen!

Es zog ihn, ehe er es sich versah, vor seiner Parze aufs rechte Knie zu Boden.

»Mutter!« so flehte er mit verhaltener Stimme und breitete zagende Hände hin.

Da brauchte er nicht lange zu warten. Ihre schüchterne Hand hob sich, und diese ergriff er und küßte sie kniend – mit Inbrunst, wie sie alle sich sagten. Der majestätische Ernst um Marfas Mund löste sich in Lächeln, ihre Augen feuchteten sich. Da meldeten sich nicht nur Tränen, die die Bedrängnis der Stunde erregte, da schimmerten Hoffnung, elementare Zuneigung, teilnehmender Respekt und jenes mütterliche Erbarmen, das ihr zu fühlen gab: ein guter Mensch, das, ein starkes Leben, das das meine sucht, ebenso ratlos vor mir wie das meine vor ihm, im Grunde ein hilfloses Flehen um Muttermacht und -schutz und gänzlich ohne Falsch. Nichts ist da gespielt. Zwar das beweist nur seinen Glauben an sich.

Doch damit strich sie ihm schon über das sich neigende Haupt. Wo sind da die Züge Iwans, wo die meinen? Gott wird sie mir weisen. Der erste Blick tut's nicht. Offenbarungen wachsen und entfalten sich mählich, wie die Eichel langsam zum Baum wird.

Doch all die Herren hinter ihr, wie die nun wohl forschen und lauern mochten! Es war so totenstill. Zugreifen! Nichts verderben jetzt! Die Straße offenhalten!

Damit neigte sie sich nieder und umfing ihn mit sichernden Armen. Nun gab es schon keine Aberkennung und Verleugnung mehr. Sie umarmte zumindest den Rächer und liebte ihn.

In diesen Armen erhob er sich, umschloß er sie auch. Da stieg wie ein Brunnenstrahl die heiße Hoffnung hoch: Es wird noch alles gut! Da brach aus all den Männerkehlen im Hof ein einzig Heil- und Vivatgeschrei, das wie Lärmfontänen unaufhörlich stieg, fiel und stieg. Da ergriff es Dimitrij in Marfas Armen wie Rausch. Wie aus jenseitigen Höhen – oder auch Tiefen kam das vergewaltigende, unwiderstehliche: »Siehe, das ist deine Mutter!« Da wußte er, daß es zu gleicher Zeit auch Marfas Seele beherrschte: »Siehe, das ist dein Sohn!«

Mutter und Sohn, von so viel Lärm umhüllt, von so viel Stimme erfüllt, sie konnten vorerst ihren Abgang nehmen. Sein Arm legte sich um ihre Schultern. Er führte sie davon. Doch noch einmal vor dem Entschwinden kehrte er sie und sich den Huldigenden zu. Beide verneigten sich vor Mniszek, Kurzjew, Wisniewiecki, Butschinskij und all den Getreuen, die da in polnischer, litauischer, russischer Tracht und Bewaffnung, in Harnisch, Samt und Seide sich regten und Hüte, Helme und Degen und über allem Getümmel eine lang wallende Fahne schwenkten. Einige wischten sich Tränen der Rührung weg. Mutter und Sohn verneigten sich nach rechts und links, kehrten um und entschwanden zwischen Domestiken und Gardisten im Portal. Die Kavaliere, Mniszek voran, eilten freudig über die Freitreppe hinterher.

Nur einer galoppierte davon und zum Lager zurück, von zwei Kosaken geleitet, Herr Butschinskij, Dimitrijs neuer Adjutant und Sekretär. Einige der Herren hatten ihn während der Umarmungsszene aufgefordert, sofort den Truppen die Nachricht von der Anerkennung des Zarewitsch durch seine Mutter zu überbringen.

In der Halle aber riß Mniszek die Führung an sich, hielt die Herren auf und bat sie, der weihevollen Stunde der ersten Aussprache zwischen Mutter und Kind fernzubleiben und sogleich mit ihm ein Manifest zu entwerfen.

»Welches?«

»Das der Dame Marfa, naturellement.«

Er wandte sich antreibend den Dienern zu, klatschte, rief nach Wein und forderte Schreibzeug. Die Diener enteilten, die Gardisten marschierten ab. Zum Wein blieben die Herren gern. Mniszek schritt schon sinnend umher, während sie sich in Gruppen setzten oder stehend und lärmvoll weiterplauderten. Als drei der Diener wiederkehrten, mit Kelchen auf blankem Tablett der eine, mit Bouteillen der andere, mit Schreibzeug und brennendem Licht der dritte, war der Entwurf in Mniszeks Kopf fertig; als der Wein in den Gläsern der Herren perlte, sie sich zutoasteten und der Sekretär zum Diktat am dämmrigen Wandtisch vor seinem Licht niedersaß, diktierte der Wojewode hin und her wandernd, dann und wann den Schnurrbart streichend oder pausierend, wenn er nach Wendungen suchte oder Vorschläge und Einwürfe seitens der Herren mit dankbarem Nicken akzeptierte, beziehungsweise kopfschüttelnd oder, sobald sie zu gehäuft kamen, mit beiden Händen abwehrte – diktierte also der Wojewode, dem man gern die Schreiberei überließ, folgendes:

»Wir, Marfa Fjodorowna Nagaja, Magd des Herrn und Nonne, einst Zariza zu Moskau, Iwans IV. Witwe in Uglitsch, rufen alle Völker der beiden Reiche, deren Kronen in Moskau und Krakau ruhen, auf, sich mit Uns zu freuen, daß Wir unter Gottes gnädiger Führung und seiner Engel Schutz und Schirm aus der Uns bedrohenden Macht des Antichrist, welcher durch Verbrechen den Thron des Zaren eingenommen, herausgerettet worden, hier auf der gastlichen Erde des Brudervolkes Asyl gefunden und unsägliche Wonne kosten in den Armen Unseres Sohnes, Seiner Majestät des Zarewitsch, des Fürsten von Uglitsch, Demetrius – welchen Wir als Unser wahres und gottgeweihtes Fleisch und Blut erkennen und bekennen vor aller Welt mit dem Kusse aufs Kreuz, bei unserer Seelen Seligkeit. Wir bitten alle Mütterherzen gen Abend und Morgen, für Unser glückselig zu preisendes Herz und Unseren gottgeliebten Sohn zu beten, und rufen alle christliebenden Sohnesherzen und alle rechten Väter und jeden ritterlichen Mannessinn und edelmütigen Heldenarm um Gottes willen um Beistand an, auf daß Wir, Marfa, die Eine, zu einem ganzen Heere werden, das da helfe

Unserem Sohn, dem Rächer und Helden Dimitrij Iwanowitsch Rjurik. Denn dieser zieht aus zur Züchtigung dessen, der ihn als unschuldiges Kind zu morden gemeint, doch nicht um sein Leben, nur um sein Erbe gebracht, des Usurpators Boris. Unseren Sohn hat der allmächtige Gott im Ratschluß seiner Dreieinigkeit zur Reinigung jenes besudelten Thrones und zur Herrschaft über das Reich seiner Väter durch lauter Wunder sichtlich erwählt, designiert und berufen, auch dazu, daß er, der Polen so viel verdankt, ewigen Frieden, Freundschaft und Bruderschaft stifte zwischen beiden Nationen ...«

Hier hielt Mniszek inne und heimste Bewunderung und Bravorufe ein. Inzwischen hatte der Mundschenk, von einigen Kavalieren auf den Trab gebracht, den Gang in den Keller wiederholt und auf des abwesenden Fürsten Glinskij Kosten weitere Flaschen herausgerückt. So duftete wieder das süffige Zeug in den Kelchen. Mniszek nutzte das, trat hinter den Schreiber, stützte die linke Faust auf die Tischkante, beugte sich tief hinab und murmelte ihm über die Schulter noch folgenden Zusatz zu:

»Nicht abschließen können Wir Unser Wort, ohne den Allmächtigen anzuflehen, er möge Seiner Exzellenz dem Herrn Wojewoden von Sandomierz, dem Ziehvater Unseres Sohnes, all seine Treue vergelten, mit der er ihn Uns und Seiner gerechten Sache durch zwei Jahrzehnte erhalten und nunmehr Hab und Gut – zum Exempel für alle Welt – und sein Leben aufopfert und einsetzt. Gott gibt der gerechten Sache den Sieg, woran Wir nicht zweifeln. Der Allmächtige wird vollenden, was er begonnen. Marfa.«

»Unterschreibt sie nicht selbst?« fragte der Sekretär ins flackernde Licht.

»Das will ich meinen«, so Mniszek.

Er trat zu den Kameraden zurück und ließ auch sich ein gefülltes Glas kredenzen. Der mit ihm anstoßende Kavalier,

Herr Miechawiecki, hielt dem Wojewoden vor, das erste Mandatum der Marfa müsse doch schicklicherweise ein persönliches Gesuch um Asyl an den König sein, danach erst, wenn es gewährt, dürfe die Fremde sich an das Volk des Königs wenden. Doch damit fand er bei den Herumstehenden wenig Anklang. Auch Mniszek lachte: Das Asyl seien die Herren hier, das Asyl sei da. Freilich – und damit wanderte er wieder hin und her – für etwas andres plädiere er, und nun, nach dem Bekenntnis der Marfa, noch beharrlicher als zuvor: Nämlich Aufbruch und Kriegsbeginn seien aufzuschieben, bis man die Auswirkung des Manifestes abgewartet und eingeheimst. Marfas Zeugnis werde in Polen und Rußland Wunder wirken. Die Eile des Prätendenten sei unverständig. Ihm fehle die Erfahrung, das sei verständlich, doch nicht zu seinem Heil.

»Quousque tandem?« fragte Pan Iwanicki.

Mniszek schlug zwei bis drei Wochen vor. Die Mehrzahl stimmte seinen Erwägungen zu. Andere meinten, man werde gegen des Prätendenten Feuerkopf nichts ausrichten. Worauf Mniszek fragte: »Wer braucht hier wen? Sind wir uns immer einig, ihr Brüder und Herren, so wird das unser Nachteil nicht sein.«

Kurzjews Baß spendete Beifall.

Das aber ärgerte wieder die Polen. Was hatte dieser Russe zu vermelden? Die meisten dachten, das Wichtigste sei jetzt jedenfalls, daß der Wein nicht ausgehe. –

Inzwischen umkreisten Marfa und Dimitrij einander allein und ohne Zeugen, in neuer Scheu.

In dem für den Empfang vorgesehenen Saal hatte Pater Pomaski sie mit tiefer Verneigung empfangen. Dabei überzeugte sich Dimitrij mit raschem Blick, daß der Tote beseitigt und nur noch Feuchtigkeit auf dem Teppich sichtbar geblieben. Der Trinktisch war geräumt. Becher und Kanne standen geordnet auf dem großen Wandtisch rechts, der mit einer schweren Kelimdecke bis zum Boden verhüllt war. Der Pater begrüßte Marfa mit den Worten: »Benedico matrem dolorosam dulcissimoque solamine ornatam, sororem magnificam.«\*

Sie blickte den Pater fragend an und bat, sich des Russischen zu bedienen, sie sei keine Italienerin. Gut! stellte er bei sich fest, sie versteht kein Latein und hält mich für einen Sohn des Südens. Er übersetzte nicht erst, sondern trat mit einem strahlenden Lächeln vor Dimitrij hin, als beglückwünsche und segne er ihn, und sagte, was hinter solcher Miene kein Nichtlateiner vermuten konnte: »Attende! Cui gladium infixisti in pectus, sedet mortuus sub mensa velamento longe tecta. Non poteram auferre spatio tam brevi cadaver. Nohi tangere mensam! Prohibe ne illa propius accedat! Concedite quam primum fieri potest in alterum domicilii membrum!«\*\*

Dimitrij hatte verstanden, hütete sich, auf den Wandtisch auch nur einen Blick zu werfen, und erwiderte des Paters Lächeln mit ebensoviel Schmelz.

Alsbald entfernte sich Pomaski, um Mutter und Sohn einander zu überlassen. Otrepjew blieb der einzige Zeuge, doch eben blind, taub und stumm.

Die Abenddämmerung dunkelte herein. Sollte Dimitrij Licht befehlen? Er schwankte zwischen Scheu und Verlangen danach, ebenso Marfa. Schließlich schrie es in ihm mit aller herausfordernden Verbissenheit auf: Wahrheit! Grellstes Licht! Um jeden Preis! Er lief zur Tür, riß sie auf und

---

\* Ich segne die schmerzensvolle und mit süßestem Trost geschmückte Mutter, die erlauchte Schwester.
\*\* Gib acht! Der, dem du den Degen in die Brust gejagt, hockt tot unter dem Tisch mit der langen Tischdecke. So rasch konnte ich die Leiche nicht wegschaffen. Berühre den Tisch nicht, sorge, daß sie ihm nicht zu nahe kommt! Begebt euch möglichst bald in einen anderen Raum des Schlosses!

schnauzte den Leibgardisten im Flur an: »Kerzen her!« Marfas Herz erschrak freudig, sie glaubte, Iwan zu hören. Bald kam ein Diener mit einem dreiflammigen Silberleuchter. Dimitrij schalt: »Drei Kerzen? Dreißig! Dreihundert!«

Dann schritt er auf und ab und ließ Marfa stehen. Er stampfte auf, als es seine Weile dauerte, bis zwei Lakaien aus verschiedenen Räumen Leuchter über Leuchter zusammengerafft hatten, hereineilten und nun die Strahlenspender auf Sims und Truhe, Bank und Trinktisch stellten. Als einer sich dem verhangenen Tisch näherte, riß Dimitrij ihm die zwei Leuchter weg, die er trug, und stellte sie selbst hin. Die Lakaien verschwanden, und goldenes Flackern und Schimmern erhellte von allen Seiten den Saal. Er, der dafür blind geworden war, hätte, wäre er nicht auch taub gewesen, in seinem Versteck nun dies vernommen:

Erst einiges Schweigen. Dann die Stimme Dimitrijs:

»Erhabene! Meine Mutter! Welche Stunde geht über mir, dem so lange Verwaisten, auf!«

Dann Marfa: »Auch über mir, mein Sohn, über mir, deren Leid dem deinen so innig verwandt.«

Was da umherschritt, waren wohl Dimitrijs Füße. Er hielt inne. »Womit darf ich Euch erquicken?«

»Der Metropolit hat mich fürstlich gespeist.«

»Ihr seht erschöpft aus, Ihr fühlt Euch –«

»Wie Ihr, mein Sohn.«

Wieder sein Schreiten auf dem Teppich.

»Diese lange Flucht durch so viel Gefahren bei Tag und Nacht! Ach, ich habe heute viel davon gehört.«

»Sie ist überstanden. Wo steckt mein Entführer und Reisemarschall? Ich sah ihn noch nicht.«

»Otrepjew?«

»Ja.«

»Schon wieder auf und davon. Weit unterwegs.«

»Nach drüben über den Strom? Über die Grenze?«

»Ja, über jenen Strom und jene Grenze ... Wir folgen ihm alle nach.«
»Das klingt nicht heiter.«
»Wie benahm er sich unterwegs?«
»Der ... er erinnerte mich an Iwan, Euren Vater. Ein seltsamer Mensch.«
»Ein Ausbund. Ein Liederjan, wie?«
»Mehr – unheimlich. Doch faszinierend.«
»War er oft betrunken?«
»Nie.«
»Meinem Herrn Vater gleicht er?«
»Ach, lassen wir die Toten ruhn!«
Schritte auf dem Teppich. Dann seine Stimme: »Ja, lassen wir sie alle, alle ruhn!«
»Darf sich die Nonne in Eurer Majestät Gegenwart setzen?«
»Oh, Mutter, verzeiht! Mutter des Reiches sollt Ihr heißen, gepriesen sein vor allen Müttern und Fürstinnen auf Erden.«
Marfas Kleider rauschten. Sie saß nun wohl. Er wanderte weiter. Er fragte: »Wenn unser Bahnbereiter meinem Vater ähnelt, dann käme es wohl fast auf das gleiche hinaus, ob ich *sein* Sohn wäre oder der des großen Zaren?«
Das eintretende Schweigen zeugte für Marfas Verwunderung. Ein Sessel knarrte. Dimitrij mußte sich gleichfalls niedergelassen haben. Er murmelte: »Ich meine nur ... Natürlich nicht für dich ... Ich dachte mir meinen Vater anders ... Da sitzen wir uns nun verfremdet gegenüber, Mutter und Sohn. Ich verfluche, die uns solche Fremdheit bereitet.«
Schweigen. Dann Marfas warme Stimme: »Mein Dimitrij! Wir uns fremd? Ich habe damals sofort an dich geglaubt. Wäre ich sonst gekommen?«
»Mußtet Ihr nicht? War nicht Gewalt da?«

»Nein. Mir stand Tag für Tag und Nacht für Nacht der Ausweg offen, noch auf der langen Flucht.«
»Wohin?«
»In das Reich der Schatten ...«
»Dorthin waret Ihr in Versuchung auszubrechen?«
»Wäre ich an dir verzweifelt, so hätte ich das Tor erbrochen und entschlossen passiert.«
»Verzweifelt wart Ihr nicht, doch zweiflerisch vielleicht? Wie oft wohl? Nun, Anfechtungen müssen sein, sonst wird Glaube nicht Glaube. Dem Himmel Dank, daß Ihr da seid, tapfres Herz. Habt Ihr besondere Stimmen empfangen, daß Ihr durchhalten und glauben konntet und kamt?«
»Mutterherz hat eigene Offenbarung.«
»Dem Himmel Dank über Dank!«
Pause. Dann fuhr er grüblerisch fort: »Ich kann diese Offenbarung nicht nachempfinden, Kindesherz kennt solche Gnade nicht. Da regt sich jetzt, offen gestanden, gar keine Gewißheit – in bezug auf Euch. Mein Herz kann an die Mutter Glauben – nur glauben.«
Stille. Dann Marfas schroffe Frage: »Warum sollte ich sonst hier bei dir sitzen?«
»Erlauchte Frau Mutter, dieser Umstand beweist nicht viel – vor der Welt. Nur eines: daß Ihr bereit wart und voll inbrünstigen Hungers, in mir Euer Kind zu entdecken. Die Welt wird diese Bereitschaft ebenso verständlich wie verdächtig finden.«
Schweigen. Dann Marfas Antwort: »Die große Hure verdächtigt gern. Sie wird auch sagen, daß ich mein bedrohtes Leben vor Boris hätte retten wollen und daß ich, die Klosterfrau, zur Erinnye geworden sei, die in dem jungen Feinde des Boris nur das Werkzeug ihrer eigenen Rache gesucht und gefunden habe. Verleumdest du mich auch so vor deinem Herzen? Könntest auch du zu einer solchen Maske werden, durch die die Welt in dieser Weise tönt?«

Dimitrij sprang auf, und wieder hallten seine dumpfen Schritte: »Wär' es so, ich verböte es mir, so wahr ich Euer Sohn bin. Und doch, wir sind wie Stern auf der einen, Stern auf der anderen Seite des Horizonts. Ich kenne Euer Inneres so wenig wie Ihr das meine. Ich glaube so blindlings an Euch wie Ihr an mich. Ja, jeder Glaube ist blind ... Was wißt Ihr von mir? Soviel wie ich von Euch. Und wo ist auf Erden ein sterbliches Blut, das sich selber kennt? Ich gestehe es kindlich dem Mutterherzen, daß ich mich zu dieser Stunde, die uns ineinandergießen und -stürzen sollte, in mir nicht mehr auskenne.«

Wieder Stille. Dann Marfa: »Woher dieser Ungeist einer so auflauernden Wahrhaftigkeit? Wenn du auf einer Folterbank liegst, warum reißest du mich an deine Seite? Muß das sein?«

»Ja, ja, ja«, rief Dimitrij, »nur Wahrhaftigkeit trägt! Trägt dich und mich und unser Einswerden und unsere Zukunft.«

»Oh, welcher Gott setzt dich zum Richter über mein Herz?«

Pause.

»Zum Teufel, was sollen die vielen Leuchter und Lichter hier? Ich schlage sie mit dem Stock herunter! Du quälst!«

»Fürs erste nur, Mutter, dann wird Gnade, was da gequält hat.«

»Du quälst auch dich! Du bist entsetzlich, wie Iwan.«

»Entsetzlich – wie Ihr mir«, sagte er leise. »Doch es wird vergehn.«

Pause.

Dann ihr entsetzter Ruf: »Du zweifelst also selbst an dir?«

»Nein!«

»Nein? Und womit entsetze ich dich?«

»Du umarmst mich nicht.«

»So will ich's tun. Komm, komm, knie hin! Mein Kind, mein Junge! Lege den Kopf in meinen Schoß!«

»Nichts so wollen, Mutter! Es müßte uns überkommen,

daß wir Brust an Brust gen Himmel fahren in der großen Offenbarung, die wir jetzt nur glauben und noch nicht schauen. Was wird uns hineinreißen in die Gewißheit, daß wir das gefunden haben, was wir gesucht? Ich vertraue auf die Zeit, auf unsere Gespräche und die Zeugnisse, die im Austausch der Herzen unsere Vergangenheit beschwören müssen, nämlich jene Vorgänge und all die Personen wie Simon den Arzt und sein Kind, die Bitjagowskijs, die Schrecken und Greuel von Uglitsch und all das übrige. Ich vertraue auf unser wahrheitswütiges Durchsieben aller Indizien, die die große, überwältigende Klarheit schaffen.«

Schweigen. Recht trostlos klang dann Marfas Klage: »O mein Gott, du bist dir nicht klar, nicht mehr klar – über dich!«

»Bei der Klarheit der Sonne, Mutter: Ich bin ich! Mutter, es geht darum, daß *du* überzeugt, du zur selig Überwundenen wirst! Denn was brauche ich, ich in meiner Gewißheit? Nichts als deine Bestätigung, die alles krönt. Was bin ich ohne dich? Nicht nur verwaist, schlimmer verwaist als je, sondern ein Mensch ohne Hoffnung. Du bist ja mein Schicksal.«

»Ich?« Dann kam es lauernd: »Ich bin doch, denk' ich, in deiner Gewalt?«

Empört rief er zurück: »Denkt Ihr so von mir?«

Seine Schritte hielten an: »Ich sollte Euch gefangenhalten und erpressen wollen, Euch den Mund stopfen und Euer Ja vor Welt und Nachwelt fälschen wollen, sofern Ihr kein Ja – oder doch kein unumschränktes – fändet?«

Schweigen. Marfas Kleider rauschten. Ihr Stock pochte auf. Sie kommandierte: »Versprich mir volle Bewegungsfreiheit! Gewähre mir mit ritterlichem Eid freie Rede!«

»So also steht's?« lachte Dimitrij bitter auf. »Fahrt in Rußland, fahrt in Polen herum und lärmt Euer Ja oder Nein, wie, wo und wann Ihr wollt, in die Ohren einer sensationshungrigen Welt!«

Tiefe Stille. Dann Marfas Entgegnung, groß vor Freude und still: »Das gibt mir großes Vertrauen zu dir.«

»Zu meinem Charakter, heißt das.« Er blieb störrisch: »Was gibt Euch Vertrauen zu meiner Herkunft? Mein Wort schon oder erst die vollendete Tatsache Eurer Freiheit? Seid Ihr ganz gewiß, daß ich dies mein Wort halten werde, oder müßtet Ihr es doch erst erproben, ob ich es halte?«

Sie sagte: »Ich glaube, Dimitrij, glaube: Du wirst es halten.«

»Was für ein *Glaube* nun das wieder ist, will ich wissen! Ein Meinen und Hoffen oder der Glaube, für den man sich zerreißen läßt und der Berge versetzt? Und nur der Glaube an meinen Charakter, nicht an mich als deinen Sohn?«

»Dimitrij!« wie Jubel klang das, »ich glaube von ganzem Herzen – dich und mich und alles!«

Aber er blieb hart: »Du bist ein Weib, und du willst Mutter werden. Erkenne dich selbst! so predigt die Weisheit. Auch Glaube und Liebe sind verlangende Leidenschaft, auch sie machen blind.«

»Nein, ich umarme dich! Jetzt und sofort!«

»Haltet an Euch, sage ich! Glaubte jetzt auch Euer Glaube an sich selbst so fest wie daran, daß der meine an mich glaubt – was besagt das schon? Eben nur, daß ich meiner gewiß bin, nicht, ob ich wirklich der Echte bin.«

Sie rief: »Was zerfleischest du dich und mich? Das ist keine Wahrhaftigkeit mehr! Und sie verstört mich wieder! Wie sie dich als Verstörten entlarvt.«

»Seht, wie Ihr schwankt!«

»Frauenart, meinst du. So höre doch, du Iwanssohn, ich stimme dir ja nur zu, ich bin ja so eins mit dir im Schmachten und Dürsten! Und ich sage, was ich sehe!«

»Was siehst du?«

»Dies: Daß du in deinen Glauben an dich doch nur durch hundert fremde Gläubigkeiten eingepflanzt worden bist und durch die Beweisstücke, die sich, wie mir Otrepjew immer wieder vorgeredet, lückenlos zur Kette schließen sollen. Aber eben all die Kettenglieder, die könnten dennoch eine Kette der Täuschung bilden, wenn nur ein einziges Glied darunter falsch ist, und du könntest ein betrogener Betrüger sein. So meinst du, und das sehe ich und dennoch rufe ich –«

»Könnten! Könntest! Eben! Daher vielleicht mein gutes, starkes Gewissen, wie?«

Langes Schweigen. Dann stöhnte Marfa wie gelähmt: »Ihr Himmlischen! Wenn ich nun immer und ewiglich zweifeln müßte und dennoch glauben zu gleicher Zeit – bis ins Grab, und all mein Gebet würde wie irrsinnig nur noch in den Worten kreisen und wirbeln: Ich glaube, hilf meinem Unglauben, Herr! Dimitrij! Was dann?!«

»Dann müßtet Ihr Euch *blindlings* entscheiden! Müßtet wagen! Den Sprung in den vernebelten Abgrund wagen! Das ist immer des Glaubens letzter Mut, das ist seine Existenz. Kein Glaube gelangt anderswohin.«

Endlich murmelte Marfa: »Wer bürgt mir dafür, daß ich bei meinem Herumreisen (das natürlich nur noch durch Polen führen kann), daß ich also, herumgeisternd und -irrend, nicht bald verleugne, bald bekenne, beides Tag für Tag? Was wäre dann?«

»Dann machtest du dich lächerlich und mich dazu.«

»Und wenn ich konsequent nur dies eine herumschrie: daß ich nichts weiß, gar nichts, gar nichts weiß?«

»Das wäre für dich und mich der größte Schade.«

»Zum Teufel! Wenn ich nun beharrlich allenthalben schwören würde: Er ist es *nicht*?«

»Dann – wäre meine Sache verloren, ich und Maryna und du wohl dazu.«

»Auf welche Weise gingen wir verloren?«

»Polen würde mich eines Tages an Moskau ausliefern. Dann verginge ich in moskowitischen Kellern oder Scheiterhaufenflammen. Es sei denn, ich machte mich rechtzeitig aus dem Staub und ginge ins Ausland. Oder noch weiter.«

»Du kämpftest also nicht mehr.«

Dimitrij besann sich: »Doch, du hast recht. Ich würde auf alle Fälle versuchen, auf meinem Schlachtfeld zu fallen, und meine Fahne wäre mein Bahrtuch, in das ich mich wickelte, – wenn noch Zeit dafür bliebe.«

Sie sann: »Ein solcher Krieg hieße Selbstmord; Selbstmord, in den du die Getreuesten und Dümmsten, soviel dir noch geblieben, mit hineinrissest ... Ja, du würdest nicht an dir noch an der Gerechtigkeit deiner Sache verzweifeln, nur an deinem und ihrem Sieg ...«

»So ist es.«

»Dies Ende aber hätte dann ich über dich gebracht.«

»Du bist mein Verhängnis, das sagte ich schon.«

»Ich, deine Mutter.«

»Die Mutter Marfa.«

Da jammerte sie auf: »Ihr Himmlischen! Eure Offenbarung! Wo bleibt sie? Was tun, was tun?«

Kalt erklärte Dimitrij: »Ich sagte es schon: Wir beide hier sind jetzt das Richterkollegium von Uglitsch. Goldwäscher müssen ihre Siebe rütteln und rütteln, ehe sie ein Goldkorn darin finden, und dann weiterschaufeln, wühlen und sieben, bis sie vielleicht begreifen: Die Quelle, die Quelle, hier ist sie, hier, und unerschöpflich ist sie, und wir sind reich, reich, reich! Oder sie entdecken das Gegenteil.«

Marfa nickte wohl lange vor sich hin. Dann entschied sie: »So beschwören wir denn die Vergangenheit und waschen ihr Gold heraus!«

Dimitrij flocht nun wieder das Netz, Masche an Masche. Marfa lauschte, half entwirren und ergänzte. Doch was er auch zur Sprache brachte: das vom kölnischen Arzt, das von den an ihm gescheiterten Bestechungsversuchen, von des Arztes Vorsicht und Vorsorge und der Opferung seines Kindes, von der Feuersbrunst und von der Rolle des Kammerherrn Bitjagowskij und seiner Rotte, von Simons Verschwinden mit dem fraglichen Kind, vom Aufstand der Uglitscher und der Ermordung der Mörder – doch wohl durch ihren eigenen Auftraggeber, von der beschleunigten Bestattung des Kindes und dem traurigen Schicksal der Stadt, von der Kommission und ihren falschen Protokollen, von der so raschen Isolierung Marfas, von den weiteren Schicksalswegen des Kindes, welches Otrepjew nach Simons Hinscheiden dem verbannten Fürsten Mstislawskij vorgewiesen und von dort, nachdem es mit dessen kostbarem Kreuz beschenkt worden, an Polen und den Jesuitenorden überliefert habe (Dimitrij wies das Kreuz vor, und Marfa betrachtete es fasziniert), von den gewissenhaften Untersuchungen der Ordensleute, den Zeugenaussagen jener flüchtigen Uglitscher Ackerbürger, Offiziere oder Palastleute, die die Identität des Zarenkindes wieder und wieder vor den Ordensvätern bestätigt und erhärtet hätten – kurz, wie eifrig er sich auch mühte, die Kette Glied um Glied neu zu schmieden, und wie eifrig Marfa ihm dabei auch zur Hand ging –, eins verschwieg er: was der Tote da unterm Tisch soeben erst im gleichen Raume herausgebracht. Und wie das beunruhigte, daß dieser Tote da wohl grinsend die Kette der Indizien wie ein Strohgewinde von Kinderhand zerpflückte! Wie das beunruhigte, daß er, Dimitrij, alles ja nur aus dritter und vierter Hand hatte, was er auch ausbreiten mochte – immerhin im Unterschied von Marfa, die mindestens in den Anfangsdingen echte Zeugin war! Er schwor sich zu, daß sie – wenn irgend jemand, sie allein – den Spuk, den der Unhold losgelassen, mit ihres Herzens heißem Atem (wenn schon nicht mit neuen, zwingenden Beweisen) auseinanderblasen könnte; aber eben das blieb jetzt aus, blieb aus! Oh, sie würde ihn vor der Welt nicht mehr leugnen, das spürte er jetzt, das war nun klar. Doch tat sie es nicht gegenwärtig vor sich und vor ihm selbst? Er, er sollte also ein Otrepjew, ein Ableger dieses Verkommenen, der Auswurf eines noch viel weitergreifenden, unübersehbaren, wohl nie zu entmachtenden Chaos sein? War es bisher nicht irritierend genug gewesen, von jenem Greuel herzustammen, das Iwan der Schreckliche hieß? Freilich, von dieser königlichen Marfa abzustammen, das wäre etwas wie ausgleichende Gnade gewesen. Dimitrijs Seele war wie ein Blitz, der zwischen den Polen, Otrepjew und Marfa hin und her fuhr.

Und da geschah nun jener Ausbruch seiner gemarterten Seele, welcher ihm Marfa errang.

Er faßte sie bei den Schultern und rüttelte sie:

»Mutter, ephata! Tue doch die Augen auf! Ist denn nichts in meinen Zügen, was dir die deinen spiegelt? Strahlt deine Seele dir nicht aus meinen Augen zurück? In meiner Stimme, Gebärde, Gestalt, ist denn da nichts, gar nichts, worin du dich wiederfindest? Soll ich dir mein Innerstes schildern, meine Leidenschaften, Tugenden, Laster und alles, was Brand und Trieb in mir ist, damit du es mit deiner Seele vergleichest? Doch wer kennt sich selbst? Wer faßt sich in Formeln, konstruiert ein System daraus, wer reimt seine Widersprüche, wer lotet seine Abgründe aus? Das sehende Auge sieht sich selber nicht. Wir sind alle voll fremder Geister, Mächte, Dämonen. Neben meiner Tiefe dunkelt die deine. So steht Krater neben Krater. Nur eines weiß ich von mir: Alle meine Gedanken und Begierden nahmen seit je hohen Flug. Nur die großen Dinge packten, nur die Überblicke im Flug von Gipfel zu Gipfel fesselten mich. Macht- und Ruhm- und Tatendurst paarten sich mir mit dem Widerwillen gegen alles Gemeine, Feige, Geringe. Mit beiden Fäusten möchte ich diese Erde packen, wenn der Sturm mich zu Boden schmeißt, und ihr zuschrein: Ich lasse dich nicht, dich muß ich haben und gestalten, ergib dich mir, Braut oder Hure du! Das lärmt in mir nicht der Parvenu, der große Rollen liebt, der Lump, der sich selbst los sein und sich groß drapieren möchte, der Zwerg, der sich gern auf Spitzzehen stellt!« Er kniete und fuhr fort: »Darum liege ich nicht in Ehrerbietung vor dir, du Herrscherliche, Stolze! Nein, brüderlich und gleich zu gleich reißt es mich an dich –« er war aufgesprungen –, »und dich risse nichts zu mir? Du hast Ausmaß, Adel, Kraft! Ach, die Sprache des Blutes ist in dir erstickt, verloren- und untergegangen unter all der Heiligkeit, die du im Kloster auf dich gehäuft. Ich habe von deinen Vergeistigungen gehört, und ich verfluche sie jetzt. Sie haben die Mutter in dir erstickt! Könnte ich dein Blut erwecken, daß es aufschriee in dir, wie in mir das meine! Will dein Blick immer noch sagen: Oh, ich liebe dich ja auch, ich fresse dich ja vor Liebe – und dennoch –, letzte Gewißheit schafft es nicht? Bedenke, die du eine fromme Frau bist: Löge mir alles, was mich bis heute bezeugt hat, so löge der ganze Himmel! Der Gott, der mich durch die Fülle seiner Fügungen in diese Stunde gestürzt und vor dich geführt wie dich vor mich, er müßte der Fürst der Hölle selber sein, wenn all das löge, was mich in seine oder meine Weltstunde ruft. Bin ich sein Werkzeug nicht und kein Iwanowitsch und nicht dein Sohn, was bin ich dann? Dann will ich satanische Inkarnation sein und den infernalischen Gotteshaß Iwans und seine Lästerungen und Verruchtheiten übertrumpfen, dann will ich hassen, rasen und Rache üben wie er und seinesgleichen, aber ohne seinen Bußgang von einer Verzweiflung zur anderen! Gerade dann, wenn kein Tropfen seines Bluts in mir wäre, sollte die Welt noch schreien lernen: Der ist Iwan tausendmal, der ist sein Nachspuk! Ich schreie dann dem Himmel zu: Du und deine Hölle, ihr seid nicht auseinanderzuhalten! Dir, dem ewigen Gott, entstieben die Teufel wie die Engel ...«

Marfa schrie auf: »Halt ein! Du bist sein Sohn, sein Sohn, und wärest du auch der meine nicht! Allein – du bist auch der meine, denn was in dir tobt, das wühlt auch längst in mir.

Du Hexer rufst es hervor. Genug! In meine Arme! Du bist der Sohn.«

So fielen sie sich an, sie hielten sich wild umschlungen.

Nur – Marfa wußte nicht, daß er, jetzt vollends unerlöst und in äußerster Qual, sich zustöhnte: Oder – eben jenes Otrepjew Sohn, denn Iwan und Otrepjew – oh, sie gleichen sich sehr, sie sind ja eins.

Marfa aber stammelte: »Dimitrij, ich bin dein Schicksal nicht mehr, du bist das meine! Und so sind wir *ein* Geist, *ein* Blut, *ein* Sieg nun oder Untergang!«

Dimitrij in ihren Armen sagte endlich: »Noch eine Dritte gehört zu uns, meine Braut.«

Marfa ließ ihn los und trat zurück: »Ich hörte von ihr. Liebt dich diese Maryna? Glaubt sie an dich? Oder schmarotzt sie an dir? Hetzt sie schmutziger Ehrgeiz?«

»Warum beleidigst du sie?«

»Ich kenne sie nicht. Kennt sie sich selbst? Wer kennt sich in den Wurzeltiefen seiner Seele aus? So sagtest du ja selbst.«

Da lachte Dimitrij auf: »Was für ein feindseliges Gesicht du machst! Eifersucht? Schwiegermutter, Schwiegermutter!«

»Ja, Eifersucht. Kaum erst gewinne ich dich, und schon nennst du sie. Die Polin soll dir nicht näherstehen als ich, soll die Mutter und die Russin nicht beschämen. An sie verliere ich dich nicht.«

»Du sollst uns beide gewinnen: Tochter und Sohn.«

Wieder umschlang er sie. Ihr Gesicht lag an seiner Brust, ihre Augen waren geschlossen. Dann murmelte sie wieder: »Dimitrij, ich fürchte mich jetzt.«

»Vor wem?«

»Vor mir.«

»Weshalb?«

»Ich bin keine Heilige mehr. War es nie. Ich wickelte mich in Heiligkeit ein wie ein Frierender in Pelze. In Wahrheit hungerte ich –«

»Wonach?«

»Worauf ich jetzt hoffe: nach Leben, Tand und Schein der Erde, nach dem Tod.«

»Wir sind eins.«

»Damals lag der Schatten Iwans auf mir. Du – wirst mich nicht mit Verstoßung bedrohen wie er. Auch nicht um jener Maryna willen, falls sie mich sollte hassen lernen.«

»Dich hassen?«

»Ängsten soll mich nur das eine, das, was auch dich und sie jetzt ängstet. Die Angst um den Sieg –«

»Und danach um das Halten der eroberten Höhe.«

»Ja. Man kann viel erobern, aber man muß halten können, was man errang. Nun, diese gemeinsame Furcht wird uns einen.«

»Glaubst du jetzt unerschütterlich und wirst du den errungenen Glauben halten?«

»Ja, du meine Zuflucht, mein Trost, meine Erlösung aus Einsamkeit und Erniedrigung, du meine Seele, mein Fleisch und Blut!«

Sie schwiegen. Plötzlich begannen sich Dimitrijs Haare zu sträuben. Unter dem Tisch war ein Geräusch wie ein Rülpsen laut geworden. Zweifellos Otrepjew, der versprochen hatte, er würde in seinem Versteck weder rülpsen noch atmen. Marfa beachtete es wohl nicht. Dimitrij fiel ein, daß auch aus einem toten, so vollgesoffenen Leibe eine Blähung sich hocharbeiten könne. Jedenfalls bat er Marfa, ihm nunmehr in seinen Wohnraum zu folgen und oben mit ihm zu dinieren. –

Noch eine Stunde danach ging es bei den Offizieren in der kerzenhellen Diele hoch her. Wie Zymbeln klangen da die Gläser, man sang, umarmte sich und feierte ritterlich die Herzensdamen, den Aufbruch der Armee, den künftigen Ruhm. Mniszek trat mit dem Pater, der ihn für eine Weile entführt hatte, ein, sah wohlwollend zu, wie der eine, den

Kelch in der Hand, einen Solotanz stampfte und Hochsprünge vollführte, der andere ihn mit Blitzschritten zur Mitte hin ablöste und, die Rechte im Nacken, die Linke in der Seite, im Kreise die Beine flitzen ließ – um einen dritten herum, der im Hocken die Stiefel vorschnellte, kurz, wie sie alle da auf magyarische, polnische, kosakische Art in Glut und Schweiß sich dem Überschwenglichen ergaben. Dann aber trat er vor und verlangte mit gebreiteten Armen Gehör. Er bat die Herren Kameraden, ins Kavaliershaus zur hinteren Seite der Schloßumfriedung hinüberzuwechseln. Der hochwürdige Vater bitte darum, im Namen des Zarewitsch und der erlauchten Domina Mater, der Lärm störe dort oben denn doch ein wenig. Die Zarinwitwe wünsche zu schlafen, der Zarewitsch noch zu diktieren.

Wieder nach einer halben Stunde – völlige Ruhe herrschte im Haus – schlich Pater Pomaski mit drei Gardisten und einem Diener, eine Laterne vorantragend, über die leere, nur vom Mondschein erhellte Diele durch den dunklen Flur zum Empfangssaal, dessen zahlreiche Kerzen hier und da schon im Erlöschen waren, trat ein, ging federnd auf den schweren Wandtisch zu, hob die Decke, peilte unter den Tisch. Da sahen sie alle den Toten hocken, faßten ihn bei den Füßen, zogen ihn heraus, schwangen ihn auf ihre Schultern, als könne man ihn steif hinaustragen, machten aber die Erfahrung, daß der Leichnam zwischen ihnen wegsackte und polternd mit Kopf und Rücken auf den Boden schlug. Zornig zischte Pomaski sie an. Sie schleppten ihn nun an den Schenkeln und Oberarmen hinaus, hinter dem Pater her. Als dieser draußen mit ausgeblasener Laterne im Mondlicht unterhalb der Freitreppe stand, von welcher die Männer den Toten leise herniedertrugen, packte den Pater plötzlich der Gedanke, des Toten Geist fahre wie ein Dämon in ihn hinein. Mit Sprüngen der Angst, die Soutane raffend, jagte er zum Hause zurück, die Treppen hinauf, in seine Kammer hinein, warf die Laterne hin und sich, mit ringenden Händen an der schluckenden Kehle, vor dem Kruzifix auf die Knie. Er schloß die Augen, betete wort- und gedankenlos, bis der Anfall der Angst allmählich zerflatterte. Entschlossen sprang er dann auf, schlich wieder die Treppen hinab und durch die Diele ins Freie, huschte im Park dahin und weit hinaus bis zum Schloßteich. Dort überzeugte er sich, daß die vier ganze Arbeit machten und den mit Stricken umwundenen, von Kopf zu Fuß in Säcke gesteckten und mit Steinen beschwerten Leichnam im Schilf und Moor vom Kahn her versenkten. Ob die vier ihm nun auch die Mär glauben würden, die er ihnen aufgetischt, und reinen Mund halten würden?

Was nun weiter? fragte er sich. Das Kreuz untersuchen!

Wie ein Schlafwandler fand er sich plötzlich wieder im finsteren Flur, und zwar vor der Tür des Schlafzimmers, das Dimitrij bewohnte. Er horchte. Drinnen war Stille. Er schlich weiter zur Tür des Raumes, der Marfa beherbergte. Stille auch dort. Er ging zur vorigen Tür zurück, pochte leise an und trat auf das »Introite« Dimitrijs ein.

Dimitrij lag, nur halb entkleidet, auf seinem Bett. Pomaski setzte sich zu ihm und erkundigte sich nach dem Ergebnis der großen Begegnung. Dimitrij, die Hände unter dem Kopf verschränkt, die Augen zum Betthimmel erhoben, berichtete, morgen früh beim Aufbruch des Heeres werde Marfa als Segnende am Dnepr stehen. Das werde den Truppen Elan verleihen. Wie ihm nun selbst. Er sei ein Erlöster – und kein Vatermörder. Der Strolch habe natürlich geflaust und in Moskau, das man im Fluge erobern werde, drohe kein anonymer Abgrund mehr, vielmehr der unbekannte Retter von einst, der Bojar, erwarte ihn dort und werde ihn bestätigen wie Marfa. Er, Dimitrij, stehe fest gegründet auf seinen Argumenten, Marfa habe sie noch vermehrt. Ja, Marfas Zeugnis habe die Phantastereien jenes Hirnkranken über den Haufen geworfen. Ausführlich schilderte Dimitrij die

Endphase ihrer Gespräche hier oben im Gemach und fragte, ob Otrepjews Leiche besorgt sei.

Währenddessen hatten Pomaskis Augen nach Dimitrijs Brustkreuz geschielt, das auf dem Nachttisch im Mondlicht schimmerte. Und während er von der billigen Bestattung Otrepjews Kunde gab, nahm er wie spielerisch das Brustkreuz an sich, um es in einem seiner Ärmel unauffällig verschwinden zu lassen. Schließlich segnete er Dimitrij und ging zur Tür. Dort stand er sinnend still, kehrte um und lachte: Fast habe er das Kreuz entführt. Er legte es auf den Nachttisch zurück.

Dann fand er sich lauschend im Flur vor Marfas Tür wieder und hörte die Nonne hin und her gehen. Er machte sich bemerkbar und fragte leise, ob er noch eintreten dürfe. Marfa, noch völlig im Habit, öffnete, stand verwundert und ließ ihn ein. Was er nun auch drechselte, sie blickte zum Fenster hinaus und schwieg, schritt wieder umher und schwieg, und er begriff: Diese Frau ist nicht vor lauter Glück so ruhelos, sie ist noch längst nicht hindurch. Vielmehr, ihr Herz, ihr Herz verleugnet ihn. Wohl nie mehr vor der Welt. Doch vor dem, der die Herzen kennt, vielleicht sogar vor sich. Er entschloß sich, zu Dimitrij zurückzukehren und das Kreuz doch zu entleihen oder – zu entwenden. Alsbald empfahl er sich.

Wieder bat er vor Dimitrijs Tür um Einlaß und trat ein. Dimitrij lachte ihn vom Bett her an: Pomaski könne ihn ruhig die ganze Nacht hindurch besuchen, auf Schlaf hoffe er nicht. Er fragte, ob die Kameraden noch feierten. Er habe Lust, mit ihnen diese große Nacht mit Wein, Musik und Kerzenglanz zu begehen. Pomaski riet entschieden ab: Er müsse morgen den frischesten aller Köpfe auf den Schultern tragen und ganz gesammelte Kraft sein. Doch bitte er, ihm für eine Stunde das Kreuz zu entleihen. Er trage großes Verlangen, das Heiligtum, über dem er so oft in zwei Jahrzehnten meditiert, abermals betend an den Lippen zu spüren.

Wenige Minuten darauf trat er in seine Stube ein, warf das Kreuz wie eine Natter auf seinen Schreibtisch, entzündete am Lämpchen der Ikone eine Kerze, stellte sie auf den Tisch, setzte sich davor, ergriff sein Federmesser und begann damit, die goldenen Krallen, die den großen Rubin im Herzpunkt der Kreuzbalken umschlossen, aufzubiegen, brach das Messer dabei entzwei, arbeitete weiter, stieß sich in die Handfläche, rötete das Kreuz mit seinem Blut und ruhte nicht eher, als bis er den großen Rubin freigelegt und mit dem Messerstumpf herausgehebelt hatte. Der Rubin sprang auf den Tisch, und in der Mulde wurde ein kleines Pergamentblättchen sichtbar. Sein Herz schlug bis zum Hals hinauf. Mit zitternder Hand tastete er nach seiner Leselupe, hielt sie vor das Blättchen und entzifferte eine lateinische Miniaturschrift. Da stand in polnischer Sprache: »Zarewitsch Dimitrij ist tot. Dies Kreuz seinem und meinem Rächer. Den weiht und segnet hiemit Fürst Mstislawskij.«

Pomaskis Stirn schlug im Zusammenbruch des ganzen Menschen auf der Tischplatte auf.

Viel Zeit verstrich. Dann kamen feste Schritte vom Flur. Pomaski fuhr auf, huschte zur Tür und tat sie einen Spalt auf. Er gewahrte, wen er vermutet: Jerzy Mniszek.

Der hemmte seinen Schritt: »Hochwürden? Noch auf?«

Der Pater legte den Finger auf den Mund und winkte ihn herein.

»Was Neues?« fragte der Wojewode, als er sich in den Armstuhl fallen ließ. Er seinerseits habe die Herren zu Bett geschickt, und seine zwei Zentner und sechzig Lenze verlangten nun auch nach Ruhe. Dann gewahrte er Kreuz, zerbrochenes Messer und Edelstein auf dem Tisch. Er stutzte. Ob Hochwürden unter die Juweliere oder Diebe gegangen sei, fragte er staunend. Das sei doch des Prinzen Kreuz?

Es gäbe keinen Prinzen mehr, stöhnte der Pater, indem er sich in den anderen Sessel sinken ließ.

Mniszek fuhr halb hoch und hielt sich an den Armlehnen fest. Als Pomaski schwieg und wartete, begann er zu zittern. Endlich hob Pomaski sein verwüstetes Gesicht und begann mit gebrochener Stimme: Er wisse, er schaufle jetzt mit dieser Eröffnung dem Prinzen, dem toten Prinzen, das Grab.

Ob Marfa ihm abschwöre, fragte Mniszek erschrocken.

Nein, Marfa habe nicht verleugnet, doch er, Pomaski, verleugne nun. Wieso? Ja, dieser Otrepjew ...

Er berichtete von dessen Äußerungen und Tod und wie er, Pomaski, ihn unter dem Tisch habe zusammenstauchen müssen – kurz vor Marfas Erscheinen. Doch vorher ... Ja, als Dimitrij draußen Marfa empfangen, da habe dieser Teufel in Menschengestalt, im Verröcheln noch sich selber getreu, an Pomaski dies hinterlassen: Vor zwei Jahrzehnten habe jener Fürst Mstislawskij gewußt, daß das ihm auf der Flucht präsentierte Kind nichts mit seinem Patenkind gemein habe, und es dennoch mit seinem Kreuz ausgestattet. Dabei habe er gedacht, mindestens Otrepjew handle guten Glaubens, und habe durch seinen Juwelier ein daumennagelgroßes Dokument des und des Inhalts unter den Hauptrubin ins Kreuz praktizieren lassen, doch Otrepjew sei ihm auf die Schliche gekommen und habe gegen ein hübsches Handgeld aus dem Juwelier herausgeholt, was im Kreuze stecke. Kurzum, Fürst Mstislawskij sei weder gläubig noch leichtgläubig gewesen, nur rachsüchtig, Dimitrij aber sei – horribile dictu – eins der Kinder dieses Halunken Otrepjew. Daher dessen Eifer für sein eigenes Geblüt.

Mniszek stöhnte auf. Pomaski fuhr fort: Er habe das Kreuz nun untersucht und Otrepjews letzte Enthüllung bestätigt gefunden, aber Dimitrij liege noch da in eitel Wonne und Zuversicht oder tue doch so, Marfa sei halb Glaube, halb Zweifel, ganz Unrast – oder auch ganz und gar Lüge; wahrscheinlich vom gleichen Geist erfüllt wie vor zwanzig Jahren jener Mstislawskij. Mit einem Wort, es sei sinnlos, weiterzumachen. Der große Traum sei ausgeträumt. Der Betrogene würde ja nur in sein Verderben rennen. Selbst wenn er im Felde siegte – hinter seinem Throne stünden dann schon Entlarver bereit, unbekannte, dieselben, die die ganze Intrige angefangen. Die Hoffnung der Kirche löse sich wieder einmal in nichts auf. Erst recht natürlich sei das der Fall mit den nationalistischen oder persönlichen Hoffnungen der polnischen Ritterschaft. Die ganze Herrlichkeit verlösche als eine Fata Morgana. Alles sei auf Sand gebaut, und der erste Wolkenbruch werfe es um. Man müsse noch unter Tränen danken, daß der Aufbruch in das Verhängnis nicht schon geschehen.

Dies und was einem Mniszek sonst noch zu wissen zukam, trug der Pater wie ein Weinender vor. Der Wojewode schrie dagegen auf: Er sei ein wirtschaftlich und politisch ruinierter Mann und könne jetzt nur gleich mit ins Ausland fliehen. Er sprang auf, rannte umher und gab winselnd seine Verzweiflung kund. Angewidert beschloß der Pater, den Sonderbetrug Wielewieckis jedenfalls nicht preiszugeben. Ach, Maryna hatte sich umsonst so schwer versündigt. Nun aber mußte er sich aufraffen, um Dimitrij –! O entsetzliche Nacht!

»Halt!« rief Mniszek ihm nach, als er die Hand schon auf der Klinke hatte, »dieses Blättchen, so winzig, daß man's unter der Zunge tragen, so ungeheuerlich, daß keine Zunge seine Wirkungen aussagen kann, es kann von diesem Schurken Otrepjew selbst herrühren, das paßt zu ihm, nach dem, wie Ihr ihn geschildert.« Müde und resigniert schüttelte der Pater den Kopf, öffnete langsam die Tür und schlich davon. Das war seines Lebens schwerster Gang.

So tief für Dimitrij der Absturz war, der nun folgte, so rasch war er vollbracht und geschehen.

»Ich hab's gewußt, ich hab's gewußt!« Mit diesem Wutschrei sprang er aus dem Bett, und dem Pater fiel ein, wie derselbe Mensch in Ssambor jene Deklaration zum Zarensohn fast mit dem gleichen ›Ich hab's gewußt‹ an sich gerissen. Doch das hatte anders geklungen. Dennoch war dem Pater verwunderlich, daß der tödlich Getroffene, der da nun umherrannte, weit davon entfernt war, den Verstand zu verlieren. Das wurde nun offenbar, daß er auf diesen Schlag innerlich vorbereitet gewesen. Ebenso klar fühlte Pomaski, daß Dimitrij nichts als in Stummheit schäumende Lästerung war. Und bald kam es von seinen Lippen, das gepreßte Hohngelächter, das die Frage einleitete, wo denn nun die herrliche Weisheit der Ordensbrüder stecke, was es mit der prahlerischen Prophetie derer auf sich habe, die von ihm als dem göttlich Berufenen, die von der großen Stunde der Kirche gefaselt und nur davon geschwiegen habe, daß allmächtige Bosheit die Welt regiere. »Wäre sie nicht unsterblich«, rief er, »jetzt lachte sie sich tot! Zur Ehre Eures Gottes will ich glauben, daß er nicht ist.« Als der Pater, wie zu vorläufigem Trost, den Einwurf wagte, den er soeben bei Mniszek zurückgewiesen, daß nämlich alles, was von Otrepjew stamme, also auch das winzige Blättchen im Brustkreuz, ein Werk des Tollen sein könne, da packte Dimitrij den Freund und Lehrer beim Kragen, schüttelte ihn und warf ihn gegen die Wand. Danach winkte er verächtlich ab und rannte hinaus und über den Flur ins Zimmer Pomaskis voran, verschwendete an Mniszek keinen Blick und starrte nur auf den Tisch nieder, auf dem der Rubin, das zerbrochene Messer und das Kreuz mit dem Blättchen lagen, Pomaski folgte ihm und sah nur noch, wie Dimitrij es herauslöste, es ohne zu lesen in Fetzchen zerriß, diese sich in den Mund schlug und verschluckte. Da war es klar: Dimitrij dachte nicht daran aufzugeben. Dieser Dimitrij fuhr zum Pater, als er dessen Hand auf seiner Schulter verspürte, herum und befahl, auf der Stelle das Kreuz wieder in Ordnung zu bringen. Pomaski blickte verzweifelt auf Mniszek hin.

Der Wojewode trat vor und erklärte: Hier sei das Manifest der Marfa – er zog es aus der Brusttasche seines Umhangs und warf es vor Dimitrij auf den Tisch –, der Kontrakt zwischen ihm und Dimitrij sei erledigt und wandere in den nächsten Ofen. In der Frühe reite er mit seiner Kavallerie heim. Heim? Ins Elend! Ins Elend! Maryna werde ihm und er Maryna irgendwo das Brot des Elends brechen.

Dimitrij wütete vor sich hin, schritt dann an Pomaski vorbei zur Tür, zog mit verbissener Ruhe den Riegel vor und wandte sich dann recht unheimlich an den Wojewoden:

»Wiederhole das, du – du –!« Er trat bedrohlich nah vor ihn hin.

Schweigen. »Sag's noch einmal!« knurrte er ihm ins Gesicht und riß plötzlich dem Alten den Degen aus der Scheide.

Mniszek fuhr zurück.

»Wagst du's, zu versagen?« raunte Dimitrij. »Ich will dir den echten Iwanowitsch weisen.«

Mniszek erhob sich und stand wie ein Klotz, auch Pomaski war keiner Bewegung mächtig.

Dimitrij knirschte:

»Es kommt mir nicht mehr darauf an. Bin ja schon Vatermörder, nicht? Ich bring' auch dich mit Vergnügen um.«

Damit setzte er ihm die Degenspitze auf die Brust. Mniszeks Mund schnappte auf und zu. Dann trat Dimitrij zurück und befahl dem Pater, an Mniszeks Seite zu treten. Da Pomaski zögerte, fauchte er ihn an: »An seine Seite! In die Ecke dort, beide!« Der Pater begriff, er gehöre in der Tat an dieses Mniszek Seite, ging zu ihm und wich mit ihm vor Dimitrijs drohendem Degen in die Ecke des Raumes zurück.

Der ließ den Degen jetzt sinken, atmete schwer und begann mit eisiger Ruhe: »Wo stehen die Mitwisser jetzt? In der Ecke. Wer ist jetzt Zeuge gegen mich? Niemand außer euch beiden. Entweder ihr fahrt beide – mir meinetwegen voran – zur Hölle oder morgen früh *mit* mir in den Krieg. Wählt!

Solltet ihr falsch wählen – der Sohn des Otrepjew würde Lügen genug erfinden, die eines Otrepjew würdig sind.« Pomaski, innerlich vereisend, doch in solcher Kälte Fassung gewinnend, fühlte, während seine Hände zitternd die Knöpfe seiner Soutane auffingerten und seine Brust für den Degenstoß entblößten, in seinem armen, völlig verheerten Herzen gleichwohl das Gegenteil von Todesbereitschaft aufglimmen, nämlich eine fast triumphierende Bewunderung vor so schrankenloser Entschlossenheit. Aus solchem Holze schnitzt man die Iwane! Da stand vor ihm der Jüngling, in dessen Fäusten Pomaski und alles Menschliche, auch das Menschliche in Dimitrijs eigenem Herzen, zerging. Keinen glaubwürdigeren Erben konnte Iwan sich wünschen, kein geeigneteres Werkzeug der Orden. O dürfte man ihm jetzt nur den Wahn nehmen, Sohn des Otrepjew zu sein! Er ist es ja nicht. Auch Otrepjew war ja ein Geprellter. Doch wer nun dieser Dimitrij auch war – dieser junge Mann umarmte ja sein Schicksal bereits wie Simson den Löwen –, der könnte noch als geblendeter Simson mit ausholender Umarmung die Säulen zusammen- und das Dach über sich und den Philistern herniederreißen. Warum sollte er nicht der Erwählte sein, warum sollte man nicht alles zu Ende wagen, welches Ende auch drohe? Zwar witterte Pomaski eine Kette von Freveln voraus, dunkelten Berge von Schuld vor ihm auf, doch – ›Sündige tapfer, glaube noch tapferer!‹ Ha, jenes Wittenbergers gefährlicher Satz! Gott sei mir gnädig, gnädig uns allen ... In welche Versuchung er führt! Wer kann ihr entrinnen, wer sie bestehen? Ich nicht, ich nicht ... Wer erkennen, wohin der Ratschluß zielt?

Endlich fand er das erste Wort: »Du bist und bleibst mir, was du warst.« Und nach einer Weile: »Gib dem Wojewoden den Degen wieder, Dimitrij!«

Der senkte den Degen und fragte: »Du nennst mich noch Dimitrij? Etwa aus erbärmlicher Angst um dein Leben?«

Pomaski lächelte: »Feige – ich, dein Pomaski? Du kennst mich. Du hast mich überwältigt, wie so oft. Ich liebe dich. Ich kann nicht anders. Ich bin dein.«

»Und du?« sprach Dimitrij Mniszek an. »Nun? – Das jappt wie ein Karpfen! Sieh ihn dir an!«

Pomaski kehrte sich dem Alten zu und legte ihm beide Hände auf die Schultern. Seine Augen glühten und stachen.

»Rede mit ihm!« kommandierte Dimitrij, warf den klirrenden Degen hinter sich, trat wartend zurück, lehnte den Rücken an die Tür und kreuzte die Arme auf der Brust. Meine Augen, hoffte er, sind jetzt wohl Otrepjew-Augen, die schlagen in Bann. So redete nun Pomaski mit schwerem Wort auf Mniszek ein, seine Hände ruhten noch schwerer auf Mniszeks Schultern. Man könne nicht zurück. Die Siegesbahn liege noch offen. Marfa habe bekannt und werde das Manifest unterzeichnen. Einen größeren Feind könne sich der Godunow, einen tüchtigeren Zaren Moskau nicht wünschen. Die großen Ziele blieben bestehen. Mniszek sei ein getreuer Katholik. Es gehe auch um Maryna, und Mniszeks Rettung und Fürstentum liege im Osten. Schließlich gab Mniszek nach. Kaum wagte er noch, um sein altes Anliegen, um einen Aufschub des Kriegszuges, zu bitten. Als er doch davon anfing – mit Hinweis auf den abzuwartenden Aufstand oder Zuzug aus Ost und West, den Marfas Manifest entfesseln werde –, trat Dimitrij mit erhobener Faust vor ihn hin. Pomaski nahm diese Faust und drückte sie begütigend von Mniszeks Angesicht weg und nieder. Der Wojewode ächzte: »Der Prätendent kann auf meine Gefolgschaft zählen.«

»Wie lange?« knurrte der ihn an.

Der Wojewode knurrte zurück: »Genügt's dir, wenn ich sage: Bis zu der Stunde, da du selber gestehst, die Sache sei verloren und der Abgrund erreicht?«

»Genügt!« entschied Dimitrij. »Übrigens verbitte ich mir

das Du und verlange meinen Titel. Mitzustürzen mit mir brauchst du nicht. Sterben will ich allein. Darin mag ich dich nicht als Weggenossen.« Nach einer Pause lachte er leise: »Und siege ich?«

Mniszek glubte ihn finster an.

»Dann findest du dich wie ein radschlagender Pfau vor meinem palazzo ein. Dann schwenkst du mir den Kontrakt um die Nase. Im Namen meiner Maryna, ich werde ihn erfüllen.«

»Und – nie mehr annullieren?« wagte sein Schwiegervater zu fragen.

»So du Treue hältst und dich als Mann zeigst: nein, du sagenumwobener Heros!«

Er fragte Pomaski: »Was kann man tun, daß er die Schnauze hält?«

»Zum Teufel«, knurrte Mniszek, »gilt mein Ritterwort nichts?«

»Nichts.« So Dimitrij.

Der Pater beruhigte Mniszek: »Verzeih ihm jetzt jede Beleidigung! Bedenke seine Not!« Er wandte sich an Dimitrij: »Er ist dem Orden rückhaltlos ergeben. Er wird Verschwiegenheit beschwören, und zwar aufs Sakrament, wie einst.«

»So reiche es ihm! Noch diese Nacht!« gebot Dimitrij, wandte sich zur Tür, entriegelte sie und rief den beiden noch ein bitteres »buona notte« zu.

Danach standen sie allein.

Sie hatten alle drei eine Nacht ohne Schlaf. Der Wojewode hockte im Sessel seines Zimmers, brütete, den Glatzkopf in den Fäusten, Stunde um Stunde, wie es vor großen Entschlüssen im Drang politischer Schwierigkeiten seine Gewohnheit war, sprang schließlich auf, ging zum Tisch, goß neues Öl ins Lämpchen, schlug die Schreibmappe auf, tunkte, steifen Blicks in die Flamme, die Gänsefeder ins Tintenfaß, ließ sich nieder, zog ein Blatt an sich und entwarf mit kratzendem Federschwung ein Schreiben an den König von Polen. Mit der Nachricht vom Aufbruch des kleinen Heeres und der Bitte, der König wolle doch ja die große Stunde erkennen und nutzen und auch seinerseits Boris mit Krieg überziehen, damit begann er. Er, so fuhr er fort, habe indes vernommen, des Königs Bedenken gegen den Feldzug und gegen die Teilnahme von Untertanen des Königs daran wüchsen von Tag zu Tag, und zwar, so höre er von befreundeter Seite, nicht in dem Maße, als der König den Feldzug für schwierig oder gar hoffnungslos halte, sondern umgekehrt, insofern des Prätendenten Siegeschancen zunähmen. Er, Mniszek, frage, ob dem so sei, daß der König mehr den Sieg als die Niederlage des Prätendenten fürchte. Dann verstehe er des Königs Gedanken nicht mehr, sei aber als Seiner Majestät getreuester Untertan unter Umständen bereit, in einem sacrificium intellectus sich den Gedanken der königlichen Politik zu unterwerfen. Mit anderen Worten: Er würde eventuell noch jetzt oder selbst noch mitten in einem siegreichen Feldzug auf den ersten Wink des Königs hin mit seinen Corps in die Heimat zurückeilen. Majestät möge geruhn, sich ihm gegenüber secretim zu äußern. Zweifellos werde der König dabei bedenken, daß der Wojewode von Sandomierz seine ganze Existenz auf die Sache des Prätendenten gesetzt, folglich nicht ohne weiteres ablassen könne, für den Sieg des Zarewitsch zu kämpfen. Es sei denn, der König erlasse ihm die drückende Schuld, die er an höchstdenselben abzutragen habe, und verpflichte sich, dafür Sorge zu tragen, daß alle Prozesse, die gegenwärtig gegen Mniszek anhängig seien, bis auf weiteres ruhen, und daß die Majestät sich huldreichst dem bedrohlichen Drängen der Gläubiger Mniszeks entgegenwerfe und sich bei ihnen persönlich verbürge, wovon er, Mniszek, sich schriftliche Zusagen erbitte ...

Der Pater lag inzwischen in seinem Gemach auf den

Knien. In die Gründe und Tiefen der Gnade suchte sein Geist sich wie ein Perlentaucher zu versenken. Er gedachte wieder der Geschichte des Joseph und seiner Brüder. Sie hatten den Erwählten in die Sklaverei verkauft, aber gerade ihre Verbrechen waren benötigt und gebraucht worden, um ihn auf den Gipfel rettender Macht zu erhöhen. Und mein Dimitrij! Ich glaube wieder daran: Er ist Joseph, von Mutterleibe an berufen und auserwählt, und alles kann, muß und wird ihm zum Heile geraten. Eher wirft ein taumelnder Schmetterling Steinmauern um als dein kleines Vergehen, Bruder Wielewiecki, den himmlischen Ratschluß. Ihr Heiligen alle, weiß ich auch nicht, ob der Abgrund, in den ich springe, euren Himmel oder die Hölle birgt, gerade darum entbrenn' ich im Wagnis. Wer glaubt, der wagt.

Er stand auf, um nach Dimitrij zu sehen und ihm das Rückgrat zu steifen – vielmehr, da sich Dimitrijs Stärke schon kundgetan, seine Seele aus Krämpfen zur freien Kraft zu erlösen. Rasch verließ er seinen Raum, ging hinüber, drückte Dimitrijs Klinke nieder und lugte durch den Türspalt hinein. Wie er sich's vorgestellt, Dimitrij wanderte im Finstern auf und ab. Seine Stube roch nach Branntwein. Er fuchtelte mit dem Säbel herum. Selbstbetäubung? dachte Pomaski. Geistfeuer statt des Feuerwassers tut not. Und er begann, leistete Abbitte und dankte Dimitrij, daß er ihn mit so entschlossener Härte zurechtgebracht. Dann trug er vor, wie die göttliche Barmherzigkeit die Schuld der Verlorenheit derer, die hoffnungslos in Teufelskreisen zu treiben meinten, zu Sprossen von Himmelsleitern mache.

Der Herumwandernde trank, schlug die Kanne auf den Tisch, setzte seine Wanderung fort und ließ den Säbel gegen den Stiefel klatschen. Er fiel dem Pater endlich in die Rede. Er pfeife auf alle Theologie. Er sei ein Pfeil im Fluge, die Sehne, die ihn abgeschnellt, kümmre ihn nicht. Sendung? Großes Phantastenwort! Eignung oder nicht, das sei die

Frage. Zum Teufel die Metaphysik! Übrigens laute einer der famosen Sprüche des Paters: Abusus optimi pessimus. Pomaski fragte, was das heißen solle. Dimitrij lachte: »Aha, Euer Latein wird stockig. Ich will es Euch genau übersetzen: ›Je heiliger eine Sache, die du mißbrauchst, ein um so übler Subjekt bist *du*.‹ Also schwatze nicht! Der Sohn des Otrepjew wiederholt dir: Gott und seinen Satan dividiert kein Sterblicher auseinander. Uns sind sie eins. Wo in all dem blinden Rasen auf Erden soll Berufung, wo Verwerfung sein? Ist alles nur *ein* Räderwerk, und wir rädern darin. Kurzum, ich will heidnisch dahinfegen wie Alexander oder Timurlenk! Vor der Fremde soll mir nicht grauen. Auch Babylon war dem großen Schüler des Aristoteles nichts als Fremde, doch brünstig umschloß er sie. Mein Aristoteles bist du, Moskau ist mein Babylon. Was trieb den Makedonen? Sinnlose Ruhm- und Machtgier? Die Mission einer großen Kultur? Unsere Träume sind Ausgeburten unseres Willens, und unser Wille brennt in dem Allwillen, der in allen Fressern und Gefressenen sich austobt. Ich glaube à la Otrepjew an den ewigen Saturn, der da zeugt, was er frißt, frißt, was er zeugt. Ich verbrenne vor Sehnsucht nach Schlachtentumult. Reiten muß ich und niederreiten und Räume fressen! Ich, der Wurzellose, bin nichts als abgefeuerte Kugel, um das Grenzenlose zu durchfahren. Umarmen will ich alles, auch den Tod. Wieviel Sinn darin liegt? Da sehe dein Allmächtiger zu!«

Dem Pater fiel Maryna ein, und er sprach von ihrer kindlichen Gläubigkeit. Da kam es gequält und verbissen von Dimitrijs Lippen: »Ich löse mich von ihr – so wahr ich mich verschwende an die Weite, die neue Geliebte, die mich umbringt, wie die Bienenkönigin auf dem steilsten Gipfel des Brautflugs ihre Drohne tötet, wie die Spinne ihr Männchen frißt. Ich gebe Maryna frei.«

Der Pater traute seinen Ohren nicht, doch er begriff und sagte: »Du willst sie nicht in dein Verhängnis reißen?«

»Will's nicht und darf es nicht.« Offenbar aber rang er schwer mit sich. Er fügte hinzu: »Es sei denn, sie sei nicht abzuschütteln, sie wolle durchaus mein Schicksal teilen, wie die indische Witwe den Tod ihres Gatten im Feuer teilt. Vielleicht sind wir beide wie zusammengewachsene Zwillinge, und einer muß des anderen Tod mitsterben.«

»Du willst doch nicht –«

»Doch, ich werde Maryna mitteilen, daß ich Otrepjew heiße, kein Iwanowitsch bin, einen Thron begehre, der besetzt ist, also als Räuber agiere, mit Banditen ein fremdes Reich anfalle und Massaker anrichte und wer weiß was für Wirren, daß ich nur noch Abenteurer und Verbrecher bin, nach üblichem Maß gemessen, aber nichts von alledem aus eigener Wahl, und daher gäbe ich sie frei. Dann entscheide sie.«

»Sie – hat längst entschieden, Dimitrij«, sagte der Pater feierlich.

Dimitrij staunte: »Wieso? Ahnt sie etwas?«

Jetzt war Pomaski dicht daran, das Beichtsiegel zu brechen. Doch er stellte die Frage, ob es Dimitrij denn sehr schwer belaste, ein Sohn jenes Entarteten zu sein.

»Des Otrepjew? Verdammt einerlei mir, welcher Bock mich –! Wir sind Wir und schreiben uns groß! So wahr ich mich zum Zaren der Moskowiter, zum Erben von Byzanz, zum Kaiser des Ostens ernenne, verrückt und besoffen wie ich nun bin, so wahr spreche ich mein Elternpaar adlig und schmeiße ihm und all meinen Vorfahren, wären sie auch die dreckigsten Strolche gewesen, das Adelspatent hinterher – bis in die Zeit des Heiligen Wladimir.«

Da beschloß Pomaski: So bleibe dir verborgen, was Maryna in mich verschlossen. Wie du dich fühlst! Du Gesunder und Starker! Denn dies prahlte nicht der Branntwein aus dir, und dieser Trotz ist nicht dein, sondern dessen, der dich hält, trägt und vor sich hintreibt, wie du die Deinen vor dir hintreiben wirst von Befehl zu Befehl. Laut aber sagte er: »So ist dir auch nicht zweifelhaft, daß Maryna dich nie anders werten würde als du und ich. Dennoch bitte ich dich: Trübe das heitre Licht ihres unbefangenen Herzens nicht früher als nötig! Solltest du in einer deiner Schlachten fallen, ehe du Moskau erreicht, so bleibe ihr der schöne Wahn erhalten, ihr wie der Welt; so schonst du auch den Orden. Siegst du jedoch, so wisse sie einst neben dir den Thron *deiner Väter* unter sich!« Doch hier hielt er inne und besann sich. »Nein«, murmelte er, »offenbare ihr's dann! Du fragst warum? Damit sie, frei von jeder Illusion, deine Gefahren erkenne, wachsam deine Feinde sichten helfe und um so entschiedener dich und sich allein auf die große Sache gründe, von dort her allein Würde, Adel und Recht herleite.«

Dimitrij entschied: Er sage sich von ihr los, bis er ihr einen Thron bieten könne, der halbwegs fest gegründet und mindestens zu verteidigen sei.

Pomaski trauerte und senkte die Stirn: »Du gibst dein Spiel verloren, das ist die Wahrheit, im Grunde glaubst du nur noch in dein Verderben zu rennen und ziehst den Selbstmord im Kampf einem ruhm- und kampflosen Selbstmord vor.«

Da lief Dimitrij wieder, kreuz und quer die Nacht zersäbelnd, umher und schrie: »Ich will jetzt meine Schlachten, Schlachten, Schlachten! Im Brüllen der Kanonen, im Knattern der Arkebusen, im Dahergaloppieren vor meinen Schwadronen in feindliche Lanzenkarees hinein, da wird es in mir stille werden, still wie Frühlingsglanz. Aber Massaker wird es geben. Das Blut derer, die durch mich fallen, die für mich fallen, schiert mich den Teufel! Ich opfre mein eigenes ja auch. Für den Tod wird alles geboren, was lebt. Ich kenne keine überirdische Instanz mehr, die mir die Opfer verwehrt. Haha, die Allmacht gönnt den Ihrigen alles, worin sie selber schwelgt und praßt!«

Pomaski schauderte wohl, dennoch – er war fürs erste zufrieden. Dies ist lauter Paroxysmus. Erlösung braucht langsames Wachstum und Zeit. Aber Pomaski rief zur Überlegung zurück, Überlegung allein mache überlegen. Man müsse möglichst rasch ergründen, welche Bojaren, falls Otrepjew nicht bloß phantasiert haben sollte, die Intrige auf so weite Sicht angesponnen. Dimitrij brummte, es sei ziemlich klar, wer da anzupeilen sei: jener Chef der Uglitsch-Kommission, ein Schwerreicher namens Schuiskij, und im Verein mit ihm – oder auch gesondert für sich – jener Fürst Mstislawskij, der neben Schuiskij wohl der Erste und Vornehmste im Reich und am Throne sei.

Der Mstislawskij sei lange tot, sagte Pomaski.

Nun, meinte Dimitrij, dann werde wohl dessen Sohn, dem ja Boris das Oberkommando anvertraut haben solle, einer der Eingeweihten sein. Sein Verhalten im Kriege werde einiges enthüllen.

Ob Dimitrij auf sein Überlaufen hoffe?

Er hoffe auf alles und nichts und brenne nur nach Angriff und Krieg, er hazardiere und gedenke sich überraschen zu lassen, und alles, auch der Tod, sei ihm willkommen. Darum keine Stunde Aufschub mehr! Und jetzt wolle er allein gelassen werden und noch ein paar Stunden herunterrasseln. Er fühle sich jetzt aufgelegt dazu.

»Dein Engel schenke dir Frieden und Schlaf!« sagte der Pater und ging.

Als der Morgen graute, erlitt Dimitrij noch ein paar kurze Traumbilder und fühlte sich nach dem Erwachen zerschlagen. Was war es doch gewesen?

Er hatte auf einem Proteus gekniet, der bald Zar Boris sein wollte, bald Schuiskij, bald Mstislawskij, er hatte ihn gewürgt, und unweit mühten sich wie in Dämpfen zwei Frauen in ähnlichem Kampf widereinander ab. Maryna lag auf dem Rücken, Marfa würgte sie. Er war wütend dreingefahren und hatte die Alte zurückgerissen, fühlte sich dann aber selbst am Kragen gepackt und unter auf- und niederschlagenden Riesenfittichen hinaufgerissen wie Endymion, so daß er Marfa fallen ließ, die wie ein Stein zur Erde hinabstürzte, und als er nach dem Griff in seinem Nacken packte und Handgelenke auseinanderbrach und festhielt, gelang ihm ein Überschlag nach vorn, wobei er das Angesicht Otrepjews gewahrte, die betrunkene Fratze. Du bist doch mein Vater! rief er ihn an. Ja, ja, ich stelle dich ja hin! beruhigte der, und dann hatte er plötzlich Boden unter den Füßen. Er stand auf einer offenen Bühne und sah um sich Ränge voller Engel und Teufel in Husaren- oder Bojarentracht. Sie schwankten und kreisten. Er wußte, daß er in London war, wo man die Schauerkomödien spielte. Otrepjew sprang im Narrenkostüm an ihm vorbei nach vorn, Trompeten riefen, und während Otrepjew als Prologus den Schwank ankündigte, den er der Welt und Überwelt zu Ergötzen und christlicher Vermahnung verfaßt habe, traten links und rechts aus der Wand des Nichts die Akteure. Iwan der Schreckliche führte im Reigenschritt an seiner Linken Marfa vorüber, ihnen folgte eine Amme, die ein zerstochenes, blutiges Kind auf den Armen wiegte, ihr wiederum schlich trübselig Boris nach inmitten eines prächtigen Hofstaates. Da kam aus allen Zuschauerreihen flüsternd und als rhythmisch sich steigerndes Staccato das ihn allein angehende »Tu mit, tu mit!«. Ja, rief er, insanire juvat! Damit griff er seinem Schimmel in die Mähne und war mit einem Sprung im Sattel, und die Trompeten ließen neue Signale ineinanderperlen. Aber ein Rauschen brach in Dämmerungen hernieder, Regengüsse verschleierten die Sicht, und das ganze Theater war voller Bestürzung und Aufbruch. Doch zu spät; alles zerschmolz wie eine Kinderburg aus Sand unter Wellen, und ringsum war Weite, Dunst und Steppe, und Dimitrij ritt ins Leere hinein.

Erwacht, hörte er nun noch ein drittes Mal die Trompeten. Er begriff, der Morgen sei da. Wirkliche Trompeter riefen ihn. Man sammelte sich im Schloßhof zum Aufbruch. Avanti! Der Dnepr mein Hellespont! Drüben das Reich des Darius!

Da stand ja auch sein Knappe am Bett, daneben Butschinskij, der Sekretär.

Er stand mürrisch auf, befahl seine Rüstung, taumelte noch etwas und dachte: Das war noch kein stärkender Schlaf. Er befahl ein Bad und ins Badzimmer Frühstück, Kleidung und Rüstung. Als er sich in der Bütte mit Eimern kalten Wassers übergoß und Butschinskij dabeistand, fiel ihm ein, daß gestern hier sein Vater –! Wo Butschinskij stand, hatte er selbst gestanden. Sauber beginnt es, dachte er. Mag es enden, wie's will. Jener Eroberer rief, als er beim ersten Schritt am Strande stolperte und auf der Nase lag: Britannia, ich halte dich fest, ich lasse dich nicht! So kralle ich mich in mein Verhängnis. Maryna, so oder so, du sollst es nicht beklagen, daß ich je in dein Leben getreten. Ich will mich danach betragen.

Der Knappe brachte das Frühstück und stellte es auf den Schemel. Nach und nach trug er Kleidung und Rüstung herein, Helm, Harnisch und Beinschienen, Hermelinmantel, Säbel, rote Schärpe und Lederkoller. Während Dimitrij sich ankleiden ließ, riß und biß er hungrig die Bratenstücke vom Knochen, und während man ihn in den Panzer schnallte, fragte er, ob auch Marfa schon frühstücke. Dann kam Pomaski herein. Dimitrij betrachtete ihn und lachte: »So willst du reiten? Weg die Soutane! Auf russischem Boden sehe dir keine Wildsau den Jesuiten an! Reite als Krieger, dasselbe gilt für Ssawiecki. Anders ist für euch kein Platz in meinem Gefolge.«

Nach einer Viertelstunde trat er, innerlich noch voll nervöser Wut, doch äußerlich ein funkelnder Mars, in die Halle, wo einige Kavaliere sich bei der Anrichte kauend und trinkend selbst bedienten. Sie salutierten, teils müde, teils wohlgelaunt. Er winkte sie ungeduldig hinaus und schritt voran. Als er auf der Freitreppe erschien, schrien ihm die den Hof erfüllenden Ritter und Reiter den Willkommengruß zu, schwenkten ihre Säbel, warfen ihre Lanzen hoch, die Trompeten schmetterten, und der Fähnrich schwenkte das Zarenbanner.

Wo war Marfa? Ihr leerer Wagen fuhr vor. Als Dimitrij sich umwandte, traten die Herren hinter ihm gerade auseinander, und Marfa, übernächtig wie er selber, zwischen dem Wojewoden von Sandomierz und dem in einen Offizier verwandelten Pomaski aus dem Hause heraus. Dimitrij küßte Marfas Hand und geleitete sie zum Wagen.

Dann ging es in den Wald hinaus. Voran trabten die Trompeter, gefolgt von der Leibwache, danach der mit der Fahne und hinter ihm klirrend die Offiziere, je vier Reiter in einer Reihe, schließlich der vierspännige Wagen, der Marfa trug, rechts von Dimitrij, links von Mniszek geleitet. Hinterher trappelte das Gefolge und die Nachhut. Man kam an der Stelle des Attentats vorbei. Da lag noch der Tote von gestern. Dimitrij dachte: Ach, daß seine Kugel nicht getroffen! Ich war auf der Höhe meines Gefühls. So hätte ich sterben müssen. Als man zwischen zwei Wäldern über Brachland ritt, sah man die verschleierte Frühlingssonne zerfetzten Wolken entgegensteigen, bald aus deren Lücken herrliche Strahlenkegel gegen den rötlichen Himmel schießen und die von unsichtbaren Lerchen übertrillerten Gefilde vergolden. Alsbald vernahm man Rufe und Geräusche von dem im Aufbruch begriffenen Lager her. Während der Zug aus dem letzten Walde mit Fanfaren hervorbrach, antwortete vom Lager erster Begrüßungslärm mit Musketenschüssen, Trommeln und Trompetensignalen. Fürst Glinskij, der Schloßherr, der für Dimitrij in dessen Abwesenheit zur Nachtzeit das Lager befehligte, sprengte mit einigen Rittern heran. Nachdem er vor Dimitrij, dessen Zug jetzt anhielt, die Meldung gemacht, daß das Lager seit zwei Stunden beim Abbruch der Zelte sei und Vieh und Fourage schon die Brücke passiert hätten, stellte Dimitrij ihn Marfa vor. Er grüßte die Nonne freundlich mit großartiger Zeichensprache des Degens vom Sattel her.

Im Gefolge Glinskijs befand sich Kochelew. Er blickte vom Sattel her suchend nach Vater Grigorij aus und war enttäuscht, ihn nicht zu sehen. Er ritt an seinen neuen Herrn heran und fragte nach Otrepjew.

»Uns allen voraus!« war die barsche Antwort Dimitrijs. Dann ritt man dem Lager zu. Dimitrij ließ unter hochgeschobenem Visier seine Augen über das Gewimmel schweifen, das da weit und breit die Senken zum Strom hinab belebte, und spähte über die Flut zum anderen Ufer hinüber, wo man Troß, Fuhrpark und Viehherden und -treiber sich ordnen und vorrücken sah. Er fragte, wie die neuen Kosaken sich einfügten. Da berichtete Glinskij, es habe gestern unangenehme Dinge gegeben, der Zarewitsch müsse leider schon Kriegsgericht halten. Die Sache sei wichtig.

Nämlich?

Polnische Kameraden hätten beim Umtrunk mit den Kosaken geprahlt, Prinz Dimitrij sei in Wahrheit ein Sohn Stephan Bathorys. Daher sein Elan, Witz, Adel und Mut. Dergleichen komme nicht aus der östlichen Barbarei. Da hätten die Kosaken losgeflucht und gewettert und den Husaren Prügel angeboten. Schließlich habe ein Haufe von Ukrainern vermittelt: Es komme weder auf Stephan noch Iwan an, sondern darauf, daß Dimitrij Dimitrij sei, der dürfe so obskur sein als er wolle – er, der Held, begründe eine neue Zeit. Kurz, es habe Rauferei und Messerstiche gegeben, zwei Tote, fünf Verwundete, als Pan Butschinskij zur rechten Zeit die begeisternde Kunde von der Umarmung des Zarewitsch durch seine erlauchte Frau Mutter gebracht.

Dimitrij schnarrte, er sei der letzte der Waräger und der Nachfahr Bathorys zugleich, vor allem aber Sohn des Volkes, Rächer, Rebell und neuer Anfang; den drei Gruppen gehe es um den Räuberhauptmann, unter dessen Fahnen man brennen, schinden und rauben könne. Er schloß: »Lieber Fürst, ich pardonniere.«

Damit sprengte er an der Spitze des Zuges in weitem Bogen berghinan zu dem Buckel, auf dem gestern noch sein rotes Zarenzelt gestanden. Die anderen folgten ihm. Oben hielt er den Schimmel an und suchte wohl eine Viertelstunde lang über die aufbrechenden Lagermassen hinweg mit schmalen Augen die Ferne ab, die feindliche. Er ritt dann die Lagergasse hinunter, achtete nicht des andrängenden Getümmels, das ihm und Marfa zujauchzte, stieg am Strome ab und begab sich auf eine Aufschüttung am Brückenkopf. Zu ihm gesellte sich Pomaski, zu seinen Füßen setzte sich Kochelew. Herr Mniszek geleitete Marfa zu einem ähnlichen Hügel an der anderen Seite der Brücke. Dort stand die Nonne nun, hielt in den Händen ein geschlossenes Evangelienbuch, von dem an dunkler Perlenkette ihr Kreuz niederhing und auf dem eine Ikone des heiligen Nikolai stand, und mit diesem Heiligtum in beiden Händen schlug sie das Kreuzeszeichen über jeder Infanterieabteilung, jeder Reiterschwadron, jedem Kosakencorps zu Fuß oder Pferde, welches mit Waffenschwenken und Rufen zu Dimitrij und Marfa hinauf den Weg über die Bootsbrücke antrat und ins große Abenteuer wanderte, rollte und ritt. Schmerzlich vermißte Dimitrij schwere Kanonen und Mörser. Ob sich ihm die befestigten Städte wirklich öffnen würden? Wie im Traum sah er Marfa gleich einem Schlachtenengel sein Heer segnen, er hörte vorüberreitende Offiziere ihm zuschreien: »Majestät, das wird ein militärischer Spaziergang!« oder:

»Ruhm und Ehre, Zarewitsch! Heil Bathory und Iwan!«, oder ein Bauernkerl, die Axt im Gürtel und die Keule über der Schulter, schrie auf: »Räche das Bauernelend!«, oder ein Kosakenhäuptling brüllte: »Nieder mit dem Schnapsbrenner auf dem Thron deiner Väter!«, und auch Kurzjew ritt vorüber mit russischen Edelleuten und dröhnte würdevoll: »Heil dir, Tyrann der Tyrannen, Befreier deiner Starken und Edlen!« Schließlich zog Mniszek vorbei zwischen den Miechawiecki, Wisniewiecki, Olschewski, Gonschewski, Olešnicki, Butschinskij, vor der Blüte der polnischen Ritterschaft. Er reckte feierlich seinen Degen: »Vivat Demetrius invictissimus!«

Der murmelte wie fragend vor sich hin – und nur Pomaski vernahm es:

»Morituri me salutant.«\*

Wie? Glaubte Dimitrij nur noch über den Styx zu marschieren? Pomaski proklamierte: »Der Herr der Heerscharen gibt dir das gelobte Land.«

---

\* Todgeweihte grüßen mich.

# VIII
## Die eisernen Würfel rollen

Durch die Birkenauffahrt eines Gutes des Wojewoden Mniszek unweit Sandomierz, wohin Maryna sich gerade aus dem Stadtschloß zurückgezogen, trug eine offene Kutsche vier junge Damen dem Herrenhaus entgegen. Hofhunde schlugen an. Der junge Gärtner, der hemdsärmelig die einhegende Hecke beschnitt, sah den Wagen vor der Front des Hauses halten, doch niemand erschien zum Empfang. Da rief ihn eine der Damen heran. Er eilte herbei und empfing den Befehl, den Besuch zu melden.

Maryna lag auf dem Ruhebett, verständigte sich mit dem anpochenden Burschen durch die verschlossene Tür, runzelte die Brauen und stand auf. Sie mußte die »dummen Gänse« ja wohl empfangen und würde deren Neid oder Neugier oder Schadenfreude schon bedienen.

In der Empfangsdiele trat sie den Damen entgegen. Mit enthusiastischem Lärm und gebreiteten Armen rauschte man aufeinander zu, umhalste, küßte, begrüßte sich.

Nein, erklärten die Besucherinnen in zwitscherndem Durcheinander, sie wollten sich gar nicht erst setzen, Maryna müsse sofort mit, alle Freundinnen aus der gemeinsamen klösterlichen Internatszeit und noch ein paar Vettern und Brüder dazu seien auf dem Nachbargut, wie verabredet, versammelt bei Clavichord, Tanz und Wein und vermißten aufs schmerzlichste Maryna. Sie hätten die vier abgesandt, um sie schleunigst einzuholen. Man wolle eine kleine Maskerade inszenieren, neues vom Kriege hören und Maryna und den Zarewitsch feiern.

Maryna wehrte ab: Sie habe nichts anzuziehen und außerdem Migräne und gar keine Zeit, sie müsse bald weiter.

Ach ja, hieß es dann, der Krieg, der zehre Maryna auf mit Stumpf und Stiel. Doch was brauche sie Samt und Seide, Schmuck und Schminke, sie prange im Licht ihrer Gloriole. Natürlich verachte sie jetzt die alten Freundinnen längst, seit sie aus dem Kreise ausgebrochen, als Mitstreiterin des Helden, auf den Europa blicke und vor dem alle Kavaliere vergehen müßten wie vorm Sonnenaufgang die Sterne.

Maryna machte sich immer wieder aus den Umarmungen los. Dabei taten ihr die Schmeicheleien wohl. Vielleicht waren die Mädchen diesmal auch gar nicht so falsch. Man ließ sich nieder. Eine Blondine in lichtblauem und rotgepufftem Atlas, schlank und mit feingeschwungener Nase, fragte nach den neuesten Nachrichten. Also immer noch diese Belagerung von Nowgorod? Der schleppende Fortgang des Krieges mache Maryna natürlich Sorge. Nun, aller Anfang sei schwer. Eine Brünette in rotem Gewand mit gelbquellenden Ärmelschlitzen und schwarzsamtenen Besätzen wippte mit dem übergeschlagenen Bein: Um so dringender benötige die Heldenbraut Heiterkeit und Zerstreuung. Übrigens, Helene Batocki, bisher immer so armselig ausstaffiert, habe sich erdreistet, es Maryna gleichzutun und sich genau dieselbe Robe arbeiten lassen, die Maryna damals auf ihrer balladesken Hochzeit getragen. Maryna müsse den Gewandschneider zur Rechenschaft ziehen und mit Peitschen lausen lassen. – Und auch gleich den Warschauer Juwelier, rief die rassige Nina, die zigeunerhafte in Grün und Weiß, denn Marynas einmaliges Perlengewinde, das in ihrer Frisur à la Valois so oft Furore gemacht, habe er – ohne zu fragen – zweimal gefertigt, und beide Arbeiten glichen sich völlig. Lucia Sapieha habe das Double neulich bei Hofe getragen. Vetter Koslowski habe es ihr gestern erst brieflich versichert.

Maryna lachte: Fast ihre ganze Garderobe habe sie verhökern lassen, desgleichen ihren schönsten Schmuck. Die genannten Dinge seien mit den ihren gewiß identisch und hätten eben neue Besitzerinnen gefunden.

»Um Gottes willen!« schrie das Quartett. »Ja, natürlich«, hieß es dann einsichtsvoll, »für den Krieg.«

»Außerdem«, sagte sittsam die Blondine, »gehört es sich so für unsere süße Amazone. Auch ich bin bereit, Maryna, mein Hab und Gut an das eherne Würfelspiel unseres Helden zu wagen, für ihn und dich.« Die anderen nickten.

Maryna las in den blinkenden Augen den Spott: Arme Maryna, dir wird es noch komisch ergehen, dein Prinz ist drauf und dran, den Krieg und sich und dich zu verlieren. Hast uns die längste Zeit auf den Bällen an die Wand poussiert. Wir werden deinen Hochmut im Staube sehen. Sie versprach, alle Gespielinnen und Freundinnen, deren heitre Gesellschaft sie vorläufig entbehren müsse, in nicht zu ferner Zeit zum Siegesfest einzuladen, vor allem zur Hochzeit, wenn Zar Demetrius ihr die Brautgaben schicke. Sein Kronschatz werde reicher sein als der des Kaisers von China und des Großmoguls. Dann werde sie sich an der Freundinnen Mitfreude freuen und ihnen danken können für all die Besorgtheit, die sie in diesen Wochen wechselnden Kriegsglücks ihr so zärtlich zugewandt.

Man war sehr nett zueinander. Schließlich gab es wieder ein stürmisches Umarmen, und wenn all die heißen Wünsche, womit die vier Schönen die Allerschönste beim Abschied überschütteten, in Erfüllung gehen sollten, so mußte sich Sankt Michael mit seinen himmlischen Heeren für Dimitrij sehr beeilen und regen.

Als die Kutsche die Besucherinnen durch Felder und Haine davontrug, wurden sie sich einig: Dies sei das letzte

Mal gewesen, daß sie die arme Kirchenmaus auf hohem Pferd gesehen. Ein ulkiges Bild! Morgen schon könne alles aus sein, das sage Pan Roskowski auch: Nur Wunder könnten noch den Prätendenten zum Ziele tragen, denn der Russe stehe fest, der Zarewitsch sei verloren. Hoffentlich könne sich die Ritterschaft bald aus dem Staube machen, ehe es zu spät sei!

Diese letzte Sorge war echt, denn den und den Vetter, den und den Tänzer von diesem und jenem Ball wußten die jungen Damen in das Unheil verstrickt.

Maryna war in ihr Zimmer zurückgekehrt, hatte dort die Schatulle geöffnet und Dimitrijs letzte Briefe herausgelangt. Wieder mußte sie sie durchdenken, aber möglichst kritisch wollte sie's tun. Das Haus wurde ihr zu eng. So eilte sie in den Park hinaus, wanderte unter Buchen, Linden und Eichen dahin und las, las langsam, las gründlich:

»Meine Geliebte! Vor einer Woche nun versank hinter uns jenseits des Stromes das hundertürmige Kiew. Wir wandten uns nordwärts, schlichen die Grenze entlang, betraten heute im Morgengrauen den feindlichen Boden und standen alsbald vor der Grenzfeste Morawsk, einer kleinen Stadt. Kaum sah die Einwohnerschaft die Lanzen unserer Kosakenvorhut im Frühlicht schimmern, so überwältigte sie den Kommandanten und sein Gefolge, öffnete die Tore und führte eine Prozession heran, die mit Salz und Brot uns – die gefesselten Helden des Zaren darbrachte. Deren menschliche Behandlung glaubte ich mir schuldig zu sein, ließ mich also herab, war freigebig mit Versprechungen und ganz inkarniertes Vertrauen auf die Gerechtigkeit und den Triumph meiner Sache.

Vorwärts, komme was mag! Demetrius.«

Maryna nahm die nächsten Briefe vor und ließ sich auf einem Baumstumpf nieder. Sie las:

»Maryna! Vier Tage sind es her, daß ich den ersten feindlichen Bauern – Morawsk – aus dem Brett schlug und dir schrieb. Heute haben sich mir Tschernigow und einige andere Städte – gleichfalls ohne Schwertstreich – ergeben. Wie bisher gedenke ich künftig an jeder Raststätte gratulierende Deputationen, die mir die Paladine des Boris in Stricken überliefern, zu empfangen, dazu – hoffentlich en masse, also in größeren Haufen als bis dato – Überläufer und Glücksritter. Ganz Sewerien, gleichsam verlaust von Kosaken und durchlaufen von meinen Tag um Tag vorausgesandten Wühlmäusen, Kundschaftern und Herolden, fällt mir, dem Befreier, zweifellos zu. Meine Parolen spekulieren auch auf die Leibeigenen. Dein Dimitrij.«

»Teuerste Maryna! Boris regiert noch, ist noch Herr im Land. Wir lagern jetzt vor Nowgorod Sewerskij, das ein gewisser Peter Basmanow kommandiert. Er soll mit mir im gleichen Alter stehen und erst kürzlich mit auserwählten sechshundert Strelitzen eingetroffen sein. Hat rigoros die untere Stadt in Flammen aufgehen lassen und hält die Zitadelle. Ich ließ ihn auffordern, sich zu ergeben, er aber anerkennt keinen anderen Souverän als Zar Boris, dem er Treue geschworen. ›Der dich schickt, ist ein Betrüger‹, hat er meinen Parlamentär angeschrien, ›ihn erwartet der Pfahl wie alle seine Komplizen. Verschwinde, ist dir dein Leben lieb!‹ Wie ich auch hinübertrompeten lasse und hohe Summen biete – die Regel jenes Makedonenkönigs, daß Gold alle Festungen öffne, hat ihre Ausnahmen, wie du siehst. Nach achtundvierzig Stunden Bedenkzeit, die ich ihm später gewährte, stürmten wir, aber er schlug verteufelt zurück. Ich habe eben keine Geschütze da – jenes Kalibers, das Palisaden und Mauern zersprengt. Was bleibt mir übrig, als meine Ingenieure an die Herstellung von Feuerwerken zu treiben, die – hoffentlich bald! – das lächerliche Wespennest hochtreiben und ausbrennen. Kostbare Zeit geht zum Teufel. Ich fange an zu rasen.

Du schreibst, wie Du unablässig auf Reisen bist, Verstärkungen anzuwerben. Habe Dank! Was Deine ununterbrochenen Gebete betrifft, so schlafe lieber mehr, daß Du die Strapazen überstehst. Kanonen, Kanonen, Kanonen, schweres Kaliber, kannst Du mir die besorgen? An deren Gebetsgebrüll glaube ich. Doch sei unbesorgt! Ganz Dein Dimitrij.

P. S. Hast Du, meine Geliebte, meine ersten Depeschen erhalten? Nach langen Herzensergüssen steht mir nicht der Sinn, daher die Kürze.«

»Maryna! Ein neuer Morgen nach einer Nacht des Unheils!

Überläufer aus meinem Heer, Russen natürlich, müssen gestern Basmanow den für die Nacht angesetzten Sturm verraten haben. So war er mit seinen Sechshundert auf Posten, und wie! Wir wurden mit mörderischem Feuer empfangen, ließen nicht ab und mußten dann doch unter ärgerlichen Verlusten zurück. Da liegen nun meine Leute im Biwak, Polen wie Russen, vor dieser erbärmlichen Holzfeste, denken der Toten und verbinden ihre Wunden und verschwören sich fluchend von Zelt zu Zelt, erst einmal marodieren zu gehen. Ich knausere schon mit der Fourage; und wieviel Pulver haben wir verschossen und unter den Außenringen aus Stollen hochgehen lassen! Maryna, wir brauchen Munition! Schicke nach, was Du auftreiben kannst!

Übrigens verklärt mich eine so verbissene Wut, daß ich imstande bin, in all der Niedergeschlagenheit strahlend umherzuwandern und Mut und Hoffnung anzufeuern. Ganz der Deine! Dimitrij.

Nachschrift: Meine Maryna, freue Dich ein wenig! Herrlicher Glücksfall! Meine Streifenreiter haben sich eines Konvois bemächtigt und 80 000 Dukaten erobert, Zarengold fürs Zarenheer. Erst dachten wir, Fourage eingebracht zu haben, dann verriet mir der Chef des Konvois, ein gewisser Massalskij, in den Honigtonnen steckten Dukaten. Siehe, da waren es achtzigtausend. Ich sende Dir sofort mit zureichender Bedeckung die Hälfte zu: Wirb mir Rekruten, kaufe Munition!

Nachschrift: Die Glückssträhne reißt nicht ab. Eine der bedeutendsten Städte der Sewersk, Putiwl, hat sich für mich erklärt. Andere Burgflecken, höre ich, sollen folgen.

Drei Tage darauf: Rylsk, Sewsk, Woronesch und noch an die vierzig weitere Städte und Burgflecken sind mir zugefallen. Oh, wäre ich jetzt allgegenwärtig, die Ernte einzubringen! Verdanke sie wohl jenem Mönch, du kennst ihn, dem Otrepjew, der als mein Prophet das Land durchwühlt und die Menge zu Betern für mich und zu Rebellen gedrillt hat, so daß sie ihre Militärs tot oder lebendig mir mit Salz und Brot überliefern. Überall Huldigungen unter Heiligenbildern und Bannern. Anderes habe ich nicht erwartet, jedenfalls nicht für diese Provinz. Nur dies verfluchte Nowgorod des Basmanow! Was gäbe ich, diesen Kerl unter meinen Getreuen zu wissen!

In Eile! Aus Flammen sehnsüchtiger Liebe. Dein Dimitrij.«

»Meine Teuerste! Lange genug haben wir unwiederbringliche Zeit, Blut, Kugeln und Pulver vor Nowgorod vergeudet, und endlich hat Basmanow vierzehntägigen Waffenstillstand verlangt: Er erwarte Nachrichten aus Moskau und verspreche, den Platz zu übergeben, sofern er in der angesetzten Zeit keine Hilfe erhalte. Bin ich in der Lage, das Angebot zurückzuweisen? Nein. Wird dem Tollkühnen vor seinem Mut endlich bange? Ja. Er sieht, wie es um die Sewersk steht. Oder hat der Mann Nachricht von nahem Entsatz? Ich erwarte meine Kundschafter von ihren Ritten mit größter Ungeduld zurück.

Nachschrift: Es ist soweit. Mehr als 100 000 rücken heran. Wozu das Ungeheuer erst heranlassen? Entscheidung! Auf Verstärkung hoffen? Und weichen? Entscheidung! Dem ersten Schritt rückwärts folgte ja wohl Abfall, nicht bröckelnder, sondern wohl allgemeiner Abfall. Du staunst, Maryna? Du denkst von Deinen Landsleuten größer? Siehst Du recht, dann habe ich hier eben nicht die creme der erlauchten Polonia beieinander. Man hält mich heimlich doch für den fragwürdigen Abenteurer, für ein Ding nach ihrem Muster. Wie werde ich einst sieben und sichten!

Meine Spione behaupten, die Moral der feindlichen Truppen sei miserabel, sie würden mit fliegenden Fahnen zu mir übergehen. Etwas spricht dafür: das Verhalten der moskowitischen Wojewoden, denn im Schneckentempo zaudern sie heran. Ihre Schrittmacher sind offenbar drei: Widerwille gegen die Godunows, Mißtrauen gegenüber der Gesinnung ihrer Krieger, Überschätzung meiner Streitmacht.

Postscriptum: Schon fünf Tage liegt der faule Drache bloße vier Stunden von Nowgorod entfernt und rührt sich nur in sich selbst, um sich in den Wäldern zu verschanzen. Hoffentlich stimmt das Bild, das ich mir vom Gegner mache! Die Kavallerie ist zwar beängstigend an Zahl, doch schlecht beritten, wohl nur mit Bogen und Pfeil bewaffnet, versteht wohl weder zu manövrieren noch entschlossene Angriffe auszuhalten. Die Infanteristen drüben wissen selbst, was sie taugen, nämlich nichts, sie marschieren, schanzen und kämpfen nur unter der Knute und von Galgen bedroht, mit heimlichen Stoßgebeten für mich. Nur die Strelitzen und einige Fähnlein fremder Söldner zu Fuß, die sind dort das Rückgrat, die fürchte ich.

Ach, Geliebte! Acht Wochen sind seit unserem Aufbruch über den Dnepr dahin. Der Feind hat versucht, Verstärkungen nach Nowgorod zu werfen. Heißer Kampf ist da entbrannt, wir haben sie in ihre Wälder zurückgetrieben. Der erste Wojewode drüben, Fürst Fjodor Mstislawskij, hat an Deinen Vater geschrieben und ihn als den Kommandeur der polnischen Teile aufgefordert, unverzüglich das trotz Waffenstillstand überfallene russische Gebiet zu verlassen und die Sache eines Banditen und Hochstaplers, der gegen einen mit dem Polenkönig verbündeten Herrscher zu kämpfen sich erfreche, der Rache Gottes zu befehlen.

Ich bekam Wind davon. Dein Vater gab darauf die gebotene Antwort.

Drei Tage darauf. Anrücken des Ungeheuers – bis zu dem Moment, da es unserer berittenen Streifen ansichtig wurde. Geplänkel. Überlauf einiger russischer Edelleute. Hatte größeren Abfall erhofft. Entscheidungsschlacht nunmehr unvermeidlich. Mut!

Ich schmeichle mir, mit meinen Fünfzehntausend – denn so viele sind wir jetzt – die etwa Vierzigtausend vor uns, statt mit Büchsen, Spießen und Schwertern, mit offenen Armen empfangen zu können. Andernfalls – hole sie der Teufel! Bete dennoch für Deinen Demetrius.«

Soweit studierte Maryna die Botschaften, die ihr in den letzten Wochen bald in Ssambor, bald auf diesem oder jenem gastlichen Herrensitz umworbener Magnaten, bald in kleinstädtischen Werbebüros durch Kuriere zugestellt worden. Ruhelos lief sie nun die Parkwege dahin, von Sonnenflecken aus schattigen Baumwipfeln überhuscht, stand und blätterte, prüfte und wanderte weiter und runzelte die zarten Brauen. Sie überlegte von vorn:

Dies nächtliche Dahinschleichen zunächst! Eine geschlagene Woche lang – noch vor der Grenze! Was gab es da zu schleichen und zu zaudern? Vor dem Beginn! Hat ihm irgend etwas gleich den Schwung geraubt? Was soll dann dies ironische »Ich ließ mich herab ... freigebig mit Versprechungen ...?« Was soll das ›er habe sich als das inkarnierte Vertrauen auf Sieg und Gerechtigkeit seiner Sache aufgespielt‹ oder so ähnlich? Spottet er seiner selbst? Was ich dunkel empfand, das steht jetzt wie ein sichtbares Gespenst da. Und »feindlicher Boden« schreibt er. Feindlich – sein Vaterland? Gut, ich bin zu spitzfindig. Aber warum sind diese Depeschen so knapp, ohne Schilderung und Phantasie? Er muß doch wissen, wie ich auf jedes Detail versessen bin. Diesen Basmanow bewundert er offenbar. Warum nicht? Aber er tut's wie einer, der ihm recht gibt. Dann dieses »ich fange an zu rasen«, wo stand das doch? Hier. Er verschweigt mir Rückschläge. »Russen natürlich«, so schreibt er, sind zu Basmanow übergelaufen. Natürlich? Natürlich Russen? Selbst aus den Zeilen der Erfolgsnachrichten haucht es so kalt wie – Furcht. »Verbissene Wut« läßt ihn strahlend in der Niedergeschlagenheit der Leute umhergehen und die Verzagenden anfeuern. Ist die Moral der Truppen so anfällig und miserabel? Und du, Dimitrij, du mußt den Strahlenden – spielen? Was hat dich – irritiert?

Unter mächtigen Walnußbäumen drückte Maryna die Fäuste, die die Papiere hielten, an ihren Hals und murmelte: Zerbricht dich etwa jenes Wissen, das mich, mich nicht zerbrach, und – ach, woher sollte es dir zugeweht sein? Übrigens, was ist mit Vater los? Was soll das heißen, Dimitrij, »ich bekam Wind davon«? Stimmt es zwischen euch nicht mehr? Vater, muß er dir mißtrauen? Hast du vor ihm das Schreiben jenes Mstislawskij verborgen? Dimitrij, hast du ihm die Antwort an den Feind diktieren müssen? Weiß womöglich auch Vater etwas? Und verliert darüber Lust und Mut? Warum schreibt er gar nicht an mich? Und wie erfahre ich die Wahrheit, wie klopfe ich auf den Busch? Da Dimitrij nicht wissen darf, was ich weiß, ich aber wissen muß, ob er weiß ... Nein, Briefe tun es nicht mehr zwischen uns. Er läßt den Vorhang niederfallen, zieht sein Visier herab. Hin muß ich, hin!

Mit diesem Entschluß kehrte sie um und eilte immer rascheren Schrittes dem Schlosse zu, die Stufen hinauf unter das säulengetragene Vordach und von Saal zu Saal bis zur vorderen Diele. Dort zerrte sie an der Kordel der Glocke, die am Treppengeländer hing, schalt den Diener, welcher oben auf der Galerie gemächlich herbeischritt, und befahl, er solle sofort die Zofe in ihre Gemächer schicken zum Packen, er solle den Wagen, den Kutscher, die Eskorte bestellen und den Fourier, sie reise ab. Sie stampfte ungebärdig auf und stieg dann müde mit bleiernen Gliedern die Treppe empor, mit der Rechten, die die Depeschen hielt, den Samtrock hebend, mit der Linken sich am Geländer hochziehend. Ahnung beschwerte sie. Ach, sie hatte immer einen feinen Spürsinn für alles, das wußte sie.

Als die Sonne sank, saß sie immer noch in ihrem Zimmer inmitten eines auf Bett, Gestühl und Tisch verstreuten Kleiderwirrwarrs und ließ die Zofe die große Truhe packen. Da pochte es. Jener Diener mit dem langzipfelnden Magyarenschnurrbart trat ein und meldete die Bereitschaft von Wagen und Reiterei. Aber ein Kurier des Herrn Wojewoden sei soeben eingetroffen und warte in der Diele.

Sie eilte hinaus und hinunter. Da stand er, der verstaubte Reiter, neben der Pforte. Die Blechhaube hing am Gürtel und schlug gegen das Wehrgehenk, als er breitbeinig stampfend salutierte. Maryna nahm das überreichte Schreiben – übrigens mußte sie den Atem vor dem Leder- und Schweißgeruch des Reiters anhalten –, trat an eins der beiden hohen Fenster, die die Pforte flankierten, entsiegelte hastig und brach auf, erkannte die Schriftzüge ihres Vaters und las – mit sich rötenden Wangen und bald übergehenden Augen:

»Sieg, meine Tochter, Sieg! Der erste, weithin schattende Lorbeer! Ruhmreiche Schlacht! Brenne auf, Herz meiner Maryna! Illuminiere Polen, wo du auch reisest und rastest! Vernimm!

Traumschwere Nacht lag auf unseren Tausenden. Zwei Männer floh der Schlaf: Demetrius und Deinen Vater. Denn Nachricht war da, daß der Feind am Morgen zum Sturm antreten werde.

Wir verließen mit allen Truppen das Lager im Zwielicht. Auf offener Ebene stellten wir unsere Streitmacht auf, voran das Korps unserer Edlen in Eisen und Erz, siebenhundert Husaren auf prächtig gedeckten Pferden mit ragenden Lanzen, in ansehnlichem Abstand von Mann zu Mann, denn einem jeglichen hing wie eine Traube seine Schar von Knechten an, und jeder Diener war gewandet und gewappnet wie sein Herr. Du hättest sie sehen sollen, diese zum ersten Einbruch in die feindliche Übermacht bestimmte Garde, wie sich da in ihrer Ausstattung Morgen- und Abendland farbig mischten, wie bei der Attacke auf ihren Schultern die Felle aller Bestien des Orients flatterten, wie die Schabracken von Gold und Silber schimmerten, von Perlen und Edelsteinen, wie die Tiere von Bärenfellen wallten, wie von den Helmen oder den Harnischrücken die prächtig gereckten Schwingen standen oder auch vom hinteren Sattelrist.

Unser Dimitrij mit dem Schwerte Gideons ritt als Spitze dieses Elitekorps, zu dem – nebenbei gesagt – eine Hauptmacht russischer Ritter kommandiert worden, ritt vor dieser Front inkarnierter Engel und Dämonen, Genien und Götter und hielt eine Ansprache – comme il faut, sage ich Dir. Wirklich niemand, der nicht an Alexander dachte. Oh, Maryna, du hättest sein von kriegerischem Enthusiasmus strahlendes Antlitz sehen sollen. Er war Mars im Waffenwerk des Hephästos. Himmelwärts streckte er in beiden Fäusten den Degen und rief: ›Oh, mein Gott, wenn meine Sache ungerecht ist, so falle dein Zorn auf mich! Aber du kennst mein Recht und meine Berufung! Du wirst meinem Arme unbesiegbare Kraft verleihen!‹ Wahrlich, er war der zur Erde gestiegene Sol Invictus.

Sofort, als seien diese Worte mit dieser Geste Luntenwurf in ein Pulvermagazin, prasselten die Herren Husaren los und jagten hinter ihm her wie ein Furioso von hundert Blitzen auf den rechten Flügel der Moskowitischen ein, zerrissen ihn beim ersten Anstoß, brachen durch und warfen ihn auf das Zentrum.

Erspare mir alle Details. Prachtvolle Szenen des Nah- und

Einzelkampfes spielten sich in Fülle ab, wert, Schlachtenmalern lange Zeit als Vorwurf zu dienen. Kurzum, das ganze moskowitische Heer geriet in Verwirrung, die Kerle spritzten auseinander, zerstreuten sich, schmissen ihre Waffen weg, rannten und schrien nur: Der Zarewitsch, der Zarewitsch! Die Gäule ihrer Kavalleristen bäumten sich, gehorchten weder Zügel noch Sporn, rollten die Augen, warfen ihre Reiter ab und flohen ledig – oder mit ihrer ohnmächtig tobenden Last. Denn sie sahen in den von Fellen umwogten, schrecklich beflügelten, ansprengenden Artgenossen wohl ein Heer von reißenden Fabelwesen. Fürst Mstislawskij, gewiß ein tapferer Degen und erprobter Heerführer, bemühte sich umsonst in dem Chaos, seine Reiterei wieder zu sammeln, geriet unter unsere Kavallerie, wurde im Nahkampf mit fünfzehn Säbelhieben gesegnet und fiel vom Pferd. Er würde gefangen worden sein, hätte ihn nicht ein Dutzend Arkebusiere, deren krachende Ladungen unter uns fuhren und Roß und Reiter um den Fürsten niederknallten, herausgeholt und als ein Bündel von blutendem Fleisch vom Schlachtfeld waldwärts geschleppt. Das débacle der Russen aber war komplett. Ihr ganzes Heer wäre aufgerieben worden, hätte nicht noch die Infanterie der fremden Söldner am linken Flügel mit ihrem mörderischen Feuer dem Ungestüm meiner Kavallerie Einhalt getan.

Neiderfüllte Götter griffen zuletzt zugunsten des Feindes ein. Basmanow langte von hinten zu, der Kommandant dieses vermaledeiten Nowgorod. Gestützt auf einige baltische Kompanien unter Anführung des Schweden Lorenz Biugge, hatte er einen Ausfall gemacht, war er in unser Lager eingebrochen und steckte es nun in Brand. Wir mußten die Verfolgung der flüchtigen Armee einstellen, um diesen verfluchten Kerl mit seinen Söldnern abzuweisen und das Lager zu retten. Wir jagten sie denn auch durch Flammen zurück, aber die Generale des Godunow konnten indes in den Wäldern ihre verdroschenen Helden leise, leise zusammensuchen und -treiben und sich mit Sack und Pack davonschleichen.

Viertausend Tote ließ der Feind auf dem Schlachtfeld zurück. Unsere Kosaken trieben stattliche Haufen von Gefangenen ein. Ich warte auf mehr.

Mein Töchterchen, wir haben hier den Musiknarren Radziwill, den du kennst, einen deiner Verehrer. Er sagte: ›Das Trompetenthema unserer Kriegssymphonie ist erklungen, denn alles andere bisher war sozusagen introducione. Jetzt werden wir das Thema in Variationen ausbauen und steigern bis zum finale glorioso.‹

Nun lasse die Siegesposten über ganz Polen flattern, wirb uns Nachschub, schröpfe die Geldleiher, gewinne die noch Zaudernden, auf die noch zu rechnen ist, wirb sie für die Mannen und Fahnen König Stephan Bathorys, wenn sie für Dimitrij, Dich und mich nicht habhaft sind, lasse durchblicken, welchen Vorsprung Dein Vater vor den anderen Herren daheim im politicis zu gewinnen im Begriff sei, und im übrigen bete fromm für unsere große Sache! Des Allmächtigen Vorsehung hat sie ja aufgebracht und muß und wird und will sie segnen. Dich segnet Dein getreuer Vater Jerzy Mniszek.«

Der Kurier sah die lesende Maryna die Worte flüstern und mehr als einmal küssen. Sie drückte den Brief vor die weinenden Augen. Dann wandte sie ihm ihr verklärtes Gesicht zu und flog davon und die Treppe empor, leicht wie im Traum, entsann sich auf der Galerie des ihr nachblickenden Reiters und lud ihn ein, es sich am Tisch bequem zu machen, dann lief sie in ihr Zimmer zurück, um die Packerei einstellen zu lassen, dafür aber sofort nach Sandomierz zurückzufahren, von ihres Vaters Amtssitz aus die Siegesbotschaft in alle Provinzen zu jagen und die Stadt nicht eher zu verlassen, als bis die noch abseits stehenden Ritter mit ihren Gefolgen, bis Handwerkervolk und freizügige Bauern sich unter die Fahnen ihrer Werber würden gesammelt haben, und danach –? Sollte sie danach nun auch noch hinter Dimitrij her? Sie hatte wohl doch nur Gespenster gesehen. Ich bin eine Gans, rief sie sich zu. Nichts weiß er, alles glaubt er, und der Himmel ist sein Schutz und Schirm. Ob Tausend fallen zu seiner Rechten und Zehntausend zu seiner Linken, ihn wird's nicht treffen.

Der Reiter in der Diele machte sich gerade über Brot und Speck, Hirse und Käse und die Kanne Bier her, die man ihm aufgetafelt, als er Maryna in Reisekleidung die Treppe wieder herniederspringen sah. Ein Diener folgte ihr so würdig, als es die Eile zuließ. Ehrerbietig fuhr der Reiter seinerseits auf. Er empfing von ihr ein gesiegeltes Billett. Sie bestätige darin, erklärte sie, den Empfang der Sieges-Post und verheiße eine ausführliche Erwiderung. Und schon rauschte sie durch die Pforte, die der Diener öffnete, zum Wagen hinaus, hinter dem die Reiterschar auf ungeduldig tretenden Pferden wartete. »Nach Sandomierz!« rief sie, und fort ging's.

Abendliche Himmelsklarheit erlosch über den dunstigen Frühlingsweiten der Felder und Wälder, als Maryna der Stadt sich näherte. Auch ihr Sinn verblaßte und ernüchterte, und sie begann zu zweifeln, ob ihres Vaters Schilderung bezüglich der Verfassung Dimitrijs ganz zutreffend sei. Diese Schilderung war wohl im Rausch der Siegesfreude so prahlerisch ausgefallen, auch im Rausch von viel Tokaier im Kreise feiernder Kameraden. Sie fühlte, sie müsse wohl doch zur Front, um Dimitrij auszuforschen und ihrer Unruhe ledig zu werden. Doch zuvor wollte sie erst einmal das Licht dieser Stunden dankbar genießen. Ihr fiel ein, daß sie Gott noch nicht den schuldigen Dank geopfert, fingerte aus ihrer Reisetasche den Rosenkranz hervor und flüsterte Perle um Perle, geriet aber vom Danken ins Betteln: daß Gott sich doch ja der Seele Dimitrijs erbarme, falls sie wissend geworden, sie tröste und zu ihm sich weiterbekenne, nämlich zur großen Sache. Auch bettelte sie darum, mit ihrer Liebe Dimitrijs Gehilfin bleiben zu dürfen in Not und Sorge, in Ruhm und Macht, in den Tiefen und auf den Höhen. »Denn es ist nicht gut«, betete sie, »daß der Mensch allein sei; wolle mich zur Gehilfin machen, die um ihn sei!«

So fuhr sie auf die schwarzdämmernde Silhouette von Sandomierz zu ...

Als wolkenschwere Nacht die Welt verhüllte, als in den finsteren engen Gassen der Stadt die letzten Fenster erloschen, da erwachte über den Dächern, zuerst von einem, dann von vielen Türmen her, Glockengeläut. Was schon schlief, schreckte auf und fragte sich oder den Schlafgenossen, ob und wo es brenne, fuhr in Hosen oder Rock, öffnete das Fenster und spähte hinaus. Dann sah so ein Schlaftrunkener wohl auf der Gasse ein Vorüberlaufen und Lärmen zwischen Fackeln und Laternen, und es gab ein Hinunterrufen, was los sei, und ein Antworten hinauf, es brenne nicht, doch das Wojewodenpalais sei illuminiert, und auf dem Platz davor blase eine Janitscharenkapelle. Da brächten die Musikanten ein Ständchen, denn Siegesnachricht sei da. – Und horch, da war die Musik auch schon zu hören.

Er war illuminiert, der Amtssitz des Wojewoden, der etwas abgeblätterte Palast am großen Markt. In jedem Fenster standen Kerzen, Fackeln aber auf dem breiten Balkon, unter dem auf der Estrade der Freitreppe die beturbante Kapelle dudelte, schmetterte und paukte. Die Instrumente blinkten. Ein weiter Kranz von Flämmchen loderte um den ganzen Markt, denn da stand Fackelträger an Fackelträger. Viel Volk strömte zusammen, blickte zu den hellen Fenstern auf und fragte, ob der Wojewode wohl aus dem Kriege zurück sei. Ja, der werde auf den Balkon treten und – was gilt's, Gevatter? – seine Heldentaten gehörig verbreiten, daß Polen wisse, was es an ihm hat.

Aber im strahlenden Saal stand in festlichem Staat nur seine Tochter inmitten säbelschwingender Vivatrufer. Es gab da Huldigung und ein großes Sichzuprosten neugeworbener Kavaliere, die Maryna in letzter Zeit gewonnen und die sich aufgemacht hatten und während der letzten Tage in den Wirtshäusern der Stadt bereits mit ihren Knechten lebten. Nun hatten sie sich um die Perle Polens versammelt. »Vivat Maryna, reginarum regina!« so umlärmte es Maryna immer wieder und küßte danach, vorbeidefilierend, schnurrbärtig und galant ihre weißen Handschuhe. Als die Edelleute endlich mit der Umhuldigten auf den Balkon hinaustraten und einer von ihnen das Wort ergriff, vom großen Siege Polens über die Horden des Tyrannen sprach und die Volksmenge zu einem lärmenden Hoch auf das Vaterland veranlaßte sowie auf dessen großen Freund, den Zarewitsch, der, gleichzeitig Rußlands und Polens Kind, Polens Ehrenbanner einst neben den russischen an seinem Moskauer Thron werde aufpflanzen lassen, und zum Hoch, Hoch, Hoch auf den Wojewoden und seine göttliche Tochter, die Dame Maryna, die künftige Zarin – während das geschah, legten in der trüb erhellten Werkstatt der aus dem Schlaf gescheuchten Druckereileute die Gesellen Blatt um Blatt in die Presse und trugen gebündelte Plakate den Reitern hinaus, die sie in ihren Taschen bargen, um in die Nacht davonzutraben, ein jeder dem Ziele zu, das ihm Marynas rasch entworfener Plan zugewiesen. –

Zur gleichen Stunde aber saßen sich in des Königs Stadt an der Weichsel Fürst Leo Sapieha und Legat Rangoni gegenüber, in einem hohen gotischen Raum unter einem Kerzenkronleuchter. Der Großkanzler von Litauen versicherte gerade dem Kleriker, der seinen schmerzlich forschenden Blick auf des Sprechers Lippen ruhen ließ, der König habe gehandelt, sein Herold sei zu Mniszek unterwegs, der Befehl sei definitiv, alle Untertanen Seiner Majestät hätten sofort den

Heimmarsch anzutreten bei Verlust ihrer irdischen Güter, die der König bis dann und dann einziehen werde, falls man nicht ordre pariere. Die Gründe für den Befehl seien mancherlei: Erstens habe man eine für den Königsthron bedrohliche Adelsföderation aufgedeckt, an deren Entstehen die Affäre des Zarewitsch mit schuld sei, und Majestät benötige den Beistand jener Paladine, die jetzt im Felde stünden –

Der Legat fragte leise, ob Mniszek zu den Stützen der Königsmacht zähle.

Der Fürst lachte: Die Konföderation umfasse diesmal in der Hauptsache Gegner Mniszeks und habe zum Ziel, die Abwesenheit dieses Kontraligisten auf dem Kriegsschauplatz zu dessen Sturz sowohl wie zur Einkesselung der Königsmacht zu nutzen. Außerdem stehe für den König die Niederlage des Prätendenten nunmehr fest. Er würde wahnsinnig sein, wenn er um eines verlorenen Glücksritters willen die Freundschaft des verbündeten Zaren verlöre; er benötige sie im Blick auf Schweden ohnehin, wie der Exzellenz bekannt sein müsse. Die Losung sei: Ja nicht Boris dem Schweden in die Arme treiben!

Der Legat erkundigte sich, wieso der Sieg des Boris unvermeidlich sei.

Sapieha verwies auf die lange Belagerung des elenden Nowgorod und auf die Unwiderstehlichkeit der noch anrückenden Heeresmassen. Die würden nicht überlaufen, das sei ausgemacht. Kurzum, er habe der doch immer noch recht dunklen Existenz, die sich Demetrius nenne, durch das Wegziehen der Polen die schöne Gelegenheit eingeräumt, tapfer und ruhmvoll unterzugehn.

Wie empört er auch war, der Legat seufzte nur tief auf, stützte den Kopf in die rechte Hand und zählte dem Kanzler, als sei dieser die Verkörperung seines eigenen Gewissens, die Gegenargumente auf. Doch der Fürst erhob sich und rief:

»Ich biete Eurer Exzellenz eine Wette um tausend Dukaten. Ich opfre sie der Kirche in jedem Fall: aus meiner eigenen Tasche, wenn ich verliere, aus der Eurigen, wenn ich gewinne. Folgendes sei die Wette: Daß der Prinz, sobald sein Kernheer auf und davon ist, sich rechtzeitig verflüchtigen wird, um irgendwo als möglichst sympathischer Ausländer ein Leben lang in der Maske des Enterbten einherzutragieren – daß sich also der ganze Spuk in nichts auflöst. Und somit bin ich dem Armen doch sehr dankbar, denn ohne seine Tollheit und seinen Sturz könnten wir die Bande zwischen Krakau und Moskau nicht so festigen, wie es nun geschehen wird. Ich kenne den Zaren, er ist dankbar, Exzellenz. Was aber die Ziele der Kirche betrifft, nun, Abenteurer können sie nur ruinieren und diskreditieren. Nehmt Euch inzwischen andere Dinge vor! Ein klug rekatholisiertes Schweden, das ist doch wohl auch was wert. Helft dem König da weiter! Schweden ist Großmacht und Polen auch.«

Rangoni fragte, ob der Fürst so sicher sei, daß Mniszek dem Königsbefehl folgen und mit den übrigen Polen den Prätendenten so schmählich verraten werde.

Der Kanzler brummte, er habe noch nicht erlebt, daß ein Mniszek viel nach Ehre oder Unehre frage. Er spielte auf ein gewisses Schreiben an den König an, das über den Absender genug verrate. Er selbst, Sapieha, sei so vermessen, vom Heiligen Stuhl einen ansehnlichen Orden zu erwarten, nämlich dafür, daß er die Sache der Kirche im Lande der Häretiker rechtzeitig vom Abgrund zurückgerissen und der Kirche Blick wieder zur Mitternachtssonne gelenkt.

Der Greis fragte nun eindringlich, ob der König sich seiner Schuld bewußt sei. Er erst habe den Prätendenten ermutigt und ihm die Freiheit eingeräumt, sich jenes Heer zusammenzutrommeln und Krieg zu machen; nun das Wort zurückziehen heiße den Schützling verkaufen und verraten. Die Zurückbeorderten könnten daraus einst Stoff für künftige Rebellionen ziehen.

Fürst Sapieha winkte ärgerlich ab: Schuld hin, Schuld her! Sehr viel größere Schuld lüde der König jetzt jedenfalls auf sich, wenn er die geringere nicht mehr wagte.

Der Greis erhob sich endlich, verbeugte sich als Resignierender, vielleicht auch als Büßender. Er bekreuzigte sich feierlich. So schwor er denn wohl dem Prätendenten, Pomaski und all den verwegenen Hoffnungen ab und segnete sie, wie man das Zeitliche segnet – oder auch den Schuldigen an den Stufen zum Schafott. –

Die Nacht verdämmerte und rauschte von Regengüssen. Der Nachtwächter von Sandomierz schlorrte im kalten Morgengrauen mit seiner Hellebarde krumm, griesgrämig und pudelnaß durch die Pfützen der leeren Gassen dem Stadttor entgegen. Er hörte es in seinen Angeln knarren und nahm wahr, daß ein Berittener, der draußen von der Wache gerade abgefertigt worden, durch die Torwölbung dahergetrappelt kam. Dieser Reiter trabte an ihm vorbei, und das Geräusch der Hufe im Morast erfüllte die stillen Gassen. Der Reitknecht hielt vor dem Wojewodenpalast und trommelte mit dem Schwertgriff an die Pforte. So endete für Maryna der kurze Schlaf. Sie hatte befohlen, sie bei jeder neuen Nachricht zu wecken.

Als die notdürftig gekleidete Hofmeisterin bei ihr angepocht, sie sich schlaftrunken in ihrem Baldachinbett aufgerichtet und den Brief empfangen, befahl sie, Licht herbeizubringen, und erbrach im Kerzenschein das Schreiben. Sie erkannte Dimitrijs heftige Schriftzüge, rieb sich noch einmal die Augen, hieß die Alte gehen und las:

»Meine Geliebte! Eine erste Schlacht ist geschlagen. Dein Vater schrieb schon davon, wie ich eben erst höre, und schickte die Post ab, ohne die meine abzuwarten. Ja, wir haben Ruhm an unsere Fahnen geheftet, sonst wenig geschafft. Der Feind ist zurückgeschlagen, mehr nicht. Kaum Überläufer, wenig Gefangene. Das ganze ist ein Dreck. Unser Lager ist verheert. Basmanow sitzt noch immer wie ein zusammengerollter Igel da. Nachricht, daß ein zweites Heer, viel zahlreicher als das geschlagene, wenige Meilen vor uns steht. Es fängt die zerprügelten Heerhaufen auf. Das Schwerste steht noch bevor. Man hat mich kennengelernt, um so umsichtiger wird die Gegenwehr sein.

Doch Mut, Mut, Mut! Kaum war die Schlacht verhallt, so rückte noch ein Korps von 12 000 Saporogern mit 14 bespannten Kanonen bei mir ein. Warum sind sie nicht früher gekommen? Was mir die Freude an ihnen trübt, mir gar ein Fragezeichen hinter das Wort Verstärkung rückt, ist der Verdacht, daß sie absichtlich getrödelt haben dürften, um abzuwarten, ob es sich lohne, mir beizustehen. Kosakentreue scheint käuflich. Übrigens die der Herren Polen nicht minder. Sie schreiben sich allein die Ehre des Sieges zu, doch spüre ich, was sie untereinander mit Augenblinzeln munkeln, daß zum Beispiel die Russen sich wenig entschlossen zeigten, zum rechtmäßigen Herrscher überzugehen, daß folglich das ganze Unternehmen denn doch verteufelt riskant sei, wie man nun sehe. Soeben habe ich einen Krawall beschwichtigt, der sich als eine Art Meuterei enthüllte. Die Herren Polen beklagen sich, ich hielte meine Versprechungen nicht; der von Massalskij herrührende Dukatenregen sei zum größten Teil auf die Kosaken und die Sewersker niedergegangen, nicht auf die eigentlichen Sieger der Schlacht, auch von der Beute hätte ich die Husaren zurückgedrängt – hinter meine Russen. Dein Vater macht sich gar zum Anwalt dieser Geister, die mich zu majorisieren wünschen. Ich ersehne mit kalter Wut den Tag, da ich ihrer nicht mehr bedarf, entweder als Führer einer ständig wachsenden Armee aus meinen Landsleuten – oder als stiller Mann, der sich das Gras von unten ansieht. Ich rechne mit letzterem, doch bis dahin sollen mich sie und alle Mächte, die mich in diesen Kampf geworfen, kennenlernen.

Ich wünschte, Du wärst für eine Stunde bei mir. Hätte an Dich eine äußerst dringliche Frage.

Habe Dank für Deine gutgemeinten Zeilen. Demetrius.«

Maryna fiel in ihre Kissen zurück. Ihre Augen starrten ins Leere. Immer schwerer sanken Unruhe, Schwermut und Grauen auf ihr Herz. Angst um Dimitrij ergriff sie wie nie.

Eine äußerst dringliche Frage? An mich? Sie fuhr hoch und war hellwach: Dies war der Brief eines Verzweifelten! Und er sieht furchtbar nüchtern. Ein angeschlagener Feind ist kein besiegter Feind. Kaum Überläufer, das ist jetzt seine Enttäuschung. Die Köpfe der Hydra, je mehr man ihr abschlägt, verdoppeln sich ja. Doch daß er die Zuspätkommenden, die Saporoger, gleich so verdächtigt, daß er auch die allem Kriegertum doch eigene Beutegier so tragisch nimmt, daß er's seinen Kampfgefährten verübelt, wenn sie die vorläufige Situation genauso nüchtern und zweiflerisch abtasten wie er selbst, das läßt auf einen Erkrankten schließen. Äußerst dringliche Fragen an mich? Wie götterstark zog er, als wir Abschied nahmen, davon, unverwundbar für alle Widerwärtigkeiten, die solch ein Feldzug mit sich bringt! Oh, er wird wie ein Orlando furioso um sich schlagen, wenn es um nichts mehr als um sein Leben geht, ich kenne seine Art im Schmerz. Aber – wirkt ein solcher noch überzeugend? Er hat das Lachen verlernt. Wo ist seine Besessenheit hin? Dimitrij weiß, Dimitrij weiß. Er weiß es ...

So ging Maryna in den neuen Tag hinein. Sie brachte ihn blaß und nervös, Leute ausscheltend und wieder beschwichtigend, hastend und unstet zu. Unter hundert Geschäften, im Empfangen, Beantworten und Versenden von Post, wobei sie auch von Hohn und Geifer triefende Schmähbriefe erhielt, in denen auf ihren Vater, auf Dimitrij, auf sie selber, die ränkesüchtige, ehrwütige Poppäa und Messalina, alle Wetter von Sodom und Gomorrha herabbeschworen wurden (und die sie sogleich ins Kaminfeuer warf). Ferner verabschiedete sie die schwärmenden Edelleute und deren Gefolge, verhandelte mit Wucherern, denen sie zu den anrollenden Beutedukaten Dimitrijs ihre allerletzten Juwelen und bereits Einkünfte ihrer künftigen Krongüter verpfändete, gab Anweisungen an die Rekrutierungsbüros heraus und traf Vorbereitungen zur Reise an die Front. So verbrachte sie den Tag und beschloß ihn mit der inbrünstig-schwermütigen Feier einer Messe, für die sie einen der Stadtpriester in die Hauskapelle beorderte. Als es wieder abendlich dämmerte und immer noch der eintönige Regen auf das stille Sandomierz niederrauschte, bestieg sie den geschlossenen Wagen und rollte zwischen berittener Vor- und Nachhut davon, der Front nach – oder ihr entgegen.

Sie hatte alle Neugeworbenen zu einem Marktflecken nahe der Grenze entboten. Als sie sich diesem näherte – ihr Fuhrwerk mahlte langsam auf sandiger Waldstraße dahin –, lagen mühselige Reisetage hinter ihr und leidige Verzögerungen durch Achsen- oder Radbruch. Sie brannte vor Ungeduld, mit dem kleinen Heer, das sich inzwischen vor ihr würde gesammelt haben, schleunigst aufzubrechen und also nicht mit leeren Händen bei Dimitrij zu erscheinen. Gerade hatte sie ein paar Reiter vorgeschickt, um sich anzusagen, gerade entließ die Walddämmerung ihren Zug in besonntes Gefilde, als Vorreiterruf an ihr Ohr drang. Sie lehnte sich aus der Kutsche und spähte die Hügel hinan.

Eine geharnischte Mannschaft trabte unter einer Standarte hernieder und ihr entgegen. »Reiter des Königs!« rief jemand in Marynas Mannschaft. »Die Königsstandarte!«

Ihr Herz schlug härter, üble Ahnung umspannte es: Königsbotschaft, an mich doch nicht?

Dann hielt der Trupp, der Wagen stand, der Standartenzug war nah, hatte Halt! gewinkt, und ein Ritter in gefiederter Kappe und Kettenhemd, in dem Maryna sofort einen Krakauer Hofherren, Pan Pilchowski, erkannte, der oftmals

Herold des Königs war, ritt würdig an ihren Kutschenschlag heran und grüßte. Sie erwiderte mit bestrickendem Lächeln und schönem Augenaufschlag, als ob dergleichen noch irgend etwas nützen könnte. Der Ritter sprang aus dem Sattel, trat an die Kutsche, erkundigte sich, ob die Dame angenehm reise oder seiner Dienste bedürfe, ob sie zum Sammelplatz ihrer neugeworbenen Paladine strebe, etwa, um diese für den Krieg zu verabschieden, vielleicht gar, um sie dem Zarewitsch selber zuzuführen, bedauerte dann, daß die hohe Frau sich umsonst bemühe, verwünschte seinen eigenen Auftrag, der ihm von Seiner Majestät dem König geworden, und bat zuletzt, Maryna möge seinen ritterlichen Schutz akzeptieren und ihm die Ehre vergönnen, daß er sie zu ihren Penaten heimgeleite.

Maryna erblaßte. Sie schien verhaftet. Sie wußte auch sofort, was und wer da im Spiele sei, lachte aber wie amüsiert und köstlich verwundert, bat Herrn Pilchowski, den Kutschenschlag zu öffnen, stieg an seiner Hand aus und schlug ihm einen kleinen Spaziergang und ein Gespräch unter vier Augen vor. Sie tat das mit einer Miene, als müsse sie ihm – nicht umgekehrt – in schonender Weise eine leidige Sache anvertrauen. Leicht schritt sie voran, der Kavalier folgte nach schöner Verneigung, die schnauzbärtigen Reiter Marynas und die des Königsboten blickten beiden teils verwundert, teils höhnisch nach. Maryna und Pilchowski erreichten den nahen Waldrand. Sie ließ sich auf einem gefällten Baumstamm nieder, er stand, zwirbelte den blonden Schnurrbart und räusperte sich. Marynas empfindliche Nase nahm den Schweißgeruch eines, der ausgiebig geritten, wahr und tat ihr Bedauern ob seiner schweren Kleidung bei dieser sommerlichen Wärme kund. Höflich erschrocken trat der Ritter zwei Schritte zurück.

»Also was geht vor, mein Herr?«

Er bat Maryna um Fassung und Gehör. Wohl sei dem tapferen Prinzen und seinen Getreuen eine Schlacht gelungen, die ein Blatt mehr in Polens Lorbeerkranz füge, doch ehe eine Nachricht davon an den Königshof habe gelangen können, habe Seine Majestät einiges dekretiert, was freilich auch sonst – wahrscheinlich nur ein wenig später – wäre beschlossen worden, nämlich, daß alle Polen bei Strafe der Konfiszierung ihrer Güter ins Vaterland zurückzukehren hätten.

Maryna sah mit stumpfem Blick zu ihm auf und schwieg. Sie fragte ihn kalt, seine Stiefelschäfte fixierend: »Ohne Zweifel haben Gesandte des Godunow das feige Schwedenblut zu so ehrlosem Gesinnungswechsel veranlaßt?«

Der Ritter bat, die Majestät nicht leichtfertig zu lästern, solange es möglich sei, höchstderen Räson zu verstehen. Da sprang sie auf: »Was hat der Usurpator ihm dafür versprochen? Oder mit welchen Drohungen ihn erpreßt? Doch gleichviel...« Ihre Brust wogte.

Pilchowski bedauerte, daß die Gesandtschaft des Zaren in Krakau am Herrn Großkanzler wertvolle Hilfe gefunden.

Auf Marynas Frage, was denn nun nach des Königs Meinung an der Tagesordnung sei, berichtete dessen Herold, er komme recta via vom Heereslager des Prätendenten. Die Wojewoden und angesehensten Edlen, selbst Herr Mniszek und seine Verwandten, hätten ihm ehrenwörtlich zugesagt, ihm auf dem Fuße zu folgen; womit denn die große Mehrzahl aller Untertanen Seiner Majestät dem Befehl ihres Souveräns gehorchten.

Maryna starrte den Ritter mit Entsetzen an. Schon sah Pilchowski ihre Zähne hinter offenen Lippen sich zornig zusammenpressen, jähe Röte vom Halse her über ihr Antlitz fliegen und die niedlichen Augen sprühen, schließlich ihren sich wieder schließenden Mund in den Winkeln vor Ekel zucken – und diese Empfindung mochte wohl ihrem eigenen Vater gelten –, dann wandte sie sich mit gleichsam abschüttelnden Schultern fort und ging – ganz zürnende, aber zierliche Pallas, sagte er sich – auf und nieder, sah zu den Kiefernwipfeln empor und kämpfte mit Tränen. Die traten dennoch in ihre Augen und sickerten über beide Wangen hinab. Doch sie riß sich zusammen, trat zornig auf, schluckte ein paarmal, kehrte sich zum Ritter zurück und herrschte ihn an:

Er solle froh sein, wenn sie nicht ihn verhafte, und solle seines Weges ziehen, so wie sie den ihren verfolge, und den Wasa trösten, denn selbstverständlich hätten die Heerführer ihn, Pan Pilchowski, mit Lügen abgefertigt. Das Heer bleibe beieinander bis zum Sieg!

Der Herr genoß dies und flötete, er sei untröstlich, der Dame versichern zu müssen, daß sie, sofern sie ihren Weg weiterverfolge, zwei bitteren Enttäuschungen entgegenreise: zunächst derjenigen, daß sie nur noch einen kleinlauten Rest jener neugeworbenen Streiter im vorausliegenden Flecken vorfinde, da er, Pilchowski, die meisten veranlaßt habe, sich auf Umwegen, die die Anreisestraße Marynas nicht berühren würden, zu zerstreuen und heimzuziehen; die zweite, noch ärgere Enttäuschung sei der Aufbruch des polnischen Kernheers um den Zarewitsch. Er, Pilchowski, habe es selbst noch ad notam genommen, wie Herr Mniszek und die übrigen Herren als solenne Delegation der polnischen Korps im Zelt des Prätendenten erschienen seien, um schmerzlichen Abschied zu nehmen. Natürlich hätten sie Honig genug in den Wermutbecher gemischt, den der Prinz aus ihren Händen habe empfangen und leeren müssen, und versprochen, in kürzester Frist mit multiplizierten Streitkräften wiederzukehren und alle Minen daheim sprengen zu lassen, um den König und die Republik doch noch zur Kriegserklärung an Boris zu nötigen. Kurzum: Nur etwa hundert Husaren hätten sich zum Ungehorsam gegen ihren König und zum Verbleiben verschworen, und die bildeten um den Zarewitsch nun quasi eine Leibwache, ein momentan ziemlich betrunkenes, kleines garde du corps. Er, Pilchowski, bitte nochmals die Dame, umzuwenden, den freundlichen Penaten entgegen, andernfalls ja nicht über die Grenze vorzurücken, sondern mit dem Heimkehrerheer, das sie ja im nahen Flecken erwarten könne, zurückzureisen. Die Niederlage des Prinzen unter dem fraglos rasanten Angriff der zarischen Heere stehe so dicht bevor, daß Maryna, falls sie weiterreise, im Zurückfluten der geschlagenen Heerhaufen große Gefahr laufe. Er bitte den Himmel, daß er des Zarewitsch verzweifelte Wut noch mit dem Tau der Besinnung kühle und ihm in letzter Minute jene Vorsicht eingebe, die keinen Tapferen schände, sondern ihn verantwortungsbewußt erscheinen lasse und mit der Krone des Verzichts kröne. Noch könne der Zarewitsch auf das Territorium des Königs zurückweichen und dann, falls er den ritterlichen Schutz des Königs nicht weiter begehre, die Segel nach Belieben hissen – neuen Stränden entgegen.

Maryna fühlte Schwindel. Wie schlug ihr Herz! Sie blickte auf die blinkenden Reiter zurück, deren Tiere ihren Wagen umtänzelten, und sagte sich: Falls Pilchowski Gewalt anwendet – wir sind in der Überzahl; ein kleines Getümmel dann, und wir ziehen weiter. Und dann werfe ich mich dem Heer der Verräter entgegen! Dann, Vater, magst du mich kennenlernen! Entweder ich führe sie zu Dimitrij zurück, oder du reitest über meine Leiche nach Haus. – Unsinn! Ich muß leben. Noch ist es nicht aus mit uns, Dimitrij. Auch mit deiner dezimierten Macht bestehst du, siegst du. Es ist mit uns noch längst nicht aus! Du selber sehnst dich ja dem Tag entgegen, da du, der Polen ledig, nur noch mit deinen Russen marschierst. Die stoßen schon noch zu dir. – Soll ich den Verrätern überhaupt begegnen? Wie, wenn sie mich –?

Weg von hier, und den Rest, der mir am Sammelplatz verblieben, zusammengekehrt und dem Heer der Treulosen lieber ausgewichen – es könnte mich ja verschleppen – und mit

Dimitrij dann letzten Kampf und Sieg oder den Tod geteilt! Noch nie hat er mich so gebraucht wie jetzt. Schrecklicher als jeder Verrat quält ihn gewiß das andere Erlebnis: Jene Wahrheit, die er längst gewiß erfahren, die unselige Wahrheit ...

So hetzten sich ihre Gedanken und traten sich auf die Hacken. Nochmals wandte sie sich zu Pilchowski um und erklärte, sie reise dem Vater entgegen, er aber solle sich nach Krakau verfügen. Das übrige habe ihn nicht zu kümmern. Mehr sei nicht zu sagen. Dem Wasa empfehle sie, er möge den goldenen Wetterfahnenkönig auf dem Danziger Rathausturm ablösen und sich dort über gaffendem Pöbel nach jedem Winde drehen.

Pilchowski versprach freundlich, es auszurichten. Zum Abschied meinte er: Die Schleusensperre sei gezogen, nun rollten die Gewässer ihren Weg. Übrig bleibe für ein paar Jahre eine nachhallende Elegie. Schade, schade, daß Ostroschski tot sei. Der würde sie haben dichten können. Ach, dieser rätselhafte Tod, nicht wahr? Er bitte Maryna um Gruß und Empfehlung an den Herrn Vater, der werde ihr Einsicht gewähren in die Gründe eines Befehls, welcher einem erschütterten König in bangen Nächten abgerungen sei, daß es mehr als ungerecht, daß es lächerlich hieße, die einsichtigen Heerführer – Herrn Mniszek, den eigenen Vater, voran – mit Vorwürfen zu empfangen. Hier sei niemandem zu grollen als jenem fatum, das ja auch Götter zwinge.

Maryna rief: »Ich setze den allmächtigen Gott, Christus, die Jungfrau und alle Heiligen gegen Euer heidnisches fatum, Monsieur!«, ließ ihn stehen und wandte sich wieder der Gruppe zu. Der Ritter folgte. Sie gab ihre Befehle, und ihre Reiter schieden sich von denen des Königs. Der aufgesessene Pilchowski erhielt aus der Kutsche fürs Schwenken seiner Kopfbedeckung keinen Dank mehr, lächelte resigniert und gab seinem Gaul die Sporen. Seine Leute galoppierten ihm nach. Maryna zog die Gardinen der rüttelnden Kutsche zu, warf sich in den Sitz zurück und weinte, weinte, hin und her geworfen, weinte. Und riß sich doch wieder hoch und sah klar vor sich, was zunächst zu tun sei. Sie würde sogleich eine Elite bewährter, festgebliebener Getreuester finden, sie unterrichten und befeuern, in ihrer Mitte den Heimmarschierenden doch entgegentreten und erproben, was eine gefeierte Polin vermag.

Sie beugte sich aus dem Wagen. Plötzlich sah sie in weiter Senke die erstrebte Ortschaft vor sich. Sie rang die Hände und schickte Angstgebete zum Himmel.

Auf dem riesigen Marktplatz, der sich rings um das zwiebelturmgezierte Holzkirchlein breitete, lagerten zwischen Gruppen angebundener Pferde oder inmitten kraus durcheinander stehender Planwagen auf Strohhaufen – oder standen auch, flanierten, tranken, würfelten oder sangen – die Kriegsleute, deren Gebieter fest geblieben, jene Edlen, die nun im weiten Ring der niedrigen Strohkaten des Dorfes hier und da im Quartier lagen, schliefen, mit den Bauernschönen schäkerten oder über den verfluchten Wasasendling, der ihnen so viele abtrünnig gemacht, palaverten. Endlich hörten diese Herren auf dem Marktplatz Rufen und Lärmen. Man stürzte aus den Häusern: Sie war da! Gut. Nun würde es sich zeigen: Avant oder retour!

Maryna stand im jetzt geöffneten Gefährt und ließ den Blick über Herren und Knechte wandern. Ein Erheben ihrer Hand verschaffte ihr Ruhe. Sie erkundigte sich nach einem Raum, wo sie die Herren um sich vereinigen könne. »Zur Kirche dort!« hieß es. Maryna stieg aus, auf eine galante Hand gestützt, ging mit den Rittern zur Marktkirche hinüber, trat ein, würdigte die häretische Ikonenwand keines Blicks, kehrte sich den Offizieren zu, die den kleinen rohhölzernen Raum nun erfüllten, und erklärte:

Sie wisse über alles Bescheid, sei dem Königsboten begegnet und fragte, wie viele er hier abtrünnig gemacht. Man rief ihr aufgeregt allerlei Namen zu, bis sich ein junger Edelmann vordrängte, sich als Parmen Sapieha, den Neffen des Großkanzlers, vorstellte, als Studenten aus Prag, der sofort nach seiner Heimkehr im Widerspruch zur Politik seines Oheims sich unter die Fahne des Prätendenten begeben habe und nunmehr sich freue, die künftige Zarin von Angesicht zu Angesicht zu sehen. Er wurde unterbrochen. Eine Stimme rief Maryna zu, diesem Sapieha und seinen feurigen Widerreden sei es zu verdanken, daß kaum mehr als die Hälfte der Kameraden abgerückt. Andere riefen, sie seien immerhin noch an die hundert, die Vielzahl der Knechte draußen nicht mitgezählt.

Maryna sah sich diesen jungen Sapieha an: Ein verbummelter Student, ein wüster Raufer wohl? Sie dankte ihm und allen für so viel Treue, dann rief sie die Herren auf, mit ihr dem zurückkehrenden Heer geschlossen entgegenzuziehen und dann ihr beizustehen, wenn sie alle Kraft der Begeisterung aufbiete, um die dem König plötzlich so folgsam gewordenen Ritter zur Rückkehr auf das Feld der Ehre zu bewegen. Es müsse gelingen, die Zwiespältigen zu sich zu bringen, da es undenkbar sei, daß siebenhundert polnische Ritter bei solcher Schmach ein ungeteiltes Gewissen hätten und eine Dame nicht ausreden ließen; es müsse und werde gelingen.

Da gab es wohl mancherlei Zuruf, auch Zweifel, doch mit schmetternder Stimme riß Parmen Sapieha (weiß der Himmel, dachte Maryna, was ihn mit seinem vertrackten Oheim entzweit hat!) die Führung der Geister an sich, ließ sich über die Jämmerlichkeit des Wortbrechers im Wawel aus, verhöhnte die Dumpfheit und Plumpheit des moskowitischen Bären, dem man's schon weisen werde, was Polentum sei. Maryna atmete auf im zustimmenden Lärm, der sich vor ihren Ohren mehrte und in einer Ovation gipfelte. Man beschloß unverzüglichen Aufbruch. Einige wollten die Ehre der Nation sogar mit blanker Waffe im Bruderkampf retten, falls die Rückkehrer sich den Weg über die Grenze des Vaterlandes erzwingen wollten. Nur immer entgegen jetzt! hieß es, daß wir sie in Putiwl oder davor empfangen und stauchen!

Und der Aufbruch erfolgte, die Kolonnen wurden aufgestellt und rückten an. Der Marsch währte – mit kurzer Rast nach Einbruch der Dämmerung – die ganze folgende Nacht. Als es regnerisch tagte und man abermals rastete, meldeten Vorreiter das Lager der Siebenhundert hinter den Wäldern. Bald riefen die Trompeten. Man riß sich aus dem Halbschlaf, brach auf, durchquerte die naßdampfende Waldwildnis und stieß jenseits der Lichtung in weitem Hügelgelände auf das eben erst aufbrechende Heer. Langsam begegneten sich die Vorreiter beider Parteien mit mißtrauisch gefällten Lanzen. In gehörigem Abstand hielten sie ihre Pferde an und fixierten sich. »Wer seid ihr?« riefen Mniszeks Leute. »Wer ihr?« lachten die Marynas zurück, und einer fügte hinzu: »Scheißkerle seid ihr, die ein Furz des Königs umschmeißt und zu Ausreißern macht.« Die gegenüber schimpften homerisch zurück und verlangten freie Bahn. »Daraus wird nichts, Kameraden!« war die ruhige Antwort, »wir werden miteinander dorthin gehen, woher ihr kamt. Wir ziehen mit Maryna Mniszek. Dort kommt sie.«

Ihr Wagen tauchte jetzt zwischen den Reitern auf dem Hügel auf. Geschimpfe hin, Geschimpfe her, endlich standen sich die beiden Heereszüge gegenüber. Der schneidige Sapieha sprengte nach vorn und rief hinüber: »Freund! Maryna Mniszek sucht ihren Vater, den Wojewoden von Sandomierz. Wo steckt er?«

Der war bereits, in seinem anhaltenden Wagen vom plötzlichen Ausbleiben des Rüttelns aus dem Schlaf geweckt, ausgestiegen. Er hörte die verblüffende Kunde, bahnte sich durch die Leute einen Weg und kam nach vorn geschritten, sah Maryna aus ihrer Kutsche steigen, lief ihr entgegen und breitete die väterlichen Arme aus. Die Tochter blieb drei Schritte entfernt vor ihm stehen und faßte ihn mit großen Augen an, so daß er die Arme sinken ließ und schließlich in die Seiten stemmte. Er fragte nach dem Woher, Wohin, sie ihn desgleichen. Er fragte, ob sie im Bilde sei –

Sie rief: »O ja, euren himmelschreienden Verrat!«

Er lachte traurig und nickte ein paarmal, mitleidig mit der jugendlichen Torheit eines Mädchens und resigniert ob seiner tragischen Situation. Er seufzte auf.

»Keine Komödie, Vater!« befahl Marynas helle Stimme. »Gehen wir beiseite! Befiehl, daß niemand uns folge! Von dieser Unterredung zwischen uns hängt alles ab – zwischen dir und mir. Entweder Dimitrij gewinnt dich zurück – oder du verlierst uns beide und alles!«

»Kind ...«

»Wie lange noch dein Kind? Ich gehe voran.«

Damit wandte sie sich um und ging durch die kniehohe Gräserflut, ohne sich umzublicken.

Mniszek winkte mit erhobenem Arm den Mannschaften, zu warten, nicht zu folgen. Während die Ritter Marynas freundschaftlich grüßend zum Heereszug des Wojewoden hinüberritten, da und dort Bekannte anriefen und von Pferd zu Pferd mit großem Hallo Handschläge stattfanden, auch die Infanteristen beider Züge sich durcheinanderschoben, holte Vater Jerzy seine Tochter in weiter Ferne ein, ärgerlich ob der Dreistigkeit des Mädchens, doch schon um jede Rechtfertigung verlegen und sowieso geknickt ob seiner aufgegebenen Hoffnungen.

»Nun, mein Kind«, begann er endlich, »darf dein Vater dich noch immer nicht umarmen?«

»Nein!«

Er brauste auf: »Kurzer Prozeß gefällig?«

»Ja. Bemäntle deinen Verrat vor wem du willst und wie du

kannst, mir aber sag es geradeheraus: Du hältst Dimitrij für verloren. Schweige und laß mich reden! Ich weiß, daß du zuerst auf den König gerechnet hast, dann auf den Zulauf der halben Republik, dann auf den Abfall der Heere des Godunow hofftest und so fort und daß du dann im Abraum deines Herzens – unbewußt vielleicht – von der Ausflucht träumtest: Abspringen kann ich noch jederzeit. Doch bis dahin, so dachtest du, soll noch alles versucht und gewagt sein; ich hazardiere auf banca rota. Doch nun der König dich, nun ein Feiger den anderen zu Hilfe ruft, er dich auszahlt und selbst ein Fürst Sapieha dir die Hand zur Aussöhnung bietet, da – o mein Gott! woher habe ich nur das Blut in mir! Von dir? Ich hasse dich, wie ich noch niemanden haßte.«

Nun riß er sich, kirschrot im Gesicht, die Mütze vom Kopf, schleuderte sie zu Boden und schäumte: »Alberne Kröte, halt dein gottloses Maul! Das hast du von deiner Mutter, darin feiert sie Auferstehung. So kommst du, Kalbsgehirn, deinem Vater?«

»Das Kalbsgehirn kennt dich«, zischte Maryna, »schon lange! Denke an Konstantin Wisniewiecki!«

»O wäre er dein geblieben und du sein! Daß ich je auf dich Rücksicht nahm! Ich säße nicht in diesem Elend!«

»Du sollst mir die Lügenposse ersparen!« rief sie mit flammenden Augen. »Was tatest du je um meinetwillen? Der Moloch, dem du opferst, bist nur du. Doch – all ihr Heiligen droben, was soll das Herumwühlen in dem, was geschehen? Ich will deine Gründe nicht hören, und seien sie so gewichtig, daß sie mich sogar überzeugten. Ich habe nur zu fragen: Kehrst du mit den Unseren dort zu Dimitrij zurück oder nicht?«

»Maryna, höre endlich zu rasen auf und begreife –«

Sie fauchte: »Rasend oder nicht, wenn du nur nüchtern genug bist, zu begreifen, daß ich, ich jetzt zu Dimitrij gehe, um mit ihm zu bestehen – oder unterzugehn. O mein Gott, vielleicht tobt schon die entscheidende Schlacht!«

»Ich lasse dich arretieren, und dann – causa finita!«

»Oder ich dich! Ich lasse es darauf ankommen!«

»Blutvergießen zwischen Polen? Sie werden sich hüten, deine paar Herrchen, vor meinen Schwadronen, verrücktes Ding, du.«

Maryna blickte zu dem Heerhaufen hinüber, in deren Gewimmel das Werben und Ringen im Gange schien, bei guter Laune auf beiden Seiten. Sie sah hinüber und fragte, ob das da nach Bruderkampf schmecke.

»Ah«, stellte auch Mniszek fest, »deine Leute, meinst du, überreden die meinen?«

Sie schauten hinüber und schwiegen. Der Wojewode sann. Dann begann er wieder: »Höre, Maryna! Mich hat's verteufelt gewurmt, als mir so viele folgten, und gut die Hälfte bereut es schon und ginge nicht ungern zurück. Von einigen Obersten weiß ich's. Ich hätte an sich nichts dagegen, wenn du zurücktriebest, wer noch mag und will. Ich aber muß nach Krakau. Versuch's denn! Wir teilen uns in die Haufen. Aber dann kehrst du mit mir zurück. Verstehe doch, ich bange um dich! Wer weiß, wann der Russe angreift. Du könntest in eine Hölle geraten. Was hast du im Lager Dimitrijs zu suchen? Du verwirrst ihn nur, belastest ihn, bist in Gefahr und hilfst niemandem mit deiner kleinen Person. Hörst du? Laß sie allein marschieren. Wir führen dem König den Rest zu. Ich bin dann gedeckt, seinem Befehl ist Genüge getan. Das andere walte Gott!«

»Die anderen hol der Teufel! meinst du, Vater. Du schreibst Dimitrij und die Leute ab!«

»Bei allen sieben Sakramenten! Gut denn, du sagst es, ich schrieb und schreibe ihn ab. So muß ich dir endlich gestehen, Ahnungslose, warum. Nicht wegen seiner Unterlegenheit und nicht dem König zuliebe. Was fragte ich wohl nach jenen Konföderationen daheim, solang für unseren Dimitrij nicht alles verloren hieße und wir bei ihm noch etwas werden könnten? Doch ein viel fürchterlicher Abgrund hat sich aufgetan als die Macht des Boris, nämlich vor meinen zwei Augen. Auch vor denen des Paters. Natürlich auch vor Dimitrij selbst – oder wie er heißen mag. Vor Kyrill.«

Maryna starrte ihren Vater offenen Mundes an.

»Höre!« raunte der Alte, »und nimm dein Herz in beide Hände: Er ist der Echte nicht. Ein Findling ist er aus gemeinem Blut. Irgendein Hurenkind. Sein Erzeuger jener Mönch Grigori Otrepjew – du weißt doch: sein Kosakenprophet, sein Zutreiber. Und er hat ihn umgebracht. Oh, mein Himmel! Maryna, Er hat kein Recht auf jenen Thron, er weiß das – schon seit Wochen. Kurzum: Er kann und darf nicht siegen. Jeder Windhauch bläst ihn fort wie eine Daune. Und erränge er doch noch den Thron, so könnte er ihn nicht halten. Und vor allem: Solchem Hundeblut meine edle Tochter ins Bett? Nie!«

Maryna dachte – und war totenblaß: Doppelt – doppelt der Falsche! Unterschoben – von Wielewiecki, doch zuvor schon – von jenem Mönch ... Abgrund über Abgrund! Und Dimitrij weiß es. Jetzt, jetzt ist keine Wahl mehr. Hin! Trösten! Aufrichten, so hoch ihn aufrichten, daß er Gott dankt und preist, alles andere, nur nicht der Iwanowitsch zu sein, nur noch er selbst zu sein, ausgelesen, wie keiner zu erlesen war. Hin, hin, hin! – Schon machte sie sich auf den Weg zum Heereszug, bis sie unter des Vaters Anruf wieder zu sich kam und stillstand. Der Anruf hatte diesmal so menschlich geklungen. Ja, sie stand und kehrte sich langsam zurück und sprach ruhig, fest und ohne Ton:

»Lebe wohl, ich muß zu ihm.«

»Maryna, er ist ein Unglückseliger! Du rettest ihn nicht. Ehre sein Verhängnis! Überlaß ihn seinem Schicksal! Doch *du* bist nicht gemeint, mit dir hat der Himmel anderes vor.«

Sie ging und ließ ihn stehen. Er folgte ihr von fern. Er sah, wie sie ihren Wagen bestieg, wie auf ihr Wort die Masse der

Krieger sich um sie drängte, wie sie dastand und sprach – gleich einer flammenden Jeanne d'Arc. Er näherte sich und vernahm mit wachsendem Staunen und Stolz seiner Tochter extemporierte Rede:

»Kavaliere! Ritter und Helden meines geliebten Volkes! Veteranen des Stephan Bathory! Ich empfinde den Zwiespalt in euren Herzen. Zwiespältig seid ihr wie mein Vater, der mir sein ganzes Herz offenbart hat. Was ihn vom Schlachtfeld heimtreibt, ist mehr als nur der Wunsch, dem König beizustehen. Vielmehr will er vom König als Entgelt nichts Geringeres gewinnen als die Kriegserklärung an Moskau. Doch Polen ist uneiniger denn je zuvor. Nun ist's ihm leid geworden, daß er so viele von euch dem Zarewitsch entführt. Er darf euch nicht sagen, was ich euch frank und frei zurufe und jeder von euch, ihr Edlen, in sich schon selbst erwogen hat.

Ich scheine euch eine Dame nur. Nur? Seht in mir Polen! In mir den Aufschrei eurer Ehre, denn der bin ich, der Ehre der ganzen Nation! Laßt euch fragen: Was sucht und findet ihr daheim? Eure zu sichernden Güter? Selbstsicherung mit dem Verrat an jenem Entthronten, den ihr hochherzig und ritterlich im Namen Polens zu eurem Schutzbefohlenen gemacht? Und wie solltet ihr die läppischen Drohungen eines selber bedrohten Monarchen fürchten, jenes schwankenden Wasa, der vom Einzug eurer Güter phantasiert? Darf man so überhaupt den Edlen Polonias begegnen? Und wenn ihr auch alles verlöret, Ritterdienst über alles! Man soll euch also die Beleidigung antun dürfen, vor den Rotten des moskowitischen Tyrannen zu schlotternden Schurken geworden zu sein? Die Sache des Tapfersten der Tapferen, der sichtlich der erwählte Erbe des Bathory ist und einst zwischen den russischen Bannern die Fahnen Polens vom Kreml wird flattern lassen, so schimpflich verraten zu haben? Wer sollte nicht an Polens Ehre verzweifeln, wenn ihr solches beginget und ertrüget? Was ist dagegen schon ein Untergang auf dem

Schlachtfeld? Wählt zwischen der Ritterpflicht, einem edlen Enterbten beizustehen, und der Feigheit vor einem Halbtataren, der des Enterbten Thron durch Verbrechen errang, durch Verbrechen behauptet, mit Verbrechen weiter besudelt! Seht ihr nicht über eurem Schutzbefohlenen den Erzengel mit seinen Schwertscharen schimmern, der euch zuruft: Es soll euch vielfältig zufallen, was ihr daranwagt? Seht doch zumindest das Banner der Mutter Gottes über dem Zarewitsch flattern, der Mutter jenes Polen, das als ihre getreueste Nation Moskowien an die Heilige Kirche zu schließen berufen wird! Und habt ihr nicht den Zarewitsch schon um seiner Großmut, Menschlichkeit, Tapferkeit und Tollkühnheit willen lieben gelernt? Der, der müßte König in Krakau sein, der und kein Sigismund Wasa, und danach den Moskauer Thron dazu besteigen! Der, ihr Veteranen des Bathory, ist euer König und Held –«

Immer häufiger, immer breiter und tumultuarischer war rings um Maryna zustimmender Lärm hochgeschlagen und hin und her gebrandet, jetzt gab es weit und breit nur ein einziges Gebrüll und Säbelschwirren. Der Jungfürst Sapieha sprang zu Maryna in den Wagen hinauf, wies zu einer Wiesenkuppe mit Birken abseits und kommandierte mit Trompetenstimme: »Dorthin, was uns folgt und mit mir zurückkehrt!«

In entgegengesetzter Richtung ritt der inzwischen aufgesessene Mniszek davon und sah, die Fäuste auf die Schenkel gestützt, zurückschauend der großen Bewegung zu, wie Hunderte seiner Husaren ihre Pferde aus dem Gedränge lösten und zum Birkenhügel hinantrabten, ihre Reiter und Infanteristen ihnen folgten und nur eine unruhige Minderzahl Mißvergnügter sich unentschlossen auf ihn, auf Mniszek, zubewegte. Diesen Leuten gab er dann Befehl, hier zu warten, ritt zu Marynas Wagen und reichte ihr – allen sichtbar – die versöhnliche Rechte, sagte ihr Lebewohl, beauftragte sie, den Zurückkehrenden mitzuteilen, daß er ihren Entschluß zu würdigen wisse und beim König vertreten werde, und bat sie inständig, sich persönlich keiner Gefahr auszusetzen, sondern so rasch als möglich ins Vaterland zurückzueilen, solange noch der Generalangriff des Feindes irgend verziehe. Er, Mniszek, werde unmittelbar hinter der Landesgrenze ein Lager aufschlagen und auf sie warten. Fürst Glinskij übrigens folge ihm.

Maryna, ihres Erfolges froh, winkte ihm zu, dann ließ sie sich nieder, ihre Pferde zogen an, und ihr Kutscher lenkte zur Wiesenkuppe hinauf. So trennten sich zwei Truppenkörper. Als Mniszeks Kavallerie und Troß hinter Staubwolken im Walde verschwand, ergab die auf dem Hügel beginnende Zählung zu Marynas Freude, daß sie von den siebenhundert Ausreißern vierhundert wieder eingefangen hatte, ihrem Dimitrij also insgesamt über fünfhundert Kämpfer mit etwas Artillerie zuführen konnte, die Gefolgschaften nicht zu zählen. In Eilmärschen würden sie tags darauf bei ihm im Lager sein. –

Wer aber war inzwischen im Lager des Feindes angelangt? Wassilij Iwanowitsch Schuiskij.

In der Nacht geschah es. Begleitet von über tausend Reitern schlich sein flacher Wagen durch Waldfinsternis. Keine Fackel leuchtete dem langen, leisen Zug, jeder Ruf war verboten. Heimlich, heimlich den Lagerplätzen in den unendlichen Wäldern zu! So wurde es endlich geschafft.

Als neuer Oberbefehlshaber stand er nun etwas bucklig auf einem Podest in geräumigem Zelt – zwischen zwei Fackelträgern. Deren Flackerlicht fiel auf die Menge der Wojewoden vor ihm, die sein prüfender Blick hin und her bestrich. Er berichtete den »Brüdern und Herren« voller Milde und Höflichkeit:

Der Zar habe von der nur scheinbar schimpflichen, nur fast verdächtigen, nur durch des Eindringlings Hexerei bewirkten Niederlage von Nowgorod gerüchtweise und nicht alles gehört, da Fürst Mstislawskij im Wundfieber außerstande gewesen, zu schreiben oder zu diktieren, und weil natürlich keiner der Herren und Brüder dahier gewagt habe, seinerseits die Unglückspost zu überbringen oder Väterchen unnütz zu beunruhigen oder die Treue und Tapferkeit seiner Krieger zu verdächtigen. Ja, so würden leider die Allzustrengen oft bedient. Sie erführen die Wahrheit nicht. Das spüre der Allgefürchtete nun auch, und so steigere sich sein Gefühl der Unsicherheit zu eigentlicher Angst, die – im Vertrauen gesagt – ihn umtreibe Tag und Nacht, und was ihn noch stähle, glühen mache und seinem Volk erhalte, das sei sein Zorn und Abscheu, wovor er schier berste. Und doch – noch vertage er die Strafen für die Schmach von Nowgorod. Die Herren und Brüder sollten somit des Zaren milde Verweise, die er mitbringe, in Demut und Barmherzigkeit hinnehmen und ihm eine Botschaft der Treue übersenden, die ihn tröste, ihm wieder Schlaf beschere. Im Kronrat habe Väterchen geweint, er sei in seiner Wojewoden Gewalt, und Strenge könne ihren Abfall nur beschleunigen. O trauriger Verdacht! Er, Schuiskij, sei auf seiner Reise hierher dem Transport des Fürsten Mstislawskij begegnet, er habe den wunden Helden dem Arzt des Zaren übergeben, welchen der Monarch mit Schuiskij mitentsandt, und dem Fürsten des Herrschers Teilnahme und unauslöschliche Dankbarkeit übermittelt. Was den tapferen Verteidiger von Nowgorod, den allergetreuesten Bojaren Basmanow betreffe, so sei dieser nach Moskau befohlen worden, um mit Gnaden überhäuft zu werden. Fast habe es den Anschein, als solle Basmanow das heilige Moskau, die Stadt, verteidigen, sofern nämlich die Herren und Brüder hier des Hexers und seiner Künste nicht Herr werden sollten. Er, Wassilij Schuiskij selbst, sei des Oberkommandos gewürdigt worden. So bitte er die Herren und Brüder um Gehorsam und Vertrauen, auch sich ja nicht zu wundern, daß eines Boris Godunow alter Zorn und Argwohn gegen den Namen Schuiskij so plötzlichem Vertrauen auf eines Schuiskij Geschick und Ansehen gewichen. Dahinter stehe die Erwartung, daß dem Namen als solchem die Achtung der anderen Herren Wojewoden sicher sei. Er wundere sich über seine Erhebung insofern selbst, als des Zaren Majestät den seltsamen Verdacht – wenn auch in verhüllter Form – zu äußern geruht, ein Schuiskij könne möglicherweise der Urheber jener Verschwörung sein, die den angeblichen Zarewitsch seinerzeit ins Spiel gebracht! Man denke!

Welche kriegerischen Unternehmungen sich nun empfählen? Der Zar erwarte die rasche, große, den Feind auslöschende Ruhmesschlacht. Er, Schuiskij, werde sie liefern, sei aber unterwegs zur Klarheit gelangt, wie recht die Herren und Brüder dahier getan, mit größter Vorsicht zu Werke zu gehen. Wozu auch Eile? Die Eile sei vom Teufel, die Ruhe von Gott. Man müsse in allen Dingen des Lebens soviel Zeit haben, als der Allmächtige selbst, und ein Schuiskij habe sie auch. Väterchens Unrast sei keine taugliche Beraterin. Der Rebell sitze in Sjewsk, wo sein Heer verruhe. Ebenso geruhsam wie er in gesicherten Etappen ihm entgegen! das sei die Losung. Jede Rast in den Wäldern zur Nacht sei mit Verhauen, Wagenburgen und Postenketten zu sichern; denn gäbe sich schon der Hexer als Gideon aus, so solle jedenfalls das weit überlegene Heer des Zaren unter eines Schuiskijs Führung nicht das biblische Schicksal jener Philister erleiden. Es gelte, den Zarewitsch – wie er sich ja nenne – in Sjewsk zunächst einfach auszuhungern. Breche er vor Verzweiflung hervor, dann werde ihn die gewünschte Ruhmes- und Feldschlacht vernichten.

Übrigens müsse er, Schuiskij, befürchten, daß der Streifreiter- und Spionagedienst auf zarischer Seite schlecht sei. Denn niemand wisse hier etwas Rechtes über die Stärke des

Feindes. Es gelte jedenfalls, ihn, zumal er mit der Hölle verbündet scheine, ja nicht zu unterschätzen. Viel besser, man überschätze ihn. Und seine größte Stärke, wie auch Väterchen klage, liege darin, daß so viele Sewersker ihm als Partisanen und stille Helfer hörig seien. Darum, sobald der falsche Messias dieser Betörten von Rußlands heiligem Boden getilgt sei, werde er, Schuiskij, ein schweres Gericht über alle Sewersker verhängen müssen; doch ja nicht eher, denn sonst treibe man dem Rebellen nur noch mehr Rebellen zu. Daß übrigens die Tollkühnheit der feindlichen Husaren und Kosaken die Krieger des Zaren so in Schrecken versetzt, dergestalt, daß, sobald Tausende von zarischen Reitern auch nur einige der feindlichen Fouragierer erblickten, sich diese Tausende ins Lager zurückzögen, das könne der Zar nicht verstehen, werde auch niemand begreifen, der nicht die innere Unentschiedenheit im zarischen Heer und die Macht der Zauberei auf seiten des Feindes kenne. Nochmals: er, Schuiskij, heiße es gut, daß die Herren Wojewoden nach des Fürsten Mstislawskij Ausfall mit so löblicher Zurückhaltung operiert und auf den neuen Oberbefehlshaber gewartet, kurz, nur geringfügige Scharmützel gewagt hätten; doch lasse er dahingestellt sein, ob es gestern so unabwendlich gewesen, in einem einzigen Scharmützel zweihundert Mann zu verlieren. Soeben, wie er höre, habe man einen Polen eingebracht, der unter den Toten als Leichenfledderer herumgetorkelt sei. Den wünsche er nun auszuforschen. Man solle ihn vorführen. Er schließe mit dem Gebet: Gott möge sich zu dem bekennen, dem allein die Zarenkrone gebührt! Amen!

Schuiskij schwieg. Die Wojewoden hatten, bis der gefangene Pole herbeigeholt war, Zeit genug, mit wechselseitiger Augenverständigung mitzuschweigen und zu monologisieren, etwa so: So hat uns noch nie ein Befehlsgewaltiger angesäuselt. Er vertuscht es recht wenig, wie schlecht er Väterchen zu bedienen wünscht. Väterchen muß den Verstand verloren haben, daß er sich diesen Schuiskij –! Na, wir haben wirklich Zeit, Väterchen. Lebtest du ewig und ewig dein Feind und ewig wir, wir ließen dann den Krieg gern noch ewiger währen, denn genauso lange rutschtest du vor uns auf den Knien herum. Oder will uns der Bucklige nur ausholen? Und nach Moskau berichten, wie Worotinskij denkt, wie Woronzow, Morossow, Scheremetjew, Fürst Odojewski und Fürst Kubenskij und Schachowskoj und Gorbatij und Adaschew? Ach was, auch dieser Bucklige ist in unserer Gewalt. Gott gebe, daß wir lange beisammenbleiben, er und wir!

Inzwischen stießen ein paar Krieger den Polen herein und durch die auseinandertretenden Wojewoden vor Schuiskij hin, der da, in seinen Mantel verhüllt, von den Fackeln beflackert, nach Morossows Meinung wie eine infernalische Erscheinung stand. Fürst Schuiskij blinzelte den Betrunkenen an und begann das Verhör. Er fragte nach Namen, Herkunft und Truppe, nach Stärke und Absichten des Feindes, doch der Pole lachte und lallte, fluchte und schrie immer nur eine Antwort zurück: »Zu trinken! Ich will zu trinken!« Der Fürst winkte den Kriegern, diese ließen ihre Knuten auf den Armen niedersausen. Der wälzte sich bald, aber tobte und winselte nur: »Zu trinken! Wodka! Ich will zu trinken!« Die Wojewoden lachten im Chor, Schuiskij verhieß dem Gefangenen Totprügelung, wenn er nicht gehorche und rede. Die Knuten sausten. Die Kriegertritte stampften ihn hierhin und dorthin. Der aber röchelte: »Trinken! Zu trinken, ihr Hunde!« Der Herren Gelächter verstummte schließlich bei soviel Trotz, den nicht nur Schnaps, den der Teufel bewirken mußte, und Schuiskij schimpfte wild los: »Schleppt ihn hinaus! Schlagt ihn tot! Hängt ihn auf! Jeder Russe soll sehen, daß auch die Polen nicht unsterblich sind!« So wurde das zusammengedroschene Bündel hinausgeschleift, draußen im Kreis neugierig schweigender und sich bekreuzigender Kriegerhaufen totgeprügelt und an den nächsten Baum gehängt. Ja, auch Polen waren sterblich. Ob vielleicht auch der Zarewitsch –

Im Zelt aber entließ der neue Heeresgewaltige die Wojewoden und befahl nur den zwei Obersten der fremden Hilfsvölker, zu bleiben. Knurrend ob solcher Zurücksetzung verließen die Russen das Zelt. Die zwei abendländisch gewappneten Herren blieben und traten vor Schuiskij hin. Der begann:

»Ihr seid Herr Walter von Rosen?«

»Zu Befehl.«

»Livländer?«

»Zu Befehl.«

»Ihr führt das baltische Fußvolk und die Fähnlein der Deutschen?«

»Zu Befehl.«

»Und Ihr seid der Franzose, Monsieur Margeret?«

Der Franzose verneigte sich mit elegantem Händeschwenken.

»Auch Eures fränkischen und schwedischen Söldnerkorps Heldentaten hat man dem Zaren gerühmt.«

Der Franzose verneigte sich verbindlich.

»Der Zar läßt Euren Freikorps sagen, Ihr Herren: Der Selbstherrscher aller Rechtgläubigen werde das letzte Hemd mit den tapferen Fremden teilen.«

Herr Margeret bat, dieses Wort des Zaren keinen seiner Russen hören zu lassen. Schuiskij zürnte: Des Hauses Kinder sollten sich schämen lernen vor so ausgezeichneten Fremdlingen, bis daß sie ihr Sohnesrecht sich wieder verdient. Er könne übrigens die Herren von Rosen und Margeret dahin unterrichten: der Feind sei kaum zwanzigtausend Mann stark und werde den achtzigtausend Belagerern von Sjewsk notwendig erliegen. Warum Feldschlacht also und Blutvergießen? Ob zwanzigtausend nicht rascher verhungern würden als zweitausend?

Von Rosen fragte, ob der Oberwojewode auch an den Zustrom der Freiwilligen denke – oder an die neuen polnischen Heere, die der Prätendent in Sjewsk als Entsatz erwarte?

Schuiskij meinte mit wegwerfender Geste, nach den acht- bis zehntausend Saporogern, die dem Prinzen zugelaufen (übrigens nicht ohne Grund erst *nach* der Nowgoroder Schlacht), sei nennenswerter Zuzug nicht mehr zu befürchten. Des Zarewitsch Drohung mit den Heeren des ihm angeblich verbündeten Polenkönigs sei Bluff. Das nächste, was zu tun, sei dies, ihm die Saporoger durch Agenten vollends wegzukaufen. Diese Herren seien für jedermann feil, wenn nur der Preis recht bemessen werde. An Dukaten fehle es Väterchen Gott sei Dank noch nicht. Er, Schuiskij, habe die Kaufmannschaft zu großen Opfern angehalten. Sei erst die Saporogermacht dem Prätendenten entzogen, dann werde er, Schuiskij, gewiß auch die Feldschlacht befehlen. Die Saporoger müßten angehalten werden, den tapferen Rebellen mitten in der Schlacht im Stich zu lassen und ihm so sein – sicherlich gutes – Konzept zu verderben. Sofern er überhaupt die Feldschlacht wage.

Nach einigen weiteren Beratungen, in denen Schuiskij den beiden Ausländern wiederholt versicherte, ihre Berufskriegerverbände seien das Rückgrat der Armee, die ja in der Hauptsache Landwehr sei, verabschiedeten sich der Deutsche und der Franzose. Einer der beiden Fackelträger begleitete sie.

In Margerets Zelt angekommen, tauschten sie ihre Gedanken aus: Erstens, daß diese Bojaren den Krieg zu verewigen wünschten; zweitens der Großbojar noch viel verdächtiger sei als sie alle; drittens, daß es schade sei, nicht längst unter dem jungen Tollkopf drüben dienen zu können. Er sei doch hinreißend, dieser Ritter avant sa garde! –

Am nächsten Morgen geschah es, daß in Sjewsk auf dem Marktplatz, der mit all seinen Planwagen, angebundenen Rindern, dem herumlungernden Landvolk, hin und her reitenden Kosaken und herumflanierenden Soldatenhaufen ebensosehr einem Flüchtlings- wie einem Kriegslager glich, Kochelew suchend umherging. Er trug sich wie ein Reitbursche, war gestiefelt, gegürtet und mit einem baumelnden Dolch bewehrt. Unweit der Marktkirche stand er vor einer Ansammlung zerlumpter Bauern still, die auf einen jungen Kerl in Mönchskutte einredete. Der Mönch hatte wohl ein Streitgespräch mit ihnen und kehrte Kochelew den Rücken zu. Einer der bärtigen Gesellen, der am lautesten polterte, und zwar zumeist polnisch, schilderte, von Zwischenrufern bestätigt, das Elend der polnischen Bauern: Drei Tage in der Woche täten sie Frondienst mit Mensch, Ochse und Pferd; zu Ostern, Pfingsten und Weihnachten hätten sie soundso viel Scheffel Getreide oder Kapaunen, Hühner, Küken, Gänse, zum Winter soundso viel Holzfuhren zu liefern, dazu ein Zehntel von Hammeln, Schweinen, Honig und Früchten und drei Ochsen von drei zu drei Jahren und bares Geld und immer neue Fronen. Ein Saporoger trat hinzu: Er komme aus der litauischen Ukraine. Himmelschreiend sei es, daß die Herren nicht nur über Tag und Nacht, Bau und Brot, Kind und Kegel, nein auch über das Leben ihrer Fronleute straflos alle Gewalt hätten. Ein paar Kerle riefen: Der Dimitrij Iwanowitsch werde hier in Rußland alles rächen. Hier sei es nicht viel anders. Ach, allenthalben wohl auf Erden lebe der Adel im Paradies, der Bauer im Fegefeuer und sei er schlimmer als ein Galeerensklave daran.

Der Mönch fragte, woher sie wüßten, daß der Zarewitsch ein Spartakus der elenden Massen sei?

Spartakus? Sie verstanden nicht. Einige drohten: »Wag's, ihn zu lästern! Er ist der Sohn des Schrecklichen, das genügt.«

Kochelew war freudig erschrocken, er hatte des Gesuchten Stimme gehört. »Freunde!« rief er, »er prüft euch bloß.« Der Mönch wandte sich um. Siehe, er war wirklich Dimitrij.

»Ach, die Kutten!« schimpften einige Reiter. »Alle sind sie gegen ihn.«

»Dieser nicht!« lachte Kochelew, »ich kenn' ihn. Er kann euch wie keiner bestätigen, daß der Zarewitsch die Aufhebung der Leibeigenschaft proklamiert. Dieser Mönch ist einer von seinen Schreibern.« Da wurde man gut gelaunt. Ein guter Mönch! Man klopfte Dimitrij auf die Schulter und umarmte ihn gar. Er fragte sie: »Ob ihr ihm auch dann folgen würdet, wenn er alles andere als ein Sohn des Iwan, wenn er einer aus eurem Blut wäre, nichts als von Volkes Gnaden?«

Da wurden die Leute ratlos: Ein Zar könne nur von oben her sein. »Ihr meint«, rief der Mönch, »was ist das Himmelreich ohne Gottvater, was die Hölle ohne ihren Fürsten, was Rußland ohne seinen Zaren?«

Ein Alter rief: »Ja! Zar, Zar, das heißt soviel wie das Herz im Leibe, ja. Ohne Zaren überhaupt kein Heil.«

»Nun ist doch vom Zaren Boris Unheil gekommen?« forschte der Mönch.

Sie schrien: »Der uns so leibeigen gemacht hat wie's liebe Vieh, der ist ja auch ein falscher Zar und gehört an den Strick!«

Dimitrij wies auf die Mißernten hin, die Hunderttausende hingerafft, und fragte, ob Boris auch daran schuld sei und ob er nicht durch die Bauernfestlegung dem Untergang des Landbaues habe wehren wollen. Der Alte schrie, auch an den Mißernten sei der Verfluchte schuld. Um seinetwillen habe Gott Land und Volk verflucht, weil es den Verfluchten so lange, zu lange, viel zu lange ertragen. Daher Dürre und verbrannter Halm, Hungergespenster und Pestleichen!

Ja, stimmten sie alle zu, nur ein neuer, guter, gesegneter Zar bringe das Heil. Aber ein Zar müsse immer sein, und sei es auch als Gottes Geißel. Der Zar sei so oder so Gottes Amtmann auf Erden.

O du Herde ohne Leittier und Hirt! dachte Dimitrij. Die Lämmer blöken nach ihrem Hirten, haben keinen und wählen zur Not den Wolf. Niemand wölfischer als ich, denn über mir sind ganze Rudel her; diese Wölfe ziehe ich alle noch mit herein. Er löste sich aus dem Gedränge, trat zu Kochelew und ging mit ihm davon.

»Was spürst du mir nach, Kolja?«

»Mußte ich nicht? Was für Briefe hat Deine Majestät zurückgelassen!«

Zornig stand Dimitrij still: »Morgen erst solltest du sie –«

»Ich übergab sie aber heute schon.«

»Den Patres?«

»Wie befohlen.«

»Und nun?«

»Ja, sie sind außer sich: Der Zarewitsch will Sjewsk und das Heer und sie und alles verlassen –«

»– und dich sogar, Kolja, will namenlos und verkleidet das Weite suchen. Herrje! So plötzlich! Der Teufel reitet ihn! – Doch komm mit, ich setze es dir zum Abschied auseinander, dem Freunde der Freund. Dort hinein!«

Sie traten in die stille Kirche. Einige Beter bekreuzigten sich und verschwanden bald. Beide traten vor den Ikonostas. Kochelew berichtete, welche Wirkung die Verwünschungen auf die Patres ausgeübt. Es sei denn doch auch zu arg gewesen.

»Wieso? Ich habe ganz schlicht geschrieben: Ich verfluche, was mich erzeugt und geformt und flügge gemacht und im Flug heruntergeschossen, ich verfluche alles, was mich jemals zum Packesel seiner großen Phrasen oder noch größeren Begierden gemacht, sogar das redliche Elend hier, das mich zu seinem Heiland ausschreit, ich verfluche mein Leid um Maryna, das mich irrsinnig macht, verwünsche den ganzen Wirbel von scheinheiligen Illusionen, großspurigen Träumen und religiösem Wahnsinn, den man über mich ausschüttet, verwünsche und verfluche, was in mir selbst an unbestellten, großmäuligen Herrscherideen aufgebrochen und mich noch heute durchfiebert, ich nehme von Himmel und Hölle, Metaphysik und Theologie Dispens, mache mich dünn und verdufte, wesen-, gestalt- und namenlos, wie ich bin, in Bettlerlumpen und auf Nimmerwiederkehr. Das, Kolja, habe ich ganz simpel hinterlassen.«

»Eben!« rief Kochelew. »Hübsche Dingelchen das. Sind aber nicht dein letztes Wort, Schatz.«

»Nein?«

»Nein. Du kehrst zurück, Herzchen.«

»Zurück, Kolja, dorthin, wo ich vor dem Spektakel von Ssambor schon lange war. Doch von diesem Nichts aus – in welche der vier Windrichtungen des Nichts dann weiter?«

Kochelew nickte: »Wer einmal Gedanken hatte, ist übel dran; wer nach dem Sinn überhaupt fragt, paßt in die Welt schon gar nicht mehr. Ha, was nun?«

»Ich glaube, es lockt mich ins Kielwasser des Colombo, in die von Papageien und Affen durchschriene Strom- und Urwaldhölle eines gewissen Orellana, wovon ich oft geträumt; Plantagenbau unter den Gebirgshöhen des Pizarro oder dergleichen; auf nach Lima oder zum Popokatepetl, was weiß ich! Das alles ist dir chinesisch. Ich gründe mir vielleicht ein Reich dort auf den Inseln südlich Indiens. Kommst du mit?«

»Wie macht man das?«

»So mit Pulverbränden und Detonationen stell' ich mich den Antipoden dort als weißen Gott vor; hülle mich auf Bergeshöhen in Explosionen und führe sie kreuz und quer durch ihre üppigen Wüsteneien, hinter Rauchsäulen her am Tag und Feuerwolken bei Nacht. Rebellieren sie, lass' ich auf sie das Feuer prasseln, das einst die Rotte Korah verschlang. Die Bundeslade meine Pulverkiste, die unnahbare Stiftshütte mein Laboratorium, ich aber bin Priester, König und Gott zugleich. Es lassen sich tolle Dinge drehen, Kolja.«

Kochelew erwiderte mit ernstem Nicken: »Die sinnvoller sind, als um die moskowitische Krone zu ringen. Ich will dir meine Narrenkappe schenken. Du gehörst an meine, ich an deine Stelle. Doch im Ernst noch eins: Maryna?«

»Heiratet. Sie fängt sich. Kennt das. Das Lied ist aus, Kolja, spare deinen Atem!«

»Wie tief hat dich dieser Verrat der paar hundert Lumpen verwundet!«

»Denkst du! Ich kann es dir jetzt sagen, dem Freunde der Freund. Sperre die Ohren auf! Ich bin der Dimitrij Iwanowitsch nicht.«

»Sondern?«

»Du tust, als wäre das gar nichts.«

»Es ist auch nichts. Sondern?«

»Was: sondern?«

»Wer hat dich gemacht?«

»Du willst es wissen.«

»Ich will's bestätigt haben, denn ich glaube, ich weiß es.«

»So?«

»Heißt er Grigori Otrepjew?«

Dimitrij starrte Kochelew mit entsetzten Blicken an. Da breitete der Narr beide Arme und umschlang ihn mit dem Ruf: »Bruderherz!«

Dimitrij schob ihn von sich: »Wieso?«

»Wir sind Brüder, und nicht nur im Geist. Wir sind ein Fleisch und ein Blut!«

Als nun Dimitrij im folgenden vernahm, welcher Sünde Produkt Kochelew sei und daß Kochelew mit jenem mißratenen Tschudowzögling identisch, den der Kreml seinerseits mit dem Prätendenten identifiziert habe, da konnte er nur noch wie ein Fisch schnappen und staunen und raunen: »Der Himmel hat wirklich Humor, das weiß der Teufel!« Dann lachte er auf, derart, daß ein paar fromme Weiber, die in die Kirche getreten, unter entsetzter Selbstbekreuzigung zur Türe wieder hinausflohen. Dimitrij rannte hin und her und rief: »Der Genarrte und sein Narr – ein Pärchen! Heil, Otrepjewblut! Haha, Boris also hatte doppelt recht! Ein doppelter Otrepjew bin ich! Wir zwei sind eins, wie unser beider Vater mit meinem Wunsch- und Traumvater Iwan sich eins gefühlt. Beim Barte des Propheten, ich müßte meinen Weg nun doch zu Ende gehen. Ich platze vor Neugier! Wo führt das noch hinaus? Darf ich dem Himmel seine Komödie verpatzen?«

»Nein!« rief Kochelew, »du tust es nicht, du bleibst, Brüderchen! Und bleibst mir und allen, was du gewesen: der Dimitrij Iwanowitsch Rjurik. Deine Majestät schließe mich in ihr Herz! Geschieht das, so bleibe ich in Demut Deiner Majestät unterwürfigster Narr, und niemand soll je anderes in mir vermuten.«

Dimitrij verspürte Lust, sich zynisch preiszugeben und zu rufen: Ich verpatze sie doch! So und so habe ich unsern gemeinsamen Erzeuger, den Spaßmacher, spaßeshalber umgebracht – dort und damals, und nun, Spaßmacher, räche den Spaßmacher am Spaßmacher, an mir! Doch er brachte es nicht fertig, dachte vielmehr: Soll mich der Narr doch als Brüderchen hegen und pflegen und auf vielleicht zielloser Odyssee begleiten! Aber wird er mich jetzt nicht nach Väterchens Verbleib fragen? Was lüg' ich ihm vor? Und schon begann er zu schildern, was für ein Säufer und Delirant ihrer beider Erzeuger gewesen und wie er sich in totalem Zusammenbruch plötzlich erhängt. Mit Augen voll Entsetzen und Trauer fragte der gute Kochelew nach den näheren Umständen des jämmerlichen Endes, und sein Herr belog ihn Zug um Zug ohne Stocken, befahl, den Unseligen zu vergessen und nie mehr zu erwähnen, und beklagte schließlich mit müdem Lachen: »Daß sein Gehirn jetzt verfault! Alle drei könnten wir vereint zum Pfefferland segeln, die Indios prellen und dreieinig zum Teufel gehn! Da guckst du wieder wie die Gans, wenn's donnert.«

Dem anderen fiel der Kopf herab; er atmete schwer auf, wischte sich die Augen, schluckte und sprach: »Unser Vater beschwor mich, kaum daß wir uns damals gefunden, und mahnte: Bleibe ihm immer ganz nah, sagte er, sei ihm treu und fühle dich eins mit ihm – bis an den Tod! Nun, du mein großer Bruder, es gelte! Was geziemt mir? In unsres brüderlichen Blutes Namen: Sofort sei wieder die Schranke errichtet, die vor den Augen der Welt uns trennt! Ich sage: Merze mich aus, wenn ich's je ausnutze, daß du mein Brüderlein bist, es irgendwen irgendwie irgendwann merken lasse, daß ich mehr sei als meines Herren Pudel, Schlagschatten und Lustigmacher. Ach, was für Sklaven machen Liebe und Verehrung aus uns, was richten sie für alberne Götzen auf!« Kochelew warf sich weinend vor Dimitrij auf die Knie, küßte seine Schuhe und flehte ihn an, dazubleiben und seine Heldenbahn zu durchlaufen.

Plötzlich schmetterten ganz nahe Fanfaren und gellten dicht vor der Kirche, und die Menge schrie und schrie. Was war das?

Die beiden horchten.

»Neuer Zuzug!« vermutete Kochelew. Er machte Schritte zur Tür hin, kehrte zu Dimitrij zurück und triumphierte: »Oder sie kommen zurück, sei's mit, sei's ohne den Hauptverräter! Komm, komm, komm, liebes Majestätlein!«

»Genug davon!« murmelte Dimitrij störrisch. »Es bleibt dabei!«

Und schließlich folgte er Kolja aus Neugier doch und trat mit ins Freie.

Ja, sie waren wieder da und zogen, als kämen sie von siegreicher Fahrt, stolz und strahlend vorbei, die polnischen Herren und ihre Gefolge, hoch zu Roß und mit bewimpelten Lanzen. Dimitrij im Kirchenportal erkannte manches Gesicht. Nach dem Mönche schauten sie nicht. Aber andere hatten ihn erkannt, ehe Dimitrij sie sah, und drängten durch das Getümmel der Gaffer auf ihn zu, und das waren Butschinskij, Pomaski und Ssawiecki, und trugen Dimitrijs Mantel und Kleidung überm Arm. Kochelew winkte sie heran. Plötzlich sah sich Dimitrij von den dreien umstellt. Sie hatten sich wie Kochelew auf die Suche nach ihm gemacht und zeigten sich nun entschlossen, ihn nicht mehr fahren zu lassen. Während sie auf ihn einredeten und er sie abwies, noch sehr störrisch, doch schon im Bewußtsein, daß die Flucht vereitelt sei, nahm er nicht wahr, wie ein behelmter, zierlicher Fähnrich im Küraß, der gerade in einer der Kolonnen vorüberritt, auf die Szene im Kirchenportal niederblickte, sein Pferd aus der Kolonne lenkte, absprang und vor ihn hintrat. Dieses Fähnrichs zartes Antlitz flammte. Dimitrij sah es und riß Augen und Mund auf: Vor ihm stand Maryna.

Ssawiecki war der erste, der die Situation meisterte. »In die Kirche retour!« rief er und drängte die Brautleute, Butschinskij und Pomaski vor sich her und ins Gotteshaus. Kochelew folgte. Dimitrij war noch fassungslos. Freude und Qual, beide so tief, daß da kein Ankerwerfen und Haltgewinnen war, machten ihn schwindlig. Ehe die vorüberreitenden Herren Husaren und die Sjewsker gewahr wurden, welche Begegnung sich zugetragen, war die Gruppe in der Kirche verschwunden, und Kochelew riß von innen den Riegel vor.

Dimitrijs Haltung und Kostüm machten Maryna betroffen. Keine Umarmung empfing sie; für Mönche schickte sich dergleichen freilich auch nicht. Ihres Helden ersehnte Augen starrten sie so entfremdet an, so abweisend und zurückschreckend. Sie wollte ihm zufliegen, doch ihre Ahnung, nun zur Gewißheit geworden, lähmte sie. So stand sie hilflos da. Aus ihrem Gesicht wich die Röte der erhitzten Reiterin, ihre Lippen zitterten. Sie wollte fragen, was vorgehe, und vermochte es nicht. Da nahm sie alle Kraft zusammen und spielte jenen Begrüßungsjubel und -stolz, den sie sich seit Tagen und Stunden vorgestellt: »Da bin ich, deine Victoria, und nicht mit leeren Händen! Ich bring' dir deine Abtrünnigen wieder und ein paar Hundertschaften neuer Getreuer dazu!«

Dimitrij trat endlich auf sie zu, nahm ihr den Helm ab, so daß ihr brünettes Haar in Fülle niederfiel, starrte sie an, umschlang sie plötzlich verzweifelt und küßte sie, alle ringsumher vergessend und ohne Scheu. Diskret traten die Jesuiten beiseite und lächelten sich verheißungsvoll zu. Der Narr umhalste beide Patres mit beiden Armen und küßte einen um den anderen auf die Backe. Als die Brautleute sich voneinander lösten, trennten sich auch die Ordensbrüder, traten heran und begrüßten Maryna. Pomaski log, Seine Majestät der Zarewitsch habe inkognito Gewissen und Seele des kleinen Mannes auf der Straße erforschen wollen, doch nun sei es der Maskerade genug. Dimitrij möge sich wieder in den Zaren aller Reußen, Maryna in dessen Zariza verwandeln.

Man veranlaßte Maryna, sich züchtig abzuwenden. Dimitrij stand wie ein Träumer und ließ es sich gefallen, daß Kochelew und Butschinskij, welche von Ssawiecki Kleidung, Federbarett und den mit Perlen überstickten Mantel übernommen, ihn aus der Kutte befreiten und wieder zum prächtigen Zarewitsch machten. Die Patres weideten sich indessen an Marynas übermütigen Berichten. Sie kam dann auf ihre Garderobe und betonte eifrig, die müsse erst noch gebügelt werden; die Truhe reise zum Haus des Starosten vor. Dabei habe sie die kriegerische Verkleidung gar nicht nötig gehabt, das Land sei viel sicherer als gedacht, sicher wie Abrahams Schoß. Überall sei ihr nichts als Zulauf und Begeisterung begegnet; Dimitrijs und des Volkes Sache sei *eine* Sache und unüberwindlich, das sei nun klar. Dimitrij lauschte während seiner Umkleidung hinüber.

Für ihn war diese Musik der Zuversicht gedacht.

Endlich hielt Ssawiecki es für das beste, der Stolz Rußlands und die Zierde Polens blieben sogleich in diesem ungestörten Raum zur Aussprache beieinander. Sie könnten auch hinter die Ikonenwand treten. Man werde vor dem Portal der Kirche Wache stehen.

Dimitrij billigte den Vorschlag. Ssawiecki forderte Pomaski noch auf, dem Zarewitsch den bewußten Brief zu überlassen. Zögernd willfahrte Pomaski. Butschinskij empfing das Schriftstück und überreichte es Dimitrij. Er nahm es entgegen, zerriß es in Fetzen und gab es Kochelew mit dem Befehl »Verbrennen!« zurück.

Bald waren die Verlobten allein und standen sich in scheuem Abstand gegenüber.

Maryna fragte bang: »Wie schaust du mich an?«

»Ich dich? Wie du mich? Du allzuirdische Oriflamme des Glaubens du!«

Sie sagte: »Mich schaust du so durch und durch. So verzagend und entsagend ... Ich weiß nicht. Du magst mich wohl nicht mehr?«

»Maryna! Du weißt alles. Warum fragst du noch?«

»Alles? Was! Dimitrij, ich kann und kann es mir nicht denken, was dich so verwandelt und um all deine Kraft gebracht hat.«

»Spiele keine Komödie, Maryna! Nun denn, es sei, dreimal darfst du raten. Vielleicht entseelt mich das, was mich schon früher einmal – vor dem Duell mit deinem Bräutigam – entleerte und verzehrte.«

»Dimitrij! Jetzt hast du doch mich! Und es geht doch von Sieg zu Sieg! Und des Volkes Erwartungen tragen dich doch wie Stürme! Und du kannst doch die Flügel regen! Und göttliche Ziele reißen dich hin!«

»Was das Göttliche betrifft, Maryna, das hat inzwischen der Teufel der Wahrhaftigkeit geholt. Das heißt: Ich hasse jede fromme Phrase wie die Pest. Verpeste damit deinen Atem nie wieder!«

Er schwieg, bis sie fror. »Wen erblickst du, Dimitrij, wenn du so durch mich hindurchstierst?«

»Hinter dir? Ich sehe hinter dir den Bischof von Reggio.«

»Den Legaten?«

»Rangoni, ja. Er warnte mich damals, sprach damals von Demut, Verzicht, Selbstkreuzigung, von innerer Größe und so ... Und – zitierte er nicht auch das Wort: ›Was hülfe es dem Menschen, so er die ganze Welt gewönne und nähme Schaden an seiner Seele?‹«

»Wie kommst du darauf?«

»Schlimm, Maryna, daß meine zwei sauberen Priester mir nie dergleichen zitieren. Muß es mir selbst noch aus Gebetstraktätlein herausklauben.«

Er träumte sie an.

»So sieh doch endlich mich, Dimitrij!«

»Ja.«

»Doch nicht so! Bin ich ein metaphysisches Scheusal? Fasse mein Fleisch an! Es ist durchblutet! Du bist – du warst ihm doch gut. Wie also stehe ich vor dir?«

»Vielleicht – wie der, der auf hohem Berg einmal sagte: ›Alle Welt und ihre Herrlichkeit sind dein, so du niederfällst und mich anbetest.‹ – Pardon! Erschrick nicht! Jetzt habe ich dich verletzt. Aber jetzt muß ich rufen – durch dich hindurch und nach oben hinauf: ›Führe mich nicht noch einmal in Versuchung, ich war doch schon hindurch!‹ Ja, Maryna, die Allmacht hat mir eine letzte Chance gegeben, die Chance, aufzugeben.«

Wie ein Verzweifelter wandte er sich ab und wanderte erregt umher.

Maryna war entsetzt. So aus und hin ist sein gutes Gewissen, wie eine ausgeblasene Kerzenflamme! Jedes Selbstgefühl, jeder Trotz auf sein Recht dahin! Gott sei Dank, daß ich da bin.

Sie fragte geradezu: »Hast du in der Kutte fortwollen, Liebster?«

Er hielt inne und nickte. Dann lief er weiter.

»Wohin?«

»Wohin ich damals an deiner Hand im Tanze schritt. Weißt du noch?«

»Unsinn! Du hast wieder einmal und verfrüht mit solchem Gedanken gespielt. Weshalb verzagst du plötzlich inmitten deiner Siege oder Triumphe und auch jetzt noch, wo ich bei dir bin und dir das Heer zurückbringe und viele dazu? Du bist so stark wieder wie in der Schlacht bei Nowgorod.«

»Gut«, sagte er und ging umher, »sprechen wir zunächst von der militärischen Lage! Maryna, bin ich feige?«

»Nein.«

»Kann, wer nie feige war, plötzlich zum Feigling werden?«

»Kaum.«

»So laß dir sagen: Das Spiel ist aus, kaum, daß es begonnen. Rußland springt mir nicht auf wie Sesam der Zauberberg. Auf meine Leute ist kein Verlaß mehr. Lauter Mutlosigkeit und viel Verrat. Der Feind wird übermächtig. Ungeheuer schwillt der große Drache an. Und dein Gott tut keine Wunder mehr seit 1500 Jahren, jedenfalls nicht über mir. Ich habe nur dreierlei Wahl, Maryna.«

»Erstens?«

»Ich lasse mich hier in Sjewsk einschließen und aushungern. Das wäre das erste. Das paßt natürlich nicht zu mir. Niemand würde mich entsetzen kommen, das ist gewiß. Den Wasa kennst du, deinen rex.«

»Zweitens?«

»Ich breche aus und hinein in die erdrückende Übermacht und verliere Schlacht und Leben. Das paßt besser zu mir. An Sieg ist nicht zu denken, Maryna.«

»Warum nicht?«

»Und erränge ich noch so einen Pyrrhussieg wie bei Nowgorod – die russischen Heere als Ganzes stehn, wie gesagt.

Das wechselt nicht herüber zu mir. Sieh das alles ganz nüchtern!«

»Weiter! Drittens?«

»Ich mache mich davon und hinterlasse Historikern, Pfaffen und Bänkelsängern ein hübsches Rätsel: Wo blieb er? Welche Wolke entrückte ihn zu den Göttern? Welcher Teufel holte ihn? In welchem Schacht des Danteschen Inferno stöhnt er jetzt?«

»Dimitrij, ich zöge das zweite vor.«

»Also heroisches Finale. Untergang in Ruhm und Ehre. Ach, Ruhm bei den Vergeßlichen, was ist das? Wem lohnt es sich zu beweisen, aus welchem Holze man geschnitzt war? Vor welchem Publikum lohnt es sich, in Lorbeer zu paradieren? An wessen Beifall kann mir liegen? Nach Applaus lechzen Komödianten! Ehre bei den Ehrlosen, das ist Wahn, Wahn, Wahn! Ja, wenn sie, die mit mir kämpfen, mir auch als Gefährten im Tode willkommen wären! So aber ende ich lieber allein! Wen von ihnen allen will ich schon zum Weggenossen ins Schattenreich? Am wenigsten deinen Vater.«

Sie fragte ganz leise: »Auch mich nicht?«

Eine Weile stand er da, dann eilte er auf sie zu und schloß sie in die Arme. Tief aufgewühlt warf er sie darin gleichsam hin und her. Dann ließ er von ihr ab und erklärte: »Eben dazu habe ich kein Recht mehr.«

»Nein!« sagte sie, »kein Recht mehr, seit du dich selber verloren ... Dimitrij, wage die Schlacht und falle, so sterbe ich dir nach wie eine Römerin. Sonst–«

»Sonst verachtest du mich?«

»Ja.«

Er lachte trocken: »Fast wie damals im Reigen auf Ssambor.«

Sie nahm sich zusammen und sprach sehr ruhig: »Dein Name ist ein Fanal. Ich habe ein Volk dir zuströmen gesehen. All die stürmischen Hoffnungen sind Wind in deinen Segeln.

Noch hast du das Steuer in der Faust. Die Karavelle ist intakt. Und du willst über Bord? Die Macht dieser Stunde, der Herr der Geschichte, kurz, mein Gott, der reitet dich wie einen Gaul mit verbundenen Augen durch Nacht und Nebel. Sei weiter blind, spüre den Zügel und vertraue dem Reiter! Er kennt sein Ziel! Wunder will er tun, und du sollst Wunder sehen, wenn du ihm erst blindlings in den Bereich seiner Wunder gefolgt. Dann wird er sie um dich her hochgehen lassen wie Raketen.«

»Also ich soll deinen sogenannten Gott versuchen, meinst du.«

»Du sollst auf sein Wort hin wagen! Alles daranwagen, auch dich und dein dummes sogenanntes Gewissen! Das meine ich.«

»Was weißt du von meinem Gewissen. Bin nicht nur blind, bin auch taub geworden – für ihn. Wo ist sein Wort an mich?«

»Ich werde taub von seinem Gebrüll, und du hörst nichts?«

Er lachte bitter und starrte sie nun wohl durch das Zwielicht, das die Kirche erfüllte, wie ein Toter an. Er sagte: »Maryna, Ahnungslose! Wenn du wüßtest ...«

»Was wüßte ich nicht, was du weißt?«

»Soll ich dir – sozusagen – das Haupt der Medusa enthüllen? Ich trag' es im Rucksack bei mir.«

»Ich will es sehen.«

»Der Anblick wird dich versteinen.«

»Nur deine Jammergestalt macht mich zu Stein. Ich spüre sie durch die Finsternis.«

Er atmete schwer, er kämpfte offenbar, er ging herum.

»Maryna, du weißt zur Wut zu reizen.«

»Enthülle dein lächerliches Geheimnis!«

»So sieh es!« schrie er sie an. »Ich bin kein Zarewitsch, heiße nicht Dimitrij, und mein Vater war ein hirnverrückter und versoffener Hurenbock. Genügt dir das?«

»Nein. Wer hat dir das eingeblasen? Pomaski gewiß nicht.«

»Der hat's bestätigen müssen.«

»Nun, das weiß ich längst, daß du aus jenes Wüstlings und Scheusals Lenden Gott sei Dank nicht bist!«

»Was? Wie? Woher?«

»Jetzt tanze erst einmal einen Indianertanz vor Freude, daß dein Vater nicht Iwan heißt!«

»Ach so! Maryna, ich habe für ihn einen schlimmeren eintauschen müssen.«

Sie stutzte: »Davon hat mir Ostroschski nichts gesagt.«

»Wer? Ostroschski?«

»Auch mein Vater nicht. Den freilich fragte ich erst gar nicht aus. Doch was hat dir denn Pomaski erzählt, Dimitrij?«

»Pomaski? Mir? Über – Ostroschski?«

Eine Pause entstand. Schwer lastete das Schweigen der Nacht in der Kirche. Dann tat er streng und sagte: »Du bist mir eine Beichte schuldig.«

»Ja, ja, ja! So geschehe sie denn endlich, Dimitrij! Ja, ich habe ihn umgebracht, ja, ja, ja! Und so wahr sein Blut an meinen Fingern klebt und mein Gewissen trotz Beichte und Freispruch noch leidet, leidet, leidet, muß ich das Ziel erreichen, für das ich ihn zum Opfer brachte, muß ich die Sühne vollbracht sehen, meine Sühne, das große Werk, das Gott dir durch den Heiligen Vater und den Orden befohlen. Und ich lasse nicht ab. Ich will meine Entsühnung, du!«

Dimitrij stand offenbar selbst wie versteint.

Er gedachte der Vorgänge bei der Bärenhatz und des Greuels in der Bärengrube und kombinierte Zusammenhänge, ahnte vieles und begriff wenig, wollte am liebsten gar nichts mehr verstehen, fühlte aber, wie in ihm eine fremde, eisige Ruhe emporwuchs, und bat kurz und gemessen: »Erzähle den Hergang!«

Sie berichtete, wie sich Wielewiecki an Ostroschski verraten und wie Ostroschski sie gequält und geängstigt und dafür durch jene Kosakenhorde zu Tode gekommen. Als sie geendet, wollte ein wüstes Gelächter aus Dimitrij hervorbrechen, doch es fand nicht den Ausgang, die Kehle war versperrt. So stöhnte er nur stieren Blicks vor sich hin: »Doppelt der Falsche, doppelt ...«

»Doppelt?« flüsterte Marynas Stimme.

»Dreifach!« schrie er, »dreifach! Jener große Unbekannte – Otrepjew – Wielewiecki ... Doch – Gott sei Lob und Dank! In der Tat: Der kein Iwanowitsch blieb, ist nun erst recht kein Otrepjew mehr! Aber dreifach, mindestens dreifach der Falsche ... Wo bist du denn? Du stehst nun wohl noch immer nicht versteint? Hast dich schon länger an Lug und Trug und all den Schwindel gewöhnt. Das ist wohl weiblich. Doch du sollst noch versteinen, wenn nicht vor Grauen, dann vor Schmerz – wie Niobe, wenn dir alles, was du geliebt, dahinsinkt!«

Rasch und entschieden rief sie: »Nochmals, nichts bringt mich um, es sei denn dies, daß Ostroschski durch mich für einen Schwächling gefallen wäre, der eine Sendung vergißt und verrät!«

Zornige Scham erfüllte ihn, Scham, schwächer dazustehen als dieses unerschütterliche Mädchen, doch in dieser Scham ergriff ihn erst recht Haß gegen all die kindisch vermessenen, religiösen Phrasen seiner Hetzer. Jetzt wollte er's ihnen allen eintränken!

Er berichtete nunmehr seinen Part, den Maryna offenbar noch nicht kannte: daß irgendwelche Bojarenkreise, vielleicht auch nur ein einzelner Intrigant, ein mit Boris zerfallener Fürst, vielleicht der, der einst die Kommission von Uglitsch geleitet und über die Uglitscher Bevölkerung Brand, Henkerbeil und Verbannung gebracht, irgendein Kind der Gosse dem Kosakenpopen als Zarewitsch in die Arme gedrückt, dieser den Schwindel durchschaut, das Kind um die Ecke gebracht, mit einem eigenen Sprößling vertauscht und diesen den Jesuiten ins Nest gelegt habe, so daß nun alle miteinander Gefoppte seien: Boris, der ja wohl zweifeln müsse, ob er damals wirklich den Prinzen von Uglitsch getroffen, und jener Erzintrigant, der sich, wenn er noch lebe, einbilden müsse, sein Balg sei mit dem Prätendenten identisch, desgleichen Otrepjew, der in Dimitrij bis zuletzt sein eigen Fleisch und Blut gesehen, um gebläht wie ein kollernder Puter durch dies sein eigen Fleisch und Blut zu fallen, ferner jener Wielewiecki, der sich umsonst um seine pia fraus ein so miserables Gewissen gemacht, erst recht Pomaski, der seinen Schüler bona fide zum Erisapfel der Götter, zum Kriegsbrandstifter und Possenkönig erzogen, und nicht zu vergessen der große Herr Mniszek, der Mann der hundert Herrensitze, der sich für ihn um Stumpf und Stiel gebracht und, neu saniert, davongemacht, nachdem er in seinem Schwiegersohn den räudigen Bastard erblickt. Ja, und vor allem, vor allem Maryna, die ihren Ehrgeiz, ihre Liebe, ihre hochfliegenden Illusionen mit denen eines begaunerten Gauners verflochten! »Kurzum«, schloß Dimitrij, »ich bin der vielmals Falsche, Imitation von Imitationen. Dergleichen Talmi hängt sich keine Maryna um den aristokratischen Hals. Große Dame, fahre wohl!«

Maryna, die in seine Darstellung hier und da mit Ach und O oder Heilige Mutter Gottes! eingegriffen, hatte zuletzt Zeit genug gehabt, sich an dem einen, was trotz allem und allem bestehenbleiben mußte, festzuklammern wie ein Schiffbrüchiger am treibenden Balken. Das hielt sie fester umarmt denn je und rief:

»Dreimal der Falsche? So wünschte ich, deine Talmikette verlängerte sich bis zum hundertsten Glied! Immer bliebe das Ergebnis: So waltet die Allmacht. So treibt sie alles auf den einzigen Rechten zu, den sie will. Du bist dreimal der

Echte, dreimal bestätigt von mir! Alle Glieder der Kette sind falsch, du aber hängst daran als das schwere, echte Medaillon, Liebster, an meinem Herzen. Dreimal verflucht hieße ich dich jetzt, wenn du dich der Allmacht verweigertest!« Und sie drohte weinend mit fuchtelnden Fäustchen. »Ja, dann wärst du ein Verfluchter vor mir! Aber nur dann! Dimitrij, du bist der Wundermann, du der Held der geschichtlichen Stunde. Ich frage dich jetzt auf Leben und Tod: Dies Wissen steckt doch noch in dir? Oder nicht? Die Idee der russischen, polnisch-russischen, der west-östlichen Zukunft? Es glimmt doch noch in dir, was dich herausreißt über alles konventionelle Gesetz? Oder nicht? Das Dorngestrüpp dräuender Paragraphen ist für die vielen, für das Gewimmel der Zwerge da, für Spitzbuben und Geschmeiß. Dich aber, riefe dich die geschichtliche Stunde nicht mehr? Das Ungeborene nicht mehr seiner Geburt entgegen? Verlangte die Gewitterschwüle nicht mehr nach ihrem Blitz? Sind deine Reformideen, Kreuzzüge und all das nicht mehr fällig? Will das allslawische Imperium nicht mehr werden, will es sich und die Welt nicht mehr durch deine Augen sehn und erkennen und in deinem Willen vollenden? Will die heilige Kirche nicht mehr hinüber bis zum Ural – durch dich und mich? Oh, stände ich an deiner Stelle und du trügst meine Röcke, Krinolinen, Tournüren, Schleifchen und Volants! Werde doch Mönch, zieh wieder die Kutte an, die du trugst, als ich in diesen Fähnrichshosen und im Panzer vor dich hinsprang, und dann lebe deinem Untertanengewissen und sei der simple Depp des Volkes, aus dessen Hefe du dann wohl gebacken bist. Ich frage dich: Bist du Mönch, Pfahlbürger, Altsitzer, Knecht? Oder doch aus dem Holz, aus dem man die Alexandriden schnitzt? Wie, du hättest als Junge bloß schwadroniert und unnütz und feige geschwärmt?«

Er war zäh: »Maryna, Maryna! Ach, als du Ostroschskis Mörderin wurdest, da stand mir noch der Rückzug offen.

Warum machtest du mich damals nicht sehend! Ich konnte noch zurück!«

»Vorwürfe?« rief sie. »So sollte ich dich in deinen Erstickungstod zurückstoßen? Ich kannte das doch. Wie hast du mir zugesetzt auf Ssambor! Sollte ich dich wieder umkommen lassen und mich in dir und all deine Zukunft? Sollte ich den Sonnenaufgang über uns beiden ... ach! Wirfst du mir etwa meine Blutschuld vor? Und schauderst nun gar vor mir? Du, ich habe die Absolution! Frage den Pater!«

Er besänftigte: »Vergib mir, vergib! Ich dich anklagen? Nein. An gleicher Stätte, im gleichen Jagdschloß ein wenig später, aber noch vor dem Aufbruch meines Heeres, konnte ich noch selber zurück. Pomaski riet mir selbst dazu. Dein Vater natürlich erst recht. Selbstredend. Aber ich trotzte. Ja, mir graute vor dem Elend, das ich kannte und längst geschmeckt. Viel tiefer wäre mein Absturz geworden als je zuvor. Und ich dachte an dich. Wer kann von solchen Hoffnungen scheiden? Ich dachte an dich! Der Sturm war übermächtig!«

Maryna rief: »Ich preise den Sturm!«

Er gab zurück: »Auch ich jetzt, auch ich. Nun verpasse ich denn die letzte Chance der Rückkehr. Nun reiße ich die letzte Brücke ab!« Er fühlte, wie er neu erglühte. »Maryna, Maryna, wie herrlich du in deinem Eifer loderst und zündest! Ich glaube, du weißt, wie dir das steht, um so mehr eiferst du so, Versucherin, Versucherin!«

Sie fühlte den Sieg. Sie triumphierte schon:

»Entscheidung, Dimitrij! Entweder ich sterbe oder ich siege mit dir – oder drittens, ich fluche dich jetzt in Grund und Boden und vergehe im Kloster, im Kloster, zur Buße für jene Untat an Ostroschski.«

Er schwieg. Dann sagte er kopfschüttelnd: »Nein ... daß du dazu fähig warst!«

»Und du, Dimitrij, du wagtest Krieger oder auch Banditen, die freiwillig deinen Fahnen gefolgt, nicht an das eiserne Spiel der Würfel? Untertan! Dann wärst du zu schlecht zum letzten Hartschierer deiner eigenen Leibgarde, zu schlecht für deinen eigenen Stiefelwichser!«

Er lachte auf, dann trotzte er noch einmal in Zorn und Scham und rief: »Zum Teufel! Als könnte ich nicht reden wie du! Da bringst du nun fort und fort deine ulkige Allmacht in die Debatte, deinen Herrgott, der seine Menschheitsgeschichte romazentrisch betreibt und mich herauspuhlt! Mädchen, das ist mir alles zu naiv. Naivität steht euch Mädchen gut zu Gesicht, doch ich bin so ein Kindskopf nicht. Und seine Theologen waren seit je die Vermessensten unter seinen Heuchlern.«

Maryna fuhr ihm in die Parade: »Das habe ich noch nie gehört, daß der Heilige Vater und sein Legat und die Jesuitenväter dumme Mädchen oder abergläubische Waschweiber sind!«

Dimitrij lachte: »Nein, nein, sie gucken allesamt dem Herrgott in die Karten und spielen mit ihm augenzwinkernd seine Partie, sind weder weiblich noch männlich noch kindisch, sind Himmelsinstrumente. Nun, über das Metaphysische läßt sich fein orakeln und schlecht debattieren. Aber ich habe zu rechnen, und nicht mit Gottes Ratschluß, denn auf dessen Erkenntnis muß ich pfeifen, sondern mit diesem einen Tatbestand: Daß meine Basis zu schmal ist. Ich bin der Sohn jenes Iwan eben nicht. Mein Betrug wird mich nicht tragen, wird mich wie stinkender Sumpf hinuntersaugen, früher oder später, selbst wenn ich ohne Schwertstreich und unter dem Jubel aller Provinzen im Kreml einzöge und mich sodann mit Mißtrauen und Spähern und Spitzeln umgäbe wie Moskau mit uneinnehmbaren Forts und mich recht wie ein Sultan oder noch zehnmal feiger als Boris Godunow gebärdete und verkröche.«

»Woher weißt du das? Du sollst wagen, so wirst du Wunder schaun!«

»Welche? Ahnst du sie auch nur?«

»Starrkopf! Laß sie im Dunkeln! Ich rechne dir jetzt das Sicht- und Berechenbare vor. Du wirst an der Spitze deiner Heeresmacht Allmacht haben und Taten tun, soviel dir paßt, bis auch dein letzter Feind dich nolens volens anerkennen und schalten und walten läßt, ja, bis es vor dem Ruhme deines Namens völlig gleichgültig wird, ob du Iwans Sohn bist oder nicht; bis sie alle sagen: Abstammung hin, Abstammung her, er ist er, gottlob, und unser Heil; sinnlos, ihn beseitigen zu wollen. Nach ihm käme nichts mehr als die Anarchie. Dimitrij, jene Stunde sollst du erringen, in der du selbst es ihnen zurufen kannst: Hört, ihr Völker, ich habe nichts mit Iwan zu schaffen und habe dieses stets mit Freuden gewußt, ihr Narren, nun widerlege ich ihn und eure Traditionen mit meiner Regierung! Soll ich euer Führer bleiben oder nicht?«

»Du siehst mich hübsch groß, Maryna, phantastisch groß.«

»Noch längst nicht, mein Schatz; erst dann, wenn du dich wieder genauso siehst. Vor allem, Dimitrij, ich will Zarin sein, ich will es und muß es! Und du, du sollst wie ein Meer für mich werden, in das ich springe und in dem ich rein werde und das mich zum gelobten Ufer trägt und ausspült vor den Leuchttürmen der uns gesteckten Ziele.«

»Unwiderstehliche!« lachte er, ganz an ihrer Stimme Macht verloren. Er sah sie im Dunkel der Kirche längst nicht mehr.

»Noch ein Wort! Ich werde dem, was da in meiner Tiefe noch immer droht, noch immer nicht taub, ich werde dies Untertanengefühl nicht los. Ich fühle nämlich, daß ich gar nicht dienen, mich nur ausleben will.«

»Ja, ausleben, aus und weg! Das geht euch Männern in der Liebe genauso. Liebt ihr das Wesen, in das ihr eure Kraft verschüttet, oder ist's euch um eure Wonne zu tun? Was wäre zum Beispiel ich dir, wenn ich mich – heute noch – an dich verschwendete? Liebtest du dann mich, nur mich, oder nicht auch deine Freude an mir? Beides! Und so muß es auch sein. Ich schäme mich, obwohl es dunkel ist. Ach, mir ist jetzt alles eins. Ich verschmachte nach dir und fühle mich als die Verkörperung all der östlichen Erde, die nach dir ruft und lechzt und die du überfallen sollst wie der Föhn seine Alptäler. Ach, Dimitrij –«

Neue Stille stand zwischen beiden und klammerte sie zusammen. Leise bat er und heiser: »Sage noch mehr!«

Er war ihre Beute geworden.

Je mehr sie unter dem Fluidum seiner Mannheit erzitterte, um so sachlicher und lehrhafter fuhr sie fort: »Was wissen wir, wo unsere Selbstsucht aufhört oder beginnt, Dimitrij, nicht? Meint die Freude der Zeugenden Gott? Aber Gott meint die Zeugenden! Schwelgt der Dichter in seinen Phantasien selbstlos um Gottes willen? Aber Gott gibt ihm Rausch, Schönheit und Gesichte ein. Ach, so, wie wir sündige Erdenkinder sind, Dimitrij, so eben werden wir eingefädelt in die Weberschiffchen der Allmacht und so verwoben. Wir können doch nicht immerzu grübeln, wo wir wohl gut tun oder gut bleiben, wo nicht, wo schuldig werden, wo nicht. Wir sind sowieso lauter Angeklagte unter dem heiligen Kreuz, sagt Pomaski, und unser Höchstes ist dies, wenn unsere Seele dann Buße tut. Das hat er mir noch in der Beichte wieder gesagt, als ich so litt: Wir kreuzigen das Göttliche, Gott aber macht sein Kreuz herrlich. Was können wir groß tun? Nichts als unsere Taten. Und danach zum heiligen Sakrament hinflüchten.«

»Und«, lächelte Dimitrij, »gibt es keine reuige Abkehr, sich selbst zur Strafe? Gibt es kein Besserwerden, kein bißchen?«

»Ein ganz klein bißchen vielleicht, aber nicht der Rede wert. Das wissen am besten die großen Heiligen. Nein, nein, wir leben alle von nichts als Vergebung, im übrigen aber uns selbst.«

»Fehlt nicht viel«, meinte Dimitrij, »und du landest bei der Theologie des Otrepjew.«

»Was verstehe ich von Theologie? Du sollst handeln und damit basta und sollst Gott freie Bahn geben, und du sollst dein Schicksal küssen – und mich dazu! Dimitrij, du sollst mein sein, und ich will Zarin werden! Ich muß, muß, muß, durch dich und für dich und mich! Dimitrij, sei wer du willst, ich kenne dich durch und durch –«, und damit warf sie sich ihm in die Arme und umhalste ihn leidenschaftlich, »du sollst mein Phönix sein, der aus meinen Flammen aufsteigt! Du sollst mich hinnehmen und mit mir dein ganzes Geschick! Um so inbrünstiger, du, als es dicht verschleiert ist wie eine orientalische Braut! Und schafften wir gar nichts oder wäre keine Gottheit in der Welt oder für uns keine allmächtige Gnade da – o du, wäre auch alles nichts als lauter Lärm um lauter Nichts und leeres Spiel, so sei uns die Welt ein Spieltisch und Roulette und das Schicksal Bankhalter und Croupier. Für den Flug des Ikarus der Sonne entgegen ist selbst der Absturz ins Meer kein zu teurer Preis. Dimitrij, ich bin dir nah, umhalse dich und lasse dich nicht los, bin dein armer Mond, du bist meine Erde, und wir treiben beide in Himmelsnacht und -licht. Nimm mich hin!«

Sie umklammerte ihn gleichsam mit ihrem ganzen Leibe. Er sah es rot durch die Finsternis flackern. Diese ließ in ihm alles, was schon als Asche dagelegen, wie Zunder noch einmal in Flammen aufgehen. Er war voll purpurnen Brausens und jagte seiner Königin im steilen Hochzeitsfluge nach. Er wußte, er würde noch diese Nacht mit ihr Hochzeit halten. Mochte die Königin der Drohne Tod und Verderben sein – besser, ein Tod im Taumel und hoch in den Lüften als am Staub der Erde. Doch vorläufig galt es noch, so viel von der inbrünstigen Siegeslockung, als Maryna darstellte, im Spiel der eisernen Würfel zu erproben, die Gottheit herauszufordern und das Glück mit der besessenen Neugier des experimentierenden Alchimisten auszuprobieren, Steine in Brot zu verwandeln, von der höchsten Zinne zu springen und auf die auffangenden Engel gespannt zu sein und die angebotene Welt mit ihrer Herrlichkeit anzugreifen und festzuhalten. Er hatte sich sein Schicksal nicht ausgesucht. Nun mochte es ihn verschlucken wie der Walfisch den Propheten. Es würde sich zeigen, ob das Ungeheuer ihn ans Land der Verheißung ausspeien würde oder – in sich verdauen. Drauf und dran!

Als den Jesuiten vor der Kirchentür, wo es ja auch längst zu dunkeln begonnen, die Zeit zu lang wurde, traten sie ein, sahen in der Kirchenfinsternis nichts, kamen – und hörten dann die beiden Gestalten heranschreiten. Schritt und Tritt sagten genug. Daß sie sich einig seien und Arm in Arm daherkämen. »Matt im Schach der Königin!« lachte Kochelew leise. Bald fühlten sich die beiden Patres von Dimitrij an den Schultern gefaßt und freundschaftlich gerüttelt.

Ssawiecki meldete, Butschinskij habe Dimitrijs Pferd gebracht und neben Marynas gebunden. Die Schwadronen hielten längst vor dem Stadthaus. Die Majestäten, meinte er, sollten vom Balkon unter Fackeln die Kameraden begrüßen und anfeuern, aber ja mit keiner Silbe strafen. Maryna könne so, wie sie sei, dem Zarewitsch droben zur Seite stehen und die Fahne halten – oder sich auch inzwischen in die Dame zurückverwandeln.

So geschah es. Zehn Minuten darauf stand Dimitrij im Fackellicht über den Schwadronen und der Infanterie neben dem Fähnrich Maryna. Unter vielen Fackeln drängten Stadt- und Dorfleute auf den Marktplatz hinzu. Er hielt eine Ansprache und verhieß die entscheidende Schlacht, den großen Sieg und das mächtige Tagen nach soviel Nacht.

Freund Kochelew hatte in dieser Nacht als Wächter der zarischen Schwelle nur wenig Schlaf. Er hockte und druselte mit den zwei Doggen Dimitrijs, des Unterganges seines Vaters grüblerisch und schwermütig gedenkend, vor seines Herren, Freundes und vermeintlichen Bruders Tür, hinter welcher den zweiflerischen Abenteurer Gottes und seine Maryna das Furioso ihrer ersten Liebesnacht vereinte. Diese Nacht – sie schwemmte aus Dimitrij, der angesichts weitgeöffneter, gähnender Hadespforten genoß, das schwere Blut und den schweren Mut hinaus. Warme Regenstürme prasselten draußen auf das trockene Sommerland nieder, wie hier auf Maryna, die lechzende. Und in den Ruhestunden zwischen Brautflug und Brautflug, was bekannten sie sich wohl?

Er flüsterte ihr wohl zu: »Du meine Lebenspforte, Schoß des Alls und mein Flammenborn! Zwei große Seligkeiten kenne ich nun. Jene Ekstasen habe ich nun erfahren, in denen wie in Brennpunkten das Leben hängt.«

»Welche?«

»Zuerst habe ich orgiastisch den Tod umarmt, damals in meiner Attacke bei Nowgorod, umkracht von Salven, umschwirrt von Säbelblitzen, umdonnert von tausend Hufen, mitten in lauter Wut- und Angstgebrüll. Das wog alles auf, was mir zuvor an Qualen geworden, an Qualen noch bevorstehen würde.«

»Auch diese Stunde jetzt in meinen Armen?«

»Eifersüchtig?« lächelte er. »Nein, dies unendliche Dicherkennen, Dichsegnen und -trinken, Dichempfangen und Indiruntergehn, du großes Du, dies ist die andere Offenbarung, die mich nun überfällt und lehrt, wie Tod und Leben, herausfordernde Wut und huldigende Ergebung, Gefahr und Geborgenheit so ganz eines sind ...«

Er stammelte noch vielerlei. Mit Küssen verschloß ihm Maryna den Mund. Küssend versanken sie wieder ineinander.

Ein andermal, neu gesättigt, führte er Maryna an die Gestade der fraglichen und gemeinsamen Zukunft hinaus:

»Maryna, was trägt mich empor in den Schoß meines Volkes? Die schneidige Attacke der polnischen Kavallerie? Der bloße Partisanenkampf der Dörfer würde genügen, um meine Fouragierer, meine Konvois, Patrouillen und Emissäre zu erledigen, meine Truppen in der Weite verirren und umkommen zu lassen und dem Boris ans Messer zu liefern. Darum ist klar, was ich nach meinem Siege bleiben muß: Bauernzar. Der gemeine Mann ist mein Fundament. Übrigens ›Zar‹, was heißt das? Maryna, ich muß Rußland in all seinen Ständen ein vorwärtsreißendes Ziel aufstecken, das sein Selbstgefühl reizt und das sich in mir manifestiert. Nicht nur zum Soldatenzaren will ich werden, der aus dem Bauernzar hervorwächst und allrussische, ja vielleicht paneuropäische Kreuzzüge arrangiert und gewinnt. Ich darf überhaupt nicht mehr Zar sein noch heißen.«

»Überhaupt kein Zar?«

»Denn der Titel Zar ist von gestern, den führen auch Tatarenfürsten. Zar, was bedeutet das am Krakauer Königshof, gar am Wiener Kaiserhof? Einen barbarischen Häuptlingstitel, gut genug für den Khan von Moskau. Wiewohl ihn Iwan der Schreckliche anders verstand, nämlich in der Sukzession der altrömischen Kaiser. Kurz, die Sache ist die, Maryna: Rußland ist Sohn und Erbe des oströmischen Reiches, wie die Habsburger Monarchie Erbin und Tochter des weströmischen Teiles. Kommt die Habsburger Krone von Karl dem Großen her, so die meine von Justinian. Nennt der Mann in Wien sich Kaiser, warum der Zar der Russen nicht genauso? Ich verlange den Kaisertitel. Wie las man's auf den antiken Münzen, wie liest man's auf den Habsburger Talern? Imperator Invictissimus. So soll man auch mich titulieren. Halten mich Wien und Krakau dann für größenwahnsinnig – habeant sibi! Meinem Rußland weist das seinen Rang und seine Zukunft zu. Beschwinge es seinen Stolz! Es wisse, wie sehr es legitimes Imperium und Hälfte der christlichen Menschheit ist! Hörst du noch zu? Mir scheint, du lachst.«

»Oh! Ich denke nur: So spricht nun derselbe Mann, der vor wenigen Stunden ins Dunkel wegtauchen wollte.«

»Maryna, eine Jakobsnacht, recht schlaflos durchrungen und durchbangt, bringt mehr als einen Engel oder Dämon heran.«

»Engel oder Dämon – als ein Gesegneter hinkst du davon.«

»Ja, was ist unser Gewissen? Die Kompaßnadel flattert so herum. Ach, lassen wir das nun!«

Im ersten Morgengrauen, ehe sie entschliefen, mußte sie ihm noch einiges versprechen: Auf der Rückfahrt über Kiew zu reisen und Marfa, die auf keinen der Briefe Dimitrijs je geantwortet habe, zu besuchen und auch dieser Seele beizuspringen; ferner sich nie wieder auf den Kriegsschauplatz zu begeben, sondern erst unter den Salutschüssen Moskaus Dimitrij neu zu begegnen, respektive, wenn alles mißglücken sollte, im Schweigen der Schatten – so fügte er noch hinzu. Maryna schwor, so oder so nicht auf sich warten zu lassen. –

In dieser Nacht saßen im Quartier bei Istoma Paschkow, dem Chef der Saporoger, Bojar Kurzjew und Pan Odowalski. Der Bojar und der Schlachziz tranken Branntwein, der vierschrötige Ataman Fruchtsaft. Das sei Saporogergesetz, erklärte er und steckte die Daumen in den breiten Ledergürtel, auf den der schwarze Bart niederwallte: Permanente Besoffenheit im Frieden, asketische Nüchternheit im Krieg, so lange er auch währe, selbst im Quartier und zwischen den Schlachten und Siegen.

Der Pole forschte mit spöttischer Lippe nach weiteren Kosakengesetzen: Wieso kahlgeschorene Köpfe und spiegelnde Glatzen wie die des Herrn Ataman?

»Alles Bauernvolk rings um unsere Lager herum«, so erklärte Istoma ruhig, »ist verlaust und kratzt sich grindig unter dem Weichselzopf. Wir ziehen solchem Haarfilz die Glatze vor und lieben das Fleckfieber nicht.«

»Bene! Wie steht es mit eurem Christentum? Seid ihr da auch unverlaust und rein in der göttlichen Lehre?«

»Kein Rechtgläubiger strenger im Glauben als ein rechter Saporoger! Acht bis neun Monat' im Jahr sind festliche, heilige Zeit. Da enthalten wir uns vom Fleisch, wenn wir auch saufen. Wir geben was auf unser Seelenheil.«

»Ah«, lachte Odowalski, »dieses liegt wohl ganz und gar im Unterschied der Speisen? So dachten die weiland Israeliter auch.«

Da bellte der Kosak ihn an und schlug auf den Tisch: »Nennst du uns Hebräer, du Heide, du Römling?«

Kurzjew mischte sich ein: »Keinen Streit, ihr Herren! Bleiben wir beim Krieg!«

Der Pole hatte schon zuviel getrunken. Er behauptete, mehr als einmal gehört zu haben, zweihundert polnische Reiter jagten zweitausend Kosaken in die Flucht. Istoma brummte verächtlich, das sei polnische Prahlerei. Immerhin, er gebe zu, zu Pferde seien die Kosaken noch nicht die besten, auf dem Meer schon recht brav, am geschicktesten im Tabor. Wenn es gelte, Wagenburg und feste Plätze zu verteidigen, da richteten polnische Kavalleriemassen gegen zweihundert Kosaken einen Dreck aus. Seine Kerle seien die besten Flintenschützen der Welt. Als solche in aller Welt begehrt, noch weit vor den Tscherkessen.

Odowalski bezweifelte das und erkundigte sich, woher es komme, daß die Herren Saporoger bald hier, bald da zu Felde lägen und die Gegner häufiger wechselten als das Hemd. Gut alle sieben Jahre verheerten sie in irgendeinem Aufstand irgendein Land.

»Schlachziz!« dröhnte der Ataman, »selbst dir sei kund und zu wissen: Freiheit ist unser Panier! Ohne sie ist uns Leben kein Leben. Sie verteidigen wir im Aufstand gegen jeden

Tyrannen, er schimpfe sich Christ oder Türk. Daher stirbt auch kaum einer von uns im Bett an Alter und Krankheit, ein jeglicher auf dem Gefilde der Helden und Geier. Zeigt mir den Polen, den sein Leben weniger kümmert als unsereinen, der es verwegener als der Saporoger daranwagt und hinschmeißt und bis ans Ende gelassener Kälte, Hitze, Hunger und Durst erträgt!«

»Ja, ja«, sagte Kurzjew, »lauter rechte Kerle sind's! Freigebig und verschwenderisch zum Beispiel wie die Heiligen. Keiner will reich sein. Aber schlau und verschlagen im Kampf und hinterlistig wie der Tatar.«

Der Pole trank und fügte hinzu: »Und bestialisch und unzuverlässig und verräterisch und käuflich wie der letzte Heide der hintersten Steppe.«

Da stand Istoma sehr ruhig auf, packte den Polen am Kragen, schob ihn vor sich her und schmiß ihn hinaus und die dunkle Treppe hinab, daß es bis untenhin polterte. Dann zog er die Tür geruhsam zu und kehrte zurück.

»So«, lachte Kurzjew, »da sind wir endlich unter uns.«

»Scheint so«, brummte Paschkow. »Und nun mach es kurz, Kamerad, ich will schlafen! Zahlt der Fürst oder nicht?«

»Die Hälfte, Ataman. Ist auch genug.«

»Gibt er's schriftlich?«

Der Bojar zog zur Antwort ein zusammengefaltetes Schreiben vor und warf es auf den Tisch.

»Kann nicht lesen, schreiben noch weniger. Du schreibe ihm zurück: Der Krieg ist ein Geschäft wie jedes andere. Liefert der Schankwirt oder der Henker unter der Taxe? Krieg ist ein Geschäft voll Risiko wie keins. Ich verlange, was des Saporogers Heldentaten wert sind. Saporoger sind stolze Leute. Saporoger unterbieten sich nicht. Saporoger rächen jede Beleidigung ihres Wertes. Will der Fürst freigebig sein oder nicht? Das schreibe du ihm! Gute Nacht!«

»Ataman, ich kann ihm gar nichts mehr schreiben. Einer

meiner Emissäre ist wieder verschollen, nicht wiedergekehrt. Ich fürchte den Zarewitsch. Gib mir meinen Anteil von dem, was Schuiskij dir bietet, denn auch mein Risiko ist hoch, und diene dem Zaren, der mein und dein Herr ist! Verrate nicht das heilige Moskau an den verlorenen Mann, dessen Kühnheit ebenso groß wie seine Tollheit. Er ist todsicher des Todes. Du und ich, wir sind es mit ihm, bleiben wir bei ihm. Darum hinüber, hinüber und um jeden Preis!«

»Für halben Preis halbe Ware.«

»Halbe? Das hieße?«

»Übergang nach drüben mitten in der Schlacht, das wäre ganze Arbeit; herausbleiben aus dem Kampf, das wäre die halbe. Überschlage dir's und schreib oder schreibe auch nicht! Mir einerlei. Bis morgen.«

Damit erhob er sich schwerfällig, stapfte zur Ikone hinüber, verneigte und bekreuzigte sich davor und ging ohne Gruß davon. Die Tür fiel hart ins Schloß. Kurzjew saß noch da und knurrte ihm nach: »Keine Zeile mehr schreib' ich. Und halbe Ware genügt ja wohl. Käm' ich nur erst weg hier! Der Bursche belauert mich, er belauert mich ...«

Kochelew, der an der Schwelle der Liebenden so vieles zu bedenken hatte, dachte kurz vor dem Einnicken auch noch an ihn und murmelte in sich hinein: »Auch deine Freundschaft mit dem Saporoger – gefällt mir längst nicht mehr ...«

Dimitrij bestand in der Frühe auf Marynas rascher Heimfahrt. Alle Gedanken und Kräfte wollte er frei haben für die Schlacht.

Die Geliebte stand wieder als Dame vor ihm und begehrte ein heimliches Gespräch mit Pater Pomaski. Überrascht blickte er zu ihr auf, schmunzelte dann und schüttelte verwundert den Kopf.

Der Pater war rasch zur Hand. Maryna, das Beichtkind, kniete im Sitzungszimmer des Stadtrats vor dem Beichtiger hin, der seinerseits im Lehnstuhl saß und seine Augen in der Hand des aufgestützten Armes verbarg.

»Rede, meine Tochter!«

Sie beichtete stockend, leise und rot übergossen, die Übertretung des sechsten Gebotes. – Wann? – In der verwichenen Nacht. – Mit dem Zarewitsch? – Ja. – Ob es ihr leid tue? – Nein. – Wie da der Priester absolvieren solle? Ob sie gar kein bißchen bereue? – Verschämt, doch entschieden und sehr glücklich, schüttelte sie den hübschen Kopf. – Der Pater murmelte ratlos: »Mußte es sein?« Sie bejahte entschieden. Beichtiger und Beichtkind wurden sich bald einig. Maryna empfing Lossprechung und Vergebung. Er erhob sich, auch sie stand auf; er küßte sie auf die Stirn, faßte sie bei der Hand und führte die wie eine Rose im Morgentau strahlende junge Frau hinaus. Vor der Tür stand Dimitrij in gedämpftem Gespräch mit Kochelew und wandte sich ihr fragenden Blickes zu. Der Wagen sei vorgefahren, erklärte er wie ablenkend, vierzig Reiter würden sie geleiten, Kochelew neben ihr sitzen und ihr Adjutant und Unterhalter sein.

Nun stieg in ihr wieder der Abschiedsschmerz auf. Dimitrij sah ihre Augen sich mit Tränen füllen, beugte sich stürmisch zu ihrer Hand hinab und küßte sie mit Inbrunst! Vielleicht war es doch der letzte Abschied! Höchstwahrscheinlich der letzte. Doch sie war nun sein gewesen und würde es bleiben im Glück und Unglück, lebendig oder tot. Und was ihn nun so frei und stark machte, so beschwingte und aus der gegenwärtigen Stunde fortriß, das war sein ungestümes Verlangen nach der Vorbereitung der alles entscheidenden Schlacht. Ja, sein Pessimismus schien verflogen – wie sein schlechtes Gewissen.

Er geleitete sie die Treppe hinab und zum offenen Wagen hinaus. Viele Sjewsker Frauen und Männer sahen zu. Dimitrij verbeugte sich entblößten Kopfes. Kochelew, vornehm gekleidet, gesellte sich als Kavalier zu Maryna. Die Reiter setzten sich in Trab. Den Wagen zogen zwei Schimmel mit rotgefärbten Mähnen und Schwänzen. Ein letztes Winken, und Maryna war um die Ecke und fort.

Es ging dem Dnepr zu. Nach einem der Reisetage, als der Abend herabdämmerte, machte man in einem größeren Kirchdorf halt, fragte vor den Häusern hockende Dorfleute, wie weit es noch bis Kiew sei und nach dem Namen der Ortschaft. Es handelte sich wieder um irgendein Nikolskoje. Maryna wollte in der Dorfschenke rasten, indes man Roß und Reiter versorgte.

In der Schenke, einem Blockhaus, in dessen Stallung eine Kuh brüllte und Schweine quiekten, saß, den bärtigen Glatzkopf in die Hände gestützt, ein Mönch und schlief seinen Rausch aus. Kolja, der Narr, bestellte am Rauchfang der kleinen Küche, wo eine Wandfackel qualmte, bei der Alten Eier und Brot und ging, nachdem er Maryna einen Platz am rohen Ecktisch gesäubert, hinaus, um nach dem Rechten zu sehen. Marynas Gedanken schwammen wieder in die jüngst verflossene Nacht zurück. Wie fühlte sie sich trotz allen Bangens gelöst und über Leben und Tod erhaben und so recht gerüstet, Marfa, der geheimnisvollen, mächtigen, wohl recht schwierigen, der so verstummten Frau gegenüberzutreten!

Die alte Wirtin humpelte barfuß herein und setzte ihr mit tiefer Verbeugung ein Holzschüsselchen voll heißer Eier vor. Maryna beachtete es nicht und träumte zurückgelehnt ins wachsende Dunkel zur schwarzgeräucherten Decke hinauf.

Da kam Kochelew hereingesprungen und rief: »Alle guten Geister, der Zarewitsch!«

Maryna sah ihn an.

»Ja, ja, ich schwör's! Er kommt hierher! Die Herrin wird ihn sehen!« Aber er lachte spitzbübisch, so daß Maryna einen seiner Scherze vermutete.

Ein junger Mann trat herein. Der Spaßmacher dienerte vor ihm wie ein Franzose mit auseinanderschwenkenden

Händen. Maryna starrte den Eingetretenen an. Es war schon recht dunkel, und so stand Maryna auf: Ist er's oder ist er's nicht? Er konnte ja nicht hinterhergejagt sein. Wie kläglicherweise einst Marc Anton hinter seiner flüchtigen Cleopatra her übers Meer. Dimitrij dachte doch an Schlacht und Sieg!

Kochelew rief nach Licht, eilte in die Küche, entführte der Wirtin die Fackel und leuchtete den Fremden an. Der knurrte finster: »Was soll das?«

Maryna konstatierte: Dimitrijs Statur, nur untersetzter, sein Haupthaar, fast dieselben kurzen Wellen, die sie in jener Nacht durchwühlt, und seine Nase, nur etwas stämmiger, auch seine Brauen, nur nicht ganz so geschwungen, sein kräftiges Gesichtsoval, vielleicht ein wenig massiver. Ja, sehr ähnlich.

Sie ließ sich nieder, und der Fremde faßte sie ins Auge. Er schien unschlüssig, wo er sich setzen solle. Dann nahm er auf der Bank des schnarchenden Mönches Platz und rief nach Met. Kolja eilte, als sei er hier der Hausknecht, holte den Krug aus der Küche und setzte ihn dem Fremden grob vor die Nase, holte dann auch die Fackel, steckte sie in einen Wandring, trat zu Maryna und fragte: »Nun?«

Maryna wandte sich an den Unbekannten, sobald der seinen ersten Durst gestillt, und bat ihn um Auskunft über die Zahl der Dorfbewohner. Der Mann antwortete einsilbig, fühlte sich aber der Vornehmheit der reisenden Dame verpflichtet und sich höflicher werden als je in seinem Leben.

Was sein Handwerk sei, fragte sie.

Gerben.

Was für Felle er gerbe?

Menschenschwarte.

So! Wer ihm die liefere?

Die sitze zart und warm auf Kinderärschen.

Maryna begriff – und schmeichelte, das sei ein wackeres

Dorf, das sich einen Schulmeister halte. Sie fragte, was er die Kinder lehre.

Viel nicht. Gewiß kein Griechisch und Latein.

Ob er Latein könne?

»Potestisne vos?« fragte der Prügelpädagoge. »Loquamur latine, Domina, sie placet.«

Ob er auch polnisch spreche?

Polnisch, russisch, wie's beliebt.

Polnisch dann! bat sie. Wo er denn sein Latein gelernt habe?

Im Seminar.

Warum er nicht Priester geworden?

Ausgerissen.

Um Schulmeister zu sein?

Der Fremde lachte: Zu den Kosaken!

Wie lange er dort gedient?

Drei Jahre. Alle guten Dinge seien drei.

Dann verstehe er was von Krieg und Seefahrt?

Von Mord und Totschlag, Aufstand und Aufruhr.

Ob er nicht sein Glück im Krieg des Zarewitsch machen wolle?

Ein orthodoxer Russe kämpfe nicht für Polen und Papisten.

Der Sohn des großen Iwan sei weder Pole noch Papist.

Nicht von Geburt. Doch ein Schulmann wisse, was man alles in Menschen hineinbleuen könne.

Der Sohn Iwans sei niemandem hörig als seinen Ahnen, seinem Amt, seinem Volk, seiner Kirche! betonte sie.

Er lachte: Die Dame hänge ihm ja sehr an, wie Kalypso dem Odysseus, wie Dido dem Äneas.

Ah! nahm ihn Maryna hoch, er verpulvere seine ganze Bildung für nichts.

Er trank und knurrte gekränkt: »Sonst noch was gefällig?«

Maryna betrachtete ihn: Ob er wisse, wem er so ähnle?
»Meiner Fratze im Teich.«
Auch, doch das wäre nicht viel. Dem besten Menschen und größten Helden, den jetzt die Erde trage, dem gleiche er.
»Ihm, dem Zarewitsch? Haha!«
Sie nickte. Er fragte, wieso das mehr sei. Sie schalt ihn einen rechten Klotz. Aber er philosophierte: Er wisse nicht, was vergänglicher sei, sein Bild im Teich oder jener Zarewitsch. Ein bißchen Wind, ein bißchen Welle, sei es im Dorfteich, sei es dort bei Sjewsk, und beide Schemen seien dahin.
Der Herr Schulmeister sei offenbar kein Held, tadelte sie.
Eine Pause entstand. Dann fragte der Doppelgänger Dimitrijs nachdenklich, wo sein Urbild jetzt stecke. Doch in Sjewsk?
Sie bejahte: Sie komme von dort und könne ihm den Weg dorthin weisen.
Den würde er von selbst finden, erwiderte er und trank aus: »Si accidet.«
Aber er fühle sich hier wohl sicherer und wohler in seinem Nikolskoje?
Wohl? Unter Kanaken? Was wohl die Dame in ihm sehe? Eine verkrachte Existenz natürlich. Da sehe sie recht. Die Schulmeisterei dürfe jeden Tag der Teufel holen.
Nach einer Weile fragte er, indem er sich erhob: »Wann schlägt der Zarewitsch seine nächste Schlacht?«
»Sehr rasch, Herr Schulmeister! Du wirst doch nicht abwarten wollen! Wer so zur spätesten Spätlese zählt, der macht sein Glück nicht mehr.«
Er seufzte: »Wenn der Mann doch nur kein halber Pole wäre und kein ganzer Papist! – Aber nun wüßte ich noch gern, mit welcher hohen Dame ich gesprochen.«
Maryna lachte: »So fragt kein Kavalier. Nun, Kavaliersart läßt sich nicht auflegen wie Schminke.«

Er verneigte sich kurz und sagte hart: »Für alle Fälle, falls die Dame Gedächtnis hat: Ich heiße Iwan Sokolow.«

Damit ging er hinaus. Seine Tritte verhallten.

Kochelew sprang auf: »Meine Herrin, das teilen wir ihm mit. Sollte so ein Double nicht zu brauchen sein? Ich wittre Komödie und Maskerade, ich wittre Ersatz und Staffage bei lästigem Volksgetümmel, ich wittre prächtigen Kugelfang bei Attentaten.«

Ein geharnischter Reiter trat herein und meldete, man sei zur Abfahrt bereit. Maryna brach auf. Kochelew beutelte die Eier ein und zahlte.

Man rollte und ritt, schlief und dämmerte nun die ganze sommerlich warme Nacht hindurch. Im Morgengrauen blinkte aus den Nebelschwaden seines Stromtals der mächtige Dnepr herauf. Flöße brachten Kutsche und Reiter über den Strom, ein Ferge im Kahn Maryna allein. Sie ließ sich schweigend hinüberrudern, dort, wo man an beiden Ufern bei den Aufschüttungen noch Rammpfähle der verschwundenen Brücke Dimitrijs sah. Als sie den Fährkahn verlassen, wanderte sie die Hügel hinan, wo man am aufgewühlten Erdreich, an dem kreisförmig oder quadratisch umstochenen Boden noch den Stand der Zelte erkannte, wo die suchenden oder weitschweifenden Blicke an verfallenden Zaungehegen und Strohschüttungen die Grenzen des Feldlagers abtasten konnten. Da wanderte sie umher und war voll Andacht und Angst, voller Hoffnung und Tränen und tat inbrünstige Stoßgebete. Noch vor Kiew entließ sie Kochelew und fuhr auf die vieltürmige Silhouette der heiligen Stadt zu.

Dort also, inmitten dieser Mauern, saß Marfa und harrte wie sie der großen Entscheidungen. Hin zu ihr, hin! –

Als Maryna sich in einem gastlichen Kloster, in dem sie abgestiegen, zum Besuch des Metropoliten fertigmachte, frühstückte und wieder aufbrach, besprachen sich mit dem

Metropoliten in dessen Palais eine Äbtissin Warwara und Herr Bjelas, der Arzt aus Dorpat.

Die Äbtissin berichtete, ihres Gastes, der ihrer Hut anvertrauten Zarin-Witwe, Zustand sei besorgniserregend. Sie esse und schlafe nicht, lese nichts, bete die Horen nicht mit, sie verkümmere und verfalle. Fast werde man den Verdacht nicht los, irgendeine Küchenschwester, von politischer Seite gekauft, habe Marfa mit schleichendem Gift versehen. Daher die Bitte an den durchreisenden Herrn.

Der Arzt, ein dicker Asthmatiker, erklärte, die Kranke, die er soeben gesehen, leide seines Erachtens an Melancholia und sei an der Seele krank. Da sei er nicht zuständig.

Der Metropolit nickte. Er habe der Marfa den Thomas a Kempis empfohlen, doch das Buch liege und verstaube. Die Nonne habe mit einem Blick auf das Buch bitter gelächelt: Verschlossenes Paradies! Dabei sei sie eine gelehrte Mystikerin. Als er ihr mit Nachrichten vom Feldzug ihres Sohnes gekommen, habe sie den Kopf in beide Hände genommen, sich sitzend hin- und her gewunden und gerufen: Wie verstopfe ich mir nur vor euch die Ohren?

Bruder Anastas, des Metropoliten Sekretär, trat ein und meldete Maryna. Nun, des Kirchenfürsten Überraschung war sehr groß, doch bald begriff er, wem dieser Besuch der so weit hergereisten Dame gelten mochte.

Bald teilte sich der Vorhang, und Maryna rauschte herein. Sie küßte mit tiefem Knicks die ihr dargebotene Metropolitenhand. Nach der Vorstellungszeremonie wehrte sie den Versuch des Kirchenfürsten, sie zu bewirten, ab, behauptete, trotz der durchreisten Nächte so frisch zu sein wie der sonnige Morgen draußen, und begehrte zu Marfa hin.

Gerade, sagte Äbtissin Warwara, hätten Gespräch und Sorge ihr gegolten, sie sei krank.

»Dachte ich's doch!« rief Maryna. »Daher mein Besuch.«

Der Metropolit bat sie, wenigstens etwas Wein zu nehmen, damit sie gastlich empfangen sei.

»Wenn es denn sein soll, dann«, rief sie, »ein Glas feurigen Tokaier!«

Der Arzt empfahl sich, die Äbtissin suchte Marfa auf, um sie vorzubereiten. Maryna plauderte mit dem gütigen Greis und bemerkte bald, wie sie vom Wein glühte.

Endlich war es soweit. Eine Nonne geleitete sie über Hof und Straße weg in das mächtige Klostergebäude, das Marfas Herberge war.

In einem großen, luxuriös mit Diwan und Kissen, mit geschlossenem Himmelbett, Wandteppichen und schweren Möbeln ausgestatteten Raum stand Marfa da, betrachtete kritisch den Kniefall Marynas vor ihr und spendete streng den erbetenen Segen, die Orthodoxe der Katholikin. Maryna stand auf und wartete sittsam auf der Nonne erstes Wort.

»Du sollst eine eifrige Römische sein«, sagte Marfa.

»Wir alle sind Glieder am gleichen Haupt«, erwiderte Maryna – mit innerem Vorbehalt.

Marfa setzte sich nieder, auf ihre einladende Gebärde hin auch Maryna zur anderen Seite des Tisches. Nach dem Zweck ihrer Reise befragt, begann Maryna nun von ihrer Sorge um Marfa zu sprechen und erkundigte sich nach ihrem Befinden. Alle Antworten der Exzarin waren lakonisch, kalt, fast abweisend. Maryna fühlte ihr Blut unruhig pochen, aber entschlossen und beherzt ergriff sie das Steuer des Gesprächs, erzählte mit mädchenhafter Begeisterung von den Dingen auf dem Kriegsschauplatz, richtete des Zarewitsch Grüße an seine erhabene Frau Mutter aus und überreichte des Sohnes Brief. Marfa legte ihn, ohne zu lesen, beiseite, fragte nach Dimitrijs Befinden und wie er seine Lage oder gar Zukunft beurteile. Maryna berichtete von der bevorstehenden Entscheidung, und Marfa meinte: »Da bist du ja noch weit von den Gipfeln entfernt, denen du so zuversichtlich zustrebst.«

Maryna fühlte sich der Ehrsucht verdächtigt und beteuerte, sie habe keine anderen Ziele als nur ihn, der Marfa Sohn, und seinen Sieg.

»Man dankt für das angebotene Ei und bittet um die legende Henne«, spottete Marfa.

Maryna erschrak vor ihrem finster prüfenden Blick. Sie fand darin etwas wie dumpfen Haß. Doch sie war ja so stark nach ihrem Sjewsker Sieg, wie sollte sie diese Frau nicht auch erobern? Natürlich, dachte sie, hält sie mich für eine intrigante Semiramis, für eine Blenderin, ebenso flatterhaft wie ehrgeizig und dumm. Ich bin ihr für ihren Dimitrij zu schlecht, und sie fürchtet, ihn an mich zu verlieren. Eifersucht! Daher ist sie so böse, die Schwiegermama. Währenddessen schwang ihre Stimme wie eine helle Möwe schon über den Wassern, und ihre Lippen plauderten von ihrer schönen Kindheit mit dem Gespielen und von jener prädestinierten Herzensgemeinschaft, die sich nun weiter erfülle. Aber Marfa unterbrach sie:

»Und dann verlobtest du dich, ließest ihn laufen und machtest Hochzeit, und da durfte er tanzen. Der Wisniewiecki war ein Fürst, Dimitrij ein Guckübderenzaun. Doch er guckte nicht lange, stach den Bräutigam aus – und wie!, stand als Zarewitsch da, und in gleicher Minute gab das Bräutchen dem verblutenden Bräutigam mit dem zierlichsten Stöckelschuh Polens einen Tritt und flog dem neuen Abgott an den Hals.«

Maryna legte in ihre Augen schmerzliche Anklage. Marfa dachte: Sie blickt wie eine Ikonenmaria her.

Da sie keine Lust hatte, ihrerseits verklagt zu sein, griff sie weiter an: »Warum kommst du nun, wozu sendet er dich? Ihr seid euch einig, das gebe ich zu. Einig auch in der Furcht, ich könnte abtrünnig werden, meine Mutterschaft abschwören, wie?«

»Niemals!« rief Maryna mit Emphase.

Marfa dachte: Du sollst hier auf den Busch schlagen, mein Täubchen. Nun, nichts will ich zugeben, höchstens die Eifersucht. »Ja«, sagte sie, »ich gewann einen Sohn, natürlich für dich, und er muß wissen, was er an dir hat.«

Maryna sagte leise und bestimmt: »Er weiß es. Doch Ihr, Erhabene, habt Ihr keinen seiner Briefe erhalten? Beteuert er seine bleibende Sohnesliebe nicht mit allen ritterlichen Eiden und kindlichen Schwüren?«

Marfas Mund lächelte fast unmerklich: »Das wird er wohl müssen.«

Maryna erschrak: Sie glaubt nicht mehr an ihn! Ach, sie haßt, sie verachtet ihn schon! O entsetzliche Wendung! Das befürchtet Dimitrij. Nochmals nahm sie den Stier bei den Hörnern und rief: »Wie kann Marfa, die Mutter, dem geliebten, wiedergefundenen Kind mißgönnen, woran es hängt, und wie kann Marfa, die Gottgelobte, in so irdisches Eifern verfallen? Ach, nie, nie, nie stehe ich jemals zwischen Mutter und Sohn.«

Marfa lachte auf. Maryna schien sich zu besinnen, und sie wagte und sagte es: »Ich beginne, dich zu verstehen. So leidet eine Mutter, die ihn als Sohn in sich verleugnet und doch an Sohnes Statt begehrt, begehrt als Trost und Ausfüllung ihres entleerten Lebens; oder eine Nonne, die aus ihren heiligen Sphären herausgefallen und dafür den ›Betrüger‹ noch extra verklagt und ihn dennoch als köstlichen Tausch für jenes Anachoretentum innig begehrt; ja, eine Herrscherin, die mit ihm in seinen Glanz und in ihre alte Erdenglorie wieder zurück will; nur eine solche Marfa –«

»Schweig!« herrschte die Alte sie an. Dann sann Marfa offenbar nach. Und sie erwiderte: »Du holdes, so gescheites Kind, du sollst nicht denken, ich würde dich der Mühe würdigen, Versteck vor dir zu spielen. Spitze die zierlichen Ohren, ich offenbare dir meine ganze Blöße und Schande, die ganze

Häßlichkeit einer alten Frau, und sage: Zornig bin ich auf nichts als auf deine Jugend! An deiner Statt müßte ich stehen! Ja, ich berste vor Neid auf deine Reize, deine Schönheit, Zukunft, Träume, Ängste, Sorgen, deine ganze Weibesseligkeit.«

Sie stand auf, stieß mit ihrem Stock auf den Boden auf und wetterte, während die andere Faust sich auf die Tischplatte stemmte: »Ja, ja, ja!« – und bei jedem Ja pochte ihr Krückstock auf das Dielenholz – »du willst – und darfst wohl gar all das kosten, woraus ich verstoßen worden, ehe ich davon träumte! Nicht wahr, das kommt dir höchst sonderbar vor, daß ich den verfluchten goldenen Kerker, der so voll Angst und Grauen gewesen, noch als die üppige Uglitscher Witwe zurücksehen konnte. Ja, wie ich das nur konnte, wie? Und daß ich das heute noch kann! Doch das versteht keine so gut wie du. Und daher kommt's, daß ich so von Gott und allen guten Geistern verlassen bin – wie du! Aber dir, dir winkt jetzt, was ich nie besessen, bei diesem Mann! So, habe ich mich jetzt genug entblößt? Hab' ich vielleicht deine Engelsaugen da gescheut? Nichts scheue ich und niemand, nicht das einmal, was die Toren Gott nennen. Ihm bin ich nie begegnet!« Nach einer Weile fügte sie hinzu: »Möglicherweise hielt und hält er mich gerade so in den Zähnen.«

Maryna, so bewundert und beneidet wie sie nun war, fand in ihrem geschmeichelten Stolz die Kraft und Freiheit, sich zu nichts als Teilnahme und Erbarmen zu überreden. Und wirklich, sie fühlte sich priesterlich bewegt, fiel vor Marfa demütig auf die Knie und flehte: »Mutter, Leidende, ich danke dir für die Ehre, diese unverdiente, die du mir tust. Kannst du getröstet werden, so will ich zu Gott flehen, er wolle Dimitrij und mich zu deinem Trost machen und segnen, zu deiner Erquickung. Zu dir selbst aber flehe ich« – und sie streckte beide Hände nach Marfa aus und Tränen standen in ihren Augen –, »nimm ihn zum Sohne, große Mutter, nimm mich zur Tochter hin! Und dann teile unser

Glück, unsere Not, unseren Kampf, unseren Sieg, auch unseren Glanz! Zwei Kinder werden mit aller Liebe dein sein, statt jenes toten und statt jenes entsetzlichen Gatten. Und also kehre mit uns in dein Moskau zurück!«

In der Nonne brach nun wohl das Eis. Sie zitterte. Sie sah, daß dieser Knienden Ausbruch, die sich ihr so als Tochter anbot, von elementarer Wahrhaftigkeit war. Alles in ihr drängte sie, Maryna zu umarmen. Aber sie dankte ihr nur mit einem Blick, in dem sich freilich sehr viel Schmerz in Frieden löste. Danach kehrte sie sich ab und wanderte an ihrem Stock umher. Maryna erhob sich und fühlte, sie habe abermals gesiegt. Sie verfolgte Marfa mit bittendem Engelsblick und sprach aus lindem und befreitem Herzen:

»Mutter, Dimitrij hat es mir so gut geschildert, wie ihr euch begegnet seid. Ich weiß, dein Herz hat damals nicht gesprochen. Es liebte ihn wohl, aber als Fremdling, und es zweifelte sehr. Da konnte auch sein Herz nicht sprechen und fand auch zu sich selber nicht hin. Alles blieb unentschieden. So gingt ihr auseinander.«

»Lüge jetzt nicht«, knurrte Marfa, »ich tu's ja auch nicht. Ich sage dir, es war nichts unentschieden. Mein Herz, so sehr es ihn begehrte, verleugnete ihn ganz und gar, das spürte er. Sogleich erkannten wir einander – als Betrüger. Und ich weiß sogar dies: Er kennt sich selber sehr genau. Hat er je an seine Echtheit geglaubt, damals glaubte er nicht an sie. Sage ihm, er solle mich nicht länger in seinen gestelzten Briefen einnebeln. Er habe es nicht nötig. Ich hasse das.«

Noch ließ Maryna nicht alle Vorsicht fallen. Sie bat: »Gesetzt, er wäre nicht dein Fleisch und Blut, wie du vor mir beteuerst, Mutter, so nimm ihn an als deines Sohnes Engel, als des Mörders Feind, der, wenn schon nicht *dein* Blut, wenigstens auch nicht das jenes Iwan Wassiljewitsch ist.«

»Von Racheengeln«, lachte Marfa, »darf die gottgelobte Nonne nicht hören.«

»Laß doch die Nonne hinter dir! Du hast dich nicht dazu gemacht, der Himmel auch nicht, und du hast kein Geschick dazu, du bist ein Erdenkind, bist Mutter und Weib, und uns und Gott so viel lieber, das weiß ich gewiß. Er will gar nicht alle zu Nonnen und Mönchen. Das ist doch klar. Dich haben sie immer nur vergewaltigt.«

»Weiter!« lächelte Marfa. »Und weiter ganz ehrlich, Kind!«

Und Maryna warb: »Ist er dein Sohn nicht, was nimmt er deinem toten Kinde weg? Nichts als den Namen. Aber im Himmel dein Kind, das segnet jetzt den, der seine Mutter auf Erden zur Erde erlöst.«

»Das sind wohl Dimitrijs Worte?« lachte Marfa ironisch. »Doch wird er auch erlösen? Wird er siegen? Wird er Glück haben? Sonst –«

»Er wird, wird! Gott ist mit ihm, Mutter Marfa! Und so wahr er lebt – sieh, dein vermodertes Kind hat kein Leben mehr, womit es dir nahe sein, dich lieben und dem Leben wiedergeben könnte; das kleine Gerippe, es zog dich mystisch bisher in Grüfte und Verwesungen hinab. Dimitrij aber will dir der beste Sohn sein. Zu einem solchen Sohne wäre dein eigenes Söhnchen, das doch auch von jenes Schrecklichen Fleisch und Blut war, nie geraten.«

Jetzt trat Marfa auf sie zu. Alle Härte war aus ihrem Gesicht weggezaubert. Sie warf den Krückstock beiseite und umarmte das Mädchen: »Du bist gut! Auch er ist gut! Ihr seid einander wert. Ich werde wieder beten können, nicht nur für mich, sondern beten für euer Glück und Heil.«

Damit ließ sie Maryna frei, wandte sich um und flüsterte: »Doch nun, nun hast du eingestanden, daß auch du selbst an ihn nicht glaubst.«

Da jubelte Maryna auf und umhalste sie: »Marfa! Und wie ich an ihn glaube! – Siehst du, so war's: Ich kannte lange Zeit hindurch nur jene Argumente, die der König, der Orden und der Papst in Rom mit Anstand glaubten gelten lassen zu dürfen; und Dimitrij und ich, wie sollten wir klüger sein als sie alle?«

Marfa machte sich los und unterbrach sie, als zürne sie wieder: »All diese hohen Herren, dazu die tausend Wichte, die sind alle Partei. Leidenschaft macht blind. Wer weiß das besser als ich? Ach, Maryna, begehrender, blendender Wille, das ist des Menschen Herz und Kern, das muß ich wissen. Doch das weißt auch du. Du bist eine heiß Begehrende. All unser Glaube, selbst der, der sich ans Himmlische klammert, ist nichts als himmelstürmende Selbstsucht, und soll auch wohl nichts anderes sein.«

»So freut es mich, Mutter, und freue du dich auch: Daß Dimitrij der ist, der er ist, und mit keinem Tröpfchen Blutes ein anderer. Ich knie vor seinem Schöpfer, seinem Genius und seinen namenlosen Eltern.«

»Gut, gut, mein Kind. Aber du schwärmst. Mir graut vor dem Ende. Ich bange sehr. Siehst du, seit Wochen nichts als unentschiedener Stillstand. Was hat mein öffentliches Bekenntnis groß geholfen? Boris regiert, und Dimitrij steht in Feindesland.«

»Nicht lange mehr, Mutter.«

»Und siegt er, Maryna, so bedenke: Fremde brachten ihn dann zur Macht. Der verhaßte Pole ist's. Das verzeiht der Russe ihm schwerlich. Ich kenne mein Volk.«

»Ach, Marfa, wenn ihm erst seine zukünftigen Taten die Liebe all seiner Völker erringen –«

»Ach was! Er macht Dummheiten, trotz seines Genius, den du vergötzest! Nimmt er nicht eine Polin, eine römische Katholikin zum Weib? Entsetzlich muß ihm das schaden. Wie kann er so blind sein! Ich kenne mein Vaterland.«

Maryna schwieg betroffen und wurde ganz blaß. Marfa sann ernst vor sich nieder und ging wieder umher. Sie bat um ihren Stock. Es dauerte eine Weile, bis Maryna zu sich kam, hinging, den Stock aufhob und überreichte. Marfa sah sie, während sie ihn entgegennahm, groß an und mahnte: »Armes Mädchen! Wäre ich du, wirklich, ich gäbe ihn frei.«

Maryna griff nach ihrem Herzen.

»Siegt er, so verzichte, Kind, wenn du ihn wirklich liebst. Ach, du hast es gesagt.«

»Nein, Marfa, nie.«

»Warum nicht?« zürnte Marfa schon wieder. »Verzichten – das scheint dir undenkbar, wie? Denke an mich! Was hatte ich mein Leben lang? Bist du mehr als ich? Mehr Glückes wert als die Marfa Fjodorowna Nagaja? Und er soll auch die Jesuiten nach Hause schicken! Er soll es sich ja nicht einfallen lassen, unsere Kirche anzurühren! Sie ist des Reiches Mutter, hörst du?«

Maryna zitterte. Mit runden Augen und gekrauster Stirn raunte sie niederwärts: »Er muß wissen, ob er mich braucht, ob nicht. Er wird wissen, ob – ob er mich entbehren kann ... Ich, ich werde mich beugen, sowohl seinem ›Komm!‹ wie seinem ›Geh!‹«

Marfa umarmte sie feierlich, still und fest. Ernst fügte sie hinzu: »Wenn er ›geh!‹ sagt, dann tröste dich dessen, daß er tausendmal lieber gerufen hätte: ›Komm, komm, komm!‹, und dessen, daß du, du auf Erden allein seiner wert bist – eben durch solchen Verzicht.«

Sehr schwer hing das Schweigen im Raum, lag es auf beiden Herzen. Marfa bat mit tiefer, dreimaliger Verneigung vor dem geängsteten Mädchen, dem ein Schwert durch die Seele drang: »Vergib mir jedes bittere Wort, womit ich mich an dir versündigt, vergib mir alles, was ich bin – oder sein werde!«

Maryna lächelte sie trauernd und in Tränen an.

»Vergib mir auch, Maryna, daß ich dich immer noch ein wenig hasse, vor Eifersucht auf deine Güte und Größe. Ich bin sehr schlecht. Verworfen bin ich. Oh, wie ich dich jetzt lieben müßte, das weiß ich wohl, und ich werde dich doch immer scheuen, ja ein wenig hassen, weil du mich gedemütigt. Oh, lehre mich rein werden, jetzt und künftig, mich Nichtswürdige!«

»Mutter, komme, was da wolle, in dieser Stunde, Mutter, gewannst du den Sohn und die Tochter – so oder so, wie er sich auch entscheide.«

Marfa nickte: »Das Dreieck bleibt geschlossen, sei es zum Leben, sei es zum Tode.«

»Amen!« sagte Maryna.

Die Greisin fühlte sich hungrig wie einst in Tscherepowez und verlangte nach Speise wie damals. Beim Mahle war Maryna sehr still. Marfa litt mit, woran sie nun krankte. Bald trieb es beide auseinander, um einsam in sich auszutragen, was sie ineinander gesät. Maryna reiste zur gleichen Stunde noch ab.

Aus dem Rasseln der Räder auf harter Straße hörte sie nichts als »Entsagung, Entsagung, Entsagung«, aus dem Knirschen der Achsen auf weichen Waldstraßen nichts als »Verzicht, Verzicht, Verzicht«. Sie fühlte sich ganz alt und verbraucht. Wohin jetzt? Ja nicht ins Jagdschloß zwischen die Schatten Ostroschskis und Otrepjews! Sie befahl Fahrt auf eines der kleineren Güter ihres Vaters zu. Das hatte sie seit Jahren nicht mehr gesehen. Gegen Abend langte sie an. Am nächsten Morgen, durch langen und tiefen Schlaf erholt und verjüngt, scheuchte sie alle Zukunftsgespenster von sich, nahm ein Bad, speiste und reiste weiter. In Ssambor erreichte sie schließlich der ersehnte Kurier.

Voller Angst erbrach sie die Depesche. Schon in der Diele. Da wich ihr alles Blut aus dem Gesicht. Sie rannte davon, schloß sich ein und stellte sich entschlossen allen Schrecken.

»Meine Maryna! Wir liegen eingeschlossen in Putiwl. Ich habe bei Dobrynitschi, unweit Sjewsk, die große Schlacht verloren. In Kürze: Die vierfache Übermacht des Feindes quoll aus dem Wald hervor und baute sich auf. Ich drittelte mein Heer. Meine kosakische Infanterie und Artillerie, 4000 Mann, hatte mit ihren Kanonen noch zur Nacht eine Höhe besetzt. Das Haupttreffen bildeten die 8000 berittenen Saporoger. Ich mit 400 polnischen Husaren und 2000 russischen Reitern war Vorhut. Kaum war der Feind heraus, so stürmten wir aufs Zentrum los. Die feindliche Kavallerie zerstob natürlich. Die Artillerie und Infanterie dahinter, plötzlich entblößt, feuerte schwere Salven – uni sono, aus ein paar Dutzend Kanonen und 16 000 Arkebusen, natürlich vor Erregung vorbei. Nur etwa zehn meiner Tapferen stürzten, Mann und Roß. Wir hinein in die Pulverwolken, die den Schützen die Sicht raubten, und unsere Lanzen saßen ihnen in den Rippen. Sie stürzten Haufen über Haufen. Die Kanoniere hieben wir nieder. Eine breite Lücke klaffte im Zentrum der feindlichen Linie.

Da kam der Verrat. Von wem? Von den Saporogern. Hätten sie, wie befohlen, jetzt angegriffen, der Godunow hätte sein Cannae gehabt und wir freie Bahn auf Moskau.

Die Schurken! Die weit beschrienen Helden! Da standen sie hinten, standen unbeweglich – und schwenkten lautlos zurück. Ohne Schwertstreich. Wassilij Schuiskij drüben muß sie gekauft haben! Wann? Kamen sie nicht, Maulaffen feilhaltend, schon zur Nowgoroder Schlacht zu spät?

Kurz: Wir Vorstürmenden hatten uns im Dreinschlagen zerstreut und stießen auf livländisches Fußvolk und andere uns in der Flanke vom Wall her anrennende fremde Söldner. Diese verfluchten Deutschen wieder, die den größten Teil der Hilfstruppen des Godunow stellen, sie hielten unseren ungestümen Angriff auf, sie stießen ihr Feldgeschrei aus ›Hilf Gott!‹, das dann die Moskowiter, wo sie noch standen oder herzudrangen, als unverstandene Zauberformel wiederholten. Um diese sammelten sie sich. Wir mußten zurück. Mein Pferd war mir unterm Gesäß weggeschossen. Ich sprang auf ein zweites. Unsere kosakische Infanterie auf dem Hügel zog die Feinde auf sich, wurde umzingelt, eingeschlossen und ließ sich bis auf den letzten Mann niederhauen, alle 4000! Ave piae animae! Und ich indessen – o mein Gott! – ich mußte befürchten, die 8000 Saporoger würden nun in den Kampf eingreifen, aber gegen uns! Doch es genügte ja schon, zu subtrahieren: 20 000 minus 8000 minus 4000, soviel waren wir noch, und dieser Rest contra 80 000! Eins zu zehn! Und wir Attackierenden waren auseinandergefegt. Da blieb nichts, als die Trümmer meiner Husaren zu sammeln und in jagender Flucht uns nach Sjewsk zurückzuwerfen. Schande! dachte ich, Schande, viertausendfach potenziert durch den heiligen Opfertod jener Kanoniere! Ja, ich habe geweint.

Da stand ich dann auf einem der Palisadentürme von Sjewsk und staunte, daß jener Schuiskij seine Armee fernab auf dem Schlachtfeld mit großer Trompeterei haltmachen ließ.

Ich hatte mehr als jene 4000, hatte meine ganze Artillerie und all meinen Troß verloren. Was sollte ich noch weiter im verdammten Sjewsk? Da war an ernstlichen Widerstand nicht zu denken. Wir ritten hinten hinaus und 30 Stunden lang à tempo bis Rylsk. Jetzt sahen wir die Saporoger uns folgen. Also weiter durch Rylsk nach Putiwl! Kaum ist der letzte Mann in den Mauern, kaum sind die Tore dicht, so langen auch die Schurken vor den Toren an und begehren Einlaß. Sie schrien, sie gehörten ja zu uns. Ich hatte genug von ihnen. Ich gab Antwort mit allen erreichbaren Kanonen der Festung und feuerte ihnen meine Wut in die Fresse. War das unklug? So bedient, zerstreuten sie sich und langen inzwischen wohl wieder in ihren alten Raubnestern am Dnepr an, um sich gesundzulügen, ihren Judaslohn zu vertrinken und sich nach weiteren Heldentaten umzusehen.

Jetzt bin ich Tag und Nacht auf den Beinen, um Putiwl zum eingerollten Igel zu machen. Hier mein non plus ultra bis zu dem Tag, da wir entweder die Umkränzten von Thermophylä nachäffen oder – das rettende Wunder geschieht. Ich fürchte weiteren Abfall. Alles ist mutlos. Aber vom Feind ist nichts zu sehen. Tabula rasa. Bis auf eine Handvoll Getreuer schicke ich nun meine Ritter kreuz und quer durch die Sewersk, daß sie mir neue Soldaten werben. Sie haben wunderlicherweise großen Erfolg. Die Provinz hält zu mir. Bin eben der Bauernbefreier, der Rächer der Versklavten, ich kämpfe für das Menschenrecht. Alle Erwartungen, wie du weißt, hängen sich an mich, ich erbe alle Parolen und hohen Titel, und ich nutze das aus in zahllosen Proklamationen.

Spione berichten, die Bewegungen des Feindes im Dschungel seien wieder so faul und ungewiß wie die einer träumenden Wildsau, Schuiskij habe sogar einen Teil seiner Truppen aus Mangel an Proviant zurückgeschickt, zumal das Huhn, wie er prahlt, schon im Topfe sei. Warum denn fegt er mich und meine Trümmer nicht vom Erdboden weg? Ich werde die Hoffnung nicht los, sein Heer, ja er selbst halte es heimlich doch mit mir.

Rylsk ist mir treu, läßt sich belagern. Vor dieser lächerlichen Feste vergeudet sein großes Belagererheer jetzt seine Zeit. Von Kromy Nachricht jenes endlich eingetroffenen Ataman Korela. Er beschwört mich, auszuhalten; er werde den Drachen zu sich herüberködern und zu meiner Entlastung an Kromy nagen und knabbern lassen, es werde ihm, Korela, ein Gaudium sein. Ich solle inzwischen recht viel Agenten auf die Wojewoden um Schuiskij loslassen und mir kaufen, soviel nur immer zu haben seien. Wenige seien es wahrscheinlich nicht.

Ach, könnte ich nur erst die Deutschen gewinnen! Die sind geschulte Krieger. Einer ihrer Hauptleute ist gefallen.

Übrigens ein Ataman Zarutzkij, der mit mir Avantgarde ritt, hat sich außerordentlich hervorgetan. Unter den Polen fiel mir unter anderen Miechawiecki auf. Zu Zarutzkijs vita folgendes: Als Junge von den Romanowschen Tataren verschleppt, lernt er dort das Kriegs- und Parteigängerhandwerk. Dann kommt er zu den Donischen und bringt es bis zum Ataman. Dieser Mann redet mir gut zu.

Maryna, ich segne die Stunde, die dich kurz vor dieser unseligen Schlacht zu mir geführt, auch die andere, die dich wieder fern von mir geborgen hat. Ich schwöre bei dem Troste, den du mir mit Leib und Seele gespendet: Ich weiche nicht. Komme ich um, so komme ich um, und du stirbst mir nach, du hast es versprochen. Mehr als uns umbringen kann niemand. Wozu also zagen und klagen? Ungebeugt und verbissen, Demetrius.« –

Viel tiefer gebeugt als Dimitrij und Maryna war der Sieger in Moskau, Zar Boris. Matt hing er im Sessel. Sein alter Diener stand hinter ihm. Im Halbkreis saßen vor dem Todgeweihten zwischen dem kriegerischen Iwan und dem unkriegerischen Semjon die Zariza und der Patriarch. Hinter diesen vier stand Pjotr Basmanow, der jugendliche, blonde Held, die Hände auf dem Griff des vor ihm stehenden Schwertes, und der kurze, rötliche Bart, die leichtgekrümmte, schmale Nase, darüber die gerunzelten braunen Brauen und die furchtlosen Blauaugen, darunter der energische Mund, endlich die vornehme Schmalheit des ganzen Antlitzes und die hohe Gestalt im breitgegürteten Kettenhemd, das alles verlieh ihm eine ganz ungewöhnliche männliche Schönheit. Selbst des Zaren trauriger Blick, sooft er unter zerknitterter Kummerstirn auf seinen Zügen ruhte, erhellte sich ein wenig wie ein müder Leib in duftendem Bad. Ja, der Herrscher liebte ihn, und nicht nur seiner Treue und Nowgoroder Heldentaten wegen. Er hielt es nicht für wunderbar, daß sich nicht nur Mädchen und Frauen, sondern auch Männer in ihn vergafften. Fast sündig kam ihm so viel strenge Schönheit vor. Wie zu ihm allein hin sprach er. Er tat seine Verwunderung kund, daß noch kein einziger der ausgesandten Attentäter den Rebellen habe niederstrecken können. Den schütze der Himmel oder die Hölle. Nun, der Himmel wohl durch die Hölle. Der Satan, so trauerte er, sei Gottes Agent ... Und das sei wohl die größte Torheit seiner Regierungszeit gewesen, einem Schuiskij die ganze Streitmacht anzuvertrauen. »Mich reut es«, klagte er, »mich reut es.«

Basmanow fühlte sich zur Erwiderung aufgefordert: »Majestät, er hat bei Dobrynitschi entscheidend gesiegt.«

Die Zariza Marfa Grigorjewna knurrte: »Und tilgt nun die kläglichen Haufen nicht von der Erde weg! Was tut er?«

Iwan Godunow pflichtete bei: »Rylsk und Kromy belagert er und darin diese paar Banditen.«

»Er hungert alles aus«, beruhigte Basmanow, »auch das Oberhaupt in seinem Putiwl.«

Semjon dachte, sprach es aber nicht aus: Man sollte meinen, Bürschchen, du habest ein Komplott mit ihm. Er erhob sich, entfaltete ein Schriftstück und wiederholte dessen Inhalt, den die übrigen schon kannten, für Basmanow. Schuiskij, sagte er, schreibe hier – und seine Unterführer hätten es unterzeichnet –, daß er für die Treue seines Gros nicht mehr einstehen könne, daß es ferner an Fourage fehle und daß Epidemien die Haufen lichteten, daher er ein Drittel des Heeres habe entlassen müssen. Schuiskij übertreibe offensichtlich die Stärke des Feindes, welcher inmitten einer ihm so hilfreichen, dem Zaren so abtrünnigen Bevölkerung ständig großen Zuzug erhalte – als ob ein Schuiskij Putiwl nicht abdichten könnte! Und wie er auch seine mörderischen Standgerichte über die Dörfer und Landschaften fliegen lasse, die weder Greis noch Weib noch das Kind an der Brust verschonen – so schreibe Schuiskij –, die Partisanen wühlten weiter, der Terror bewirke um so verstocktere Wut und nur sehr wenig Gehorsam. Im übrigen erkläre Schuiskij, daß die Heerführer einer den anderen beschuldigten, und sie seien sich nur darin einig, daß der allgemeine Aufstand kaum mehr zu ersticken sei. Semjon schloß: Tatsache sei (was das Schreiben übrigens unterschlage), daß eine tollkühne Schwadron eines gewissen Korela kürzlich am hellichten Tage einen gewaltigen, für das zarische Heer bestimmten Konvoi von Pulver und Mehl im Triumph nach Kromy eingebracht. Somit könne es mit der Aushungerung Kromys wohl wieder gute Weile haben. Wonach das ganze nun schmecke? fragte Semjon zuletzt.

»Nach Verrat!« riefen Iwan und Marfa Grigorjewna. Jow seufzte. Basmanow nickte ernst. Dann trat er vor, ließ sich vor dem Zaren auf ein Knie nieder und bat: »Majestät, sende mich!«

Boris schüttelte sanft den Kopf:

»Dich brauche ich hier. Du verteidigst Moskau. Wenn es – zum Äußersten kommt. Du allein hast die Ehre der russischen Waffen gerettet. Hast du das kleine Nowgorod so treu gehalten, so wird Moskau unter deinem Schild mit Gottes Hilfe unantastbar sein. Du bist über wenigem getreu gewesen, dein Herr setzt dich nun über vieles. Du sollst nach Mstislawskij der Erste Mann im Reichsrat werden, so wahr und solange ich lebe. Statt deiner kehrt Mstislawskij zur Front zurück.«

Dann nickte er Iwan zu. Der erhob sich, schritt sporenklirrend zur Tür und stieß sie auf, während Basmanow aufstand und seinen alten Platz einnahm.

Alsbald wurde ein noch junger, aber schwer leidender Mann hereingeführt. Sein Kopf war verbunden, desgleichen sein linker Arm. Der rechte lag in einem schwarzen Tuch, das hinter dem Nacken verknotet war. Einen steifen Schenkel zog er unter dem brokatenen Kaftan nach. So wurde er von zwei Gardisten mehr hereingeschleppt als geführt. Der Bart war schwarz, die Wangen weiß, die hohlen Augen glühten. Das war Fürst Mstislawskij. Iwan Godunow schritt voran und rückte dem siechen Mann einen Stuhl hin. Der Zar erhob sich mühevoll, aber ehrfürchtig und verneigte sich. Alle taten es ihm nach. Der Zar schritt zu Mstislawskij nieder und reichte ihm, der sich ächzend niederließ, seine Hand zum Kuß an die Lippen. Danach begab er sich, ebenso schwach wie sein Paladin, zu seinem erhöhten Sessel zurück.

»Mein teurer Fürst! Gott schenke dir rasche Genesung. Du leidest noch schwer. Ehre deine Wunden. Du sollst wieder ins Feld und unserem Fürsten Schuiskij als Befehlshaber zur Seite stehen. Vermagst du das schon?«

Aber so schwach und wund Mstislawskijs Körper dahockte, so störrisch und heil stand seine Seele empor. Finster blickte er nieder und brummte: »Ein Mstislawskij ist – nach dem Zaren – der Erste im Reich wie auch an der Front. Die Schuiskijs stehen ihm nach. Ich teile mit Wassilij weder Rang noch Amt. Majestät wolle ihn mir unterordnen. Allein muß ich führen.«

»Lieber Fürst, ich kann jetzt Wassilij nicht verärgern, wer weiß, wie sie alle schon zu ihm stehen!«

»Mißtraut ihm Deine Majestät?«

»Ja.«

Stille trat ein. Dann kam des Fürsten Stimme: »Keine Ehre für einen Mstislawskij, solchen Nachfolger gehabt zu haben auf dem Felde der Ehre, welches Mstislawskijsches Blut genetzt hat.«

»Du sollst ihn unter Augen haben, lieber Fürst.«

»So ordne ihn mir unter, Majestät!«

»Du kannst allein nicht führen. Du bist noch siech und matt und schwerbeweglich.«

Störrisch bestand der Fürst auf seinem Willen:

»Meinem Vater, meinem Großvater waren die Väter Schuiskijs unterstellt. Gibt Deine Majestät dem Fürsten Wassilij jetzt den gleichen Rang mit mir, so schändete ich meiner Ahnen Ehre, wenn ich Rang und Amt mit ihm teilte. Deine Majestät tue mir dies oder das – daraus kann nichts werden.«

Des Zaren Augen flammten auf. Zornig rief er: »So bleibe und pflege deine Wunden hier! Statt deiner zieht Iwan, mein Bruder, ins Feld.«

Mstislawskij röchelte empört: »Ein Godunow statt meiner? Die Mstislawskij sind das allererste Geschlecht im Reich – seit dem Tode Fjodor Iwanowitschs.«

»Der Bruder der Majestät, deines Zaren, wäre geringer als du?«

»Ja. Nicht freilich der Zar, kraft seines Amtes, kraft seiner Weihen, doch er.«

»Du reizest fort und fort meinen Zorn, Fürst. Vertraue nicht zuviel auf deiner Wunden Ehre!«

»Kränke ich meinen Herrn? Nun, mein Herr hat mich zuerst gekränkt. Trotz dieser meiner Wunden von Nowgorod hat er mich mit bitteren Vorwürfen ob der unentschiedenen Schlacht überhäuft, mich gescholten, ja geschmäht, mich, der für Zar und Reich sein Leben aufopferte und unter zwölf Säbelhieben schier verendete.«

»Vergiß das endlich, lieber Fürst! Ich habe dich hernach vor allem Volk mit Ruhm, Ehrengaben und Gnaden überhäuft und bis an die Sterne erhöht.«

»Und jetzt kränkt mein Herr mich abermals ... Womit? Mit seinem Mißtrauen.«

»Mißtrauen?«

»Warum, so sie vertraut, wagt Deine Majestät nicht, mir allein den Oberbefehl – mir allein –« Er röchelte vor Erregung.

»Du bist doch wund und behindert. Und sollst doch Schuiskij – ach!«

»Klare Ordnungen, Majestät!«

Nach einer langen Weile seufzte Boris: »Gut denn, Fürst.

Gehe hin in aller Heiligen Schutz und Schirm. Du sollst führen, Schuiskij gehorchen.«

Nach einer Weile sagte der Fürst: »Mit Tränen dankt Fjodor Mstislawskij seinem erhabenen Herrn und bittet ab, bittet ab.«

Boris nickte nachdenklich vor sich hin: »Und Boris soll einem so Mißvergnügten wie dir nun vollkommen vertrauen ... Vor Kromy und Rylsk wird ein Mißvergnügter zum anderen stoßen. Schwöre mir, daß du mich liebst, daß du mir nicht mehr zürnst – ob meines Scheltens wegen der verlorenen Schlacht!«

Der Fürst rief: »Die Schlacht war unentschieden, nicht verloren! Und nur durch meine Verwundung ohne Sieg!«

»Ich weiß. Sei ruhig und freundlich, lieber Fürst. Du bist in Gnaden und unter vielen Gebeten, die in allen Kirchen Moskaus um dich aufsteigen, entlassen.«

Die anderen wunderten sich oder schämten sich gar der so großen Geduld ihres Herrschers. Oh, er fühlte sich ja wohl ganz in seiner Wojewoden Gewalt.

Diesmal stand der Zar nicht auf, sondern sah zu, wie die beiden Gefolgsleute des Fürsten ihren wunden Gebieter hochstemmten und zu ihm führten. Alle verneigten sich bei dessen Handkuß vor Boris. Danach verließ der Heerführer langsam, wie er gekommen, den düsteren Raum.

Gleich danach winkte der Zar Iwan heran: »Paß auf, Iwan, auf diesen Büffel!«

»Reise ich mit?« fragte Iwan verwundert.

»Was sonst, Dummkopf! Und laß dort Schuiskij nicht aus den Augen, bis daß du den Befehl erhältst, ihn in sicherer Eskorte herzuschicken!«

Die Zariza rief: »Auf ein Wort! Es könnte geschehen, daß die zwei Mißvergnügten gegen Iwan gemeinsame Sache machten und ihn zum hinteren Lagertor hinaushängten.«

»Was rätst du?« fragte ihr Gatte.

»Basmanow müßte zur Armee. Mstislawskij und Schuiskij taugen beide nichts.«

Der Zar lachte ärgerlich auf: »Welcher in Würden ergraute Oberwojewode ließe sich diesen Neuling und Jüngling aus leider zweitrangigem Haus vor die Nase setzen?«

Semjon nickte. »Sehr wahr. Indessen – Aufstände in Moskau niederzuhalten, das traue ich mir selber zu. Nur die militärische Verteidigung der Stadt, die Rekrutierung neuer Heere, die Schanzarbeiten und so fort, ja nun, das mag Basmanows Sache sein. Übrigens – der Staatsschatz muß in Sicherheit!«

Der Zar fragte betroffen: »Schon?«

»Soweit sind wir noch nicht!« schalt die Zariza.

Jow fragte: »Wohin?«

Semjon schlug vor: »Nach Astrachan.«

»So weit?« rief Iwan. Semjon zuckte die Achseln.

Man schwieg, man erörterte es. Dann schnitt Boris die Gespräche mit matter Handbewegung ab und fragte in die Stille hinein, ob der Hof versammelt sei.

»Seit einer Stunde, Herr«, rollte des alten Dieners ruhiger Baß.

Nach einer Weile ächzte der Herrscher und schrumpfte dabei in sich zusammen: »Ich kann sie nicht ansehen, die Teufel. Nichts als hinterlistige Blicke, die meinen Zerfall studieren, die auf den letzten Streich lauern, der mich niederstreckt; und über diesen Augen, da rechnet's in den Stirnen hin und her, was wohl mehr einbringen dürfte, die Treue zu Zar Fjodor, dem Unmündigen, oder die zum Rebellen, den sie so mächtig machen, dem Racheengel, aus dessen Mund der Zettel hängt mit dem Wort ›Uglitsch‹. Ich höre sie tuscheln da drüben. Mein Wort an die deutschen Fähnlein, mein Wort, daß ich mit den Fremden mein letztes Hemd teilen würde – weiß der Teufel, wer's herumgetragen –, es weckt Scheelsucht und Zorn nun, ich weiß, auch hier. Sehr empfindlich sind sie, unsere Großen in Israel. Basmanow, du ahnst nicht, wie ich all diese Jehus durch die Ehrung deiner Person, durch deinen neuen Aufstieg kränke.«

Basmanow wollte reden, Boris winkte ab und fuhr fort: »Nur die Geistlichkeit, die ist treu und weiß, warum. Nämlich der Rebell führt zwei Jesuiten mit sich und baut seiner Leibgarde für ihre römischen Messen Altäre auf. Jow, mein Freund, das Kloster von Troiza hat mir aus seinen hunderttausend Bauern ein ganzes Heer zusammengestellt. Schreibe dem Abt meinen Dank und befiehl ihm einen besonderen Bannfluch gegen den Rächer! Ist er Gottes Rächer, so entschuldigt ihn das vor Gott und der Welt persönlich noch lange nicht. Auch durchbricht er womöglich ohne den Bannfluch die ihm von Gott gesetzten Grenzen; er soll ja höchstens mich, nicht Rußland verderben. Darum – die heiligen Väter von Troiza, sie sollen ihn verklagen und verfluchen als des Papstes und seiner Pioniere Agent, als Agent des polnischen Königs. Der Bannfluch soll ihn des betrügerischen Aufruhrs zeihen und der Lästerung aller Majestäten, die je auf diesem Thron gesessen. Besorge das, Jow!«

Nach einer Weile fuhr er fort: »Ach, unser liebes Troiza, hoch berühmt durch seine gelehrten Äbte, gläubigen Mönche und inbrünstigen Beter, Troiza, das ist so recht das Herz der Orthodoxie. Troiza das Herz, Moskau das Haupt; Troiza des Reiches Altar, Moskau sein Glockenturm. Ja. In Troiza möchte ich wohl begraben sein ... Aha, bin ich tot, so wird man überall zischeln: Selbstmord und Selbstgericht! Man wird sagen: Er lebte wie ein Löwe, regierte wie ein Fuchs und starb wie ein Hund. Das will ich Gott klagen da droben. Sie haben mich nicht *darum* gehetzt, weil ich von großen Tatarenfürsten stamme, sie haben mich auch nicht als Despoten gehaßt. Freilich, lieber Semjon, unsere Tyrannei, haha, die war viel feinmaschiger, klüger, ausdauernder und wirksamer als die Ausbrüche des großen Iwan, dem ich den Turm gebaut. Oh, sie verzeihen jeden Despotismus, werfen sich ja gern in den Staub und wissen, daß sie die strenge Rute brauchen. Aber das war ihres Hasses eigentlicher Grund: Daß ich Reformen wollte, Fortschritt, behauene und zugepaßte Steine, Plan, Ordnung, Weite, Neuland. Ach, was geht mich das noch alles an? Bald schlafe ich. Welchem Gericht entgegen? Welchem Erbarmen? Welchem Erwachen? Als Mönch will ich sterben. Jow, gib mir, wenn ich ende, in der Kutte ende, den Namen Bogoljep ... Und jetzt – holt mir den armen Fjodor herein, der mein schlimmes Erbe übernimmt! Und meine süße Xenja! Sie ist schon meines himmlischen Richters Braut ... Will ihn für mich besänftigen ...« Er lächelte.

Der alte Leibdiener ging. Der Zar weitete die Augen und flüsterte vor sich hin: »Betet alle zum Herrn, dem sehr eifrigen Gott, der der Väter Sünde heimsucht an den Kindern bis ins dritte und vierte Glied ... Das wird er tun, heimsuchen, ja, sie und euch alle, alle, alle ...«

In einer der engen Blockhausstraßen von Putiwl, wo in den Mistschrägen unter den Fenstern Säue wühlten, unweit des Klosterhofs, gab es zu dieser Stunde eine Ansammlung um drei Männer in Mönchstracht, die, auf den Stufen einer Kneipe postiert, auf die Menge einredeten. Höhnische Rufe bedrohten sie, und ein dicker Schlächter schrie: »Ihr seid aus unserem Kloster nicht! Wo führt der Teufel euch her? Wie kommt ihr in die Stadt?«

Der älteste der drei hob die Arme und bat um Stille. Aus überbuschten Augen rollten Tränen in den weißen Bart.

»Habt Ehrfurcht, Brüder, vor so hohem Alter«, mahnten Männerstimmen, »laßt sie reden!«

Der Greis predigte: »Brüder, hört unser Zeugnis! Wir sind zum Märtyrertod bereit, wenn ihr uns kreuzigen wollt. Wie könnt ihr nur so dem Sendling der Finsternis vertrauen, der doch ein Gottloser und Abtrünniger ist, nämlich jener

Grischka Otrepjew, den wir aus unserem Moskauer Kloster kennen, wo er schon immer ein Taugenichts und heimlicher Zauberer war? Ja, ihr Geliebten, wir kennen diesen Frevler, der Väterchen des versuchten Mordes am Zarewitsch, des Mordes an ihm selber zeiht. Was hat uns drei nun zu euch Betrogenen nach Putiwl getrieben? Der Geist und der hochheilige Patriarch. Väterchen Zar verspricht euch Straflosigkeit, ihr Aufrührer, verspricht Putiwl sogar Vorrechte vor allen Städten im Reich, wenn ihr nur Buße tut und euch ermannt und den Erzbösewicht samt seiner heidnischen Leibwacht überwältigt und ausliefert, sei's tot, sei's lebendig.«

Weiter kam er nicht. Der Schlächter brüllte: »Das werden wir gleich haben, ihr Märtyrer! Wir stellen euch eurem Otrepjew gegenüber. Da schnauzt und sprüht ihm denn all das ins Gesicht, was ihr uns vorflaust! Da wollen wir denn sehen, was weiter wird. Nehmt sie fest! Zur Torwache die drei! Auf sie! Schickt zum Zarewitsch!«

So geschah es. Von der lärmenden Meute umringt, mitgerissen und dahingestoßen, taumelten die drei die Gassen dahin.

Bald stand der Schlächter selbst vor Dimitrij im Stadthaussaal und meldete den Vorfall. »Sie sind willkommen!« rief Dimitrij ihm und seinen Herren zu, mit denen er an langer Tafel konferierte, und befahl, die Mönche herbeizuschaffen. Er ließ die Tafel wegrücken, die Herren sich an die Wände stellen und erklärte, einer müsse nun den Zarewitsch machen, und er wisse auch einen, der ihm an Jahren gleich, doch an grandesse überlegen sei, nämlich Freund Iwanicki. Er rief: »Ihr also macht den Zarewitsch, Iwanicki. Freunde, auf die Plätze! Szene frei! Das Spiel beginnt!«

Bald war es soweit. Die Gefangenen wurden von Kriegsleuten und Bürgern hereingestoßen, draußen füllten sich die Gänge und vor dem Stadthaus der ganze Platz von Putiwler Volk. Endlich trat Stille ein.

Iwanicki thronte. Aller Augen hingen an ihm. Dimitrij trat den Mönchen entgegen und sagte: »Jetzt zeigt euren Mut vor dem Zarewitsch!«

Die drei sahen zu Iwanicki hinüber, als könne er sie augenblicks verhexen, und bekreuzigten sich.

»Kennt ihr ihn wieder? Gebt Laut! Ihr habt gepredigt, ihr kenntet ihn.«

Der jüngste von den drei Delinquenten riß sich zusammen und schimpfte los: »Und ob der Teufel ihm tausend wechselnde Larven verliehe – der da ist's!« Er wies auf Iwanicki hin.

»Ja, das ist der Betrüger«, rief sein Nebenmann, »ja, das ist unser Grischka!«

Gespieltes, murmelndes Entsetzen ging durch die Herren hin und her und ermutigte nun auch den zögernden Greis. Und so schleuderten nun alle drei Iwanicki ellenlange Flüche entgegen.

Bis plötzlich die Wände von Gelächter erdröhnten, Iwanicki sich erhob und heiter zu den Zeternden heranfederte. Als er, die Hände an die Hüften gelegt, sie liebreich fixierte, verstummten sie allmählich und bekreuzigten sich und retirierten scheu.

»Nun habt ihr euch ja wohl selbst gerichtet, ihr Schätzchen?« rief ihnen der Pole zu. Er wies auf Dimitrij hin und lächelte: »Dies ist Seine Majestät der Zarewitsch, euer Herr.« Plötzlich brüllte er sie an: »Ihr Strolche! Wer wagt es nun, auch noch in ihm den Otrepjew zu sehen?« Hilflos glotzten die Genarrten Dimitrij an. Da wagte der Greis ein Letztes und rief: »Ihr Betrüger! Den Rechten versteckt ihr! Ihr narrt uns mit beiden! Der Teufel gaukelt uns fremde Gesichter vor!«

Neues Gelächter lief an den Wänden hin und her. Dimitrij aber verordnete: »Auf die Folter die drei Herren, das wird ihre Hirne erleuchten.«

Kriegsleute und Bürger rissen die Mönche zur Saaltür hinaus. Der Metzgermeister berichtete draußen sehr bald der Volksmenge den Hereinfall der drei Kutten, die man nun zur Peinkammer schleppe, und genoß die Wut der glücklich nachdrängenden Menge. Oben auf den Balkon trat Dimitrij, und eine ungeheure Ovation begrüßte ihn.

Er winkte und begann zu reden: »Ihr Getreuen! Wen will Boris hier in Putiwl täuschen, mich oder euch? Doch wie ihr Unbestechlichen, so denkt ganz Rußland, so auch das moskowitische Heer. Seht, es rührt sich nicht gegen mich, ich aber pack' es sehr bald an, und mit Gottes Hammer schlage ich drein. Ein letztes Mal nun will ich heute an Boris Godunow schreiben: ›Steige vom Thron, lege die Kutte an, versöhne dich mit dem Himmel, andernfalls fürchte ihn und mich! Und auch das unwürdige Haupt unserer rechtgläubigen Kirche will ich fragen, ob es keine würdigeren Mittel gegen mich wisse als Lüge um Lüge, Attentat um Attentat. – Lebt wohl!«

Er ging in den Saal zurück. Während die Menge unaufhörlich schrie und ihn wieder und wieder zu sehen verlangte, den Befreier, den David, den Bauernheiland, den Wundermann, den Rächer, das edle Blut Iwans, begannen die Folterungen des ersten der drei Unglückseligen. Das Peinhaus lag hinter dem Stadthaus. Zwischen beiden Häusern stand viel Volk und lauschte, zuerst auflachend, bald aber mit glänzenden Augen und heiß verstummend, den sich mehrenden, immer grelleren, schließlich heiser röchelnden Schreien der Gemarterten. Bis endlich zwei Kriegsknechte einen der drei, der mit entsetzensweiten Augen nun sichtlich die ganze Hölle vor sich sah, herausführten, durch die Menge vorwärtsstießen, durchs hintere Tor ins Stadthaus hinein und die Dielen der Treppe empor. Da stand er wie ein Irrsinniger wieder vor Dimitrij. Dieser, an der Beratungstafel wieder präsidierend, unterbrach seine Rede und faßte den Gefolterten ins Auge. Er bemerkte, daß dessen Finger von Blut troffen. Der

Knecht meldete, die anderen zwei seien noch verstockt; diesen habe der Heilige Geist schon beim ersten Grad berührt.

Der Mönch sackte in die Knie, hob die Hände und flüsterte: »Du bist der Zar.« Er legte seine Stirn an den Boden.

»Rede!«

Und der Mann phantasierte los: Einer seiner Gefährten, der Imogen, trage zwischen seinen Stiefelsohlen ein Gift und –

Hier gewahrte er die beiden Bojaren Kurzjew und Pereswetow, erkannte sie, glühte von Haß auf gegen diese Verräter, wagte wieder etwas und fuhr fort: Das könnten ihm die Herren Bojaren hier bezeugen, für deren Hände das Pulver bestimmt gewesen, daß das Pulver in der Sohle von Imogen habe unter den Weihrauch gemischt werden sollen, der in der Putiwler Kirche vor dem Zarewitsch beim Gottesdienst, bei der Vesper, habe verschwelen sollen. Und wer den verpesteten Dampf einatme, den schwemme es auf, und er sterbe nach zehn Tagen. Ja, das Gift komme von Boris und sei für die Hände des Herrn Kurzjew bestimmt gewesen.

Ob Dimitrij das glaubte oder nicht, er nickte gedankenvoll und nahm die Gelegenheit wahr. Er fragte: »Wie! Die beiden Herren Bojaren – mit Boris und seinen Giftmischern unter einer Decke? Mönch, meinst du wirklich den da?« Dabei funkelte sein Auge den Verleumder in einer Weise an, daß dieser nur noch stöhnen konnte: »Ja, Herr.«

So wandte sich denn Dimitrij großen Blicks an Kurzjew:

»Nun laß uns endlich Klarheit schaffen, Kurzjew! Endlich sage ich dir ins Gesicht, daß du, du allein damals im Walde beim Schloß des Fürsten Glinskij der Attentäter gewesen. Nun ist Pereswetow dein Komplice.«

»Zarewitsch!« rief der Riese Kurzjew.

»Bei Christi Blut!« schrie der gedrungene, kleine Bojar.

Doch Dimitrij donnerte sie an: »Eure Judasposten, die ihr mit Schuiskij und Moskau gewechselt, sind mir bekannt.

Eine davon, Kurzjew, hat ihr Ziel nicht erreicht, doch mich.« Damit griff er in seine Tasche, riß Papiere hervor, warf sie Kurzjew ins Gesicht und rief: »Deine Depesche! – Auch die Saporoger hast du mir neulich weggekauft, du Lump, und mir den Sieg von Dobrynitschij verdorben. Den Rest gesteht ihr wohl noch selbst. Lernt auf der Streckbank endlich an das Blut Iwans des Schrecklichen glauben. Findet endlich aus euren Zweifeln hinaus!«

Iwanicki gab seine ganze Verachtung allen Moskowitertums kund und verlangte die Pfählung der beiden, doch Dimitrij entschied: »Das Urteil habe mein Putiwler Volk!« Noch einmal wandte er sich an Kurzjew: »Solltest du wissen wollen, wer dir, wenn auch spät, auf die Spur gekommen, so stelle dir Kochelew vor, den Lustigmacher! Wer von euch beiden ist nun der Narr?«

Noch immer drang von draußen der Lärm der Masse herauf, die in Sprechchören Dimitrij auf den Balkon rief. Da begriff denn jeder im Saale, daß der Rachen da unten sein Opfer verlange. Iwanicki holte eine Mannschaft herein, und Kurzjew und Pereswetow wurden abgeführt. Unter so plötzlichem Keulenschlag hatten sie die Sprache verloren.

Dimitrij trat auf den Balkon, wartete, bis der Lärm verstummt war, und verkündete, einer der Mönche habe gestanden. Er schicke ihn nach Moskau zurück. Boris und Jow sollten ihn nach eigenem Ermessen honorieren. Dann schilderte er die Verrätereien der beiden Bojaren sowie den Mordversuch an heiliger Stätte im Weihrauch, im Rauch der Gebete.

Ungeheure Wut schrie minutenlang in der Menge hin und her. Dimitrij überlieferte die Delinquenten dem Gericht des Volkes, nicht mehr der Herren, dem Gericht des so lange verachteten und getretenen gemeinen Mannes. Den Putiwlern gebühre der Vollzug.

Jubel und Wonne! Sie rannten los, um das Stadthaus nach

beiden Seiten herum und zum Peinhaus hinüber. Dimitrij ging in den Saal zurück, rief abermals zur Fortsetzung der Beratung und befahl die Vorführung des Boten von Kromy. Einer der Herren begab sich zum Dachgeschoß hinauf und trat dort in eine niedrige Kammer.

Da stand ein kleiner schlanker Kosak im Sommerkittel am offenen Fenster. Er hatte hinausgeblickt und die Vorgänge draußen vergnügt beobachtet. Nun wandte er sich drahtig herum. Der Pole, der ihn abholte, erschrak vor seinem zerhauenen und schief zusammengeheilten Kriegergesicht. Ein Auge fehlte und ein Stück Nase dazu. Doch das verbliebene Auge blitzte blau. Wie klein war der Mann! Sie stiegen hinab.

Auch Dimitrij unten staunte das wüste Gesicht an, fuhr aus dem Sessel hoch und rief: »Ihr seid – Ihr seid Korela selbst!«

Zu welcher Grimasse sich da die Maske des auflachenden Kriegers verzerrte!

Da fuhren all die Herren Polen, Russen und Litauer von ihren Sitzen hoch: »Ataman Korela!«

Dimitrij umarmte ihn: »Endlich! Bruder! Freund!«

Diese Umarmung fand die formlose Erwiderung: »Wonnejunge, Gott verdamm mich, da umarme ich meinen Zarewitsch und Herrn!« Als sich ihre Arme lösten, drängten die anderen Herren heran und wechselten mit dem Gast wuchtig Handschlag um Handschlag. Dimitrij rückte ihm einen Sessel ans Tafelende und bat den »Tapfersten der Tapferen«, an seiner Seite mitzupräsidieren. Doch der bedankte sich: Wenn er berichten solle, müsse er umherrennen, das Sitzen sei seine Sache nicht, außer beim Zechen.

»Wein her!« rief Dimitrij.

»Später!« wehrte Korela ab und fragte: »Prinzchen! Ihr Brüder! Wird euch nicht bange, daß ein Korela nicht mehr in Kromy, sondern in Putiwl herumgeistert? Wie, ist Kromy gefallen? Hat Korela sich als letzter Überlebender durchgeschlichen? So im Tarnhelm durch achtzigtausend Maulaffen durch? Ist er auf türkischem Zauberteppich über alle weggesegelt durch Wolken und Wetter? Was? Wie? Oder sitzt seine Schwadron noch im Nest? Und kann er wieder dorthin zurück, irgendwie? Wie denn, durch die Mauern der Achtzigtausend, die Kromy belagern, zu seinen paar hundert Teufelchen zurück? Wieso übrigens sind diese noch nicht verhungert, noch nicht aufgerieben? Wieso ist das elende Kromy noch nicht verschluckt und verdaut und verschissen? Was such' ich überhaupt bei euch? Etwa Hilfe? Antwort: Nichts als einen Jux zum Feiertag. Einmal mußte ich mit Euch doch anstoßen, Euch mit meinem einen Auge sehn! Majestät hatten recht: Wein her! Besser noch: Met!«

Auf Dimitrijs Wink polterte ein Soldat durch die Hintertür davon, holte Kanne und Becher, trat damit vor Korela und wollte einschenken, doch der schlug ihm den Becher aus der Hand, ergriff die Kanne, prostete Dimitrij zu, setzte an und soff wie Otrepjew, so daß ihm der Saft vom Maul weg über die Brust rann, reichte die Kanne zurück und rief der lachenden Korona zu: »Silentium! Jetzt steht Korelas Verstand gestiefelt und gespornt. Mit Blitzschritten in medias res!

Mein Zarewitsch, Brüder, Kameraden und Herren! Was tut der Feind? Sein Generalissimus Wassilij Schuiskij ist bereits zum Teufel gejagt. Schade um ihn, denn trotz Dobrynitschij hat er statt Putiwls mein hölzernes Kromy belagert, und zwar ganz sagenhaft vergeblich; er hat einen Teil seines Heeres entlassen und nicht zu Unrecht den Verdacht der Sympathie mit dem Zarewitsch erweckt – bei Freund wie Feind. Kurz, Mstislawskij führt, kaum von seinen Wunden genesen und mißvergnügt wie sie alle. Da blockieren sie erst einmal Rylsk. Und ihr hier habt ja ewigen Lorbeer an eure Stirnen geheftet. Alle Welt lacht. Wär' gern dabeigewesen, wie eure fünftausend Kosaken aus Putiwl losflitzten, eins der feindlichen Lager überfielen am hellichten Tag, es leerraubten und nur Berge von Schande zurückließen und euch prächtig verproviantierten. Doch was ist nun die Rache der Blamierten? Mstislawski verheert die Sewersk noch ärger als vor ihm Schuiskij, brennt die Dörfer nieder, läßt Tausende aufhängen und niederknallen, foltern und schinden, Mann und Weib, Kind und Greis.

Etwas muß er doch melden können, was seine Treue besiegelt. Doch um sich auch einer Kriegstat rühmen zu können, zieht er wieder auf mein armes Kromy los und will die Palisadenringe im ersten Anlauf nehmen. Doch siehe, *ich* bin darin, moi même. Ja, ich war just eingetroffen vom fernen Don her mit meinen sechshundert Besten. Ach, lauter Erzengel sind es in Knechtsgestalt! Dies ist den Herren bekannt: Unsere Palisaden und Strohhütten brannten lichterloh auf. Doch siehe da: Hinter den Ringen fand man Graben und Wall, so tief, ach, so hoch, ach, so breit, und aus klug verteilten Schützenlöchern gab's unerhört Zunder. Das war neu. Wir knallten sie aus nächster Nähe zusammen, ehe sie auch nur einen von uns entdeckten. So fielen sie Welle um Welle, und Welle um Welle wallte zurück. Dann aber kam die wahre Zauberei. Wir schoben in den ganzen Umkreis unterirdische Laufgänge vor, und peu à peu wurden die Belagerer zu Belagerten. Die Füchslein fuhren bald hier, bald dort aus dem Bau und knallten bald da, bald dort den Belagerten in die Rücken. Gleich waren sie wieder vom Erdboden verschluckt. Durch eins dieser Löcher bin ich nun hier. Und da find' ich nun auch wieder zurück.«

»Doch jetzt zur Beratung!« rief Dimitrij. Er verwies auf den immer gleichen Ernst der Lage und des Feindes Übermacht. Von Krakau sei keine Hilfe zu erwarten. Unmöglich aber sei es, wieder ins offene Feld zu ziehen. Nur *eine* Kriegsart tue dem Feinde Abbruch: Daß man ihn überschwemme mit Emissären und Manifesten, die mit dem Anrücken Polens drohten und Greuelberichte über die Verheerung in der Sewersk verbreiteten und für die Rache Rekruten würben, Rekruten, die für den Zarewitsch sterben könnten und die Söldner von drüben herüberlockten ...

Von draußen drang immer tollerer Lärm herauf. Die Herren horchten schon längst zerstreut hinab. Dimitrij unterbrach sich. »Un' momento!« bat er und trat an eins der Fenster. Er sah den Platz voller Getümmel. Da standen oder hingen die beiden Bojaren fest gebunden an je einem eingerammten Pfahl und dienten einer immer wieder aufjohlenden Menge, die einen freien Platz um sie gebildet, zum Ziel für Axtwurf und Pfeilschuß. So wurden sie, zuletzt mit krachenden Arkebusenschüssen, vom Leben zum Tode gebracht.

Er wandte sich wieder zurück und gewahrte, daß sie alle, Iwanicki, Zarutzkij, Korela, Miechawiecki und Saporski und so fort um ihn her am Fenster standen und gleich ihm die gräßlichen Vorgänge kalt und zufrieden verfolgten. Er rief sie zur Arbeit zurück.

Als sie wieder saßen, erhob sich Zarutzkij, räusperte sich martialisch und nahm das Wort: Hier sei einer, der es wage, Korela gleichen zu wollen, nämlich er. So wahr er Zarutzkij heiße und schon in ganz anderen Klemmen als in dieser gesteckt, meine er, wenn man den Berg nicht durchstoßen könne, so müsse man ihn umgehen. Mit einem Wort, abgesehen vom Werbefeldzug, komme nun alles auf Kriegslist an, auf Bluff. Er fragte Korela, wie lange er sich noch halten könne. Zwei bis drei Wochen?

»Genügt!« erklärte er und entwickelte seine List:

»Wir schicken eine Husarenschwadron mit den neugeworbenen fünfhundert Tscherkessen hinaus, quasi Korela zu Hilfe. Ich übernehme die Führung. Weit voran muß einer meiner Kosaken reiten, quasi als Patrouille und Meldereiter.

Der führt eine Depesche des Zarewitsch an Korela mit sich. Die besagt: Nachfolgende Polen- und Tscherkessenschwadronen sind nichts als Vorhut der Heeresspitze, Vortrab des Vortrabs, nämlich der zweitausend Husaren und achttausend russischen Kavalleristen (so viele haben wir ja). Aber die polnische Riesenarmee rückt hinten nach, muß es heißen, und ist nur noch anderthalb Tage entfernt. Halte aus, wackrer Korela, es ist geschafft!«

»Korela hält aus«, lachte Korela.

»Mein Kosak also, der da so weit voranpatrouilliert, gerät in Gefangenschaft, läßt sich schnappen. Nun soll mich der Teufel frikassieren, wenn seine Depesche und seine sturen Aussagen die Herren um Mstislawskij nicht meschugge machen. Der Kundschafterdienst da drüben ist schlecht. Also die Volte schlagen, ihr Brüder, bluffen und überlisten! Natürlich müßte die Frucht da drüben reif sein. Ist sie es nicht? Quod erat proponendum.«

Korela schrie: »Va banque, Kinder, wir spielen va banque! Das erst macht Laune! Auf zur ultima ratio! Darauf eine Runde! Met her!«

Met und Wodka, warum nicht? Schließlich war den Herren ziemlich desperat zumut, trotz allem, am desperatesten Dimitrij.

# IX

# Billiger Lorbeer

*V*äterchen stirbt.

Das schweigen die Flurhellebardiere vor den Zarengemächern in sich hinein; das flüstert im Kreml von Kloster zu Kloster und läßt Mönche und Nonnen in feierlichen Reihen dahinziehen; das durchraunt und durchrauscht die Volksmenge, die auf dem Roten Platze wächst und wächst und auf die ersten schweren Donnerschläge der großen Glocke wartet; das geht durch die Basare und Gassen, Paläste und Häuschen; und das weiß man auch draußen schon in den umgrünten, von Türmen flankierten, mit Zinnen gekrönten Villenburgen der Reichen; das wird dort in der Halle des Herrn Stroganow unter Kaufherren und Edelleuten verhandelt, deren Wagen und Pferde sich draußen mehren. Ja, Väterchen stirbt.

Die Hofbojaren versammeln sich, um vor dem Zarewitsch das Kreuz zu küssen, stehen in Gruppen und tauschen leise die Kunde aus, der Rebell von Putiwl habe den mörderischen Faustschlag getan. Väterchen habe noch ganz gut geschlafen gehabt und im Kronrat frischer ausgeschaut als seit langem. Da habe Fürst Semjon das Schreiben des Rebellen verlesen, das Väterchen aufrufe, als Büßer ins Kloster zu gehen und dort des Rebellen Gnade, Verzeihung, Macht und Schutz zu erwarten. Da sei Väterchen lautlos zusammengebrochen, das Herz ihm zerrissen. So sage der neue Arzt; denn der alte, der dem Bjelskij den Bart habe ausraufen müssen, sei ja geflohen.

Da! O horcht! Die Glocke! Der erste Schlag! Der zweite, dritte! Sie dröhnt, droht, wütet – wie am Jüngsten Tag.

Und von Stadtteil zu Stadtteil wird der Himmel über den Dächern ein einziges Echo und Widerecho. Da klagen und heulen, jammern und bellen, summen und stürmen die tausend ehernen Stimmen los und wölben eine Feste aus Klang über Moskau, ein Dröhnen, das sich fort und fort aus sich selber speist und erneuert. Da fällt alles Volk vorm Kreml, fallen die Passanten in den Gassen, die Beter in den Kirchen auf die Knie, und die Priester beten, flehen für die Seele des Gossudar.

Der liegt in seiner härenen Kutte regungslos auf seinem Baldachinbett, an dem zur Rechten die Zariza, zur Linken Fjodor und Xenja knien. Die Priester verbeugen sich noch einmal vor dem toten Herrscher, vor Bruder Bogoljep, und entfernen sich. Dann tritt Semjon hinter die Witwe, rührt sie an und flüstert. Sie erhebt sich, bekreuzigt sich majestätisch und wallt gemessenen Schrittes hinaus. Ihr folgen Semjon und der hochgewachsene Patriarch. Die Glocken hallen und dröhnen fort und fort, summen, klagen, fragen.

Was soll werden? fragen sie. Man steht beieinander im düsteren Gemach, Jow, Semjon und die Witwe. Sie werden sich einig, das erste sei jetzt die Huldigung der Duma vor Fjodor. Die Schwurformel müsse die Verdammnis dessen, der sich Dimitrij nenne, enthalten, aber nicht den Namen Otrepjew wiederholen. Und sie besprechen dies und das. Doch wer besorgt die Vereidigung der Armeen an der Front? Wo sind Aufstand und Abfall eher zu befürchten, zu Moskau oder im kämpfenden Heer? Jedenfalls sei die Vereidigung keinem Schuiskij und keinem Mstislawski anzuvertrauen; Basmanow müsse hin.

Moskau ertrinkt in der Sintflut von Klang, liegt auf dem Grunde des Klangozeans. Am Abend geht die Kunde durch die Stadt, der junge Held von Sewerisch-Nowgorod sei zur

Front unterwegs. Nun solle ein Kind Rußland regieren, die Großen bändigen und den Feind besiegen. Ach was, kein Kind! Für Fedka seien ja Vater Jow und Marfa Grigorjewna da.

Das liegt auch Pjotr Basmanow im Sinn und Magen, der da zwischen seinen Reiterkolonnen auf düster verhangenem Rappen gen Kromy trabt: Nun soll ein altes störrisches Weib mit einem wehleidigen, willfährigen Priester und dem schleichenden, verhaßten Panther ein fieberkrankes Reich zur Ruhe bringen. Wenn irgendwann, jetzt ist die Stunde des Aufstands und jenes Tollkühnen da, der sich das Blut des Iwan nennt und jedenfalls vorwärts-, nicht zurückstrebt. Mein Vater, sagt Basmanow sich, war eines revolutionären Iwan bedenkenloser und gefürchteter Günstling und zuletzt sein Opfer, in Gnade und Ungnade Skuratows Gesell. Ich, sein Blut, weiß darum, was in mir und was in einer Skuratow-Tochter steckt. Von den nächsten Wochen schwant mir nichts Gutes. – Was für ein verteufelter Regen!

Sie trabten durch Felder und Wälder, durch Tag und Nacht. Pfützen spritzten, Wipfel brausten, zerstäubendes Zwielicht ging endlich in reine Morgenröte über. –

Zu Putiwl weckte im Morgengrauen Johann Butschinskij, notdürftig gekleidet, seinen Herrn, polterte mit der Faust an die verriegelte Tür und rief: »Gute Botschaft, Majestät! Der Tyrann ist tot! Boris hat der Teufel geholt!«

Dimitrij ließ all seine Obersten in ihren Stadtquartieren wecken. –

Eine Reiterschar, die einen Kastenwagen mit sich riß, brach aus triefendem Walde und jagte die aufgeweichte Straße daher, Basmanow entgegen. Dieser ließ seine Leute halten und erkannte den Mann, der sich, herumgeschüttelt, mit Mühe auf dem flachen Wagensitz festhielt: seinen Halbbruder, Fürsten Galyzin. Man ritt aufeinander zu und begrüßte sich. Basmanow berichtete des Zaren Tod. Doch Galyzin winkte ab: Die Kunde fliege ihm längst voraus, und darum sei er da. Er bat Basmanow zu sich in den Wagen. Dieser saß ab und befahl seinen Reitern, gemächlich vorauszuziehen. Die Halbbrüder saßen nun beieinander. »Leise!« mahnte Galyzin. »Also: Vereidigung der Truppen auf Fjodor Borissowitsch? Du siehst, ich weiß Bescheid. Aber gerade das will ich dir ausreden, und darum hol' ich dich hier ein.«

Nun begann er: Iwan Godunow habe sich mit Mstislawskij entzweit und jenseits der Oka ein besonderes Lager bezogen. Da versuche er mit Knute, Galgen und Rad, das Feuer der Treue zu hüten. Auch Mstislawskij und der von ihm abgehalfterte Schuiskij knurrten einander wie bissige Hunde an. Die Vereidigung auf Fjodor Borissowitsch werde zu einem Gaukelspiel geraten und sei Verführung zum Meineid, nichts weiter. Als Basmanow fragte, ob Galyzin den Russen für einen treulosen Judas halte, erwiderte der: Judas habe mit seinem Kuß den Sohn Gottes verraten und sei der heiligen zwölf einer gewesen, für den Russen aber, der kein Apostel sei, stehe keineswegs fest, ob er einem himmlischen Herrn oder nur einem verrotteten, irdischen und gottwidrigen Regiment aufkündige – dem geweihten Blute eines Iwanowitsch zugut.

Basmanow versetzte, er dürfe sich des auf ihn gesetzten Vertrauens nicht unwert erweisen. Doch Galyzin machte ihm mit einem »Papperlapapp!« klar, die Leute, die ihn, den kleinen Basmanow, in ihrer jämmerlichen Not mit solchem Vertrauen und Rang beehrten, stellten das Gestern, nicht mehr das Heute und Morgen dar, verkörperten nicht mehr Rußland. Basmanow werde bei ihnen schlechten Dank von seiner Dummheit ernten. Nie würden die Godunows ihn nach Verdienst belohnen und über die großen Häuser erheben können und dürfen. Aber alles könne er werden unter dem dankbaren Revolutionär und in seiner Revolution. Vor allem, dieser Held (er sei nun, wer er wolle) sei eben ein

Held, dazu jung, klug, generös, bedeutend, riesig sympathisch.

Dieses gab Basmanow von Herzen zu, und so bat Galyzin ihn zu guter Letzt, sich doch all der Gespräche zu entsinnen, die sie beide von Jugend auf miteinander gehabt in sehnsüchtigem Vorblick auf eine neue, vernünftige und wahrhaft erhebende Zeit.

Und so ging es fort. Der Versucher deutete noch an, wie man es anzustellen habe, die Heerführer einzeln abzutasten und wegzukapern, zuerst die verzwisteten Mstislawskij und Schuiskij, die man gegeneinander ausspielen müsse, danach die Ausländer, danach die übrigen. Seien sie nicht zu haben, nun, dann in Gottes Namen bis auf weiteres Vereidigung. Aber der Krieg sei so oder so in eine Sackgasse geraten.

Basmanow bestand auf Vereidigung. »Vereidigung«, rief er, »um jeden Preis!«

Galyzin klopfte ihm beruhigend auf das Knie: »Gut, Pjotr, und danach das andere, meinethalben. Und du hast nun wohl gar den obersten Oberbefehl?«

»Ja.«

»Hahaha! Ein Pjotr Basmanow über einem Mstislawskij und Schuiskij! Alle Wetter! Da siehst du, wie es um die Godunows steht. Also paß auf: Du führst sie in Versuchung, jeden einzeln. Falls sie sich sperren und entrüsten, dann sagst du jedesmal: ›Meine Anerkennung, meinen Glückwunsch, lieber Fürst, deine Treue ist nun klar, ich habe sie erprobt, und das war mein Auftrag, also – Heil Fjodor Borissowitsch, und auf, mein Bruder, in den Kampf!‹ Pjotr, du sollst sehen, was sie dann für lange Gesichter machen ...«

Zu dieser Stunde schwebte durch die Straßen von Moskau unter erneutem Klanggewoge, zwischen priesterlichen Chorhymnen, über niederfallenden Volksmassen, in schier endlosem Zuge der offene Katafalk des von dieser Erde Erlösten dahin. Der alles Volk überragenden Bahre des Mönches Bogoljep schwankten wie eine Wolke von Zeugen zahllose Heiligenbilder und prächtige Kirchenbanner voran, schwangen alle Engel und Heiligen Gottes vorauf, zogen Kirchenfürsten in heiliger Pracht und zahllose Priester und schlichte Ordensleute voraus und nach; dann folgten die Strelitzen in Gala auf verhangenen Pferden oder zu Fuß in geschwärzten Panzern. Es folgte der Bahre zunächst und allein Fedka, der Knabe, blond, schlank und ernst, der neue kleine Herr des großen Reiches, von zwei Hofbojaren unter den Achseln mit aller Ehrfurcht gestützt und geführt. Dann folgten in Sesselsänften, die von prächtigen Tscherkessen getragen wurden, die Geschlagenen vom Hause Godunow: die verschleierte Witwe und die verschleierte Tochter. Danach zu Pferde die schlanken und ranken Brüder Semjon und Dimitrij. Weiter folgten die Großen aus dem Reichsrat, die vom Hofe, viele aus Stadt und Land (die fürstlichen Ränge vor den geringeren), alle in schweren Prunkkaftanen mit steifen Nackenkragen und steilen schwarzen Pelzmützen; in Wagen dann auch deren Frauen, die Hofdamen, gekleidet in lange, mit Tressen und Litzen besetzte, faltige Gewänder. Es folgten Beamte und Diener, von Strelitzen flankiert. Den Schluß bildeten Formationen geharnischter Reiter aus den Garnisonen um Moskau.

Und all die Würde, all das Singen und Dröhnen, all der farbige Pomp, all die Heiligkeit, all das Trauern, Kreuzschlagen, Knien und Schluchzen der Armen und Allerärmsten im Staub – es deckte vor dem Himmel droben die Frage nicht zu, wieso man Väterchen mit so verdächtiger Eile, so kurz nach seinem Verscheiden, zu Grabe geleite. Oje, natürlich, der Leichnam ist ja schon so gedunsen, man weiß ja, warum. –

Aber in Putiwl stieß der Wächter auf der Torzinne ins Horn. Wachtleute polterten die Treppen zum Laufgang der Stadtmauer hinauf. Sie äugten durch die Schießscharten und sahen einen Reitertrupp mit weißer Fahne nahen. Der Offizier über dem Stadttor ließ die Reiter herankommen, dann erst rief er sein »Wer da?«. Einer der Reiter ritt dicht an die Brücke heran: »Öffnet dem Fürsten Schachowskoj! Er tritt zum Zarewitsch über.«

Der auf dem Stadttor hatte gute Sicht. Da war kein Strauch für irgendeinen Hinterhalt. »Warte!« gebot er.

Man öffnete dennoch nur die mannshohe Schmaltür in der Torpforte, und Schachowskoj, ein junger, schwarzäugiger Mann mit dunklem Bartgekräusel um Lippe und Kinn und persischer Adlernase, den spitzen Helm unterm Arm, trat als erster hindurch, passierte ein Spalier bedrohlich gesenkter Spieße und schritt auf einen Hauptmann zu. Während sie einander begrüßten, kamen seine Leute nach und hatten Mühe, die Reittiere durch die Tür zu ziehen. Der Fürst lachte: »Kommt auch kein Reicher ins Himmelreich und kein Kamel durchs Nadelöhr, der Schachowskoj kommt überall durch.«

Dann ging es durch die krausen Gassen der buntbelebten Stadt durch viel neugieriges Volk zum Rathaus, vor dem der Hauptmann den wachestehenden Kosaken verständigte. Er wurde eingelassen und trat bald vor Dimitrij und sein Gefolge mit der Meldung hin: »Ein Fürst Schachowskoj tritt über – und unter des Zarewitsch Fahne.«

Dimitrij hatte diesen Namen nie gehört. Der Fürst wurde vorgelassen, trat mit Spannung ein und faßte Dimitrij forschend ins Auge. Bald breitete sich leuchtende Zufriedenheit über sein Antlitz aus. Er ließ sich auf ein Knie nieder, zog den Säbel, küßte die Schneide, überreichte die Waffe seinem neuen Herrn, empfing sie zurück, erhob sich, wurde umarmt und auf beide Wangen geküßt. Dann begann Dimitrij: »Fürst Schachowskoj, wer schickt dich?«

»Mein Gewissen, Majestät.«

»Erst heute, Fürst?«

»Heute und soeben wird das Heer auf Fjodor Borissowitsch vereidigt. Wozu mich nun noch mit Eidbruch besudeln?« Er berichtete vom Eintreffen Basmanows, von der besonderen gegen Dimitrij gerichteten Vereidigungsformel, von der Zwietracht der durch Basmanows Vollmacht gekränkten oder Morgenluft witternden Wojewoden und von der Stimmung des Heeres. Er drang in Dimitrij, die Stunde zu nutzen. Was sich unter den Namen des Boris der Ordnung halber noch gebeugt, frage sich nun ernstlich, ob nicht einem gegängelten Knaben das Blut des großen Iwan, ob nicht einer drohenden Anarchie feste Monarchenhand, ob nicht einer Rückkehr ins Alte und Gestrige Umwälzung und Erneuerung, ob nicht einem eigensüchtigen Mißbrauch der Gewalt durch ein altes Weib, einen schwachen Priester und einen listigen Henker die Sache des gemeinen Mannes, ob nicht einem neuen großen Ersticken der große Aufstand vorzuziehen sei. Der Schachowskoj habe sich seit je für das Volk entschieden. Das Volk brauche ein Haupt, ein kluges und mutiges, dies Haupt sei da und heiße Dimitrij.

Dessen Auge ruhte auf dem Sprecher. Dann sagte er: »Habe Dank! – Fürst, man wirft mir vor, ich käme mit Fremden ins Land, mit Polen und Heiden, ich sei ihr Popanz. Irritiert dich das nicht?«

»Mit welcher Macht«, entgegnete Schachowskoj, »hättest du sonst wohl antreten sollen, Zarewitsch? Über fremden Glauben richte ich übrigens nicht, ich hasse nur eins: den Aberglauben.«

»Mein lieber Fürst, das gefällt mir. Nun höre: Als ich antrat, meinte ich, Rußland werde mir fast ohne Schwertstreich zufallen, und wer am raschesten komme, der sei auch mein Getreuester, dem gebühre mein größtes Vertrauen. Danach dachte ich: Nein! Wer Zar Boris seinen Eid am längsten hält, mir am zähesten widersteht, gerade auf den ist Verlaß, mit dem nur kann ich's wagen. Dir nun, mein lieber Freund, geht es weder um einen Godunow noch um einen Rjurik; du stehst beim Volke, und wen das Volk liebt, dem willst auch du gut Freund sein. Gut, mein Freund, nimm den Freund hin noch vor dem Herrn!«

Jetzt reckte sich Schachowskoj auf und ballte seine Fäuste seitwärts. Er rief: »Mit Deiner Majestät durch dick und dünn! Pflüge ein Neues! Dieser Ruf geht dir voran. Ich will vor deinem Pflug mit ins Geschirr, will ziehen, bis mir die Adern platzen.«

»Dank, Schachowskoj! Wer denkt da drüben noch so wie du?«

»Etwa – Basmanow.«

»Wie! Der Oberwojewode?«

»Natürlich versteckt er sein Herz.«

»Woher kennst du's?«

»Durch Fürst Galyzin, seinen Halbbruder. Wir zwei sind Freunde.«

»Und auch Fürst Galyzin –?«

»Er folgt mir wohl noch nach und bringt Basmanow mit.«

»Oh, seid alle willkommen! – Doch die Vereidigung? Nehmen die Truppen sie hin?«

»Erzwungene Eide sind wie Spukgespenster und ruhen nicht eher, als bis man sie bannt.«

»Mein lieber Fürst, wenn ich nun nichts mit Iwan Wassiliwitsch und seiner Dynastie zu schaffen hätte? Zwar kein bewußter Betrüger wäre, aber eben doch nur der, der ich bin? Was dächtest du dann?«

»Es ist jammerschade, Majestät, daß du auf deine dynastische Gloriole nicht verzichten kannst.«

Dimitrij fragte sich: Wie meint er das? Kann ich nicht, weil ich mein Warägerblut nicht loswerde, oder darf ich nicht, weil Rußland in die Gloriole seiner Monarchen stürzt wie die Motte ins Licht? Endlich unter tausend Larven ein Gesicht! Aus dieses Mannes Klarheit werde ich trinken.

Die Begrüßung ging zu Ende. Dimitrij stellte dem Fürsten sein Gefolge vor, den wuchtigen Zarutzkij, den eleganten Iwanicki, den derb lachenden Miechawiecki, Johann Butschinskij mit der Denkerstirn und die übrigen. Dann trat man in die Beratung ein.

Dimitrij fragte den Fürsten, welche Aussichten der Düpierungsversuch habe, den sich Zarutzkij ausgedacht. Und siehe, der noch vor kurzem so verzweifelte Plan gewann ein neues Ansehen, denn Schachowskoj riet sehr dazu und versprach, Basmanow noch einen Wink zu erteilen.

Bald rückten die Formationen aus. –

Basmanow saß mit Schuiskij, Mstislawskij und Galyzin in dem mit Bett und Teppich, Truhe, Tisch und Gestühl ausstaffierten Zelt seines nunmehr entmachteten Vorgängers im Amt und erholte sich bei Met von der Arbeit der Vereidigung einer Riesenarmee, die nun dem Knaben Fedka gehörte. Die dem zweiten Lager zugehörigen Formationen wanderten noch über die Okabrücke hinter dem finster davonreitenden Godunow her in dessen Lagerbereich zurück.

Lerchen jubilierten im wieder reingefegten Himmelsblau. Die unbestellten Gefilde grünten und leuchteten festlich. Waldstreifen schwangen sich von den Horizonten in die gewellte Weite herein. Der sich schlängelnde Flußlauf der schilfbekränzten, zuweilen von Weiden überhangenen Oka blitzte hier und da im Sonnenlicht auf und verschwand hinter Hügeln. Fernhin dehnte sich bis tief in die Wälderwand die Zeltstadt der Vierzigtausend des Iwan, der denn nun die Neuvereidigten zustrebten. Unterhalb des diesseitigen Lagers, das bisher Mstislawskij befehligt hatte und das bunt, heiter und breit sich zum weitgeschwungenen Bergbuckel hinauf- und über dessen Kuppe hinwegdehnte, standen im Gelände, wo die Vereidigung mit der von Basmanow verlesenen Patriarchenpredigt stattgefunden, viele Offiziere herum – gemäß Basmanows Befehl, vorerst beieinander zu bleiben.

Der so unerhört junge, aus so geringem Adel stammende Oberwojewode, er wagte es, im fürstlichen Zelt seines hohen Amtsvorgängers, ihm und Schuiskij des Reichsrats ganze Unzufriedenheit auszubreiten:

Er habe sich selbst überzeugt, wie das Heer von des Rebellen Manifesten überschwemmt und von seinen Emissären durchwühlt worden sei und wieviel geheime Verständigung zwischen ihm und den hiesigen Hauptleuten bestehe. Man fürchte hier des nahen polnischen Königs Streitmacht und sei sehr eingenommen von der Tapferkeit, Milde und Herablassung des sogenannten Zarewitsch. Ihr gegenüber freilich stächen die sinnlosen Greueltaten, die die fliegenden Standgerichte am Volk von Sewersk begangen, um so schrecklicher ab. Wie sehr die Dörfer um Rache schrien, das habe er, Basmanow, auf seiner Reise hierher mit Schrecken und nicht ohne Gefahren erlebt. Massenweise lasse sich das Volk nach Putiwl rekrutieren. Niemand habe das bisher zu verhindern gewußt. Selbst die ausländischen Korps stünden nicht mehr fest seit dem Tode des Boris. Das Manifest der Marfa habe der Sache des Zaren nicht halb soviel Abbruch getan wie die Gleichgültigkeit, Untreue und Torheit der hiesigen Wojewoden. So urteile der Reichsrat. Der Mangel an Munition und Proviant sei nicht nur beunruhigend, er sei verdächtig. Fast hungre man wie die tollen Verteidiger von Kromy. Und keinerlei kriegerische Initiative in so viel Wochen! Iwan Godunow behaupte, ein Mstislawskij wünsche den Krieg genauso hinzuzögern wie vor ihm ein Schuiskij. Habe der eine *Boris* geängstet, so lasse nun der andere den *Borissowitsch* zappeln. Iwan dränge auf Kampfhandlungen, könne aber allein nichts tun und verlange den Oberbefehl. Somit rufe der Reichsrat die beiden Fürsten nach Moskau zurück, auf daß sie dort dem jungen Zaren zur Seite träten und der Duma die Autorität ihrer hohen Namen liehen, hier aber unter Iwan Godunow und Pjotr Basmanow Eintracht, Kampfgeist und

Gehorsam auferstünden. Er, Basmanow, erdreiste sich nicht, das Oberkommando allein führen zu wollen wie der hochgeborene Fürst vor ihm; er drittele im Einverständnis mit dem Reichsrat die Befehlsgewalt. Er und Iwan Godunow sowie der Fürst Galyzin würden fortan als Triumvirat kommandieren.

Von draußen schlug Stimmenlärm herein. Ein Fähnrich trat in das Zelt, nahm Haltung an und meldete die Gefangennahme eines Kosaken. Der Gefangene befördere eine Depesche an Korela nach Kromy.

»Ah«, rief Basmanow und stand auf, »das reitet wohl schon quer durch unser Lager?«

Der Kosak wurde hereingeführt, stand, verprügelt wie er war, da und wischte mit der Hand über die dicke Nase, aus der Blut in den Schnurrbart sickerte.

»Ein Sonntagsritt von Putiwl nach Kromy?« fragte Basmanow. »Deine Depesche erreicht ihr Ziel nicht.«

»Einerlei!« schimpfte der Mann, »der Ataman merkt's in ein paar Tagen allein, was darin gestanden.«

Basmanow betrachtete das baumelnde Siegel Dimitrijs und wog es in der Hand, riß die Depesche auf und las.

Leise und höhnisch lachte der Kosak, als Basmanows Gesicht immer länger wurde.

»Ist das wahr?« fuhr Basmanow ihn an.

»Wird wohl«, grinste der Gefangene. »Lesen kann ich nicht.«

Basmanow murmelte, scheinbar sehr konsterniert: »Eine polnische Husarenschwadron und fünfhundert Tscherkessen ... Heute? Tu's Maul auf!« Der Kosak lachte nur. Basmanow fuhr fort: »Unter Zarutzkij. Danach zweitausend Husaren und achttausend russische Reiter.«

»Auf Kromy zu?« fragte der aufhorchende Mstislawskij wegwerfend. »Lächerlich! Wir sind achtzigtausend. Lügen!«

»Achtzigtausend. Lügen? Ihr Herren«, wandte sich Basmanow an die drei Fürsten, »nur sechzehn Stunden entfernt sollen vierzigtausend Mann einer polnischen Armee stehen.«

»Wem sohlt er das vor?« fragten Schuiskij und Galyzin zugleich.

»Die Adresse ist an Korela und die angesehensten Bürger von Kromy«, sagte Basmanow. »Daraufhin sollen sie lustig vierundzwanzig Stunden lang feiern und ihre letzten eisernen Rationen verjubeln und verfressen, denn mit Hungerbäuchen und Wasserbeinen sei es nun vorbei.«

Die drei Fürsten standen auf.

»Kosak!« rief Basmanow. »Du gehst durch alle Grade der Folter, bis du gestehst –«

Der Kosak polterte los: »Foltern? Mich?« Dann schrie er auf: »Es lebe mein Zarewitsch! Und mir die Märtyrerkrone!« Mit dankbarem Händeringen und beseligten Blicks fiel er auf die Knie.

»Du wirst nicht lange so jubeln.«

»So werde ich es stöhnen, stöhnen, stöhnen, Herr.«

»*Lange* wirst du stöhnen, bis du verreckst.«

»Lang? Lang? Nun, indessen sind dann die Vierzigtausend heran, bin ich gerächt und hängt ihr Schweine ausgeschlachtet im Rauch.«

Basmanow rannte umher und schüttelte die Fäuste: »Und kein Kundschafterdienst! Doch wozu auch? Diese Depesche lügt nicht!«

Er eilte am knienden Kosaken vorbei und rief aus dem Zeltausgang nach dem Fähnrich. Der trat herein.

»Alle Wojewoden hierher! Schicke herum, Ilja!« Er forderte Schuiskij und Mstislawskij auf, ihn in einer Stunde zu erwarten, winkte Galyzin zu, ihm zu folgen, und ging.

Das Brüderpaar stieg den Abhang zum Lager hinan. Sie

müßten, meinte Basmanow, jetzt den Balten und den Franzmann sondieren. Der Fürst stimmte zu.

Im Zelt fanden sie glücklicherweise Baron von Rosen und Hauptmann Margeret beieinander. Die beiden saßen vorgeneigt und rauchten Tonpfeifen beim Schach. Ihre Hunde dösten zu ihren Füßen.

Basmanow ging unverzüglich ins Ziel. Er gab den Inhalt der Depesche bekannt, an deren Wahrheit nicht zu zweifeln sei, stellte die Stimmung des Heeres und eine Katastrophe vor Augen, sprach von der heillosen Situation in Moskau, von der drohenden Revolution allerorten, bekundete seinen Respekt vor der Person des heldenmütigen Rebellen und vor seinen Ansprüchen, erklärte sich zum gewissen Glauben an seine hohe Geburt bekehrt und behauptete, die Truppen fühlten wie das Volk und wünschten lieber heute als morgen überzugehen. Ja, die Wojewoden hätten sich sogar dazu verschworen, und die Vereidigung des Heeres heute sei eine Farce und ein Fehler dazu gewesen, sie befördere nur die Meuterei. Somit erkläre er sich schweren Herzens bereit, dem Heile Rußlands den Knaben Fjodor, dem man übrigens kein Haar krümmen werde, aufzuopfern. Er forderte die beiden Herren – sowie den nichtanwesenden Baron von Lieven – zur gleichen Entscheidung auf.

Walter von Rosen witterte eine Falle und fragte, ob in Rußland ein einziger Vormittag Eidschwur und Eidbruch in sich schließen könne. Er beteuerte seine Treue zu Fjodor.

Nun griff Galyzin ein: »Wer riß bei Dobrynitschi den Sieg des Dimitrij an sich? Eure Viertausend! Wer war der Tapferste damals? Der Zarewitsch, der Besiegte. Wem dient ein christlicher Kriegsmann allein? Nur dem Besten, wie Christopherus. Sollen Eure Viertausend allein widerstehen und spartiatisch untergehen, nun, so wollen wir Euch nicht halten.«

Rosen verwies auf des Iwan Godunow Vierzigtausend.

Auf den sei Verlaß, der säge den Ast nicht ab, auf dem er sitze.

»Sitzt Ihr auf dem gleichen Ast?« fragte Galyzin, an Margeret gewandt.

»Kurz, edle Herren, überlegt's Euch!« Damit beendete Basmanow das Gespräch. »In einer halben Stunde fällt die Entscheidung aller versammelten Wojewoden im Zelt des Fürsten Mstislawskij. Ihr seid geladen.«

Als das Halbbrüderpaar zurückwanderte, glaubte es, der beiden Söldnerführer ziemlich sicher zu sein.

Unter Mstislawskijs Zeltdach hatten sich nun schon allerlei Wojewoden und Hauptleute eingefunden und besprachen erregt die Sensation. Nur wenige behaupteten, an der Zuverlässigkeit der Depesche zu zweifeln. O wie gern man glaubte!

Pjotr Basmanow trat mit seinem Genossen ein, gebot Stille und gab vor den Wojewoden dieselbe Lektion zum besten, die soeben von Rosen und Margeret gehört. Insonderheit wandte er sich an Mstislawskij:

Es tue ihm leid, daß die erste Tat der neuen Regierung die Erhebung seiner unbedeutenden und ranglosen Jugend über die bewährtesten und höchstgeborenen Fürsten sei; er verstehe, daß einem Mstislawskij der Zorn durch alle Wunden und Narben flammen müsse, und versehe sich auch künftighin keines Guten von einer ebenso ratlosen als starrsinnigen alten Frau, einem weltfremden und rückgratlosen Priester und einem bissigen Schleich- und Spürhund. Die Herren Wojewoden hätten Gelegenheit gehabt, die stumpfe Widersetzlichkeit der gesamten Armee bei der Patriarchenpredigt, beim Murmeln der Vereidigungsformel, beim Kusse aufs Kreuz zu beobachten. Er fragte, ob die ganze Zeremonie nicht zu Gottes Ehre hätte unterbleiben sollen. In der Tat, von diesem Heere werde der morgen schon übermächtige Zarewitsch nichts mehr zu besorgen haben.

Schuiskij saß stachelig wie ein Igel da, er starrte von Empörung. Nun erhob er sich sehr langsam. Er wolle nichts von alledem vernommen haben, röchelte er und hielt sich die Ohren zu, sei aber doch begierig zu hören – und dabei gab er wieder die Ohren frei, was denn statt der Vereidigung hätte geschehen sollen? Mit einem Wort: Falls ganz Rußland diesem Zarewitsch zufliegen sollte – ihn, den Fürsten Schuiskij, werde man in Ketten hinschleifen müssen.

Mstislawskij in seinen Verbänden stapfte mühselig hin und her und lachte leise auf. Aus Hohn über Schuiskij oder über Basmanow? Er wandte sich an Schuiskij: »Du sagtest ›diesen Zarewitsch‹. Ist er auch dir schon der Sohn des Iwan? Ja oder nein!«

Schuiskij probierte seinen Basiliskenblick und fragte: »Was tut das zur Sache?«

»Oho! Alles doch!« riefen nun alle Offiziere, deren Zahl sich ständig von draußen vermehrte. Galyzin geriet außer sich und verlangte gleichfalls ein klares Ja oder Nein, nämlich vom Chef der Uglitschkommission, desgleichen Basmanow, der Schuiskij fast anschrie: Alles hänge an seinem Ja oder Nein in dieser Stunde der Gefahr und Entscheidung. Schuiskij atmete schwer. Aller Heerführer und Obersten bemächtigte sich ungemeine Erregung. »Lege Zeugnis ab!« hieß es, »Fürst Schuiskij, lege Zeugnis ab!« Der röchelte wie in schwerstem, innerem Kampf: »Zeugnis, Ihr Herren? Wozu? Eid ist Eid.«

Das ganze Zelt war voller Generäle. Heftig erklärten sie: Der Eid sei vorläufig nichts und die Wahrheit alles, aber Schuiskij Kronzeuge – so oder so.

»Was wollt ihr?« fragte Schuiskij. »Die Protokolle von Uglitsch sind unerheblich und in der großen Frage null und nichtig, aber Eid – Eid ist Eid und Fjodor Borissowitsch legitimer Zar geworden.«

»Zum Teufel den Eid!« schrie man. »Die Legitimität Fedkas oder selbst des Boris hängt jetzt in der Luft. Lebt der Sohn Iwans oder lebt er nicht? Steht er im Putiwler Rebellen vor uns? Haben wir Unseligen Dimitrij Iwanowitsch Rjurik bekämpft, unseren wirklichen Herrn? Wer ist der Held da drüben in Putiwl? Rede!«

»Zweifellos hält er sich für den Echten«, sagte Schuiskij und warf den Kopf ärgerlich hin und her.

»Mit Recht, Fürst Schuiskij?«

»Wer von uns kann ihn des Betruges bezichtigen? Wer hat Beweise gegen ihn? Ich nicht. Beim heiligen Nikolaj und beim Thron zu Moskau, dessen Bestes ich suche, bei meiner Seelen Seligkeit: Ich – ich selber halte ihn für Iwans Sohn. Schon damals in Uglitsch habe ich an des Zarewitsch Tod gezweifelt. Ja denn, ich glaube dem Helden von Nowgorod und Dobrynitschi. Doch was tut's? Meine Seele liegt in den Ketten meines heute beschworenen Eides. Und sollten sich mir diese Ketten auch in eiserne Ketten verwandeln, in Ketten um Hand und Fuß – der Schuiskij muß Schuiskij bleiben, der Hort altrussischer Gottesfurcht und frommer Zucht. Kurzum, man schleppe mich in Ketten hin!«

»Ehre, Schuiskij, deinem Zaudern«, rief Fürst Galyzin, »doch unser, ihr Brüder, ist nun die Tat. Rede, Pjotr Basmanow, kraft deines Amtes und kraft deines Ruhmes von Nowgorod! Entscheide du den Widerstreit der Pflichten, die wie Wirbelwind den Baum deines Gewissens mit erschüttern, gib du das alle bindende und erlösende Wort!«

Da stieg Basmanow auf den Tisch, schaute sich ernst um und rief feierlich:

»Im Namen der Elenden, die der Krieg verschlungen und die er noch verschlänge, im Namen des innerlich bedrohten Reiches, dessen Zepter in eine feste und vom ganzen Volk geküßte Herrscherfaust gehört, im Namen unserer Nachfahren, die aus Zwielicht und Dumpfheit in ein neues Morgenrot streben, im Namen der großen Vergangenheit unseres schwergeprüften Vaterlandes, die sich im letzten, so tapferen Rjurik verkörpert, und schließlich aus meines Gewissens Not heraus, das dem Herrlichen seit den Tagen von Nowgorod zufliegt und Zar Fjodor und allen Godunow zugleich das Beste zugedenkt: Die Vorsehung hat sich erklärt. Ob der König von Polen naht oder nicht – drüben ist die innere, die politische und selbst militärische Übermacht. Die Vorsehung will uns Dimitrij zum Herrn geben. Längerer Widerstand wäre Sünde.«

Ein hektisches Gebrüll entlud sich aus befreiten Herzen von allen Seiten, und Säbel flogen aus den Scheiden: »Es lebe Zar Dimitrij Iwanowitsch Rjurik!«

Baron von Rosen und Margeret, soeben eingetroffen, vernahmen nur noch diesen Schrei und – waren es zufrieden.

Eine halbe Stunde danach rannte und lärmte es im Lager die Hügel hinan und herab, und Soldatenhaufen stürmten tumultuarisch der Okabrücke zu.

Im jenseitigen Lager sprang Iwan Godunow aus seinem Zelt und rieb sich den Schlaf aus den Augen. Auch in seiner Zeltstadt ging der Lärm auf. Das schrie und winkte den herniedertummelnden Mengen des anderen Heeres entgegen. Aber lauter tönte des Godunow Stimme. Er rief Offiziere heran: »Was gibt es drüben, holla! Alles unter die Waffen! Du da, Morossow, sende zur Brücke und frage, was los ist, zum Teufel!« Seine Trompeten schmetterten hier und da: Alarm! Alarm! Viele schnallten sich fieberhaft in ihre Rüstungen. Bricht der Zarewitsch ein? Ist der König von Polen da?

Was weiter geschah, wurde Dimitrij am Abend dieses Tages von Ataman Zarutzkij, von Saporski und anderen bei Wein und Met in wechselnden Bildern vor Augen geführt, etwa so:

Die Heerhaufen des Iwan schrien: O verflucht! Da sprengt ja schon ein Reitertrupp von Putiwl mit weißer Flagge jenseits der Oka auf die Brücke zu. Und da steht auf der Brücke Basmanow. Und der deutsche Baron. Und Mstislawskij und Schuiskij treten zu ihnen. Die empfangen den Trupp ja friedlich. Der Vorreiter springt ab und überreicht Basmanow ein Dokument. Der liest es. Und jetzt kommt er auf der Brücke weiter nach vorn. Haltet das Maul doch! Hört, seht, Pjotr Basmanow schwenkt das Dokument, er will reden. Maul halten, Ruhe! Iwan Godunow, wieso in Eisen gepanzert vom Scheitel bis zur Zehe? Laßt ihn! Wieso drängt er sich mit Stößen nach rechts und links bis zur Brücke vor? Er betritt sie und steht vor Basmanow und seinen Herren. Brüllt er ihn gar an? Er brüllt ihn an. Ein Trompetensignal im Gedränge hinter Basmanow gebietet Stille. Allmählich legt sich der Radau. Und nun steigt die Stimme Basmanows auf, der das Dokument schwingt und einen Arm herüberstreckt: ›Hier das Schreiben des Zaren, ihr Brüder!‹ So schwingt seine helle Stimme umher:

›Der Befehl des Zaren Dimitrij mit seinem schweren Siegel am goldenen Band. Er schreibt uns dies: Vergießt euer Blut nicht mehr für nichts und wieder nichts! Alles, was Rußlands heilige Erde geboren, her zu mir! Soll meine Übermacht euch nicht erwürgen, so bringt eure Torheit um! Allen Verrätern an mir und Rußland das Los des Boris!‹ Und Basmanow fügt hinzu: Was haben wir beschworen? Kampf gegen einen Betrüger und Feind! So hört, diesen Eid nimmt der allmächtige Gott uns von der Seele. Soeben hat uns der Fürst Schuiskij, der Zeuge von Uglitsch, offenbart und beschworen, daß kein Betrüger, kein Otrepjew, geschweige ein Feind des russischen Volkes vor uns steht, sondern gewißlich der rechte Sohn des großen Herrschers Iwan. Somit brechen wir keinen Eid, in sich selber bricht er zusammen. Der Allmächtige nimmt ihn von uns und weist uns unseren wahren Herrn, den letzten, tapferen Rjurik, den Befreier. Dem Knaben Fedka tut er kein Leid an. Er aber lebe und herrsche lange! Heil dem Zaren Dimitrij Iwanowitsch! – Iwan Godunow stößt einen ellenlangen Fluch aus, schreitet zurück, steht, wo die Brücke endet, still und brüllt in seine Vierzigtausend hinein: Unter die Waffen! Formiert euch! Wehrt den Verrätern! Kampf! – Was! Bruderkampf, Bruderkampf? – Ha, dort, blickt euch um! Was stäubt und sprengt und galoppiert heran? Wo kommen die her? Tausende von Kosaken! Das wimmelt und trommelt vieltausendhufig die Hügel herab, uns in die Flanke und am Ufer entlang, zur Brücke hin, sperrt uns ab von den anderen. Verflucht, wir kommen nicht mehr hinüber! Flieht, flieht, flieht! Schon umzingeln sie uns. Doch wohin? – Seht zurück! Dort, Kameraden! Von Kromy herüber, o verflucht, wieder Kosaken! Das sind die Leute Korelas! Ergebt euch, zerstreut euch, sie bringen uns um! Der Zarewitsch! Überall der Zarewitsch! Macht er sein Wort schon wahr, der Zarewitsch? Nein, sie bringen den Frieden.

Eine Stunde darauf ist Ruhe auf allen Gefilden. Alles hat die Waffen gestreckt. Der Eid ist null und nichtig. In Ketten steht Iwan Godunow vor Pjotr Basmanow in dessen Zelt, in Ketten auch Fürst Schuiskij, wie er's gewollt, zwischen den Fürsten Galyzin und Mstislawskij. Die fremden Obersten der hereingebrochenen Freunde, von Kriegern auf den Schultern umhergetragen, verkünden: Der Oberbefehl bleibt bei Basmanow! Die Trompeter blasen es aus, und in den Wäldern hallt es wider.

Diese einander jagenden Vorgänge würzten die Herren um Dimitrij an funkelnder Tafel auf dem Rathaus zu Putiwl mit allerlei Anekdoten und begossen sie ausgiebig mit Alkohol.

Dimitrij, siegesselig und wie ein Träumer, verstummte dennoch zuweilen sonderbar ernst, wie ein Schwerberauschter, dem durch die Gedankennebel die Warnung geistert: Ja keinen Tropfen mehr! Dich umlauert Gefahr! Morgigen Tages in der Frühe sollen Basmanow und Galyzin mit

4000 Mann vor mir antreten. Ob man mit einer solchen, mehr überlisteten als gewonnenen Streitmacht den dunkel gärenden Krater Moskau einschließen und nehmen kann? Ist dieses Heeres Ergebenheit so groß, daß seine Schande darin aufgeht wie die trübe Flut des Stromes in des Meeres Reinheit? Was ist von Heerhaufen zu halten, die in wenigen Stunden von Eid zu Meineid schreiten? Wird man nicht ihr Gefangener sein? Wird etwa schon morgen der Erzbösewicht vor mich hintreten, dessen Hirn vor zwanzig Jahren den Spuk erdacht, welcher in mir nun Fleisch und Blut angenommen? Oh, sei wach, wach, wach!

Er lag schlaflos die ganze Nacht. Doch was sich am nächsten Morgen auf den Gefilden vor Putiwl zutrug, malte Maryna sich in einem Wonnetaumel ohnegleichen wenige Tage danach in Ssambor aus ihres Geliebten knappem Bericht aus.

Sie war allein, ihr Vater auf Reisen. Er intrigierte am Krakauer Hof. Sie lief durch das Schloß und streichelte alle Dinge, Stühle, Büsten, Klinken, die je mit Dimitrij in Berührung gekommen, sie eilte durch den Park und umarmte die Bäume, darunter sie je mit ihrem Geliebten geweilt. Sie ließ sich ihr Pferd vor die Rampe führen und sprengte ohne Reitknecht in die leuchtende Weite davon. Sie stellte es sich vor:

Morgenglanz. Viertausend Mann zu Fuß und Pferde vor Putiwl. Dimitrij mit seinem Gefolge reitet heran. Basmanow huldigt, stellt Galyzin vor, danach die anderen Fürsten und Wojewoden, auch die störrischen Gefangenen, den Iwan Godunow und Fürst Schuiskij. Galyzin spricht: Sie hätten beschworen, den falschen, nicht aber den rechtmäßigen Herrn zu bekämpfen. Schuiskij habe so und so gegen jene Protokolle den Zarewitsch anerkannt. Galyzin endet: »Besteige, Majestät, deiner Ahnen Thron und herrsche über uns lange und glücklich!« Dimitrij umarmt ihn und Basmanow, dann den verdächtigen Mstislawskij, rühmt dessen Bravour und ehrenvolle Wunden aus der Nowgoroder Schlacht, rühmt Schuiskij, den Sieger von Dobrynitschij, und den geschickten Einsatz der Deutschen. Dimitrij stellt nun sein Gefolge vor, erst die Russen, dann die Polen. Danach befiehlt er, die beiden Gefangenen ihrer Fesseln zu entledigen, lobt ihre Treue gegen Boris und dessen Sohn und will sie als Nachfolger des Boris noch belohnen, umarmt auch sie, gibt ihnen die Wahl frei, ihm zu dienen oder sich auf ihre Besitzungen zurückzuziehen. Er versichert sie seines allmächtigen Schutzes. Danach reitet er die Front der Viertausend ab, begrüßt sie mit dem Degen und hält seine Rede: »Ich freue mich eurer Liebe, die euch zu mir führt als Kameraden, Freunde, Brüder und Söhne. Sofern ihr dem falschen Herrn Treue gehalten, erwarte ich, daß ihr sie mir, eurem rechten Zaren, in gleichem Maße bewährt. Und nun erst unter meinem Herrscherstab werdet ihr die Tapferkeit in euch aufbrennen fühlen, die mit euch wie mit allen Söhnen der russischen Erde geboren, denn nun erst ist euer Gewissen heil.« Dann reitet er zu dem deutschen Fähnlein hinüber: »Wo ist der Fahnenträger eures Bataillons aus der Schlacht von Dobrynitschij?« Und der Fähnrich tritt vor. »Wie war euer Schlachtruf, den meine Russen widertönten und nachschrien, ohne ihn zu verstehen?« – »›Hilf Gott!‹ erhabener Herr.« – Dimitrij beugt sich vom Pferd, klopft ihm auf die Schulter und sagt – ja, wieso sagt er: »Herr, bewahre uns vor dem Übel?« – Kann viel bedeuten. Dann beauftragt er Basmanow mit der neuen Vereidigung seiner neuen achtzigtausend Gefährten. Er erklärt, nicht eher auf Moskau vorrücken zu wollen, als bis die Stadt ihn rufe, er wolle nicht über Unterworfene Herr sein. Basmanow beteuert, die ganze Stadt erwarte ihn mit Ungeduld und werde ihm mit der Festnahme seiner Feinde in einer vehementen Revolution beweisen, wie sie gesonnen. Dimitrij sagt, die Beweise ständen noch aus. Alle Godunows und ihre hohen Beamten seien ihm zuzuführen, der Kreml zu besetzen, die Witwe sowie der Sohn und die Tochter des Boris in würdiger Schutzhaft zu halten und höflich zu behandeln, und schließlich habe der Patriarch hirtenbrieflich vor allem Volk seine Huldigung, Scham und Reue mit Unterwerfung auf Gnade oder Ungnade anzuzeigen. Im übrigen behalte er sich vor, die Stimmung oder Haltung aller Städte und Stände selbst zu erforschen. In die Hauptstadt werde er Manifeste werfen und sich berichten lassen, wie man seine Herolde aufgenommen und was sonst in Moskau zu seiner Zufriedenheit geschehe. Er bedenke, daß dort ein gewisser Semjon noch die Stricke und Netze seines haßwürdigen Systems in Händen halte. Es sei wohl viel lustiger, eine Attacke in feindliche Karrees zu reiten, als in ein hosiannarufendes Moskau einzuziehen.

Maryna erschrak hier ein wenig: Wie ist er doch so verwundlich, seit er alles weiß! Aber wie scharfsichtig auch und unbestechlich! Was meint nur sein Wort an den Fähnrich: ›Bewahre uns, Herr, vor dem Übel?‹ Daß man Gott sehr leicht zum Vorspann einer falschen Sache mache? Daß alles Hilfgottgeschrei, daß überhaupt jede Religion, auch die erhabenste, eine parteiisch-egoistische, dumm-dreiste und straffällige Belästigung der göttlichen Majestät sei? So ungefähr drückte er sich in Sjewsk aus. Er sagte, auf manchen Anruf Gottes eile der Satan herbei.

Ach was, kein Satan hat je Gott entthront. Gott regiert im Himmel und Dimitrij auf Erden. Umsonst nennst du Moskau einen Krater, Dimitrij. Ist es ein Krater, so wird er verlöschen, sobald du hineinspringst. Und lohte er doch in tausend Flammen weiter, so wirst du darin deine Loblieder singen, ich und Pomaski mit. Da sind wir dann die drei Männer im Feuerofen.

Nun heran, meine Schneiderlein! Die neuesten Pariser Modelle, die die Gattin Heinrichs IV. trägt oder in London

Königin Elisabeth, sie sind mir recht. Heran, Rabbinowitsch und alter Benjamin, vorschießen sollt ihr, daß der Schlachta die Augen übergehn! Ob das Haus Mniszek wohl wieder Kredit hat! Pfandleiher, her mit meinen Preziosen! Und ein Fest will ich geben, wie es keine Maharani, kein Großmogul kennt. Bersten sollen sie, die so befriedigt schon herumgebracht, ich sei mit meiner Herrlichkeit geplatzt. Euch allen diesen Vorgeschmack, meine holden Neiderinnen, auf den Tag meiner prokuratorischen Hochzeit bei Hofe. Was trägt man jetzt bei den Valois, bei den Windsors? Was trägt die Kaiserin in Wien? Mit diesen Damen werde ich korrespondieren. Den Tonnen an meinem Moskauer Hof bringe ich Geschmack bei, da diktiere ich Mode und Lebensart. Wer wird meine Oberhofmeisterin? Wen aus der polnischen Damenwelt würdige ich, Dame meines Gefolges zu sein? Knicksen sollen sie, daß die Mieder krachen, und selig sein, meine Hand zu küssen. Mit alledem will ich Dimitrijs Glorie erhöhen. Wie liebt er die Musik! Er soll die herrlichste Hofkapelle der Welt haben. Ich nehme wieder Laute- und Gesangstunden bei meinem italienischen Maestro. Zieht Dimitrij gegen die Muselmanen ins Feld, dann will ich ihm sein Moskau wie ein Argus bewachen. Was wird das für ein Triumphzug sein, wenn ich wochenlang nach Moskau reise! Ich werde unterwegs die Dukaten schon wacker ausstreuen; Dimitrij wird sie mir schicken ...

So träumte sie fort und trabte dahin.

Von dem Bankett, das Dimitrij all seinen Heerführern, den alten und den neuen, am Tage des Triumphes noch gegeben, stand in dem Briefe nichts. –

Im Ratssaal zur Mittagszeit fand es statt. Hinterher standen die Herren in Gruppen herum und konversierten. Dimitrij ging von einem zum anderen, und Kochelew machte sich dadurch unnütz, daß er ihm folgte und Witze und freche Pfiffigkeiten in seine Gespräche warf, bis er von seinem

Herrn eine freundliche Ohrfeige erwischte und den Befehl erhielt, draußen das Geländer hinabzurutschen und den Putiwlern in der Stadt und den Soldaten sein ganzes Programm von vorn bis hinten vorzugaukeln. Ihm, Dimitrij, sei es nun fast bekannt, die Leute aber wollten auch ihren Spaß. So flitzte der Narr davon, amüsierte die fraternisierende Menge von Kriegern und Bürgern, ließ allerlei Dinge verschwinden und wieder auftauchen, ahmte auf einem Balkongeländer Seilartisten nach und sang ihnen Moritaten. Dimitrij hatte noch hinter ihm hergedacht: Was für ein *liebenswürdiger* Otrepjew! Und hält mich noch für sein Brüderlein. Mag's dabei bleiben!

Nun trat er kameradschaftlich zu Baron von Rosen heran, stieß mit ihm an und sagte: »Eure Fähnlein haben mir schon fast zwei Siege geraubt, so daß das erste Mal der wackre Basmanow mein Lager verwüsten konnte und ich das zweite Mal ein paar tausend wirklicher Helden verlor, jene viertausend Kosaken; und ich, lieber von Rosen, alle Wetter, ich riß aus.«

Der Baron machte eine heiter bedauernde Gebärde.

»Ihr habt mehr errungen als Lorbeer, nämlich mein Herz. Dies Herz bittet Euch: Bleibt in meinem Dienst, reist ja nicht heim, lieber Baron, und auch Ihr, von Lieven und Monsieur Margeret! Ihr und Eure Sergeanten, Ihr sollt mithelfen als Ausbilder meiner künftigen Heere, an deren Spitze zu treten ich heute schon brenne. Als erstes muß ich Asow nehmen, danach die Krim, und das wird der Prolog zu größeren Aktionen.«

»Darf man nach den großen Aktionen fragen, Majestät?«

»Ach, da ist alles noch Traum am Kamin. Ich phantasiere von der Rückgewinnung Konstantinopels für die Christenheit. Ihr Herren, ich weiß, das erfordert gewaltige Koalitionen. Ich träume von einem Kreuzzug ganz Europas und will Krakau, Wien und den Papst dafür erwärmen. Die Frage des

Prinzipats in diesem vielleicht ansehnlichsten Unternehmen der letzten europäischen Geschichte, in welche nun ja auch mein Reich gehört, wird zu ihrer Beantwortung viel Geduld und große Opfer verlangen, doch wird sich herausstellen, wer den größten Zoll an Schweiß und Blut zu entrichten auf sich nimmt, nämlich meine Völkerwelt. Zuvor legitimiert sie sich mit der Niederwerfung und Taufe der muselmanischen Khanate Asow, Süd-Astrachan und der Krim. Danach soll die Welt unseren Aufmarsch mit Staunen sehen. Doch, wie gesagt, noch sind das Träume. Die allererste Sorge ist die, meine Heere modern durchzuexerzieren. Rußland wird eine große Waffenschmiede werden und viel Manöver haben. Ihr aber sollt mit die Ausbilder sein.«

Dimitrij sah nachdenkliche Mienen und lenkte im Gefühl, zu weit vorgesprungen zu sein und als siegesberauschter Phantast dazustehen, auf ein anderes Thema ab.

Er sah die Herren mißtrauisch zuhören und wandte sich bald den anderen zu, Fürst Schachowskoj, Pan Miechawiecki und Ataman Zarutzkij. Sie verhandelten über Kosakentum und Außenpolitik. Dimitrij stieß Zarutzkij freundschaftlich vor die wohlgepolsterte, breite Brust und lachte: »Ihr Kosaken seid mir besondere Militärkolonien! Moskau kann euch schwer unterm Kommando halten, das hat man jetzt gesehen. Ich habe mir erzählen lassen, daß die russischen Gesandten bei der ottomanischen Pforte den ständigen Auftrag haben, jede Verantwortlichkeit Moskaus für die Raub- und Beutezüge der Kosaken am Schwarzen Meer abzulehnen. Ich möchte da kein Gesandter beim ständig brüllenden und köpfenden Sultan sein.« Zarutzkij lachte lautlos in sich hinein, so daß sein Bauch wippte, und ergänzte: »Lieber am persischen Hof und bei den georgischen Fürsten, wo Moskau gegen die beturbante Majestät am Goldenen Horn famos intrigieren und sie so beschäftigen kann, daß sie darüber ihre westlichen Eroberungspläne schier vergißt, jedenfalls vertagt.«

»Aber was da Kamerad Miechawiecki vom unersättlichen Bären sagt –! Polen, Schweden und die Muselmanen, die ihn umringen, sind ja wohl Lämmer und Kälber, wie? Wohin auch immer Rußland blickt und sich dreht – zwischen ihm und den Tataren in Süd und Ost, den Schweden gegen Mitternacht und den Polen gegen Abend gibt es keinen Frieden, nur Waffenstillstände. Das ist sprichwörtlich wahr und bekannt. Ja, bis einmal die Sache klar und entschieden, wer Sonne ist und wer Planet und Trabant.«

Miechawiecki begann hitzig darzustellen, welche Erinnerungen an heldenmütige Kämpfe und zu rächende Niederlagen auf polnischer wie russischer Seite immer wieder den Frieden verschlängen, doch Dimitrij wurde das Thema für Äußerungen seinerseits zu heikel.

Er wandte sich – schweren Herzens – den Fürsten Schuiskij und Mstislawskij zu. Ob sie nicht doch mindestens Eingeweihte waren?

»Mein lieber Fürst, laß den Murrkopf fahren!« so wandte er sich Schuiskij zu und legte ihm freundschaftlich die Hand auf die Schulter. »Wieviel Jahre hast du, Fürst Wassilij?«

»Fünfundvierzig.«

»Wieviel Kinder, lieber Fürst?«

»Bin unvermählt.«

»Wie das? So handelt ein Schuiskij an seinem Haus?«

»Mein Haus sollte aussterben. Beschluß des Boris.«

»Nun, das soll anders werden. Du bist noch in den besten Jahren. Seit wann eigentlich scheine ich dir der Sohn Iwans zu sein?«

»Seit Dobrynitschij.«

»Erst. Warum?«

»Ich sah da jemand kämpfen wie einen Berserker, und hinterher einen Besiegten durchhalten mit noch größerem Mut. Auch las ich Deiner Majestät Manifeste und erwog alles hin und her.«

»Glaubtest du damals in Uglitsch wirklich, ich sei tot und begraben?«

»Wer durfte damals auf einen anderen Gedanken verfallen?«

»Du hast jene Protokolle gefälscht und erdichtet. Wozu?«

»Es galt, die Ankläger des Mörders zu widerlegen.«

»Du decktest einen Mord.«

»Der Mord sowohl wie dieses Decken schien mir als politische Notwendigkeit sogar vor Gott entschuldbar. Ich jedenfalls mußte vom Regenten und seinem armseligen Zaren den Skandal und vom Reich Unruhen abwenden; das Geschehene war nicht zu ändern, das Künftige aber zu entgiften.«

»Hm! Du richtetest Unschuldige hin und rottetest ganz Uglitsch aus.«

»Leider. Es war im Aufstand. Und die Verkläger mußten schweigen. Sie und ihre Kinder fühlen sich in Sibirien ganz wohl und kolonisieren brav.«

»Wirklich? Es war arg.«

»Aber befohlen.«

»Kann man sein Gewissen so auf Reisen schicken und blind gehorchen?«

»Deine Majestät wird denselben blinden und unbedingten Gehorsam fordern müssen und – hoffentlich finden.«

»Ist ein anderes Regiment in Rußland nicht möglich?«

»Noch nicht.«

»So führe ich eine neue Zeit herauf.«

»Deine Majestät weiß, daß solche Eingriffe des Herrn Vaters Methode waren – und nicht ohne triftigen Grund.«

»Allerdings. Ich bin gottlob auch der Marfa Sohn. Lieber Fürst, die schrecklichen Rachezüge deiner Standgerichte am Volk in der Sewersk offenbaren, daß der Schuiskij von Uglitsch noch der Schuiskij von heute ist.«

»Er hat sich nicht gewandelt.«

»Befehl, meinst du, ist Befehl. Nun aber wußtest du doch, daß ich als legitimer Sohn des großen Iwan um mein Recht kämpfte.«

»Ja.«

»Dennoch diese schrecklichen Dinge? Dennoch deine Devise, Befehl sei Befehl?«

»Eid ist Eid, Majestät.«

»Du scheinst sehr fromm.«

»Scheine ich nur? Rußland sieht im Fürsten Wassilij Schuiskij den Hort und Verteidiger seiner Orthodoxie, seiner inneren Stabilität und urrussischer Sitte.«

»Ich bin kein Ketzer. So kannst du auch mir deinen Eid schwören.«

»Die Majestät des Zarewitsch Dimitrij Iwanowitsch hat auf meinen Treueid ihr göttliches Recht.«

»Also hältst du mir deinen fürstlichen Eid so blind wie einst dem Godunow?«

»Eid ist Eid.«

»Nun, ein solcher Mann muß Nachkommen haben. Auf deiner Hochzeit wird dein Zar tanzen, und hoffentlich bald.«

Er wandte sich an Mstislawskij, der versonnen vor sich niederblickte: »Wie alt bist du, lieber Fürst?«

»Ich zähle dreißig Herbste und Winter.«

»Keine Lenze und Sommer? War dein Leben so mühevoll? Dein Herr Vater hat lange Zeit in der Verbannung gelebt.«

»In der Ukraine, Majestät, und starb da. Gott nahm ihn zu sich.«

»Du hast ihn wohl sehr geliebt und betrauert?«

»Ich kannte ihn kaum, doch verehr' ich ihn kindlich.«

»Wie weit kanntest du ihn?«

»Aus wenigen Briefen an mich, sein Kind.«

»Hat er nie einen Otrepjew darin erwähnt? Den, der mich ihm einst zugebracht, wie du weißt.«

»Nie. Ich war ein Knabe.«

Dimitrij holte unter seinem Leibrock das funkelnde Kreuz hervor: »Dies ist seine Segensgabe an mich. Ich habe es mit vielen Küssen bedeckt. Es war der Mstislawskij Heiligtum.«

Der Fürst warf einen verlangenden Blick der Ehrfurcht darauf.

»Ihr Mstislawskijs sollt es wiederhaben. Ich schenke es dir, lieber Fürst.«

Der Fürst empfing es sichtlich bewegt, beugte sich nieder und küßte des Gebers Hand, keines Wortes mächtig.

»Habt ihr das Kreuz nicht vermißt, als man euren Vater begrub und seine Habe ordnete?«

»Gewiß, Majestät. Wir vermuteten Diebstahl und –«

»Und?«

»Verdächtigten einen Unschuldigen aus seinem Gefolge.«

»Und?«

»Hängten ihn – nach der Tortur.«

»Der Arme! Voller Dunkel ist die Welt.« Er lenkte ab: »Du warst bei Nowgorod mein tapferster Feind. Deine immer noch unverheilten Wunden möchte ich küssen. So liebe ich Tapferkeit und Treue. Wirst du auch für deinen neuen Herrn so einstehen? Gewiß.«

»Wie mein Herr Vater einst Deiner Majestät erlauchtem Vater getreu war, so ist sein Sohn auch dessen erlauchtem Sohne getreu.«

»Was hat dich mir gestern gewonnen?«

»Offen gesagt, Majestät, nicht das Zeugnis des Fürsten Schuiskij allein.«

»Nämlich?«

»Eine so undankbare Zurücksetzung, wie sie mir von Fjodor Borissowitsch und seinen Regenten widerfuhr, eine solche Absetzung und Unterordnung unter einen Basmanow erträgt kein Mstislawskij.«

Dimitrij schielte zu Basmanow hinüber, der verächtlich lächelte.

»Hast du Geschwister, mein Lieber?«

»Einen Bruder und zwei Schwestern, Majestät.«

»Nun, ihr alle werdet mir doch dienen wollen.«

»Wenn Deine Majestät uns braucht? Zarendienst ist meiner Sippe Sinn.«

»Auch du, Fürst Schuiskij, wirst mir zur Seite stehen.«

Schuiskij erwiderte dumpf: »Ich bin's müde, ein Höfling und ein Schuiskij zu sein. Ich habe Lust zur Stille und zum Namen eines Mönches.«

»Da wird nichts draus! Ihr beiden Ersten Fürsten im Reich steht mir zur Rechten und Linken! Ihr sollt mich lieben lernen. Liebt ihr einander auch? Oder habt ihr Zwist?«

»Kaum«, sagte Mstislawskij. Auf welche der beiden Fragen bezog sich dies Kaum?

»Eure Häuser sind einander doch ebenbürtig?«

Schuiskij nickte ernst und würdevoll.

»Nun, so verschwägert euch! Fürst Wassilij, ich will durchaus auf deiner Hochzeit tanzen. Freie eine der Schwestern unseres Freundes Mstislawskij! Die Bande, die euch dann umschlingen, fesseln euch ganz eng an meiner Väter Thron.«

Er warf ihnen einen gewinnenden Blick zu und ging mit dem Gedanken, daß keiner der beiden am großen Betrug beteiligt sei, zum Fürsten Galyzin hinüber, neben welchem blaß und schweigsam Iwan Godunow stand.

»Lieber Galyzin, noch ehe mir Moskau die Schlüssel schickt, rückst du als erster in die Hauptstadt ein, sorgst für Ordnung und übernimmst Bewachung und Betreuung der Witwe und der Kinder des Boris. Iwan, gräme dich nicht, auch du sollst es hören: Ich verlange ehrerbietigste Behandlung der Inhaftierten. Ihr Godunows sollt nicht büßen, was einer der euren an mir dereinst verbrach. Übrigens –« er rief nach rechts hinüber: »Fjodor!«

Basmanow kam eilends herzu.

»Mein Freund, was war der letzte Befehl der Moskauer Regierung an dich?«

»Eben die Vereidigung, Majestät.«

Dimitrij nickte: »Der folgt nun die Gegenvereidigung. Und sonst?«

»Die Entsendung der Fürsten Schuiskij und Mstislawskij nach Moskau in den Reichsrat, daß sie dort mit der Autorität ihrer hohen Namen–«

»Gut so! Dieser letzte Befehl soll ausgeführt sein. Beide Fürsten, lieber Galyzin, reisen dir vorauf, daß sie mit der Autorität ihrer hohen Namen den Reichsrat vor Torheiten bewahren. Teile das den Herren mit, mein Freund!«

So fing Dimitrij zu regieren an, tauchte er in seinem Element unter und schoß darin wie ein Hecht, der aus Fangnetzen gefunden, in dämmernde Freiheit hinaus und davon. Aber Schuiskij wußte: Ich habe ihm gar nicht gefallen ...

Endlich wollte Dimitrij doch Basmanow unter vier Augen über die Formel der Vereidigung und den Aufbruch aller vereinigten Truppen in Richtung auf Tula instruieren. Er hielt eine Abschiedsrede an die Versammelten und beendete den Empfang. Basmanow brachte eine letzte Ovation aus, alle ließen ihre Säbel klirren und ihr männliches Gebrüll erschallen und zogen heiter und alkoholbeschwingt ab, polterten die Treppe hinunter und wanderten durch neugieriges Volk im Sommerglanz der Straßen ihren Pferden zu, die sie dann ihren Quartieren oder dem Stadttor und den Truppen draußen entgegentrugen. Dimitrij hielt Basmanow zurück, eilte die Treppe ins Dachgeschoß hinauf und trat flugs in ein kleines Zimmer. Da saß Pater Ssawiecki und schwieg vor sich hin. Pater Pomaski stand am Fenster und hielt ein Manuskript in der Hand.

»Fertig?« fragte Dimitrij. Pomaski nickte und überreichte ihm das Schriftstück. Dimitrij überflog es, und der Pater erklärte: »Wir haben den zweiten Psalm gewählt. Die Eidesformel –« Er zuckte die Achseln, als sei er damit nur halbwegs zufrieden. Doch: »Maßarbeit!« beteuerte Ssawiecki und erhob sich. Dimitrij dachte: Jetzt damit zu Basmanow! Es wird wieder ein Würfelwurf. Er bat zu warten, steckte das Manuskript in die Tasche und stieg langsam die knarrenden Stufen hinab. Zu Basmanow zurückgekehrt, bat er ihn in ein abgeblättertes Hinterzimmer. Nichts als drei grobe Stühle standen darin. Er verriegelte die Tür. Basmanow blickte ihn betroffen an. Sein Herr stellte sich vor ihn und fragte mit offenem Blick:

»Warum, mein Freund, beließ ich dich im Amt des Generalissimus?«

»Majestät vertraut mir, denke ich.«

»Weiter!«

»Auch muß sie uns wohl beieinander lassen, das Heer und mich.«

»Muß sie? Hm! – Schachowskoj ist dein und Galyzins Freund. Das gefällt mir.«

»Weil Schachowskoj gefällt.«

»Auch er. Hat einen Blick wie du. Groß, klar, offen.«

»Unsere Ansichten decken sich nicht immer.«

»Um so besser! Alle Meinung immer frisch heraus vor mir, und dann die Sache eingekreist wie auf der Treibjagd! Nicht wahr, unser Freund Schachowskoj hat ein Köpfchen, dazu Herz für den gemeinen Mann. Ist er wohl gar Revolutionär?«

»Mit Maßen. Ein Oben und Unten muß sein, das weiß er, aber Gerechtigkeit für alle, die will er.«

»Was die Monarchie betrifft, so scheint er wie die Jesuiten zu denken. Ich führe hier zwei Feldkapläne für meine Polen mit.«

»Wie denken die Jesuiten, Majestät?«

»Gering vom dynastischen Erbrecht, sehr groß von des Herrschers Pflicht und Auftrag.«

»So denke auch ich, Majestät.«

»Und worin anders als Schachowskoj? Nämlich, er ließ durchblicken, daß vor der Welt, wie sie geworden, meine Abstammung von den Iwans wichtig, ihm aber gleichgültig sei. Sofern ich nur der bliebe, meinte er, der ich sei.«

»Darin weiche ich keineswegs von ihm ab.«

»So! Ich fragte ihn geradezu: Wie, wenn ich nun nicht der Dimitrij Iwanowitsch wäre? Er erwiderte, ihm sei es einerlei. So denkst auch du?«

»Ich gehe darüber hinaus.«

»Wie das?«

»Ich weiß, wie ich Eure Majestät einzuschätzen habe, und wage das ihr gebührende offene Geständnis – ohne jede Spur von Furcht.«

»Ach! Nämlich?«

»So wahr diese Tür verriegelt und weit und breit kein Ohr ist als das Eurer Majestät und meines und kein Begehren als das Eurer Majestät und meines Herzens nach Wahrhaftigkeit, so wahr sage ich: Ich weiß nichts Genaues, doch bin ich der Meinung, daß Eure Majestät mit dem toten Prinzen gottlob gar nichts gemein hat.«

Dimitrij war sprachlos und verfärbte sich, dann trat er, um echt iwanisch aufzubrausen, einen Schritt zurück. Basmanow lächelte ihn bittend an mit Freundesblick, freilich lag darin ebensoviel Überlegenheit als Demut.

»Weißt du«, flüsterte Dimitrij, »was dich diese Frechheit kosten kann?«

»Ja, das Leben.«

»Baust du auf deine noch unvereidigten Achtzigtausend?«

»Nein. Ich vertraue, wie gesagt, auf meines Gebieters Vertrauen.«

»Wie! Weil ich die offene Sprache liebe –«

»Majestät hat die Tür verriegelt, Majestät also braucht den Vertrauten, den Freund, vor dem sie alles offenbart, damit er offene Augen habe und mitwache und sein Rat ihr wirklich fruchte.«

»Provokateur!«

»Majestät, nochmals: Dies Gespräch unter vier Augen hat keine Zeugen. Was nützte mir hier eine Provokation? Majestät könnte jederzeit diesen Diskurs als nie geschehen ableugnen und mich köpfen, nie könnte ich beweisen, daß er stattgefunden und wie er verlaufen. Plauderte ich herum, Majestät habe sich mir so und so in die Hände gegeben, so erschlügen mich schon meine Achtzigtausend. Eure Majestät sage sich am Abend dieses Tages so: Derselbe Basmanow, der mir sein Heer ungezwungen herübergebracht, die Vereidigung dieses Heeres durchgeführt und sein eigenes Leben in meine Gewalt gegeben, derselbe Basmanow ist unter allen Russen, die ich regieren soll, der an mich Gläubigste, der darf und wird mein brauchbarster Intimus sein. Majestät, ich bitte, das nur zu hören, erschleiche und erwarte keinerlei Eingeständnis, verlange nur Entscheid, wessen ich sein soll, des Todes oder meines Zaren Demetrius I. Übrigens trage ich ein Gift bei mir. Deine Majestät gebiete mir nach der Vereidigung, ob ich es nehmen soll, ob nicht. Ich könnte ganz unverdächtig erkranken und vergehen. In Verdacht käme höchstens die andere Seite.«

Dimitrij blickte zum kleinen Fenster hinaus, nicht mehr gestellt, sondern befreit, nicht mehr bedroht, sondern beseligt. Er wandte sich um, maß den schönen, gleichaltrigen Mann vom Scheitel bis zur Sohle, griff mit funkelndem Blick in den ruhigen Blick des anderen und sagte: »Du hast Größe.«

»Genug, um die Größe Eurer Majestät zu erfassen.«

»Du meinst es gut.«

»Wie in Nowgorod mit Boris, als ich Eurer Majestät widerstand.«

Da trieb es Dimitrij unwiderstehlich auf Basmanow zu. Er

umarmte ihn heftig, trat zurück, ergriff seine Hände und umklammerte sie mit heißem, langem, festem Druck. Damit hatte er nun nichts und alles gesagt, und wieder waren eherne Würfel gefallen und alle Würfel zeigten die Sechs. Sein Herz war voller Dankbarkeit: Endlich mußte er doch an die Vorsehung glauben lernen, die ihn trug! Und er rief ihr zu: Solange du mich brauchst und willst, überwältigt mich nichts, willst du mich nicht mehr, so genügt ein Stäubchen, um mich zu zerschmettern. Heiser fragte er: »Was in aller Welt führt dich nur zu dem, den du nicht für den Sohn des Iwan hältst?«

»Boris ist tot. Ihn hätte ich nicht enttäuscht. Nun gab ich meinem Herzen nach, denn dies Herz sagte zu mir: Ihn, den andern, trägt die Seele des russischen Volkes, sein Herz ist tapfer, sein Wille stark, sein Mut groß, sein Geist frei, seine Hand fest und zum Herrschen geschaffen; aus der Masse der Namenlosen ersteht er und trägt den Namen des rächenden Dimitrij Iwanowitsch Rjurik zu Recht, es kommt in ihm des Reiches neue Stunde herauf. Das alles würde ich nicht so glauben, wärst du, mein erhabener Herr, aus dem Blut des schrecklichen Iwan.«

»Erkläre das!«

»Ich bin ein Basmanow. Mein Vater war des letzten Iwan Günstling, schön und schrecklich wie er, und stand dem berüchtigten Skuratow nicht nach an Verruchtheit und Schuld, an Geistesgaben überragte er ihn, an Skuratows Mut fehlte es ihm weit. Sein Sohn nun muß andere Wege gehn, die Bußgang sind. Das aber ist sein Bußgang: Fort von jener Nacht der Tyrannei, unter deren lastendem Erbe nun Boris Godunow zusammengebrochen. Eure Majestät hat Würde vom Volke her und einen neuen Rang.«

Dimitrij sann. Er fragte: »Der Vater war Günstling, nun will auch der Sohn ein Günstling sein?«

»Gern stünde er dem Throne nah.«

»Und weiß doch, wie die alten Fürstenhäuser reagieren würden, wenn ich ihn über sie erhöbe?«

»Er begehrt nicht Titel noch Rang, nur den Namen des wachen Freundes und heimlichen Beraters.«

»Doch den begehrt er?«

»Ja, Majestät.«

»Pjotr, hinfort, so oft kein Lauscher zugegen, laß die Majestät beiseite. Ich heiße Dimitrij.«

»Lassen wir's bei der Majestät, Majestät! Man könnte Freunde leicht bei der Freundschaft ertappen. Unbewachte Gebärde und unbedachtes Wort verraten zur Unzeit viel.«

»Wie du willst.«

»Aller Wille liege bei der Majestät. Dort bleibe er.«

»Ans Werk denn, Herr Wojewode! Zunächst eins, ehe ich's vergesse: Laß keine Zivilisten ins Lager, sondere die Truppen ab! Keine Verbrüderungsszenen! Die gepeinigten Dörfer würden unter euch nach den Schergen der Standgerichte suchen. Es könnte schlimme Affären geben. Was hältst du von Schuiskij?«

»Er ist ein Taigatiger.«

»Von Mstislawskij?«

»Ein Steppenbüffel.«

Sollte Dimitrij nun nach der möglichen Rolle fragen, die der eine oder andere oder wer sonst bei jener Intrige vor zwei Jahrzehnten –? Nein! Keine endgültige Selbstenthüllung! Basmanow würde selbst zur rechten Zeit sein Sprüchlein sagen. Weiter!

»Zur Vereidigung, Wojewode! Statt der fehlenden Patriarchenpredigt wirst du in meiner Gegenwart das da vorlesen.«

Damit zog er das Manuskript aus der Tasche und überflog es. »Das ist ja polnisch?« rief er. »Also bedarf's der Übertragung. Butschinskij, mein Sekretär, übersetzt es. Mein Russisch stolpert noch. Doch will ich es versuchen vor dir. Setzen wir uns, Wojewode!«

Sie ließen sich nieder, und Dimitrij übersetzte und trug vor: »Kameraden, Söhne unserer heiligen Mutter Rußland! Rechtgläubiges und christliebendes Heer! ›Warum toben die Heiden und die Völker reden so vergeblich? Die Könige der Erde lehnen sich auf, und die Herren ratschlagen wider den Herrn und seinen Gesalbten ...‹ Und so weiter. ›Aber der im Himmel wohnt, lacht ihrer, und der Herr spottet ihrer ...‹ Und so weiter und so weiter ... ›Ich habe meinen König eingesetzt auf meinem heiligen Berg Zion. Heische von mir, so will ich dir die Heiden zum Erbe geben und der Welt Enden zum Eigentum. Du sollst sie mit eisernem Szepter zerschlagen, wie Töpfe sollst du sie zerschmeißen ...‹« Dimitrij las für sich selber weiter, genierte sich etwas und dachte: Papperlapapp. Laut fuhr er fort: »Rechtgläubiges Heer! Wer ist der Heraufgeführte? Heißt er Grischka Otrepjew? Nie ist er ein Otrepjew gewesen. Das beschwört euch euer Basmanow, der ihn einst selber verkannt und grimmig bekämpft hat, und darauf leben und sterben alle Fürsten, Wojewoden, Atamane, die um ihn sind, allen voran der Fürst Schuiskij, der es wissen muß. Was ist der Name dessen, dem ihr nun schwören sollt? Dimitrij Iwanowitsch! Was sein Auftrag? Reinigung seines besudelten Zarenthrones, Freundlichkeit seinen Söhnen, Schrecken seinen Feinden, Erfüllung unseren Hoffnungen und Gebeten um Gerechtigkeit, Friede und des Vaterlandes Größe. Vom Abend kommt er, in einen neuen Morgen führt er, das Erbe des großen Iwan tritt er an. So sprecht mir diesen Treueschwur nach: Ich gelobe mit dem Kusse aufs heilige Kreuz in Widerrufung jenes Eides, der nichtig geworden, daß ich dem großen Namen Dimitrij Iwanowitsch und seinem vollmächtigen Träger, dem Gottgesandten, als tapferer Krieger dienen will mit ganzem Gehorsam, Leib und Leben, Gut und Blut. So wahr mir Gott helfe. Amen.«

Dimitrij hatte geendet. Basmanow lächelte: »Eure Jesuiten

sind klug, in der Formel ist kein Betrug. Doch werde ich niemand vorher Einblick gewähren, und nachher verschwindet das Blatt.«

Sie standen auf, schlugen Hand in Hand und trennten sich.

Dimitrij stand an der Treppe, bis zu der er Basmanow gebracht, und fragte sich grübelnd, wie viele es nun wüßten. Er zählte sie sich auf und spreizte aus der rechten Faust bei jedem Namen einen Finger ab: Exzellenz Mniszek, Maryna, die beiden Patres, Kochelew. Er ließ die Hand fallen und fuhr mit der anderen fort: Basmanow. Sechs. Der große Unbekannte, etwa Schuiskij? Mstislawskij? Die böse Sieben, die böse Sieben ... Vielleicht die Hand zu Ende, acht, neun, zehn, und noch alle zehn Zehen entlang? Und Marfa natürlich, Marfa. –

Am Tage darauf war um diese Stunde der große Stroganow, früher als sonst und in einem Tempo wie nie, vor dem Mittagsmahl aus seinem Moskauer Hauptkontor nach Krasnoje Selo zurückgekehrt. Sein Wagen mit der tscherkessischen Eskorte war vor seinem in Türme eingefaßten Palastbau unter den mächtigen Linden der Auffahrt vorgefahren und stand nun. Stroganow ließ seine Augen gedankenvoll auf dem Rustikasockel seines Schlosses umherwandern, ehe er den massigen Leib erhob. Der war von der Fahrt genauso durchgerüttelt wie sein kalkulierender Geist von der Kunde, die ihm zwei seiner Agenten ins Kontor überbracht. Es war die Kunde von den Vorgängen zwischen Kromy und Putiwl.

Bald darauf wanderte er zwei Stunden lang in seinem großen Empfangsraum umher, empfing aufgeregte Kaufherren und besprach die Lage mit ihnen und seinen Abteilungsleitern und Sekretären. Als sie alle gegangen, ließ er sich abseits von seiner Familie und Sippschaft ein einsames Mahl servieren und setzte sich nach flüchtigem Kreuzschlag mit dem Bewußtsein stöhnend nieder, seine gewaltigen Anleihen an Schuiskij seien nun vergeudet und an die falsche Front vertan; es gelte, schleunigst umzuschalten und vom Sieger zurückzuerhalten, was die Besiegten ihm, Stroganow, aus den Rippen geschnitten.

Des Kaufherrn guter Russenmagen, der viel vertrug, nahm mehr denn je an Braten und betäubendem Wein entgegen. So wich Stroganows Erregung. Der Gesättigte legte sich sogar behaglich auf der mit Kissen gepolsterten, breiten Ofenbank zum Mittagsschlaf nieder. Er entschlief mit der Vorstellung, daß die Straßen und Plätze von Krasnoje Selo in der sonnigen Glut friedlich und fast menschenleer lägen, da alles, was ein Ansehen habe und die Sitte hochhalte, nun schlafe, und daß die Gärten im Schatten ihrer Bäume sogar vom Frieden der Himmlischen träumten. Als er eine Stunde heruntergeschnarcht, erwachte er von allerlei verworrenem Lärm und vom Eintreten eines Lakaien. Er sah ihn höflich hüstelnd an seinem Lager stehen, gähnte und fragte, was es gäbe. Da erfuhr er folgendes:

Reiter jagten hin und her durch die Straßen und riefen allenthalben die Herrschaften aus dem Schlaf und das Volk aus den Häusern mit der Botschaft, Dimitrij Iwanowitsch sei Zar und die ganze Streitmacht habe ihm gehuldigt. Er schicke die edlen Herren Puschkin und Pleschtschejew. Diese seien nun da und entböten alle Einwohner von Krasnoje Selo auf den Hauptplatz. Dort werde allem Volk des neuen Herrschers Manifest verlesen werden. Kommt sofort! so heiße es, und scheut seinen Zorn!

Herr Stroganow setzte sich auf, griff sich in den Bart und sann nach. Resolut befahl er dann, seine Untergebenen bis zum letzten Pferdeknecht hätten sich sofort auf den Platz zu begeben.

Er erhob sich, reckte noch einmal die Arme zur bunten Balkendecke empor, ging umher und brummte: »Ei, ei, ei!

Des Siegers erste Emissäre hat Semjon in Moskau vorgestern und gestern aufgegriffen und gehenkt und ihre Aufrufe, ehe auch nur ein Wort davon laut geworden, in den Ofen gesteckt. Diese Herren Puschkin und Pleschtschejew sind gescheiter, sie fangen hier in Krasnoje Selo an und gedenken dann wohl mit gesammeltem Volksgetümmel in Moskau einzubrechen. Wie viele Reiter mögen sie um sich haben, daß niemand sie abgefangen?«

In der nächsten halben Stunde kamen Herrn Stroganows Leute einer nach dem anderen zurück, einer gab dem anderen die Klinke in die Hand und berichtete, was sich von Minute zu Minute zutrug: Wie sich so viel Volk um die zwei Sendboten des Zarewitsch versammle, welche Gesichter aus der hohen und niederen Kaufmannschaft man auftauchen sehe, welche nicht, wie ein Trompetensignal mit Paukenwirbel, den die Reiter vollführt, die feierliche Verlesung des Manifestes eingeleitet und wie Bojar Puschkin aus dem roten Pergament mit dem Zarensiegel vorgelesen habe, zum Beispiel das von der Straflosigkeit für alle Widersacher im Falle ihrer unverzüglichen Unterwerfung und von der Androhung schwerster Strafen im Falle einer Kränkung der zarischen Majestät. Der Sohn des Iwan habe wörtlich verkünden lassen: »Wenn meine Abgeordneten nicht heil und mit befriedigender Antwort zurückkehren, so werde ich selbst das Kind an der Mutter Brust nicht verschonen.« Da habe es ein tolles Gebrüll gegeben, alles habe dem neuen Gebieter zugejubelt und geschrien: »Er soll kommen und mit ihm die neue Zeit!« Und dann habe der Herr Pleschtschejew eine Rede gehalten, das Wort des neuen Zaren ausgelegt und zu den Waffen gerufen. Man müsse jetzt und sofort die Revolution nach Moskau hineintragen und den Kreml erobern, denn eher setze der zürnende Herr keinen Fuß in seine Hauptstadt. Da seien die Leute auseinandergerannt, alsbald in Waffen wiedergekehrt, und schon ritten allerlei Herren aus Krasnoje

Selo mit, und die ganze Menge rücke auf der Heerstraße mit Gesängen dem Stadttor entgegen.

Stroganow hörte das und kratzte sich jedesmal den kahlen Schädel. Sollte er auch mit? Es würde genügen, wenn er Leute abordnete, die sein Haus verträten. Auch Freund Wassilij Schuiskij und Fjodor Mstislawskij sollen schon in Moskau sein. Sicherlich haben sie mit dem neuen Herrn schon ihren Frieden gemacht. Für allerlei Gebannte geht wieder die Sonne auf. Ihr Vettern Schuiskijs, ihr Nagojs, ihr Romanows, ihr Bjelskijs, ihr alle kehrt zurück. Man wird euch finanzieren müssen, wie?

Wenige Stunden darauf brauste durch alle Hauptstraßen der heiligen Stadt die Flut des großen Aufstandes. Wieder läuteten alle Glocken, aber Patriarch Jow, der hinter dem Ikonostas seiner Kathedrale weinend vorm Altar lag, er hörte darin nur das Heulen und Brüllen dämonischer Legionen. Er hatte nach der Messe zum Kreml in die Duma hinübergewollt, doch der Pöbel seinen vierspännigen Wagen entführt, ihn selbst ins Heiligtum zurückgestoßen und hinter ihm das Portal gesperrt. So tagte nun der Reichsrat um Fjodor, den seinem Verderben geweihten Knaben, und er, Jow, war fern. Er flehte zum heiligen Nikolaj, zum heiligen Sergej, zur Panhagia, zu Christus und Gott Vater. Entsetzliche Wirren und Greuel, die ganze Raserei der Selbstzerfleischung, zu der sein Vaterland fähig war, fühlte er voraus und sah die Weite voller Totengebein. Er sah aus Nord, Süd, West und Ost Krieg, Pest, Hunger und Tod, die apokalyptischen Reiter herangaloppieren, er sah sich zwischen Ruinen und Toten hocken wie Jeremia: ›Wie liegt die Stadt so wüst, die voll Volks war! Sie ist wie eine Witwe, die Fürstin unter den Heiden. Und die eine Königin unter den Ländern war, muß nun fronen. Bitterlich weint sie in der Nacht, tränenbenetzt sind ihre Wangen, doch keiner ist da, daß er sie tröste. Ach, wie umwölkt doch der Herr in seinem Zorn die Tochter

Zion! Vom Himmel zur Erde hat er Israels Herrlichkeit hinabgeschleudert und des Schemels seiner Füße nicht gedacht. Schonungslos hat er verwüstet alle Fluren Jakobs, hat in seinem Grimm niedergerissen alle Burgen der Tochter Juda, hat in den Staub geworfen und entweiht das Königtum und seine Fürsten. Gesprengt sind Zions Tore, ihre Riegel hängen zerschmettert, ihr König und ihre Fürstin sind unter den Heidenvölkern, das Gesetz ist dahin, auch ihre Propheten erlangen keine Offenbarung mehr vom Herrn. Ich habe mir die Augen ausgeweint, die Brust will mir zerspringen, mein Herz ist zerbrochen über meines Volkes Untergang.‹ – Dreimal Heiliger, ich habe den Mörder von Uglitsch gedeckt vor dir und der Welt, also stehe und falle ich gleichem Gericht; doch du weißt es, Herzenskündiger: Schuldiger als Mörder und Hehler, schuldiger an jenem Thron und Reich besudelnden Makel waren die Trotzigen, die mächtigen Häuser. Willst du aber weiter richten, so verzehre dein Zorn mich statt des Kindes Fjodor Borissowitsch, mich allein. Bei deinem Vaternamen, erbarme dich sein! Das Werkzeug deiner Rache aber, den Betrüger, wirf es bald wieder weg!

Noch saß das Kind auf seines Vaters prächtigem Thron, der von Kronbeamten links und hohem Klerus rechts und von den weißgewandeten Liktorenpaaren flankiert war, im großen Saal der Reichsduma. Es blickte mit zornigen Knabenaugen auf seine Bojaren hin, die an den Wänden thronten, und auf seinen Oheim Semjon und die Fürsten Schuiskij und Mstislawskij in des Saales tieferer Mitte. Soeben verklang ein letzter, versöhnlich werbender, bittend beschwörender Satz des armen Polizeichefs Semjon im allessagenden Schweigen der wohl sehr verschiedene Hoffnungen hegenden, aber zum gleichen Absprung bereiten Großen des Reiches. Plötzlich sprang der Knabe auf, wie von seines Vaters Geist berührt, und wagte es, gegen alle Gesetze der Zeremonie und der kindlichen Bescheidenheit in freier Rede dem Feuer seines tapferen Herzens Raum zu geben und Luft zu verschaffen und Weißbärten die Leviten zu lesen. Herrlich stand er da und bezeugte mit heller Stimme unter Tränen den ganzen Enthusiasmus seiner Kindesliebe zum Vater, dessen hier niemand mehr in Dankbarkeit und Ehrfurcht gedenke – denn trügen sie, rief er, den Vater noch im Herzen, dann trügen sie auch auf ihren Schultern den Sohn, dem sie an des Vaters Bahre mit Leib und Leben, Gut und Blut sich verschworen.

»Der größte und klügste aller Zaren war er!« rief der Junge. »Tausend Fragen konnte ich stellen, und auf jede wußte seine Weisheit Antwort. Er lehrte so gern, ich lernte so gern. Er war gelehrter als die Deutschen. Ich danke ihm für jede Stunde an seiner Seite, sie waren meine Wonne. Nun ist mein Vater um mich, ich spüre ihn, und euch verflucht er, wenn ihr zu feige seid, mich, euren Herrn, zu verteidigen. Ihr murmelt: Was sollen wir tun? Ihr wißt genau, ihr Herren, daß der Rebell noch nicht einmal in Tula steht. Das ist noch weit, und ich weiß, wo es liegt, ich habe es auf meiner Karte eingezeichnet. Da können wir noch schanzen und Moskau verteidigen. Rings um Moskau sind Garnisonen, ich kann sie euch alle aufzählen, ich weiß, wieviel Soldaten wir zusammenziehn können. Ach, jetzt weiß ich, was ihr weiter fragt: Wer soll denn einst Moskau entsetzen und befreien, wenn wir eingeschlossen sind? Glaubt ihr denn nicht mehr an Gott? Wer hat Israel aus Babylon erlöst, wer Rußland von der Goldenen Horde? Das hat lange gedauert, doch Gott kann auch schnelle Wunder tun. Helfen uns keine Christen, dann kann er uns Heiden zur Rettung schicken, wie er die Perser über Babylon losließ. Das weiß ich von Vater Jow, und unsere Mönche haben mich wohl unterwiesen. Gott steht keinem Verbrecher bei, der Rebell aber ist einer und heißt Otrepjew. Und nie, nie, nie hat mein guter Vater den Prinzen Dimitrij getötet. Der Prinz ist verunglückt, das steht in den

Papieren, die du, Fürst Schuiskij, alle unterschrieben hast. Solche Betrügereien wie die des Otrepjew geschehen übrigens oft. Ich weiß schon, von wem er sich seine Gaunerei abgeguckt hat. Ich weiß es von Vater, bloß ihr wißt wieder einmal nichts. Da war vor siebzehn Jahren in Portugal eine Schlacht bei Alkazar-Kebir, in der der König von Portugal spurlos verschwand, und ein paar Jahre später trat in Paris einer auf und sagte, er sei der König. Sebastian hieß er. Er täuschte viele, und Frankreich unterstützte ihn, so wie jetzt die verfluchte Polackei den falschen Dimitrij, und dann kamen noch andere Sebastiane – und – und –«

So hätte der Junge noch lange fortgeredet, wäre nicht Mstislawskij vorgeschritten, um, zur Duma zurückgewandt, mit erhobener Hand das Wort zu verlangen. Hatte er doch aufgeschnappt, was die Bojaren einander während der Knabenrede zugemurmelt: Prächtiger Junge! Oder: Armer Bub! Oder: Verzogener, anmaßender Bengel! Oder: Aus Despotenholz geschnitzt. Einer hatte deutlich gesagt: Gott spricht aus dem Munde der Säuglinge. Ein anderer: Uns Alte anzufahren! Aber das stumme Bedauern hatte überwogen.

Mstislawskij sprach: Die Beziehungen des Siegers zur polnischen Republik seien offenbar. Ihn lasse Polen nicht mehr fallen. So gelte es, ihn für Rußland zu gewinnen. Schließlich trügen ihn ja die Wogen des *russischen* Aufstandes heran und empor. Das sei gegen Polen auszumünzen. Leider lögen die Uglitsch-Akten, und die Ansprüche des Prätendenten bestünden zu Recht, das habe Fürst Schuiskij als Kronzeuge vor der Armee offenbart. Daher der Übergang des Heeres. Wenn die Allmacht den Sohn des Iwan zur Strafe über alte Sünden und Sünder sende, so habe sich jedes fromme Herz dem Gericht in Demut zu beugen. Doch der Rächer trage die Milde seines Oheims und seiner Mutter in sich und habe Gnade und Schonung, Schutz und Schirm für alle Godunows angesagt. Für seine Großmut sei er bekannt. Somit sei zu raten, ihn im Namen des russischen Friedens friedlich zu erwarten. Wer Fjodor Borissowitsch zur Flucht rate – etwa nach Astrachan, wohin der Staatsschatz schon unterwegs, offenbare, daß er dieses Knaben Wiederkehr an der Spitze eines Heeres und neuen Bruderkrieg wünsche –

Da schrie der Knabe auf: »Ich laufe zu Mutter und erzähl' ihr alles, was du hier sagst, schlechter Knecht du!«

Er versuchte, am Fürsten vorbei, durch den Saal davonzulaufen, doch der Fürst hielt ihn am Arm fest. Oheim Semjon schloß ihn bewegt in seine Arme, und Schuiskij trat als Tröster hinzu:

»Fjodor, gedulde dich und vertraue! Du sollst zu deiner Mutter hin, doch du hörst den Lärm auf dem Roten Platz. Jetzt läuten die Sturmglocken, hörst du? Das Volk will den Kreml stürmen. Du gehst zu den Deinen, da schützen wir dich –«

Der Junge riß sich los, schlug um sich, stampfte und schrie: »Ich befehle die Verteidigung des Kreml! Mein Oheim hier und meine Mutter befehlen es auch. Warum sagst du nichts, Ohm? Noch haben wir unsere Strelitzen hier!«

Semjon wußte, warum er schwieg. Er nahm den Neffen bei der Hand und geleitete ihn mit tröstlichen Reden hinaus. Da stützte niemand mehr den jungen Gossudar unter den Schultern rechts und links, wie das Zeremoniell doch vorschrieb. Das Spalier der Gardisten auf der Treppe salutierte kaum. Oheim und Neffe bestiegen unten die geschlossene Sänfte. Als sie dem Zarenpalast entgegengetragen wurden, zischelte Semjon:

»Fedka, sofort jetzt über die Mauer zur Moskwa hinab und dann maskiert auf Troiza zu! Die Strickleiter hängt an den Zinnen, unweit warten Pferde am Ufer und Kleidung. Sei doch still, höre zu! Laß Mutter und Schwester! Frauen geschieht nichts, die steckt der Schurke ins Kloster–«

»Nein, nein, nein«, weinte und zürnte Fedka und entrang

seine Handgelenke des Oheims Griff, »ich fliehe nicht! Es ist Vaters Thron! Lieber will ich darauf sterben.«

»Du kommst doch wieder zurück, Dummkopf. Der Verbrecher treibt es hier nicht lange! Du kommst mit einer großen Armee –«

»Wer weiß! Auch du bist feige, Ohm! Er soll mich ermorden, damit ich bei Vater bin!«

Die Sänfte hielt vor der Freitreppe des Palais. Der Junge sprang hinaus und eilte zwischen den Gardisten hinein. Semjon folgte langsam und überlegte im Flur: Ich glaube dem Räuber kein Wort. Und wenn er alles verschone, mich brächte er zum Opfer.

Er entwischte in eine Tür. Aus dem Fenster des Aborts zwängte er sich hinaus, sprang mit einem gewagten Satz auf den Laufgang der Kremlmauer hinüber, lief dort weiter bis zu der Zinnenscharte, von der außen ein Tau hing, und ließ sich geschmeidig hinab.

Inzwischen erstattete in der Duma Schuiskij Bericht. Er würdigte die Gewissenskonflikte aller Maßgebenden, überging, so gut es ging, den Bluff, auf den man hereingefallen, log statt dessen etwas von dem befriedigten Rück- und Heimmarsch der vierzigtausend Polen zusammen, kam dann auf die alten Ereignisse von Uglitsch zu sprechen und beruhigte die Duma über das Schicksal des jungen Fjodor und seiner Angehörigen. Nun aber sei es höchste Zeit, den Aufruhr zu dämpfen.

Er und Mstislawskij wurden durch Zuruf beauftragt, auf die Wogen Öl zu gießen und zum randalierenden Volk zu sprechen. Man beschloß, mit den Strelitzen, deren Zuverlässigkeit freilich auch schon fraglich sei, den Kreml zu halten, bis die Bojaren unbehelligt würden heimreiten können, und übergab das Kommando über die Kremlgarde dem Edlen Wlassjew. Damit löste sich die Versammlung formlos und erregt auf. Einige beschlossen, in der Nähe von Schuiskij und Mstislawskij zu hören, was sie schafften. Die Mehrzahl beschloß, im Thronsaal zu bleiben, denn den werde das Volk scheuen.

Bald darauf sahen die Massen auf dem Roten Platz den Laufgang der Mauer sich mit Strelitzen füllen, die schußbereite Arkebusen auflegten. Wutschreie kamen: »Ihr seid unsere Brüder und Söhne, schießt ihr auf euer Fleisch und Blut?« Dann erschienen die beiden Fürsten auf der Mauer. Sie winkten mit den Armen. Mstislawskij hob einen Schalltrichter vor den Mund und schrie hinab: »Was wollt ihr?«

»Den Wein aussaufen, den Väterchen Boris nicht mehr geschafft hat!« Gelächter. »Uns schickt die Bäckerzunft! Wir bringen Fedka Zuckerbrezeln!« Gelächter. Mstislawskij winkte abermals; es wurde etwas ruhiger. Er rief: »Wir Fürsten beide kommen von unserem neuen Herrn, den Gott erhalte!« Ovation auf den Sohn des Iwan und Geschrei waren das Echo. Danach kam es wieder aus dem Schalltrichter: »Der neue Herr liebt euch so, wie ihr ihn. Wohl küßt er die Kummerstirn des gemeinen Mannes, aber mit Stumpf und Stiel frißt er alles, was nach Aufruhr schmeckt.« Gegenrufe: »Nicht gegen ihn rücken wir an. Wir wollen die alte Hexe in unseren Armen wiegen.« Mstislawskij rief: »Zar Dimitrij nimmt alle Godunows in seine Gewalt. Sie stehen und fallen allein seinem Gericht. Wehe dem, der sie anrührt! Dies sein Befehl.« Gegenstimmen übertönten den neuaufbrandenden Lärm: »Wir wollen den Kreml. Wir nehmen Kreml und Stadt für Dimitrij Iwanowitsch ein!« Der Schalltrichter tönte: »Der Kreml ist des Zaren Bereich. Wir Bojaren im Reichsrat und die Strelitzen halten und übergeben den Kreml und Moskau dem neuen Gebieter.« – »Ihr seid Verräter«, schrie es zurück, »alles ist Lüge!« Mstislawskij drohte: »Sollen wir feuern? Auf euch alles Blut! Soll euer Blut sein Szepter besudeln, noch ehe er's anfaßt?«

Er sah ins Toben und Lärmen, sah eine Bande mit Äxten,

Stoßbalken und Keulen zum verrammelten Tor vordringen, sah andere Haufen durch das Gewühl Sturmleitern herbeischleppen, ja schon an der Mauer hochschieben, sah Reiter in der Menge vordringen und kämpfte mit sich. Endlich gab er dem ersten Strelitzenhauptmann, der in seiner Nähe stand, den Befehl zur Warnungssalve. Die krachte und knatterte über die Köpfe der Menge hinweg. Die Leute erschraken und wichen, Frauenstimmen kreischten, Männerstimmen fluchten. Das drängte, stürzte und überrannte sich. Doch durch die Strudel spornten zwei Edelleute ihre Reittiere nach vorn. Schuiskij rief Mstislawskij zu: »Das ist Puschkin! Das ist Pleschtschejew!«

Sie waren es, hatten Raum gewonnen, wendeten zur Menge zurück, ruderten mit den Armen und verschafften sich Gehör. Puschkin brüllte: »Freunde! Der Fürst Mstislawskij hat recht. Wohl nehmen wir den Kreml, doch in Ruhe und Zucht.«

Mstislawskij dröhnte durch seinen Trichter: »Hört auf den Edelmann Puschkin, der euch hergeführt, hört auf Pleschtschejew!«

Puschkin rief: »Wir bieten den Fürsten und Bojaren, die uns den Kreml verwehren, folgendes an –«

Die Menge schrie sich gegenseitig zu, das Maul zu halten und zuzuhören. Puschkin wandte sein Pferd zur Kremlmauer zurück: »Wir ordnen Kolonnen. Wir schwören, in Ordnung einzurücken. So werden wir den Kreml besetzen. Die Strelitzen aber rücken ab! Marfa Grigorjewna und Fedka nehmen sie ins Godunowsche Stadthaus mit. Dort bewachen wir sie. Auch die Bojaren ziehen ab! Gehorcht und macht auf!«

Die beiden Fürsten berieten, und Puschkin und Pleschtschejew gingen ans Werk. Sie kommandierten, schnauzten und suchten Kolonnen zu bilden. Das war schneller gedacht als getan. Sprechchöre lärmten und lachten:

»Wir saufen kein Godunowblut,
doch ihr Wein schmeckt gut, ihr Wein schmeckt gut.«
Während Puschkin umherritt und sich abmühte, fluchte Pleschtschejew in das erneute Toben hinein, sie sollten doch Ruhe geben, der Kreml falle ja in ihre Hand.

»Wir und niemand sonst übergeben ihn dem Sohn Iwans! Ja, so reinigen wir seine Stätte. Bald weicht der Fluch von uns und allem Land, die Hühner legen wieder Eier und die Kühe verkalben nicht mehr. Doch macht dem neuen Herrn keine Schande! Vergällt ihn nicht, bis seine Liebe zur Wut wird und zu eurem Verderben!«

Aber die Meuten gaben nicht nach: »Wir wollen ihn feiern, mal lustig sein! Saufen! Die Palastkeller liegen voll Schnaps und Wein!«

Da kam die Rettung. Aus der Ferne sprengte ein Reiter heran mit geringem Gefolge. Weiße Pflaster leuchteten ihm vom Gesicht. Er stieß in die hinten aufgelockerte Volksmasse hinein und drängte nach vorn, riß dann seinen Säbel heraus und brüllte allerlei. Puschkin und sein Gefährte sahen ihm zu, und die Fürsten auf der Mauer fragten sich, wer das sei. Allmählich legte sich der ärgste Tumult, und die Stimme des Unbekannten setzte sich durch:

»Kennt ihr mich nicht? Wie solltet ihr! Zugepappt wie ich noch bin, ich, der Bojar Bjelskij, der Geschändete! Boris hat mir den Bart ausrupfen lassen, Haar für Haar, und mich verbannt. Längst sollte es nach Sibirien gehn, doch Boris verfault jetzt, und alle Godunows straft der Himmel. Auch der Arzt, der Deutsche, der mir den Bart gerupft hat, ist flüchtig. Dafür sind seine Genossen noch da. Wein wollt ihr saufen? Dann mir nach zur Neustadt! Da hausen und prassen die Deutschen, die Reichen, die Heiden, da lagern die Fäßchen, da schluckt, bis ihr torkelt! Mir nach!«

Er ritt voran, und die Haufen folgten ihm mit Juchhe und Hoho. So lichteten sich die Horden. Immer mehr zogen den

Abrückenden nach. Die aber blieben, konnte Puschkin jetzt in Schlagordnung bringen. Der Strelitzenhauptmann auf der Mauer rannte umher, und seine Männer da oben verschwanden. Die beiden Fürsten kontrollierten, was außerhalb und innerhalb geschah. Knarrend öffnete sich das Erlösertor, Gardisten drangen vor und bildeten mit gesenkten Spießen eine vorrückende Sperre und dann ein stachliges Spalier. Durch dieses zogen die Strelitzen in guter Ordnung aus, eine Hundertschaft um die andere, vom Bürgervolk mit Johlen oder freudigem Zuruf begrüßt, und endlich rückten die Kolonnen der Aufständischen mit Gesang und bewehrt mit Äxten, Flegeln, Spießen und Morgensternen ein. Der Kreml gehörte ihnen. In den Höfen aber rannten sie auseinander, viele zum Zarenpalast hinüber, viele zum Gebäude der Duma, manche gar in die Heiligtümer, vielleicht zum Dankgebet. Mit den Strelitzen, die das Zarenhaus noch abschirmten, einigte man sich und übernahm ingrimmig die Bewachung der Eingeschlossenen. In den Thronsaal drang man scheu und betreten ein. Dort rief Pleschtschejew vor den Bojaren, die, wie weiland beim Eindringen des Feindes die römischen Senatoren, als regungslose Statuen an den Wänden saßen, Dimitrij noch einmal überflüssigerweise zum Zaren aus und warf sich vor dem leeren Thron zu Boden. Da erhoben sich die Herren der Duma, da fiel das Volk auf die Knie. Und nun kehrten dorthin Schuiskij und Mstislawskij zurück, brachten auch ihrerseits noch eine Huldigung aus, und alle Bojaren stimmten als männlich dröhnender Chor ein.

Im Wohnraum der Zarin-Witwe, wo der Lärm der den Kreml erfüllenden Haufen nur gedämpft Eingang fand, hielt diese, vor der Eckikone stehend, Xenja und Fjodor umarmt. Das hatten Sohn und Tochter selten oder nie an ihrer Mutter erlebt. Sie sagte mit Aufblick zur Ikone: »Kommt nun, laßt uns zu Vater gehn!«

Sohn und Tochter machten sich erschrocken aus ihren Armen los und blickten sie an.

»Ich habe da, was schnell betäubt und in Schlaf versenkt.«

Xenja rief: »Ewigen Schlaf? Ihm folgt die Auferstehung allen Fleisches und das Gericht, und so rasch! Für den tiefbewußtlosen Schläfer verschrumpfen hunderttausend Jahre zu einer Sekunde, Mutter!«

Marfa Grigorjewna sagte: »Besser in Gottes Hände fallen als unter diese Bestien.«

»Wir stehen unter dem Schutz des Siegers!« rief Fjodor. »Er soll ja gut sein, er tut uns nichts.«

Die Mutter erwiderte – unverwandten Blicks auf die Himmelskönigin und ihr göttliches Kind: »Lehre mich das Blut Iwans kennen! Die Tochter des Skuratow weiß, was im Sohn des Schrecklichen liegt.«

»Du erkennst ihn an, Mutter? Oh, dann – auch Fjodor Iwanowitsch, der Gute, Fromme, Sanfte, war ein Sohn Iwans«, sagte der Junge.

»So willst du erleben, wie man dich von deines Vaters Thron hinunterohrfeigt?«

»Ja, freiwillig verlasse ich ihn nicht. Fliehen heißt ja wohl sterben. Sterben heißt fliehen. Sie sollen mich stoßen und reißen.«

Sie wandte sich ab und schritt umher: »Ich habe keine Lust, das Schicksal der Nagaja, der Kanaille, in meinem Geschick widerzuspiegeln.«

»Was heißt das?« fragte Xenja.

Sie knurrte: »Den Sohn vor mir erwürgen zu sehen wie sie und ins Kloster gesteckt zu werden wie sie.«

Nach einer Pause sagte Fjodor: »Nun hältst du ihn also doch nicht für echt.«

Xenja weinte auf: »Komme, was uns verhängt ist! Fjodor geschieht nichts, und ich, ich war schon fast im Kloster und bin doch soviel jünger als du. Wer mir nachfolgen will, sagte der Erlöser, der nehme sein Kreuz auf sich! Mutter, wer das einmal gehört hat, der ist verloren, wenn er sein Kreuz nicht zu Ende trägt, wenn er es Gott vor die Füße wirft, ehe er's darf.«

»Mutter«, rief Fjodor, »wozu sterben? Mag das Schicksal der Marfa Nagaja das deine werden; wie ihr Kind nun in einem Fremdling wiederkehrt, so kehre auch ich dann in einem Rächer an der Spitze großer Heere zurück und verjage den Räuber und hole dich aus deiner Verbannung heraus. Ach, ich hätte Oheim Semjon folgen sollen. Er ist sehr klug.«

Marfa Grigorjewna stürzte sich plötzlich auf Fjodor, umarmte ihn heftig, küßte sein Haar und wühlte darin mit beiden Händen. Als sie ihn wieder freiließ, fragte sie: »Wo Semjon nur bleibt?«

Fjodor argwöhnte: »Vielleicht ist er schon entflohen.« Er berichtete, was der Oheim ihm geraten. Vom Glockengeläut da draußen, aus dem nach und nach viele Stimmen schon ausgeschieden, blieb nur noch eine übrig. Auch diese versickerte endlich ganz. Der Tumult aber drang in die Neustadt vor.

Rot brannte es auf in vielen hundert Augen, als sie die schmucken Fachwerkhäuser wiedersahen mit dem dunkelbraun getönten Balkenwerk in ockerfarbenen Wandflächen, die rot- und grüngestrichenen Staketenzäune oder das saubere Faschinengeflecht vor den farbigen Sommerblumen und Stauden der kleinen Vorgärten, die in zwei Stockwerken verlaufenden bleigefaßten Fensterchen über bunten Blumenkästen, das saubere Kopfsteinpflaster der Bürgersteige, die kehrichtfreie, zwar staubige, aber wohlgeebnete Straße. Da waren Beischläge und vorgebaute Läden oder Werkstätten unter schmiedeeisernen Schildern und Laternenarmen. Hier wohnten, werkten, schacherten die Heiden, die Reichen, die Demutlosen, die Spötter, die verhätschelten Lieblinge des Boris, die ketzerischen Deutschen, die, in die Eitelkeit der Welt versunken, viele Künste trieben und den Russen verachteten. »Heute leihen sie uns gern was her!« hieß es. »Auf ihre Buden und Läden, Keller und Fässer los! Hinein!«

Da klirrten die Steine in die Butzenscheiben oder fuhren durch offene Fensterflügel, da flüchteten letzte Gaffer von den Ladentischen in dunkle Flure und verrammelten Haustüren, da schmetterten Äxte in diese Türen, bis sie stürzten, da drängten die Haufen nach, da war ein Herumfliegen der Holz-, Textil- und Eisenwaren und Bäckerbrote in den Läden, Gekreisch in den Häusern und ein Umstürzen von Ladentischen und Vorbauten. Bjelskij ritt mit seinen Knechten lachend die Gasse auf und nieder. In den Fenstern erschienen die eingedrungenen, ausgelassenen Moskowiter und ließen aus zerschlitzten Betten Flockenwirbel mitten im Sommer auf die Straße schneien, und Kinder und Alte reckten glücklich ins Gestöber die Hände. Da flogen Spinnräder, Schemel, Leinenballen oder Wolldecken aus Truhen auf die jubelnde Menge hinab und die Truhen hinterher, da riß man in Küchendielen Einstiegsklappen hoch und polterte und drängte in dunkle Keller hinab, lag offenen Mundes an Fässern unter Spundhähnen und ließ sich vollaufen, und einer schob den anderen weg oder erraffte in hohlen Händen, gar in der Mütze seine flüssige Portion und trank, daß das duftende Naß über Bart und Brust floß. Bjelskij ritt draußen umher, war voller Lust und befahl: »Aber ja niemand ein Härchen krümmen, hört ihr! Schlagt niemanden tot, Brüder! Ihre Weiber sollt ihr lieben sogar!«

In seiner holzgetäfelten, niedrigen Wohnstube, die im zweiten Stock lag, rannte zwischen Frau und Schwägerin und zitternden Kindern der Pastor Bär herum, fluchte unchristlich und schüttelte die Fäuste. Er wollte hinaus und sich dem Pack mit erhobenem Kreuz und im Talar entgegenwerfen, doch Frau und Schwägerin hielten ihn jammernd ab. Er sah auch die Unsinnigkeit des Unterfangens ein: Ein lutherischer Talar galt hier nicht viel mehr als ein Hexermantel. Schon nahte der Tumult auch seinem Hause bedrohlich. Bär hörte eine Kommandostimme, ging zum Fenster, stieß es mutig auf und gewahrte den Bojaren mit seinem plündernden Nachtrab. Da schrie er hinunter: »Was treibt ihr Wölfe? Das wird euch teuer zu stehen kommen, so wahr ich der Hirt meiner Herde bin. Fort, Wölfe, fort!«

»Ah!« lachte der Bepflasterte, »für jedes Härchen meines ausgerauften Bartes ein Kännchen Wein her aus euren Häusern, ihr Heidensöhne!«

»Du bist kein Bojar«, schrie Bär, »du bist ein Strolch, ein Räuber und Mörder!«

»Mörder? Ach was!« rief Bjelskij seelenruhig. »Hier werden Menschen höchstens gemacht, nicht umgebracht. Du Ketzerpope, was wollen sie schon? Nichts als den Sieg der Gerechtigkeit und das Heil des Zaren begießen. Nur immer Wein her, ehe man dir den roten Saft aus der Nase schneuzt! Mach auf!«

»So bist du der Bjelskij, der Ohnebart!« kam es von oben zurück. »Der neue Zar reißt dir zum Bart noch den Schädel vom Rumpf, dafür will ich sorgen. Meine Beschwerde wird sich gewaschen haben. Hüte dich, Dickwanst! Und wie kannst du dich für das, was dir sonst jemand tat, an uns rächen, die wir ihn noch gar nicht mal kennen?«

»Haha«, rief Bjelskij, »ließ nicht Mardochai mit dem einen Haman und seinem Haus siebzigtausend Perser schlachten? Was geschieht euch groß? Wer schlachtet euch?«

Doch er wandte sich an das Gassenvolk: »Kinder, der Kerl ist ein Hexer, laßt ihn aus, der schafft euch hier sonstwas an den Hals! Auch sein Tempelchen dort verschont, das Juden- und Heidenhaus! Kommt weiter nach drüben!«

Er gab seinem Pferd die Sporen. Die teils schon torkelnde Menge folgte ihm, lustige Lieder auf den Lippen, und Pastor Bär blieb verschont.

Ein anderes Gaudium gab es an diesem Tage in der Hauptstraße unweit des Roten Platzes. Da fuhr man die Vettern des Boris, auch die Brüder Stepan, Dimitrij und Semjon, auf Karren gefesselt unter Kot- und Steinwürfen durch die Menge dahin – als zerschundene, halbnackte, liegende oder kauernde Jammergestalten. Einer der Strelitzenkasernen strebte das zu. Die eskortierenden Reiter wehrten den Mißhandlungen nur lustlos und verhüteten knapp das Ärgste. Morgen, schrie sie den Fragern entgegen, sollten die Herrschaften zum Lager des Siegers weiterrollen.

Ja, er war nicht weit gekommen, der flüchtige Semjon, hatte weder Pferd noch Kleidersack in jener Bretterbude am Moskwaufer vorgefunden und war statt dessen plötzlich von Kerlen, die im Ufergebüsch gelegen, überfallen, niedergerungen und weggeschleppt worden. Die Zarin-Witwe, Xenja und Fjodor saßen noch unbelästigt in ihrem goldenen Kerker.

Jow aber, den Patriarchen, der die ärgsten Tumulte in seiner versperrten Kathedrale gut überstanden, geleitete eine Mannschaft als gebrochenen Mann in sein Palais. Dort beugte er sich dem göttlichen Verhängnis und diktierte in jenem gewölbten Prachtraum dem Sekretär Zeilen, in denen er Dimitrij sich unterwarf und huldigte im Vertrauen darauf, daß der Zar Freiheit und Rechtgläubigkeit der einzigen christlichen Kirche auf Erden nicht anzutasten und Rußland gegen alle Feinde und Widersacher des Reiches zu verteidigen gedenke.

Der neue Herrscher hielt auf stampfendem Schimmel mit all seinen Fürsten und Wojewoden, Atamans und Obersten, mit Russen, Litauern und Polen auf einem freien Hügel zwischen allerlei Fahnen und Bannern, Trompetern und Läufern und blickte auf die Formationen hinab, die aus dem in der Ferne dämmernden Städtchen immer noch ausrückten, an ihm hier vorüberzogen und in Richtung auf Tula hinter dem

Walde verschwanden. Er zählte die Korps nicht, sah sie kaum mehr, die Schwadronen, Bataillone, Artillerie- und Troßkolonnen, er hörte kaum noch, was die Truppen im Vorüberziehen ihm zuschrien, wie sie die Waffen schwenkten und die Husaren ihre Trompeten schmettern ließen, er war mit seinen Gedanken weitab.

Billiger Lorbeer! dachte er und: Erobern ist das eine, ja, das Eroberte halten das andere. Jetzt bin ich in dieser Heere Gewalt, bald in den Armen des Polypen Moskau. Was treiben inzwischen die beiden dort, der Schuiskij und Mstislawskij? Wenn *sie* es nicht waren, ja, wenn sie nichts ahnen, wann tritt, sofern Otrepjew sich nicht alles aus den Pfoten gesogen, wann tritt der große Unbekannte vor mich hin und sagt auf gut russisch: Ill' ego qui fuerim! Da bin ich, ich war's, du Sohn des Iwan, der das und das an dir getan und dich in die Hände des Otrepjew gelegt. Was wird mir nun dafür? – O käme er nur, käm' er nur endlich; ich drehte ihm rasch das Genick um! Doch so niemand erscheint und auftaucht, warum dann wohl versteckt der Betreffende sich? Was hätte er vor? Ach, hättest du doch alles erlogen, Otrepjew!

Maryna darf mir nicht eher folgen, als bis alle Dämonen gebannt sind, als bis ich mich halbwegs sicher weiß. Die verwundliche Ferse Archills riskier' ich. Aber Marfa soll kommen. Ich brauche dich, Marfa, ich schickte nicht umsonst nach dir. Rate mir, was tue ich, was tue ich mit Fedka? In ihm wächst sich ein Gegenprätendent aus – früher oder später. Jeder findet hier seine Condottieri. Wer schafft mir Fedka vom Hals, so daß die Sünde des Boris auf seinen Sohn zurückschlüge? Kind im Sarge, Dämon unter unsern Füßen allen, zieh ihn hinab zu dir! Ich selbst besudle meine Hände nicht.

Was habe ich nur von diesem Bocksbart zu halten, dem Schuiskij? Er gefällt mir ganz und gar nicht.

Doch gefall' ich mir selbst, zum Teufel? Was bin ich jetzt in Marynas Augen für ein elendes Subjekt: Zage, schreckhaft, feig, mißtrauisch, schwarzgallig, schwermütig und rasend undankbar. Fortuna rennt mir nach wie ein Pudel. Sie hängt mir am Hals, die Göttin, aber ich nenne sie Dirne und starre sie verloren an. Wie einen Kork reißt mich der Wildbach meines Glückes hin. Drachen kriechen heran und lecken mir die Stiefelspitzen, und ich schwelle nicht von Selbstgewißheit und werde nicht trunken und schwebend von Glück wie ein Träumer? Ich traue der Gottheit, die Pomaski mir predigt, noch immer nicht über den Weg, nein. Bin nicht naiv genug. Cäsar und Alexander glaubten an ihren Stern, allerdings. Aber ich sage: Ihr Stern narrte sie, war ein Irrlicht, ihr Reich eine Fata Morgana, sie gingen zugrunde. Dennoch, erfüllten sie nicht ihre Mission? Hinterließen sie nicht neue Geschichte? Rissen sie nicht neues Schicksalsgefälle für Millionen herein? Dirigierten sie nicht Kultur- und Völkerbegegnungen und postume Reiche? Genügt das nicht? Will das Instrument Ewigkeit? Will ich mich selbst? Demut fehlt mir, die Demut, die sagt: Du da oben, gebrauche und mißbrauche mich à ton gout, der du mich heraushebst, ich lasse mich brauchen, wie du willst, da bin ich. Fehlt mir aber Demut, nun, so ersetze sie Trotz, herausfordernder Trotz, der va banque spielt – wie Korela. All diese lachenden Ritter Fortunas, wie lange beschämen sie mich?

Fürst Schuiskij in der Ferne klangen die Ohren. »Wer denkt an mich«, fragte er seinen Diener, der ihm sein Abendbrot servierte, faltete die Hände und – ja, für wen sollte er beten? Boris Godunow, der ›Abgrund der Weisheit‹, war nicht mehr, das von ihm verordnete Gebetchen – erledigt. Nun, das große Zeichen genügt, dachte er, der Diener schaut zu. Er schlug also groß, würdevoll und beispielhaft schön das Kreuz, ließ sich nieder und verspeiste sein Rebhuhn von einer großen, als Teller dienenden Scheibe weißen Brotes. So oft in der Ferne ein Haufe grölender Rebellen vorbeizog oder gar ein Schuß knallte, legte er ein Ohr andächtig auf die Seite. Sein mit Wachen wohlgesichertes Haus, nun, insoweit war es nun gerächt. Doch weiter jetzt! Bündnis mit Stroganow. Verschwägerung mit Mstislawskij. Heimkehr seiner geflüchteten Brüder und Vettern, des ganzen restlichen Clans. Und dann?

Er hob seinen Becher, erquickte das Auge und die schnuppernde Nase am duftenden Purpur im blinkenden Zinn, trank mit Verstand und leckte, Einverständnis nickend, den Schnurrbart. Der Tropfen wäre was für Otrepjew!

Oh, mein Gott, wo ist er geblieben? Wo steckt er? Was treibt er?

Sofort verschlug ihm die alte Sorge wieder einmal den Appetit. Sein Gesicht wurde leer, seine Hände begannen ein wenig zu zittern, übel rührte es sich in seinen Eingeweiden. Er senkte die Stirn in die rechte Hand. Er stöhnte. Dies das erste, beschloß er: Otrepjew suchen und finden – und ihn endlich das Schweigen lehren.

# X

# Triumph im Schatten

Wie lastete die Nacht, diese schwüle, sternenlose, wie still lag Moskau, so ganz erdrückt!

Hinter seinem winzigen Fenster saß im Dunkeln ein asthmatischer Greis, einsam, schlaflos und hängenden Kopfes. Nichts tönte als das Rasseln und leise Pfeifen seiner Brust. Dann, nach einer Weile, hörte man dumpfes Treten von Hufen und das Knarren langsam im Gassenstaub mahlender Räder. Der Greis blinzelte hinaus: Hinter zwei Rappen zog ein Planwagen vorüber, Soldaten folgten ihm unter Hellebarden.

Wieder hörte man nichts als das Geräusch mühseligen Atems. Und danach von fern das Aufrasseln des Gefährts auf dem Kopfsteinpflaster vor dem Godunowschen Stadtpalais. Dort hielt man offenbar an.

Dort brachte das Hufeklirren und Rädergerassel einige hockende Männer aus ihrem Halbschlaf zu sich. Sie saßen auf steinernen Stufen, die von einem Portalbalkon hinter dessen Renaissancegeländer zu beiden Seiten sanft niederflossen. Im flackernden Schein von zwei Wandfackeln richteten sich die Männer an ihren Arkebusen und Streitäxten hoch. Der Wagen hielt. Der Führer der nachtrottenden Mannschaft, ein Edelmann, trat auf sie zu: »Fürst Galyzin. Wachablösung!«

Sie ordneten sich zur Kolonne und rückten ab. Die Ablösung postierte sich.

Nun entstieg dem Planwagen hinten ein baumlanger Strelitze, ihm folgten zwei andere. Fürst Galyzin beobachtete, wie an der Hand des einen Fjodor Borissowitsch hinuntersprang, wie der Junge in der Haltung eines Frierenden stehenblieb und zum Wagen zurückschaute, wie der andere Strelitze dann Xenja auf den Arm nahm und behutsam auf den Boden stellte und schließlich der Riese die schwere Exzarin heraushob und niederließ. Der Fürst ging voraus und die Stufen hinan, nahm einen Fackelbrand von der Wand (unterhalb war sie in Rustika, oberhalb aus braunen, horizontalen Balken gefügt), und die Witwe des Boris folgte mit ihren Kindern nach. Alle verschwanden im Haus. Die Wache guckte hinterdrein und lachte heiser: Jetzt sei der Kreml von der Saubande frei.

Der Planwagen rasselte davon.

Fürst Galyzin leuchtete seinen Gefangenen über die Dielentreppe hinauf in ein ausgedehntes Gemach, entzündete dort die Kerzen eines silbernen Tischleuchters und wies allen dreien ihr Lager zu: das in den Raum ragende Baldachinbett mit den schweren Vorhängen für Marfa Grigorjewna, die Feldbetten an der Wand gegenüber für Fjodor und Xenja. Laut Verfügung des Herrschers, so erklärte er, stünden die Gefangenen von nun an unter seiner Bewachung. Da die Nacht noch währe, empfehle er, weiterzuschlafen, nachdem man sie so aus dem Schlummer gerissen.

Sie standen und schwiegen.

In der Tür fragte er noch einmal zurück, ob sie, erregt wie sie seien, noch jenes Schlaftranks benötigten, den er beim plötzlichen Aufbruch unter der Zarin-Witwe Kissen gefunden. Damit holte er ein Fläschchen aus seiner Tasche, ging zum Tisch zurück und ließ es im Kerzenlicht blinken. Er roch daran. »Baldrian?« fragte er. »Noch ungebraucht.« Er löste ein Messer aus der Gürtelscheide und öffnete das Verschlußsiegel, langte nach der Zinnkanne, füllte daraus die drei Becher auf dem Tablett mit Wasser, goß je ein Drittel des Flascheninhalts dazu und steckte das Fläschchen wieder ein, trat beiseite und fügte noch bei, Fluchtversuche seien sinnlos. Er an der Gefangenen Stelle würde trinken und schlafen.

Mit großen Augen hatten die drei ihm zugesehen.

»Fürst, was hast du im Sinn?« fragte Marfa Grigorjewna. »Ich? Gönne Euch Schlaf.« Jetzt schluchzte der Junge auf: »Du willst uns tot sehn!«

»Durch Baldrian?« fragte der Fürst.

Xenja trat vor ihn hin: »Das will dein Herr nicht. Man rühmt seine Milde. Rachsucht und Ungerechtigkeit, sagt man, sind ihm fremd.«

»Wie mir, Xenja Borissowna. Darum, wär ich an Eurer Statt, ich suchte den Schlaf, ich suchte ihn, bei Gott ... In einer Stunde sehe ich nach. Gute Nacht!«

Er schaute sie, eins um das andere, bedeutungsvoll an, verneigte sich tief und ging. Der Riegel wurde vorgerückt, der Schlüssel drehte sich im Schloß, die Schritte verhallten.

Fjodor warf sich auf sein Feldbett und weinte ins Kissen. Xenja trat zu ihm und kraulte ihm mit einer Hand im Haar. Ihre Mutter unterdessen ermaß: Wir sollen seinem Schurken aus der Siegesbahn. Nehmen wir's nicht, was dann? Dann muß der Heuchler uns begnadigen. Fjodor zu Verbannung, Xenja und mich zum Schleier. Aber er weiß: Wer lebt, darf hoffen.

Sie machte ein paar Schritte: Wir sollen es selber tun, was er nicht wagt. Galyzin will es nun für ihn tun, aber dem wär's auch lieber, wir besorgten das selbst. Hier in unserem alten Haus. Hier lebte Boris als Regent ... Und tun wir's nicht? Galyzin muß sich wohl in Gunst setzen.

So – nehmen wir denn, was uns den langen, tiefen Schlaf beschert. Sie wandte sich ihren Kindern zu: »Kommt, Täubchen! Arm in Arm bei mir, so ist gut schlafen. Es ist soweit, es ist soweit.«

So gelind hatte sie sich noch nie gegeben wie in dieser letzten Bitte ihres Lebens. Sie ging auf den Kerzenschimmer zu, bekreuzigte sich und nahm zwei Becher auf, um sie Tochter und Sohn zu reichen. Da eilte Xenja auf sie hin, schlug ihr die Gefäße aus den Händen, daß sie am Boden rollten, und fegte auch das letzte vom Tisch. Die Kerzenflammen flackerten vom Wind der Hand. Der dritte Becher klirrte weit unter das Bett der Mutter. Die schrie leise auf, fiel auf die Knie und patschte mit den Handflächen im Naß auf dem Boden umher. Xenja kniete zu ihr hin und hielt ihr die Handgelenke fest. Fjodor aber sprang auf: »Xenja hat recht getan! Der Räuber soll mich hinunterwürgen von Vaters Thron, freiwillig weich' ich nicht!«

Xenja rang mit der Mutter: »Denke an Gott! Wir küssen unser Kreuz.«

Fjodor verneinte: »Wir hoffen! Gott gibt mir wieder, wozu er mich geweiht hat!«

Draußen drückte Galyzin, der sich leise zurückgeschlichen, sein Ohr an die Tür, dann schüttelte er den Kopf, richtete sich auf und schlich davon, nahm die ins Geländer gesteckte Fackel, stieg hinab und kehrte auf die Gasse zur Mannschaft zurück. Eine Stunde lang schritt er die Straße sinnierend auf und nieder, hundert Schritte hin, hundert Schritte zurück. Immer wieder ballten sich seine Fäuste: Es muß sein, muß, muß! – Er hatte ja Zeugen für das Zeug da, das so nach Pflaumenmus roch, und wie er es gefunden. Nichts verständlicher, als daß die alte Gewitterwolke –

Noch schlief die Stadt. Er kehrte zur Wache zurück, erklärte, in einer Stunde wieder da zu sein, und ging in das Zwielicht des Morgens davon.

Oben knieten die drei Gefangenen vor der Ikone, und jedes betete nach seiner Weise. Die himmlische Mutter blinkte und rührte sich nicht. Bis es der irdischen Mutter zu dumm wurde: »Komme, was mag! Erst so zimperlich, und dann geflennt? Ich lege mich nieder.«

Xenja sagte klar und leise: »Nichts kann uns scheiden von der Liebe Gottes.« Fjodor erhob sich: »Vater ist im Himmel, seine Sünden sind ihm vergeben. Auch rächt der Gerechte sie nicht an uns.«

Alsbald lagen sie, unentkleidet, auf ihren Betten. Fjodor schlief ein. Über der wachen Xenja hielt Wache der Engel des Friedens. In ihrer Mutter bekriegten sich Bitterkeit, Hoffnung und Resignation. Schließlich fielen auch die beiden Frauen in Schlaf, in den der Jugend Xenja, in verworrene Träume das Alter.

Dann kamen Schritte. Des Riegels Geräusch weckte die drei. Der Fürst stand im Raum. Zu gleicher Zeit warfen sie ihre Füße von den Betten, saßen da und sahen ihn an. Nur noch eins der verzehrten Lichter auf dem Tisch schwelte.

Galyzin bedauerte die neue Störung, aber ein Befehl des Zaren, soeben eingetroffen, verfüge die Trennung der drei. Für Xenja, die ja längst nach dem Schleier verlangt, solle sich unverzüglich das Kremlkloster des heiligen Kyrill öffnen, Mutter und Sohn hätten sich vorerst einem Verhör durch den Edlen Puschkin, der im Hause weile, zu unterwerfen. Hernach stünden Marfa Grigorjewna gewisse Klöster des Reiches zur Wahl. Fjodor aber habe, wie seine Verwandten, vor seinem Herrn in Tula zu erscheinen oder in Serpuchow. Die Igumenja Lisaweta habe sich mit zwei Schwestern eingefunden, um Xenja abzuholen. Mutter, Sohn und Tochter müßten also Abschied nehmen.

Die Alte witterte Unrat. »Wir trennen uns nicht!« rief sie. Ihre Kinder eilten auf sie zu. Sie umschlang sie mit tierischer Leidenschaft.

»Alles, was sich trennt, findet sich wieder«, sagte Galyzin. Er zog sich diskret in den Flur zurück. Die Tür blieb halb offen. Draußen standen seine vier Männer in roter Strelitzentracht. Er legte einen Finger auf die Lippe und blickte sie drohend an. Dann wandte er sich um, kreuzte die Arme auf der Brust und wartete. Endlich ermannte er sich und trat wieder ein.

»Xenja Borissowna!« bat er und nahm der Prinzessin Hand. Xenja löste sich von der Mutter. Die heulte plötzlich auf: »Du bleibst!« Unter Tränen lächelte Xenja sie an: »Wir sehen uns ja wieder, Mutter, er sagt es ja. Gewiß vereint uns das gleiche Kloster. Segne dein Kind!«

Widerstand war sinnlos. Endlich segnete die am ganzen Leibe zitternde Frau die Tochter groß, machtvoll und würdig mit dem Kreuzeszeichen. Da sah Xenja zum ersten Mal Tränen in den gestrengen Augen, sah diese Züge sich lösen und so schön werden im Schmerz, so überraschend schön, verneigte sich bis zur Erde und ließ sich von Galyzins Hand entführen.

Draußen im Flur schrak sie wohl vor den vier Männern auf und schaute sie mit großen Augen an. Danach schritt sie an des Fürsten Hand hinunter und hinüber zum Türhüterraum, der an die Diele grenzte. Sie traten ein. Da leuchtete keine Kerze in der Dämmerung, und keine Äbtissin, keine Nonne war da. Xenja blickte den Fürsten fragend an. Die Igumenja sei unterwegs, murmelte der.

»Du sagtest, sie sei da.«

»Sie kommt. Warte hier!«

Er ging hinaus und riegelte ab. Sie ließ sich auf die Fensterbank nieder und musterte die bärtigen Gesichter der Posten draußen. Was sagten diese Mienen? Sie spähte die Straße hinab, von wo die frommen Frauen kommen mußten. Sie kamen und kamen nicht. Aber des Himmels Morgenblässe erquickte ihr Herz, ihre Tränen versiegten. Ach, es wird noch alles gut.

Galyzin war wieder oben und befahl Fjodor zu folgen. Herr Puschkin warte im östlichen Flügel.

So weit ab? Der Junge schrie auf: »Lauter Lügen! Ihr wollt mich – Ihr wollt mich –«

In Todesangst umschlang er seine Mutter, diese ihn mit der ganzen Wut des entsetzten Mutterherzens. Galyzin kommandierte mit der überreizten Ungeduld eines Menschen, dem alles daran liegt, der eigenen Qual ein rasches Ende zu machen: »Marsch! Mir voran!« Seine Opfer durchschauten ihn. Half nur noch Gewalt. Er winkte zwei der Henker herein. Die warfen sich auf die Umschlungenen, rissen den Prinzen, zerrten an der Mutter. Als sie nichts vermochten, rief der Fürst die anderen beiden hinzu. Würgegriffe packten von hinten Marfa bei der Kehle, Fäuste rissen die Umklammerung ihrer Arme auf, Tritte stießen die Niedergerungene gegen die Wand, und schon schleppten zwei Kerle den Jungen, ihm mit einer Pranke den Mund verschließend, hinaus und schleiften ihn durch den langen Flur, dem fernen Turmzimmer entgegen.

Galyzin blieb selbdritt vor der Zusammengeschlagenen zurück, die, an der Wand hockend, ihn jetzt mit einem Blick fraß, in dem die Raserei des Infernos brannte.

Galyzin zog hart die Tür zu und keuchte: »Auch dein Tyrann ermordete einer Marfa Kind. Du hast ihn gewiß auch zu diesem Verbrechen gestachelt. Auge um Auge, Zahn um Zahn. Sprich dein letztes Gebet für deinen Bengel und dich!«

Da gurgelte sie wie im Schlaganfall: »Fluch! Fluch über dich und deinen Schurken und alles Volk, das ihn trägt! Euch und Rußland verwüste in endlosen Greueln mein Fluch, mein Fluch – Fluch – Fluch –«

Ein schwerer Fausthieb in ihr Gesicht ließ sie verstummen. Eine Weile lag sie bewußtlos. Als sie den Strick an der Kehle verspürte, als ihr Atem abgedrosselt war, ihre Augen vorquollen und das Blut in den Ohren donnerte, das Herz in Krämpfen strampelte, der Körper sich wand, sah ihr letzter Haß, bevor gnädiges Dunkel sich über sie stürzte, Feuerstürme über das von ihr verfluchte Reich herbrausen, und sie war dahin. Ihre Handgelenke unter den Stiefeln des einen Schergen, ihre vom anderen Henker beknieten Beine und der

Leib regten sich nicht mehr. Galyzin stand schwitzend und mit knirschenden Zähnen breitarmig und -beinig da und zischte: »Schlinge weg!« Der Henker löste sie. Galyzin trat heran, bückte sich und fluchte leise, als er die Haut am Halse verletzt fand. Das Würgemal würde kenntlich sein.

»Bleibt!« befahl er, eilte hinaus und den Flur dahin ins andere Mordzimmer hinüber. Da lag Fjodor still auf der Seite wie ein Schlafender. Galyzin kniete und wälzte den Leichnam auf den Rücken, auch hier stellte er das Würgemal fest.

»Ihr Stümper! Versteht ihr euer Handwerk nicht mehr?«

Er stand auf und bekreuzigte sich – mit einem langen Blick auf das schuldlose Opfer der Notwendigkeit, wie er es vor sich nannte. Er wandte sich ab und befahl den Henkern zu folgen. Sie trotteten hinter ihm her.

Vor dem anderen Raum sammelte der Fürst alle vier Gehilfen um sich und ordnete das Betten der Toten an, das Waschen der Strangulierungsmarken und die Bewachung des Schlafraumes. Man werde gegen Mittag das Mahl aus der Küche bringen, die Leichen und das Fläschchen finden, werde einen Arzt und Zeugen holen und die Toten aufbahren. Die vier hätten darauf zu achten, daß die Male nicht sichtbar seien. Gegen Abend würden die Toten auf dem Roten Platz ausgestellt werden. Todesursache – der Mutter Gift, das Xenja zu nehmen aus Gottesfurcht sich geweigert.

Er begab sich nach unten. Ob Xenja die Schreie des Bruders gehört?

Als er eintrat und ihren still forschenden Blick sah, beruhigte er sich. Aber ließ seine Fahrigkeit sie jetzt nicht miterzittern? Er tat verwundert, wo die Äbtissin bleibe. Nun, er werde Xenja selbst –

»Wo sind Mutter und Fedka?« fragte sie.

Er lächelte: »Das Verhör war kurz. Sie sind wieder beieinander. Niemand wird sie mehr kränken.«

»Ich –«

»Du folgst!«

Draußen fuhr wieder der Planwagen vor. Der Fürst geleitete sie hinaus, die Balkonstiegen hinab, hob sie in den Wagen, setzte sich zu ihr und beförderte sie, ebenso schweigsam wie sie, im Dunkel der gewölbten Plane zur Schwelle des heiligen Kyrill. Dort angelangt, führte er sie in der Klosterdiele der gerade im Aufbruch befindlichen Äbtissin vor, verabschiedete sich und ging davon, erst gemessenen, dann beschleunigten Ganges. Danach fing er zu rennen an, suchte sein Pferd im Stall der Erlösertorwache, zerrte es am Halfter hinaus, sprang in den Sattel und stob durch das hallende Tor davon. Die Wachmannschaft starrte ihm fragend nach. Im Galopp ging es durch die noch leeren Gassen. Da und dort folgten ihm Blicke durch kleine Fenster. Er schwor sich zu: Es mußte sein, zum Teufel! Wir brauchen keine Prätendenten mehr. Auch ist's an *einer* Marfa genug ... Dieser Fluch der alten Gewitterwolke, hängt er nun über Rußland, blitzt er herab, zündet er? Könnte ich nur bis nach Tula durch! – Morgen. Heute die Wache auf dem Roten Platz um die Aufgebahrten befehligen, daß das luchsäugige Pack in geziemendem Abstand bleibt. Der Zar wird mir Dank wissen. Auf Lohn pfeif' ich.

Er erritt sich Ruhe – bis nach Krasnoje Selo hin. Unweit seines Sommerhauses hielt er seinen Fuchs an, sann vor sich nieder, wendete und trabte wieder zurück, dem Tatort entgegen. Er mußte ja alles unter Augen behalten, auch Xenja. Vorläufig sollte sie nichts erfahren. Trösten mag sie später ihr neuer Gebieter. Seine Hände sind rein. Er hat die Art, sich alles zu versöhnen. Ach ja ...

Auf die Straßen von Tula, wo es schon am frühen Morgen von Bürgern und Bauern wimmelte, von Kosaken und allerlei Soldatenvolk, sprühte Sonnenregen nieder, und der leuchtende Bogen des Friedens stand weit und hoch über den Gefilden. Was der Stadt zuströmte, sah ihn mit Hoffnung und festlicher Freude, darunter die Stadt mit ihrem alle Dächer und Türmchen wehrhaft überragenden Schloß. Ecktürme faßten es ein.

In diesem Bau, in einem der oberen Räume, saß Dimitrij am Fenster und las Macchiavelli, warf dann und wann einen Blick über das Buch hinaus auf den orangenen Bogen und hinab auf den befeuchteten Schloßplatz, wo seine polnische Garde bei ihren zu Pyramiden gestellten Arkebusen und Hellebarden herumstand, und in die Tiefe der breit heraufführenden Straße, in der die von Kosakenlinien an die Häuserfronten zurückgedrängte Bevölkerung auf die Abordnungen wartete, die heraufkommen mußten. In seinen Augen glühten die Zinnen und Kuppeln des Moskauer Kreml.

Er schloß das Buch und sah darauf nieder. Alter Niccolo! dachte er. Sonderbar! Wenn ich sage: Wahr ist nichts, so setz' ich voraus: außer dieser Wahrheit. Wäre sie einbegriffen, so würfe sie sich selbst in die Strudel des Nichtigen, das sie bekennt; mäße sie sich nicht mehr an einem Letztgültigen, so höbe sie sich selbst auf. Sinnlos also der Schrei, alles sei sinnlos. Was die da unten betrifft, natürlich gilt das Gebot da, das Gut und Böse setzt. Ohne sein gut Gewissen, seine Moral und Selbstrechtfertigung kann kein Gewimmel bestehn, keiner den anderen peinigen und schinden. Das weiß der Staatsmann, und darum bleut er Respekt vorm Gesetz, dem göttlichen Gesetz ein: Er dressiert das Ungeheuer, das ihn tragen soll, das er reiten muß, beutet die Macht eingeimpfter Überzeugungen aus, peitscht die ach so guten Gewissen auf, bringt seinen Pöbel zum Kochen vor gerechtem Zorn und Abscheu, heiliger Empörung, Begeisterung und Hingabe, zu jeder idiotischen Selbstgerechtigkeit. Todernst muß er bleiben, und er allein, ganz einsam er, muß der schrecklich Wissende sein unter lauter Trunkenen, der große Verbrecher unter Millionen Gerechten. Des Herrschers Größe –

voilà! Der Fromme kann sie nur diabolisch nennen. Wer ist für diese tragische Posse erlesener als ich, der Pseudonymos, der sich die Tausende zum Opfer bringen läßt – im Krieg wie im Frieden? Er bringt sich ihnen selbst zum Opfer. Du mit deinem »Principe«, Macchiavelli, du warst ein sehr erschrockener Bürger in deinem Vaterland, kein Bürgerschreck, aber deinem zerrissenen Italien wagtest du damals entschlossen Gift als Arznei zu verordnen. Mit mir – da sollst du noch zufrieden sein, ob ich auch noch erschrockner Plebejer bin, immer noch, im ramponierten Gewissen. Doch, der Untertan findet noch zu seiner Größe. *Unter* mir jedes Gesetz. Keins über mir ... Ich will die Kerle heute provozieren, meine und ihre Kräfte messen. Wie, das wird sich zeigen. Ja, ich taste sie ab ...

Johann Butschinski trat ein, neigte seine Denkerstirn und meldete von einer Liste die fälligen Audienzen. Zwei Tage lang habe die Majestät nicht empfangen, nun seien die Hofbojaren, die Vertreter der Kaufmannschaft und allerlei Dienstmannen aus den Provinzen da, Abordnungen huldigender Städte, eine Delegation von Troiza sogar, Gesandte der polnischen Majestät und des päpstlichen Legaten. Die Bauernschaft schicke ein paar Älteste mit einem Bittgesuch, die Synagoge ein paar Rabbiner. Schließlich sei aus Moskau ein neuer Troß prominenter Gefangener eingetroffen, darunter die Godunows selbst. Übrigens auch verspätete Atamans vom Kasanischen her und aus dem Südosten, die noch mitzukämpfen gedacht. Und Fürst Galyzin.

»Halt!« rief Dimitrij, sprang auf, reckte sich und warf sein Buch gegen die Tür. »Einmal auf Jagd gegangen, und schon sammelt es sich wie die armen Seelen am Himmelstor. Wo fangen wir an? Gleichviel. Laß sie vor, wie sie eingetrudelt!«

Basmanow trat ein. Dem sich Verneigenden nickte sein Herr freundschaftlich zu: »Ausgeschlafen, Pjotr? Deine Jagdstrecke gestern – ah, bin ich über Nacht nicht gelb geworden vor Neid? Basmanow hat nun auch seine Weidmannsbravour gezeigt. – Interessiert dich die Schwarte da?« Nämlich Basmanow hatte das Buch aufgehoben und einen Blick auf dessen Rücken geworfen. »Macchiavelli, ein Sohn des Südens. Weißt du, was er in seinem ›Principe‹ rät? Alle Maßregeln der Strenge blitzschnell ergreifen, dann, nach dem Donnerwetter, den Regenbogen der Gnadenakte ausstrahlen lassen.« Er blickte hinaus. »Oh, schon verschwunden. Es wird ein klarer Tag.«

Basmanow legte das Buch auf die mit bunten Kissen bedeckte Bank, welche den Ofen umschloß, und schien dann die blau und rötlich kolorierten Reliefmuster der graugrünen Kacheln zu betrachten.

»Du machst ein Philosophengesicht.«

»Majestät, Galyzin hat ungefähr nach jenem Rezept gehandelt.« Damit kehrte er sich Dimitrij zu. Der forschte in seinen Augen. Da Basmanow auf Butschinski einen Seitenblick warf, entließ Dimitrij den Sekretär. Danach erklärte Basmanow:

»Marfa Grigorjewna und ihr Sprößling sind tot.«

Betroffen trat sein Gebieter einen Schritt zurück und runzelte die Brauen: »Wie konnte er's wagen! Rufe ihn!«

Basmanow nickte und ließ den Fürsten, der schon vor der Tür stand, ein. Als Galyzin sich aus seiner Verneigung aufgerichtet, raunte Dimitrij: »Woran starben sie, Mensch?«

Der Gefragte öffnete seine rechte Faust und wies ein Fläschchen.

»Was glaubt Moskau?«

»Eben dies. Es weiß, daß die Witwe, mit wie ausgesuchter Höflichkeit man sie auch behandelt hatte, ihren Kindern Gift kredenzte, Xenja aber sich geweigert hat. Mutter und Sohn jedoch haben des Siegers Gnade verschmäht. Die Leichen sind einen Tag lang öffentlich aufgebahrt worden und bereits bei Boris bestattet.«

»Das weiß Moskau. Was darf *ich* wissen?«
»Daß ich sie erwürgt habe.«
»Du?«
»Durch beamtete Henker. Die schweigen.«
»Daran bin ich schuldlos.«
»So sollte es sein. Darum nahm ich es auf mich. Hier ist mein Kopf.«
»Du weißt, wie fest er sitzt. Weil ich die Lüge und dich decken muß.«
»Muß? Ich hoffte nur.«
»Hoffst du noch?«
»Ja, Majestät.«

Dimitrij senkte den Kopf: »Ich bin kein händewaschender Pilatus, weder coram publico noch vor mir. Mein stiller Wunsch wurde in dir zur Tat. Sie sei die meine denn – samt ihren Folgen. In Zukunft aber fragst du mich, Galyzin! – Schon gut, ich schäme mich ja. Nein, nicht deiner. In Zukunft will ich tapferer sein, unzweideutig verbieten und befehlen.«

Galyzin verneigte sich.

»Bringst du noch etwas?«
»Ich habe unterwegs den Transport der Godunows überholt.«
»Trauriger Anblick?«
»Man hat sie übel zugerichtet. Doch die Knochen sind noch ganz.«
»Basmanow, jetzt zum zweiten Teil der macchiavellischen Maxime!«
»Gnade – für die Godunows?« staunte der.
»Was würdest du empfehlen?«
»Festung und Verbannung halte ich für das mindeste, was sie erwartet. Ja keine Freilassung, Majestät! Und – *ein* Kopf mindestens müßte rollen.«
»Wessen?«

»Der des Semjon.«

»Meinst du auch, Galyzin?«

Der bejahte: Diese Genugtuung sei Dimitrij zahlreichen Häusern schuldig. Semjon sei der böse Geist seines Bruders gewesen.

Aus der Stadt her drang Johlen, Gelächter, Pfeifen herauf. Dimitrij trat ans Fenster, die anderen beiden blickten ihm über die Schulter. Sie sahen ein Militärkordon Gefangene heraufführen. Die Volksmenge drängte beiderseits heran und schien sie steinigen zu wollen, die Kosaken schienen machtlos zu sein. Sie schirmten die Bedrohten nur mäßig ab.

»Wer ist der Vorderste links?« fragte Dimitrij.

»Der Abgerissene?« so Galyzin. »Stjepan Godunow. Neben ihm Dimitrij, sein Bruder. Der dritte dahinter, der soeben zusammenbricht, das ist der Semjon. Na, die Lanzen bringen ihn wieder hoch und auf den Trab. Dahinter einige Vettern mit Frauen- und Kindervolk.«

Dimitrij atmete auf, als er die Elendsschar auf dem von der Feldsteinmauer umringten Schloßplatz durchgerettet, die heulende Menge ausgesperrt sah. Da flackerte aus der Tiefe der abfallenden Straße neue Erregung herauf. Ah, da schritten ja schon die Herren Bojaren heran, die hochbemützten, in ihren prächtigen schnurbesetzten Kaftanen! Das Gedränge zu beiden Seiten fuchtelte mit Fäusten und schrie. Diesmal waren es die Kosaken selbst, die den Herren zusetzten. Da fuhr ein Handschlag dem einen ins Genick, daß der Hut davonflog – Gelächter, da ließ ein anderer sogar eine lange Nagaika in die Deputation klatschen, und alle Würde und Feierlichkeit ging zum Teufel. Das wurde zu einem immer kläglicheren Spießrutenlauf und Gestolper bis an die Schloßeinfriedung. Dimitrij wollte zornig das Fenster aufreißen, doch Basmanow bat ihn, sich nicht zu zeigen, man werde seine Winke falsch verstehen, und des Zaren Milde gehe noch früh genug als Himmelsbogen auf. Galyzin empfahl als erstes strengen Empfang, es dürfe auch um den Thron herum noch eine Weile gewittern.

»Brauche ich Souffleure?« knurrte Dimitrij, ging vom Fenster und befahl, ihm in den Saal zu folgen. Beide Paladine gingen ihm nach und die Treppe hinab. Zwei Stockwerke tiefer umstanden eine Tür, die seitlich zum erstrebten Saal führte, die polnischen, litauischen, deutschen und russischen Generale und Obersten und hatten ihren Spaß an Kochelew, der sie mit Fratzen und Gaukeleien unterhielt. Sie verstummten, als sie Dimitrij auf der Treppe gewahrten, und grüßten. Er schritt kameradschaftlich winkend durch ihre sich öffnende Mitte hindurch. Eine eisenbeschlagene Tür flog auf. Eine weitgewölbte Halle empfing Dimitrij.

Da hingen rings an den Wänden verblichene Gobelins, standen Schulter an Schulter Legionäre, polnische Husaren, deutsche Kürassiere und tatarisch gewandete Kosaken. Er schritt zum Mittelgang und auf dessen rotem Läufer auf den erhöhten, vergoldeten Armsessel zu. Grüblerisch ließ er sich nieder. Sein nachströmendes Gefolge baute sich zu beiden Seiten auf. Kochelew setzte sich zu seines Herren Füßen. An einem grünverhangenen Tisch zur Linken nahm Butschinski Platz und probierte am Daumennagel den Federkiel. Basmanow trat zu ihm und übernahm die Liste. Auf Dimitrijs Wink schritt er dahin und trat in den Bogen des Hauptportals, das sich dem Thron gegenüber befand. Der Gardist stieß die Flügeltüren auseinander, und auf Basmanows Ruf: »Die Dumaherren!« zogen diese, teils verschüchtert, teils zornrot, mit ramponierter Würde ein, eine stattliche Zahl. Flackernden Blickes starrten sie den jungen Sieger und Herrscher an, der da so lässig thronte, eine Wange in die Hand stützte und die Herren aus Moskau ironisch-heiter – oder gefährlich, gar boshaft? – anblinzelte. Endlich waren sie beieinander, nahmen die hohen Kopfbedeckungen unter den Arm, ließen sich auf die Knie nieder und berührten den Fliesenboden mit der Stirn.

Lauter gekrümmte Rücken! dachte der Sieger. Was aber steckt in Herz und Hirn? Ist hier ein Eingeweihter des großen Unbekannten? Er winkte: Auf!

Sie erhoben sich und warteten.

»Bedeckt euch! Euer Begehr?«

Einer trat vor, stellte sich als Afanasij Wlassjew und Wortführer im Auftrage des Fürsten Mstislawskij vor, verlas die Glückwunsch- und Huldigungsbotschaft, die voller Verwünschungen des verendeten Tyrannen, voller Klagen über das eigene Wandeln in Irrtum und Finsternis war und voller Dank gegen die Vorsehung, die die ruhmreiche Dynastie der Rjuriks durch zahllose Rettungs- und Wundertaten zum Heile Rußlands neu heraufgeführt. In dem Huldigungsruf, mit dem der Sprecher endete, taten alle gewaltig mit.

Dimitrij dankte und erkundigte sich nach Reise und Wohlbefinden, der Menge ihrer Gefolge und ob man sie gut untergebracht.

»Nicht besonders, Majestät«, erwiderte Wlassjew.

»Ja«, meinte Dimitrij, »wenn ihr mit ganzen Heeren von Bediensteten reist. Und der Deputationen aus allen Windrichtungen ist kein Ende in Tula.«

»Majestät! Als wir soeben – diesmal leider ohne Bedeckung – heraufzogen, sind wir bedroht, beschimpft und entehrt worden.«

Zorniges Gemurmel der Herren.

»Tut mir leid, Afanasij. Erkennt daran, ehe ihr zürnt, wie ihr das treue Volk erzürnt habt! Nun, ihr habt vor mir eure Reue bekannt. Der Reue A und O scheint mir Demut zu sein. Euer Grollen ist fehl am Platz, ihr Herren. Verdächtigt es wohl gar mich, als hätte ich jemand angestiftet, euch zu prügeln? Vorwürfe, Wlassjew?«

»Da sei Gott vor!«

»Es hörte sich so an. Es sind empfindliche Ohren, zwischen denen mein Kopf sitzt. Was schrie man euch zu?«

Kochelew sprang auf: »Ich war fast dabei, Schatz! Sie schrien: Ihr Verfluchten, wie konntet ihr's wagen, euren Zarewitsch, euren Herrn, den Geweihten Gottes, zu bekämpfen?«

»Ja«, fragte Dimitrij mit bedrohlich gedämpfter Stimme, »wie konntet ihr? Was meint ihr wohl, wie mein hochseliger Herr Vater euch jetzt empfinge? – Du Langbart dahinten, was murmelst du?«

Der Angerufene beteuerte: »Ich flüsterte, wir lägen ausgestreckt vor der Gnade Gottes und derjenigen Deiner Majestät.«

Das glaubte Dimitrij wohl nicht recht.

»Ich reiche euch die Hand. Vaterhand. Die erhebt euch jetzt aus unseligem Knechtsstand in die Herrenfreiheit gehorsamer Söhne. Doch ehe ihr sie küßt, ihr Schwergekränkten, ein Wort zu euren Ehrbegriffen, in denen ihr wie die Schildkröte in ihrem Panzer steckt, auf daß wir uns von Anfang an verstehn. – Ihr großen, ihr unbändig starken, ihr frommen und wildtrotzenden, ihr herrlichen Geschlechter! Waghalsige Feindschaft aller untereinander, das war euch bisher der rote Pfeffer im Leben. Stolz reizte ein Haus das andere, und oberste Heldentugend dünkte es so manchen, das Schicksal blutigen Unterganges herauszufordern. Durch *ein* unbedachtsames Wort, durch *eine* unziemliche Geste kann bei euch, so höre ich, ein Stolz den andern tödlich verletzen. Das hat man noch von den Vätern her. Ihnen glaubt man's schuldig zu sein. Wofür preist ihr sie? Lange Lieder singen von blutigen Taten, die in räuberischen Sippenfehden geschehen. Wann war das? Schon vor der langen, schweren Zeit der langen, schweren Schatten, die die Goldene Horde über Rußland warf. Dann aber buhlte man um Tyrannengunst, da beschwor man, um aufzusteigen, Untergänge über die Leidensgenossen herauf, eifersüchtig und erbarmungslos, und putzte es als Gefolgschaftstreue auf. Das war der Khane List und Lust: Verrat und Spitzelei zu züchten und wechselseitigen Menschenraub und -verkauf. So waren die Großen einander preisgegeben, so wurde der alte Reckenstolz mißleitet und die Tugend wüst. Ihr nennt euch rechtgläubig und fromm, und ihr wollt es sein, aber Glaube und Aberglaube sind zweierlei, und keine Sklavenseele kennt den wahren Gott. In Gottes Namen aber komme ich, euch zu befreien, euch von euch und vom Geiste her. Seht, da lebt und stirbt der Fürst und Edelmann mit der Ahnentafel unterm Arm, hält sich einen gelehrten Schreiberling und phantasiereichen Stammbaumforscher und pocht auf Rang und Recht. Das haben mir weise Männer von euch erzählt. Könnt ihr auch nur eine Tischordnung arrangieren, in der niemand sich oder seine Ahnen beleidigt fühlt? Brachte Boris es fertig, in seinem Heer Kommandostellen zu besetzen, ohne einen Dünkel zu verletzen und selbst Getreue zu Abfall und Verrat zu reizen? Ich siegte so, doch ich entschuldige es nicht. Künftig gibt es nur einen Rang, den der Leistung und Fähigkeit und des Dienstes, und jede Ehre kommt von mir. Ich stelle über jeden, wie über mich, den Ersten unter Gleichen, das Reich. Ihr sollt in mir das Reich verkörpert sehen, nichts als das Reich! So bin ich euer Bruder, doch eben der ältere Bruder, und habe die Macht. Ich will euch einem neuen Stolz entgegenführen: Wer unter euch groß sein will, der sei gering, und wer der Vornehmste sein will, der sei jedermanns Knecht. So spricht der Herr der Kirche. Darauf seid ihr getauft. Zwingt eure Zaren, die einzigen christlichen Herrscher auf Erden, nicht länger, sich in heidnisch rasende Khane zu verwandeln, wie es meinem erhabenen Herrn Vater geschah! Der Zar sei der Freieste der Freien und der Freudigste aller Dienenden. Bin ich Vater, so will ich Kinder, nicht Kindische regieren. Ich will Herren führen, nicht Sklaven treten. Es mehre sich das große, christliebende, auserwählte, heilige Reich als die Gemeinschaft der Dienenden! So quält auch eure Bauern nicht mehr, nicht mehr den Mann, der uns alle ernährt! Hat ihn Boris an euch und eure Scholle gefesselt, so wißt: Ihr seid ihm Schutz und Treue und jede väterliche Hilfe schuldig. Wer sie ihm nicht gewährt, verliert das Recht, Herr zu sein. Ich werde ihm das Recht zu nehmen wissen. Hiermit schließe ich den gemeinen Mann in meine Arme. Ich bin auch *sein* Zar, nicht der eure nur. Bauernzar will ich heißen. Er hat mich heraufgeführt. Wer mir huldigt, dem Sohne des großen Iwan, wie ihr soeben getan, der wisse nun, was ihn erwartet! Eine solche Liebe brannte im Zorn meines Vaters: Einer nur sei Herr aller Herren auf Erden, der Herr der Himmel; einer nur verantworte vor ihm das Reich, der Zar; alle anderen, Große und Geringe, sind Knechte vor ihm um Gottes willen, unnütze Knechte. Doch sie erhebt nun um Gottes und des Reiches willen der neue Zar als seine Brüder in seine Herrlichkeit. Nun tut das eure! Wasche ein jeder kniend seines Bruders Füße, auch des geringsten, wie unser Herr an uns allen tut! Darauf steht das Reich. Solches, Ihr Großen in Israel, gelobt mir mit eurem Handkuß! Das sei eurer Huldigung Sinn. Tretet herzu!«

Dimitrij setzte sich und blickte alle an. Seine Augen fragten immer erstaunter: Ihr zaudert wohl gar? Es hat noch nicht so recht gezündet? Ihr brennt noch nicht? War es recht schulmeisterlich? Anmaßend, allzu anmaßend für meine Jugend vor eurem Alter? Für einen obskuren, dahergelaufenen Anonymus? Reagiert, wie ihr müßt! Der Köder ist ausgeworfen. Wie beißt ihr an?

Jener hohläugige Langbart mit den buschigen Brauen räusperte sich umständlich, trat vor, dankte für die eben geschehenen Ergießungen herrscherlicher Huld und ›erdreistete‹ sich, in Erinnerung zu bringen, daß die Ehre derer, die der Zar soeben zu seinen Brüdern erhoben, jedenfalls das

Gericht des väterlichen Herrn anrufe und die Bestrafung der Schuldigen erbitte.

Da stand Dimitrij langsam und bedrohlich auf: »Träume ich? Oder lud ich euch zum Handkuß ein?«

Sie begannen sich verlegen oder bestürzt zur Cour zu ordnen, doch nun erhob er abwehrend die Hand: »So schwer seid ihr gekränkt. Ja, was ist dagegen schon die Kränkung, die ich zeitlebens erfuhr, zum Beispiel auch durch euch? Nach wie vor tritt eurer Reue der Stolz auf die Hacken. Nicht im Büßerkleid, sondern in Bedingungen gepanzert tritt eure Huldigung vor mich hin.«

»Nein, o nein, Erhabener!« kam es vielfältig hier und dort zurück, doch – zu spät. Wütend stampfte Dimitrij auf, und dem Aufstampfen folgte eine bange Stille. Nur ein paar Polen beiderseits des Thrones lachten leise auf, stießen sich an und freuten sich auf das fällige Donnerwetter.

Wlassjew bat um Vergebung für das unzeitige Wort eines Ungeschickten. Vollkommene, doch durch den Zaren zur Offenherzigkeit ermutigte Demut habe sich hier in der Gewißheit kundgetan, daß der Herrscher die Ehre seiner Diener zu der seinigen mache.

»Wie heißt der Ungeschickte?«

Der Langbart nannte seinen Namen.

»Taschtischew also. Taschtischew, sollen Wir uns deinen Namen merken?«

»In Gnaden, Herr!« bat dieser kleinlaut.

»Bittet, so wird euch gegeben. Ich bin dir gnädig, Taschtischew. Ich frage: Was hätte Zar Iwan an meiner Statt mit euresgleichen getan?«

Schweigen. Dimitrijs Gesicht verfinsterte sich. Dann erst beeilte sich Wlassjew: »Iwan wie Boris, o Herr, sie hätten unsere Irrung untersucht und die Schafe zur Rechten, die Böcke zur Linken gerufen und dann teils hartes, teils mildes Gericht geübt.«

»Wir aber krümmen keinem unter euch ein Haar. Wir lassen die Vergangenheit ruhen. Sind uns doch aufrechte Männer, die dem Godunow Treue gehalten, lieber als krumme, die sich jetzt etwa ihrer Untreue rühmen möchten. Ich zweifle, ob mir Treue hält, Treue überhaupt kennt, wer sie dem früheren inthronisierten Herrn nicht hielt. Hier und heute sollt ihr meine Zeugen sein, wie ich Milde auch am Haus der Godunows übe. Was taten die Iwane mit überführten Rebellen? Um eines schuldigen Oberhauptes willen rotteten sie womöglich Sippe und Dorf mit Stumpf und Stiel aus. Wir aber pflügen ein neues. Wir sehen uns jede Seele besonders an, richten mit Unterschied und nicht summarisch. Übrigens sei Gnade die Regel, Rache die Ausnahme, Gnade unsere Natur, Rache ein uns fremdes Werk. Verheißt uns zu solchem Abbilden der Gottheit!«

Eine Greisenstimme jammerte unter Tränen auf: »Väterchen, laß deine Hand uns küssen! Rufe uns noch einmal zu dir!«

»Später, später jetzt! Es sind Atamans da, die nur der weite Weg vom Kasanischen her daran gehindert, noch unter Krieg als Mitstreiter zu mir zu stoßen. Freund Basmanow, führe sie herein!«

Er setzte sich. Ein halbes Dutzend Kosakenhäuptlinge mit langzipfelnden Schnurrbärten, mit Glatzen oder doppelten Zöpfen kam herein. Basmanow führte sie an den Bojaren vorbei vor Dimitrij. Sie knieten, küßten ihre Säbel und schrien ihre Ergebenheit aus. Ihr Sprecher tat dann ewige Treue kund. Dimitrij streckte ihm die Hand entgegen, und sie, die Kameraden – so redete er sie an – zogen vorüber und küßten sie alle. Vor den Bojaren.

Danach stand er auf: Sie hätten nicht nur die Partei des entrechteten letzten Rjurik gegen den Usurpator, sie hätten bewußt die Partei des entrechteten hungernden Volkes ergriffen. Großer Lohn sei ihnen gewiß. Ihr schönster Lohn werde des Volkes Blüte und künftiger Tatenruhm sein. An diesem würden sie noch in Waffen Anteil die Fülle gewinnen, er werde sie rufen zu seiner Zeit.

»Nun tretet auch ihr heran, meine Söhne!« Damit geruhte der thronende Jüngling den Handkuß der Moskauer Herren entgegenzunehmen. Die ordneten sich und zogen zum Handkuß vorbei. Kochelew spöttelte vorwitzig: »Aber knurrt jetzt nicht, Brüderchen! Ihr denkt, wir stecken jetzt die Zurücksetzung ein, tief, tief in unser gutes, böses Gedächtnis, aber –«

»Kochelew!« rief ihm Dimitrij zu und blickte auch zum amüsierten Gefolge drohend herum. Die Bojaren verteilten sich nach beendeter Cour in zweierlei Ranggruppen zur rechten und linken Seite der Halle.

»Die Gefangenen!« rief Basmanow durch die abermals geöffnete Pforte.

Da schlichen und klirrten in ihren Ketten, zerrissen und zerschunden, halbnackt und wie erdrückt, die armen Godunows herein. Hintennach ihre Frauen und halberwachsenen oder noch kleinen Söhne und Töchter, zum Schluß unsanft gedrängt.

Basmanow stellte sie vor: Stjepan, Semjon und Dimitrij und die ganze Vetternschaft.

Dimitrij setzte sein iwanisches Gesicht auf und ließ die Augen von einem zum anderen wandern, zuletzt zu Semjon zurück. Dann wandte er sich an die Bojaren:

»Ihr Herren! Die vom Usurpator Hingeschlachteten unter euren Genossen kann ich nicht aus den Gräbern trompeten, die Verbannten aber sind noch nicht alle zurück. Die schon Wiedergekehrten empfange ich noch. So steht jetzt für alle da, die unter Godunowscher Tyrannei gestöhnt und gelitten. Was der Arge meiner erhabenen Frau Mutter und mir getan, sei der barmherzigen Rache Gottes befohlen. Wir, Zar Dimitrij, rächen Uns nicht. Was man euch und Rußland zugefügt, das sei *eurem* Gericht befohlen. Doch gleichet nicht dem unbarmherzigen Schalksknecht, sondern übt als Begnadigte Gnade!«

Tiefe Stille griff Raum.

»Sie sind des Todes!« murmelten einige.

»Dich müssen wir rächen, dich, nicht uns!« fügten andere hinzu. Der Rest schwieg weiter.

Dimitrij schüttelte den Kopf, und dies Kopfschütteln klagte: O unbelehrbare Barbarei! Er fragte gesenkten Angesichts: »Soll ich das ganze Haus um eines oder zweier Frevler willen schlagen? Das wollt ihr nicht. Ihr kennt ja nun meinen Sinn. Was soll mit diesem Semjon geschehen?«

»Aufs Rad den Hund! Auf den Pfahl, auf den Pfahl!« riefen sie.

»Was mit seinen Brüdern?«

Gemäßigter grollten sie: »Beil! Nein, Verstümmelung! Die Nasen ab, und Kerker! Sibirien! Das ist Milde genug!«

»Was mit den Vettern?«

»Ach, Herr, wer gibt Rächern, läßt er sie schon leben, Freiheit gegen ihn selbst?«

Dimitrij sann vor sich nieder, dann entschied er: »Im Namen Gottes! So wahr ich dem tapferen Iwan schon in Putiwl Leben und Freiheit geschenkt, so wahr ist mein Urteil hier: Befristete Festungshaft für alle. Außer, Semjon, für dich. Es tut mir leid. Verdienst du Besseres als das Beil?«

Durch die Reihen der Moskauer Herren ging unwilliges Gemurmel. Auch Semjon hatte Ärgeres erwartet, auch für die Seinigen. Doch die Frage seines Richters ließ ihn neue Chancen wittern. Dimitrijs Auge ruhte so sonder Haß auf ihm. Schlage ich mein Leben heraus, dachte er, so kann ich noch das seine überdauern.

Also versuchte er sein Letztes: »Mein Tod wird Deine Majestät, so fürchte ich, gereuen.«

»Du fürchtest? Du willst mir also wohl. Und gibst mir

meinen Titel. So bin ich dir kein Apostat und Gauner mehr? Kein Otrepjew?«

»Oho«, rief Kochelew, »der Otrepjew, den er gesucht, bin ja ich!«

Den Witz verstand niemand, nur Dimitrij nickte ihm zu, und Semjon antwortete: »Irren ist menschlich. Als deine Majestät aufbrach, glaubte ich fest daran, sie sei mit jenem Apostaten eins.«

Kochelew lachte: »Mit welchem von beiden, dem Oheim oder Neffen?«

»Auch aus dieser Wirrnis fand ich nicht heraus.«

»Wen siehst du jetzt in mir?« fragte Dimitrij. »Muß ich nicht endlich dem Fürsten Schuiskij, dem Zeugen von Uglitsch glauben? Glauben nun auch deinem Selbstzeugnis und der mütterlichen Stimme der Nonne Marfa und Rußlands? Volkesstimme – Gottesstimme. Wenn das je gegolten, hier gilt es. So erflehe ich als Sterbender von der Allmacht für dich, Dimitrij Iwanowitsch, und Rußland Segen und Heil.«

»Als Sterbender ... Aber du hoffst noch immer.«

»Ja, er glaubt!« rief der Narr. »Der Sünder, meint er, werde ohne gute Werke schon durch den Glauben gerecht. An die Römer, im dritten, Vers zwanzigundacht.«

Gefolge und Bojaren lachten bereitwillig. Dimitrij beharrte: »Wieso werde ich bereuen, dich um dein schlaues Köpfchen verkürzt zu haben?«

»Weil Deine Majestät erkennen wird, erstlich, wie gerecht der Zorn des erhabenen Iwan gewesen, der sich über jene Großen da ergoß –«

»Zweitens?«

»Daß der Zorn seines Nachfolgers Boris gegen die gleichen Rebellen und Reichsverräter gleichwohl begründet war.«

»Drittens?«

»Daß Boris dem gleichen Ziel zustrebte, nur viel besonnener und planvoller als Iwan IV.«

»Welchem?«

»Über alles das Reich!«

Kochelew spitzte den Mund: »Bürschchen, du hast gelauscht?«

»Welches war die Besonnenheit, die meinem Herrn Vater fehlte?«

»Wo Zar Iwan seherisch wie durch Nacht dahinstürmte, schritten wir mit abmessendem Blick bei Tageslicht; sein verheddertes Garn flochten wir auseinander und wirkten Netze; wo er Stämme und Bausteine zusammenwarf und hinterließ, da legten wir Fundamente –«

Jetzt überfiel Semjon die Empörung der Bojaren: »Es war die unerhörteste Spitzelei! Überall deine verfluchten Lauscher und Späher! Da war kein Atmen mehr! Und um euretwillen, weil wir euch ertrugen, fielen alle Plagen Ägyptens auf Rußland. Hätten wir euch nur längst erwürgt, ihr Wölfe!«

Dimitrij gebot mit erhobener Hand Schweigen. Dann wandte er sich an Semjon: »Wer kennt nicht dein Netz, in dessen Mitte du als Spinne saßest und dem die letzte Freiheit und Menschenwürde zum Opfer fiel? Was aber hat's euch eingebracht? Diesen Haß, der dich hier verdammt, euch in den Zähnen hat und nicht mehr loslassen will, und den Fluch der Bauern, den Verrat eurer Heere und meinen Sieg und Stand. Fortan baue ich's anders, das Reich.«

Zustimmende Rufe. Die Polen übertönten den Lärm mit eigenen Parolen wie: »Freiheit, ja, Freiheit! Nach der Weise Polonias! Kenntet ihr unsere erlauchte Republik! Wir zeigen's euch noch, wir zeigen's euch noch!«

Semjon rief noch lauter: »Können Sterbende prophezeien, so prophezeie ich dir: Du wirst erkennen, wie dein Knecht Semjon im Kampfe für das Reich ein Opfer derselben Wölfe geworden, mit denen sich auch der Sohn des Iwan nicht ungestraft verbrüdert und ausgleicht. Du wirst ermessen, wieso mein Kampf gegen Deine Majestät, die auf den Schultern dieser Herren Polen kam, um des Reiches willen geschehen. Dein Sterbender prophezeit: Du wirst keine anderen Wege gehen als vor dir Boris und Iwan. Du wirst noch zum toten Semjon in die Schule laufen und sein Netz wieder flicken und nachstückeln. Wofür wird er dann gestorben sein?«

Höhnisches Hohoho! und Empörung durchgrollte den Saal. Dimitrij dachte: Mag sein. Doch um dich ist's geschehen. Mir taugst du nicht, und die dort sabbern nach deinem Blut. Ekel erzeugte ein Otrepjewsches Verlangen in ihm, gewissermaßen Ratten aufeinanderzuhetzen und seine Autorität zu erproben. Er ließ sich kalt vernehmen: »Semjon, ich verwette mein Siegerleben an dein verwirktes, daß ich deine traurige Weisheit bis ans Ende verachten darf und eine Ära heraufführe, die eurem Gestern wie der bunte Schmetterling seiner häßlichen Puppe entschlüpft. Um dieser Wette willen sollst du leben bleiben, bis sie entschieden. Also, ihr Herren Bojaren, von eurem künftigen Verhalten hängt es ab, ob euer Zar oder dieser Bursche da recht behält – oder zum Teufel fährt. Semjon, du sagtest, ich würde mich sehr bald zu deiner Art bekehren. Was heißt: Sehr bald?«

Semjon überlegte rasch, ein Jahr werde genügen und bis dahin Dimitrij zum Teufel fahren oder besänftigt sein. Er blickte hinter sich und las in den Bojarenaugen, die ihn wie Dimitrij gepackt zu halten schienen, und erklärten: »Bald? Nun wohl, in eines Jahres Frist.«

»Gut, Semjon. In Jahresfrist bekehrst du dich zu mir, verdammst dich selbst und steigst zum Richtblock auf, oder du hast recht behalten und – Nun ja … siehe dann zu, wie du – möglicherweise – mich überlebst!«

Die Bojaren grübelten, die Polen stießen sich an, Taschtischew trat vor und kochte heraus: »Läßt du diesen leben, so bleiben unsere Häuser ungerächt. Weg mit ihm! Wofür sonst grüßten wir dich als den Racheboten Gottes?«

Kolja, der Narr, sprang aufs Podium, ahmte, neben Dimitrij stehend, dessen Haltung nach und antwortete für ihn und in dessen Ton: »Taschtischew, denke doch nach! Was aus Semjon und mir, eurem Zaren, wird, das liegt ja nun in eurer Hand. Käme Semjon, unser Liebling, jemals frei, dann nur deshalb, weil ihr euch bis dahin nach alter Weise getummelt hättet. Sicherlich ist euch diese herrliche Freiheit, euch gegenseitig umzubringen und das Reich und womöglich den Zaren dazu, nunmehr die Galgenfrist wert, die Semjon einheimst. Gönnt sie ihm doch! Wollt ihr aber den Vogel durchaus zerfleddern und fressen, so widerlegt sein Gekrächze durch Bravheit und Artigkeit, und ihr nascht ihn ein Jahr später, nicht heute. Macht eurem Herrscher die kleine Freude und zeigt, daß ihr bis dahin liebe Söhne seid! Hemmt euch nur ein Jährchen lang, dann dürft ihr ja Semjon haben. Doch wenn ihr so krakeelt: Weg mit ihm, jetzt und sofort! – heißt das dann etwa, daß ihr weiter wie Wildsäue zu wühlen, eurem Zaren Kummer zu machen und Semjon recht zu geben gedenkt? Oh, Söhnchen, Söhnchen, seid lieb, zahm, fromm, dann triumphiert ihr mit eurem huldreichen Zaren, den ihr von Milde zu Milde wie Engel Gottes auf Händen getragen, auf daß er den Fuß an keinen Stein stoße.«

Gelächter belohnte ihn – außer bei den Bojaren – und rollte im Saale hin und her.

Iwanicki rief: »Taschtischew soll antworten!«

Dimitrij griff Kochelew beim Genick, schob ihn weg und verzog keine Miene. Der Narr setzte sich wieder vor ihn. Jetzt trat Wlassjew vor.

»Sollte dein Lustigmacher offenbar gemacht haben, was Deiner Majestät Gedanke und Sinn ist, so sei dies unsere Antwort: Uns vergönne, dir Jahrzehnt um Jahrzehnt Treue zu beweisen mit Gut und Blut, doch diesem Godunow sei es nie und nimmer vergönnt, auch nur einen Tag unserer Liebe zu dir zu erleben. Du spielst jetzt mit uns, du tastest uns ab, du prüfst uns, Herr.«

»Denn jetzt«, rief Taschtischew, »jetzt hat uns der Schurke in der Stunde unserer Huldigung wieder verleumdet. Es sei das letzte Mal gewesen! Treibe Deine Majestät ihren Spott mit uns, wie sie will, sie darf es, doch mir, dem Taschtischew, soll mit diesem Räudigen nicht mehr die gleiche Tagessonne untergehen. Stirbt er nicht heute noch, so stirbt *Taschtischew* und sieht das Abendrot nicht mehr.« Er brüllte: »Sein oder mein Tod – entscheide!«

Dimitrij setzte ein verwundertes Lächeln auf und wiegte den Kopf: »Was sind wir alle doch für Hasardeure! Alles spielt mit höchstem Einsatz. Ich mit. – Taschtischew, du scheinst mir ganz ein Mann von Wort zu sein. Doch deinen Herrn so zu erpressen – pfui! Nicht lieb von dir. Von mir aus bleibt der Mann gesund und munter. Du hast deine Plempe nicht mit? Leihe ihm einer der Herren Atamans seine Eisenbraut aus! Ich sehe dort einen Doppelhänder. Leihst du den her, mein Freund?«

»Wofür?« rief der Angeredete herüber. Dann schien er begriffen zu haben und erklärte: »Kriegerwaffe und Henkersschwert sind zweierlei.«

»Und mich erniedrigt niemand zum Henkersknecht!« knurrte Taschtischew.

Dimitrij betrachtete ihn: »Wie hellhörig ihr seid! Aber du, Taschtischew, hast dich mit deinem Maul doch längst zum Henker gemacht. Was man mit Wort und Wunsch ist, sollte man mit der Tat sein. Ich sage dir: Anders als durch deine Hand stirbt Semjon hinfort überhaupt nicht mehr. Wagst du es, vor deines Zaren Augen hier oder im Kreml seinen Thronteppich mit Blut zu tränken? Denn unter meinen Augen müßte es geschehn.«

Taschtischew trotzte vor sich nieder. Seine Brust arbeitete schwer, seine Kiefernmuskeln traten hervor.

Dimitrij sagte: »Du schweigst. Entscheide selbst! Richtest du Semjon vor deines Zaren Augen hin, weil du nicht anders kannst, dann nicht in meinem Namen noch zur Rache für mich. Ich vergebe.«

Kochelew stand wieder auf und dienerte vor dem Gefolge von einem Herrn zum andern und flötete: »Wer leiht ihm seine Klinge, dem unentschlossenen Geist?«

Man wußte kaum noch, was man von der Szene halten sollte, aber sie schien nach Iwan dem Schrecklichen zu schmecken. Ja, dieser junge Mann da ist wohl doch der Iwanowitsch. Und Semjon? Er fühlte sich als das Unwesen, um dessen Leben man zynisch würfelte. Aber die nach seinem Blut Verlangenden waren genauso Spottfiguren im Spielbrett wie er. Nun glaubte auch er zum ersten Mal an des Schrecklichen Sohn. Basmanow fragte sich: Wozu reizt er die Herren, die er noch eben zu Sohnschaft und Bruderschaft gerufen, vor diesen Polenfratzen? Was ist mit ihm los? Er glaubt nicht an das, was er ausposaunt, gibt Semjon recht, pfeift auf ihre Liebe und haßt. Aber werden sie ihn entsprechend fürchten, daß er es sich leisten kann?

Inzwischen hatte Kolja, der Narr, dem Taschtischew mit komödiantischer Verneigung einen Säbel überbracht, und Iwanicki, der die Waffe hergeliehen, sah neugierig zu, wie Taschtischew die Klinge annahm und in den Händen wog.

Plötzlich traf den Todeskandidaten Semjon Taschtischews sengender Blick. Der wilde Bojar schrie vorgerecken Angesichts: »Knie und bück dich!«

Schwankend und wie im Nebel stand Semjon da und wich langsam zurück, im Gesicht aschfahl. Seine Anverwandten verbargen ihre Augen unter Handflächen oder Unterarmen. Die Kavaliere Polonias durchrieselte es wie Römer über der Arena beim Gladiatorenkampf. Von den Bojaren her kamen

Warnrufe, die Taschtischew galten. Doch in dem geschah ein Durchbruch. Aufschreiend holte er aus –

»Halt!« fuhr Dimitrij heiser und sprungbereit darein. Doch sein Ruf kam zu spät. Mit großem Schwunge fuhr der Säbel Semjon durch schützende Hände in den Schädel. Ein dumpfer Fall. Da lag der Getroffene. Aus dem klaffenden Haarschopf schoß das Blut, und der erste Spritzer erreichte in weitem Bogen Dimitrijs Stiefel. Ein halberstickter Aufschrei kam von allen Seiten, selbst von den Saalwachen her.

Dimitrijs Augen hafteten am rotpulsierenden Quell. Nun wußte er, woran er war ...

»Taschtischew, das wird man in Rußland sagen, daß mit deinesgleichen schlecht spaßen ist; auch der Herrscher müsse sich vor dir hüten. Nun, er wird es tun. – Ihr vom Hause Godunow, merkt auf! Dies Blut eures Bruders, Schwagers und Anverwandten da fließt stellvertretend für euer aller Leben. Ihr geht frei aus. Euch soll man baden, fürstlich kleiden und speisen. Danach – würdige Haft. Bis zu der Stunde, die euch als Freie eurem Bruder und Schwager Iwan begegnen läßt. Am Tode des Boris bin ich nicht schuld. Den seiner Witwe habe ich nicht befohlen. Trauernd vermelde ich, daß Marfa Grigorjewna sich meiner Gnade entzogen und den Sohn mit sich gerissen. Gottes Erbarmen mochte ihr gewisser scheinen als das meine. Xenja lebt – und erlebt fortan meine Huld. Semjon, von mir begnadigt, hingerichtet von jenen Herrn, hat geerntet, was er gesät. Zieht in Frieden davon und betet für eures Herrn ruhmreiche Herrschaft und das Reich!«

Er nickte Basmanow zu. Der ließ die Pforte öffnen und sprach mit dem vom Flur vortretenden Hauptmann. Dieser geleitete alle Godunows hinaus. Was erfüllte nun wohl ihre Herzen? Vor allem doch wohl, so dachte Dimitrij, das große Verwundern und Staunen: Wie! Unser Haus nicht ausgetilgt! Es kann noch – agieren, es wird sich noch – rächen?

Gardisten marschierten heran und trugen die Leiche hinaus durch jene Seitentür, durch die der Herrscher gekommen. Taschtischew trat lässig vor Iwanicki, den jungen Schlachziz hin, und reichte ihm die Waffe in einer Art zurück, die zu höhnen schien: Deine Waffenehre ist zu nichts mehr gut.

Iwanicki hatte den Säbel ›curiositatis causa‹ hergeliehen. Das hatte er seinem Nebenmann flüsternd zu verstehen gegeben. Nun grinste er den Henker an, griff ihm überraschend mit der Linken in den Bart, riß ihn daran vor und stieß ihm die rechte Faust derart ins Gesicht, daß der ganze Mann rückwärtstorkelte und lang hinschlug, der Säbel aber aufflog und vor Iwanickis Stiefel niederklirrte. Ruhig setzte der Pole einen Fuß auf die Klinge, griff mit der Rechten in den Korb und zerbrach die Waffe, warf das Griffende auf den sich wieder aufrichtenden Bojaren und stieß ihm mit dem Fuß das Klingenstück zu. Das alles spielte sich unter dem Auflachen der Polen und unter allerlei Zorneslauten der Bojaren ab. Dimitrij schien sprachlos über die Unverschämtheit, mit der Iwanicki und Taschtischew, Polen und Russen in Nichtachtung seiner Majestät ihre Rüpeleien gegeneinander auszutragen wagten. Schon begann auch die Schimpfkanonade und lärmte hin und her. Polnischerseits: »Barbaren, Büffel, Bären!« Russischerseits: »Prahler, Strolche, anmaßendes Raubgesindel!« Links und rechts von Dimitrij rief es: »Henkersbrut! Schubiacke!«, von drüben: »Ratten, Bettelsäcke, Heiden!« Aus dem Gefolge: »Euch mußten wir euren Herrn erst heraufführen, ihr Lümmel, der wird es euch lehren!« Von den Bojaren her: »Und euch hinausschmeißen, denn er ist unser Vater und Herr, nicht der eure.« Polnischerseits: »Haha! Wir werden ihn vor euch sichern müssen und zu decken wissen. Wir bleiben ihm zur Seite und euch im Nacken.« Russischerseits: »Von euch Blutegeln werden wir ihn befreien. Nur noch eure Hacken wollen wir sehen, Pomadegecken, sonst nichts!« Polnischerseits: »Wir haben hier noch viel Zeit.« Russischerseits: »Lumpen, ihr hängt unserem Herrn euer Polen an wie dem Ochsen den Pflug, ihr wollt uns unterpflügen, und er soll euer Zugtier sein.« Polnisches Gelächter: »Schufte! Ist euch euer Herr ein Ochs?« Und dann gab es keine homerisch wechselnden Salven mehr, nur noch ein einziges brüllendes und fuchtelndes Durcheinander. Ja, sie gingen aufeinander los.

Sprungbereit, die Gesichter bald nach rechts, bald nach links auf die Krakeelerfronten werfend, standen die Atamans da, die empörten Hände an den Säbelgriffen: Diese Polen waren ihres Helden Kameraden und Streiter gewesen, diese Bojaren da seine Feinde bisher – doch nun seine Amts- und Landsleute; die Polen, die Fremden da, speien auf alles Russentum, und der Moskauer Wut ist gerecht; aber Fremde wie Russen, sie führen sich alle gleich schändlich auf vor unserem Helden und Herren! Wer darf vor ihm so lärmen? Wir verprügeln sie allesamt!

Dimitrij stand indessen über dem Kreuzfeuer der Parteien und begriff: Ich bin Luft und den einen wie den anderen alles andere als das Blut Iwans; den einen das Lügenbanner, unter dem sie Polens Macht über Moskau herüberziehen, den anderen nur als der westliche Rebell willkommen, der eine trübe Wirrnis heraufführt, in der sie fischen können. So überflammte seine Blässe Zornesröte. Mit einem Tritt stieß er seinen Sessel hinter sich zurück, daß er umschlug, und verließ sporenklirrend durch die nunmehr Verstummenden und Auseinanderweichenden die Halle durch die seitliche Tür, durch die man Semjon getragen. Nur der Narr sprang ihm gleichsam flügelschlagend nach, gelangte aber nicht mehr hinaus, da die Tür ihm vor der Nase ins Schloß schlug. Da stand er dann und überlegte: Er hat klug und das einzige getan, was nach seiner Dummheit noch blieb. Jetzt müssen sie betteln. Er drehte sich herum und musterte die Gruppen: Zu spät seid ihr verstummt. Seht jetzt zu, wie ihr ihn zurückholt!

Dimitrij ging den Flur dahin, Blutstropfen nach. Er verfolgte die Spur wie ein Träumer. An einer der Türen hörte sie auf. Er stand still, atmete schwer, legte die Hand auf die Klinke, trat ein, sah die Leiche verhüllt auf dem Boden liegen und stieß die Tür hinter sich mit dem Absatz ins Schloß. Dann stand er neben dem Toten:

Lieg' ich am Ende wie du? In der Tat winde ich dir wohl noch Kränze um dein zerschlagenes Haupt. Mich, meinst du, hättest du als den Fackelwurf aus polnischer Hand, als die Petarde der Aufsässigen hier an den Säulen des Reiches, abgewehrt? So lehre mich, der nun dein Erbe in Händen hält: Wie spiele ich die Mächte gegeneinander aus? Schlage ich mich ganz zu Rußland hinüber und die Fremden hinaus? Dann bin ich bald Treibholz in den russischen Strudeln und ohne Schutz. Spiele ich das polnische Spiel und dümple die Hiesigen, dann stehe ich bald verfemt als Fremdherrscher da, der Rußland an Invasoren verkauft. Das Ende? Spielball auf jeder Seite und so oder so verworfen, hier und da? Semjon, wie werde ich sie beide los, kriege ich sie unter mich, mach' ich sie beide still? Wo kriege ich mein eigenes Fundament her in lauter Sog und Schlamm? Als Bauernkaiser? Volkstribun? Dickes Eis trennt die Volksflut unten von meiner stürmischen Sphäre oben. Geharnischtes Soldatenkaisertum, Imperatorenruhm im Ring eiserner Legionen und Garden, die beliebig gegen das Oben und Unten, Hoch und Niedrig, Außen und Innen hetzbar sind – ganz nach Bedarf? So ähnlich stand Iwan da, so Cäsar über Adel und Plebs und seinen Konkurrenten, so Konstantin über der Kirche sogar, so warf Alexander seinen Schatten über Griechen und Perser, so muß ich dastehen für alles Ausland und Inland. Noch ist das Zeitalter der Condottieri. Doch schaffe ich's noch bis dahin?

Dimitrij wanderte umher. Ach, Alexander verging jung

und als Trunkenbold in der Unendlichkeit, in der er sich verlaufen, vielleicht im Grauen vor ihr. Das Schicksal aller Cäsaren und antiken Militärdiktatoren war unterhöhlte Tyrannei, und ihre eigenen Generale und Legionen stürzten sie. Den ersten Cäsar trafen die Dolche mitten in seiner Duma weitab vom Volk und seinen Legionären. Und erst die byzantinische Kaiserherrlichkeit! Der gottähnliche Basileus, heute thront er in aller Pracht des Zeremoniells, morgen liegt er geblendet im Kerker oder flüchtet zum Altar der Hagia Sophia und wird entmannt dort oder erwürgt, und die geblendeten Prinzen und deflorierten Prinzessinnen verschwinden in Klöstern und ziehen vorbei an des Basileus auf dem Staatsplatz ausgestellter Leiche, die der Pöbel umheult. Byzanz ist heute Moskau ...

Dimitrij stand still. Er rührte mit einer Sohle die Leiche unter der Decke an und sann weiter. Dann raffte er sich zornig zusammen und spie gleichsam vor sich aus. Ja, ja, Maryna hatte recht: Er war zu leicht verwundbar. Im Grunde feige. So eine Art Bluter.

Er wanderte ruhelos auf und ab: Aber dich, Maryna, dich ziehe ich mir nicht nach – hierher in meine Herrlichkeit, solange sie auf so tönernen Füßen steht. Polentum und Bojarentum sind hier wie Scylla und Charybdis. Bin ich da erst hindurch, dann ruf' ich dich wohl noch, Maryna. Damit trat er über den Toten hinweg, stieß die Tür auf und stieg draußen im Treppenhaus zu dem Raum empor, wo er den Macchiavelli zurückgelassen. Dort eilte er auf das Buch zu und blätterte ungeduldig nach einem gewissen Passus. Endlich fand er ihn und ließ sich lesend im Fenstersessel nieder. Bald hörte er Schritte von mehreren Stiefeln. Suchte man ihn? Er sprang auf und huschte zur Tür, um zu horchen. Da ging sie schon auf. Er pflanzte sich mitten im Raume auf, setzte die Fäuste in die Hüften und blickte die Herren finster an.

Herein schritten die Fürsten Galyzin und Schachowskoj mit Basmanow und Taschtischew. Ferner Miechawiecki, Iwanicki und Zarutzkij. Zarutzkij erklärte, sie kämen als Deputation und bäten um Verzeihung des unverzeihlichen, unerhörten und ganz ungebührlichen Betragens. Man flehe Dimitrij an, seinen Platz in Gnaden wieder einzunehmen. Nun flitzte auch Kochelew vor und stellte komödiantisch dar, wie Herr Zarutzkij in die verlegene Stille da unten nach Dimitrijs Abgang hineingewettert hatte: ›Ihr habt mir unseren Helden verjagt, ihr Flegel!‹ Und wie Wlassjew auf Taschtischew und Iwanicki eingeredet hatte: ›Ihr habt uns den Zaren verkränkt und in ihm ganz Rußland beleidigt!‹ Da, so erzählte Kolja, hätten die Moskauer die Fremden und diese die Russen beschuldigt, und fast habe es noch wirklich Rauferei, ja Stecherei um den ledigen Thron her gegeben, doch dann hätten die Kasaner als dritte Macht obgesiegt und die Zänker auseinandergepaukt. Ein Ataman habe geschrien, das sei ja Sinnbild und Gleichnis, wie man sich hier um den leeren Thron zerreiße, und so weiter. Da sei es endlich still geworden, und Basmanow habe die reuige Deputation angezettelt und die Anstifter des Skandals, Taschtischew und Iwanicki, bewogen, voranzugehen.

Dimitrij hörte die Bitten und Selbstdemütigungen an, erklärte dann, er behalte sich alles vor, erinnerte kurz an den bedeutungsvollen Tag, da sein Vater aus dem Kreml fort und in seine Waldresidenz verzogen sei, um dort unter sehr harten Bedingungen die Herrschermacht zurückzunehmen – aus den Händen Ratloser, die einander fürchterlicher gewesen seien als sein Rachegeist, der nun über allen geschwebt habe. Dann schritt er durch die Auseinandertretenden hindurch, hinaus und die Stiegen hinab zum Saal zurück und nahm, von der Deputation gefolgt, in der Halle vor lauter Schweigenden und Gedemütigten seinen erhöhten Platz wieder ein. Er mimte vermummtes Schicksal.

Dann gab er Basmanow einen Wink. Seine Miene blieb steinern und voll Ernstes. Basmanow rief die aus der Verbannung wiedergekehrten Nagojs, Romanows, Bjelskijs und Schuiskijs herein.

Diese grüßten ihren Erlöser mit Emphase, dankten, schwuren dies und das und küßten Dimitrijs Hand. Der umarmte zunächst seine ›Verwandten‹, die Nagojs, und Basmanow stellte jeden vor. Dimitrij berichtete von Marfas Nähe, pries die Vorsehung, die sie alle wieder mit ihm vereine, und betrauerte die in der Verbannung Verblichenen. Dann sprach er Nikita Romanow und dessen Söhne und Gesippen an, umarmte auch sie und fand besonderes Wohlgefallen am langgelockten, blonden Fjodor, Nikitas Ältestem, der ja nun Mönch war und Philaret hieß. Er pries die himmlische Barmherzigkeit, die den verblichenen Tyrannen noch so weit besänftigt habe, daß Nikita nur Verbannung, Fjodor und Gattin nur Trennung voneinander und Versetzung in den Ordensstand erlitten. Er werde, da er mönchische Gelübde nicht aufheben könne, die Familie dennoch wieder vereinen, Philaret zu einem seiner Metropoliten erheben und dessen Angehörigen nach Wunsch standesgemäßen Aufenthalt in dessen Eparchie zuweisen.

Der Mönch erschrak: Ich – Metropolit? Dann ist auch wohl der Patriarch nicht weit. O selige Jelena, Prophetin! Er starrte Dimitrij wie ein Träumer an und flüsterte innerlich: Meinem Mischa ist dein Thron verheißen.

Dimitrij tröstete und rühmte bereits Herrn Bjelskij und Genossen und die Schuiskijs, des Fürsten Wassilij Brüder und Vettern, darunter den jungen Michail Skopin, der ihm zusagte wie keiner – in seiner Art, kühnlich dreinzublicken und knappe Antwort zu geben. Sie alle bat er, bei Hof und im Heer Dienste zu nehmen, und fragte besonders Michail Skopin nach seiner militärischen Vergangenheit aus. Der berichtete. Sein Herr erwog im stillen, ob der junge Krieger nicht den Schwertträger des Reiches abgeben könne. Den muß ich mir gewinnen! schwor er sich zu.

Die Neubegrüßten gesellten sich den Dumaherren bei. Auch dort gab es ein tiefes Verneigen, hier und da Umarmung und Kuß.

Aber Nikita Romanow, dann ein Nagoj und dann ein Bjelskij fixierten schließlich betroffen die Blutspur auf Teppich und Läufer. Dimitrij sprach sie daraufhin an und erklärte, sie erblickten das Blut des Verstörers ihrer Häuser, er sei gerichtet worden. Nach des Zaren Willen entsühne das Blut des einen alle überlebenden Godunows. Es gebe keine größere Macht auf Erden als die, welche die Ketten der Vergeltung unterbreche, Neubeginn setze, das Zerrissene eine, die Hölle zertrete und Frieden gründe; die gehe nun über dem christliebenden Reiche auf und heiße Vergebung.

Diesmal war das Schweigen an den Begrüßten, während von den übrigen her Zuruf über Zuruf ihn zu den Sternen erhob.

Nun ließ Basmanow die Sprecher der Bauernschaft vor. Schüchtern traten sie ein, schlichen unter den mißtrauischen Blicken der großen Herren rechts und links demütig heran und warfen sich wortlos nieder. Dann verlas einer – auf des Herrschers gütige Geste hin – mit ruhigem Baß die Botschaft. Darin wandte man sich vertrauensvoll an den Schutzherrn der armen Leute, ans edle Blut Iwans.

Dimitrij fühlte sich in ein neues Dilemma geraten; Grundherrn und Leibeigene. Goldwaage her, die Worte gewogen! Niemand verkränken, keinen enttäuschen, fromm beginnen!

Nicht mehr dürfe der Herr dem Knecht noch der Knecht dem Herrn zurufen: ›Du bist wohl mein Bruder, doch dein Name ist Kain, der meine Abel.‹ Freiheit und Dienstbarkeit deckten sich im Stande der Söhne Gottes, zu dem man in der Heiligen Taufe gerufen sei. Rußland brauche Brot. Das müsse Bauernkraft schaffen, der Grundherr liefern, und dieser leide an der Bauernflucht. Boris habe sie falsch bekämpft, der Ackermann sei Sklave geworden und nun erst recht auf Flucht bedacht, Kosak oder Räuber oder auf klösterlichen Grund ausgewichen. Dieser Klosterbesitz sei wie Wucherung gewachsen, zumal durch die Landstiftungen großer, verarmter Herren. Man höhne, sie opferten ihr Land zur Beruhigung ihrer rostigen Gewissen, um den ewigen Richter damit auszuschmieren, der sie nach Abel frage. Das dürfe man so nicht sagen. Sie könnten ja nicht bestellen und stießen die Felder ab, um der Lasten ledig zu sein. Wiederum sei es unerhört, daß jeder Landmann, der auch nur sechs Wochen lang in freiem Gedinge bei einem Gutsherrn in der Ernte mitgeschafft, ihm dadurch als Leibeigener zufalle, und vollends empörend sei es, wenn dem Leibeigenen von seinem Herrn weder Schutz noch Hilfe noch Gerechtigkeit zuteil werde. Er, Dimitrij, plane ein Gesetz, das die erste Not für die Grundherren wie für die Bauern kehren solle. Ein Freier werde jeder heißen, solange sein Herr nicht beweisen könne, seit wann und woher er ein Recht auf ihn habe, und jeder Bauer, der in freien Diensten um seine Freiheit gebracht worden sei. Das Herrenrecht verliere jeder, der versäume, seines Leibeigenen Vater zu sein. Frei würden alle Bauern heißen, die in den Hungerjahren von ihren Herren im Stich gelassen worden. Aber die regellos Schweifenden, die gegen Gottes Gebot, Brot aus der Erde zu schaffen, lieber streunende Wölfe würden als Menschen nach dem Ebenbild des Allschaffenden, würden zurückkehren müssen in ihr Dorf, zu dessen Verödung sie beigetragen. Er, Statthalter Gottes und Herr aller Herren, werde ein Register aller Besitztitel anlegen und unter seiner Kontrolle führen lassen. Er kenne aller Beteiligten Sorge und Recht, Ohnmacht, Versagen und Schuld. Gerechtigkeit ohne Ansehen der Person und Wohlfahrt für alle werde sein A und O sein Tag um Tag. Nie wieder Hungersnot! Die Reiter des göttlichen Zornes, Krieg, Hunger, Pest und Mord, sollten, solange der Zar Dimitrij herrsche, die Schindmähren nicht mehr satteln, es sei denn zum Ritt durch die gegen Rußland verschworenen Heidenvölker. Geduld aber tue not und Vertrauen zum Monarchen. Dann werde ihn Gott erleuchten und segnen. Seine Macht steige, wie aus der Erde die Frucht, aus des Volkes Treue und Frömmigkeit. Auf daß nicht Schwaden der Lüge seinen Blick verschleierten, werde er jedem Bittsteller und Kläger, ob hoch oder niedrig, ob wendig oder einfältig, ob machtvoll verschwägert oder hilf- und namenlos, Lust und Mut machen, dem Herrscher mit jedem Anliegen zu nahen.

Dimitrij winkte den Deputierten der Bauernschaft gnädig zu. Dankbar traten sie zurück, einige weinten vor Glück, allenthalben im Saal erhob sich Beifallsgemurmel, einer der Atamans schrie vor Begeisterung auf, Basmanow nickte zufrieden, ging und rief die Abordnungen der Städte herein, die zur Huldigung gekommen. Er rief die Städte mit Namen. Nun füllte sich die ganze Weite der Halle. Die Gesandtschaft der Moskauer Stadtbehörden und Kaufherrnschaft ergriff nach der allgemeinen Devotion das Wort.

Sehnsuchtsvoll, so beteuerte ihr Sprecher, stehe der Moskauer Bürger westlich der Hauptstadt vor dem Tor mit Salz und Brot auf goldenem Teller und frage nach dem geliebten Herrn. Dieser werde in seiner Hauptstadt keine Feinde mehr finden. Die ihn hätten fressen wollen, könnten nicht mehr beißen. In einem einzigen Aufstande habe das getreue Volk dem Sohne des Iwan Straßen, Paläste und Hütten reingefegt. Die letzten seiner Feinde hätten sich, um ihre Ketten nicht nach Tula tragen zu müssen, entweder auf ihre Landsitze oder nach dem Beispiel der Marfa Grigorjewna ins Jenseits verflüchtigt. Die ihrem Herrn geschmückte Braut an der Moskwa wisse gar wohl, warum die Majestät zaudre, zu ihr einzugehn. ›Du hast dich immer noch nicht genug für mich bereitet!‹ so rufe der Erhabene ihr zu. Aber sie schwöre bei allen Heiligen: ›Alle deine Feinde sind dahin – oder zu dir bekehrt. Komme und wohne mir bei, offen steht dir mein Herz, herrsche ruhmreich‹ –

Es klirrte. Unweit des Sprechers war etwas auf die Fliesen gefallen. Da, ein Dolch! Wer hatte ihn verloren? Der dort! – Aus seiner Ledertrommel hat er ihn verloren, aus der siegelbehangenen Hülle, die den Huldigungsbrief seiner Stadt enthält! Ein Attentäter? Er setzt seinen Fuß darauf! Schneller als dieser Fuß traf Dimitrijs Blick auf die verdächtige Waffe. Der in seinem Vortrag unterbrochene Kaufherr musterte den Unbekannten. Den fragten viele Mienen drohend: Also deshalb schobst du dich zwischen uns stetig nach vorn? Dimitrij vermutete in dem Erbleichenden einen verkappten Diakon oder Mönch. Galyzin winkte von der Saalwand ein paar Gardisten heran. Schachowskoj fragte den Fremdling nach Namen und Stadt. Der schwieg und schluckte. Galyzin riß ihm die Ledertrommel weg und fand sie leer. Kein Dokument? Die Gardisten hielten bereits den Ertappten fest. Dimitrij ließ sich den Dolch aufheben und reichen, wandte ihn in den Fingern betrachtend hin und her, dachte des Panzerhemdes, das er seit kurzem unter dem Sammetrock trug, befahl, den Attentäter heranzuführen und loszulassen, überreichte ihm das Messer, setzte die Hände in die Hüften und imitierte einen gewissen Marius im mamertinischen Kerker: »Du, du wolltest den Dimitrij töten?«

War einst der Sklave vor Marius mit seiner Würgeschlinge davongerannt, so stieß diesmal der gleichermaßen Erprobte in seiner Verzweiflung blitzschnell zu – in Dimitrijs Brust, die um keinen Zoll zurückwich. Die Klinge drang nicht ein, und schon war die Mordhand von Dimitrijs Faust umklammert und so herumgedreht, daß sie sich öffnete, der Dolch zu Boden fiel und der Mann zusammenknickte. Die Gardisten fielen über ihn her und rissen ihn zurück. Hunderte von

Augen hatten das Attentat erlebt und blieben schreckgeweitet oder staunend auf die unverwundete Brust des Herrschers gerichtet. Dann brach ein ungeheurer Jubel los, war ein Hochwerfen der Arme und ein Brechen in die Knie. Viele umarmten sich schluchzend, und die Kavaliere Polens und drüben die Atamans schwenkten ihre Säbel. Der Enthusiasmus galt dem neuen Gotteswunder oder dem kaltblütigen Mut – oder auch der Vorsicht des Helden. Der Unglücksmensch wurde hinausgeschleppt. Dimitrij gebot mit erhobener Hand Ruhe und verlangte den Fortgang der Empfänge. Ruhig befahl er Butschinski, die Sendschreiben der Städte einzusammeln. So defilierten denn die Sendlinge am Sekretär vorbei, überreichten ihre Huldigungsbriefe und riefen dabei den Namen ihrer Städte aus. Siehe, da waren die Lande weit und breit um Moskau schon beieinander und unterwarfen sich freudig dem letzten Rjurik.

Der hielt eine Ansprache: Der Vorfall habe dargetan, mit wieviel Grund er die Einladungen der Moskowiter bisher zurückgewiesen, doch nunmehr reize ihn gerade dieser Stoß eines fanatisierten Dummkopfs, schleunigst einzuziehen: daß man zu Moskau erkenne, wie er die Wühlmäuse und das Viperngezücht dort verachte. Gott sei *für* ihn, wer könne *wider* ihn sein? Die Versteckten und Verstockten dort sollten das große Zittern lernen, wenn er die Stadt, da die heiligen Wohnungen des Höchsten seien, von allem Unflat befreie und die Guten belohne wie kein Herrscher vor ihm.

Ein Offizier war inzwischen von draußen herbeigeeilt und machte dem sich vorneigenden Herrscher eine Mitteilung. Darauf rief Dimitrij nur: »Marfa!« und entließ alle, stieg vom Podium und begab sich mit raschem Schritt zur Seitentür hinaus. Die Menge, nun anscheinend ganz hingerissen, jubelte hinter ihm her. Sein Gefolge eilte ihm nach und hatte Mühe, im Gedränge ihn einzuholen. Als der Lärm sich gelegt und die große Flügeltür aufgetan, horchten die hinausströmenden Männer auf; schien es doch, als sei ihr Lärm über die Stadt hinweggesprungen und komme nun als Echo zurück. Sie drängten auf dem Flur zwischen den Gruppen der noch nicht Empfangenen hindurch zu den hohen Fenstern des Korridors, spähten hinaus über das Steingeländer der Galerie, die draußen das Stockwerk umlief, in ein Volksgetümmel, das um eine heraufkommende Kutsche war, sie begleitete und umschrie. Das Gefährt samt der berittenen Begleitung kam nur langsam hinter seinen vier Schecken voran. Kochelew an einem der Fenster juchhuhte: »Marfa, Marfa, die Mutter der Mütter!«

Alle nahmen den Schrei auf: »Marfa Fjodorowna Nagaja! Beim heiligen Nikolaj, Tula hat seinen größten Tag!«

Unter Basmanows Führung begaben sie sich eiligst zum Empfang hinunter. Die Menge flutete das Treppenhaus hinab ...

Jow, der Patriarch, las zu dieser Stunde die Messe. Noch war er der die Kathedrale drangvoll füllenden Betergemeinde nicht sichtbar. Überwogt von Chorgesängen, in denen die Majestät des zwischen den sechsflügeligen Cherubim Thronenden wohnte, wartete das Volk, hier und da brennende Lichter in den Händen, des Augenblicks, da die Mitteltür der Bilderwand sich öffnen und der Patriarch vor seinen assistierenden Priestern hervortreten würde, um das Allerheiligste zu spenden. Das war vorbereitet, das mit der heiligen Lanze durchstochene und in den Kelch gebrockte Brot, und der Heilige Geist, der vom Vater ausgeht, verwandelte die Elemente in die Arznei der Unsterblichkeit.

Da öffnete sich ein anderes Portal, nämlich das Haupttor hinter der Gemeinde, und ein Trupp Geharnischter trat hinter Puschkin und Pleschtschejew ein und drängte sich herrisch durch die Andächtigen bis an die Stufen durch, die zum Ikonostas führten. Dort blieben sie stehen. Schande! Waffen im Heiligtum!

Jow hörte die Unruhe, und sein Herz fing zu zittern an. Doch er fuhr fort und versuchte, mehr vor der Sünde der Zerfahrenheit seiner dem göttlichen Mysterium zugehörigen Gedanken zu zittern. Endlich schritt er der königlichen Pforte zu. Die Diakone öffneten, die assistierenden Priester folgten. Er stand mit dem Kelch vor seinen Verfolgern und der dahinter verdämmernden Gemeinde. Die Hymne erstarb, doch die Stimme des Verfolgers erklang. Bald kam sie ihm klar und wie aus der Nähe vor, bald verworren wie aus weiter Ferne.

»Im Namen Seiner Majestät, des Zaren, des Großfürsten von Moskau, des einzigen christlichen Herrschers auf Erden, Dimitrijs Iwanowitsch, Fürsten von Uglitsch!« Jow schwankte ein wenig, geschwächt von Fasten, Wachen und kummervollen Nächten. Er hörte von einem Befehl, den Kelch abzugeben, reichte ihn mechanisch dem Priesterbruder zu seiner Rechten und vernahm die Stimme dessen, der das Pergament verlas:

»Du arger und böser Haushalter, du hast dein Amt besudelt. Du feiler und vor den Wölfen flüchtiger Hirte hast die dir anvertraute Herde mißleitet. Doch nicht mehr dessen verklagen Wir dich vor deinem und Unserem Gott, daß du einst ein Gehilfe dessen gewesen, der Uns nach dem Leben getrachtet, Unserer erhabenen Väter Thron Uns geraubt und über allem Volke entweiht hat. Denn du magst sagen, du habest seinerzeit an seinen Verbrechen nicht Lust noch Anteil gehabt, wiewohl Wir solches bezweifeln. Und so du sagst, du hättest um des Reiches willen den Übeltäter decken, als Herrscher anerkennen und weihen und ihm als deinem Beichtkind Vergebung spenden und ihm dienstbar bleiben müssen, so wollen Wir solches im Bewußtsein Unserer eigenen Sündhaftigkeit, ohne zu richten, gelten lassen. Doch daß du Uns wider Wissen und Gewissen als den dir wohlbekannten abtrünnigen Mönch Gregorij Otrepjew ausgegeben und in Ewigkeit verdammt, daß du mit deinem Herrn gewetteifert, Meuchelmörder gegen Uns auszusenden, und daß du dich so zum willfährigsten seiner Werkzeuge gegen den von Gott heraufgeführten Rächer und Richter und den eigentlichen Herrn dieses Reiches erniedrigt, des klagen Wir dich an. Zwar hast du Uns inzwischen Treue geschworen, aber zu spät. Wir glauben dir kein Wort mehr. Wir verachten dich, Jow. In Fetzen werfen Wir dir dein widerliches Gelübde, das du Uns zugeschickt, in dein Angesicht. Flugs befiehl noch aller Geistlichkeit den Gehorsam gegen Uns, und zwar einen besseren, als du je noch zu leisten vermöchtest, und danach tritt ab und geh! Hiermit entsetzen Wir dich deines Amtes und befehlen dir, die heiligen Gewänder abzutun und auf der Stelle die Kutte eines Mönches anzulegen, auf daß du deinem früheren Herrn, dem Mönch Bogoliep, auch darin gleich werdest zu deiner Seele ewigem Heil. Heiße auch du Bogoliep! Wir spenden dir diese Kutte. Sie ist aus guter Wolle. Darin tritt den Weg der Buße ins Kloster zur heiligen Himmelfahrt unseres Herrn und Erlösers an, welches Kloster Wir dir verordnen. Doch der Herr des Himmels und der Erde zürnt nicht immerdar; wie dürften Wir ewiglich zürnen? Sobald du dich mit dem Himmel ausgesöhnt, werden auch Wir dir alles verzeihen, dieweil Wir kein Schalksknecht sind, sondern wissen, daß Wir der Gnade des himmlischen Richters, des dreimal Heiligen, nicht minder bedürfen als du der Unsrigen, Jow. Vorerst aber tust du Reue in Sack und Asche. – Gegeben in Tula. Dimitrij, Zar aller Reußen.«

Schweigen füllte die Kathedrale. Nachlauschend stand Jow da. Sein Herz war still wie die Kirche. Dann nahm er das Zeichen seiner Patriarchenwürde, die Panhagia, von der Brust, wandte sich um, schritt durch die auseinandertretenden Priester zur Ikonenwand zurück, küßte die Panhagia und legte sie vor dem Bild der Jungfrau von Wladimir mit tiefer Verneigung nieder. Er bekreuzigte sich und betete: »Beschütze Rußland und die rechtgläubige Kirche!« Er kam zurück und blickte auf die Herren nieder. Einer winkte einem der Geharnischten hinter ihm. Dieser warf dem erstbesten Priester die Kutte zu.

»Entkleidet mich«, bat Jow leise, »mein Herz sehnt sich nach diesem Gewand, das mir niemand als mein himmlischer Vater schickt.«

Die Priester traten zu ihm, küßten ihm noch einmal die Hände, entkleideten ihn Stück um Stück seines Ornats, hüllten ihn in die grobe Kutte und traten zurück. Er breitete seine Arme und stand so, erhobenen Blickes, als ein Kreuz in Menschengestalt. Er flüsterte: »Wenn du aber alt wirst, wirst du deine Hände ausstrecken, und ein anderer wird dich gürten und führen, wohin du nicht willst ... Allein, ich will ja, Herr, ich will. Führt mich, Brüder, kommt!«

Die Priester stützten seine weiterhin ausgestreckten Arme und geleiteten ihn die drei Stufen hinab an den Edelleuten vorbei durch die sich bekreuzigende, hier und da aufschluchzende Menge. Die Geharnischten, in deren Mienen zuvor Hohn gegrinst, folgten ihm auf Puschkins Wink mit ernsten und betroffenen Gesichtern, diesmal gedämpften und würdigen Tritts. Pleschtschejew gab dem Kleriker, der den Kelch mit dem Leib und Blut des Pantokrator wie geistesabwesend hielt, einen Wink, in der Feier fortzufahren. Der andere Priester, der die Patriarchengewänder über dem Arm trug, begab sich zur Jungfrau von Wladimir, verneigte und bekreuzigte sich dort, nahm die Panhagia auf und entschwand durch das rechte Tor der Bilderwand. Die ersten, die knieend aus dem Löffel Brot und Wein empfingen, waren Pleschtschejew und Puschkin selbst. Dann verließen sie die Kirche. Nach einer Weile ertönte wieder pianissimo die Hymne des Chors, geisterten die Bässe, strömten die hellen Tenöre empor, und so reichte der Liturg mit tränenden Augen, die ganze Menge segnend, in goldenem Löffel die himmlische Speise, bis der letzte Tropfen im Kelch und die letzte Krume verschenkt waren.

In Tula hatte Dimitrij inzwischen unter dem Jubel der Menge Marfa empfangen und heraufgeleitet, sich immer wieder mit ihr auf der Galerie dem Volke zeigen müssen und stand der Nonne nun, die im Sessel saß und eine Hand auf dem schwarzen Krückstock wegstützte, im Gespräch gegenüber. Sie vernahm, daß sie morgenden Tages mit ihm aufbrechen und alsbald im Triumph in die Hauptstadt einziehen solle. Basmanow, Butschinski, Schachowskoj und Galyzin wurden befohlen. Zu fünft besprach man dann die Einzelheiten des Einzuges, und Marfa hielt sich bei der Beratung, wie oft man sie auch hineinzog, zurück. Sie beobachtete die Herren mit Blicken, die etwas Grelles angenommen. Basmanow erkundigte sich, ob Dimitrij die Gesandtschaften des heiligen Sergej von Troiza, der polnischen Majestät und des päpstlichen Legaten heute noch zu empfangen wünsche. Dimitrij schaute auf Marfa. Diese wollte sich sofort zurückziehen, doch er bat sie, als seine Vertraute, ja als die künftige Mitregentin zu bleiben. Auch in Zukunft gedenke er nichts ohne ihren Rat zu tun und keinen Ukas ausgehen zu lassen, der nicht auch ihre Unterschrift trage. Sie dachte: Du gibst dem Drachen sein Futter, und mein Name neben dem deinen macht sich immer gut. Wohlan, sagte sie, sie sei begierig zu hören, was Troiza sage.

Butschinski stellte sich als Protokollist im Hintergrund an ein Stehpult. Marfa betrachtete die Zinngeschirre, die über dem dunklen Holzpaneel rings auf dem Wandbord blinkten. Galyzin und Schachowskoj stellten sich hinter Stühle. Basmanow holte die Klosterleute herauf, und Dimitrij stand in der Haltung des Souveräns à la Sigismund, eine Hand auf den Eichentisch gestützt, die andere in die Hüfte gelegt und die Fußspitze des rechten Spielbeins vor den linken Standfuß gesetzt.

Ein vom Alter gekrümmter, weißbärtiger Igumen und zwei Mönche traten hinter Basmanow ein. Sie verneigten sich erst vor Marfa, dann vor Dimitrij. Sie warteten auf die Anrede. Dimitrij bat leise, kurz und trocken um den Segen. Der Greis zauderte, endlich segnete er. Danach lud Dimitrij zum Reden ein. Der Greis überreichte ein Beglaubigungsschreiben. Basmanow öffnete, verlas es und überreichte es Dimitrij. Darin redete der Archimandrit Dimitrij nur als Sieger und Herren an. Der aber verlangte klare Antwort: Ob der Erzabt ihn für den Sohn Iwans IV. halte oder nicht.

Der Archimandrit wisse keinen Grund, so der Igumen, die hohe Geburt des Unvergleichlichen, dem alles Volk zurene, anzuzweifeln. Der Marfa Fjodorowna und des Siegers eigenes Zeugnis wögen schwer.

Dimitrij fragte, ob dem letzten Rjurik, dem Blut Iwans, der Thron nicht ohne weiteres zukomme.

»Ohne weiteres?« Der Igumen schüttelte den Kopf.

»In welchem Falle nicht?«

»Wenn der letzte Rjurik, den großen Ahnen und sich selbst vielleicht entfremdet, aus einem ganzen Russen ein halber Pole, aus einem rechtgläubigen Christen ein halber Heide, aus einem gottesfürchtigen Sohn des Ostens ein ganzer Ketzer und vermessener Abendländer sollte geworden sein – in diesem Falle, so geht des Archimandriten Meinung, ist ein Türke auf dem Zarenthron nicht viel schlechter als der Sohn des rechtgläubigen Iwan.«

Dimitrij murmelte etwas von heiliger Einfalt, beherrschte sich aber und wünschte im einzelnen zu erfahren, woran der vom Heiligen Geist umwitterte, auf den Schultern von hunderttausend wehrhaften Bauern thronende, königlich reiche und mächtige Erzabt insonderheit Anstoß nehme, was er für Rußland und die rechtgläubige Kirche besorge und worin er, Demetrius-Ahab, dem Abt als zürnendem Elia zu Trost und Willen sein könne.

Der Greis erklärte, der Gebieter zu Troiza fühle sich nicht als Elia und sehe in Dimitrij keinen Ahab, solange der Zar, der leider ein Schüler der Jesuiten, und der Patriarch, der ein Schüler von Troiza sei, solange Wehrstand und Lehrstand im Glaubensgehorsam der einzigen christlichen Kirche auf Erden wetteiferten. »Gott gebe«, so schloß er, »daß Macht und Schwert beim Kreml, der Geist über Troiza bleibe, Troiza aber und der Kreml in heiliger Ehe verbunden. Der Geist übrigens siegt am Kreuz und fürchtet es nicht.«

Dimitrij erwiderte, kein Mönch noch Pope, kein Bischof noch Patriarch werde Gelegenheit haben, die Märtyrerkrone zu tragen, solange er herrsche, trotz allen Kokettierens mit ihr. Der Igumen möge zur Sache kommen!

Der Alte sprach vom Seufzen des Patriarchen Jow, das in Troiza widerhalle. Es frage sich ja, ob das mit Dimitrij hereingebrochene Polentum nicht seine Zeit auf russischem Boden für gekommen halte. Schließlich sei Dimitrijs Bundesgenosse jener König, dessen Jesuiten ihn gleichfalls erzogen, sie, die nun Dimitrij zur Hauptstadt begleiteten. Dimitrij empfange offenbar gewisse Briefe vom König und der römischen Kurie, denn des Königs und des päpstlichen Legaten Abgesandte warteten da unten. Der Verdacht, daß Dimitrij mit Krakau und Rom nicht nur Höflichkeiten wechsle, sondern konspiriere, sei nicht unbegründet. Auch sei Dimitrij mit einer gleichfalls jesuitisch erzogenen, sehr stolzen Dame des polnischen Hochadels versprochen, welcher Adel für seine räuberischen Absichten auf russische Erde bekannt sei. Somit frage der Archimandrit von Troiza als Hirt und Wächter in aller persönlichen Ehrerbietung, ob Dimitrij dem König von Polen oder irgendeinem seiner Großen irgendwelche russischen Städte oder Gebiete als Lohn für empfangene politische oder militärische Hilfe versprochen, ob Dimitrij die Absicht hege, das rechtgläubige Volk dem religiösen, kulturellen oder politischen Einfluß des irr- und ungläubigen

Abendlandes auszusetzen, etwa noch über das schon schwer erträglich gewesene Maß Iwans IV. und des Boris hinaus. Und wie er die zu widerlegen gedenke, die sogar zu behaupten wagten, er sei Polens williger und gekaufter Agent, der für den Preis einer Krone oder auch nur eines Lebens in Üppigkeit Polen zur Verwirklichung der Träume jenes Stephan Bathory verhelfen wolle.

»Unerhört!« rief Basmanow.

Ob nicht mindestens die Gefahr bestehe, daß Polen ihn dazu in trügerischer Weise nutzen wolle. Ob Dimitrijs Übertritt zur rechtgläubigen Kirche redlich gewesen und mehr als Schein. Ob ein Jesuitenzögling der Pestilenz des Jesuitengeistes jemals könne ledig werden. Ob Dimitrij es dem Patriarchen, dem Erzabt von Troiza und dem Klerus der rechtgläubigen Kirche verdenken könne, daß sie Lug und Trug witterten. Kurz, ob Dimitrij beschwören könne, daß kein Fußbreit an jenen König oder einen seiner Vasallen abgetreten, keine russische Seele in ihrem Glauben irregemacht, keine Niederlassung der Jesuiten auf russischem Boden würde geduldet werden, kein fremder Kriegs- und Edelmann im Lande verbleiben solle und werde. Ob er öffentlich mit dem Kusse aufs Kreuz erklären wolle, daß er alle Polen bis dann und dann heimsenden werde, auch nie davon geträumt habe oder träumen werde, eine Union der rechtgläubigen mit der irrgläubigen Kirche anzustreben, daß er auch die begleitenden Jesuiten schleunigst über die Grenze zurückschicken und nie und nimmer eine Polin zur Gattin zu begehren und auf den Zarinnenthron zu erheben gedenke. Wenn Dimitrij das alles öffentlich vor aller Welt mit dem Kusse aufs Kreuz beschwöre, so werde der Patriarch ihn segnen und krönen, die rechtgläubige Christenheit für ihn beten, und der heilige Sergej von Troiza den bereits angefertigten Bannfluch im ewigen Feuer verbrennen. Sonst –

»Jetzt aber schweigst du!« brauste Dimitrij auf. »Es

könnte Troiza sonst eine Antwort werden recht im Stile Iwans!«

»Troiza, wie gesagt, ist zum Martyrium bereit«, lächelte der Greis.

Dimitrij empfand, welcher Großmacht er gegenüberstand. Er bereute sein Aufbrausen nicht, wiewohl er es bereits lächerlich fand, mußte einlenken und vorerst kapitulieren, kapitulieren. Seine Basis war zu schmal, zu schmal. Marfa blickte angestrengt nieder, dann nickte sie. Was nickte sie? Basmanow warf Dimitrij einen bittenden Blick zu. Galyzin und Schachowskoj blitzten zornig den Igumen an. Ihre Augen sagten: Macht nur so fort, ihr Märtyrer! Wie viele Kampfkorps würde Troiza gegen des Reiches gekrönten Herrn auf die Beine zu stellen wagen?

Dimitrij trat dicht vor den Igumen, kreuzte die Arme, blinzelte ihn kalt an und sagte: »Höre, du Mann Gottes! Für wie dumm oder entartet hältst du den Sohn und Erben des vierten Iwan? Ich sollte meine Macht mit Ausländern teilen wollen? Auch nur einen Misthaufen oder Pfahl abtreten? Habe ich das nötig? An wen? Wofür? Wozu? Hat mich der polnische König hierhergeführt? Im Stich gelassen hat er mich! Mich hat mein Volk erhöht. Oder hätte ich vor einer Macht zu kuschen? Vor welcher? Ich sollte die Kirche Rußlands, Rußlands Seele, auch nur eine einzige russische Seele an den Papst verkuppeln wollen? Wieso? Ist nicht der Herr des Kreml, sofern er als rechtgläubiger Zar zur Kirche seines Reiches steht, weithin auch dieser seiner Kirche Herr? Welcher Papst dagegen hat anders als in Rivalität und Kampf mit seinem Kaiser, ja mit allen Herrschenden auf Erden gelebt? Verkündet der Antichrist in Rom in seinem unstillbaren Hunger nach den Reichen der Welt und ihrer Herrlichkeit nicht die Lehre, er führe beide Schwerter, das geistliche wie das weltliche, das himmlische wie das irdische, das priesterliche wie das fürstliche, und *er* leihe alle irdische Macht erst aus? Würde ich des römischen Papstes Anmaßung und Konkurrenz im Ringen um meines Volkes Herz und Gehorsam nicht zu spüren bekommen? Wozu sollte ich, dem sich der Patriarch, euer Troiza und der ganze russische Klerus ehrerbietig unterwerfen (sofern ich die Lehre der rechtgläubigen Kirche nicht antaste und ihre Eigenständigkeit und Freiheit nicht unterwühle), wozu sollte ich mich, mein Volk, mein Reich und meine Kirche von Rom und vom Westen überfremden und womöglich unterpflügen lassen? Kurzum, ich kenne die Zwietracht zwischen Krone und Tiara, die Europa verheert hat. Was wäre ich für ein Dummkopf, Moskau zu romanisieren! Die Union aber wäre der erste Schritt dazu. Nein, die Katze läßt das Mausen nicht, und Rom nicht seinen altrömischen, religiös überhöhten, kirchlich verbrämten, scheiterhaufenschichtenden Imperialismus. Sage deinem Abt: Der neue Zar und sein Reich, seine Völker und seine Kirche, die blieben beieinander und unter sich, und der Papst und seine Könige und Jesuiten (von denen ich übrigens die beiden, die um mich sind, nur als Feldkapläne meiner polnischen Soldaten mitführe), sie sollen nicht einmal herübergucken dürfen über den Plankenzaun. Alles übrige geht euch nichts an. Den Termin, wann die polnischen Formationen das Reich verlassen, bestimme ich. Ich bestimme, wieweit wir uns mit dem Abendland, seiner Kultur oder Macht und seinen Märkten einzulassen haben. Wieviel uns davon bekommt und was nicht. Wie wäre es, mein Lieber, wenn ich einen Kreuzzug gegen Tataren und Türken plante, gegen den Halbmond, der immer noch über Konstantinopel steht? Wie, wenn ich dazu die Macht des immerhin gegen Mohammed mit uns einigen Abendlandes benötigte, weil die unsrige allein dazu nicht ausreicht? Und wie, wenn mir und den Heeren unserer streitbaren Kirche in solchen Kreuzzügen notwendig die Führung zufiele? Wes würde der Ruhm dann sein? Wessen Stadt läge dann sichtbar vor aller Welt auf dem Berge: Moskau oder Krakau, Moskau oder Wien oder Rom? Wem fiele Konstantinopel dann zu? Und wessen Geist berückte dann eher den Geist des anderen: der des Ostens den des Westens oder umgekehrt? Doch was versteht ihr gelehrten Eulen in euren Höhlen und Zellen davon? Betet, feiert, malt eure bunten Bücher und treibt eure Studien, schaut in die Geheimnisse der heiligen Liturgie, mauert euch in die himmlische Weisheit ein, in jene Hagia Sophia, die nicht aus Quadern, sondern aus Geist besteht, mir aber, der das Schwert trägt, laßt den Blick in die vordergründige Welt, mir laßt die Klugheit der Politik, mich und die Meinen laßt die steinerne Hagia Sophia am Bosporus befreien! – Ja, sagt ihr, aber deine jesuitische Erziehung! Habt ihr vergessen, daß es einst ein Jesuit war, der meinem Herrn Vater den Bathory vom Hals schaffen mußte und dann leer und enttäuscht abzog? Hat nicht auch damals der Hof gefürchtet, der Jesuit werde Iwan Wassiljewitsch womöglich noch betören? Wohl lernte mein Herr Vater vom klugen Possevino, was es Wissenswertes zu lernen gab, aber danach guckten sich in Rom mit dummen Gesichtern zwei Betrogene an, der Papst und sein Pater. Und der am gründlichsten Geprellte war Polen und sein immerhin großer König. Darum meine Kernfrage: Hält dein Archimandrit mich für den Sohn Iwans oder nicht? Die Zukunft wird euch lehren, wes Sohn ich bin.«

Die eilige Feder Butschinskis raschelte. Schachowskoj blinzelte Galyzin zu. Marfa lächelte. Der Greis fragte: »Wie lange soll sie währen, diese Zukunft, bis daß Deine Majestät in öffentlicher Erklärung –«

»Zum Teufel! Bis an den Jüngsten Tag! Der wird in breitester Öffentlichkeit zeugen! Doch will ich Troiza Gnade beweisen. Aus großer Nachsicht gebe ich deinem Archimandriten jetzt ein geschlagenes Jahr Frist, sich zu besinnen, vor mir sich niederzuwerfen und reuig zu erklären, er vertraue mir nunmehr ganz und von Herzen –«

»Meine Instruktion besagt –«

»Schweigst du wohl! Denke nach! Wird aus den Kreuzzügen nichts, weil sich mir Polen und der Westen versagt – wer sagt dir, daß ich meine Heere dann nicht in anderer Richtung könnte Front machen lassen, etwa auf unser altheiliges Kiew zu oder gar gegen Warschau, Krakau, Wilna und Preußen? Und würde auch daraus nichts – bedenkt doch, ihr starrsinnigen Büffel: Nur langsam kann ich mich aus den Bindungen lösen, deren ich zu meinem Siege bedurft. Ihr wollt doch keinen Tölpel zum Zaren? Dann laßt ihn wendig sein! Kurz und gut, besteht Troiza noch in Jahresfrist auf seinem mich tief beleidigenden Verdacht, ist es auch dann noch besorgt, ich könnte auf auch nur einem Fußbreit meines Reiches den Schatten jenes Königs, auch nur auf einer Ikone unserer Kirche den Schatten des Papstes dulden, ich selber könnte auch nur einen Atemzug unter dem russischen Himmel der Kurie oder dem König zuliebe tun, ohne daran zu ersticken, nun, so rückt nur mit eurem Bannfluch heraus! Entweder lacht euch dann ganz Rußland aus oder es bekreuzigt sich vor Dimitrij dem Abtrünnigen, dem Antichrist, und dann wäre dessen Ende da. Melde das deinem treubesorgten Abt, seinen gelehrten Mönchen und sehr, sehr wehrhaften Bauern.«

»Meine Instruktion –«

Dimitrij schnaubte jetzt los und brüllte, daß dem Mönch die Ohren schmerzten: »Fahre zur Hölle mit deiner Instruktion! Du sollst melden! Den Jow stecke ich zu euch ins Kloster. Dort mögt ihr mit ihm zischeln, was ihr wollt. Er hat mir Meuchelmörder auf den Hals geschickt, dieser Schüler von Troiza. Die Audienz ist beendet. Fort, du Troglodyt!«

Der Igumen konnte nicht mehr fragen: Jow entthront? Wer erbt sein Amt? Er konnte nicht mehr sagen: In einem Jahre könntest du uns zu mächtig geworden, zu stachlig ins Kraut geschossen sein. Er wagte nur noch zu bitten, man möge ihm das Protokoll dieser Unterredung –

Dimitrij lachte auf: »Das fehlte noch! Nachdem ich soviel

ausgeplaudert! Danke deinem Schöpfer auf den Knien, daß du ein solcher Schafskopf bist, sonst solltest du es büßen, daß du mich für dümmer zu halten wagst als dich. Jedoch das Protokoll – nun gut, man wird es dir verlesen, meinetwegen fünfhundertmal, bis du es auswendig kannst, als wärest du aller Trottel König. Aber wehe euch, ihr plaudert dann, ihr Kutten in Troiza! Und nun trollt euch, ihr drei! Es gärt was in mir, das ich selber fürchte! Geht!«

Die drei Ordensleute verneigten sich und verschwanden.

»Begleite sie, Butschinski!«

Der Pole eilte hinterher. Sein Protokoll nahm er mit. Eins habe ich nicht versprochen, dachte Dimitrij: Maryna nicht zu meiner Zarin zu machen. Das zu umgehen ist mir fast geglückt.

Während er im Umherwandern die Erregung in sich abklingen ließ, blieb seine innerste Seele voller Not. Hatte er nicht den ganzen, auf ihn gegründeten Hoffnungsbau der Societas Jesu zusammengeschossen? Warum mit so viel Eifer, ja Vergnügen? Er wollte eben Monarch sein, von jeder Bevormundung frei, nichts als Politiker. Was gingen ihn die Träume der Pfaffen an, was die Streitigkeiten der Konfessionen? So wenig, wie den großen König auf Frankreichs Thron, den hochzuverehrenden vierten Heinrich. Pomaski und Ssawiecki würden mit langer Nase abziehen wie einst Possevino. Und du, ach, Maryna? Ich fürchte, fürchte, fürchte, du mußt noch lange warten, ehe ich dich hole. Nicht nur deinetwegen, wie ich bisher gemeint. Meinetwegen. Unseretwegen. Nicht, Maryna?

»Dimitrij«, sagte jetzt Marfa, »du redest mit dir selbst. Indes – ich sollte Zeugin sein. Darf ich nun auch raten?«

Dimitrij fürchtete plötzlich, sie würde auf Maryna zu sprechen kommen und sagen: Laß von Maryna ganz und gar! Schon sträubt sich seine Seele vor Entsetzen. So rief er denn: »Nicht jetzt, Verehrte! Mir scheint, was Gonschewski und der Jesuit aus Krakau bringen, gehört mit dem Gehörten in einen Topf. Hinein damit! Rühren wir um und setzen ihn aufs Feuer!«

Basmanow ging, den Gesandten des Königs zu holen, und wunderte sich, wie unvorbereitet und selbstherrlich sein Herr in jede Auseinandersetzung springe – ohne Beratung. Selbstsicherheit? Merkwürdige Hast. Als sei er umstellt, müsse schleunigst um sich schlagen und erwarte niemandes Beistand. Er begegnete dem zurückkehrenden Butschinski und nahm ihn mit. Beide holten unten Gonschewski ab. Pomaski und Ssawiecki blieben mit ihrem Ordensbruder, dem Boten des Krakauer Legaten, zurück. Dazu noch ein ansehnlicher Schwarm von Leuten, die noch empfangen zu werden wünschten. Zu dritt erschienen sie bei Dimitrij, der breitbeinig am Fenster stand und hinaussah, die Hände auf dem Rücken. Marfa trug ein strenges Gesicht. Galyzin und Schachowskoj standen hinter ihren Sesseln und besprachen sich. Butschinski begab sich wieder an sein Schreibpult, aber Dimitrij winkte ihm ab: Er solle die Schreiberei unterlassen.

Gonschewski, ein dicker Herr, verneigte sich schwungvoll und schwenkte seinen Federhut. Dann schien er überrascht, Dimitrij nicht allein zu finden. Basmanow wollte vorstellen, doch Dimitrij begann mit der Erkundigung nach dem Befinden Seiner Majestät. Gonschewski versicherte, der König habe, als er ihn verlassen, zu Krakau ruhmvoll regiert. Dimitrij bekundete seine Freude, den König gesund zu wissen. Mit Bekümmernis habe er nur von einer neuen Adelskonföderation, die für den König äußerst bedrohlich zu werden scheine, vernommen.

»Bedrohlich?« lächelte Gonschewski und machte eine wegwerfende Geste. Seine Majestät wünsche Dimitrij zum bevorstehenden Einzug in Moskau Glück und auf dem Zarenstuhl lange Jahrzehnte ruhmreicher Regierung im Frieden unter des Himmels Heil.

»Danke.«

Gonschewski sah Marfa und die anderen etwas ratlos an. Dimitrij erklärte, Gonschewski dürfe, sofern er außer des Königs Gratulor noch eine besondere Botschaft auszurichten habe, offen reden. Marfa und die Herren hier seien seine intimsten Berater.

So brachte der Gesandte seines Königs Anfrage vor: Wann der König mit der Erfüllung des Kontraktes, worin Dimitrij dem König für politischen und militärischen Beistand unter anderm Smolensk versprochen, werde rechnen können.

»Smolensk?« fragte Dimitrij verwundert. »Mein oder des Königs Gedächtnis versagt.«

»Wie! Majestät erinnern sich nicht mehr jener Versprechen?«

»Ich kann mich nicht entsinnen, daß König Sigismund an der Spitze seines Heeres mit mir ins Feld gezogen!«

»Majestät wissen«, erwiderte Gonschewski, »daß der Reichstag den König daran gehindert, der König jedoch –«

»Darauf besinnen Wir Uns. Demnach dürfte der Vertrag hinfällig sein. In den Kamin damit, falls ihr's schriftlich habt, lieber Gonschewski! Habt ihr's schriftlich?«

»Majestät! Ich stehe konsterniert.«

»Das sehe ich, lieber Herr.«

»König Sigismund hat dem damaligen Prätendenten die Wehrkraft des polnischen Adels unter Führung Seiner Exzellenz, des Herrn Wojewoden von Sandomierz, überlassen und damit nicht nur Gut und Blut seiner Untertanen und ein gut Teil des polnischen Waffen- und Schlachtenruhms riskiert, sondern die Feindschaft eben jener anders gesonnenen Konföderation mit heraufgerufen –«

»Und die paar Schwadronen wieder abgerufen, die doch wohl kaum die Wehrkraft Polens verkörpern, voran Seine Exzellenz Jerzy Mniszek, und zwar mitten aus dem Kampf vor den größten Entscheidungen angesichts einer mich fast erdrückenden Übermacht.«

»Der König benötigte seine Getreuen wegen der erwähnten Konföderation und wußte, daß der tapfere Prätendent gewaltigen Zulauf aus seinem eigenen Vaterland erhielt und das ganze Reich ihm ohne weiteres zufallen werde – wie denn auch geschehen.«

»Der König von Polen hatte die Gnadengabe der Prophetie. Pan Gonschewski, was ich dem König versprochen, ist zwiefach hinfällig: Erstens zog er nicht mit mir zu Felde – gepriesen sei der Reichstag von Lublin! –, und zweitens zog er seine Untertanen mir wieder weg. Er hielt mich für verloren. Er drohte ihnen die Konfiskation ihrer Güter an. Sie kehrten zwar zum Prätendenten zurück, und der König duldete es, machtlos wie er im Augenblick war, amnestierte alle und konfiszierte nichts. Doch daß sie sich eines Besseren besannen, das ehrt zunächst einmal die Dame Maryna; die sie mir wiederbrachte; Maryna Mniszek war stärker als Seine Majestät. Meine Waffengefährten und Kameraden werde ich selbstverständlich reich belohnen, doch ihr König, so dringend er jetzt auch einen Prestigeerfolg vor seinem anarchischen Adel benötigt, wird selber einsehen, daß ich Smolensk für nichts und wieder nichts, gar für offenbaren Verrat, nicht verschenken kann. Was würde dazu Rußland sagen?«

»Hierzulande gehorchen die Völker dem Wink des Herrschers und unterwerfen sich seiner Weisheit blind.«

»Euer König und Ihr, Gonschewski, habt keine Ahnung von uns. Ihr beleidigt mein Volk und mich. Ich mache dem König einen anderen Vorschlag: Zur Sühne für seinen Verrat tritt er mir unser altheiliges Kiew ab.«

Gonschewski verschlug das die Sprache. Dann tobte er los: »Ich stehe hier für meines Königs Ehre ein und protestiere gegen solche Verhöhnung der Majestät! Die Herren hier sind Zeugen.«

»Brav, Gonschewski. Wenn König Sigismund vor einem meiner Gesandten meine Majestät so entblößte wie ich soeben die seine, und der Gesandte brüllte nicht dreimal so laut als Ihr, so legte ich ihm den Kopf vor die Füße. Ihr habt Eures Königs Ehre gewahrt, er kann Euch nichts tun. Beruhigt Euch!«

Gonschewski setzte von neuem an: »Die zarische Majestät wird das Odium schnöder Undankbarkeit vermeiden wollen.«

»Cela va sans dire. Wofür hätte ich weiter zu danken?«

»Der König war es, der einst den Schutzflehenden zu Krakau als den Sohn Iwans IV. anerkannte, ihm zur Bestätigung ein fürstliches Jahresgehalt aussetzte, ihm moralisch und rechtlich sein ganzes, so herrlich ausgegangenes Unternehmen erst ermöglichte –«

»Herr Gesandter! Für das Jahresgehalt verwies mich mein königlicher Schutzherr an Jerzy Mniszeks schlaffen Beutel. Aus diesem Beutel, aus dem ich nichts besah, den aber meine Schatzkammern in absehbarer Zeit füllen werden, zahle ich Seiner Majestät alsbald die nie erhaltene Summe in klingender Münze, bar und verzehnfacht, zurück.«

»Seiner Exzellenz dem Wojewoden von Sandomierz also tragen Eure Majestät nichts nach? Vielleicht gedenken Eure Majestät nach wie vor, ihm die versprochene Sewersk zu unterstellen, auf daß er sie, wenn nicht besitze, so doch verwalte?«

»Wäre gelacht! Auch Seine Exzellenz hat jeden Anspruch verwirkt, mein Herr! Was dem Wojewoden dennoch um seiner edlen Tochter willen zufällt, wird nichts als unverdiente Gnade sein. Die zu bemessen ist an mir. Auch fließt bis dahin noch viel Wasser ins Meer. Doch Ihr unterbracht mich, Herr Gesandter. Daß der König mich als Dimitrij Iwanowitsch anerkennt, dafür will ich mich durchaus erkenntlich zeigen. Undankbarkeit soll mein Ruhm nicht sein.«

»Worin bestünde die Erkenntlichkeit?«

»Darin, daß ich Seiner Majestät, dem König, auf sein Wort und den treuherzigen Blick seiner Augen hin glaube und es laut in alle Welt posaune, dieser König heiße tatsächlich Sigismund und stamme von einem schwedischen Rittersmann, einem wackeren Rauhbein, namens Erik Wasa ab.«

Gonschewski probierte einen Schlaganfall. Die Herren lachten auf. Dimitrij fügte ruhig hinzu: »Ich habe nichts gegen den Urahn des Königs, der gleichfalls einen Tyrannen verjagte und seines Volkes Herz und Thron eroberte. Außerdem stammen wir alle von Adam und Eva ab.«

Gonschewski schrie: »Ich verlange ein Protokoll dieser unerhörten – unerhörten – und meiner ohnmächtigen Proteste!«

Dimitrij lächelte: »Besser, das Ganze bleibt unter uns. Wollt Ihr das Gelächter der Welt? Lieber Gonschewski, berichtet der Majestät Eures Königs folgendes: Der König wie sein Wojewode von Sandomierz hätten tatsächlich keinerlei Ansprüche anzumelden. Dennoch liege es beim König, Smolensk zu erwerben. Er habe die Chance – trotz allem.«

»Welche?« fragte der Pole, sich mit seinem Spitzentuch die Stirn wischend.

»Wenn der König an der Spitze der polnischen Armeen, aber wirklich aller Armeen, als mein Bundesgenosse sich an einem Kreuzzug gegen die Muselmanen beteiligt, wofür ich übrigens auch den römischen Kaiser und die Kurie zu gewinnen hoffe, so vermache ich ihm einst beim Bankett im eroberten Konstantinopel im Namen ganz Rußlands feierlich Stadt und Land Smolensk als Ehrensold. Dann wird mir Rußland diesen Verlust verzeihen, gewann es doch durch mich die Goldene Pforte, betet es dann doch in der Hagia Sophia an. Mehr hätte ich nicht zu sagen.« Er wandte sich an Marfa und die Fürsten: »Oder?«

Sie schwiegen.

Gonschewski neigte kaum merklich den Kopf zum Gruß, drehte sich um und rauschte, den Federhut unterm Arm, mit fliegendem Samtrock davon.

»Keinen Kommentar jetzt!« sagte Dimitrij und befahl, sofort den Boten des Krakauer Nuntius vorzuführen; er sei ganz gut in Fahrt. Marfas Augen ruhten auf ihm. Butschinski machte ein leeres Gesicht, denn er war immerhin Pole. Basmanow holte den Pater herein, dem sich auch Pomaski und Ssawiecki angeschlossen.

Der Pater überreichte das Schreiben Rangonis und bedeutete Dimitrij, es sei für ihn allein bestimmt. Doch der, als verlange er danach, sich coram publico festzulegen, verlangte, daß alle das Schreiben zur Kenntnis nähmen, und übergab es Butschinski. Der erbrach das Siegel, stellte fest, der Brief sei lateinisch verfaßt, und begann zu lesen: »Soli deo gloria! Ad Majestatem Caesaris Moscovitarum Demetrii Basilidis –«

»Hier spricht man russisch!« rief Dimitrij.

Der Bote des Legaten hob die schlanke Hand, um Einspruch zu tun, doch auf Dimitrijs ärgerlichen Wink begann Butschinski abermals und übersetzte.

Der Bischof von Reggio, Legat Rangoni, beglückwünschte in seinem Brief Dimitrij mit hymnischen Zitaten und sagte eine Gesandtschaft des Heiligen Stuhles an, die der Heilige Vater ihm, Rangoni, angekündigt habe. Der Kurie Eile befremde ihn zwar ein wenig; um so eiliger bereite er Dimitrij auf die Wünsche des Heiligen Vaters vor. Der Heilige Stuhl erwarte als erstes die Einsetzung eines weitblickenden, weltkundigen, wahrhaft gelehrten und frommen Patriarchen, der dem Gedanken der Union ergeben sei und sowohl des Heiligen Stuhles wie auch des russischen Klerus Vertrauen genieße. Das sei der Bischof Ignatius von Rjasan, der einst Erzbischof von Cypern gewesen, bis die Türken die Insel erobert hätten, dann nach Italien gekommen sei, lange in

Rom gelebt und studiert habe und insgeheim römischer Katholik geworden sei. Nach Rußland heimgesandt, habe er mit seiner Lindigkeit das Herz des Zaren Fjodor Iwanowitsch und von diesem kindlich frommen Herrscher den Bischofsstab von Rjasan gewonnen –

Hier unterbrach Dimitrij: »Durch was für einen schwerhörigen oder tauben Mittelsmann souffliert da der Heilige Geist dem Papst, oder was für ein ahnungsloser Dilettant drückt Petri Stuhlpolster? Rom bildet sich immer noch ein, den Erdkreis zu kennen, Rußland aber kennt der Vatikan nicht. Sind wir ihm harmlose Wilde, die man mit dem Löffel barbiert? Wir halten unsere Bärte fest. Und was stellt sich dieser anmaßende Wasa, was Polen, was Rom und die Societas Jesu von meiner persönlichen Macht vor? Sie sollten die Geschichte gründlicher studieren und auf Reisen gehen. Sie würden erfahren, wie langwierig und mühevoll das Ringen Iwans IV. um seine Autorität war, ehe er sie unwidersprochen besaß. Und selbst er hätte die Union, so er sie gewollt, nicht leichtlich wagen dürfen, auch als der Halbgott nicht, der er war. Alle Greuel verzeiht man hier dem Herrscher, nur eines nicht: den sogenannten Greuel an heiliger Stätte, nämlich Eingriffe in die gottverdammte Rechtgläubigkeit, die Rom und Moskau beide mit Löffeln gefressen. Darum, hochwürdigster Vater, hat es noch gute Weile, bis ich dem Gedanken der Toleranz das Saatfeld werde bereitet haben. Danach laßt uns weitersehn! Die Gesandtschaft des Papstes aber fange ich an der Grenze ab, falls sie so naiv ist, zu kommen, und schicke sie heim. Fehlt nur noch, daß der Papst mich mit kompromittierenden Briefen bepflastert, die durch meine Kanzlei gehen. Meldet Seiner Exzellenz dem Herrn Legaten, daß auch sein Glückwunsch mich nur mäßig erfreut. Ich sehe einen Rangoni vor mir, der in der Stunde, da man mich mir entdeckte, mir Demut und Verzicht ans Herz legte; einen Rangoni, der in Krakau, als ich vor den König trat, dann meine Sache verfocht; einen Rangoni, der wieder um- und abfiel, als ich zu Felde lag; einen Rangoni, der mich nun wieder nach meinem Sieg in den Himmel erhebt; was wird morgen sein? Er bleibt ja wohl ein Rohr im Wind. Schwankte ich mit, so wäre ich rasch verloren. Vom Osten her kommt mir ein recht steifer Wind, vom Westen polnisches Wetter, vom Norden bläst in dicken Wolken der Heilige Geist aus Troiza drein, vom Süden derselbe aus dem sonnigen Rom. Was hängt sich mir alles an Rock und Mantel! Zehn Werst mir alle miteinander vom Leib! Auch der beste Schwimmer säuft ab, hängt sich alles an ihn. Ehrwürdiger Vater, reist mit Gott, aber reist! Pomaski und Ssawiecki, Eure hochwürdigen Brüder, geleiten Euch.«

»Wohin?« fragte der verblüffte Pomaski, als werde er bis Krakau, Rom oder gar bis ins Nichts verschickt.

»Soweit ihr wollt!« Dimitrij stampfte ungebärdig auf: »Geht, geht, geht! Das übrige später, ein andermal!«

»Und – Ignatij von Rjasan?« fragte hartnäckig Ssawiecki.

»Plus tard, plus tard! Darüber läßt sich reden, doch später!«

Die drei Patres verbeugten sich wohl oder übel und gingen betäubt, doch nicht taub, davon. Sie wußten, was die Stunde geschlagen.

Als sie verschwunden, trat Schachowskoj vor und strahlte: »Herrlich sitzen alle Hiebe der Majestät. Der Zar Dimitrij Iwanowitsch wird all seine Feinde zerzausen, jeden zu seiner Zeit, und mit *seiner* Zukunft dämmert *Rußlands* neuer Tag herauf. Da wird es blühen und der Arme ihn preisen.«

»Gratias!« knurrte Dimitrij und wandte sich an Marfa, Basmanow, die beiden Fürsten und Butschinski zusammen: »Sind wir einig? Mich hungert. Kommt, unser Wildbret wird braun sein. Bei Tisch bebrüten wir's, wägen und wagen danach. Oder wickeln wir erst noch das Pensum ab? Was offerierst du uns weiter, Basmanow?«

Der zählte auf: die Judengesandtschaft, die Auszeichnung der dem Boris besonders Getreuen vor der Front, die Aussendung der Kuriere zu den Städten, die noch nicht gehuldigt, die Vorkehrungen für den Einzug in Moskau, die erneute Durchberatung der Titel- und Namenliste des neuen Reichsrates mit der Ordnung der Ränge und Amtsbereiche der neuen Hofämter. Im übrigen bitte er, Zar und Zarin-Mutter möchten im großen Saal, wo man für alles Gefolge, alle Heerführer, die Moskauer Bojaren und so weiter die Tafeln gedeckt, am gemeinsamen Mahle teilnehmen. Als Marfa ihn fragte, ob wohl eine Nonne dahin gehöre, und ihn scherzend einen schlechten Zeremonienmeister nannte, meinte er, man sei ja noch nicht in Moskau, der Zar noch nicht gekrönt. Auch sitze Marfa nicht als Nonne, sondern als ihres Sohnes Schlagschatten da. Im übrigen könne er durchaus hinsichtlich der Lebensart einige dringende Ratschläge geben – gerade im Blick auf die heute erlebten Spannungen.

Dimitrij lachte: »Gib es von dir, Pjotr, während wir zu Tische gehen, sonst platzt du! Was tätest du an meiner Statt?«

Basmanow wurde sehr ernst: »Ich kleidete mich von heute an russisch, ginge nicht mehr als polnischer Husar. Ich setzte nicht mehr so mit einem Sprung in den Sattel, sondern ließe mich hinaufheben oder achtspännig fahren. Ich spräche nur noch russisch, schickte die Jesuiten auf Nimmerwiedersehen heim und holte den orthodoxen Klerus heran. Ich hielte streng unsere Fest- und Fastzeiten ein, äße nichts Unziemliches und übrigens nichts mit Besteck. Ich entließe die polnische Leibwacht bald und umgäbe mich in Moskau, wenn nicht mit den alten Strelitzen, so doch mit ein paar Hundertschaften auserlesener Kosaken. Ich entlohnte die polnischen Korps und schickte sie dem König bald zurück – bis auf ein paar gutbesoldete Exerziermeister. Ich verbrüderte mich patriotisch mit den Grundherren und ließe sie allerlei hoffen, denn der Zar steht hoch, und zwischen der Tiefe des Volkes und seiner Höhe breitet sich der Adel aus –«

Schachowskoj unterbrach ihn, als sei er angegriffen, ärgerlich: »Natürlich weiß auch ich, daß man die Träume des gemeinen Mannes von Zertrümmerung und Aufteilung der großen Güter und der Entmachtung der Grundherren nicht erfüllen kann, die Zeit ist dafür noch längst nicht reif –«

Dimitrij winkte ab: »Haha, dein Steckenpferd, Schachowskoj: die Wirtschaftsgemeinschaften freier Dörfer. Wir sind uns einig im Fernziel. Jedoch – was tätest du noch, Basmanow?«

»Majestät, ich sage es frei heraus und mit allem Ernst: Ich versippte mich mit dem höchsten Adel, verheiratete mich so mit Rußland, und ich verzichtete zunächst auf große Reformen; ich vergäße das ganze Abendland und versuchte vorerst, nur Salz zu sein, das dem altrussischen Brei neue Würze gibt –«

»Wie lange, Basmanow, wie lange?«

»Bis mein Name unangefochten wäre und kein noch so Verstockter mich als entarteten Iwanssproß, als einen von der Fremde heraufgeführten oder gar gekauften Verräter verdächtigen könnte. Mit solcher Rückendeckung dann die Tataren bekriegt, doch später, später. Und so weiter.«

Dimitrij setzte sich in Bewegung, doch Marfa hielt den allgemeinen Aufbruch auf und blieb stehen: »Die Herren sind so freundlich und gehen voraus. Mein Sohn und ich, wir folgen.«

Was wollte sie?

Nun waren Dimitrij und Marfa wieder einmal allein. Und er spürte, Frost war in der Luft.

Sie schaute ihn grell an und sprach: »Zwischen uns sei Wahrheit! Weg mit dem Fratzenspiel! Du bist weder mein noch Iwans Kind. Weg mit den Fratzen, sagte ich, tu nicht entsetzt! Zweifellos hat dir Maryna über unser Gespräch in Kiew berichtet?«

Er nickte.

»Sicher nicht das Wichtigste, doch davon nachher. Höre jetzt deiner Mutter Marfa Rat! Zum ersten: Stelle dir künftig immer vor, wie du dich gäbest, wenn dich noch das Bewußtsein deiner hohen Geburt erfüllte und beschwingte. So benimm dich vor jedermann! Ahme weder Iwan, den Schlimmen, noch Fjodor, den Sanftmütigen, nach noch mich! Lebe den aus, der du bist! Das genügt. Deiner Pseudoahnen Blut hat Möglichkeit zu tausend Charakteren, auch zu dem deinen. Sei also beschwingt, harmlos, fest, gehorche dem Dämon in dir, wurzle tief in dir, dann ragst du hoch genug im Freien; grüne unbekümmert! Und benötigst du schon Masken, so spiele die Rolle des Unbefangenen, Arglosen, Vertrauensseligen, eben des guten Gewissens, spiele den siegesberauschten, jugendlichen Übermut, der in Entwürfen, Plänen und Hoffnungen schwelgt! Sei generös und spendabel nach deiner Art, doch nicht so, daß die Bestochenen auf den Gedanken verfallen: er will uns kaufen. Immer herablassend und leutselig, meinetwegen auch kameradschaftlich, wie es dir liegt, doch immer so, daß man denke: Der kann auch zürnen und zerschmettern! In der Unreife tarne sich die Vorsicht, im Überschwang spitze die Luchsohren der Argwohn! Damit du wirklich Ruhe gewinnst, denke, da du offenbar kein Frommer bist, an die Unerschütterlichkeit jenes Weisen, der da sagte: Es ist ein Wolkenspiel, es geht vorüber – oder des anderen: Alles ist eitel und Wehen des Windes! Schließlich – was kann uns mehr geschehen als Sturz und Tod? Hast du zugehört? Wo hast du deine Gedanken?«

»Danke, Marfa Fjodorowna.«

»Sage Mutter zu mir! – Provoziere also in strahlender Laune! Dein Dummtun sei deine Wünschelrute, die aufspürt, wo der Teufel Junge hat! Provoziere zum Beispiel Schuiskij! Sehr müßte ich mich täuschen, wenn er seinerzeit nicht die Hand im Spiele gehabt. Stimmt es, so verrät er sich noch früh genug. Dein Schlaf sei der des Argus. Schmause, tanze, feiere Feste, dazwischen rüste, organisiere und phantasiere –«

Dimitrij starrte vor sich hin:»Dieser – Schuiskij ...« Er kam zu sich:»Ja, Unerschütterlichkeit, das ist es. In der Sage werden Heroen als Säuglinge über Feuer gehärtet oder als Männer in Drachenblut. Gewisse Leute schnallen mich in den Panzer großer Phrasen von göttlicher Sendung ein. Den brauche ich nicht. Amor fati sei meine Devise. Ich weiß, was ich kann. Das sei mein Panzer gegen die Anfechtung. Hinzu komme stoische Verachtung. Ich will besitzen lernen, als besäße ich nicht, an mich reißen in der Bereitschaft, es wegzuwerfen. Das Kind spielt, der Künstler spielt, ich spiele mit. Ich habe die hybride Heuchelei kennengelernt, die sich so unverschämter Vokabeln wie ›Berufung, Sendung, Erwählung‹ zu ihrer Rechtfertigung bedient. Was ist der Mensch? Ein kleiner Schaumspritzer auf hoher See. Sei meine Demut denn Ehrlichkeit! Fratzenspiel vor der Menge, doch nicht vor mir und dir! Mein Selbstgefühl sei mein Talent, in der roten Leidenschaft, in Stürmen zu segeln, mitzustürmen und mit unterzugehen. Was steckte sonst schon in mir? Eben dies will heraus. Sollte ich dennoch Sendung haben, so kenne ich sie nicht, will ich sie nicht kennen. Soviel weiß ich schon heute: Rom enttäusche ich. Ich beuge mich Troiza, ich befolge Basmanows Rat. Ich schlage mich ganz zu Rußland und verabschiede Polen. Tag für Tag sei die Notwendigkeit meine Führerin in der Weglosigkeit! Mag sie mich schmieden und härten!«

»Härten, Dimitrij! So werde hart! Ich spreche für sie.« Wieder blickte sie ihn so grell an. Er begriff und fragte bang, was sie jetzt meine?

»Laß dein Herz jetzt nicht zappeln! Gehorche dem Dämon in dir, dann gehörst du nicht mehr dir selbst, erst recht nicht – ihr! Also vergewaltige dich und vernimm: Du darfst von keiner Maryna wissen. Nie hat sie dir gelebt. Verleugne sie und dich! Du bist ihr gestorben, ihr und dir! Und so erst geboren, nämlich zum Herrn dieses Reiches!«

Er stöhnte auf.

»Schlage sie dir aus dem Sinn. Kasteie dich, dressiere dich! Reiß dir das Auge aus, so es dich verlockt, hacke die Hand ab, die dich ärgert! Nimm dich in Zucht wie jener Ignatij von Loyola und seine Jünger in ihren Übungen! Gehörst du nicht zu ihnen? Entscheide dich hart, sofort und ganz, entweder für deinen Thron – oder für das Mädchen! Läßt du nicht Maryna fallen, so wird das euer beider Sturz, auch der ihre. Das macht dir die Entscheidung doch wohl leichter.«

Er irrte umher. Auf seiner Stirn stand Schweiß, und sein Herz hämmerte. Sie fuhr fort:

»Du legst die Hand an den Pflug und blickst zurück? Du begehrst ein Weltreich und könntest dich selbst nicht beherrschen? Du willst einst verlangen, daß Hunderttausende dir ihr Leben zu Füßen legen, und kannst die Kleine nicht opfern? Sei kein Schmachtfetzen, schwatze mir nicht von deiner ritterlichen Liebe! Du bist Mann und hast dein Werk zu lieben! Übrigens – wie weit sie dich liebt, das ist noch zu fragen. Das Weib, wo es liebt, opfert sich auf. Liebt dich Maryna, wie es sich gebührt, so gibt sie dich aus Liebe frei; sofern ihr Verstand zureicht, ihr eigenes Wohl zu bedenken und das deine dazu. Sie gibt dich hin an dein Amt und dein Schicksal, deine Taten, deinen Ruhm und deine Herrlichkeit.«

»Nonne, das verstehst du nicht.«

»Dergleichen verstand ich schon, ehe du auf der Welt warst, Junge.« Jetzt erklang ihre Stimme wie Drohung: »Entscheide dich! Sie verkörpert Polen und Rom. Gib ihr den Abschied! Ach was, du hast dich längst entschieden, Dimitrij, halte daran fest! Du hast doch Grütze im Kopf! Dein Herz ist nicht von Butter.«

Er hielt im Wandern inne: »Marfa, ich weiß, Rußland ist noch nicht soweit, sie zu empfangen, zu lieben und zu ertragen. Doch sie würde ja Russin und eine Orthodoxe werden wie du und ich –«

»Wie wir? Das wäre nicht viel, Dimitrij. Du schreibst ihr also, daß sie hier die Mine wäre, die dich und alles in die Luft sprengte, oder der Funke ins Pulverfaß, auf dem du thronst. Ist sie jene Maryna, die wir beide in ihr sehen, so bringt sie ihr Opfer mit Größe, und das bleibt dann vor ihrem Selbstgefühl das Paradestück ihres Lebens.«

»Ganz Polen, das sie jetzt beneidet, würde die von mir so Versetzte, Verstoßene und Entehrte totlachen!«

»Stirbt sie daran, so ist sie anderes nicht wert, so mag das Gelächter sie töten. Du wähle zwischen ihrem und euer beider Verderben! Weißt du was, Dimitrij?«

Er blickte sie fragend an.

»Wäre ich sie, ich griffe zu Dolch oder Gift und erlöste mich – und dich. Anders – ertrüge ich es wohl auch nicht.«

»Marfa!«

»Ja! – Junge; laß mich nicht zu groß von dir gedacht haben, von dir und ihr! Übrigens mutest du ihr nichts zu, als was sie dir schon lange zugemutet. Ich habe euren vergangenen Tagen nachgeforscht. Die Magnatentochter erklärte einst: Noblesse oblige!, und du durftest dich auf ihrer Hochzeit besaufen. Es gelte: Noblesse oblige; deine Krone verpflichtet, und anders als Magnatenherrlichkeit. Du bist der Krone nicht wert, wiegt sie dir nicht hundertmal dein Herz auf und hundert Marynen. Wie willst du je mit dem Schicksal, mit Leben und Tod von Millionen spielen, kannst du nicht mit deinem und ihrem Herzen jonglieren, deine Leidenschaft nicht tanzen lassen wie der Schaubudengaukler seinen Tanzbär, kannst du sie nicht durch brennende Pechreifen springen lassen wie der Jahrmarktdompteur seinen Tiger? Du gehörst dir nicht mehr selbst an, merke dir das! Sei kein entlaufener, schwärmerischer Seminarist, kein Troubadour und Seladon! Du kennst doch euren Virgil. Euer Äneas zog davon und ließ Dido ins Meer gehn. Er folgte seinem Ziel. Jener Odysseus ließ sogar eine girrende Göttin versauern. Und sie lernte verzichten, rüstete ihm aus Liebe das Schiff und schaute ihm über Brandung und Wogen nach. Sein Königreich rief ihn. Du siehst, ich habe nicht nur über göttlichen Mysterien meditiert. Nun, seit die Mystikerin nicht mehr in Nebeln verdampft, sondern die Nagaja, soundso viel Pud schwer, wieder die Erde tritt, seither hat sie dich, hast du sie. Wir zwei gehören zusammen. Jene Dritte ist zuviel.«

»Da entlarvt sich wohl Eifersucht, Mutter?«

Sie fuhr ihn an: »Jetzt ist nicht Zeit zu scherzen, Junge. Sieh dich vor! Meine Heiligkeit ist zum Teufel. Einst war ich gern bereit, Verachtung mit Verachtung zuvorzukommen. Und dies nun zur Antwort, Dimitrij: Eine Zariza muß her! Basmanow wies in die rechte Richtung. Eine Russin sei's! Ich schlage eine Mstislawskij vor. Schade, daß dieser Schuiskij keine Schwester hat. Verschwägere dich bald, dann hast du große Häuser hinter dir! Und Rußland soll es mit Händen greifen, wie du die Fremde abschüttelst innen und außen. Entscheide dich recht, sage ich dir, oder du hast auf deinen Namen, an den sie glauben, auf mich, auf deinen vergangenen Sieg, auf dein künftiges Reich, auf all deine Zukunft kein Recht mehr.«

»Selbst nicht auf dich?« fragte Dimitrij leise und blickte sie trübe an. »Das heißt ja wohl: Du würdest gegebenenfalls Konsequenzen ziehen und den, der in deinen Augen sein Recht verwirkt hätte, aufopfern und verleugnen. Wolltest du dergleichen durchblicken lassen?«

»Durchblicken lassen? Ich ruf' es dir durch den Schalltrichter zu und sage deutlich: Ja, bei Gott, ich verleugnete dich. Müßte ich dich in dieser Stunde, da ich dich wäge, als zu leicht befinden und von meinem Herzen abtun, so wäre der Tag nicht fern, da ich dich auch öffentlich nicht mehr hielte, sondern riefe: Hinweg mit ihm! Noch aber mahne ich unter vier Augen. Ich sage nicht: Sei ein Mann! Ich sage: Sei Monarch und lasse den Mann wie überhaupt den Menschen hinter dir! Dann stehst du, wo du hingehörst, und so, wie du sollst, und dein Betrug ist gesühnt, gerechtfertigt, ausgelöscht.«

Sie sah sein Gesicht ergrauen und veröden, sah, wie seine ganze Gestalt verfiel, aber daraus folgerte sie nur: Jetzt hat es sich in ihm entschieden, und seine Krankheit ist nicht zum Tode; er wird genesen ...

Zu Moskau aber geschah es, daß ein zerlumptes Mongolenweib über einen geborstenen Plankenzaun, der ihr bis zur Nase reichte, in ein Grundstück lugte, das – zwischen ein paar scharrenden Hühnern – zwei dürre Säue umwühlten, dicht vor den leeren oder verbretterten Fenstern einer baufälligen Hütte. In deren Strohdach klaffte eine breite Lücke. Dort hinauf schaute die Frau, bis aus dem Dunkel des Gebälks ein Mann auftauchte, der da oben im Gerümpel hantierte. Sie rief ihn an, winkte ihn herunter, zwängte sich durch eine Zaunlücke und ging um die Hütte herum. Hinten auf dem Hof lag in hohen Brennesseln ein Baumstamm, auf den setzte sie sich und wartete des die Stiege herunterstolpernden Hüttenbewohners. Struppig trat er vor sie hin, mißtrauischen Blicks, und kratzte sich Rücken und Gesäß. Sie blinzelte zu ihm auf, an einem Halm kauend: Ob er der Finne mit dem Siebenten Buch Mose sei. Er nickte. Ob er machen könne, daß Leichen nicht verwesen. Der Finne wiegte den Kopf.

»Dem Tatarenfürsten, dem ich gehöre, will sein Prinzchen sterben. Die Mutter jammert und kommt von Sinnen. Es würde sie sehr trösten, könnte sie ihr Kindchen noch ein Jährchen unversehrt im gläsernen Särgchen behalten und anschauen.«

Der Finne kratzte sich vom Hinterkopf her unter der Mütze, so daß sie auf seine Nase rutschte.

»Ihr Zauberer könnt alle nichts.«

»Oho! Zaubermeister gibt's, die immer wieder auferstehn und aus dem Modergestank und -licht ihres begrabenen Fleisches immer wieder sich einen neuen Erdenleib heranziehen und aufbauen – und die dann weitertun.«

»Bist du so einer? Du kannst nichts, Finne.« Damit stand das Weiblein auf. »Das Kind ist noch sehr unschuldig«, murmelte es und ging davon.

Zu gleicher Zeit suchte in der deutschen Neustadt ein krummbeiniger Tatar in einer Apotheke Einlaß. Er mußte lange klopfen, bis ihm ein Spalt, danach die Tür geöffnet wurde und der dürre Apotheker, ein kahler Turmschädel mit grauem Kraushaar um Ohren und Nacken, ihn mißvergnügt einließ. Sein schlitzäugiger Kunde mit dem dünnen Bartwuchs und den starken Jochbögen über den hohlen Wangen gefiel ihm nicht. Doch der stand nun in seinem verräucherten Laden und schaute scheu umher auf die verstaubten Krokodile, Schildkröten und plumpköpfigen Fische, die über dem Ladentisch hingen. In den Regalen dahinter standen Töpfe und Krüge, Säcke und Beutel. In der dunklen Tiefe der gewölbten Offizin brannte unter dem Rauchfang ein Feuer. Das kochte wohl Kräuter aus. Glaskolben und Röhren funkelten da im Flammenschein, und der Gestank kam von dort.

»Was willst du?« fragte der Deutsche.

Der Tatar wischte mit dem Ärmel über die Nase: »Kannst du machen, daß meiner Fürstin totes Kindchen nicht verwest? Sie muß es behalten, tot wie es ist, und es täglich beim Weinen und Beten sehen.«

Der Apotheker wurde krumm und brummte: »Das ginge schon und wäre keine Hexerei, aber eure Kirche erlaubt es nicht. Es ist gegen den Willen Gottes, sagt sie, der da spricht: Von Erde bist du genommen, zu Erde sollst du wieder werden.«

Der Kunde flüsterte: »Es erfährt's ja niemand. Meine Herrschaft ist heidnisch. Es soll auch nicht für ewig sein, nur für ein paar Monde.«

Der Apotheker schlorrte nach hinten: »Deine Fürstin ist sicher reich. Mag sie sich einen Glassarg bauen lassen und ein Faß Feuerwasser besorgen. Da kann das nackte Kind drin schwimmen wie ein Fisch im Wasser. So bleibt es.«

»Doch später, wenn man's herausnimmt, so nach zwei, drei Monaten, da riecht es wohl sehr gut?«

»Nach Branntwein, Esel.«

»Sehr gut! Nichts riecht besser. Und hält sich das tote Kind dann noch ein Weilchen?«

»Bis der Liquor verfliegt.«

Der Tatar rühmte des Apothekers Gelehrsamkeit. Da wurde dieser eitel und kramte aus. Er erzählte von Königsmumien in Ägypten und uralter Balsamierungskunst, und wie sich besser noch als die Balsamierten die Leichen der Armen im trockenen Wüstengrab gehalten. Er erzählte von seiner Reise durch das Land Italia und wie da in einer langgewölbten Gruft mehr denn hundert tote Priester seit Menschengedenken gleich Lebenden reihenweise wie beim Chorgesang dagesessen und eine schwarze Katze über ihre Köpfe weggestiegen. (Der Tatar bekreuzigte sich.) Das liege an einer besonderen Luft. Auch sei in einem Bergwerksschacht einmal ein toter Heuer gefunden worden, der vor Jahrzehnten dort umgekommen. Der sei in einem wunderlichen Erdsaft frisch geblieben, als habe er sich eben schlafen gelegt.

Der Tatar dankte mit tiefen Verbeugungen und erkundigte

sich nunmehr nach Wohlgerüchen. Wonach zum Beispiel die Kleider des Sultans dufteten? Der Apotheker sprach von Myrrhe, Aloe, Weihrauch und verwies auf die Heilige Schrift. Ob der gelehrte Herr dergleichen beschaffen könne? Vor allem auch jenes Duftsalz, das die Tauben locke? Der Apotheker verkaufte ihm einen Beutel Anis; das übrige könne er beschaffen.

Nach einer Stunde trafen sich der Tatar und seine Frau beim nächsten Stadttor und wanderten in einen Vorort hinaus. Die Blockhäuser standen dort verstreut zwischen hohem Unkraut. Ackergerät lag herum. Sie traten vor ein niedriges Haus. Ein Hungergespenst von Frau mit hohlen Wangen und dunkelumränderten Augen stand dort wortlos in der Tür. Ein zwei- bis dreijähriger Junge hielt sich an ihrem Rock aufrecht. Mit totem Blick sah die Bäuerin den Ankömmlingen entgegen. Die sagten, sie hätten sich besonnen und kämen zurück, um das Kindchen, das sie ja doch nicht ernähren könne, als ihr eigenes großzuziehen; Gott habe ihnen keine Kinderchen geschenkt. Der Mann holte aus seinem Sack ein kreisrundes Brot und reichte es ihr als Kaufpreis. Mit aufflackerndem Blick nahm sie es an sich und lud mit scheuer Bewegung ihrer dürren Hand ein, das Kind zu übernehmen. Das Tatarenpaar kniete beim Kinde nieder. Bald schaukelte der Mann, bald trug das Weib das Kind umher und streichelte es. Des Kindes Mutter verschwand schemenhaft im Dunkel des Hauses. Dort zerrte und brach sie mit tierischer Gier ein Stück vom Kanten und stopfte es sich in den Mund. Das Paar zog das Kind mit sich fort. Der Junge kriegte es mit der Angst und weinte; sie mußten ihn zerren. Er war gekauft.

Sie kehrten in die Innenstadt zurück und trennten sich an einer Gassenkreuzung. Der Mann wankte durch allerlei staubige Straßen und trat in eine düstere, menschenleere Kneipe, weckte hinter der Theke den langbärtigen Juden, der auf einer Wandbank schnarchte, und verlangte eine Schale Honigwasser. Indessen hockte sein Weib sich mit dem Knaben zu den Krüppeln, Idioten und anderen Bettlern an der Kirchenpforte eines Frauenklosters nieder und hoffte auf Almosen. Sooft eine Bürgerin aus- oder einging, wimmerten all die Elenden auf und streckten Hände und Mützen hin. So auch das Weib. Als eine Nonne die Kirche verließ, stand es auf, zerrte das Kind zu ihr, krümmte sich, bat um den Segen und, als sie ihn erhalten, um Auskunft: Ob es wahr sei, daß Heilige, wenn sie stürben, wohlriechende Leichname hinterließen, die kaum verwesten; ob gar ein solcher Leib, wenn er zum Beispiel durch Feuer vom Leben zum Tode gekommen und durch Brandwunden entstellt sei, in der Grabestiefe seiner Brandmale ledig und heil werden könne. Die Nonne verwunderte sich und erzählte weiterwandernd, was sie aus den Märtyrer- und Heiligenlegenden wußte, zum Beispiel von den Heiligen im Höhlenkloster von Kiew, auch von Lazarus, der schon gestunken habe vor seiner Auferweckung, auch von Heilungswundern, die bei Märtyrergräbern und durch Berührung ihrer Reliquien an siechen und bresthaften Gläubigen geschehen. Die Tatarin küßte der Nonne schließlich die Hand, blieb zurück und sinnierte auf den kleinen Jungen an ihrer Hand nieder, murmelte etwas und zog ihn zu einer Bäckerstube hinüber. Dort kaufte sie ihm von den erbettelten Kopeken ein Süßbrot mit Rosinen.

Inzwischen wurde ihr Mann in jener Kneipe mit dem Juden handelseinig. Sie standen über den Schanktisch gebeugt, der Tatar zählte aus vollem Beutel in blanken Silberstücken den Kaufpreis für die Schenke hin. Des Juden Augen funkelten über der blinkenden Reihe der Münzen. Er tat Ausrufe der Verwunderung beim Gotte Abrahams, Jizchaks und Jakobs und fragte, woher der Tatar so grausam großen Reichtum habe. Nicht gestohlen, nicht geraubt? Der Herr – kein Wegelagerer, kein Mörder? Sonst – waih geschrien!

»Wirst du gleich sehen, Awram Isakewitsch. Jetzt gehen wir zum Schreiber, der besiegelt alles. Da wirst du hören, welches Großen Leibeigener ich bin, daß all dies Geld das seine ist, nicht meines, und diese Schenke nun ihm gehört, nicht mir – wie ich, der künftige Schankwirt.«

Sie machten sich auf den Trab. Am Nachmittag war die Schenke überschrieben, am Abend zog der Jude mit Sack und Pack aus, in der Nacht hockten der Tatar und sein Weibstück unter dem Kienspan hinten in der Vorratskammer auf Fässern beieinander, während das Kind im Schankraum auf der Wandbank schlief. Sie wurden sich über das Weitere klar: Jetzt könne man in der Brennerei die Fässer füllen lassen, als Konzessionierter werde man beliefert. Morgenden Tags, sagte der Mann, sei er zum Fürsten befohlen, der da seine Güterverwalter und Bankhalter, die Aufseher seiner Pelzjägerhorden, Jagdreviere und Gerbereien, die Vorsteher seiner Kontore und all die Landpächter zur halbjährigen Abrechnung empfange. Da möge der Fürst entscheiden. Das Kind sei gottlob getauft, dem sei der Himmel gewiß.

Am nächsten Vormittag war die Vorhalle des Schuiskij-Palais mit Wartenden erfüllt. Nach und nach wurden sie hereingerufen, Verwalter und Pächter, Gerbermeister und Geldausleiher, Jagdmeister und Schnapsbudiker. Selbstbewußt standen die höheren Beamten und Eintreiber herum, und an sie, die Bevorzugten, kam die Reihe zuerst; verzagt hockten die armen Pächter, die wieder einmal um gnädige und mildherzige Stundung winseln mußten, die Ausgepowerten, aus den Jahren des Hungersterbens noch Übriggebliebenen.

Hinter dieser Diele, in der Kontorhalle selbst, thronte auf ledernem Sessel, den ein teppichbelegtes Podium erhöhte, seitlich der mit offenen Folianten bedeckten langen Tafel Fürst Schuiskij. An der Tafel über ihre Rechenbücher gebeugt und in Blickrichtung auf die jeweils hereingerufenen

Kotaumacher saßen die gefürchteten Schreiber und Rechner des Fürsten. Mitten aber im Raum stand der Hauskanzler und dirigierte das Ganze. Zur Rechten des Fürsten brannte eine Kerze auf polierter Steintischplatte. Auf dieser prüfte ein Kassierer jede Münze auf den Klang hin, die Goldmünzen noch mit den Zähnen, zählte die Reihen auf, strich sie ein und ließ sie klimpernd in die eisenbeschlagene Truhe fallen. Als die größeren Angestellten abgefertigt, hörten die geringeren draußen immer häufiger das Geweimer armer Seelen im Kontor, die ihren Herrn nicht befriedigen konnten, und das Gebrüll seiner Gewaltigen.

Endlich kam die Reihe auch an den Tataren. Als der dem Fürsten eine der geschnäbelten Stiefelspitzen geküßt, befahl der Thronende alle Beamten hinaus. Sie zogen nach hinten ab und dachten: Seiner Spitzel einer!, gingen weit davon und hüteten sich zu lauschen.

Der Tatar berichtete, was er geschafft und wie man's machen müsse. Der Fürst entschied, das unnütze Wesen dürfe noch leben, doch nicht in Uglitsch. Niemand dort dürfe es zu Gesicht kriegen. Er werde schon sagen, wann das Grab zu öffnen, der Bleisarg zu räumen, der Ersatz ins Spritfaß und danach in den Sarg zu tun sei. Noch sei es nicht soweit. Vorläufig solle das Weib allein nach Uglitsch heim und seine Hostienbäckerei betreiben wie zuvor, aber die Grabplatte allnächtlich mit den Essenzen feuchten, bis die ersten Schnüffler sich daran versammelten und die ersten Heilungswunder geschähen. Die blieben gewiß nicht aus. Die Hostienbäckerin werde auch erfahren, wann danach das Anisöl darankomme, um die Tauben auf das Grab zu versammeln. So sprach Schuiskij, ließ sich noch einmal alles genau wiederholen, setzte auf den leisesten Bruch der Verschwiegenheit die Strafe der Totpeitschung und ließ den Tataren hinausbuckeln. Als der die Halle der Wartenden hinter sich hatte und erregt die Freitreppe hinabstolperte, murmelte er, noch weiter gestikulierend: »Wird alles geschehen, Herr, alles. Ich und plaudern? Auf deines Sklaven Gefasel, das einen Fürsten wie dich anzuschwärzen wagte, gäbe kein Richter etwas, da wäre die Antwort für mich entsetzlich, das weiß ich ja ...«

Das Rechnungslegen, Kassieren, Schnauzen, Drohen und Winseln ging weiter, Schuiskijs Gedanken aber eilten hinter dem Tataren her. Dann kamen sie zurück und bestätigten ihm immer wieder: Ja, Wassilij, es wäre noch zu früh. Noch schaufelt das Herrchen soviel Bewunderung, Verehrung und Glauben ein! Uglitsch, die Stunde deiner Wunder ist noch nicht gekommen.

An dieses Tages Nachmittag bemühte der Tatar sich vergeblich, mit seinem mit zwei Fässern beladenen Eselskarren auf der Hauptstraße der Brennerei näher zu kommen. Straße und Nebengassen wurden für den Empfang des siegreichen Iwanssohnes von Arbeiterkolonnen gekehrt und von Strelitzen gesperrt. Über allerlei Höfe und Hintergassen erreichte er dennoch sein Ziel und kehrte gegen Abend mit voller Ladung zur Budike zurück. Schnapsgäste, die bei ihm einkehrten, erzählten nun viel von dem Heerlager von Serpuchow und neuerdings von Kolomenskoje und dem ausgelassenen Treiben dort, phantasierten vom festlichen Einmarsch in der Hauptstadt und der herrlichen Zukunft.

Ja, der Held hauste bereits in Iwans IV. Sommerresidenz, schaute aus einem der Schloßfenster auf den weiten Ring der Zeltstädte, die das von Bauern- und Kriegervolk belebte Dorf umschlossen, und auf den ragenden Turm der nahen Himmelfahrtskirche. Kochelew war bei ihm und klimperte auf einem lautenähnlichen Instrument.

»Wie ein steinernes Zelt steht er da«, sagte Dimitrij.

»Erinnerung an die Zeit der Zelte«, erwiderte Kochelew, »der schweifenden Horden, an die eiserne Zeit.«

Sie kamen auf weitere Beispiele dieser Architektur. Danach schilderte Kochelew die prächtigen Holzschnitzereien im zarischen Kirchengestühl der Moskauer Auferstehungskathedrale. Sie sprachen von kostbarem Kirchengerät und Ikonenwerkstätten. In glühenden Farben ließ Kolja die Kirche zu Djakowo, die Kathedralen von Smolensk und Troiza erstehen und das Wunder am Moskauer Roten Platz, das eigentlich ›Zu Marias Schutz und Fürbitte‹ heiße. Sie kamen auf die reichen Klöster und ihren Landbesitz, und Dimitrij versprach, sie zu schröpfen. Er habe keine Lust, auf des Reiches Kosten so viele faule Mönche zu mästen. Dann kam er von Koljas Lautengeklimper auf die Musik. Er werde gute Musikanten zusammentreiben. Es half nichts, daß der Narr die Laute wegwarf, auf den Tisch sprang, sich als den Täufer am Jordan vorstellte, der den Zaren, den neuen Herodes Antipas, donnernd zur Buße rufe. Er hielt ihm vor, wie gottlos es sei, während des Tafelns auf Darmsaiten schaben und durch Holzschlangen und blinkende Trichter pusten und Stimmen erzeugen zu lassen. Wie der Mensch kein Vogel sei und sich keine Flügel (wie gewisse Heiden der Vorzeit) zu bauen habe, so sei er kein tausendstimmiges Monstrum. Darum seien Orgelei und Saitengeklimper, Blasen, Schaben und Pauken bei der frommen Verdauung der Gaben Gottes nichts als Vermessenheit, Teufelsgeplärr und Auflehnung der Kreatur, heidnisches Abendland und frevle Kunst, genauso wie der Gebrauch von Gabel und Messer, als habe unser Herrgott uns weder Finger noch Zähne gegönnt oder als sei die Gottesgabe nur mit der Forke anzufassen. Verrucht sei es, Kälbchen zu fressen, die ihr gottgewolltes Rinderdasein wieder- und wiederkäuend noch nicht ausgekostet und durchgerülpst. Der Herr der Christenheit solle während des Schmausens aus dem Leben der Heiligen vorlesen lassen, dann schmecke es erst, dann bekomme es gut. Und brauche er Musik, so sollten ihm Chöre singen. Ein *statthafter* Trompetenton sei dann und wann ein dankbarer und herzhafter Donner von hinten. Wünsche der Herrscher weltliche

Heiterkeit, so habe er ja Kolja da, der ihm ein Heer von Witzbolden und tiefsinnigen Narren ersetze.

Dimitrij ließ sich die augenrollende Mimik und den heulenden Wüstenpredigerton eine Weile gefallen, riß dann aber den Lustigmacher herunter und erklärte, so ganz mit Leib und Seele, Haut und Haar werde er sich von Moskowiens Sittenwächtern nicht fressen lassen. Einige Fenster gedenke er einzuschmeißen, daß frische Luft hereinfahre, und seine Instrumentalmusikanten wolle er haben. Ja nicht zu nachgiebig! Immer guter Laune, froh und stark! Maryna freilich, so dachte er hinzu, muß warten, warten. Ach, wie lange wohl? Bis zum Sankt-Nimmerleins-Tag? Er seufzte auf: »Kolja, komm! Studieren wir das Innere der Kirche!«

Die Posten draußen präsentierten, als sie hinübergingen, das Volk grüßte demütig. Den Bettlern am Kirchenportal warfen sie Münzen zu und betraten das Heiligtum.

Vor dem Ikonostas standen sie still, Dimitrij prüfend und nicht ohne Bewunderung, der Narr grüßend und ganz Devotion. Dann fragte Kolja seinen Herrn, ob er noch oft vorhabe, unter Zeugen vor den Augen Gottes wie eine Salzsäule dazustehn. Die Moskauer würden ein Auge darauf haben. Dimitrij fragte, ob der, den alle Himmel nicht faßten, in Bildern stecke. Kochelew rief: »Diese Ikonen sind die Fenster des Himmels. Gott schaut uns an aus den Augen dieser Heiligen.«

»Die sind gemalt und stockblind.«

»Blind? Armseliger! Der erste aller Ikonenmaler – wer war's? Gott Vater selbst. Er malte sich in Antlitz und Gestalt seines Mittlers ab, in des Mittlers sieghaftem Leiden, Sterben und Auferstehen. Und der zweite der Maler, wer war's? Eben dieser Sohn, der Lebendige und Erhöhte. Er malt sich in all seinen Heiligen ab, die mit ihm leidend überwinden und anbeten, mit ihm gepflanzt zu gleichem Tod und Auferstehn. Wer ist der dritte Maler? Des Dreieinigen dritte Person, der Heilige Geist in den Gläubigen, der malt das Heilige in der Liturgie, in allem heiligen Gleichnis und in diesen Ikonen ab. Die sind mehr als Farbe, Holz und Metall, mehr als Menschenwerk und -kunst. In ihnen ist die Nähe des Himmels, da wirkt lauter heilige Magie. Etwa nicht? Magie ist in allen Bildnissen. Wenn du ein unzüchtiges Bildchen siehst, behext das deine Mannheit nicht? Darin säße nicht der Geist der Unzucht? Wie sollten die Ikonen nicht voll Himmelsmagie sein? Sind sie doch unter Fasten und Beten gemalt! Ach, deine Seele ist tot. Den Toten ist alles tot. Aber Gott und Mensch begegnen sich in nichts als Bild.«

»Ihr Schwärmer! Der Mensch, im dunklen Verlies seines einsamen Ichs gefangen, begegnet in all seinen Träumen immer nur sich ...«

Am nächsten Morgen füllten die Einzugsstraßen Moskaus festlich gekleidete Völker in mancherlei Tracht. Das hing wie Trauben Gesicht an Gesicht aus niederen und höheren Fenstern, das hockte auf allen Dächern und, wo ein Garten angrenzte, in den Bäumen. Das drängte, lärmte, lachte; doch trunken war niemand außer vor Freude, denn der Ausschank war verboten. Ab und zu galoppierte eine kleine Abteilung daher, so daß, was sich auf dem Fahrdamm tummelte, zu den Häuserfronten schreiend auseinanderdrängte. Die Reiter rekognoszierten die Stadt. Immer häufiger kreuzten sich die Ordonnanzen in blinkender Wehr und riefen einander zu, alles sei ruhig.

Die Glocken begannen zu läuten, als erste die Iwansglocke, dann stimmten nach und nach alle ein, tausend, wie zuletzt bei des Mönches Bogoliep Leichenbegängnis. Heute klagten sie nicht, Himmel und Erde jubelten heute.

Endlich schwoll begeisterter Lärm heran, trabten in breiten Reihen die gepanzerten Husaren daher mit eisernen Flügeln am Helm oder Pegasusschwingen am Sattel und unter ragenden, buntbewimpelten Lanzen. Sie trabten in Reihen zu je zwanzig Reitern. Pardelfelle hingen von den Schultern, und goldbefranste Schabracken deckten die tänzelnden und wohl in fünfzig Gliedern paradierenden Pferde der Edelleute. Dann trabten zwischen Kesselpaukern die Trompeter daher. Paukenwirbel dröhnten und Fanfaren schwangen sich wie Feuerschlangen in die brünstigen Gesänge der Glocken und über das Jubelgeschrei der erregten Menge hinauf. Als die Bläser und Pauker vorüber, schritten die fremden, buntbehosten und bemäntelten Fähnriche heran. Ihre Helme waren von rot- und blaugefärbten oder schwarzen Straußenfedern umwogt. Kunstreich schwangen sie ihre kurzgestielten, langwehenden Fahnen. Heranschritten die deutschen Infanteristen zu gleichfalls zwanzig Mann, grell gewandet in Pluderhosen und im Brustharnisch, unter geschulterten Musketen und laubumwundenen Eisenhauben. Diesen folgten wieder Kosakenschwadronen, und besonderer Jubel begrüßte sie: denn da waren sie, die ewigen Rebellen, die krieggestählten Freunde des Volkes, das Entsetzen der Heiden, die Plage der Tyrannen. Und nun die rotberockten, hochbemützten Strelitzen zu Fuß mit schwerer Feuerwaffe auf der linken Schulter, Hellebarde oder Streitaxt in der rechten Faust, und an breiten Bandeliers voller Pulverbüchsen baumelten links krumme Säbel in ledergewickelten Scheiden nieder. Wieviel Strelitzen? Tausende und mehr!

Und endlich, endlich er selbst! Zar Dimitrij, einem Erzengel gleich, in brokatenem Kaftan und hoher Kopfbedeckung aus Pelz, großfürstlich gekleidet, rotgestiefelt, auf hochgesatteltem Schimmel! Wie brannte das Zinnoberrot der Schabracke, die bis zu den Fesseln des Tieres wallte, wie funkelten die Perlenstickmuster und goldenen Fransen, wie leuchteten seine schönen Augen! Rotgefärbt waren des Schimmels Mähne und langer Schweif, vergoldet seine Hufe, silberbeschlagen Zügel und Zaumzeug. Er trabte in einer Wolke von Bojaren, die, wie sie auch in Gala prunkten, nur die Glorie des Einen erhöhten. Die Glocken läuteten fort und fort, die Fanfaren schmetterten, weithin schallten die Freudenrufe, straßauf, straßab. Das schrie und winkte von Dächern und Bäumen, und alles Volk warf sich weinend und selig auf die Knie und in den Staub. Da war auch ein Veteran des Iwan, ein schneebärtiger, den hielt es nicht. Er wagte es, sich durch die Reittiere der Bojaren bis an den Herrscher zu drängen. Der hörte den Alten rufen: »Es lebe unser Vater! Möge dich der Herr mit seinem Schatten bedecken! Fort und fort erweise er dir Barmherzigkeit wie bisher! Sie hat dich vor dem Gottlosen gerettet. Wir waren in Finsternis, und jetzt kommt unsere rote Sonne wieder zum Vorschein!«

Das Volk respondierte mit seligem Geschrei. Dimitrij hielt an, reckte einen Arm hoch, verschaffte sich Stille und rief: »Steht auf, meine Kinder! Kniet vor Gott, nicht vor mir! Bittet Gott für mich alle Tage, unablässig!«

Sie gelobten es, und Frauen schluchzten: »Wie schön er ist! Ganz der Sohn des großen Vaters. Wie ähnelt er ihm!« Alles bekannte: »Ja, ja, das ist Iwan in seiner Jugend, ganz und gar.«

Nun ritt er weiter, und als sein Gefolge und die vielen Großen Rußlands und Polens und Litauens vorüber waren und wieder Strelitzen folgten, da wallten von fern unter heiligen Bildern in strahlendem Ornat die Priester heran, auf den Lippen Hymnen und das Kyrie.

Und nun, wer nun gar? Sie!

Umjubelt wie der Zar! Sie in offener Kutsche, von vier Rappen gezogen, die fromme Nonne Marfa, die vor soviel Glück feierlich ernste, verklärte Frau! Da konnten rings die Mütter und Mädchen nur noch weinen, da betete das Volk und lärmte nicht mehr, in Ehrfurcht beugten sich Männer und Frauen, sie aber segnete, segnete unaufhörlich. So ernst vor Glück, so ernst!

Vorüber, vorüber. Was niedergekniet, stand wieder auf.

Der Kutsche folgten singende Mönche und Nonnen, und die andächtigen Gaffer antworteten mit so manchem Amen. Der größte Lärm war weitergewandert, zog mit Dimitrij mit, aber dann grüßte man noch laut und mit Blumenwürfen die Regimenter und Schwadronen, die den Zug beschlossen, reichte ihnen aus Krügen Trinkwasser in die Reihen, und die Glocken, die Glocken sangen und tobten, lachten und beteten in heiliger Raserei.

Dimitrijs Herz schwang und zitterte mit. Schauer über Schauer rieselte ihm den Rücken hinab. »Maryna!« murmelte er. Jeder Tropfen in seinen Adern beschwor und rief sie her. »Maryna!« Jeder Schlag seines Herzens fragte – und zagte: Dergleichen solltest du nie nach mir erleben in dieser unserer Stadt? Abschwören – ich dich? Ich – verraten, was uns vergattet? Mich soll dies Meer allein verschlingen zur unbekannten Amphitrite hinab? Mich allein diese Freude? Nur mich das läutende, brüllende, heilige Ungeheuer, das unser gelobtes Land ist? Mir und dir mich entfremden und mich allein in Sphären hinaufreißen, die dein Auge nie mehr erreicht? Oh, wie der große, brünstige Rachen verschlingt! Mich und meine selbstherrlichen Eitelkeiten! Birgt sich nicht Hölle in der Himmelsorgie? Denn unter diesen Hunderttausenden ist der Feind, aber meine Maryna nicht mehr.

Wie mechanisch hob er schon die grüßende Hand, und der segnende Marc Aurel auf dem Kapitol fiel ihm ein, aber er grüßte wie abwesend, betäubt und verwirrt, und die orientalisch asiatische, lange Gewandung, in der er nun steckte, empfand er als den neuen Leib, den magiegeladenen, ihn verhexenden, darin sich eben diese ungeheure lärmende Fremde ihm dicht um sein vereinsamtes Leben legte. So gelangte er zum Roten Platz.

Kurz zuvor gab es eine Stockung. Er rief eine Ordonnanz heran und fragte nach der Ursache. Der Offizier berichtete, es gelinge nur mit Mühe, die Korps, Schwadronen und Kompanien auf die für sie vorgesehenen Standorte zu bringen, wie man auch herumgaloppiere, denn die Volksmassen von der Wassilij-Blaschenny-Kathedrale her seien zu weit vorgedrungen.

»Daß niemand erdrückt wird, wenn man sie zurückdrängt!« rief Dimitrij. »Laßt euch Zeit!«

Endlich ging es weiter – bis zur nächsten Stockung, dort, wo der Platz sich auftat. Und nun schweifte Dimitrijs Blick zum ersten Mal zum Kreml hinüber. Da dehnte sich rechter Hand die lange Mauer hin, da ragte der Turm des Erlösertors, da funkelten die Zwiebeltürme seiner künftigen Akropolis, und frontal vor ihm stieg wie ein buntes, düstres, erstarrtes Flammenzüngeln (wie ein heiliges Geschwür, so dachte er, barbarisch, doch faszinierend) das Bauwunder des schrecklichen Iwan auf. Ebensogut, dachte er, könnte ich in Lhasa, Benares und Peking einziehen. Unsinn! Er widerrief, er brachte sich zur Räson. Unterhalb eines Erliegens und Sterbens, das sich in ihm vollzog, jubelte es gierig, hungrig, gläubig auf: Meine Welt! Die künftige Weltmacht! Schwangrer, gebärender Ost. Avantgarde und Bollwerk der Christenheit gegen Asia, zwielichtige Mitte zwischen Abend und Morgen, Reich der Zukunft im schweren Brokat seiner Traditionen. Das neue Byzanz. Ich – sein Basileus. Und dessen Ende, Semjon Godunow?

Am Himmel zog es inzwischen wie zum Gewitter dunkelnd herauf. Über der belebten Weite wechselten Sonnenlicht und Wolkenschatten. Windstöße fuhren daher. Dimitrij mit seinen Bojaren ritt weiter, nunmehr in die breite Spaliergasse der Krieger ein. Dann und wann fuhr der Staub auf und fegte um die Estrade, auf der auch einige aus ihrer Verbannung wiedergekehrte Herren seiner warteten. Er erkannte sie schon von weitem, so Bjelskij und den alten Romanow, dazu die Fürsten Mstislawskij und Schuiskij, die sich befehlsgemäß ihnen zugesellt. Nun würde sein Weg um die Estrade herum rechts ab zum Erlösertor führen. Die Iwansglocke überdröhnte hier alles Geläut. Längs der Kremlmauer flankierte polnische Kavallerie das Tor zu beiden Seiten. Im Umreiten der Estrade sah Dimitrij Bogdan Bjelskij ans Geländer treten, die Kopfbedeckung unter den Arm nehmen – sie taten's ihm alle nach –, sein Heiligenbild aus dem Busen ziehn, es küssen und laut und großartig ganz Rußland beschwören: »Ehrt und verteidigt euren Herrn, ihr Völker!« Der Chor der Herren hinter ihm stimmte ein: »Gott schütze unseren Herrn und verwirre alle seine Feinde!« Bjelskij wurde zum Dichter und schrie: »Gott fahre auf sie wie der Sandsturm der Wüste auf die Karawanen Mauretaniens!«

Ein Sturmstoß trug seine Stimme fort, und als wäre Mauretanien hier, fuhr eine mächtige Staubwolke auf, wie von Bjelskijs Ruf beschworen, und verhüllte Dimitrij und sein Gefolge gänzlich. Braune Dunkelheit fiel auf den ganzen Platz. Die Weiten verstummten: der Triumphator und sein Gefolge unsichtbar! Dimitrij hörte aus der Nähe eine Stimme aufschreien: »Unglück! Welch ein Vorzeichen!« Dann war die Wolke auch schon vorüber, fuhr voraus und verteilte sich. Da stieg auch wieder aus dem stummen Entsetzen der Massen der Jubel auf. Neues Sonnenlicht überflutete das Getümmel. Man tröstete einander: Ach was, der Stamm Rjuriks wird nie erlöschen, die Pforten der Hölle verschlingen ihn nicht. Da seht ihr's.

Schon hielt Dimitrij auf das Erlösertor zu und sah aus der dunklen Wölbung seinen neuernannten Patriarchen Ignatij, den von Rjasan, den Griechen, in funkelndem Ornat zwischen hohen, prunkenden Bildern vor prächtigen Bischöfen und schimmernden Priestern ins Sonnenlicht treten und erscheinen. Flüchtig dachte er an empfangende Priester vor dem Tore Jerusalems, an palmenschwenkendes Volk, das mit Laub und Kleidern die Triumphstraße bedeckte und »Hosianna!« schrie, und ans »Kreuzige!« desselben Volkes drei Tage darauf. Ach was! Auferstehung – abermals in drei Tagen! Mich – so rief er seinem Jerusalem zu –, mich wirst du nicht mehr los.

Er war nun heran. Absteigen jetzt und sich gleichsam dem Meer vermählen – wie Venezias Doge.

Er sprang aus dem Sattel –

Oh, pardon! Einige meiner Bojaren sind abgestiegen, um mich herunterzuheben. Zu spät.

Er überließ ihnen den Schimmel und schritt, die Hände auf der Brust gekreuzt, voran, beugte vor seinem Patriarchen ein Knie und küßte die vor ihm niederhängende Panhagia des sich segnend neigenden Kirchenfürsten. So überfiel ihn der Gesang des Klerikerchors, der nun aufstieg.

Auch der Wagen der Marfa kam heran. Die Nonne stand auf, und die ihrem Wagen gefolgt, Kleriker und Mönche, waren um sie und ihr beim Aussteigen behilflich. Sie schlossen sich der Voranschreitenden an. Zehn Schritt hinter Dimitrij blieb sie mit gefalteten Händen stehn und sah ihn die Bilder mit Verneigungen grüßen. Zwei Chöre sangen nun im Wechsel:

»Gib dein Gericht dem König, deine Gerechtigkeit dem Königssohn, daß er dein Volk richte mit Gerechtigkeit und deine Elenden errette ... Er wird das elende Volk bei Recht erhalten, den Armen helfen und die Lästerer zermalmen ... Er fahre wie Regen auf die Aue herab, wie Schauer, die das Land feuchten ... Er wird herrschen von einem Meer bis ans andere und vom Strome an bis zu der Welt Enden. Vor ihm werden sich neigen die in der Steppe, und seine Feinde werden den Staub lecken ... Alle Könige werden ihn anbeten, alle Heiden ihm dienen. Er wird den Armen erretten, der da schreit, und den Elenden, der keinen Helfer hat ... Und man wird immerdar für ihn beten, täglich wird man ihn segnen ... Auf den Höhen und Gipfeln wird das Getreide dick stehen, die Frucht wird rauschen wie der Libanon und das Volk aus den Städten emporblühen wie aus der Erde das Gras. Ewiglich wird sein Name bleiben. Solange die Sonne währt, wird sein Name auf seine Nachkommen reichen, und sie werden durch ihn gesegnet sein ...«

Immer unwiderstehlicher fühlte Dimitrij die große Seele, die die kleine des Namenlosen ergriff. Die brannte ihr den Namen des Iwanowitsch auf. Einverleibt in die große Seele küßte die kleine die großen Heiligtümer. Feierlich schwor sie und leidvoll, wenn es denn sein müsse, auch Maryna ab, opferte sich und sie, seine und ihre Leidenschaft an dies sein Reich, seine Krone hin. Nun war er doch, doch gerufen, berufen, vermählt an dieses Land, das ihn mächtig fort und fort beschwor: Ziehe aus von allem, was dein und aus dir selber war, in dieses Land, das sich dir nun entschleiert!

Da fuhr er zusammen. Fanfaren! Wie gemein stieß dies geile Geschmetter in die geistlichen Gesänge, in die Anbetung der Menge, in die Klangflut der Glocken ein, recht wie feindseliger Klang! Hinreißend war dieser Ton sonst in der Schlacht für ihn und sein Pferd; hier brannte er ihn wie Geißelhieb. Seine Haare sträubten sich. Empört blickte er nach rechts und links, nach links und rechts die Kremlmauer entlang, denn von daher kam es, von den Kavalieren Polonias. Und sie fuhren fort. War das sakrilegischer Einbruch ins Herz eines eroberten Volkes? Hohn, Überfall und Mord an der fremden Seele? Dies Niederschmettern war ein Niedertreten. Polens prahlerischer Stolz, die westliche Vermessenheit. Kampfansage gegen die Macht, die gerade ihren Helden hinnahm, ihn den alten Kameraden entriß und für sich vereinnahmte. Oder doch bloß einstimmiger Jubel auf soldatische Manier zur Unterstreichung des denkwürdigen Augenblicks, kriegerische Taktlosigkeit, wohlgemeint, doch jungenhaft und dumm? Wie ratlos die Sänger verstummen! Verstummen auch noch die Glocken gar? Ich – abermals zwischen Fronten, Nation und Nation, Glaube und Glaube, Kirche und Kirche. Basmanow hat recht, Marfa hat recht. Abschied an den Okzident. Die Mühlsteine – mich sollen sie nicht zermahlen! Ins Feuer die Prägstöcke, die mich bisher gemünzt. In die Flammen mich selbst! Umgeschmolzen muß ich werden! Prägt mich neu, ihr Genien dieses Reiches! Fahr hin, Maryna, in der sich vor meinen Russen verkörpert, was hier trompetet! Und du, ahnungsloser, alter Jesuitenzögling Kyrill, fahr aus vom Zaren Demetrius! All ihr Invasoren, zurück mit euch, heimwärts – ich bin zu Haus! Mein Reich, von mir geraubt, vermählt sich mir freudig an, es nehme mich dahin!

Mit heftiger Armbewegung gebot er den Bläsern: Schluß! Doch sahen sie's nicht oder amüsierte sie's gar? Sie bliesen fort, und die Kesselpauken dröhnten. Das ging so eine Weile hin. Die Kirchengesänge lagen unter dem Lärm zerbrochen im Staub. Betreten blickten die verstummten Chöre auf Dimitrij hin. Endlich hörte die kriegerische Lobpreisung auf – mit grellem Akkord. Der Tambourmajore aufgereckte Troddelstäbe sanken mit einem Ruck auf die Sättel nieder und rissen den letzten Akkord ab.

Dimitrij ergriff rasch des Patriarchen Hand und führte ihn Marfa zu. Der Patriarch segnete die Nonne. Dann führte der Herrscher ihn an der rechten, Marfa an der linken Hand dem Tor entgegen. Die Kleriker gaben eine Gasse frei und schlossen sich in Prozession an. Alle durchschritten sie so die schattende Wölbung, und jene, die Marfas Kutsche geleitet, folgten. Ihnen schlossen sich Dimitrijs abgesessenes Gefolge und die Herren von der Estrade an, und so fort.

Im Kremlhof stand ein farbenprächtiges Spalier von Strelitzen unter Prunkhellebarden bereit. Es zog sich vom Tor wohl bis zum Zarenpalast hin und wand sich um Kathedralen, Klöster und andere Gebäude.

Als Dimitrij selbdritt so dahinschritt, fragte er, ohne den

Kopf zu wenden, Ignatij nach der Erzengelkathedrale; dorthin sei jetzt sein erster Gang, nicht zum Palast oder zum Festmahl. Der Patriarch gab Bescheid. Dimitrij befahl, die Messe sofort zu lesen. Dann blieb er stehen. Bogdan Bjelskij eilte von hinten heran und erkundigte sich nach des Gebieters Wünschen, erfuhr sie, lief voraus, gab den Offizieren im Spalier Parole, und in Kürze lösten die Reihen sich auf, schwärmten seitlich aus und fügten sich zu einem neuen Spalier, das auf die Kathedrale zuführte, auf die des Erzengels Michael. Dimitrij entließ nun den Patriarchen, dieser gab seinen Klerikern ein Zeichen und schritt vor ihrer Prozession der Kirche zu. Dimitrij starrte zu Boden und murmelte geistesabwesend vor sich hin: »Maryna ...« Marfa fing es auf. Um ihre Lippen spielte ein hartes, triumphierendes Lächeln. Die beiden setzten sich wieder in Gang und folgten dem Priester nach. Noch sangen die Glocken. Dann standen Mutter und Sohn vor der weißragenden Front der Engelskirche. Sie zogen ein, während die Glockentürme verstummten. Dimitrij lugte im Inneren nach der Grabstätte Iwans aus. Marfa führte ihn in die rechte Richtung. Über die ganze Stadt pflanzte sich das Verstummen der Glocken fort. Nun stand Dimitrij vor der umgitterten Grabstätte, den drei in eins gefügten Marmorsarkophagen. Eine funkelnde Bilderwand ragte zu deren Häupten auf. Dimitrij verneigte und bekreuzigte sich, desgleichen Marfa. Dann wartete er, bis das hinter ihm heranrauschende Gefolge in respektvollem Abstand zum Stehen gekommen war und die Kirche sich gefüllt zu haben schien, überlegte, wie er seine Szene spielen müsse, und las am Fußende der Sarkophage die Inschrift: ›Im Jahre 7092 am 19. März, dem Gedächtnis des Heiligen Chrisanew und Darios, starb der rechtgläubige Fürst, Zar und Großfürst Iwan Wassiljewitsch von ganz Rußland, der als Mönch Jonas hieß.‹ Womit er nun nicht mehr verwandt war – leider, das lästerte er nun:

Da also moderst du inmitten deiner Söhne. Was gäbe ich dafür, wäre ich dein Sproß! Doch daß ich's nicht bin, ist mir um dein ganzes Reich nicht feil. Oder belüge ich mich? Weiter: Was hast du mir hinterlassen? Ein Reich, das ich gestalten kann? Ein Chaos, das mich verschlingt? Reißt dies Reich nicht alle, die es beherrschen wollen, wie Malstrom herum? Du hast die Strudel angerichtet, die stärker waren als Boris. Sind sie auch stärker als ich? Wer gibt hier wem das Gesetz: der Ackerer dem Boden oder der Boden dem Ackerer? Ach, wer kleidet sich in deinen Ornat und wird dir darin nicht gleich? Oder er kommt erst gar nicht dazu, weil ihn, den Enkel, die Vätersünde erschlägt, ihn und das dritte und vierte Glied dazu. Unsinn! Meine Empfindsamkeit. Und wer kennt der Allmacht Waage und Gewichte? Sofern sie ist. Warum soll ihre Berufung auf mir nicht ruhn? Sofern es das gibt. Vom Eigentlichen seiner Sendung weiß niemand, auch Gottes Engel kennen die ihre kaum. Sofern sie existieren. Bringst du mich nicht um, Iwan Wassiljewitsch, nun, dir verderbe ich, soviel an mir liegt, gewiß nichts. Einrenken, was du aus Rand und Band gebracht und kein Godunow zurechtbringen konnte, das ist meine Last und mein verbissener Wille. Du bist es nicht, der mir den Namen deines Sohnes dürfte streitig machen. Auch Marfa nahm mich an Sohnes Statt an. Du mir drohen? Iwan Iwanowitsch schlugst du tot, Fjodor Iwanowitsch wurde dein närrisches Widerspiel, den Dimitrij Iwanowitsch brachte deine Kreatur Boris um; so sei, falls du noch irgendwo bist, ein Segner und kein Verflucher über dem, der eurer Tantalussippe nicht zugehört und eurem Atridenstamm ein Ende setzt. Sieh her, ich bekenne mich zu deinem Erbe und nicht mehr zu Maryna, ich opfre sie und mich ja auf und alles, alles. Sieh her!

Er sank auf die Knie nieder, und das war nun kaum mehr Theater. Er fühlte sich nicht als Komödiant, als er seine

Szene spielte und unter Tränen ausrief: »Oh, mein Vater, dein verwaister Sohn ist da und verdankt es deinen Gebeten!«

Er stand auf, ging durch die Gittertür, beugte sich nieder und küßte den Marmor des mittleren Sarkophags – vor vielen hundert Zeugen.

Man flüsterte sich Dimitrijs Worte von Reihe zu Reihe nach hinten zu, man stand in Tränen und schluchzte: »Wahrlich, er ist der Sohn Iwans.« Doch Marfa? Sagt sie zum toten Gatten nichts? Weiß Gott, er hat an ihr nicht gut getan. Doch nun – o seht! Ja freilich, da fallen sich Mutter und Sohn in die Arme. Ach all ihr Heiligen! Nach solchen Schicksalen so vereint an dieser Stätte! Wunderbar sind Gottes Wege!

Sie wischten sich die Augen, diese alten, frommen, weichherzigen und hartköpfigen, unberechenbaren großen Kinder. Dimitrij sah es mit einem raschen Seitenblick. Er ergriff die Gelegenheit. Hier war ja wohl der Ort und die rechte Stunde dafür. Er rief:

»In dieser Stunde erhebe ich im Namen dieses Toten meine Stimme, und Rußland vernehme sie vom Dnepr bis zum Ural, vom Asowschen bis zum Eismeer! Ich beanspruche jenen Titel, den die Kaiser des Altertums getragen. Thront der Nachfolger der weströmischen Kaiser in Wien, so der der oströmischen zu Moskau. Damit meldet Moskau den ihm gebührenden Rang an. Darum werdet ihr den Zarewitsch nicht mehr nur zum Zaren krönen, sondern zum unbesieglichen Kaiser, der niemandem untertan als der himmlischen Dreifaltigkeit, im Schutz der heiligen Gottesmutter und aller Heiligen und himmlischen Heere. Amen!«

Ein andächtiges, einhelliges Amen respondierte durch die Kirche, und man bekreuzigte sich.

Hand in Hand mit Marfa schritt nun Dimitrij zur Mitte der Kirche vor. Die Menge gab den Weg nach vorne frei. Der Gottesdienst begann, die Chöre sangen ...

Im Kremlkloster des heiligen Kyrill trat Warwara, die Äbtissin, in der Zelle bei Xenja ein.

Die Prinzessin trug Trauer, doch noch keine Nonnentracht. Sie erhob sich von ihrem Stickrahmen und küßte der Äbtissin Hand.

Diese ließ sich nieder: »Du hast mich bitten lassen, meine Tochter.«

»Um dich um mehr zu bitten als um deine mütterliche Nähe. Ich flehe dich unter Tränen an: Schicke mich weg von hier! Die Mutter des Mörders meiner Mutter, meines Bruders, meines Oheims – dieses Menschen Mutter soll mit mir unter dem gleichen Dach hausen? Verstehe mich recht, ihr zürne ich nicht. Doch der Mörder wird sie besuchen. Dann sucht er und findet auch mich.«

»Du fürchtest ihn? Seit wann? Er tut dir nichts.«

Xenja schwieg.

»Kannst du seinen Anblick nicht ertragen? Siehe zu deinen Gedanken, Gefühlen und Worten und frage dich, ob du ihn nicht vor deinem Herzen verleumdest! Daß er den Tod deiner Mutter und Fedkas veranlaßt, wirst du nicht einmal dir selbst beweisen können. Auch die Hinrichtung des Oheims war nicht nach seinem Sinn, du hast davon gehört. Bedenke seine Milde an deinen anderen Anverwandten! Ist aber dein Herz von Haß und Hader frei, wie du mir oft genug einbekannt, was fürchtest du plötzlich?«

»Es gibt Schlimmeres als den Tod, Mutter.«

»Was meinst du?«

»Ich habe noch nicht Profeß getan, Mutter.«

»Er sollte dir den Ordensstand verwehren?«

»Mutter, ich habe schwere Träume. Vielleicht – rächt er sich doch noch am Namen Godunow. Er ist doch vom Blut Iwans, nicht?«

»Was träumst du?«

»Mutter, man sagte früher, ich sei – schön.«

»Du bist es noch, doch schöner als dein Leib ist deine Seele. Dich selber kannst du doch nicht fürchten?«

»Mutter, meine Schönheit innen und außen ist Larve –«

»Demut heißt die schönste Schönheit, und die verlieh dir Gott, in ihr bist du tief und still.«

»Ihr kennt mich alle nicht. Stille Wasser sind tief, Mutter, das ist wahr. Verbirg mich! Ich fürchte keinen Tod, ich fürchte – ihn. Nicht ihn. Mich, ja mich.«

Die Äbtissin stand auf und umarmte sie ...

Als der Gottesdienst zu Ende ging, stand Warwara im weiten Ring der Strelitzen mit einer Schar ihrer Schwestern vor der Erzengelkathedrale neben der für Marfa bestimmten Sänfte. Wieder läuteten die Glocken. Marfa erschien an Dimitrijs Hand im Portal. Er ließ ihre Linke nicht los, als sie sich in der offenen Sänfte niederließ; auch nicht, als Marfa von vier Strelitzen aufgehoben und davongetragen wurde. Er schritt neben Marfa hin und geleitete sie Hand in Hand vor allen Nonnen her zur Klosterpforte, ließ sie aussteigen und geleitete sie hinein in ihre Appartements.

Marfa musterte ruhig die prunkvollen Räume und begriff, daß man ihr den ersten als Empfangs- und Speisezimmer, den zweiten als Wohnraum, den dritten als Schlafgemach zubereitet. Als sie sich niedergelassen, erkundigte sie sich sofort, wo Xenja Borissowna wohne.

Dimitrij horchte auf. Sollte er nicht sofort die Verwaiste trösten? Erste Handlung des ritterlichen Siegers auf dem Boden des Kreml. Erst danach zum Festmahl in der Granowitaja Palata! Das würden die Godunows, Moskau, Rußland vermerken. Er bat Warwara, die Prinzessin zu rufen. Wieso zauderte die Äbtissin?

Xenja in ihrer Zelle sprang auf, als die beiden zu ihr entsandten Nonnen den Ruf der Igumenja ausrichteten.

Die Nonnen trösteten und beruhigten: Der Zar sei sehr freundlich und Marfa fromm. Xenja bekreuzigte sich hastig und folgte dann langsam den Schwestern. Scheu trat sie ein, hielt die Augen gesenkt und sah lange nichts. Dafür musterte Marfa in ihrem Sessel die Schöne mit immer aufmerksamerem Blick. Dimitrij schaute sie tief betroffen an. Die lächelnde Igumenja sprach auf Xenja ermutigend ein.

Jetzt verneigte sich Xenja tief. Ihre Augen blieben niedergeschlagen. Dimitrij staunte: Rose von Schiras – oder Saron. Des Sultans Scheherezade. Eine persische Schönheit! Dunkle Brauen laufen zart über der Nase zusammen. Weiß wie Rahm schimmert die Haut. Dazu der rote Schleierschal, der Haar und Kokoschnik verdeckt. Sonst aber Trauertracht. Wie mag der Blick dieser Augen –

Ihre langen schwarzen Wimpern hoben sich. Ihr Blick traf ihn voll und groß – und schlug gleich wieder zu Boden.

Mattaufschimmernder Samt! Sie fürchtet mich. Wie klingt wohl ihre Stimme? Er sprach sie huldvoll an und versicherte sie seiner Gnade, desgleichen seiner Unschuld am Unglück der Ihrigen und seines Schmerzes, an ihren geliebten Toten Menschlichkeit und Milde nicht mehr erweisen zu können. Er bitte sie, dem, der nur sein göttliches und menschliches Recht verteidigt, nicht zu zürnen. Er werde glücklich sein, ihr alsbald die Anverwandten in Freiheit und Ehren zuzuführen. Über der Nacht ihres Kummers werde wieder die Sonne aufgehen. Nicht vorschnell möge sie sich für das Kloster entscheiden. Doch respektiere er jeden frommen Wunsch und wisse, daß Xenja in Marfa die mütterliche Trösterin, diese in ihr eine junge Freundin, ja eine Tochter finden würde. Täglich gedenke er seine Mutter, die leidgeprüfte und getröstete, aufzusuchen. Er werde sich glücklich schätzen, wenn auch Xenja ihm dann und wann die verzeihende Freundlichkeit ihrer Nähe hier bei Marfa gewähre.

Noch einmal traf ihn Xenjas Blick groß und fragend. Sie verneigte sich, dankte leise – oh, welche Stimme! –, wurde huldvoll entlassen und ging.

Marfa sann vor sich nieder: Die zürnt dir bald nicht mehr. Welches Weib kann dir zürnen? Xenja – statt Maryna, das wäre die Lösung ...

Als Dimitrij beim Bankett an besonderem Tische saß, wanderte Xenja ruhelos in ihrer Zelle umher und spann Dialoge mit ihm. Sie ließ ihn fragen:

Ermissest du, Xenja, was mir dein Vater angetan? Ja, antwortete sie. Mit diesem Ja bekennst du mich als den Fürsten von Uglitsch.

Ich bekenne dich.

Und so sicher. Woher deine Sicherheit, Xenja?

Ich weiß nicht, Majestät. Nichts weiß ich von Deiner Majestät. Ich weiß nichts.

Nichts haben wir sicherer, als was wir glauben. Warum glaubst du?

Hilflos breitete sie die Hände.

Du hast Partei genommen – gegen deinen Vater.

Gegen –? O nein!

Aber doch für mich, Xenja?

Nicht gegen ihn. Den Schuldigen umarmt die Barmherzigkeit noch vor dem Unschuldigen.

So der Schuldige bereut. Hat er?

Von Herzen. Längst! O ja.

So habe ihn Gott selig! Auch ich vergebe ihm alles.

Dafür liebe ich dich. Gewiß – nur dafür!

Du fürchtest, Xenja, er könne dir für dieses Wort im Jenseits zürnen, eben weil du mich nicht hassest und verfluchst. Aber das kann und darf er doch nicht. Sieh, da er mich um meiner Väter Thron gebracht, war ich mir doch schuldig, mein Recht zu erstreiten, nicht wahr? Und meinen Vätern auch.

Das weiß ich nicht, Herr.

Ja, du weißt gar nichts. Aber du glaubst daran.

N-nein.

Nein?

Er hatte die göttlichen Weihen, er herrschte, das Reich hatte Frieden. Auch mühte er sich so sehr. Für so viel Unglück konnte er nicht, wirklich nicht.

Bis auf das meine. Aber ich brachte den Krieg. Nun, er war kurz. Jetzt bringe ich lange Freude.

Wer weiß.

Nichts weißt du, ich weiß. Glaubst du an Unheil?

Nein, nein, aber ich fürchte es! Es könnte dir folgen, du schneller Sieger, wenn du – wenn du –

Wenn ich ebenso rasch unterginge? Ich, Xenja, ich führe zu neuen Ufern.

Die Zukunft wird es lehren. Gott segne dich!

Ach, kleine Kassandra!

Über solchen Diskussionen versäumte Xenja die Betstunde. Das Glöckchen rief, doch sie hielt sich die Ohren zu und diskutierte weiter. Schließlich sah sie das Gesicht ihres Vaters vor sich schweben und stöhnte auf: Jetzt klage du nicht an! Ich verrate dich wirklich nicht.

Du sollst meinen Mörder hassen.

Nein, ich kann nicht, darf nicht.

Du mußt ihm fluchen.

Ich?

Meine Xenja, du, Schwester und Tochter von Erwürgten, ja, du!

Ich bin dem Himmel zu eigen!

Du lügst.

Wem denn sonst?

Ihm bist du hörig.

Du bist es, der hier lügt. Du bist überhaupt nicht das Gesicht meines Vaters, du bist eine Larve des Allverwirrers. Woher weißt du das?

Weil mein Vater im Licht ist, in der großen Vergebung, demütig im Lichtmeer der Gnade kniet.

Das Gesicht verschwand. Xenjas Herz wurde ruhiger. – Doch sehr unruhig berieten sich zu dieser Stunde im Lager von Kolomenskoje, wo sie beim Großteil des Heeres zurückgeblieben, Pomaski und Ssawiecki, abgeschirmt vom trunkenen Treiben der feiernden Soldateska, im Gezelt. Ssawiecki saß starr. Der andere stiefelte umher, und der Sitzende schalt:

Da hätten sie beide sich nun als Krieger ausstaffiert und brav getarnt, sich auf den Triumphzug und das Festmahl verspitzt – umsonst! Es werde klarer und klarer: Dimitrij schüttle sie nicht nur zum Scheine, sondern tatsächlich ab, sie und alles, was ihn heraufgeführt.

Pomaski entschuldigte noch: Alles sei Larve und bezeuge seinen politischen Verstand. Dimitrij sei Ordensschüler. Es sei auch des Ordens Kunst, den Chinesen ein Mandarin, den Indianern ein Häuptling, den Griechen ein Grieche, den Juden ein Jude zu werden.

»Aber der Orden behält immer das Ziel im Auge und ist darein verkrallt!« rief Ssawiecki und schwor: »Sollte Dimitrij eines Tages endgültig den Zweck verraten, der seine Existenz, Siege und Macht bisher geheiligt, so behalte ich mir alle weiteren Schritte vor.«

Pomaski stand still und starrte ihn fragend und erschrocken an.

»Ja, die Frucht, die er gepflückt, wäre gestohlene Frucht, Gott gestohlen, und soll ihm bitter schmecken.«

»Bitter?« Bitter lachte Pomaski auf, denn sein Herz, soviel fühlte er, gab dem anderen recht. Dennoch sprach er ruhig und fest: »Bruder Ssawiecki, es wird dir schwer werden, die Stunde zu bestimmen, in der du alle Hoffnungen fahren lassen mußt und knirschen darfst, jetzt sei er uns endgültig durch die Lappen, jetzt stehe er contra, jetzt solle ihn der und jener holen. Und käme es einmal wirklich dahin, daß du das Tuch zwischen ihm und uns zerschnitten sähest, so würde es dir schwer werden, den Herrscher, der sich inzwischen wohl längst mit Taten und Wirkungen als der qualifizierte Erbe und Sohn der Iwane erwiesen, mit dem Atem deiner Verwünschungen von Krakau her einzuholen.«

»So ganz bist du in ihn vernarrt, daß du ihm selbst den totalen Verrat verziehest!«

»Ach was! Nicht so weit voraus! Machen wir uns nicht selber irre! Was ist groß geschehn? Er mimt den Orthodoxen. Sollte er's ernst meinen, so schlägt das Pendel schon noch zurück. Es pendelt, und wir sollten die Schwingungen nicht hemmen. Stillstand ist Tod. Es schlägt immer wieder hin und zurück, das Pendel. Dafür ist es ein Pendel, nicht wahr? Geduld, Geduld, Geduld!«

# XI
# Im Labyrinth

*A*uf der Zinne des massigen Turms von Castel dell'Ovo stand barhäuptig der Chef des slavonischen Korps mit dem jungen Kommandanten der Festung, dessen Gast er gerade war, und dem Turmwächter, der beide, ihn und den Freund, vom Mittagstisch heraufgerufen. Er umfaßte seinen kurzen rötlichen Bart, ließ grübelnde Blicke über den Golf von Neapel wandern, vom fernen Violett des felsigen Ischia her nach Procida, Capo Miseno und Posilippo und zur anderen Seite den Vesuv hinan oder hinüber nach Castellamare, Sorrento und Capri; doch immer gespannter schaute er auf die vier Schiffe hin, um derentwillen er hier oben stand, die aus der blauen Weite der Bucht Napoli entgegenglitten und dem Kai vorm Arsenal zustrebten. Drei Schiffe hatten noch keins der vielen Segel, die ein gelinder Westwind blähte, gerefft, doch das vierte, das geenterte Korsarenschiff, das sie einbrachten, wies immer deutlicher die um niedergebrochene Masten herumhängende Takelage, wies die Spuren von Kampf, Brand und Rauch, und halbnackte Gefangene lagen gefesselt an Deck. Wächter umstanden sie.

Auf dem Turm von Dell'Ovo teilten sich die beiden ihre Beobachtungen mit. Sprach der Rotbart russisch, so der Jüngere südslawisch, wie es zwischen Drau, Sau und Donau zu Hause sein mochte. Endlich erkannte der Rotbart auch die Galionsfigur am Bug des Korsarenschiffs und gab einen dumpfen Überraschungston von sich. Was er habe? fragte der Kroate. Der Russe fluchte bei der Mutter Gottes von Kasan: »So wahr ich Bolotnikow heiße, den Kahn kenne ich!« Er berichtete: Auf dieser Galeere habe er dreizehn lange Monate als Rudersklave in Schweiß- und Geißelbrand alle begangenen und künftigen Sünden abgebüßt. Jetzt müsse er gehen und feststellen, ob er nicht alte Peiniger wiederfinde. Er wolle ihnen mit ein paar Leuten seines Korps am Hafen die Honneurs machen.

Eilends verließ er den Turm. Kaum konnte ihm sein Freund auf der Wendeltreppe noch nachrufen, er solle sich hüten, sich selbst zu rächen. »Alles vor den Vizekönig!« rief er ihm nach.

Eine Stunde später drängten Bolotnikows Leute mit Lanzensperren die Bevölkerung, die mit Haßgeschrei und Händefuchteln der Ausschiffung der aneinandergeketteten Korsaren und ihrer Sklavenfracht beiwohnen wollte, zurück. Bolotnikow, der mit aussteigenden Offizieren Begrüßungen getauscht und vernommen, vier weitere Korsarenschiffe seien unweit des Stromboli mit Mann und Maus versenkt worden und diese eine Galeere sei nur als Zeugin des Sieges da, Bolotnikow ließ die kupferbraunen und schwarzzottigen Delinquenten Mann für Mann auf dem Plankensteg an sich vorüberziehen und suchte in jedem der Maurengesichter nach bekannten Zügen. Plötzlich griff er einen Kerl beim Halseisen und riß ihn herüber. Giftig fragte er ihn, ob er sich an jenen Ruderer erinnere, den Russen, dem er in der kleinen Syrte einst beim Hurengelage zur Kurzweil und Belustigung die Ohren abgeschnitten und dem er tags darauf das Eingeweide aus dem Bauch herauszuwinden versprochen, der ihm aber in der Nacht entsprungen sei. Der Gefangene sah ihn trübe und tückisch an. Da strich Bolotnikow sein in Nackenhöhe geschnittenes Haar zurück und legte die Stellen bloß, wo seine Ohren gesessen, ließ dann ein leises, dunkles

Lachen rollen, als es dem Mauren zu dämmern schien, fragte, ob der braune Teufel sich nicht über Bolotnikows Karriere wundere, erwähnte kurz, daß er auf der Flucht damals mit einer Karawane nach Gibraltar gekommen, nach Spanien entwichen, ein christlicher Krieger gegen die Afrikaner geworden und dann als bewährter Sarazenenschlächter nach Neapel verlegt worden sei.

Hier, so höhnte jetzt der Gefangene, müsse Bolotnikow sich ja wacker geschlagen haben, denn um nichts und wieder nichts werde ein Namenloser in Neapel nicht Korpskommandant.

Immerhin, erwiderte der Russe, es habe Jahre gedauert, und morgen werde er sich's in Ruhe mit ansehen, wie afrikanisches Raubgeschmeiß sich verhalte, wenn man ihm selbst das Gedärm aus dem Leibe leiere.

Als die gefangenen Banditen vorüber waren, half man auf den neapolitanischen Schiffen zahlreichen armseligen Menschen hoch, der Sklavenfracht, die man den Räubern abgejagt. Bolotnikows Augen brannten vor Zorn und Mitleid, als man die Entkräfteten, die man ausschiffte, begleitete. Er rief ihnen dann und wann auf italienisch, türkisch und russisch ein paar beruhigende Worte zu: Sie sollten sich nun nicht mehr fürchten, sie seien unter Christen und frei. Da erlebte er, daß sie mit verklärten Elendsgesichtern um ihn niederfielen, als sei *er* der Retter gewesen, und auf russisch jammerten und dankten. Da wandte sich Bolotnikow seinen Soldaten und der Bevölkerung zu:

»Ecco!« rief er. »Lauter Russen!«

Ein Jesuit, von den Slawonen durchgelassen, trat auf Bolotnikow, der die Jammergestalten aufrichtete und umarmte, zu und schlug über der Szene, die alles Volk verstummen ließ, das Kreuz. Endlich, als die Verbrecher sowohl wie ihre Opfer davongeführt waren, trat er vor Bolotnikow hin, machte sich als den Triester Jesuiten Francesco Novotny bekannt und bat auf serbisch: »Schenkt mir Gehör, tapferer Krieger Gottes! Ist mir's doch, als zeige mir die Vorsehung Eure neue Berufung, die Bahn Eurer Zukunft.«

Zwei Stunden darauf saßen sie sich in eines Weinbauern Terrassengärtchen auf dem Monte Calvario unterhalb San Martino am Steintisch beim Rotwein gegenüber. Zypressen dunkelten empor. Der Jesuit berichtete begeistert von den wundersamen Ereignissen in Bolotnikows fernem Vaterland. Das Wunder Gottes, der junge Heldenzar dort, sei gekrönt und verkündige seine Berufung, die südlichen Khanate niederzuwerfen, diese Vorpostenvölker des Türken zu christianisieren, den Kreuzzug auf Konstantinopel zu arrangieren und die Ostkirche zu befreien. Danach würden die Sklavenmärkte aufhören, mit Christen aus Rußland überschwemmt zu sein. Auch sonst sei der junge Volks- und Bauernzar darauf versessen, aller Sklaverei im eigenen Reich ein Ende zu machen. Kurz, ein Bolotnikow gehöre an seine Seite. Bolotnikows Schicksal sei ja bekannt: Als eines schutzlosen Leibeigenen Kind von ausschweifenden Tatarenhorden bis in die Türkei verschleppt, in der Sklaverei freigedient und zum Türken gemacht, wennschon der versklavten Ostkirche als Glied überlassen, als Jüngling dann auf der Flucht in den anatolischen Bergen ergriffen, halbtot geschlagen, als Galeerensklave nach Algier verkauft, nochmals geflüchtet und nach langer Odyssee zuerst Soldat und schließlich gefeierter Held dahier in spanischen Diensten. Der Pater stellte immer wieder die Frage, ob Bolotnikow sich etwa einbilde, dies sei das Ende seiner Bahn, die Gott ihm vorgezeichnet. Er brachte es dahin, daß der Russe bekannte: Ja, er hasse grimmiger als Tod und Teufel jede Form von Tyrannei, ja, er gehöre, wenn der Herr Pater über den neuen Zaren recht berichtet, an dessen Seite. Diese Spaniolen habe er schon lange satt. Was sie berührten, versteinere. Hier in den beiden Sizilien habe es auch einmal eine ständische Verfassung und geistige Bewegung gegeben. Jetzt schleppe sich das verdumpfte Volk im Joch korrumpierter Beamter und vollgefressener Pfaffen dahin. Der Grundbesitz unterm Hintern von Adel und Klerus wachse, die Steuerlast erdrücke die ausgemergelten Massen. Wenn man erwidere, das sei in Rußland nicht anders, so weise der Pater doch auf den neuen Zaren hin, der es unternehme, der Welt zu zeigen, wie man aus kalter Nacht in den warmen Morgen führt. Zwar reife die Zeit heran, da es hier zu einer neuen Sizilianischen Vesper komme, doch jetzt rufe ihn Rußland, sein Vaterland.

»Laßt Eure guten Beziehungen spielen, Pater Francesco! Empfehlt mich über Eure Ordensleute an Seine Majestät – so reise ich!«

Der Jesuit versprach, ihm Schreiben mitzugeben, die ihm – im moskowitischen Heer oder sonstwo – den gebührenden Rang einbringen würden, und der Russe entschied, er werde beim Vizekönig um seinen Abschied bitten und, ob er ihn erhalte oder nicht, reisen.

Man wurde sich einig, die Fahrt solle über Rom, wo der Ordensgeneral und die Kurie aufzusuchen seien, Florenz, Bologna, Venedig und Triest, Slawonien, Ungarn und die Slowakei nach Polen führen, dort zum Wojewoden von Sandomierz und von dort – vielleicht mit dem Brautzug der designierten Zarin – nach Moskau. Kommenden Tags wollte man gemeinsam vor den Spanier, den Regenten beider Sizilien, treten.

Aber kommenden Tags entschied der Spanier höchst ungnädig: Vor Ablauf des Jahres gebe er seinen Condottiere nicht frei, bis dahin laufe der Vertrag. Nach dem ersten Januar könne man ihn nicht mehr halten. So entschloß sich Iwan Bolotnikow, dem Reich Neapel die paar Monate noch zu dienen, währenddessen jedoch über seinen künftigen Herrn, Moskau und die Geschichte der russischen Völker soviel als möglich zusammenzutragen und zu studieren, war ihm doch sein Vaterland längst zur sagenhaften Fremde geworden.

Am Abend jenes Tages, da sich so seine Zukunft entschied, und die gleiche Sonne, die über tyrrhenischer Meeresweite ihrer Leuchtbahn auf dem Wasser entgegensank, auch westlich Krakaus in fast schon herbstlichen Schleiern verging, da geschah es, daß im Tagesverlöschen dort zahlreiche Krakauer vor dem erleuchteten Stadtpalais des Fürsten Lichnowski die Auffahrt herrschaftlicher Karossen und die aussteigenden Halbgötter und -göttinnen bewunderten, welche zahlreiche Diener an der Freitreppe mit Fackeln empfingen.

Was für ein Fest gab der Fürst? Nicht er! hieß es. Er hat sein Palais dem Sandomierzer zur Verfügung gestellt, und der gibt den Empfang.

In der von zahlreichen Wandkerzen erleuchteten Treppenhalle fingen Lakaien die von Damen- und Herrenschultern gleitenden Mäntel auf. Dort eilten die Edelleute aufeinander zu und umarmten sich, und auch der Gattinnen, Söhne und Töchter Schwärme waren entzückt, sich hier wiederzusehen.

Zwei ältere Herren fragten einander: »Ihr wart doch auch nicht sein Freund; wie seid Ihr geladen, Herr Bruder? Namentlich? Persönlich?«

»Nicht anders als Ihr, Teuerster. Die Adresse war generell: ›An unsere teueren Freunde‹ und so weiter. Der Sandomierzer will nun wohl vor Wonne die ganze Welt umarmen. Liebet eure Feinde, segnet, die euch fluchen, haha!«

»Freilich, was soll noch großmütig machen, tut es die Freude nicht mehr? Bei unserem Jerzy allerdings hat dennoch alles seinen Zweck. Nun, er tastet und testet toastend umher: Wen fasziniert meine Glorie etwa auch jetzt noch nicht? Er trennt von den Schafen die Böcke, nämlich von jenen, die da wert, des Zaren Schwiegerpapa gen Moskau zu geleiten, die traurige Masse, die daheim bleiben und versauern muß. – Schaut Euch um!«

Ein narbiger Schlachziz mit weißem Haupthaar, buschigen Brauen, schmaler Adlernase, niederzipfelndem Schnurrbart, vorspringendem Kinn, Träger eines zwar kühnen, doch von Schwermut überschatteten, bildschönen Greisengesichts, humpelte stelzbeinig am Krückstock die Freitreppe draußen herauf und kam herein. Ringsum feierliche Verbeugungen, denn voilà! das war Marschall Szolkiewski, Polens Haudegen und Ruhm. Der freilich Mniszek zu jedem Frühstück verzehrte. Da brauchte man nicht mehr gespannt zu sein, ob auch Sapieha erscheinen würde. »Selbst Seine Exzellenz, der Legat, selbst Majestät erscheinen!« hieß es.

Man stieg zwischen Pagen, die die teppichbelegte Treppe flankierten, hinan und trat in den illuminierten und mit plaudernden Gästen gefüllten Saal. Ein maurisch beturbanter, mit langem Stab aufpochender Hofmeister rief die Namen der jeweils Eintretenden aus. Diese defilierten an den Gruppen mit Verneigungen vorbei. Oft gab es Umarmungen und Küsse, je nachdem, ob man Parteifreunde oder -feinde begrüßte. In einem der Nebenräume tuschelten Damen hinter gespannten Fächern. Eine Grauhaarige im Diadem eröffnete einer Tizianroten: Die Mniszek setze neben den ersten Schneiderwerkstätten Krakaus sogar den Schneider Seiner Majestät, Herrn Lisieux, derart in Lohn und Brot, daß selbst die erlauchtesten Damen sich an zweitrangige Ateliers wenden müßten, wenn sie nicht Monate warten wollten.

Eine Sitzriesin stand auf, ohne deshalb viel größer zu werden, und klagte: Ihr sei in Warschau Mosche ben Bunam ins Palais gestürmt und habe ihr, zweimal von Domestiken hinausgefeuert und dennoch wiedergekehrt, vorgemauschelt, er müsse die Kette wiederhaben, er sei ein Geschlagener Gottes, er habe vorschnell gehandelt, das Stück sei ein Pfandgut gewesen, und der Wojewode von Sandomierz habe mit dem Kadi gedroht.

Was nun werden solle? fragte die Warschauerin. Sie habe

doch jene Perlen, die man, wie bekannt, in drei Schlingen auf der Brust trage, in Warschau, Krakau und allerorten längst vorgeführt.

Da wußte die Fürstin Rat: »Ma chère, werft den Juden durchs Fenster hinaus, das hilft.«

In einem anderen Raum prangten auf dem Büfett Gebirge von Marzipan und Konfekt, blinkten silberne Weinkannen und -kelche. Diener standen dahinter. Doch vor Erscheinen der Majestät sollte es keinen Tropfen geben. Des Königs Kammerherr berichtete den zwei Herren vom soeben erfolgten Ableben des Schloßkastellans und wunderte sich, daß der König die Zusage, hier zu erscheinen, aufrechterhalte, zumal doch Mniszek –

Er sah sich um, befahl die Lakaien hinaus und flüsterte: Der Wojewode habe seinen König geradezu heruntergeputzt und ihm vorgeworfen, er halte nicht Wort. Er, der Getreue, habe sich für einen undankbaren König wissentlich beim Zaren furchtbar geschadet, als er den designierten Sieger auf dem Felde der Ehre verlassen, er habe ihm das Recht verschafft, seinerseits zu erklären, alle Abmachungen seien null und nichtig. Nunmehr, so habe Mniszek gejammert, sei zu befürchten, daß der Sieger die Hand Marynas nicht einmal mehr gratis begehre. Daraufhin habe der König Sapieha beschuldigt, wie seinerzeit Adam seine Rippe und diese die Schlange: Der Großkanzler habe ihm den sicheren Untergang des Prätendenten prophezeit. Lediglich Sorge um seine Ritterschaft, zumal um seinen lieben Mniszek, habe ihn, den König, bewogen, sie heimzurufen. Aber sie seien ja gar nicht gekommen – außer Mniszek mit seiner Handvoll Leute.

Nun, so erzählte der Kammerherr, habe die Exzellenz erst losgelegt: O ja, er, er allein sei zurückgekehrt. Da könne der König denn seine Riesendummheit bewundern. Selbst seine Ehre habe er in den Wind geschlagen, und nun breche sein König ihm das Wort und schaffe ihm, der sich total ruiniert, nicht die Gläubiger vom Halse. Doch Majestät habe ihn nicht deshalb vom Schlachtfeld gerufen, weil sie am Erfolg des Unternehmens verzweifelt und um den Paladin und Konsorten besorgt gewesen sei, vielmehr: Sie habe auf nichts als die bedrohliche Konföderation geschaut, die auch jetzt noch um sich greife, und für den gefährdeten eigenen Thron eines Mniszek Beistand begehrt. Nun, so berichtete der Kammerherr, auch das habe der König halbwegs zugegeben. Jetzt aber habe der Erpresser seine Bedingungen gestellt. Mit welchem Erfolg? Der König zahle, zahle, zahle. Ah mon dieu!

Ein behaglich in den Knien sich wiegender Dickwanst schmunzelte: Die Spekulanten drängelten sich schon wieder vor Mniszeks Tür, und sein Kanzler sacke herablassend ein. Ja, der reichste Mann der Welt, der Sieger von Moskau, bürge für ihn, und nicht nur der König, und zwischen dem jungen Zaren und Jerzy Mniszek scheine alles in bester Ordnung zu sein. Exzellenz habe Kredit über Kredit.

Ein schmalgesichtiger Glatzkopf hob die Höckernase, ließ den Kiefer und die Augenlider hängen und fragte, welche seiner Güter Mniszek zuerst sanieren, welche Gläubiger er befriedigen werde.

Der Kammerherr lachte: Anders investiere er bereits seine Schätze, nämlich in ein paar hundert Herren Gefolgschaft, die ihn und sein Töchterchen standesgemäß auf der Fahrt nach Moskau begleiten sollen. »Euch hat er noch nicht gebeten, scheint's. Haltet Euch ran, Herr Vetter! Im Zaren stecken mehrere Großmogule.«

Der Dicke hatte sich umgedreht und rief: »Jacta est alea. Sapieha ist da. Da steht er im Saal und tauscht Begrüßungen aus. So ist auch der König nicht weit.« –

Maryna machte inzwischen noch Toilette. Eilig hatte sie es nicht. Aus einer offenen Schatulle vor ihr reflektierte eine Fülle von flimmernden Preziosen das Licht der Kerze, die vor einem venezianischen Spiegel leuchtete. Dessen gläserner

Rahmen umschimmerte das Abbild einer Schönen, die bald diesen, bald jenen Schmuck an der Frisur, den Ohrläppchen und vor der Brust schaukeln ließ, wobei sie prüfend geneigten Kopfes Melodien summte. Auch probierte sie den Blitz ihrer Zähne oder der zartgeschminkten Augen und konstatierte mit fast betroffenem Stolz ihren Reiz. Dabei genierten sie weder die korpulente Dame noch der grazile Herr, die hinten aus der Dämmerung zuschauten. Die Dame thronte in weitgebauschtem Rock, der Herr stand philosophisch in der Ecke und hielt den Knebelbart in der Hand. Er murmelte zuweilen ein »Epatant! Superbe! Magnifique!« Kniend ordnete Seiner Majestät Schneidermeister Lisieux hier und da noch Falten, Schlitze, Püffe, Behänge, Besätze ihres Kostüms oder bog an des hohen Nackenkragens steifen Spitzen. Maryna, ohne den Blick vom Spiegel zu wenden, hoffte, nun werde sich die Odowalski bald mit Gelbsucht zu Bett legen, die Galle explodiere ihr ja so leicht. All diese Harpyien und Scheinheiligen, die des Zarewitsch Verlobte wochenlang mit schadenfrohen Trostbriefen und strahlenden Kondolenzbesuchen eingedeckt, sie sollten hochgehen wie Raketen und zerplatzen!

Sie drehte sich herum. »Dies noch!« sagte sie und hielt Lisieux eine verknäulte Perlenschnur hin. Er entwirrte und ordnete sie, tat sie Maryna um und formte verschieden große Schlingen auf ihrem länglichen Mieder.

Aber ob die Farbenkombination ihres Windsorkostüms nicht doch besser paßte? Sie erkundigte sich bei Tante Dombrowska nach der Tapetenfarbe im Saal – und begehrte die Schleppe.

Da trat das Philosöphchen hervor und hob abwehrend die Hand: Er warne, zuviel Pulver zu verschießen, es müsse Steigerungen geben auf den Tag der Krakauer Trauung hin.

Aber anproben wollte Maryna die Schleppe doch. Der Meister holte von einer der sechs Kleiderfiguren im Hintergrund, die mit Wunderwerken von Seide und Samt, Spitzen und Schleiern bedeckt waren, auf behutsamem Arm eine schwerbestickte, seidene Last heran, und während Meister Lisieux sie Maryna an die Schultern heftete und nach hinten durchs Zimmer breitete, fragte der Knebelbart, ob er im Unterricht des Krakauer Zeremoniells fortfahren dürfe. Sie verneinte und erkundigte sich bei der Gräfin Dombrowska nach den Musikanten. Die erklärte, Instrumentalisten, Sänger und Sängerinnen stünden bereit. Der Maestro warte vor der Tür. Maryna befahl, ihn zu holen. Die künftige Hofmeisterin erhob sich, schlug aber nur an den Gong. Ein Lakai erschien, erhielt den Befehl und entschwand.

Alsbald trat der Italiener ein, verbeugte sich tief mit seitlicher Schwenkung des Federhuts und begann, auf des Zeremonienmeisters italienische Anrede hin, den Inhalt der von seiner Truppe darzubietenden Opera kundzutun. Der Herr übersetzte Satz um Satz:

Die kleine Oper sei aus einem Werk »Herakles« herausgeschnitten und vom Maestro arrangiert. Nach chorischem Gesang, der die Sehnsucht der geplagten Menschheit nach einer rettenden Gottheit ausklage, erscheine Zeus. Diesmal statt in Amphitryons Gestalt in der des schrecklichen Iwan, und folglich heiße Alkmene Marfa, und der neue Heros Demetrius, der sei der neue Herakles. Eine eingebaute Arie deute darauf hin, daß das Ersticken der Schlangen in der Wiege das Wunder der Rettung von Uglitsch symbolisiere, und ein Chortext verdeutliche, daß der Heros am Scheideweg mit dem zu Ssambor aufgerufenen Helden identisch sei. Nachdem ihn eine Göttin umsonst zu ruhmlosem Glücke verlockt, trete der Genius des Ruhms als Maryna auf und entlasse Dimitrij-Herakles segnend auf seine Heldenbahn. Die Besiegung der vielköpfigen Hydra sei des Zarewitsch Sieg über das feindliche Heer, das Ausmisten des Augiasstalles die Reinigung Moskaus, die gerade vor sich gehe. So gehe es fort. Danach erfolge der letzte Schnitt. Auf chorische Stücke eines anderen Meisters, hier eingefügt, habe der Maestro die flehentliche Bitte der slawischen Völker zu den Olympischen gesetzt, dem neuen Herakles das tragische Ende des Sohnes der Thebanerin zu ersparen, Hera zu bändigen und den Immertriumphierenden gesunden Leibes in hohem Alter an die Göttertafel zu erhöhen.

Maryna, damit zufrieden, erkundigte sich nach der stimmlichen Aufgelegtheit der Sänger, nach der Art der Instrumente und ob das bißchen Saalbühne zureiche. Sie entließ den Maestro in dem Augenblick, als ihr Vater eintrat.

Er rief ihr erregt schon in der Tür entgegen: »Höchste Zeit, mein Kind! Sapieha ist längst da, wie ich höre. Seine Exzellenz, den Herrn Legaten, habe ich selbst in meiner Kutsche mitgebracht.«

Wie gebannt vom Anblick Marynas trat er zurück und lachte: »Moskau wird um dich im Staube liegen, Donna Polonia. Doch ein Wort unter vier Augen, Kind!«

Die Dombrowska erhob sich und verließ, den beiden Herren bedeutsam zunickend, so daß sie ihr folgten, den Raum.

»Maryna, endlich habe ich Gonschewski gefaßt und secretim verhört. In der Tat, toll war's, wie Dimitrij mit dem Gratulanten des Königs und des Legaten umgesprungen ist und wie er mich kritisiert hat. Ahnte er doch, was ich für ihn inzwischen bei Hofe getan! Sapieha hab' ich um hundertachtzig Grad herumgedreht. Der verbrennt nun, was er geglaubt, und glaubt, was er verbrannt hat. Doch dein Zar! Was wird seine neue Gesandtschaft nun bringen? Denn neue Botschaft ist da. Kurz und gut, du mußt ihm kundtun, daß du ohne deinen Vater nie und nimmer nach Moskau gingest. Erleuchte ihn, daß er endlich die Motive goutiert, die mich damals ... Schildere ihm meine Bemühungen hier! Natürlich keine Mahnungen an sein Krakauer Versprechen jetzt, an die Sewersk und Smolensk! Das wäre verfrüht. Im Gegenteil, schreib ihm, ich dächte nicht daran, ihm jetzt Scherereien zu machen, ich sei nichts als Demut vor ihm aus lauter Stolz auf ihn. Vater und Tochter seien ausgesöhnt und von Herzen eins. Wirklich, es genügt mir, dich fern in deiner Glorie und mich hier saniert zu sehen. Glaube mir, Kind!«

Maryna versprach zu schreiben. »Doch die Gäste warten, Herr Vater, führt mich hin!«

Mniszek ergriff ihre Hand. Dann fiel ihm ein ... Er blickte nieder: »Gäste ... Einer fehlt. Der alte Ostroschski ist verblichen. Vor ein paar Stunden ... Ja, des Sohnes mysteriöser Tod, der hat den kranken Mann hinabgezogen. Es bewegt dich? Du hast recht. Auch ich erschrecke: Daß der König nur jetzt nicht absagt! Hoftrauer ist angeordnet. Unseren Empfang aber lass' ich mir nicht verbieten. Dämpfen wir die Feierlichkeit, das genügt! Allons, mein Kind!«

Maryna dachte kurz, wie gut es sei, daß mit dem letzten Ostroschski nun wohl auch gewisse Frager verstummen würden; dumme Fragen, üble Gerüchte ...

Inzwischen hatten sich Rangoni und Sapieha in ein Separatzimmer zurückgezogen. Der Großkanzler berichtete:

»Wie empört auch der König über die zynische Abfuhr Gonschewskis war, deren sich der Jüngling erdreistet, geradezu fassungslos macht ihn jetzt der Kaisertitel, den dieser für sich in Anspruch nimmt. ›Der Bursche entwickelt sich prächtig!‹ sagte ich zum König und lachte. ›Er kennt kein Maß mehr!‹ rief der König. Aber Gonschewski tröstete: ›Majestät, Vermessenheit kommt vor dem Fall. Überdies‹, so fügte er hinzu, wie um sich selbst zu widerlegen, ›überdies hat der Zar mir vor der Abreise secretissime versichert, er habe Komödie gespielt, er bleibe dem König dankbar und sei zu allen Freundschaftsdiensten bereit.‹ Mit Recht aber fragte der König zurück, ob nicht erst dieser Ausbügelungsversuch Komödie gewesen. Gonschewski gab zu bedenken, des Zaren noch nicht gefestigte Position bedürfe noch so manchen Fratzenspiels. Die Kreuzzugsidee zum Beispiel, die Befreiung Konstantinopels, sei nichts als Propagandarummel, auf die Frömmigkeit seiner Russen berechnet. ›Mag sein!‹ rief der König, ›doch mich so zu beleidigen, dessen hat er sich nur im Hinblick auf die Klemme, in der ich sitze, erfrecht. Ihr Heiligen!‹ rief er, ›ich muß mir jetzt viel bieten lassen. Konföderation, Konspiration, Verräterei, wohin ich trete. Ja, ich brauche seine Freundschaft mehr als er die meine, das weiß er, auch gegen Schweden. Daß er mir ja nicht den schwedischen Usurpator anerkennt!‹ So klagte der König und klagte fort: ›Ach, und hier nun muß ich Mniszek und seine Maryna wer weiß wie hofieren! Des Zaren Schwiegerpapa könnte ja zur Konföderation übergehen, der Zar ihm beispringen, das moskowitische Kreuzzugsheer statt gegen die Muselmanen plötzlich westwärts marschieren und in unsere Zwietracht eingreifen, Mniszek aber auf die Idee verfallen, mich zu beerben, das heißt, mich vom Thron zu stoßen, genauso wie sein Schwiegersohn den armen Boris.‹ Und schließlich geruhten Majestät, mir zum hundertsten Mal unter Absehung von Anstand und Wahrhaftigkeit vorzuwerfen, ich sei es gewesen, der zwischen ihr und Zar Dimitrij alles verdorben. Das wurde mir endlich zu bunt. Ich wurde deutlich. Erstens, sagte ich, sei noch abzuwarten, ob dieser neue Stern, dieser von seinem Sieg berauschte junge Dilettant, dessen Herkunft immer doch irgendwie zweifelhaft bleiben werde, auf seinem Thron sich halten könne, und zweitens sei des Königs konfessionalistische Verbohrtheit und Verranntheit allein daran schuld, daß er Schweden eingebüßt und nicht einmal sein filius schwedischer König geworden, kurz, daß die große Ostseeinheit zerbrochen liege. Es stünde anders um Eure Majestät, rief ich, sowohl in Polen wie im Hinblick auf Moskau, wenn – und so weiter. Die Jesuiten, so demonstrierte ich, sind gegenwärtig in ganz Europa an den Höfen die unausstehlichsten und unheilvollsten Wühler und können wohl auch noch des Zaren Unglück werden. Das übrige sagt Eurer Majestät der neue Gesandte des Zaren, der stämmige Herr Bjesobrasow. Ja, und damit – parbleu! holte ich den Russen sogleich herein, stellte ihn vor und empfahl mich heiter, ganz heiter.«

So berichtete Sapieha. Da pochte es. Auf des Fürsten »Intrate!« trat der Kammerherr ein und meldete, Majestät schicke nach dem Großkanzler, ein Läufer sei da. Fürst Sapieha möge sich unverzüglich –

»Aha! Majestät kommen mit dem Bjesobrasow nicht zurecht. Ich eile.«

In der Königsburg stand der Gesandte dem König gegenüber. Er hatte die allgemeine Begeisterung Rußlands um Dimitrij geschildert, dazu die Krönungsfeierlichkeiten, dabei aber auf gewisse Fragen hin auch ärgerliche Vorkommnisse preisgegeben, immer lächelnd und so, als seien sie nicht der Rede wert; aber den König hatten sie aufhorchen lassen. O ja, er wußte nun, wie sich seine Herren Polen durch ihre Aufführung in Moskau täglich unbeliebter machten und das Ansehen des Triumphators schädigten.

Bei Gott, sagte er sich, unsere Polen benehmen sich miserabel. Zweifellos ehren sie des Zaren Tapferkeit und lieben ihn kameradschaftlich, sein Volk aber behandeln sie wie unterworfene und lustig geprellte Wilde. Sie bespötteln nicht nur seine heiligen Bräuche, seine Demut vorm Autokraten, seine Gutgläubigkeit, sondern auch die – angeblich anmaßende – Pose des Helden und Siegers beim Zeremoniell der Krönungsfeierlichkeiten, nicht anders, als hielten sie ihn für ihren Popanz, seine Krönung für einen Spaß und seine Herkunft für mehr als ungewiß, nämlich für sehr gewiß. Nein, hahaha! was für Zoten um seine Geburt und Errettung!

Bjesobrasow hatte unter anderem berichtet, zur Krönungskathedrale hätten sich die polnischen Herren in Waffen eingefunden, was nach russischen Begriffen ein Greuel sei, einige sogar mit ihren Hunden. Sie hätten sich – von der stundenlangen Zeremonie kreuzlahm – an die heiligen Bilder gelehnt und auf verehrte Grabmäler gesetzt, ihre Hunde geklopft oder gescherzt und laut gesagt: Die Bojaren stützen und führen den Burschen da in seinem barbarischen Ornat umher wie ein lendenlahmes Kind. So ein Zar, hätten sie gelacht, könne von keinem Zimmer ins andere watscheln, ohne sich auf servile Fürsten zu stützen. Beim Verlassen der Kirche habe der Zar wie üblich aus blinkenden Schüsseln Geld unter das Volk werfen lassen. Unter die stolzen Polen aber, die sich nicht danach hätten bücken wollen, Golddukaten. Die Kavaliere hätten sich auch danach nicht umgesehen, nur einer habe den Hut gezogen und so lässig geschwenkt, um ein Goldstück abzuschütteln, das im Federbusch hängengeblieben. Das Volk sei auf den Dukatenregen zugestürzt, habe die Herren durcheinandergestoßen, es habe Ohrfeigen seitens der Herren, aber geballte Fäuste und Schreie seitens des Volkes gegeben und aus des Zaren Augen einen sengenden Blitz auf seine Herren Kameraden, wie er sie nenne. Kein Wunder, daß es in gewissen Adelskreisen gäre. Doch das sei völlig belanglos.

Der König hatte nun ganz offen gefragt, ob bereits Verschwörungen denkbar seien – à la Pologne, entweder gegen das polnische Element, das um Dimitrij sei, oder gegen ihn selbst. Bjesobrasow hatte gelacht: Dergleichen lasse ein kluger Zar stets in aller Ruhe ausreifen, um zuzupacken zu guter Zeit. Der Zar wisse, was man sich zuraune.

Nämlich?

Nun, man zischle sich zu, der angebliche Sohn Iwans sei nicht einmal ein Russe. Einige nähmen das nicht schwer, andere aber klagten, Dimitrij sei nicht einmal von Adel, sondern ein niedriger Mensch. Freilich scheine er an seine hohe Abkunft zu glauben, und anzuklagen sei als erster wohl der

König von Polen, der Jesuitenfreund, der ihn herübergesandt. Gewisse Kreise meinten, der König werde seinen Mißgriff beziehungsweise sein Verbrechen nur dadurch wettmachen können, daß er ihnen einen anderen, besseren Zaren bezeichne, einen, der einwandfrei königlichen Geblüts sei, etwa den eigenen Sohn, Kronprinzen Wladyslaw.

Dem König hatte dies den Atem verschlagen, und Bjesobrasow war dann noch deutlicher geworden: Oh, der Zar sei stark und wahrlich kein Feigling, strahle und lache von früh bis spät, regiere energisch, weitblickend und klug. Lächerlich sei es, zu munkeln, die Schwäche seiner Position mache auch seine Seele schwach und er fühle nichts als Abgründe um sich und buhle *darum* um seiner Großen Gunst und decke mit seinem Frohsinn nur seine Furcht zu.

»Buhlt er?«

Nun, er umwerbe zum Beispiel Xenja, die hinterbliebene Zarewna. Ihr scheine in der Tat die Würde der Zariza zu winken. Wer das wohl gedacht habe? Man freue sich weithin auf die Versöhnung und Verschwägerung des Zaren mit dem Haus der Godunows.

»Was! Wie! Gibt er denn unserer Dame Mniszek den Abschied?«

Bjesobrasow hatte erwidert, das alles sei vorläufig noch Gerücht. Tatsache sei, daß der Zar sich feierlich zur orthodoxen Kirche halte und alles westliche Wesen abschwöre und von sich streife wie die Schlange im Lenz ihre alte Haut.

Auch Rom? Selbst Rom? Das hatte dem Faß den Boden ausgeschlagen! Und so weit war man nun gekommen.

Jetzt maß der König mit zornig geweiteten Augen den ungetreuen Diener seines Herrn von oben bis unten:

»Das alles also habt Ihr, Herr Gesandter, seiner Exzellenz, meinem litauischen Großkanzler, noch *vor* mir eröffnet. Das ist unziemlich, Herr. Und Ihr werdet nicht behaupten wollen, Euer Souverän habe Euch deshalb nach Krakau geschickt, um mir und sogar meinen Paladinen solche Dinge zu eröffnen. Euer Herr tut mir leid. Ich weiß, wie Monarchen zumut ist, die von Verrätern umgeben sind. Schämt Euch!«

Nun tat Bjesobrasow entsetzt: »Wie Eure Majestät mich verkennt! Habe ich nicht fort und fort versichert, wie groß, mutig und unerschütterlich mein erhabener Gebieter über all den Machenschaften in seiner Hauptstadt steht? Hat Eure Majestät mich zudem nicht ausgefragt? Fragt sie, um belogen zu werden? Die Majestät vermutet nun, mein eigentlicher Auftrag müsse in Krakau etwas anderes sein. So ist es auch. Er besteht in der Überbringung eines wohlversiegelten Briefes an die Dame Maryna. Was des Briefes Inhalt sei? Mir unbekannt. Ich muß nun eilen, Majestät, ihn zu überbringen.«

Damit verneigte er sich und wollte gehen, der König aber gebot Halt, machte ein paar Schritte und fixierte ihn: »Ihr hattet also keinen bündigen Auftrag, vor irgend jemandem irgendein Wörtchen zu verlieren? Ich sage: Und doch! Auftrag schon, doch nicht von Eurem Herrn, dem Großfürsten von Moskau –«

Bjesobrasow unterbrach: »... dem Kaiser, dem Imperator Invicissimus!«

»Ich kenne diesen Titel nicht!« wehrte der König indigniert ab. »Nun, auch mit der Nennung dieses Titels, den Wir nie anerkennen werden, gedenkt Ihr Eurem Herrn bei mir zu schaden. Kurz, Ihr benutzt den Tag, der Euch im Auftrag Eures Souveräns allein zur Dame Mniszek führen sollte, um als Agent verschwörerischer Kreise Uns, den König, in deren Ränke zu ziehen. Bestellt Euren Cliquen, was Wir denken und wie Wir gesonnen sind.«

»Was denkt die Majestät?«

»Sie sagt: Ihr verklagt mich, ich hätte euch einen obskuren Abenteurer auf den Hals geschickt. Ich? Ich? Zugleich aber ruft man mich, den Verklagten, um Hilfe und Beistand an. Mich? Ausgerechnet mich? Ferner: Man mault, Zar Dimitrij sei weder Russe noch orthodox, und begehrt von mir, dem Polen, meinen streng katholisch erzogenen Sohn an Dimitrijs Statt. Ferner: Man hat Ärger mit ein paar Polen in Moskau, nun aber soll ich mit ganzen polnischen Heeren einrücken, wie? Um meinen Sohn zu inthronisieren, der euch doch gewiß nichts taugen kann? Es sei denn, er werde zum orthodoxen Russen umerzogen und sich und seiner Kirche und seinem ewigen Heil entfremdet. Ja, denkt ihr, er ist ein Kind und würde, fern von seinem Vater und Vaterland, unser Werkzeug werden. Man läßt durchblicken, es nütze dem Zaren nichts, sich orthodox zu gebärden, jene Xenja zu umwerben und die römisch gesinnte Polin, seine Braut, abzuschütteln, und weiß doch, daß mein Sohn, der Erzpole und Erzkatholik, solange ich lebe, nie einen Thron wird besteigen dürfen, der ihn nötigt, den einzig wahren Glauben abzuschwören; wog Uns doch schon Schweden den Verrat an der heiligen Kirche des Herrn nicht auf. Heillose Widersprüche, Herr Gesandter! Für wie töricht hält man König Sigismund? Ich weiß demnach, worauf die Herren aus sind, deren Geschäfte Ihr hier besorgt. Sie wollen das Chaos. Schweigt nur! Ich will sie nicht kennen. Sie sind schon Chaos in sich, nämlich in keiner Weise unter sich einig. Oder –«

Hier überfiel den König ein neuer, schrecklicher Argwohn. Er wich zwei Schritte zurück und rief empört:

»Oder – alles, was Ihr gesagt, war provokatorischer Schwindel und stammt dann doch vom Zaren her. Es gibt wohl jene Verschwörerkreise gar nicht. Ihr kommt durchaus vom Zaren selbst – mit dem Auftrag, mich zu solchen Dummheiten zu provozieren, die ihn zum Krieg gegen mich berechtigen und seiner Verpflichtungen mir gegenüber entledigen könnten. Ich soll wohl für Wladyslaw den Zarenthron beanspruchen, damit der Zar gegen mich in meiner momentanen Bedrängnis losschlagen könne, den Kriegsgrund habe und seine Armee billigen Ruhm?«

»Majestät!« Bjesobrasow lächelte kopfschüttelnd, und seine großen Zähne blitzten aus dem Bart: »Jene unzufriedenen Gruppen existieren schon und werden dem Gericht meines Gebieters nicht entkommen, ich aber habe weder als ihr noch als meines Zaren Gesandter vor Eurer Majestät gestanden. Es war mein Höflichkeitsbesuch. Eine Lapperei habe ich berichtet. Meine persönliche Meinung interessiert die Krakauer Majestät ja nicht.«

Der König winkte ab. Doch Neugier ließ ihn fragen: »Was ist denn nun Eure private Meinung, Bjesobrasow?«

»Majestät fragt und fragt. Nun gut, meine Meinung: Wäre ich Zar Dimitrij oder König Sigismund, so kennte ich nur ein Ziel: Nämlich die Staatenunion zwischen Rußland und Polen im Sinne der Vorschläge vor vier Jahren, und mit dieser unerhörten polnisch-russischen Weltmacht, der größten auf Erden, alsdann Skandinavien erobert und samt der ganzen Ostsee dem Weltreich einverleibt –«

Leidenschaftlich fuhr ihm der König in die Parade: »Herr Bjesobrasow, auch das ist eben Eure Meinung nicht, sondern Lockung seitens derer, die hinter Euch stehen, und Ihr seid nichts als deren Angelschnur. Jedoch – ich werde eruieren, woher der Köder kommt und wer die Rute hält. Je nun, vielleicht, vielleicht wiederhole ich in der Tat vor Eurem Zaren jenen Entwurf von anno 1600 und sehe dann, wie er reagiert. Seid Ihr aber Verschwörer unter Verschwörern, so meldet Euren Freunden: So spricht der König: Der Knabe Wladyslaw taugte mir in Moskau ohne mich nichts, wäre ein Spielball fremder Leidenschaften und Mächte, müßte, um Herrscher zu werden und zu bleiben, Russe werden und sich Polen entfremden lassen und der römischen Kirche verlorengehen. Wollt ihr durchaus einen Ausländer zum Zaren, der über euren Parteien steht, bene, so ruft mich selbst! –

Haha, das geht natürlich nicht an! Wie? Schert Euch zum Teufel, Herr! Ich werde den Zaren vor Euch warnen. Nichts begehre ich als seine Freundschaft. Geht nun! Bestellt Eures Gebieters Briefe an dessen Verlobte!«

»Majestät, wenn sie nun seine Verlobte gewesen wäre? Im Brief den Abschied erhielte? Die nahe Zukunft wird es offenbaren. Meine Vermutungen interessieren Majestät ja nicht, es sei denn, um sie meinem Zaren und Kaiser, dem Imperator Invicissimus, zu berichten. Übrigens, falls des Königs Majestät tatsächlich über mich berichtet, so bitte ich dieselbe kniefällig schon jetzt um politisches Asyl.«

Aha! Doch da trat Leo Sapieha ein, und Bjesobrasow wurde entlassen.

Der König wanderte umher, und Sapieha fragte: »Hat er alles ausgeplaudert?«

»Die Hintergründe blieben dunkel. Eure Meinung, Freund?«

»Ich rate viererlei: Zunächst einmal abzuwarten, ob oder wie lange der Zar sich halten kann –«

»Meine Position dürfte gefährdeter als die seine sein.«

»Ich wage nicht, es auszuwiegen. Das zweite, wozu ich rate, ist, alle Gedanken und Kräfte auf unsere Konföderation zu richten und ihr, sie sei nun paralysierbar oder nicht, ein starkes Heer gegenüberzustellen. Bannen Majestät die Gefahr dadurch, wie ich hoffe, so hätte das Heer – etwa mit Front gegen Moskau – unter Waffen zu bleiben.«

»Falls Moskau sich zuvor nicht unserer Rebellen gegen mich bedient und Polen Stück für Stück in seiner Zwietracht frißt.«

»Aber, aber! Ob der Zar sich das leisten könnte? Zuvorkommen, Majestät! Nieder mit der Konföderation! Dritter Vorschlag: Majestät tasten den Zaren ab. Majestät wiederholen umgehend das Angebot, mit dem ich vor vier Jahren erfolglos nach Moskau gereist bin.«

»*Meine* Idee! Erst eben habe ich sie geäußert! Rekapituliert die Punkte, lieber Sapieha!«

»Der Entwurf sah folgendes vor: Ewigen Frieden zwischen beiden Reichen, einheitliches Vorgehen gegen Freund und Feind unter Ausschluß aller Bündnisse des einen oder anderen Partners, die dem einen oder anderen zum Nachteil gereichen, gegenseitige Hilfe bei Angriffen von dritter Seite, Zusprechung wiedererrungener Gebiete an den, der sie früher besessen, Aufteilung neu errungener Gebiete an beide Staaten; ferner, daß der polnische König erst nach der Befragung des Zaren zu wählen sei und umgekehrt; stirbt der König kinderlos, so sind unsere Edlen berechtigt, den Zaren nach Krakau zu rufen und zu krönen, doch müßte der Zar zuvor die polnische Freiheit garantieren und danach abwechselnd je ein Jahr in Polen, in Litauen und Moskau residieren; item: stirbt der Zar ohne Erben, so besteigt der König den Zarenthron. Die Angehörigen beider Reiche dürfen in beiden Territorien Grund und Boden besitzen. Beide Staaten liefern einander ihre Flüchtlinge aus. Beide Herrscher gestatten ihren Untertanen freies Reisen hin und her über die gemeinsame Grenze, desgleichen die Ehe zwischen Angehörigen beider Staaten und völlige Religionsfreiheit. Der Handel zwischen beiden Reichen sei frei, das Münzsystem einheitlich –«

»Et cetera. Was versprecht Ihr Euch von der Erneuerung dieses Angebots?«

»Majestät vergessen: Majestät deuteten an, es gelte, den Zaren abzutasten auf ein fälliges Bündnisersuchen an uns. Geben wir diesen Gegenvorschlag als Antwort! Er bedeutet Preissteigerung.«

Der König sann vor sich hin: »Ihr haltet seine Position für sehr stark. Doch Ihr wolltet mir ja viererlei empfehlen. Wo bleibt das vierte?«

»Ja so. Eure Majestät werden selbstverständlich nicht zum

Empfang gehen. Es ist zum Lachen, aber der Zar – er läßt Jerzy Mniszek und sein Töchterchen fallen.«

»Affront über Affront.«

»Kein Affront contra Polen und Eure Majestät.«

Der König grübelte: »Bjesobrasow vermutete doch nur.«

»Majestät, einen Besen will ich fressen, wenn er das Schreiben nicht Wort für Wort kennt.«

Der König ging umher: »Hm, soll ich unpäßlich sein?«

»Nicht nötig. Ostroschski ist verblichen. Der Hof trauert, und Majestät sind fromm.« –

Inzwischen stand an Sapiehas Statt vor Rangoni Pater Ssawiecki und demonstrierte mit leiser, zorniger Stimme: Alles sei verloren. Dimitrij falle ab und der Häresie zu. Er, Ssawiecki, sei so gut wie ausgewiesen worden, hinausgeschmissen. Bene, noch habe man Faustpfänder in der Hand, um diesen Jüngling zu nötigen. Man müsse entschlossen sein, alle Minen sprengen zu lassen, daß er nur ja nicht zum Verräter werde.

Der Legat horchte betroffen auf. »Faustpfänder? Was für Minen?«

Doch da hielt Ssawiecki dicht. Wenn du wüßtest! dachte der Pater nur. Rangoni erhob sich, verbot jede Intrige und Eigenmächtigkeit, drohte dem Pater Verschickung oder Haft an und verwies, um ihn zu trösten, auf Ignatij, den neuen unionsfreudigen Patriarchen, den Dimitrij immerhin eingesetzt. Der stille, kluge Anfang sei ja gemacht. Übrigens scheine im Saal der Wojewode mit Maryna erschienen zu sein.

Legat und Pater begaben sich dorthin.

Da standen Vater und Tochter auf der Saalbühne huldvoll niederstrahlend Hand in Hand. Sie nahmen die Honneurs der vorbeidefilierenden Gäste entgegen. Nicht anders, als sei Maryna längst gekrönte Majestät.

Wie sie in vollen Zügen genießt! dachten die Damen.

Mniszek hielt eine kurze Ansprache, gedachte des Fürsten Ostroschski – »requiem aeternam dona ei, Domine!« –, und alle erwiderten: »Et lux perpetua luceat ei!« (allgemeine Bekreuzigung) und gab bekannt, heitere Tänze schickten sich nun nicht; man werde die Polonaise schreiten und dann eine Oper hören – zu Ehren des befreundeten, gekrönten Heldenzaren, danach Seine Majestät den König erwarten und schließlich bei Wein und guten Gesprächen ein Weilchen beisammensein.

So ging nun alles gedämpfter vonstatten als gedacht. Mniszek und Tochter führten bei feierlichen Klängen aus hoher Musikantenloge die Polonaise an. Als sie zum zweitenmal an der Saalpforte vorüberschritten, neigte sich ihnen der beturbante Pförtner zu und raunte mit hochspringenden Augenbrauen: »Königskarosse unterwegs. Läufermeldung.« Vater und Tochter schieden aus, begaben sich ins Treppenhaus, stiegen zwischen den Pagen Stufe um Stufe zur Empfangsdiele hinunter und warteten. Endlich trappelte und rollte es vor dem Palais auf dem Kopfsteinpflaster und hielt. Doch weder Trompetenklang noch Kommandorufe erschollen. Die Pforte tat sich auf. Kam der König ohne Gefolge? Aus der Kutsche stieg kein König, sondern ein Russe in tatarisch buntem Kaftan, tieg die Treppe herauf, stellte sich als Bote des Zaren vor, nannte seinen Namen, fragte, ob er den Wojewoden von Sandomierz vor sich habe, bestellte, daß der König, den er aus Gründen der Courtoisie als ersten in Krakau begrüßt habe, bedaure, absagen zu müssen, da sein Herz an der Bahre des verewigten Herrn Kastellans verweile, der Zar jedoch der erhabenen Dame hiermit ein mehrfach versiegeltes Schreiben übersende, dessen Inhalt nur dem Zaren bekannt sei. Er, Bjesobrasow, sei dort und dort abgestiegen und bereit, die Antwort (er überreichte die Briefkassette) nach Moskau zurückzubringen. Antwort eile nicht. Dies letzte habe der Zar ihm bei der Abreise noch nachgerufen, wie aus sehr schweren Gedanken heraus, und tief geseufzt.

Vater und Tochter blickten einander an. Herr Bjesobrasow, von Mniszek gebeten, sich zu den Gästen zu begeben, dankte und erklärte, er stehe, falls die Herrin ihn benötige, jederzeit zur Verfügung.

Man stieg zu dritt die Treppe hinan. Maryna begab sich eilends in ihr Boudoir. Der Wojewode stellte den Gästen den zarischen Gesandten vor, der, eben eingetroffen, seiner Verlobten eine gewichtige Sonderbotschaft überbringe. Der König, von des Fürsten Ostroschski Heimgang in Trauer versetzt, lasse sich entschuldigen und grüße die Gäste. Und nun wolle man sich zur Oper plazieren.

Maryna und Dimitrij besaßen allein je einen Schlüssel für das Schloß der Kassette, die bestimmt war, ihre Liebesbriefe hin- und herzubefördern. Jetzt aber fand Maryna den Schlüssel nicht. Erregt, nur nicht freudig erregt, wie sie fühlte, suchte sie die Schatullen und Taschen ab. War er entwendet worden? Verloren? Die Kassette hatte ihren Wert verloren. Schon griff sie zur Schneiderschere, die Meister Lisieux zurückgelassen, zwängte sie hinter den Überfall, sprengte das Schloß und öffnete. Da lag das Schreiben, mehrfach versiegelt. Sie nahm und drückte es mit beiden Handflächen ans ungut pochende Herz. Da fühlte sie, daß sie das Schlüsselchen ja auf eben diesem dummen Herzen trug. Konfusion! Das mußte ein seltsamer Brief sein. Sie zerriß ihn fast beim Öffnen. Sie überflog ihn, schon sah sie nichts mehr, sie bezwang sich und las:

»Weißt Du noch, wie wir als Kinder auf Parkwegen unseren kleinen Wagen kutschierten, wie unser Pony einmal durchging, Du hinausfielst und hinter mir herschriest, ich über Wiese und Feld entführt wurde, aber die Leine verbissen festhielt? Das nenne ich eine Prophezeiung.

Inzwischen habe ich genug Attacken geritten und weiß,

wie Andromache mitsaust mit so einer Schwadron und wie man als Reiter, ob man will oder nicht, in Sieg oder Untergang dahingerissen wird. Da hilft kein Zaum noch Zügel. So geht es mir jetzt. Es ist sehr schwer.

Weißt Du noch, wie wir dem Italiener zusahen, der die Himmelfahrt malte? Der Erlöser fuhr auf rosiger Wolke hoch, im Wolkenschatten starrten die Zurückbleibenden ihm nach. Nun trägt es auch mich hinweg von Dir und allem, was wir als unsere Welt erträumt und besessen; ach, nicht himmelwärts, und die Wolke ist grau und naß. In ihrem Schlagschatten stehst Du und starrst mir nach.

Ach, dies ist der sechste Brief in dieser Nacht an Dich. Die anderen vergingen im Kamin. Wie sollte ich es Dir sagen? Zermürbt, übermüdet, verbissen beschließe ich: Dieser Brief falle aus, wie er wolle, ich schreibe keinen siebenten mehr. Weg mit allen Details und Begründungen!

Maryna, wir müssen scheiden, es ist entsetzlich. Wozu soll ich Dich ›auf ein paar Jahre‹ vertrösten, Dich und mich betrügen? Ich weiß, ich weiß, wohin dies Reich und mein Amt mich entführen. Dich duldet es hier nicht, heute und morgen nicht, nie! Mich aber zwingt es an eine russische Liaison heran mit der verwaisten Tochter meines Opfers Boris. Maryna, ich muß, muß, muß. Frage nicht so viel! Ich hatte Dir in den verbrannten Briefen alles ausführlich begründet, nun bin ich's müde, es nochmals zu tun, höre ich doch stets Deine Stimme: ›Das alles überzeugt mich nie und nimmer, Dimitrij.‹ Ja, Du bist zäh, Maryna, Du sagst: ›Ich warte gern, bis du ganz, ganz fest im Sattel sitzest, all deine inneren (oder äußeren) Feinde gewonnen (oder vertilgt) hast und allmächtig wie Iwan der Schreckliche thronst.‹ Ach, ich weiß, Maryna, das kommt so nie, und ich weiß, du wirfst mir wieder Schwäche vor. Gerade darum: Vernimm meinen unwiderruflichen Beschluß in gedrängtester Kürze!

Mich reißen Notwendigkeiten hin, die Ihr alle nicht kennt

und wägt. In die gegenwärtigen Gefahren hole ich Dich natürlich schon gar nicht herein. Es wäre verantwortungslos. Aber sie werden wohl immer drohen, diese schwarzen Wolken. (Du weißt die Hypothek, die auf mir lastet.) Doch hier bin ich nun, hier, und zwar gekrönt. Während dieser Krönung, die mich ganz und gar wie ein großes, fremdes, heiliges Verschlucken in den Bauch des Ungeheuers hinabzog (wo es mich jetzt in sein eigenes Blut, Fleisch und Leben verwandelt und verdaut), während dieser Krönung wurde mir etwas Friede zuteil, als ich dachte: Erstens, ob ich will oder nicht, da bin ich nun und muß mich halten, und es gibt kein Zurück, nur noch das Avanti, auch keine Wahl der Wege, sie liegen fest, und ich muß mich bewähren. Zweitens, mich hier halten, das heißt, mich dieses Reiches Gesetz unterwerfen, mich (und Dich und alles) aufopfern an dies Gesetz und nichts tun als das, was es mir auflegt. Kurz, es kreuzigt mich, dies Reich und seine Zukunft, kreuzigt mich mir und der Welt, jener Welt, deren Mitte und Herz Maryna heißt. Halte ich's anders, Maryna, so komme ich um. Falle ich aber, so verfällt mein Reich einem chaotischen Interregnum, so wird Jammer und Fluch. Wer hätte das alles dann angerichtet? Erst das würde mir vor dem heiligen Richter, der auf dem Regenbogen sitzt, meine ewige Verdammnis eintragen. Mich halten jedoch und nichts als dieses Reiches williges Werkzeug sein, ganz Russe, ganz Sohn Iwans, mich dem Reich versöhnen und dieses Reich um einen weiteren Schritt seiner großen, großen Zukunft entgegenführen, das allein kann rechtfertigen, was ich gesündigt, gewagt und getan. Was Dich betrifft, Maryna: Dich rechtfertigt nichts als Dein freier, freudiger Verzicht.

Zu schwer, Geliebte? Viele müssen verzichten, auch Pomaski, auch die Kurie, auch Euer König und Dein Herr Papa, jeder auf seine Art.

Verrate ich Dich, Maryna? Bedenke, wie Du mich dereinst

an Eure Magnatenpolitik aufgeopfert hast und Dich dazu! Ach, was war eure läppische Herrlichkeit gegen mein Reich, gegen meines Reiches übermenschliche Sprache, gegen meinen Thron? Ein Unrecht.

Ich verrate auch Rom nicht. Es hat kein Recht an mich, ist selbst im Unrecht, dies Rom der Donatio Constantini und Pseudoisidorischen Dekretalien, des erschwindelten päpstlichen Jurisdiktionsprimats.

Verlange keinerlei weiteren Aufschluß! Ich bitte vor allem, schicke mir keinerlei Post mehr! Ich bin der Gefangene meiner Kanzlei. Meinerseits schicke ich künftig dann und wann einen Sonderkurier an Dich. Wenn Du ihn noch empfangen willst. Aber ich weiß, daß Du all meine schweren Wege aus der Ferne verfolgen wirst, solange ich atme, und daß Deine Augen mich allenthalben begleiten, Dein Herz mich – auch verblutend – immerdar in der Ferne segnet, und keine Macht im Himmel, geschweige auf Erden, uns trennt.

Ewig Dein Dimitrij.«

Schon während des Lesens sank Maryna langsam auf den Sessel. Jetzt starrte sie entleert vor sich hin. Die Hand mit dem Brief baumelte herab, alle Farbe war aus ihrem Gesicht gewichen. Ihr Herz begann wild und kalt zu rasen. Sie dachte nur – und murmelte es vor sich hin: Zusammenbruch. Das ist ja – sein Zusammenbruch ... Der Brief eines Toten. Heilige Mutter Gottes, wo kommt das her? Von Marfa. Sie hat ihn bekniet, sie ist der Alp auf ihm. Hab' ich nicht längst in ihr den Unhold gewittert? Und doch, so stark ist sie nicht, er nicht ebenso schwach. Das muß ja eine Hölle sein, die ihn umdroht! Zusammenbruch ... So kurz nach Triumph und Krönung – dem Untergang geweiht? Ihr fiel irgendein Wort ein, sie wußte nicht mehr, wo in der Bibel es stand: »Denn Hunde haben mich umgeben und der Bösen Rotte hat mich umringt.« Doch nein, nein, nein! So kurz nach Triumph und Krönung tun sich die Abgründe noch nicht auf! Das Grauen, das ihn ergriffen, von innen her, aus seinem eigenen Wesen stammt es! Ich kenne dies anfällige Wesen von damals her, leicht ist es umnachtet. Er ist schwach. Er wollte schon damals mir nichts, dir nichts fliehen. Fliehn und alles verraten. Was belastet ihn? »Die Hypothek« ... Damals mußte ich ... Ach, das Äußerste tat ich für ihn gern. Ich hauchte ihm mein heißes Leben ein und erweckte ihn zu sich. Müßte ich so ein Leben lang tun? Ärgerlich! Widerlich! Jetzt hat ihn tödliche Angst in der Fremde gepackt, unendliches Grauen im Dunkel, und er faselt von der Pflicht, Russe zu werden, sich mit den Godunows zu verschwägern, mit dem Adel dort und dem Reich. Verrät er gar die Kirche? So tödlich dies Grauen, daß er schon den Verstand verliert, die Sendung, die seine Seele ist, und alles verläßt, was ihn rechtfertigt? Paradox: Er bildet sich ein, ihn rette auf Erden und rechtfertige im Himmel das, was sein Verrat auf Erden und an diesem Himmel ist. Orthodoxer Moskowiter werden und seines Opfers Boris leiblicher Eidam, haha ... Übrigens, wo bleibt *meine* Rechtfertigung, Dimitrij? Ach so, im Verzicht soll sie beruhn! Verzicht? Wofür habe ich Ostroschski umgebracht? Höre, du, ich darf dich dir und deiner Angst, Feigheit, Unstete und Erbärmlichkeit nicht überlassen, daß du nicht wegrennst vom vorgezeichneten Weg! Ich und Pomaski und all die anderen, auch wir, auch wir wollen gerechtfertigt sein! Freundchen, so leicht kommst du uns nicht davon.

Sie überlegte: Er ist schon davon. In seiner Höhe erreicht ihn keine Maryna mehr, den Adler im Gebirge kein armer Sperling ...

Empört stand sie auf. Zorn ließ sie erstarren bei dem Gedanken, wie unvermittelt, ungebärdig und ohne Umstände er sie abzuschütteln wagte, ohne auch nur mit einem Gedanken zu erwägen, welcher Riesenblamage er sie in Polen überließ. Sie, Maryna Mniszek, von so viel Neiderinnen gehaßt und als Prahlerin verschrien, sie von ihrem Verlobten zum Teufel gejagt, kaum, daß er mit ihrer und des Vaters Hilfe – ach!

Sie weinte auf: Untergang in Hohn und Gelächter! Weiß und bedenkt er mit keinem Gedanken, daß ich jetzt der Schande durch meinen Freitod zuvorkommen muß? Müßte? Ja, ich muß, muß ... Es ist aus. Abschied vom Leben, wirklich. Abschied.

Aufjammernd schlug sie jetzt die Hände vor ihr Gesicht, knickte in die Knie und ließ sich wie gefällt aus den Knien seitlich auf den Teppich fallen. Sie schluchzte halt- und hemmungslos und lange Zeit, doch ihr Herz wollte darüber nicht brechen, es liebte das Leben zu sehr. Dann wurde sie stiller, blieb aber, wie sie lag, und beschloß: Heute auf diesem Empfang noch in strahlender Laune herumparadieren, auch morgen noch und übermorgen, auch auf Triumphfahrten von Huldigung zu Huldigung, mit olympischem Lächeln auf geschminkter Todesfratze, als wäre nichts geschehen, aber dann, dann ganz plötzlich krank werden und sterben. Lungenentzündung vielleicht? So sollen sie sagen: Lungenentzündung. Und bei den Exequien die Köpfe schütteln und weinen: Arme, schöne Maryna, Zarenbraut, Braut des Todes! Mögen sie heucheln – ich gehe so in Lieder und Epen ein, und er – er hat freie Bahn. Doch wo führt diese ihn hin?

Nun setzte sie sich auf: In eben den Verrat an allem, was seine Berufung war. In die Arme der anderen, die ihm Rußland bedeutet, wie ich Polonia bin. Und ich hätte mich umsonst mit Blut beschmiert! Meine Rechtfertigung will ich! Es geht um Pomaskis Ziel! Ich muß zu ihm, den Schwächling wieder steifen wie in Sjewsk. Ach, es ekelt mich schon; *er* sollte der Mann sein, nicht ich!

Sie stand vollends auf und murmelte vor sich nieder: Ihr Heiligen, wie konnte ich mich ein Leben lang in ihm täuschen! Er ist ein adelloser Strolch! Wie sollte er anders? Plebejer ist er, Findling, Gosse, geschwollen, solange er sich für das Früchtchen eines tyrannischen Scheusals hielt, den er sich auch erst zurechtfrisierte; plötzlich ist er Knecht, ein Untertan mit miserablem Gewissen, fühlt sich rechtlos, wird unsicher, haltlos, wurzelt nicht mehr, gibt sich auf, wird zur Handpuppe der Herren dort, und alles das, seitdem sein Stammbaum zum Teufel. Und da kommst du mir so? Halt, so kommst du mir nicht davon, mir nicht! Nicht mir, die ihr blaues Blut an dich vergeudet hat.

Ich will und darf nicht sterben. Ich muß mich weiter zu dir erniedrigen. Dich bei der Stange zu halten. Aber ich heirate deinen Rang, nicht dich. Du selbst erniedrigst mich dort nicht. Noch weniger hier – in Schmach und Lächerlichkeit hinab; ich selbst erniedrige mich, ich selbst, aber dort erst, nicht hier, dort in Moskau, zu dir hinab, Verfluchter, und werde Kaiserin dir zum Trotz und über dich hinaus. Ja auch noch *nach* dir, wenn's sein muß, ich beerbe dich in deinen Würden, und wenn es verräterische Bojaren hagelte Tag für Tag. Ich werde dort herrschen – auf unsere Polen gestützt, auf unsere Armeen, und beweise dir in die Gruft hinab dein Versagen und wie man Gott gehorcht.

Jetzt ging sie umher, und jeder neue Schritt geriet unruhiger, denn sie sagte sich nun noch, daß sie kindisch phantasiere. Dimitrij würde ihr Tausenderlei entgegenhalten können. Er hatte ihr im Brief ja seine Argumente unterschlagen. Doch warum? Weil er weiß, so weinte sie abermals auf, daß ich sie ihm zerpflücke! Ach, ich hasse ihn! Und jetzt, jetzt spielen sie draußen die Heroenoper, die diesen Wicht mit Herakles vergleichen soll! Hol sie der Teufel!

So wütete sie im Schmerz, die plötzlich Verlassene, und die Oper entfaltete sich im Saale, einer Seerose gleich, von Arie zu Arie, von Chor zu Chor. Des malerisch umherstehenden oder -sitzenden Publikums Beifall rauschte dann und wann hinein, wenn etwas zu Dimitrijs Ruhm oder Marynas Lob erklang und deutbar war. Mniszek machte sich unauffällig davon. So guter Dinge seine Neugier war, die ihn zu Maryna trieb, so furchtbar war dann die Enttäuschung.

Das hätte er nie mehr erwartet. Der Brief zitterte in seiner Hand. Entgeistert, dachte er dennoch an alles zugleich: an die unermeßliche Blamage, seinen erneuten, nun endgültigen finanziellen Zusammenbruch, an die entschwindende Herzogsherrlichkeit über der großen Sewerischen und Smolensker Provinz und an Marynas besonderen Sturz. Er hatte ja Tag für Tag schon sein Kind in Krone, Hermelin und Purpur gesehen. Seine ohnmächtige Wut fuhr endlich wie ein geköpftes Huhn umher. Er beteuerte, nichts als die Größe Polens, die allslawische Einheit und die eine heilige Kirche vor Augen gehabt zu haben, verschwor sich, den großen Zielen treu zu bleiben und sein Sewerien zu verlangen und kein noch so rabiates Mittel zu verschmähen, das den Zaren zwingen oder erpressen könne.

»Was«, schrie er, »solchen Fußtritt mir und meiner Maryna? Bürschchen, ich habe deine Schenkung schriftlich, und stößt du uns doch in den Abgrund, so lasse ich, des sei gewiß, so lasse ich dich aufplatzen, schrei ich dich aus als den, der du bist. Überleben sollst du uns nicht!«

Während Mniszek noch wetterte, trat Ssawiecki ein, fragte und erfuhr die Katastrophe, lachte kopfnickend und bitter, las den Brief und fand seine schlimmsten Ahnungen übertroffen. Dann stauchte er den Wojewoden zurecht und machte ihm klar, daß nichts, nichts, gar nichts vom Betrug um Dimitrij publik werden dürfe. Der Orden sei um jeden Preis zu decken. Natürlich könne man dem Zaren drohen, müsse man ihm auch die gebührende Antwort – ganz wehrlos sei man ja schließlich nicht. Hauptsache, man erreiche eine heilsame Frist. In dieser werde der junge Sieger seinen Rausch ausnüchtern. Nicht Angst beherrsche ihn, sondern das Sieger- und Autokratenfieber. Daher phantasiere er von noch nie dagewesenen Kreuzzügen, maße er sich den Kaisertitel an, verstoße er Maryna, beleidige er den König, biete er Polen Affront, schüttle er seine Kameraden ab, breche er mit der römischen Kirche, verjage er selbst seine Seelsorger und treuesten Freunde. »Will er den Westen gar zum Kriege reizen? Er denkt wohl: Meine Kreuzzugsarmeen werden sich plötzlich in der Himmelsrichtung irren und statt südwärts westwärts marschieren? Sein neuer Patriarch, was ist er schon? Ein hohles Zugeständnis. Nichts leichter, denkt er, als ihn fallenzulassen.«

Ssawiecki fuchtelte mit beiden Fäusten: »Das sage ich: Sollte er sich endgültig mit Haut und Haar der häretischen Barbarei verschreiben und den Westen, der ihn erhöht hat, abtun, dann – meinetwegen Attentat! Ich selber führe es aus! Tod und Schande dem Herrscher, der Gott betrügt und seiner Untertanen Seelenheil verkauft! Den Orden, sagte ich, müssen wir decken. Das geschähe vollkommen mit dem heiligen Attentat. Und danach – meinetwegen – polnische Intervention en masse! Er sehe sich vor, der Bursche!«

Hier fuhr Maryna auf ihn los und fauchte: »Oder du! Bist du verrückt? Wessen erfrechst du dich? Ihn vor meinen Ohren in Gedanken umzubringen!«

Ssawiecki höhnte: »Ja, deinen Helden, der dich von sich jagt. Dein Ehrgefühl ist schon hin. Oder hast du irgendeine Hoffnung?«

»Deine Unverschämtheit hat mich zu mir gebracht, das ist alles, du Zerrbild von einem Jünger Jesu.«

Das war stark. Geht die Welt aus den Fugen? Das gedachte Ssawiecki sich nicht bieten zu lassen. Er las Dimitrijs Brief auf und tat an zahlreichen Wendungen dar, wie rücksichtslos dieser labile Jüngling in seinem verzagten Trotz und verzweifelten Größenwahnsinn die Geliebte in die Schmach hinabtrete.

Maryna gab kleinlaut zu: Mindestens hätte Dimitrij ihr die Gelegenheit einräumen müssen, ihm ihrerseits den

Laufpaß zu geben. Er hätte, wäre er Kavalier, schreiben müssen: Dichte mir vor der Öffentlichkeit an, was du willst; was deinem Stolz gebietet, deinerseits mir Ring und Krone vor die Füße zu werfen; und danach werde ich, Dimitrij, dich auf Knien anflehen, mich ja nicht zu verwerfen, aber du wirst hart bleiben und so nicht nur dein Gesicht wahren, sondern Bewunderung ernten. So hätte er wohl schreiben können.

Und Maryna beschloß, diese Komödie von ihm zu verlangen; dann, dann dürfe er seiner Wege gehen. Doch nun sie an seine künftigen Wege dachte, auf denen sie ihm nicht mehr würde folgen dürfen, verging sie wieder vor Schmerz. Ihre Fäuste, die sie an ihre Brust drückte, hielten einige Schlingen der Perlenkette umspannt. Da riß die Kette, und die teuren Perlen rollten über das Parkett. Nun geriet sie in hysterischer Weise außer Rand und Band. Sie trampelte wie ein Kind, riß das Gewinde von sich, warf es in die Ecke und trommelte mit den Fäusten an die Wand. Mniszek lauschte entsetzt dem Rollen der Perlen nach. Maryna schrie: »Könnte ich sein Leben wie diese Perlen zertreten!« Und sie trat danach. »Ach, läßt er mich hier zugrunde gehen, so soll er hochjagen wie Feuerwerk und zerspringen! Ich selber reiße ihm sein Komödiantenkostüm herunter, die Herakles-Larve, er ist des Thrones nicht wert. Ich will mich nicht eher wieder kämmen und waschen, bis er nicht –«

Jetzt war es an Ssawiecki, sie zu beschwichtigen. Ihr Vater sprang ihm bei und verlangte, man müsse vor allem Bjesobrasow verhören. Vielleicht lasse sein Bericht verständige Rückschlüsse auf des Zaren Zustand zu.

Man rief die Dombrowska herbei. Unter ihrer Aufsicht sammelten zwei zuverlässige Mägde am Fußboden die Perlen zusammen. Maryna und ihr Vater erwarteten den Gesandten in einem anderen Salon. Der Pater ging Bjesobrasow von der Oper holen.

Der Gesandte erschien, dienerte und mußte erzählen. Zunächst von der Krönung, dann von des Zaren ersten Regierungstaten. Er verbreitete sich über den neuen Palastbau, für den der Godunowpalast Baumaterialien liefere, über die Umgestaltung des Hofes und die Truppenaushebungen. Dann fragte Maryna, ob er wisse, was der überbrachte Zarenbrief enthalte. Der Russe verwunderte sich der Frage. Noch verwunderter war er, als Maryna ihm mit frohem Eifer vorflauste, der Brief dringe in sie, sich mit den Vorbereitungen zur Reise zu beeilen. Der Zar brenne darauf, sich an die Spitze seiner Heere zu stellen. Die prokuratorische Trauung werde in Krakau, der König ihr Zeuge und der Krakauer Bischof der Copulator sein. Sie fragte sogar, ob Bjesobrasow nicht wisse, wer den Zaren vor dem Altar vertreten werde. Demütig stand er da, als glaube er alles, und nannte sie ehrfurchtsvoll »erhabene Herrin«.

Nun wollte sie wissen, wie es zu dem Gerücht komme, der Zar umwerbe Xenja Borissowna.

Bjesobrasow erwiderte, es würde wunderbar zugehen müssen, wenn die Welt dem Zaren als einzigem Herrscher keine Liebesaffären andichtete. Auch in Moskau sei ein lediger junger Herrscher das aufregendste Kapitel für alte und junge Weiber.

Er berichtete weiter, der Zar habe alle Godunows in Freiheit gesetzt und sie wohnten wieder in ihrem Stadthaus. Um die Versöhnung vollkommen zu machen, habe er ihnen die Waise Xenja zugeführt. Der Zar beweise da nichts als pure Menschlichkeit. Er gehe bei der Sippe aus und ein. Das werde mißdeutet.

Maryna erkundigte sich nach Marfa und vernahm, daß der Sohn sie täglich im Kloster besuche. Niemand in Moskau bezweifle das köstliche Einvernehmen zwischen Mutter und Sohn. Jeden beglücke es, und zweifellos habe Marfa ihren Teil daran, wenn der Zar in Xenja Borissowna ganz

Rußland vor sich gesehen und es in ihr sich versöhnt – und getröstet habe.

Nun sagt er's selbst! dachte Maryna. Sie ist Rußland, ich bin Polen.

Sie erkundigte sich gedankenvoll, ob der Zar an den Wunden, die er Rußland habe schlagen müssen, noch leide. Er sei zarten Gemüts.

Bjesobrasow antwortete. Doch sie hörte nicht mehr hin, sondern dachte: Ich weiß, was er dem Himmel zuruft. Er ruft (falls er überhaupt noch betet, aber Not lehrt beten), er ruft: Laß mir meinen Raub, laß mir Krone und Reich, denn ich bezahle ihn ja, den Raub, mit großen Opfern, ich opfere Maryna auf und umarme ja Xenja und opfere mich selbst ans Reich und seine Zukunft hin ...

Sie sah den Russen an. Was hatte der inzwischen gesagt? Einerlei. Sie fragte ihn nach angeblichen Unstimmigkeiten zwischen Dimitrij und seinen polnischen Kameraden.

Bjesobrasow nannte die Gerüchte übertrieben. Natürlich gäre es in der polnischen Garde, da der Zar sich ihrer zugunsten der altbewährten Strelitzen, denen er voll vertraue, entledigen zu wollen scheine. Die Herren Polens seien empört und täten um den Zaren besorgt. Er, Bjesobrasow selber, habe jemand bei einem ihrer Offiziersgelage krakeelen gehört: Der Zar sei ein unreifer, vertrauensseliger Bursche und renne in sein Verderben; die Godunows liefen frei herum; des Zaren Werbung um Xenja wende den Geist der Rache nicht ab; der Zar laufe ungedeckt in der Stadt umher, obwohl man weithin sein Inkognito kenne, und werde sich so lange auf Wespennester setzen, bis es zu spät sei.

Maryna überlegte währenddessen: Was will der Listige mir unter die Nase reiben? Daß unsere Polen recht haben? Dimitrij weiß sich von Gefahr umwittert. Entweder hat die Angst ihm den Verstand geraubt, so daß er vor Mächten Kotau macht, die entschlossen sind, ihn doch zu fressen, oder aber er provoziert seine Feinde mit vorgetäuschter Vertrauensseligkeit und Dummheit, um sie (und den bewußten Einen!) auszumachen.

»Was hat er sonst noch für Feinde?« fragte sie zerstreut.

Der Russe lachte herzlich: »Sein Feind kann niemand sein. Wer könnte ihm widerstehen? Außerdem weiß ein jeder, daß nach diesem letzten Rjurik von Gottes Gnaden nichts Gutes mehr käme. Aus Furcht vor sich selbst machte die Bojarenschaft ehedem ihren Henker, den furchtbaren Iwan, zum allmächtigen Diktator und lieferte sich ihm ans Messer, damals, als er abgedankt. Wer sollte nun den Sonnenuntergang des allgeliebten Wohltäters, seines Sohnes, wünschen? Ihn trägt nicht nur das Volk als seinen Tribun und Befreier, ihn trägt vor allem die Dienstmannenschaft, sogar der Adel. Daran glaubt der Zar, darum ist er so arglos.«

Er verstellt sich! beharrte Maryna bei sich. Er provoziert. Dimitrij bricht mir die Treue nicht um nichts. Sie fragte: »Ist Xenja schön?«

»Sehr schön, Erhabene. Von Tiefsinn erregender Schönheit. Doch wo bleiben einer Russin Reize vor denen der Polin? Wie sollte nicht Xenja Borissowna vor Euch, der künftigen Zariza, vergehen?« Jetzt dachte Maryna doch: Der Mann kennt den Brief tatsächlich nicht. Da kam durch die Tür, die ihr Vater hinaushorchend ein wenig geöffnet, das Beifallsklatschen und Bravorufen der Gäste. Mniszek drang in Maryna, die Unterredung zu unterbrechen; die Singerei sei zu Ende; Maryna müsse die zweite Polonaise anführen, daß man danach mit der Bewirtung beginnen könne. Alsbald führte er sie an ihrer weißen Hand hinaus.

Sie biß sich die Lippen wund. Ach, wie konnte Dimitrij es wagen und sich so vergessen und erniedrigen, ihr vorzuwerfen, daß er ihr nur vergelte, was sie einst ihm in Ssambor angetan? Das zu vergleichen! Wer war denn damals er? Tat sie ihm damals solche Schande an, solche Schmach, wie er nun ihr? Nein, nein, jetzt müsse sie hassen, verachten, sich rächen. Sie rief die Heiligen, als wären sie Dämonen, um Beistand an.

Im Saal verschwanden gerade die Musikanten und Akteure der Oper durch das Hauptportal. Der schon verebbende Applaus schwoll nun nochmals mächtig an, doch damit wurden bereits der Wojewode und seine Tochter begrüßt. Man schloß sich dem gnädig winkenden Paar zum tänzerischen Umzug an. Die Musik klang getragen, dem Fürsten Ostroschski zu Ehren, wie ein Trauermarsch. Maryna brauchte also nicht unentwegt zu lächeln, bald glaubte sie schattenhaft unter Schatten hinter einer Urne, die ihr totes Herz enthielt, in einem Trauerzug einherzuschreiten. Dann aber fühlte sie dies Herz wieder pochen, so öde, so schwer. Die Trostlosigkeit dieses verratenen und ungebärdigen Herzens, das sich zu keiner Gerechtigkeit ihrem Dimitrij, seiner Not oder Klugheit und seinem Verzicht gegenüber aufschwingen konnte und wollte, dem nur nach selbstquälerischem Hader zumut war, dieser vor all den Gästen zu verschließende Jammer flüchtete sich in eine neue, wilde und, wie sie im Tiefsten fühlte, alberne Phantasie. Sie steigerte sich zur Gewißheit Ssawieckis, Dimitrij irgendwie doch noch dazu erpressen zu können, daß er sie nach Moskau berufe und kröne und Hochzeit mit ihr feiere, dort im neuen Palast. Doch nach dem Festmahl, angesichts der Zeugenschaft des ganzen Hofes, würde sie rufen: Wer in aller Welt bezweifelt nun, daß ich die Krone trage, genau wie du? Doch gleiche Kappen dir und mir? Niemals! Jetzt verachte ich die Krone um deinetwillen und werfe sie dir vor die Füße! Da liegt sie! Dombrowska, die Koffer gepackt! Die Zarin reist heim nach Sandomierz!

Ach, dieser Unsinn! seufzte sie dann und beschloß endgültig zu sterben.

Sie schritt den Tanz mit ihrem Vater als ihren eigenen Todesreigen und dachte des Reigens von Ssambor mit Dimitrij. Diesmal war es an ihr, sich zuzurufen: Her mit dem Tod! Der Schande zuvorkommen! Allmählich fühlte sie eine große Übelkeit in sich aufquellen. War das wohl schon der Tod? Schwärze stieg wie Nebel vom Fußboden empor. Sanfte, wehe, letzte Freude zuckte in ihr auf. Gott schickte gnädig schon den lieben Tod! Erlösung ...

Als die Schwärze ihre Augenhöhe erreichte, verlor sie das Bewußtsein. Als sie wieder zu sich kam, lag sie da und sah hundert Augen herandrängender Gäste von oben her auf sich gerichtet und hinter lauter vorgetäuschter Besorgnis nichts als Schadenfreude und Hohn. O Jammer, sie lebte noch! Rasch senkte sie wieder die Lider und schwor sich zu, Dimitrij ohne Rücksicht auf sich, den Vater, den Orden und ihn zu erpressen und Zarin zu werden und dann ihm alles vor die Füße zu werfen und dann ihn nie mehr zu lieben, nie.

Inzwischen saß Sapieha daheim und schrieb bei Kerzenlicht an einen Vertrauten:

»Bjesobrasow hat keinen Namen preisgegeben. Was aber jene Klage über den jungen Zaren, welchen ich respektieren gelernt, angeht, nämlich, daß er ein niedriger, gott- und sittenloser, leichtfertiger Mensch und des Thrones nicht würdig sei, so besteht seine Niedrigkeit offenbar darin, daß er nicht foltert und köpft, sich auch nicht unnahbar macht, sondern sich leutselig und zu seinen Veteranen kameradschaftlich stellt. Seine Leichtfertigkeit ist die, daß alles bei ihm wirklich und schnell und leicht fertig wird. Rasch überlegt er, zaudert kurz, überblickt viel, wagt noch mehr und wirft, wie die Dummköpfe ihm vorrechnen möchten, das Geld zum Fenster hinaus. Gott- und sittenlos heißt dort jeder Fremdling, der nicht dem ganzen altheiligen Brauchtum frönt. Woher soll der Zar das kennen? Und Unwürdigkeit? Nicht er ist jenes Thrones, vielmehr das Volk ist seiner noch nicht wert. Doch was tut's, diese Dinge zu werten? Sein

Thron wackelt jedenfalls, und der homo obscurus wird er bleiben, so wahr Bjesobrasow ein Lump ist. Von mir hat er ein Sümmchen angenommen. So werden wir künftig mehr durch ihn erfahren.

Ich habe ihm gesagt: Euren Großen kam der Jüngling gerade recht, um Boris wegzufegen; sie wollten sich wieder mal tummeln. Nachdem er aber seine Schuldigkeit getan, sieht man, daß er zu regieren versteht. Folglich muß er hinter Boris her in den Tartarus. Noch tritt er zwar behutsam auf, liebreich und hold, doch die Herren haben Instinkt. Sie sehen, was er noch werden kann, und daß er weiß, was er will. Seine Schlagfertigkeit in der Duma, sein rascher Blick für alle Hilfsquellen im Reich, seine Wissenschaft und geistige Überlegenheit, das verblüfft und kränkt sie, und sein Mut ist vom Krieg her bekannt. Man sieht, daß er sich im Nu Sympathien erringt und die Dienstmannen, erst recht aber die brodelnden Massen des Volkes jederzeit gegen alle Uradligen aufregen könnte, um sie, so ihnen das Fell juckt, à la Iwan le Terrible zu traktieren.

Bjesobrasow stimmte mir zynisch zu. Zuletzt meinte er noch, der junge Herr sei dennoch allzu leichten Sinnes, zu strahlend und zu heiter, wolle in seinem Glück wohl alle Welt beglücken, doch seine Arglosigkeit könne sein Untergang sein. Ich dachte: Wie, wenn seine Arglosigkeit Maske wäre, Galgenhumor, aber nicht vor dem eigenen Galgen, sondern dem der anderen. Nun, vorläufig geht uns die Affäre nichts mehr an, denn mit Herrn Mniszeks Herrlichkeit ist es vorbei. Die moskowitische Sonne bescheint diesen Mond nicht mehr.

Meinen Neffen, der des Zaren Kriegszug heil und rühmlich überstanden, habe ich zurückgepfiffen. Der junge Mann schreibt, er habe beim Zaren lediglich für ein paar Monate Urlaub genommen ...« –

An diesem Abend fand im Moskauer Kreml einmal kein

Fest statt, besuchte der Zar auch kein Gelage bei einem seiner Großen. Sein Leib stöhnte vor Verlangen, nach all dem Rauschgetränk, dem knappen Schlaf, dem Gram um seine Verstoßene und der Arbeitslast der letzten, turbulenten Wochen sich in langem, tiefem Schlafe zu erfrischen. Darum ging er früh zur Ruhe. Im Schlafzimmer stand er am Fenster und blickte auf seinen Palast hin, dessen Balkenwerk sich ganz nah schon bis ins zweite Stockwerk erhob. Dimitrij hörte Geräusch von Hammer und Meißel im Mauergestein und wunderte sich, ruhte doch sonst die Arbeit nach Einbruch der Dunkelheit. In wenigen Wochen würde er hinüberziehen und der Palast des Boris verschwunden sein.

Er wandte sich zurück, klopfte seine Dogge, entkleidete sich und nahm von einem hohen Aktenstoß, der auf seinem Nachttisch lag, ein umfangreiches Stück ins Bett. Dessen schwere Vorhänge hingen an den Pfosten, und alles überstrahlte das fünfflammige Licht des Kerzenleuchters auf hohem Sockel. Da trat Basmanow ein.

»Nur heran, Pjotr! Das hier betrifft Frankreich. Der Glückwunsch des Bourbonen, des Henri Quatre, bedeutet mir mehr als die anderen alle zusammen. Dieser Monsieur le roi! Vor elf Jahren erst gekrönt, doch zuvor schon – was für ein großes Leben! Alle Fronten, zwischen denen er eingeklemmt dagesessen, wie hat er sie genasführt, der große Eine! Allen ist er entwischt, alle hat er sie hin und her dirigiert. Immer schon war ich sein stiller Bewunderer, doch jetzt erst erfasse ich ihn recht. Ich habe mich unterrichtet, Pjotr. Dies Original kopieren – natürlich auf russische Manier, ihm ähneln – mutandis mutatis, das wäre meinem Ehrgeiz genug. Alle Iwane kannst du mir stehlen für diesen Henri Quatre.

Basmanow mußte sich niedersetzen, und sein Freund redete mit wachsendem Feuer:

»Du hast von der Bluthochzeit der Bartholomäusnacht gehört. Dreißigtausend Tote gab es da. Auf dieser Hochzeit sollte Henri, der Prinz ohne Land, doch immerhin das Oberhaupt der Ketzer, nämlich jener mächtigen Hugenottenpartei, nach dem Religionsfrieden von St. Germain des katholischen Königs Schwager werden und wurde es auch (das ist nun über dreißig Jahre her), und diese Verschwägerung sollte das große Siegel auf die Versöhnung sein zwischen dem katholischen und dem protestantischen Frankreich. Aber sechs Tage danach fand das Gemetzel statt. Unser Henri, er nun dachte: Mort de ma vie, mein Leben ist eine Messe wert. Er besuchte also flugs die Messe und trug dann in ehrenvoller Gefangenschaft bei Hofe die Maske des gutmütig Harmlosen mit solchem Geschick, daß des Königs und selbst der zelotischen Guisen Vertrauen ihn wie Maienregen überrieselte. So muß man's machen, Pjotr; ungeniert im Drang und Druck der Fronten wie der gezackte Blitz hin und her mit allen frommen Phrasen hüben und drüben. Henri blieb sich treu, riß ein paar Jährchen später zu seinen Hugenotten aus, um überhaupt erst einmal wieder irgendwo in eine ansehnliche und gefürchtete Position zu gelangen und agieren zu können, und dann wurde er wieder in allerlei Krieg und Friedensschluß zwischen zahllosen Intrigen ein großer Mann. Er bewies die ganze Spannkraft seines scharfen Geistes, der blitzartig dreinzufahren liebte und noch Sturzbäche von Ironie in die von ihm selbst entfachten Brände goß. Theologie, dachte er, hüben und drüben, augenverrenkend, Frankreich zerfleischend, Pöbel verhetzend. Als sein König in den Wirren untergegangen, war er einer der Thronanwärter, und seine Stunde war da. Nun Liebenswürdigkeiten nach rechts und links, Liebäugelei mit den Katholiken und Protestanten. Alle gescheiten Politiker, dachte er, her zu mir! Doch er hatte Pech. Die katholische Ligue der Guisen sowie der Stadt Paris, beide von Spanien mit Geld und Truppen gespickt, sie blieben unversöhnlich. Da aber lernten sie in Henri den Feldherrn kennen. Bei Ivry steckten sie die furchtbarste Niederlage ein. Henri entschied sie selbst durch seinen furiosen Kavallerieangriff auf das beste feindliche Korps. Ihn, Pjotr, ihn hatte ich bei meinen Attacken vor Nowgorod und Dobrynitschi im Sinn, das kannst du mir glauben. Doch weiter! Er hat wieder Pech. Umsonst belagert er Paris. Dies – und nachher Rouen – wird von spanischen Truppen entsetzt, der Feldzug versandet, Henris Armee verläuft sich. Schon beruft der Feind fürs nächste Jahr die Generalstände zur Wahl des neuen Königs nach Paris ein, da denkt mein Henri wie ehebevor: Pardieu, Paris und Frankreich sind auch eine Messe wert. Er tritt abermals zum römischen Bekenntnis über, beugt ein für allemal so der dauernden Spaltung Frankreichs vor und stellt tatsächlich den Frieden her. Denn alle noch rebellischen Provinzen und Städte fallen ihm zu. Er wird in Chartres gekrönt. Elf Jahre ist das her, mein Lieber. Seitdem hat er seine Fortuna gebändigt, sie folgt ihm wie ein Pudel auf Schritt und Tritt. Der schönste Glücksfall geschah ihm gleich im Jahre seiner Krönung. Will da ein junger Pariser sein lasterhaftes Leben durch eine Gott wohlgefällige Tat in Selbstaufopferung sühnen. Aufgeregt durch die Lehre der Jesuiten, macht er einen Mordanschlag auf den König und verwundet ihn leicht. So glimpfliche Attentate lobe ich mir, Pjotr. Erfolg? Der Jesuitenorden wird auf Parlamentsbeschluß aus Frankreich verjagt. Zwar Spanien bricht kriegerisch wieder herein, im Namen Gottes natürlich, doch der Papst selber muß seine Spaniolen zur Ordnung rufen. Ach, Pjotr, nun tut Henri sein größtes Werk. Hast du vom Edikt von Nantes gehört? Es besagt: Gleichstellung der früheren hugenottischen Glaubensgenossen mit den Katholiken im Reich, Gewissensfreiheit, Gewissensfreiheit. Weißt du, was Gewissensfreiheit ist? Ein Keulenschlag in die blöde Visage des Konfessionalismus. Herrgott, wie weit sind wir Barbaren hier zurück, wir abergläubischen Steppensöhne! Halt's Maul, Pjotr, hör weiter! Jetzt geht mein Vetter Henri auf französische Manier den Weg unserer Iwane. Seine Parole lautet: Es lebe die Autorität der zentralen Staatsgewalt in einem starken Königtum! (Punkt eins) Die katholische Kirche wird vor den Wagen dieser Gewalt geschirrt; sie trägt den Thron, sie beherrscht ihn nicht mehr. (Punkt zwei) Dann ein Drittes: Auch der Adel findet in sein Joch. Niemand darf mehr Truppen halten außer dem König. Liquidiert wird ferner die Macht der Gouverneure in den Provinzen. Aus ist es mit der munizipalen Selbständigkeit. Generalstände? Gut, doch sie bleiben auf dem Papier. Provinzialstände? Messieurs, in eure Schranken, s'il vous plait! Und fortan werden mittels der stehenden Armee alle Verschwörungen im Keim erstickt. Verkehrsstraßen werden angelegt nach Römerart. Das Kleingewerbe wird entschränkt, die Industrie, die Seidenmanufaktur in Aufschwung gebracht. Ackerbau und Viehzucht und Künste und Wissenschaften – alles blüht auf. Die Kassen füllen sich, die Arsenale. Europa – so schwört sich dieser König am Morgen und Abend zu – Europa muß eines werden, eines und meines! – Pjotr, in diesen Akten hier finde ich Unterlagen, die beweisen, wie seit Jahren des Königs Staatsschatz überläuft. Da betrug die Schuldenlast nach den Wirren dreihundertfünfzig Millionen Livres, und jetzt? Trotz Verminderung der direkten Steuern um vier Millionen jährlicher Überschuß von achtzehn Millionen, bei neununddreißig Millionen Einnahme. Verstehst du? Was sagst du dazu? Ist das ein Staatsmann? Dieser Staatsmann ist so groß wie der Feldherr. Und dazu ist er ein Weiberheld, erstaunlich! Ein Mensch der starken und gesunden Sinne. Himmelherrgott, der du, sofern du bist, auf alle unsere herrlichen Theologien pfeifst, laß mich zum russischen Henri Quatre werden! Dann – Sonnenaufgang nach verworrener Nacht und Luft in den muffigen Kerker! Aber du hörst ja nicht zu. Mach kein so dummes Gesicht!«

»Majestät, ich sollte lieber nicht hier sein; man verdächtigt mich und meinen kaiserlichen Freund gleichgeschlechtlicher Unzucht.«

»Uns! Weil ein Kaiser ohne Dirnen schläft! Das ist freilich Unnatur. Haha, mehr drückt dich nicht? Zieh die Schweine zur Rechenschaft, um deinet-, nicht um meinetwillen! Was noch?«

Basmanow stand auf und sagte: »Nichts.«

»Heraus mit der Sprache!«

»Nun gut. Ich bitte Majestät, sich anzukleiden und mir zu folgen.«

»Wohin?«

»Zu einer Pulverkammer senkrecht unter diesem Bett. Wir sind einer Verschwörung auf die Spur gekommen.«

»Schon wieder! Was!«

Dimitrij fühlte sich erblassen. Sein Mund wurde trocken. Er fuhr aus dem Bett, saß und blickte vor sich nieder, stand zornig auf, zog sich einen Nachtmantel an und ließ sich dabei berichten.

Maurer vom neuen Palastbau hatten die Küchenräume in der Kellerregion des alten Palastes betreten und begonnen, die Türöffnung, die einige der Vorratsräume mit der Küche verband, zu vermauern. Dem Küchenmeister war weisgemacht worden, die abgetrennten Keller werde man mit den Vorratsräumen des neuen Palastes durch einen gedeckten Laufgang verbinden. Auf des Küchenmeisters Frage, ob der alte Palast denn erhalten bleibe, war ihm erwidert worden: Ja, neuerdings. Danach hatten die Maurer die Außenmauer der von der Küche getrennten Räume aufgebrochen, war eine hochgeladene Fuhre vorgefahren und hatte man allerlei Fässer, angeblich voll Schmalz und Honig, gedorrter Pflaumen, Lachs und Dörrfleisch und so fort hineingestapelt. Was dann aber dem Küchenmeister besonders aufgefallen, war dies gewesen, daß man darauf den Laufgang zum neuen Palast nicht errichtete, sondern die Lücke der Außenmauer des alten Baues wieder schloß. »Ihr mauert ja die Vorräte ein! Was haben sie verbrochen?« so hatte der Mensch den Maurern zugerufen. »Vorläufig«, hatten sie gebrummt. »Wahrscheinlich bleibt es beim alten, und wir stellen im alten Bau die Tür zwischen Keller und Küche wieder her.« Das war vor einer Woche gewesen. Heute aber bei Einbruch der Dämmerung war folgendes geschehen. Da hatte ein Strelitze, der seine Nachtwache bezogen, sich an der neuverschlossenen Außenmauer herumgedrückt und ein armdickes Luftloch bemerkt, das man in der Mauer gelassen. Er war auf den Gedanken gekommen, hochzusteigen und mit dem Arm hineinzulangen. Vielleicht, hatte er gedacht, kann ich da irgend etwas fassen und mausen. Er hatte ins Loch gelangt und eine steife Schnur gegriffen, an dieser gezogen und ein paar Ellen herausgerissen. Es war eine Zündschnur, deren Ende sich in ein halbes Dutzend verschiedener Schnüre teilte. Da war ihm klargeworden, hinter der Mauer müsse Sprengstoff lagern und eine große Sünde sei im Gang. Da Basmanow in dieser Nacht den Wachdienst befehligte, hatte er ihm Meldung gemacht, Basmanow daraufhin den Küchenmeister geweckt und durch ihn von den Vorgängen erfahren, sich dann ein paar Schmiede mit Hämmern und Eisen geholt und von der Küche her eine mannsbreite Lücke in die verdächtigen Gewölbekammern brechen lassen. Dann waren auch drei Tonnen geöffnet worden. Sie hatten nichts als schwarzes Pulver enthalten. Aus welchem Arsenal es stammt, wird noch festzustellen sein.

Dimitrij dachte: Pulververschwörung wie gegen den Gatten der schottischen Marie! Er begehrte in die Kellerregionen sofort hinabgeführt zu werden.

Im Vorsaal seines Schlafzimmers saßen bei ihren Laternen zahlreiche Hellebardiere herum und sprangen auf, als der Zar eintrat. Er griff sich eine Laterne vom Tisch, befahl drei Offizieren der Schar, ihm zu folgen, und eilte mit Basmanow voran.

Das weite Küchen- und Kellergeschoß war voller Leute. Basmanow rief einen mit einer Muskete bewehrten Strelitzen an. Der trat vor, und Basmanow stellte ihn als den Wachtposten Stjepan vor, der an der Außenmauer die Zündschnur entdeckt habe. Stjepan wies sie vor. Dann ging Dimitrij zur Mauerlücke und leuchtete mit seiner Laterne in das Verlies, schob sich selbst hinein, stand vor einer sauber gestapelten Tonnenpyramide, griff in eine der Tonnen hinein und spürte, was ihm da durch die Finger rieselte.

Es rieselte auch durch seinen Geist, und das waren Gedanken: Was habe ich mir gestern nacht errechnet? Daß von hundertundsieben byzantinischen Kaisern vierunddreißig im Bett starben, acht im Kriege blieben und fünfundsechzig gestürzt, geblendet, ermordet, verbrannt wurden ... Ist die Macht an sich verflucht? Mich in die Luft zu jagen! Wer steckt dahinter, wer ließ sich gebrauchen? Die Küchen- und Kellerleute, die Zimmerleute und Maurer? Ist sie weit verzweigt, die Verschwörung? Demetrius auf Pulverfässern – Normalzustand. Wo kommt der Rollkutscher her? Wer hatte in der Woche Palastdienst? Der Untersuchungsrichter von Uglitsch. Mit wem steckst du zusammen? Mit den Godunows? Umwerbe ich Xenja umsonst? Hält sie mich zum Narren? Nein, bei ihrer Schönheit, die mich fasziniert und erschreckt, unmöglich! Schön trocken, dies Pulver. Aus welchem Arsenal? Euch allen komme ich endlich auf die Sprünge. Doch wie? Maryna, siehst du mich hier, willst du in diese Gefahr mir nach? Rings Urwald ohne Saum und Pfad. Kämpfe dir die Sicht frei, sagst du, setze List gegen List! Doch wie?

Da fiel es ihm ein: Die Ladung ruhig hochgehen lassen und dann in Moskau herumschreien, der Zar sei tot, und dann wohlgeborgen im Hinterhalt zuschauen, wer sich der Tat oder Mittäterschaft rühmt, was sich da ums große Erbe rauft, und dann dreinfahren mit tapferen Korps, mit meinen

Dienstmannen, meinem Volksheer – als nochmals Auferstandener mit reinigenden Gewittern hergefallen über Moskau. Eine neue Bartholomäusnacht. Ob das Ruhe verschafft? Oder nur Prestigeverlust im Ausland? Polen, Schweden, die Balten und Tataren würden auf den nächsten Knall warten. Weiter also im alten Konzept: Um das Herz des Ungeheuers buhlen. Abschied vom Westen. Xenja, nicht Maryna, sei das Panier. Die Verschwörer fasse ich schon. Noch amüsiert es sie, daß ich keine Sykophanten mehr züchte und bezahle, daß ich das mürbe Godunowsche Fangnetz verbrannt habe. Sie lachen zu früh. Wähnt mich nur blind und kommt aus euren Löchern vor! Ich spinne euch in neuen Geweben ein. Nur ruhig Blut.

Dimitrij verließ die Pulverkammer. Draußen befahl er, den Zugang völlig freizulegen und die ganze Kellerzone zu sperren. Die Anwesenden, erklärte er, seien Zeugen des Fundes, hätten aber zu schweigen; kein Schuldiger dürfe gewarnt werden. Er ziehe jetzt in die Granowitaja.

Dort verbrachte er den Rest der Nacht. Auf dem Wege dorthin sagte er zu Basmanow: »Dergleichen hat König Henri wohl auch erlebt. Ob wir beide noch einmal recht unversehens zugrunde gehen?« Als sie angelangt waren, ging er im Zimmer oben umher und blieb vor Basmanow stehen:

»Ich war dabei, dem Gerücht den Boden zu entziehen, das da sagte, ich säße hier im Heerbann meiner Polen als Fremdherrscher herum. Ich war gewillt, alle Polen bis zum letzten Troßknecht heimzuschicken. Nun frage ich dich, Pjotr, darf ich mich schutzlos diesem Reich in die Arme werfen? Soll ich das Odium des Fremdherrschers tragen und in fremden Waffen sicher sein? Es gibt noch ein Drittes: Soll ich die polnischen Kameraden als harmlose Gäste über ganz Moskau verstreuen? Drei Möglichkeiten, alle drei schlecht durchzuführen. Auch die dritte, weil ich nämlich die schlechten Manieren der Polen mehr fürchte als solche Pulverkammern.

Das spielt sich wie in Feindesland auf und tut, als sei ich ein nasenberingter Häuptling von Wilden. Sie decken heißt: mir schaden, das ist klar.«

Basmanow meinte, die Verteilung der Polen in verstreuten Stadtquartieren sei noch der Übel geringstes. Übergriffe könne man mit schweren Strafen bedrohen, man werde aber Zeit gewinnen und Klarheit: Alle Dinge müßten reifen.

Dimitrij schüttelte den Kopf: »Ich brauchte eine Garde aus Fremden.«

Basmanow empfahl fünfhundert Kosaken.

»Kosaken? Deren Treue kenne ich als schillernd. Nein, verhandle mit den Söldnern. Gerade diese Walter von Rosen, Knud Knudsen, Wilhelm von Fürstenberg, Margeret, der Franzose, und Bondman, der Schotte, all diese Herren, die sich einst gegen mich und für Boris so sangeswürdig geschlagen, daß Boris sein letztes Hemd mit ihnen zu teilen versprach, sie haben noch ihren guten Ruf. Die hab' ich mir gekauft. Andere Fürsten umgeben sich mit Mamelucken, der Papst mit Schweizern; ich mich mit dieser teuer bezahlten Garde da. Im weiteren Ring mögen ausgesiebte Strelitzen stehen, im weitesten meine Bürger- und Bauernarmeen unter der Dienstmannenschaft. Ich werde ihr Marius sein. Jetzt Wodka her, ich will schlafen.«

Als Basmanow ging, dachte er: Wodka und Wodka! Geht er den Weg des Makedonen in Babylon, wird er zum Säufer? Er trinkt zuviel, er sucht sein Kissen immer mehr in der Kanne.

Am nächsten Morgen, als Dimitrij zu sich kam, war sofort alles wieder da, stand auch wieder der große Jammer vor ihm: Maryna – verschollen und tot, Xenja – die Erbin. Er riß an der Kordel, die Glocke scheppterte, er befahl sein Bad, stand auf, ließ sich im Baderaum heiß und kalt übergießen, dachte dabei an die Pulveraffäre und befahl den Hengst, den ihm der gute Kerl da, Freund Pereswetow, geschenkt. »Und ob Moskau kopfsteht, ich *reite* zur Kirche, ich *fahre* nicht. Verstanden, Trofim?«

Der Diener bejahte.

»Nichts verstanden. Sage nur: Ich habe gehört.«

Ach, diese Kirchzeit, dachte er dann, verlorene Zeit. Holla, beeilen wir uns, schon läuten die Glocken.

Nach zehn Minuten trat er aus dem Palast. Da stand in weitem Umkreis das Volk, stieß freudige Rufe aus und streckte ihm bettelnde Arme entgegen, da stand auf dem Balkon das Gefolge und verneigte sich, da flankierten Gardisten die Stufen der Freitreppe, und unten stand die mit sechs Pferden bespannte Staatskarosse, abseits aber auch der schwer zu bändigende Hengst, der bestellte. Dimitrij sah düstre Bojarenblicke auf das Tier gerichtet und – entschied sich für den Verzicht. Er schritt dem Wagen zu.

Plötzlich sprang unter einer der absperrenden Hellebarden weg ein Mönch auf ihn zu: »Im Namen Gottes, du bist Grigorij Otrepjew und kein anderer!« Dimitrij stand still und lachte leise auf. Während Gardisten den Fanatiker am Kragen packten, zurückrissen und mit Faustschlägen eindeckten, rief er ihnen beim Einsteigen in die Karosse zu: »Laßt ihn mir ja am Leben! Er soll für seine Weisheit öffentlich einstehen. Zur Wache mit ihm!«

Törichte Attentate konnten ihm – wie Henri Quatre – nur recht sein.

Doch öde blickte er im fahrenden Wagen vor sich nieder und sah und hörte nichts, bis die Karosse vor der Kirche hielt, er ausstieg, in die Kirche eintrat und in seinem schwergeschnitzten Sondergestühl angesichts der dreitürigen Ikonenwand seine Reverenz machte. Die feierliche Handlung war längst im Gange. Er ließ sie mit ihren Chören, Lesungen, Prozessionen und Gebeten wie jeden Morgen zerstreut über sich ergehen. Er vertiefte sich in das Antlitz der Immerjungfrau und Gottesgebärerin. Xenja! dachte er.

Schwarze Brauen, die sich an der Nasenwurzel begegnen, über so schwarzen Augen. Schönheit ist Schrecknis. Was droht darin? Schrecklich sind die Himmlischen, schrecklich alle Engel, alles Schöne ist wie Donnergrollen und mindestens des Schrecklichen Beginn. Auch die Medusa starrt wohl unheimlich schön. Das konnte noch niemand malen. Der Schönheit Mysterium droht jedoch: Fürchte dich nicht! So muß es zu uns sprechen und dann lächeln, erlösend lächeln, wenn man's nicht hassen soll, so sehr fasziniert es. Wie starrt da oben erst der Allherrscher aus dem Kuppelmosaik! Gottesnähe? So schaut Xenja auch. Selten lacht sie. Groß fragen ihre Augen. Rußland, du fragst mich auch, ob ich dich liebe oder hasse. Wer weiß dergleichen? Beides wohl ... Wie weit sind Chor und Priester?

»Es schweige jedes menschliche Fleisch, stehe mit Furcht und Zittern und denke nichts Irdisches in sich! Denn der König der Könige und Herr der Heerscharen tritt herzu, um geschlachtet und den Gläubigen zur Speise gegeben zu werden. Vorausgehen ihm die Chöre der Engel mit aller Herrschaft und Gewalt, die vieläugigen Cherubim und sechsflügligen Seraphim, das Antlitz verhüllend und den Hymnus singend: Allelujah, allelujah, allelujah!«

Kein Wunder, daß die Augen der Heiligen seltsam geraten. Gekreuzigter, du bist das erschütterndste, Himmel und Erde umspannende Drama, das der Genius der Menschheit gedichtet. Wo bleibt da alles Getöse der tragischen Bühnen? Alles Schaudern der Seele von Urbeginn hat sich die himmlischen Schrecknisse und den Tröster aller Tröster, den Sieger über allen Siegern erdacht. Vor diesem Christus gälte nur die Alternative: Wahnsinn oder Gottessohnschaft – sofern er mehr wäre als Phantasiegebilde, mehr als Extrakt, Vollendung und Ende aller Mythologie. Bist du, Christus, wenn schon der Seele Werk, *Gottes* Werk in der Seele? Ich hätte den Mut zum Gefährlicheren. Doch diese Kunde, dieser

Welterlöser, dem keine Erlösung gelungen, was sind sie? Nichts als der einsamen Seele Monolog in leere Himmel hinein. Woher ich das weiß, Maryna? Wie ich so lästern mag, Xenja? Zu deutlich trägt der Wunderbau auch dieser Religion den Charakter seiner Erbauer, die Spuren unserer Hände, an sich, da ist alles nach Menschenmaß. Monolog in leere Himmel ... Das zu denken erstickt, bringt um. Mag's, wenn Wahrheit Tod bedeutet und Lüge Leben! Lieber im Unbegreiflichen erfrieren als sich an Illusionen wärmen. Apropos: Unser Herrgott gerät in Wohnungsnot. Seit Kopernikus. Wen haben sie neulich in Italien verbrannt, die verzweifelten Tröpfe? Den entlaufenen Mönch, Bruno hieß er. Ave pia anima! Tanz auf Vulkanen! Und die Vulkane sind *in* uns, drohen nicht (wie jene Pulverkammer) nur von außen. Unsere Ideologien: Ungestüme und Menschenfresser! Israels Auserwählungsdünkel – brav! Moskau – das neue Jerusalem. Was ist ein Volk, das nicht mehr das erste, das auserwählte sein will? Eins, das sich aufgibt und an die Völkerwelt verliert, keine Zukunft hat. Basmanow bringt mir nachher die Liste für dieses Israels neuen Hohen Rat ...

Attentione! Man gafft und glotzt. Meine Augen flunkern wohl hin und her, das sehen die bigotten Halunken. Was ist der Herrscher? Der Sklave aller. Zum Henker, wo fühle ich mich noch einmal frei? Draußen im Exerziergelände. Mein Element heißt Krieg ... Es gibt illegale und legale Räuber. Wir Verwalter der Macht machen die zweite Sorte aus, sind geweihte Personen, sacrosancti, tragen Krone und Krönchen auf Thronen und Thrönchen. Wer will mir was? Richte ich lauter Lärm um nichts an, Blutvergießen um nichts, Unheil? Die gemalten Heiligen da sind blind, mich starren sie nicht an. Gar nichts wissen sie vom Sinn aller Unrast, vom Ziel der Geschichte, vom konfusen Muster des Weltengewebes, in das wir als blinde Fädchen verwoben sind. Ja, das ganze Fieber der Erde ist in mir, doch ich habe sie nicht gemacht, nicht mich noch dies Reich, das nun nach seinen Gesetzen Wachstum und Zukunft hat. Es hat mich an sich gerissen. Meine Taten werden die seinen sein, mein Ruhm der seine, mein Sturz sein Elend. So stehen die Dinge. Du Abgrund, der die tausend Sonnen gebiert, siehe du zu, so du mehr bist als das in tausend Nichtigkeiten sich fort und fort gebärende Nichts ...

Auch diese Gottesfeier ging zu Ende. Auf der Rückfahrt monologisierte Dimitrij weiter: Nein, Semjon, dein altes Netz taugte für mich nicht mehr. Erst müssen die Herrschaften spüren, wie frei sie sind, wie kindisch mein Leichtsinn, wie gut mein Gewissen, erst muß ich mich in ihre Arme werfen ganz und gar. Ja, die Godunows laufen frei herum. Benutzen sie Xenja? Läßt sie sich mißbrauchen gegen mich? Wenn schon. Darf ich es ihr verübeln? Ist sie mir mehr als Mittel zum Zweck?

Schon zu Hause. Auf dem Kriegszug gegen Asow, zwischen trappenden Pferden und Biwakfeuern, da erst werde ich zu Hause sein. Überm Abgrund des Nichts, über Pulverkammern, da erst fühle ich mich als ein Etwas mit Herzschlag. Meine Väter waren sicherlich Zigeuner ...

Beim Frühstück, das er mit Hunger verzehrte, stand Basmanow vor ihm und berichtete über erste Maßnahmen in Sachen der Pulververschwörung, sprach von in aller Stille erfolgten Verhaftungen und fragte nach des Zaren weiterem Vorgehen. Danach verlangte Dimitrij die Liste des Reichsrates. Butschinski suchte sie aus der Mappe heraus und übergab sie Basmanow. Der trug vor:

»Zur ersten Sektion der neuen Duma gehören der Patriarch, drei Metropoliten, sieben Erzbischöfe und drei Bischöfe. Zur zweiten Sektion die Großbeamten der Krone und Bojaren erster Klasse, im ganzen sechsunddreißig Herren. Zur dritten siebzehn Bojaren minderen Ranges. Sechs Edelleute werden zu Sekretären ernannt.«

Dimitrij aß und sagte: »Die erste Sektion wird die schwierigste sein, doch die soll mir der Patriarch erziehen. Die zweite führen Mstislawskij und die beiden Schuiskij. Wie heißt der jüngere Bruder, der Wiedergekehrte?«

»Dimitrij, Majestät.«

»Ich sehe ihn mir an. Die großen Hofämter, wie gesagt, fallen an die zurück, die unter Iwan IV. und Fjodor Iwanowitsch ihre Rollen gespielt. Die werden mir treu sein. Fahre fort!«

»Michail Nagoj, Großstallmeister. Wassilij Galyzin, Oberhofmeister. Bogdan Bjelskij, Großmeister der Artillerie. Skopin-Schuiskij, Schwertträger des Reiches. Puschkin, Sotupow, Wlassjew: Großfalkonier, Siegelbewahrer und Schatzmeister –«

»Gib mir das Blatt!«

Basmanow reichte es, der Zar studierte es gründlich und murmelte dabei: »Alle von Iwan IV. eingegangenen Verbindlichkeiten erfülle ich. Und die Gehälter werden verdoppelt.«

Er blickte auf. »Notiere, Butschinski: Auch der Sold der Armee.«

Basmanow sagte: »Wlassjew jammert über das Hinschmelzen des Reichsschatzes. Majestät setzen sich dem Ruf der Verschwendung aus.«

»Was sagt Wlassjew?«

»Er stöhnt: Nicht nur der russische Adel, auch die Fremden schöpfen aus dem Born der zarischen Freigebigkeit, nicht mit Händen, sondern mit Eimern; der Pöbel mit Mützen. An der Treppe weist der Zar kaum einen Bittsteller ab.«

»Das bringt sich alles wieder ein, Pjotr.«

»Die neuen Heere, so sagt Wlassjew, werden den Rest verschlingen.«

»Der Mann ist ein Mißgriff. Mein lieber Pjotr, ich bin Mose und werde Quellen sprudeln lassen, daß aller Welt die

Augen übergehen. Ich besitze die Wünschelrute. Weißt du, wo sie ausschlagen wird? Überm Kirchen- und Klostergut.«

»Eure Majestät wollte den Klerus schonen.«

»Ihm bleibt genug, doch Aderlässe sind bei solchem Blutdruck gesund. Muß ich so viele faule Mönche mästen, wenn's um die Befreiung des ältesten Teils der Christenheit geht? An den Pranger den Abt, der für Konstantinopel nicht opfert! Doch mäßige mich nur, solange du kannst! Schade, daß ich dir die achtzehnte Rangstelle –« Er hob und senkte die Schultern.

»Majestät, auch dies war schon gewagt. Ich bin nun einmal niederen Ranges.«

»Du sollst mein Intimus sein und heimlich sie alle regieren. Butschinski, das schreibst du *nicht* auf! Was die Godunows betrifft, notiere: Sie gehen als Wojewoden in ferne Provinzen. Details später. Und dann laden wir den alten Fürsten von Kassimow, den Tataren, an den Hof, Semjon Bekbulatowitsch Kassimowskij. Ich will ihn kennenlernen, den Überzaren des großen Iwan. Er soll blind geworden sein?«

»Von vergiftetem Wein an der Tafel des Boris«, sagte Basmanow.

»Tratsch! Doch lassen wir's gelten. Man hole ihn in Ehren ein. Seinen tatarischen Zarentitel erhält er zurück. Wir selber sind ja Imperator. Wann endlich wird mein Palast fertig? In einen der Flügel zieht Marfa ein, so sie will. Ich weise ihr den Hofstaat und die Apanage zu, die ihrem Rang geziemen. Sogleich besuche ich sie. Rasch jetzt das Tagesprogramm!«

Basmanow nannte die Gesetze zur Bauernfrage, zur Regelung des Getreidehandels und -transports und der neuen Rechtspflege.

Dimitrij gab sein Wort darauf: »In Kürze wird der entsetzlichen Hungerei der letzten Jahre Überfluß folgen, zunächst in Moskau. Der Habgier der Richter und der Langsamkeit der Verfahren werde ich steuern. Mein Befehl übrigens an die Duma: Offene Diskussion! Hinterher natürlich entscheidet Einer: Moi même.«

Dimitrij warf einen Blick auf die Stutzuhr, an welcher Fjodor Borissowitsch, der erwürgte Junge, herumgebastelt. »Hinaus ins freie Feld! Wir verschwatzen den halben Vormittag.« Er stand auf. »Ist heute nicht Mittwoch? Also Bittsteller empfangen.«

Basmanow bat den ärgerlichen Vorfall vor dem Kirchgang zu bedenken, doch Dimitrij rief: »Ich bin kein Boris! Nie mehr zeigte Boris sich dem Volk, nahm er Bittschriften eigenhändig entgegen, immer hockte er im Bau und wie die Spinne in ihrem Netz. Von mir will man das Gegenteil, in allem das Gegenteil sehen, ihr Herren. Übrigens, wann ist diese Bärenhatz in Dingsda? Respekt vorm Zeremoniell, das mich zum Abklatsch der Byzantiner macht, aber ich zeige es ihnen, daß ich nicht bloß anderer Leute Blut riskiere; in der Arena zeige ich's ihnen. Das Volk hat Sinn dafür. Ich erlege den Bären allein. – Hurtig, Basmanow! Das Gefolge und die Obersten vors Tor! Mir den Hengst endlich, den ich zur Kirche nicht reiten darf! Presto, presto, presto!« Er klatschte in die Hände, sie eilten fort, er rief ihnen noch nach: »Bis alles beieinander, geh' ich zu Marfa. Tummelt euch!«

Bald schritt er vor zwei Gardisten her dem Wosnessenskij-Kloster zu.

In der Diele verneigte sich dort die Nonne Irina und teilte ihm mit, Marfa sei über Nacht erkrankt, fiebere, verliere dann und wann das Bewußtsein, habe Kopfweh, schlafe aber gerade.

Gift? fragte er sich erschrocken. Er ging hinein. Er trat an Marfas Bett. Sie schnaufte schnell. Ihre halboffenen Augen schielten, ihr Gesicht war fieberrot. Er wandte sich zu Irina zurück: Sie solle seinen Leibarzt holen; der werde ihm berichten.

Beunruhigt kehrte er zum Palast zurück. Ob Gift oder

nicht, Marfa war sterbenskrank. Schloß denn ihn, den kaum Gekrönten, schon eine ganze Hölle von Bosheit ein? Ruhig Blut! Wer hätte Gewinn von Marfas Tod? Marfa freilich und er, sie hatten sich täglich zueinander bekannt. Und jeder Ukas trug ihrer beider Namen. Derjenige, den so blinde Rachsucht getrieben hätte, Marfa zu töten, der müßte wohl überzeugt sein, Marfa werde den Zaren Dimitrij nie verleugnen, und daher müsse sie ihm voraus ins Nichts. Andernfalls, solange noch zu hoffen wäre, daß man sie je zum Widerruf erpressen könnte, würde ihr Leben, ihr Überleben Dimitrijs, von großem Wert sein. Ruhig Blut! Argwohn erzeugt Gespenster. Wieso Gift? Der Arzt findet's heraus. Es bleibt zunächst bei dieser einen Pulverkammer. Ich kriege die Burschen zu fassen. Und wenn Marfa stirbt? Eine Getreue weniger. Wirklich so treu? Ihre Augen werden so geierhaft, sie fängt zu luchsen, zu knurren, zu beißen an. Sie liebt wohl niemanden mehr, sie ist sich selber feind, vielleicht auch mir bereits? Vielleicht ist es gut, wenn sie stirbt. So kann sie ihr Zeugnis nie mehr widerrufen und habe ich eine Seele weniger zu bewachen.

Damit war er zum Palast zurückgekehrt. Seine Herren waren schon davor versammelt, darunter der junge Schwertträger des Reiches und der Großmeister der Artillerie, der narbenreiche Korela, der grobe Zarutzkij, die Fürsten Schachowskoj und Galyzin, ferner eine Reihe polnischer Herren als Instrukteure der neuen Armee und die Obersten Margeret und Bondman, Knudsen, von Rosen und Fürstenberg, auch ein paar russische Wojewoden und allerlei Gefolge, welches abseits die Reitpferde bereit hielt.

Dimitrij grüßte mit freundlichem Winken. Danach lud er zur Besichtigung des neuen Palastes ein, der im Baugerüst stand und vom Hämmern und Rumoren der Arbeiter ertönte. Er führte die Herren an der frisch vermauerten Stelle des alten Palastsockels vorbei, hinter dem die Todespyramide der Pulverfässer stand, verweilte dort und forderte auf, sich das Luftloch oben in der Mauer zu merken. Dann führte er sie kreuz und quer durch den Rohbau, durch den künftigen Thronsaal, die Empfangs- und Speiseräume und schließlich in eins der Zimmer, deren Fenster über die Kremlmauer und die im Frühlicht schimmernde Moskwa blickten. Durch ein anderes Fenster zeigte er ihnen den Strelitzenhof und den beginnenden Turmbau für eine Bläser- und Paukerkapelle, die bei Empfängen und Festen aufspielen werde.

Man begab sich vor den Godunowpalast zurück und zu den Pferden. Die letzten noch zu Erwartenden hatten sich inzwischen eingefunden. Diesmal schwang sich Dimitrij unbedenklich mit *einem* Satz auf den Schimmel. Der Hengst machte seine Kapriolen, keilte aus und benahm sich so übel, daß die gleichfalls aufsitzenden Herren gehörigen Abstand suchten. Aber in ihres Gebieters Augen blitzte Freude, als er sein Tier bezwang. Schon stand der Hengst zitternd und schnaubte, dann schoß er plötzlich davon. Sein Reiter verlor die Pelzhaube, brachte aber das seitwärts tänzelnde Tier im Halbkreis wieder heran und zum Stehen, beklopfte ihm den Hals, ließ sich die Haube heraufreichen und rief den Herren sein Avanti! zu.

Ihm nach trappelte der Zug durch das Kremltor über den Platz, über die Moskwabrücke und durch Gassen und das Südtor ins Freie.

Dimitrij, ohne auf die Außenwelt zu achten, prüfte seine Drangsal. Dreifach setzte sie ihm jetzt zu: als Pulververschwörung, in Marfas Erkrankung und aus Xenjas Angesicht. Bald trabte er zu einer freien Hügelkuppe empor und beschloß, alles abzuschütteln. Oben hielt er an, hielt mitten in seinem Gefolge und atmete frei.

Da lag die ganze hügelige Weite vor ihm, überflutet vom sommerlichen Glanz. Die Truppenkolonnen machten Marschbewegungen. Ein Hauptmann kam herangesprengt und meldete. Dimitrij befahl die Formierung von Pikenierhaufen, die durch Musketiere abzuschirmen seien. Der Offizier sprengte davon, gab den Befehl weiter, die Feldwebel rannten umher. Pikenierquadrate ordneten sich, und Musketiere umsäumten sie. Das ging Dimitrij zu langsam und verworren. Er ließ einen Pikenier kommen und prüfte dessen Bewaffnung, wog in der Hand die lange Pike, ließ den Mann Kehrtwendungen machen und betrachtete Brustharnisch und Helm. Beides war mit eingebranntem Leinöl nach Vorschrift geschwärzt. Er ließ sich am Bandelier die Pulverbüchsen und -flaschen, die Zündkrauthülsen und Kugelbeutel benennen, und der Soldat konnte sein Stück. Dimitrij schickte ihn wieder fort, ritt hinterher, stellte sich im Sattel hoch, rief den vordersten Haufen an und befahl eine Salve. Der Offizier führte das Reglement durch. Seine Kommandos erschollen, und die Musketiere, welche Dimitrij aus der Nähe umritt und überprüfte, hatten Not, ihnen nachzukommen. Ungeduldig tadelte der Zar in die Reihen hinein. Er winkte dem Offizier und übernahm das Kommando selbst, Zug um Zug:

»Pfannen – abblast! – Pulver auf Pfannen! – Die Pfannen – schließt! – Schüttet die Pfannen – ab! – Pfannen – abblast! – Musketen – herum! – Das Forquett – schleift! – Maß – auf! – Ladet! – Ladstock – heraus! – Ladstock – faßt kurz! – Ladstock – an Ort! Muskete – links vor! – Wechselt Muskete – nach rechts! – Gabel – links faßt! – Schultert Muskete – links! – Marsch! – Halt! – Muskete – ab! – Muskete in Gabel – fügt ein! – Gabel – stützt auf! Die Gabel haltet links! – Lunten – faßt rechts! – Lunten – abblast! – Auf die Lunten drückt! – Lunten – versucht! – Lunten – abblast! – Pfanne – auf! – Muskete – legt an! – Drückt – ab!«

Die Salve krachte. Viele kleckerten nach. Einige kamen viel zu spät. Dimitrij schüttelte den Kopf.

»Musketen – ab! – Lunten – zur Hand!«

Dimitrij wendete und ritt zum Gefolge zurück: »Ihr Herren, diese Pikenierhaufen, von feurigen Engeln umrahmt, sie sind in der stehenden Schlachtordnung das Rückgrat. Folgt zu den Kürassieren, diesem letzten Rest versinkender Ritterherrlichkeit!«

Er galoppierte voran. Sie ritten dem bewaldeten Horizont entgegen, zur Kavallerie hinüber, die da hinter Hügeln truppenweise beim Hürden- und Grabenspringen war. Er hielt an:

»Nach wie vor kommt es bei diesen Panzerreitern auf den Einsatz en masse an. Jedem Reiter zwei Radschloßpistolen, doch nur jeder zweite sei Lanzenreiter, und jeder zweite ein Arkebusier! Der Arkebusier zu Pferde trage Brustharnisch und Helm! Seine Radschloßarkebuse hängt am Bandelier. Diese Arkebusiere zu Pferd haben die Attacken der Lanzenreiter zu führen. Was die Abwehr durch die Infanterie betrifft, durch jene Musketiere und Pikeniere, die es auszuhalten haben, so gedenke ich, die großen Einheiten, die auch im Westen noch üblich, in kleinere Brigaden zu zerschlagen. Die großen Körper sind zu starr, die Brigaden beweglich. Übrigens habe ich auch vor, alle Gattungen möglichst zu mischen, also die Musketiere zwischen die Reserven der Reiterei zu stellen und die Feuerkraft der Musketiere durch leichtes Geschütz zu verstärken. So werden die Lanzen und Pistolen der heranpreschenden Kavallerie wenig ausrichten. Pistolen reichen ja nicht weit. Noch eins! Wir haben erlebt, wie die Massen des Fußvolks vor unseren Reiterattacken zergingen, andererseits feindliche Attacken an der Wagenburg unserer Kosaken zerbrachen. Da erwäg' ich nun rollende Forts, gepanzerte Wagen auf Rädern. Die müssen wir konstruieren, ihr Herren; darin weisen dann unsere Musketiere auch schwere Stürme ab. Was gilt die Wette? Vor allem aber, nehmt euch meiner Landsturmhaufen an. Ich werde nicht ruhen und nicht eher kämpfen, als bis mindestens jeder zweite Unberittene seine Feuerwaffe hat. Wer führt mir jetzt eine schneidige Attacke vor?«

Begeistert meldete sich Michail Skopin-Schuiskij. Alsbald jagte er davon, gab in der Ferne den Kavalleristen Befehle und trabte mit ihnen davon, dem Horizont entgegen.

Bjelskij und Margeret ritten jetzt an Dimitrijs Seite. Bjelskij fragte nach den künftigen Aufmarschorten gegen die Krim. Dimitrij lachte: Er sei längst dabei, Truppen nach der Okalinie zu entsenden. In Kürze ziehe er um Moskau bedeutende Kräfte zusammen, das andere sei sein Geheimnis. »Die Tataren wittern leider schon«, sagte Margeret, »daß es brenzlig riecht.«

»Mögen sie! Sie sollen's sogar! Vielleicht erspart das uns den Krieg überhaupt, reißt der Khan aus oder unterwirft sich. Er ist schwach und weiß, daß er's ist. Hinterher dann Mann und Maus getauft, und wir haben die Hände für andere Dinge frei.«

»Andere?«

»Ich kann schweigen.«

Schon blickte er geradeaus, der Kavalkade entgegen, die da unter Führung Michails in breiter Front mit gesenkten Lanzen, geschwungenen Säbeln und gestreckten Reiterpistolen herangeprasselt kam.

Dimitrijs Herz jubelte, und das empfand auch sein Schimmelhengst. Schon jagte das Tier erregt mit Dimitrij den Hügel hinunter. Dem war es recht, er schwang seinen Säbel und tat mitten im hinfegenden Reitersturm mit. Korela und Zarutzkij und andere folgten ihm mit Geschrei. Vor den letzten, die auf dem Hügel geblieben, stob so die weitgedehnte Attacke donnernd vorüber. Die Erde dröhnte gewaltig. Hinter den Hügeln des Horizonts verschwand alles wie ein Spuk.

Eine Stunde danach ritt der Zar mit seinem Gefolge in eine Glocken- und Kanonengießerei ein. Sie stiegen auf dem Hof ab, der von Planken umzäunt und mit Buchenholz- und

Schrottstapeln, Bergen von Formlehm und Lauben voll praller Säcke gefüllt war. Als größtes Gebäude stand da eine runde Werkhalle. In der offenen Flügeltür eilte dem Zaren der Werkmeister mit zwei Gesellen, alle in Lederschürzen, entgegen, sie verneigten sich tief. Dimitrij reichte ihm die Hand. Der Werkmeister blickte ratlos in seine eigene verschmierte Rechte, doch Dimitrij griff zu und schüttelte sie. Dann trat er ein und sah sich um.

Der Sockel des Gebäudes war aus Feldstein gefügt, darüber erhoben sich die hohen dachtragenden Wände als Fachwerk. Dessen Blenden bestanden aus Häcksellehm. Mitten im weiten Raum erhob sich mächtig der irdene Ofen und stieg mit seinem Schlot über das um ihn offene Dach ins Freie hinaus. Der Zar ließ sich vom Werkmeister erklären, wo und wie man feuere, die Erzmassen schmelze und die feurige Flut in die Form ablasse. Sie verabredeten den Termin des nächsten Gusses. Er wollte zugegen sein. Dann wandte er sich an seine Herren:

An den schweren Geschützen habe es ihm vor Sewerisch-Nowgorod gefehlt, die müsse er haben, um Zitadellen wie Asow zu nehmen. Er rechnete vor, daß solch ein Rohr über dreißig Pferde Bespannung brauche und die Lafette sechsspännig fahre. Veranschlage man pro Tag dreißig Schuß und einen Munitionsvorrat für acht Tage, so benötige man weitere zehn Wagen mit je sechs Pferden und ebensoviel Pulverfracht. Folglich brauche man für jedes Geschütz etwa zweiunddreißig Wagen mit hundertdreiundsechzig Pferden und achtundvierzig Fuhrknechten. Habe doch der bei Putiwl erbeutete »Basiliskos« des Boris mit seinen fünfundsiebzig Zentnern samt seiner Munition auf siebzehn Rollwagen hundertundneunzehn Pferde und dreißig Fuhrknechte erfordert. Dimitrij verlangte Eisenringe um die Kupferrohre und Umwickelung mit Hanftauen, darüber noch Lederbezug. In Danzig, erzählte er, habe er ein drei

Mann langes Prunkgeschützrohr schwersten Kalibers entstehen sehen. Es habe die Inschrift »Saturnus« getragen und den lustigen Text: Saturnus frißt die Kind allein, ich freß sie alle groß und klein.

Die Herren brachen in martialisches Gelächter aus. Er blickte sich nach Mörsern um, fand keine und war auf das nächste Werkhaus begierig. Sie begaben sich zur Halle der Büchsenmacher. Da feilten, hobelten und polierten die Ledergeschürzten an Läufen und Schäften herum. Dimitrij ging von einem zum anderen, schaute zu und stellte Fragen, ließ sich vom begleitenden Werkmeister eine fertige Waffe reichen, besprach das Ding und erklärte, er wünsche nur noch das Perfektionsschloß. Unmöglich sei es, gute Schützen heranzubilden, wenn sie, statt das Ziel im Auge zu haben, auf Lunte und Zündpfanne schielen müßten. Tränke man übrigens die Lunte mit Bleizucker, so glimme sie stundenlang. Dieser Schaft da sei unhandlich. »Meister, schnitzt mir die Kolben mehr abwärts geneigt! Den Hals für die Daumenlage arbeitet tiefer aus! – Gib mir eine Gabel her!«

Der Meister winkte, die Gabel wurde gebracht, Dimitrij legte auf, stellte sich richtig, hantierte und zielte.

»Dreihundert Schritt schießt nun das Ding. Nicht viel, kaum mehr als der Pfeil von der Bogensehne oder der Bolzen aus der Armbrust. Das Kaliber genügt, aber das Gewicht muß auf zehn Pfund herunter. Meister, begründe vor den Herren den Vorzug des Schnappschlosses und den des Feuerschwammes vor der Lunte! Kannst du das?«

Er konnte es und tat sein Bestes. Dimitrij fuhr fort, indem er die Waffe abgab: »Das allerbeste ist das Radschloß; das habe ich zuerst in Augsburg gesehen. Ich ziehe es dem spanischen Steinschnappschloß vor. Man zieht mit einem Schlüssel ein Federrädchen auf, zieht ab, das Rad wird frei, schnurrt ab und reibt sich am Schwefelkies, der in den Hahnlippen steckt, der Funke spritzt auf die Pulverpfanne und – bautz! Diese Waffe, ihr Herren, für den Reiter und auf der Jagd! – Ah, da lagern ja doch noch schwere Rohre.«

Er ging auf die Feldschlangenrohre zu, betrachtete die Reliefverzierungen, tätschelte die als aufgerissene Rachen geformten Mündungen und faßte in die als Delphine geformten Henkel. Er kam auf die Verschlüsse zu sprechen, dozierte über Schrauben-, Keil-, Kolben- und Fallblockverschlüsse und feuerte die Werkmeister an, neue Modelle für das Hinterladen zu konstruieren.

Auch in dieser zweiten Werkstatt vermißte er Standmörser, wie er sie in Mailand gesehen. Diese, ganz aus Eisen, habe man auf viereckiger Fußplatte in einem Winkel von fünfundsiebzig Grad angegossen. Er werde ein Modell zum Nachguß bestellen.

Zwei rotberockte Strelitzenreiter, die draußen herangesprengt, saßen vor der Werkstatt ab, und der eine von beiden kam herein und meldete dem Zaren, der Herr Butschinski lasse die Majestät bitten, eiligst zurückzukehren, besondere Botschaft sei da.

Eine halbe Stunde danach befand sich Dimitrij mit Butschinski und Basmanow in einem seiner Wohnräume und war vorläufig noch von Korela, Zarutzkij und den anderen durch zwei Zimmer getrennt.

Er ging mit bissiger Miene und beunruhigt hin und her: »Wo ist der Kosak? In der Gesandtenkammer? Wer ist bei ihm? Ach, gleichviel! Die Duma weiß es also schon.« Er wandte sich an Butschinski: »Durch wen?«

»Die Gesandtschaft hat den Zaren in der Duma vermutet und dort gesucht. Auf des Fürsten Mstislawskij Frage hat der Hetman erwidert: ›Was mein Herr, der Zarewitsch, der durch Gottes Gnade Gerettete, Moskau und seinem Gebieter von der Wolga her zu entbieten hat, das steht in diesem versiegelten Brief, der allein an den Herrscher gerichtet ist.‹«

Dimitrij glühte vor Zorn und Scham, ging aber beherrscht

umher und dachte: ein Abklatsch meiner selbst! Tritt mir entgegen wie mein Spiegelbild. Nennt sich auch Zarewitsch und denkt, was ich könne, das könne er auch. Seine Wolgakosaken wollen auch was agieren. Ich werde lächerlich, verliere mein Gesicht. Ganz Moskau feixt. Und doch – wie nennt er mich trotz alledem? Nicht den Räuber seiner Rechte.

Er wandte sich wieder an Butschinski:
»Ihr habt die Adresse gelesen?«
»Den Namen und alle Titel Eurer Majestät.«
»Wie kann der Absender sich dann Zarewitsch nennen?«
»Majestät mißverstehen. Er nennt sich nicht Dimitrij, sondern Pjotr.«
»Pjotr? Hatte Iwan einen Sohn Pjotr?«
»Er will Iwans IV. Enkel, nicht Sohn, und des Zaren Dimitrij Iwanowitsch Neffe, nicht Bruder sein.«
»Hatte mein Oheim mit Irina je einen Sohn? Ich hörte von einem Mädchen, das wenige Tage nach seiner Geburt starb. Außerdem muß er wissen, daß vor dem *Enkel* Iwans der *Sohn* Iwans rangiert.«

Basmanow nickte und fragte Butschinski, ob der Abenteurer Rechte auf den Thron anmelde. Der Pole zuckte die Achseln und meinte nur, die Herren der Duma, die jetzt sehr aufgeregt konferierten, hätten es so aufgefaßt.

»Herein mit dem Kosaken!« befahl Dimitrij. »Was rätseln wir herum?«

Basmanow ging in die Gesandtenkammer. Da saß der Ataman mit seinen drei Begleitern auf der Bank und gab den Hofbeamten, die ihn umstanden, keine Antwort mehr aus Ärger, daß man ihm noch nichts zu saufen geboten. Er trug sein schwarzes glattes Haar wie eine Kappe, die bis zu den Ohrzipfeln reicht; dort war es geschnitten. Auch der Bart war kurz gestutzt. Eine tiefe Narbe lief ihm von der Stirn über die linke Augenhöhle und den Mund ins Kinn, so daß der Schnurrbart eine Lücke aufwies und abstand. Basmanow forderte ihn mit knapper Verneigung auf zu folgen. Der Ataman erhob sich, nahm den Helm unter den Arm und schritt, in der Rechten die reichziselierte eherne Streitkeule, das Zeichen seiner Würde, mit Sporengeklirr an den roten Stiefeln, deren Spitzen in tatarischer Weise hoch aufgebogen waren, hinterher. Eine flache Silberkassette stak zwischen den Verschnürungen seines Kaftans auf der Brust. So durchklirrte er hinter Basmanow auch den Raum, in dem Zarutzkij, Korela, Wlassjew und die übrigen standen, und ließ sich ruhig mustern; so stand er schließlich vor Dimitrij und grüßte ihn mit ernster Verneigung, wobei seine Keule eine Bewegung von oben nach unten beschrieb.

»Wer sendet dich?« fragte Dimitrij.

»Dein gleich Dir, o Herr, durch Gottes Gnade erretteter Neffe, Zarewitsch Pjotr Fjodorowitsch, Deines erhabenen und hochseligen Herrn Bruders erlauchter Sohn.«

»Niemand kennt einen solchen. Erkläre dich!«

Er setzte sich im vergoldeten Lehnstuhl nieder. Der Ataman schwieg und blickte ihn an. Dimitrij begriff, der Bote wolle zur Ehre seines Herrn zum Niedersitzen aufgefordert sein, aber er reagierte nicht. So stülpte der Mann sich finster den Helm mit Nasenschiene und Ohrenschutz auf den Kopf, was die Kampfbereitschaft der Wolgakosaken andeuten mochte, nahm die Keule aus der rechten in die linke Hand, zog die Kassette vor, überreichte sie Basmanow, griff dann nach seinem Säbel, stellte sich breitbeinig, starrte Dimitrij schwarzäugig an und schwieg.

Während Basmanow Verschnürung und Siegel löste, gab er dann in Kürze folgendes kund:

Die Zarin Irina habe kein Töchterchen geboren, sondern Pjotr, den Sohn. Alle seien getäuscht worden: Irina, die von der Geburt Erschöpfte, und Boris Godunow, ihr Bruder, und Fjodor, des Kindes Vater. Man habe das Kind sofort vertauscht und es samt seiner Amme, nämlich der Mutter des untergeschobenen Mägdleins, entführt, um Pjotr vor jenem Schicksal zu bewahren, das Dimitrij, den Prinzen von Uglitsch, bereits betroffen haben sollte. Das untergeschobene Mädchen habe drei Tage vor der Geburt des Zarewitsch als Kind der Magd und Amme Warwara das Licht der Welt ganz in der Nähe erblickt. Woran es so rasch gestorben, das sei noch aufzuhellen. Nachdem nunmehr der Sohn Iwans sein Reich von Polen her eingenommen, sei es an der Zeit, auch den Zarewitsch Fjodor Fjodorowitsch in seine Rechte einzusetzen. In hingebender Treue hätten die Wolgakosaken des Entrechteten sich angenommen und seien entschlossen, für ihn und alles, was in der Welt unterdrückt sei, einzustehen mit Gut und Blut.

Dimitrij wandte kein Auge vom Sprecher ab und dachte: Wieviel Glücksritter ruft mein Glück noch auf den Plan? Aber euer Pjotr da, er will ja nichts als sein Palais, Samt und Seide, Rang und Gehalt. Wie der wohl seine Fabel zu begründen sich getraut? Meine Karikatur! Die Duma feixt! Unser Herrgott wird ironisch und Pjotr der Hanswurst in meiner Tragödie, so scheint's, oder bereits im Satyrspiel, das ihr auf die Hacken tritt?

Inzwischen hatte Basmanow das Schreiben entfaltet und überreicht. Dimitrij hielt ein Pergament in der Hand, das eines Künstlers Feder mit bunter Initiale und sauberen Lettern bedeckt hatte. Darunter stand schülerhaft der Namenszug des Dunkelmannes.

»Sehr hübsch. Lies vor, Basmanow!«

Basmanow las: »An meinen allergnädigsten Herrn Oheim Dimitrij Iwanowitsch, Zaren und Großfürsten zu Moskau. – Aus Dankgebeten vor meinem und Deinem himmlischen Richter und Retter rufe ich Dir, meinem irdischen Rächer, zu: So wahr du Dimitrij Iwanowitsch bist, so wahr bin ich Fjodor Fjodorowitsch, deines Bruders Sohn, nach der Geburt den Nachstellungen des gleichen Pharao, der auch Dich, Du Mose unseres Volkes, glaubte erwürgt zu haben, entführt. Irina Godunow gebar mich dem Zaren Fjodor; Hebamme und Arzt tauschten ein Mädchen gegen mich ein; ein Flößer an der Wolga zog mich groß; ein Heiliger pfropfte mich dem Lebensbaume unseres Erlösers durch die heilige Taufe auf; Atamans lehrten mich reiten, jagen, kriegen; ein Klosterarchivar bewahrte achtzehn Jahre lang die Urkunden über meine Herkunft und Rechte. Nun rufe ich Dich, Du in allem Schicksal mir Gleichgearteter, an. Nimm mich auf, laß mich im Schatten Deiner Größe wurzeln und blühen im Licht Deiner Huld! Zehntausend fromme Streiter und Grenzwächter des heiligen Reiches sind unter diesem Brief das Ja und Amen Gottes. Ich führe sie Dir alle zur Huldigung zu. Freue Dich! Fjodor Fjodorowitsch.«

Dimitrij lächelte eine Weile vor sich hin, erhob sich und ließ Zarutzkij und Korela rufen. Er sprach sie an:

»Kameraden! Die Wolgakosaken wünschen auf Moskau zu ziehen und mir einen fraglichen Sohn meines hochseligen Herrn Bruders, des Zaren Fjodor, an die Brust zu legen. Gern will ich ihn empfangen, auf daß er sein Recht vor mir, vor Moskau und aller Welt ausführlich begründe und erweise. Seine Heere jedoch sehe ich gern mit einigem Abstand. Nun verhandeln Kosaken am besten mit ihresgleichen. Euch beide, ihr Herren Atamans Zarutzkij und Korela, beordere ich mit euren Formationen ostwärts der Wolga entgegen. Auf gewisse Truppenverschiebungen zu eurer Unterstützung dürft ihr rechnen. Dann komme mein Freund, denn so nenne ich ihn, sei unseres freien Geleits gewiß und beweise sein Stück. Kann er sein Recht auch nur wahrscheinlich machen, wohl ihm dann und mir! Andernfalls: Er und ich und alle, wir stehen unter gleichem Recht und Gesetz. Jetzt zur Duma!«

Er ging hinaus. Zarutzkij und Korela nickten dem Wolgakameraden jovial und spöttisch zu, nahmen ihn in ihre Mitte und folgten zu dritt; den Abschluß machte Basmanow. Butschinski blieb allein und nagte an der Unterlippe.

Als Dimitrij in den Saal der Duma einzog, traten die Bojaren, die da diskutierend umherstanden, auseinander und verneigten sich ehrfurchtsvoll. Der so Geehrte vermutete nichts als belustigte Neugier. Rasch nahm er seinen Thron, die Bojarenschaft ihre Wandsitze ein. Nach einer Stille erklärte er, worum es gehe, ließ Basmanow das Schreiben dem Fürsten Mstislawskij übergeben, hieß diesen es verlesen und rief zur Beratung auf.

Niemand meldete sich.

»Die Herren sind ratlos? Trotz meiner ständigen Predigt: Offene Rede!«

Dimitrij Schuiskij, der Heimgekehrte, erhob sich räuspernd und verkündete würdevoll: »Wo Gott seine Kirche baut, setzt der Teufel sein Schnapshaus daneben. Hier ist kein Jahrmarkt. Wir brauchen hier den Clown Petruschka nicht.«

Mstislawskij fertigte Petruschkas Boten mit düsterer Miene ruhig und sachlich ab. Ihm wurde viel Beifall.

»Nun rede du!« sagte der Zar zum Ataman, »wie sehr du auch das Schweigen zu lieben scheinst.«

Der grollte: »So lassen wir Wolgasöhne mit uns nicht reden!«

Korela und Zarutzkij lachten laut auf. Korela trat vor und rief: »Auf uns, ihr Brüder von der Wolga, auf die Bruderstimmen vom Don und Dnepr her werdet ihr hören.« Dabei schlugen beide bedeutsam an ihre Säbel.

Dimitrij erhob sich und wiederholte seine Entscheidung. Er lud den fraglichen Neffen nach Moskau ein und verhieß gebührende Erhöhung auf jeden Fall: entweder zur Rechten des Thrones oder an den Galgen. Er tat auch kund, welche

Truppen er zum »Empfang« der Wolgakosaken beordere, erklärte die Angelegenheit seinerseits für erledigt und entließ den wutknirschenden Ataman kopfnickend mit einem aufmunternden Lächeln. Gleich danach verfiel seine heitere Maske übergangslos in steinernen Ernst. Die Gesichter der Bojaren hatten ihm nicht gefallen. Darum dachte er: Jetzt, jetzt muß ich die Kerle ausholen. Er schilderte in kurzen Sätzen die Entdeckung der Pulverkammer, er fragte die Herren um ihre Meinung. Scharf beobachtete er mit hier- und dorthin zuckenden Augen jedes Gesicht. Da war nichts als Bestürzung. Aus bärtigen Mündern brachen Rufe des Entsetzens, und dann bemächtigte sich aller die gleiche Empörung. Mit wilden Gesten wandte man sich zueinander und dem Zaren zu. Dimitrij sah: Der Urheber der Verschwörung war nicht zu entdecken.

Dimitrij verschoß die zweite Salve. Er berichtete, welche Verhaftungen man vorgenommen, er log, welche Verhöre man angestellt – noch ohne Folter und Pein, er behauptete, man habe den Urheber des Anschlags gefunden, ihn und seine Komplizen, und fragte, welcher Strafe sie wert seien. Mit gewaltigem Lärm eilten die Herren auf den Thron zu und schrien auf den Zaren ein. Da sah Dimitrij im Gedränge auch Wassilij Schuiskij vor sich und suchte sein Gesicht zu enträtseln. Doch mehr als fassungs- und erbarmungsloser Zorn stand auch in seinen mageren Zügen nicht zu lesen. Der Zar verschoß den letzten Blitz:

»Ihr fragt nach dem Verbrecher? Schwört ihr, ihn und seine Bande, wer es auch sei, grausam und schonungslos zu richten?«

Sie bejahten mit Leidenschaft.

»Eure Erregung, ihr Getreuen, ist umsonst. Der Schuldige lebt nicht mehr, er ist schon längst gerichtet. Dem Hause Godunow gehörte er zu und hieß Semjon. Die anderen Godunows sind schuldlos, ich weiß es gewiß. *Er* hat mir diese Pulverladung hinterlassen, sie ist sein Vermächtnis an mich. Dies der Verhöre sicheres Ergebnis, ihr Herren.«

Da sah Dimitrij für den Bruchteil einer Sekunde ein Zucken freudevoller Erlöstheit über die Züge des Kronzeugen von Uglitsch gehen. Zwar hellten sich auch die der anderen auf, doch über Schuiskijs Bocksgesicht ging dies Zukken der Freude früher und anders dahin. Rasch lenkte der Zar seine Augen von ihm ab und ließ sie weiterwandern, denn Schuiskij hatte seinen forschenden Blick soeben forschend erwidert. Er reckte die Arme; spielte den Strahlenden und rief: »Befehlt Semjon Godunow der Barmherzigkeit Gottes! Ich vergab und vergebe ihm alles.«

Er befahl, zu den Beratungen des Tages zurückzukehren, und nahm Abschied. Er müsse zu den Bittstellern und lade die Herren zur Besichtigung der Pulverfässer Semjons und dann zum gemeinsamen Mahl.

Auf der breiten steinernen Freitreppe der Granowitaja Palata wurde Dimitrij von einer weithin tobenden Menschenmenge begrüßt. Er stand auf halber Höhe, sein Gefolge hinter und über ihm. Er winkte einem Offizier, der unten stand, zu. Durch ihn empfing er nun die Bittsteller, einen um den anderen, reiche und arme, ohne Ansehen der Person, wie sie sich gemeldet hatten und eingereiht worden waren. Einen um den anderen hörte er freundlich an und entließ jeden als Beglückten oder, doch Getrösteten, der die zarische Huld und Weisheit segnete.

Trat auch ein vierschrötiger Mann bartlos, glatzköpfig und mit offener schwarzer Schaube herzu, zog sein Barett und beugte seinen kurzen Nacken: »Martin Bär, Pastor der Deutschen allhier.«

Dimitrij dachte: Der Kerl steht wie ein Klotz da. Gefällt mir aber.

Bär brachte seine Klage vor: Wie unter eines hohen Bojaren Führung der Mob die Neustadt geplündert und die im beifolgenden Register aufgeführten Deutschen um die alldort verzeichneten Güter und Werte gebracht. Die Geschädigten wollten im Hinblick darauf, daß der Aufstand die Erhebung des letzten, siegreichen Rjurik gemeint, niemanden beim Namen nennen, bäten aber um Vergütung des Schadens.

Dimitrij nahm die Schrift entgegen, versprach nicht nur Ersatz, sondern Trostgeld dazu für durchlittene Angst und lud Bär auf die Vesperzeit zur Audienz. Er wünsche ihn näher kennenzulernen.

Der stämmige Pastor verneigte sich kurz und verschwand im Volk.

Als nächster trat mit verbundenem Arm und Kopf ein Langbart vor, wurde als der Zimmermann Bisjukin vorgestellt und verklagte weinerlich den bei ihm im Quartier liegenden Hauptmann Jerzy Kawiecki. Der habe mit einem seiner Kameraden, der in der gleichen Straße wohne, beduselt heimkehrend, seine liebe Tochter Lisaweta vergewaltigt und, als die Mutter Lärm geschlagen, diese mit dem Tode bedroht und jedenfalls verprügelt. Er, der Vater Timofei, von den zornigen Nachbarn herbeigerufen, sei dem Heiden auf den Leib gerückt; da aber hätten sie ihn übel zugerichtet. Breit lägen sie noch jetzt im Haus. Die ganze Straße habe ihnen den Tod geschworen, und die Not sei groß.

Dimitrij ergriff die Gelegenheit. »Ihr meine Brüder und Schwestern«, rief er über die Weite des Platzes hin, »habt ihr's gehört? Heiden haben eines Rechtgläubigen Tochter geschändet. Wes sind sie schuldig?«

»Des Todes!« rief die Menge.

Er antwortete: »Des Todes«, und befahl dem Hauptmann die Verhaftung. Der ordnete und schickte Leute ab. Die Menge eiferte noch lange.

»Brüder«, rief der Zar über sie hinweg, »meldet mir alle Übergriffe der Fremden, ich will ahnden unbarmherzig.

Doch unterscheidet die Guten von den Bösen! Beide gibt es überall. Reizt auch eure Befreier nicht! Die haben mich zu euch geführt. Haßt und beschimpft sie nicht!«

Stimmen ertönten: »Wann machst du uns ihrer ledig, o Gossudar?«

»Geduld! Noch sind sie unsere Gäste. Geduld auf einige Zeit! Vertraut eurem Herrn! Er ist euer Vater und kennt eure Not!«

Die Menge rief ihm gute Worte zu.

Jetzt trat ein Greis heran, stellte sich als Gerbermeister vor und bat: »Du Vater aller Rechtgläubigen, verbiete allen Fremden, nicht den Polen nur, auch den Deutschen und Englischen, all diesen Heiden, unsere Tracht zu tragen, sich unter uns zu tun, als wären sie unsereiner. Denn verkleiden sie sich zu Russen, so stehlen sie uns wie Jakob dem Esau viel Segen weg, Herr, den Gott für uns bestimmt hat. Verbiete ihnen unsere Tracht!«

»Liebe Einfalt«, lachte Dimitrij, »Gott sieht durch Rock und Hemd hindurch, er sieht das Herz an und kennt die Seinen. An den anderen rinnt sein Segen ab wie an der Ente das Wasser, da fürchte du nichts!«

So ging es eine Weile fort. Endlich war die Reihe abgefertigt. Dimitrij wandte sich der Menge zu und verwies sie auf den nächsten Samstag, da könnten sie ihm wieder ihre Beschwernisse bringen. Er ging in den Palast, und das Gefolge schloß sich ihm an.

Nicht lange danach führte er die Herren der Duma durch die bewachten Küchen und Kellerräume des Godunowpalastes zur aufgebrochenen Pulverkammer und tat dar, welchem Anschlag er mit knapper Not entronnen.

Nun ließ sich Wassilij Iwanowitsch Schuiskij vernehmen. Er fragte, ob es sicher sei, daß Semjon Godunow und niemand nach ihm die Tonnen da gestapelt. Der Zar fragte zurück, ob der Fürst auf andere Spuren gestoßen. Das verneinte Schuiskij. Von nun an hielt er sich an seines Herrn Seite. Als die Besichtigung zu Ende, bat er um eine geheime Audienz. Aha! dachte Dimitrij, ausleuchten willst du mich? Ich, Freundchen, hebe *dir* den Magen aus, komm nur und sieh dich vor!

Im oberen Flur legte er seinen Arm um des Fürsten Schultern und entführte ihn in ein Gemach mit Doppeltüren. Hier, sagte er, könne der Fürst frei reden. Was er denn wisse? Doch was Wassilij vorbrachte, hatte nichts mit den Pulvertonnen zu tun. Er erinnerte Dimitrij nur an dessen fürsorgliche Mahnung, für die Erhaltung des Hauses Schuiskij besorgt zu sein und zu heiraten. Auch habe der Zar ihm damals bereits eine würdige Gattin empfohlen. So habe der Fürst sich entschlossen, um Olga Dimitrijewna, des Fürsten Mstislawskij Schwester, anzuhalten. Er bitte um des Zaren Segen.

Dimitrij überlegte, daß diese Liaison eine Konjunktion mächtiger Sterne und sicher gegen ihn gerichtet sei, doch er lachte: »Bin ich Boris? Freund, hat *er* dein Haus zum Aussterben verdammt, so will *ich* nicht einmal gefragt sein. Lade mich nur rechtzeitig zu deiner Hochzeit ein! Nur erwarte ich, lieber Fürst, daß du dich hinterher nicht in dein Glück im Winkel verkriechst, sondern in meinen Diensten bleibst.«

Schuiskij tat betrübt: »Gerade das sollte meine zweite Bitte sein, nämlich auf meine Güter ziehen zu dürfen. Doch wenn meines Herrn Majestät gebietet –«

»Nichts gebiet' ich. Aus mürrischem Gehorsam kommt wenig Ersprießliches. Also ich bitte. Nimm die Bürde auf dich, die ich dir zugedacht. Du und dein Schwager, ihr sollt die zweite Sektion des Reichsrats führen.«

Wie keines Wortes mächtig verneigte sich Schuiskij, so tief er konnte.

»Nun, Fürst, das Wichtigste. Hunderten kann ich meine Dankbarkeit beweisen. Dir gebührt der größte Dank, doch vor dir stehe ich recht erbärmlich da. Was für Schätze könnte ich auch über dich ausschütten? Du bist steinreich. Höre denn: Wenn es dich irgendwie beglücken kann, so nimm mein ganzes Herz hin.«

»Wofür, Majestät?«

»Freund und Vater! Ja, so möchte ich dich nun endlich nennen. Zuviel Bescheidenheit kommt in den Verdacht, verstockt zu sein, versteckter Hochmut, als wolle sie sagen: mir kannst du ohnehin nicht vergelten, was ich für dich getan, so reich bist du nicht. Gut denn, begehrst du keinen Dank, so will ich dir jedenfalls mit tiefer Verneigung bekennen, daß ich weiß, wieviel ich dir schulde. Kurz, alles danke ich dir, was ich bin.«

Schuiskij erblaßte vor Verwunderung. Diese Verwunderung war sichtlich echt und mochte an Schrecken grenzen, doch Dimitrij rief: »Stelle dich nicht erstaunt, Wassilij! Höre zu! Du hast seinerzeit die Uglitscher Protokolle zustande gebracht, nur um Boris zu täuschen, du hast von meiner Rettung gewußt. Keine Widerrede! Ich weiß es. Du hast mich jahrzehntelang gedeckt. Bei Dobrynitschi hast du mich besiegt, doch deinen Sieg nicht genutzt, meine Trümmer nicht von der Erde gefegt, vielmehr dich wie ein Geschlagener verhalten und von Boris dich mit Schimpf und Schande abhalftern lassen. Du überließest Basmanow den Triumph, als erster meine hohe Geburt anzuerkennen und unter fliegenden Fahnen mit deinem unbesiegten Heer zu mir überzugehen. Dann erst – gleichsam notgedrungen – küßtest du vor der Armee, vor Moskau und aller Welt das Kreuz darauf, daß ich der Fürst von Uglitsch sei. Das tatest du, ungeachtet, daß die Welt dich deine früheren Eide widerrufen sah und deine Feinde dich für einen eid-, ehr- und gottvergessenen Mann ausschrien. Mich selber ließest du glauben, du fändest nur widerwillig zu mir. Und jetzt in dieser Stunde trittst du vor mich hin, bittest unterwürfig um Selbstverständlichkeiten und hältst mir deine Verdienste, ohne die ich nicht mehr wäre, nicht vor. Ich frage mich fast zornig: Warum nur? Gewiß, sage ich mir, er ist fromm, ein ganz Gläubiger, er will auf Erden nicht Lohn noch Dank, damit ihm Gott im verborgenen und im Himmelreich vergelte. Doch ist das ein Grund, Fürst, mir so kalt dein Herz zu entziehen? Du hältst dich zurück, als wärst du mein Feind.«

Schuiskij wich einen Schritt rückwärts und zog den Kopf in den buckligen Nacken.

Dimitrij lachte: »Ich will dich nicht länger quälen mit Dankgestammel, das dir so verhaßt ist in deiner überfrommen Selbstsucht, deiner verdammt hochmütigen Demut, aber darf ich schon nicht danken, so will ich dich doch bitten. Lange freilich bitte ich nicht. Ich kann auch befehlen. Kurz, erleuchte mich und beantworte mir die Frage: Wie kamst du in Uglitsch zur Gewißheit meiner Errettung? Hast du irgendwo mit dem Simon aus Köln konferiert? Hast du ihm die Fluchtwege gebahnt? Rede nicht herum, Väterchen, denn eines glaube ich zu wissen, nämlich, daß du es warst, der ihn dem Otrepjew zuführte, dem selben Mönch Grigorij, der mich dann über die Grenze schaffte und später in der Sewersk und unter den Kosaken predigte. Haha, nun widersprichst du nicht mehr. Fürst, wie hast du beharrt bis ans Ende, geduldig gelitten, getreu geschwiegen von Jahr zu Jahr, während der Tyrann gegen dein Haus wütete! Und eines weiß ich gewiß: Du hast durch meinen Kosakenpropheten in all den Jahren, als ich heranwuchs, gewußt, wie und wo man mich für mein künftiges Amt erzog. Nun sage mir endlich alles und male mir klar und kräftig vor Augen, was ich, um die ersten Stationen meines Lebens zu verstehen, endlich wissen muß. Ich lechze danach, ich befehle es drum. Und soll ich dir schon nicht danken noch dich belohnen, so will ich wenigstens in meinen Gebeten meines Wohltäters gedenken und dessen, was er für mich getan. Für mich ist es nichts als göttliche Fügung, Fügung über Fügung.«

So! dachte Dimitrij, du hast jetzt Zeit genug gehabt, zu denken: So fragt man Leute aus, aber ein Schuiskij ist halb so dumm als du denkst. Aha, nachdem sich immer größeres Erstaunen in dein Gesicht gemalt, schüttelst du nun betrübt den Kopf und sagst –?

»Majestät, ich wünschte von Herzen, mich all der hohen Werke rühmen zu können, die mein gütiger Herr mir zutraut, und fast möchte ich meinem Gott grollen, daß ich das Lob so völlig abweisen muß. Denn in Uglitsch habe ich nicht gezweifelt, daß das Prinzchen tot und des Reichsverwesers Verbrechen geglückt sei. Eben jener Protokolle klage ich mich an. Ich habe damals nicht Boris über den Prinzen, sondern Rußland über Boris getäuscht, ich habe damals nicht den lebenden Prinzen, sondern Boris gedeckt, ich habe nach des Reichsverwesers Befehl gehandelt und hatte nur eins im Sinn, nämlich neues, größeres Unheil vom Reiche fernzuhalten. Doch darf man Verbrechen kaschieren, Krankheit verstecken? Wird das nicht tödlich? Das war damals meines Lebens schwerstes Vergehen, Gott vergebe es mir, daß ich, statt dem Tyrannen mit Einsatz meines Lebens zu wehren, zusehen mußte, wie er die empörten Uglitscher verschleppen und umbringen ließ. Und hat Gott später mich und mein Haus durch denselben Godunow geschlagen, so war das verdientes Gericht, und dem beugte ich mich. Ich habe nie gehadert noch hinaufgeschrien, daß ich doch nur um des Reiches Ruhe willen gesündigt hätte. Jetzt ist Gott mein Zeuge, Majestät, daß ich bis zur Schlacht von Dobrynitschi keinen Meineid zu schwören meinte, so oft ich vor Zar Boris und dem Reich das Kreuz darauf küßte, der Prinz von Uglitsch, der Zarewitsch, sei wirklich im Himmel und spiele droben mit den schuldlosen Kindlein von Bethlehem. Bis heute ahne ich nicht, welcher Große und Getreue im Reich zu Eurer Majestät Verbringung nach Polen mitgeholfen, wer Simon dem Arzt oder Otrepjew dem Mönch beigestanden, abgesehen vom alten Fürsten Mstislawskij in seiner Verbannung. Nichts weiß oder ahne ich, gar nichts, Majestät, und glaube auch nicht, daß irgendein noch lebender Bojar um das Gotteswunder Eurer Rettung gewußt hat.«

Dimitrij ging umher und gab sein tiefes Bedauern kund, nun wieder im dunkeln tappen zu müssen; dann aber stand er still und fragte: »Wie aber wurde *nach* deinem Sieg von Dobrynitschi dir Ahnung oder Gewißheit, ich sei tatsächlich der Totgeglaubte?«

»Ich lernte nach und nach alle Argumente des von mir Geschlagenen kennen, prüfte und wog sie aus. Und was trotz meines Sieges, trotz der verzweifelten Lage des Zarewitsch damals ganz Rußland und Basmanow zauberhaft ihm zutrieb, das machte auch mich, den Sträubenden, schließlich gewiß. Gott sei's geklagt: Sein Geist hat lange genug mit mir ringen müssen, ehe er mich überwand.«

»Genug, Fürst, er überwand dich. Mit zwei neuen Eiden hast du deine alten Eide widerrufen.«

»Mich, den Kronzeugen von Uglitsch, mich habe ich Lügen gestraft und dem Urteil der Welt ausgeliefert. Sie lästert gern.«

»Fürst Wassilij, ich werde Sorge tragen, daß alle Welt dich sehen lernt wie ich.«

War das doppelsinnig?

Fuchs! dachte Dimitrij, jetzt aus dem Bau, Stinker!

Er ging noch eine Weile wie grüblerisch umher, dann murmelte er kopfschüttelnd vor sich hin: »Warum bloß hat denn nun Grischka zu deinen Gunsten so gelogen?«

Ohne hinzublicken fühlte er, wie Schuiskij zusammenfuhr.

Er wandte sich jetzt ihm zu. »Du wärst ihm also nie begegnet, Fürst?«

»Wem, Majestät?«

»Ich rede von Otrepjew, von welchem Boris, der Schafskopf, in alle Welt trompeten ließ, er sei ich und ich er. Nicht wahr?«

»Gewiß.«

»Hast du je daran geglaubt?«

Aha, jetzt fühlt er die Schlinge um seinen Hals sich zuziehen!

»Ja oder nein, Schuiskij?«

Er zögert. Kommt's bald?

»Nicht ja noch nein, Majestät.«

»Ich muß euch beide konfrontieren, ihr Schäker, ihr Schelme. Nun ja, er ist wieder da. Erstaunt dich das? Das war in Kiew zum ersten Mal, daß er zu mir stieß, noch vor dem Feldzug. Danach habe ich ihn anderweitig verschickt. Nun ist er wieder greifbar, haha.«

»Jener – Otrepjew, der ältere, der Kosakenprophet, der Bahnbereiter?«

»Eben der. Kennst du ihn nicht, so sollst du ihn kennenlernen. Du brennst doch darauf?«

Schuiskij schien ratlos, doch nickte er sehr bestimmt.

»Er behauptet dreist, er habe mich einst aus deinen Händen empfangen.«

Schuiskij konnte sein Zittern noch verbergen.

Dimitrij lachte möglichst herzlich auf: »Jetzt habe ich dich! Nun endlich heraus aus dem Schneckenhaus, du wunderlicher Taster, und gestehe, daß ich nicht vier, sondern fünf Väter habe!«

»Fünf Väter?«

Dimitrij zählte an den Fingern ab: »Iwan, den Erzeuger, Simon, den Retter, Schuiskij, den Schutzpatron, Otrepjew, den Entführer und den Wojewoden von Sandomierz, meinen Ziehvater.« (Seinen sechsten Vater, den Jesuiten, unterschlug er.) »Habe ich nun fünf oder vier, lieber Fürst?«

»Dieser Otrepjew, mein Zar, erfreut sich offenbar blühender Phantasie.«

»Du mußt ihn besser kennen als ich.«

»Woher, Majestät?«

»Fragst du mich oder ich dich? Aus zwanzig Jahren der Begegnung. Mehr als einmal war er bei dir in Moskau. Jedenfalls hieltet ihr Fühlung miteinander, wenn ich ihm glauben darf. Ach, Schluß mit der wunderlichen Komödie! All die Jahre war deine Fürsorge um mich her, auch aus der Ferne, du mein Getreuster. Was hast du nur? Fürst, erwache! Boris, dein Feind, lebt doch nicht mehr! Dimitrij Iwanowitsch steht vor dir und will dich mit Ehren überschütten. Das kannst du so doch nicht fürchten wie die Nachstellungen jenes Tyrannen.«

Schuiskij standen Schweißperlen auf der Stirn. Er sagte nur heiser: »Gewiß nicht, Majestät.«

Dimitrij sah ihn sich jetzt sehr genau an. »Du fürchtest etwas anderes. Was nur, zum Teufel? Jenen Otrepjew gar?«

»Wie sollte ich?«

»Stockfisch! Wie stehst du nur da! Mit einem Wort, ich pfeife jetzt die nackte Wahrheit wie einen Jagdhund heran und will wissen, wer von euch beiden mich belogen hat: Otrepjew, der mir deine Verdienste um mich mit feurigen Zungen preist, oder du, der sie so albern zu verstecken strebt? Maul auf! Dein Schweigen erzürnt mich schon. Ich konfrontiere euch noch heute.«

Noch heute? Da ging Schuiskij auf den Leim und gestand: »Unser Freund Otrepjew, nun ja, er lügt natürlich nicht ...«

Sprach's und sah Dimitrij dastehen wie vom Donner gerührt. Hatte er erwartet, Dimitrij werde ihm mit einem Aufschrei der Liebe um den Hals fallen? Dann hatte er sich geirrt. Was sah und erlebte er statt dessen? Daß der junge Zar vor ihm wie von einem Gezeichneten mit Schreckensblicken zurückwich und aus schluckender Kehle nur mühsam hervorbrachte: »Lügt nicht. Lügt also nicht ...«

Während Dimitrij ihn so anstarrte, verklärten sich seine Züge in höhnischer Freude, und dann fraß der Haß seines

Blickes Schuiskij die Augen aus. Mit einem Male sprang er auf den Buckligen zu, packte ihn bei den Schultern und schüttelte ihn wie unsinnig: »Du also – warst der oberste der Teufel. Du hast ... Wo hattest du das Kind her, wem abgehandelt oder geraubt, das du durch deinen Unterteufel nach Polen – Wie?« Dimitrij schüttelte ihn immerfort: »Jetzt höre gut zu, du Mißgeburt! Du wirst dich hüten, der Welt zu offenbaren, welchen Dienst du einst Rußland erwiesen mit diesem wunderbaren und Andacht heischenden Gaunerstück, dessen Objekt ich war, und all deine Meineide einzubekennen, du Abschaum. Wir zwei nun machen gemeinsame Sache, verstehst du? Keiner wird sich ergebener vor meinem Thron zu Boden werfen als du, keiner mir bedingungsloser hörig und meinen Feinden gefährlicher sein als du, keiner auch so unter meiner Bewachung stehen zur Zeit und Unzeit wie du, und über keinem das Damoklesschwert an so dünnem Härchen hängen als über dir.«

Er schüttelte ihn nicht mehr, aber hielt ihn am Halsausschnitt fest und hauchte ihn aus nächster Nähe an: »Meine Gegenleistung: Du sollst als der große Zeuge von Uglitsch den Goldbrokat des Großbojaren tragen, solange du meinen Verdacht nicht erregst. Er ist hellhörig, schläft selten und nur wie ein Hase. Mein gelindester Argwohn fällt dir als Beil ins Genick. Solltest du irgendwann, irgendwo, irgendwem zuflüstern wollen, der Zar sei leider nicht der Sohn Iwans, so hol' ich mir aus allen Ständen und Provinzen ganz Rußlands einen Land- und Reichstag zusammen, wie ihn noch keine Generation erlebt hat, und lasse ihn zwischen dir und mir entscheiden, wofür er mich und dich hält und wem er glaubt, dir oder mir. Danach magst du hinter Gittern in Ruhe wählen zwischen langsamer Pfählung, gemächlichem Schmoren, Totgeißelung oder jener Winde, die die Kaldaunen herauswickelt, Zoll um Zoll. Hast du mich verstanden?«

Damit stieß er ihn angeekelt von sich, derart, daß Schuiskijs Kopf unter den schwerbehangenen Tisch schlug und die herabgerissene Decke darüber zusammenfiel. Dimitrij aber atmete frei und stark wie seit Monaten nicht.

Es dauerte seine Weile, bis der andere sich wieder emporgearbeitet hatte. Als die Decke noch über ihm lag und Dimitrij sich schon fragte, ob er zu Schaden gekommen, erhellte den Ertappten der alte rettende Gedanke. Von ihm belebt, erhob er sich ernst und trauernd. Wie von heiliger Klage erfüllt, blickte er Dimitrij an, nickte langsam und murmelte: »So vergreift sich am Vater der Sohn, so schlägt die Frucht seiner sündigen Liebe, die so lang verschwiegene Frucht, endlich doch den Erzeuger. Der alte Fluch. Doch – war ich wirklich so sündig, als ich dich zeugte?«

Dimitrij, der sich abgekehrt, fuhr zu ihm herum. Wie nannte ihn jetzt der alte Intrigant? Plötzlich sollte er, Dimitrij, sein Fleisch und Blut sein? Als wäre der Pseudodimitrij dem Lügenteufel im Lügen nicht über! Das wollte er doch gleich demonstrieren. Er witterte neue Gelegenheit und gab dem tête à tête eine heitere Wendung. Er spielte den plötzlich Tiefbestürzten. Einen, auf den sich niederschmetternde und zugleich beglückende Offenbarungen stürzen wollen, um ihn in tiefste Tiefen der Reue zu werfen. Er sagte: »Wehe dir, wehe dir, wenn du lügst!« und er flüsterte: »Oder mir, lügst du nicht. Oder wehe uns beiden. Nein, warum? Wohl uns beiden! So sprich doch, sprich!«

Schuiskij begann:

Damals, als Boris, der Reichsregent, des Prinzen Mörder geworden, habe er dem Hause Schuiskij, wie gesagt, den Untergang bestimmt und den Brüdern Schuiskij jede Ehe untersagt. Da habe Wassilij denn in den Armen einer schönen und klugen Ausländerin, einer Witwe ungarischen Geblüts, Trost gesucht. Sie habe ihm am Tage des heiligen Kyrill einen Knaben geboren und sei danach verschieden. Diesen seinen geliebten Sohn, Erben und Rächer habe er durch Grigorij nach Polen verbringen lassen – als geretteten Zarewitsch. Das andere wisse Kyrill-Dimitrij, sein Sohn und sein Zar, und werde begreifen, wieso der Vater dem Sohn seine Abkunft verschwiegen. Nie habe es dem Vater in den Sinn kommen dürfen, dem Gekrönten, in welchem nun das Haus Schuiskij lebe, gerächt sei und triumphiere, die stolze Illusion zu rauben, er sei der leibliche Erbe des großen Iwan. Nie habe der Vater des Sohnes Gewissen damit belasten dürfen, illegitim geboren zu sein, Bastard, Frucht einer Sünde und ohne Recht auf den Thron. Schuiskij, der Vater, habe sich viel kasteit und jedem Gelüsten entsagt, als Zarenvater an der zarischen Macht mitzugenießen. Ihn habe nur nach dem einen verlangt: sich in das Fundament des Glückes und der Herrlichkeit seines Kindes und Rächers einmauern zu lassen und unerkannt als getreuester aller Wächter der zarischen Schwelle diese zu hüten –

Dimitrij stieß ein ehrlich erstauntes, ellenlanges Oh! hervor, und darin lag alles, was Schuiskij glaubte brauchen zu können, nämlich Dimitrijs Entlastung, Reue und Dankbarkeit. Für Dimitrij war alles darin, was ihn tarnen konnte. Alles in ihm staunte: Und nun hoffst du vor mir sicher zu sein, hoffst du durchaus – mitzugenießen an der zarischen Macht und mich eingenebelt zu haben, derart, daß ich dir, dem Väterchen, in alle Netze gehe, die du um mich zu meinem Verderben und deinem Aufstieg legst. Du Pulvertonnenstapler, sieh da, sieh da!

Noch einmal stöhnte er ein theatralisches Oh, wandte sich ab, schlug die Hände vor die Augen und schwankte ein wenig. Verkehrt! dachte er wieder, noch galt es, ein wenig den Ungläubigen zu spielen. Er wandte sich wieder Schuiskij zu und fragte kalt: »Und warum hast du mich bei Dobrynitschi fast vernichtet?«

Schuiskij fragte zurück: »Wer zwang mich dazu? Der Zarewitsch Dimitrij! Und zu anderem war die Zeit noch nicht reif. Wer aber wagte es, den Vernichteten dennoch leben zu lassen? Sein Vater! Das waren meines Lebens entsetzlichste Stunden, mein Sohn, als du selber – viel zu früh – die Entscheidungsschlacht, die ich nie zu schlagen gedachte, heraufbeschworst. Mit wieviel List und Mühe hatte ich Boris dazu gebracht, mich, den Verhaßten, den ewig Verdächtigen, zum Generalissimus zu machen! Mit wieviel waghalsiger und durchsichtiger Verräterei hatte ich die Wojewoden zur lässigsten Kriegführung angehalten! Und da schlägst du auf uns ein. Bei Gott, zum Überlauf zu dir waren sie noch längst nicht reif. Wie sollte ich sie zwingen, nicht zu kämpfen, nicht zu siegen, ihre Haut zu verschenken, sich in Feigheit zu überbieten? Natürlich wehrten sie sich, und der Sieg fiel der Übermacht zu. Hernach, als wir auf dem Schlachtfeld die Todesernte musterten, wie habe ich da gefürchtet, den geliebten Sohn unter den Toten zu finden – oder gar unter den Schwerverwundeten als Gefangenen, den ich hinzurichten hätte! Welche Erlösung, als ich die Nachricht erhielt, der sogenannte Otrepjew habe sich durchgeschlagen und ziehe in Putiwl ein. Doch welche Not ging nun erst an! Die Not, meine siegreichen Heerführer von der Vernichtung deiner Trümmer abzuhalten – unter den Augen des Boris. Dieser Boris erkannte in mir sehr rasch den alten Erzfeind wieder, setzte mich ab und ersetzte mich, den Hinzurichtenden, durch Mstislawskij, zuletzt durch Basmanow. Nun fragt mich mein Sohn wohl, warum ich's diesem Basmanow überließ, das Heer zum Abfall zu bringen, warum ich mich, auch nach dem Tode des Boris, am längsten und störrischsten wehrte, vor dem Sohne niederzuknien? Nun weiß er, wie sehr mir geziemte, das große Geheimnis zu decken.

Dimitrij lief umher. »Oh«, rief er, »das ist groß! Mein Gott, du entschädigst mich reich dafür, daß du mir den großen Iwan als Vater nimmst, gibst du mir doch diesen, diesen Fürsten dafür!«

Während solcher Deklamation dachte er: Wenn du wüßtest, was dieser Otrepjew mit deinem Findling angestellt, was selbst aus seinem eigenen Früchtchen geworden, woher ich in Wahrheit stamme und wie ich mir selber ein Rätsel bin. Fein dachtest du mich einzuwickeln; paß auf, jetzt wickle ich! Ich brauche dich. Du sollst mein Magnet sein.

Er eilte auf den Fürsten zu, senkte sein Knie, nippte an des Fürsten Händen mit Judasküssen, spürte dann des Fürsten Rechte sich segnend auf seinen Scheitel legen und flüsterte niederwärts: »Du, dem ich alles danke, was ich bin, du erster unter allen meinen Vätern, verzeih dem Sohne, der irren mußte, und stehe ihm bei! Jetzt erst begreift er alles, alles.«

»Liebst du mich? Ein wenig nur? Mein Sohn! Dimitrij!«

»O ihr Heiligen! Laß es in mir erst wieder zu Atem kommen, mein Vater, was da in lauter Dankbarkeit vor dir erstirbt! O ihr Himmlischen! Dann wird es lieben ohne Ende.«

Dimitrij stand auf und fügte feierlich hinzu: »Doch einmal kommt nach vielen großen Taten der Tag, da ich meinen Völkern offenbaren darf, was ein Vater dereinst für seinen Sohn getan und wie die Dynastie der Schuiskij nun schon längst und ruhmreich regiert. Das müßte nun Otrepjew sehen und hören!«

»Wo steckt er wohl?«

»Tot, Vater, leider tot. Hat sich um seinen Verstand gesoffen und aufgehängt. Du zweifelst? Es bewegt dich nur. Befiehl ihn Gott, Vater!«

Der Fürst schlug das Kreuz, in seine Augen traten Tränen. Leise und bescheiden fragte er: »Der Fürst Schuiskij steht vor der Majestät seines Herrn und fragt: Darf ich um Olga Dimitrijewna Mstislawska freien?«

Dimitrij lächelte: »Um wen du willst, Vater, wenn du unser Geheimnis vor deiner Gattin, deinen Brüdern und Freunden verschweigst.«

Schuiskij hob die Schwurhand mit stummer Gebärde. Dimitrij reichte ihm beide Hände, die der Fürst ergriff, und deklarierte: »Jetzt sind wir eins: im großen Geheimnis, im Besitz der Macht und in allen künftigen Sorgen.«

Wieder setzte Schuiskij die Miene des Trauernden auf. Er schüttelte langsam den Kopf und bat: »Satt von geglückter Rache, heiter von deinem Glück, wund geworden von Schuld und weise und still, aus den Stürmen des Lebens hinüberschauend schon nach himmlischen Horizonten, so suche ich nur noch Ruhe und den engsten Kreis, das Abseits mit der Geliebten. Gestatte mir, daß ich – deine Glorie aus der Ferne betrachte.« Dies letzte sagte er scherzend.

Dimitrij erwiderte: »Vorläufig brauche ich dich wie keinen. Denke an den Anschlag im Keller. Unter uns, mein Vater: Ich glaube den Aussagen nicht, die ihn dem Godunow zuschieben. Der Feind lebt noch, und zwar unter uns. Gefahren umringen mich. Du mußt mir helfen, du in die Kreise der Verschwörer dringen und sie mir ans Schwert liefern. Hiermit berufe ich dich zum Oberhaupt der neuen Abwehr. Ganz insgeheim lege ich wieder die altbewährten Netze aus. Hilf mir dabei! Schaffe mir hundert und aber hundert Augen- und Ohrenpaare heran, werde allgegenwärtig und laß mich, fern von dir, den Arglosen spielen wie bisher! Willst du das tun?«

»Wenn Majestät befiehlt.«

»Sie befiehlt.«

»Die Majestät wird mit ihrem Knecht Wassilij Iwanowitsch zufrieden sein. Der Großbojar lädt die Majestät zur Hochzeit ein.«

»Qui fodit foveam ipse incidet«[1], lachte Dimitrij im Bewußtsein, daß Schuiskij kein Latein verstand.

---

[1] Wer andern eine Grube gräbt, fällt selbst hinein.

Inzwischen hatten sich die Dumaherren im Speisesaal eingefunden und nach Rang und Würden an den drei langen eichenen Tafeln niedergelassen, an deren oberen Enden drei Stufen zum teppichbelegten Podium führten, auf dem der besondere Tisch ihres Herrn stand, mit goldgesticktem Linnen gedeckt. Drei Dinge beschäftigten sie in ernsten und gedämpften Gesprächen: die Pulververschwörung, der Skandal an der Wolga und das Gerücht von der sonderbaren Erkrankung der Marfa. Sie schauten beim Gespräch dann und wann, gleich den an den Wänden wartenden Dienern, nach dem immer noch leeren Platz ihres jugendlichen Herrschers. Daß er die alten Herren warten ließ!

Doch ihn hielten die gleichen Dinge zurück, die sie beschäftigten. Denn als Schuiskij gegangen (er nahm bereits unter den Wartenden im Saale Platz) und Dimitrij sich in seinem Schlafzimmer umkleidete, kam Basmanow und erstattete folgenden Bericht:

Die Verhöre der Verhafteten und weitere Ermittlungen hätten ergeben, daß der Küchenmeister unschuldig sei, falls man ihm Dummheit nicht für Verbrechen ankreide. Auch die Maurer hätten arglos nur ihren Auftrag erledigt. Wissend aber müsse gewesen sein, wer zuletzt und, wie sich ergeben, ganz allein in die Außenmauer das Loch für die Zündschnur gestemmt, und der sei unauffindbar. Der Baumeister drüben habe sich auffälligerweise im Dachgebälk des neuen Palastbaues in der Frühe erhängt. Gefahndet werde noch nach dem Lastwagen, der die Fässer gebracht, und den Leuten, die sie ins Gelaß gerollt und aufgeschichtet. Das Arsenal, aus dem Pulver und Zündschnur stammten, sei ermittelt. Es handle sich um das der Strelitzen jenseits der Moskwabrücke. Vergeblich habe man dort einen Einbruch vorgetäuscht. Er, Basmanow, habe getan, als glaube er daran. Es sei anzunehmen, daß zwischen dem Haupt der Verschwörung und gewissen Strelitzenkorps Verbindungen bestünden.

Dimitrij rief durch die Zähne: »Das Haupt der Bande glaube ich nun zu kennen. Um so ruhiger warte ich. Ich habe ihm eine schöne Falle gestellt.«

Er berichtete dem Freunde, was dem zu wissen not tat; nicht weniger und nicht mehr.

Nach Basmanow, der sich in den Speisesaal begab, wurde der neue Leibarzt vorgelassen, ein schlanker Balte aus Patriziergeschlecht, ein schmalgesichtiger, kahlhäuptiger, aber jugendlicher Greis mit silbernem Schläfen- und Nackengelock und mit weißem Lippen- und Knebelbart à la mode in weitfließender Schaube. Nach eleganter Verneigung schwieg er eine lange Zeit vor sich nieder, wurde ernst, sammelte seine Gedanken und trug dann mit sinnenden Blicken zum Fenster hinaus und leiser Stimme folgendes vor:

Marfas Erkrankung sei derart, daß man guttue, den Himmel anzuflehen. Nach schwerer Erkältung und reichlichem Genuß spirituöser Getränke sei ein heftiges Fieber eingetreten, dem, wie die dienende Schwester bekundet, ein starker Schüttelfrost voraufgegangen. Der Puls sei sehr frequent, einhundertdreißig Schläge, das Bewußtsein getrübt, doch die Bewegungen der Bewußtlosen im Schlaf, ihr leises Wimmern und Greifen nach dem Kopf hin ließen auf verdächtige Schmerzen schließen. An solcher Pein habe die Kranke, wie sich herausstellte, bereits seit zwei schlaflosen Nächten gelitten. Nunmehr fange sie zu delirieren an. Da Kranke dieser Art oft Funken sähen, jedenfalls immer lichtscheu seien, was sich auch aus der Verengung der Pupille ergebe, so habe er Verdunkelung des Raumes angeordnet, und da sie über Ohrensausen zu klagen pflegten, absolute Stille verhängt. Man müsse abwarten, ob Zähneknirschen, Muskelzuckungen, Schüttelkrämpfe, Schlafsucht und unempfindliche Bewußtlosigkeit auftreten würden, ob gewisse Muskeln im Zustand bleibender contractio und rigorositas zu verharren, die verengten Pupillen sich sehr zu weiten und der Puls zurückzugehen beginnen würden – vielleicht auf achtzig bis sechzig Schläge; wenn solches alles auftrete, so sei es für gewöhnlich der Übergang zu allgemeinem torpor, Lähmung, und bedeute den exitus in wenigen Tagen, höchstens in zwei, drei Wochen. Eine Heilung gehöre zu den äußersten Seltenheiten. Nach seiner theoria sei sie ausgeschlossen, doch bei Gott sei kein Ding unmöglich. Er habe sechs bis acht Blutegel an Stirn und Ohren gesetzt und Klistiere angeordnet. Der kahlgeschorene Kopf sei mit Eisbeuteln zu kühlen, nachdem man eine gewisse Reizsalbe kräftig in die Kopfhaut gerieben und ein großes Blasenpflaster an den Nacken appliziert. Auch mit kalten Sturzbädern und Übergießungen des Kopfes im Abstand von zwei bis drei Stunden habe er es in ähnlichen Fällen schon versucht. Majestät wolle erwägen, ob nicht ununterbrochene Bittgottesdienste in den Kirchen abzuhalten seien, denn immerhin – nun ja.

Weder Gift noch Hexerei! resümierte Dimitrij, und nur noch ein Wunder kann retten. Ihr himmlischen Mächte, wo wäret ihr je zu fassen! Welch ein Verlust!

Während sich solche Last auf seine Schultern legte, hatte sein Narr, Otrepjew der Jüngere, Kolja Kochelew genannt, nach irgendwo festlich durchschwärmter Nacht und ein paar Stunden bleiernen Morgenschlafes ein vergnügtes Stündchen bei seines Gebieters Musikanten.

Denn die saßen da in ihrem entlegenen Raum und übten eine Tafelmusica. Kochelew sah und hörte zu wie behext. Es war nur ein Grüppchen aus den zweihundert Musikanten, die das erste Moskauer Hoforchester nun wohl schon zählte. Da gab es Balten, Deutsche, Engländer, Franzosen, Italiener und Russen. Spieler auf Virginalen und Dudelsäcken, Gamben und Pfeifen, Pauken und Serpentinen, Lauten und Zimbeln, Spieler auch der einheimischen Volksinstrumente.

»Oh«, rief Kolja, »wie lieblich zirpt und pocht, dudelt und spinnt das Harmonien zu ernstem Tanz und besinnlichem Schmaus. Du da, zeig mir die Löcher und Griffe auf deiner Holzschlange, du hast jetzt Zeit, nur flugs heran!«

Da sprang die Tür auf und ein Servierlakai herein: »Wo bleibt ihr? Das Mahl beginnt.«

Dimitrij, soeben erschienen, stand zwischen Stuhl und Tisch, und die Herren da unten, die sich an ihren Tafeln eiligst erhoben, wurden inne, daß der sonst immer so Unbeschwerte diesmal alle, einen um den anderen, mit strengen, fast finsteren Blicken musterte, als suche er jemand, oder so schulmeisterlich vom Katheder herab, als wären sie Klosternovizen, oder wie der Kerkermeister seine Peinhäusler beim letzten Appell zählt. Er ist wohl doch das echte Blut Iwans? Ach ja, Sorgen hat er, und Argwohn macht so friedlos. Argwohn gegen uns?

Dimitrij sah sie an und rechnete: Von den drei Dingen ist Marfas Tod das schlimmste. Sie hat widerrufen! so wird man lästern, sie hat den falschen Zaren verleugnen wollen, da hat er sie rasch noch stumm gemacht. Was das andere betrifft, die Räuberei an der Wolga – halb so schlimm. Nach den Truppenverschiebungen verzieht sie sich. Vollends die Pulverladung unter meinen Augen, die ist ein Glücksgeschenk. Den Hauptschubiack, den langgesuchten großen Unbekannten, den hab' ich jetzt; seine Helfershelfer kriege ich alle, alle! Das Übel zieht sich in einer Beule zusammen und reift aus, daß ich sie steche; der Eiter spritzt und der ganze Leib gesundet. Meine Hasser liefern sich mir ans Messer, und die, deren Geschäfte ich von Ssambor bis Moskau besorgt, besorgen bereits die meinen. Schau nur herüber, Schuiskij, ich kriege euch alle. Und dann, wenn die große Reinigung geschehen, bedarf ich dann noch Xenjas? Darf ich es dann nicht wieder mit Maryna wagen? Nun hat sie meinen entsetzlichen Brief. Nein, Maryna, nein, opfern wir uns! Xenja ist Rußland, nur noch mit Rußland bin ich verlobt. Und muß es nehmen mit Leib und Seele, wie es ist, mit seiner Weisheit und Torheit, in seinen Empfindungen und Empfindlichkeiten, darf es nicht überfordern. Der Aberglaube ist so fanatisch wie der Glaube. Wer zieht die Grenze zwischen Glauben und Aberglauben? Ich jedenfalls bin ein fremdes, eben erst aufgepropftes Reis, mit dem Ungeheuren noch nicht verwachsen; ein Segel auf dem Meer in seinen Winden, die sind nicht in meiner Gewalt, ich bin in der ihren; ich muß sie überlisten, die Mächte nutzen; das Meer hat sein großes Recht an mich. Dies Reich – ein Pantheon, darin ich mich aufopfern muß mit allem, was ich je gewesen ...

Er kam zu sich. Er bekreuzigte sich. Alle taten ihm nach. Dimitrij ließ sich nieder. Auch die anderen setzten sich. Es blieb merkwürdig still im Saal. Ah, dachte er, mein Gesicht.

Er betrachtete weiter ruhig Kopf für Kopf da unten, während die Diener in Scharen erschienen und mit langen, von je zwei Mann getragenen Tabletts servierten. Die ungewohnte Stille im Saal hielt an. Dimitrij dachte: Das taucht da jetzt seinen Bissen mit mir in die gleiche Schüssel, da sitzt ein Judas neben dem anderen. Schmeckt's? Ich will's euch salzen.

Dimitrij aß von silbernem Geschirr. Heute vermied er Messer und Gabel nicht. Jedem der Mahlgenossen wurde sein flaches Weißbrot als Teller vorgelegt. Die Gerichte wurden in Schüsseln aus Zinn auf die Tafel gestellt. Dimitrij überlegte, welchen der Herren er heute beehren sollte, nicht nur mit dem Ehrenbecher, sondern hernach mit Überreichung einer Galagewandung, mit einem Kaftan oder kostbaren Heiligenbild oder Siegelring. Da dachte er an sein neues Schatzgewölbe, in dem er die ihm verehrten Dinge bewahrte, an die gold- und silberbeschlagenen Scheiden, Sarazener- und Toledanerklingen, emaillierten griechisch-türkischen Jagdköcher, vergoldeten Araberlampen, die Armspangen aus Armenien, die ziselierten Gongs oder mit Schriftzeichen und fliegenden Drachen beschlagenen Truhen und Schatullen aus dem sagenhaften Reich der Mitte. Er dachte an italienische Bronzefiguren, von Edelstein starrende tatarische Prunkgewänder und jenen deutschen Prunkpanzer, der – prächtig geriffelt – über und über mit Gold- und Silbereinlagen und reichen Ziselierungen bedeckt war. Er gedachte der armenischen Kaufherren, die ihm gestern erst Rosenwasser und Wohlgerüche verehrt und wie die Heiligen Drei Könige ausgeschaut hatten. Auch ein ehernes Kästchen voller Diamanten hatten sie überreicht für seine Steinschneidekünstler, auch einen indischen Papagei. Dem brachte er nun einen halben Pentameter bei, einen klassischen: Lambe mihi podicem! ›Aus dem Indischen!‹ hatte er Kolja und Kolja den Gästen erklärt.

Kolja? Nun, da stand er ja plötzlich vor ihm. »Du treibst dich brav herum, Liederjan!«

Der Lustigmacher meldete die Musikanten.

»Gut, laß sie spielen, den Bären da zum Trotz, auf der Galerie! Von Cavalieri etwas! Nein, die Sonate lieber, die fünfstimmige, des Venedigers, des Andrea Gabrieli! – Haben die Kerle dir endlich klarmachen können, was basso generale heißt? Stimmt's, daß er dem Kontrapunkt einen bösen Streich versetzt hat? Oder nicht? Laß sie spielen, doch in den Pausen flaniere umher und mach deine Witzchen, daß auch die Büffel was haben für Herz und Gemüt.«

Kolja ging. Dimitrij winkte seinen Schenk heran, ließ ihn einen Weinbecher füllen und dem Fürsten Schuiskij überbringen. Der Schenk trat hinter den Fürsten und überreichte den Ehrenbecher. Der Fürst erhob sich, nahm den Becher entgegen, verbeugte sich zum Zaren hin, alle Bojaren standen auf und verneigten sich ihrerseits vor dem Fürsten. Dieser trank aus, verbeugte sich wieder zum Zaren und gab den Becher zurück. Als er sich niedergelassen, setzten sich auch die andern. Wieso war diesmal wieder, fragten sie sich, Schuiskij dran? Wo bleibe ich? fragte sich Mstislawskij. Nun ja, dachten andere, der kalte Schatten von Uglitsch fällt lang und weit.

Inzwischen setzte die Musik ein. Die Bojaren guckten mißmutig drein; Dimitrijs Sinne beruhigten sich. So, dachte er, ging es Saul. Das Sphinxgesicht Xenjas stieg vor ihm auf. Er sah ihre Perserinnenaugen, er hörte ihre fremdartige, sinnlich feste Stimme und hörte doch wieder nichts; denn wie hätten ihre Hymnen zu diesen Klängen seiner Kapelle gepaßt?

Rüstig wurde fortgetafelt. Die Stücke der Musikanten und die Kochelews wechselten ab, und dann und wann schickte der Zar einen weiteren Ehrenbecher zu einem seiner Großen. Jedesmal erhob sich der Ausgezeichnete und trank seinem Zaren zu, erhoben sich die Tischgenossen und verneigten sich vor dem Geehrten. Danach endlich ließ Dimitrij *allen* Schmausern Getränke servieren. Da wurde es laut und lebhaft an den Tafeln. Die Musik ging im Lärm der Erhitzten schließlich unter. Dimitrij schickte Kolja hinauf, die Musikanten entfernten sich. Die Geister des Zornes kamen wieder. Er brütete über dem, was ihn seit gestern abend beschwerte, erwog die nahen Gefahren und fernen Triumphe, faßte Entschlüsse und schüttelte wieder alles gewaltsam ab: Ich glaube an meinen Stern. Meine Ernten reifen mir entgegen. Weg von hier! Namenlos zu den Namenlosen, die zu mir stehen, für die ich da bin! Ins Getümmel der Straße! Zwar die Herren hier sind noch nicht satt geweidet und grollen hinter mir her, weil ich sogar des gottgewollten, altheiligen Nachmittagsschlafs nicht achte. Die Ruhe, sagen sie mir, ist von Gott, die Eile vom Teufel, und du, o Herr, regierst dich tot. In der Tat, ich habe wohl nicht viel Zeit auf Erden.

Er winkte den Diener mit dem Messingbecken und bordierten Handtuch heran, wusch die Hände, trocknete sie, sprang auf, verneigte und bekreuzigte sich seitwärts vor dem heiligen Nikolaj in der Ecke, und alle Tischgenossen verstummten, rauschten von ihren Bänken empor und taten es ihm nach. Er grüßte die Herren mit kurzem, freundlichem Winken und ging ohne Geleit nach hinten davon. In der Eile konnte allein Kochelew ihm folgen.

Nach einer Stunde entwischten die beiden, bürgerlich gekleidet, auf den Roten Platz. Die Wache im Tor salutierte, ihr Offizier blickte besorgt hinterher, fuhr sich mit der Rechten hinten unter die Eisenhaube, so daß sie auf die Nase rutschte, und kratzte sich den Kopf.

Die beiden wanderten durch Straßen voll hin und her drängender Fuhrwerke, Karren und Passanten. Der Zar lachte: »Kolja, sie wollen, ich soll in goldener Wolke thronen, in Höhen, die keine Wahrheit mehr erreicht, wo ich meine Augen und Ohren nicht mehr gebrauchen kann. Komm!«

Sie standen auf einem belebten Platz, den eingezäunte Bauhöfe voll gestapelter Balken, Stämme, Bohlen und Bretter umgrenzten. Hier also ersteht sich der Moskowiter für wenig Geld sein Häuschen in fertigen Teilen?

Dimitrij erkundigte sich inmitten einer Gruppe, wo ein Zimmermann mit Kunden verhandelte, wie lange man brauche, um ein solches Haus zu errichten. Einen Tag. Wie lange es stehe? Bis zum nächsten Brand. Ein Kunde klagte: »Alle sieben Jahre brennt ganz Rußland ab.«

»Warum leben wir nicht gleich in Jurten, wie die Mongolen?« fragte Dimitrij.

»Nicht wahr«, pflichtete Kochelew bei, »wir Söhne Kains, des flüchtigen Verfluchten, was sind wir? Fliegender Staub. Ein Strannik müßte man sein, nicht seßhaft. Hie zeitlich, dort ewiglich, danach richte dich! Für die Erde Hütten, feste Häuser im Himmelreich.«

Dimitrij schalt im Weiterwandern: »Ihr mit eurem Jenseits. Alles kapituliert da, bedusselt vor dem All- und Urgespenst. Wer himmelssüchtig, der packt die Erde nicht an, bändigt sie nie. Imsch Allah? Für Faulpelze. Der Athos? Desgleichen. Für Gescheiterte. Das ist nun meine Hauptstadt, Kolja: Von nah besehen ein dreckiges Bethlehem, von weitem ein funkelndes Jerusalem.«

Bald kamen sie nicht mehr voran. Es staute sich an einer Straßenecke, schimpfte und schrie in die Seitengasse. Dimitrij sah im Vordringen zwei fluchende Kutscher, deren Peitschenhiebe auf ihre sich bäumenden Pferdchen erbarmungslos niederklatschten, ihre ineinander verhakten Wagen ineinandertreiben und Rad und Achse riskieren. Er sprang auf das eine Gefährt und riß den Kutscher herunter; Kochelew suchte, um seinem Herrn nicht nachzustehen, in gleicher Weise den anderen Fuhrmann zu überwältigen, wurde jedoch geworfen, lag im Schmutz und hatte zum Schaden den Spott. Dimitrij mußte seinen Kerl, der sich wütend gegen ihn erhob, mit einem Kinnhieb nochmals zu Boden strecken und dann Kochelew gegen den anderen beistehen. Ein paar Männer führten inzwischen die Pferde auseinander und lösten die Karambolage. Der Zar und sein Narr verzogen sich um ihres Inkognito willen. Dimitrij schalt sich einen Dummkopf. Warum sollen sie nicht? fragte er sich. Meine Karambolagen, sind sie mehr? Auch die großartigsten Kämpfe und Kriege auf Erden – lauter Lärm um nichts.

»Was ist das für ein neuer Platz, Kolja? Man geht wie auf Perserteppich.«

»Man schimpft ihn Lausemarkt, Herzchen. Hier hausen die Barbiere, scheren sie Köpfe und Bärte und polstern den Boden damit seit Jahr und Tag. Jetzt schlafen sie. Majestät aber seufzen?«

»Wann fällt mit dieser Wolle auch die alte Zeit!«

Sie passierten eine breitere Straße, traten in ein stattliches Blockhaus und standen in einer düsteren Ladenhalle. Jetzt um die Mittagszeit war sie leer. Hinter dem Tisch verneigte sich dick und asthmatisch der deutsche Kaufmann. Man wolle sich in Ruhe umschauen, sagten sie. Er beäugte sie.

Da lagen in Regalen Leinen- und farbige Stoffballen, hingen an Ständern Stiefel, Arbeitsschürzen, Oberröcke, Kaftane. Zur Rechten sah man Spaten, Hacken, Sensen, Sägen, Hufeisenberge, Kästen voll geschmiedeter Nägel und Pflugscharen, da hing auch am Pfosten Sielenzeug, da standen Holzeimer und Bütten, lagen gehäufte Löffel, Schüsseln und Näpfe. Zur linken Hand lagerten Fässer für Wein, Bier und Öl, standen Salztonnen und solche voll Honig und gelbem Zucker, auf den Brettern darüber glänzten Steintöpfe für allerlei Gewürz; da hingen an Stangen von Balken zu Balken Würste, gedörrte Fische und Rauchfleisch, stand auch in grauirdenen Dosen der Kaviar. An der Straßenwand des Ladens lagerten längs der Tür, hoch hinauf in den Fächern, Felle und Häute, da hingen schwere Pelze, bedeckten den Lehmboden in verschnürten Ballen Hanf und Flachs und gebündelte Seile. Zur anderen Seite der Tür an der gleichen Wand funkelten Luxusdinge herüber: zwei Stutzuhren unter Glasstürzen und mancherlei tickende Taschenuhren, getriebene Silberdosen und Zinngeschirr, Glasperlenketten und Ikonen. In dieser Gegend hielt der Kaufmann die beiden besonders wachsam im Auge. Dimitrij fragte so sachkundig nach Preis und Herkunft jedes Dinges, daß der Kaufmann Wirtschaftspolizisten zu wittern und fürchten begann. Als Dimitrij mit sich einig war, legte er los:

»Ganz große Gauner seid ihr mir, ihr Fremden! – Halt's Maul, Dickwanst, oder –« Er holte aus. »Doch du sollst nicht prahlen, der Russenkaiser habe dich eigenhändiger Maulschellen gewürdigt. Ihr verhökert uns die westlichen Güter zu Schwindelpreisen, gewährt uns keinen Einblick in den europäischen Markt, ramscht für ein Spottgeld unsere Pelze, Häute, Hanf und Flachs, Leinen, Holz und Kaviar zusammen und schlagt sie in euren Vaterländern zu Phantasiepreisen los. Ich kenne Europa. Eure Preisschere soll euch schartig werden. – Kolja, was brauchen wir?«

Kolja überlegte nicht lange: »Eigene Meere und Strände, Häfen und Flotten.«

»Ohne Krieg wird kein Baltisches und Schwarzes Meer erreicht. Also?«

»Auf die Spuren Iwans: Krieg nach allen Winden!«

»Du bringst es noch zum Minister. Such dir eine Uhr aus! – Deutscher, deine Rechnung an meinen Schatzmeister Wlassjew!«

Der verbeugte sich immer wieder tief und schnaufte.

Auf einem der Viehmärkte war es gleichfalls still geworden. Dimitrij und Kolja betrachteten die mageren Rinder und Schweine, die noch angepflockt standen. Der Zar sprach trübselige Bauern an, fragte nach ihren Dörfern und Herren und resümierte im Weiterwandern: »Entweder jedem Acker seinen Bauernpflug – oder die Bauernbefreiung: Was geht dem anderen vor? Große Geduld ist vonnöten, bei den Geplagten und mir. Die Not trug mich hinauf, diese Hinterlassenschaft schon des Schrecklichen, die den armen Boris verschlang. Zieht sie auch mich noch hinab? Ich bringe ein Gesetz heraus, das besagt: Wo ein Grundherr stirbt, werden alle seine Hörigen frei, niemand kann Leibeigene erben. Aber richte ich damit Gutes an? Ist es nicht verfrüht damit? Jedenfalls wollen die Bauern etwas sehen; wozu trugen sie mich sonst empor? ... Handel und Wandel, die werden schon florieren, und die Rechtspflege bringe ich in Schwung und Form, aber – der Hochadel haßt mich gewiß. Selbst die Dienstmannenschaft scheint geteilt. Wieviel Herren verstecken sich auf ihren Gütern und meiden mich und den Hof! Manche freilich mieden auch schon Boris. Aber so viele?«

Sie schritten nun einer Ausländersiedlung zu und stellten rauchende Schlote fest: hier eine Glasschmelzerei, dort eine Papierkocherei, drüben ein Eisenschmelzwerk, hüben die Apotheke, gegenüber das Haus eines Arztes mit der ehernen Schlange am Stab.

Jetzt rollte vierspännig eine offene Karosse heran mit rotberockten Reitern auf schön gedeckten Pferden und trug eine dicke Bojarendame. Sie setzte ihren Fuß auf eine junge Leibeigene, die ihr hingekauert als Fußbank diente. Wie waren Gesicht, Hals und Arme teils geschminkt, teils wie mit Mehl bepudert!

Dimitrij fragte einen kleinen abgerissenen Mönch, der gerade vorbeischwankte, nach der Bojarin Namen. Der machte eine wegwerfende Geste und warnte mit zerbrochener Stimme vor den Eitelkeiten der Mächtigen. Nur *ein* Mächtiger auf Erden habe bisher seine Seele gerettet: Zar Fjodor Iwanowitsch, der Narr in Christo. Ja, den habe Rußland unter Tränen verehrt und geliebt. Nie mehr habe das rechtgläubige Volk so inbrünstig gebetet wie damals, wenn dieser Heilige täglich die Glocken geläutet. Immerfort sei ein trauriges Lächeln auf seinem Antlitz gewesen und habe gleichsam um Schonung und Mitleid gefleht. Er sei der König jener geistlich Armen gewesen, die der Welterlöser als wandelnde Gewissen der Welt selig gepriesen. Die Narren in Christo wüßten: Wenig ist es, auf der Erde Güter zu verzichten, auf Obdach, Gesundheit und selbst das Leben. Schwerer schon, weiterleben und der Menschen Achtung und Liebe verlieren, sogar die Selbstachtung, und zum Gespött der Toren werden, die sich für weise hielten, ja zum Hohn des eigenen Herzens. Es gelte fürwahr, nicht nur die Welt mit all ihren Ehren und Gaben, vielmehr auch die letzten Tiefen frommer Selbstrechtfertigung zum Kampfe herauszufordern, durch Verachtung der Sitte jedermann vor den Kopf zu stoßen, sich über allen Anstand lustig zu machen und so zu jener vollkommenen Selbsterniedrigung zu gelangen, die auch den letzten Hort vermeintlicher Frömmigkeit im eigenen Herzen für Kot hält. Ach, die lieben Narren in Christo, wie sie doch alle Werte und Wertenden entlarvten, alle Eitelkeit der Erde! Sie allein genössen mit Recht auf Erden Redefreiheit, und darum sei noch kein rechtgläubiger Zar gewesen, der den Spott und Schimpfreden dieser seligen Landstreicher Gottes nicht mit größter Geduld gelauscht. Diese Herrscher wüßten, wie fluchbeladen die Macht sei, die sie gebrauchen müßten. Ach, der liebe Zar Fjodor Iwanowitsch! Wie müsse ihm wohl zumut gewesen sein, da er beides in einem gewesen: gottbesessener Tor und sündiger Machtmensch. »Mein lieber junger Bruder!« so schloß der Mönch, »beten wir stündlich für Väterchen Zar Dimitrij! Er hat die Macht durch den Teufel von Gott und soll sie brauchen, muß sündigen, wahrlich. Siehe, es muß ja Ärgernis kommen, aber wehe dem, durch welchen es kommt, spricht der Herr. Wer ist ärmer, unseliger, wer beweinenswerter als Väterchen Zar? Und der neue Zar, junger Mann, der neue Zar, ach, wie ist der jung, so furchtbar jung ...«

Diese Reden kamen ganz weinerlich. Dimitrij starrte dabei mit immer runderen Augen, wie geistesabwesend, auf des ruhmvoll Ungewaschenen, auf des heiligen Landstreichers borkige Lippen im struppig-mageren Gesicht. Endlich blieb sein träumerischer Blick auf des Männleins Füße gesenkt. Dimitrij fragte sich: Was redet da – zu wem? Das Nichts zum Nichts. Du bist das Nichts als heiliger Drehwurm, als frommer Haß, die Verneinung, ich das Nichts, das gegen den Überdruß seiner selbst in phantastischen Rollen tragiert und lügt. Doch du lügst auch. Überall bricht der Abgrund in uns empor, auf dem das All schwimmt. Es ist in jeder Kreatur, das Nichts ... Und die Macht wäre das Schlimmste? Das Schlimmste, das Dümmste, ja ...

Da kam ein neues Ärgernis. Lärmend und gewalttätig kam es heran im Auflauf des Volkes. Pferdehufe trommelten, eine Handvoll polnischer Husaren galoppierte mit verhängtem Zügel vorbei, so daß Dimitrij, Kolja und der Mönch in Staubwolken standen. Irgendwo schrie eine Frauenstimme auf. Die Polen hatten gerade ihr Kind überritten. Dann sprengten die Strelitzen vor einem Getümmel von Reitern heran. Auch Bürger kamen. Als alles vorüberdrängte, hörte Dimitrij von der Menge, was geschehen. Man hatte die heute vom Zaren verurteilten Polen, die Frauenschänder, verhaftet und zum Gefängnis überführen wollen, da waren Husaren drüber hergefallen, hatten die Landsleute befreit und zwei Strelitzen niedergesäbelt, auch Moskauer Bürger verletzt, zuletzt noch hier das Kind.

Dimitrij trat vor das arme Wesen, das in den Armen seiner jammernden Mutter halb aufgerichtet, doch bewußtlos lag. Einer der Strelitzen kam im Trab zurück, um nach den Verletzten zu sehen. Dimitrij trat ihm entgegen, warf sein Inkognito ab und verlangte das Pferd. Der Mann saß ab, Dimitrij auf. Nun schrie die Menge ihm zu, er hob die Hand, gewann Stille und rief: »Ich will euch schützen und rächen, wer auch immer euch beleidigt!« Schon gab er dem Pferd die Sporen und jagte hinter den Husaren her.

Nun wußte er, daß er die Polen restlos werde abzuschütteln haben, mochte kommen, was da wollte. »Sie richten mich zugrunde, wenn sie bleiben; mehr als zugrunde gehen kann ich ohne sie auch nicht. Lebe wohl, Maryna!«

Bald merkte er, daß er die Spur der Husaren verloren hatte. So trabte er denn dem Roten Platz zu und kam an der Kirche Iwans vorbei. Unweit des Haupteinganges hielt er sein Pferd an. Vor ihm hockte ein Blödsinniger, hinter dem an verschiedenen Pforten andere Bettler saßen. Er dachte an den Mönch zurück und betrachtete den Idioten.

Der da begann, in seine Augen zurückzustarren, dann hin und her zu rücken und mit zitternden Händen hinter sich zu tasten. Die eine Hand zog eine Bettelschale vor, die an Schnüren hing, in der anderen Hand sollte wohl eine Kohle glühen, denn der Idiot blies die Handmulde an; dann tat er wohl das Feuer in die Schale, streichelte trauernd den Bettelsack, der zwischen seinen Knien lag, als sei er ein lebendiges Wesen – oder auch ein verstorbenes, ja, und schwenkte mit viel Klage über dem Sack das Gefäß. Seine Augen aber blickten zu Dimitrij auf und schienen zu sagen: Du bist er Tote hier, und über deiner Leiche schwenke ich den Weihrauch. Eine Weile sah Dimitrij zu, dann trabte er nachdenklich auf das Kremltor zu. Plötzlich stand sein Pferd unter irgendeiner Bewegung, die er gemacht, still. Er bemerkte es nicht und schalt vor sich hin: »Wer sagt mir, daß ich dies idiotische Gebaren zu deuten hatte, und daß ich's recht gedeutet? Aberglaube steckt an wie die Pest.« Er setzte sein Pferd in Gang. Jetzt erkannte ihn das Volk wieder, verneigte sich oder rannte rufend mit, bis er in der schattigen Wölbung verschwand. Dort trat ihm der Offizier salutierend entgegen und meldete, des Zaren Kammerherren seien voll Sorge und Angst in die Stadt hinaus, um ihn zu suchen.

»Schicke Leute aus und laß sie holen!« sagte der Zar und ritt weiter. Er ertappte sich beim Gedanken: Bei Dobrynitschi hätte ich fallen müssen, mindestens dort. Und dann, als er schon vor seinem Palast hielt und Bediente ihm aus dem Portal entgegeneilten, klagte es in ihm: Maryna – tot für mich, tot. Und jetzt stirbt mir auch noch Marfa. Und sie, sie hat Xenjas Hand in die meine gelegt und gemahnt: Vermähle dich mit Rußland! Ihr Vermächtnis ...

Er herrschte sich, noch im Sattel verharrend, innerlich an: Die Würfel sind gefallen. Ohne mich würden noch viele Tausende leben, die mein Krieg verschlungen. Aber mein Schicksal reißt mich hin. Wen? Einen Phaeton? Das, woran ich mich wage, worum ich ringe, das fremde Riesenhafte, das haß' und liebe ich mit *einer* Glut. Xenja, Sphinx du, leise Sirene, verführerische, heilige du ...

Dimitrij hatte an diesem Nachmittag noch viel zu schaffen. Nachdem er beim Umkleiden die Vorwürfe Basmanows eingesteckt, begrüßte er in einem der unteren Säle die bestellten Offiziere. Auf der einen Seite standen im Gespräch Fürstenberg, Rosen, Bondman, Lieven, Margeret und weitere Söldnerführer, auf der anderen polnische Kameraden, unter ihnen Miechawiecki und Iwanicki. Er sprach alle an, legte seine Gründe dar, warum er die Herren Litauer und Polen aus seiner Nähe entferne und vorerst auf Moskau verteile, zahlreiche Korps in die Heimat entlasse und dafür seine neue Garde aus den Gegnern von Dobrynitschi zu bilden wünsche, dankte den einen, mahnte die anderen, sagte alles mit großer Bestimmtheit und entließ sie.

Danach empfing er die Führenden der drei Sektionen des neuen Reichsrats, voran den Patriarchen, teilte Ernennungen mit und setzte den Gottesdienst fest, in dem die Vereidigungen stattfinden sollten, ließ sie mit den neuen Hofämtern bekannt machen und nahm Treuegelübde seitens des Patriarchen, Schuiskijs, Mstislawskijs, Wlassjews, Schachowskojs und anderer Herren entgegen.

Während Basmanow sie aus dem Palast geleitete – nur der Patriarch und Butschinski blieben –, sah er im Vorzimmer Pomaski und Martin Bär, den Jesuiten und den Ketzer, jeden an einem der beiden Fenster stehen und hinausschauen. Er holte sie herein.

Dimitrij sah alle vier nacheinander an und fragte dann Butschinski, ob er nicht calvinisch sei. Der bejahte. Da lachte Dimitrij: »So hätten wir denn den ganzen geviertelten Rock des Herrn beieinander, Papisterei und Orthodoxie, Luthertum und calvinisches Gift. Basmanow, mach einen Termin ausfindig! Wir wollen eine pfingstliche Räubersynode halten, in der die Herren einander mit Knüppeln erleuchten. Doch Scherz beiseite. Deine Sache steht klar, Martin Bär. Ich spreche dich ein andermal und rufe dich dann. Lebe wohl, mein Freund, lebe wohl!«

Basmanow geleitete Bär hinaus. Der stand unterwegs plötzlich still und fragte mir nichts, dir nichts: »Mein Herr, ist er denn nun der Sohn des Iwan oder nicht? Wieso steht Ihr entgeistert?«

Basmanow fragte, ob er oft auf unmögliche Fragen verfalle.

»Unmöglich? Des Zaren beweglichen Geist, Gedächtnis, Scharfsinn nennt man sein väterlich Teil, seine Milde das mütterliche, doch mit seiner schwerelosen Heiterkeit und dem Mangel an steifer Würde weiß man nichts zu beginnen. Mir wäre es schon recht, wenn kein Tröpfchen vom Blut der Iwane in seinen Adern rollte.«

Basmanow legte ihm die Hand auf die Schulter: »Gesetzt, er wäre alles andere als der Marfa und Iwans Blut, wo in Rußland könnten wir einen Herrscher finden, der ihm gleich käme? Was legitimiert die Wundermänner Gottes: Geburt oder Erwählung? Wird nicht zumeist der Stein, den die Bauleute verwerfen, zum Eckstein? Rufe du allen, die zweifeln, zu: Man messe ihn an seinem Wert! Predige deiner Gemeinde so: Uns Deutschen ist er ein Vater und Bruder, er liebt uns sehr, darum laßt uns beten für das Glück und die Dauer seiner Regierung!«

Inzwischen ließ Dimitrij Ignatij und Pomaski debattieren: Wann frühestens für den Heiligen Stuhl etwas in Rußland zu hoffen sei. Sie wurden sich einig: Dies jugendliche Reich denke anders, als Byzanz in seiner Agonie gedacht, gehe nicht nach Florenz und Ferrara. Dimitrij entschied, es bleibe somit vorläufig nur eins: die Bildung des Klerus fördern und seinen Gesichtskreis weiten. Der Uglitscher Erzbischof habe ihn gestern gewarnt: ›Meide Kunst und Wissenschaft, Väterchen, denn so sie mehr wollen als die Orthodoxie bestätigen, fördern, feiern, sind sie Possenreißerei. Ein Greuel vor Gott ist jede Seele, die da Geometrie, Astronomie und hellenische Bücher liebt. Wer glauben will nach seinem Verstand, fällt in Unverstand. Zu Gott und vom Irrtum fort führt allein die Einfalt, nicht allerlei Weisheit. Erforsche nichts, was höher denn du oder tiefer, sondern die von Gott gegebene Lehre, die halte fest!‹ – Dimitrij fragte die Herren, ob Rom viel anders denke. Es sei ja von Scheiterhaufen umloht. »*Mein* Reich«, so betonte er, »ist durchaus von dieser Welt. Irdischen Verstand und Weisheit, die brauche ich sehr. Politiker bin ich. Mich zieren Tapferkeit und Wissenschaft. Stört mir nicht meine Kreise, im übrigen plant und schafft, was ihr wollt! Von dir, ehrwürdigster Patriarch, verlange ich fürs erste genaue Erhebungen über alle Einkünfte und Güter der Klöster. Es geht um die Befreiung der östlichen Christenheit. Ich will ein Karl Martell sein, der die Kirche nicht nur mit Gebeten, sondern mit Gut und Blut gegen die Moslems einsetzt. Ich werde konfiszieren und will dafür noch gesegnet sein. Habe ich dann einst unterm Halbmond meinen Lorbeer gepflückt, dann reden wir von der Union mit mehr Glück, wie ich hoffe. Vorläufig Trennung! – Dies Kaufherrnkostüm steht dir prächtig, lieber Pomaski. Nachdem mir Ssawieckis lateinische Ansprache beim Krönungsmahl so geschadet. Noch heute sagen sie, der Fremde habe mich behext. So mußte er denn reisen. Siehe zu, daß du bleiben darfst, bis deine Papiere steigen.«

Dennoch bat der Pater um eine Auskunft unter vier Augen.

»Marynas wegen?« fragte Dimitrij. »Definitiv!« Trauernd ließ er den Kopf hängen. »Definitiv.«

Da hing auch Pomaskis Kopf. Traten wohl gar Tränen in seine Augen? –

Dies Definitiv war verfrüht.

Im Stadtpalais der Godunows saßen in demselben Zimmer, wo Fjodor Borissowitsch erwürgt worden war, dessen Oheime, Iwan und Dimitrij Godunow, hinter verriegelter Tür in erregtem Gespräch.

»Ich weiß es«, knurrte Iwan und trommelte mit den Fingern auf die Tischplatte.

»Von Schuiskij selbst?«

Iwan nickte: »Er hat Spitzel in der Kanzlei. Kurz, der Lümmel verschickt uns als Wojewoden hinter den Mond, dich zu den Samojeden, mich zu den Nogaiern. Ich weiß noch mehr. Er denkt nicht daran, Xenja zu ehelichen. In der Kanzlei liegt Botschaft an Maryna Mniszek bereit, sie solle kommen. Wozu aber, wenn er uns zu den Antipoden verdammt, umgaukelt er dann noch unsere Xenja? Als Mätresse begehrt er sie. Muß er sich nicht mit fürstlichen Allüren ausweisen? Soviel tut er uns an.«

»... sagt Schuiskij. Trau dem Buckligen nicht! Trifft das erste zu, so stimmt das zweite noch längst nicht.«

»... sagst du. Dummkopf, ich sage dir: Trifft das eine zu, dann auch das andere. Der Schlange Kopf und Schwanz gehören zusammen.«

»Hm, was tun?«

»Hätte Xenja ein Fünkchen vom Geist ihrer Mutter, so wüßte sie mit dem Burschen umzugehen, etwa wie Dalila mit Simson, wie Judith mit Holofernes. Doch dazu taugt sie nicht. Ihm ist sie hörig. Wir müßten ...«

»Was?«

Der andere stand auf: »Entweder wir schlagen uns zur Verschwörung des Buckligen ...«

»Verschwört er sich? Wie?«

»Muß wohl. Wer zu ihm hält? Ein paar Kaufherren bestimmt, ein paar Bojaren wahrscheinlich, ein paar Hauptleute vielleicht. Er plinkte mir recht seltsam zu, es war sein Schuiskijlächeln. Ich ließ auch was durchblicken und fragte: Warum so entsetzt? Ich sagte, daß er auf uns zählen könne. Mehr nicht.«

»Viel zuviel!« stöhnte Dimitrij Godunow. »Er schlug gewiß auf den Busch. Sobald er genug weiß, hat er uns. Er hat alte Rechnungen mit uns.«

»Er uns verdächtigen? Könnte ich ihm schneller besorgen! Auch dies ließ ich ihn fühlen.«

Dimitrij Godunow stand auf und trank seinen Wodka mit Honig. Als er getrunken, fragte er: »Du begannst mit einem Entweder. Wo bleibt das Oder?«

»Oder. Oder wir kommen Schuiskij zuvor – mit unserer Arznei. Xenja könnte sie kredenzen, dieselbe Xenja, die sie ihrer Mutter aus der Hand schlug. Das war in diesem Hause.«

»Sie tut es nie! Sie ist eine Heilige! Nicht nur vergafft in ihn. Eine Heilige ist sie.«

»Heilige waren auch Judith und Dalila.«

»Dalila nicht.«

»Aber Deborah, die Prophetin, die Jael, das Weib Hebers, preist. Was taten sie alle? In Gottes Namen brachten sie Könige und Helden um, in Gottes Namen für Gottes Volk, mit großer List, erbarmungslos.«

»Die liebten nicht, die drei oder vier.«

»Xenja ist heilig genug, um hinzuopfern, was sie durchaus liebt. So tat Vater Abraham an seinem Sohn, so Gott Vater an dem seinen, unserem Herrn und Erlöser.«

»Es gibt noch andre Heiligkeit. Würde die Mutter Gottes Blut vergießen wie Jael und Judith? Maria ist zur Hölle, zu den Verdammten hinabgestiegen und hat mit Gott gehadert: ›Wo ist der Engel, der mir einst zugerufen: Freue dich, du Gesegnete unter den Weibern? Angesichts der Qualen deiner Verdammten um mich her bin ich unter allen die Unseligste nun.‹ Sie hat Gott Vater ihre Glorie unter tausend Tränen vor die Füße geworfen und geschworen: ›Nun will ich selbst zur Hölle wandern und mitleiden mit deinen Verdammten, du Furchtbarer, bis du auch dem Letzten und Ärgsten verziehen.‹ So Maria. Siehst du, Bruder, *solche* Heiligkeit hat Xenja berührt. Sie ist nicht vom Schlage der Judith oder Deborah.«

»Es käme auf den Versuch an.«
»Versuche es ja nie!«
»Ich heize ihr ein.«
»Eher opfert sie *uns* an den Erwürger ihres Vaters, ihres Bruders, ihrer Mutter auf als ihn an uns. Vater, Mutter, Bruder, die hat sie schon im Geiste aufgeopfert. Sind wir beide mehr als die drei?«
»Ich werde ihr sagen: Xenja! Die Dinge haben sich gewandelt. Bisher baten dich deine Brüder: Laß dich hofieren, schmücke dich, reize ihn und halt ihn fest, Zariza mußt du werden und so unser gestürztes Haus wieder erhöhn. Nun aber, Xenja, ist offenbar geworden, daß er ein Täuscher und Hexer ist, im Pakt mit dem Teufel steht und durch ihn seine Siege und die Krone errungen, daß er das rechtgläubige Rußland ans römische Polen verkauft, deine Brüder in die Verbannung und Erdrosselung schickt, dich aber, dich zur Hure begehrt, um danach seine Maryna zu krönen. So ruft dich nun dein Gott, deine Kirche, dein Volk, dein Haus, deine Ehre, du Heilige Gottes: Verdirb ihn, wie Judith den Holofernes!«

Der andere sprang auf und lief verzweifelt über so viel Dummheit und Starrsinn umher. Man stritt sich noch eine Weile fort, dann einigte man sich: Wissentlich werde Xenja nicht mittun; so müsse sie ein unwissendes Werkzeug sein. Sie überlegten, welche Folgen Dimitrijs Tod nach sich ziehen würde. Der Ältere schalt den Jüngeren: »Sauf doch nicht immerfort! Wärst du nicht längst besoffen, so sähst du jetzt klar, wie sinnlos das ganze. Wenn's wahr ist, daß Schuiskij ihn einkreist, wem hülfen wir dann auf den Thron? Dem Schuiskij. Wen richtete Fürst Wassilij als ersten hin? Uns – am Katafalk des vielleicht mit allen Ehren beigesetzten Dimitrij Iwanowitsch. Des Schuiskij einziger Konkurrent ist Fürst Mstislawskij, den hat er sich sicher gekauft, wirbt er doch um dessen Schwester, Fürstin Olga. Schuiskij die Arbeit abnehmen, was heißt das? Das heißt, ihm die Bresche brechen, mit der Petarde in die Luft gehen und ihn über uns wegstürmen lassen.«

»Weder Schuiskij noch Mstislawskij sind die nächsten zum ledigen Thron. Ich bin der Älteste der Godunows.«

»Und erst mal in die Luft geflogen, Dummkopf!«

»Papperlapapp! Was soll überhaupt Xenja dabei? Ein Dolchstoß genügt hier – hier, wo Fjodor starb. Dann schrein wir ihn als den Schänder unserer Schwester aus, deren Ehre gerächt sein mußte –«

»Du bist deiner Sinne nicht mehr mächtig!« In der Tat trank der Betrunkene schon aus der Kanne. »Der Teufel harnt dir ins Gehirn. Moskau, die Städte, die Bauern, alles würde aufstehen und uns wegfegen; und dann die Polen hier und die Kosaken dort – ach!«

»Gut«, lallte der andere mit verschleiertem Blick, »reisen wir also ab, du zu den Samojeden, ich zu den Nogaiern, und in die Strangulation!«

Es war ein Stündchen danach. Die Sonne neigte sich dem Untergang zu. Lang fielen die Schatten der Häuser und füllten die Gassen. Da begegneten sich im Hin und Her der Passanten ein buntberockter Reiter auf seinem Rappen und ein hastig dahinkeuchendes, dürres Männlein im Bedientenkittel.

Der Reiter war ein Feldwebel der Strelitzen, kam vom Kreml und trabte dem Godunowschen Stadthaus zu, stieg davor ab, betätigte den erzenen Klopfer an der Haustür und ließ die Dielenhalle erdröhnen. Xenja in ihrem von der Abendsonne durchglühten und von Kissen und Decken bunten Wohnraum schrak auf und unterbrach das Arrangieren ihrer Astern und Dahlien. Ihre Augen erglänzten. Bald trat des Vaters greiser Leibdiener ein, der mit dem Urväterbart, und meldete – vorwurfsvoll – den zarischen Reiter. Der erschien und sagte Dimitrijs Besuch an.

Dagegen jenes dürre Männlein langte hastend und atemlos bei der Wache im Erlösertor an und bat, zu Väterchen geführt zu werden, er habe ihn zu warnen.

Er wurde zu Basmanow und von diesem vor den Zaren gebracht. Dort warf er sich zu Boden und verriet das Gespräch der beiden Godunows, soviel er davon am Astloch der Holzdecke hatte auffassen können. Viel war es nicht, doch für Dimitrij genug. Er starrte den Alten an. Eine lange Weile währte das. Endlich reinigte er seine Stimme durch Räuspern und fragte den Denunzianten, warum er seine Herren verrate; er, der Zar, lohne dergleichen schlecht.

Das wisse er, rief der Alte, und dulde den Pranger gern, wenn nur der Zar, der Engel des armen Volkes, gerettet werde.

Dimitrij, der sich auf die Lippe biß, glaubte ihm die gute Meinung und fragte, ob die Übeltäter wirklich gesagt und ob er's deutlich gehört: Sie würden Xenja zu einer Dalila, Jael, Deborah oder Judith machen und es dahin bringen, daß sie ihrem Gast den Tod kredenze. Ob er das wirklich gehört?

Der Angeber bestätigte das. Freilich hätten die Herren darüber gestritten, ob Xenja bereit sein würde.

Dimitrij fragte, ob wirklich der Name Schuiskij gefallen?

Dann winkte er ihn fort. So fiel der Alte denn nieder, küßte den Fußboden, den Dimitrijs Sohle trat, dreimal, und wollte davon. Da rief der Zar ihm nach: »Sprachst du die Wahrheit, so verschaffe ich dir Freiheit und ein versorgtes Leben, andernfalls werden deine Verleumdeten deine Richter sein.«

Dimitrij sah mit höhnischem Nicken und flammenden Blicken Basmanow an. Dieser meinte, Xenja sei sicherlich schuldlos.

»Sollte man meinen. Doch wer kennt sich hier aus im Bereich so tückischer, dünkelhaft frommer Borniertheit? Ich sage dir, alles ist mir hier fremd. Laß mich allein! Schicke mir meine Bibel und laß mich allein; ich will jene Weiber studieren. Schenken kann ich mir wohl die Dirne Dalila, die Dirne

Rahab, doch die Jael im Deborahlied und diese Esther und Judith ... Rose von Saron, Xenja, scheues Reh, in diesen Reigen gehörst du sicherlich nicht.«

Als er mit seiner Bibel allein war, schlug er hinten im Namensverzeichnis nach und fand, was er brauchte. Er las auch über Dalila nach, wie sie Simson in den Ohren lag und ihn mit Worten betäubte. Das fand er läppisch und paßte weder auf Xenja noch ihn. Er las das Lied der Deborah. Gut gefiel ihm der Vers: »Die ihn aber liebhaben, müssen sein, wie die Sonne aufgeht in ihrer Macht.« Worauf aber bezog sich das? Da hat Jael, die Bestie, den feindlichen König, der sich nach verlorener Schlacht ahnungslos zu ihr, der Feindin, ins Zelt geschleppt und geflüchtet, gastlich geletzt, da ist er eingeschlafen, da treibt sie ihm den Nagel mit wildem Hammerschlag durch beide Schläfen, so daß er am Boden festgenagelt liegt. Und Deborah singt und tanzt und preist sie im Siegeslied, die Megäre, und prägt jenen Spruch.

Schließlich blätterte er im Buch Judith. Die ersten Kapitel überflog er und las dann gründlicher: »Da sie nun ausgebetet ...«

Was gebetet? Er schlug zurück und las das Gebet: »Es haben dir die Hoffärtigen noch nie gefallen; aber alle Zeit hat dir gefallen der Elenden und Demütigen Gebet.«

Er kommentierte: Gott ist ein Gott der Kriecher. Alles Gottesfürchtige kriecht, auch wo es tobt und rast.

Er las weiter: »Gedenke, Herr, an deinen Bund, und gib mir ein, was ich reden und denken soll, und gib mir Glück dazu, auf daß dein Haus bleibe und alle Heiden erfahren, daß du Gott bist und kein anderer außer dir.« – Die Sprache der Rechtgläubigkeit. – »Da sie ausgebetet, stand sie auf, rief ihre Magd und ging ins Haus hinunter, legte den Sack ab, zog ihre Witwenkleider aus, wusch sich, salbte sich mit köstlichem Wasser, flocht ihr Haar ein, setzte eine Haube auf, zog ihre schönen Kleider an, tat Schuhe an die Füße, schmückte sich mit Spangen und Geschmeide und zog all ihren Schmuck an.«

Dimitrij sah Xenja vor sich, wie sie sich vor dem Spiegel schmückte, wie sie jedesmal, sooft er ihr gemeldet worden, in einem schöneren Kopfschmuck daherkam.

Er las weiter, wie Judith an die Wachen des feindlichen Lagers geriet und Holofernes zugeführt wurde: »Und da sie vor ihn kam, ward er alsbald entzündet gegen sie. Und seine Diener sprachen untereinander: ›Das hebräische Volk ist traun nicht zu verachten, weil's schöne Weiber hat. Sollte man um solcher schönen Weiber willen nicht kriegen?‹ Da nun Judith den Holofernes unter seinem Baldachin sitzen sah, der schön gewirkt war mit Purpur und Gold und mit Smaragden und Edelsteinen geziert, verbeugte sie sich und fiel vor ihm nieder. Und Holofernes hieß sie wieder aufstehn.« Dimitrij las Judiths liebliche, von scheuer Unterwürfigkeit und zarter Frömmigkeit triefende Heuchelrede. »Und die Rede gefiel Holofernes und seinen Knechten wohl, und sie wunderten sich ihrer Weisheit und sprachen untereinander: ›Des Weibes gleichen ist nicht auf Erde von Schöne und Weisheit.‹ Und Holofernes sprach zu ihr: ›Das hat Gott also geschickt, daß er dich hergesandt, ehe denn das Volk in meine Hand käme.‹ Da ließ er sie in die Schatzkammer führen und befahl, daß man sie von seinem Tische speisen sollte. Aber Judith antwortete und sprach: ›Ich darf nicht essen von deiner Speise, daß ich mich nicht versündige, sondern ich habe ein wenig mit mir genommen, davon will ich essen.‹ Da sprach Holofernes: ›Wenn das aufgezehrt ist, was du mitgebracht, woher sollen wir dir anderes schaffen?‹ Judith antwortete: ›Mein Herr, so gewiß du lebst – ehe denn deine Magd alles wird verzehrt haben, wird Gott durch mich ausrichten, was er vorhat.‹« – Diese Sätze las Dimitrij noch zweimal: »So gewiß du (noch) lebst ... Was er vorhat ... Das liebe Kätzchen! Xenja, die Undurchdringliche, ist sehr keusch und lieblich und fromm. Warum also keine Heuchlerin? Wie, oder hasse ich sie, daß ich ihr Bild vor mir verzerre? Bin immerhin der Ihrigen Mörder ...

Er las weiter: »Am vierten Tag machte Holofernes ein Abendmahl seinen nächsten Dienern allein und sprach zu Bagoas, seinem Kämmerer: ›Gehe hin und berede das hebräische Weib, daß sie sich nicht weigere, zu mir zu kommen; denn es ist eine Schande bei den Assyrern, daß ein solch Weib sollte unberührt von uns kommen und einen Mann genarrt haben.‹ Da kam Bagoas zu Judith: ›Schöne Frau, Ihr wollet Euch nicht weigern, zu meinem Herrn zu kommen, daß er Euch ehre und Ihr mit ihm esset und fröhlich seid.‹ Da sprach Judith: ›Wie darf ich's meinem Herrn versagen? Alles, was ihm lieb ist, das will ich von Herzen gerne tun all mein Leben lang.‹ Und sie stand auf und schmückte sich und ging hinein vor ihn und stand vor ihm. Da wallte dem Holofernes sein Herz, denn er ward entzündet mit Begierde nach ihr ...«

Aber ich liebe Maryna. Xenja ist ganz anders. Sehr verschiedene Arten von Liebe gibt's auf Erden und im Himmelreich.

»Und Holofernes war fröhlich mit ihr und trank soviel, wie er nie getrunken sein Leben lang.« Besäuft er sich aus Schüchternheit? Sie hat ihn scheu und befangen gemacht, wie ich es vor Xenja bin, sie trichtert's ihm ein, er trinkt aus ihren Händen seinen Tod.

»Da es nun sehr spät ward, gingen seine Diener hinweg in ihre Gezelte, sie waren allesamt trunken. Bagoas machte des Holofernes Kammer zu und ging davon. Und Judith war allein bei ihm in der Kammer. Und Judith trat vor das Bett und betete heimlich mit Tränen und sprach: ›Herrgott Israels, stärke mich, hilf mir gnädig das Werk vollbringen, welches ich mit ganzem Vertrauen auf dich mir habe vorgenommen, daß du deine Stadt Jerusalem erhöhest‹ – (der Kreml leuchtete auf) – ›wie du gesagt hast.‹ Nach solchem Gebet trat sie zu der Säule oben am Bett und langte das Schwert, das daran hing, und zog es aus und ergriff ihn beim Schopf und sprach abermals: ›Herrgott stärke mich in dieser Stunde!‹ und sie hieb zweimal in den Hals mit aller Macht und schnitt ihm den Kopf ab. Darnach wälzte sie den Leib aus dem Bette und nahm den Vorhang von den Säulen weg mit sich. Darnach ging sie hinaus und gab das Haupt des Holofernes ihrer Magd und hieß sie es in ihren Sack stoßen. Und sie gingen miteinander hinaus nach ihrer Gewohnheit, als wollten sie beten gehen, durch das Lager und gingen umher durch das Tal, bis sie heimlich ans Tor der Stadt kamen ...«

Dimitrij ließ das Buch sinken, dann warf er's beiseite und stand auf: Sie hat das Zeug nicht dazu. Zwar auch Judith war sehr zart, und Frömmigkeit läßt sich Missionen aufschwatzen, für die man das Zeug nicht hat. Er kam zum Schluß: Jede Beule muß ausreifen bis zum Schnitt. Drei Tage Frist denn. So lange setzen die Brüder ihr zu. Hernach tast' ich sie ab, leucht' ich sie aus. Verrät sie mir dann nichts, dann gibt es drei Möglichkeiten. Entweder sie will Rußlands Judith werden und meine Henkerin, oder sie hat die Oheime abgewiesen und schwören lassen, mir kein Haar zu krümmen (und verschweigt's mir natürlich), oder drittens, die beiden haben sie aus dem Spiel gelassen, und sie ist ahnungslos. In diesem Falle, oder wenn sie mich warnt und ihre Blutsverwandten aufopfert, soll sie meine Zariza werden. Die anderen alle miteinander treff' ich mit einem Streich.

Doch seines Herzens Unruhe litt es nicht, drei Tage zu warten. Warum sollte er nicht Tag für Tag zu Xenja gehen, wie der Arzt das Fieber Tag für Tag mißt, täglich den Puls fühlt, das Herz behorcht, in den Hals schaut?

Sonnenuntergang. Die Basare schlosssen. Die Straßen leerten sich. Die Nachtwachen an den Toren und Sperren zogen auf.

Inmitten weniger Kürassiere und von seiner Dogge umkreist, ritt der Zar zu Xenja. Der Zug hielt vor dem Palais, und die Brüder empfingen ihn weniger unterwürfig als vertraulich und sehr beglückt. Sie geleiteten ihn in den Saal und konversierten mit ihm, bis Xenja erschien. Fast fuhr er zusammen: Die trauernde Novizin von jüngst – aufgemacht wie – Judith.

Das Gespräch zu viert währte nicht lange. Diskret zogen sich die Brüder zurück, weiter wohl, als sich schickte, und Xenja schien ihm fahrig und erregt. Ein Diener brachte Kuchen auf silberner Schale, eine Kanne Wein, einen Kelch. Warum nur einen? Sie trinke nichts, sagte Xenja. Blinkte in ihren Augen unter den zusammenlaufenden Brauen Verheißung? War das schüchterne Lächeln der Lippen lockend oder spöttisch? Seine Augen hafteten auf dem glitzernden Bogen ihres Kopfschmucks, an den blitzenden Ohrgehängen, den Armreifen und Perlenketten, auf dem brokatenen Obergewand, das über einen lichten Seidenrock floß.

Da irritierte Xenja sein prüfender Blick. Dimitrij kam zu sich. Er sah umher. Nun gut, sie waren allein.

Seine einladende Hand wies Xenja den Hocker an. Sich selbst ließ er im Armstuhl nieder. Er betrachtete sie, eine Wange an die Faust gestützt. Dann begann er, die festliche Stille der Abende, die er bei ihr verbringe, zu preisen, und dann überfiel er sie mit seinem Antrag: Ob sie seine Zariza sein wolle. Sie schloß die Augen und ließ ihr errötendes Gesicht sinken. Er bat sie um ein Wort. Da fragte sie leise zurück, ob er nicht einer Maryna verlobt sei.

»Vorbei, Xenja, versunken und –«

»Vergessen?«

Er schüttelte den Kopf: »Abgetan. Eine Maryna vergißt man nie. Auch ist dein Bewerber nicht flatterhaft.«

»Abgetan, Majestät?«

»Mit Schmerzen. Ich liebe sie weiter – als meine Vergangenheit, dich als meine Zukunft. Doch was sich entfernt, wird kleiner, was naht, größer. Vom Vergangenen träumt man, Künftiges überwältigt. Sie ist Polin, du bist Rußland. Du bist anders als sie. Weißt du, wie ich dich empfinde?«

Er erzählte, wie er einst nächtlich im See von Ssambor gebadet. Da sei die spiegelnde Fläche vom Vollmond her lichtes Silber gewesen, aber die Tiefe voller Schlinggewächs, schwarz und unheimlich. Das gemahne an Xenja. Er verglich ihr Schweigen, das laut aufhorchendes Fragen scheine, mit dem leisen Zirpen der Sommernacht. Die Nacht komme von ihren Augen, das Mondlicht von ihrer Stirn.

Solche Bilder enttäuschten Xenja. Leicht und licht war ihre Seele nicht, das fühlte sie wohl, schwermütig war sie, aber hungrig eben nach Heiterkeit und allem Strahlenden. Sie habe sich, so erzählte sie, oft nach dem Lärm italienischer Märkte und den farbigen Brandungen an homerischen Ufern und dem azurnen Griechenhimmel über klassischen Tempeln gesehnt und nach dem jenseitigen Licht der Verklärten. Im dänischen Herzog und nun in Dimitrij sei ihr die Freude froher Völker begegnet; darum wäre sie dem verewigten Prinzen so gern in die Ferne gefolgt, darum ergebe sie sich Dimitrij mit den Worten Mariens: Ich bin die Magd des Herrn, mir geschehe, wie du gesagt hast.

*Die* eine Heuchlerin? dachte Dimitrij. Aber sein Blick, der groß auf ihr ruhte, leuchtete dennoch nicht auf, lastete unentwegt auf ihr, als habe sie gar nichts gesagt. Und darum erschrak sie: Er hat mich erhoben, ich habe ihn erhört, doch da leuchtet keine Freude noch Dankbarkeit oder Zärtlichkeit auf. Er liebt mich nicht, er braucht mich nur. Haßt er mich gar? O Gott, wo hat er seine Gedanken? Jetzt vergleichen sie mich mit jener Maryna.

Er sagte: »Du hältst mich für licht. Aber ich fürchte wie du: In dieser schweren, bangen Weite, da bleibt das Lichte nicht licht. Jedenfalls ist das Brauen der Dünste hier lauter Zukunft. Groß ist hier das Geheimnis. Hier begegnen sich die Extreme, hier bekämpft und befruchtet sich, was einander fremd und zuwider, in Haßliebe begattet es sich, und das scheint eure Qual, Unruhe und Größe hier.«

Sie dachte: Er spricht von uns als einer, der nicht dazugehört.

Seinerseits dachte er an das Spinnenmännchen, das nach der Befruchtung des Weibchens von ihm gefressen wird.

Xenjas weiße Stirn neigte sich, begann zu welken und stand voll Furchen. Unter ihren gesenkten Wimpern quollen feuchte Perlen hervor. Er sah es wohl nicht, er fuhr fort: »Wie Maryna Mniszek sei? Vielleicht gleich feurig in Liebe und Haß. Oder zuweilen verdorben. Vielleicht nur von Ehrgeiz erfüllt? Man hat sie schillernd genannt, ihre Anmut gefährlich, hinreißend ihren Trotz. Man kann sie als Heldin erleben, man erlebt sie als Kind, das, in sich verloren und selbstvergessen, einen Kranz von Gänseblumen flicht und sich aufsetzt. Ob sie leichtfertig ist? Dazu ist sie zu fromm. Aber leichtsinnig und verschwenderisch mit Herz und Hand, gewiß. Für ihre Kirche könnte sie Scheiterhaufen anstecken und ihr Liebstes darauf verbrennen, vielleicht aber auch selbst als Märtyrerin in die Flammen gehen. Dabei ist sie verwöhnt wie nur irgendeine große polnische Dame. Sie ist so beherzt, daß sie neben mir in jeder Schlacht Attacke reiten könnte, aber vor Spinnen und Mäusen reißt sie aus. Sie liebt den Genuß und ist sehr verzüngelt, doch wo ein großes Ziel winkt, kann sie zur Asketin werden und wie Wüstenheilige alles entbehren, gewiß. Ja, sie ist schrecklich dumm, wie ein Täubchen, doch schlangenschlau. Anschmiegsam und bockig, so zart als zäh, so weichherzig als hart, so empfindsam als nachtragend, bald flach, bald tief. Und kurz und gut, hier darf sie nicht her, um mich herumzukutschieren; leicht käm' ich ihr unter die Räder, und Rußland stieße uns beide aus.«

Xenja trauerte: »Sie ist aus Fleisch und Blut; ich bin nur ein Schatten.«

»Das soll ich glauben, Xenja? Vulkane, die schlafen, sind die gefährlichsten, brechen sie aus. Auch du kannst dich verzehren, denke ich, und andere dazu; kannst dich und andere quälen, so still und fromm du auch tust oder bist. Ja, ja, die Frömmigkeit ... Wer ins Kloster springt, wie du getan, oder im Kloster den Himmel wie Marfa stürmt, der ist voll großer Leidenschaft. Im übrigen – du bist sehr gut. Ich bin etwas herumgekommen und denke, daß es vielleicht keine besseren Frauen als die russischen gibt. Tapfer, duldsam, treu. ›Wo du hingehst, da will auch ich hingehen, wo du bleibst, da bleibe ich auch.‹ Und märchensüchtig und voller Sehnsucht seid ihr. Wie du in deiner Seele der ewigen Schönheit dienst! Es lockt dich die Ferne, du träumst von Bereichen der Klarheit und Erlösung. Doch legen euereiner des Teufels Mücken Eier ins Blut, wo gibt es dann Weibsteufel wie hier? Wo wildere Gestalten? Und vollends dein Gesang, Xenja, ist mir Sirenenklang und raubt mir den Rest von Verstand. Sing mir wieder ein solches Lied wie gestern, ja?«

Sie lauschte in die Stille; dann sang sie. Sie sang mit dunkler Stimme von der rauhen Herbstnacht und der Eltern Gräbern und vom einzig noch verbliebenen Herzensfreund – doch mit diesem auch sei die Liebe vorbei.

Während des Gesanges wurde die schlafende Dogge unruhig, hob den Kopf, blickte auf die Sängerin, stand auf, strich an Dimitrijs Knien entlang und ließ sich von ihm beklopfen. Er langte zur silbernen Kuchenschüssel, kippte sie behutsam auf den Tisch aus, setzte sie auf den Teppich und ließ aus der Kanne Wein hineinplätschern. Der Hund begann sofort zu schlappen, leerte die Schale und rollte sich wieder hin. Xenja mochte sich verwundert haben, denn ihr Gesang verlosch mitten im Wort, und Dimitrijs Augen, die soeben nachdenklich auf der Dogge geruht, blickten fragend zu ihr auf. Er bat sie um ein fröhlicheres Lied, ein Reigenlied unter Frühlingsbirken in früher Morgensonne und im Glück der Liebe. Sie sann nach und stimmte mit ihrer metallischen Stimme ein Tanzlied an, worin die Jauchzer alle wie Frage und Klage klangen, sang von einem fernher reitenden Geliebten, der nicht erhört wird, davonreitet und eine Trauernde in Reue zurückläßt. Als Dimitrij nach Hymnen verlangte, sang sie wie ein Seraph, doch er dachte: Du bist Flamme in Fleisch und Blut, vom Anschlag aber deiner Brüder weißt du nichts. Noch nichts.

»Liebst du mich?« fragte er leise, als sie geendet. »Nicht nur als den, der Namen und Haus der Godunows wieder erhöht? Kannst du mir freien Herzens schwören, daß deine Toten nicht mehr zwischen uns stehen? Auch nicht der Dänenherzog Johann?«

Sie saß rotübergossen und warf ihm lächelnd nur einen einzigen unaussprechlichen Blick zu; rasch sanken dann wieder die schwarzbewimperten Lider. Er griff nach einer ihrer Hände, beugte sich vor und küßte sie. Danach bat er: »Suche nun nicht mehr die Weite! Sie ist bei dir eingekehrt und sucht Heimat bei dir.«

Nach einer Weile fragte er, ob sie auch seine *heimliche* Zarin werden könnte, ungetraut und ungekrönt, falls nämlich ihre Brüder ihn abweisen würden im Namen der Toten.

Xenja sah ihn erstaunt an. Die Majestät abweisen? Sie ließ ein gurrendes Lachen hören und stand auf. Auch er erhob sich und fügte hinzu, er sei an jenen Toten schuldig, wo nicht mit der Tat, so doch mit Wunsch und Gedanke.

Da versuchte die Dogge sich zu erheben und erbrach sich. Mit einem raschen Schritt war Dimitrij bei ihr: »Was hat das Tier?« Auch Xenja blickte auf den Hund. Dimitrijs Augen wanderten ein paarmal zwischen ihr und der Dogge hin und her.

Das kranke Tier begann zu jaulen, versuchte, auf die Beine

zu kommen, schleifte aber das Hinterteil wie gelähmt nach. Er rief es hierhin und dorthin. Es schien zu erblinden, hörte nur noch die Stimme und bewegte sich kläglich auf sie zu, fiel endlich um, streckte die Beine und begann zitternd zu verrecken.

»Das war mir zugedacht«, raunte Dimitrij. »So stoßen deine Brüder mit ihrem kaiserlichen Schwager auf seine Verlobung an.«

»Nein!« rief sie kläglich und hielt die rechte Hand vor den offenen Mund. Schrecken weitete ihre Augen.

»Nun werden sie dorthin reisen, wohin ihr Freund Schuiskij sie so phantasievoll geschickt. Ich dachte sie wohl zu versetzen, doch nicht, sie zu verbannen. Und was beginne ich mit dir, Kanaille?«

Xenja stürzte, äußerlich stumm und regungslos, von Verzweiflung zu Verzweiflung: Ja, das war ein Anschlag ihrer Brüder. Das bedeutete deren Tod und des Hauses endgültigen Untergang, das die Verstoßung ihrer selbst. Der Zar verdächtigte sie der Mitwisserschaft, Mittäterschaft!

Sie warf sich auf die Knie, sie hob die Hände zu ihm auf, sie wollte ihn anschrein, daß sie schuldlos sei, doch seine Augen funkelten mit einer so kalthassenden Sicherheit auf sie nieder, daß ihr das Herz stillstand und die Stimme wegstarb. Keines Wortes war sie mächtig, um für die Brüder zu flehn, ihre eigene Unschuld zu bekunden und ihm zuzurufen, daß der geringste Verdacht in seinem Herzen sie gründlicher töten werde als den Hund dort das Gift.

Dimitrij lachte müde auf sie nieder. Dann wurde er sehr ernst, als besinne er sich. »Nein«, sagte er, »es ist undenkbar. Kein Heide bringt so feige den Gast um. Wer weiß, woran mein Hund da verreckt. Sieh her, Xenja, ich vertraue dir, ich trinke selbst.« Er schenkte sich ein, hob den Kelch vor Xenja wie eine Monstranz hoch und setzte ihn an die Lippen.

Jetzt wußte sie: Trinkt er, so ist er des Todes, trinkt er

nicht, dann sind es meine Brüder, und ob er trinkt oder nicht, ich bin – oh, mich hat Gott verflucht.

Dimitrij staunte über den Kelchrand weg, den er mit beiden Händen noch vor den Lippen hielt, daß Xenja ihm den Wein noch immer nicht vom Munde riß. Xenja zauderte in der Tat, stand wie gelähmt, stand regungslos und in Schmerz erstarrt um ihrer Brüder willen, zauderte auch vielleicht in einer Wallung des Hasses, empört und tief gekränkt von Dimitrijs Verdacht. Ihm aber schienen diese Augenblicke unentschlossener Hilflosigkeit alles zu beweisen, was sein Argwohn ihm einblies. Er setzte ab und fragte: »Wozu ich? Du weißt doch, was ein Gottesurteil ist. Unschuldige gingen über glühendes Eisen, und es tat ihnen nichts. Heilige traten auf Nattern und tranken Gift, und es schadete nicht. So trinke du mir den Trunk der Genesung zu. Erkrankst du nicht, überlebst du, so wirst du trotz allem Zariza, denn dann bist du rein wie die Engel. Andernfalls – nicht jeder Holofernes ist ein trunkener Trottel wie der erste, und eine, deren Seele zaghaft und halb ist, die wird keine Judith und siegt nicht.«

Er reichte ihr den Kelch hin, sie nahm ihn entgegen und brachte noch die Gedanken zusammen: Ich kann nicht trinken, bin nicht rein, ich habe es ja geahnt und um der Schuldigen willen gezaudert und gewartet; trinke ich jetzt und vergehe, so sind auch meine Brüder dahin; trinke ich nicht, dann auch – und damit wollte sie allem Jammer ein rasches und verzweifeltes Ende setzen und trinken.

Da schlug ihr Dimitrij den Kelch aus der Hand, er fiel auf den Boden auf und rollte. Sie dachte an den Augenblick, da sie der Mutter die Giftbecher genauso weggeschlagen. Reue brannte in ihr auf, sie schämte sich vor Gott und befahl die Brüder und sich in die Hände des Allerbarmers, entschlossen zu jedem Leid.

Dimitrij trat ans bleiverglaste Fenster, öffnete es, lehnte

sich hinaus und winkte seinen Bewaffneten, die vor dem Palais auf ihn warteten, mit dem für den Fall eines Falles verabredeten Zeichen.

Sie brachen ins Haus.

Einige Minuten darauf standen beide Godunows zeugenlos, doch in Fesseln vor ihm. In Dimitrijs Ton war gemächlicher Spott. Breitbeinig stand er da:

»Jetzt sollt ihr haben, wessen ihr euch von mir unter dieses Schubiacks Einflüsterungen so selbstverständlich versehen. Giftmischerlein! Xenja, die nun ganz Vereinsamte, nun von Grund auf zu Tröstende, zieht zu mir. – Jael, Deborah, Dalila, Judith? Ihr Herren, sie hatte kein Glück. Schuiskij mag sich ein paar Tage noch an seinen guten Tropfen trösten, danach überholt er euch. Grüße mir die Heiden der Tundra, grüße mir die Horden der Steppe, Dimitrij! Schuiskij aber reist weiter als ihr; von da gibt's keine Wiederkehr.« –

Und doch, noch am selben Abend besann Dimitrij sich eines Besseren. Er ließ ihn zu sich kommen, seinen Schuiskij.

Fürst Wassilij ahnte von den Vorgängen noch nichts, als er zwischen Fackelreitern im Dunkel vorm Zarenpalast vorfuhr. Immerhin war's ihm nicht geheuer, als er im Geleit von Offizieren und Leuchter tragenden Dienern so durch stille Säle und Flure passierte. Still war's da selten zur Stunde abendlicher Feste, und nun saß es ihm noch vom Vormittag her in den Knochen. Unmöglich konnte ihm der junge Bursch ein Wort geglaubt haben. Ach, wie ist die Welt so voller Heuchelei! Endlich stand man vor der letzten Tür, da wartete Basmanow, der sich tief verneigte. Der, dachte Schuiskij, empfängt mich immerhin höchst ehrerbietig. Aber Basmanow dachte an einen Fürsten Odojewskij, den er sich soeben gekauft, auf daß er bei Schuiskij einen von dessen intimen Jüngern spiele. So öffnete er die Tür und ließ den Fürsten ein. Schuiskijs Blick flog wie ein Pfeil auf den vor flackernden Wandkerzen stürmisch umherwandernden jungen Herrn zu und saß an ihm fest. Kaum hatte er sich verneigt (und dabei wahrgenommen, daß Basmanow hinter der sich schließenden Tür zurückblieb), so eilte sein junger Gebieter wie ein Schutzsuchender auf ihn zu mit dem Ruf: »Endlich! Wie bin ich allein!« und umarmte ihn. Dann, als sie sich gegenübersaßen, berichtete Dimitrij erregt, wie fassungslos, trostbedürftig und schließlich tobend, was ihm die Brüder Godunow angetan, und wie ihn Xenja verraten. Er erinnerte den Fürsten an den Auftrag vom Vormittag und verlangte baldigst zu erfahren, in welchen Kreisen von Freunden oder Eingeweihten sich diese Godunows so stark gefühlt; denn isoliert hätten sie dergleichen nie gewagt. Schuiskij meinte, der Geist der Rache mache blind, doch Dimitrij sprach so lange und bewegt, verstört fast und zuweilen den Tränen nah, daß der Fürst die Überzeugung gewann, dem ›Burschen‹ sei von irgendwelchen Zusammenhängen zwischen ihm und den Godunows in der Tat nicht das mindeste bekannt.

Seinem Wunsch, die beiden Gefangenen verhören zu dürfen, wußte Dimitrij geschickt zu begegnen. Als der Fürst wieder heimfuhr, schwor er sich zu: Es ist so! Er sieht den Erzeuger in mir, seinen Schutzheiligen, ich habe noch die Hände frei! Noch aber brauch' ich auch Wochen, Wochen, noch muß ich Kreise, Kreise ziehn, noch wäre ich längst nicht der einzige Erbe. Eine Handvoll meiner Leutchen muß ich ihm bis dahin wohl liefern – so nach und nach. Das sind Opfer. Ohne Opfer ist nichts auf Erden. Ordnung des Alls, du beruhst auf Opferung, ja ...

In der folgenden Zeit sank Marfa durch Traumschichten zur Tiefe der Bewußtlosigkeit. Zuweilen tauchte es in ihr wie ein naher Sternnebel auf. Die Zeiten rückten eng aneinander, so daß Tage und Nächte zu Minuten, Wochen zu Stunden schrumpften. Aber die Schmerzen ließen nach. Unter geschlossenen Lidern formten sich Erinnerungen zu flüchtigen Bildern. In einer regendurchrauschten Frühe glaubte sie in ihrer alten Zelle von Tscherepowez zu liegen, sah sie ihren Meditationsmeister über sie gebeugt, rief sie voll zornigen Überdrusses: Ich will nicht mehr – ich kann – ich will nicht mehr! Doch der Quälgeist wich und wankte nicht. Als sie ihn schärfer fixierte, war es Dimitrij. Aber ihre Züge entspannten sich deshalb nicht. Als sie vollends erwachte, lag sie allein und begann zu begreifen, daß sie dabei sei, aus schwerer Krankheit zu genesen. Was für ein Tag war heute? Gleichviel. Was rauschte so? Regen. Regen. Sie dämmerte wieder fort. Bald darauf erhielt Dimitrij die Nachricht von ihrer Rettung.

Noch hing der herbstliche Morgenhimmel in grauen Fetzen auf die Stadt herab, und Kochelew hielt auf seiner Fuchsstute durch Pfützen auf das Erlösertor zu. Die Wache trat ihm entgegen, erkannte ihn aber gleich. Ein Scherzwort hinunter, ein Winken zurück, er passierte und ritt unverzüglich zum neuen Palast.

Da stand nun der breite Bau, aus frischem, gefirnißtem Balkenwerk schwer gefügt, mit seinen drei Stockwerken, der Galerie und dem Balkon über der Eingangshalle, während nebenbei der Palast des Boris bis auf das steinerne Rechteck der Grundmauern und ein paar Schornsteine verschwunden war. Fuhrleute und Knechte waren dabei, Berge von Balken und Schutt auf Rollwagen davonzuschaffen.

Vor drei Nächten, mitten aus dem Hoffest heraus, mit dem der neue Palast eingeweiht worden, war Kochelew verschwunden gewesen. Wie würde ihn sein Zar jetzt empfangen? Nun, man kam nicht ganz mit leeren Händen zurück.

Er ritt zum Marstall, übergab den Knechten sein Reittier und suchte den Marstallmeister in seinem Dienstraum auf, den Fürsten Schachowskoj. Der bewirtete ihn. Als Kochelew meinte, inzwischen werde der Zar von der Frühmesse zurück sein, brach er auf. Der Fürst entzündete dem Gast eine Laterne, hob eine Ecke des Teppichs an und schlug ihn halb vom Fußboden zurück, zog an eisernem Ringe eine Falltür auf und ließ Kochelew mit der Laterne in den unterirdischen Gang steigen, durch den man in den Palast und dort über eine enge, gewundene Treppe in Dimitrijs Wohnräume gelangte.

Im zweiten dieser Räume stand unweit des Fensters eine Staffelei mit dem frischen Bildnis des Zaren, da sah Kochelew Pinselvasen, Farbtöpfchen und Paletten. Er betrachtete seinen Herrn auf der Leinewand, wie der vor einer mit einem fernen Schloß gekrönten Hügellandschaft so klugblickend dastand. Die Landschaft dämmerte hinter einem gerafften Vorhang und einem niederhängenden Wappen auf. Dimitrij stand barhäuptig und im Brust- und Ärmelharnisch, die linke Hand elegant in der Hüfte, die rechte auf den Tisch neben die Krone gelegt. Links oben im Vorhang war eine lateinische Inschrift.

Da trat Dimittrij ein und stutzte: »Endlich! Wo kommst du her, Strolch! Schon wollte ich nach dir fahnden lassen. Ich meinte, sie hätten dich umgebracht.«

Kochelew berichtete, auf welche Spur er geraten sei. Es stinke in Uglitsch, und zwar an der Gruft des Kindes, nämlich seit vierzehn Tagen. Mönche pilgerten hin und schnüffelten da in der Luft herum. Kurz entschlossen habe er sich aufgemacht und sei nach Uglitsch geritten, und siehe da, es habe am Grabmal geduftet. Viele Tauben habe der Duft angelockt.

Dimitrij fragte sich sofort, ob auch dahinter der Bucklige stecke, um die Macht des Aberglaubens zu mobilisieren. Es würde beweisen, wie sicher er sich wieder fühlt, wie nah am Ziel. Der Maurer hat auch gestanden. Zu Mischkulin fehlten nur noch dessen Konspirateure. Die Godunows haben vor der Folter über Schuiskij genug preisgegeben. Fehlt noch das Geständnis Xenjas.

»Kolja, bist du Xenja bekannt?«

Der Lustigmacher schüttelte den Kopf und lachte: »Kein Pascha versteckt so seine Haremsdamen wie mein Herr sein Schätzchen.«

»Heute nacht aber hat sie ausbrechen wollen. Hinterher gestand sie – höre, Kolja! Du weißt, wie man Beichten abhört. Zieh dir eine Kutte an! Nämlich sie hat ins Kloster fliehen und alles dort beichten wollen. Wenn *du* sie verhörst, kommt's an den Rechten. Sie könnte dir kundtun, was sie mir verschweigt.«

Kolja runzelte die Stirn: »Das Amt so mißbrauchen?« Doch er begab sich eine Stunde danach priesterlichen Schritts in schwarzer Kutte mit mehlbestäubten Brauen und Bart zu Xenja, pochte an und trat ein.

Verweint stand sie vom Diwan auf und schnaubte abgekehrt in ihr Taschentuch. Er stellte sich als Vater Jona vor. Der Zar habe Xenjas Wunsch entsprochen und das Tschudowkloster um einen Beichtvater ersucht. Sie dürfe nun vor dem Allbarmherzigen und der Niedrigkeit seines Knechtes ... und so weiter.

Er nahm auf hohem Lehnstuhl Platz, zog sie heran und ließ sie auf einem Polster knien. Die Beichte begann.

Xenja klagte sich an. Als ihr der Däne entrissen worden, habe sie kaum aus Frömmigkeit, vielmehr aus Trotz ins Kloster gestrebt, um sich da totzuweinen. Wie schlimm sie sei, das wisse nun alle Welt. Sie habe sich ja an den Mörder der Ihrigen weggeworfen. Noch ehe er ihr vor Augen getreten. Dann sei sie ihm wie eine heiße Hündin zugelaufen und an den Fersen geblieben. Er habe sie aus dem Kloster geholt und sie ihren Verwandten zugeführt, und sie habe sich wahrlich nicht gesträubt. Ihre Tage dort und ihre nächtlichen Träume habe sie mit nichts als Warten auf ihn verbracht, nur für ihn sich geschminkt und geschmückt, und in seinen Augen, nicht im Antlitz Gottes, ihre Seligkeit gesucht. Da hätten die

Oheime ihr in den Ohren gelegen, sie solle, klug wie Ruth, des Zaren Zariza werden zur Wiedererhöhung ihres Hauses; anders seien Vater, Mutter, Bruder und Oheim Semjon nicht zu rächen. Aber beide Oheime hätten damals durch den Fürsten Wassilij Iwanowitsch Schuiskij erfahren, daß ihnen Verbannung und Tod und dem Namen Godunow der Untergang bestimmt sei. Darum hätten sie auf den Zaren den Anschlag verübt und sie, die ahnungslose Xenja, ausersehen, ihm den Tod zu kredenzen. Und doch sei sie nicht gar so ahnungslos im entscheidenden Augenblick gewesen, habe aber beide Vaterbrüder schweigend bis aufs äußerste decken wollen in ihrer Angst. Zuletzt in ihrem Entsetzen habe sie kaum mehr gewußt, ob sie die Attentäter noch retten könne und solle und wie sich selbst. So habe sie gezögert, und es sei nicht ihr Verdienst, wenn der Zar noch am Leben. Seither stehe sie im schrecklichen Verdacht. Vor Verzweiflung habe sie den Tod gesucht, denselben schnellen und bösen Tod, den sie einst der Mutter und dem Bruder verwehrt und verwiesen. Nun habe sie alles, den Zaren, sich und die Oheime verloren und des Zaren Herz völlig verstört. Der habe sie nicht mehr zur Gattin begehrt, aber an sich gerissen und zu sich genommen. Sie habe, um ihre und der Oheime Schuld zu sühnen und auch um sein Herz zu heilen und vielleicht noch zurückzugewinnen oder um den beiden Verbannten wenigstens das verwirkte Leben zu erhalten, sich seinem Willen unterworfen. Und nun sei sie von Vater, Mutter und Bruder droben wirklich verflucht. Zum Überlaufen aber bringe es das Maß ihres Jammers, daß in des Zaren Umarmungen mehr Haß als Liebe sei, Haß und Rachsucht. Sie habe noch gehofft, sein Haß werde sich in Liebe verwandeln, doch auch in seinen Freundlichkeiten bei Tage spüre sie Bitterkeit, hauche sie Kälte an und ein Ingrimm, als treibe ihn eigene Verdammnis dazu, Verdammnis in sie überströmen zu lassen. Wie ein Aussätziger sei er, der sich für sein Unglück dadurch rächt, daß er gesundes Leben ansteckt. Ja, fast wie ein Geschändeter schände er sie. Als fühle er seine geringe Geburt und hasse sein Blut und wolle in Xenja ganz Rußland erniedrigen oder zu einer verbotenen Liebe gegen ihn, den Gnadelosen, entzünden und zwingen. Habe er ihr doch mehr als einmal im Taumel der Sinne zugeknirscht und offenbar gemacht, in ihr umarme er der großen, fremden, feindlichen Erde Macht und Zukunft. Ach, sie wisse kaum mehr, ob ihre verworrene Neigung nicht auch schon mehr Haß und Zorn als Liebe sei. Auch sie fühle sich so verworfen, daß sie, die Erniedrigte, ihn in ihre Verworfenheit herabzureißen trachte wie Eva den Adam mit der dargereichten Frucht, um nicht allein zu sein im Erschrecken des Gewissens. Gegen das ganze Vaterland habe sie gesündigt, nicht nur gegen ihr nun fast ausgetilgtes Haus, denn von Anfang an habe sie kaum an seine hohe Geburt geglaubt, habe sie in ihm den mutigen Fremdling des Abendlandes erwartet, den Mann der schwerelosen Schönheit, die hier aus häßlicher Schwere befreien könnte ...

So klagte Xenja fort und klagte an, verwünschte unter Tränen ihn und sich, begehrte, dem Verwirrer und Verführer, an den sie sich verloren, entrissen und ihrer selbst ledig zu werden und schließlich wie in einer rettenden Arche die Sintflut betend zu überdauern, die über Rußland um seiner Befleckung willen blutrot niederregnen und -rauschen werde, und endlich, wenn alles vorüber und sie alle, alle Pein auf ihre mitleidende, mitsühnende und fürbittende Seele genommen, bei den Ihrigen im gleichen Grabe bestattet zu werden.

Der verkappte Beichtvater wies sie sehr ernst darauf hin, daß sie ihre Bereitschaft, sich von Dimitrij und der Welt zu lösen, auch dadurch bewähren müsse, daß sie alles, was sie von den Ränken der Welt gegen den Zaren wisse oder ahne, vor der Klosterschwelle zurücklasse. Er fragte sie aus, ob sie die Oheime, den Fürsten Schuiskij oder wen sonst in die Pulververschwörung von damals verstrickt wisse. Im übrigen gebe der Zar sie frei und lasse sie in Frieden ziehn. Aber eben ihr Friede verlange, daß sie kein Geheimnis mitnehme, das ihrem Zaren feindlich sei und in des Zaren Ohr gehöre.

Aber Xenja wußte nichts. Der Lustigmacher sprach sie endlich frei, ledig und los und dachte, der Herrgott könne sich wohl auch seiner bedienen. Er wünschte aber, sein und des Zaren und jedes Herz auf Erden wäre so rein wie Xenjas Herz. Irgendwo hatte er einst gelesen: Auf sechsunddreißig Auserwählten ruhe das Heil der Welt, die einander nicht kennen noch wissen, daß sie die Auserwählten sind, und von denen ein jeder sich für verloren hält.

Als Xenja in ihr Zimmer zurückkehrte und die Hand auf der Klinke hatte, dachte sie: Auch an Maryna bin ich schuldig geworden; aber nun kehrt sie hier ein, und ich weiche. Oh, wie oft mag sein Herz ›Maryna‹ geschrien haben, wenn seine Lippen ›Xenja‹ flüsterten und stöhnten ...

Doch noch fühlte sich Maryna verraten und abgetan. Verhärmt schloß sie sich bald auf diesem, bald jenem entlegenen Landgut ihres Vaters ein, nachdem sie noch eine Reihe von Festen, die man ihr zu Ehren im Lande gegeben, besucht. Sie hatte dort unter strahlender Hoheit ihr Herz versteckt, das tot, hart und schwer wie Stein war, hatte Glück und Anmut auf die Gäste niederströmen lassen, auch Gratulationsdeputationen von Bürgerschaften empfangen und entlassen. Immerhin war das in jenen Tagen geschehen, als sie noch gewaltsam die Hoffnung nährte, Dimitrij zu Widerruf und Umkehr bewegen oder nötigen zu können, als sie in den Morgenfrühen bald mit diesem, bald jenem Plan und Entwurf aus dem Bett fuhr. Wieviel Briefe an Dimitrij hatte sie damals entworfen, hochherzige, anklagende, auch drohende und erpresserische sogar. Dann wieder hatte sie beschlossen, Dimitrijs Selbstbesinnung abzuwarten und alle Schreibereien zu unterlassen.

Da hatte ein Vertrauter ihres Vaters aus Moskau geschrieben und diesen gebeten, auf den Zaren einzuwirken, daß er seine törichte und diskreditierende Liaison mit Xenja Borissowna löse, in Abrede stelle und in Vergessenheit bringe. Und da waren über Maryna aufs neue Empörung, Wut und sogar Haß hereingebrochen, Welle um Welle. Obwohl ihr eine Stimme sagte, Dimitrij gehe wohl nur politischen Notwendigkeiten nach, die ihn zwängen, und leide selbstverständlich selbst unter der Abkehr von ihr, war sie dennoch zu gekränkt und verzweifelt, als daß sie gegen sich und ihn und alles nicht hätte wüten und selbstquälerisch ihren Jammer bewußt vermehren müssen. Sie fühlte, daß sie ungerecht sei, aber sie konnte nicht anders. Sie empfand und verstand, was für Schmerzen Dimitrij einst als Kyrill um sie hatte auskosten müssen, fand aber, daß er sie ja von viel höheren Höhen und viel tiefer hinabgestürzt habe, als sie ihn damals hätte stürzen können, daß damals echte Notwendigkeit vorgelegen, nicht aber jetzt, daß Dimitrij in Moskau einfach versage, die Kontenance verliere, sich einschüchtern lasse und – seit jenen unseligen Enthüllungen – seiner Chance und seinem Auftrag nicht mehr gewachsen sei.

Um so mehr muß ich hin! hatte sie sich zugeschworen, um dann aufs neue zu resignieren und alles verloren zu geben. Sie hatte ihn sogar schon verachtet, den »treulosen Emporkömmling«, um tags darauf wieder auf Möglichkeiten zu sinnen, wie sie im Gefolge einer Königsgesandtschaft (mit oder ohne ihren Vater) nach Moskau gehen und an Ort und Stelle alles regeln könne. Der Vater hatte an Dimitrij jener schändlichen und sehr gefährlichen Liaison wegen geschrieben. Aber was sollte das schon nützen? Zu weit waren die Dinge gediehen.

Hatte Maryna nun auch noch nicht alle, alle Hoffnungen aufgegeben, so baute sie doch für ihren Rückzug alles vor und lancierte Gerüchte. Da saß sie nun gerade an ihrem Sekretär und schrieb zum soundsovielten Male (ganz beiläufig) an die und die Fürstin, was sie schon dem päpstlichen Legaten, dem Großkanzler und anderen Herren bei Hof oder sonst zu verstehen gegeben: daß der neue Zar sich zum Russen und betonten Häretiker zu entwickeln scheine, ein neues Herz in sich entdecke, daß er überraschenderweise sogar versuche, sich als Feind Großpolens und der alleinseligmachenden Kirche zu etablieren, ohne Rücksicht darauf, in welche Gewissensnöte er seine früheren Gefährten und seine Verlobte stürze. Eine Maryna Mniszek werde sich, wie ihr König, um nichts in der Welt, um keinen Thron und keine Krone auf Erden von ihrem Glauben und Vaterland abtrünnig machen lassen. Doch eben darauf dränge nun der Zar: Sie solle übertreten. Es sei überraschend, wie wenig er seine Verlobte kenne. Sei es schon schlimm, sein irdisches Vaterland zu verraten, so bedeute es Sünde wider den Heiligen Geist, auch noch das himmlische Vaterhaus für das Linsengericht einer häretischen Krone zu verkaufen. Sie sei dabei, dem Zaren immer deutlicher die Alternative zu stellen, entweder auf sie zu verzichten oder ihr freizustellen, daß sie sich als Zariza öffentlich zur alleinseligmachenden Kirche bekenne.

So baute Maryna vor, so deckte sie ihren Rückzug: Nicht dieser Moskowiter habe sich eine Maryna Mniszek vom Halse geschafft, sie vielmehr sei dabei, *ihm* den Laufpaß zu geben. Dergleichen schrieb und dachte sie so oft, daß sie es selber zu glauben begann. Und dazu jedenfalls würde sie Dimitrij zwingen müssen und können, daß er, nachdem er offiziell und feierlich ihren Korb empfangen, sie öffentlich anflehe, ihn doch ja nicht, ja nicht zu verlassen. Aber sie würde festbleiben; mochte er wieder jammern wie damals in Ssambor.

In Moskau marschierten an diesem Morgen einige Kompanien Strelitzen in den Kreml ein und traten vor dem Zarenpalast an. Sie dachten nichts Schlimmes und hätten nicht zu sagen gewußt, wozu man sie, gerade sie, aus ihren Kasernen herbeordert. Sie hörten, als sie sich blockweise in Reih und Glied ordneten, von ihren herumschnauzenden Offizieren, der Zar werde zu ihnen sprechen. Es sei eine besondere Auszeichnung.

»Wofür?« murmelte Oberst Grigorij Mischkulin hoch zu Pferde vor sich nieder. Als er die überbuschten Augen über die Formationen schweifen ließ, stellte er eine Reihe von Offizieren fest, die ihm auf eine sonderliche Art vertraut waren – wie er ihnen auch.

Endlich erschien auf dem Balkon der junge Herrscher mit großem Gefolge. Zur Rechten hinter dem Zaren stand in geziemendem Abstand Wassilij Schuiskij, zur Linken Fürst Mstislawskij. Der Zar trat ans Geländer und blickte ernst auf die Strelitzen nieder. Mstislawskij schielte seitlich zu ihm hin, und in seinen Augen stand die Frage: Der Jüngling liebt Überraschungen und fragt uns Alte nicht gern; was soll nun dieser Auftritt? Schuiskij blinzelte Dimitrij von seiner Seite an. Ihm war schlecht; er hatte zu viele seiner Kreaturen da unten erblickt. Ob der Bursche Wind bekommen? Standen da nicht genau die Kompanien, mit denen er, Schuiskij, in Verbindung war?

Dimitrij empfand die Blicke beider Fürsten und nagte an der Lippe. Würde der Hieb, zu dem er nun ausholte, sitzen? Noch tappte er im dunkeln. So wirft der Fischer ins Ungewisse sein Netz aus. Das ganze da unten soll wie ein Baum sein, in den ein Windstoß fährt. Wo werden die üblen Früchte niederprasseln? Wie viele werden es sein?

Oberst Mischkulin ritt vor und meldete die angetretenen Formationen. Der Zar stand regungslos. Dann blickte er zurück und winkte einem Trompeter. Der blies ein Angriffssignal. Hell klang es über den Kreml. Da flogen links und rechts Fenster auf, und staunend sahen die Strelitzen in jedem der Fenster behelmte und gepanzerte Arkebusiere stehen, ihre Gewehre feuerbereit auf Gabeln legen und niederrichten – auf sie. Zugleich vernahmen sie hinter sich ein großes Getrappel von Stiefeln und Kommandorufe, ein Getümmel, das aus der Ferne und vielleicht aus Gebäuden und Kirchen herankam. Wer sich umsah über die hinteren Kameraden weg, stellte fest, daß starke Formationen, bis an die Zähne bewaffnet, heranschwärmten, hinter den Angetretenen und an deren Flanken Aufstellung nahmen, angriffsbereit wie die in den Fensterreihen, auf den Zaren blickten und auf sein Kommando warteten. Was trug der Gossudar im Sinn? Doch kein Gemetzel? Wofür? Sie wußten sich gestellt und gefangen.

Dimitrij straffte sich und begann zu reden: »Strelitzen! Seit der Stunde meiner Geburt, seit dem Tage, da mich die Allmacht auf den Plan rief und mir befahl, den Thron meiner Väter an mich zu bringen, ihn reinzuwaschen und mein rufendes, christliebendes Volk von mancherlei Drangsal zu befreien, haben meine Feinde nicht aufgehört, mein Leben zu bedrohen, und die Engel nicht geruht, es zu retten. Seit ich im Felde gelegen und in meine Hauptstadt eingerückt, ja, bis in diese Stunde, legt man mir Stricke, gräbt man mir Gruben, wühlen scheinheilige Hetzer. In Pulverflammen sollte ich Himmelfahrt halten. Das Grabmal jenes für mich geopferten Kindes zu Uglitsch fängt sehr verdächtig zu duften an. Die Tauben freilich, die sich darauf versammeln, halten den Duft für Anisöl. Endlich aber sollt ihr, meine Strelitzen, mir den Fangstoß geben ... Es war einmal ein stolzes, aber heidnisches Reich, das der alten Römer. Selten starb da ein Herrscher natürlichen Todes, meistens wurde er von seiner Leibgarde umgebracht. Soll das im christliebenden Rußland aufleben und einreißen? Soll der einzige christliche Herrscher auf Erden die Hände seiner Söhne fürchten lernen? Ihr Strelitzen habt den Thron zu verteidigen, nicht zu besetzen, das wißt ihr. Wisset nun, daß Gott mir alle meine Feinde geoffenbart und in die Hand gegeben. Ich kenne den Anstifter der Pulververschwörung, ich kenne seine Handlanger und Helfershelfer, ich kenne auch die unter euch, mit denen er neuerdings anbändelt, seit man die Pulververschwörung aufgedeckt. Sichtbar steht er jetzt vor euren Augen, und seine Gesellen, die zu gegebener Zeit meinen Nachtschlaf in den ewigen Schlaf verwandeln wollten, sie kenne ich alle. Ein Teil davon ist unter euch, die übrigens fasse ich anderenorts. Wisset: Ich werde einen allgemeinen Land-, Volks- und Kirchentag einberufen, wie ihn dies Land noch nie gesehen. Patriarch, Metropoliten, Bischöfe, Archimandriten und Äbte, die Abordnungen aller großen und kleinen Bojaren, Amt- und Dienstleute und Bojarenkinder, die Atamans unserer Kosaken in Süd, Ost und West und Deputierte unseres christliebenden Heers, unserer großen und kleinen Städte und Dörfer nah und fern, Starosten, Kaufherren, Bürger und Bauern, Handwerker, Gutsherren und Leibeigene, alle, alle werde ich rufen und zum Gericht bestellen zwischen mir und dem Feind, der mich in seinem Netz zu haben glaubte. Da mag er vor ganz Rußland seine Stimme wider mich erheben und vor aller Welt mich dessen zeihen, wessen er mich vor seinen Genossen bezichtigt: daß ich weder der Sohn des Großen Iwan noch überhaupt Russe, sondern ein Pole sei, des Königs Agent und der Jesuiten Apportierhund, daß ich große und herrliche Gebiete an Polen und Litauen verschenkt und das ganze Reich mit all seinen Seelen Krakau und Rom zu unterwerfen mich verschworen und verpflichtet hätte und daß ich ein Zauberer und mit der Hölle im Bund sei und noch ärger in die schwarze Kunst verstrickt als vor mir Boris Fjodorowitsch Godunow. Dies und was er sonst noch weiß, mag er, der weitbeschriene Zeuge von Uglitsch, allem, was hören kann, in die Ohren pflanzen. Das große, freie, fromme Konzil mag dann richten über ihn und mich auf Leben und Tod. Bleibt ihm seine Frechheit treu, mit der er mich unter vier Augen als seinen natürlichen Sohn, sich als meinen leiblichen Vater auszugeben gewagt, so soll er diese seine Wundermär beweisen, so wie jener sagenhafte Zarewitsch der Wolgakosaken die seine. Wer unter uns hier ihn, den ich meine, noch nicht erkennt, der suche sich unter den Erbleichten hinter mir den heraus, den kaum noch seine Knie tragen. Er ist von ältestem Adel und höchstem Rang. Er steht –«

Schuiskij brach zusammen und schlug um.

»– er stand dicht neben mir.«

Dimitrij wandte sich nicht ihm, sondern Mstislawskij an der anderen Seite zu, der vor Erregung zu bersten drohte: »Ich gebe ihn in deine Hand, Fürst. Laß ihn sicher verwahren!«

Während Mstislawskij nach hinten verschwand, mit Gardisten wiederkehrte und den Häftling hochreißen und wegführen ließ, wandte sich Dimitrij an die Strelitzen:

»Wer unter euch mit dem Verhafteten zusammengesteckt, trete vor und rufe meine Milde an!«

Kein Laut, keine Regung weit und breit.

»Grigorij Mischkulin, wie steht's? Willst du den Augenblick der Gnade versäumen?«

Oberst Mischkulin schrak aus sich heraus, sprang vom Pferde, trat vor, eilte ein paar Stufen hinauf und brüllte los: »Lang lebe Väterchen Zar! Preist alle mit mir, Brüder, die Stunde seiner Bewahrung, die ich dennoch verwünsche, nämlich insofern, als sie mir zuvorkommt und meiner Treue den Lohn raubt und den Kranz fremder Treue zuwirft. Mich bringt sie um die Ehre, der erste gewesen zu sein, der der Majestät die Verbrechen eines Entarteten und die Namen seiner Banditen aufdeckt. Noch war ich ja beim Einbringen der heillosen Ernte, noch plagte mich der Ehrgeiz, nicht nur einen Teil, sondern das Ganze beisammen zu haben und an unseren Zaren auszuliefern. Denn es gelang mir, den Hund

Schuiskij zu ködern und die argwöhnische Bestie zu überzeugen, ich sei der ihre; es gelang mir auch, andere Teufel kennenzulernen, die dem Höllenhund auf der Fährte folgten wie Jäger dem Spürhund; es gelang mir, die Treue gar vieler zu versuchen und zu erproben und jede Käuflichkeit und Untreue ans Licht zu holen. Nun ist die Stunde da, daß ich mich diesen Sündern zuwenden muß und rufen: In die Knie nun vor eurem Richter! – Heda, soll ich euch alle erst mit Namen nennen? Und seht ihr nicht, daß der Zar euch genausogut kennt wie ich? Wie hätte er sonst euch so sauber ausgelesen und hierher zusammenbestellt? Hofft nicht, ich würde euch jetzt den Kopf heruntersäbeln. Das wäre allzu milde Rache. Mit meinen Zähnen, du Sohn des Schrecklichen, laß mich ihnen die Eingeweide herausreißen! Rache für den Zaren!«

Kein Laut und keine Regung weit und breit. Dann kam ein langes, aber lautloses Lachen aus Dimitrijs Kehle, und als hörbares Echo ging es durch das Gefolge. Schließlich begriffen da unten alle, die Mischkulins Komplizen gewesen, daß er sie verraten werde, um sich über ihre Leichen weg zu retten. Hier und da tuschelte der eine mit dem anderen, dann sprangen einige heran und eilten herbei, erst hier ein Brüderpaar, dann dort drei Männer auf einmal, und immer mehr; sie standen vor Mischkulin, entschlossen, ihn zu übertrumpfen, und schrien zu Dimitrij empor: »Ja, erhabener Herr, höre auf Mischkulin, Väterchen, er spricht die Wahrheit, o Majestät, das wissen wir, die wir ihm hilfreich zur Seite standen im Fischen deiner heimlichen Feinde. Höre, Dimitrij Iwanowitsch, du Heiliger Gottes, des Volkes Vater! Höre auf ihn und uns! Jetzt liefern wir sie dir alle ans Schwert!«

*Die* Mitschuldigen, die, düpiert wie sie waren, so rasch zu ihnen nicht fanden, um auch ihre Haut auf Kosten irgendeines Restes von Komplizen zu retten, und viele andre suchten

Mischkulin und Genossen zu überschreien und riefen allerlei Namen aus, wiesen mit gestreckten Armen auf den und jenen, und der Zar staunte, staunte, staunte, bis sein Triumphgefühl in einem ungeheuren Ekel unterging. Was hätte ich – dachte er noch – von euch zu fürchten, ihr Schufte? Nichts? Nichts! Alles? Alles! Ihr seid zu nichts und allem fähig, Gesindel. Richtet euch selber! Richtet euch hin!

Seine Augen wurden schmal und klein.

Doch über dem, was dann geschah, weiteten sie sich wieder, wurden glasig und starrten. Denn hatte als erster Mischkulin vorgehabt, seine nächsten Eingeweihten zur Strecke zu bringen, um sich reinzuwaschen und nicht Schuiskijs Schicksal zu teilen; hatten dann einige Komplizen das begriffen und ihm nachgeeifert; so begriffen jetzt alle, daß eine Mehrzahl von Hinzurichtenden übrig bleiben müsse, solche, die ihrem Beispiel nicht mehr folgen, nicht mehr sich herauspauken dürften. Damit diese Aufzuopfernden außerstande seien, sich zu widersetzen und ihre Aufopferer mit in den Abgrund zu reißen, mußte man sie rasch, augenblicks und sofort zu stummen Männern machen. Es blieb in der Tat eine hinreichende Mehrzahl Unschlüssiger zurück, die es für aussichtslos hielt, vor dem vermutlich bestens unterrichteten Zaren die unwürdige Komödie mitzuspielen. Ihnen ging es wie Schwimmern beim Schiffbruch. Die Flinksten und Stärksten haben sich auf ein treibendes Wrackteil gerettet, die Fülle der übrigen, die in den Wellen zu spät herankommt, wird mit Fußstößen und Knüppelhieben ins Meer befördert. Zwar auch sie, die ihre Namen nun von Mischkulin und Genossen ausgeschrien hörten, auch sie kamen schließlich zum Teil noch nach vorn gerannt, um den Schamlosen mit der Waffe das Maul zu stopfen und sich zu rächen, also ja nicht ohne sie unterzugehen. Und da erlebte Dimitrij, daß all diese sauberen Prätorianer mancherlei Ranges säbelschwingend, augenrollend, brüllend übereinander herfielen, sogar die

Schuldlosen, diese aus empörter Treue und zur Ehre des Zaren, so daß da männiglich des nächstbesten anderen Blut vergoß.

Wie ein Haufe hungriger Ratten! dachte Dimitrij. In solchem Wahnsinn geht einmal die Welt zugrunde.

Und der eine oder andere schrie nach seinen Untergebenen. Die Formationen begannen sich aufzulösen. Hier und da eilten und drängten die Leute vor, stand Schar gegen Schar, um einem bedrängten Offizier beizustehen. Es entwickelte sich in Blitzeseile ein so allgemeines Blutbad, als wären alle Mächte der Unterwelt los und in diese Haufen gefahren. Dimitrij sah fasziniert und fast wie ein Träumer dem unglaublichen Selbstgericht und der schaurigen Schande seiner Feinde zu. Bis auf Mischkulin, sagte er sich, habe ich doch die Verschworenen kaum gekannt. Mein Netzwurf hat sich gelohnt und allerlei Gattung gefangen. Da sah er schon Mischkulin mit zerspaltenem Schädel liegen und entsetzte Trupps aus dem Strudel der sich Mordenden wegstreben und nach außen weichen. In seinem Gefolge oben bekreuzigte sich der und jener. Schon befürchtete er, keiner seiner Feinde würde für die hochnotpeinlichen Befragungen übrigbleiben, und offenbar gingen längst Unschuldige mit den Schuldigen unter; schon schrie ein Hauptmann, dem das Blut breit über das bärtige Gesicht rann, zu Dimitrij hinauf, kaum daß er sich aus dem Mordgewühl herausgehauen, er solle sofort die Dezimierung aller verdächtigen Korps in und um Moskau befehlen; da erlahmte und legte sich der Tumult genauso rasch wie er begonnen. Wohl ein paar Dutzend Toter oder Schwer- und Leichtverwundeter lagen herum und hockten, krochen und wankten auseinander, und Hunderte noch Unbeteiligter, die gerade versucht hatten, von der Stätte der Dämonen auszubrechen und die einkesselnden Musketierreihen zu durchstoßen, sie standen, zurückgeworfen, fassungslos herum. Nur noch ein Stöhnen und Keuchen war hörbar. Dann schallte Dimitrijs Kommandostimme, heiser geworden, und alles unter ihm wurde still. Er befahl die Verhaftung aller, die hier ohne seinen Befehl so aufeinander losgefahren, sei es aus Mannestreue, sei es aus schlechtem Gewissen. Er beobachtete noch, wie die Musketiere vordrangen und die Verhaftungen durchzuführen begannen, wandte sich dann ab und ging in den Palast.

Im Thronsaal hielt er vom Podium her seine zweite Ansprache. Seine Stimme war belegt, und die Hände zitterten:

»Ich schäme mich, ich schäme mich. Wie ich mich schäme! Ich könnte nun fortfahren und versucht sein, unter Euch oder sonstwo, Ihr Herren, ein ähnliches Ding zu inszenieren; aber ich habe es satt. Ich schließe meine Augen – vor den Getreuen und Ungetreuen. Ich kenne die vielen Guten und wenigen Argen. Ein jeder fühle sich in diesem Augenblick durchschaut! Ich weiß, wer in Moskau die Parole herumträgt: Tod Julian dem Abtrünnigen! Ich kenne die Herrn, denen ich zum Sturz des Boris gerade noch gut genug war. Ich weiß, daß ich sie enttäuscht; ich habe meine Freude am Regieren, nicht an Saufgelagen mit einer Horde von Lustigmachern. Es gibt Stimmen, die knurren: Wir kommen aus dem Regen in die Traufe. Und was erwidere ich? Geht, geht! Ihr macht mich vor der Zeit zum Menschenhasser und -feind! Gleich habt Ihr mich soweit wie einst meinen Vater. Doch der große Reichstag, das heilige Volkskonzil wird alles, alles kundtun. Reinigt Eure Reihen bis dahin und ein jeder sein Herz, richtet Euch selbst, auf daß Ihr nicht gerichtet werdet!«

Damit ging er durch die Portieren davon.

Die anderen standen da.

»Wie«, sagte endlich Mstislawskij, »auch unter uns wären noch Verräter? Sollen wir jetzt fragen, wie einst die zwölf beim Mahl den Herrn: Bin ich's? Bin ich's?«

Dimitrij ließ, in seinem Wohnraum umherwandernd, sofort Fürstenberg kommen und dankte ihm für die gute Regie.

»Hat man so etwas schon erlebt? Das Pack! Tückisch, wild, feige, grausam, kriecherisch, so bissige Köter, rechte Tataren, giftige Heiden! Dazwischen die dümmsten, treuherzigsten Tölpel. Habt Ihr sie gesehen, Fürstenberg? Sie ließen sich wie Lämmer erstechen und wußten nicht, was ihnen geschah, schlugen sich für ihre Hauptleute mit und wußten nicht, ob es recht sei und wieso. Was die neue Palastgarde betrifft: Die Alarmbereitschaft bleibt! Teilt das Bondman, Margeret und so weiter mit! Und nun laßt mich allein!«

Als er weiter einsam umherwanderte, ohne wahrzunehmen, wo er sei, monologisierte er: Doubletten dieser Moritat – untauglich. Diese Mischkulins gibt's nicht allerorten. Taschtischew – längst verdächtig. Auch Bjelskij. Hoffentlich wird Schuiskij auf der Streckbank geschwätzig. Geduld! Ich bin der Sklave des Glücks. Es gibt mir alle meine Feinde in die Hand. Maryna, der Gott, mit dem du so auf du und du stehst, Maryna, er hat an mir einen Narren gefressen. Da sollt' ich dich nicht zu mir rufen? Ich fordere sie alle heraus. Und dich lasse ich kommen. Nach dem Volkskonzil. Dafür will ich sorgen, Pjotr, daß da der gemeine Mann die Oberen majorisiert. Einstimmig wird man mich bestätigen und Schuiskij richten. So wird die ganze Vollmacht Iwans des Schrecklichen mein. Wie werde ich nur auch der Polen ledig?

Wie breche ich der Zange, die mich zwickt, nach dem einen auch den anderen Beißer weg? Irgendwie war dies doch ein Modellfall ... Qui fodit foveam, Schuiskij, ipse incidet ...

# XII
# Brautfahrt in Waffen

Am Krückstock schwankte ein graustoppliger Alter in fliegendem Mantel über einen Krakauer Friedhof und kämpfte mühsam gegen den Sturm an. Über ihm brausten die sich entleerenden Kastanien. Ihre großen Blätter wirbelten wie abgerissene Hände an ihm vorbei. Ein Franziskaner kam ihm entgegen und erkannte ihn schon von weitem, den Florentiner Kaufmann Valerio Montelupi, Sonderling und Geizhals, der seit seinem zweiten Schlaganfall Tag für Tag hier das Grab seiner Frau aufsuchte, um ihr vorzujammern, wie die Geschäfte zurückgingen, seit er sie nicht mehr bewältige, und um sie zu bitten, sie möchte ihn bald nachholen, ehe er ganz verhungere, oder auch um sie zu beschimpfen, daß sie ihm lauter treulose Söhne geboren, die sich nicht um den Vater kümmerten, nach Italien zurückgewandert seien und dort sicherlich in Saus und Braus lebten, und um zuletzt die ganze Welt zu verfluchen, weil man von seinen Kontoristen Strich für Strich hintergangen werde, ohne anderen mehr das Fell über die Ohren ziehen zu können.

Der Mönch sprach ihn an: »Buon giorno, messer Montelupi! Da habt Ihr Euer halbes Palais, wie man hört, an den Sandomierzer vermietet?«

Und der Florentiner: »Muß ich nicht? Wer gibt mir was? Darf ich wählen, an wen ich vermiete? Schlaflos frage ich mich: Was wird, wenn er mich nicht bezahlt?«

»Er wird ja. Seine Sachen stehn gut. Das habt Ihr heute nacht verschlafen. Seit gestern abend, heißt es, sind Gesandte da, sollen die Wojewodentochter als Zarin nach Moskau holen, und gerade steht vor Eurem Portal der Rappe eines der Zarenboten, der mit der Dame verhandelt, der Gesandte nämlich, nicht der Rappe, und Ihr kriegt Euren Mammon. Doch habt Ihr Euch schon einen Platz im Himmelreich gesichert? Lauft lieber täglich zur heiligen Mutter Gottes statt hierher aufs Feld der Totengebeine! Eure mama mia, die Euch auf Erden ein Fegefeuer war, sitzt nun selbst drin und wird Euch aus dem Feuer nicht holen.«

Damit ließ der Franziskaner den Alten stehen und ging seines Weges. Der Florentiner wackelte mit dem Kopf heftiger, kehrte um und kämpfte sich, die flatternde Hand auf dem Stock, im Sturm hinter dem Mönch her nach Hause, so rasch es ging.

Es war eine verstaubte, muffige, von Mottenfraß und Fliegenschmutz derangierte Kristalleuchter- und Kissenpracht im oberen Stockwerk seines einst prächtigen Hauses. Da oben stand Maryna nun vor einem der Fenster, las zum soundsovielten Male – und war noch wie außer sich: »Die Zeit unserer Prüfung ist vorbei. Der Feind ist aufgestöbert und geschlagen. Auch seine Nachhut schlage ich noch. Mein Triumph ist vollkommen. Ich denke, es verantworten zu können, wenn ich Dich rufe. Ich trotze, wage es und werde, wenn alle Liebesmühe nicht hilft, zum letzten Schlag ausholen. Sodann bin ich begierig, mich an die Spitze meiner Heere zu stellen. Eilt, oder ihr trefft mich nicht mehr in Moskau an! Mein Freund Butschinski, der zur Gesandtschaft gehört, wird Dir berichten. Frage ihn! Afanasij Wlassjew geht zum König und bittet ihn um Deine Hand. Ich habe viel Mühe daran gewandt, Dich abzuschütteln oder doch tief in mir zu verschütten. Vergib, komm und erlöse aus innerster Einsamkeit Deinen Dimitrij.«

Wo Maryna diesen ganzen Morgen auch ging und stand, in allen Räumen stammelte sie Dankgebete, stand oft in Tränen und streckte und reckte die Arme nach dem Wiedergewonnenen hin, warf sich aufs Ruhebett, verschränkte die Hände im Nacken, träumte und zürnte ihm, der sich endlich gefangen und wiedergefunden, nicht mehr. Insofern doch, als all die Schmerzen, die er ihr bereitet, offenbar so ganz überflüssig gewesen. Sie vergab und schwor, daß er ihr büßen solle.

Wo hatte sie doch Butschinski gelassen?

Sie eilte durch mehrere Türen und dachte unterwegs: Jetzt verbreite ich einfach, der Zar habe kapituliert, erfülle meine Bedingungen, mute mir keinerlei Verrat zu und beschwöre mich unter Tränen, zu kommen. Mein Triumph – viel schöner wird er als zuvor.

Butschinski konferierte, als sie eintrat, mit ihrem Vater und wandte sich ihr zu. Sie trug die Nase hoch und tat ruhig, ja würdevoll, als habe Dimitrijs Brief nichts, als was sie erwartet, enthalten. Sie ließ sich nieder. Nachdem sich Mniszek mit raschem Abschied entfernt, um zur Audienz Wlassjews beim König zur Zeit zu kommen, bat sie um gewisse Kommentare, vor allem hinsichtlich der Ereignisse, auf die der Zar mit dem Satz, der Feind sei nun geschlagen, anspiele. Sie lud Butschinski zum Sitzen ein. Der Pole dankte, ließ sich nieder und berichtete (höflich vorgeneigt und die Fellmütze mit Agraffe und Federbusch im linken Unterarm, die rechte Hand auf dem stehenden Degen weggestreckt), was alles geschehen, bis zum großen Reichstag oder Volkskonzil. Auf dem habe der gemeine Mann aus Stadt und Land eine gewichtige Stimme gehabt, vor dem sei Schuiskij als Angeklagter erschienen. Butschinski berichtete zuletzt:

»Wieder nahm der Fürst die Pose des sittenstrengen und altgläubigen Recken an, der dem Feinde seines Hauses, dem Godunow, in christlicher Rache getreu gedient, bis zum Auftreten des Prätendenten nichts von dessen Existenz geahnt (alle früheren Aussagen widerrief er als Produkte einer inzwischen überwundenen Furcht) – und der ihn daher bei Dobrynitschi ruhmreich besiegt habe und erst als Entmachteter, also notgedrungen, mit dem aufständischen Heer auf Basmanows Geheiß zum Sieger übergetreten sei, in der Hoffnung, des Prätendenten Ansprüche würden vor Gott und der Welt bestehen können. Auch weiterhin habe er an nichts als an Gott und das Reich gedacht, zum Beispiel, als ihm hernach Zweifel gekommen.

Nunmehr gab der Fürst sich Mühe, die Licht- und Schattenseiten des Zaren zu schildern. Das eine sollte dem Dargestellten schmeicheln, das andere den Darsteller rechtfertigen. Als positiva trug er zum Beispiel folgendes vor: Der junge Zar sei mit erstaunlichem Gedächtnis, leichter Auffassung und viel Scharfsinn begabt. Mit berechtigter Ironie überführe er die ehrwürdigsten Herren sehr oft des Irrtums. Handel und Wandel habe er belebt. Niemand hungere mehr in Moskau, man lebe sogar im Überfluß. Schuiskij fragte, wo die korrupte Trödelei der Gerichtsverfahren geblieben sei, und gab zu verstehen, viele sähen in ihm einen Abglanz des Welterlösers, wenn er an jedem Mittwoch und Samstag an der Granowitaja die Bittsteller so leutselig empfange, so geduldig anhöre, so sanftmütig belehre. Selbst Abweisung werde da noch als Gnade empfunden. Wahrlich, der Zar sei ein Freund des Volkes. In des Volkes Leben und Treiben mische er sich gern; unbewacht und ohne Bedeckung wandere er in der Stadt umher. Kühner und eigener Gedanken habe er die Fülle und setze sie sofort in die Tat um. Neue Gewerbezweige bringe er nach Rußland, werbe fremde Handwerker und Kaufleute an. Nicht einmal nach dem Mittagsmahl schlafe er, sondern verdaue unter Strapazen; überhaupt erhole er sich nur im Sattel oder bei der Reiherbeize und durch heftige Körperübungen. Wer müsse nicht seiner Tapferkeit in der Arena von Toiminsk gedenken, wo er mit seiner Pike allein den Bären bezwungen? Seine Tugenden seien wie Sand am Meer. Doch woher nun einem Fürsten Wassilij Iwanowitsch Schuiskij da noch Bedenken hergekommen? So werde ihn ja sicherlich ganz Rußland fragen.

So weit gekommen, zeigte Schuiskij die Kehrseite der Medaille auf: Ich sah, erklärte er, daß er den Hof, die Ämter, die Gesetze polnischen Vorbildern nachformte; ich glaubte wahrnehmen zu müssen, daß er altrussisches Brauchtum und Sitte für verstocktes Vorurteil, für Barbarei hält. Man sah ihn statt in der Staatskarosse (oder wenigstens auf dressiertem Zelter wie frühere Zaren) auf wilden Pferden zum Gottesdienst streben, recht würdelos. Warum läßt er's nicht mit Lustigmachern genug sein, warum läßt er Musikanten, für die er sogar ein Klostergebäude geräumt und als Wohnung bestimmt hat, bei der Tafel Symphonien aufführen? Zuweilen vergißt er, die Heiligen zu begrüßen, auch das Händewaschen bei Tisch oder das Bad am Samstag vor dem Tage des Herrn. Mitunter ruft er unbedacht unseren Bischöfen in der Duma zu: *Eure* Religion, *euer* Gottesdienst. Erst kürzlich, als unsere Kleriker im Reichsrat einen seiner Vorschläge zurückwiesen mit der Begründung, er widerspreche dem letzten der sieben ökumenischen Konzile, ließ er sich zur Erwiderung hinreißen: ›Was tut das? Das achte Konzil kann anders entscheiden.‹ Ach, und stand nicht bis vor kurzem am Tor seines Palastes der bronzene Cerberus, der bei Berührung, wie man erzählt, brüllen konnte? Der Zar nahm ihn da weg, doch wann? Als die Rede aufkam, er gebe der Welt zu verstehen, daß die Hölle seine künftige Heimat sei. Kurz, ich begriff, alles in allem, warum die Rede umging: Mag er auch der Sohn Iwans des Gestrengen sein, so ist er nun doch durch seine jesuitische Erziehung ein Fremdling in seinem Vaterland und vielleicht ein Danaergeschenk, die Danaer aber wären dann die Leute in Krakau und Rom. Urteilt, ihr Brüder, ob solche Bängnisse einen Schuiskij richten oder ehren! Urteilt selbst! Kurz und gut, ich habe nur für den Fall der äußersten Not, fast nur in Gedanken, keinesfalls für eine schon irgendwie greifbare Zukunft, eine Opposition vorgebildet, die wahrlich nicht im Sinne haben sollte, den Gekrönten zu beseitigen, und so fort.

Schuiskij redete noch lange und viel, aber es half ihm alles nichts. Einstimmig verdammte man ihn. Bojaren, Dienstmannen, Volk und Heer, Stadt und Land, alles verdammte ihn und bestätigte Dimitrij Iwanowitsch Rjurik. Am selben Nachmittag stand der Fürst in großer Menschenmenge auf dem Richtplatz am Schafott. Man las ihm das Todesurteil vor. Der Henker zog ihm schon den Kaftan aus. Da sprengt ein Offizier der Garde heran, schwenkt ein Blatt und schreit: Haltet ein! Dann verliest er folgenden Erlaß: In Anbetracht deiner hohen Geburt und auf die Bitte der dir so verhaßten Fremden hin, insonderheit um der barmherzigen Fürsprache unserer frommen Mutter Marfa willen und weil doch du es einmal gewesen, der durch jene törichten Lügenprotokolle von Uglitsch zu Unserer Erhaltung mit oder ohne Willen soviel beigetragen, begnadigen Wir dich, Fürst Wassilij Iwanowitsch, zur Verbannung nach Sibirien und Einzug deiner großen, verdächtig großen Güter zugunsten jenes altehrwürdigen Rußland, um das du dich so gesorgt. So ungefähr hieß es im Erlaß.

Ich, sein Freund Butschinski, hatte dem Zaren wie schon so oft auch hier Großmut und Milde widerraten. Basmanow hatte mir akkordiert. Solche Tugenden, hatten wir gesagt, würden nicht nach Kraft und Sicherheit, sondern nach Angst und Feigheit schmecken. Gnade nach so ungeheurem Aufwand an Gerechtigkeit sei hierzulande unbegreiflich für jedermann und bringe Tausende um ihren Spaß. Der Zar erklärte: Sollen sie staunen und das Unbegreifliche, wie sie gern tun, verehren! Mich trägt die Nation, das genügt,

Schuiskij aber nach seinen hin und her wechselnden Eiden ist moralisch vernichtet, kein Hund mehr nimmt ihm einen Happen ab. Der Tote lebe denn, ein Denkmal seiner Schande. Der Milde Cäsars errichtete das römische Volk einst Tempel. Haha, Clementia Caesaris!

So merkwürdig berauschte und erhob anscheinend den Zaren sein Sieg und der Jubel der Menge, daß er den Verbannten auf der Fahrt nach Sibirien durch Kuriere ein- und zurückholen ließ. Er will ihm am Heiligen Christfest – man staune! – volle Verzeihung gewähren, seine Güter zurückgeben, dazu den alten Rang und schließlich die früheren Ämter. Vergeblich habe ich das bis zuletzt dem Zaren auszureden versucht. Er lacht: Ich kann es mir leisten, mein Freund, und Gott gefällt es doch, wie? Na, hoffentlich ist Gott bestechlich. Vielleicht aber denkt der Allwissende auch: Mir soll er nichts vormachen. In Rußland aber sage kein Lästermaul, ich hätte in Schuiskij den Zeugen von Uglitsch stumm gemacht. Ja, so argumentiert der Zar. Doch hat er wohl noch Hintergedanken.

Daß wir Polen für Schuiskij eingetreten, ist natürlich ein Märchen. Es sollte zur Versöhnung beitragen. Selbst der Bojarenrat hat den Monarchen gewarnt, seine Milde werde ihn noch einmal gereuen. Ihm erwiderte der Herrscher: Ich will nun einmal nicht, daß die Welt weiter mein Volk verhöhnt und behauptet, es sei nur durch Tyrannen regierbar, und auf jede Zarentafel gehöre als Dekoration – wie einst auf die des Perserkönigs – ein abgeschlagener Satrapenkopf. Beweist der Welt, daß ihr die Luft der Freiheit und Großmut vertragt!

Edle Herrin, er hat mit Schuiskij zweifellos noch etwas vor; sonst würde ich sagen: Du bist ein Schwärmer, Dimitrij, du bist zu jung für dein Amt, zu unerfahren in diesem Land, umsonst ist deine clementia hier, auch da, wo sie Russen und Nichtrussen mit vollen Händen aus dem geizig gehorteten Staatsschatz schöpfen läßt. Auch sonst schon kann man sich

Völker nicht kaufen. Der Zar spielt mit dem Feuer. Er will allein auf seine Moskowiter setzen und entläßt die polnischen Kameraden en masse. Erhabene Herrin, da bin ich sehr in Sorge. Könnte ich doch Euch, die künftige Zariza, für ein gewisses Vorhaben gewinnen! Für einen Plan! Meinen Plan!«

»Welchen?«

»Hm! Ich gestehe (und es sei von vornherein gesagt), daß die Sache hinter des Zaren Rücken müßte betrieben werden, gegen seinen Willen sogar – und doch zu seinem Heil.«

»Wie?«

»Davon später, meine Herrin, wenn es Euch beliebt! Ich darf Euch sagen, der Zar erfreut sich blühender Gesundheit und ist strahlende Heiterkeit in Person.«

Während er nun weiterberichtete, schweiften Marynas Gedanken ab. Sie sagte sich: Ich kenne ihn seit Sjewsk; er ist das Gegenteil von dem, was er posiert, nicht arglos noch heiter noch frei. Trotz seines Triumphes. Barmherzigkeit? Die täuscht er als Erbteil seiner Mutter vor. Den Großmütigen zu spielen fällt ihm nicht schwer; er ist generös vom Scheitel bis zur Sohle. Aber er täuscht. Auch sich? Im übrigen will er aller Welt und sich selber beweisen, daß ein Betrüger und Usurpator besser sein kann als ein legitimer Tyrann. Das ist natürlich wahr, und das erhöht ihn. Ruft er mich aus Trotz oder im Gefühl gesicherter Macht an seine Seite? Soll ich ihn ermutigen kommen, sein Rückgrat sein? Einsam jedenfalls fühlt er sich, er schreibt es selbst. Er quält sich herum. Wie ist er nur mit Xenja auseinander? Wer hat hier wen verstoßen und abserviert? Dieses Luder Xenja! Ach, wie leidenschaftlich ich ihm auch zufliege – diesen Verrat an mir, der doch einmal geschehen, vergesse ich ihm nie. Er soll zappeln und schmachten. Ich werde reisen, aber langsam, ganz langsam. Im Winter, der nun erst anbricht, reist man ohnehin nicht. Dimitrij bewähre seine Beständigkeit bis zum Frühling! Vor

Ende März reise ich nicht. Ja, er bewähre sich! Diese Xenja …

Sie fragte Butschinski nach Xenja aus, ließ sich ihr Gesicht schildern, Figur, Gang, Stimme, Seelenfarbe, Temperament, Talente, Charakter und Frömmigkeit. Butschinski beruhigte sie lächelnd, gab aber zu verstehen, mit Maryna habe sich in der letzten Zeit die ganze große Sache, für die der Zar doch auf der Welt und an der Macht sei, in schwerer Gefahr befunden. Das lasse ihr der Pater Pomaski sagen. Maryna müsse nun als Trägerin jener großen Belange *kommen*, jedoch vor ihren neuen Untertanen den Schein der Russin wahren, die sich in all das verwandelt habe, was einem russischen Herzen im Himmel und auf Erden teuer sei.

»Ich soll doch nicht konvertieren?« rief sie empört.

»Nein«, lachte Butschinski, »aber die Nachtrauung nach griechischem Ritus ist erforderlich, sagt der Pater.«

Sie erkundigte sich nach allerlei Sitte und Brauchtum, an die sie sich werde gewöhnen müssen. Im Auftrag des Zaren stellte er ihr unter anderem vor:

»Ihr benötigt vom Heiligen Vater durch Vermittelung des Herrn Legaten den Dispens für die Teilnahme an der griechischen Messe … An jedem Mittwoch ist Fasttag, am Sonnabend gibt es Fleisch … Wenn Ihr übrigens nach der Ankunft dem Zaren vorgestellt werdet, so wird er Anstalt zum Handkuß machen, aber Ihr müßt Sorge tragen, den Handkuß zu verhindern, und Eure Hand zurückziehen; dafür wird Seine Exzellenz, der Herr Wojewode, Euer Vater, dem Zaren die Hand küssen … Unterwegs auf der Reise sollt Ihr sehr freigebig sein. Seine Majestät wird Euch einen hinreichenden Vorrat an gestickten Tüchern, an Ketten, Armbändern und Ringen schicken; die müßt Ihr den Bojaren und so weiter und deren Eheliebsten, die Euch unterwegs huldigen werden, verehren … Wlassjew bringt zweimal hunderttausend Goldgulden mit, um die Reise und Euren Hofstaat auszustatten, ferner die Hochzeitsgeschenke. Die prokuratorische Hochzeit nach römischem Ritus in Krakau ist dem Zaren an sich zuwider, aber darauf besteht ja unsere Kirche, und König Sigismund wohl auch. Diesen Umstand soll ich hier noch einmal ergründen. Auf jeden Fall soll der Vollzug in aller Stille geschehen – als Haustrauung, keinesfalls in einer Kirche, nur in Gegenwart des Königs und weniger Vertrauter. Dabei könnte Wlassjew zur Not den Zaren vertreten ... Während der Reise sollt Ihr Unterricht in den Zeremonien des griechischen Kultus nehmen, auch im Zeremoniell am Zarenhof. An den Grenzen warten von nun an die russischen Statthalter der Grenzstädte mit den Starosten und angesehensten Personen auf Euren Einzug in Euer neues Vaterland.«

Sie schaute indessen in den Brief nieder, den ihre Hand hielt, und machte sich Gedanken darüber, was ›Nachhut‹ bedeuten mochte, Nachhut des Feindes. Sie fragte nach der Situation. Da rückte Butschinski mit seinem Projekt heraus, das ihm im Sinne lag, und führte aus:

»Der Zar sieht sich inmitten seines Triumphes dreifach bedroht und bedrängt. Erstens vom polnischen Element, zweitens vom russischen, drittens vom permanenten Konflikt beider Elemente. Weder wagt er's, sich von seinen polnischen Freunden ganz zu entblößen (und gerät in Halbheiten), noch sich ganz dem Bojarentum und seinem Rußland in die Arme zu werfen, und auch das ist Halbheit. Er will nicht als Fremdherrscher thronen, nämlich auf den Schultern der Polen, denn das erforderte konsequenterweise, die Bojarenschaft rücksichtslos und für alle Zeiten zusammenzuschlagen; noch will er der Spielball der Bojaren sein; noch vermag er die feindlichen Elemente miteinander zu vergleichen und auszusöhnen. Mir scheint, er möchte auf zweierlei Postament fußen: auf seinem Volk und Volksheer einerseits und seiner hohen Abkunft andererseits. Leider aber trennt ihn von der beweglichen Flut der Menge unten die starre Eisdecke der oberen Schichten, und seine hohe Abkunft wird doch nie unanfechtbar sein. Meine Basis ist zu schmal! stöhnte er neulich wieder. So wechselt er, wie mir scheint, zwischen Tatkraft und Grübelei, Zuversicht und Zweifel, hemmt sich selbst oder aber enthemmt sich völlig – wenn ich, sein Freund, richtig sehe. Aber Basmanow sieht es nicht viel anders. Dieser Basmanow übrigens und vor allem ein mit seinem Stande zerfallener revolutionärer Fürst Schachowskoj ziehen ihn auf die Seite der russischen Bürger und Bauern. Ich aber sage mir: Zar Dimitrij hat denjenigen Mächten treu zu bleiben, die ihn groß gemacht. Die soll er verstärken, nicht vertreiben. Ich sage mir, den Russen ist es nicht ganz neu, von fremden Oberherren regiert zu werden, das wird noch in Jahrhunderten so sein, und die Masse lebt trotz aller Heldensage noch geschichtslos, ruht und strömt in sich selber, stagniert. Das bewirkt einerseits, daß sie schwer auf neue Bahnen zu bringen, andererseits, daß sie zum Aufstand gegen einen durch ihre Kirche Gekrönten, erscheine er ihr auch importiert, unfähig ist. Was die Oberschicht betrifft, so ist sie immerhin leichter zu ducken als der Adel in Polen. Warum, frage ich mich, soll der neue Zar, der Erbe des Boris und Iwan, nicht von Westen kommen, wenn doch Iwan und Boris schon beide ihre Blicke respektvoll gen Westen gesandt, wie man weiß?«

Maryna war inzwischen mit ihren Gedanken wieder abgeschweift und fragte jetzt: »Nicht wahr? Und Iwans sieben Ehen! Was durfte dieser Zar sich gegen seine Kirche herausnehmen! Sieben Ehen! Mehr als drei sind dort nicht erlaubt, das weiß ich bestimmt. Er aber bewarb sich zuletzt noch um eine Protestantin, eine Engländerin. Und da sollte ich für den Zaren eine Gefahr sein? Doch – wie sagtet Ihr, Butschinski? Ihr wolltet mir einen geheimen Plan oder Rat, Eure ganz persönliche Meinung, kundtun.«

»So sei es! Mein Rat, Erhabene, kommt nicht nur aus einem patriotischen Polenherzen, das von der Verschmelzung beider Reiche – natürlich unter polnisch-litauischer Hegemonie – immer noch träumt, sondern aus einem solchen, das seinem Freund, Herrn und Gebieter zu getreuestem Dienst und aufrichtig ergeben ist.«

»Ihr habt auch mein Vertrauen.«

»Und nie würde ich diesen Rat dem Menschen, der meinem Zaren am nächsten steht, aufzudecken wagen, wüßte ich nicht, daß eben dieser Mensch, die Dame Maryna Mniszek, unkomplizierter, eindeutiger und beständiger ist als mein nach zu vielen Richtungen hin witternder Herr und besser weiß, was ihm gut ist. Ihr seid aus einem Guß, Verehrteste, als Polin und Katholikin, Ihr könnt im Pendeln seiner Waage das entscheidende Gewicht abgeben, sein Halt und guter Genius sein. Ich schmeichle nicht, ich wiederhole nur, was der Herr Pater selbst von Euch erwartet. Wenn irgend jemand, meint er, findet *Ihr* beim Zaren Gehör. Euch verzeiht er und gibt er schließlich nach, wenn Ihr ihn vor vollendete Tatsachen stellt, vor ein Fait accompli.«

»Was sieht Euer Plan vor, Butschinski?«

Bei dieser lauernden Frage rüstete sich Maryna mit aller Vorsicht, konnte aber nicht hindern, daß sie die große Meinung, die man von ihr hatte, genoß. Sogleich flüsterte ihr Herz ihr zu, sie genieße mit gutem Gewissen. »Kommt endlich zur Sache!« bat sie.

»Mit einem Wort: Der Zar, wie angedeutet, muß sich entscheiden und richtig entscheiden. Er soll (bei Wahrung aller russischen Form) auf diejenigen setzen, deren Überlegenheit er Wesen, Aufstieg und Macht verdankt. Also bleibe er im Schatten unserer Phalangen. Und da dieser Phalangen Zahl, soweit sie noch in Moskau stehen, nicht ausreicht, um die Moskowiter in Reih und Glied zu bringen und auf lange Sicht zu meistern, so rate ich Euch, Erhabene, dringend folgendes an: Nehmt auf Eure Fahrt nach Moskau – quasi als illustres Brautgefolge – ein zusätzliches, wohlbewaffnetes Heer mit! Seine Exzellenz, Euer Herr Vater, der ja mit oder vor Euch reisen wird, bringe als standesgemäße Gefolgschaft mindestens fünfzehnhundert bis zweitausend Ritter mit und genügend Munition in den Wagen für alle. Sie müßte getarnt sein. Der König könnte ferner eine Gesandtschaft abordnen und mitreisen lassen; diese müßte mit ebenso starken Formationen reisen. Mag der Russe staunen! Andere Länder, andere Sitten! wird er denken und alles der Größe Polens zugute halten, auch der Ehre seines Herrschers. Nun gilt es, daß wir Seine Majestät, den König, für das Ganze gewinnen. Was den Zaren betrifft, so wird er uns noch für diesen Machtzuwachs dankbar sein. Polen und die Kirche aber, beide in Eurer Person vertreten, Gebieterin, dürften auf diese Art ihrem Ziel erheblich näherkommen.«

Nicht schön, dachte Maryna, so in Dimitrijs Entscheidungen einzugreifen. Aber – sie haben sicher recht. Dimitrij, seit er über seine Herkunft Bescheid weiß, hat seine Selbstsicherheit eingebüßt, Butschinski fühlt, wägt und urteilt wie ich und wie Franz Pomaski. Dimitrij ist schwach geworden, wie auch ein Starker als Kranker einmal schwach wird.

So machte sie sich wieder jenes Bild von ihm zurecht, das Enttäuschung, Zorn und Ungeduld schon oft, schon längst in ihr entworfen. Sie wußte sich unabhängig und frei und empfand ihre große Mission, die davon auszugehen hatte, Dimitrij ihm selbst, seinem Stern, seinem Auftrag, seiner Sendung, seinem Sinn und Ziel aufs neue zuzuführen. Oh, daß sie selbst aus *einem* Gusse sei, glaubte sie gern, ebenso gern, wie daß er ein unsicherer Taster geworden. Aber nun wollte sie doch vor Butschinski tun, als müsse sie so große Dinge noch sehr, sehr scharf und sorgfältig prüfen, sagte das, lenkte dann ab und fragte nach Einzelheiten der Mission Wlassjews.

Butschinski deutete an: Der Zar bietet Sigismund wieder Bundesgenossenschaft, ferner die Einstellung der russischen Pensionszahlung an Gustav Erichson an, den Herzog von Södermanland, und unterstützt Sigismunds schwedische Ambitionen. Wlassjew wird sich freilich im Namen des Zaren über Gonszewski beschweren müssen, der ihm und auch anderen zu verstehen gegeben, Zar Boris lebe noch, nämlich in England, wohin er mit einem Teil der Staatsschätze geflüchtet sei, woher nun also Krieg oder Bürgerkrieg drohe. Solche anzüglichen Scherze verbitte sich der Kaiser und Zar. Er verlangt übrigens beharrlich die Anerkennung des Kaisertitels. Und so weiter und so weiter.

Damit stand Butschinski auf und bat, sich verabschieden zu dürfen. Die Audienz Wlassjews beim König werde wohl schon vorüber sein, er müsse zu Wlassjew. Apropos: Die Hauptmission Wlassjews sei natürlich des Zaren Brautwerbung. Der König müsse seinen Segen geben und Maryna, den Wojewoden und die Gefolge mit Reisepässen über die Grenze entlassen. Maryna erklärte recht streng, auf der prokuratorischen Trauung in Krakau nach katholischem Ritus bestehen zu müssen. Sie werde als Gattin, nicht als Verlobte des Zaren reisen. Ihr Bekenntnis sei das katholische. Hoffentlich traue der Herr Legat sie! Übrigens habe der Zar, wie man höre, mit dem Herrn Legaten noch einen besonderen Briefwechsel unterhalten. Was wohl darin gestanden?

»Nun, Rangoni soll auf Papst Paul V. nochmals einwirken, daß er dem Zaren endlich Zeit läßt und ihn nicht mehr kompromittiert. Rangoni hat das versprochen, doch den Zaren gemahnt, sich an das zweite Mosebuch Kapitel neun und zehn und ans siebente Kapitel des zweiten Buches der Könige zu halten.«

»Was steht darin?«

Butschinski lächelte: »Das eine Stück enthält des gewaltigen Mose Drohungen gegen den bösen Pharao, im anderen befiehlt Nathan dem König David den Tempelbau. Nun, der Zar hat auf Grund der neuen Lage – sozusagen für auswärtige Zarengäste – toleranterweise im Kreml einen jesuitischen Kapellenbau genehmigt. Allerdings hat Pomaski die bittere Pille schlucken müssen, daß sich seinem Kirchlein gegenüber eine lutherische Kapelle aufrichten wird, der Parität halber, nicht wahr? Pater Pomaski seinerseits hat Pater Ssawiecki mitgeteilt, mit der Einsetzung des neuen Patriarchen sei immerhin der große Anfang gemacht. Wenn nunmehr noch Maryna komme, werde die Sache fortgehen, doch habe der Zar jetzt andere Sorgen. In der Tat, vorläufig reist er von Garnison zu Garnison durch die Städte und schmiedet seine Armee. Ich weiß, daß ich Ruhm brauche! so hat er mir neulich gestanden –«

Maryna nickte.

»– und hinzugefügt, zwei Titel, die seine Russen ihm schon zulegten, erfreuten ihn sehr: Bauernzar, Soldatenzar. Nicht wahr? Er braucht große Erfolge in Frieden und Krieg. Dies bestätigt auch der Pater. Er hat an Ssawiecki einen dicken Brief mitgeschickt. Vermutlich wird der Empfänger darüber mit Euch konferieren. Wenn nicht, fragt ihn aus, meine Herrin!«

Damit empfahl er sich.

Afanasij Wlassjew war in seiner prächtigen Gewandung mit seinen ebenso prunkvoll gekleideten Gefährten und seinem Gefolge vom König in sein Quartier zurückgekehrt; es lag auf dem Wawel und war ein Bestandteil der Königsburg. Als Butschinski vor Wlassjews Tür stand, hörte er dahinter ein zorniges Schimpfen und Deklamieren. An der Stimme erkannte er Wlassjew. Der wetterte da drinnen:

»Und das sagst du mir, Wojewode? Ich? Was? Hochmütig aufgetreten, vermutest du? Ich – auffahrenden Wesens vor der polnischen Majestät? Aber ich habe jemanden zu vertreten. Wen? Die Ehre eines viel Größeren, eines Kaisers und

Zaren, des Imperator Invicissimus. So heißt er und nicht anders. Noch viel zu behutsam habe ich die Ehre meines hocherlauchten Herrn gewahrt. Ich will keine Hundert auf meine Fußsohlen, wenn ich wieder in Moskau bin. Verstehst du, Wojewode?«

Jetzt drückte Butschinski auf die Klinke und trat ein. Er erblickte hinter Wlassjew die acht, die zu seiner Gesandtschaft gehörten, und Mniszek, der da so erregt angebrüllt wurde. Sofort fuhr Wlassjew hochrot nun auf Butschinski los: »Ich frage dich, du Ritter vom Gänsekiel: Gelten unsere Rüstungen einem Kreuzzug oder der Eroberung Livlands? Nämlich wir werden hier verdächtigt. Welcher Lump hat hier die Mär verbreitet, Rußland sei dabei, seinen Herrn, den Sohn des Großen Iwan, den letzten Rjurik, als Betrüger abzuschütteln und begehre den Prinzen Wladyslaw statt seiner? Bjesobrasow doch nicht? Wenn doch, wie wird das der Verdammte büßen! Vierteilung! Wir werden ihn zerreißen wie einen Frosch. Jetzt darf niemand mehr auf die Gnade rechnen, die Schuiskij noch zuteil geworden, bei allen Heiligen! Die Engel sind über uns mit Schalen des Zornes. Gebe Gott, daß des Zaren Geduld zu Ende! Ja, aus so viel enttäuschter Liebe kann nur noch Grimm und Rache werden, wie – wie auf das Paradies die Sintflut gefolgt.«

Butschinski wollte wissen, wie es denn sonst beim König ergangen.

»Mir ergangen? Himmel und Hölle ruf' ich zu Zeugen an. Ich habe nichts versäumt noch verfehlt, was ich der Ehre meines erhabenen Herrn schuldig war. Ich verdiene die Hundert auf meine Sohlen nicht!«

Mniszek beruhigte endlich den vierschrötigen, breitgesichtigen Polterer dadurch, daß er ihn streng und entschieden ersuchte, in Dimitrij, einem Mann von Kultur, keinen Tatarenkhan noch Türkensultan zu sehen. Das wirkte. Wlassjew wollte seinem Herrn in keiner Weise zu nahe treten und gab nun eine sachliche Schilderung, wie er das Beglaubigungsschreiben und danach die Herren seines Gefolges die Geschenke übergeben, edelsteinbesetzte Waffen, Pferde, kostbare Pelze und Goldschmuck, wie er Hilfe gegen Schweden angeboten und um die Hand Marynas für seinen Herrn gebeten, den er – weiß Gott! – immer und sehr bedacht und in betonter Weise Caesar Imperator Invicissimus tituliert habe –

»Der König aber?« fragte Butschinski.

Mniszek griff ein und gebot Wlassjew mit einem ärgerlichen Wink, zu schweigen: »Seine Majestät der König war sehr entgegenkommend, getattete, daß ich meine Tochter dem Zaren vermähle, und sicherte seine Teilnahme an der morgen secretim stattfindenden prokuratorischen Trauung zu. Hinterher werden die Majestäten des Königs und der Königin die Zarenbraut und mich zu einem würdigen Bankett empfangen.«

Wieder wurde Wlassjew rot im breiten Gesicht und begann zu toben: »Das alles versteht sich von selbst und ändert nichts an den unerhörten Beleidigungen meines Monarchen, der Kaiserlichen Majestät. Der König gibt ihm seinen Titel zweifellos immer noch nicht. Ich protestiere. Ich will keine Hundert auf. – Dieser Sapieha wagte es, bei der Entgegennahme der Handschreiben meines kaiserlichen Herrn zu sagen: ›Die Briefe des *Großfürsten von Moskau* werden geprüft werden, Seine Majestät der König wird Antwort erteilen.‹«

»Sagte der Kanzler!« lachte Butschinski. »Der König sagte offenbar nichts.«

»Der König hat ihn nicht berichtigt. Der König hat durchaus gesprochen und mit jedem Wort mich selbst und in mir meinen Kaiser verhöhnt. Er schmiß mich mit Schimpf und Schande hinaus.«

»Wie?«

Mniszek beschwichtigte: »Der König hat nur gesagt, er wünsche dem Herrn Gesandten schnelle und glückliche Heimfahrt. Er wünsche ihn seinem Souverän quam celerime zurückzugeben, da er es für unverantwortlich halte, den jungen Herrn auch nur einen Tag länger als nötig der nützlichen, weisen und getreuen Ratschläge eines solchen Ministers zu berauben.«

Afanasij Wlassjew aber schwor hoch und heilig: »Durchaus würde ich jetzt die Hundert auf die Sohlen verdienen, wenn ich jetzt nicht – oh, ich bin außer mir! Vor dem König habe ich noch nicht laut genug –! Aus Gründen der Schicklichkeit! Aber all die Herren hier sind meine Zeugen jetzt!«

Sie sagten: Ja, sie wollten es gern bezeugen.

Auch Pater Ssawiecki hatte an diesem Vormittag Gelegenheit, erregt zu sein. Er saß über dem Brief Pomaskis, er lief damit in der Stube umher und bedachte stumm, was seinen Verdacht gegenüber Dimitrij nur bestätigt hatte. Bruder Pomaski hatte ihm das Protokoll eines Gesprächs zwischen Dimitrij und einem Pastor Bär übersandt. Pomaski schrieb, er habe gerade mit dem Zaren – was selten genug vorkomme – selbst verhandelt gehabt, als man den plumpen Lutheraner gemeldet und Dimitrij ihn sogleich hereingerufen habe. Er, Pomaski, habe im Nebenzimmer verweilen dürfen und alles mit angehört. Dimitrij habe sich aus Pomaskis Zeugenschaft offenbar nichts gemacht. Also verrate Pomaski jetzt kein Geheimnis, bitte vielmehr Ssawiecki um Teilnahme und Rat.

Nach seinem aus dem Gedächtnis aufgestellten Bericht hatte sich der Dialog ungefähr folgendermaßen abgespielt:

»Was führt dich her, lieber Bär?«

»Ein Herz, Majestät, das zu danken hat.«

»Ich wollte dich erst einladen.«

»Das dauert mir zu lange, Majestät.«

»Haha! Mach deinem Herzen Luft!«

»Eure Majestät hat meinen Schäflein allen erlittenen

Schaden verschwenderisch ersetzt und nun gar der Wittenbergischen Nachtigall gestattet, sich ein Nestchen mitten im Allerheiligsten Rußland zu bauen –«

»Was das erste betrifft: Dafür bin ich da. Das zweite deute nicht falsch, Bär! Eurer Kanzel wird ein Altar der Gegenreformation gegenüberstehn. Die Jesuiten bauen da auch. Ihr Wittenberger sollt nur den schlechten Eindruck ein wenig verwischen helfen. Übrigens – unterrichte mich: Was ist recht eigentlich das Besondere eurer Sektiererei? Was soll sie entschuldigen? Mußte nach der westöstlichen Spaltung auch noch die nordsüdliche kommen? Daß der Protestantismus im Weglassen groß ist, weiß ich, aber was bringt ihr Neues dazu, das gut, und Gutes, das neu ist?«

»Kontroverstheologie gefällig? In grober Kürze denn! Entweder oder! *Entweder* Religion, unser frommes Fleisch, der Mensch mit seiner mühseligen Innerlichkeit, die Purzelbäume schießt und herumkraxelt und sich versteigt, dies mystische Sichbetäuben und -verbluten in vergeblicher Selbsterregung oder asketischer Selbstquälerei, kurz Religion – *oder aber* der gekreuzigte Gott! Was gilt? Worauf können und wollen wir leben und sterben?«

»Weiter!«

»Man hat den Gekreuzigten, so mein' ich, unter Religion oft und immer wieder begraben, setzt immer noch aufs falsche Pferd, gedenkt, obwohl man Mensch der Erde ist, mit seiner abgöttischen Seele Künsten, Kämpfen und Krämpfen den gekreuzigten Gott überflüssig zu machen, den Himmel anzuzapfen, das Gottesreich heranzusaufen, daß es aus unsrer eigenen Seele Tiefe dann aufsteige und die Erde verwandle, sie und unser armes Fleisch. Doch der gekreuzigte Gott, was ist er? So wahr ihn nicht Huren und Wucherer, sondern die Religion zu Gottes Ehre gekreuzigt, so wahr ist und bleibt er unser Gericht bis in die letzten Winkel unserer frommen Selbstbehauptung und anmaßenden Demut, unseres ichsüchtig himmelnden Selbstbetrugs, unserer Selbstrechtfertigungs-, Selbsterlösungsversuche auf Hintertreppen. Doch auch der Ruf des Vaters ist er, der da ruft: Du wehender Staub, im Sturm der Verzweiflung laß dich in die Abgründe der richtenden Gnade fegen hierher vor meine Füße! Sei voll *getrosten* Verzweifelns im gnadevollen Gericht!«

»Halt! Der am Kreuz also, meinst du, ist aller Religion Ende, wie du sie verstehst, das Ende ihrer Tragik auch, gottlob. Zum gekreuzigten Gott hinfliehen, so denkst du, das heißt, all unsere Menschlichkeit Leibes und der Seele samt Religion und Gewissen begraben ins radikale Gericht, auf nichts vertrauend als auf das eine makellose Selbstopfer der am Kreuz sich offenbarenden Himmelsgnade, und so weiter und so weiter –«

»Kein ›und so weiter‹, Majestät. Da sitzt das göttliche punctum.«

»Bär, höre zu! Was jene religiösen Purzelbäume betrifft, den großen frommen Selbstbetrug, von dem du redest, so denk' ich etwa an meine Mutter und gebe dir recht. Was aber deine Kreuzestheologie angeht, so muß ich leider vermelden: Sie ist auch nichts weiter als ein letzter Dreh und Kniff jener Göttersagen spinnenden Religion. Ich fürchte sehr, der Gekreuzigte war der unseren einer – horribile dictu! – einer von uns, die wir alle die schaurige Nacht um uns mit heiligem Gerümpel ausfüllen müssen, um vor Grauen zu sterben, mit Göttern, Idolen, Ideen, Idealen –«

»Niemand starb grauenvoller als er, und das freiwillig –«

»*Im* Grauen schon, doch nicht *vor* Grauen, er glaubte ja! Und wie er glaubte! Übermenschlich groß, mächtig und ernst! Erschütternd.«

»Entscheidet Euch, Majestät! Hier war entweder Wahnsinn oder die Gottheit.«

»Zur Sache! Du bringst das Kunststück fertig, Religion

und Glaube widereinander zu setzen. Religion ist dir allemal Menschengemächt, der Glaube nichts als der begnadete, verzweifelt-getroste Sprung in den Abgrund dessen, der im Gekreuzigten niederblitzt und wegdonnert über alles, was in unseren eigenen Seelen aufwogt und verebbt. Interessant, Bär, faszinierend, mir ganz sympathisch. Doch du reitest auf des Messers Schneide, und jede Kirche, meine ich, brächte das um. Auch die deine. Sie muß wohl wieder religiösen Unfug treiben? Hahaha, so aber Gott und den Menschen zu konfrontieren, sie so zu trennen, das ist zu raffiniert und dumm! Du ziehst da die Grenze; als schneide ein Kiel durchs Meer und denke: Nun teile ich für alle Zeit das Meer in die Wasser links und rechts. Taschenspielerei, lieber Bär. Auch *dein* Glaube, der dir das Meer der ›Religion‹ überflügeln soll, ist nur ein Schaumspritzer, gehört dazu. Ach, dies ewige Glauben und Glauben, es sehe nun so oder so aus! Nie schafft es neue Wirklichkeit! Jeder Glaube scheint mir Aberglaube zu sein, auch der deine, Bär, und ein Ausweichen vor der einzigen Ehrlichkeit, die uns ansteht, nämlich unser Nichts ohne jede dummdreiste oder tiefsinnige Verklärung zu ertragen. Auch der demütigste, der verzweifeltste Glaube ist noch Feigenblatt vor unserem (freilich kaum erträglichen) Nichts; Vorwand ist er, kein neues Sein. Auch *dein* Kopfstand, Bär. Bist du bei unseren heiligen Landstreichern zur Schule gegangen? Ich stieß auf einen solchen hier in Moskau.«

»Das ist Eurer Majestät letztes Wort nicht. Als von oben her Bejahter hat der Mensch sein Leben und Sterben zu bejahen in Gnade und Gericht.«

»Hat er? Als Bejahter? So macht man aus der Not seine Tugend. Doch zur konfessionellen Kontroverse zurück! An ihren Früchten soll man sie erkennen. Wieso verbrennt ihr Lutherischen Hexen wie jener Torquemada Ketzer? Ihr seid alle aus dem gleichen Holz geschnitzt.«

»Das wallt' die Sucht! Eure Majestät lassen mich nicht zu Worte kommen –«

»Brülle nicht! Was hältst du von der zarischen Macht, Bär? Rede offen! Nein, nicht nötig, ich kenne dich. Du willst sagen, meine russische Kirche treibe es mit dem Staat wie Venus mit Mars, könne darum nur die Hure Babel sein. Da sage ich dir dies: Erstens habt ihr Lutherischen selbst eure zahllosen landesherrlichen Zwergpäpste von Ländchen zu Ländchen, und zweitens, ich stünde zur Nationalkirche meiner Russen, wäre sie auch aller Teufel Latrine. Bin Politiker. Ach, genug, genug. Dem Menschen ist ohnehin nicht zu helfen. Aber freilich, freilich ... Gibt's oder gab's mal irgendso etwas wie eine reine Darstellung des sogenannten Heiligen, dann – nur an *einem* Ort.«

»Wo?«

»Eben am Kreuz. Am Kreuz müßte die Kirche hängen, die wirklich deines Glaubens lebte. Wie schwämme sie gegen den Strom an, ja gegen sich selbst! Ja, sie gelangte sehr rasch an ihr Kreuz – vor lauter Selbstverleugnung, Selbstentleerung ... Was mich betrifft, ich verwalte die Macht.«

»Ich sehe jemanden in großer Versuchung, nämlich das Heilige zu mißhandeln, wo es sich nicht mißbrauchen läßt. Mir graut vor –«

»Vor dem Iwanssohn? Was die Anbetung betrifft, da mache ich wacker mit – wie Iwan. Widerspricht die Kirche politisch, so lernt sie mich kennen. Du wiegst die Glatze hin und her.«

»Mit Recht. Das Politische ist vom Heiligen nicht ausgenommen. Christus – der Herr Himmels und der Erde! Doch damit, daß Kirche da ist, ist sie für den Politikus schon ein Politikum. Sammelt sie nicht Volk? Und nun – mit Windbeuteleien ist Eurer Majestät nicht gedient, sie liebt das offene Wort; nun denn –«

»Ich weiß! Totale Glaubenslosigkeit, was ist das? Der Aufstand des Nichts, willst du sagen. Woraus aber schließest du bei mir auf schiere Gottlosigkeit? Denn das tust du. Mein Gerede war nur Provokation.«

»Daraus, ganz schlicht: Eure Majestät dünkt sich erhaben über jede Konfession, während und weil sie tief unter einer jeden steht; sie duldet alle, weil sie nichts duldet als sich. Toleranz – oft ist sie nichts als Verachtung und Anmaßung.«

»Bär, Bär, Bär, der Allwirkende, vielleicht ist er mir zu unausdenklich, zu verborgen, viel zu groß, als daß ich in all euren Theologien mehr sehen könnte als Kinderei, als Hybris. Nach gewissen Erlebnissen, die niemand mit mir gemein hat, bin ich aus eurem Fabulieren heraus.«

»Man lügt sich viel vor.«

»Nicht wahr? Da faß dir an die Rotweinnase!«

»Es ist nicht tiefere Demut, es ist Rachsucht, die so redet. Immer ist des Unglaubens Rache für seine Verdammnis die, daß er keinen Glauben um sich duldet. Kain mordet Abel, den Begnadeten, fort und fort.«

»Und immer läßt die unverschämte Einbildung, man throne mit göttlichem Tiefblick auf ewigen Höhen, Pfaffenwahn so reden und richten. Wie du dir selbst widersprichst! Woher kennst du mich, Mensch?«

»Aus Eurer Majestät Worten. Eurer Majestät Gewissen eitert an jenem Splitter. Eure Majestät zweifelt, verzweifelt, fragt: Habe ich denn wirklich kein Recht auf den Thron?«

»Was wagst du? Haha, du hältst mich nicht für den Sohn Iwans des Vierten? Trotz des großen Volksgerichts über Schuiskij? Und sprichst es aus?«

»Jetzt wohl achtgeben, Majestät! Der Täufer am Jordan rief: ›Denkt nicht, ihr dürftet schrein, ihr hättet ja Abraham zum Vater; ich sage euch, aus diesen Steinen kann Gott sich Kinder erwecken!‹ So würde ich Eurer Majestät, wenn sie vor mir jetzt darauf pochte, wirklich Iwans und der Marfa Sohn zu sein, zurufen: Denke nicht, in mir rollt Rjuriksblut, und damit ist das göttliche Recht bei mir! Gott kann sich seine Handlanger und Wunderleute aus dem Kot der Gasse holen.«

»Du wagst sehr viel, sehr viel.«

»Ich wagte es nicht, wüßte ich Eurer Majestät echten Adel nicht, er komme, woher er wolle.«

»Was siehst du in mir?«

»Den Bahnbrecher. Stürme er nicht zu weit voran! Hm, hoffentlich zieht er sich seine Rechtfertigung nicht erst nachträglich an den Haaren herbei!«

»Rechtfertigung wessen?«

»Des Ehrgeizes, der Abenteuerlust, der Ruhmbegier, blinden Tatendranges, gespenstischer Träume von Größe und anderer Süchte, längst erkannter Nichtigkeiten, die Eure Majestät einst auf- und hergeblasen als ›Seifenschaum des Teufels‹. Doch aus dem Bösen kann das Gute steigen wie Blumen aus dem Mist, und schneller als Blitz und Gedanke ist der Schritt aus Erwählung in Verwerfung und aus Gehorsam in Aufruhr, vom Guten zum Bösen.«

»Berufung! Erwählung! Immer dieser Pomp viel zu großer Begriffe! Aber ist *sein* Name ›Ich bin, der ich bin‹, so weiß auch ich, wer *ich* bin, und daß ich selbst so heiße. Dein Gott gefiel mir vorher, wenn ich dich recht verstand. Nun rede ich menschlich: Wäre das nun schlimmer vor ihm als seiner Frommen Gaukelei, wenn in seinen Bahnbrecherseelen solche Leidenschaften hausten, wie du sie nennst? Kann und darf ich sie meiden? Eins weiß ich: In mir kündet sich an das Rußland von morgen. Kann dein Gott mit ruhm- und ehrbegierigen, ausschweifenden Alexanderseelen seine großen Werke etwa *nicht* tun? Sucht und findet er nicht gerade solche Burschen, sooft er sie braucht? Er macht sie selbst. Wie blinde Gäule werden wir geritten, gespornt, gehetzt ... Haha, nun rede ich selbst dies irdische Kauderwelsch.«

»Auch ich orakle nicht gern von dem, was Gott ist, will oder kann. Meinen Blick zieht allein der Gekreuzigte an. Jedenfalls möchte ich Eure Majestät frank und frei fragen (und erwarte keinerlei Antwort): Hätte Eure Majestät, sofern Ihr ganz andre Throne, zum Beispiel in London, Paris oder Madrid, gewinkt, sich derselben nicht genauso gierig bemächtigt und freudig bedient, um rufen zu können: Seht her, in mir verkörpert sich Englands, Frankreichs, Spaniens Genius, ja das Europa von morgen?«

»Wenn ich nur malen darf! ruft der Künstler und verkauft sich an jeden Mäzen, und jede Wand ist ihm recht.«

»Gott allein weiß, ob Eure Majestät gedurft, was Ihr gelungen, und ob's Ihr weiter glückt, indes ... Selbstherrscher aller Reußen! Ihr seid nun mal da, Eurem Volk wart Ihr willkommen, ungestüme Mächte warfen Euch hoch und herein, es gibt kein Zurück (das Reich verbietet's), und – schuldig oder nicht – nun heißt es dienen, solang' es Tag ist –«

»Die Umstände meiner Erhöhung sind derart, daß ich im Falle des Absturzes den Allmächtigen anschreien müßte als Stimme seiner ganzen, ewig mißhandelten Schöpfung, ein gewisser Otrepjew sei sein Prophet, und was zu seiner Ehre zu predigen bliebe, wäre: Gott sei gedankt, es ist kein Gott, er ist zu seiner Ehre nicht!«

»Jetzt schwatzen Majestät *allzu* menschlich daher. Ihn leugnen? Gar verteufeln? Macht ihm nichts aus, uns offenbart's nur unsre Verdammnis.«

»Wo kommt die her?«

»Genauso dumm zu plärren, er sei nicht, wie zu trotzen, er sei. Tausendmal größer als unser Hirn und Herz, das ist ER. Himmelhoch ist seine unfaßliche Wirklichkeit über unsern Glauben und Unglauben hinaus, über jedwedes Bildnis –«

»Das Vaterbild ist das ungeeignetste, kindischste, ahnungsloseste, feigste.«

»Der ihn Vater, seinen Vater nannte, der tat's am Kreuz!«
»Aus dem Grauen heraus, das zur rettenden Lüge griff.«
»Da siegte der Sohn! Ganze Hingabe, letzte Unterwerfung, resignatio ad infernum. Daraufhin lasse Eure Majestät niemals den Glauben fahren, daß Gott Großes an Ihr tun will, er treib' es, wie er wolle.«

»Ob ich will oder nicht, ich diene! Was ich plane, sei's Krieg oder Frieden, deckt sich mit meines Reiches Bedürfnis und Zukunft wie Blatt auf Blatt im wohlgeschnittenen Buch. Und ich gedenke es dahin zu bringen, daß man mich einst selig preist – gerade wegen meiner Geburt aus den Tiefen des Volkes.«

»Welches Volkes?«

»Die in der Tiefe wissen sich eins von Volk zu Volk. Die Ebene ist eins, erst die Gipfel ragen auseinander; aber auch sie müssen sein. Ich will gipfeln. Eroberer müssen kommen. Wo kämen sonst die Weltreiche her? Immer geht's um die großen Zusammenschlüsse. Es kommt der Tag, da sich die letzten Riesengebilde im letzten Ringen gegenüberstehn. Ist auch das entschieden, so wird die Allmenschheit erwachsen sein, keinen Stockmeister mehr brauchen, den letzten Tyrannen erschlagen und sich selbst regieren. Lauter Freie dann. Mein Glaube meint das letzte Reich. Menschen werden es auf dieser Erde baun.«

»Vorwegnahme des Gottesreichs? Das kein Mensch ahnt und ermißt? Die Selbstverherrlichung des albernen Zweibeiners. Politischer Messianismus, vom Kreuz her längst entlarvt. Die ewige Selbstrechtfertigung des Nichts: Träume und Ideale! Ich dächte doch. Oder nicht? Majestät sprachen davon.«

»Das Endreich deines göttlichen Wiederkehrers ist der luftigste aller Träume, der windigste.«

»Lauter Gleichnis, keinerlei Greifbarkeit, Majestät, lest es nach: Himmel und Hölle – entfesselt; letzte Drangsal, die

Geburtswehen; Jüngstes Gericht; Christus das A und O, das weiß ich! Aber Christus auch heute! Ich hätte eine Frage, Majestät.«

»Nun?«

»Wie lange soll man Ärgernis nehmen und im Volke tuscheln: Aber daran hat der Gossudar nicht recht getan?«

»Woran nicht?«

»Mir selber brennt's wie Pfeffer in den Augen. Wer sich die Nase abschneidet, verschimpfiert sich das ganze Gesicht.«

»Du meinst –«

»Das.«

»Habe sie längst entlassen, Bär.«

»Hohe Zeit, höchste Zeit. Wie konnte die Majestät so blindlings ... Rache an ihren Toten? Nicht schön, Majestät. Pfui Teufel.«

»Halt's Maul, du –!«

»Es quält? Gut so. Ich schweige.«

»Genug für heute! Lebe wohl!«

»Zum Abschied, Majestät: Jakob, Erlister der Rechte des Erstgeborenen, Räuber des väterlichen Segens, Betrüger durch und durch, groß geworden, aber gefährdet, er ringt mit dem Allmächtigen, der keinen Sünder fahren läßt, in dunkler Nacht. Nicht wahr: Am Anfang – die Himmelsleiter (Bethel heißt er da die Stätte, Gottesraum). Am Ende jener Kampf mit dem Unbekannten (in Pniel. Gottes Antlitz heißt das, des Verborgenen Antlitz). Nicht mit Fleisch und Blut ringt der Schuldige da, nicht mit dem, den er auf Erden betrogen. Er weiß: In all dem Entsetzen, mit dem ich keuchend, Atem in Atem, verklammert stehe, darin ist ER. Doch seltsam: Ins Umklammerbare, ins Überwindliche, ins Menschliche entleert sich dieser Gott, daß wir ja die Freiheit hätten – auch über ihn, und er uns spürbar werde und – in seiner Ohnmacht unser mächtig. (Man denke an den Gekreuzigten!) Mit dem Antippen seines kleinen Fingers verrenkt er uns dann die Hüfte, wie? Seltsam: Der in seiner Finsternis Lichtozeanen gebietet, er stellt sich, als könne er nicht das geringste Grauen irdischer Tage vertragen, als enthülle solches Zwielicht sein Angesicht. ›Laß mich, die Morgenröte bricht an!‹ O Majestät, wie Gott mit uns spielt! Gott spielt mit uns, ja, und offenbart dabei sehr ernst des Menschen Wesen und Namen: Betrüger! ruft er, dies dein Name und Wesen, ›Jakob‹! ›Und wie heißest du?‹ fragen wir wohl zurück. Nun, er heißt nach wie vor ›Ich bin, der Ich bin‹. Doch damit, Majestät, sei's genug. Hier lasse ich mein ganzes Herz zurück. Ich bete für meinen Zaren, daß sein himmlischer Entlarver, mit dem er ringt, ihn unberaubt lasse wie Jakob und am Ende segne und spreche: ›Du hast mit Menschen und mit Gott gerungen und obgesiegt.‹ Meines Zaren Herzschlag aber bleibe dabei: ›Ich lasse dich nicht, du segnest mich denn!‹«

Das war das Protokoll, das war es, was Ssawiecki bewegte. Verdammtes, konfuses, langwieriges, feindseliges Geschwätz mit dem Ketzer, während Pomaski Luft ist! Die Sache lag in eines Abtrünnigen Hand, war in schlimmster Gefahr! Was tun? Maryna einheizen wie nie zuvor! Mit ihr muß der Sieg, der Sieg in Moskau einziehn, unsere Republik und Rom! Mit *ihrer* Armee! Sofort zu ihr! Diesen Burschen muß man nötigen! Mit ihr dann zum König! Der König leiht eine Armee her – und Rangoni den Segen. Butschinski hat recht, vollkommen recht.

Damit setzte er den Hut auf und ging. Unterwegs sah er gar nichts, lachte grimmig vor sich hin, korrigierte sich aber: Pardon, Dimitrij! Bei jener Meute da, die sich vor deinen Augen zerriß – gegen alle Widerstände werden wir dich rüsten, daß du sie wie Töpfe zerschmeißen sollst im Namen des Herrn. Wir meinen's gut.

Er fand Maryna erst zwei Stunden später. Sie war ausgefahren, wie Valerio Montelupi ihm an der Haustür unter dem Säulenarchitrav mit Handküssen versicherte.

Ja, Maryna wanderte, fern vom Kutschwagen im stürmischen Tal, einen Seitenweg oben am Waldsaum hinan, an den Brombeeren hin, blickte sich um, stand still und genoß den Blick in die bald überdüsterte, bald überglühte Weite. Der Sturm fuhr ihr entgegen. Dann und wann öffnete sich in den schichtweise dahinquirlenden Schneewolkenmassen ein Stückchen kaltes Blau. Dann ergoß sich Sonnenglanz, der über Hügel und Halden hinjagte und wieder verlosch. Plötzlich begann es zu schneien. Kleine Flocken stiebten und hieben ihr ins Gesicht. Sie stieg abwärts, ins Tal und zum Wagen zurück und dachte an Wlassjew und seine Werbung. Bis sie unten war und einer der beiden Kutscher ihr einsteigen half, hatte sie noch einige Freudengebetlein aufgeopfert und geschworen: Ein zweites Mal schüttelst du mich nicht ab! Ich komme mit Prätorianern, bin mehr als nur ich, bin »die großen Belange«!

Es war am Tage darauf gegen Abend, da ritt ein Kurier vom türmereichen Wawel hinab, um einen Brief der polnischen Königin zu befördern. Schon hatte er die Weichselbrücke, die Randsiedler und die ersten, leicht beschneiten Wälder hinter sich, schon brach die Dunkelheit herein, schon blitzten die Sterne auf, schon fielen dann und wann schöne Schnuppen, als er plötzlich im Buschholz Geräusch und Bewegungen wahrnahm. Er hielt sofort, er wollte wenden, da überfielen ihn hinterrücks Reiter und stolperten von vorn Musketiere heran. Man schrie ihm Halt! zu und erklärte, als man ihn umzingelt hatte, man gehöre zur Konföderation. Dann verlangte man die Auslieferung seiner Tasche und nahm sie ihm ab. So gelangte der Brief in die Hände des Bandenführers, eines Edelmanns. Der Kurier wurde mit Gelächter nach Krakau entlassen. Der Edelmann erbrach den Brief an Ort und Stelle, ließ sich eine Fackel entflammen und halten und las die leicht ansteigenden Zeilen der Königin:

»Meine allerschönste, lustigste und geliebteste Freundin, teuerste Gräfin!

Da Ihr an unseren Geschicken so viel Anteil nehmt, für den jungen Zaren Eure Schwärmerei behaltet und Maryna Mniszek Eures charmanten Hasses würdigt, beeile ich mich, Eure Neugier, die aus Euren von Belladonna geweiteten Märchenaugen sprüht, ein wenig zu befriedigen. Nehmt, was ich berichte, als Nachtrag zu meinen letzten Zeilen hin!

Seine Exzellenz, der Herr Wojewode von Sandomierz, stellte gestern Seiner Majestät, dem König, meinem Gatten, und mir sein Marynchen vor, das ja nun wohl glücklich zu preisende Mädchen. Es macht seine Karriere nun doch, die erstaunlichste von der Welt. Der junge Zar – das walte Gott, daß er sei, wofür er sich ausgibt! – hat in aller Form bei Seiner Majestät um sie geworben. Maryna kniete vor dem König und mir. Quelle charme! Wie herrlich Hochmut Demut heucheln kann, wie wohl ihn das kleidet! Doch das weiß niemand besser als Ihr, lieblichste Freundin. Der Zar hatte uns durch einen aufgeplusterten und dummschlauen Tölpel von Gesandten zu verstehen gegeben, er lege auf die Procura-Trauung keinen Wert, jedenfalls komme dafür keine öffentliche Kirche in Frage. So nahm denn Seine Exzellenz, der Herr Bischof von Krakau, die heilige Handlung in der Casa eines alten Florentiner Kaufmanns namens Montelupi vor, übrigens auch des schismatischen Gesandten wegen, der ursprünglich nicht einmal im Privathaus bei einer römischen Trauung den Bräutigam vorstellen wollte und kaum zu überzeugen war, der actus stelle seinen Zaren keineswegs als Katholiken hin, beraube auch ihn, den Herrn Gesandten, nicht des ewigen Heils. Seinen Trotz brach sehr rasch ein Kommandowort der zierlichen Braut. Wie knickte er da ein! Maryna hatte ihn angefaucht wie eine junge Leopardin, die

zum ersten Mal sich ihrer gefährlichen Natur bewußt wird. J'étais consternée, und nicht nur mich hat es amüsiert – in der bedrückenden Atmosphäre der etwas verschlissenen Pracht jenes Montelupischen Hauses. Vor allem der russische Herr Gesandte, Wlassjew, bot unseren Damen Stoff zum Lachen. Empörend freilich war es, daß er bei der Erhebung der Hostie wie ein Klotz dastand und stehenblieb; überaus erheiternd aber, wie er bei der Frage des Copulators, ob der Zar auch nicht mit einer anderen Frau vermählt sei, knurrte: ›Wie soll ich das wissen? Davon steht nichts in meiner Instruktion.‹ Während meine Damen in ihre Taschentücher bissen, überlegte ich, daß das nur Impertinenz gegen seinen Gebieter sein könne wegen der (bis hierher durchgesickerten) Affäre mit Xenja Borissowna Godunowa. Für den Rest des Tages weigerte sich Herr Wlassjew aus Ehrfurcht vor seinem Herrn und der neuen Gebieterin, den Bräutigam vorzustellen. Während des ganzen Banketts blieb er hinter Marynas Stuhl stehen, aß nichts und trank nichts. Als der Tanz begann, weigerte er sich aufs bestimmteste, mit Maryna zu tanzen. ›Ich‹, rief er, ›die Hand ihrer Majestät berühren?‹
Verletzt von der immerhin wohlwollenden und gutmütigen Ironie, zu der er, wie er fühlte, die heitere Gesellschaft animierte, rächte er seinen Gebieter, sein Vaterland und sich aufs großartigste dadurch, daß er in einer Tanzpause der neuen Zarin die Geschenke Dimitrijs I. zu Füßen legen ließ, während sie mit hochmütigem Engelsgesicht unter hohem Baldachin unweit unserer Throne in all ihrer leckeren Jugend und in Perlen und Edelsteinen über den Damen und Herren dasaß und allgemein nur insoweit bedauert wurde, daß sie so strahlende Reize an einem barbarischen Hofe nach Art muselmanischer Weiber werde verhüllen müssen. Gottlob liegt Moskau noch nicht ganz in Jakutien! Da ließ Wlassjew voll düsterer Würde durch sein Gefolge allerlei zu Marynas

Füßen aufbaun, so ein goldenes Gefäß in Gestalt eines Schiffes im Werte von mindestens sechzigtausend Rubel und allerlei goldene und silberne Statuetten, eine überaus prächtige Spieluhr, einhundertfünfundzwanzig Pfund kostbarster Perlen in edelsteinbesetzten und seidegefütterten Kästen und so fort. Schließlich überreichte er ihr persönlich auf purpurnem Kissen ein Halsband aus Perlen, deren jede die Größe einer Muskatnuß übertraf. Das waren Dinge von schwindelerregendem Wert. Maryna war mit jeder Faser nichts als Triumph und genoß Bewunderung und Neid mit so meisterhaft unter Lächeln verborgener Unersättlichkeit, daß keine Königin weder des Altertums noch der Neuzeit ihr die großen Herrscherinnen zukommende Lebensart hätte absprechen mögen. Sie hatte übrigens einen Künstler beauftragt, sie in diesem Augenblick zu skizzieren. Das Gemälde soll inzwischen bereits im Entstehen sein und wird ihr voran nach Moskau ziehen.

Seine Majestät der König war nicht sehr aufgelegt und zwiespältigen, fast leidenden Gemüts – wie so oft. Ein wenig hat er mich Einblick in sich nehmen lassen. Der Zar hat nämlich schon als Prätendent dem König und Herrn Mniszek zugleich die Provinz Smolensk geschenkt, offenbar in der Absicht, König und Vasall zu entzweien. Das ist ärgerlich. Der ungeheure Machtzuwachs des Wojewoden kränkt Seine Majestät eo ipso. Das werdet Ihr verstehen, ma précieuse. In das übrige hat mich der König noch nicht eingeweiht, aber ich höre flüstern, Maryna werde mit überaus stattlichen Kolonnen in Rußland einrücken, und die Moskowiter würden sich die Köpfe kratzen und fragen, ob sie einen Brautzug empfangen oder zum zweiten Mal erobert werden. Der König, im Kreuzfeuer entgegengesetzter Ratschläge, leidet vor allem unter den fortgehenden Wühlereien unserer Aristokratie.

Ich, meine Liebste, nehme dergleichen Unruhe rings um den Wawel längst nicht mehr tragisch. Gott hilft immer weiter und verläßt seine aufrichtigen Diener nicht. Empfangt, meine Liebe, die Umarmung Eurer Freundin ...«

Folgte der unleserliche Namenszug.

Mürrisch faltete der Leser den Brief, auf den Flocken fielen, zusammen. Das Zeug interessierte die Konföderation verdammt wenig. Schlag ins Wasser. Unnützen Ärger gemacht! Er hieß die Fackel löschen und befahl Rückkehr ins Schloß. Sie ritten im Schneegestöber davon. –

Der Wind kam von Osten und brachte den Winter heran. Über Moskau schneite es schon seit Tagen. Früher als sonst waren dort alle verschlammten Landstraßen gefroren. Über harte Felder fegte es schlohweiß. Nach vierzehn Tagen taute es, dazwischen fiel neuer Schnee, und die regungslosen Lüfte wimmelten von dicken Flocken. Statt des Wagengerassels hört man nur noch Schlittengeläut.

In solchem Gestöber hielt Fürst Galyzin, der pro forma auf sein Landgut Verbannte und nach der Begnadigung Schuiskijs Zurückgerufene, mit Gefolge hoch zu Roß seinen Einzug in Moskau. Von der Kremlwache, die Bjelskij kommandierte, hörte er, der Zar sei nicht in der Stadt. Im Palast empfing ihn der im Aufbruch befindliche Lustigmacher Kochelew. Ja, der Zar sei bei Wjasma, erklärte der, zum Exerzieren und auf der Jagd. Er, Kochelew, sei gerade im Begriff, im Gefolge des Fürsten Schachowskoj dem Zaren nachzureiten. So schloß sich Galyzin Kochelew an. Sie verließen mit ihren Reitern den Kreml, holten Schachowskoj in dessen Quartier ab und trabten zu dritt dem Gefolge voran auf das Stadttor zu. Der Schneefall hatte aufgehört, als sie unweit des Tores auf einen großen Volkshaufen stießen, der mit entblößten Köpfen um einen Reiter drängte, sich tief verneigte oder auch rief und die Mützen schwenkte.

»Da ist er ja!« rief Galyzin.

»Der Zar? Schon zurück?« staunte Kochelew.

»Ohne Gefolge!« sagte Schachowskoj.

Der Gefeierte konnte weder vor noch zurück. So rief Kochelew die Menge an, sie sollten demütig sein und Väterchen Raum geben. Die Leute gehorchten, der junge Herr im beschneiten Reisepelz ritt Kochelew entgegen, und dieser und die beiden Fürsten musterten ihn etwas befremdet, seinen zerlappten Kosakenmantel, die Lammfellmütze und sein struppiges, kleines Pferd. Dieser fixierte seinerseits Kochelew, als müsse er nachsinnen, wen er da vor sich habe, und diesem wie auch den beiden Fürsten kam nun das Gesicht ihres Gegenüber durchaus verändert vor. Da ging Kolja Kochelew ein Licht auf: Der Umschwärmte war – jener Schulmeister, dem er und Maryna dereinst in einer Schenke begegnet! Beim heiligen Nikolaj! Wie hatte er doch geheißen? Sokolow.

So hatte Iwan Sokolow sich endlich also doch noch aufgemacht! Um dem Sieger und Herrscher seine Dienste anzubieten? Was für Dienste wohl?

Sokolow besann sich seinerseits, erkannte, grüßte und fragte Kochelew nach des Zaren Aufenthalt. Die Leute in der Nähe lachten, weil ihr Gossudar sich so lustig verstellte. Das wußten sie ja in Moskau längst, daß er in mancherlei Vermummungen gern durch die Straßen schritt und ritt und mit den Geringsten sprach.

»Platz frei!« rief Kochelew, nickte den Fürsten und Sokolow auffordernd zu und trabte neben ihm davon. Die Fürsten und die Mannschaft folgten verwundert. Als man das Tor passiert hatte und nicht mehr belästigt wurde, schickte Kochelew die Mannschaft vor und eröffnete den beiden Fürsten, wen sie statt des Zaren vor sich hätten. Sokolow erklärte, er habe die Bauernweiber und das Kinderprügeln satt und denke, daß ihn der Zar werde brauchen können. Die vier ritten weiter, freuten sich auf Dimitrijs Gesicht, wenn er seinem Spiegelbild gegenübertreten würde, und malten sich allerlei Verwechslungsspiele aus, die man arrangieren könne, um Leute zu närren. Sokolow erfuhr, man halte auf Wjasma zu. Dort habe der Zar sich im Klosterwald ein Jagdschlößchen mit zahlreichen Blockhäuschen errichten lassen. Von dort aus halte er auch Manöver ab.

Es war ein Sonntag. Somit ruhte die Jagd und lagen die Truppen im Biwak, der Zar aber war obenauf, wollte von seiner Würde nichts wissen und erklärte, seine Titel seien für die Herren vorläufig gelöscht. Er hatte sich nach dem Feldgottesdienst mit Schwärmen von Reitern auf einen Spazierritt in die Wälder begeben, dort befohlen, abzusitzen und sich zunächst einmal männiglich im Schnee den Hang hinabzurollen. Dann rief er sie heran: Auf der Höhe zwischen den Wäldern sollten sie mit vereinten Kräften ein Fort aus Schnee errichten und hernach sich in zwei Fronten teilen. Die einen sollten das Fort verteidigen, die anderen es angreifen, und die Schneeballschlacht sei ein Orakel für den Feldzug gegen Asow. Es half nichts, auch die hohen Herren mußten heran.

Es taute etwas, und der Schnee lag einen halben Meter hoch. Im Nu ließen sich tonnengroße Klumpen zusammenrollen und wie Säulentrommeln oder Mauerquadern aufeinandersetzen. Dimitrijs Leibgarde unter Bondman, Knudsen und Margeret, zahlreiche Duma- und Hofbojaren und deren Dienerschaften, dazu viele polnische und litauische Offiziere, sie alle mußten schaffen und schwitzen. Schließlich, als sie die Person des Zaren am übermütigsten unter sich werken sahen, überkam auch die Verdrossensten jungenhafte Freude. Sie wühlten und rollten die weißen Massen vor sich her. Bald stand eine dicke weiße Mauer da, von Türmen eingefaßt, auch mit linker und rechter Seitenwand versehen und nach hinten offen, ein Fort, das ein halbes Hundert Verteidiger in sich aufnehmen konnte. Man setzte noch Zinnen auf die Mauer und dahinter Schneeballpyramiden als Munitionsvorrat. Endlich verkündete Dimitrij, der Burgbau sei vollendet, und teilte die Baukameradschaft in ein Sturm- und ein Verteidigungsheer. Von selbst ergab sich, daß Dimitrijs Leibgardisten, die Fremden, sich mit den Polen und Litauern, andererseits die Duma- und Hofherren, die Russen, sich untereinander zusammentaten und daß beide Teile mit lustigen Drohungen auseinandertraten. Danach wurde durch Hochwerfen eines Dolches ausgelost, wer zu stürmen oder die Stellung zu halten habe; danach, ob der Zar die Angreifer oder die Verteidiger führen solle. Der Dolch fiel und zeigte an, daß Dimitrij mit den »Deutschen«, Polen und Litauern stürmen sollte. Auch ein Muselman aus Astrachan war dabei. Die Russen waren die Verteidiger. Das war einigen von ihnen ärgerlich, mußte der Zar doch selbstverständlich siegen, auch hielten Schneebälle Sturmangriffe nicht auf; aber schließlich – diesem jungen Gossudar, der sich offenbar seit der Affäre Schuiskij und dem großen Sobor vor Tollheit, Energie und Selbstherrlichkeit kaum noch zu lassen wußte, ihm war der Spaß heilig. Nun gut!

Mit großem Lärm besetzten die Russen das Fort und stapften die anderen den weißen Berghang zwischen den schneegrauen Waldmauern hinunter. Dann wurde es oben und unten stiller. Dimitrij hielt eine kleine Rede gegen den Khan von Asow. Er wußte, daß dieser und seine Horde durch den Astrachaner Freund nun früh genug erfahren werde, was der Zar jetzt im Scherz sprach und im Ernst meinte. Dann gab er das Zeichen zum Angriff. Erst schritt man langsam vor, schwärmte dann immer schneller aus und voran, raffte Schnee und schleuderte die Bälle mit Gebrüll. Die Verteidiger erwiderten den Beschuß mit ebensoviel Lärm. Wo man vorher in der Nähe der Burg die Schneemassen zusammengerollt hatte, wo es nun nackte Strecken voll struppigen Heidekrautes und Gestein gab, geschah es in der Hitze des Kampfes, daß der eine oder andere Angreifer, Deutscher oder Pole, im Hin und Her der Geschosse Steine auflas, sie in Bälle buk oder sogar ohne Schnee warf. Das ging so eine Weile. Flüche erschollen vom Fort. Dimitrij bemerkte die Ausartungen nicht. Er schrie die Verteidiger an: »Zielt gefälligst auf mich! Warum schont ihr mich? Asower seid ihr, keine Russen!« Keuchend erkletterte er als erster die Mauer, stand oben, triumphierte und sprang hinab. Ihm folgten viele andere. Die Schneemauern stürzten ein. Noch innerhalb des Forts fiel man sich an, rang miteinander, wusch und rollte einander haufenweise im Schnee. Doch eine ganze Reihe von Verteidigern war zurückgewichen, stand mit blutigen Gesichtern schimpfend oder zornigen Blicks und machte nicht mehr mit. Als Dimitrij im Tumult aufgestanden, wollte er sie schelten; da nahm er ihr Blut wahr, da starrten ihn wütende Gesichter an, da sah er sogar ein Messer gezogen, das ihn zu bedrohen schien, da trat sein Kriegsminister und Schwertträger Skopin-Schuiskij hinter ihn und raunte ihm zu: »Genug, Herr. Solche wie der da könnten – hm! Die Herren sind mißhandelt worden und beleidigt.«

»Von mir?« fragte Dimitrij. Er hatte Ausländer und Nichtrussen gegen seine Landeskinder geführt. Die hatten unfair gekämpft, die hatten sich erlaubt, ihm dieselbe Geringschätzung seiner Landeskinder zuzuschreiben, die sie selbst empfanden. So gebot er denn zornig Halt. Um sich nicht sogleich merken zu lassen, wie betroffen er war, stieg er rasch auf die halbzusammengebrochene Schneemauer, zog den Säbel, schwenkte ihn und rief: »Freunde, so werden wir im Sommer Asow nehmen, und ohne größere Mühe, so Gott will!« Er befahl den Aufbruch ins Kloster Wjasma: »Dort werden wir Erfrischungen zu uns nehmen und auf unsere künftigen Eroberungen trinken. Das aber muß ich schon sagen ...« Er wurde ernst: »Ich schäme mich der Sieger von Dobrynitschi, die hier mit Steinen statt mit Schnee geschmissen. Ich erwarte, daß die Schuldigen sich vor den Verletzten verneigen, sie um Verzeihung bitten. Ich bin verstimmt, das muß ich schon sagen, durchaus verstimmt.«

Er trat vor die Blutenden hin, verneigte sich vor ihnen als erster tief, wandte sich und ging quer durch die Stämme voran. Wem, fragte er sich, stand da der blanke Dolch in der Faust und im Blick? Natürlich, dem Taschtischew! Aber der andere? Fürst Worotynskij. Und sogar Gawrila Puschkin. Zu dumm von mir, mit den Fremden zu stürmen. Das Los fiel so. Aber ich sehe nun, woran ich immer noch bin. Ich stoße wohl noch auf die unterirdischen Adern oder hinterlassenen Wurzeln deiner Konspiration, Schuiskij, du Teufel? Da hat man Dienstmannen, Bürger und Bauern, Volk und Heere hinter sich, und plötzlich genügt ein Stoß aus nächster Nähe in einer Schneeballschlacht. Solche Gebärde hätten sie gegen keinen meiner Vorgänger gewagt. Distance also! Und Härte! Reinthronisierung Iwans! Hätte ich nur erst die Liste derer beisammen, an denen das schockierende Exempel zu statuieren wäre! Schuiskij kommt wieder. Sie werden sich um ihn sammeln wie einst. Mit Speck fängt man Mäuse. Wo das Aas, da die Raben. Schuiskij ›holt sie sich alle wieder heran. Die Katze läßt das Mausen nicht. Dann – dann! Neue Opritschniki brauche ich. Erst danach Krieg und Ruhm. Zarutzkij und Korela kehren in Kürze zurück. An der Wolga ist es still geworden. Mein Abklatsch dort, so dumm als dreist, der andere Zarewitsch, hat sich ins Mausloch verkrochen, Seigneur Pjotr Fjodorowitsch. Aber seine Wolgaer haben Dörfer und Städte geplündert. In der Tat, er dürfte das Früchtchen meines Strelitzenhauptmanns Ilejka sein. Doch wer es auch immer mit mir anlegt, der fahre ins Paradies wie die Sau ins Mausloch!

Dimitrij blieb stehen und blickte nieder: Übrigens – wie empfindlich! Ein alberner Vorfall genügt, um mich vom festen Grat der Sicherheit ins Nichts zu stürzen? Bin ich eine

Daune? Ja, Maryna, ein Windhauch treibt sie empor, ein Tropfen genügt, um sie zu Boden zu klatschen.

Die Nachfolgenden hatten ihn eingeholt. Er setzte seinen Weg fort. Dann ging er rückwärts und rief: »Nicht zum Kloster mehr, Freunde! In unser Jagdlager! Schlaf und Ruhe bis zur Dämmerung! Und danach seid meine Gäste!«

Sie folgten zum Waldsaum, erblickten ihre dort abgestellten Pferde und Stallburschen, stiegen in die Sättel und ritten dem Zaren nach.

Vor dem beflaggten einstöckigen Blockhaus Dimitrijs standen längs der Vorderfront in gleichmäßigen Abständen Gardisten in Atlas und Sammet, in Pelzwerk mit Helmen und Hellebarden. Der geräumige Hof wurde von kleinen Blockhäusern eingefaßt, in die sich alles Gefolge verlor. Pferdeställe und Mannschaftsräume lagen außerhalb des Faschinenzaunes. Dimitrij wandte sich in seiner Diele zur Stube rechts und befahl dem Hausmeister das Abendessen im Saal. Wildbret befahl er von der Jagdbeute; für sich, da sein Magen ihm Ungelegenheiten mache, das übliche. Damit trat er in sein mit schweren Wandgeweben behangenes Wohnzimmer, staunte, als er Kochelew und einen Unbekannten, der ihm den Rücken zukehrte, erblickte, und war verblüfft, als dieser sich ihm zuwandte und genau seine Haltung annahm. Der Lustigmacher stellte vor: »Die Majestät und ihr Konterfei, aus dem Spiegel herausgehext und Fleisch und Blut geworden.«

Nun machte sich das Spiegelbild selbständig und verneigte sich tief. Kolja schilderte, wann und wo er und Maryna einst den Schulmann Sokolow aufgefunden.

»Nach welchem Dienst steht dir der Sinn?« fragte Dimitrij. Der Doppelgänger bat um ein Amt in der Kanzlei. Der Zar sah ihn längere Zeit an und schüttelte dann den Kopf: »Du sollst mein Doppelgänger sein. Könntest mich hier und dort vertreten, auch gewisse Leute von meiner Fährte ziehen, wenn ich wegtauchen will. Vielleicht gewisse Reisen für mich tun, während ich hier bliebe und die Augen offenhielte – oder friedlich schlösse. Damit du klarsiehst, Sokolow: Jedem Herrscher, der was bedeutet, drohen Verschwörungen. Du könntest gegebenenfalls Verräter irreführen, mich im Kreml vorstellen – wenn auch nur in einer gewissen Entfernung, während ich irgendwo nach dem Rechten sähe. Aber ein Doppelgänger hat nur so lange Wert, als man nichts von seiner Existenz weiß. Wem hast du dich schon gezeigt?«

Kochelew mischte sich ein: »In den Gassen von Moskau schrie man ihm zu, Schätzchen, und hielt ihn für dich.«

»Kolja, pudre ihm Brauen und Haar mit Mehl, setz ihm eine grünverglaste Hornbrille auf, kleide ihn als Deutschen, als Kaufmann oder Gelehrten, schaffe ihn nach Moskau, ehe man ihn hier sieht! Iwan Sokolow, du hast jetzt Stubenarrest bei meinem Freund. Dort alles weitere. In einem Jahr bist du ein reicher Mann. Keine Widerrede! Gott befohlen, ich habe zu tun.«

Als Dimitrij allein war, kleidete ihn ein Diener in seinen zobelgarnierten Kaftan. Dimitrij verwünschte das schwere Stück und verlangte den leichten Jägerkittel mit Gurt. Umgekleidet, schickte er nach Pjotr Basmanow. Dieser kam und meldete dankbar die Rückkehr seines Halbbruders, des Fürsten Galyzin. Er mußte den Fürsten herüberholen und brachte auch Schachowskoj mit. Dimitrij umarmte Galyzin, ließ ihn seine Gnade merken, kam auf die grausamen Härten irdischen Ringens zu sprechen und befand sich dann zu viert im Gespräch über Iwan den Schrecklichen. Dimitrij verteidigte dessen Ziel, alle Rangunterschiede auszubügeln, da sie sich wichtiger gebärdet hätten als das Reich, da in ihrem Dornengestrüpp die Zukunft hängenbliebe. Staatswirtschaft, und die Stämme und Rassen vermischt, ihre Religionen dito! Traditionen gerodet und Ordnungen eingeebnet! Die Bojaren hätten konservativ, partikularistisch und territorial gedacht. Sie seien weggefegt und ein neuer Ämteradel an ihrer Stelle (einschließlich der niederen Geistlichkeit) im Reichsstil gedrillt worden. Heute gelte die Entscheidung: Entweder zurück zur alten Adelsdespotie à la Pologne oder weiter voran in der Weise Iwans.

Basmanow lachte: »Ich als Sohn eines der iwanischen Emporkömmlinge habe gewählt.«

Schachowskoj rief: »So wahr ich unter den Fürsten einer der ärmsten Teufel bin – heran mit der Walze! Weg mit dem Joch, das die Bauern erdrückt! Und der Weg zur Freiheit aller führt in der Tat über diese nächste Station: Ein einziger Herr im Land, und alle sonst seine Sklaven!«

»Ich wünsche dem Einen Herrn in die eine Hand den Ölzweig, in die andere das Schwert«, sagte Galyzin.

Ja, dachte Dimitrij, bis ich die Maske abwerfen und rufen kann: Schaut her, nie war ich ein Rjurik, doch immer der eure; ihr wart in mir und ich in euch. Unter Gleichen bin ich der erste nun. Soll ich abtreten? Soll euch wieder die alte Brut treten? Habt ihr begriffen, welches neue Zeitalter mit mir erschienen? Habt ihr's, so schreibt euer Wissen, euren eigenen Adel den Ehemaligen mit der Knute aufs Kreuz!

Er rief: »Willkommen, Galyzin, noch einmal willkommen! Auch dir wird noch dein Amt.«

Dann verabschiedete er sie, legte sich im Schlafraum nieder und druselte mit Gedanken an Maryna, die sich jetzt so viel Zeit ließ, ein. Auch an Sokolow dachte er noch. Gefiel ihm der Kerl? Niemand kann seinen Doppelgänger ausstehen, zumal wenn ihm Brutalität und Feigheit irgendwie aus den Augen blicken. Doch man kann ihn verbrauchen.

Wofür? fragte er, schon im Traum, Kochelew, mit dem er durch die verschneiten Wälder ging. Da wurde zu seiner Rechten aus Otrepjew dem Jüngeren Otrepjew der Onkel und schwor mit pathetischen Gebärden, er sei Iwan. Als Dimitrij ihn genau ansah, trug der Tote in der Tat das überdrüssig bleiche, abgelebt welke, mattblickende und hohlwangige Gesicht des gealterten Iwan. Dimitrij stellte eine verwüstete Schönheit fest, wies ihn auf den voranwandernden Sokolow hin und fragte nach dessen Verwendung. Sehr einfach! lachte Otrepjew, der jetzt hoch über ihm in der Luft durch die nackten Baumwipfel ging – du verbirgst dich im Kloster Wjasma, während deine Feinde im Kremlpalast Sokolow niederspießen, und wenn seine Leiche durch die Gassen geschleift wird – oder auch in der Erzengelkirche mit allen Ehren der Moskauer Großfürsten über schwingenden Weihrauchschalen und heiligem Singsang aufgebahrt liegt, wenn deine unbekannten Feinde aus ihren Schlupflöchern kommen und sich groß gebärden, dann – was dann? Dann ruft Miechawiecki die Polen auf, die da nicht von den Fleischtöpfen Moskaus wegwollen: Rächt unseren Helden und Kameraden an seinen Mördern! so ruft er, schlagt alles tot, was Bojar heißt! Da fallen sie wie Hornissen über sie her und – wo? Im Saal der Duma, wo sie sich gerade um das Erbe zanken. Ängstlich duckt sich das den Kreml umheulende Volk. Dann aber (und Otrepjew saß ihm jetzt rittlings im Genick), dann kommst du aus Wjasma heran, nahst auf Sturmesschwingen mit großem Heer über Nacht, nimmst Moskau ein und holst das Pack aus den Betten: Rache für die schuldlosen Bojaren, du rechtgläubiges Volk, für deine ruhmbedeckten Edlen, die schuldlos mit den Schuldigen gefallen, und weg mit den Schlächtern, den Polen, den Heiden, die jetzt im Kreml sitzen und Rußland für ihren König glauben erobert zu haben. Siehst du, Zar Dimitrij, so rottest du die Fremden aus, die aus Kameraden und Freunden zu Feinden geworden, die dich überwuchert haben, oder du jagst sie doch über die Grenze, daß man nur noch ihre Hacken sieht und ihre Hüte fliegen. Laßt sie fliegen! schreist du hinterher, was nützt der Hut noch, ist der Kopf erst ab? Hoppla, trabe, springe, mein Pferdchen, freue dich, du bist sie alle bald los, die Quälgeister, und niemand klagt dich an, Idol du der Krieger und Bauern. Bist du ihr Richter und Rächer doch. Ehe Maryna kommt, muß alles fertig sein. Hörst du?

Dimitrij fand plötzlich die Last des Reitenden, der so in ihn drang, auf seinen Schultern ganz unerträglich, doch Otrepjew hatte seinen Hals so fest mit den Schenkeln umklammert, daß Dimitrij sich im Kopfsprung an eine Baumwurzel niederwerfen mußte, um ihn loszuwerden. Davon erwachte er.

Er warf die Beine vom Lager und sann: Diesen Sokolow schickt mir wohl der Himmel. Des einen Hölle, des anderen Himmel. Ja. Sokolow aufgebahrt, ich hier versteckt; die Polen schreien: ›Surgite, vindices, in parricidas! Mortem nobilibus Moscoviae!‹* Und ich, ich fahre heran, der Befreier des Vaterlandes, das ganze Volk trägt mich und mein Heer, nimmt das reinigende Blutbad auf sich. Ich bin heraus aus der Mühle, zwischen deren Steinen ich Weizenkorn der Zukunft lag. Erst dann contra Asow, dann erst! Et cetera.

Doch muß Sokolow sein Leben lassen? Muß er? Als erster unter den vielen? Die Julia jenes armen Romeo versenkte ein Opiat in todähnlichen Schlaf: Wie, wenn nun auch Sokolow … Man könnte ja eines natürlichen Todes gestorben sein …

Jetzt sprang Dimitrij auf und rieb sich ärgerlich die Stirn: Wie fest so ein Traum sitzt! Er tauchte beide Hände ins kalte Becken und netzte dann sein Gesicht. Jetzt sah er ganz klar und wußte, die Rückkehr Schuiskijs werde genügen; um diesen werde sich kristallisieren, was zu zerschlagen sei. Nur nicht alles über einen Kamm geschoren! »Seit dem großen Volkskonzil weiß ich: Ich habe das Reich in der Hand; nichts darin wird ohne meinen Willen geschehn. Ruhig Blut!«

Ein Jagdtreiber kam und meldete, man sei zum Mahl versammelt. Dimitrij ging.

* Auf, ihr Rächer, gegen die Vatermörder! Tod den Edlen Moskaus!

Wie ein herrlich Ausgeruhter und sehr Aufgeräumter, so trat er in den Saal, grüßte mit freudig gebreiteter Armbewegung die Herren, die an ihren beiden Tafeln standen, wandte sich zum Heiligenbild zurück, grüßte es, bekreuzigte sich, setzte sich an seinen Sondertisch und sah zu, wie sich die Herren niederließen. Die Servierer kamen und gingen. Bald ging der Lärm der Schmausenden an den Tafeln auf und nieder, und Dimitrij gedachte wieder der Art, wie Iwan einst alles Oben und Unten einzustampfen versuchte und seine schlimmen Funktionäre bewußt aus den unteren Schichten herauffischte. Hatte nicht schon der dritte Iwan einen neuen Ämteradel über den Erbadel gerückt? Hielt Zar Boris das nicht genauso?

Dimitrij aß von seiner Bratenplatte, ohne zu wissen, daß und was er aß, und überlegte weiter: Rußland – das Reich der Mitte zwischen Europa und Asien. Die Ostkhanate sind so barbarisch nicht, Basmanow. Die Krim ist hellenistischer Boden und verkehrt mit Venedig und Genua. Die Mongolen, seit zweihundert Jahren Moslems, sind von altorientalischen Kulturen beleckt, und mit den Karawanen ziehen Mathematiker, Baumeister, Ärzte und Geographen herum. Akbar, mein lieber Schachowskoj, war ein großer Kaiser, Großmogul von Indien, Kaschmir und Afghanistan, und ein prachtvoller Freigeist. Er übte religiöse Duldung und hieß alle östlichen Religionssysteme zusammenwachsen. Auch die Friedenskaiser von China ließen Iwan über ihre Völker und Reichtümer berichten. Die Mingdynastie ... Dimitrij sah Meeresstrand vor sich. Wellen rollten heran. Das Baltische Meer? Ja, und im Süden das Kaspische. Nach beiden Ufern blickte Iwan.

Er griff zum Pokal: Maryna, dir trinke ich dies zu. Es lebe das Leben mit seinen stolzen Eitelkeiten und jeder schmiedende Hammerschlag, wen er auch trifft. Den Gustav Erichson, den Alchimista und weitbeschrienen neuen Paracelsus, den unsere Agenten vor sechs Jahren in Thorn entdeckt, warum nicht ihn gegen den Schwedenkönig in Szene setzen, mit ihm (Sigismund zum Trotz) hinüberschiffen, in Schweden eindringen und durch ihn herrschen, wie das die Polen hier mit mir gemacht? (Das heißt, zu tun gedacht!) Doch der strebt ja nur nach wissenschaftlichem Ruhm. Zwanzigmal seit seinem Wiegentage dem Tode entronnen, hat er genug davon. Ob er wirklich der Echte? Oder auch nur einer wie ich? Nein.

Er ging zum Kompott über und fühlte sich angenehm besäuselt, erwärmt und gefüllt. Diese Herren Bojaren da, ach, wie buckeln sie trotz Taschtischew und anderen seit dem großen Sobor! Ja, ihr Hunde, immer nur nieder und die Stirn an die Erde geschlagen! Da, wie sie untereinander höflich tun. Herzstück ihrer Erziehung: Daß jeder jeden aus christlicher Liebe in der unterwürfigsten Schmeichelei überbiete und danach in der niederträchtigsten Denunziation. Zwar mir gegenüber scheinen sie einig, halten sie dicht. Wie viele von den Subjekten Schuiskijs essen jetzt mein Brot? Stark waren die Schuiskijs im Klüngel der Kaufmannschaft immer. Sind sie jetzt zahm? Iwan! An deinem Günstling und Schüler Boris hat sich dein Terror gegen den Adel schließlich doch gerächt. Ich muß viel schneller und radikaler als Boris ... Mich trägt der Adel erst recht nicht, trotz des großen Volkskonzils, und das Volk ist mitunter weit ab. Hier frißt man mir nur zum Schein aus der Hand. An mich – (Bär hat's gesagt) – an meine Iwanssohnschaft glaubt fast niemand. Oderint, dum metuant!* In Polen wäre ich als König immer noch elender daran.

Was wollen hier die polnischen Herren noch? Alte Kameradschaft ... Die ist zum Teufel. Auch ihnen war ich immer nur Mittel zum Zweck. Gern würde das nun ganz Rußland unterwandern, mich kommandieren, ausbooten und beer-

---

\* Mögen sie mich hassen, wenn sie mich nur fürchten.

ben. Nun, ich komm' euch zuvor, recht iwanisch, und vergelte Gleiches mit Gleichem.

Er fütterte die Dogge, die ihm eine Pfote auf den Schenkel legte.

Kreuzzug! Macht der König nicht mit, wende ich mich nach Wien und biete dem Habsburger für ein Waffenbündnis die Kirchenunion und jede Hilfe an zur Niederwerfung der protestantischen Fürsten und Städte in Deutschland. Wann endlich stehen meine Heere? Fürsten, Große und nichttitulierte Bojaren, Amtsleute, Dienstmannen, Bojarenkinder, alle sind sie verdammt säumig, wenn's gilt, von Grund und Boden, von Latifundien und Lehen Mann und Roß und Fourage und Rüstungen zu stellen.

Plötzlich fiel es ihm auf, daß da hinten an der linken Tafel die Männer um Taschtischew die Köpfe zusammensteckten und mit Bitterkeit zu ihm hinüberschielten. Man lästerte gewiß. Er rief: »Taschtischew!«

Der Bojar erhob und verneigte sich.

»Erzähle laut, mein Freund, daß alle es hören, was du da eben Interessantes tuschelst!«

Taschtischew stand verwundert und schüttelte den Kopf.

Dimitrij befahl härteren Tones: »Tritt hierher und erzähle laut deinen Witz – oder Ärger! Oder was es war!«

Taschtischew machte Augen. Nach einer Pause voller Stille rief Dimitrij: »So ging es über deinen Herrn her, über mich? Immer frei heraus und Maul auf! Du kennst meine Devise, Alter! Ich verstehe zu nehmen und zu parieren.«

Taschtischew rührte sich nicht und brummte etwas.

Dimitrij spürte, daß der Burgunder ihn durchglühte, doch sein Geist sah Taschtischew mit dem Messer in der Schneeburg stehn. Er schrie hinüber: »Bist du taub? Ich habe dich aufgefordert, hierherzutreten.«

Taschtischew überstieg seine Bank, kam, trat vor Dimitrij hin und sah in trotzig und übelwollend an.

»Alter Nußknacker, Maul auf! Was mißfällt dir an mir?«

»Nun denn«, antwortete des Alten kalter Baß, »daß Deine Majestät Kalbfleisch ißt, das ist gottlos und ein schlechtes Beispiel.«

Dimitrijs Augen und Lippen rundeten sich lustig, dann stieß er ein lautes Gelächter aus, und danach beugte er sich vor, winkte Taschtischew mit dem Zeigefinger liebreich näher und mahnte: »Näher, näher, näher!«

Aber seine Augen blickten dabei gefährlich. »Kalbfleischessen – gottlos? Wie's Schweinefleisch für den Juden? Junge Täubchen ißt du wohl auch nicht? Aber wie spricht unser Herr und Erlöser? ›Was in den Menschen eingeht, das macht ihn nicht unrein, was aber aus ihm ausgeht, das macht ihn unrein, denn von daher kommen alle argen Gedanken‹ – somit der ganze verdammte Taschtischew. Kalbfleisch ist für schwächere Mägen und Könige, hörst du? Ihr mit euren Speisegesetzen! Israeliter seid ihr, Erzisraeliter! Wiederhole, was du bist!«

Taschtischew schwieg.

»Du glaubst das nicht?«

Dimitrij stand langsam und bedrohlich auf: »So werde ich dich zum Juden *taufen*.« Er nahm die Sauciere in die eine, die Bratenplatte in die andere Hand, und ehe Taschtischew sich's versah, warf, schlug und stürzte sein Herr ihm beides über den Kopf, so daß es dem Bojaren in braunen Bächen über das Gesicht und auf die Brust floß und tropfte. Taschtischew trat wie zum Angriffssprung zwei stockende Schritte zurück, und bei den Polen gab es Gelächter, bei den Bojaren zorniges Murren. Da explodierte Dimitrij vollends und schrie wie ein Tobsüchtiger: »Wer will mitgetauft sein, he?«

Totenstille entstand.

Taschtischew röchelte vor sich hin. Seine Brust ging hoch. »Bei meiner Väter Ehre«, keuchte er.

Dimitrij fauchte: »Was?«

Er wandte sich zu den Gardisten an der linken und rechten Tür: »Auf ihn!« Diese polterten herbei und nahmen ihn fest. »Nach Sibirien, du Hund! Verbannung, Verbannung! Ich will dich lehren, deinen Zaren ehren!«

Taschtischew wurde zwischen beiden Tafeln nach hinten aus dem Saal gezerrt und gestoßen. Dimitrijs Augen wanderten danach von einem zum anderen und studierten aus schmalen Ritzen die – meist gesenkten – Mienen. An Basmanows Gesicht blieb sein Blick haften. Er sah: Pjotr bedauert, mißbilligt, zürnt. Und schon verstand er selbst nicht, was in ihm so plötzlich explodiert war. Schon trat er innerlich den Rückzug an, deckte ihn aber noch mit drohenden Worten: »Beschwöre ja niemand die ungemütlichen Tage meines Herrn Vaters herauf, ihr Herren!«

Er stieß gut iwanisch mit einem Fußtritt seine Tafel um, daß alles, was daraufgestanden, mit Geklirr und Gepolter zu den Bojaren hinunterrollte, machte kehrt und ging. Gefürchtet oder ausgelacht? Das, dachte er, ist die Frage.

Er brach in der gleichen Stunde auf und ritt mit Basmanow, Schachowskoj, Galyzin, Miechawiecki, Margeret, Skopin-Schuiskij und einem Dutzend Gardisten, ohne sich sonst zu verabschieden, die dreißig Kilometer nach Moskau durch Dämmerung und Nacht zurück. Mochten die Zurückgebliebenen Rätsel raten.

Als er nach Trab, Galopp und wieder Trab das erste Mal in Schritt gefallen, ritt Basmanow an seine Seite. Dimitrij sah ihn kurz von der Seite an, blickte geradeaus und knurrte: »Rede!«

Basmanow erklärte, er werde aus Dimitrijs Verhalten nicht klug. Bis zum Schuiskij-Prozeß habe Dimitrij sich deutlich aus der polnisch-litauischen Kameradschaft gelöst und auf die Seite des Russentums geschlagen, seither seine triumphale Unabhängigkeit nach beiden Seiten zur Schau getragen, neuerdings aber scheine es ihm nichts auszumachen, den versöhnten – oder überspielten – Feind zu reizen. Er frage also, zu welchem Zweck Dimitrij ihn herausfordern wolle? Gewiß sei Taschtischews Einfluß auf seine Standesgenossen nicht allzu groß, habe er stets nur einige Radikalinskis hinter sich gebracht, aber einen Hochverräter wie Schuiskij könne man nicht begnadigen und einen Taschtischew verbannen. Es werde heißen: Die Kleinen tritt er, den Großen putzt er die Stiefel.

Dimitrij, der das längst bedacht, winkte ab: »Sage ihm, du hättest für ihn gebeten und mein Zorn sei verraucht. Aber er soll zu mir kommen und auf Knien bereun. Die Wildsau!« Wieder gab er seinem Pferd die Sporen und setzte es in Galopp ...

In ihrem Kremlkloster saß Marfa auf einem Hocker steif und starr, mit dem Rücken an der Tür, im vordersten ihrer drei Prunkräume. Sie saß da in Stille und Finsternis. Der winzige Schimmer des heiligen Eckschreins ließ zwei Armsessel, ein Kissen, die Wand und einen Fensterrahmen hervortreten. Marfas Rücken fühlte und kontrollierte die verschlossene Außentür. Jetzt tastete ihre Linke prüfend nach der Verschnürung der Klinke. Tag und Nacht nun, dachte sie, würde sie sich so einschließen und Wache halten, und keine der Heimtückerinnen würde mehr wagen, hereinzuschlüpfen, heimlich ihr ins vorsorglich selbstbereitete Essen zu speien, tote Flöhe auf den Brei zu streuen, giftigen Tee zu bringen oder Monatsblut auf Laken oder Kopfkissen zu schmieren und nachts den schrecklichen Toten immer wieder in ihr Schlafzimmer zu schmuggeln, während sie schlief. Aber unter ihrem Kissen lag nun das Beil bereit – gegen den Unhold, daß er sie nicht mehr mißbrauche, wie schon in so viel Nächten geschehen. Morgen würde sie sich Hosen nähen, die bis zu den Hüften sicher verschließen, und aus dem Mantel einen Sack zum Zuziehen am Hals. Das war das Schlimmste, daß gegen Iwan, den Ruhelosen, doch wohl keine verrammelte Tür, keine noch so dicke Wand half. Dergleichen aus der Unterwelt saugt die Kräfte der Irdischen an sich, wird Fleisch und Blut, sichtbar und geil. Aber die schlimmste Vergewaltigung heißt Berückung. Ach, immer so willig gemacht und erniedrigt zu sein!

»Wieder da?« brabbelte sie erregt vor sich hin. Sie sah ihn vor sich, den mittelgroßen, hohlwangigen Mann mit phosphoreszierendem Haupthaar und Bart, angetan mit dem offenen Schleppmantel; der war an Kragen, Hängeärmeln und Saum breit und schwer mit Pelz besetzt. Schon hob er die magere, ringbesteckte Rechte und tat seinen Mund zu wollüstig heiserem Lachen auf, da rasselte es neben Marfas Kopf. Sie warf den Kopf herum, sah die Klinke sich senken und heben, einmal und noch einmal, hörte dann auch Geflüster hinter der Tür. Iwan war vergessen, verschwunden. Marfa fuhr hoch, schäumte, trommelte mit beiden Fäusten an die Tür und schrie den draußen Flüchtenden höhnisch nach. Nun habe sie es aber erwischt, das ganze Gezücht! Eine Weile schwieg es draußen, dann aber hörte sie es in krächzenden Lauten zurückschimpfen, das gab der Tobsucht Marfas nichts nach und lachte und gellte mit vielfachem Echo durch alle Gänge: Sie habe schon wieder den Satan bei sich, es stinke gen Himmel. Sie trommelte gegen die Tür, sie schwor, sie sei so rein wie ein Engel, man habe sie einst in Iwans Bett *verkauft,* und sie habe es nur mit ihm gehabt, doch wie bald sei er verreckt, und sie habe geboren wie die Mutter Gottes so rein, und seither sei sie wie die Engel geblieben, er aber stelle ihr nach, würge und mißbrauche sie und sei dabei schwer wie ein Gebirge. Das ganze Klostergezücht sei mit ihm verschworen, lasse ihn ein. Mutter Arefia harne ihr nachts in die Milch, und Geister plärrten ihr tagsüber die Ohren voll.

Längst hatten die beiden, die so vergeblich auf Marfas

Klinke gedrückt, nämlich die Igumenja und die zu Marfas Dienst bestellte Novizin, nach einer Weile entsetzten Lauschens den Schimpfereien der Tobsüchtigen den Rücken gekehrt und den Rückzug angetreten. Ins Zimmer der Igumenja, der Äbtissin, hatten sie sich geflüchtet, saßen da klopfenden Herzens und ratschlagten. Eine Reihe von Nonnen, die sich, von Marfas Schelten und Schreien geweckt, den beiden Zurückeilenden auf dem Flur angstvoll zugesellt, wollte nicht länger draußen stehn, trat ein und nahm ungeladen, aber lebhaft am Gespräch teil. Das ging so fort, bis Mutter Walerja, die den Weckdienst hatte, mit ihrer Handschelle zur Mitternachtsmette läutend durch die Korridore ging. Das trieb die Versammelten auseinander. Sie genossen noch auf dem Wege zur Kirche unter Weh und Ach die wieder aufgefrischte Sensation, daß Marfa, scheinbar genesen, nun einer zweiten, viel schlimmeren Krankheit oder dem Teufel selbst anheimgefallen. Oh, dieser Argwohn, daß man ihr alles beschmutze! Sie hatte ja begonnen, Geschirr und Eßvorräte in einer Tasche überallhin mitzuschleppen, auch zur Kirche. Nun hörte sie Stimmen, und Satan drang zu ihr ein. Einmal hatte sie in einem lichteren Augenblick am Beichtstuhl geklagt, alles dränge und hetze sie, lege sich ihr quer bei jedem Gedanken und Entschluß, so daß sie denken und wollen müsse, was jene wollten, und überhaupt nicht mehr Marfa sei. Nur Mutter Jewdokia konnte erklären, sie habe Marfa schon in ganz ruhigen Stunden angetroffen, genieße ihr Vertrauen und habe von ihr zwar wenig, aber doch Vernünftiges vernommen. Aber nun, du Immerjungfrau, diese Tobsucht heute! Die Mutter Äbtissin hatte gesagt: »Ich werde dem Zaren berichten.«

Am nächsten Morgen, als Dimitrij nach seiner Gewohnheit im Kloster erschien, sagte die Äbtissin ihm unter vier Augen alles. Sehr nachdenklich trat er mit ihr bei Marfa ein. Sie saß fahrig und übernächtig zwischen allerlei schwarzen

Stoffstücken, die auf ihrem Schoß und um sie her auf dem Teppich lagen, und hantierte mit Schere, Nadel und Zwirn. Das aufgeschlagene Bett stand unberührt. Ihr Blick fuhr zu ihm auf und funkelte ihn an, doch als er stehenblieb und lächelte, entspannten sich ihre Züge; ihre Hände sanken in den Schoß, ihr müder Rücken wurde krumm, der Kopf hing, die Gestalt schien zu verfallen, Tränen traten in ihre Augen, sickerten in die Mundwinkel, tropften auf die Brust.

»Und jetzt«, sagte Dimitrij sanft zwingend, »gehen wir endlich schlafen. Wir haben genug geschafft, Mütterchen. Ich schicke dir die Treuesten meiner Leibgarde her, die sollen dich Tag und Nacht bewachen. Kein Kobold dringt dir mehr durchs Schlüsselloch, und jede Stunde schau' ich nach.«

Es mochte wie Erlösung über sie gekommen sein. Sie fing zu schluchzen an und weinte sich satt, müde und leer. Es gelang ihm, sie vom Sessel hochzuziehen, zum Bett zu geleiten, niederzulegen und zuzudecken. Sie ließ sich alles von ihm geschehn. Er streichelte sie so lange, bis sie das Bewußtsein verlor. Plötzlich fuhr sie wieder hoch und starrte ihm grell in die Augen, doch er nickte ihr lächelnd zu, streichelte sie wieder, staunte, daß von seinen Händen so wunderbare Kraft ausging, dachte an Wunder von Aposteln und Heiligen, nahm wahr, daß Marfa wie ein Kerl schnarchte, und ging endlich mit der Absicht, am Nachmittag wiederzukehren.

Eine Stunde danach war der herbeigerufene Arzt bei ihm. Dimitrij erzählte ihm von Marfas Zustand und beklagte den Aberglauben, der im Kloster von Besessenheit zischle. Gewisse Leute könnten Marfas Erkrankung gegen ihn auszuschlachten versuchen, etwa als ›Gericht Gottes‹. Auf die Frage, was man gegen solche Leiden tun könne, erklärte der Arzt, er werde zunächst dafür sorgen, daß Marfa durch Getränke zu einem langen Bärenschlaf komme, sozusagen überwintere. Er habe Hoffnung.

Als Dimitrij nach einigen Tagen Marfa wieder besuchte, verklagte sie die Äbtissin: Diese habe in der Kirchenbank geniest. »Warum darf sie nicht?« fragte er. »Oh«, raunte sie, »das hat was zu bedeuten.« – »Gegen dich, Mutter?« – »Ja, weil Iwan ... Kann ich dafür? Nie war ich jemandes Hure; und seit er verreckt ist, rein wie ein Engel. Bedrohe die Igumenja! Niest sie noch einmal, so schickst du sie nach Sibirien, hörst du?« Er versprach, das. Sie berichtete ungefragt, der Unhold sei unsichtbar von früh bis spät um sie und menge sich schon bei Tage in alles ein, fordere dies und tadle das, locke, drohe und poltere auch, und nachts – ach! Er wolle durchaus den echten Dimitrij mit ihr erzeugen, daß das Kindesgrab in Uglitsch leer werde und der Echte den Falschen sofort vom Thron verdränge. Dimitrij suchte umsonst herauszubringen, wie sich das reime: die Zeugung des Prinzen, seine Auferstehung aus der Gruft und die Machtergreifung durch den im Nu Erwachsenen. Er begriff, ihr ruheloses Gewissen strebe umsonst, sich aus Schutt und Moder freizuwühlen. So legte er dem Kloster durch die Äbtissin absolutes Schweigen über Marfas Zustand auf.

Im Laufe der Winterwochen, deren Ablauf die Kranke kaum empfand, brachte der Arzt sie doch zur Ruhe; ihr Geist klärte sich, Gesichte und Stimmen schwanden, doch sooft der Zar mit ihr plauderte, schwieg sie sich aus. Der Ausdruck einer unendlichen Schwermut, die allmählich in eine permanent augenaufreißende Verwunderung überging und wohl zu Spott und Hohn neigte, bewohnte ihr Gesicht. Dimitrij begann sie allmählich zu fürchten, reagierte, als sie zu reden begann, auf ihre verletzende Art mit Unwillen und Haß, bemühte sich aber noch um ihr Vertrauen mit Nachgiebigkeit gegenüber ihren abwegigen Erlebnissen und mit freundlichen Worten.

In diesen Winterwochen kam der Ataman Zarutzkij mit seinen Kosaken erfolgreich von der Wolga zurück. Er strahlte und lachte: Nicht ein Schuß sei gefallen; auch die letzte Hundertschaft jenes angeblichen Sprößlings der Zarin Irina habe sich aus den kahlgefressenen oder gebrandschatzten Dörfern und Kleinstädten der Wolgaländer um Kasan lautlos zurückgezogen.

Der Bürgerkrieg war vermieden, die Farce konnte in Vergessenheit geraten. Korela hatte Zarutzkij Grüße mitgegeben und einen Brief, in dem er erklärte, er werde sich im Sommer wieder bei Hofe blicken lassen, vorderhand riefen ihn ärgerliche Ehrenhändel in seine Kosakenrepublik zurück. Beide verschwiegen, daß sie sich wegen des kasanischen Abenteurers verkracht. Im Briefe aber stand auch dies: Zarutzkij habe immer wieder große Lust bekundet, den fraglichen Zarewitsch aus einer vereinbarten Begegnung zwischen den Fronten heraus durch Überfall zu verschleppen und mit den geprellten Wolgaleuten ruhmreiche Kämpfe zu riskieren, Korela dagegen, obwohl auch ihn der Hafer gestochen, habe verantwortungsvoller an den Vorteil des Zaren gedacht und das Abenteuer abgelehnt. Er war mit seinen Korps abgeritten; Zarutzkij hatte sich bescheiden müssen.

Der Zar bestellte ihn am nächsten Tage noch einmal zu sich und sagte: »Ich will Euch entschädigen und neue, größere Arbeit geben und den entsprechenden Dank. Könnt Ihr so schweigen als dreinschlagen, Herr Ataman?«

Der Schnauzbart guckte ihn fast beleidigt an.

»Dann laßt Euch dort nieder und hört zu!«

Zarutzkij wartete, bis der Zar saß, hockte dann breitbeinig auf einen Türkenschemel hin, hielt seinen Säbel auf den Knien und stützte die Hände auf dessen Enden.

»Es könnte sein, Ataman, daß ich eines Tages Euch und Eure Schwadronen irgendwo in den Wäldern um Moskau verstecke und mich und ein paar Getreue dazu. Es könnte sein, daß in unser Versteck die Kunde dränge, der Zar sei im Kreml ermordet worden und sein Leichnam ausgestellt, in

Moskau herrsche Chaos und Anarchie, Mord und Totschlag. Alsdann würde ich plötzlich auferstehn, mich deinen Kosaken zeigen und die Wundermär durch andere, um Moskau verteilte Korps tragen lassen (deren eingeweihte Chefs auf dies mein Zeichen zum konzentrischen Angriff auf die Hauptstadt warten würden), und dann würden wir aufbrechen und in Eilmärschen in Moskau einrücken und alle packen, die an meinem zweiten Tode schuld, die zu den geprellten Zarenmördern gehören oder sich hinterher zu ihnen geschlagen. Freund, schwörst du mir mit dem Kuß auf das Kreuz, daß du dann nach meiner Weisung blindlings gegen alle dir gewiesenen Feinde deines Zaren, sie mögen heißen, wie sie wollen, sie mögen dir einst befreundet oder verhaßt gewesen sein, mit der Schärfe des Schwertes vorgehen wirst, unbarmherzig, ohne Ansehen der Nation, mir gehorsam wie dein Säbel deiner Faust?«

Der Ataman verstummte, seine Augen leuchteten auf, und er beschwor feierlich alles, ritt in sein Quartier, lachte in sich hinein, glaubte Dimitrijs großen Coup verstanden zu haben und ermessen zu können und begriff nur eins nicht: Welche Leiche würde statt derjenigen des Zaren in Moskau zu sehen sein? Welche Leute würden die geprellten Rebellen sein?

Väterchen Frost zog durch die Lande, und die Weihnachtsglocken tönten über verschneiten Kirchdörfern und Städten und dem heiligen Moskau. Da geschah es in einer Kathedrale vor gedrängt feierndem Volk, vor viel prächtigen Hofherren, zwischen tausend sternengleich blinkenden Kerzenflammen, unter den jubelnden Schlußchören der Christmesse und angesichts der funkelnden Ikonostasis, daß der Zar von seinem erhabenen Sitz feierlich aufstand und sich zurückwandte, den Fürsten Wassilij Schuiskij zu sich befahl, ihn, der buckliger dastand als je, demonstrativ umarmte und küßte und aller rechtgläubigen Christenheit ein erhebendes und erschütterndes Beispiel vergebender Liebe und ein Abbild der weihnachtlichen Huld des Allbeherrschers bot, alles Volk zur Bekreuzigung, zu Tränen und schmatzender Andacht nötigte und Schuiskij am tiefsten beugte dadurch, daß er ihm – nach Leben, Rückkehr, und Freiheit – nun auch noch all sein Hab und Gut und seine hohen Ämter zurückgab. Das war das Erschütterndste: zu sehen, wie der Fürst immer wieder den Mund auftat, um zu danken, doch immer wieder unter Tränen die Sprache verlor, so daß er über die ersten Silben nie hinauskam. Alles umher wiegte gerührt die Köpfe und gab klägliche Seufzer von sich. Oh, wie mußte solche Gnade den Fürsten in Grund und Boden vernichten und ganz verwandeln! Aber einige Herren fragten sich – und zogen dabei buschige Brauen hoch –, ob so viel Großmut den Sünder nicht überfordere, nicht zu tief demütige, nicht erdrücke, so daß der Sünder hassen müsse? Doch Dimitrij dachte: Wenn's dich noch einmal gelüstet – mir recht! Der Abgrund ist nun tief, sehr tief für dich und alle, die du an dich ziehst und gezogen hast. Reiße sie mit hinab! Was meinst du wohl, wieviel Gnadenlosigkeit euch jetzt nach so viel Gnade bedroht, wie schwarz ihr dann vor diesem Himmel steht?

Kurz nach dem Weihnachtsfest geschah es, daß der Zar mit Kolja und seinem Doppelgänger heiter in dessen Schlafzimmer saß. Dimitrijs Barbier war mit Pinsel, Schaum und Seife dabei, Sokolows Gesicht von dem in den letzten Wochen gewachsenen Bart zu befreien. Wochenlang war der durch seinen Bart unkenntlich Gewordene zu Kochelew ins Zimmer gesperrt geblieben und feister geworden, und Kochelew hatte ihm alle Allüren, Gesten und Redewendungen des Zaren beibringen müssen; das hatte Kolja viel Spaß gemacht. Während der Barbier Sokolow à la Dimitrij herrichtete, stand dieser auf und ging dem eintretenden Kammerdiener entgegen, der die Arme voller Gewänder aus des Zaren Kleidertruhen hatte, nahm das eine und andere Stück und verstreute alles, bis er den rechten Leibrock und Kaftan herausgefunden. Iwan Sokolow, rasiert und gebürstet, erntete jetzt das Gelächter Koljas, der die Hände vor den Mund schlug. Dimitrij dachte: Reicht hin zur Not. Iwan trat vor den venezianischen Spiegel, Dimitrij neben ihn, hakte ihn unter und bespiegelte sich mit ihm. Danach mußte Sokolow in verschiedener Weise den Zaren spielen: auf dem Thron der Duma präsidierend, vom Pferde dem Volk zuwinkend, durch Säle feierlich schreitend, beim Mahl mit Anstand schmausend. Kochelew erzählte, daß auch Iwan reiten könne wie der Teufel, und empfing Weisung, mit ihm gelegentliche Spazierritte und -gänge durch die Stadt zu tun, um zu erproben, wie das Volk reagiere. Im übrigen kündigte der Zar an, müsse sich Sokolow vorläufig noch in Geduld fassen und weitere Gefangenschaft auf sich nehmen. Bei der Hochzeit vielleicht werde er seinen ersten fulminanten Auftritt bei Hofe haben.

Als Iwan Sokolow ein Viertelstündchen darauf, wieder eingeschlossen, von Butzenscheibe zu Butzenscheibe herumwanderte, schimpfte und fluchte er laut vor sich hin. Er hatte es satt, er war nicht gekommen, um zum Spaßmacher abgerichtet zu werden, oder gar – wer weiß! – zum Kugelfang. Er beschloß, seine Maskerade bei guter Gelegenheit zur Flucht zu benutzen.

Vor Epiphanias ereignete es sich, daß der Zar in seiner Trinkstube vor der Nacht heimlich Miechawiecki empfing, ihn gut bewirtete und mit seinem Vertrauen beehrte:

»Dir allein, Kamerad, unter allen polnischen Kampfgefährten, offenbare ich mich. Ich weiß von neuen Verschwörungen und hab' es nun satt. Jetzt muß es ein Massaker geben. Nun kenne ich nur *einen* Züchtiger dieser Halbwilden: den polnischen Edelmann. Lange rang ich mit mir, schwer entschied ich mich, mühselig fand ich zu meinem Ursprung und Anfang zurück, hart und fest bescheide ich mich und erkläre: Ich bin Pole und Abendländer und hier fremd. Jedes Mittel, mein Reich brüderlich an Großpolen zu schließen, ist mir künftighin recht. Der Russe, das steht mir nun unerschütterlich fest, muß sich führen lassen. Kurz, ich will *mit euch* regieren und muß dieserhalb, ehe ich damit beginne, alle Widerstandsnester ausnehmen. Du erhältst eines Tages eine Liste der Wühler. Stößt mir etwas Menschliches zu, so weißt du, an wem ihr mich zu rächen habt. Ergreift dann die Macht in Moskau und laßt sie nie mehr fahren! Schlagt drein und scheut keinen Terror! Doch denke ich ihren Anschlägen zu entgehen. In diesem Falle erhältst du bei guter Gelegenheit eine Depesche, und wir schlagen zusammen los, räumlich getrennt. Gemeinsam nehmen wir dann die Nester aus. Ich verhänge Ausnahmezustand und regiere diktatorisch mit eurer Hilfe durch Kommandanturen. Womit ich mich natürlich keineswegs dem König unterwerfe; aber alles liegt mir dann doch an der Kooperation mit der polnischen Großmacht. Hast du das verstanden?«

Miechawiecki konnte sich kaum von seinem Staunen erholen und bejahte. Allein Dimitrij dachte: Nichts hast du verstanden. Ich bin perfid, und ihr zwingt mich dazu. Ergreift nur die Macht nach meinem ›Tode‹, so jage ich als Wiedererstandener und sehr Verwandelter euch wie Spreu davon. Ich schlage einen Feind mit dem andern und werde sie alle miteinander los.

Am nächsten Tage stand er im gleichen Raum mit Michail Skopin-Schuiskij zusammen, stützte sich auf die Reichskarte, die auf dem Tische lag, und besprach den Angriff auf die Krim. Der Versuch, so berichtete er, den Khan mit Bestechungen und einer Wojewodschaft in Wjäka abzufinden und ihm die Taufe und Ehren und Ämter bei Hofe anzutragen, sei gescheitert. Immerhin sei die Gesandtschaft unbeschnitten an Nase und Ohren heimgekehrt, was auf die Angst des Khans schöne Rückschlüsse zulasse. Diese Karte da tauge nicht viel, immerhin sei sie die erstaunliche Leistung eines Knaben, nämlich des bedauernswerten Fjodor Borissowitsch Werk.

»Sieh«, fuhr er fort, »so ist das Reich entstanden. Hier lag das alte Großfürstentum Moskau, etwa bis zum Tode Wassilijs II. anno vierzehnhundertfünfundzwanzig und reichte von Kargopol im Norden bis Tula im Süden, trug Tatma, Kostroma, Twer, Wladimir, Kaluga und so weiter in sich. Nun die Erwerbung des dritten Wassilij und dritten Iwan, dies da: von Kiew im Westen (das mir die Litauer noch herausgeben müssen, so wahr es die Mutter Allrußlands ist) bis zur Wolga; und im Norden das gewaltige Sonderreich von Großnowgorod, da, von der Grenze, die zwischen Dorpat und Pskow verlief und sich noch heute am schwedischen Finnland fast bis zum Nordkap hinaufzieht. Das war vom nördlichen Eismeer begrenzt. Dort: Archangelsk am Weißen Meer, wo die Dwina mündet. Und dann geht's über die Petschora und den riesigen Ob ostwärts weiter, weiter ins Unendliche, Leere. Aber mein Vater nun, der ließ sich nicht lumpen. Er errang dreierlei: das sibirische Khanat, das Zartum Kasan und das Zartum Astrachan. Auch dieser Teil Permiens gehörte dazu, das da. Und östlich dahinter (ich verschweige diesen Ruhm des Boris, den er unter meinem armen Herrn Bruder errang, keineswegs) das Land der Uralkosaken, von der Wolga und dem Kaspischen Meer nördlich hinauf bis über die Ufa. Ach, Michail, wieviel uns noch zu tun bleibt! Hier hausen die Kirgisen. Darunter Turkestan. Sieh das da zwischen Kaspimeer und den Afghanischen Bergen und Persien! Die Georgier sollen tapfere Leute sein. Ich sage dir, mein Freund, Rußlands Mission ist so klar, daß kein Herrscher die Ziele und Stoßrichtungen ändern und vergessen kann. Und nur wir werden einst das osmanische Reich erschlagen und alle seine Christenheit befreien. Da, Konstantinopolis, versklavt jetzt und geschändet – ob ich deine Befreiung noch erlebe? Zügle mich, du einzig Gewaltiger, daß ich nie den zweiten Schritt vorm ersten versuche. Wären nur hundert Jahre mein!

Wie starrst du mich an? Bin ich von Sinnen? Ich glaube an dieses Reich! Die Saga der Guslaleute raunt von Samojeden und Jakuten, Ostjaken und Tungusen und immerfort von ungeheurer, schrecklicher Weite, Fruchtbarkeit und Zukunft. Jenes Gelobte Land Israels war lächerlich. Übervölkert und überrannt, fort und fort zertrampelt von durchziehendem Völkergedränge. Ein Teufel eher als ein Gott hat dem Völkchen den Floh ins Ohr gesetzt, dies Land sei ihm gelobt, sein Heil und seine Zukunft. Es fand denn auch sein Schicksal dort: Korn zwischen Mühlsteinen ward es, nicht Korn im Humus. Michail, wurzeln oder zerrieben werden, da ist doch wohl ein Unterschied.«

Dimitrijs Augen glänzten, er sprach wie ein Seher:

»Doch unsere künftigen Weiten, sie sind so leer noch wie der Magen eines hungernden Ungeheuers. Wie viele hunderttausend rasch vorgehender Kolonisten wird's verschlingen, ehe es unser? Und wer bin ich? Der Millionen Staubkörnchen eins im vorübersausenden Samum. Generationen um Generationen fegt er so dahin.«

Auch Fürst Michail sann vor sich nieder; dann hob er das junge Antlitz und senkte den Blick klar und fest in Dimitrijs Augen: »Wie spricht die Kaiserliche Majestät so vertraulich mit mir?«

»Wärst du dessen nicht wert?«

»Nie denke ich gering von meinem Wert. Aber bin ich nicht der Verwandte eines gewissen Fürsten Wassilij?«

»Und? Des Fürsten Verbrechen und die Zeugnisse meiner Milde liegen schwarz und weiß ineinander wie die Ringe der Zielscheibe.«

Nach einer Weile sagte Michail: »Vor dem Argwöhnischen stellt sich auch ein Aufrichtiger wie ein Lügner an. Aus Besorgnis, falsch zu scheinen, scheint er falsch.«

»Meinst du dich? Mache ich den Eindruck eines argwöhnischen Despoten? Nach so viel fast unsinniger und bodenloser Großmut, bei so viel Heiterkeit? Ich fühle mich sicher.«

»Die Kaiserliche Majestät ist sich ihrer Art sehr bewußt. Spielt sie sie als Rolle? Nennt mein erhabener Herr seine Großmut unsinnig und bodenlos, so ist sie Berechnung. Und das heißt: Fallgrube. Für wen? Für meinen Oheim und – andere ... Ich bitte um Vergebung.«

»Du meinst, ich müßte meine ›Rolle‹ nolens volens weiterspielen, baust darauf, provozierst mich und bist unverschämt. Du denkst nicht, daß ich deine dreiste Offenheit erst recht für Larve halten müßte – nach deiner Seelenkenntnis. Demnach wärst du falsch wie die Nacht, wie?«

»Eure Majestät kennt mich. Doch komme ich auf meine Frage zurück: Wieso vertraut mir mein Gebieter?«

Eine Weile schwieg Dimitrij, dann gestand er: »Vom ersten Augenblick an, seit dem Blick meiner Augen auf dich in Tula, habe ich dich geliebt. Könntest du dir denken, daß ich auch um *deinetwillen* an deinem Oheim jene Gnade geübt, vor der Rußland nun Mäuler und Augen aufsperrt?«

»Jedenfalls – liebe ich meinen kaiserlichen Herrn und will mich für ihn zerreißen lassen, ob er mir's glaubt oder nicht. Ich weiß mich dem Magneten ähnlich, dem seine Kraft vergeht, wenn er lange nicht nach der rechten Richtung gelegen. Mir wie Eurer Majestät vergeht die Kraft, habe ich nicht große Menschen oder Zwecke vor mir. Beides sehe ich in Eurer Majestät vereint. Wie lange noch soll ich das verschweigen – aus Scheu vor Mißdeutung? Leicht verschweigen läßt sich der Haß, das ist kein Kunststück, schwer die Liebe, solches ist schon schmerzlich, aber unmöglich lassen sich Kälte, innerer Tod, Gleichgültigkeit und Langeweile verschweigen. Reden diese aus mir, wenn ich vor Eurer Majestät stehe wie jetzt?«

»Nein.«

»So will ich meine Liebe bekennen und erwarte zuversichtlich Glauben.«

Es klang wie eines Jungen Befehl.

Dimitrij strahlte: »Nimm Liebe für Liebe, mein Freund! Die trägt den Glauben in sich wie die Brust das Herz.«

Er umarmte Michail und küßte ihn auf beide Wangen.

Als Michail frei kam, berührten seine Lippen in Ehrfurcht Dimitrijs Hand. Dann trat er zurück, sann und sagte:

»Wen Eure Majestät einmal beleidigt hat, dem darf sie niemals mehr trauen. Je tiefer des Erniedrigten Gemüt dem Range nach, um so tiefer sitzt darin der Groll. Wurde der Beleidigte gar mit Recht angeprangert, so ist der ganze Kerl nichts als Gift und Galle. Trau Eure Majestät meinem Ohm zu keiner Stunde – so wenig wie Taschtischew!«

»Ich will an deine Worte denken und bitte dich: Da du sein Neffe bist, so könntest du sein Bewacher sein, besser als irgendeiner.«

»Er spielt vor mir Versteck. Er spürt mir's ab, zu wem ich halte.«

»Täusche ihn!«

»Es liegt mir nicht, es wird mir nicht gelingen.«

»Versuch es!«

Michail lächelte: »Auf dein Wort hin will ich mein Netz auswerfen. Mein Netz.«

Dimitrij ging einmal hin, einmal her, dann fragte er mit belegter Stimme:

»Woher deine Liebe zu mir?«

»Ich sehe einen Erwählten in seiner Kraft.«

»Bin ich stark? Auch erwählt, Michail?«

»Stärke, Berufung, Tat und Sieg sind da, wo der Mensch voll ist von *einem* Gedanken.«

»Ich halte mich oft für schwierig und uneins, für zerklüftet. Was bin ich denn in Wahrheit? Der Weise sagt: Wie du des anderen Wesen zeichnest, das zeichnet das deine. Du zeichnest dich in mir, Michail.«

Skopin-Schuiskij träumte vor sich nieder; dann sagte er mit gesenkter Stirn: »Ich stand einmal zwischen Bergen und dachte: Der größte Berg, je höher er steigt, wird immer kleiner. So auch der große Mensch in seiner Demut.«

»Hoffentlich, mein Freund, kann ich bei deinem Tadel einst so bescheiden bleiben wie jetzt bei deinem Lob.«

Plötzlich wandte sich Dimitrij auflachend ab, reckte die Arme, holte tief Luft, hatte einen roten Kopf und strahlende Augen, schnitt mit einer Handbewegung das Gespräch ab und meinte: »Wir gefallen uns da in tiefsinnigen Sprüchen. Nichts leichter als Sprüche prägen. Doch, Michail, dazu sind wir beide noch zu jung. Du und Pjotr, ihr seid mir die Nächsten.« Er ergänzte: »Außer meiner Maryna!« Er ergänzte weiter: »Und Galyzin und Schachowskoj und Marfa.« Bereute dies aber schon, denn hier waren Unterschiede.

Wieder sah der blonde Michail, so recht das Abbild seines Erzengels, dessen Namen er trug, vor sich nieder.

»Du grübelst immer noch«, forschte Dimitrij und fuhr für sich selber fort: Ob auch er jetzt wie Basmanow nach meiner Abkunft fragen wird?

Das tat Michail nicht, wiewohl er genau mit dem beschäftigt war, was Dimitrij vermutete. Fragen? Nein. Lieber sage ich es selbst aus, ehe er lügen muß. Er sprach:

»Ich glaube zu wissen, woher das Schwanken der Seele meines Gebieters, das er mir eingestanden, kommt. Lange soll es ihn nicht mehr heimsuchen. Eure Majestät begünstige mich; auf Ihrer Ruhmesbahn neben Ihr herzureiten, bis sie auf Ihren Gipfeln das Pferd herumwirft und dem Gewimmel in den Tälern zuruft: Was zählt? Was unterwirft euch mir? Wofür erhöht ihr mich? Geburtsadel ist wenig, Talent, Tapferkeit, Tüchtigkeit sind alles. Genügt euch dieser Adel?«

Und du, dachte Dimitrij, bist eine der Stufen zu meinen

Höhen. Wie ich dich gewann, gewinne ich noch alle Besten im Reich. Er konnte sich nicht mehr halten, schritt auf den Freund zu und umarmte ihn lange und ohne Worte.

Als sie auseinandergingen, blieb Dimitrij beglückt zurück, bestellte sich Wein und deckte mit einem kleinen Rausch seine Freude zu. Nun war er wieder so stark wie damals, als er auf dem großen Volkstag über Schuiskij triumphiert hatte.

Dennoch – bald in diesen Wintertagen erlebte er einen dreifältigen Ärger. Iwan Sokolow war spurlos entwichen. Die Fahndungen verliefen ergebnislos. Und dann erschien ein Beamter des noch nicht wiedergekehrten Schatzmeisters Wlassjew, warf sich auf die Knie und bat um Bescheid, ob der Zar die Unterschrift auf einigen Kaufverträgen anerkenne, die größere Ankäufe für die aus Polen einzuholende und anrückende Zariza und ihr und ihres Vaters Gefolge beträfen, Ankäufe beim Pelzhändler Spirow, beim Juwelier Mosejew und beim Goldschmied Isaacson. Dimitrij nahm die drei Scheine entgegen, sah seinen Namen in fremdem Duktus hingesetzt und staunte über die Höhe der Beträge. Die beiden Juweliere waren in des Zaren Namen um eine schöne Menge Kleinodien gebracht, während die zweihundert Pelze noch nicht ausgeliefert worden. So ließ denn Dimitrij Kolja rufen, hielt ihm die Dokumente unter die Nase und schalt ihn aus: »Fein hast du ihn überall eingeführt; und dann paßt du nicht auf, wie er hingeht und Juweliere prellt; und dann läßt du dich nochmals vollaufen und ihn endgültig entwischen, schnarchst noch, als er in der Frühe sich erdreistet, im Marstall ein Pferd zu befehlen und das Weite zu suchen. Soll ich dich mal gründlich ausstauben lassen? Der Prügel liegt beim Hund.«

Dimitrij geriet so in Zorn, daß der Lustigmacher sich dessen verwunderte, aber er wußte ja nicht, welch ein großer, tückischer Plan ein Loch bekommen und daß das Schloß oder Mittelglied einer schlimmen Kette verlorengegangen und das Geschmeide nicht mehr zu schließen war. Aber Dimitrij tröstete sich selbst und dachte sehr bald: Auch gut. Findet man ihn nicht mehr, so geht es wohl auch ohne ihn, oder – noch besser – ich komme gar nicht erst in Versuchung, den Coup zu wagen. Schließlich – habe ich's noch nötig? Der Polen sind schon wenig, mich trägt das große Volkskonzil, ich habe Freunde wie Michail. Und muß ich dennoch weiterlauschen, -äugen, -wittern, dann höchstens noch aus Furcht vor der Götter Neid. Ach, dieser Neid der Götter ...

Die Selbstsicherheit, mit der er einst aufgebrochen, kehrte ihm vollends wieder, als ihn die ersten Briefe Marynas erreichten mit ihren jedes morgenfrühe Erwachen und alle Tagesarbeit überleuchtenden Geständnissen voll Einsicht und Nachsicht und bräutlicher Liebe, unbändiger Vorfreude, ungestümer Teilnahme an allen Details seiner großen und kleinen Pflichten, Eindrücke und Entwürfe, voll stolzen Ermunterns und auch streichelnden Trostes – nämlich wegen des notwendigen Aufschubs der moskowitischen Reise im Winter. Dazwischen beunruhigte ihn wieder eine Warnung Marynas. Sie teilte ihm mit, was sie vom König hatte, nämlich, daß Dimitrijs Gesandter Bjesobrasow nicht zu des Zaren verläßlichen Leuten zählen dürfte, habe er doch im Namen unbekannter Hintermänner den König verlocken wollen, seinen Sohn zum Gegner und Nachfolger des »falschen Dimitrij« herzugeben. Dimitrijs Herz stockte, als er das bedachte, seine Hochstimmung floß von ihm herab in die Erde, viel Freude welkte wieder dahin.

Finster ritt er so vor seinem Gefolge dem Exerziergelände entgegen, hatte die linke Faust auf den Schenkel gestützt, sah die tiefen Verneigungen der zum Markt nach Moskau ziehenden Frauen und Männer kaum, grüßte gegen seine Gewohnheit niemand und überlegte: Seine Hintermänner? Wenn ich einem solchen Biedermann wie Bjesobrasow, der mir so frei in die Augen zu gaffen verstand, so wenig trauen durfte, wem darf ich's dann noch? Keinem der Kerle, die jetzt hinter mir traben, keinem im ganzen Gefolge, selbst Pjotr und Michail kaum. Darf ich nicht augenblicks auf eine Pistolenkugel von hinten gespannt sein? Ein Schuiskij, Urrusse und erzorthodox, sollte es gewagt haben, meinen Thron, wenn auch nur zum Schein, dem polnischen »Heidensöhnchen« anzutragen? Bjesobrasow auf die Folter, bis er seine Leute preisgibt! Warum hat mir Sigismund nicht sofort den Verräter entlarvt? Hat er Lust gehabt, anzubeißen? Wann hat er's Maryna verraten? Seit Wochen übrigens schreibt sie so beseelte Briefe und bangt doch vor ein paar Graden Frost und zögert den Aufbruch hin, sie, die mich damals als Fähnrich im Reiterkostüm ... Zum Teufel, seit wann weiß sie von Bjesobrasows Schweinerei? Wäre es denkbar, Maryna, daß du mich damals in deinem Zorn meinem Verhängnis stumm zu überlassen begonnen, um dich an meinem Untergang zu weiden? Wohl hättest du damit dein Herz zerrissen, doch du kannst entsetzlich trotzen, ein sanfter Engel bist du nicht, und deine Leidenschaft kleidet dich gut. Das ist das einzige, womit du nicht kokettierst und was du nie an dir wahrnimmst, diese Fähigkeit, wie eine Kanaille zu hassen; ist doch dein Weibsteufel immer schön mit Gerechtigkeit ausstaffiert. Du schnurrst und streichst mir jetzt katzenhaft fort und fort am Gesicht vorbei. Liegt darin ein Schuldbewußtsein?

Und du, Rose von Schiras, wie habe ich dir unrecht getan! Du bist keine Judith, du nicht. Xenja, du bist nur die vielgetreue, kluge Moabiterin Ruth.

Dimitrij bemerkte, daß jemand neben ihm ritt. Es war Basmanow. Der blickte ihn fest von der Seite her an und sagte leise: »Der Bote der Duma meldet Bjesobrasows plötzlichen Tod.«

»Wessen?«

Dimitrij blickte in einer Weise auf, daß sein Pferd es zu

spüren schien und anhielt. Er spornte es wieder. »Her mit dem Boten!«

»Ich habe ihn entlassen.«

»Woran starb er? Gestern noch sprach ich mit ihm.«

»Selbstmord.«

Dimitrij fluchte leise durch die Zähne, aber Basmanow sagte ahnungslos: »Alle Feinde des Zaren richten sich selbst.« Er berichtete: »Jener Wierzbicki, der ihn so stolz in Moskau ablieferte, als hätte ein Bjesobrasow nie allein zurückgefunden, hat ihn unterwegs zu erpressen versucht. Irgendwie hatte er von irgendwelchen Vergehen des Gesandten Wind bekommen und drohte mit Denunziation. So wurde Bjesobrasow an ihn sein Vermögen los. Aus der Ferne setzte der Pole seine Erpressungen fort. Sein Opfer hat sich bis gestern gewehrt, doch das ist nun sein Ende. Er kriegte es mit der Angst, vergaß Gott, nahm des Seilers Tochter zur Frau und starb unterm Dachsparren seines Hauses. Ich denke, es ist gut so.«

»Gut? Seine Hintermänner bleiben jetzt im Dunkel.«

»Wohin sie gehören. Nie mehr brechen sie vor. Sollen sie da verfaulen wie Kellerrüben!« –

Während der Zar seine Truppen drillte, waren auch Maryna und ihr Vater sehr beschäftigt, nämlich mit der Aufstellung ihrer dreifachen Hochzeitsarmee. Wochenlang durchstreiften ihre Reiter die Gaue. Die Liste der schon einmal im Herbst Geworbenen wurde um ein vielfaches vermehrt. Der beste Werber war Pater Ssawiecki. Ein Dukatenregen ging in Streifen hier und da auf die Landsitze der Edlen nieder. Vor städtischen Zeughäusern wurden Wagen gepackt, in den Dörfern Bauernburschen in die Montur ihrer Herren gesteckt und bewaffnet, und in Schlössern gab man Abschiedsbanketts für die Nachzügler derer, die mit Dimitrij Gefahr und Ruhm geteilt. Maryna nannte die Neugeworbenen »Spätlese«. Die Armierung hatte sie überall damit begründen lassen, daß der Zar Feldzüge im Süden plane und jeder bewaffnete Arm ihm willkommen sei. Selbst der König, wie geizig er auch seine Arsenale hütete, um den Neuföderierten begegnen zu können, öffnete seine Zeughäuser gegen gute Dukaten, die er ja *auch* dringlichst brauchte. Endlich trafen sich die Reisigen in Minsk, Herr und Knecht immer unter gleichem Banner und in den gleichen Farben. Auf den Feldern schmolz der Schnee und jubilierten erste Lerchen, als Maryna zu ihnen stieß, als die Reise begann. Sie fuhr mit ihrem Vater im gleichen Wagen. Trug der Wojewode einen weiten Opossum, so war Marynas Mantel innen mit Hamster gefüttert, außen bestand er aus hellblauem Damast, und der weite Fellkragen, der bis zu den Ellenbogen reichte, war aus Hermelin, desgleichen die Pelzhaube mit der blitzenden Agraffe und dem Federbusch vorn.

Schon in Minsk hatte Maryna einen Brief von Dimitrij erhalten, aus dem sie erfuhr, sie werde mit ihrer Begleitung am Ende jeder Tagesreise einen eigens für sie errichteten Holzpalast inmitten eines Kreises neuer Blockhäuser antreffen, oft mitten in den Wäldern, auch Dienerschaft und was man für die festliche Tafel brauche. Maryna gedachte denn auch, an jeder Raststätte mehrere Tage zu verweilen und den jeweils zusammenströmenden Herren und Damen ein oder zwei Feste zu geben. Sie mußte sich ja die Herzen erobern. Sorge, so sprach sie zu ihrem Vater, habe sie allerdings, wo sie die Fünftausend unterbringen werde und die russischen Gäste dazu. Mit solchen Massen habe der Zar ja nicht gerechnet. Hoffentlich werde auch die bereitgestellte Verpflegung reichen. Gewiß, der Russe sei gastfreundlich, aber der Pole anspruchsvoll, zumal es um die Ehre der Zarin Maryna gehe.

Sie verschlief lange Strecken und suchte sich von der Kette strapaziöser Feste, die sie hinter sich hatte, zu erholen, oder sie schloß wenigstens die Augen und gab sich bunten Träumen hin und versicherte ihrem Schöpfer im Himmel, sie sei sich dankbar mit ganzer Seele bewußt, daß diese Fahrt die seligste ihres Lebens sei, erhaben über alle Himmelsreisen verzückter Mystiker. »Ich kenne einen Menschen (ich weiß nicht, ob er in oder außer dem Leibe ist), der ward verzückt bis in den dritten Himmel, bis in das Paradies und hörte unaussprechliche Worte, die kein Mensch sagen kann.« Im dritten? Ich schwebe im siebenten Himmel, seit Wochen schon, dachte sie. Wie das anstrengt! Und sie stellte sich auch Dimitrij in seiner wartenden Ungeduld vor, dann wieder – was ihr nicht recht gelingen wollte – Xenja. Wo die nun wohl trauerte, versauerte? »Sie hat kein Recht an ihn!«

Vater Mniszek spann sein eigenes Garn, dachte an Sewerien und Smolensk und ließ den sinnenden Blick auf den ockerfarbenen Äckern am besonnten Horizont ruhen, wo es nur noch an den Rändern der Feldstücke Striche von Schnee gab und ein erster Ackermann winzig klein unter riesigen Wolkenballen hinter seinem Zugochsen den Pflug führte. –

Östlich von Moskau saß in einem Waldkloster die Novizin Xenja in ihrer Zelle. »Wer denkt an mich?« Die Ohren klangen ihr. Sie ließ die Nadel im gespannten Gewebe stecken, welches ein schräggestellter großer Stickrahmen hielt, legte beide Hände vor die brennenden Augen, stand auf und murmelte: »Meine Nächte sind voller Weinen, meine Tage voller Leere und Unrast.« Plötzlich stieß sie ungebärdig das Gestell mit dem Stickrahmen von sich; es fiel um, und der Rahmen zerbrach. Mit Tränen trat sie ans Fenster, blickte hinaus, öffnete es und atmete lange, tief und schwer. Dann warf sie ihr schwarzes Tuch um, ging hinaus und über die Stiege hinab in den noch schneebedeckten Klostergarten hinaus, von dort durch die Tür des Faschinenzauns zur Waldwiese weiter. Weidengebüsch stand besonnt am vielgewundenen, gluckernden Bach. Dort kniete Xenja zu den Schneeglöckchen hin, die die weiße, verharschte Kruste durchstießen – sie pflückte sie für ihre Ikone. Ach, dachte sie, als Herzog Johann starb und ich ins Kloster wollte, wieviel freier war ich da als nun! Dimitrij hat mein Blut ins Gären gebracht und all mein Lieben, auch das zu den Heiligen, vergällt. Der gefangene Vogel schwirrt und schwirrt gegen die Gitterwand, und die Federn fliegen. Sie stand auf und ordnete die Blumen in ihren Fingern. Dabei überfiel sie Zittern und Zorn, weil die zarten ersten Kinder des Frühlings sich ihren Fingern nicht fügen wollten. Sie knüllte sie zusammen und warf sie weg. Dann zog sie ihr Kopftuch vor dem Gesicht zusammen und weinte, weinte, daß ihr schlanker Körper bebte. – Endlich schlich sie dem Wald entgegen. Dort hörte der Schnee auf. Sie ging auf einem Fußpfad zwischen altem Heidekraut unter Birken und Kiefern den Gästehäusern entgegen, langen, zweistöckigen Blockhäusern, und stand still. Sie hörte, wie in den Häusern zur Messe geläutet wurde. Gleich würden die Pilgerinnen heraustreten und zur Klosterkirche eilen, an ihr vorbei. Sie setzte ihren Weg fort. Da traten sie aus den Häusern, langbemäntelt, die frommen, dicken Frauen, und kamen heran. Xenja wurde von keiner gegrüßt und sprach keine an. Dann kam eine Nachzüglerin gelaufen, verbeugte sich vor Xenja mit gekreuzten Armen bis zur Erde und blieb wie angewurzelt stehen. Xenja, die schon vorüber, blickte mit fragenden Augen zurück. Da kam die Alte angewatschelt und stand in Tränen:

»Zarewna, ich kenne Euch. Ihr kennt mich nicht mehr. Ach, ich war eine der Mägde im Palast von Väterchen Boris. Und habe da mehr als einen Ofen geheizt bei Tag und bei Nacht.«

»Lisaweta?«

Da nickte die Alte selig, sank in die Knie und küßte Xenjas Hand.

»Was willst du, Lisaweta?«

Die Pilgerin erzählte: »Nicht, um zu beten, nur um Xenjas willen sei sie gekommen. Sie habe die Zarewna ausspioniert. Weil sie dreimal von Väterchen Boris geträumt. Er sei ihr schön, groß und stark in weißer Seide, mit Krone und Herrscherstab erschienen, wie wenn er soeben gekrönt worden wäre. Da habe sie geflüstert: ›Väterchen, bist du nicht tot?‹ Er habe feierlich das Haupt geschüttelt: ›Ich lebe – und komme bald. In England leb' ich, übers Meer komm' ich, den Meinen erschein' ich, das Gericht mein' ich.‹ Sie habe geweint und gefragt: ›Wann, o wann? Worauf wartet Väterchen noch?‹ Und er: ›Auf meine Zariza, meinen Zarewitsch, meine Zarewna; wollten sie mir doch folgen; sicher sind sie längst auf hoher See.‹ Da wachte ich vor Jammer auf und weinte die ganze Nacht, denn die Zariza und der Zarewitsch sind tot und die Zarewna verbannt. Aber wie hat es mich getröstet, daß wahr ist, was die Leute sagen: daß Väterchen nicht begraben, sondern nach England entflohn und gesund ist und lebt. Aber als ich das den Leuten erzählte, lachten sie mich aus, und neue Zweifel griffen nach mir. Darum forschte ich nach unserer Zarewna. Nun bin ich da und frage sie: Ist Väterchen in England oder unter der Erde, lebt er oder nicht? Wer kann mir schwören, er selber habe ihm die Augen zugedrückt? Zarewna, wer kann beschwören, daß Moskau damals Väterchens Leichnam und keinen toten Hund oder leeren Sarg durch die Straßen geleitet? Die Zariza und den Zarewitsch kann niemand mehr fragen; du allein, Zarewna, bist übrig.«

Xenja schwieg und blickte sie aus dem Augenwinkel so sonderbar an, daß sie dachte: Hat Xenja plötzlich böse Gedanken, das gute Kind? Was arbeitet in ihr? Wie schaut sie mich jetzt an?

Da legte Xenja den Arm um sie, führte sie heftig mit sich dem Kloster entgegen und sagte: »Ja, er lebt, ist nach England entwichen, das Gerücht spricht die Wahrheit, und du brauchst nicht zu schweigen. Laufe umher von Stadt zu

Stadt, sage es allen, daß der Betrüger auf dem Thron selber betrogen ist, indem sein totgeglaubter Feind lebt. Bald werde man rufen: Lang lebe Väterchen Boris!«

Da brach Lisaweta wieder in die Knie und umarmte Xenjas Schenkel. Ihr Kopftuch rutschte. Xenja streichelte den weißen Scheitel und log weiter: »Die Zariza, der Zarewitsch und ich, wir drei haben gewußt, wohin der Zar sich vor seinen Völkern gerettet. Wir wollten ihm nach und schafften's nicht mehr. Und wer hat uns dann den Mörder ins Haus geschickt? Dieser Räuber, der Polack, der Betrüger. Jetzt hat ihm Gott den Verstand geraubt, denn mich ließ er leben. Warum, wozu? Heiraten sollte ich ihn. Damit wollte der Mörder die Meinen versöhnen, die seine Opfer geworden. Konnte er sie versöhnen? Nur verhöhnen. Ja, er hielt um meine Hand an, Lisaweta, und es gelüstete ihn heiß nach mir, aber ich schlug ihm ins Gesicht. Da hat er aus Haß mir Nacht für Nacht meinen Leib verwüstet. Wie lange? Bis es ruchbar wurde und ihm allzu viele Feinde auf den Plan rief. Wie eine ausgekaute Schlaube hat er mich da ausgespien, hierher in diese Einsamkeit. Aber Väterchen lebt und kommt, frohlocken wir! Du bist seine Prophetin, dir ist er erschienen, aber auch tausend anderen erscheint er im Traum. Nun gehe auch du hin und rufe mit den Tausenden seine Wiederkehr aus, nicht laut, daß es dich umbringe, sondern flüsternd! Wispere es hier deinen Mitpilgerinnen zu, da fange an! Befiehl ihnen, daß sie es hinaustragen, jeder an seinen Ort. Und da verpflichte jeder jeden, es neun anderen weiterzusagen oder zu schreiben. Priester und Mönche werden die Briefe schreiben, und in wenigen Wochen liegt Rußland dann im Lichte des Richters. Auch ich will es hier, wenn du fort bist, allen Pilgerinnen, die da kommen und gehen und alle paar Tage wechseln, zustecken. Sie bleiben nie lange. So manche Sünderin nahm sich vor, hier wochenlang zu beten und zu büßen, aber die Wanzen in der Herberge, haha, sind schlaue Tierchen, kriechen die Wand hoch und lassen sich von der Decke fallen. Da flieht das fromme Volk zerkratzt und verschwollen. Nun geh und sei gehorsam! Hörst du den Chor? Du versäumst die halbe Messe, lauf!«

Einige Tage danach trat unvermittelt die Igumenja in Xenjas Zelle: »Der Zar!«

Die Novizin fuhr empor und blickte herum, aber da war kein Spiegel. Sie stand wie gelähmt, war blaß und rot. Als sie nochmals vernahm, der Besuch gelte (dem Vorreiter zufolge) der frommen Zarewna selbst und ihr allein, schlug ihr Herz so, daß sie um einen Trunk Wasser betteln mußte. Sie zupfte an ihrer Kleidung, warf das Kopftuch ab und nahm es wieder um, durfte sie doch ihr Haar nicht sehen lassen. Die Äbtissin sah, daß sich eine Eva auf ihren Adam freute und die Zarewna noch längst keine Nonne sei. Als sie sie über die Treppe zwischen erregt nachgaffenden Nonnen in den Empfangsraum hinunterführte, saß auf dem Klosterhof der Zar offenbar gerade ab. Man hörte, wie er seinem Gefolge zurief, er komme sofort zurück.

Schon trat er ein. Xenja erfaßte seine Gestalt vom Kopf zum Fuß mit jähem Blick, dann blieben die Augen am Boden. Hinter Dimitrij trat ein Offizier ein. Dimitrij nahm die tiefe Verneigung der beiden Frauen entgegen, erwiderte sie mit gleicher Ehrerbietung und winkte dem Gefolgsmann. Der enthüllte und überreichte der Äbtissin ein kostbares Heiligenbild und einen mit schwerem Siegel behangenen Schenkungsbrief für das Kloster. Die Äbtissin dankte, und Dimitrij verabschiedete sie. Als er und Xenja sich allein gegenüberstanden, fragte er leise, wie es ihr gehe. Sie konnte nicht antworten.

»Ich denke immer an dich und komme, dich nach deinen Wünschen zu fragen. Was soll ich dir tun?«

Sie schüttelte den Kopf, senkte das Kinn auf die Brust und fühlte nichts als die strenge Arbeit ihres Herzens.

»Soll das heißen, Xenja, ich verdiente gar kein Vertrauen mehr? Oder hast du keine Wünsche?«

Sie sagte leise: »Meine Wünsche, deine Macht, Treue und Glauben, alles ist nichtig.«

Sie empfand ihn wie die Sonne, so stark, hell und frei, vor der sie mit all ihrem Zorn zerging wie draußen im Frühling der Schnee; sie verlosch, wie in der Frühe vor ihren wachen Augen heute der Morgenstern verblichen war.

»Xenja, in dir habe ich mehr als dich gesucht, in dir liebte, haßte und beargwöhnte ich's. Jetzt bin ich über alles, über Argwohn, Liebe und Haß hinaus, bin frei und verehre. Ich glaube, ich lüge jetzt nicht. Und nichts mehr an mir gehört mir selbst, kein Pulsschlag, kein Traumfetzen im Schlaf, alles nur dem, was ich bei dir gesucht. Es ist nun mein geworden. Darum durfte ich mich von dir lösen und wieder anderweitig gebunden sein. Verhängnis und Schuld sind die Enden der gleichen, verknäuelten Schnur. Unser Wille, ist er unser? Ewig unlösliches Problem. Verantwortlichkeit? Vor wem? Ach, des Himmels und der Erde Perspektiven decken sich nie. Doch zur Sache ... Da steht keine Sache vor mir. Du bist es. Wie so ein ›Du‹ schauen kann! Xenja, bin ich schuldig geworden und nicht nur an dir, so stehe ich doch jetzt im Glanze des Glückes, aber das muß ich noch verdienen, und ich will's. Und du – bist hier ...« Er sah sich um. »Prächtige Wälder ringsum, Paläste des Schöpfers. Willst du Hof halten mit Sängern, Gelehrten, Starzen, Weltreisenden oder lustigen Leuten? Selber auf Weltreise gehn, wie dich einst die Sehnsucht deiner Seele trieb? Oder dich würdig vermählen? Soll ich für dich an europäischen Höfen nach Prinzen suchen wie dein Däne war? Wonach dein Herz verlangt, das kann und will ich tun. Alle Wünsche kann ich dir erfüllen, außer –

Maryna ist unterwegs. Verlerne, mich zu hassen, du bist Christin. Vergib! Lerne, du Stille, Feine, Fromme, du Heilige Gottes, für mich beten, sogar für mich! Tue es um Christi willen!«

Er verneigte sich tief und war nun, er spürte es, Russe. Xenja brachte kein Wort heraus, sie schämte sich, schämte sich. Sie entsann sich einer Geschichte Pomaskis. Da hatte ein König zu seiner Verleumderin gesagt: So sie nicht die Zunge los sein wolle, müsse sie zur Sühne vom hohen Turm einen Korb Daunen in den Wind schütten, diesen dann nachlaufen, sie auflesen und bis auf die letzte wiederbringen ... Ach, wieviel Pilgerinnen waren inzwischen gekommen und gegangen, und was sie ausgestreut hatte, war nicht mehr einzuholen. Nun, es würde wohl Unruhe schaffen, dann aber vergessen sein, war es doch zu töricht und bedeutungslos. Sie hatte nur nichts Schlimmeres gegen Dimitrij zu unternehmen gewußt.

Was er jetzt auch sagte, sie hörte es nicht mehr. Ihr verwirrter Geist nahm wahr, wie er ihre Hand ergriff und küßte. Sie trat zurück, verneigte sich dreimal bis zur Erde und eilte fort. In die Kirche floh sie, warf sich vor den Bildern hin und bestürmte die Heiligen unter Tränen, ihr alles Begehren von Leib und Seele zu nehmen. Sie wollte nur noch in den Flammen des Geistes vor Gott, dem menschenliebenden, als Opfer vergehen, um aus solchen Flammen zu ihm aufzusteigen. Den Zaren befahl sie der himmlischen Gnade und Barmherzigkeit ...

Dieser reiste mit seinen Gefährten heim. Zu Hause traf er schon in der Diele auf einen Kurier. Der übergab ihm einen neuen Brief Marynas. Oben in seinem Wohnraum warf sich Dimitrij in den ersten besten Sessel, so daß die fünf Flämmchen des Kerzenleuchters flatterten, riß sich den Mantel auf und die Pelzhaube vom Kopf, ließ die Fülle der Blätter durch Daumen und Zeigefinger rauschen und staunte über des Briefes Umfang. Von der düsteren Höhe des Wandbords blinkten metallene Geschirre, aber Dimitrij gegenüber stand im goldenen Rahmen Maryna. Das Gemälde war erst kürzlich eingetroffen. Er schaute hinüber zu ihr und las:

»Eure Majestät! Wir haben zu vermelden, daß seit gestern der Grenzrain mit dem Doppeladler zehn Werst hinter uns liegt und Eure Magd sich an den Huldigungen dort übernommen und fast verschluckt hat. Diese Malträtur der vor mir liegenden Wochen, dies herrliche purgatorium der Eitelkeit begann mit dem Donner der Salutschüsse, die ganz in der Nähe aus den Rohren mehrerer Batterien brachen, und ging unterm Flattern zahlloser Fahnen auf der neubefestigten Landstraße fort und der Prozession entgegen, die unter Kirchenbannern nahte, den mancherlei Starosten, Hauptleuten, großen Herren, Mönchen, Priestern. Da hab' ich die prächtigen Klerikerchöre zur Rechten brummen und dröhnen lassen, zur Linken dann auf kindische Deklamationen marianisch niedergelächelt comme il faut. Dabei war ich vom Kanonendonner und unaufhörlichen Gebrüll der nun zur Grenzbrücke zusammenströmenden Dorf- und Pfahlbürger oder Smolensker und der Kriegerhaufen längst benommen, seit Wochen übrigens schon von Seligkeit betäubt. O starker Wein! Da kamen in feierlichem Zuge die langberockten Grundherren mit den Kommandanten und Edlen der Städte und neun Starosten herangeschritten, feierlich wie auf den Mosaiken in Ravenna der Hof Justinians, wovon du mir erzählt hast. Sie kamen durch ein Spalier heran, voran ein riesiger, adlernasiger Kahlkopf und Graubart mit Prophetenwolle an Schläfen und Nacken, irgendein Fürst mit langem Doppelnamen. Er überreichte Salz und Brot mit einer Hoheit, die ein Ragout aus Würde, Demut und Gelassenheit war. Dann traten die kettenbehangenen, dickgepuderten, korpulenten Damen in gestickten Gewändern und schweren Pelzen mit Söhnen und Töchtern heran. Alsbald begann ich zu segnen und zu regnen, nämlich Gaben und Geschenke der Huld. Ich merkte, daß ich lauter Kindsköpfe vor mir hatte, in deren

Augen die Frage brannte: Was hast du uns mitgebracht? Hinter mir fuhren die Wagen mit den Truhen. Namhafte (und sicherlich ehrliche) Herren meines Gefolges hielten mir geöffnete Körbe und Kästen dar. Aus diesen verteilte ich an selig aufschreiende Damen und dralle Jungfern Halsketten, Stickereien und seidene Schals, an die Herren Ringe, Petschaften, Taschenuhren sogar, die wortlos angehimmelt wurden, und ließ mit Säergebärde von sechs, sieben Leuten Silbermünzen über das Volk auswerfen. Als das Getümmel und Geschrei beängstigend wurde, brach ich die Bescherung ab, ließ trompeten, bis Ruhe eintrat, und lud alle Herren und Damen von Adel in das erste der neuen Palastdörfer, das du Verschwender mir und den Meinen für ein paar Stunden oder Tage Rast vorsorglich hattest errichten lassen – etwa zehn Werst voraus. Übrigens habe ich mich erkundigt, in welcher Zeit alle diese Herbergen an meiner Straße errichtet worden. Ich vernahm es und machte mir klar: Also hat dich Dimitrij in all diesen Monaten nie in seinem Herzen aufgegeben, immer hat er an dieser Triumphstraße für dich weitergebaut.

Doch weiter! Als ich schon meinte, der Vormarsch könne weitergehn, traten je zwei Frauen und Männer vor mich hin, die eine als Rußland, die andere als Polen kostümiert, der eine als doppelgesichtiger Grenzgott, der andere als eine Art Prophet oder Engel. Nun weiß ich nicht: Kennst Du die vier und ihre Deklamationen? Stammen die Verse von Dir? Verse habe ich Dich noch nie schmieden gesehen. Von wem stammen sie nun? Von unserem Franz Pomaski? Dichten kann er, er kann alles, doch zweifle ich, daß sich der Sinn des Ganzen mit seinen Intentionen deckt. Pater Ssawiecki, der bei dem Akt in Vaters Wagen saß, wollte schon, als ich ihn frug, auf Deinen Patriarchen tippen; dessen Güte entspreche der Gedankennebel der Verse. (Nämlich Du mußt wissen, daß er auf Deinen Patriarchen nicht gut zu sprechen ist, er wirft ihm Mangel an Linie vor. Das nebenbei.) Das erste Gedicht war in Dantes Maß, in Terzinen, verfaßt, das zweite und dritte, das des Mütterchen Rußland und der Mutter Polonia, im Volksliederton, das vierte wieder in Terzinen. Klassische und christliche Bilder leidlich gemischt. Aber Du kennst vielleicht die Verse nicht, ich setze sie hierher. Der Grenzgott deklamierte also:

> So stehst du endlich nun, o Zariza,
> du bräutliche, mit deinem Hochzeitszuge,
> der im Triumph dich trägt, am Grenzrain da!
> So glitt die Schaumgeborene einst im Fluge
> durch Wogenweiten, Venus Cypria,
> im Schimmern ihrer Muschel, und vorm Buge
> drommeteten Tritonen, und das Heer
> Poseidons gab ihr jubelndes Geleite ...
> So springt vor Lust, so rollt nun wie ein Meer
> die Weite unter dir. Ermiß die Weite:
> Dein neues Vaterland! Und freudeschwer
> ruft all dein Volk dich an: Nun überschreite
> die Grenze, Göttin, mit erhabenem Mut,
> wie auch die Anmut, die dich hoch begnadet,
> selbst Engel aufreizt, deines Herzens Glut
> die Hölle kränkt und ihren Neid entladet!
> Komm, fürchte nichts! Dir ist Gottvater gut,
> sofern nur deine Demut unbeschadet
> der Sendung folgt, die dich beruft und mahnt:
> ›Zieh aus von deiner Heimat, deinen Sippen,
> aus deines Vaters Haus in dieses Land,
> das ich dir wies!‹ Und jetzt von tausend Lippen
> nimm unsern Freuderuf! Wir stehn entbrannt.
> Wir bringen Salz und Brot. O laß uns nippen
> am Gnadenkelch aus deiner Engelshand!

Nun aber trat Mütterchen Rußland vor, massiv und drall, und deklamierte mit sonorer Altstimme. Ich bedauerte, sie nicht singen zu hören. Hier übrigens möchte ich Dich bitten, da Du eine so große Musikantenschar hast: Laß das Begrüßungspoem vertonen! Es eignet sich, finde ich (vielleicht mit einigen einzulegenden Rezitativen und einer Sinfonie am Anfang oder Schluß), bei einiger Korrektur zu einem oratorio, nicht? Dann hören wir's beide noch einmal bei der Moskauer Hochzeit. Du kennst es vielleicht noch nicht. Also Mütterchen Rußland sagte:

> Kindchen, Herzchen, schau, wer bin ich? Rußland.
> Und blick aus nach beiden Seiten, Liebes!
> Ist hier nicht das Rote Meer, und siehst du's
> nicht als Wogenmauern um dich schwanken?
> Ist durch solches Rote Meer die Wandrung
> nicht wie Taufe, sprich, und ist die Taufe
> nicht ein Sterben und ein Auferstehen?
> Sterben sollst du allem, was du liebtest,
> deiner Heimat, ihren Ruhmeshallen
> und Altären; auferstehen sollst du,
> Kindchen, liebes, hier in Mutterarmen!
> Meiner Brüste Milch, die sollst du trinken,
> bis mein Leben ganz in deins geflossen,
> bis wir beide ein Geblüt und Atem.
> Hier ist Rotes Meer, und drüben wartet
> dein der Sinai. Da wirst du küssen
> die in Stein gegrabenen Gesetze
> des Gelobten Landes, das dich lieb hat.

Du wirst nun wohl nach Deiner Art die Brauen zusammen- und ihre Enden bedenklich hochziehen. (Ich betrachte und küsse sie.) Aber gemach! Die Republik Polen antwortet und behauptet das Gegenteil. Höre sie:

> Schweigst du! Breite nicht die Mutterarme!
> Magd nur bist du. Knie und unterwirf dich!
> Denn zum Herrschen kommt die Zauberische.
> Dir soll sich die Polin anverwandeln?
> Gleiche du dich ihr an! Laß dich, Altchen,
> dich in *ihre* Zauberkreise bannen!
> Stirb du selbst darin und auferstehe,
> umgestaltet, andern, schönern Herzens!
> Herold Gottes ist sie, bringt im Füllhorn
> alle Gnaden ihrer stolzen Heimat;
> schüttet Licht in Nacht und Öl ins Branden,
> Salz ins Faule, Freiheit in die Knechtschaft;
> eint, was sich zertrennt hat. Küß ihr Händchen,
> Weib, und fürchte ihres Gatten Szepter!
> Immer kann die hohe Gottesmutter
> ihres Sohnes Zorn, des Allbeherrschers,
> nicht besänft'gen; auch Marynas Flehen
> wird ersterben, trotzest unversöhnlich
> du dem Feuergeist der rechten Taufe.

Toll sind ja diese Verse nicht, und die Leute ringsum kapierten sie nicht, das sah ich, das war auch gut so, denke ich. Nachdem Ost und West so miteinander gestritten, tritt der große Unbekannte als Vermittler auf. Soll ich dahinter Deine gegenwärtige, abgewandelte, eigene Meinung suchen? Ssawiecki sagt nämlich, Du habest Dich verwandelt. Stimmt das? Du hast dich monatelang über das Wesentliche nicht mehr ausgelassen, das mir am Herzen liegt. Deine Briefe waren sehr kurz und knapp; nur Deine Sehnsucht nach mir hast Du betont. (Ich dachte: Wie einer, der vor seiner Frau kein ganz reines Gewissen hat.) Denkt so vielleicht Dein Patriarch wie der vierte Sprecher? Pflichtest Du ihm bei? Aber Du mußt ja erst hören! Der Mann also, weder als Russe noch eigentlich als Pole kenntlich, wahrscheinlich eine Art Engel, spricht:

> Schweigt beide! Beide habt ihr halbes Recht!
> Bedenk, o Rußland, deine Riesenweiten!
> Da sollst du bis ins tausendste Geschlecht
> noch durch Äonen der Geschichte schreiten:
> Aus starkem Blutgemisch ein bunt Geflecht,
> Volk der Begegnung, flutend in die Breiten.
> Waräger fegten übers Slavenland,
> normannische Eroberer, dann Mongolen,
> Tatarenstürme, rot von Blut und Brand;
> heut naht das Abendland, naht bräutlich Polen.
> War's einst der Orient, woher die Hand
> des Welterlösers kam, dich heimzuholen,
> heut hebt sie segnend sich aus Rom, aus Rom.
> Und so erschwillt aus Bächen, Flüssen, Strömen
> der einen Menschheit königlicher Strom.
> Wem soll sich wer zur Taufe wohl bequemen?
> Geh unter eins im andern, daß der Dom
> der Menschheit steig' im Geben wie im Nehmen!
> Nur in den Einen wollt getauft euch sehn –
> in Ihn, dem Reuß' wie Pole sich ergeben:
> In Christum, seinen Tod, sein Auferstehn!
> Da soll's euch gleich um gleich in Eins verweben:
> In Gottes Willen sollt ihr ganz vergehn,
> aus seinem Willen auferstehn und leben!

So ging es weiter. Also gleich um gleich. Denkst Du wirklich so? In der Theorie hättest Du wohl recht: Ein Reich, ein Glaube, ein Volk, eine Kirche, alles in einen Becher getan, kräftig die Hand drauf und geschüttelt und dann den Wurf getan und die Augen gezählt. So vielleicht denkst Du – oder denkt der Poet. Aber stimmt das? Denn so viel hast Du durchblicken lassen, daß es Not macht und noch gute Weile haben wird, bis so viel Ausgleich zwischen unseren Brudervölkern und ihren Kirchen erreicht ist, daß der seinerzeit von

Sapieha vergeblich vertretene Verschwisterungsplan und das von Ignatij still und leise in Angriff genommene Unionsprojekt sich als realisierbar empfiehlt und in greifbare Nähe rückt.

Bisher dachte ich immer, Polen gebühre die erste Geige. Mir imponieren die Weiten des russischen Reiches nicht. Das polnische Großreich, dachte ich, sei groß genug: von der Ostsee zum Schwarzen Meer, von der Weichsel bis zum Dnepr; und dieser Raum habe an Geschichte und Spannkraft gewaltigen Vorsprung, dacht' ich. König Sigismund gewinnt sein Schweden doch noch. Doch wie Du willst. Du schriebst einmal von jenen Jakuten oder wie sie hießen, die anderthalb Jahre lang zum Zaren unterwegs waren, unterwegs die Hälfte ihrer Gesandtschaft einbüßten und in Moskau verblüfft waren zu hören, daß inzwischen bereits zwei Zaren zur ewigen Tundra eingegangen. Doch bemißt man des Gemäldes Wert ja nicht nach Ellen, den Wert eines Gutes nicht nur nach Deßjatinen. Der Gehalt macht's. Auch heute meine ich: Nie wird Rußland Polen zu sich herabziehen und sich anverwandeln, immer wird Rußland westwärts blicken und bei ihm in die Lehre gehen müssen. Ergo? Aber wie Du befiehlst.

Der Holzpalast tat seinen Dienst, doch die Unterkünfte für unsere Gefolge reichten nicht aus. Wir nahmen einige Nachbardörfer zu Hilfe. Vielleicht wirst Du Dich wundern, daß wir so viele sind, doch Du weißt ja, noblesse oblige. Eine große Gesandtschaft des Königs reist mit uns mit.

Wenn wir in Smolensk sind, dem Land und der Stadt, die mein Heiratsgut sind, Du Lieber, so werde ich mich da mindestens drei Wochen aufhalten müssen und die Fastenzeit begehn. Ich trage dann schwarzen Sammet. Deine Satrapin von Smolensk wird dort ein wenig nach dem Rechten schauen, womöglich regieren und jedenfalls die Römische Messe feiern. In diesem Grenzland ist man duldsam, wie ich meine, da könnte man jeden Tag die Union vollziehen, wie sie ja weithin in Litauen gilt. Von dort übrigens wird mein Vater mir vorausreiten, um mit seiner Gefolgschaft vor mir in Moskau einzutreffen und noch vielerlei mit Dir zu besprechen.

Ich ersehe mit Vergnügen aus Deinem vorletzten Brief, daß es Dir zu genügen scheint, wenn ich mich Mitte oder Ende April Dir zu Füßen werfe. O ihr Himmlischen, ich wäre imstande, am Ende der Tage auf meinen Einmarsch ins himmlische Jerusalem zu pfeifen, wenn ich dafür diese Reise und den Einzug in Moskau und in Deine Arme bezahlen sollte. Gott verzeihe seiner großen Sünderin, daß er ihr eine so maßlose Liebe zu Dir und Deiner Herrlichkeit, eine solche Brandfackel der Abgötterei ins Herz geworfen. Ich stehe in lauter Flammen und möchte mich tagsüber totsingen, in den Nächten tottanzen, ich schwinge vom Genuß jedes Augenblicks in die ausschweifendsten Zukunftsbilder und wieder zurück, ich male mir aus, welche Anstalten Du da für mich wohl in Moskau triffst, und nachts träume ich von Dir, von Dir, von Dir ...

Ist es denn möglich, daß es ein solches Glück auf Erden gibt? Könnte ich diese paar Wochen hundertmal immer wieder von vorn durchlaufen! Ach, ein ganzes Leben, ja eine Ewigkeit lang so im Anmarsch auf Dich, nie würde das veralten. Neulich fragte mich der alte Zebrowski, ob ich gern alt würde. Ja, sagte ich, aber nur mit Dimitrij. Er erwiderte mit einem fünf Pud schweren Seufzer: ›Alt werden will jeder, alt sein niemand. Ich habe es satt.‹ – Wie traurig! Er hat übrigens nie geliebt, war immer schrecklich einsam. In der Wüste ist kein Echo, in der Einsamkeit keine Freude (wie Du mitunter sagtest), und nie ist man dort, wo man weilt, sondern da, wo man liebt. Natürlich sitzt nun die Liebe in mir so fest, daß ich sie überall hintrage, und überall lebe ich nur durch Liebe, auch in der Ewigkeit.

Was mich mitunter sehr ruhelos macht, ist dies: Mein Lieber, wie stehst Du zu Gott? Glaubst Du wieder fest an die himmlische Dreifaltigkeit, an die Heiligen und Märtyrer, den Stellvertreter in Rom, die sieben Sakramente und Deine Sendung? Aber Du bist ja gläubig, Du wärst sonst ein Scheusal von Undank, wenn Du nicht täglich auf den Knien lägest wie ich und durch die Säle sprängest und sängest in Dankbarkeit gegen Gott.

Ein adlernasiger Türke in unserem Troß, der gestern kniend die Stirn nach Mekka auf den Boden legte, sagte auf meine Frage, was er bete, er bitte um nichts, er danke nur. Wieso? Um nicht schlecht zu werden. Denn schlecht, so sagte er, schlecht ist, wer Beleidigungen in Stein und Wohltaten in Sand gräbt.

Nun habe ich vergessen, Dich um Verzeihung zu bitten, daß ich mich eine lange Woche in Schweigen gehüllt. Dabei habe ich genug herumgelacht und -geschwatzt. Es schlug mir aber vor dem Aufbruch alles über dem Kopf zusammen. (Apropos Kopf: Ich trage jetzt das Haar à la Medici.) Kurz: Ich hatte drei Kostüme nachbestellt, die kamen und kamen nicht. Ich war verzweifelt und mußte Kuriere von Minsk nach Warschau jagen (wo sich Meister Laroche gerade bei der langen Potocka mit zwei Gesellen aufhielt, um für die Alte kostbarsten Samt und Brokat zu verschneidern). Aber jetzt ist alles beieinander. Weder in polnischem noch russischem Kostüm werde ich Hochzeit feiern. Durch Eilpost nach Paris hatte ich erfahren, wie weit momentan der spanische und italienische Geschmack dem französischen geböten oder umgekehrt. Man riet mir zu folgender Kombination: Als Krönungsgewand (ganz abgesehen vom Ornat, den ich nicht kenne) ein bis zum Boden reichendes, schlohweißes Untergewand von groß- und rotgeblümter Seide. Die tulpenartigen Blüten in Abstand verstreut. Der faltige, himmelblaue Überrock, nachschleppend und um die Hüften gepolstert und gerafft, klafft vorn und läßt das Unterkleid auf der Brust und auch vom Gürtel abwärts frei, oben eine Handbreit, unten eine Elle. Der Rand und die weitgebauschten Oberärmel über den rot-weiß-geschlitzten Unterärmeln sind mit Goldborte breit besetzt, auch der Rocksaum ist mehrfach gebortet. Weiter Ausschnitt, wie Du es gern magst, und ein hinten breitstehender Spitzenkragen, dazu passende Brüsseler Manschetten. Frisur und Ohrgehänge vielleicht nach Tizians Venezianerin? Du hast mir von dem Bild erzählt.

Für die Tafel dann ein Gewand aus hellgelbem Damast. Um von oben nach unten zu schildern: Freies, gelocktes Haar, knappe Halskette aus dicken Perlen, tiefes Dekolleté in einem Leibchen mit kurzer Taille. Das orangerote Seidenband mit den faveurs sitzt gleich unter der Brust. Auch der überfallende, ausgezackte Schoß ist ziemlich kurz. Dafür weitfließender Rock. Diese schlichte Art ohne Halskrause soll jetzt am englischen Hof das Neueste sein. Eine ansehnliche Schleife sitzt am Ausschnitt. Die schenke ich Dir nach der Festtafel. Nämlich eben diese Schleifen heißen faveurs, weil die Herren sie in England als Gunstbezeigungen ihrer Damen tragen.

Und dann das dritte, mehr für den Alltag, ein kölnisches Modell mit mühlsteinförmiger Halskrause, halbmondartiger, gesteifter Haube, Spitzenmanschetten, langem Mieder. Statt eines Gürtels trägt man eine dicke goldene Kette um die Taille, die vorn von einer Spirale zusammengeschlossen wird. Aus diesem Verschluß hängen drei Ketten nieder bis übers Knie; an der einen baumelt ein Messerchen, an der anderen eine Kapsel für Wohlgerüche, an der dritten ein vergoldetes Ledertäschchen. Das alles sieht freilich mehr nach sittsam wohlhabender Bürgerlichkeit aus.

Einen Tag später.

Mutter Gottes! Dimitrij, diese Überraschung! Dein Porträt ist da, Dein Geschenk! Du hast es mir nachgetan. In effigie kommst Du mir entgegen, holst Du mich schon ein! Ich habe stundenlang die Lippen geküßt, die so nach Firnis duften. Wie seltsam Dein Bildnis zu dem meinen paßt, das Du von mir im Besitz hast! Schade nur, daß Dein Künstler Dich von derselben Seite genommen wie der meine mich; nun blicken wir beide in dieselbe Richtung und können schlecht nebeneinander hängen. Aber Du scheinst schmäler geworden. Der Küraß mit den geharnischten Armen, vorn zugespitzt (Gänsebauch heißt das ja wohl), blinkt prächtig. Was trägst Du für Hosen? Man sieht sie nur halb. Wohl reich gepolsterte, die die Oberschenkel frei lassen. Was für Trikots? Ist das die richtige Krone, neben der Du die Hand auf den Tisch legst? Ich habe nämlich gehört, die Zarenkrone sitze ziemlich klein auf einer kegelförmigen Mütze mit Pelzrand. Das finde ich albern. Führe doch zu Deinem Kaisertitel eine neue Kaiserkrone mit Bügeln und Kreuz ein, wie sie die Habsburger haben! Übrigens, Deine Linke liegt fast zu kokett in der Hüfte. Du bist doch kein solcher Tänzer. Aber Deine Augen mit den kluggeschwungenen Brauen, wie bin ich verliebt in sie! Soeben habe ich sie wieder geküßt. Dein Haar ist recht dunkel geraten; das macht, daß Du vor dem freien Himmel stehst. Ist der Maler ein Franzose? Wie oft hast Du ihm gestanden? Du schreibst fast nichts zu meinem Porträt. Gefällt es Dir nicht? Die Krone sollte da eigentlich nicht mit hinauf. Ich trage sie ja noch nicht, doch soll das Bild für später sein. Wie werden wir einander in Jahrzehnten sehen, wenn wir ein Leben heroischer und heiliger Mühen in Ehren hinter uns haben, ein Herakliedenleben?

Nun habe ich trotz alledem gegähnt. Ich bin ja so selig müde. Ich nehme noch ein Bad, und dann geschlafen wie ein Igel unter seiner Blätterschicht im Winter, genauso zusammengerollt. Darf ich einmal neun Stunden lang nichts, gar nichts von Dir träumen? Darf ich?

Deine Maryna!«

Dimitrij überlegte, welchen Tag man heute schreibe. Er stand auf. Inzwischen ist sie in Smolensk. Er trug sein freudevolles Herz im Zimmer umher. Aber nicht alles an Marynas Zeilen sagte ihm zu. Ihr Auftreten in Smolensk machte ihm Sorge. Herumregieren will sie und katholische Messen? Auch fragte er sich, wie schon auf der ersten Station die Unterkünfte für die Gefolge nicht hätten reichen können. Sie reist doch nicht mit einer Armee heran, wo ich hier froh bin, Hundertschaften loszuwerden und verabschieden zu können?

Und das Gedicht? Wieso der Patriarch? Nun, er würde ihn fragen.

Im Traum der folgenden Nacht umarmte Dimitrij eine Verschleierte. Er fragte sie, ob sie Maryna sei, und hörte wie aus weiter Ferne ein singendes Rufen: »Dea Victoria – Felicitas – Gloria – Magnificentia – Omnipotentia – Spes ...«

Das Erlebnis zerrann, und er erwachte. Als er nachsann, wunderte er sich, daß die Unbekannte kein Gesicht gehabt, auch das Xenjas nicht, und schlief wieder ein.

Zur gleichen Stunde träumte von ihm auch Xenja, blühte in seinen Armen auf wie einst und erwachte beglückt. Dann kamen Tränen. Erst solche der Enttäuschung, dann solche der Scham, und ihre Seele wandte sich dem Himmel zu.

Auch Marfa erlitt wieder ein Stück ihrer Not. Iwan geriet über sie, doch diesmal graute ihr nicht, sträubte sich eigentlich nichts in ihr, und siehe, sie hatte Dimitrij im Arm, nicht Iwan, eine Woge der Freude schwankte über sie hin. In Frieden erwachte sie und wußte, daß Iwan also in Dimitrij eingekehrt, und nun war Dimitrij sein Sohn, ihr Sohn, der Unbesiegliche; Iwan würde nun versöhnt sein und Frieden geben und sie nicht mehr quälen.

Maryna konnte zu dieser Stunde gar nichts träumen, sie war hellwach, war (das fühlte sie) selber der Traum einer höheren Macht und tanzte im lichtervollen, von Menschen brausenden und Musik gefüllten Saal und ließ sich feiern in ihrer Stadt Smolensk. Ach, dachte sie, so alle Welt verrückt und rasend machen jetzt und immerdar! Trunken war sie, ihr Herz taumelte und betete sich selbst an, die Macht ihrer Schönheit; mehr noch, es riß sie über sich selbst hinaus, sie überwuchs unversehens alles, was sie noch jüngst gewesen. Schwang sie nicht auch über Dimitrij weg? In solchen Stunden – gewiß. Und all diese Festivitäten waren nur Vorschatten des Festes der Feste in Moskau, der Tage ihrer Krönung und Hochzeit.

Am nächsten Morgen fragte der Zar Ignatij, den befohlenen Patriarchen, ob er der Verfasser der Verse an der Grenze sei. Ignatij, klein und schmächtig, mit mächtiger Stirn, hohlen Wangen, entzündeten Kinderaugen, kurzem grauem Bart, sichtlich ein Gelehrter und Nächtedurchwacher, immer lächelnd mit dem Blick des Zaren Fjodor Iwanowitsch, der da zu sagen schien: ›Verzeiht mir, daß ich bin!‹, dieser Grieche und Kyprer, Römer und Russe erwiderte: »Mein Sekretär hat sich verleiten lassen.«

Dimitrij kam auf das Anliegen der Kurie. Der Patriarch saß im Sessel und lächelte de- und wehmütig vor sich nieder:

»Keine Linie! sagte der Pater ... Gott meint es gut mit mir und ihm: Ihm gibt er geringen Verstand, mich nicht in seine Gewalt. Majestät, wer über so viel Theologie in Ost und West einfältig geworden (welche hohe Kunst nur mit göttlicher Gnade gelingt), der begreift zwei Dinge: Wir Menschlein flicken die Splitter eines zerstückten Spiegels kläglich aneinander und gewinnen scheinbar Systeme, aber das Antlitz Gottes erscheint darin nicht, ob auch die Splitter von seinem Licht glitzern. Göttliche Wahrheit ist in Scherben und Splittern nur, solange Splitter und Scherben sich für Scherben und Splitter halten, nicht fürs Ganze. Alles Wort, Bild, Zeichen und Symbol widerstreitet einander in jeder Seele, in jeder Kirche und in der Fülle der Kirchen; *insgeheim* immer, oft auch *offenbar*. Paradoxie und *complexio oppositorum* auf Schritt und Tritt. All das heilige Stückwerk liegt mit sich selber im Krieg – außer für Gott und die Kindereinfalt. Nur einer hat recht über all unseren Rechthabereien. Wir haben Ihm nur unsere Herzen aufzuopfern und in jedem unvollkommenen Dogma Seine Vollkommenheit zu ahnen und anzubeten. Mysterium, lauter Mysterium, Majestät. Majestät sind sehr geduldig, mir so lange zuzuhören. Man wird geschwätzig, wo man nichts zu sagen hat. Jedoch worüber Majestät Aufschluß verlangen, das ist leicht gesagt. Das Schrittmaß der Geschichte bestimmt allenthalben die breite Menge in ihrem träumerischen Trott, auch das der Kirchengeschichte. Noch ist der Antiromeffekt der Nationalreligion in diesen Landen ein Noli me tangere, außer bei einigen hochgelehrten Klerikern. Eure Majestät werden sich das unmündige Volk und seine Popen nicht verscherzen noch mir zumuten, mich mit der mir unterstellten Hierarchie zu überwerfen. Niemand besteige die oberste Sprosse vor der untersten! So weit man denken kann, ist an die Union noch *nicht* zu denken. Gern stelle ich mein Amt für einen Patriarchen, der Wunder tun kann, zur Verfügung. Mich müßte ich für einen Schwärmer halten, wenn ich versuchte, mit anderem zu rechnen und zu operieren als mit lauter Menschlichkeiten. Ich habe gesprochen.«

Er machte eine Pause und blickte Dimitrij lange an.

»Eure Majestät«, fuhr er fort, »schauen in die Landschaft meiner Seele hinüber wie ein Träumer. Ja, was sehen wohl Majestät? Lauter Ruinen im Mondenschein. Ach, die Tempelruinen Griechenlands und Italiens trug ich seit meiner Jugend in mir als Schicksal herum – bis hierher. Wehmütig stimmen sie und entzücken wohl gar, die Ruinen einer Seele. Ich enttäusche Eure Majestät wie den Heiligen Vater.«

Ihn schon, mich nicht, dachte Dimitrij. Er stand auf und gab dem Patriarchen, der sich miterhob, die Hand: »Dank für das offene Wort.« Mehr sagte er nicht. Dann kam er auf allerlei Anliegen der Kirchenverwaltung, auf fällige Ernennungen, auf die Klosterschätzungen und Besteuerungen, auf die Frage einiger Konfiskationen zu sprechen und verabschiedete den sanften, friedespendenden Mann.

Alter, wehmütig Weiser, dich habe ich gern, dich und dein Lächeln, dachte er hinter ihm her.

Basmanow und Galyzin traten ein. Der erste meldete, Fürst Wassilij Wassiljewitsch, bei dem er gestern gewesen, bedaure, bei Hof noch längst nicht erscheinen zu können und seinem allergnädigsten Herrn den Dienst weiter schuldig bleiben zu müssen, er sei krank, empfange niemand und bete für Seine Majestät. Der andere sah, wie sich Dimitrijs Augen verengten. Der Zar befahl Karosse und Reiter. Er wolle den Fürsten, der sich so verkrieche, genauso übrigens wie sein cher frère, selber besuchen.

Er fuhr bei Schuiskij vor. Sein Offizier, obwohl rasch abgesprungen, kam zu spät, um ihm die Wagentür zu öffnen. Dimitrij war schon hinaus und mit drei Sprüngen an Schuiskijs Haustür, betätigte selbst den Pocher, betrachtete dessen Delphingestalt und trat, während Volk herzuströmte und sich tief verneigte, ein und flitzte allein mit Schritten über je zwei Stufen die Treppe hinauf. Oben stürzte ihm des Fürsten überraschter Bruder entgegen, verneigte sich und geleitete ihn. Als der Zar beim Fürsten eintrat, mußte er annehmen, er habe ihn tatsächlich überrascht, da Schuiskij müde und blaß in seinem Ruhesessel mehr lag als saß, nur mit dem Hausrock bekleidet. Wirklich krank?

Der Fürst wollte hoch, aber kam nicht dazu. Dimitrij drückte ihn zurück: »Mein Großbojar soll im Schrecklichen Gericht nicht sagen: Ich war krank, aber mein Herr hat mich nicht besucht.«

Dimitrij Schuiskij trat hinter des Bruders Sessel. Der Zar setzte sich gegenüber, fragte, welcher Arzt dem Fürsten beistehe, und hörte diesen sagen: »Mein allergnädigster Herr, was mich krank gemacht, ist wohl nichts für Ärzte. Das ist vielmehr meine Schande und meine Schuld. Majestät entsinnt sich, daß ich damals vor dem großen Volkstribunal aus dem durstigen Verlangen heraus, sühnen zu dürfen, um die härteste Strafe bat, um den Tod – nicht freilich noch um leibliche Marter, denn, wie ich gestehe, ich bin ein fleischlicher und schwacher Mensch, kann körperliche Qualen nicht ertragen und scheue sie. Jene Schuld, und daß ich solche Begnadigungen erlitt, das hat mich krank gemacht.«

»Na«, begütigte Dimitrij.

»Es war so«, beteuerte der Fürst. »Noch habe ich das weihnachtliche Liturgenwort im Ohr, das dem Akt erregend voranging: ›Vollzogen und vollendet ist, soweit es, o Christe, unser Gott, in unserer Macht, das Mysterium Deines Heilswerkes. Besaßen wir doch das Gedächtnis Deines Todes und sahen das Symbol Deiner Auferstehung. Wir wurden erfüllt mit Deinem nie endenden Leben, wir genossen Deine unerschöpfliche Wonne. Laß uns alle auch im kommenden Äon – einem Gottesreich der Ewigkeit – dieser Höhe gewürdigt werden durch die Gnade Deines anfanglosen Vaters und Deines heiligen, guten und belebenden Pneumas, jetzt und immer und in die Äonen der Äonen. Amen.‹ Ja, ich höre es noch. Danach – meines Kaisers und Zaren übermenschliche Milde. Als ich im heiligen Wetteifer der Chöre in meines Herrn Umarmung zusammensank, da – da beging mein Herz seine letzte Sünde, ach, die unvergebbare wider den Heiligen Geist. Nämlich – wiewohl ich's nicht wollte, ich haßte so erdrückende Gnade, ja ...«

»Aber!« wehrte Dimitrij mit leisem Vorwurf ab.

»Es ist so«, klagte Schuiskij. »Doch was langweile ich meines Herrn allzu geduldiges Ohr? Genug, Wohltat kann töten, nämlich ein Herz wie meins. Ich werde den verfluchten Stolz nicht los, der sich nichts schenken lassen will. Daß man genesen könnte von sich selbst! Sich nicht mehr so schamlos schämen müßte! Dem Glanz der Gnade sich öffnete wie die

Blumen der Sonne, der sie mit offenen Kelchen nachgehen vom Aufgang bis zum Niedergang! Daß ich wieder unter Menschen zu treten wagte, auch vor die Großen am Thron! Denn hier bin ich mit mir gefangen.«

Dimitrij versteckte seinen Ekel unter ernstem Nicken. Nach einer Weile fragte er: »Also sollte ich, der dir wohlwill, dein böser Geist sein?«

Schuiskij sah Dimitrij gütig an und schüttelte langsam den Kopf: »Auch so wohl bin ich krank. Sollte ich außerstande sein, wieder unter die mitleidigen oder verächtlichen Blicke meiner Feinde bei Hof zurückzukehren und vor dem Volke dazustehn, das mich einhellig verworfen, so hinterlasse ich zu Eurer Majestät Händen mein Testament. Es ist fertiggestellt.«

»Soll ich davon wissen?« Dimitrij blickte nieder. Zerstreut fragte er sich, wer hier der größere Heuchler sei, er oder der Bucklige da.

»Brüderchen, hole es!« sagte Wassilij, und das Brüderchen ging hinaus, kehrte zurück und wollte das versiegelte Dokument überreichen, doch Wassilij bat mit asthmatischem Röcheln: »Erbrich das Siegel, lies vor!«

Das tat das Brüderchen. Das Testament enthielt des Erblassers Willen, als Mönch zu sterben, vermachte seinen Besitz der Lawra des Heiligen Sergej zu Troiza und beteuerte: »Ich habe seinerzeit in Uglitsch an den Tod des Zarewitsch, nicht aber an eine Mordtat des Statthalters geglaubt; ich habe später guten Glaubens das echte Kind der frommen Marfa bei Dobrynitschi bekämpft und auch später noch an seiner hohen Geburt gezweifelt; daher ich zur Ehre des Thrones Vorkehrungen zu einer möglichen Erhebung getroffen ...« Zum Schluß ordnete der Erblasser eine Fülle von Totenmessen für seine arme Seele an und befahl seinen allergnädigsten und großmütigsten Zaren und Rußland der himmlischen Dreifaltigkeit, der Gottesmutter und dem heiligen Nikolaj.

Als der Vorleser geendet, saß Dimitrij noch eine Weile stumm und völlig hilflos unter diesen Regengüssen der Lüge da und wunderte sich, für wie blödsinnig ihn der Scheinkranke da hielt, biß sich eine Weile nachdenklich auf die Lippen, stand dann auf, verbeugte sich vor dem ›Dulder‹ und verabschiedete sich mit fröhlich-frommen Phrasen der Ermunterung. –

Eine andere Unterredung führte zu dieser Stunde Maryna in Smolensk. Sie hatte tief in den Morgen hinein geschlafen und zwei Stunden zum Ankleiden gebraucht, man hatte ihr zum Frühstück die geliebten Piroschki mit warmer Brühe serviert, dann hatte sie zuerst den Vater, alsbald auch den Pater empfangen, und nun stritt sie mit beiden herum. Mniszek, von einem Ritt durch die Stadt zurückgekehrt, hatte berichtet, wieder einmal habe es Krawalle und Prügeleien gegeben. Polnische Herren und sogar Gemeine hätten Betten requiriert – infolge fehlender Quartiere in der Stadt und auf dem Lande – und Eigentümer an die Luft gesetzt, überhaupt sich betragen, als befinde man sich in Feindesland. Ob das wohl an jedem Rastplatz so weitergehen solle?

Maryna fragte zurück, ob man dem Smolensker Rat nicht die genaue Liste aller Unterzubringenden und ihrer Ränge rechtzeitig eingesandt.

»Das alte Lied!« brummte Mniszek und strich sich den breitzipfelnden Schnurrbart zu den Schultern. »Polen und Litauer schmähen die Gastgeber wegen Ungastlichkeit, die Beleidigten poltern und fragen, ob da ein *Brautzug* nach Moskau ziehe oder ein *Eroberheer*. ›Wir sind samt und sonders geladene Gäste!‹ so schimpfen die Unsrigen. Die Smolensker fragten im Tumult auf dem Markt: ›Reitet man bei euch zur Hochzeit bis an die Zähne bewaffnet, mit Munitions- und Pulverkisten und Wagenzügen voller Musketen und Arkebusen?‹ Ich schrie in den Spektakel hinein, wollte mir Ruhe verschaffen, winkte, gewann auch ein paar Zuhörer und rief: ›Smolensker, wo denkt ihr hin? Wißt ihr nicht, daß euer Herr heilige Kriege vorhat? Nicht nur zur Hochzeit kommen wir, wir stoßen bald als Legionäre zu seinem christliebenden Heer, das er jetzt aushebt und einübt. Aber die Leute glauben ja nicht.«

Jetzt erlebte Pater Ssawiecki an Maryna etwas, was ihr Vater an ihr schon kannte. Sie fegte mit einer erschrockenen Handbewegung einen Teil des Geschirrs vom Tisch, stand auf, schlug mehrfach die rechte Faust in die linke Hand und lief nervös hin und her wie eine, die Ohrfeigen austeilen möchte, aber niemanden zur Hand hat. Es war in ihr der Zweifel aufgebrannt, ob sie wirklich recht daran getan, auf Butschinskis Rat und bestärkt von Ssawiecki und ihrem Vater und selbst dem König, Dimitrij mit Truppen zu beglücken, die ihn vielleicht in eine unerwünschte Lage ... Ach, du himmlische Mutter Gottes! Sie rief:

»Wir hätten sie mit spitzeren Fingern auslesen sollen. Alle, die sich übel aufführen, geben zu erkennen, wofür sie den Zaren halten und seine und meine Herrlichkeit dazu!«

»Wofür denn?« fragte Ssawiecki.

»Für einen großen Jux! Sie nehmen uns nicht ernst; es amüsiert sie nur.«

»Unsinn!« rief der Pater ärgerlich. »Hirngespinste! Eure edle Tochter, Exzellenz, ist überreizt. Sie sollte weniger tanzen und länger schlafen. So ärgerlich die Vorfälle auch sind, ohne Ärgernisse geht es bei solchen Anlässen und Aufgeboten nicht ab.«

»Ärgernisse ... Wehe dem, durch welchen sie kommen!« zitierte Mniszek nachdenklich und seufzte.

»Überlaßt die Bibel mir!« wünschte der Pater. Seine Augenüberwülste verdickten sich, seine Lippen wurden schmal, sein Kinn noch straffer. Er erinnerte mit der Stimme eines Kriegsherrn an die großen Ziele, an die unerschütterliche Macht des Zaren und an den ehrlichen Wunsch der

Schlachzize, unter seine Fahnen zu eilen. Wo gehobelt werde, da fielen eben Späne. Unwürdig sei es, sich durch lächerliche Mißhelligkeiten irritieren zu lassen. Man habe schon ganz andere Dinge hinter sich gebracht. Das Eisen glühe, man müsse es schmieden. Gott schenke nicht zweimal solche Glut in der Esse, melke nicht jahrzehntelang die Bälge.

So dozierte er weiter, dann und wann von Maryna oder ihrem Vater unterbrochen.

»Jedenfalls aber«, so erklärte sie, »werde ich keinesfalls zulassen, daß es wieder irgendwo zu solchen Grobheiten und Explosionen kommt.«

Gerade versprach Mniszek, sofort einen Erlaß an alle Polen herauszugeben, mit der Präambel, daß, wer sich nicht füge, von der Weiterfahrt ausgeschlossen werde – da mit einem mal zersprangen jählings alle Fensterscheiben im Rathaussaal, in dem sie standen, sprangen in Splitter und ließen einen dumpfen Knall herein, dem ein Gekrach und Gepolter von niederfallenden Dingen folgte, die Scherben flogen weit ins Innere, die Bettvorhänge wehten auf, und der Luftdruck stieß eine der beiden hinteren Türen auf. Nach der Detonation stieß ein gellendes Geschrei herauf.

»Was war das?« fragte entgeistert der Wojewode, faßte mit der Hand an sein Gesicht, verschmierte Blut, das darauf floß, besah es in seiner Hand und trat mit dem Pater, der unverletzt war, mit zwei eiligen Schritten ans Fenster.

Sie sahen Teile und Räder eines Kastenwagens auseinandergerissen, sahen den Markt mit in die Luft geschleuderten Ballen und Kisten überschüttet, die aus der Höhe wieder herabgeregnet waren, sahen auseinanderrennende Menschengruppen und rings an den Häuserfronten des weiten Marktes alle Fenster zertrümmert. An der Explosionsstelle brannten hölzerne Reste. Polnische Soldaten waren es jetzt, die, als erste zu sich gekommen, andere planüberspannte Kastenwagen von dem Unglücksort wegschoben und dabei fluchten. Tote sah man nicht.

Ssawiecki stieß einen Fluch heraus.

»Da haben wir's!« schimpfte Mniszek, als habe er die Explosion vorausgesagt, wandte sich vom Fenster ab und lief sporenklirrend umher. Maryna eilte zum Wandspiegel, der unbeschädigt geblieben, und untersuchte vorgebeugt mit großen Augen ihr Gesicht, ob es irgendwo Schaden gelitten, doch ihre Schönheit war noch beieinander.

Den ganzen Tag ging die Erregung durch Smolensk. Jeder Petruschka fragte noch am Abend auf der Küchenbank seine Maruschka: »Die und Hochzeiter? Pulvertonnen als Brautgeschenk!« Maruschka rührte ihren Brei am Herd, zog ihren Kopftuchknoten enger und meinte: »Sie fahren doch – nach der Hochzeit – in den Krieg. Der ist gottlob weitab.«

Oder in überfüllten Kneipen fragte der Bauersmann den Gevatter Stellmacher beim Schnaps: »Meinst du wirklich, daß sie nicht gegen den Zaren ziehn? Nicht mal gegen uns?« Aber Iwan nahm seine dicke Nase zwischen Daumen und Zeigefinger, beugte sich seitwärts und schnodderte. Dann schalt er mit aller Ruhe: »Saudummer Hund du, saublöder, wer kann wider den Zaren? Mit ihm sind alle Heiligen im Himmel – und auf Erden wir. Bundesgenossen sind sie. Aber hol sie der Teufel!«

»Ja«, hieß es von einem der Tische her, »nicht nur in unsere Betten legen sie sich. Verstecken müssen wir unsere Töchter. Haben wir sie gerufen? Wer braucht sie? Nicht wir noch Väterchen Zar.«

Und das böse Gerücht tappte schwer und leise durch die Dörfer und Städte, und Unwille und Mißtrauen wuchsen in seinen Fußspuren.

Als Maryna schlafen ging, und zwar mit Wärmsteinen, weil alles im Rathause fror, so daß auch Empfang, Ball und Maskerade mangels heiler Fenster diesmal hatten abgesagt werden müssen (und draußen war es wieder winterlich kalt geworden), da ermaß sie nochmals vor dem Einschlafen die Peinlichkeit des Vorfalls, dankte aber Gott, daß es keine Toten gegeben, nur zwei Verletzte.

Butschinski, der bei dem Starosten schlief, murmelte im Halbschlaf: Der Zar wird schön gewittern. Und im Traum sagte er das sogleich dem Pater weiter.

Mniszek (bei Gott nicht abergläubisch, wie er stets behauptete, doch ausgestattet mit der Witterung des immer jagenden und gejagten Tieres auf freier Bahn), Mniszek bedauerte sogar den Verlust der drei Tonnen Pulver. »Jammerschade«, knurrte er in sein Kissen, »denn unbeliebt, wie wir uns machen, *brauchen* wir vielleicht noch unsere Sache – zur Verteidigung unserer Haut.« Er setzte sich auf: »Unsinn!« entschied er. »Mit diesem meinem Schwiegersohn – er trägt sein Wappen auf der Stirn – stehen wir! Auch untergehn könnten wir nur mit ihm. Wer aber kann gegen Gott und ihn?« –

In dieser Nacht geschah es, daß auf dem mondhellen Friedhof des schlafenden Uglitsch im Schlagschatten der Kirchenmauer ein Weib sich in einer Gruft zu schaffen machte. Der steinerne Deckel des Grabmals war weggerückt. Die Frau stand in der Tiefe und war dabei, von einem kleinen Zinksarg mit einem Stemmeisen den Deckel abzuhebeln. Der Deckel hob sich auch, und das Weib griff ihn an und hob und schob ihn weg. Die Frau hatte keine Laterne mitgebracht, doch der Mond, der dann und wann aus den Wolken trat, der tat's. Auch jetzt ergoß sich wieder seine Silberflut. Viele Holzkreuze auf dem Kirchhof schimmerten oder dunkelten auf. Auch in der Gruft des Kindes wurde es hell. Fast schrie das Weib jetzt auf. Es fiel auf die Knie, bekreuzigte sich und legte die Stirn auf den Sargrand, denn vor ihr lag ein Kind mit zur Hälfte geschwärztem, verbranntem Gesicht, aber so unverwest, als habe man es gestern erst beigesetzt; nur daß die Haut wie Leder war. Ein Heiliger Gottes! »Du wirst deinen Heiligen nicht verwesen lassen.« O zauberische Macht des Osterwunders! Die Alte stand auf: »So wahr ich Hostien backe, der Zar ist der Antichrist, und das Ende der Welt ist da ...«

Wozu hatte sie auf dem Grab noch Wohlgerüche für die Pilger und Anis für die Tauben ausgesprengt? Die Mönche hatten recht gehabt: Hier war der echte Zarewitsch. Da ging eine große Freude durch ihr Tatarinnenherz: Sie brauchte die große Sünde nicht zu begehen, das Jungchen, das sie gekauft und liebgewonnen, nicht zu töten noch in Sprit zu tauchen und in dies Särgchen zu tun. Es durfte springen, wachsen und ein Mann werden. Vor dem Moskauer Fürsten, an welchem Galgen und Rad mit knapper Not vorübergegangen, würde sie das Jungchen schon sichern. So verschloß sie wieder den Sarg und dann auch das Grabmal mit dem Deckstein, trollte sich in ihr Häuschen, das mitten auf dem Kirchhof stand, trat an das auf der Ofenbank schlafende Kind und segnete es mit dem Kreuz.

Am nächsten Morgen lag sie wie tot. Der kleine Junge hatte sich aus den Fellen gewickelt und spielte schon nackt in der Kammer mit Holzkloben. Dann stand er vor dem schnarchenden Weib und steckte ihm den Zeigefinger in den offenen Mund. Die Schläferin rührte sich nicht. Das Kind trippelte in den anderen Raum des winzigen Häuschens, in die schwarzgeräucherte Küche, betrachtete den Kessel am Haken über der Asche des Steinherdes, schaute in den schauerlich schwarzen Kamin und sah die in den Erdkeller führende Klappe offenstehn. Der Kleine traute sich nicht hinab, sah aber in der Düsternis unten ein offenes Faß, und das Wasser darin roch so wie der Atem der Frau.

Die Tatarin hatte sich gesagt: Was soll noch der Sprit? Ich trinke ihn mit Honigwasser aus und habe daran auf Jahr und Tag genug ...

Maryna wurde viel früher munter als sonst. Als sie im warmen Bett die kühle Morgenluft atmete, kam ihr zum Bewußtsein, daß in ihr über Nacht der Entschluß gereift war, der den Mißhelligkeiten der Quartierfrage für die Zukunft ein Ende machen mußte.

Sie traf sich mit ihrem Vater, Butschinski, beiden Königsgesandten und zahlreichen Herren und Damen aller Gefolge an den langen, festlich gedeckten Frühstückstafeln beim Smolensker Bischof, nahm dort den Vater beiseite und erlebte, daß er genau das gleiche beschlossen; nämlich er und die beiden Gesandten mit ihren insgesamt dreitausend Mann Begleitung sollten sich von Marynas Zweitausend lösen und vorausreisen. Mniszek sollte sich dann wieder zuletzt vom Korps der Gesandtschaft trennen und als erster in Moskau sein. So klopfte während der Tafel der Wojewode an sein Punschglas, erhob sich und hielt eine Rede, in der er zunächst seiner Exzellenz dem hochwürdigsten Herrn Bischof für die Gastfreundschaft dankte und dann die Damen, Brüder und Herren ansprach.

»Wir haben trotz alledem gute Reise gehabt«, schloß er, »denn solches alles ist dem Zaren zu danken. Allenthalben hat er die Wege ausbessern, neue Brücken errichten, Paläste und ganze Dörfer für uns erbauen, die Städte renovieren, putzen und schmücken lassen, für die Verpflegung der Tausende stattliche Magazine hingesetzt, und Hunderte von wohlinstruierten Wärtern haben uns Ort für Ort gedient. An jedem Halteplatz überbrachten uns Kuriere allerlei Schätze und Hausrat, daß wir austeilen konnten mit vollen Händen, wie sich's gebührt. Überall waren Ehrengeleite zur Stelle, die uns Salz und Brot überbrachten und sich vor der Zariza niederwarfen. Niemand von uns murre über kleine Mißhelligkeiten! Der Zar konnte nicht wissen, wie viele unser sind. Man hat sich ohne Grund über mangelnde Vorsorge für Mensch und Tier beklagt, zumal wo die Übersendung der Listen zu spät erfolgt war. Nun aber zieht Ihre Majestät die Zarin die Konsequenzen – zumal nach dem gestrigen Vorfall, und ich pflichte ihr bei; zum Beispiel die, daß ich mich meinerseits nun mit meinen Zweitausend von den übrigen löse, um als Vorhut noch im April am Ziele zu sein und in Moskau für alle Quartier zu machen. Die Herren Gesandten Seiner Majestät des Königs« – er verbeugte sich vor Gonszewski und Olesnicki – »mögen mir in Abstand folgen. So gliedert sich unsere Masse hinfort in drei Teile, so reichen die Quartiere allerorten, so beruhigt sich auch das Volk. Ferner ordnet die Zariza eine strenge Untersuchung und Sühne des Vorfalls an, der gestern so viel Scheiben zertrümmert. Wer trägt die Schuld an der Unachtsamkeit? Überhaupt wird von nun an jede Ausschreitung aufs schärfste geahndet werden. Die Zarin steht für ihre neuen Untertanen ein, zumal in dem ihr überschriebenen Smolensk. Praeter propter ersucht sie die Herren Husaren, nicht weiter so in Eisen mit steilen Lanzen und schmetternden Trompeten in die Dörfer und Städte einzurücken, wie hier in Smolensk geschehen.« –

Die Reise ging weiter, und wieder kam eine Nacht herauf: Um den Mond quollen Wolken, Regen prasselte in Sturmstößen herab, auch in weiter Ferne, auch auf Vorfrühlingswälder nicht weit von Krakau. Es war noch nicht lange dunkel, als ein Stafettenreiter der Königlichen Post durch eine Lichtung in der Talsenke drei, vier tröstliche Lichter blinken sah, also ein Dorf gefunden hatte und ihm zustrebte. Da hörte er Pferdeschnobern, hielt, um zu horchen, an, und schon trappelte es heran, war er überholt, wurde der Weg ihm von drei Reitern quer verstellt, und eine Stimme fuhr ihn an: Widerstand sei sinnlos, man wolle wieder nichts als die Post. Der Postreiter sagte nicht viel, froh, mit heiler Haut davongekommen zu sein, zog sich die Schultertasche über den Kopf, warf sie dem, der ihn angeschnauzt, zu, fragte, ob die Herren zur Partei der Aufständischen gehörten, folgte dem

Befehl, abzusitzen, und stand dann zwischen zwei Reitern, während der dritte seine Tasche ausräumte. Zuletzt fragte er, ob er weiterreiten dürfe. Die drei lachten: »Auf des Schusters Rappen, wir brauchen jeden Gaul«, und trabten mit seinem ledigen Pferd in die Waldnacht davon. Der Zurückgebliebene machte kehrt und stapfte über Äcker und Wiesen der Siedlung zu. So etwas, dachte er, passiert dem König nicht zum ersten Mal.

Nach drei Tagen kamen in einem Päckchen mit der Aufschrift »Unerheblich! Imprimatur!« die erbrochenen Briefe im Sekretariat der Königsburg an, und einer enthielt des Wojewoden Mniszek Bericht über die ganze Reise und seinen moskowitischen Empfang. Kowalski, der Privatsekretär des Königs, überflog den Bericht, indem er über den Zeilen eine große Handlupe hin und her wandern ließ. Da hieß es:

»Kurz vor meinem Aufbruch aus Smolensk kamen des Zaren Oheim, Fürst Michail Nagoj, und der Fürst Mssalskij an der Spitze von tausend Mann an, um uns im Namen Seiner Majestät zu begrüßen. Mit ihnen reise ich nun zusammen. Seit vorgestern bin ich am Ziel der weiten Reise. In einigen Tagen wird Seine Majestät in Moschaisk seine Gattin überraschen. Der Zar gedenkt, dort einen Tag zu verweilen und nach der Rückkehr die Vorbereitungen zu ihrem Empfang persönlich zu überwachen. Was Eurer Majestät ergebensten Paladin, mich selbst, betrifft, kann ich nur sagen: Meine Aufnahme bei Hofe war ehrenvoll.

Des Zaren Intimus, jener bekannte Basmanow, ein jugendlicher, ruhiger, ebenso schöner als tapferer Mann, dem einige Verleumder gleichgeschlechtliche Verkehrtheit nachsagen sollen, um seine Ergebenheit gegen den Zaren zu verdächtigen, empfing mich und meine Scharen vor Moskau auf einer Brücke, die nicht auf Pfeilern ruhte, sondern, nur von Tauen gehalten, über dem breiten Fluß hing – als ein wahres Wunderwerk. Eure Majestät werden von ähnlichen, nur primitiveren Brücken der Inka über peruanischen Schluchten gehört haben. Der Zar, der es liebt, sich unerkannt ins Gassenvolk zu mischen, nahm an der Begrüßung, wie ich später erfahren sollte, inkognito teil. Man brachte mich in feierlichem Zuge in mein Quartier. Mich mit vierhundertfünfundvierzig Mann Begleitung hatte man im Stadtschloß der Godunows untergebracht. Einst hatte dort Zar Boris, als er noch Statthalter war, zur Zeit also des Zaren Fjodor, mit seiner Familie gewohnt. (Notabene: Die noch lebenden Zarenbrüder sind von der Verbannung her auf dem Wege zur Heimat.) Nachdem ich mich dort erfrischt, schritt ich mit den russischen Herren durch ein Spalier zahlloser Strelitzen durch die Stadt, über den Roten Platz und in den Kreml, bis vor die große Galerie des Zarenpalastes. Diese war von kostbar gekleideten Bojaren angefüllt. Von der unteren Galerie aus betraten wir den Palast. Da thronte die Majestät bereits und erwartete mich.

Der Stoff der zarischen Gewänder war einfach unsichtbar vor lauter Perlenstickerei. Der Souverän mit Kronenmütze und Szepter schien sein eigenes Bildwerk zu sein. Über ihm wölbte sich ein aus vier Schilden kreuzweise zusammengebauter Baldachin, über dem der doppelköpfige Adler, einen Schild vor der Brust, die Flügel spreizte, gleichfalls von blinkendem Gold. Die Säulen des Baldachins schützten lagernde silberne Löwen in Wolfsgröße, und vor zwei goldenen Leuchtern standen Greife. Vom Baldachin hingen Trauben riesiger Perlen. Ein Topas hatte Walnußgröße. Zum Thron führten drei Stufen hinauf. Sie waren mit Goldbrokat bedeckt. Beiderseits standen jene Eurer Majestät bekannten Paare in weißem Atlas und hermelingefütterten, weißen Sammetkaftanen mit geschulterten, silbernen Partisanen an goldenen Schäften. Zur Rechten des Herrschers, etwas zurück, gewahrte ich den Patriarchen. Auch er thronte. Und zur Linken den jungen, höchst sympathischen Fürsten Skopin-Schuiskij mit dem kaiserlichen Schwert. Etwas zurück standen links Bojaren des Reichsrates und prunkvolle Palastbeamte, in der vordersten Reihe zum Beispiel auch ein Bojar, der auf goldener Patene das – hernach dringend benötigte – Tränen- oder Schnupftuch bereithielt, dagegen ragten hinter dem zierlichen Patriarchen, von dessen Vergangenheit Eure Majestät gehört, seine vielen Hierarchen empor. Hierzulande befiehlt der weltliche Herrscher noch der Kirche, worin ihr Abfall vom Heiligen Vater und ihr geistlicher Verfall, aber auch ein wesentlicher Teil unserer Hoffnungen gründet.

Ich küßte des Zaren Hand und hielt meine Rede. Darin gedachte ich der zahlreichen göttlichen Durchhilfen, die ihm von Kindheit auf, im Kriege und bis heute zuteil geworden. Als Vater der künftigen Zariza, die nun alle Schicksale des Zaren teilen werde, sprach ich wohl recht von Herzen, denn des Zaren Augen wurden feucht, und man reichte ihm das Tüchlein. Später hörte ich Bojaren seufzen: ›Ach, wie ein Biber hat er geweint!‹ Afanasij Wlassjew, Eurer Majestät wohlbekannt, antwortete für seinen Souverän und gratulierte mir zur glücklichen Ankunft. Danach stellte ich den jungen Fürsten Wisniewiecki und die Herren meines Stabes vor. Nachdem Seine Majestät sich erhoben und mich zur Tafel geladen, lud Basmanow mein Gefolge ein mit den Worten: ›Seine Majestät erweist Euch die gleiche Ehre, Ihr Herren.‹

Auf dem Wege zur Palastkapelle schritt ich am Patriarchen vorbei, der, nachdem ich ihn begrüßt, mir das Kreuz zum Kusse bot, mich aber nicht segnete. Hinter der Geistlichkeit folgte der Zar. Bojaren führten ihn unter den Ellenbogen. Vor ihm trug man den mit einem Kreuz gezierten Reichsapfel auf dem Kissen einher. Der folgende Gottesdienst war immerhin würdig zu nennen.

Auf dem Wege zur Tafel und hernach bei Tisch gab es allerlei zum Staunen. Der Palast, ein Holzbau, präsentiert im

Inneren die Pracht des Morgenlandes. Die Türbänder sind mit Dukatengold überzogen, die mächtigen, grünleuchtenden Steingutöfen stehen in silbernen Gittern. Im großen Speisesaal sahen wir auf der langen Anrichte, welche, etagenweise zurückfliehend, eine ganze Wand von den Dielen bis zur Decke verstellte, eine ungeheure Menge von Silbergeschirr, von springenden Pferden, Löwen, Greifen, Einhörnern, Vasen und vielerlei anderen Tafelaufsätzen. An der anderen Wand zwischen den hohen Fenstern standen sieben silberne Tonnen, umgeben von vergoldeten Reifen, mit goldenen Henkeln und voller Met und Wein. Aus einem silbernen Behälter in Mannshöhe ergoß sich durch Kräne Wasser in drei Schalen, aber niemand wusch sich die Hände.

Seine Majestät der Zar tafelte einsam auf erhöhter Bühne an einem Tisch, der aus vergoldetem Silber bestand und mit einem goldgestickten Tafeltuch gedeckt war. Etwas tiefer, zur Linken der Majestät, stand der Tisch für den Fürsten Wisniewiecki und mich, für den sehr reichen Fürsten Schuiskij (der Eurer Majestät wegen seiner Affäre bekannt ist und sehr krank sein soll) und zwei weitere Herren, die irgendwie als Verwandte des Monarchen gelten. Im Saal, dem Zaren gegenüber, saßen an langer und breiter, eichener Tafel unsere und die russischen Herren in bunter Reihe. Ich erfuhr, es hätten hier allein die Souveräne bis dato von Tellern gespeist, und es sei schon gegen die Etikette, wenn die Majestät diesmal mir und den anderen Anverwandten gleichfalls Teller, wenn schon keine goldenen, so doch silberne, zugebilligt. Alle übrigen Tischgenossen erhielten statt der Teller großmächtige Weißbrotschnitten, die der Zar jedem Gast förmlich übersandte. Zahllos aber waren nun die Gerichte, die man auftrug, und stundenlang wurde getafelt. Bei allen Göttern, was haben die Moskowiter für Mägen! Erst gegen Ende der Mahlzeit ward zu trinken eingeschenkt. Apropos: Alle Domestiken – es waren erlesene Beamte! – waren aufmerksam und wohlgeschult. Majestät geruhte sich zu erheben und auf meine Gesundheit zu trinken, dann auf die seiner übrigen Verwandten sowie auf Eure Majestät. Wir konnten nicht sofort in gleicher Weise erwidern, denn nun erst schickte der Herrscher jedem Gast seinen Becher Weines zu, und der den Trank überbringende Herr sagte jedesmal: ›Seine Majestät Dimitrij Iwanowitsch, Kaiser, vielfacher Zar und moskowitischer Großfürst, Selbstherrscher aller Reußen, erweist dir diese Gnade.‹

Danach hörte die Etikette auf. Musik erklang, es wurde lustig, Krüge kamen voll Met und Branntwein, Bier und Würzwein, und ein jeder langte zu nach Belieben. Apropos: Dieser Zar, in allen höfischen Dingen Eurer Majestät gelehriger Schüler, hat (man staune über den Freisinn, den seine Herren Bojaren nur mit Verdruß wahrnehmen!) – er hat auch die Zeremonie abgeschafft, daß die auftragenden Küchenbeamten ihre Schüsseln und Krüge an ihm vorübertragen, ohne niederzuknien, nur mit leichter Neigung des (sogar bedeckten!) Kopfes. Alsbald gab es ein eigenartig Schauspiel, das Seine Majestät jedoch schon wiederholt geboten haben soll. Der Zar ließ zwanzig seiner neuen sibirischen Untertanen vorführen, die, vor Wochen eingetroffen, sich nun bei ihrem Herrscher erholten und mästeten. Sie, die etwa achtzehn Monate lang unterwegs gewesen, hatten in dieser Zeit dreimal den Herrn gewechselt, ohne es zu ahnen, stammten aus schauerlichen Öden und heidnischer Barbarei. Entsetzlichste Götzendiener sah ich da mit Schaudern zum ersten Mal. Zauberer, Unbekehrte, rechte Teufelssöhne. Der Zar, entschlossen, sie Christo zuzuführen, und mit Recht vom Gedanken an die Weiten seines Reiches berauscht, zeigte sie mit väterlichem Stolz. Einen Nachtisch gab es nicht, nur eine sinfonia, die musica einer unsichtbaren und, wie Musikkenner mir versicherten, recht annehmlichen und vielseitigen Kapelle. Endlich schritt jeder Bedienende dem Range nach am erhabenen Wirt vorüber wie Söhne am Vater, und ein jeder empfing aus seiner Hand zwei ungarische Pflaumen zum Zeichen seiner Zufriedenheit.

Tags darauf waren wir alle zur Jagd geladen. Man trieb in den Wäldern einen ungeheuren Bären auf, und mein Herr Schwiegersohn ließ es sich wieder nicht nehmen, allein gegen das Ungetüm mit dem Sauspeer anzureiten. Beim Stoß zersplitterte der Schaft. Da tötete der treffliche Jagdherr die Bestie mit einem einzigen Säbelstreich. Alle Russen, ob Treiber, ob Edelleute, jubelten auf vor Stolz, wir Polen und Litauer mit, wennschon mit etwas gemischten, fast neidischen Gefühlen ...«

Dies letzte war eine Anzapfung des Königs. Doch so ging es fort. Pan Kowalski dachte: Unser Mniszek! Kindisch wird er vor Eitelkeit. Tischt uns Belanglosigkeiten auf wie ein erstmals zu Hofe geladener Backfisch!

Als der König von solchen Mitteilungen Kenntnis nahm, hatten seine Gesandten, die Herren Olesnicki und Gonszewski, sich längst mit ihren fünfzehnhundert Begleitern von Marynas Reisezug, wie Mniszek vor ihnen, gelöst und waren, noch ehe sie in Moschaisk einzog, nach Moskau vorausgeeilt. Dort erwies sich bald die Vergeblichkeit ihrer Mission. Der Zar empfing sie im Thronsaal mit allem Zeremoniell, doch war es vorher zu ärgerlichen Zusammenstößen gekommen. Darüber berichteten die Herren und stellten ihrem König Kritik und Wertung der Vorgänge untertänigst anheim. Da hieß es in ihrem Bericht:

»Am Tor des Palastes wurden wir dann empfangen. Ein Bojar, leider geringeren Ranges, nahm das Wort und wandte sich an den Zaren: ›Durchlauchtigster, großmächtigster Selbstherrscher, hoher und mächtiger Herr Dimitrij Iwanowitsch, von Gottes Gnaden Kaiser und Großfürst aller Reußen, vieler dem moskowitischen Szepter unterworfener Königreiche und Herrschaften Herr, Zar und Souverän, Eure Majestät! Von dem durchlauchtigsten, hohen und großmächtigen Sigismund III., von Gottes Gnaden König von Polen und Litauen, geschickt, werfen sich die Gesandten Nikolaj Olesnicki und Aleksander Gonszewski in den Staub vor dem Throne Deiner Kaiserlichen Majestät.‹ Hiernach verlas Olesnicki die Eurer Majestät bekannte Begrüßungsrede, in der der Zar als Großfürst aller Reußen angeredet wird. Der blickte darob sehr sauer. Ich überreichte Afanasij Wlassjew, der nun den Sekretär machte, Eurer Majestät eigenhändigen Brief. Wlassjew las die Aufschrift, machte sein finsterstes Gesicht und hielt sie dem Zaren hin. Der stieß kurz durch die Zähne: ›Empfänger unbekannt!‹ So wandte sich Wlassjew an uns: ›Nikolaj, und du, Aleksander, wir haben diesen Brief soeben unserem Herrscher dargeboten, ihm, dem durchlauchtigsten, großmächtigsten Selbstherrscher‹ (und so weiter und so weiter; folgten wieder sämtliche Titel). ›Der Brief ist an wer weiß welchen Großfürsten von Moskau gerichtet. Wißt, daß Dimitrij Iwanowitsch in seinem unermeßlichen Reiche Kaiser ist! Nehmt diesen Brief zurück und bringt ihn Eurem Herrn wieder!‹

Da blieben wir der Ehre Eurer Majestät nichts schuldig, eingedenk dessen, daß des Königs Ehre die Ehre der Nation. Wir riefen: ›Das beleidigt den König und die Republik.‹ Der Zar verlor die Selbstbeherrschung und fuhr uns an: ›Wohl weiß ich, daß es für den Monarchen Rußlands unschicklich und ungebräuchlich, sich mit Boten in Wortwechsel einzulassen, aber der König von Polen provoziert mich, ihn rede ich an. Hol der Teufel die Etikette! Sigismund muß wissen, daß Wir nicht Fürst, sondern Kaiser sind! Und dieser Titel ist kein leeres Wort. Die Wirklichkeit und unsere Taten verleihen ihn Uns. Wir führen ihn mit nicht geringerem Recht als die medischen und assyrischen Monarchen oder die Cäsaren von Rom. Wir erkennen im Norden keinen an, der Uns gleich wäre. Wir hier sind die Zukunft. Alle Könige huldigen Uns heut oder morgen. Da sollte Uns der eine König den Titel streitig machen?‹

Nun erbot sich Olesnicki, alle diplomatischen acta der polnischen und litauischen Archive zu beschaffen, die bewiesen, daß noch kein Großfürst von Moskau auf den Cäsarentitel Anspruch erhoben. Vielmehr des Großfürsten Dimitrij Iwanowitsch Undankbarkeit gegen Polen sei nachgerade befremdend, und eine Kette schlimmer Folgen sei zu befürchten.

Der Zar unterbrach: ›Unsere Titel beschreiben Rang, Würde und Macht, die Unseren Vorfahren so oder so zu eigen waren. Wir werden Euch mit Pergamenten überschütten. Aber indem der König von Polen Uns beleidigt, beleidigt er Gott und die ganze Christenheit. Wir sind der einzige rechtgläubige Herrscher auf Erden und guter Nachbar, Bruder und Freund, und er benimmt sich schlimmer gegen Uns, als es ein ungläubiger Fürst vermöchte.‹

Zweifellos deklamierte er das alles so laut, um der Gasse darzutun, wie der Zar für den Rang seiner Russen streite. Herr Mniszek blickte betroffen bald zum einen, bald zum anderen hin, und seine flehenden Augen riefen: Das bedeutet ja Krieg!

Olesnicki suchte denn auch nach Ausgleich und sagte: ›Eurer Majestät ist nicht unbekannt, daß der Reichstag über diese Frage noch beschließen kann. Sie wird ihm vorgelegt werden. Bis dahin leider muß es beim alten bleiben. Wer bin ich, meinem König vorzugreifen? So flehe ich Eure Majestät an, zuzubilligen, daß diese Frage diplomatisch verhandelt werde.‹

Der Zar erwiderte: ›Ich weiß, daß der Reichstag seine Sitzungen beendet hat. Pan Olesnicki, würdet Ihr einen Brief annehmen, in dem Eure Titel ausgelassen sind? Immerhin empfangen wir Euch beide, doch nicht als des Königs Gesandte. Als Unsere Freunde seid Ihr Uns willkommen. Hier ist Unsere Hand.‹

Doch Eurer Majestät Diener Olesnicki sah seine ganze Mission gefährdet, zeigte sich dem Augenblick gewachsen, verneigte sich und sprach: ›Die Ehre, so Eure Majestät mir erweist, ist mir schmeichelhaft. Doch so Majestät mich nicht als Gesandten empfängt, ist es unmöglich, Majestät zu gehorchen. Möchten doch Majestät den Streitfall lediglich für zurückgestellt und sich um keinen der beanspruchten Titel geschmälert sehen! Große Dinge stehen auf dem Spiel.‹ Da sann der Zar ein Weilchen nach, sagte: ›So sei's denn dem Gesandten!‹ und streckte ihm zum Handkuß die Rechte hin. Danach wandte er sich und folgte seinen vier weißen Liktoren in den Palast. Wir alle folgten, Polen voran, hernach des Zaren großes Gefolge. Als der Herrscher den Thron eingenommen, gab er Wlassjew den Wink, das Schreiben zu erbrechen, und Wlassjew sprach: ›Dimitrij Iwanowitsch‹ – folgten alle Titel – ›behält sich alle weiteren Schritte vor. Sagt dem König, ein weiterer Brief dieser Art wird nicht mehr akzeptiert werden, vielmehr den Abbruch der diplomatischen Beziehungen bedeuten. Angesichts der Gnaden, die unserem Kaiser wie keinem Fürsten der Welt widerfahren sind, und der bevorstehenden Vermählungsfeierlichkeiten, die allenthalben ungetrübte Freude bewirken sollen, übersieht Seine Majestät die Beleidigung als Mensch und Christ.‹

Hierauf ließen Wlassjew links, wir Gesandten rechts uns unterhalb des Thrones auf Polsterbänken nieder.

Wlassjew erklärte, der Zar sage dem polnischen König Dank für die Einwilligung zur Vermählung der Tochter seines Paladins mit dem Zaren und für die Trauzeugenschaft. Was die Angelegenheiten beider Nationen betreffe, so werde sich der Reichsrat mit uns, den Königsgesandten, ins Benehmen setzen.

Offenbar sollte damit die Audienz beendet sein. Leise erinnerte ich Olesnicki daran, daß der Zar sich nach der Gesundheit Eurer Majestät zu erkundigen habe. Olesnicki brachte das vor, so höflich immerhin, als er vermag. Nun weiß ich nicht, was im Zaren vor sich ging. Er fraß Olesnicki mit empörtem Blick von der Erde weg und fragte mit drohender Stimme: ›Wie geht es Seiner Majestät?‹

Olesnicki lächelte: ›Seine Majestät befand sich wohl und regierte ruhmvoll, als wir Warschau verließen, doch‹ – hier flötete er noch sanfter – ›Majestät erlaube mir zu bemerken, daß höchstdieselbe sich bei der freundlichen Frage hätte erheben sollen.‹

Nun kann ich keine Gedanken lesen, zweifellos aber arbeitete der Zar schon jetzt die Kriegserklärung aus und beschloß die Annexion ganz Litauens und Polens und die Ausrottung des Hauses Wasa – noch vor dem Kriege gegen Asow, und zweifellos hatte er den Sieg schon in der Tasche und fuhr schon im Triumphzug daher. Das ermöglichte ihm, von olympischer Höhe herabzunicken und zu – lügen: ›Herr Olesnicki, selbst der Kaiser erhebt sich vor dem König bei der Frage nach des Königs Ergehen. Selbstverständlich, aber, das müßt Ihr noch lernen, erst *nach* der Frage.‹ Dann erhob er sich ein klein wenig. Ringsum die Bojaren hatten rote Köpfe und schossen Blitze auf uns. Der Zar lächelte mit trübblauerndem Blick: ›Es freut Uns, daß Seine Majestät eine gute Gesundheit genießt.‹ Dann lachte er bitter: ›Sie muß ja ungeheuer gut sein, und alles, was wir von seiner Einkreisung gehört, ist offenbar Gewäsch.‹ Dann sprang er auf und rief mit gedehnter Stimme, feindseliger, als mir im Hinblick auf die weiteren Verhandlungen erwünscht sein konnte: ›Schluß der Audienz! Habt Ihr Appetit, so speist!‹

Damit ging er. Kaum konnten ihm die Nächsten seines Gefolges nachstürzen und sich an seine Fersen heften.

Eure Majestät! Olesnicki und ich, wir sollen nun noch den Zaren an die Abtretung von Smolensk und vieler anderer Gebiete erinnern, Klage führen über des Zaren geheime Unterstützung der neuen polnischen Konföderation, Klage auch über die freundschaftliche Korrespondenz mit Schweden und seinem Usurpator. Wir sollen dem Zaren beibringen, daß der Titel Imperator Caesar Invictissimus auf allzu weit gespannte, höchst irreale und hybride Pläne schließen lasse, daß Polen und Eure Majestät sich von diesem Zaren bedroht fühlen müßten. Wir sollen das Projekt vortragen (womöglich erneuern), mit dem zur Jahrhundertwende der litauische Großkanzler umsonst vor Zar Boris erschien. Aber die Union beider Reiche und Nationen, die der im Geist des großen Bathory gehaltene Vorschlag meint, scheint nach allem, was man hier zu hören und sehen bekommt, in weite Ferne gerückt. Demetrius I. wird nicht einmal die Gleichstellung mit Eurer Majestät, schon gar nicht geringeren Rang diskutabel finden. Und nun gar jene Forderung Eurer Majestät, die auf eine Aufteilung der westrussischen Gebiete hinausläuft, geht sie nicht viel zu weit? Dieser Herrscher läßt sich nicht erpressen. Stünde er noch so unsicher und schwach auf den Beinen, er ließe es sich nicht merken. Somit erlaube ich mir anzudeuten, daß die unumgängliche Wahrung der Ehre Eurer Majestät keine gute Atmosphäre für so schwerwiegende Verhandlungen geschaffen. Anders als mit Krieg und Sieg ist so Großes kaum zu erreichen. Eure Majestät schätzen die Lage des Usurpators falsch ein. Daher bitten wir Eure Majestät um viel Zeit und Geduld. Erst *nach* den Hochzeitsfeierlichkeiten und der Krönung der jungen Zariza gedenken wir die ersten Verhandlungen mit dem Zaren und der Duma einzuleiten. Während der sicherlich großartigen Festlichkeiten wächst ja wohl Gras über die unerquickliche Szene. Eine Einladung übrigens zu den Festlichkeiten haben wir nicht erhalten und fragen uns, nachdem auch Eure Majestät nicht geladen worden: Sollte der Zar Eure Majestät nicht einmal in unserer Person bitten?«

An Dimitrij fraß der Ärger nicht zu lange. Was war von polnischer Seite anderes zu erwarten? Doch nun traf ihn ein Geißelhieb von anderer Seite.

Hermogen, Metropolit von Kasan, hatte sich trotz seines hohen Alters bei Schneetreiben zur weiten Reise nach Moskau aufgemacht und sie – nach allerlei dienstlichen Aufenthalten – störrisch wie immer und gut überstanden. Den Arzt in Kasan, der ihn vor Aufbruch an sein hohes Alter erinnert, hatte er angefahren: »Der Teufel ist alt, und in Moskau komm' ich ihm jetzt auf die Sprünge!«

Nun logierte er im Palast des ihm befreundeten Romanow und fragte Nikita über den Zaren und seinen Patriarchen aus. Es habe ihn nicht länger ruhen lassen, er sei, falls sich seine Befürchtungen bestätigen sollten, bereit, das rechtgläubige Rußland weit und breit zum Widerstande aufzurufen und alle zum Bekenntnis und Martyrium bereite Geistlichkeit hin und her in Gruppen zu sammeln. Auch den Fürsten Schuiskij gedenke er außer dem Zaren und Patriarchen aufzusuchen.

Wie auch Romanow ihn vor Schuiskij warnte und eine sehr schlechte Meinung vom Fürsten kundtat – Hermogen erklärte: »Gut, Schuiskij – ein Proteus; aber ich bezweifle, daß er sich sogar in einen Freund des Zaren sollte verwandelt haben.«

»Und ich bezweifle«, rief Nikita, »daß er je von seiner Tücke lassen könnte. Er wird dich verpfeifen, Vater.«

Hermogen, hohläugig, brummte: Er wisse, was er tue. Auch Xenja übrigens gedenke er zu besuchen; die sei ja wohl trostesbedürftig und hänge an ihm.

Der Alte führte denn auch alles durch, was er wollte.

Zunächst examinierte er Schuiskij, saß stundenlang bei dem anscheinend sehr Geschwächten und Leidenden und holte ihn aus, doch offen, nicht hintenherum. Er begann mit der Eröffnung, er glaube nicht daran, daß Schuiskij sei, wofür er sich nunmehr notgedrungen ausgebe; der Fürst brauche ihm nichts weiszumachen, solle die Faxen vor ihm lassen, und er, Hermogen, werde sich ihm dafür frank und frei als unüberwundenen Feind dieses in jeder Hinsicht zweifelhaften Herrchens vorstellen. Er fuhr zuletzt von seinem Sitz auf und fragte donnernd, ob das heilige Vaterland zum Tummelplatz für ein so schmachvolles Bubenstück – ach! Und schon setzten wohl die Blitze seiner tiefliegenden Augen seine Welt in Brand.

Auf solche Robustheit reagierte Schuiskij damit, daß er seine Karten aufdeckte. Selbstverständlich throne in Moskau der Betrug, und es gebe keinen Frieden zwischen dem altgläubigen Rußland und dem neuen Geist. Hermogen grollte, daß der Zar von gutem Gewissen, innerer Sicherheit und großartigen Vorsätzen schlechterdings strahle; er stecke mit seiner unternehmenden Fröhlichkeit alle Herzen an, er überzeuge. Schuiskij winkte ab: Er glaube an diese Sicherheit nicht. Dem Fremdling sei Rußland noch immer nicht geheuer; aus Angst hab' er sich ihm unterworfen; fälschlich erwecke er die Illusion, den Adel befreien zu wollen und das gemeine Volk dazu. Er befestige sein Regiment mit Sympathienwirtschaft, untermauere es demagogisch und wünsche es militärisch zu verherrlichen. Dem Wunsche, sich als Patriot zu gebärden, habe er eine Zeitlang sogar die Braut zum Opfer gebracht – und dann doch nur Xenja zu seiner Dirne erniedrigt, der Schamlose! Er, Schuiskij, habe seine Begnadigung am Schafott keinem Edelmütigen, sondern einem geängsteten und hinterlistigen Fuchs zu verdanken, der von der Bodenlosigkeit seiner Existenz überzeugt sei.

Lebhaft fuhr er dann fort – und machte keineswegs mehr den Eindruck eines abgematteten Kranken:

»Jetzt holt er seine Polin herein. Er schlägt sich wieder auf die andere Seite. Ahnt er doch, daß wir ihn in Bälde nicht einmal mehr als Spielball benötigen könnten. Im Hochzeitszug schmuggelt er unsere Henker zu Tausenden herein, ein ganzes Heer. Habt Ihr vom großen Knall in Smolensk gehört? Und Ihr kennt die Fabel vom Trojanischen Pferd. Ich habe ja nun meine Horcher im Kreml und weiß, daß während der Hochzeitsfeierlichkeiten bei einem Kampfspiel ein ungeheures Blutbad stattfinden soll – seitens dieser anmarschierenden fünftausend Schergen. Solche Methoden hat er von gewissen Kaisern des römischen Altertums. Theodosios, genannt der Große, schlachtete im Zirkus Zehntausende ab. Ihr kennt auch die Bartholomäusnacht von Paris. Danach hofft der Bursche, Rußland an Rom und Krakau frei ausliefern zu können. Wie hat er nach dem großen Sobor damals Basmanows Glückwunsch erwidert? ›Der Kopf des Bandwurms sitzt noch in mir, nur einige seiner Glieder bin ich los‹, so hat er gesagt. Man hat es gehört. Ich habe meine Ohren überall.«

Hermogen nahm ihn am Ende in seine Bekennerfront auf, wie Schuiskij ihn in seine Verschwörung. Als der Kirchenfürst wissen wollte, welche Patrioten dazu gehörten, bat er, schweigen zu dürfen, da es nach wie vor sein Prinzip sei, daß kein Verschwörer seinen Mitverschworenen kenne. Schließlich bat er um den Segen und erhielt ihn.

Ein anderer Weg führte den Metropoliten zu seinem Oberhirten, dem Patriarchen. Ihn holte er vorsichtiger aus, wunderte sich über seine Milde und Güte, Gelahrtheit und Zartheit, gewann den Eindruck, Ignatij sei weder ein Kämpe noch eine Gefahr, aber sehr weise, und bedrängte ihn weiter nicht, ließ sich aber viel vom Katholizismus, von Reformation und Gegenreformation berichten, stellte bei Ignatij eine rein persönliche, jedoch harmlose, weil allzu komplizierte Unionsfreudigkeit fest.

Den Weg zum Zaren konnte er sich nun sparen. Er reiste am nächsten Morgen ab und machte, nicht weit von Moskau, an der Pforte jenes Waldklosters, das Xenja behütete, halt. Will ich sie nur trösten? fragte er sich. Ob ich von ihr nicht bei der Beichte mehr über des Zaren Art und Wesen als von Schuiskij erfahre? Diese Enttäuschte und Mißbrauchte muß ihm ja gram sein und kann ihn nicht schonen.

Ja, sie flog ihm in die Arme, dem alten Freund ihres Vaters. Noch am selben Tage nahm er ihr die Beichte ab. Aber sie klagte nur sich an und erklärte, sie habe Dimitrij früher begehrt als er sie, nicht er habe sie verführt, sondern sie ihn, und sie sei seines Herzens mächtig geworden, ehe er ihr die (fast erwünschte) Gewalt getan. Hermogen stand hinter dem Beichtpult, Xenja mit verhülltem Haupt davor. Er drang in sie: Sie müsse wahrgenommen haben, ob sein Übertritt zur orthodoxen Kirche mehr als Blendwerk gewesen. Schon stehe im Kreml eine römische Kapelle herum. Er fragte, ob Xenja sich noch an Dimitrij verloren fühle; er sei ein Hexer und habe sie behext. Sie senkte unter ihrem Tuch den Kopf und schwieg. Seine tiefliegenden Augen flammten und stachen durch die Hülle hindurch, sie spürte es, und seine weißen Brauen drängten struppig zur Nasenwurzel hin. »Wie denn, wie liebst du ihn?« fragte er grollend. »Dreierlei Liebe gibt's: In der einen will Fleisch zu Fleisch; die zweite feiern die Lieder, die von Liebe und Treue singen, und da will Herz zu Herz; durch die Macht der dritten starb der Sohn Gottes am Kreuz, in ihr vergehen die Märtyrer und opfern sich die Heiligen auf. Die erste sieht nur die Gattung, nimmt wahllos, ist das brünstige Tier im Menschen; die zweite sieht die Person, wählt und verehrt, ist im Menschen der Mensch; die dritte schaut Gott, umarmt wie der am Kreuz ihre Würger und Mörder, ist Gott im Menschen und ewiger Geist. Mit welcher Liebe also liebst du ihn? Die drei sind sehr verschieden.«

Xenja überlegte, ob sie voneinander immer geschieden gehen und eine der anderen den Abschied geben müsse, ob sie untereinander immer verfeindet seien? Gequält kam es dann unter dem Tuch hervor: »Wie soll ich das wissen, Vater?«

»Das Fleisch gelüstet wider den Geist, sagt der heilige Apostel, und den Geist wider das Fleisch. Die zwei sind wider einander.«

»Ist nicht auch das Irdische vom Himmel her? Und hat es der Himmel nicht mit den Armen am Kreuz umschlossen und an des Auferstandenen Brust verklärt?«

»Du magst ihn hassen oder nicht, ihm vergeben oder nicht – ich frage, ob du zu bereuen hast. Sagst du: Nein?«

Sie schwieg lange und flüsterte dann: »Ich bin eine große Sünderin.«

Hermogen drang nochmals vor: Ob sie es für unmöglich halte, daß der Zar selber Jesuit sei und daß er die polnischen Heere, die mit jener Mniszek nahten, samt den eigenen, die ihn selber damals hergebracht, dazu benutzen könnte, um dem rechtgläubigen Volk seinen Willen aufzuzwingen, womöglich in blutiger Verfolgung. Er forschte, ob Xenja nie von einem Geheimvertrag zwischen dem Zaren und dem König gehört? Denn an den König habe der Zar ja wohl doch Provinzen verschenkt. Ob Xenja, die die Verblendungsmacht der Finsternis kennen müsse, es für undenkbar halte, daß dieser Zar ein Zauberer, ein glanzvoller Teufel sei, der durch nichts als schwarze Magie gesiegt habe und das mit seiner Seelen Seligkeit bezahle. Und, da zweifellos die letzte Zeit der Drangsal angebrochen, ob der Zar nicht der Antichrist selber sei, bestrickend durch edles Gebaren, schön, kühn und verführerisch durch Werke des Ruhmes und der gleisnerischen Güte und doch der große Versucher, Heimtücker und letzte tyrannische Mörder.

Xenja schüttelte unter dem Tuch den Kopf, sagte nicht ja noch nein. Ob sie lächelte? Nach einer Weile nahm sie sich die Freiheit, das Tuch abzuheben und ihren Beichtiget freien Gesichts anzustaunen: »In welcher schlechten Gesellschaft bist du gewesen, Väterchen Hermogen?« Er schwieg. Sie fragte: »In der des Fürsten Schuiskij?« Er blitzte sie an und schwieg. Das bedeutete ihr ein Ja. Da entschied sie bei sich, sie müsse Dimitrij warnen – vor dem Fürsten dort und dem Eiferer hier. Sie gab nun in der Beichte alles zu, worauf der Beichtiger drängte, und überlegte dabei, wie sie herausbringen könne, wer wohl zu den Mitwissern und -wühlern gehöre.

Als der Metropolit nach der Mittagsmahlzeit angesichts aller Nonnen, die er vom Wagen aus segnete, mit seiner Begleitung weiterreisen wollte, trat sie mit Tränen an seinen Wagen heran:

»Du hattest so recht. Der mir so die Sinne verwirrt, so das Herz entfremdet, so meine Seele erniedrigt hat, der muß wohl, ist er nicht der Antichrist selber, einer seiner Vorläufer sein. Büßerin will ich werden wie Magdalena, büßen; büßen ein Leben lang. Ihn aber rette und bekehre Gott! Doch beten will ich lieber für die anderen, die Freunde des Fürsten Schuiskij. Ach, sie rächen auch mich und waschen von ganz Rußland die große Befleckung ab. Nenne mir einige Namen, Väterchen, für die ich beten soll, beten wie für meine armen Eltern und Fjodors Seele!«

Mißtrauisch zog der Alte seine Brauen zusammen und knurrte: »Was weißt du von Verschwörung? Wieso Verschwörung?«

»Väterchen, du warst bei ihm. Du hast es mir selbst gesagt.«

»Dir? Ich?«

Sie nickte und wußte genau, welchen Blick sie jetzt zu ihm erhob, sie sah ihn, ihren Blick, der dem Greis das Herz herumdrehte. Er beugte sich nieder und flüsterte: »Ich kenne die vielen selber nicht, und keiner weiß vom anderen, doch der himmlische Rächer ist nahe und weiß sie alle. Bete für Rußland, das genügt, mein Kind.«

Als sich sein Wagen und die Reiter entfernten, stand sie in sich versunken und blickte zu Boden. Dann wandte sie sich um und sah Äbtissin und Nonnen in die Blockhäuser zurückkehren. Sie dachte: Große, große Verschwörung also ... Immer noch um diesen Judas herum, dem er so groß verziehen ... Auch meine Brüder kehren aus ihrer kurzen Verbannung zurück. Dimitrij ist gut. Für Rußland kann ich beten, und ihn kann ich warnen.

Sie warnte ihn. Der Zar stand gerade in seinem Wohnraum mit einem seiner Baumeister, einem Genuesen, vor einem Tisch, der mit Entwürfen für seine geplante Moskauer Akademie bedeckt war, und hörte Anekdoten vom göttlichen Buonarotti und dem großen Bramante an, die der Genuese noch von seinem Großvater, einem Gehilfen beider Meister, geerbt hatte und nun zum besten gab, da trat Butschinski ein und überbrachte eine Depesche und einen Brief. Die Depesche, so erklärte er, habe soeben ein Kurier der Zariza überbracht; mit dem Brief habe eine Nonne Olga stundenlang vor dem Palast gestanden und die Wache angebettelt, vor den Zaren geführt zu werden.

Dimitrij öffnete zuerst den Gruß Marynas. Er enthielt nur wenige Zeilen: »Mein Geliebter, wir sind in Moschaisk, keine hundert Werst mehr von Dir entfernt, und gedenken hier gründlich auszuruhen und Empfänge zu geben von früh bis spät, bis Du uns selber abrufst. Was tut mein Herr Vater bei Dir? Ich warte auf Nachricht. Was beschließt und arrangiert ihr? Überall, wo ich haltgemacht, ging es hoch her, am ausschweifendsten in Smolensk, und allenthalben, wo man mich erwartete, wie hier in Moschaisk, war ein fast unerträglicher Jahrmarkt. Das geringe Volk ehrt und feiert mich auf seine Weise. Guslasänger haben, wie ich höre, als Homeriden Deines Ruhms hundertstrophige Balladen gesungen und die Kopeken dafür scheffelweise weggetragen. Buntscheckige Gaukler sah ich in den Einzugsstraßen über mir auf Seilen tanzen. Tanzbären, Bettler und Akrobaten, Quacksalber und Taschendiebe haben goldene Zeit. Ganz klein sind auch die Großen vor mir, ganz klein. Das weiß ich jetzt: Diese Leute hat man entweder zu seinen Füßen oder an der Kehle. Nun, so mächtig Du bist, ich bringe Dir neue Macht hinzu. Alle meine Gedanken sind bei Dir. In Sehnsucht Maryna.«

Dimitrij las auch das andere Blatt. Nur wenige Worte enthielt es:

»Eurer Majestät diese Warnung aus demütigem Herzen. Fürst Wassilij und seine Kreaturen wühlen weiter. Weit wirft der Fürst sein Netz. Der Metropolit von Kasan ist sein Vertrauter. Niemand von Deinen Feinden kennt seine Gehilfen, niemand ihre Zahl. Für Dich betet Xenja Borissowna Godunowa.«

Dimitrij fühlte Butschinskis Blick auf sich ruhen und schaute auf. »Es ist gut«, sagte er. Butschinski ging. Auch der Baumeister wurde entlassen. Der Zar stand am Fenster und überlegte: Also gilt das alte Projekt nach wie vor ... Das Blutbad muß sein: Schlachziz contra Bojar; der Schlachziz Herr des Reiches; ich dann – Rächer des Bojaren und des Reiches am Schlachziz; beider dann ledig und Patriot in der Glorie des Volksmannes ... Als Iwan IV. richtete, jätete er auch nicht, mähte er nur. Schon auf Verdacht hin tötete er. Ich aber, ach, wenn ich erst Namen wüßte, Namen! Das Schlußglied meiner Kette, das Sokolow hieß, ging verloren. Macht nichts, es geht auch so. –

Maryna, im Moschaisker Rathaus residierend, hatte in der Morgenfrühe Herrn Salopiata zu sich bestellt, einen Intimus der beiden Königsgesandten, die inzwischen längst in Moskau waren. Dieser Mann, der sie mit seinen übergroßen dunklen Augen, der flach vorspringenden Nase und dem dünnen, aber breiten Mund im kleinen Kopf auf langem, dünnem Halse immer so lustig an den Vogel Strauß erinnerte, verneigte sich, die Kopfbedeckung unterm Arm. Sie bat um Auskunft über die Mission der Gesandten. Er schlug die großen Augen nieder und überlegte, wieviel er preisgeben dürfe, dann nannte er das alte Angebot der Verschwisterung beider Reiche. Sie ließ sich allerlei Punkte des Projekts wiederholen. »Also«, schloß Salopiata diplomatisch, »soll weder der Zar des Königs noch dieser des Zaren Vasall sein, und keins der beiden Reiche pflüge das andere unter. Vielgestalt in der Einheit. So gab es seit Kaiser Diokletian ein West- und Ostrom voll farbiger Unterschiede. Ein Reich ist seiner Idee nach zu immer größerer Umschließung bestimmt, Majestät, auf äußere Einheit und innere Vielgestalt angelegt.«

Maryna sah sich und Dimitrij in der Geschichtsstunde bei Pater Pomaski sitzen; das Beispiel des Römischen Reiches leuchtete ein. Aber ...

Da hörte sie Geschrei in der Stadt, das sich mehrte und näherte. Auch Salopiata horchte auf, trat ans offene Fenster und sah im mitwandernden Getümmel der Bevölkerung Dimitrij vor zahlreichen Herren auf rotgedecktem Schimmel herantraben. »Er selbst!« rief Salopiata.

Maryna eilte zu ihm und stand entgeistert. Da hatte sie ihn wieder! In Russentracht. Im Frühlingsglanz! Und hinter ihm zwischen all den langberockten, lachenden Herren Wlassjew, Butschinski und ihren Vater. Voller Jubel flüchtete sie in ihren Schlafraum, um sich noch flugs zurechtzumachen, und dachte an Haarrosette, Halskrause, Ketten, Armbänder, an das Braunsamtene.

Dimitrij trat vor Mniszek, Mstislawskij, Skopin-Schuiskij, Kochelew und den anderen in einen leeren Saal ein. Er schien zerstreut. Die Herren stellten sich hinter ihm auf und plauderten. Er blickte, froh gespannt, doch wie kontemplativ nach der Tür, durch die Maryna kommen mußte. Nach einer Weile ging Mniszek nachschaun. Bald erschienen, angeführt von der Gräfin Dombrowska, einige der Hofdamen und knicksten vor dem Zaren. Zuletzt kam an Mniszeks Hand Maryna selbst.

Mit welchem Blick Liebende einander erfassen und anpacken! dachten die Damen und Herren. Doch schon verneigten die beiden sich lächelnd voreinander. Als sie sich aufgerichtet, lasen sie in dem Augenblick, ehe Dimitrij sich anschickte, zum Handkuß vorzutreten, einander alles von den brennenden Augen ab. Es sprach in ihr (und er las es ihr fast Wort für Wort von den Augen): Dimitrij, vom Scheitel bis zur Sohle – wie bist du ganz und gar nun Gebieter! Was fragst du mich so aus? Wer hat hier wen zu fragen? Ich dich! Die Episode mit Xenja, ist sie wirklich vorbei? Hat nichts uns einander entfremdet? Nichts dich verwandelt? Kannst du um mich noch leiden, wie damals in Ssambor? Ja, so flammt die aufgehende Sonne der Freude herab wie jetzt dein Gesicht.

Dimitrijs Blick fragte zurück, und sie verstand ihn: Du hast mir vergeben. Nachtragend wie einst bist du nun doch nicht mehr. Wo doch, bedenke, daß auch du mir einmal den Laufpaß gegeben! Und hast du auch, du reizvollste aller Polinnen, in der Heimat alles andre zurückgelassen? Entweder du fügst dich ein – oder ich bereue, dich nicht entbehren zu können. Doch nun du da bist, will ich den heißen Wein deiner Schale trinken. Miteinander hinan!

Er mußte lächeln: Monologischer Dialog.

Es währte nur einen Augenblick kurz nach dem Aufrichten aus der Verneigung. Dann trat er vor sie hin, ergriff ihre Fingerspitzen und wollte sich zum Handkuß niederbeugen. Da geschah, was er selber einst angeordnet: Der Wojewode ergriff und küßte des Zaren Hand. Dessen Brauen fuhren lustig empor. Ja so! sagten sie. Höflich vorgeneigt, fragte der Zar nun Maryna nach Reise, Befinden und Bequemlichkeit. Sie pries seine Fürsorge und alle seine Aufmerksamkeiten und des hohen und geringen Volkes bedrängende Liebe. Zu dieser Liebe habe der junge Held die ganze Nation hingerissen, und sie gelte ihm, nicht ihr.

Dimitrij lächelte sie unentwegt glücklich an: Wie würdevoll du deine Phrasen drechselst, kleine Majestät, wie allerliebst dir das steht! Er stellte seiner Gattin die Herren seines Gefolges vor; alle verbeugten sich tief. Dann nannte Maryna die Namen ihrer tief niederknicksenden Damen. Einige Herren verwunderten sich der Knickserei. Nun, andre Länder, andre Sitten. Danach traten Zar und Zariza plaudernd beiseite, sprachen die Herren die Damen an. Endlich breitete Dimitrij die Arme, lud alle zum Frühstück ein – in den nahen Frühlingswald, wo er heimlich während der letzten Nacht in einer Birkenlichtung Tafeln und Bänke habe aufschlagen lassen im Ausblick auf übersonnte und von Lerchen übertrillerte Weiten. Dort gelte es, den Tag mit dem glücklichsten Paare, das die Erde jetzt trage, zu genießen – unter Taubengurren, Kuckucksruf und zartgrün wehenden Laubgehängen.

Die Gefolge riefen Dankesworte und verließen den Raum. Als die Schritte auf den Stufen draußen verhallten, umarmten die Liebenden einander und hielten sich lange tief bewegt umschlungen, keines Wortes mächtig. Er gab sie frei, sie schnaubte ins Tüchlein, strahlte ihn mit feuchten Augen an und verbarg dann wieder ihr Gesicht an seiner Brust. »Nun ist alles gut«, hauchte sie glückgesättigt. »Alles!« tröstete er und wiegte sie hin und her.

»Alles?« fragte sie dennoch empor.

»Ja, alle Ungeheuer müssen jetzt kuschen. Wir beide, auf unseren endlich errungenen Höhen vereint, wir fordern jetzt unser gemeinsames großes Schicksal heraus. Namenlos gehen wir ohnehin nicht mehr unter. In uns, um uns, über uns – Gnade! In diesem weiten und jungen Reich, Maryna, da wird alles imponierend und kolossal, wuchert das Gute und Böse noch stark und wild, wird selbst das Gemeine ungemein, Großtat und Untat wohnen dicht beieinander. Hier stehen noch Heroen auf, wenn Europa schon verwelkt.

Diese Lebensfluten aber beherrscht aus ihren Tiefen ein Gott hier, der alles Fremde verschlingt und sich anverwandelt. Der Herrscher, der sich an dies Reich verliert, findet's in sich, und der sich mit ihm und seinem Gesetz identifiziert, den trägt's als Riesen hinan. Ich beherrsche bereits die Lektion, du wirst sie noch lernen.«

In Marynas Augen stand immer noch die Frage, aber sie lenkte ab: »Dir verdanke ich alles, was ich bin. Mein guter Junge, mein bewunderter Held!« Stolz küßte sie seinen Mund und sah den Gespielen von Ssambor vor sich. Noch hing sie in seinen Armen.

Er schüttelte den Kopf: »Dir verdanke ich, dir, was ich geworden. Ohne dich hätte ich oft schon aufgegeben. Ich gebe dir nur wieder, was du mir bewahrt.«

Sie machte sich los und schwenkte und wirbelte auf dem rechten Absatz herum, daß der weite Rock aufflog und rauschte. Sie stand und reckte die Arme: »Nun bist du das Reich, und es reißt dich hin an die Spitze deiner Heere, und mir vertraust du dann den Schutz deiner Hauptstadt an, während du dir in der Ferne Siegeslorbeer holst. Alles sind wir gemeinsam von unsrer Kindheit an oder beide nichts. ›Ich will ihm eine Gehilfin machen, die um ihn sei‹, nicht?«

Sie trommelte inbrünstig mit beiden Fäusten auf seine Brust und lachte: »Auch diesmal komme ich nicht mit leeren Händen, du, so wenig wie damals in Sjewsk.«

Und stolz zählte sie von den Fünftausend die wichtigsten Namen auf, rühmte die zweimal Anderthalbtausend und ihre eigenen Zweitausend dazu. Sie alle seien bereit, sich unter des Zaren Fahnen zu reihen. Ob er sie wohl brauche, wie? Diese letzte Frage versuchte zu triumphieren.

»Unter meine Fahnen?« fragte er. »Gegen Asow?«

»Wo immer du willst.«

Er dachte an eine ganz andere Front und schwieg sichtlich verdutzt.

»Ich bin nicht mehr der arme Prätendent. Ich messe mich mit jedem Kaiser und König. Habe größere Heere als all die Herren und schule sie. Da brauche ich keine Fremden mehr, auch nicht als Instrukteure. Asow ist mir sicher. Der Khan hat schon gepackt, ist auf der Flucht, liegt schon dem Sultan am Bosporus in den Ohren und bettelt um Waffenhilfe, jedoch umsonst ...«

»Aber dein Thron, Dimitrij, steht er denn wirklich schon ganz, ganz sicher?«

»Hätte ich dich sonst nachkommen lassen? Oder ließe ich diese Ratten, Schuiskij und Konsorten, leben und nagen? Riefe ich sonst die Godunows zurück?«

Freudig versicherte sie, das höre sie gern, und führte wortreich aus, alles müsse sich erst bewähren, immer mache die Länge die Last; und sie habe es bis zur Ermüdung hören müssen: Erobern sei das eine, das Eroberte halten das andere ...

Er hörte gut zu, sagte »So, so« und fragte, ob er sich also – nach wessen Meinung wohl? – auf die vermehrten Polen stützen solle. Das habe auch er nun oft genug gehört, daß er sich an *die* Macht halten müsse, die ihn groß gemacht, an *das* Gestirn, unter dem er angetreten. Dann rief er: »Ich aber schaffe mir die dritte Macht und folge dem Gestirn Iwans, werde wahrhaft sein Sohn und handle mit nur leicht abgewandelten Mitteln. Das braucht freilich alles seine Zeit. Bleibt nur mein Glück mir hold und gewinne ich nur Zeit, so soll es mir nicht fehlen. Freilich – der Götter Neid ...«

Maryna schritt mit tänzerischem Schritt umher und kam mit der frischen Lektion heraus vom Imperium Diokletians, und daß es zwischen Polen und Rußland keinerlei Über- oder Unterordnung zu geben brauche. Kurz, Dimitrij werde außer dem eigenen Volksheer auch die polnischen Truppen irgendwie noch benötigen.

Verwundert über seiner Geliebten Hartnäckigkeit schüttelte er den Kopf: »Würde ich als Autokrat von Polens Gnaden auf deine Herrschaften nicht immer abhängiger zurückgreifen müssen, je weiter sich mein einheimischer Adel mir, dem Fremdherrscher, entfremdete?«

Sie sah ihn forschend an.

»Auf diese Invasoren angewiesen sein heißt für mich, ihnen ausgeliefert sein und ihre Gelüste mit meinem guten Namen decken.«

»Dimitrij, wie gering du plötzlich wieder von dir denkst! Wer sollte es wagen, mit dir so umzuspringen? Du bist du. Weißt du immer noch nicht, wer du bist? Du hast Autorität, ob du sie beanspruchst oder nicht. Selbst da, wo du verzagtest, wurdest du Sieger.«

Da ging er ärgerlich herum: »Danke, danke. Aber du bist im Rausch. Deine Triumphfahrt hat dich berauscht. Doch nicht erst die Fahrt. So große Aufgebote zusammenzuziehen, dazu haben dich andere beschwatzt. Wer? Ssawiecki natürlich! Wohl auch der König? Vielleicht denkt er diesen Fünftausend mit Fünfzigtausend auf dem Fuße zu folgen? Oder dein Vater – braucht er so viel Bedeckung? Hat dir alle Welt in den Ohren gelegen? Komm!« Er nahm ihre Hand. »Setz dich her und vernimm, welches privatissimum ich neulich unserem Pomaski gehalten!«

Er stand, sie saß und blickte zu ihm auf.

»Maryna! Bringt mich irgend etwas um, dann kaum noch der große Betrug. Er nicht! Den mache ich nämlich mit guten und großen Taten wett, den sühne ich mit des Reiches Mehrung und Lorbeer in Frieden und Krieg. Die Erinnyen verfolgen mich da bald nicht mehr.«

»Tun sie's überhaupt, Dimitrij?«

Er lachte: »Wie der Mond die Sonne verfolgt, in riesigem Abstand; so schleichen sie. Bald werde *ich* sie scheuchen und hetzen, wenn eins meiner Werke zum anderen kommt; dann fragt mich niemand mehr, woher ich gekommen, hab' ich inzwischen doch bewiesen, wer ich bin.«

»Gut, gut! Doch weiter?«

»Fragt sich dennoch, ob ich's erlebe ... Überall liegt der Tod im Hinterhalt; unversehens treten wir auf ihn wie auf Schlangen in Blumen und Gras. Kurz, Gefahren umschwärmen mich wie Wolken von Krähen. Doch mein Netz ist ausgespannt, der Lockvogel hineingesetzt. Ich fange sie schon. Die hacken mir die Augen nicht mehr aus. Ich werde mir die Stunde erobern, die ich brauche. Danach fällt mir alles zu.«

»Was also brächte dich um?«

Dimitrij geriet plötzlich in Erregung: »Euer Krakau, euer Rom, alle, die mich hier unmöglich machen und den Nationalstolz meiner Völker, der sie haßt wie die Pest, gegen mich selber treibt! Zum Teufel! So sicher stehe ich wieder *nicht* da, wie ich die Welt glauben mache – und mich dazu! Kurz, man hat hier Instinkt, fühlt seinen Rang, das Land wittert seine Zukunft, folgt seinem schreckbaren Engel und duldet die Verachtung und Anmaßung der Eindringlinge nicht. Siehe zu, Maryna, daß du mir nicht das Fremde verkörpern kommst! Es könnte dein und mein Untergang werden.«

Zwischen Marynas Brauen standen zwei steile Fältchen, sie schien so enttäuscht als erschrocken und wurde böse. »Was soll ich hier denn noch?« fragte sie. »Asiatin werden?«

»Russin, Maryna! Ins Nichts hinab, ins Nichts mit der Dame aus Polen, zerfetze und zertritt sie! Großpolen wird sich einst in seiner Anarchie genauso zerpflücken und zerreißen von Generation zu Generation und unsere Beute werden. Nur nicht lange gegrübelt, wohin du gehörst, Zariza! Kannst du das nicht? Ach, du brauchtest nicht einmal Russin zu werden. Es genügte ja, wenn du sie spieltest. Werde einfach mein Weib, verschwinde in mir und unterwirf dein Wünschen und Wähnen meinem Willen, meiner Einsicht. Hemme mich nie, verdoppele mich! Mich, durch dessen Diktatur die russische Zukunft bricht wie durchs Kanonenrohr der Schuß. Ich bin Verhängnis, ja, ja, ich bin Notwendigkeit.

Das prahle ich nicht, nein, nein!« Er eilte umher und dachte: Und doch ist's Prahlerei.

»Dimitrij«, sagte sie nach einer Weile, »du bist deiner würdig und wert geblieben, und doch bist du ein andrer geworden. Wo bleibt die alte Mission?«

»Wen fragst du das? Den andern? Zunächst einmal: Jenes Projekt da von der allslawischen Ellipse um die Brennpunkte Krakau und Moskau, wovon du sprachst ... Nun ja, es ist durchgesickert, daß die beiden dummdreisten Lakaien des Königs das Ding wieder auftischen werden. Doch es gehört auf Eis gelegt. Polen würde nie mit bloßer Parität zufrieden sein. Umgekehrt würde eher ein Schuh daraus. Sodann –«

»Bist du denn gar kein bißchen Pole mehr?«

»Ob ich es je gewesen? Was gab mir Polen? Diese Krone nicht.«

»Aber der Katholizismus!«

»Ein Ismus unter anderen. Diese deine alte Haut, streife sie ab, du meine bunte, schillernde Schlange, es ist Frühling! Heraus aus der alten Larve, schöne Libelle! Ganze Verwandlung, Maryna! Du gehörst jetzt der Kirche unseres Reiches an. An alledem entscheidet sich das Ja und Nein unsrer Gemeinschaft, hörst du, verstehst du! Verwandle dich nicht, und ich verwünsche den Augenblick, der mich nochmals berückt hat, dich herzurufen und nachzuziehn! Verwandle dich, und als mein anderes Ich, frei von all dem gewohnten Aufputz und nackt, sei mir willkommen! Mir nach, Maryna, in alle meine Verwandlungen mir nach! Hörst du mich wohl? Anders bleiben wir nicht. Andernfalls Scheidung und Trennung! Conditio sine qua non. Bin ich dir nun endlich entschieden und fest genug? Deine Blässe sagt: Ja.«

»Erpressung!« flüsterte sie – und erschrak. Ach, ihr Widerstand, zu dem sie sich gereizt sah, gekränkten und erschrockenen Herzens, war ja Beweis genug, wie sehr es ihr an der verlangten Bereitschaft zur Selbstverleugnung fehlte.

Aber *vor* ihr stand Xenja und *in* ihr die Angst, Dimitrij werde sofort, wenn sie die andere nicht mitverkörpere, zu Xenja zurückkehren und sie, Maryna, abermals verstoßen, und müßte er darüber das eigne Herz zertreten; und schon hörte sie ihn vollenden: »Weswegen hatte ich mich wohl von dir gewandt?«

»Zu Xenja hin?«

»Ja! Maryna, so sklavisch und verrückt ich an dir hänge und nach dir lechze und jetzt die hundert Werst dir entgegengejagt bin, so inbrünstig ist meine Bitte an dich, mein Ruf, mein Befehl: Entscheide dich! Entscheide dich recht! Und sofort! Ich bin ein eifersüchtiger Gott, ich will dich mit Stumpf und Stiel, mit Leib und Seele, Herz und Gewissen, ganz und ausschließlich! Oder – Gott gnade!« Er schrie es fast.

Es schwankte um sie, ihre Gedanken verschwammen. O mein Himmel schrie es in ihr zurück, so also sieht ein Wiedersehen aus! Meine Fünftausend sind daran schuld! Er ahnt, weiß alles, ist außer sich und weiß, warum, ist ja klug, mein Dimitrij, aber wo bleibt der große Zweck? »Dimitrij«, rief sie, »ich habe Blut –! Ostroschski ... Ostroschski ist nicht dafür gestorben, daß du dir selber lebst!«

Er brauste auf: »Wovon rede ich die ganze Zeit? Das Reich ist nicht mein, ich bin sein! Darin suche ich *meine* Rechtfertigung. Läßt du dir die deine vom Pfaffen aufschwatzen, was geht das mich an? Jetzt fragen mich deine Augen, was in mich gefahren. Aber so frage ich dich! Hast du mich je geliebt, mich, mich, jetzt liebst du mich nicht mehr. Weiß der Teufel, was und wen du geliebt hast.«

Sie rief empört: »Das mir, nachdem du mich im Herbst – ach! Diesen Vorwurf heute mir – und hier!« Sie weinte los und schluchzte jämmerlich. Er wetterte: »Daß du mir das vorzuhalten wagst! Hast du kein Gedächtnis, kein Gehirn? Wie hieß die Dame, die erst mein Degen von ihrem Blödian losbinden mußte? Und wer sind wir beide jetzt? Es geht nicht mehr um mich noch dich, nicht um Jesuiten und Allotria. Kronen trägt man nicht zum Spaß. Ich muß schon Werkzeug sein, jedoch das Werkzeug meiner Völker. Mein Sieg dann ist meiner Völker Sieg. Sonst käme das Chaos nach mir. Einst konnte ich noch zurück, da hieltest du mich auf, jetzt muß ich mich halten und weiter voran, hinan! Mit oder ohne Maryna! Rapimur, wir werden hingerissen! Wir beide! Du mußt, mußt mit!«

Sie tat sich Gewalt an, gewann Ruhe und legte klare Festigkeit in ihre Stimme: »Ehe ich mich damals in Ssambor vom toten Konstantin zu dir begab, versprach ich unserem Pater, dich bei der Stange zu halten, wenn es einmal so weit käme. Aber jetzt – ich weiß, warum du alles verrätst, was dich gemacht hat und trägt und allein dich rechtfertigen kann. Ach, du glaubst eben nicht mehr an Gott, von der Kirche ganz zu schweigen, du hast noch nie geglaubt!«

»Laß den Verborgenen aus dem Spiel! Er haut euch auf die Pfoten! Ihr rückt ihn hin und her auf eurem Brett wie einen Springer. Was wäre er, stiege er nicht himmelhoch über euch und sich hinweg? Das Produkt unserer ungeheuren Verlegenheit und Verlogenheit, Anmaßung und Dummheit. Ich weiß längst, daß mein ›Unglaube‹ frömmer als euer Glaube ist. Wen lästere ich? Eure Theologien ad usum delphini; die sind die Lästerung. Otrepjew witterte das. Man kann für das, was ihr Gott nennt, nicht intrigieren und politisieren, nicht streiten und kriegen, man kann ihm nicht zum Sieg verhelfen; er frißt uns alle schon zur rechten Zeit. Niemand kennt und benennt ihn, nichts bemächtigt sich seiner, trotzt ihm, entthront ihn, kein Hochmut, keine Demut. Darum alle Kraft in Herz und Hirn auf das gerichtet, was vor Augen ist! So stell' ich mich ihm ergebenst anheim. Inzwischen mag eure fromme Clownerie weitergehn. Konfessionen? Sind starke Winde, ich unterschätze ihr Gewicht nicht und nutze sie (wie alles Windige) in meinen Segeln ... Nun, tröste dich schon! Deine Bigotterie, du Kindskopf, paßt zu dir, wie der kleine Crucifixus da am Kettchen zu deinen Brüsten. Reizend und allerliebst auf solchem Dekolleté. Doch –« er winkte ab – »quibus de rebus non est disputandum. Warum habe ich dich kommen lassen?«

»Aus Liebe, hoff' ich.«

»Auch. Du bist meine Provokation. Ich der Matador, du mein rotes Tuch.«

Maryna stand wie verödend, sie fror und fing zu hassen an, dachte wieder an Xenja und die wochenlange grausige Öde, die sie in der Zeit ihrer Verstoßung durchirrt, biß sich auf die Lippe und bestand darauf, daß sie zur Sache halten müsse und recht daran getan, ihm die Fünftausend aufzuhalsen. Freilich sprach das ihr Trotz nicht aus. Sie erklärte nur, sie sei bereit, den Moskowitern die ehrsamste Moskowiterin vorzuspielen, denke aber nicht daran, ihre irdische und himmlische Heimat zu verleugnen.

Dimitrij stellte sich mit eingestützten Armen breitbeinig vor sie hin. Endlich schüttelte er den Kopf und sagte verwundert: »Unbegreiflich, aber sehr entscheidend – und sehr, sehr schlimm, daß du glaubst, mich fortan gängeln zu können, mich führen zu sollen. Seit wann ist das so? Wie?«

»Ich denke, du hast dich oft genug schwankend gezeigt.«

Nun wurden Dimitrijs Kiefermuskeln zu Ballen; er blitzte sie düster an und sagte unwidersprechlich und kalt: »Genug! Sic volo, sic jubeo, sit pro ratione voluntas!«

Die Kälte schnitt ihr ins Herz, und wiewohl er ihr im Grunde so gefiel, was sie aber nicht zugab, fragte sie, frostig wie er, wann sie ihre Ritterschaft heimschicken solle. Noch vor der Hochzeit?

Das werde er bestimmen, erklärte er.

Und nun hatte er das Bedürfnis, sie zu ängstigen, daß sie komme und in seinen Armen Schutz suche. Er vertraute ihr folgendes an: Er habe ernstlich vor, Teile der Bojarenschaft zum Aufstand gegen ihn in Bewegung setzen zu lassen, dann ein paar Tage lang den Umgekommenen zu spielen, die Polen als Rächer auf die Bojarenschaft zu hetzen und in einer Blutnacht die Herrschaft usurpieren zu lassen, sodann mit Truppen auf Moskau vorzurücken, als nochmals Auferstandener die Stadt im Sturm eines Volksaufstandes zu nehmen und die Fremden zum Teufel zu jagen. Nach diesem Coup werde er wahrhaft frei sein. Maryna solle sich fragen, ob sie Mut genug mitgebracht, und könne sich nun selber sagen, ob der neue Zuzug gelegen komme oder nicht. Er vervielfache doch wohl die Zahl der Opfer.

Maryna war starr: Was für Greuel! Welch ein Labyrinth von Wagnis, Heimtücke und Blutvergießen! Sollte das ihre neue Welt werden? So hatte diese ihren Dimitrij schon an sich gerissen, sich anverwandelt? Mut hin, Mut her, in solche Wochen hatte er sie gerufen, und so, so stand es mit ihm! Freilich, in seinem Brief schon hatte die Frage gestanden, ob sie Mut genug ... Komme, was mag, jetzt ihn festhalten um jeden Preis!

»Dimitrij, komme, was will, du weißt, daß ich kein Feigling bin; wir leben und sterben vereint. Das aber muß ich erst sehen, daß du den rechten Weg weißt und gehst. Laß mich noch mindestens Warnerin sein! Ich fürchte, du verspielst jetzt mehr als das große Ziel, nämlich dich selbst und dein Kaisertum. Vielleicht macht dich Gott blind, weil du abfällst. Wenn du erlebt hättest, wie mir die Großen und Geringen entgegengewallt sind!«

»Hast du auch die gesehen, die fern geblieben, kennst du auch sie?«

Es pochte, und sofort trat Mniszek ein, trat ein, strahlte väterlich, sah sie an, war befremdet, überspielte das und meldete, man erwarte das Paar zum festlichen Zug in den Wald. Schon folgten ihm Damen und Herren. Das Paar mußte abbrechen, setzte heitere Mienen auf und schritt

Hand in Hand durch die anderen ins Freie. Bei dieser Berührung von Hand zu Hand dachte Maryna flüchtig zum ersten Mal in der Tiefe eines vergällten Herzens an die womöglich sehr niedere Abstammung Dimitrijs, schlug sich's aber aus dem Sinn, meinte momentan ihn zu führen, nicht geführt zu werden, und hoffte es doch noch zu schaffen, daß sie vor ihm die großen Belange erfolgreich vertrete, ohne darüber ihn zu verlieren. Die Fünftausend würden bleiben. Hatte sie bei ihrem Triumphzug nicht dem Volk ins Herz geblickt? Dimitrijs Mißtrauen war krankhaft, sein Gewissen noch wund. Daß er einen fremden Namen trug, das war's, das führte ihn auf Abwege! – Nun schritten sie schon durch lauter jubelndes Gedränge. Da: Wie auch Moschaisk aus Rand und Band ist! Sie beschloß, erst nachzugeben und ihn zu beruhigen, dann wieder zu sich zu bringen und weg von dem schaurigen Projekt, dem hektischen Wagnis, dem verbrecherischen Unsinn. Höchste Zeit, daß sie gekommen!

In solchen Gedanken ließ sie mit dem Zaren das Getümmel des Platzes hinter sich. Endlich stand man vor den Reittieren und Wagen, bestieg Sättel und Sitze und fuhr und ritt durch das kleine Stadttor hinaus zu den Wäldern empor.

Sie saß neben ihm im vordersten Gefährt. Nun griff sie nach seiner Hand, drückte sie herzhaft und lächelte ihn so berückend an, daß er erst lächeln, dann aber laut und befreit lachen mußte. »Du mußt mit mir Geduld haben!« bat er sogar.

»Du mit mir«, lachte sie mit, zeigte auf eine im höchsten Himmelsblau trillernde Lerche und sagte: »Unsere wahre Seele – das da, dort!«

Bald war man bei den Birken des Höhenzugs angelangt. Rings leuchteten die weißen Stämme. Da standen auch die Tafeln und Bänke, deren frische Bohlen auf schimmernden Birkenpfählen ruhten, und abseits zahlreiche Diener bei Bier- und Weinfässern; da leuchteten die Reihen der Trinkgefäße auf einer Art Anrichte, standen große Körbe voller Speisen und Schachteln, aus Spänen geflochten, voll gepuderter Trockenfrüchte und anderer Süßigkeiten. Weiter oben qualmte es aus Steinen um einen großen Kupferkessel. Dort hantierte ein Koch mit zwei Gesellen und schüttete aus Kiepen Krebse ins sprudelnde Wasser. Die Herrschaften saßen ab, stiegen aus, traten zusammen. Dimitrij klatschte in die Hände und arrangierte das Weitere. Seinem Wunsch gemäß bildeten sich bunte Reihen. Alle rühmten den Blick in die sonnige Senke mit dem viel gewundenen, hier und da aufblitzenden Bach und seinen zartgrünenden Weidengehängen. Man lachte, becherte, schmauste, lauschte den Balladen Kochelews und seinem Chor, der alte Tanzlieder sang. Man sang zuweilen mit. Der eine oder andere der angeheiterten Herren sprang in die Mitte und tanzte Solo, die anderen standen um ihn, klatschten und feuerten an. Maryna und Dimitrij waren wieder ganz aufgeräumt und voller Übermut.

Ein junger Mann mit einer geschulterten Stange, die ein paar verkappte Falken trug, mit ein paar Hunden an der Leine, ein Falkner also, kam und berichtete dem Zaren von einem See jenseits des Wäldchens, der voller Wildenten und Reiher sei. Da brach man auf. Kolja trug auf jeder seiner behandschuhten Fäuste je einen Falken hinterdrein. Bald hatte man das Wäldchen durchschritten und sah in der Tiefe drei Gewässer. Eingeschlossen vom leuchtenden Ocker alten Schilfes strahlten sie das Himmelsblau zurück. Man stieg nieder. Dimitrij zog auf seine linke Hand einen der Lederhandschuhe des Falkners und übernahm der Vögel einen; das gleiche mußte Maryna tun. Der Falkner ließ die Hunde los. Sie schossen ins Röhricht und schnoberten darin umher. Ein Volk Enten flatterte auf; man ließ es fliegen. Wieder ein Volk; man kümmerte sich nicht darum. Dann aber ging ein Reiher hoch. Da hob Dimitrij seinem Falken die Kappe ab und warf ihn von der Faust. Der Falke sah den Reiher, schoß ihm nach, und der Reiher begann sich schraubenförmig höher und höher zu schwingen.

»Den überflügelt der Falke nicht!« rief man in der Jagdgesellschaft. »Der kann's!«

Maryna dachte: Dimitrij – der Reiher, der Falke – ich!

Und der Falke überstieg den Reiher um ein kleines, stieß sofort auf ihn nieder und zwang ihn abwärts zu Boden. Im Röhricht fand der Reiher keine Zuflucht mehr. Sein Feind zwang ihn, daß die Federn stoben, fast bis vor die Füße der Jagdgesellschaft, wo der Falkner den Reiher erwischte und festhielt. Der Falke setzte sich wieder auf Dimitrijs Faust und bekam seine Kappe auf die Augen. Dimitrij gab ihn an den Falkner ab und untersuchte den Reiher, Maryna war froh. Dem Reiher legte der Falkner ein Silberplättchen um den rechten Ständer.

Dann ging man um den See herum. Noch einmal stießen die Hunde ins Schilf vor, noch einmal stieg ein Reiher auf, und diesmal war es an Maryna, ihren Falken zu werfen. Wieder schraubte sich ein Reiher steil empor. Doch hoch überflügelte ihn bald Marynas Falke. »Nieder!« rief sie. Und der Falke stieß auf sein Opfer herab. Doch siehe, der Reiher floh nicht, er warf sich herum und den spitzen Schnabel empor, der Falke fuhr hinein und war gespießt. Da schrie die Jagdgesellschaft vor Begeisterung auf, daß es schallte. Maryna sah lautlos zu, wie der Reiher den Feind in die Tiefe fallen ließ. Der Falke plumpste in den See, der Reiher strich ab, weiter und weiter, bis er sich als Pünktchen am Horizont verlor.

Auf dem Rückweg pries man die hohe Jagd und erzählte einander Beizgeschichten. Der eine und andere lobte seinen Falkner daheim, der das Abtragen und die Wartung von soundso viel Vögeln besorge.

»Der meine macht's mit dem Federspiel«, erklärte die

Dame Dombrowska, »und kein Vogel darf älter werden als zwei bis drei Jahre.«

Dimitrij berichtete, und alle stellten sich um ihn herum, schon vor Jahrtausenden hätten die alten Inder die Falkenjagd betrieben, wie später die Römerkaiser und noch der letzte Griechenbasileus. Ein Franzosenkönig habe dreihundert Falken gehabt unter einem Oberfalkenmeister, denen fünfzehn Edelleute und fünfzig Falkeniere zugeordnet gewesen. Aber das sei noch nichts. Marco Polo, ein Weltbummler, berichte vom Khan von China, der zehntausend Falkeniere und Vogelsteller auf eine einzige Jagd mitgenommen. Ein gewisser Tavernier erzähle vom Perserkönig, daß dessen Falken auch auf Wildschweine, Wildesel, Antilopen und Füchse dressiert gewesen. Er, Dimitrij selber, habe bis jetzt einen Großfalkner mit sechsundneunzig Falken bei Hof und – »wieviel Gehilfen?« Der Falkner nannte die Zahl.

So ging es mit Gesprächen durch den Wald wieder den Wagen und Pferden zu. Man saß auf, stieg ein und fuhr zur Stadt. Da wurde Dimitrij schweigsam, und Maryna schwieg mit. Das war ein ganz vertracktes Schweigen! Alle stiegen vor dem Rathaus ab – oder aus. Der Zar verabschiedete sich dort im gleichen Saal, wo man sich am Morgen getroffen, und tat kund: Dann und dann erwarte er seine Gattin und die teuren Gäste im Schlosse Wjasom vor Moskau. Bis zur Hochzeit werde die Zariza dann im gleichen Kloster Quartier nehmen, das auch seine Mutter beherberge. Auf den fünften Mai seien Trauung und Krönung angesetzt, und danach werde es gelten, eine Woche wacker durchzuhalten. Da werde es auch größere Falkenjagden geben ...

Auf dem Heimweg nach Moskau ritt Dimitrij lange Zeit allein. Immerfort noch lauschte sein Herz dem klaren Glockenton der lachenden, verwundert fragenden oder empörten Stimme seiner betörenden Hexe, sah er ihres lieblichen Mundes und Angesichts Verwandlungen, ihrer dunklen Augen mattschimmernden oder aufblitzenden Blick. Oh, er würde sich seine bunte Wildkatze schon ziehn! »Sie hat ihre Verstoßung noch nicht verwunden, meine Würde noch nicht begriffen, dieses Landes Hauch noch nicht gewittert!« Endlich riß er sich los von ihr und lenkte seine Gedanken ab. Er dachte an die lächerlichen, unverschämten Forderungen Sigismunds, die dessen Gesandten vorbringen sollten wegen der Gebiete Groß-Nowgorod, Pskow, Welikij Lukij, Wjasma, Dorogobusch und anderer Landschaften, die irgendwie zu Litauen gehören sollten, oder wegen des freien Durchzugs der polnischen Heeresmacht nach Livland und des Bündnisses gegen Schweden, wegen der Anleihe und der Lieferungen von Waffen und Lebensmitteln. Wie nur, dachte er, schätzt der Idiot meine und seine Lage ein? Ach, was thront erhabener und frömmer als die Lächerlichkeit? Ich setze seiner hypertrophischen Phantasie Blutegel an. Auch Mniszek verspitzt sich immer noch auf Smolensk und Sewerien. Und Maryna – euer Werkzeug? Hätte ich mich nie zu ihr zurückbekehrt! Ach, daß ich mich so an Xenja vergangen! Ich war verrückt, verrückt! Und bin es noch: Kann von Maryna nicht lassen! Einmal gekränkt, führt sie mir eine ganze gottverdammte Armee heran! Soll ich toben? Muß ich lachen? Sie ist ja wohl die große Dame wieder; ich bin von unten, wie?

Als Dimitrij so weit gekommen, gab Kochelew seinem Fuchs die Sporen, löste sich aus dem Gefolge, trabte zu Dimitrijs Schimmel vor und ritt neben ihm her. Endlich blickte sein Herr auf und fragend zu ihm hinüber. Kochelew aber spähte immer nur voraus; sein Mund war offen, seine Haltung die eines Lauschenden. Endlich murmelte er: »Ist die Katze auf Reisen, feiern die Mäuse Hochzeit.«

»Was meinst du? Ah, dich plagt wieder das zweite Gesicht?«

»Hineinflitzen möcht' ich in die Männerversammlung,

die ich spüre, sehe. Diesmal wird es wohl ein starkes Gesicht.«

Das, dachte Dimitrij, hat er von seinem Erzeuger.

»Sie tagen in Moskau?« fragte er. »Bei wem? Was treiben sie, Seelenriecher?«

»Ihr Rat kann nur Verrat sein. Der Fürst hat gedacht: Heute ist er weg, da rufe ich sie zusammen.«

»Fürst Odojewskij, der meinen Hasser und seinen Getreuen spielt, ist der auch dabei?«

Kochelew zuckte mit den Schultern. Sein Antlitz sank tiefer, doch sein Blick ging weiter in die Ferne, der sie entgegenritten.

»Noch was?«

Kolja schüttelte leicht den Kopf. Da geschah es, daß am Horizont ein Reiter erschien. Kolja wußte sofort: Der ist es, der war mein Mittler, der hat meine Seele herumgeschüttelt ...

Der Zar erkannte schnell den nahenden Reiter, den eben genannten. Der lange, schmale Fürst Odojewskij war's. Der warf die rechte Hand hoch, Dimitrij hielt an, desgleichen der ganze Nachtrab. Odojewski, in Lederkoller und Jägertracht, ritt an den Zaren heran und bat um Gehör. So ritten sie nun beide ein Stück voraus. Der Fürst erzählte in der Tat, was Kochelew wahrgenommen:

Der Schuiskij habe ein Dutzend Vertrauter, darunter den und den Kaufherrn, Bojaren oder Strelitzenoffizier, empfangen. Schuiskij habe sich erhoben und geredet. In Bälde, so habe er gesagt, wenn die Zariza herein sei, befinde sich Moskau vollends in der Fremden Hand. Er habe die Lage mit derjenigen eines Indianerreiches Mexiko und die Eindringlinge mit den Spaniern eines gewissen Cortez verglichen. Ein von den Heiden zauberisch herbeigeführter Abenteurer und Magier wolle der Sohn Iwans sein. »Ihr«, so habe Schuiskij gerufen, »von ihm in eurem Haß gegen Boris verblendet, ihr habt ihn anerkannt und einen Verteidiger des Glaubens und Bewahrer unserer heiligen Sitten in ihm vermutet. Ich selber sah immer die Gefahr. Mein ist der Ruhm der Pulververschwörung. Mein war das Wagnis und der Versuch, diesen Sohn einer Teufelsdirne zu stürzen und zu entlarven; fast ward ich zum Märtyrer. Nunmehr urteilt selbst, ob ich recht gesehen. Ihr kennt ihn, der sich für den Erben unserer glorreichen Zaren ausgibt, der mit hoher Intelligenz, Liebreiz und Sanftmut, mit Tollkühnheit und Tatkraft die Herzen verführt. Doch zum tausendsten Male, nicht einmal Russe ist er. Stolziert er nicht am liebsten als Husar und Pole umher? Hat er nicht um die Polin gefreit? Führt sie nicht neue Räuberbanden zu Tausenden heran? Immer preist er die Fremden, führt neue Sitten ein, kennt kein größeres Vergnügen, als unsere Kirche durch die Heiden verspottet zu sehn. Ha, bei der Krönung! Das stolzierte mit schleppendem Säbel herein, von Hunden umschwärmt, hockte und furzte auf Reliquien, lümmelte sich gegen die Bilder. Bei seinem Einzug in die Stadt, wie schlugen sie unsere Gesänge mit ihren Fanfaren tot, wißt ihr noch? Dieser räudige Hund verjagt die Knechte Gottes aus ihrem Kremlkloster, um da seine Musikanten unterzubringen. Und die Ketzerkirchen im Kreml! Kein Russe wäre solcher Gottlosigkeit fähig. Wie oft vergißt er, sich vor den Bildern zu verneigen! Fragt seine Leibdiener, ob er auch nur den heiligen Nikolaj begrüßt! Gebt acht: Am Vorabend dieses Heiligen wird er ein Gastmahl geben, bei dem man nichts als Kalbfleisch verspeisen wird. Wann geht er ins Bad? Genauso selten wie seine Polin, die doch während ihrer Fahrt, wie ich weiß, auf Bällen und Maskeraden, bei all diesen abscheulichen Belustigungen sich so erhitzt. Doch das ist noch nichts. Erfahrt, was seine künftigen Pläne sind: Der Betrüger hat Rußland an den König von Polen verkauft. Ein Unterhändler, den wir abgefangen, hat's auf der Folter gestanden. Nur um den Kaufpreis wird jetzt gefeilscht. All die Husaren, die ihr bei den Festlichkeiten schnurrbartzwirbelnd werdet herumstampfen sehen, die Unmenge ihrer Waffen und Munition, die sie mitbringen (denkt an den Knall in Smolensk!) hat er mit unserem Gold gemietet, um unsre Bojaren und die Diener der heiligen Religion umbringen zu lassen – schlimmer als ein Sultan. An einem der Hochzeitstage sollen die Pans ihre Cleopatra oder Messalina durch Ringelrennen und Kriegsschauspiele feiern; der ganze Reichsrat und die übrigen Herren sind dann zur Rennbahn geladen; wenn wir uns waffenlos in ihrer Gewalt befinden, will der Verräter das Zeichen geben zu unserer Ermordung. Aus ist es dann mit unserer Religion, denn der Papst zu Rom ist sein Gott; dem hat er's verbrieft, daß er den wahren Glauben ausrotten, römische Kirchen bauen, römische Kardinäle und Bischöfe einführen wird. Was mich betrifft, ich werde diese Greuel nicht mehr erblicken. Entweder ich vertilge ihn oder falle selbst. Sollte ich noch einmal der einzige sein, der sich gegen den Verfluchten erhebt, so werde ich den ruhmvollen Tod des Märtyrers zu erleiden wissen. Vor hunderttausend Russen werde ich, jeder Folter spottend, sterben, ja, vor Millionen, die sich vor ein paar tausend Frechlingen ducken. Solltet ihr euch eurer Dummheit und Feigheit schämen, so schließt euch mir an, rechtgläubige Christen! Erhebt euch, sobald ich euch das Zeichen gebe, und in einer Stunde werdet ihr von dieser Tyrannei befreit sein.«

So habe Schuiskij dahergeredet, ein jeder aber mit Enthusiasmus geschworen, bei des Vaterlandes Rettung Gefahr und Ruhm mit ihm zu teilen. Nunmehr habe man beraten. Schuiskij habe ein Attentat vorgeschlagen, ehe die Polin mit ihrer Armee herein sei, also sofort. Das werde die Brautwitwe zu rascher Umkehr nötigen. Die neue Regierung müsse sogleich feststehen und gebühre einem Bojarenrat, aus dem dann der neue Zar zu wählen sei.

Odojewski, der nun das Wort erbeten, habe zu bedenken gegeben, daß die Dinge schwieriger lägen: »Diese Cleopatra oder Messalina, wie der Fürst sie genannt, sie wird auch als Brautwitwe ihr Heer anfeuern, mit den gefährdeten Legionen, die seit Jahresfrist Moskau regieren, gemeinsame Sache zu machen, bis daß ganz Polen nachrückt, um nie mehr zu weichen.«

»Hoho«, hätten da einige erwidert, »mit diesem Rest von Banditen werden wir sehr rasch fertig.«

Er, Odojewski, habe eingeworfen: »Zweierlei vergeßt ihr: Daß all die in den großen Zauberer Vernarrten, zumal seine Kosaken, zu den Waffen greifen und wütend heranstürmen würden, um ihn zu rächen. Dann würde Bürgerkrieg sein. In diesen bräche dann noch der König von Polen mit Hunderttausenden herein, angeblich, um seine Landeskinder zu rächen, in Wahrheit, um Rußland zu nehmen.«

Da habe man allerlei hin und her gedacht, und der Kaufherr Tscheljadin habe verlangt: In einer einzigen Nacht müßten mit dem Gaukler zugleich sämtliche Polen fallen – nach einem genauen Plan. Jedes der Schlachtopfer müsse man listenmäßig erfassen und die ganze Bürgerschaft an der patriotischen Tat beteiligen. Freilich, jede Frucht bedürfe des Reifens. Bevor das geringe Volk und die Heere da draußen dem Zaren nicht abtrünnig gemacht seien, könne man nichts wagen.

Dem habe Fürst Katyrew widersprochen. »Das ewige Zuwarten«, so habe er gerufen, »paßt mir nicht. Den Pöbel kann man jeden Tag auf die Polen hetzen, wenn man ihn mit der rechten Parole aus den Betten holt, etwa mit der Parole: Rettet den Zaren, die Polen wollen ihm an Leben und Thron, rottet sie aus! Einige Bataillone Strelitzen, zumal die Nowgoroder, stehen wieder zu uns, dafür bürgen die Obersten hier. Was die Truppen an der Oka und die Kosaken betrifft, so müssen die eben überzeugt werden: Den guten Dimitrij, der es den Polen nicht recht gemacht, den hätten diese Polen umgebracht, um selbst zu herrschen. Dies der Angelpunkt! Man muß ihn in der Tat durch *polnische* Subjekte –! Oder man steckt Verbrecher aus den Kerkern in polnischen Dreß, macht sie mit Versprechungen besoffen und nach dem Attentat stumm.« So Katyrew.

In all diesen Dingen sei man sich nicht einig geworden, außer im Aufschub: Ja nichts vor dem Ende der Feierlichkeiten! Am besten erst dann, wenn der Großteil der Polen wieder heimgereist beziehungsweise zur Front unterwegs sei. Den Schuiskij habe man zum Oberhaupt des Komplotts und der erneuerten Nation erhoben. Ihm habe man alle Vorbereitungen und Entscheidungen übertragen.

Soweit Odojewskij. Er fügte auf Dimitrijs Fragen noch mancherlei hinzu. Der blickte nieder und biß die Unterlippe. »Bis zum Abschluß der Hochzeitsfeierlichkeiten darf ich jedenfalls noch leben«, lachte er leise und setzte für sich hinzu: Sie arbeiten mir in die Hände. Ich könnte sie schon jetzt mit einem Schlage –! Doch wozu? Sie arbeiten mir in die Hände; ich greife alle diese Ränke auf – und schalte sie nur um.

»Wann versammeln sie sich wieder, Fürst?«

»Im Hause Morosow morgen nach der Messe.«

In der folgenden Nacht fand Dimitrij vor Haß keinen Schlaf, stand auf, ging im Nachtmantel umher, griff nach der Karaffe und trank den Roten in langen Zügen. Das beruhigte ihn, und er erdachte sich einen Scherz für Morosow: Er würde – wohlgedeckt – in die Versammlung platzen und sie mit der blutigen Ironie zweideutiger Zynismen an die Wände klatschen, auflachen und gehn. Ob sie einander dann, wie damals die Strelitzen –? Er dachte an das Grab Iwans, beschloß, es aufzusuchen und unterwegs die Wachen zu revidieren. Es würde auch müde machen.

Im Kaftan erschien er im Vorsaal, wo ein paar Dutzend Leibgardisten die Nachtwache hatten. Sie sprangen auf, und der Offizier meldete. Vieren befahl er zu folgen, stieg die Treppe hinab und verließ das Haus. Die Posten draußen im Fackellicht erkannten ihn und salutierten. Dann wanderte er zur Gräberkirche. Einer der Begleiter leuchtete ihm hinein und bis ans Grabmal. Er setzte sich auf den dreiteiligen Sarkophag, stützte die Arme auf die Knie, legte sein Gesicht in die Hände und schickte den Fackelmann fort.

Einsamkeit, Stockfinsternis. Sein Herz hielt Zwiesprache: Rasch kommt man hier auf deine Sprünge, Alter. Sonne der Menschlichkeit, hinter die Wolken! Herauf, alte Landschaft aus Feuer und Eis! Hier herum ist der Schrecken noch sinnvoll. Schrecklicher, taugt mein Projekt? Der Hydra wuchsen für jeden abgeschlagenen Kopf zwei nach. Bringt's Krieg mit dem König ein, auch gut. Es muß ausgetragen werden. Meine Heere stehn. Aber Sigismund hat mit sich selbst zu tun; *sein* Thron wackelt, nicht der meine. Aber ich zaudre ja noch? Ich *spiele* wohl nur mit dem Feuer? Das Geschwür schonen und weiterfressen lassen, das hatte bis gestern Sinn; von heute ab, wenn ich jetzt nicht schneide, so bin ich mehr toll als kühn. Tollkühn freilich und gespenstisch scheint auch mein Streich, der große Streich. ›Zeit gewinnen!‹ dachte ich noch gestern, ›das Geschwür ist noch immer nicht reif‹, und ›Zeit gewinnen!‹ denke ich insgeheim noch jetzt. Bis zum Ausklang der Feierlichkeiten? Die Herrschaften sind noch längst nicht soweit, und ihre Projekte werden mir aufgedeckt – allesamt. Das arbeitet mir in die Hand. Morgen zu Morosow! Da lach' ich sie tot! Das lähmt die Rebellion, bis ich sie dirigiere ... Alter, den ›Principe‹ des Macchiavelli hast du verkörpert. Warum frage ich dich also an deiner Gruft? Pulsierte dein Blut in mir, ich fragte dich nicht, ich handelte. Nun hab' ich Kamillentee in den Adern ... Im Grunde lähmt mich doch nichts als der große Betrug, der meine Herrlichkeit auf tönerne Füße gestellt. Du, Iwan, in deiner schwersten Zeit warfst du ihnen das Szepter vor die

Füße und gingst großartig ab wie Karl V., der Kaiser. Da kamen sie angewinselt und gaben dir schauerliche Vollmacht. Wenn ich so ginge, mich holte niemand zurück. Der anonyme Usurpator ist keine Garantie gegen das Chaos, solang' er seine Herrlichkeit noch nicht mit Ruhmestaten ans Firmament gemalt. Das Volk sieht seine eigne Majestät noch nicht in einem aus seiner Tiefe verkörpert. Von oben her soll man sein, Gott aus dem Rat der Götter ...

Allmählich sann sich Dimitrij auf dem Grabmal des ›Wüterichs‹ in Wut, doch stand da wieder einmal nur Grischka Otrepjew vor ihm und blies ihn an: Du Riese in der Phantasie, du Wicht in der Praxis, du Untertan, ja, dir fehlt's an seinem und meinem Geblüt, du wirst den kleinen Mann in dir nicht los. Kein Wunder, daß Maryna dich verachtet. Angst hast du, Grauen treibt dich um und sträubt dir das Haar, dich schaudert, Feigling!

›Angst, wovor?‹

Vorm Schicksal, das Katz und Maus mit dir spielt, vor den fratzenhaften, mitleidlosen Göttern, vorm Krater, der um dich kocht, den Abgründen, darüber du hängst, dem Bodenlosen, in das du fällst und fällst –

›Mehr als umbringen kann's mich nicht.‹

Recht getrotzt! Doch du hast die Angst auch der Schuld, die Angst des Verdammten vorm Zorne Gottes, dein Gewissen lähmt dich, macht dich zum Wicht. Wie *diese* Angst erst frißt!

›Von meiner Schuld ist das wenigste mein; jenen Göttern wälz' ich sie zu und nenne sie tragisch.‹

Schlimm, schlimm! Wer nimmt dir dann vom Halse die Angst vor der laut- und echolosen Leere der Sinnlosigkeit, in der dir Gott und Götterwelt, alles Gute und Böse, Segen und Fluch, Gnade und Verdammnis erfrieren? O dunkle Eiswüstenei!

›Noch pocht's und kocht's in mir, noch schreib' ich mir

selbst mein Gesetz, mache *ich* mir mein Schicksal, sprech' ich mich frei und lache – oder knirsch' mit den Zähnen und werfe Sinn über Sinn in die Welt! Dreifach die Angst? Dreifach mein Trotz! Basta!‹

Er sprang zornig auf, tappte sich durch die Kirchennacht dem Ausgang zu und wanderte im Fackellicht der paar Gardisten seinem Palast entgegen, blickte dabei nach Marfas Kloster hinüber und sah eins ihrer Fenster erleuchtet. ›Die alte Eule studiert noch. Alles spinnt. Ich muß ihr Geschmier untersuchen und sichern, ist sie doch meinetwegen so verstört. Morgen besuch' ich sie wieder.‹

Auch an der römischen Kapelle kam er vorüber. Die Pforte war offen. Er ließ die Fackelträger warten und trat ein. Die im Blockhausstil errichtete Kapelle war schmal und steil. Des Eintretenden Blick zog sofort der hochaufdämmernde Altar an, auf dem zwei Kerzen schimmerten. Darüber schwebte das Rotlicht der Ewigen Lampe. An den Stufen kniete schwarz und regungslos ein Langberockter, schmal aufgerichtet, und flüsterte über seine zusammengelegten Fingerspitzen. Leicht erschrocken wandte er sich herum. Dimitrij winkte beruhigend: »Nachtwachen hier und überall? Das Kaninchen vor dem Blick der Schlange. Anbetung ist Starrkrampf – vor dem Ungeheuren. Wir Armen sollten einander gut sein.«

Pomaski stand auf. Sein Schüler streckte ihm beide Hände hin. Dankbar ergriff sie der Pater. Dimitrij lächelte wehmütig: »Ich weiß, was deine Augen jetzt sagen und klagen. Nun, du magst ruhig einmal kommen. Wir lesen dann den Quintilian. Vor Jahren haben wir damit aufgehört. Guter Stil. Schmeckt nach Cicero. Institutio Oratoria. Natürlich setzen wir ein Dutzend mißtrauischer Bojaren dazu. Zwar werden sie glasige Augen kriegen und einnicken, jedoch … Und haben sie nicht recht? Antike, Eloquentia, Humanitas – ach, wer's noch glaubt!« Er betrachtete den Altar.

Zwei buntgemalte Holzfiguren im Turban flankierten das Gemälde: Die Mutter Gottes fuhr zu den niedergestreckten Armen ihres himmlischen Vaters und Sohnes empor. Das Bild stand auf einer Reliefpredella, welche die Eucharistie darstellte. »Alles sehr einfach«, sagte Pomaski wie zur Entschuldigung und erklärte die Plastiken, erzählte von der Herkunft des Altars, auch der Kalvarienbilder an den Wänden und bat erneut um eine Glocke. Die bewilligte Dimitrij nicht. Im Gegenteil, er erklärte, vor der Kirche eine Tafel aufstellen zu wollen mit der Aufschrift: ›Diese Kirche der Fremden sage dir, o Rechtgläubiger, wie gastlich das heilige Mütterchen ist.‹

Er fragte, warum Christus oder Maria auf keiner Ikone Kronen trügen, wie hier doch Gottvater und Sohn.

»Warum nicht?«

»Mein Hofnarr weiß es. Man begreift hier etwas von der argen Magie der Macht. Die ist nicht nur Versuchung, wie das Weib, sie macht unfehlbar böse. Kronen tragen – welch ein Unglück! So sagt der Fromme und betet für unsereins. Hol ihn der und jener! Mächtige und Gewalttäter müssen sein. ER, ER sagt es selbst: ›Es muß ja Ärgernis kommen‹! ... Freilich: ›Wehe dem, durch welchen es kommt.‹«

»Genug, genug! Übermüdung spricht aus dir. Lege dich schlafen! Kannst du nicht schlafen?«

»Wie du siehst, mitunter nicht.«

»Das muß sein, daß wir an Gott leiden; schon fürchtete ich –«

»Daß ich gar nicht mehr litte? Ich leide an allen drei Ängsten: vor Schicksal und Tod – wie alle Kreatur, nur ausgesetzter; dann vor den Flammen des ewigen Zorns, denn ein verfaulender Gewissensrest ist noch in mir; und schließlich im Verzweifeln vor der Leere des Sinnlos-Nichtigen, nämlich da, wo ich die ersten beiden Ängste hinter mich bringe. Jedenfalls komm' ich gerade von Otrepjew her und bin von seinem Hauch vergiftet. So kann ich dir etwas verraten.«

»Nun?«

»Wir gehen dem Äon der furchtbaren Verwesung Gottes entgegen. Werden wir an ihr ersticken? Kann man ohne ihn leben? Ich muß es heute schon. Rußland, inbrünstiger als irgendein Land, tiefer und wilder, wie feiert es noch die schauererregenden Mysterien der schreckbaren Gottesnähe! Darum – hier schlägt der Glaube um, hier wie nirgendwo, hier. Wo aber kommt uns dann das Heilige her, das Bindende, Zusammenwetternde und Behausende? Winterliche Todesschauer? Wo oder wie überleben dann Sinn und Wert, so daß sie uns mit Vollmacht weiterpredigen: Opfere dich und sei ein Mensch ... ›Sinn‹? Den hatte das Leben nie, den benötigt es nicht, den gab ihm stets der Mensch. ›Wahrheit‹? Wahrheit ließe sich nur finden, erfinden kann man sie nicht, das ist gewiß; Wahrheiten erfinden hieße Illusionen an ihre Stelle setzen. Wer aber betet seine Exkremente an? Ich muß es wissen, lieber Pater: Unser Gewissen stirbt, stirbt, stirbt.«

Er kam nicht weiter, denn der Pater unterbrach ihn voller Überdruß und Ungeduld: »Quousque tandem, Dimitrij, quousque tandem? Dies permanente Hadern und Maulen! Dies konfuse Kokettieren mit dem Abgrund! Wie lange willst du deine Ungläubigkeiten verhätscheln, wie lange dich gehen, sinken und fallen lassen, ein Schatten deiner selbst? Wie lange soll die Fäulnis in dir fortgehn? Die du nicht *in* dir, sondern *über* dir – bis in die Sterne – wähnst? Doch um dich allein ist dein Verwesungsgeruch! Ich rüttle dich und bezeug' es dir: Daß aus der hohen Nacht immer neu die lebendige Ur- und Allgewalt ins Menschenherz niederfahren oder -sinken wird wie Sturm oder Tau, so überwältigend, daß ihr immer wieder der heilige Name Gottes wird, so hinreißend, daß Gewissen wird, Hingabe, Selbstaufopferung und Erlösung; und daß ferner diese Widerfahrnis von Äon zu Äon alles bestätigen wird, was je zuvor Nähe, Wort und Heil der Gottheit gewesen in der wandelbaren Symbolüberfülle des Katholizismus. Und das weißt du; was also maulst und faulst du? Eins tröstet mich: Wer den Satan anvisiert wie du, der verfällt ihm nicht.«

»Verfällt der Medusa nicht, wer sie anstarrt? – Gut denn, es stöhnt wohl nur die Müdigkeit aus mir; morgen sieht's anders aus. Doch die Abendmattheit, lügt sie mehr als die Morgenfrische? Sei's, wie es sei. Auch der Antichrist am Ende der Zeiten, er muß; er kann nicht heraus aus seiner Verdammnis. Dazu gehört, daß er sie gar nicht kennt. Haha, die alte Marfa tastet auch an der Gitterwand des Verderbens herum und verriet mir neulich ganz leise, ich selber sei der Antichrist – oder sein Schlagschatten doch. Was sagst du dazu? Sieh, dein Gebilde, du Prometheus, rennt dir davon, bedroht dich sogar. Fliehe und reiß aus! Dein romazentrischer Heilsplan Gottes ist Wahn. Auch auf diesem Altar wohnt der Trug. Kommt da ein Welterlöser, dem es nicht glückt, der wie eine Sternschnuppe vorüberfährt; kommen da die Unentwegten und wollen uns einreden: ›Aber das nächste Mal! Er kommt wieder! Berstend von Allmacht! Das nächste Mal, o dann, dann!‹ Lieber Pater, lauter Schwindel – aus Feigheit geboren. Gewiß, ich beneide die Gläubigen um ihren Ofen. Ich fahre als Wolke im Schneesturm dahin, haltlos. Doch lieber komm' ich in Wahrheit um, als daß ich in Lüge lebe. Objektiv bin ich nicht übler dran als ihr, nur subjektiv habt ihr's besser. Mein Gewissen lernt durch brennende Reifen springen, wie die Tiere der Taiga auf Jahrmärkten. Ich werde diese meine Welt mit Huld beträufeln oder Blut besprengen, je nach Bedarf, eure Heiligtümer auf meinem Spielbrett setzen, wie ich sie brauche; ich werde mein Segel nach den Winden stellen und mein Reich ausweiten, solang' es mir Spaß macht. So wühlt man zwar nur Staub im Staub herum, aber Macht ist doch toller Genuß, und Ruhm – der dümmste, doch schönste aller Götzen. Ich sage jedem Gut und Böse, jedem Vertrauen und jeder Verzweiflung hohn und presse mein Schicksal aus bis zum letzten Tropfen. Du verkrieche dich hier, eleviere den Kelch vor deinen Gespenstern und vergiß, daß ich jemals mit dir aus einer Schüssel gelöffelt. Am besten, du ziehst heim; hier geht es bald sonderbar her, blutig und sonderbar. Was Maryna betrifft – ihr habt sie mir in Grund und Boden verdorben. Ha, der Patriarch hat den päpstlichen Dispens für sie in der Tasche. Wiedergetauft wird sie nicht, empfängt aber das heilige Öl und die ›Speise der Unsterblichkeit‹. Genügt das meinem Klerus nicht, mir paßt das so, und ich bring' es ihm bei. Gute Nacht! Nun gut, ich bin zerrieben vermutlich von Glückstrunkenheit. Morgen zieht Maryna auf Schloß Wjasom ein, zwei Tage darauf im Kreml. Gute Nacht!«

Kaum war Dimitrij langsamen Ganges hinaus, so wankte der Pater zum Altar zurück, fiel auf die Knie, schlug die Hände vors Gesicht, und seine Seele schrie hinauf: »Ich, ich, ich hab' ihn mißleitet von Kindheit an, vor die Götzen geschleppt: Ruhm, Wagnis, Abenteuer, Überschwang, Ausmaß, Unmaß und Vermessenheit! Alles sollte außerordentlich sein ... Nun ist er ein schweifender Stern, und niemand kann ihn halten. Nun hilft er dem auf, was niederzuringen war, schlägt er zusammen, was ihn behausen sollte. Den neuen Patriarchen zieht er an sich. Und Maryna? Es kehrt sich alles wider mich ... Maryna, gehst auch du von uns?«

Als Dimitrij im Bett lag, beschloß er, am nächsten Tage nun doch nicht persönlich zu Morosow zu gehen, sondern in den Tag hineinzuschlafen und es bei einem Billett bewenden zu lassen. Er stellte sich die Gesellschaft der Verschwörer vor, wie sie sein Schreiben empfangen und auseinanderspritzen werde, und dann ... Er lachte, stand noch einmal auf, trat an seinen Schreibtisch, tauchte die Feder ein und schrieb.

»Mein lieber Morosow! Christus sprach: Was du tust, das tue bald. Bin ich der Antichrist, so rufe ich dir zu: Was ihr da plant, das überlegt euch noch hundertmal! – Soll ich euch die Judasköpfchen vor die Füße legen? Bekehrt euch zu mir, so werdet ihr leben! – Morosow, sei so gut und teile dieses deinen Freunden mit! Ich lade euch alle zu meiner Hochzeit ein. Dimitrij, Nichtrusse, Reichsverkäufer.«

Er faltete das Schreiben ein und versiegelte es, läutete, übergab es dem Hauptmann zur Beförderung in der Frühe, trank Branntwein aus der Kanne und legte sich wieder hin. Nun schlief er gut und fast so lange wie Marfa.

Sie hatte noch bis zum Morgen über ihren Blättern gesessen, mit flackernden Augen ins Kerzenlicht geblickt und geschrieben, geschrieben, um schließlich aufzufahren, umherzurennen und zu murmeln: »Ja, du Alles und Nichts, kann ich die Pfade der Versenkung nicht wiederfinden, so wirft es mich nun in anderen Wüsten umher. Da pirsch' ich euch nach, Dämonen, und spüre euch auf in euren finsteren Rängen. Maryna, du frißt es als erste aus meiner Hand, und dann winde dich!«

Danach hatte Marfa, ähnlich wie Dimitrij, nach der Kanne gegriffen und sich vollgetrunken, war gestikulierend und brabbelnd herumgewandert, hatte schließlich nur noch gelallt, sich auf ihr Bett fallen lassen und bis in den hellen Tag, bis Mittag geschlafen.

Nach dem Mahl verlangte sie auszufahren. Man spannte an und ließ sie mit einer Begleiterin reisen. Dem geschlossenen Wagen gaben ein paar Reiter das Geleit. Als man vor der Stadt im Freien war, befahl sie: Nach Wjasom! So kam sie zu Maryna.

Der Wagen hielt oberhalb der Stadt vor dem Schloß. Die Auffahrt wimmelte von polnischen und russischen Herren. Die kannten Marfa nicht und fragten nach ihrem Begehr. Sie übersah und überhörte sie, schickte die Begleiterin hinein und ließ sich anmelden. Eine Weile betrachtete sie dann die Front des Schlosses, ließ sich angaffen und dachte: Das hat nun auch Boris gebaut. Für sie! Als die Schwester so rasch nicht wiederkam, wurde sie ungehalten, schimpfte und stieg aus, stieg die Freitreppe mit zornig aufstoßendem Krückstock hoch und ging zwischen Leuten, die die Tür bewachten, hinein. Die draußen hatten begriffen, wer sie sei. Einer meinte, sie habe den bösen Blick.

Maryna war die Abwechslung im Einerlei der Vergnügungen ganz recht. Sie ließ Marfa durch ein paar Herren zu sich heraufführen, schickte Hofdamen zum Empfang an die Treppe hinaus, baute sich vor der Dombrowska und dem Rest ihrer Damen im Saale auf, eilte zuletzt der Eintretenden entgegen und empfing sie mit demütigem Handkuß. Sehr rasch aber irritierten sie Marfas Kälte und Starrheit. Etwas hilflos geleitete sie Marfa dann in ein Nebenzimmer. Die Dombrowska mit den anderen Damen entfernte sich.

Der Gast lehnte jede Bewirtung ab und stand, auf den Stock gestützt, vor Maryna wie ein Untersuchungsrichter beim Verhör. Maryna plauderte darauflos, verstummte aber bald hilflos und ratlos. Dann setzte Marfa nach längerem Schweigen ein: »Weißt du, wer Dimitrij ist? Der Antichrist der letzten Tage. Das Kind der Bosheit. Und du bist seine Hündin.«

Maryna sprang auf. Marfa hob den Stock, als wolle sie sie niederschlagen: »Sitze, horche, lerne – oder ich zerquetsche dich zwischen meinen Nägeln, du Laus, du!«

Maryna saß, Marfa beruhigte sich und knurrte: »Du machst dein Schafsgesicht und verstehst nicht. Woher solltest du auch? Was weißt du in deiner kindlichen Niedertracht vom Geheimnis der Bosheit? Schön freilich tritt sie auf, schön wie du und dein Geliebter, in der Maske des Guten sogar, als Engel beglückender Botschaft, als der Messias selbst. Später, später, da bricht die Hölle aus ihr vor; die springt auch aus Dimitrij. Mein Söhnchen, dein Bräutigam, ist vom Fleisch Luzifers, gewalttätig und stolz, sein Atem wird einst tödlich über Millionen hinwehn. Wer freilich *du* bist? Das Böse hat noch eine andere Art, wenn es sich duckt, und heißt dann das Gemeine, das Grundschlechte. Trotzt Luzifers Titanenhaß Gott noch voll tragischen Muts, so ist die Feigheit Ahrimans schon so verlogen, daß da das Böse sich vor sich selber tarnt. Die Welt belügen, das geht an; sich selbst belügen – pfui Teufel! Dimitrij gehört Luzifer zu; du, Bestrickerin, nur Ahriman. Von jedem Pfaffen läßt du dein Gewissen beschwichtigen. Nichts wagst du, außer in der Lüge.«

Marynas Augen schossen leise Blitze auf Marfa, doch sie schwang wieder drohend den Krückstock und fauchte: »Kusch, kusch, kleine Bestie! Die du aber noch grauenhaft wachsen wirst. Einst wirst du die Dämonen schauen lernen und die schreckliche Einsamkeit ihres Oberherrn verstehn. Wonach verlangt es ihn und alle finsteren Mächte? Nach dem Ebenbild Gottes auf Erden, dem Menschen. In ihm muß er aus seiner Verdammnis heraus, will er sich aus seinen Einsamkeiten erlösen, in unsrem Fleisch muß er von einem Ich zum anderen Gesellschaft finden, um sich in tausendfacher Selbstaufspaltung schwelgerisch zu verzehren. Du und Dimitrij, ich und ein jeder, was sind wir? Im Handgemenge der Geister preisgegeben schrecklichen Mächten, denen zu verfallen dennoch Schuld ist. Ach! Schlimm war es seit je, was die Frommen (in demütigem Aufstand!) um Gott herumpeitscht wie Kreisel, wie dich und mich und Dimitrij, wie Päpste und Patriarchen. Nichts als die Finsternis hat unsern Liebling ausgeworfen und hetzt ihn um den öden Krater herum. Oh, sie haben ihn fest, die gefallenen Söhne Gottes. Zu ihnen zählen Diabolos, der Durcheinanderwerfer, Luzifer oder Phosphoros, dessen Finsternis von altem Adel nachleuchtet, Belial und Beelzebub (der Apollyon der Apokalypse) und wie sie heißen. Ich schaue sie jetzt alle und kenne sie. Der Schlimmsten einer heißt Legion und ist der Geist der Masse. Der schrie einst aus dem Gerasener: ›Ich heiße Legion, denn unser sind viele!‹ Sieh da, ein Wir ist dies Ich! Der besorgt es, daß der Menschheit zu dieser letzten Frist, da der Antichrist erschienen, daß ganze Herz verfault. Dann wächst um das erloschene Herz lauter Eiswüste ...«

Marfa schlug sich an die Brust: »Denn das erfahr' ich von Tag zu Tag hier drinnen, daß sich zu dieser letzten Zeit das Herz der Menschheit tödlich verändert, also daß um dies Herz ganz entmenschte Ordnung entsteht und Verwesung des toten Gottes bis zu den Sternen hinauf. Ich hab' es Dimitrij verkündet, er hat's übernommen. Bald wird es auch unsere Leiber verändern. Riesige Insekten mit Schmeißfliegenaugen werden wir sein und dann in die Nacht der Leere starren, ihr entgegenwimmeln und stürzen, seelen- und sinnlos, ein unendlicher Strom. ›Ich heiße Legion, denn unser sind viele!‹ Hörst du mir zu, Dirne?«

Maryna sah sie mit Grauen an, und darum triumphierte Marfa schadenfroh: »Nein, hören kannst du nicht mehr, auch du bist am Erlöschen, Gespenst unter Gespenstern, du läßt die Verdammten und ihre Verderber nicht allein. Aber du denkst noch immer: Ich lehne mich ja gegen Gott nicht auf! Du nicht? Nein, du läßt dich nur fallen – wie er, gibst dich allen Teufeln hin und läßt dir das noch mit Sakramenten segnen. Du Braut des Antichrist! Der Teufel hat ihn gezeugt – mit mir! Nacht für Nacht hat mich der Gott der Finsternis besucht und vergewaltigt, da gebar ich ihn, den Antichrist. Nun hat er die Herrschaft angetreten. Doch er kann nichts dafür, daß sich alle Bosheit der Menschheit in ihm vereint, er ist der dazu Bestimmte und Verdammte; so muß er der Verworfene der letzten Tage sein. Wage es ja nicht, in seinen Armen glücklich zu sein! Du lüsterne Katze! Dein Katzenblick schließt sich gewiß noch einmal zu vor Verachtung, denn wo ist er groß? Stark soll er sein, ein Willensmensch? Ein schlaffer Träumer war er seit je, immer in der Gefahr, in Stumpfheit unterzugehn, darum hat er zeitlebens großer Träume bedurft, um sich zu reizen, in Taten sich zu steigern, sich zu genießen. Geriet er auf Höhen? Insgeheim nahm ihn der Abgrund auf. Ward er freier und klarer von Stufe zu Stufe? Immer dunkler, verworrener, sklavischer nur. Hat er noch freie Wahl? Wo denn? Im Abgrund? Und über die Erde kommt jenes ganz, ganz Böse, das viel, viel ärger als die Wildheit aller Mongolenstürme. Das richtet Wüste an durch einen, der sich weder der Liebe Gottes noch des Weibes mehr auftut – nach der Schrift. Ja, mein Kind, auch dich tritt dein Dimitrij schon hinab. Ihn meinte Daniel, der Prophet. Und wie klagt und droht der Gottessohn? ›So ein anderer kommen wird in seinem eigenen Namen, den werdet ihr annehmen.‹ Sein Name ist nicht nur Legion. Das ist der Mensch der Sünde und das Kind des Verderbens, der da ist ein Widerwärtiger, der sich über alles erhebt, das Gott oder Tempeldienst heißt, also daß er sich selbst in den Tempel Gottes setzt als ein Gott!«

»Das meinte einst den Caligula!« rief Maryna dazwischen.

»Geschwätz! Hat dich das dein Jesuit gelehrt? Anders lehrt der Kirchenvater Ephraem: Der Erzfrevler kommt nicht als roher Bösewicht, sondern als Dieb in der Nacht, der alle mit seiner Demut und Ruhe betrügt, mit seinem Haß gegen jedes Unrecht, mit seiner Güte, die den Armen hold ist, seiner Wohlgestalt und Heiterkeit gegen jedermann. Siehst du nicht Dimitrij vor dir? Allen, so heißt es, wird er gefallen wollen und kein Geschenk annehmen, nicht zornig werden, sich nicht niedergeschlagen zeigen, sondern durch den Anschein eines wohlgeordneten Wesens die Welt täuschen, bis er die Herrschaft errungen. Strebt so nicht unser Dimitrij? Hat den Antichrist aber die Völkerwelt seiner unvergleichlichen Tugenden wegen zum Weltherrscher ausgerufen, dann wird sein Herz voll Stolzes sein, und er erhebt sich steil und hoch, dann haucht der Drache aus ihm die Welt an und regt die äußersten Grenzen auf. Oh, der Gleisner, der Gaukler, der da zum tödlichsten Tyrannen wird auf jener Bahn, die er als wohlmeinender Reformer, Völkerveredler, Weltbeglücker begonnen! Ihm gehen die falschen Propheten voraus und sind seine Wegbereiter. Was sie aber verkündigen, das ist das Reich der Selbstgerechtigkeit. Wo bleibt da die Gerechtigkeit Gottes? Rasend schnell wächst ihm die Anhängerschaft zu, Thron um Thron, Land um Land fällt ihm zu, denn überall läßt er sich predigen. Doch aus der Puppe seines guten Beginns schlüpft zuletzt der furchtbare Gewaltmensch ohne Reue und Frömmigkeit, und käme nicht Christus am Jüngsten Tage, so währte sein Reich ewiglich – in Bosheit und Gewalttat. Denn wer sollte es sonst noch stürzen?«

»Du bist von Sinnen!«

»Ich war es, als ich mich selbst verdampfen wollte, und ich war es, als ich in die Arme des Lügners fiel, des Zauberischen, den *ich,* ich selbst, dem Satan geboren, wie jene reine Jungfrau in Britannien einst dem gleichen Erzeuger den Zauberer Merlin. Was sollte Merlin? Rückgängig machen die Erlösung, so durch den Gottessohn geschehen. Doch Merlin versagte, der andere war stärker. Jetzt ist ein neuer Merlin da. Der stammt von mir! Jetzt erst bin ich dem schreckbaren Gott begegnet, allen Versenkungen fern, erst jetzt, o ja ...«

Hier sann Marfa nach, und irgendwo begann sie wieder wie im Selbstgespräch: »Selbstrechtfertigung ... sie gipfelt im Lobpreis reuelosen Mordens, im heiliggesprochenen Greuel, der um blutloser Ideale willen geschieht. In der Verstocktheit, die ihre Unschuld beteuert. Je blutloser ein Ideal, um so blutbefleckter will's dastehn. Um zu beweisen, wie frei man sei, wird man morden; ja, morden, um sich seiner Freiheit bewußt zu sein. Kittet die Gemeinschaft der Verdammten? Wir drei, wir werden einander hassen. Wo's keinen Gott gibt, da ist auch der Bruder nicht mehr gegeben, da ist nichts als Satan der Einsame, ja. Winternacht. Alles – in gewalttätiger Ohnmacht erstarrt! Legion ist der Name der tausendköpfigen Finsternis. Entsetzlich fängt der Himmel zu schweigen an. Er hat's vor Zeiten angedroht: Mein Geist wird nicht mehr Richter sein auf Erden. Diese Zeit beginnt.«

»Hexe! Du schließt von dir auf ihn!« so rief Maryna und sprang auf, um zu fliehen.

»Püppchen!« höhnte Marfa, vertrat ihr den Weg und schwang den Stock, »wer den Menschen nicht sieht, der nimmt die Dämonen nicht wahr! Aber die haben ihre Köpfe in ihm wie Aale in der Wasserleiche. Einst, als mir, der Mystikerin, alle Wesenheit verdunstete, da wußt' ich es auch noch nicht: Man kann vom Bösen nicht reden, ohne daß man vom Menschen spricht und vor sich selbst bis in die Hölle erschrickt.

Jetzt aber sei's genug für diese erste Stunde unserer künftigen Meditationen. Morgen fahren wir fort. Wann kommst du nach Moskau? Du sollst mit mir Wand an Wand wohnen. Erhole dich bis morgen, Kind, und bewege alles im Herzen! Kannst du nicht beten, so laß es. Gott ist dir dennoch furchtbar nah. Lebe wohl, meine aufmerksame Schülerin!«

Groß und ernst schlug sie das Kreuz über Maryna, wandte sich ab und ging davon.

Am selben Tage erhielt Dimitrij Marynas Billett: »Ich muß Dich sprechen. Kannst Du nicht kommen, so wisse, ich ziehe in Marfas Kloster nicht, es sei denn, Du sperrst sie ein. Sie war in Wjasom, ist wahnsinnig und hat mich geängstet. Sie ist Deine Feindin. Dir gehört und gehorcht bedingungslos Deine Maryna.«

Er fuhr nicht nach Wjasom, er ließ die zwei Tage verstreichen und bereitete währenddessen Hunderterlei für

Marynas Einzug, die Trauung und Krönung und die festlichen Tage vor. So kam der große Tag herauf.

Auf den Zinnen eines westlichen Stadttors standen der Bojar Busow und der neue Hofmaler Umberto Sienese. Sie hielten Ausschau auf die farbige Zeltstadt jenseits der blaustrahlenden Moskwa und blickten dann über die Brücke dem Zug der Bürgermeister, Kaufleute, Handwerker und anderer nach, die allerlei Ballen von Goldbrokat, Zobelfellen und Pokale darbringen sollten. Busow verriet dem Italiener, der Zar überwache wieder die Aufmärsche der Truppen in der Stadt inkognito selbst. Der Adel habe schon um drei Uhr früh dies Tor hier passiert.

Das frische Holz der neuen Moskwabrücke leuchtete, der wolkenlose Maienhimmel strahlte festlich, die Volksmengen auf den Uferwiesen und längs der Heerstraße, auch das rückwärtige Getümmel in der Stadt, lärmten ausgelassen in bunten Sonntagsgewändern umher. Umberto sprach die Besorgnis aus, nicht an der rechten Stelle zu stehen; wahrscheinlich biete sich anderswo ein lohnenderes Bild für den Malauftrag: Einzug Marynas. Vorsorglich habe er zwei Gesellen noch an anderen Orten postiert.

Nach einer Stunde des Wartens begann's. Die Menge, die die Heerstraße säumte, schrie in der Ferne auf, von da nahte es, und bald unterschied man die ausländischen Hatschierer der zarischen Leibwache. Sie ritten der schier endlosen Wagenkolonne voraus. Dort, wo je eine Hundertschaft rechts und links das vorderste Prunkgefährt flankierten, dort mußte Maryna fahren. Busow versicherte, der Wagen sei über und über vergoldet, auch die Räder, und mit Brokat ausgeschlagen. Er werde vor dem bunten Zelt dort an der Brücke halten. Dort stehe der hohe Adel. Acht Grauschimmel mit rotgefärbten Schweifen und Mähnen zögen ihn heran. Danach werde auf der Brücke der eigens für Maryna gebaute Galawagen, des Zaren Geschenk, gleichfalls vergoldet und von zwölf Tigerschecken gezogen, dastehen. Der sei überdacht und geschlossen, mit rotem Atlas gepolstert und voll kostbarer Perlenkissen.

Da trappelte und rasselte es unter dem Tor, denn schon kam das stolze Gefährt hinter seinen zwölf Schecken mit den sechs reitenden rotrockigen Kutschern aus dem Stadttor hervor. Das Ganze bewegte sich rasch auf die Brücke zu und über sie fort, kehrte jenseits im Kreise um und stand dann gewendet auf der Brücke bereit. Auf dem Dach der Karosse hatte Umberto einen kleinen Negerjungen bewundern können, der mit einem von goldener Kette gehaltenen Affen spielte.

Inzwischen nahte der Zug der Zariza von fern. Da unterschied er, daß vor ihren acht Grauschimmeln buntgewandete Türken noch eine Menge von Reitpferden führten, deren Köpfe Straußenfedern umwallten. Nun prägte er sich ein: Fürst Mstislawskij reitet mit einigen Herren der Zariza entgegen. Der Staatswagen hält vor der Brücke beim Hauptzelt, neben den Großwürdenträgern und ihren Gefolgen. Maryna steigt aus. Tiefe Verbeugungen, feierliche Stille. Nun werden Reden gehalten. Jetzt ist auch das vorbei, und Maryna wendet ihr Antlitz her und schaut zur neuen Karosse hin, die auf der Brücke hält, und schon heben die Herren sie ehrerbietig auf die Arme, während Trompeten schmettern, Trommeln rasseln, Pauken pochen, und tragen und setzen die junge Zariza in die neue Karosse. Jetzt läuten die Glocken, es läuten die tausend Glocken der ganzen Stadt. Und da und dort auf Wällen, Zinnen und Hügeln beginnt der Donner der Geschütze. Und schon ist alles ganz nah und kommt vor das Tor, das Volksgeschrei, die Vorreiter, die Tigerschecken, der Staatswagen, Türken und Pferde, berittene Hellebardiere in langen Reihen links und rechts und die vierzehn Wagen der Hofdamen in langer Kette. An den Lanzen der polnischen Herren flattert's in allen Farben, und zahllose

Husaren dahinter sind – nach Umbertos Entwurf – als antike Krieger ausstaffiert, lauter Perseusgestalten, homerische Helden oder Scipionen, mit Beinschienen, Schild, nickendem Helmbusch, wie Hektor ihn trug, und buntem Köcher, und von vielen der vergoldeten Sättel ragen oder dehnen sich Pegasusflügel. Die ganze Straße aber hat sich augenblicks vor den Einziehenden unter den Blumenwürfen des jubelnden Volkes in bunte Blütenteppiche verwandelt.

Als Maryna so ins Stadttor einfuhr, war sie für Umberto unsichtbar, doch daß sie nach französischer Mode gekleidet, das hatte er schon aus der Ferne bewundert. Er ließ sich von Busow belehren, Herr Mniszek führe in der Stadt allenthalben ein halbes Tausend Personen mit sich herum; Marynas Gefolge habe in Wjasom aus zweihunderteinundfünfzig Personen bestanden, das des Fürsten Wisniewiecki zähle zweihundertfünfzehn, des Starosten Sanocki bestehe aus vierhundertfünfzehn Köpfen. Die polnischen Kaplane umgäben sechzehn Diener, und selbst die fünf Mönche kämen nicht ohne sechzehn Knechte aus. Ärgerlich sei es, daß Herr Mniszek abermals hunderttausend Dukaten erhalten haben sollte. »Doch steigen wir von Tor und Wall! Sie ist hindurch.«

Maryna in ihrer Kutsche bedachte tausendmal, daß sie nie wieder solche Seligkeit erfahren werde wie nun auf dieser Einfahrt. Versunken war das Gespenst Marfa, vergessen ihr noch ungelöster Konflikt mit Dimitrij. Ihr Stolz schmolz dahin, doch ihre Demut stieg wie Rauch in einen Himmel der Vermessenheit auf. Wie liebte sie jetzt dies sie feiernde Volk! Doch viel von ihrem Triumph rechnete sie ihren jugendlichen Reizen zu und war entschlossen, ihre Macht zu gebrauchen. Nur einen kleinen Augenblick sagte sie sich, das alles ringsumher könne täuschender Vordergrund sein, dahinter könnten wirklich Dämonen lauern; in sich selbst vermutete sie keinen Dämon. Und die Glocken drohten dunkel und lockten mit hellem Gesang, die Kanonenschläge donnerten wie Paukenwirbel. Sie war entschlossen, das Kloster, das sie (mit Marfa?) beherbergen sollte, schleunigst mit dem Palast zu vertauschen. Nun zog sie schon durch die Stadt, nun sah sie bereits zur Rechten die Kremltürme funkeln wie seinerzeit Dimitrij. Der Schatten des Erlösertors fiel über sie. Sie fuhr durch ein kriegerisches Spalier in den Kreml ein und vor dem Wosnessenskij-Kloster vor. Ihr Kutschenschlag ward aufgerissen. Betäubt und federleicht doch stieg sie aus, wurde von Bojarenarmen zum Portal hinangetragen und stand in einer weiten, dunklen Diele: vor Dimitrij und der Äbtissin zur Linken und Marfa zur Rechten. Sie war am Ziel. Der Zar nahm sie bei der Hand und geleitete sie zu ihren Räumen hinauf. Sie träumte. Marfa und die Äbtissin folgten.

Am Ziel, am Ziel! Doch auf dem Gipfel noch lange nicht.

# XIII
# Die Bluthochzeit

Mit unmutigen Gedanken an Maryna hatte Dimitrij eine gewittrig schwüle Nacht unruhig durchruht, war er zur Frühmesse gefahren und zurückgekehrt, und noch knisterte bissige Ungeduld in ihm, sehnte sich sein Blut danach, aufzukochen, sein Leib sich nach Schweiß, Strapaze, Selbstermüdung; darum hatte er nach seinem neuen Fechtmeister geschickt und stand ihm nun in einem der halbleeren Säle oben unter dem Dach gegenüber, und als sie beide die leichten spanischen Degen voreinander senkten, blickte der Fechtmeister seinen blassen und zornigen Herrn sehr fragend an. Dann sprangen sie zugleich, wie auf Kommando, in Fechterhaltung, und es klirrte und schwirrte vor Kochelews Augen, der gerade hereinlief, um zuzuschauen, es stöhnte und keuchte, grollte aus Kehlen und zischte von Zähnen – oh, diese Kämpfer wüteten ja! Wie wechselten Kamm- und Ristlage der Klingen bei Angriff und Rückzug, beim Traversieren und Ligieren, beim Flankenierstoß und bei der Reversligade, und der Zar gewährte keine Pause, keine Pause! Der Fechtmeister erlahmte und wurde immer häufiger in Saalecken gedrängt ...

Währenddessen standen Dimitrijs Arzt und die Äbtissin des Kremlklosters, das die frühere und die zukünftige Zarin unter gleichem Dache beherbergte, zu beiden Seiten an der schlafenden Marfa Bett und betrachteten sie. Der Arzt stellte befriedigt fest, zweiundvierzig Stunden schlafe sie nun schon. Die Igumenja bewunderte die Kraft seiner Tränke, und er erklärte, es komme jetzt vor allem auf eines an, nämlich ob Marfa an den feierlichen Akten öffentlich teilnehmen könne, ohne Ärgernis zu erregen. Die Äbtissin erzählte von ihrer Entdeckung, daß man aus der Schlafenden mancherlei herausfragen könne; sie höre, gebe Antwort und schlafe fort. Auf des Arztes Bitte, den Versuch zu wiederholen, beugte sie ihr Antlitz tief auf das Marfas hinab. Da gingen unter den Lidern der Schlafenden die Augäpfel schon hin und her.

»Was siehst du, Marfa?«

»Nah und fern ... Rußland brennt, ganz Rußland ...«

Die Äbtissin richtete sich erschrocken auf; da beugte sich der Arzt auf das Parzenantlitz nieder: »Ist der Zar dein Sohn?«

Da ging es wie Wetterleuchten über die Züge der Schlafenden. Diese wurden dann fest, zumal der geschlossene Mund, eine senkrechte Falte trat zwischen die Brauen, das Ganze versteinerte. Marfa sagte: »Tausendmal! Mein allein die schauerliche Ehre der Geburt des Antichrist. In wieviel Nächten empfing ich ihn, wie oft umarmte mich der Abgründige, der auch Merlin erzeugt!«

»Ist er der Antichrist?«

»Wer sonst?« flüsterte sie mit Lippen, die sich jetzt zitternd wie zum Weinen bewegten. »Er hat ganz Rußland in Flammen gesetzt. Alles sinkt in Asche ...«

»Schlafe!« bat der Arzt und richtete sich auf. Aber damit erreichte er nun das Gegenteil. Marfas Augen taten sich auf, erst zu blinden Schlitzen, dann zu vollem Blick, der durch die dunkle Balkendecke ging. Arzt und Igumenja traten zurück. Marfa richtete sich langsam empor und stand ganz auf, blickte ins Grenzenlose und raunte: »Was verhängt worden, muß sich erfüllen. Er, sich selbst ein Verhängnis, muß vollenden, wir alle mit ihm, ja. Ich, seine Gebärerin, bin aller Verhängnisse Durchgang. Und muß fortan verstummen.

Verhängnis ist stumm. Fortan hört niemand mehr ein Wort von mir ...«

Zu dieser Stunde lag der große Fürst Wassilij Iwanowitsch Schuiskij noch zu Bett, doch seines Bruders Dimitrij Arm rüttelte ihn wach. Wassilij kam zu sich, fand sich im blaugoldenen Prunk seiner zu den Pfosten zurückgeschobenen Bettvorhänge vor und hörte die Kunde, Basmanow sei da – so sonderbar früh. Er richtete sich auf, während sein Bruder die gellende Handglocke schüttelte, sah den Kammerdiener hereineilen und fühlte, wie man ihm den pelzverbrämten Morgenmantel umlegte. Dann kam er völlig zu sich, beruhigte sich und fragte: »Was kann er schon bringen? Ein Basmanow verhaftet nicht, regnet nur Huld und Gnaden. Kommt er mit Mannschaft? Nein! Siehst du.«

Kurz darauf saß er als Schwerkranker im Sessel, der Bruder stand ihm zur Seite, der Diener riß die Bettvorhänge zusammen, und herein traten Basmanow und Fürst Odojewskij. Schuiskij stutzte: Die beiden zusammen? Aber schon hörte er sich großartig, voller Ehrerbietung begrüßt. Man erkundigte sich nach seinem Befinden. Schuiskijs Hände machten die Gebärde ergebenen Verzichts, seine Lippen lächelten demütig. Der Bruder beklagte des Bruders schlaflose Nächte. Es gehe gottlob zu Ende, fügte der Scheinkranke hinzu, man sei gefaßt. Basmanow rief zu Hoffnung und Mut auf und versicherte, der Zar rechne fest auf des Wiedergenesenden Teilnahme an den Feierlichkeiten. Damit überreichte er – zu Händen des sich verneigenden Dimitrij – die Einladung der Majestät. Es werde für den Kranken in der Kathedrale ein Sessel bereitstehen. Dimitrij löste die goldene Schnur der sammetroten Deckel, entnahm das Schreiben und las es dem Leidenden vor. Als er zu Ende, bekreuzigte sich dieser feierlich. »Gott gebe, daß ich's noch erlebe!« röchelte er. Basmanow verabschiedete sich endlich, herzlich und unbefangen. Da aber klagte Schuiskij und rief: »Willst du schon fort? Wie bin ich seit Wochen so allein, von allen Freunden und Feinden verlassen! Das Leben läßt seine Sterbenden fallen als etwas, das es vergißt. Freilich, was hält den aufstrebenden Basmanow beim Verlöschenden zurück, das Schöne beim Häßlichen? Und doch, du solltest mir ein Stündchen schenken.«

Basmanow wehrte allerlei ab und versicherte viel Schönes, betonte, er müsse weitere Einladungen austragen, doch könne er auf des Fürsten Odojewskij Begleitung verzichten. Diesen lasse er dem Kranken zurück, der möge mit ihm plaudern.

Er verneigte sich tief und ging. Odojewskij eilte hinterher, um ihn bis zur Treppe zu geleiten. Wassilijs mißtrauischer Blick fuhr ihm in den Nacken. »Dummkopf!« zischelte Fürst Wassilij seinem zaudernden Bruder zu. Der begriff und eilte nun auch hinaus, doch ehe er Basmanow eingeholt, hatte dieser dem Fürsten Odojewskij schon zugeraunt: »Hole ihn aus! Wann er losschlagen will. Den Termin, den Termin! Ob wir die Hochzeit noch ... andernfalls ... still!«

Nochmals tiefe freudige Verneigung zu Dimitrij Schuiskij hin, und Basmanow schritt in der Pracht seines weiten Umhangs die Treppe auf roten Schnabelstiefeln mit häufig aufschlagendem Säbel voll gelenkiger Würde hinab.

Als Odojewskij mit Dimitrij zu Wassilij zurückkehrte, fuhr dieser vom Sessel hoch und blitzte ihn aus kleinen Augen trübe an: »Nun, wie kommst du in seine Gesellschaft?«

Odojewskij staunte: »Hast du mich ihm nicht selbst auf den Hals geschickt?«

Schuiskij nickte, sah ihn aber prüfend an: »Ergebnis?«

»Er scheint in der Tat der Päderastie verfallen.«

»Scheint? Keine Beweise?«

»Kein Sündenfall ist bekannt. Er hat sich in der Gewalt.«

Fürst Dimitrij rief: »Also kann man ihn zu nichts erpressen. Sagte ich's doch.«

Wassilij forschte weiter: »Wie hast du dich an ihn herangemacht? Schöpfte er keinen Verdacht? Daß du zu uns gehörst? Kennt man die Bande zwischen Morosows Leuten und mir?«

»Fragen über Fragen! Zunächst: Wir kamen ins Gespräch über die Hellenen, über antike Schönheit und Jünglingsschönheit überhaupt. Er durfte mich für seinesgleichen halten. Ich stellte ihm die Bekanntschaft mit dem anmutigsten aller Klosternovizen in Aussicht, der gerade Meister Umberto als Modell diene – heimlich und verbotenermaßen, und nun wartet wohl Basmanow darauf und hält sich an mich. Ich bin ihm sympathisch und wichtig geworden.«

»Sofern er dich nicht an der Nase herumführt.«

»Wassilij, jede Wette wag' ich, er begeht noch den Sündenfall mit Aljoscha, dem Novizen; dann haben wir ihn.«

»Was soll's?« rief mit wegwerfendem Gebrumm Fürst Dimitrij. »Zum Verrat am Zaren erpreßt ihr ihn nie.«

»Wen sonst«, rief Odojewskij, »wenn den nicht, der damals ganz Rußland an ihn verraten, die ganze Armee zu ihm übergeführt?«

»Eben deshalb nicht!« pflichtete Schuiskij seinem Bruder bei. »Er weiß, daß er vor dem ganzen Reich die Machtergreifung des Hochstaplers, sobald dieser gestürzt, würde zu verantworten haben. Er und der Gauner treiben im gleichen Boot. Sinkt es, so ersaufen beide.«

Odojewskij rief: »Was soll's denn dann, daß ich ihm unter Gefahr nachspioniere? Wozu hab' ich seine versteckte Natur herausgebracht?«

Wassilij lächelte: »Vielleicht genügt es mir, seine Aufmerksamkeit in jener nahen Schicksalsnacht durch einen solchen Klosternovizen abzulenken? Vielleicht genügt da eine kleine Verleitung zum Wachtvergehen?«

Endlich stellte Odojewskij dar, des großen Fürsten Schuiskij Tatenlosigkeit, Hinfälligkeit, Vereinsamung und Todesbereitschaft werde bei Hofe geglaubt. Der Zar halte den Verlöschenden für völlig ungefährlich, argwöhne keinerlei Zusammenhang zwischen der Morosow-Gruppe und ihm. Über Morosow allerdings hänge das Schwert an seidenem Faden. Doch auch um ihn noch werbe und ringe mit Lockung und Drohung der Zar.

Wassilij Schuiskij murmelte: »Morosow ...« und fragte kopfschüttelnd: »Wer in aller Welt hat dem Gauklerzaren damals Morosow und seine Versammlung preisgegeben? Hm! Du warst es doch nicht, Odojewskij? Der Verdacht empört dich, verschlägt dir die Sprache? Gut, gut, du spielst nicht auf beiden Seiten, nein, du nimmst nicht von beiden Aufträge an. Und doch, du bist ein Mann der Vorsicht und baust vielleicht nur vor, damit du dich zuletzt und zur Not so oder so auf die Seite des Siegers schlagen kannst, wer auch der Sieger sei? Verkneif dir jetzt deinen Ausbruch, dir droht kein Schlagfluß, wenn du ihn dir versagst! Ach was, ich will dir die ganze Wahrheit sagen: Du bist allein des Hofes Agent, Heuchler aber bist du nur hier bei mir. Du bist des Zaren Lockspitzel, ich bin dein Opfer.«

Odojewskij schrie ganz verstört auf: »Dies mein Dank? Das, das ist ärger als Mord! So also stehe ich da vor dem, in dem sich mir noch allein das alte Rußland verkörpert! Und das Rußland von morgen! Das ist ärger als Mord!«

Schuiskij starrte ihn lange an, brach dann plötzlich in die Knie, ergriff Odojewskijs Hand, küßte sie mit allen Zeichen der Reue und bat zerknirscht: »Vergib mir, Brüderchen, vergib, ich mußte dich prüfen!« Dann stand er wieder auf und wiegte niederblickend das trauernde Haupt: »Ihm, Basmanow also, können wir keine Unzucht beweisen. Leider dir. Ach, daß du dich so verwundbar gemacht! Dein Hauptliebchen ist der Chorsänger Anastas. Aber du hast noch andere. Darauf steht der Tod, das weißt du doch? Wir sind Christen. Unser Leib ist der Tempel Gottes. Nun bist du wieder blaß und bleich. Von mir natürlich brauchst du nichts zu fürchten. Sitze doch ich vielleicht schon vor Abend hinter Gittern im schwärzesten Verlies. So meinst du. Leider war gestern deines Anastas leiblicher Bruder bei mir, tobte und schwor, dich zur Strecke zu bringen. Noch freilich unterwirft er sich meinem Kommando. Auch er ist ein Verschworener. Noch decke ich dich ...«

Odojewskij brachte lange kein Wort heraus. Endlich gestand er mit belegter Stimme: »So hast du mich nun noch sicherer in deiner Gewalt. Und – trotz aller Scham – dessen freue ich mich: Du kannst an mir nicht mehr zweifeln.« Er raffte sich auf und rief mit hingebender Leidenschaft: »Was ist dein Auftrag – zur Sühne meiner Schuld, zum Beweis meiner Treue, zum ... zum ...«

Schuiskij schlug ihm die Hand schwer auf die Schulter und rief wie ein Beschwörer mit aufflammenden Augen: »Das Attentat!«

»Auf den Zaren?« fragte Odojewskij und sank in sich zusammen.

Schuiskij nickte majestätisch: »Der Betrüger fällt als erster. Das ist dann das Fanal für den ganzen Aufstand. Vielleicht erlebst du ihn dann nicht mehr. Doch dein verwirktes Leben, wie wolltest du's besser für Rußland opfern? Kein schönres Opfer, keine frömmere Sühne.«

Odojewskij erholte sich ein wenig, witterte Gelegenheit, rief ein fanatisiertes »Ja« und fragte militärisch: »Wann soll's geschehen?«

Mußte nun der Schuiskij nicht seinen Termin verraten? Und der Bucklige befahl: »In vier Wochen nach Abschluß aller Hochzeitsfeierlichkeiten, Ende Juni, ja nicht eher; kurz also, bevor der Usurpator in den Krieg will, um sich seine Fuhre Lorbeer zu holen. Dann muß er fallen, dann fällt seine Maryna mit, fallen alle Polen, sofern sie noch nicht abgerückt und anders nicht mehr loszuwerden. Gut sechs Wochen hättest du demnach noch Zeit, dich auf deines Lebens ruhmvollste Tat zu rüsten. Keinem unserer Verschworenen wird ein auch nur entfernt so glorreicher Befehl zuteil.«

Odojewskij heuchelte Ergriffenheit und bedankte sich: »Ich will der Auserwählte unter so viel Berufenen sein. Doch der Zeitpunkt – ist er nicht falsch gewählt? Kurz vor seinem Feldzug umgeben den Schurken seine Armeen; dagegen im Hochzeitstrubel der nächsten Tage, wo alles drunter und drüber geht und trunkene Feste einander auf die Hacken treten, da sind Zar, Hof und Kreml schlecht bewacht, da wäre es recht an der Zeit, der berühmten Pariser Bluthochzeit eine Moskauer gegenüberzurücken. Was mich betrifft, sieh mich sofort bereit!«

Dimitrij stimmte zu, doch Wassilij wehrte ab, ging umher und entschied: »Ich sehe, du meinst es gut. Bist doch ein Getreuer. Dennoch – ich wiederhole: Vier Wochen nach den Hochzeitswochen, Ende Juni, nicht eher! Ihr überseht es nicht. Gewisse Vorbereitungen brauchen Zeit. Alles will seine Reife. Odojewskij, mein Bruder, prüfe dich und überlege dir's, ob du Mut, heiligen Mut hast und behältst und das Große wagen wirst! Es darf nicht schiefgehen, an deinem Attentat hängt der ganze Aufstand, die Rettung Rußlands, und noch kannst du zurück.«

Da verbeugte sich Odojewskij bis zur Erde, bat, ihn zum Austilger des Antichrist feierlich einzuweihen, empfing von Wassilij Schuiskij den Segen, wandte sich und stürmte davon.

Als sie die Haustür zuschlagen hörten, traten die Brüder Schuiskij an je ein Fenster und blickten dem Forteilenden nach. Dann erst begann Dimitrij: »Er war eine Memme, ist es und bleibt es. Ihm diesen Auftrag, ihm?«

Sein Bruder nickte: »Hm, hm! Daß er ihn angenommen – mit solcher Gebärde, das beweist, daß er (mindestens von heute an) *mich* betrügt und mich an die dort verrät.«

»So hast du ihn heute dem Feind in die Arme getrieben!

Ha, ha! Einen Odojewskij bei seiner Unzucht erpressen? Für die, so weiß er, gibt ihm der Zar, dem er so herrlich dient, Pardon.«

»Ich hatte ihn längst im Verdacht. Es mußte Klarheit werden. Sie ist da.«

»Und wir sind verloren. Bist du noch bei Verstand, Wassilij? Alles gabst du ihm preis: Daß du am Werk und wann der Aufstand losbrechen soll, alles gabst du ihm preis.«

»Ich hoffe, er impft es Basmanow und seinem Herrchen nun beharrlich ein. Nämlich diesen Wahn, sie könnten noch recht gemütlich Hochzeit feiern und weiter ihre Gräben um uns ziehen. Um so überraschender trifft in ein paar Tagen aus heiterem Himmel der Blitz.«

Nun stutzte Dimitrij und fuhr herum: »In ein paar Tagen schon!«

»So ist's.«

»Bei der heiligen Mutter Gottes, wie willst du die Massen des Stadtvolks, das doch zu ihm steht, jetzt schon gegen ihn treiben? Die *Polen* hassen sie, nicht *ihn*! Welche Edelleute, Kaufleute, Truppenführer gedenkst du über die paar, die dir jetzt schon gehören, hinaus in ein paar Tagen noch zu gewinnen? Die Frucht ist noch lange nicht reif.«

»Winsele nicht! Wen von euch allen hätte ich je ins Ganze und ins Ende eingeweiht? Etwa dich? Kennt ihr euch auch nur untereinander? Ich sage dir: Jedem dieser verfluchten Polen wird in seinem Quartier sein Henker zudiktiert. Wer aber auf der Sturmflut des Volkes dann in des Zaren Palast gerät, und was sich dort dann ereignet, das weiß die Flut nicht.«

Zu dieser Stunde währte noch die klösterliche Messe, der zwischen viel Nonnen thronend beizuwohnen Maryna sich verdammt sah. Sie stöhnte vor Langeweile, vibrierte von Ungeduld, quälte nach der schlechten Nacht ihr müdes Herz, fühlte sich zornig und zerweint. Endlich wurde ihr übel, gottlob. Da erhob sie sich mit einem Ruck, verließ ihren erhabenen Sitz und rauschte zwischen den Mauern entsetzt starrender Nonnengesichter links und rechts auf dem Mittelgang der Kapelle mit unter starrem Reifrock schallenden Stöckelschuhen ohne alle Gemessenheit und Feierlichkeit davon. Die breit hinterherrauschende Gräfin Dombrowska konnte ihr kaum folgen. Welch ein Affront! dachte sie. Was hat das Kind? Die übrigen Hofdamen blickten einander an, und ihre Blicke sagten, sie müßten leider wohl bleiben. Auf den persischen Brücken, die in Marynas Wohnraum ihre Schritte dämpften, auf den hell gescheuerten Dielen, die sie wieder erklingen ließen, eilte Maryna hin und her, indem sie die rechte Faust fortwährend in die linke Hand schlug. Ihre langen Perlenketten schlugen bei den Schwenkungen seitwärts. Sie riß sich das dunkle Kopftuch, das sie zum Gottesdienst getragen, von der Frisur und warf es auf den Fußboden, und die Dombrowska stand mit verschränkten Armen, ließ mit ihrer umhereilenden Herrin, die sie nicht aus den Augen ließ, den Kopf hin und her gehen und hörte zornige Klagen:

»Er kümmert sich überhaupt nicht mehr um mich! Nicht einmal durch Boten erkundigt er sich nach meinem Befinden! Läßt mich tagelang versauern! Aushungern will er mich hier! Habe ich ihn denn so gekränkt, mein Gott? Das um ihn verdient? Ach, ich hasse ihn, hasse ihn! Solche Anmaßung, Nichtachtung, Grausamkeit! Mich kleinkriegen will er so. Woher plötzlich seine Größe? Ohne mich wäre er nichts. Wie hat er mich benötigt! Und jetzt nicht mehr? Er liebt nicht mehr, mich nicht mehr! Xenja sitzt ihm in Kopf und Herz. Sie wird er zu seiner heimlichen Zarin machen! Gräfin! Wäre er wirklich so hoch über mich hinausgewachsen, ich so tief unter ihm zurückgeblieben? O Gott, ich fürchte, es ist so. Ich habe viel zuviel getanzt, ich bin zurückgedummt. Ich wurde ja wohl zu einer Gans. Sieht er mich so, und zwar mit Recht, mit Recht? Aber er kommt, erleuchtet, erhebt, erlöst mich nicht, verdammt mich Verlassene in meiner Pein dazu, diese stundenlangen Horen anzuhören! Fehlt nur noch, daß er mir Marfa auf den Pelz schickt! Von meinen Hofdamen bin ich fast getrennt. O mein Himmel, hab' ich hier die Nonne zu spielen, die orthodoxe Nonne, muß ich Klosterzeiten wahrnehmen? Und dieser Archimandrit, der mich nicht mehr aus den Klauen läßt, angeblich um mich im Zeremoniell zu unterrichten, er will mich zu seiner Kirche bekehren! Dimitrijs Wunsch. Aber er weiß doch, wie ich denke. Also was soll's? Und keine Musik, obwohl er ein so großes Orchester hat! Keine Bälle, keine Maskeraden! Bin ich Nonne, zum Teufel? Keine Ausfahrten! Er sperrt mich ein und vergißt mich! Eine furchtbare Kluft ist zwischen uns aufgerissen. O ihr Heiligen, soll das der Anfang vom Ende sein? Ach, diese Speisen hier, diese unausstehliche, scharfe, russische Sudelküche! Nichts mehr kann ich herunterwürgen, weder was sie kochen noch was Dimitrij mir einbrockt. Gräfin, Ihr werdet Euch sofort aufmachen, den Zaren aufsuchen und zur Rede stellen! Rückt ihm all meine Beschwerden vor und verlangt, daß er sich einfinde und meine Wünsche und Befehle zur Notiz nehme, daß er –«

Es pochte. Die Gräfin rauschte zur Tür, sprach mit der Nonne draußen, kehrte zurück und rief: »Genug, Majestät, übergenug! Faßt Euch! Seine Majestät wird augenblicks hier sein. Nun wird alles gut.«

Maryna griff nach ihrem Herzen, das da drinnen augenblicks wieder zu strahlen begann, doch dann ballte ihre Hand sich niedergleitend um die Perlenkette. Sie rief: »Ich stelle mich krank. Sagt ihm, Gräfin, ich läge seit Tagen. Oh, er soll's bereuen, er soll auf seinen Knien an meinem Bett mir Besserung geloben.«

»Welche Krankheit bevorzugen Majestät?«

»Herzattacken, was weiß ich! Sagt ihm, *er* habe mich soweit gebracht, und ich wolle nun sterben.«

»Eh bien, nur fort, sie sind schon da, Majestät!«

Vor dem Kloster fuhren zwei geschlossene Planwagen vor. Der Zar wartete schon zu Pferde, desgleichen seine Begleitung, in der man außer Kolja, dem Ewigheiteren, Pjotr Basmanow und Umberto, den Sohn Sienas, erblickte. Man saß ab. Die Reitknechte nahmen sich der ledigen Pferde an. Der Zar eilte seinen Herren voraus ins Kloster, die Treppe empor und den Flur entlang. Die buntbemalte Rundbogentür zu Marynas Appartement tat sich auf, die Dombrowska füllte den Türrahmen und verneigte sich, daß ihr Doppelkinn aufglänzte und die Wangen sich kugelten.

Er trat ein und fragte nach Maryna. Die Oberhofdame tat mit tragischer Miene kund, Ihre Majestät sei seit Tagen krank, so und so. Dimitrijs Brauen sprangen hoch, und als sich deren Mitte zur Nasenwurzel zusammenzog, schaute aus seinen fragenden Augen bereits kalte Belustigung.

»Krank«, murmelte er und schüttelte bedauernd und wie zerstreut den Kopf. Er erkundigte sich nach Einzelheiten, und die Gräfin kam auf Marynas Vorwürfe eindringlich zu sprechen, auf die Vernachlässigung, die Last der langen, fremden Gottesdienste, auf den Archimandriten, den Mangel an Musik und Lustbarkeiten, an frischer Luft, Sonne und Ausfahrten, auf die Unbekömmlichkeit der russischen Küche und so fort. Nun glaubte der Zar an seiner Zariza Erkrankung vollends nicht mehr, meinte aber, das Zaubermittel zu besitzen, um sie in kürzester Frist kuriert und versöhnt, fasziniert und beglückt wieder vor Augen zu haben. Er teilte der Gräfin mit, er bringe den Krönungsstaat, den die Zariza im Heiligtum vor den Augen der Engel und Menschen tragen werde, zur Anprobe mit. Maryna möge sich dieser, falls ihre Kräfte es irgend zuließen, unterziehen.

Während die Gräfin sich zu Maryna begab, brachten die

Beamten, die in den Planwagen gesessen, herauf, was die Wagen enthielten. Sie trugen auf einer Reihe von stehenden, weidengeflochtenen Figuren die darumgehängten Kleidungsstücke, angefangen vom reich bestickten, langen Leibhemd bis zum scheinbar zentnerschweren Prunkkaftan voller Perlen und Edelgestein und dem hermelinbesetzten Krönungsmantel mit den ungeheuer weiten Hängeärmeln, ferner auf Kissentischchen die Kleinodien-Schatullen, den halbmondförmigen, funkelnden Kopfputz, die kleine Krone und dergleichen. Das alles wurde nun rings an den Wänden des großen Gemachs unter Anleitung von Messer Umberto aufgebaut. Danach verschwanden die Beamten und Diener unter Verneigung vor ihrem Gebieter nach draußen.

Der Vorgang hatte seine Zeit gekostet, und Dimitrij wunderte sich, daß Maryna noch immer nicht erschien. Er schaute Basmanow an, dann ging er umher. Ihre Rolle spielt sie immer durch! tröstete er sich, ihre Beharrlichkeit weiß da selbst die Neugier zu zähmen. Er mußte die Zeit irgendwie überbrücken und wandte sich an den Italiener:

»Dein Entwurf, Umberto, für die hölzerne Festung ist ganz famos. Wegen des Holzes wende dich immer frisch an Kurawkin und spare mir nicht mit der Farbe! Auf die Türme Pechpfannen! Ich will das Kriegsspiel mit Sturmangriff und Verteidigung bei anbrechender Nacht. Da wirkt erst alles: die Flut der Fackeln, die Bewegung der Belagerer, das Gebrüll und der große Brand der eroberten Festung. Kurawkin soll den Lösch- und Wachdienst der Feuerwehr haben. Aber nun rate mir zu den Schauprozessionen, den trionfi! Darin seid ihr Italiener groß.«

Umberto erzählte und begann bei seiner Vaterstadt. Berühmt sei heute noch das Ballett, das in Siena aus einer großen vergoldeten Wölfin hervorgesprungen sei. Weltberühmtheit habe der Kardinal Riario – schon vor über hundert Jahren – für seine römischen Pantomimen genossen, wo

Orpheus mit all seinen Tieren zu bewundern gewesen oder Perseus und Andromeda, Ceres, von Drachen, und Bacchus und Ariadne, von Panthern gezogen. Alle berühmten Liebespaare der Vorzeit und die klassischen Nymphenscharen seien erschienen. Deren Ballett sei plötzlich einem Überfall räuberischer Zentauren zum Opfer gefallen, und diese wieder habe Herkules davongejagt und besiegt. Gern führe man heute noch Einzüge siegreicher Eroberer auf. Doch zu alledem reichten ja wohl die mythologischen und historischen Kenntnisse der Moskowiter nicht.

»Tut nichts!« entschied Dimitrij. »Man spielt in erster Linie für die Zariza. Also denkt euch was aus, Maestro! Aber kommt mir nicht mit dem Fortuna-Wagen und den sieben Tugenden zu Pferde! Ich sah das in Florenz. Haha, der Glücksgöttin Haupt war vorn behaart und üppig frisiert, doch am Hinterkopf kahl: so befahl es der Tiefsinn der Allegorie. Auch hatte sie, um des Glückes Unbeständigkeit darzustellen, die Füße im Wasserbecken. Das Glück wird leicht zu Wasser, sollte das heißen. Hinterher kam eine Schar in den Trachten aller Völker, und hinter allerlei Großen der Geschichte auf hohem Wagen ob einer Weltkugel, die sich drehte, ein lorbeergekrönter Julius Cäsar heran, der vor der Ehrentribüne die Allegorien in Versen erklären mußte. Brauchbar wäre höchstens das Scheingefecht mit den Türkenscharen, das damals Katalanen lieferten.«

Umberto machte Vorschläge: Lebende Bilder, zum Beispiel den hochthronenden, segnenden Jupiter, Mars davor, ein Netz haltend, in dem Mütterchen Rußland lagert; Rußland ergibt sich den Armen des Mars-Demetrius vor des höchsten Gottes Thron. Ferner die Weltalter, symbolisiert auf fünf Wagen mit je einem Bild aus der Geschichte Roms und vielleicht auch Rußlands; vorn und hinten je eine Allegorie, nämlich die vordere das goldene Zeitalter Saturns darstellend, die andere dessen Wiederbringung; oder Tribut-

und Throphäenwagen, die die Moskau unterworfenen oder ihm zubestimmten Völker symbolisieren könnten, und zwar vor dem Wagen der Friedensgöttin, die auf gehäuften Harnischen und zerbrochenen Kanonen, Speeren und Schilden stünde. Damit das Biblische nicht fehle, könne man auch zwischen goldenen Kandelabern mit roten Kerzen, über Musikanten und Flügelknaben, welche Füllhörner und Früchteschalen zu halten hätten, Noah neben David thronen lassen, und wenn ein Kamel zur Hand sei, könne es eine Abigail führen. Der Wagen danach müsse den doppelköpfigen Adler riesengroß daherbringen; Helden und Heilige des Reiches müßten ihn tragen. Ein Wagen der Weltkugel mit allen Sternbildern könne folgen, und so fort. Endlich entschied der Zar sich für einen Schauzug der Geschichte. Der Italiener war alsbald von Gesichten und Gestalten bedrängt.

Dimitrij begann sich über Maryna sehr zu ärgern. Sie verstand sich aufs Wartenlassen. Er wandte sich an Kolja und fragte: Welche Musiken man bei den Festlichkeiten –

Der Narr unterbrach und lachte: »Was sie aufspielen könnten? Da sind deutsche Ringelreihen und Hopser, spanische Sarabanden, französische Gavotten, Couranten, Rigaudons, Musetten, italienische Paduanen, Gagliarden, Ciaconas, Passamezzi, englische Ballads, Hornpipes, dänische Reeles und herrliche polnische und russische Tänze mit feurigem Gesang, mit Stampfen, Klatschen und Brüllen. Was die fremden Musiken betrifft: Da geht es nicht mehr bloß um achttaktige Reprisen, da haben wir ganze Suiten mit Thema, Gegenthema und Variationen beisammen. Mit was für Instrumenten die zu spielen? Mit Violinen und Violen, Kornetten, Tenor- oder Baßposaunen, Schalmeien und Bomharten, als die da heißen Baßbomhart und Bassettbomhart und Doppelquintbomhart, und als Pfeffer immer darein die lustige Pauke. Das wäre das Bombardement. Ergötzlich die Serpentinen –«

»Siste gradum!« rief Dimitrij. »Wir wollen's mit dem Meister bereden. – Maestro, sollte man nicht die ganze Tanzerei in die bestimmende Thematik eines Balletts rücken und durch Gesänge und Rezitationen in einem Saal voll stilisierter Versatzstücke (wie Grotten und Tempel) in eine große, sinnvolle Darstellung einbeziehen? Man hat dergleichen mit Glück versucht. So vor zwei Jahrzehnten bei Henri Trois. Da gab es, wie ich gelesen, ein ballet de la reine um die Fabel der Circe.«

Umberto pries den Einfall. Dimitrij wünschte auch Stegreifmusik und Stegreiftänze. Intuition und Improvisation seien des Tanzes Würze, schafften Ekstase, dergleichen liebe der Slawe. Vielleicht werde die Kaiserin einmal – im kleineren Kreise – dergleichen zum Cembalo tanzen und zum Klang silberner Schellen singen, das sei eine Lust für Auge und Ohr, sie verstehe das wohl.

Da trat sie nun endlich ein, von der Gräfin gefolgt. Als Leidende erschien sie, marmorn war ihr Gesicht und ein einziger Vorwurf. Auch als sie sich vor Dimitrij verneigte, war noch kein Lächeln darin.

Gut so, dachte er, doch genug; ich will dich befreien. Auch *seine* Freudlosigkeit hatte sie instinktiv wahrgenommen. Das befriedigte sie, doch gab die ihr noch keine Genugtuung. Er begann und bedauerte ihre Migräne oder was es sei, beklagte, wie ihm die Zeit durch die Finger rinne, Geschäfte seine Kräfte verzehrten, und bat sie, ihre Widerwärtigkeiten an den seinen zu messen, sie würden dann zu Bagatellen und zunichte. Zum Beispiel die fremde Kost. Die sei natürlich nichts für eine verwöhnte Polin von Geschmack. Er werde sofort polnische Köche abordnen, die sollten ihr braten, sieden und backen, wie sie's gewöhnt sei. Dann klage sie über Langeweile, über die Horen, denen beizuwohnen ihr zugemutet werden müsse, über den hochwürdigen Erzabt. Nun denn, Marynas Tage im Kloster seien gezählt, bald werde sie in den Palast übersiedeln, und dennoch werde er Musikanten schicken, auch Instrumente für den eigenen Gebrauch, Laute und Virginal. Man möge dann in dezentem Rahmen Maskeraden, Tänze und Feste haben, wie gewohnt. Die Gottesdienste könne man einschränken, die Unterrichtsstunden natürlich auch, doch bitte er um Besuche bei Marfa, die, wie der Arzt ihm berichtet, nach langem, tiefem Schlafe fast ruhig geworden.

»Aber nun zur Enthüllung der Pracht!« so schloß er. »Begrüße, meine Maryna, in Ehrfurcht deinen heiligen Ornat!«

Sie blickte sich nicht um, schaute kaum auf, sie fragte mit verlöschender Stimme und recht verzagt: »Was soll mir das noch?«

Ah, dachte Dimitrij, nun doch erfreut, so sehr ist ihr meine Liebe ihr Leben, daß ohne sie selbst die Kaiserinnenpracht, diese Erfüllung, zu wesenloser Schlacke wird. Er nahm sie bei der Hand und führte sie von Gestell zu Gestell, von Prachtgewand zu Prachtgewand. Sie sah, staunte auch wohl, und ihr Leiden schien verflogen, doch ihr Gesicht, statt sich zu verklären, ward länger und länger; Enttäuschung, Entrüstung, leidenschaftliche Bitternis verdüsterten es. Ach, diese ausschweifend grell und groß gemusterten Gewänder für Türken, Tataren und Asiaten, diese groben, steifen Untergewänder, diese mit Verschnürungen überreich besetzten Oberröcke, die sicherlich von selber standen, diese Vergeudung von Hermelin, Silber- und Weißfuchs, funkelnden Borten, Perlen, Diamantengeflimmer, Gold- und Silberblättchen, weißem Damast und rotem Samt an solchen Kaftanen und Mänteln mit solchen Ärmeln! Lauter niederfließendes Gewicht, über der Brust, fast schon am Halse zu schließen, keine Taille, kein Ausschnitt. Und die flimmernden Kopfaufsätze, die keine Frisur gestatteten und schauen ließen! Diese Schaftstiefel aus vielfarbigem Leder! Und sie faßte sie an, verspürte das Gewicht und stellte sie gleich wieder hin. Da klangen die Absätze. Hilf Himmel! Auch noch eisenbeschlagen! Dimitrij führte sie an ein Krönchen. Dies, sagte er, sei sein Entwurf, aber Imitation des echten, das der Hofjuwelier auf vierhundertneunzigtausend Gulden schätze. Es liege im Schatzgewölbe; sie werde es beim Bankett tragen.

Und all das andere – wann? dachte sie. In der Kirche? Schlimm. Bei den Banketts? Entsetzlich. Gar beim Tanz? Grauenhaft, unfaßlich, ausgeschlossen. Womöglich ein Leben lang? Dimitrij bemerkte ihre Veränderung und wurde unsicher, da rief sie auch schon: »Niemals werde ich mir all das überziehen lassen«, machte kehrt, verließ dramatisch den Raum und überantwortete die Anwesenden ihrer Verblüffung.

Dimitrij biß sich auf die Lippen, dann lachte er finster: »Solcher Pracht ist selbst einer Mniszek Geschmack noch nicht gewachsen. Doch bekehre ich die Kaiserin. Wartet hier!« Damit folgte er ihr.

Sie floh vor ihm her bis ins dritte Zimmer, das ihr als Schlafraum diente. Nochmals, als er sie eingeholt, versuchte er zu lachen: »Was empört dich?«

Sie fuhr zu ihm herum. Tränen schossen aus ihren schönen Augen, und ihr Antlitz – nun brannte und lebte es endlich:

»Was stellt man sich hier unter einer Dame vor? Zwei aufeinandergesetzte Tonnen? Ungeheuer, die rings zu tarnen und zu verrammeln sind? Vorsintflutliche Mongolengewänder! Statt Facon, Reifrock, Stöckelschuhen barbarischer Prunk, unter dem man zusammenbricht. In welchem Jahrhundert lebt man hier? Wozu hab' ich die exzellentesten Schneider herumgehetzt, mir allen Charme zusammenzutragen – aus dem Escorial, aus London, Paris? Meine Garderobe ist komplett, ich habe sie da und zur Hand. Die trage ich – oder ich komme um.«

Es dauerte eine Weile, dann aber fragte Dimitrij klar und hart: »Maryna, willst du mich erheitern? Nötigen, aus der Rolle zu fallen? Soll ich kommandieren? Meine commandi brüllen? Mir ist sehr danach zumut. Ich halte noch an mich.«

»Mich anschreien? Du?«

»Was ist das für ein verächtliches ›Du‹? Was erdreistest ... Bist du von Sinnen?«

»Mich anbrüllen!«

»Weil du dich anstellst wie eine ... Ich kenne dich nicht wieder. Seit wann hast du ein Spatzengehirn? Seit meiner Affäre mit Xenja? Du bist dabei, sie zu rechtfertigen, diese Affäre, die offenbar nur sie erniedrigt hat, dich gar nicht erniedrigen konnte, nur sie und mich. Doch was schwatze ich? Schon einmal hast du dich beschwatzen lassen, damals in Ssambor, du große Dame, mit deinem Wisniewiecki. ›Du mich anbrüllen?‹ höhnst du aus unerreichbaren Höhen. Aber im Geist, in Hirn und Herz sitzt der Adel, nicht im Hintern, du wußtest es in Sjewsk und sahst mich entsprechend. Ich werde Ahnherr eines neuen Adels von unten her; aus der lebendigen Tiefe. Wer, zum Henker, putscht dich fort und fort gegen mich auf?«

Er fühlte jetzt, daß er lauter Unsinn schwatzte, daß Maryna ja nichts gegen seinen Ursprung gesagt, daß Maryna ja Unterwerfung gelobt, ihr neuer Trotz demnach nur aus der Rache gekränkter und irritierter Liebe stammen konnte.

Da rief sie herrisch: »Kurz und gut, du wirst, wenn du nicht ganz meine Achtung einbüßen magst, deine Dumaherren versammeln und den Reichsrat beschließen lassen, daß in Sachen ihrer Garderobe die Zariza zu entscheiden und vor den Modefragen der Frau der Tiefsinn obskurer Politiker zu kapitulieren habe. Bist du hier Herrscher oder nur ein russischer Sigismund? Daran, wie du dies kleine Ding erledigst, werde ich sehen, was du für jene größeren Belange zu erreichen dir zutraust.«

Jetzt schrie Dimitrij sie an: »Den Schnabel dicht, schnatternde Gans! Nichts leichter aufzuheben als eine Verlobung! Der Eheschluß in Krakau gilt hier noch nicht. Deine Verstoßung würde mir größere Sympathien wecken, als du je auf deiner Brautfahrt erlebt haben willst. Deine paar tausend Ritter scheue ich nicht. Rückt für dich, quasi für das gekränkte Polen, dein König an – mir recht! Er soll ihn haben, den Krieg. Ich brenne ohnehin darauf, ihm das Maul zu stopfen. In summa: Alle Schritte behalt' ich mir vor. Es steht fortan wohl schlimm um dich.«

Er wandte sich, ging, schlug die Tür hinter sich zu und ließ eine hin und herschwankende, fast zusammenbrechende Gestalt zurück, die sich beide Fäuste vor die Stirn schlug und darunter mit wilden Augen sich zurief: »Ja, ja, ja, ich bin zur blöden Gans geworden! Welcher Teufel hat mir den Verstand –? Derselbe, der jetzt – ihn zu Xenja zurückhetzt ... Wer rettet mich? Wer gibt mir Rat? Was wendet sein Herz zu mir? Wer rettet ihn? Er eilt doch Abgründen zu. O käme Franz Pomaski! Ich schicke hin.«

Sie fiel auf ihr Bett, drückte die Hand auf ihr Herz und dachte: Schuld und Sorge saugen seiner Liebe das Blut aus. Verfällt die seine, so auch die meine. Wir spüren's und können's nicht hindern ... Was wäre es sonst?

So lag sie lange und sann. Dann fuhr sie auf, lief hin und her, predigte sich (und schlug sich dabei die Fäuste an die Schläfen) den Entschluß, stark zu sein, nämlich sich total zu unterwerfen und in Sack und Asche Buße zu tun und dennoch – entscheidend zu handeln.

Eine Stunde danach waren die Patres Pomaski und Ssawiecki bei ihr. Der letzte hatte sich dem Ordensbruder ungebeten angeschlossen. Nun saß man sich in Marynas Schreibzimmer zu dritt am runden Tisch in der Ecke gegenüber. Sie brachte unter Tränen der Angst ihre Selbstanklagen und die Verklagung Dimitrijs vor und was sich an Torheit, Häßlichkeit und Schrecknissen zugetragen. Ssawiecki hätte das Ganze gern für den Zank zweier Liebender genommen, Pomaski aber erkannte den Ursprung des Zwistes und nannte ihn. Und darum gab Maryna Dimitrijs Geheimnis preis, sein schreckliches Geheimnis, seine doch wohl wahnwitzige Idee, nochmals den Ermordeten und Wiedererstandenen zu spielen, die russischen Edlen zu seinen Mördern, die polnischen Gäste zu den Mördern seiner Großen, sein Volk zu deren Rächern an den Polen zu erheben und so fort.

Beide Patres waren entsetzt. Ssawiecki schritt scheltend umher, Pomaski blieb sitzen, schüttelte den Kopf und meinte, nachdem er Maryna gründlich ausgefragt, das Ganze könne nur ein Gedankenspiel gewesen sein: Man müsse es in Schweigen begraben und vergessen.

»Doch erst ihn stellen!« verlangte Ssawiecki.

»Nur das nicht!« wehrte Pomaski ab. »Er würde Maryna der Indiskretion zeihen; der Riß würde ärger. Nur das nicht! Alles verschweigen, alles vergessen! Nie und nimmer war das ernst gemeint.« –

Inzwischen erschien der Zar auf der Sitzung der Duma. Die Herren an den Wänden unterbrachen ihre Verhandlung, erhoben sich, standen lautlos und ehrten den Herrscher. Der nahm seinen Thron ein und bat fortzufahren. Man ließ sich nieder bis auf den Fürsten Mstislawskij, der erklärte, man sei bei den Hochzeitsfeierlichkeiten und bitte um der Majestät Weisungen. Dimitrij erhob sich und legte dar:

Am achtzehnten im Mai finde die Trauung und Krönung statt, die erste Krönung einer Zariza nach dem Zeremoniell der Zarenkrönung, und die entsprechenden Festlichkeiten; am zwanzigsten der Empfang der Dumaherren, hohen Beamten, Adelsvertreter und Kaufherrenschaft. Nach der Darbringung der Geschenke werde man alle zur Tafel ziehen; am einundzwanzigsten würden die polnischen Gesandten und der Zariza Anverwandte bei Hofe speisen, tags darauf, am zweiundzwanzigsten, werde man ein Fest ausschließlich für die übrigen polnischen Gäste geben. Am vierundzwanzigsten werde Ihre Majestät die russischen Herren bewirten. Für die Nacht vom sechsundzwanzigsten zum siebenundzwanzigsten Mai sei eine große Illumination des Kreml und Feuerwerk vorgesehen, für alles zugereiste Volk jedoch zur Nachfeier draußen vor den Toren das Kriegsspiel um die hölzerne Festung.

Man trat in Beratungen vieler Einzelheiten ein, wobei ein Nagoj erwähnte, man müsse auf neue Schamlosigkeiten der Königsgesandtschaft gefaßt sein; sie wolle, wie man höre, darauf bestehen, daß sie mit Seiner Majestät dem unbesieglichsten Kaiser an *einem* Tische sitze, wie es König Sigismund mit Moskaus Gesandten auch halte; aber was sei schon dieser König gegen den großen Kaiser; den einzig christlichen Herrscher auf Erden?

Dimitrij entschied: »Vorläufig dieserhalb keinen Streit, mein Lieber! Die Gesandten sitzen an besonderem Tisch, das ist klar, nicht an dem meinen, doch schiebe man ruhig Tisch an Tisch und decke den des Kaisers besonders. Ihm genügt's, so kann's auch ihnen und euch genügen.«

Und nun schnitt er richtig das Thema Marynas an – in ihrem Sinne: In Kleiderfragen sollten die Damen entscheiden, nicht die Weisen der Politik. Freimütig wurde Widerspruch laut, der sich mehrte und schließlich einhellig war, ja empört dekretierte, es habe selbstverständlich bei der russischen Tracht, Würde und Zucht zu verbleiben, wie die alte Sitte sie gebiete, während der Krönung sowohl wie nachher. Nicht um Haaresbreite sei nachzugeben. Dimitrij erhob sich abermals, dankte brummig und entschied: Für den Krönungs- und Hochzeitstag trage er dem Willen des russischen

Volkes Rechnung, für die Tage nachher behalte er sich die Entscheidung vor. Er brach ab und ließ Prokopij Ljapunow kommen.

Dieser hohe Krieger und massige Haudegen trat mit seinem Offiziersstab, einem Dutzend Herren, auf, vom Schwertträger des Reiches, Michail Skopin-Schuiskij, geleitet, und näherte sich durch des Saales Mitte dem Thron. Es war ein breitgesichtiger Mann mit dicken Brauen, Kraushaar und Stirnnarben, der da, gepanzert und lang bemäntelt, den Helm im Arm, den kurzen Nacken neigte. Der breite Bart wuchs bis zu den Augen hinauf, und diese blickten, als sagten sie: Alle Zeit furchtlos. Er erhielt das Wort und erklärte, er sei gekommen, um dem Herrscherpaar die Wünsche und Gebete aller Dienstmannen und Truppen der Okafront zu überbringen. Dimitrij dankte, lud ihn zu den heiligen Handlungen ein und erkundigte sich nach militärischen Dingen. Er brenne darauf, gestand er, loszuschlagen und in wenigen Wochen im Asowschen Meer zu baden. Skopin-Schuiskij erhielt den Befehl, sich gleich nach den ersten beiden Festtagen zur Front zu begeben; also sollte Ljapunow mit ihm reisen; auch Zarutzkij, der Ataman, habe mit seinen Kosaken am selben Tage gleichen Weg. In vier bis fünf Wochen beginne der Feldzug. Die Militärs verneigten sich und gingen. Danach trat Basmanow herein, schritt auf den Thron zu und teilte dem Zaren vertraulich etwas mit. Dieser stand nachsinnend da, grüßte dann die Duma mit gebreiteten Armen und freundlichen Verneigungen und ging mit Basmanow, während sich alles von den Sitzen erhob, rank und schlank hinaus.

In einem der Warteräume mit kissenbedeckten Wandbänken führte ihm Basmanow zunächst einmal Odojewskij vor. Der hatte da gesessen und berichtete nun überzeugt und überzeugend, der Erzverräter plane seine letzte Schandtat keineswegs vor Ende Juni, frühestens in drei, vier Wochen nach Abschluß aller Festlichkeiten, also vor des Zaren Abreise zur Front. Auch vom Attentatsauftrag berichtete er frisch und erheiternd. Dimitrij war sehr zufrieden; das alles gab ihm weiten Raum, bis dahin würde das Geschwür groß genug und zum Schnitte lohnend und reif sein. Genau so hatte er's erwartet. Alter Satan, deine Zündschnüre sind immer zu lang! – Odojewskij wurde mit Dank entlassen.

Nun holte Basmanow Mniszek und Miechawiecki herein. Ssawiecki und Butschinski folgten. Des Zaren Blick überflog sie alle rasch und empfand in Mniszeks Gesicht irritierte Verwunderung, in der Miene Miechawieckis empörten Argwohn, in der des Paters verlegene Dreistigkeit; Butschinski war undurchsichtig wie meistens. Dimitrij fragte nach Anliegen und Begehr. Herausfordernd trat Miechawiecki vor, stieß den Säbel auf und stellte den Zaren: Er frage als Mann den Mann, als Kamerad den Kameraden, ob der Zar tatsächlich plane, einem Adelsaufruhr scheinbar zum Opfer zu fallen, Polen und Litauer auf solchen Adel zu hetzen und russisches Volk und Heer auf sie, um dann aus so viel Wechselmord als Tribun, Diktator und Gott allmächtig aufzusteigen; ob das des Zaren Meinung gewesen – damals im letzten vertrauten Gespräch mit ihm? Dimitrij stand wie vom Donner gerührt. Nach einer Weile bat Mniszek ihn um Nachsicht für einen so schändlich Belogenen und Verstörten wie Freund Miechawiecki es sei, doch um Bestrafung der Urheber solcher Verleumdung, wer sie auch seien. Dimitrij gab Antwort – und furchtbar sollte sie klingen: »Die dich dahin gebracht, dich so vergiftet, mein Freund, sie sollen mir's büßen. Und du, du schämst dich nicht? Was traust du mir zu, wieviel Dummheit oder Perfidie? Du hast jetzt unsre Freundschaft erwürgt.«

»Nicht ich«, rief Miechawiecki in bereits verzweifelndem Zorn. »Die giftige Quelle, an der ich erkrankt, ich mußte sie für lauter halten.«

»Wieso? Wo hast du ihn aufgelesen, den Teufelsdreck? Nun?«

»Nun?« rief drohend auch Miechawiecki, aber er hatte sich dazu umgedreht und rief damit Ssawiecki an.

Dieser gab sich einen Ruck, warf den Kopf in den Nacken, trat vor und rief: »Die Zariza selbst hat's in großer Sorge gebeichtet, wohlmeinend und ratlos, nämlich meinem Bruder Pomaski und mir.«

Das traf wie Geißelhiebe auf Wunden und rohes Fleisch. Rasch wandte Dimitrij sich ab. Der Hieb war auch Blitz und machte Dunkelheit licht: Ja, damals hatte er sich vor ihr entblößt – in Moschaisk; und sie, eigensinnig, dazu verbittert und verbockt, wie sie war, hatte nunmehr ihre Pfaffen unterrichtet, ›wohlmeinend‹; Pomaski hat dichtgehalten, doch dieser Halunke da Herrn Mniszek, das Haupt der westlichen ›Gästescharen‹, und Miechawiecki, das Haupt der westlichen ›Kameradschaft‹, ins Bild gesetzt; wozu? Um mir zu konterkarrieren. Es ist gelungen. Alles aus und abgetan. Mein Gespinst hängt in Fetzen und weht im Wind. Man fahndet umsonst nun nach dir, mein Herr Doppelgänger, dessen verwirktem Leben die Ehre, für mich zu sterben, zugedacht war. Aus und abgetan auch du denn, Maryna. Zum Teufel mit euch allen!

Mit zornigem Schwung wandte er sich herum, verschränkte die Arme und fuhr den Pater an: »Mir aus den Augen! Über die Grenze! Du Beichtenausplauderer!«

»Es war keine Beichte, Majestät«, warf Ssawiecki ein, »eine intime Beratung war's!«

»Verrat von vorn bis hinten!« schrie Dimitrij. »Noch ein Wort, und du torkelst am Strick durch Moskau, und der Pöbel steinigt dich! Doch Märtyrer sollst du nicht werden. In dieser Stunde noch fährst du ab! Pack dich! Für alle Zeit!«

Betäubt verschwand der Pater. Ob das durch die Tür oder Wand geschehn, er wußte es nachher nicht.

Jetzt wandte sich der Zar an den Wojewoden, doch dieser ergriff zuerst das Wort und versprach, sofort Maryna aufzusuchen, alles aufzuklären und zurechtzubringen. Maryna müsse mißverstanden worden sein.

»Meinst du!« sagte Dimitrij kalt. »Was ich über euch beide beschließe, erfahrt ihr heute noch. Geht!« Da der andere erschrak und sich nicht rührte, stampfte er wütend auf; das half.

»Auch du, Miechawiecki – für heut entlassen. Bereust du, so teil' es mir mit! Doch bald, bald!«

Auch Miechawiecki verbeugte sich und ging. Zurückgeblieben Basmanow und Butschinski. Dimitrij sah sie an und stellte bei sich fest, Butschinski sei auch noch zuviel. Er winkte ihn fort. Mit kleinen Augen blickte er ihm nach und knurrte: »Auch er wird mir suspekt, leistet sich Eigenmächtigkeiten mehr und mehr; hat vermutlich mit dahintergesteckt – damals in Krakau, als man die Hochzeitsarmee kreierte, er und dieser Jesuit, mit diesem König und – Maryna ...« Er schüttelte sich alles ab und fragte Basmanow: »Was tun?«

Der Freund trat einen Schritt vor und fragte ernst, scharf und unausweichlich: »War dergleichen Spektakel wirklich geplant, auch nur erwogen, Majestät? Dann war's Spuk und Gespensterdrang aus Fiebernächten. Bedarf es solcher fürchterlichen Risiken und Schläge? Wie rasch ist die Bande um Schuiskij erlegt! Warum geschieht's nicht heute noch? Wir haben sie im Netz. Und gar der Polen frei und ledig zu werden, dazu bedarf es eines Hauches vom Munde Eurer Majestät.«

»Meinst du wirklich?« Dimitrij schritt lange schweigend umher; aufatmend blieb er stehn. »Mag sein, Pjotr. Ich komme zu mir. Es ist wohl gut, wie alles kommt. Jetzt konzipiere ich wieder einen Plan. Und dessen Reihenfolge? Pjotr, gib acht! Zuallererst, ich versammle meine Schlagkraft um mich; alsdann blase ich die Hochzeit ab. Maryna und ich sind geschiedene Leute. Zum dritten: Sie, ihr Erzeuger und alles Polen- und Litauervolk reist mit riesiger, sicherer Eskorte den heimischen Penaten zu. Sodann Schuiskij mit seinen Strolchen gehängt! Danach werb' ich noch einmal um Xenja Borissowna Godunowa, daß meine Hochzeit nur aufgeschoben, nicht aufgehoben sei; ein kleiner Austausch findet statt. Ja, nun wird alles um mich frei, licht und klar.«

Der Freund schüttelte wieder betroffen und verwundert den Kopf: »Nicht für mich. Zunächst, Majestät, ist Xenja unerreichbar geworden, sie hat Profeß getan, ist keine Novizin mehr.«

»Oh!«

»Was aber Zariza Maryna betrifft und Eure Majestät – so bitterlich zertrotzen und verzanken sich wohl nur Liebesleute, so quälen einander nur sie, wie ich meine, jedoch – seine aufsässige Schöne sich zu zähmen, die die Grenzen ihrer Macht schweifend erprobt, war das nicht immer noch des Mannes reizvollstes Spiel? Ich mag es glauben. Worauf wartet Eurer Majestät befehlsfreudige Gattin als auf ihres geliebten Gebieters Gewalttat und bändigende Macht? Majestät, um solcher Launen willen mit Polen anbinden? Unzeitige Bergrutsche und Erdbeben – wofür? Eure Majestät bedenke Fürst Odojewskijs Bericht und feiere die Hochzeit der Versöhnten in aller Ruhe, satt von Friede und Seligkeit. Die Zariza und ihr neues Volk finden sich rasch. Nach dem inneren Feind nieder mit dem auf der Krim!«

Lange sprach so der Freund auf den Freund ein. Da kam Butschinski und meldete, man habe Iwan Sokolow in Smolensk aufgegriffen und soeben eingeliefert. Dimitrij blickte versonnen vor sich hin. »Darf leben bleiben!« entschied er. »Macht er seine Sache gut (auf meiner Hochzeit mit Maryna, mein' ich), so lösche ich seine Schuld. Meine Sühne für das, was ihm zugedacht gewesen.« Und kopfschüttelnd stellte er fest, er falle neuerdings aus einem Extrem ins andre. Aber Basmanow, ja, Basmanow hatte recht.

Miechawiecki, der da draußen vor dem Palast zu seinen wartenden Kameraden gestoßen, mit diesen davonritt und seinem Quartier zustrebte, brummte, so daß sein Fuchs die Ohren spitzte, vor sich hin: »Du lügst, Bursche, du lügst. Du logst damals, als du unsereins für den Fall eines Falles zu deinem Erben einsetztest, und du lügst heute. Du nennst es selber Perfidie. Anders glaubtest du uns nicht loswerden zu können? Fast bewegt es mich. Du bist's, der unsre Freundschaft umbringt, nicht ich. Das Vertrauen ist hin, aber Mitleid steigt auf. Sieh zu, wie du unter deinen Hunnen ohne uns zurechtkommst! Ich führe denn die Kameraden heim. Das schreibe ich dir jetzt zu deiner Schmach und deinem Seelenfrieden.«

Inzwischen setzte Vater Mniszek seiner Tochter zu und überhäufte sie mit Vorwürfen. Ihre Verzweiflung erregte die seine. Sie klagte sich jammernd und reumütig aller Verfehlungen an: dessen, daß sie Dimitrij mit den ungebetenen Gästen überfallen, dessen, wie sie sich angesichts ihres Ornats aufgeführt, dessen, daß sie des Zaren übles Geheimnis ausgeplaudert. Doch sooft sie in die Gründe ihrer Verzweiflung versank und Arme und Gesicht auf den Tisch warf, von Weinen geschüttelt, rannte Mniszek mit geballten und seitwärts schüttelnden Fäusten umher und rief: »Er kann es nicht, er kann nicht! Und wird nicht!« Wenn sie daraus wieder Mut schöpfte und mittrotzen wollte, so schlug er alles mit neuen Vorwürfen nieder und klagte: »Er hat uns alle lange, lange satt, er jagt uns schnöde, schnöde nach Hause!« Sie beschloß, mit einem allerdemütigsten Brief so inbrünstig vor Dimitrij zu kapitulieren, daß sie danach ein Leben lang nur noch von seiner Gnade würde leben können. Er beschloß dazu, ihr diesen Brief zu diktieren, und fuhr ihr mit seinen Entwürfen und Formulierungen auf die lästigste, unerträglichste Weise immerdar in die ihren, die sie in sich bewegte, an denen sie sich gerade zerrieb. Sie verbat es sich und schrie ihn an, er schrie zurück. Schließlich waren beide erschöpft; mattgekämpft und ausgeblutet fanden sie allmählich zueinander, und ein gemeinsamer Brief entstand, ein langer Brief. Wann aber würde Dimitrij von sich hören lassen, wann auf dieses tränengesättigte Schreiben reagieren? Ach! sagte sie sich beim Schreiben immer wieder, ich habe ihm das schlimme, das gewagte, doch sicher wichtige Konzept verdorben. Wäre es wirklich sein Unglück geworden? Kommt sein Unglück erst jetzt auf ihn zu? Und was hält er jetzt im günstigsten Falle für mich bereit? Trauung und Krönung vielleicht, doch danach die Verbannung an irgendeine Sonderresidenz; Trennung und Scheidung von Tisch und Bett ...

Doch siehe da, schon trat die Tröstung durch die Tür herein. Die Gräfin Dombrowska meldete Basmanow. Dieser erschien, verbeugte sich, lächelte unbefangen und vermeldete, der Zar werde morgen – morgen bereits! – Maryna in seinen Palast herüberholen; ihr Flügel werde mit größter Eile eingerichtet, soweit es daran noch fehle, sie schlafe somit im Kloster die letzte Nacht.

Übersiedlung morgen, morgen! Ihr Herz erzitterte unter so unaussprechlicher Entlastung und Erlösung: Jedenfalls keine Verstoßung! Mindestens diese war abgewandt! Er saß inzwischen am Schreibtisch über Akten, die Butschinski ihm vorlegte. Da war auch das Dankesschreiben des Wassilij Schuiskij für die Einladung. Er überflog die Zeilen und sah, der Verbrecher werde mit dem Gros seiner Verschwörer sein Gast sein.

Und währenddessen besprach sich dieser mit Kurawkin und faßte zusammen: »Noch einmal also wagt sich der Schuiskij daran. Du wirst eine Torwacht haben, dich dem Zaren tüchtig erweisen, er wird dir den Kreml abermals anvertraun – für die entscheidende Stunde, und dann gibst du mir die Bahn frei. Man wird alle Kerker öffnen. Halsabschneider voran! Parole: Tod den Polen, sie töten den Zaren! Sturmglocken über der Stadt, erst im Kreml die Gegenparole: Der Schurke mit seinen Polen will *uns* an den Hals! Der Palast wird unverteidigt sein, dafür laß mich sorgen! Weiteres kümmert dich nicht. Wiederhole!«

Tage kamen und gingen. Der Sienese rannte Tag und Nacht umher, besuchte die Marställe und suchte die schönsten Schimmel, Rappen und Füchse aus. Zwölf mal vier mußten es sein. Man holte ihm in den weiten Wagen- und Schlittenremisen aus riesigen Truhen die prächtigsten Zaumzeuge und Schabracken vor. Umberto schickte auch zu den Fuhrleuten herum und ließ sie zu einer großen, leeren Scheune vor der Stadt, in der seine Leute Versatzstücke sägten, hämmerten oder anstrichen, ein gutes Dutzend Tafelwagen zusammenführen. Wagner rief er zusammen, die die Wagen zu überholen und umzugestalten hatten. Malgesellen bespannten und behängten sie mit allerlei Farbtuch. Er ließ in Gewandschneidereien Kostüme fertigen, närrische für die Ausschreier und seriöse für die heroischen Figuren des Zuges. Schmiede schafften an Essen und formten antike Helme oder bastelten an Panzerteilen aus den Zeughäusern herum.

Maryna aber siedelte in den Palast zu Dimitrij über. Es geschah nach Anbruch der Nacht. Einen Flügel mit zwei Stockwerken hatte er für sie und ihren Hofstaat eingerichtet. Als sie in der Stuhlsänfte durch ein Ehrenspalier von Hofbojaren und durch Fackelreihen herangetragen wurde und ihr Hof, Damen und Herren, zu Fuß ihr folgte, empfing Dimitrij sie vor dem Hauptportal mit stummer Verneigung, reichte ihr beim Aussteigen die Hand und führte sie über die Stufen hinein. Wie klopfte ihr Herz! Bang wartete sie auf ein gutes Wort, doch förmlich, steif und ernst übergab er ihr die Fluchten und überließ es seinem Gefolge, alle Personen Zimmer an Zimmer unterzubringen. Rasch hatte er sich absentiert, doch immerhin, als er ging, versprochen, am nächsten Tage einzuschaun.

Maryna durchschritt ihre Räume zwischen Lakaien, die flackernde Kerzenleuchter hielten, und sah im ungewissen Licht genug, um zu staunen, wie alles so prächtig war. Doch es stöhnte in ihr: Was soll es mir noch? Verstört sind meine Sinne, zerstückt mein ganzes Herz!

Ihr Schlaf in der Nacht war von Elend schwer. Am nächsten Vormittag suchte nur Butschinski sie auf. Der berichtete hernach dem Zaren, Maryna durchmesse ruhelos ihre Etagen, lobe alles von den Vorhängen bis zum Geschirr auf den Borden, von den Teppichen und Öfen bis zu den französischen Wandgobelins und der Pracht der geschnitzten Balkendecke, auch die Zimmer ihrer Damen besichtige sie, doch alles das sei nur ein Warten auf den Besuch Seiner Majestät. Dimitrij ließ ihr bestellen, er werde durch Geschäfte immer wieder aufgehalten. Arme Maryna! Er kam weder den zweiten noch den dritten Tag. Da schrumpfte ihr Herz vor Kummer ganz zusammen. Nur der Zorn frischte sie gelegentlich auf. Das also war die langersehnte Herrlichkeit! Verstoßen, im Käfig und abgetan! Mit stumpfen Augen stand sie an den Fenstern und blickte über die schimmernde Moskwa ins Weite. Dennoch mußte sie inzwischen Audienzen erteilen, huldigende Abordnungen empfangen. Sie mußte ihren Vater, der mit fast hundert Herren erschien, für eine Stunde mit Ragouts und Getränken bewirten. Es gab da ein gedrängtes Herumstehen und enttäuschtes, halblautes Gerede, daß der Zar eben doch nicht der willfährige Freund sei und man sich, was die Politik betreffe, die weite Reise habe ersparen können. Einmal nahm ihr Vater sie beiseite und vertraute ihr an, ihm mißfalle die Aufführung des Moskauer Pöbels mehr und mehr. Immer öfter woge das Volk durch die Straßen wie aufgerufen und bestellt und habe für alles, was nicht russisch sei, feindselige Blicke. Man vermisse mehr und mehr die Freude und jede festliche Beschwingtheit. Er, der Wojewode, werde nicht müde, die Landsleute zur äußersten Selbstdisziplin zu ermahnen. Kurz, Maryna werde noch einen schweren Stand haben.

Noch am selben Tage geschah unweit des Quartiers des Wojewoden, des Godunowschen Palais, ein neues Ärgernis. Polen und Litauer schwankten bei anbrechender Nacht Arm in Arm mit trunkenem Gesang die Straße hin, hier und da rempelten sie einen Moskowiter an, und es gab Schimpfereien. Da kam ihnen eine Karosse entgegen, gezogen von Schimmeln, von Fackelträgern umlaufen, und im Wagen saß eine vornehme Frau. Erst sperrten die Bezechten die Straße; dann verstand der Kutscher keinen Spaß, hieb mit der Peitsche darein und verwandelte Übermut in fluchende Wut. Sie rissen den Kutscher vom Pferd, die Dame rief die Trabanten und befahl, das ›Gesindel‹ auseinanderzujagen. So gab es Handgemenge, und zwei Kerle schwangen sich von links und rechts auf den Wagen und belästigten die schimpfende Bojarin. Passanten griffen ein, der Tumult nahm überhand, in der Keilerei unterlagen die Polen, einige zogen blank in der Not, der geflüchtete Kutscher kam wieder, schwang sich auf seinen Gaul und jagte mit dem rasselnden Gefährt davon. Da stieß ins Getümmel, das sich auf Mniszeks Quartier hin zurückzog, ein Schwarm von polnischen Kavalieren, die aus dem aus allen Fenstern festlich leuchtenden Hause brachen. Sie sprangen den bedrängten Landsleuten bei, die Moskowiter mußten vor ihren Degen weichen und zogen sich in die Tiefe der nächtlichen Straße zurück, die Unruhestifter aber wurden barsch ins Palais befohlen, wo Mniszek in der Diele sofort das Verhör übernahm, nicht schlecht herumbrüllte und befahl, sie während der ganzen festlichen Zeit im Keller radikal ausnüchtern zu lassen. Als er am nächsten Vormittag mit einem Teil seiner Herren das Haus verließ und vor der Freitreppe aufsaß, war die ganze Straße voller Russen, deren Blicke fraßen. Wie wohlwollend er auch grüßte, die Ovationen blieben aus. Als die Herren davongeritten, vernahmen sie, wie es hinter ihnen aufheulte. Mniszek hielt seinen Rappen an, stützte die Fäuste auf die Schenkel, blickte finster auf den Sattelknauf und wartete, bis die Ritter um ihn waren, räusperte sich und ließ sich vernehmen: »Meine Herren, wir werden gut tun, unser Quartier gegen Übergriffe zu sichern. Dasselbe rate ich Seiner Majestät an. Es liegt was in der Luft. Wir sind gottlob bewaffnet, schwer bewaffnet, und der Zar ist Herr der Lage.«

»Weiß Gott«, begriff einer der Herren, »wir sind nicht mehr beliebt.«

»Zucht, Zucht, Zucht!« knirschte Mniszek, strich sich seinen Schnurrbart nach links und rechts zur Schulter und ritt wieder an. Ja, dachte wohl der und jener, Befestigung und Verschanzung aller Quartiere, es täte gut. Wo wir en masse liegen, ist keine Gefahr; doch die vielen Einzelquartiere, ob die nicht schließlich ungemütlich sind?

In der zurückgebliebenen Menge rief ein fetter Mann verzagt, fast weinerlich seinen Landsleuten zu: »Ihr Brüder, es geht nicht gut, es geht nicht gut. Unsre Zariza – eine Heidin ist sie. Ich und noch zwei, ihre Köche waren wir, doch was wir auch Gutes kochten, nichts war ihr recht, polnische Köche mußten heran. Was sollten die wohl kochen, Brüder? Lauter Verbotenes, ohne Rücksicht auf die Heiligen und ihre Tage, ach, diese Ungetauften! Die Zariza – wann endlich tauft man sie selbst?« Er fand viel Beifall, und Haß schrie auf.

Mniszek begab sich zum Zaren, berichtete und empfahl dreierlei: Verbot des Alkoholausschanks während der Festzeit, Waffenverbot für die Leute der Gäste und die Eingeborenen und eine besondere Sicherung des Kreml und des Zarenpalastes. Den ersten Vorschlag nahm Dimitrij ungern hin. Niemand sollte sich zu des Zaren und der Zariza Ehre besaufen dürfen? Wie unpopulär! Der zweite Rat schien ihm recht, der dritte befremdend: den Kreml sichern? Vor wem? So weit sei es noch lange nicht. Kolja saß bei diesem Gespräch am Fenster, wo er auf einer Laute zu Akkorden, die er suchte, leise summend eine Melodie fand. Er blickte auf und sagte: »Nicht auf den Zaren sind die Leute böse; aber ach, die liebe Eifersucht auf Väterchens Gunst und Liebe!« Dimitrij entschied: »Meinetwegen. Der Baumeister sichert seine Brücken mehrfach. Ich lege eine Hundertschaft Schützen in den Palast – oder auch zwei oder mehr. Das Kremltor wird zuverlässigen Leuten anvertraut. Ich bestimme sie noch.«

Inzwischen war Maryna nichts als Erwartung, legte sich mit Tränen zu Bett, schlief spät ein und wachte früh und traurig auf. Dimitrij in seinem Bereich ging verdrossen umher.

Am Morgen vor dem Tag der Trauung und Krönung meldete Butschinski dem eben Angekleideten, sechs Männer, angeblich aus der Gegend von Groß-Nowgorod und Pleskau, verdächtige Gesellen mit versteckten Messern, seien von der Wachmannschaft des Erlösertores nächtens verhaftet und ins Gefängnis bugsiert worden. Auf Befehl des Fürsten Kurawkin, der die Nachtwache gehabt, seien die Verhafteten peinlich verhört worden und zunächst dabei geblieben, als Gratulanten ihrer Possaden herbeigeeilt zu sein und von einem Waffenverbot – zumal im Kreml – nichts gewußt zu haben, doch einer habe schon bei der Daumenschraube gestanden, er sei gekommen, um mindestens die Zariza, die Heidin, niederzustoßen, irgendwie und irgendwo; die anderen fünf hätten es auf den Zaren abgesehen gehabt. Daraufhin habe Kurawkin die Folterungen verschärfen lassen – um der Namen der Hintermänner willen. Soviel habe er erreicht, daß die gesuchten Auftraggeber Moskauer seien. Kurawkin sei da, Meldung zu erstatten.

Er wurde gerufen. Dimitrij kannte ihn kaum, den schwarzbärtigen, blassen und feierlich ernsten Mann. Er hieß ihn berichten. Der Fürst tat das und fügte zum Schluß mit bedauernder Gebärde hinzu, die Gefolterten hätten über Nacht überraschenderweise Schluß gemacht. Zwei hätten sich erhängt, zwei habe man erdrosselt vorgefunden, und die letzten beiden lägen mit zerschnittenen Adern da.«

»Fürst, Fürst! Deine Folter war zu scharf! Sie haben einander aus Angst erwürgt.«

»Aus Angst, sie könnten neue Geständnisse machen, Majestät.«

»Hast du ihnen vorher die Geräte gezeigt?«

»Gewiß, Majestät.«

»Hast du die Geständnisse bei währender Tortur erhalten oder nachher?«

»Lange nachher noch, Majestät.«

»Und kein Protokoll geführt?«

Der Fürst nannte eine Reihe von Zeugen.

»Und sie haben nichts widerrufen? Wenn sie nun wirklich Gratulanten gewesen? – Wie foltert man hier?«

»Mit Peitschungen begann es. Nach der Vorschrift.«

»Bei ausgespanntem Körper?«

Kurawkin bejahte, erwähnte dann Schrauben und spanische Stiefel, Recken und Wippen des Körpers am Seil und Achselbrände.

Ja, es sei scheußlich, ihm selber habe das Herz gezappelt, doch die hätten einander nicht ohne Grund das Maul gestopft im Selbstgericht. »Gott gnade ihren Seelen!«

Dimitrij ging umher. Ihm fiel ein, er brauche zuverlässige Offiziere am Kremltor, und erteilte Kurawkin für zwei Nächte der Festwoche den Auftrag. Der Fürst verneigte sich feierlich und ging. –

Meister Umberto hatte jetzt das Gröbste geschafft; so gönnte er sich wieder abendlich stille Stunden in seinem Atelier und arbeitete weiter an seinem Bilde: Kaiser Hadrian trauernd an der Leiche seines Antinous.

Es pochte, er erhob sich vom Sitz vor der Staffelei und ging öffnen. Da stand nicht der erwartete Aljoscha, sein Modell, da stand Basmanow, des Zaren Freund. Der Maler, aufs höchste verwundert und beglückt, bat ihn dienernd herein, Basmanow bat für den Überfall um Verzeihung. Er habe Umbertos Wohnung vom Fürsten Odojewskij erfahren und wünsche den Meister bei seiner Arbeit zu sehen. Schon stand er betrachtend vor dem fast fertigen Gemälde, desgleichen es in Italien mancherlei geben mochte, noch aber nicht in Rußland gab. Still begeistert versank er in die Betrachtung.

Der Meister begann zu erklären, nachdem Basmanow sich niedergelassen: Um die Schönheit sei es ein entsetzliches Geheimnis. Zur vollkommenen Schönheit werde Gott das Weltall am Ende der Zeiten erlösen. Er erzählte von Antinous, dem Schönen aus Claudiopolis in Bithynien, den bis zum Wahnsinn keusch verehrten Liebling und Reisegefährten des großen Hadrian, der da freiwillig unweit der Trümmerstadt Besa im heiligen Nil sich ertränkt habe, um durch seinen Opfertod des verehrten Kaisers Leben zu verlängern, wie er gewähnt. Welche Seelenschönheit zu der des Körpers! »Der Kaiser ließ ihn unter die Heroen versetzen, er baute ihm zu Ehren auf den Trümmern von Besa Antinoopolis, im Lande Bithynien zahlreiche Tempel, ordnete in Arkadien und anderwärts alljährliche Festspiele an. Sogar ein Sternbild erhielt seinen Namen. Durch dieses Kaisers schmerzlich-seliges Betreiben ward Antinous zum größten Gegenstand der damaligen Kunst. Eine Unmenge köstlichster Statuen und Büsten, Münzen und Gemmen verbreitete sich auf Erden, man betete das Ideal an, ausgestattet mit den Attributen gewisser Götter, des Dionysos, Hermes, Apollon, Asklepios. Ein Kolossalwerk steht noch heute im Vatikan, aufgefunden in Palestrina, allwo dereinst eine Hadriansvilla gestanden; eine andere hat man in des

Kaisers Haus zu Tivoli gefunden. O gefährlich, gefährlich – so viel Schönheit, o betörend, verzehrend, verkehrend wohl gar, und doch – heiliges Gleichnis und das letzte Mysterium des Himmels! Mamma mia, mamma mia ...«

Lautlos war inzwischen Aljoscha eingetreten und schaute betroffen auf Basmanow hin. Der fühlte sich von hinten angestarrt, wandte sich um, erblickte den Novizen, erkannte ihn sofort vom Bildnis her und erhob sich unwillkürlich: Da, der heidnische Antinous im christlichen Bußgewand! Ja, verwirrend!

Umberto stellte Aljoscha vor, und Basmanow dachte: Und dir, dir hätte sich dieser Odojewskij womöglich unzüchtig genähert? Er nahm sich zusammen, dankte dem Meister, verabschiedete sich und nahm die Einladung, bald wiederzukommen, mit schüchternem Lächeln an.

Er kam schon am nächsten Abend, aber Aljoscha blieb diesmal fern, er kam den dritten Abend und bewunderte zwei Stunden lang den daliegenden Jünglingskörper mit dem brünett melancholischen Antlitz, den dunklen, großen Augen, dem sanften Profil und reizvollen Mund. Basmanow fühlte zwei Stunden lang, wie sein Herz immer schwerer pochte, immer bänger warnte, wie Gift ihn durchprickelte, doch er lenkte sich gewaltsam auf die Arbeitsweise des Meisters ab und empfahl sich plötzlich. Er wußte, als er heimritt, nicht, was mit ihm werden, wo es hinausgehen sollte, nur eines wußte er: Er würde immer wiederkehren, kranken und sich verzehren. –

Am Abend vor der Hochzeit erhielt Dimitrij den letzten flehentlichen Brief Marynas. Sie bat um ein paar Worte unter vier Augen. Er schrieb lakonisch, doch tröstlich zurück, sie solle sich fassen, es werde alles wieder gut. Wer sein Leben erhalten wolle, verliere es, wer's verliere, der finde es. Da antwortete sie mit diesem Billett: »Dir unterwirft sich mit Leib und Seele Maryna.«

In der Frühe wachte er vom Donner der Salutschüsse auf, nahm sein Bad, ließ sich über Marfas Zustand berichten, besprach beim Ankleiden mit Butschinski die Reihenfolge der huldigenden Gruppen nach dem kirchlichen Akt bis zum Festbankett und dachte daran, daß sich jetzt auch Maryna in die einst so begehrten, ihr jetzt so fremden Gewänder einmauern lasse. Ein großes Geläut begann. Der große Tag war da.

Maryna murrte nicht mehr, mochte aber auch nicht in den Spiegel schauen, als sie ihre Verwandlung in die ›Barbarin‹ erlitt – unweit der pompösen Gräfin Dombrowska, die da in ihrer Pariser Robe stand und die Ankleiderinnen kommandierte. Unter dem funkelnden Kopfputz war keine Frisur mehr sichtbar, ein Stellchen auf dem Scheitel nur blieb für die Krone frei. Hoch über dem Busen ward das steife Prunkgewand gegürtet, das sie zur ›Tonne‹ machte, des Muster nach Asien und dem Orient schrien; zentnerschwer hing das alles ja wohl an ihren Schultern. Doch was wollte das noch besagen! O Hoffen und Bangen! Xenja, gottlob, hatte Profeß getan.

Im Kloster half man auch Marfa in ihr schwarzes Habit.

Sie stand gekrümmt, stumpfsinnig und murmelte: »Alles Verhängnis muß sich erfüllen.«

Wieder dröhnte draußen Kanonendonner, und nun war es soweit, daß Maryna in den großen Empfangssaal hinaustrat. Da war ihr Hof versammelt unter der Regie des Kammerherrn Osmulski. Dieser trat vor, beugte sein Knie, stand wieder auf und drechselte eine Preisrede. Als sie weiterschritt, stand alles gebeugt. Der Kanonendonner ging fort. Es läutete auch wieder. Sie dachte daran, daß in der letzten Nacht alle Moskauer Kirchen zu unaufhörlichen Bittgebeten für den Zaren und die neue Zariza geöffnet und voller Wachen und Beten gewesen. Drei Pagen trugen Marynas lange Hermelinschleppe nach. Als sie in den Thronsaal trat, stand vor dem Thron Dimitrij im prunkvollsten, vor Perlen gleichsam brennenden Kaftan, eine hohe Pelzhaube unter dem Arm, von vielen überaus stattlichen und würdigen Herren flankiert. Er verzog keine Miene, trat nur vor, reichte ihr die Hand zum Kuß, stellte sich ihr dann zur Rechten, nahm sie wortlos bei der Hand und führte sie durch die Menge der Hofleute hinaus und Stufe um Stufe die breite Stiege hinab. Unten in der Diele standen die übrigen Großen Israels und verneigten sich tief. Das Paar schritt hindurch und trat ins Freie hinaus, in den Frühsonnenschein. Da füllten Kopf bei Kopf viele Tausende die Weite des Platzes. Andächtiges Raunen weit und breit, Verneigungen, Gebete und Bekreuzigungen. Das Brautpaar schritt durch das abschirmende Spalier der rotberockten Strelitzen auf rotem Läufer zur Granowitaja hinüber, stieg die berühmte Freitreppe halb hinauf, wandte sich um, begrüßte die Volksmasse, stieg wieder hinab und begab sich, während die Kanonen donnerten und die Glocken dröhnten, sangen und jubilierten, den kurzen Weg zur zarischen Hauskirche hinüber, die da vieltürmig, weiß und freundlich leuchtete.

Im Portal empfingen das Paar Bischöfe und Priester. Der Patriarch stand in des Heiligtums Vorraum und segnete Braut und Bräutigam. Dreimal bekreuzigte seine Rechte den Zaren und die Zariza und übergab dann jedem seine Kerze. Zu beiden Seiten sandte ein Wechselchor aus kostbaren Lektionarien Gebete für den Knecht Gottes Dimitrij und die Magd Gottes Maryna zum Himmel hinauf unter Erwähnung vieler beispielhafter Namen aus dem alten, dem früheren Israel. Sie zogen ein. Da gewahrte Maryna vorn in der vordersten Reihe die schwarze, zur Bilderwand abgekehrte Gestalt der Marfa und schaute leicht erschrocken seitwärts zum Profil ihres Bräutigams empor. Doch darin regte sich nichts.

Ein Kleriker trat mit einem Kissen heran, auf dem zwei

Trauringe ruhten, ein goldener und ein silberner, und Oheim Nagoj fiel die Aufgabe des Ringwechsels zu. Dreimal im Wechsel steckte er den goldenen und silbernen Ring an die Jünglings- und Mädchenhand hin und her; und wieder erschollen dazu Gebete von links und rechts mit der Erwähnung von mancherlei Ringen in der heiligen Geschichte des Alten und Neuen Testaments. Dimitrij wurde dann der goldene, Marynas der silberne Ring. Jetzt wandte sich der Patriarch, wandten sich alle Geistlichen und zogen mit dem verlobten Paar durch die Kirche; sie zogen ihm voraus zum Ikonostas hin, Fürst Mstislawskij und Fürst Dimitrij Schuiskij stützten Zar und Zariza unter den Armen, und Chöre sangen: »Dein Weib wird sein wie ein fruchtbarer Weinstock drinnen in deinem Hause, deine Kinder wie Ölzweige um deinen Tisch her. Siehe, also wird gesegnet der Mann, der den Herrn fürchtet. Der Herr wird dich segnen aus Zion, daß du sehest das Glück Jerusalems dein Leben lang und sehest deiner Kinder Kinder. Friede über Israel!«

Und Marfa stand regungslos, starrte wohl durch die Bilderwand hindurch in nichts als drohende Finsternis und flüsterte: »Alles Verhängnis muß sich vollenden ...«

Des Paares ineinandergefügte Hände wurden mit dem Schleier verbunden und wieder befreit. Gebet über Gebet stieg auf. Und dann krönte Patriarch Ignatij das Paar. Hohe Priester hielten je eine Trauungskrone wechselnd über des Paares Häupter, und der Patriarch verkündete dabei den Trauungsvollzug mit den Worten: »Gekrönt wird der Knecht Gottes Dimitrij für die Magd Gottes Maryna, gekrönt die Magd Gottes Maryna für den Knecht Gottes Dimitrij, im Namen des Vaters, des Sohnes und des Heiligen Geistes.« Dreimal schlug er dann über beiden das Kreuz: »Herr, unser Gott, mit Ruhm und Ehre kröne sie!«

Da sang der Chor: »Denn du überschüttest sie mit gutem Segen, du setzest eine goldene Krone auf ihr Haupt. Sie bitten Leben von dir, so gibst du ihnen langes Leben immer und ewiglich. Sie haben große Ehre an deiner Hilfe; du legst Lob und Schmuck auf sie. Denn du setzest sie zum Segen ewiglich, du erfreuest sie mit Freude vor deinem Angesicht.« Und Marfa stand und flüsterte: »Alles Verhängnis muß sich erfüllen.«

Und ein Bischof zur Linken las eine Epistel, derzufolge man einander sollte untertan sein und der Mann des Weibes Haupt – gleichwie Christus das Haupt der Gemeinde. Ein Bischof aber zur Rechten verlas die Geschichte der Hochzeit zu Kana. Dann, nach neuen Gebeten und dem heiligen Vaterunser, segnete der hohe Kopulator die gemeinsamen Becher, die man nun dreimal Mann und Frau hin und her wechselnd an die Lippen setzte, und danach zog der Hochzeitszug dreimal um das Evangelienpult herum, wobei wieder Bräutigam und Braut von den beiden Fürsten gestützt wurden, und die Chöre frohlockten und beschworen dabei die Seelen der Märtyrer; aber links und rechts hinter dem hohen Paar gingen Schritt vor Schritt je ein Fürst Nagoj mit und hielten die Trauungskronen schwebend über des Bräutigams und der Braut Scheitel. Marfa stand gebückt, auf ihren schwarzen Stock gestützt und nickte vor sich hin.

Endlich war alles vorüber. Die Kronen schwebten nicht mehr. Maryna und Dimitrij küßten einander nach der Vorschrift dreimal, mit kalten, steifen, toten Lippen. Das Paar zog mit seinem geistlichen und weltlichen Gefolge zur Kirche hinaus in den strahlenden Maientag. Da stand betend viel Menschheit. Maryna und Dimitrij, sie sahen weder rechts noch links, nahmen nichts als ihrer Herzen Elend wahr, weniger noch, jeder nur das Elend des eigenen Herzens, und daß da Marfa hinter ihnen herschritt, die Hexe, unter den anderen. Dann begann wieder das Volk zu lärmen, zu jubeln, zu jauchzen. Als man im sich feierlich verlängernden und anschwellenden Zuge zur Uspenskij-Kathedrale, der Krönungskirche, hinüberschritt, da läuteten wieder die Kirchenglocken mit Macht, da nahmen ihr Geläut alle Glocken der Nachbarschaft auf und deren Chor wiederum die tausend und aber tausend Glocken der weitgedehnten Stadt.

Inzwischen hatte im Altarraum der Uspenskij-Kathedrale die Proskomidie stattgefunden, waren links vom Altar hinter der Bilderwand die Abendmahlselemente feierlich zubereitet worden, umstanden den Altar in der Mitte hohe Kleriker in großer Zahl und beteten für das Kaiserpaar und seine Anverwandten.

Draußen schritt dem Zuge voran, hinter heiligen Bannern, der Patriarch. Er trug das funkelnde Kreuz. Ihm zur Seite rechts und links wallte je ein Diakon mit einer Weihwasserschale. Die tauchten Büschel ein und besprengten den Weg. Die hohen Kleriker, voran der Moskauer Erzbischof, folgten, und ihnen wieder wurde die neue Krone, Marynas Zarinnenkrone, auf rotem Kissen nachgetragen, danach in einer Reihe auf mehreren Kissen die Herrscherkrone, die Dimitrij schon besaß, sein Krönungsmantel, Reichsapfel und Zepter, die alle schon sein geworden.

Nun trat die Spitze des Zuges in die weit geöffnete Kirche ein. Kleriker standen im Vorraum bereit und ehrten die einziehenden Insignien durch Beräucherung aus schwingenden Schalen und durch Besprengung. Weiter wallte die Prozession voran, um die beiden goldenen Thronsitze herum, um die vier Pagen, die an gedrehten Schäften den Baldachin darüberhielten, und auf die Bilderwand zu. Zwischen Doppelthron und Bilderwand standen auf dem um drei Stufen erhöhten Boden silberne Hocker. Auf diese legte man die Kissen mit den Regalien nieder. Der Patriarch, der Erzbischof und ein Metropolit blieben in der Vorhalle zurück. Als dort das Herrscherpaar erschien, hielt der Patriarch ihm das Kreuz zum Kusse entgegen, segnete es der Erzbischof mit Weihwasser, sprach der Metropolit es mit feierlicher Begrüßungsformel an. Danach geleiteten diese drei es durch das Bojarenspalier der überfüllten Kirche bis vor das Königstor der Ikonostasis. Zar und Zariza wurden im Schreiten gestützt. Dort hatten sie die heiligen Bilder zu küssen, den Gottessohn, die Gottesmutter, den heiligen Nikolaj. Maryna wollte es gut machen, hob sich auf die Zehenspitzen und küßte Christus, Maria und den Heiligen auf den Mund. Die Gemeinde, in der es diesmal aus gutem Grunde nur wenig Polen gab, paßte wohl auf und sah mit Entsetzen Marynas Untat: Sie hatte statt der Füße Christi und der Hände Mariens beide – genau wie den heiligen Nikolaij – auf den Mund geküßt! Nur bei diesem war das recht, bei den anderen eine Vermessenheit! Da seht die Heidin! Habt ihr die Heidin gesehn?

Endlich nahm das Paar unter dem Baldachin auf seinen goldenen Thronen Platz. Schuiskij und Mstislawskij brachten je einen Fußschemel für Dimitrij und Maryna herbei, und die Geistlichkeit füllte vor ihnen die erhabene Fläche rechts und links der Königlichen Tür. Herrlich sang nun der doppelte Chor sich zu: »Jauchzet dem Herrn alle Welt! Dienet dem Herrn mit Freuden! Kommt vor sein Angesicht mit Frohlocken! Erkennet, daß der Herr Gott ist! Er hat uns gemacht – und nicht wir selbst – zu seinem Volk und zu Schafen seiner Weide. Gehet zu dem Tor ein mit Danken, zu seinen Vorhöfen mit Loben! Danket ihm, lobsinget seinem Namen! Denn der Herr ist freundlich, und seine Gnade währet ewig und seine Wahrheit für und für.«

In der Gemeinde aber die beiden polnischen Gesandten flüsterten miteinander zum Ärgernis ihrer Umgebung. Und was sie sagten! »Vom ärmsten Schlachziz dürfte König Sigismund nicht zu fordern wagen, daß er ihm den Schemel bringe, wie das hier Fürsten tun, diese Elenden.« Viele schauten auf Marfa: Warum nickt Mutter Marfa immer so vor sich hin? Schaut sie ins Künftige? Wird ihr das Ferne nah? Marfas Lippen regten sich nicht, nur ihre Augen wurden greller und größer. Er ist sich selbst verhängt – wie uns! dachte sie, und muß sein Los vollenden – wie wir. O du mein lieber Antichrist!

Nun trat der Patriarch an den Ambon in die Nähe des Paares und sprach in die Stille hinein nach des Gesanges Verklingen: »Gottesfürchtigster, großer Herr, unser Kaiser, Selbstherrscher ganz Rußlands, Großfürst von Moskau, Zar vieler Völker im Reich, Dimitrij Iwanowitsch! Da nach dem Wohlgefallen Gottes unter der Mitwirkung des Heiligen und Allesheiligenden Geistes und nach Eurer Majestät Geruhen in dieser altehrwürdigen Krönungskathedrale jetzt die Krönung und heilige Myrrhensalbung Ihrer Majestät, Eurer Gemahlin, soll vollzogen werden, wie es an Eurer Majestät bereits vor Monden geschehen, so wolle Eure Majestät nach dem uralten Brauch Eurer gottgekrönten Vorfahren geruhen, das orthodoxe Glaubensbekenntnis mit Eurer Majestät Gemahlin, Ihrer Majestät, unsrer erhabenen Gebieterin, abzulegen, allen Untertanen recht vernehmlich. Wie glaubt mit Eurer Majestät die Kaiserin von Rußland?«

Hierauf überreichte ein Protodiakon ehrerbietigst dem hohen Paar ein in Gold schimmerndes und von Edelsteinen funkelndes Buch. Das Paar erhob sich, nahm es, stand und verlas laut und gemeinsam das Nizänische Glaubensbekenntnis. (Da! dachte Maryna, als sie an die betreffende Stelle kam, das berühmte filioque fehlt!)

Der Patriarch beschloß das Bekenntnis der beiden mit dem Segenswort: »Die Gnade des Heiligen Geistes sei mit euch. Amen.« Und der gesamte Klerus murmelte: »Amen.«

Nun rief der Erzbischof den Patriarchen an: »Segne, Gebieter!« Und der Patriarch segnete und sprach: »Gepriesen sei das Reich des Vaters und des Sohnes und des Heiligen Geistes jetzt und in Ewigkeit!«

Folgten lange Friedensgebete, deren Bitten jeweilig vom Bittruf der Chöre, dem »Herr erbarme dich«, unterbrochen wurden, lauter Bitten für Kaiser und Reich, für die Kaiserin und ihre Nachkommenschaft, und daß die nun folgende Krönung gesegnet sei. Auch gab es lange Schriftlesungen aus Altem und Neuem Bund, und Dimitrijs Gedanken wanderten ab: Ssawiecki wird bald daheim sein. Bettelte mich noch an, es ganz behutsam treiben zu dürfen – wie seine Brüder, die da im Volk von Peking als Mandarine, am Hof des Himmelsohnes als Astrologen berühmt und unentbehrlich seien, bei den Indianern zu Häuptlingen würden und so weiter. Auch Pomaski hat sich Haar und Bart wachsen lassen, trägt Popentracht. Auch du, Franz Pomaski, mußt in Kürze reisen und in Rom drei Dinge betreiben: Erstens, der Papst erwärme für meinen Kreuzzugsgedanken den römischen Kaiser und den polnischen Reichstag; er setze zweitens in Wien und Krakau meinen Kaisertitel durch; drittens für Rangoni den Kardinalsrang. Er warf einen Seitenblick auf Maryna. Wie sie leidet! dachte er. Beiden ist uns die Wonne unseres größten Tages verhagelt.

Marynas bange Augen kamen von Marfa nicht los. Wünscht die wahnsinnige Parze jetzt alles Unheil auf uns herab? So fragte sie sich, um dann wieder ihre Verzagtheit Verbrechen zu schelten. Und sie beschwor unablässig ihre totale Unterwerfung im Heiligen und Profanen für Zeit und Ewigkeit, während die vielstimmigen Chöre dröhnten oder zirpten. Hörte Dimitrij ihres Herzens Stimme oder hörte er sie nicht?

Da trug man auf zwei Kissen den kaiserlichen Purpur heran, das Paar erhob sich, und Dimitrij wurde bekleidet. Man brachte auf weiteren Kissen Reichsapfel und Zepter. Dimitrij setzte sich die Krone selbst auf, die ja schon sein war, nahm die Insignien zur Hand und stand wartend. Man trug auf einem Kissen auch Marynas Krone herzu. Die zu

Krönende kniete aufs Polster nieder. Man hängte ihr eine schwere Kette um, und der Chorgesang brach in Bittgebete aus – mit vielfachem »Herr, erbarme dich!«. Der Patriarch segnete Marynas gebeugten Scheitel; da beugten alle in der Kirche das Haupt. Dann gab Dimitrij Reichsapfel und Zepter ab, winkte den, der Marynas Krönchen bereithielt, heran, nahm sich die eigene Krone ab, berührte damit Marynas Krone und Haupt, bekrönte erst wieder sich selbst, langte nach dem Krönchen und krönte seine Zariza. Dies erlebte sie nun doch so verwirrt, fast taumelig, so von Schauern durchrieselt, daß sie die feierlichen Worte des Patriarchen nicht mehr vernahm. Es brauste und dröhnte in ihren Ohren, sie sah erst rot, dann schwarz, schwankte und fürchtete zu fallen. Endlich half man der Knienden auf. Sie wandte sich um und starrte Dimitrij an – mit einem so herzzerreißenden Flehen der Not, Angst und Liebe. Da wich und flutete es ihm vom Herzen, schmolz in ihm alles Vereiste und war dahin. Er vergab, vergab, liebte wieder wie eh und je und lächelte sie an. Und wie er lächelte! Die böse Nacht war zu Ende. In Marynas Augen sprangen Tränen und perlten über die Wangen nieder. Der ganze Spuk – verflogen!

Es dauerte seine Zeit, bis Dimitrij wieder die Reichsinsignien an sich nahm. Nun rief der Patriarch »den gottesfürchtigsten, selbstherrschenden, großen Herrn« mit der ganzen Fülle und langen Reihe seiner Titel an und wünschte beiden Majestäten »viele Jahre, viele Jahre«. Da brach die Jubelhymne los, die Chöre überboten einander in Steigerungen: »Viele Jahre!« Und draußen ging wieder das große Läuten an, und man hörte die Kanonenschläge. Dreimal verbeugte sich das Herrscherpaar, einmal zu den Ikonen, einmal zur Gemeinde, einmal voreinander. Dann legte Dimitrij die Insignien auf die Kissen, nahm ein funkelndes Buch entgegen und las daraus mit Maryna laut und klar, Satz um Satz mit ihr wechselnd, ein ehrwürdig Gebet: »Herr unser Gott,

König der Könige ...« Sie baten in herrlichen Worten um alle königlichen Tugenden, wie sie einst König Salomo geziert, und um viel mehr noch, viel mehr. Die Glocken waren wieder verstummt, die Kanonen auch.

Da knickte Marfa schwankend zusammen. Eilig holte man einen Sitz herbei und ließ sie darauf nieder. Maryna sah den Vorfall mit Genugtuung, als sei die Kranke der Geist des Unheils gewesen, der endlich besiegt und entmachtet worden. Dimitrij blickte besorgt hinüber. Aber der Patriarch rief zum Allerheiligsten. Da gaben Herrscher und Herrscherin ihre Kronen ab, nahmen, von den Großen Israels rückwärts geführt und gestützt, ihre Throne ein, und die Messe begann. Währenddessen streiften die beiden einander immer wieder mit Trost- und Liebesblicken. Daunenleichte Seligkeit, jubelndes Flügelspreiten, heilig-ernstes Schwingen und Schweben und neue, kühne Gedanken, das alles waren sie nun. Sie merkten nicht, was vor sich ging, bis der Einzug mit dem Evangelium geschah und beide nacheinander das dargehaltene Evangelienbuch küßten. Als hinter der Bilderwand die Konsekration vollendet, rollten Diakone einen golddurchwirkten Teppich zur Königlichen Tür auf. Diese tat sich endlich auf, der Patriarch trat heraus und lud die Zarin zur Salbung ein. Maryna erhob sich und schritt nach vorn. Sie wußte: Diese Myrrhensalbung ist es, die ich jetzt statt der Taufe nehme, zugleich als Krönungssalbung. Klug hat's Ignatij eingerichtet, unser Patriarch. Sie stand in der Königlichen Pforte und hörte Ignatij sprechen: »Unsere gottesfürchtige Herrin, Gattin unseres Kaisers und Selbstherrschers von ganz Rußland« und so fort und so fort ... Ein Kissen lag zwischen ihr und dem Patriarchen. Sie kniete hin, der Patriarch tauchte den Salbzweig in eine Schale und salbte ihre Stirn, Augen, Nasenflügel, Mund, Ohr und Brust und beide Seiten der Hände und sagte mehrfach: »Siegel der Gabe des Heiligen Geistes.« Sie erhob sich. Ein Metropolit trat heran und betupfte mit besticktem Tuch die benetzten Stellen. Und wieder erschollen die Glocken der Krönungskirche und vieler anderer Kirchen weit und breit, abermals dröhnten die dumpfen Kanonenschläge.

Als sie sich wandte, trat Dimitrij gerade hinter sie. Dann standen sie beide im Bogen der Königlichen Pforte, er rechts, sie links, empfingen aus dem Kelch mit dem Löffel das Brot im Wein und traten dann einen Schritt zurück. Zwei Diakone reichten Brot zum Nachessen, Weinwasser zum Nachtrunk. Das Paar wich rückwärts zu den Thronen zurück. Der Patriarch dankte zum Altar hin für die Gabe der Kommunion, kam, trat vor das Paar und reichte ihm das goldene Kreuz zum Kusse hin. Endlich setzte Dimitrij sich und Maryna die Kronen wieder auf, nahm die Regalien, wandte sich um und schritt mit seiner Zariza durch den Mittelgang dem offenen Ausgang der Kirche zu, während die Glocken gewaltig, übergewaltig hereindröhnten und sangen, die Kanonen donnerten und die Kirchenchöre vielstimmig hinterherjubelten: »Viele Jahre, viele Jahre!«

Sie traten hinaus, Kaiser und Kaiserin, standen vor dem Portal und verneigten sich vor dem aufschreienden Volk. Das hatte eine Gasse frei lassen müssen. Es jubelte, weinte und gebärdete sich wie toll. Dann schritten sie voran, Beamte versäten mit großem Schwung in die Menge Münzen; Geistlichkeit und Adel, Vertreter der Kaufmannschaft und des Polentums folgten. Zur Erzengelkathedrale ging es hinüber, zur Gräberkirche, ans Grab des Schrecklichen. Da blieb die Menge draußen. Ein Priester trat aus der Kirche mit einem Kissen und hielt es Dimitrij hin, der legte Zepter und Reichsapfel darauf ab. Plötzlich stand zwischen ihm und Maryna finsteren Gesichts, aber mit funkelnden Augen Marfa und streckte beiden gebieterisch ihre Hände entgegen. »Hier führe ich euch!« knurrte sie. Maryna erschrak, Dimitrij entschied sich rasch, der Kranken zu Willen zu sein. Volk und

Festgenossenschaft würden es günstig deuten, wenn Marfa Sohn und Schwiegertochter zu den verehrten Gräbern der Rjuriks geleitete. Und so geschah es. Zu dritt zogen sie ein, Hand in Hand, Marfa in der Mitte. Alles Gefolge blieb zurück außer den Anverwandten des Herrscherpaares. Endlich konnte Dimitrij die Bilderwand am Kopfende des dreifachen Sarkophags begrüßen, küßte er niedergebeugt den Sarkophag, umkreiste er mit Marfa und seiner Gattin feierlich unter Verneigungen das Kircheninnere und grüßte Gräber und Reliquien. Als sie wieder in die Pforte und ins Sonnenlicht traten, gab Marfa sie frei und sprach: »Habt euer Schicksal, führt es über Rußland herauf. Alles Verhängnis muß sich vollenden.« Rasch war sie wie ein böser Schatten im Gedränge, das rechts und links an der Pforte wartete, versunken. Das gekrönte Paar schritt in den Jubel der Menschenmassen hinein.

Wir träumen, wir träumen, wir träumen! dachten sie, als sie sich vor einer langen Festprozession durch die Menschengasse zur Granowitaja begaben. »Um uns – die Himmelfahrtswolke!« sagte Maryna, bevor sie sich mit Dimitrij oben auf der breiten Steintreppe zum Volk zurück verneigte. Betäubung und Verzückung! dachte auch er, als sie nachher vor vielerlei Gefolgschaft unter den mit bunten, frommen Fresken bedeckten Wölbungen im Festsaal der Granowitaja standen, stundenlang die gratulierenden Deputationen der Länder und Städte, der Grundherren und Klöster, der Faktoreien und Regimenter, der Hofbeamtenschaft und fremde Gesandte empfingen. Sie alle kamen von links um den mächtigen Mittelpfeiler daher und traten rechts dahinter ab. Das gefeierte Paar bedachte schon längst nicht mehr, es könne hier auch andere als anbetende Empfindungen geben. Aber hier und da bedachte man noch Marynas Küsse auf die Lippen des Gottessohnes und der Gottesgebärerin oder diskutierte über die Frage, wie man dazu gekommen, die Heidin nun doch nicht zu taufen, und dergleichen mehr. Ferner wollte man auch diesmal ein übles Betragen der Polen festgestellt haben; man erwähnte dies und das.

Endlich waren die Stunden des Festmahls da. Die Stunden schrumpften dem glücklichen Paar zu Minuten ein. Trompeten riefen mit lustigen Fanfaren. Denn längst stand unweit des neuen Palastes der hölzerne Turmbau, auf dem Trompeter und Pauker ihr lustiges Werk begannen. Fast ununterbrochen trompetete und posaunte, trommelte und dröhnte es da oben von nun an, denn der Musikkapellen waren zwei, und sie lösten einander ab. Das Herrscherpaar zog mit allen Geladenen in festlicher Prozession zum neuen Palast hinüber. Dort begann das Bankett.

Nun aber sollte auch das Volk seine Freude haben. Von Ausrufern eingeladen, hatte sich ein großes Gewimmel mit lärmender Ausgelassenheit auf den Roten Platz begeben. Die zwei Fürsten Nagoj nahmen an des Zaren Statt mit anderen Herren ihre Stehplätze auf der Estrade ein.

Trompetengeschmetter. Im Erlösertor erschien die Spitze des Festzugs. Der Trionfo nahm seinen Weg durch die breite Gasse der Menschenmauern, die die ganze Weite des Platzes umlief. Zahllose Strelitzen hielten sie mit sperrenden Hellebarden offen.

Staunend sah man auf einem ersten, blumenumwundenen Wagen einen bärtigen Riesen aus Fleisch und Bein die Weltkugel auf dem Nacken tragen. Er war halbnackt, seine Hände griffen über ihm in das Sphärennetz, das die Kugel umgab. Den vier Pferden des Wagens schritten posaunende Herolde voran. Die Pferde, abwechselnd Schimmel und Rappen, stellten Tage und Nächte dar und wurden links von roten Teufeln mit Fledermausflügeln, rechts von weißen Engeln mit silbernen Schwingen geführt. Zu beiden Seiten des Gefährts sprangen Ausrufer im Narrenkleid einher und verkündeten mit Geschrei: »Der Weltriese Atlas zwischen den

Mächten des Lichts und der Finsternis, des Himmels und der Hölle.«

Ein zweiter Wagen mit braunen Gespannen führte Vater Noah heran. Groß überragte er die bis zu seinem Nabel reichende Arche vor ihm und trug eine lebendige Taube auf der Hand, die einen Ölzweig im Schnabel hielt. Ein buntgemalter Regenbogen wölbte sich vom vorderen Rand des Wagens über ihn weg bis hinten. Zur Rechten sah man die Familie Noah wandern, zur Linken trotteten an Leinen ein Bärenpaar, ein Rinder- und Schweinepaar mit und eine Ziege mit ihrem Bock. Ausschreier taten auch hier die Bedeutung des Bildes kund.

Auf dem dritten Wagen war Abraham mit erhobenem Messer dabei, seinen Sohn zu schlachten, der vor ihm auf einem Feldsteinaltar lag. Diesen Wagen geleitete, wie man sah und hörte, rechts Sarah, Isaak und Rebekka, Esau mit der Linsenschüssel, Jakob mit einer vergoldeten Leiter auf der Schulter und der Großbojar Joseph im ägyptischen Kopftuch; links schritt der König Melchisedek dahin, dessen Purpurschleppe zwei Negerjungen trugen, und drei weibliche Gestalten folgten ihm: der Glaube mit einem Kirchenlicht, die Liebe, die ein großes rotes Herz vor sich hertrug, und der Gehorsam mit einem Kreuz auf der Schulter. Jeder begriff es, denn wie an allen Wagen waren auch hier Ausrufer am Werk.

Folgte hinter Schecken auf schwarzbehangenem Wagen Mose mit drohenden Brauen und funkelndem Blick und reckte wechselnd nach allen Richtungen hin die beiden Gesetzestafeln hoch, geleitet einerseits von Aron, dem Priester, und allerlei Propheten, andererseits, wie man erfuhr, von der Gottesfurcht und der Weisheit und den klassischen Tugenden. So mancher im Volk bekreuzigte sich fromm.

Dann aber konnte man gar König David bewundern, der, blondbärtig und ein Diadem im langwallenden Haupthaar, eine riesige Harfe schlug und einen seiner Psalmen erfand. Nebenher schritt finster, scheu sich verhüllend und groß, König Saul, auch ein Kriegsknecht, der auf seiner Pike das ungeheure Haupt des Goliath trug, und König Salomo, ein Modell seines Tempels im Arm, und andere Könige; auf der anderen Seite die sieben ritterlichen Künste, als da sind Fechtkunst, Reitkunst, Tanzkunst, Weidwerk und so weiter, alle mit ihren Attributen.

Folgerichtig fuhr nun, antik gepanzert, der Held der Helden, Alexander, heran mit herrlich nickendem Helmbusch, rundem Medusenschild und hochgerecktem Schwert, das wohl in die Weite über den Hellespont wies. Seinen lorbeerumwundenen Wagen eskortierten gefangene Perser, Ägypter und Inder rechts, und Homer, Sokrates und Platon, Archimedes, Hippokrates und andere links, auch Diogenes mit seiner Tonne unter dem Arm. Die Ausrufer nannten und priesen alle Namen.

Dann mit göttlich grüßender, segnend erhobener Rechten Kaiser Augustus in schimmernder Toga und lorbeergekrönt, seinerseits von Fortuna und Viktoria, zwei geflügelten Genien, gesegnet, deren Namen auf ihren Schärpen standen. Was neben ihm herzog, war einerseits die Heilige Familie auf der Flucht nach Ägypten, wobei Josef den Esel führte, auf dem Maria verhüllt mit dem Kinde saß, gefolgt von Putten, nämlich den Seelchen der getöteten und nun seligen Kinder von Bethlehem; andererseits schritten da hinter der Göttin Dea Roma mit seiner Ahnin Venus Julius Cäsar, dann Vergil, dieser als Musagetes, und paarweise die Musen mit ihren Attributen.

Nun folgte ein weißer, silbern beschlagener Wagen mit Kaiser Konstantin. Der große Kaiser kniete, ein Bischof entleerte über sein geneigtes Haupt die Taufschale. Dies Bild geleiteten Krieger, auf deren Rundschilden das Christogramm rot leuchtete. An der anderen Seite des Wagens schritten die

Kleriker des nizänischen Konzils, vor ihnen zwei Diakone, die auf entfalteter purpurner Pergamentrolle in goldenen Lettern das Nizänum wiesen.

Auch Kaiser Justinian und seine Theodora fehlten nicht. Sie thronten auf dem nächsten Wagen unter einem Baldachin, den der byzantinische Doppeladler krönte, und wurden links von den großen Juristen geleitet, denen man das corpus juris als ungeheures Buch voraustrug, rechts von einer Baumeisterschar mit Winkel, Zirkel, Kelle und dem Modell der Hagia Sophia.

Nun ging die Geschichte aufs russische Reich hinüber. Da standen auf dem nächsten Wagen nebeneinander (gekrönt, heilig und apostelgleich) Wladimir und die byzantinische Prinzessin Anna. Hinter ihnen wölbte sich das Stadttor von Kiew. Der Sagenheld Ilja Muromez zog zur Rechten einen gefangenen Mongolenkönig und, an diesen gekettet, auf Rädern einen dreiköpfigen Drachen hinter sich her; zur anderen Seite schritten hinter dem Doppeladler und griechischem Kreuz priesterliche und mönchische Missionare.

Auf dem elften Wagen nahte der zornmütige Iwan. Er stand in kniehoch aufquellenden Gewitterwolken aus bemaltem Holz und hielt in der hochgereckten Faust ein Bündel zackiger Blitze. Schwarzgekleidete Opritschniki mit Besen und Hundekopf auf Schilden gaben ihm das Geleit, ferner Gefangene des besiegten Kasan (dieses war mit einer Nachbildung der Kasaner Muttergottes angedeutet) und Bauleute mit dem Modell seiner krausen Dankeskirche »Zu Mariens Schutz und Fürbitte«.

Wie groß auch der Lärm um die letzten Wagen gewesen, so steigerte er sich – nicht ohne Anfeuerung durch die Strelitzen – endlich bis zur Ekstase, denn auf dem letzten Wagen machte Dimitrij selber das Dutzend voll. Es zog da hoch einher Iwan Sokolow in eleganter Haltung, die linke Hand leicht an die Hüfte gelegt. Im rechten Arm lag sein Helm. Er war mit Dimitrijs Brustpanzer bekleidet. Einen Fuß hatte er auf einen toten Drachen gesetzt. Alles erkannte ihn und schrie auf, einige bekreuzigten sich wie vor Spuk und Verblendung – der Ähnlichkeit halber. Wer aber geleitete seinen rot gedeckten Wagen? Einerseits, wie die Rufer kundtaten, schwarzbärtig der Kriegsgott Mars, überschwer gepanzert, behelmt und beschildet, dem an schwerer Eisenkette der mit gewaltigem Turban und Halbmond gekennzeichnete Türkensultan und dessen Bundesgenosse, der Khan der Krim, und andere Moslems folgten; auf der anderen Seite aber schritt anmutig Ceres dahin, Mutter Erde mit silbernem Füllhorn, aus welchem es von Früchten und Blumen quoll. Ihr folgten glückliche, freie, russische Bauern und trugen Garben und Sicheln, ein Ferkel, ein Lämmchen, einen Hahn.

Eine Strelitzenkolonne machte den Schluß. Das war der Festzug, desgleichen in Moskau noch nie gesehen. Er gefiel auch längst nicht allen.

Inzwischen saß man im Zarenpalast beim Bankett. Da ging die Musik im Getöse fast unter. Die Köpfe der vielen hundert Gäste an den langen Tafeln waren schon erhitzt. Überall Lärm und Lachen. Da man Russen und Polen in bunter Reihe gesetzt, gab es hier und da auch bald Zank. Man überbot einander in hochfahrenden Reden. »Der Papst?« fragte Bogdan Bjelskij, »der Kaiser? Hier ist jeder Pope Papst, uns regiert der Herrscher aller Herrscher. Das merkt euch!«

Kolja Kochelew, seines Amtes waltend, hatte von Tafel zu Tafel, von einer Gesprächsgruppe zur anderen herumzuflitzen und das Feuerwerk seiner Scherze anzuzünden und hochzulassen. Doch was hatte ihm Dimitrij eingeschärft? »Keine Zoten, Kolja! Trichtere ihnen Weisheit ein!« Er sah eine Gruppe in Hitze geraten; einer der Herren schwieg schon gefährlich, schnaufte und machte ein mörderisches Gesicht. »Fürst!« rief sein Gegenüber, »Ihr nehmt alles zu schwer.« Kochelew war zur Stelle und deklamierte:

»Warum verzeiht gekränkter Stolz so schwer?
Er nährt sich von der Menschen Lob, daher!
Sein Brot, sein Brot verteidigt er.«

Anderswo verspottete ein Hagerer seines Nachbarn Appetit und Fettleibigkeit. Die Bank, rief er, biege sich durch. Kolja legte seine Arme um beide:

»Ruhende Kraft (denkt ans Gewicht!),
auch sie ist Kraft, ist Unkraft nicht.«

Anderenorts prahlte ein Junker mit seinen Taten im verwichenen Krieg. Der Lustigmacher lehrte:

»Was steht noch größer vor der Welt
als Mut offenbaren, du großer Held?
Vor Riesen und Zwergen
Feigheit verbergen!«

Gelächter ringsum. »Strolch!« schrie der Angezapfte. »Trotz deiner Narrenfreiheit, du bist hier jedermann Achtung schuldig!«

»Auf Narrenachtung so erpicht?
Du achtest dich wohl selber nicht?

Ach, die ihr Ehre voneinander nehmt! Schon mancher verkaufte seine Ehre für ein Ehrenzeichen. Wer macht die Erde zur Hölle? Die Ehrenmänner sind's. Mag sie auch der Hölle als Paradies erscheinen.«

Der Angeredete erhob sich und holte mit der Hand aus:
»Komm her, Kleiner, hol dir eine!«
Kolja wich zurück. »Der Kleine fragt den Großen:

    Ist's fremde Schwäche, die Größe schafft?
    Das Große kommt aus eigner Kraft!

Kränkte ich dich? Wem der Kittel paßt, zieht ihn sich an. Alle Welt kränke ich hier! Ach, ach,

    viel Bittres richtet die Kränkung an.
    Aber das Bitterste dran?
    Das:
    Sie zwingt zum Haß.

Nun, nun, hassen soll mich hier niemand, ich fliehe weiter.«
Sie rühmten seinen Witz. Er solle bleiben.

    »Viel zuviel Worte! Gold nehm' ich gern,
    doch nicht in Kupfermünze, Ihr Herren!«

Lachend warf man ihm ein paar Dukaten zu, die er freudig auffing. Dimitrij sah das von fern und winkte ihn zu sich heran: »Sage mir auch etwas Gutes!«
Kolja stand vor ihm mit gespreizten Beinen, die Arme in die Hüften gestützt:

    »Auch dir? Mein Fleisch du und Blut,
    alles steht gut,
    steht dein Mut.
    Im Mut, der fällt,
    zerfällt die Welt.«

Der Zar gebot schmausend: »Noch eins, Freundchen, vom Mut!«

»Großmut in Demut (gleich wie im Beutel Geld),
das ist der schönste Mut der Welt!

Haltet sie beim Schwanz fest, die Demut, wenn sie euch beiden entwischen will:

Der größte Philosoph
ist auch am Kaiserhof
ein fromm und still zerrissen
Gewissen.«

»Viel zu ernst für diese Stunde, Kolja.«
»Die Zoten, die Zoten,
heut sind sie mir verboten.
Drum bin ich mit Geheule
Minervas Eule.«

»Etwas Heroisches!« rief Maryna.
»Gut, merkt's euch beide:

Wer ungezwungen sich selbst bezwingt,
wem ungedemütigt Demut gelingt,
ist wohl ein Held
aus der oberen Welt.

O mein Herr Bruder, willst du groß sein und dem Berge gleichen, so mußt du breit wurzeln, doch kleiner werden, immer kleiner, je näher du dem Himmel entgegensteigst. Auch der aufgehende Mond, nur als Anfänger scheint er groß, glüht er so prächtig und rot; fortgeschritten und in der Höhe ist er viel kleiner, glänzt aber lichter und verklärt die Nacht.«

»Gut. Darüber mach auch mal ein Sinngedicht. Schlecht aber kennst du jetzt unsre Verfassung. Kannst du Gedanken lesen?«

»Ich wette, ihr zwei glühenden Rosen fühltet euch vor zwei Stunden anders als jetzt, ihr standet in Reif und Frost. Da laßt euch für die Zukunft besprengen:

> Unschuldig gekränkt?
> Ist längst gesühnt!
> Kinder bedenkt,
> wie unverdient
> ihr mancherorten
> geliebet worden!

In der Eifersucht ist mehr Eigenliebe als Liebe, Mädchen. Kinder, liebet einander! Jeder Augenblick, an den Haß vergeudet, ist eine Ewigkeit, der Liebe entzogen.«

»Kolja, wird Rußland mich lieben?«

»Wie liebst du Rußland? Das entscheidet!

> Wer nie den Himmel auf Erden fand,
> find't nie im Himmel ein Vaterland.
> Und wer keins droben im Himmel hat,
> den macht auch keins auf Erden satt.«

»Wahr«, rief Maryna.

»Doch Wahrheit ist ein Fisch, der nur im nüchternen Wasser gedeiht, mein Täubchen. In nüchterner Prosa denn: Wahrheit suchen und finden, das ist noch nichts, aber wahr sein alles. Lüge und Verstellung sollte man recht spät erlernen. Nämlich, um sich mit dem mühsam erworbenen Schein der Ehrlichkeit dann um so wirksamer tarnen zu können.«

»Da lachst du allein. Du ziehst alles an den Haaren herbei, Dummkopf.«

Der angeheiterte Herr Mniszek rief: »Ehrlichkeit, sagt er? Worauf geht das? Du bist ein Schalk!« Er drohte mit dem Finger.

»Was dich betrifft«, so redete Kochelew ihn an, »du glückhaft pralles und rotes Schmauser- und Zechergesicht, du warst auch nicht immer so.«

»Wie denn, he?«

»Hast dir oft die trübe Melodie gepfiffen:

> Zu viel
> im Spiel,
> zu oft
> gehofft,
> macht blaß
> und bang
> und naß
> die Wang'
> und viel Gesichter lang.

Doch Glück oder Unglück, was sind sie? Prüfsteine unseres Wertes. Mit Stolz sei's vermeldet!«

Mniszek prahlte: »Mit Stolz! Meine Mißerfolge zähl' ich an den Fingern einer Hand her.«

»Oh, das ist schlimm, Kamerad.

> Unerfüllt Hoffen
> hält Augen offen.
> Satt zu sein,
> schläfert ein.

Doch recht, das paßt nicht zu dir, Väterchen, kriegst ja nie genug. Wohl aber dem, der sagen kann: Auf diesem meinem kleinsten Raum, mit meinem Schweiß und Blut erkämpft, tausch' ich mit dem nicht, der in seinen Traumnetzen die

Sterne einfängt. Freßt allesamt, daß euch das Maul schäumt! Ich mische keinem hier Wasser ins Weinlein.

> Wer eines Menschen Freude stört,
> der Mensch ist keiner Freude wert.«

Er machte seine Reverenz und ging weiter. Dimitrij hielt es für angezeigt, wieder einige Gäste zu ehren, ehe die Trunkenheit einsetze. Er schickte einen Pokal zu Wlassjew.

Alles erhob sich, als Wlassjew dastand und den Pokal gegen den Zaren hin nach ehrfürchtiger Verneigung leerte. Dimitrij rief: »Meinem Stellvertreter am Krakauer Altar, dem prokuratorischen Bräutigam!« Einen zweiten Pokal schickte er alsbald Taschtischew zu. Weswegen der wohl wieder brummt und mault? dachte er. Sitzt er zu tief unten? Als der Bojar den Kelch empfing, alles verstummte und mit ihm sich erhob, als er trank, absetzte und dann seine Verneigung machte, rief Dimitrij: »Ein Zeichen meiner Liebe, Taschtischew! Vergiß, vergiß! Für dich hab' ich Ehren und Würden bereit.« Einen dritten Zarenbecher mußte Dimitrij Schuiskij leeren auf die völlige und rasche Genesung seines bereits abwesenden Bruders Wassilij. So kamen der Großen viele daran, vor allem die, von denen der Zar sich wenig Gutes versah, auch der mächtige Stroganow, auch Morosow, der mit seinem ganzen Anhang erschienen war. Da gewahrte Dimitrij auch den Kaufmann Walnjew, einen stattlichen Mann.

Dazwischen sorgten bei der schier endlosen Folge der Gerichte und Getränke im Hin- und Herschwärmen der scharweise Bedienenden allerlei Gaukler unter Kochelews Kommando für artistische Unterhaltung. Da sprang auch ein Dutzend Zigeuner herein. Die braunen Gesellen tranken Spiritus, wie Kochelew kommentierte, zündeten sich den Rachen an und spien Feuer in Wolken wie Drachen. Andere Gaukler wirbelten als Schlangenmenschen und Radschläger herum; deren Kinder brachten es fertig, auf die Tafeln zu springen und eilends von Becher zu Becher zu treten, ohne etwas umzustoßen. Auch umherkugelnde Liliputaner und der Tanzbär blieben nicht aus. Dieser tanzte zum Tamburin seines buntbekittelten Herrn, bettelte von Gast zu Gast mit gespitztem Maul um Bissen und wurde satt. Zuletzt ließ eine Gruppe Mongolen zinnerne Teller auf Stöcken wirbeln und baute sich dabei zur Pyramide auf.

Als es zu dämmern begann, stellten Diener Kerzenleuchter auf die Tafeln. Doch nun erhob sich Dimitrij. Man bekreuzigte sich und stand gleichfalls dankbar rülpsend auf, um ein Stündchen in allerlei anliegenden Räumen umherzuplaudern und -zulärmen. Es gab selige Begegnungen schwankender Gestalten. Skopin-Schuiskij redete auf Basmanow ein, dieser stand mit verschränkten Armen. »Wo hast du die Gedanken, Pjotr?« Der Angeredete kam zu sich: »Beim Kaiser Hadrian, bei seinem Antinous. Das ist eine geheimnisschwere, hinreißende, aufregende Geschichte, Michail. Ich verehre Seiner Majestät übermorgen ein Bild: ›Hadrian an seines Antinous' Leiche‹. Komm mit, ich zeige dir's!« Inzwischen räumte ein Heer von Dienern ab und trug die Tafeln fort. Das Zarenpaar machte einen Rundgang von Raum zu Raum, sprach manchen an und forderte zu fleißigem Tanz auf. Jetzt wurden – gemäß des Zaren besonderer Verfügung – auch Marynas Hofdamen und der weibliche Anhang der großen Herren zugelassen und vom umherziehenden Herrscherpaar begrüßt. Sie verneigten sich – oder knicksten – tief und blieben dann schüchtern in zwei Gruppen beieinander. Und dann sah der Zar Morosow und Genossen zusammenstehn. Er trat auf sie zu, schlug freundschaftlich auf Schultern und sagte, er habe eine Überraschung für sie, der Lustigmacher werde sie führen. Damit winkte er Kochelew, vertraute ihm die Herren an, flüsterte ihm ins Ohr und ging mit Maryna weiter.

Die Gruppe folgte Kochelew unschlüssig und etwas verwundert. Höchst mißtrauisch wurde sie, als der Spaßmacher sie mit Gesang tiefer und tiefer bis in die Keller geleitete. Als sie Lust hatten zu retirieren, öffnete sich auf Koljas Anpochen eine Tür, hinter der nur einer Fackel Licht Gewölbe erhellte. Kochelew lud mit schwungvoller Armbewegung ein und sprang so heiter voran, daß sie folgten. Kaum waren sie drinnen, schlug die Tür irgendwie mit lautem Knall, der lange nachhallte, zu, und aus Nischen und hinter Mittelpfeilern traten rote Henker vor, die an jener einzigen Flamme im Hintergrund mit Ruhe ihre Fackeln zu entzünden begannen. Sie steckten die Brände in Wandringe, sahen die Verbiesterten an und grinsten. Diese sahen Streckbänke mit Winden, Seile, die als Flaschenzüge herabhingen, Holzblöcke, Schmiedeessen, allerlei Zangen darangelehnt und an den Wänden ein paar schwere Räder. Kochelew machte ein paar Sprünge und wies auf übriges hin, das in Mauerringen steckte – auf Zwingen, Geißeln, Beile, Ketten –, und bat heiter, sich alle Instrumente anzuschaun. Bisher liebe der Zar Musikgeräte, doch auch mit diesen da könne man musizieren, derart, daß die Hölle aufhorche und für ein Weilchen verstumme. »Doch nun – husch! Hinauf, Freunde! Fürchtet Gott und den Zaren, sonst nichts, trinkt Väterchens Wein, tanzt und springt! Trinkt auch auf des ach so kranken Fürsten Schuiskij Besonnenheit! Kommt!«

Sehr schweigsam ging es wieder hinauf. Oben begann gerade der Tanz. Die Musikkapelle spielte eine ernste, lasziv-feierliche Sarabande, den seriös-prächtigen Modetanz vom Madrider und Pariser Hof. Die Russen standen befremdet. Das Zarenpaar führte. Die feurige Courante danach tanzte Mniszek mit Dimitrij vor. Die Gavotte führten Vater Mniszek und Tochter an, dann tanzten Zariza, Wojewode und Zar mit den polnischen Gesandten. Die übrigen Polen begannen sich zu beteiligen. Die Russen, denen die Pas fremd waren, bekamen erst danach Gelegenheit und Mut, stampften und schwangen dann aber zum Geschrei ihrer Frauen die heimischen Tänze machtvoll und prächtig. Danach wieder hatten Dimitrij und Maryna, als sie wieder eine Sarabande schritten, beim Prozessieren und Neigen, beim Vor- und Wechselschritt und Tauschen nach links und rechts ein Gespräch:

»Wann tanzten wir das letzte Mal, Maryna?«

»In Ssambor.«

»Ich verabschiedete mich an der Hadespforte. Jetzt kann ich's verraten: Irgendeine Hoffnung hielt mich fest.«

»Wir gerieten in lauter Gotteswunder. Nun schwimmen wir herrlichen Ufern zu.«

»Maryna, damals ging's aus dem Tode ins Leben, sollte jetzt umgekehrt ... ?«

»Wie kommst du darauf? Weil's uns schier zu den Göttern hinaufreißt?«

Dimitrij lachte: »Du hast recht, sie fahren hernieder. Von solcher Kraft strotzte Simson, als er mit dem Eselskinnbacken ein Heer erschlug, in seinen Armen den Löwen erwürgte. Bei uns jetzt alles Recht!«

»Falsch! Wir stehn *über* dem Gesetz, sind keine Untertanen mehr.«

»Gut. Aber der Spuk versinkt. Auch die Polen rücken ab, Miechawiecki hat's zugesagt, schriftlich.«

Sie wechselten seitwärts.

»Und die um Schuiskij hab' ich alle an der Kehle, alle, bin allen auf den Hacken, sie geben es auf, werfen mich nicht mehr ab! In zwei Wochen greife ich zu. Einige haben soeben eine Peinkammer besichtigt.«

»Wie?«

»Nur besichtigt. Letzte Warnung. Das zermürbt.«

Sie schwenkten feierlich knicksend aneinander vorbei.

»An der Oka führen meine Dienstmannen ein wohlgedrilltes Heer. In allen Zonen des Reiches blicken Bauer und Bürgersmann auf des Zaren Dimitrij Hände und küssen sie.«

»Kindlich, nicht knechtisch mehr wie ihre Väter. Eine menschenwürdigere Zeit beginnt, Dimitrij.«

»Der Schritt aus der Barbarei in lichtere Gefilde, bin ich's oder nicht?«

»Ich glaube ja so an dich, du bist mein Glaube ganz und gar, du mein Gott!«

»Dann brauchen wir weder Jesuiten noch Insurgenten; alle werden zu Erpressern.«

»Ich bereue ja so! Nie mehr, mein Simson, sieh in mir deine Dalila!«

Dalila? Dimitrij dachte an einen verhängnisvollen Tag, an Xenja. Wieder stolzierten sie aneinander vorüber.

»Mein Patriarch und ich harmonieren, Pomaski übt sich in Geduld.«

»Und wenn du nun zum orthodoxen Russen wirst vom Scheitel bis zur Sohle –«

»Dann?«

»Dann eifre ich dir nach und bitte dich: Verwandle mich dir nach!«

»Ein Wunder vor meinen Augen.«

Sie lächelten, schritten, neigten sich, wechselten, schritten, schwiegen. Ihre Herzen wurden so weit.

»Damals in Ssambor betrauertest du meine Gottlosigkeit.«

»Es ist auch nicht recht, gottlos zu sein.«

»Mein Herz fragt nach dem Gott über Gott. Verzweifelnd an allem Sinn und Unsinn gibt es sich ins Unfaßliche hin, gläubig gegen seinen Glauben.«

»Wir kommen aus dem Takt. Es genügt, Dimitrij, daß ER dich in seiner Gewalt hat und du davon weißt. Du bist ja ein Getriebener.«

Sie schwiegen. Er lachte: »Im Tanze theologisieren! In so viel Freude!«
»Nur die Freude kann es recht. Aber ob wir's tun oder lassen, er hat uns und hält uns fest.«
»Nur anders, als wir wissen und denken.«
»Mag sein.«
Schweigen und Schreiten, Wechseln und Schreiten.
»O wie bestrickend dudelt und pocht der irrsinnige Wohllaut dieser Musik!«
»Bangst du nicht mehr um deine ewige Seligkeit?« fragte er.
»Ach, die beruht ja wohl doch nicht auf dem, was ich fühle, habe, glaube; auf meinem bißchen Frommsein nicht.«
»Worauf denn noch?«
»Auf dem, was fremd und himmelhoch über all unseren Herzen wie hinter tausend Wolken sich regt, nämlich in *Seinem* Herzen. Du siehst, ich bin gelehrig.«
Sie schritten, wechselten, schwebten, schwangen, schwiegen, sie neigten sich.
»Doch«, fuhr sie fort, »wir haben unser kleines, zitterndes Vertrauen, das redet kindlich und mit Menschenwort, es betet. Will er's denn anders? Er redet mit uns selber ja väterlich, mütterlich; jedenfalls menschlich –«
»Jetzt sind wir wirklich aus dem Takt. Er will, daß wir jetzt besser tanzen.«
»Tanzen! Mir wäre nach einem feurigen Krakowiak zumut.«
»Zu polnisch. Auch eine Courante tut's.«
Er winkte einen Diener von der Tür heran und schickte ihn zur Kapelle. Bald versiegte das beschwörende Pochen und ernste Klingen, und gleich danach war geisterhaftes Feuerschwenken im Saal. Dimitrij und Maryna schwenkten Hand in Hand wieder allen voran.
»Ende Juni mein Aufbruch. Asow und die Krim sind mein.«

»Heilige Mutter Gottes, was soll ich hier allein?«
»Lorbeer winden, mein Schatz. Wir sind sehr bald zurück.«
»Dann wird getanzt wie heute!«
»Nicht lange. Viel Zeit hab' ich dafür nie mehr.«
Maryna drehte sich an seiner Hand um ihn und fragte:
»Rauferei mit Schweden? Um die baltischen Länder?«
»Vielleicht auch *Bündnis* mit Schweden, Bündnis.«
»Gegen?«
»Polen vielleicht?«
»Nein!«
»Pourquoi non?«
»Mein Vaterland!«
»Das war's.«
»Warum gegen Polen, Dimitrij?«
»Vielleicht geht es um Kiew und alles, was da russisch spricht? Das halbe Litauen gehört hierher.«
»Wo bleibt dein Kreuzzug?«
»Im Ziel der Ziele. Breitbeinig steht es von Byzanz bis zum Finnischen Meer, vom Njemen bis hinterm Ural. Hinterm Ural – lauter jungfräuliche Erde, die nach ihren letzten Eroberern ruft. Dort den letzten Enkeln des Dschingiskhan entgegen! Als ich noch der Zwerg war, verglichen mich Phraseure mit Alexander, dem Makedonen. Soviel ist sicher: Hier gehören Alexandriden her. Alles schreit hier nach Größe und – Unmaß vielleicht. Stampfe und wirble um mich, Maryna! So recht!«

»So immer um dich, du meine glutrote Sonne!«

Sie schwenkten umeinander und sprachen immer atemloser.

»Nicht nach Himmel und Hölle gefragt, Maryna! Die Erde? Unsre Bühne, auf der wir heroisch tragieren – mitten im sprühenden Glorioso des Alls überm Nichts. Sieh da, die letzten Takte schon. Es ist beendet.«

Er verbeugte sich, küßte ihre Hand und führte sie echaufiert ihrem Hochsitz entgegen. Unterwegs hielt er noch einmal inne:

»Wir dampfen in unseren Gewändern. Fort jetzt! In einer halben Stunde steh' ich hier als Husar vor meiner Medici. Deine Robe, mein Rehchen, steht neben deinem Bett.«

»Dein Geschenk?«

Sie drückte heiß seine Hand: »Versteck dein polnisch Herz in russischem Kostüm! sagtest du, doch unter der westlichen Hülle versteckt sich jetzt die Russin.«

Die weite Fläche dieses Tanzsaales war am übernächsten Morgen mit Hochzeitspräsenten bedeckt, mit mächtigen Vasen, funkelnden Tafelaufsätzen, mit Pelzen, die an Ständern hingen, mit Hügeln kostbarer Felle, mit auf Staffeleien stehenden Gemälden (darunter war das Bild ›Hadrian vorm toten Antinous), mit zusammengestellten Prunkhellebarden, Prunkmusketen, Prunkpanzern, mit über Sessel geworfenen kostbaren Teppichen und schweren Stickereien, die, Heilige darstellend, aus Klöstern gekommen, mit westlichen Gobelins, die, in Stellagen gespannt, hinter großen und kleineren Truhen im Hintergrund standen, und mit anderen Herrlichkeiten. So viel prangte da in unregelmäßigen Reihen, daß die darbringenden Gratulanten und Gruppen kaum noch an den Seiten des Saales Raum hatten. Doch mit gespannter Aufmerksamkeit verfolgten sie das hohe Paar, das musternd und oft verweilend durch die Gänge zwischen den Gaben wanderte, und, wie gebührlich, vor jedem Stück dankbare, entzückte und rühmende Reden austauschte. Was sie sagten, war nicht zu verstehen, denn von der Galerie herab erklang das Oratorium eines stattlichen Chores. Mit einem zarten Baßsolo hatte es begonnen: »Mein Herz wallt über von feinen Worten. Dem König weihe ich mein Lied. Meine Zunge ist der Griffel eines hurtigen Schreibers.« Tenöre und Knabenstimmen kamen wie Stromesweite, die sich unter feierlichen Wolken daherwindet: »Du bist der Schönste unter den Menschenkindern. Anmut ist auf deine Lippen ergossen. Darum segnet Gott dich ewiglich.« Es blitzte wie Morgengewitter: »Gürte dein Schwert an die Seite, du Held, deine herrlich schimmernde Wehr! Glückauf! Fahre siegreich einher der Wahrheit zugut –« (es stieg wie aus allen Tiefen des Reiches flehend und beschwörend und sich steigernd) – »und die Elenden bei Recht zu erhalten und schreckliche Taten lehre dich deine Rechte! Scharf sind deine Pfeile, daß Völker vor dir hinsinken; sie dringen ins Herz der Feinde des Königs.« Und majestätisch rollten in sich gleichsam ruhende Donner: »Dein Thron, ein Gottesthron, bleibt immer und ewig. Das Szepter deines Reiches ist ein gerades Szepter. Du liebest Gerechtigkeit und hassest gottlos Wesen.« Nun tauchten auf und standen Akkordfolgen wie dämmernde Tempelsäulen wuchtig im Mondlicht: »Darum hat dich Gott, dein Gott, gesalbt mit Freudenöl mehr denn deine Genossen.« Wieder schlängelten, begegneten und flohen sich viele Flüsse: »Deine Kleider sind eitel Myrrhe, Aloe und Kassia. Aus Elfenbeinpalästen erfreut dich Saitenspiel. In deinem Schmuck gehen der Könige Töchter.« Des Vorsängers Baß erfüllte die Herzen der Liebenden mit Wonne: »Die Braut steht zu deiner Rechten in Ophirgold. Höre, Tochter, sieh und neige dein Ohr! Vergiß deines Volkes und deines Vaterhauses, so wird der König Lust an deiner Schöne haben. Denn er ist dein Herr und du sollst ihn anbeten.« Mit einem Blick inbrünstig huldigender Hingabe blickte die Braut den Geliebten an. Da wechselte und wogte es in den Teilchören: »Tyrus wird dein Antlitz mit Geschenken umschmeicheln, die Reichen im Volk werden vor dir flehen. Des Königs Tochter drinnen ist herrlich, bunt durchwirkt ihr gülden Gewand, in gestickten Kleidern führt man sie zum König, und die Jungfrauen, ihr Gefolge, ihre Gespielen, führt man zu dir. Man führt sie mit Freude und Jubelruf. So ziehen sie ein in des Königs Palast.« Alle Stimmen vereinten sich zu mächtigem Einklang: »An deiner Väter Statt werden deine Söhne sein. Die wirst du zu Fürsten setzen in aller Welt.« Bestätigend wie aus Himmelhöhen rief es unisono: »Ich will deines Stammes gedenken von Kind zu Kindeskind.« Es prophezeite in neuer gewagter Ausspannung von lichtester zu dunkelster Klangfarbe: »Darum werden dir danken die Völker immer und ewiglich.« Bis in einem kunstvollen Amen die Vielfalt sich erlöst und geklärt zusammenfand.

Dimitrij strahlte: »Ein Opus meines Kapellmeisters. Wie gefiel es dir?«

So rauschte der Freudenstrom Tag für Tag vorüber, und halbe Nächte waren voll bacchantischen oder elyseischen Rausches. Karge Zwischenzeiten wurden verschlafen, da wurden neue Kräfte gesammelt zu neuem Wachtraum. Das Volk von Moskau feierte mit auf seine Art, das Ausschankverbot ließ sich nicht halten, der Zar selber brauchte eine taumelnde, tanzende, selige Welt um sich. Der große Schauzug zog für Maryna noch einmal am Palast vorüber. Mniszek und der Fürst Wisniewiecki gaben Sonderbankette im Godunowpalast, desgleichen Olesnitzki und sein Kollege, die Gesandten. Dimitrij bewirtete die Schlachta gesondert, Maryna den russischen Adel am Tage darauf. Nichts als Verbrüderung allerorten. Was konnte es schon bedeuten, daß am dritten Morgen der Feierlichkeiten die beiden Gesandten Warnungen übersandten und von einem Klamauk vor ihrem Quartier während ihres Banketts schrieben? Ihre eigene Untersuchung ergab alsbald, es sei ein Krawall um einen ihrer Heiducken gewesen. Was machte es aus, wenn andere Polen von neuem schweigendem Volksgewoge in den Straßen berichteten? Warum sollte das Volk nicht auf den Beinen sein? Galyzin kam und warnte, Butschinski wurde es ungemütlich, Basmanow hatte etwas läuten gehört, doch Dimitrij feierte, lachte sie als Hasenfüße aus, fragte, ob es in so beschwingten Tagen anderes als Unruhe geben könne, wies auf seine Sonderabteilungen im Kreml hin, arbeitete wenig, trank viel und schlief selten, liebte Maryna und beschenkte auf der Freitreppe der Granowitaja das Volk mit vollen Händen, fühlte sich endlich müder werden und seine Seele leiser jubeln, aber all sein Leben blieb nach Maryna brünstig Tag und Nacht, von der er noch immer getrennt schlief. Und dann kam die Nacht, die sie wie einst in Sjewsk vereinte und in grenzenlosem, in vermessenem Entzücken begrub. Alle Pläne, die da ihre ungeduldige Phantasie berauschten und hinrissen, nahmen schwindelerregendes Ausmaß an und gewannen doch Fleisch und Blut, Gestalt und Farbe. Da stöhnte er umarmend: »Meine letzte Schicksalsangst, ich schütte sie aus.«

»In mich!« flüsterte sie heiß. »Ich bin der Eingang ins Leben.«

»Auch meine Schuldangst nimm auf, du mein Gottestor!«

»Gib her, gib her, ich bin der Abgrund der Gnade!«

»Und mein Grauen vor dem schrecklich Leeren?«

»Alles her! Verströme dich! Mich wirft dir jetzt ewiger Sinn entgegen.«

In dieser Liebesnacht geschah es, daß Miechawiecki und Marynas Kammerherr Osmulski mit dem Fürsten Schachowskoj und Kochelew im Marstall beim Honigschnaps um hohe Summen würfelten und Schachowskoj laut von revolutionären Tagen träumte, von der Entfesselung der Volkskraft und der künftigen Freiheit des gemeinen Mannes. Da kam ein Stallaufseher und meldete, Iwan Sokolow sei noch nicht zurück. Kolja stand auf: Er wisse nichts von Urlaub für Sokolow. Der Knecht kratzte sich den Kopf, der Lustigmacher bat Schachowskoj um ein Pferd und mitsuchende Leute. Vielleicht trinke Sokolow irgendwo mit. Alle vier brachen auf, um auch noch irgendwo nach späten Feiern auszuschaun und mitzuhalten – oder auch um schlafen zu gehn.

Basmanow hatte die Palastwache angetreten und saß, eine Chronik auf den Knien, zurückgelehnt in seinem Dienstraum bei spärlichem Licht. Es klopfte. Herein trat ein Schütze, überbrachte einen Brief und trat wieder ab. Der Empfänger erbrach das Schreiben und las: »Großer Herr Basmanow, seit ich die Kutte abgetan, stellt Fürst O. mir nach. Ich habe Zuflucht genommen in Dein Haus, großer Herr Basmanow, und bitte Dich, daß Du mir Obdach gibst und mich zu Deinem Diener machst. Mich behaust kein Kloster mehr. Antinous.« Basmanow sprang erregt auf und eilte, lange zwischen Zorn, Eifersucht und Versuchung schwankend, hin und her. Ob Wlassjew, den er soeben abgelöst, noch da war? Er eilte den Flur dahin, pochte mit dem Säbelgriff an eine Tür, Wlassjew rief herein und – war alsbald gern bereit, für diese Nacht mit Basmanow zu tauschen. Dieser ritt durch einen stillen Stadtteil, fand und bewirtete daheim Aljoscha und plauderte mit ihm über Herkunft, Kindheit, Zukunft, erzählte Dinge, bald zum Entsetzen, bald zum Lachen. Daß Aljoscha mit Geistesgaben nicht überhäuft war, wurde ihm deutlich. Gerade kniete der Hübschling zwischen seinen Knien auf dem Teppich und mußte lächelnd, leicht und spielerisch nach dem Medaillon einer goldenen Kette schnappen, da kam es wie ferner Volksaufstand drohend heran. Basmanow achtete noch nicht darauf.

Im Zarenpalast trat Wlassjew leise vom düsteren Flur her in eine Kammer, in der auf einem Feldbett im Schimmer einer Öllampe ein Hauptmann schnarchte, ging an den Schläfer heran und weckte ihn, indem er ihm die Nase zuhielt. Der Erwachende schrak auf: Ob es schon soweit sei? Als Wlassjew nickte, erhob er und reckte sich, gähnte, fuhr sich mit den Fingern durchs Haar, nahm vom Hocker sein Wehrgehänge, warf es sich über Kopf und Schulter, stülpte sich die hohe Mütze auf und trat an die Tür, die zu den Aufenthaltsräumen der Sondermannschaften führte. Da wandte er sich zu Wlassjew noch einmal zurück und begehrte zu wissen, ob die Demagogentrupps, die Bandenführer und die bewußten Truppen in den und den Stadtvierteln bereitstünden und alles wirklich nach Plan verlaufe. Wlassjew zuckte schwerseufzend und mit sorgenvoll gefurchter Stirn die Achseln. Dann prägte er ihm auf alle Fälle nochmals ein: Unter großem Geläut – alles Volk aus den Betten und auf die Straße geholt mit dem Weck- und Schreckruf: ›Schlagt die Polen tot, sie ermorden den Zaren und wollen herrschen! Rettet den Zaren!‹ Massaker weit und breit. Vorm Kreml bei Schuiskij und seinen Sonderscharen Verkehrung der Parole: ›Der Zar mit seinen Polen will unsre Großen, will halb Moskau ermorden! Wo? Morgen beim Kriegsspiel! Er stehe uns Rede!‹ Erstürmung des sich öffnenden Kreml. Vorm Palast die letzte Parole: ›Den Betrüger gerichtet, ehe ihm Hilfe wird! Er gesteht, der Pole, daß er Rußland an Polen verkauft hat!‹ Jene hundertvierzig Patrioten, so beschloß Wlassjew, besorgen im Wirrwarr den Rest, des Meeres Wogen schlagen sie in den Palast.

Der Hauptmann brummte: »'s ist doch schade um ihn.«
»Was! Um ihn! Abwarten also, bis er *uns* –? Wir sind Rußland! Soll Rußland untergehn? Uns aber kennt er alle schon. Denk an Morosow! Der Zar hat gedroht und gedroht, uns ausgelacht und erschreckt, er wußte und weiß Bescheid, sein Schwert ist über uns ausgereckt; doch die Zeit, die wir angstbeflügelt ausgekauft, hat er vertrödelt. Grabt mir nur das Grab! so denkt er wohl immer noch, ich stoß' euch selbst hinein. Kurzum – wir unterstellen ihm nichts, kommen ihm aber zuvor.«

Der Hauptmann sann trüb vor sich hin, nickte ein paarmal, schlug die Hand auf die Klinke und ging Wlassjew voran. Da saßen die Strelitzen, ein paar hundert Mann, an langen Tafeln, hatten Arme und Kopf daraufgelegt oder lehnten, auf Wandbänken sitzend, an die Mauern zurück und schnarchten offenen Mundes. Einige lagen auf den Dielen, andere hockten darauf um Stallaternen, spielten ein Brettspiel und brummten mehrstimmig leise Gesänge.

Wlassjew machte die Tür hinter sich zu, und der Hauptmann kommandierte »Achtung!« Die Leute kamen zu sich; was saß oder lag, stellte sich auf die Beine. Wlassjew entfaltete ein Papier und begann: »Ihr rückt für diese Nacht ab, seid lange nicht aus den Kleidern gekommen. Euer Herr will, daß ihr euch ausschlaft. Am Abend zur Kremlbeleuchtung, da geht's hier weiter. Verfügung des Gossudar.«

Der Hauptmann übernahm das Blatt, befahl ein leises Abrücken, daß Väterchen nicht gestört werde, die Leute schulterten ihre Gehänge, nahmen ihre Waffen und gelangten durch eine Tür, die ins Kellerstockwerk führte, und aus der Zone des Schweigens in die Nacht hinaus. Die Mondsichel stand am Himmel und gab einigen Schein. Man trat an. Wlassjew übernahm die Spitze, der Hauptmann das Ende der Kolonnen. So ging es dem Erlösertor zu. Dort sahen die Leute bereits eine andre Mannschaft stehen und warten; sie hatte die Granowitaja verlassen. Der Hauptmann forderte die Torwache auf, Fürst Kurawkin zu wecken. Doch der trat sofort heraus. Wlassjew wies das Schreiben vor, Kurawkin tat, als lese er's, befahl das Tor zu öffnen und ließ die Mannschaften ziehn. Dann wurde das Tor wieder mit Querbalken verriegelt. Wlassjew trat zu Kurawkin ein und hörte, Kolja der Lustigmacher habe gleichfalls den Kreml verlassen. Wann? Vor einer Stunde. Wie konntest du, Kurawkin? Ach, auch der Pole Miechawiecki und Schachowskoj, der Fürst, gingen noch bummeln. Zu Fuß? Zu Pferde. Ja nicht wieder einlassen, Kurawkin! Und jetzt in Gottes Namen, Fürst Kurawkin! Wlassjew kehrte in den Palast zurück.

Als der Mond abblaßte und Zwielicht graute, war Kochelew noch nicht zurück, auch Basmanow noch fern. Gerade machte er sich auf, zurückzureiten. Sein Antinous schlief anmutig in scheinbarer Unschuld auf üppigem Bärenfell am Ofen. Sein neuer Herr betrachtete ihn noch lange, riß sich zusammen und ging, fand vor der Hauspforte seinen gesattelten Schimmel und saß auf. Als er in ruhigem Trab dahinritt, wunderte er sich über ein Lärmen, das zuerst fernher, dann aber auch aus näheren Straßen kam, und immer häufiger begegnete er Zusammenrottungen, die er dem Roten Platz entgegentreiben sah. Aus Argwohn rief er niemanden an, um sich nicht zu erkennen zu geben. Auf dem weiten Platz dann brodelte es, Basmanow schnappte Parolen auf, begriff, daß hier organisierter Aufruhr heranwuchs, erkannte dann mit Entsetzen, daß die Handvoll Reiter, die da aus dem Gewimmel ragte, sich um niemand anders als die beiden Brüder Schuiskij scharte. Ah, dieser Wassilij war plötzlich kerngesund! Und dann begannen ferne Glocken zu läuten. Rasch wuchs das Geläut heran und mehrte sich, auch ferne Schüsse fielen. Schon gab Basmanow seinem Pferd die Sporen, jagte durch die sich wandelnden Lücken des Menschengewühls im Zickzack auf das Erlösertor zu und preschte mitten in die Wachmannschaft hinein, die ihm da mit gebreiteten Speeren den Weg sperrte und ihn anrief, riß seinen Krummsäbel heraus und hieb durchgaloppierend um sich. Rasch war er hindurch und jagte in Richtung auf den Zarenpalast weiter. Wofür hatte ihn die Torwacht gehalten? Für einen der Rebellen? Auf wessen Seite steht sie? Wie weit reicht der Verrat? Das Tor – offen?!

Dem allen war Dimitrij im Augenblick noch weit entrückt. Zwischen ihm und Maryna standen zahlreiche Wände, ein jeder lag in seinem Appartement in der friedeschweren Bewußtlosigkeit der nährenden Tiefe.

Der erste von beiden, der wieder erwachte, war Dimitrij. Glocken riefen ihn aus der Tiefe herauf. In das dumpfe Gedröhn brach so viel hellerer Klang. So selbstverständlich jedoch war ihm seit Tagen dies immer wiederkehrende, alle

Nähe und Ferne eindeckende Geläut, daß er es nicht beachtete und wieder entschlief. Doch nach wenigen Minuten fand er sich wieder und begriff, daß der heilige Lärm zur Unzeit ertöne. Allmählich schien ihm im Gedröhne Drohung zu sein. Er fuhr hoch, stützte sich auf die Ellenbogen und lauschte. Brennt es? fragte er sich. Schwer und wild arbeitete plötzlich sein Herz. Er warf die Beine aus dem Bett, griff nach der Schelle auf seinem Nachttisch und schüttelte sie. Walter von Fürstenberg kam herein. Sein Schuppenhemd blinkte vom Kerzenschein der Ikone neben der Tür.

»Was gibt es draußen?«

Der Hauptmann wußte es nicht. »Wohl ein Stadtbrand«, meinte auch er.

»Wo ist Basmanow? Schickt ihn!«

Der Hauptmann ging. Dimitrij kleidete sich hastig an. Sein Herz schlug noch stärker. Während er in Hemd und Hose nach einer der Kerzen im Leuchter griff, um sie am Lämpchen der Ikone zu entzünden, hörte er unter dem Geläut das dumpfe Geschrei von Menschenmassen heranbranden. Kalt überlief es ihn. Er durchschritt Zimmer, deren Fenster unverhüllt waren, so daß es da dämmerighell war (draußen graute schon der Morgen), und warf beim Weitereilen das brennende Licht von sich. Nun war das Toben der Massen schon deutlich vernehmlich. Als er auf die Galerie hinaustreten wollte, sah er schon durch den Türspalt den Platz vor dem Palast von einem Meer von Gesichtern erfüllt. Hier und da schwang man Streitäxte und Morgensterne. Alles starrte zu ihm empor und lärmte. Dimitrij wußte genug und eilte ins Schlafzimmer zurück. Rasch zog er die Stiefel an und griff nach seinem Säbel. Er fand ihn nicht. War der Page ein Verräter und mit der Waffe geflohn?

Wer brach da durch die auffliegende Tür herein? – Basmanow! Ihm folgten Gardisten mit Hellebarden.

»Was zum Teufel gibt's?« rief Dimitrij. »Sind sie mir zuvorgekommen?« Er konnte nichts fassen.

»Unglück, Herr!« rief Basmanow. »Das Volk will dein Leben! Rette dich, indes ich für dich sterbe!« Er wollte fort.

»Hier stirbt niemand! Außer dem Gesindel!« schrie Dimitrij zurück. »Die Wachabteilungen unters Gewehr! Dann von den Galerien gefeuert, bis man vor Toten kein Pflaster sieht!«

Basmanow wollte davon, aber Fürstenberg kam gerannt und hielt ihn auf: »Wohin?«

»Zu den Sonderabteilungen!«

»Da war ich. Die sind nicht mehr da. Weiß der Teufel, wer sie wegkommandiert hat. Wir hier, Majestät, die Ehrengarde, sind ein paar Dutzend Mann ohne Feuerwaffen mit elenden Prunkhellebarden.«

Dimitrij trommelte sich winselnd vor Wut mit beiden Fäusten auf die Stirn und tobte: »Wie ein Nachtwächter hab' ich meine Partie gespielt! Aufschub und Aufschub! Konnte ja kein Blut sehen, haha, jetzt wollen sie das meine! Ich habe mich ihnen in die Hände gespielt! Sollen sie mich umbringen! Ich kannte das Pack, und doch hat's mich hereingelegt! Odojewskij hat mich belogen mit jenem Termin! Gewartet hab' ich und gewartet! Qui fodit foveam ... Ich grub sie mir selbst! Doch sie sollen mich kennenlernen! Ich bin kein Boris!« Er rannte umher und suchte: »Banditen, wo ist mein Säbel?«

Da zog Basmanow seinen Pallasch und rief: »Nehmt meinen, Majestät!«

Er reichte ihn hin, Dimitrij ergriff ihn: »Und du?«

Basmanow nahm einem der Deutschen die Streitaxt weg und rief: »Genügt zum Sühnetod! O mein Gott, ich gab die Wache ab! An Wlassjew! Ich verfluchter Hund!«

»Folgen!« kommandierte Dimitrij, eilte durch die drei Stuben wieder zur Galerie hinaus und trat ins Freie. Die Tausende unten johlten. Da kletterte gerade ein Kerl über das Geländer, sprang auf die Füße, sah Dimitrij, zog blank und trat ihm – noch etwas verwirrt – entgegen: »Unglückszar, endlich erwacht? Hierher! Verantworte dich vor deinem Volk!«

Von unten schrie es: »Heraus, Betrüger, und herunter, heraus!«

Basmanow unter erhobener Streitaxt trat mit drei Sätzen auf den Eindringling zu, und ehe der retirieren konnte, fuhr ihm die Axt schon in den Schädel. Geheul der Menge quittierte den Hieb, einige da unten eilten auf das Palasttor zu und hieben mit Äxten und Keulen daran, andere kletterten wie Ratten an der Galerie hoch. Jetzt hatten Basmanow und Dimitrij zu tun. Der eine stieß, der andere säbelte einen Kletterer nach dem anderen hinunter. Die stürzten wohl vierzig Fuß in die Tiefe und blieben da liegen. Das ging so eine Weile fort, dann krachten Schüsse, erst einzelne, dann Salven. Dimitrij spürte einen Streifschuß am linken Oberarm, er griff hin, und seine Hand war rot. Wieder krachten Musketen. Dimitrij sah ein, daß er sich zurückziehen müsse, und Basmanow gewahrte, wie man unten mit Stößen und Hieben gegen das Palasttor wütete. Dieses Tor hielten von innen zweifellos die Männer Fürstenberg verrammelt und besetzt.

»Weg von der Galerie, Majestät!« rief Basmanow.

Sein Herr rief: »Pjotr! Aus ist's mit der Majestät. Hier gilt nur noch der Mann. Ich bin kein Boris.«

Er war schon innen im Palast, desgleichen Basmanow, der verriegelte die Türen. Dann eilten sie weiter. Mit vereinten Kräften verschlossen oder verrammelten sie Tür um Tür.

»Rette dich, mein Freund!« rief Basmanow. »Fall' ich, so falle ich am Tor. Wir halten sie noch auf.«

»Den Elenden zeige ich's!«

Er rannte am Freunde vorbei und ihm voran die Treppen hinab und der Diele zu, die hinter dem Haupteingang lag. Er lief dabei an verschlafenen, verwirrten oder sich bekreuzigenden Hausdienern vorüber. Da zerbrach und zersplitterte schon die Portaltür mit großem Krachen. Arkebusenläufe drangen durch die Lücken und feuerten herein. Die Leibgardisten sprangen mit ihren nutzlosen Hellebarden und Streitäxten beiseite.

»Rückzug!« rief Dimitrij ihnen zu, warf Basmanow den Säbel hinüber, befahl ihm, zu folgen, und lief voran, die Treppe empor. Zu Maryna! dachte er, zu Maryna! Fürstenberg und seine Leute folgten ihm, Basmanow aber folgte nicht, sondern hieb mit seinem Säbel in die eindringenden, übereinander hereinstolpernden Haufen ein, wurde kämpfend umringt, und Taschtischew, der in seinen Rücken geriet, stieß ihm ein Messer in den Rücken. Basmanow konnte noch herumfahren und sah den wilden Bojaren, für den er sich vor wenigen Monaten verwendet und den er vor der Verbannung bewahrt. »Auch du natürlich, Taschtischew!« keuchte er und brach unter den Stößen und Hieben der Meute zusammen.

Die Hellebardiere waren retirierend auf der Treppe stehengeblieben, um sie so lange wie möglich zu verteidigen. Da krachten wieder Musketen, zwei Gardisten brachen zusammen. Einer der beiden rollte die Treppe hinab, und der Rest wich, floh und erreichte noch die obere Haupttür, ehe Dimitrij, der abermals herbeigeeilt, sie absperrte.

»Wo bleibt ihr?« rief er und befahl, Tür um Tür zu verrammeln. Während er so ins Innere des Palastes voranflüchtete und dem Flügel Marynas entgegenlief, verbarrikadierten die Gardisten zurückweichend alle Türen. Dimitrij brannte in hellen Flammen vor Wut über sich, mehr als vor Zorn über die Haufen, die er schon noch gebührend zu behandeln gedachte – nach der gelungenen Flucht. Aber Maryna!

Kurz bevor er bei ihr einbrach, fiel ihm bei, was zu tun:

Durch den unterirdischen Gang zum Marstall hinüber und zu Pferde verkappt ins Weite, zur Oka, zu den Truppen, und dann im Rachefeldzug zurück!

Aber Maryna!

Er stieß eine schon halboffene Tür auf, durchlief zwei Zimmer, die gleichfalls offen, und gelangte in ihren Schlafraum. Da hatten sich schon einige Hofdamen und die Dombrowska eingefunden und halfen jammernd oder doch mit zitternden Händen ihrer Herrin in die Unterkleidung.

»Versteck dich«, rief er, »in Kürze bin ich mit Truppen da! Ich laufe zum Marstall unter der Erde weg. Gräfin, Ihr deckt ihren Rückzug!«

In der Nähe krachten Salven. Gleich war er wieder hinaus, jagte wie ein Wettrenner seinem Schlafzimmer zu, warf darin die Tapetentür auf und eilte die geheime schmale Treppe hinab in die Stockfinsternis, tastete, besann sich, eilte ins Schlafgemach zurück, riß eine neue Kerze aus dem Leuchter, entzündete sie an der Ikonenlampe, hielt eine Hand vor die Kerzenflamme und eilte wieder hinab, das Licht ging auf der Treppe aus, er mußte noch einmal zurück und die Kerze nochmals entzünden, ging dann vorsichtiger und fand bis unter die Erde hinunter. Da kam er zu der kleinen, schweren Bohlentür, mit der man den Gang versperren konnte. Heftig riß er den Riegel zurück, doch die Tür war von der anderen Seite verschlossen. Der große Schlüssel steckte im Schloß, Dimitrij sah das Ende herausragen. Hier Lärm zu machen war widersinnig. Ob der Marstall nicht überhaupt schon längst in der Hand der Aufständischen war – auch nach der hinteren Seite? Ihm fiel ein anderer Fluchtweg ein: aus dem Schlafzimmerfenster zum hinteren Strelitzenhof hinab! Er hetzte wieder nach oben; mit jedem Schritt nahm er zwei Stufen. Sein Licht erlosch, er warf es weg, stolperte im Dunkel und war schließlich wieder im Schlafzimmer, stand schnaufend still und lauschte; hörte ganz nah eine der Türen krachen und die Stimmen der Eindringlinge, die von der Galerie herkamen, im Nebenraum. Er riß ein Fenster auf, sah die vierzig Fuß Tiefe unter sich, doch brauchte er ja nicht im Absprung Arm und Bein zu riskieren. Am spalierartigen Gerüst, das man da für die Illumination angebracht, ließ sich hinunterklettern. Er stieg hinaus, merkte nicht, daß der verwundete Arm versagte, griff beim Hinabklettern fehl, stürzte in die Tiefe, sah sein ganzes Leben vor sich, spürte den Aufschlag und einen Schmerz im rechten Oberschenkel und verlor das Bewußtsein.

Inzwischen hatte Marynas Magna Mater (so hatte sie einst die Gräfin im Scherz getauft), hatte die eiserne Dombrowska Marynas Flucht auf ihre Weise zu decken gesucht. Maryna war zu den Kellerräumen hinabgeflohen, indessen die Gräfin die Damen herumkommandierte und befahl, das Bett Ihrer Majestät so herzurichten, als sei es in der letzten Nacht nicht berührt worden, und alle Garderobe in die Schränke zu räumen. Inzwischen heulten die Glocken und die Menschenmassen weiter, und plötzlich stand die Zarin im Morgenkleid mit fliegender Brust und angstgeweiteten Augen wieder vor ihnen.

»Die Keller«, wimmerte sie, »werden schon besetzt. Der Pöbel plündert schon.«

Ratlos irrten ihre angstvollen Augen umher.

»Was ist das nur, was ist das nur?« winselte sie und rieb mit beiden Händen ihr Gesicht, als wolle sie aus schrecklichem Traum erwachen. »Bin ich daran schuld? Ja, ich, ich, ich! Verfluchte Hochzeit!« Sie lief hin und her. »Die Feierei! Oh, mein Gott, ich habe ihn zu Fall gebracht! Nur noch Osmulski ist draußen. Sonst verteidigt uns ja niemand mehr.«

Eine der drei Türen, die sie eben erst selbst verriegelt, zersplitterte unter hallenden Hieben. Schüsse krachten. Ganz nah wurden heisere Stimmen laut. Draußen hatte Kammerherr Osmulski den Banden den Weg vertreten und war nun unter der Salve gefallen. Drinnen stürzte Maryna der Gräfin zu Füßen und kniete da hilflos mit hängenden Armen, hängendem Kopf.

Wieder zerkrachte eine Tür unter Beilhieben. Da hob die Dombrowska ihren mächtigen Reifrock an, warf ihn als bergende Glocke über Maryna und rief: »Ihr da, mesdames, schart euch um mich, habt Haltung. Nur Ruhe kann die Kaiserin retten.«

So stand die Gräfin hoheitsvoll mitten im Zimmer, stand vor ihren Damen, alle waren sie nichts außer ihren furchtbar pochenden Herzen. Nun brach unter gräßlichen Schlägen auch die letzte Tür ein, und eine Salve krachte, daß den Damen das Gehör verging. Sie sahen das Feuer aufflammen. Die Ehrendame links neben der Gräfin brach lautlos zusammen, von einer Kugel niedergestreckt. Die Gräfin fühlte, mit welcher Macht da ein zitterndes Leben ihre Schenkel umschlang, und das gab Kraft. Sie stand wie ein Fels, als die Rotte einbrach und einen Augenblick lang angesichts der regungslosen Damenmauer wie angewurzelt stehenblieb.

Dann schrie einer der Rebellen, nach seinem braunen Rock ein Kaufmann: »Gebt uns den Zaren und die Zarin heraus!«

Die Dombrowska sprach: »Wir sind des Zaren Wächter nicht. Was die Zariza betrifft, so weilt sie seit gestern abend bei ihrem Herrn Vater, dem Wojewoden von Sandomierz.«

»Hat die Kanaille gewußt, was ihr blüht?«

Schimpfworte, Flüche! Man rief sich etwas von Geiseln zu, fiel über die Damen her und schleppte sie weg, riß ihnen dabei die Reifröcke auseinander und herunter, schwor lachend, ihnen zu zeigen, daß Russen das, worin die Polacken gegenüber Moskowiterinnen so stark, auch könnten, und zurück blieb nur die Gräfin. War sie den Männern zu alt? Zu sehr Magna Mater? Zu seltsam in ihrer Unerschütterlichkeit? Kurz, man scheute sie, verschleppte nur die anderen Damen, fiel über sie her in den angrenzenden Zimmern.

Wie lange sollte die Gräfin so stehenbleiben? Ihr war, als bringe sie das Wesen, welches sie so umklammerte, soeben zur Welt.

Endlich kamen Wlassjew und Taschtischew als Anführer einer Rotte von Edelleuten, alle mit blankem Säbel, und sahen sie stehn.

Wlassjew: »Wo die Zariza? Du hast sie versteckt, Alte! Ich hatte Palastwache die letzte Nacht, ich weiß, daß der Vogel nicht ausgeflogen.«

Die Grafin funkelte ihn nur an.

»Wo ist der Zar?« fragte sie zurück.

Taschtischew brüllte: »Fragst du uns oder fragen wir dich?«

Er riß eine Nagaika aus seinem Stiefel und wollte der tapferen Frau eins überreißen, aber Wlassjew hielt sein Handgelenk fest.

»In Gewahrsam mit ihr!« befahl er.

Man packte die Gräfin beim Arm und riß sie weg.

Da fiel sie über Maryna hin, und die Unglückliche war entdeckt. Erstaunte Rufe! Man riß sie hoch und die Gräfin auch. Trotz aller Angst genierte sich Maryna, vor den Männern so wenig bekleidet dazustehn. Sie nahm sich ein Herz und befahl: »Man drehe sich um! Mein Gewand, Gräfin!«

Wlassjew erlaubte, daß die Oberhofmeisterin an einen der die Wand bedeckenden Schrankteile ging und das Kölnische Bürgerinnengewand hervorholte. Lieber hätte sie die Zarin jetzt zur Kaiserin herausgeputzt. Als sie noch einmal zum Schrank zurückging und nach der Haube suchte, wurde es Taschtischew zuviel. Auch Wlassjew befahl:

»Das Kopftuch da! Macht rasch!«

Maryna aber bewegte immerfort in ihrem Herzen das

Wort: »Wo ist der Zar?« Sie wußten es nicht, sie haben ihn nicht, er ist geflohn, sie haben ihn nicht.

So wurden sie und die Getreue abgeführt. Noch immer läuteten die Glocken, hallten Schüsse, schrie es draußen und drinnen, fern und nah. Unterwegs brach sie plötzlich entkräftet zusammen und war für ein paar Minuten erlöst. Die Gräfin wurde erbarmungslos weitergestoßen. Als sie sich verzweifelt nach der Daliegenden umblickte, die sie nie wiedersehen sollte, rief Wlassjew: »Nur fort, alte Kuh! Du triffst sie bei den Internierten wieder. Wir haben alle im gleichen Saal.«

Da schaute sie ihn mit einem Blick großartigen Ekels an: »Was seid ihr für ein Gesindel!«

Es geschah in diesem Augenblick, daß eine betrunkene Horde mit Fackeln, Hacken und Spaten in die römische Holzkirche eindrang, wo die Ewige Lampe nur ein kleines rötliches Licht in die Finsternis gab, und mit dem Geheul liturgischer Stücke Pechlunten und Fackelbrände unter die Kniebänke und in die Sakristei warf. Am Altar wandte sich aus niedergebetetem Entsetzen Pater Pomaski langsam herum und öffnete mit Märtyrergebärde die Arme. Seine bebenden Lippen flüsterten: »Meine Gedanken sind nicht eure Gedanken, und eure Wege sind nicht meine Wege ... Sondern soviel der Himmel höher ist – denn die Erde ...«

Die Kerle waren auf ihn zugerannt. Einer hieb ihm die Kante seines Spatens in den Schädel, die anderen, als er unter vorschießenden Blutströmen dalag, die Hacken in Brust und Hals und Schultern. Nachstürmende zertrampelten ihn. Rasch füllte sich die Kirche mit Rauch. Der deckte alles zu. Die Leute drängten hustend hinaus und steckten auch die lutherische Gegenkirche in Brand.

Pater Pomaski verkohlte in den Flammen seines kleinen Tempels auf der Asche seiner großen Träume.

Allenthalben aber in ihren Quartieren fielen Stunde um

Stunde tausend und aber tausend polnische Hochzeitsgäste, wehrlose Gäste, unwillkommene, verhaßte, tückische, verruchte Gäste.

Und der Zar? Durch die vom Kremltor sich mehrenden Haufen vor seinem Palast sprang kreuz und quer die Kunde, entwischt sei der Hexer, der Pole, der Teufel, hinten durchs Fenster zum anderen Strelitzenhof, und die Kerle dort, die Lumpen, verteidigten ihn. Und diese Kunde – wie eine Flügelschlange, der im Fluge durch die brodelnden Gassen der Stadt Glied an Glied wuchs, fuhr sie im Zickzack hinaus in Nacht und Lärm: Längst ist er vor den Toren! Er hat sich durchgeschlichen! Nein, sie haben sich durchgeschlagen! Im Galopp mit Hieben links und rechts! Hat ihn nochmals der Satan, sein Gott, errettet? Oder Gott, der Allmächtige selbst? War er doch der Rechte? In anderen Straßen schrie es: Was, zum Henker, schwatzt ihr? Sind wir denn gegen ihn? Geht's gegen Väterchen? Wer will ihm was? Wir retten ihn doch vor seinen Verrätern, den falschen Freunden, den Überrumplern! Rettet ihn und Rußland vor den Fremden! Schlachtet seine Feinde!

Man hieb und stach weiter, schlitzte und schmetterte, ob man nun mit denen tobte, die in den Hochzeitern die Usurpatoren sahen, oder – gleich denen im Kreml – der Parole verfiel, der Bock der polnischen Hure stecke selbstverständlich mit seinem ganzen saubren Hochzeitsgesindel unter einer Decke. Oder man verzog sich jammernd und sah mit Angst und Schadenfreude einer schrecklichen Rache entgegen. Oder aber rächte sich mit verzweifelter Wut schon im voraus an der unausbleiblichen Rache des abermals Geretteten, Wiederkehrenden, und mordete Feind und Freund. Und regelrechten Krieg mit Belagerung, Sturm und Rückzug gab es dort, wo die Verhaßten in Massenquartieren lagen und sich verschanzt hatten – wie die Herren um Mniszek. Da feuerte es aus dunklen Fenstern, da schrie und knallte es aus der Tiefe zurück, da trug man Verwundete weg, wich und drang wieder heulend vor.

Die Glocken verstummten plötzlich, als lauschten sie, denn nun geschah es, daß die Dämonen dieser Nacht schweifende Schwärme entließen, die auf Winden und Wolken bereits in alle Weiten des Reiches fuhren.

# XIV
## Dämonischer Staub

Wir, Zariza Maryna, gefangen und mißhandelt, noch immer ohne Nachricht, ob Unser Gatte, der Kaiser und Zar, noch lebt, ob Wir hoffen dürfen oder verzweifeln sollen, ob Wir, sofern Wir Witwe geworden, an seinen Mördern Unsere gerechte Rache nehmen und Unseren Zorn stillen und befriedigen werden (früher oder später, vielleicht mit Hilfe des polnischen Königs und seiner Ritterschaft), ob man Uns noch länger (und wie lange wohl noch?) am Leben läßt, ob Wir der Hinrichtung oder der Entlassung in die Heimat entgegenleben, entschlossen jedenfalls, nie wieder den Boden der Heimat zu betreten und den Schimpf einer so Gescheiterten zu erleiden – Wir also wissen vor Unrast des Herzens nicht ein noch aus. Gebete und Rosenkränze spenden längst keinen Frieden mehr. Wer in solcher Lage wüßte auch, wie und was er beten soll? Weiß er doch kaum, zu wem er betet. Gott, so empfand Dimitrij, läßt sich schwer als Vater begreifen, das Bild vielmehr eines trügerischen Ungeheuers steigt auf, nämlich vor Herzen, die er mit Sturmstößen geweckt und mit Drang und Sehnsucht erfüllt und dann, als sie sich zu ihm erhoben, mit Gelächter grausam zu Boden geschlagen und zertreten, so daß das Blut unter seiner Sohle in alle Winde gespritzt. So hadere ich und zerfleische mich selbst, verlassen in dieser stumpfsinnigen, tückischen Barbarei, abgetrennt von meinem Vater (wer weiß, ob er noch die Sonne sieht, die verhaßte, wie ich?), abgetrennt von meinen Damen und Freundinnen, als eine Verbrecherin von besoffenen Kerkermeistern in feuchtkalten Wölbungen herumgestoßen, in irgendeiner weltentlegenen Feste, einer mir unbekannten Stadt, bei jämmerlicher Kost, angewidert von Kohlgeruch, daher lieber hungrig, nachts von Musik und Büchern träumend oder vom Wein, Schinkenhörnchen, Kuchen und Braten, ohne Spiegel, Kleider und Wohlgerüche, ohne meine Wäsche, Spitzen und Krausen, an nichts sich letzend, an nichts nagend als an Haß und Ingrimm, in nichts anderes gehüllt als in Flüche und Verwünschungen, von keiner anderen Freiheit getragen als der, durch Tränenschleier in leuchtende Vergangenheit zurückzusehen oder blind und umnachtet hundert vage Hoffnungen zu durchirren. Ach, wie ist dies Herz so voll, so leer, in Hoffnungen verzweifelt und sich selbst zur Qual, leider aber nicht umzubringen! Daß ich immer noch atmen darf, nährt ja in mir die Hoffnung, wird mir oft zur Gewißheit, daß auch mein Dimitrij noch lebt, seine Feinde bedroht, daß Bürgerkrieg ist, daß Dimitrij mit oder ohne König Sigismund von Polen her aufs neue heranrückt. Darum, so folgere ich, wagt man mich nicht zu erdrosseln. Darum wird auch noch mein Vater leben, und nicht alle polnischen Herren, die ich nach Moskau gebracht, bei weitem nicht alle, werden in der Schreckensnacht und am folgenden Tage gefallen sein. Sonderbar, daß sie damals nicht Herren der Lage geblieben. Wie konnte der Aufruhr einen solchen Umfang haben? Ging er bis in Dimitrijs Heere hinein, die ihn doch vergötterten? Denn warum rückten sie nicht sofort heran und trieben die Verbrecher wie Spreu vor sich her? Aber täuscht nicht alles, so ist der Ton meiner Kerkermeister schon weniger frech und roh. Ob Dimitrij in Sicht ist? Oder wäre für Schuiskij alle Gefahr vorbei? Aber Großmut kennt der Mensch doch nicht. Er ist das A und O der ganzen Tragödie. Jedenfalls will ich fortan zu diesen Blättern Zuflucht nehmen, wenn des Herzens Unruhe überhand nimmt, und mich schreibend erleichtern, sonst seufze ich mich zuschanden.

Nachmittags fahre ich fort. Wenn ich bedenke, was Dimitrij mir auf der Flucht im Schlafzimmer zurief, so sehe ich nicht ein, warum ich den anderen glauben sollte. ›Rette, verbirg dich!‹ rief er. ›Ich eile unterirdisch zum Marstall und hoch zu Roß in die Freiheit. Dann hole ich dich! Versteck dich!‹ Zweifellos hat er getarnt das Weite gesucht und die Freiheit gefunden. Zwar habe ich bis heute gar kein Lebenszeichen von ihm, das ist auch nicht möglich bei der Art, wie man mich bewacht und von der Welt abtrennt, aber wo und wann habe ich ihn tot gesehen? Warum hat man mich nie an seine Leiche geführt, um mich schwören zu lassen, ich hätte ihn tot gesehen, auf daß ich alle Hoffnungen und Ansprüche auf den Thron aufgäbe? Immer wieder prüfe ich durch, was ich erlebt und von anderen gehört.

Mit dem Sturmläuten aller Glocken und dem Geheul der Menschenmassen fing es an. Ich fuhr aus dem Schlaf, rief nach der Dombrowska, sie kam und einige Damen dazu, Dimitrij brach mit dem blanken Degen herein und rief mir zu: ›Rette und verbirg dich! Ich fliehe unterirdisch zum Marstall.‹ Also floh ich halb angekleidet zum Keller. Dort brach der Pöbel ein und fing zu plündern an. Ich rannte wieder nach oben zu meinen Damen. Osmulski vertrat den Rebellen mit dem Säbel den Weg. Osmulski fiel, auch eine meiner Damen, die schöne Juricka. Mich aber rettete Gott, der mein Schutz und Schirm bleibt, gute, tapfere Dombrowska! Oh, wie ich sie unter dem Rock umschlang und betete! Gott war mit mir. Doch das wollte ich hier nicht feststellen. Meine Damen wurden hinausgeschleppt. Gott war nur mit mir. Beweist das nicht, daß Gott mich noch für große Dinge aufspart?

Wann nun in der Schutzhaft hörte ich zum ersten Mal von

Dimitrij? Tags darauf. Was ging da vor sich? Man fragte mich nach allen Juwelen aus und beschlagnahmte sie. Man versiegelte meine Koffer und sperrte mich wieder im Schlafzimmer ein. Als ich später mit Fäusten gegen die Tür trommelte und den Wachtposten durch die Tür anschrie und nach dem Schicksal Dimitrijs fragte, was hörte ich da? Man habe Dimitrij hier im Palast, in seinem Schlafraum, ums Leben gebracht, nachdem man ihm die Kleider vom Leib gerissen und den Kaftan eines Pastetenbäckers angezogen, man habe ihn als Antichrist verhöhnt (also wie die Kriegsknechte des Pilatus Christum, den wahren Sohn Gottes), und dann durch Herzschuß – ach! Man habe sein Gesicht bemalt und den Leichnam mit Säbelhieben entstellt, die Arme zerhackt, den Leib aufgeschlitzt, das Ganze auf die Galerie geschleppt und von da hinabgeschmissen, und da habe er dann auf Basmanows Leichnam gelegen – wie zu widernatürlicher Unzucht, so deutete das Vieh mir an. Das Packzeug habe gejohlt: ›Ihr habt euch im Leben so geliebt, ihr sollt euch auch im Tode nicht trennen!‹ Hier frage ich: Wie kann man jemand, der längst im Marstall ist und wohl noch viel weiter, plötzlich im Schlafzimmer ermorden? Dimitrij hat sich doch nicht unter die Betten verkrochen! Wozu beschmiert man eines Toten Gesicht und entstellt den armen Leib bis zur Unkenntlichkeit, da man ihn doch öffentlich ausstellen will? Ebendeshalb, weil man ihn ausstellen mußte, hat man's getan. Unkenntlich sollte er sein. Wen aber haben sie umgebracht? So viel weiß ich doch, ihr Schurken, daß Iwan Sokolow im Palast bei Kochelew wohnte. Daß man ihn zu weiteren Rollen abrichtete. Ich denke an Dimitrijs lachendes Wort bei Tisch zu mir von einer Überraschung, die kommenden Tages den ganzen Hof und die halbe Stadt in eine Komödie der Irrungen verwickeln werde. Nun hat der arme Sokolow eine andere Rolle gespielt, als ihm zugedacht war, eine, für die ihm Gott im Himmel die Gage bezahlt. Er ist getötet worden.

Das mag man hinterher gemerkt haben, und darum hat man ihn so verstümmelt, schon aus Wut, das falsche Opfer geschlachtet zu haben, dann aus Furcht, der Pöbel könnte es merken. Ich kenne Sokolow: So völlig war seine Ähnlichkeit mit Dimitrij nun wieder nicht.

Fragt sich nur noch: Wann kommt Dimitrij? Wo steckt er? Noch in Polen, wo er an den König nun wirklich sein halbes Reich und die künftige Freiheit wird verkaufen müssen, um seine Hilfe zu gewinnen, wo er sich sträuben wird, wo man hin und her schachert, der König ihn zu erpressen sucht und Dimitrij sich windet?

Übrigens auch auf dem Roten Platz noch, so höhnte jener Schuft, habe man den Toten keine Ruhe gelassen, habe man vorm Pöbel, der in weitem Abstand gehalten worden, die Leichen gepeitscht. Dimitrij habe auf einem Tisch mit den Füßen auf Basmanows Brust gelegen und Basmanows Leiche auf einer Bank. Ein dicker Kaufmann habe die Sperrkette überstiegen, die den Pöbel zurückhielt, sei auf die Toten losgelaufen, habe dem Volk eine Maske gezeigt, die er in Dimitrijs Schlafzimmer gefunden, und auf Dimitrijs Gesicht gelegt. Höchst sonderbar, sage ich da: Noch eine Maske aufs Gesicht! Ohne daß die Posten ihm wehrten! Und ein anderer Lump habe dem Volk einen Dudelsack vorgewiesen, diesen Dimitrij auf die Brust gelegt und das Mundstück durch die Maske in den Mund gesteckt. Damit die Maske nicht gleite? Der eine Schuft soll beim Maskieren des Toten geschrien haben: ›Du hast lange genug mit uns Maskerade gespielt!‹ Und der andere? ›Spiele uns auf, Polack, du Lustigmacher!‹

Ich frage jeden Stein in meinen Wölbungen: Sieht das nicht nach Arrangement aus?

Hatte der Pöbel denen, die die Leichen zerpeitschten, zugebrüllt: ›Seht den Zaren, den Helden der Deutschen!‹, so zeichneten sich jetzt die Weiber durch Orgien aus und entblößten den Toten ihre Hintern. Wann endlich ließ man den Pöbel an die Toten heran? Erst am dritten Tag. Drei Tage hatten sie dagelegen, zerfetzt, von Kot bedeckt, verwesend und stinkend im Sonnenbrand. Da freilich konnte niemand mehr die Toten identifizieren und Sokolow von Dimitrij unterscheiden. Nach drei Tagen forderte Fürst Galyzin die Leiche seines Stiefbruders Basmanow zur Bestattung im Familienbegräbnis heraus, aber der andere Leichnam konnte nun gut und gerne nochmals drei Tage in der Sonne schmoren und schwarz werden; und scheu schlich der Pöbel weit um ihn herum. Ich sage und schreibe und schwöre und weiß: Dimitrij lebt!

Am nächsten Tag.

Soviel weiß ich jetzt: Die Stadt, in deren Nähe man mich verschleppt hat, heißt Jaroslawl. Wenn ich nur wüßte, welchen Tag wir heute schreiben! Ich lebe ganz kalenderlos. Wieviel Wochen bringe ich hier schon zu? Wieviel Monate sind es seit jener Unglücksnacht? Wann nimmt mein Leid ein Ende? Wann hören meine Selbstanklagen auf? Bin wirklich ich an all dem Unglück schuld? Ich allein? Ich war nur ein dummes Weib, Dimitrij der Mann. Aber ich habe ihn ja abgebracht vom richtigen Wege, den er kannte und unter den Sohlen hatte. Ich sah nur immer, daß er seit dem Tage, da er den Glauben an seine hohe Herkunft eingebüßt, auch sein Selbstbewußtsein verloren hatte – oder doch seine Sicherheit und Zuversicht. Darum hauchte ich ihm Mut ein von meinem Mut, gab ihm Blut ab von meinem Blut. Eins aber sah ich nicht: daß sein Bangen und Grauen, sein Wittern und Sichern nichts als hellsichtige Nüchternheit war. Er wußte, wie schmal seine Basis sei und daß seiner zähen Willenskraft mißtrauischste Vorsicht entsprechen müsse. Gefahr nicht sehen ist Dummheit. Helden sind oft sehr dumm. Tapfer sein, wenn man dumm ist, was ist das schon? Aber Dimitrij war gescheit und dennoch tapfer. Er hatte Instinkt für die Abgründe um und unter ihm. Was hat ihn nun ins Unglück gestürzt? Daß er *gegen* seinen Instinkt auf mich hörte, mich nicht abschüttelte, mein Herz nicht rücksichtslos abwies! Wäre er doch an Xenja hängengeblieben! Nie wäre dann mit mir und meinen tünftausend das Faß hier zum Überlaufen gekommen. Er wäre mit dem Rest seiner Polen (von denen er die ihm Teuersten längst ins Vaterland würde heimgeschickt haben) seine bojarischen Feinde und mit Hilfe seiner Volksaufgebote die Polen losgeworden und stünde als Diktator, Volkstribun und Prototyp des Rußland von morgen frei da (wie solches ein Fürst Schachowskoj von ihm immer erwartet haben soll). Meine verfluchte Eifersucht! Hat mich nicht noch Kolja, der Narr, an der Hochzeitstafel damit aufgezogen? Wie klar hat mir Dimitrij in Moschaisk gesagt: Falle ich, dann nicht durch meinen Betrug, sondern durch diese Polen. Ach, und wenn ich schon kam – jammerschade noch war es, daß er mich noch so liebte, meine Nähe ihn so beseligte, daß wir beide, berauscht vom Glück, einander von Rausch zu Rausch steigerten und er darüber all seiner Vorsicht verlustig ging. Wir feierten und feierten und vergaßen alles und schwollen nur an in unserem Unmaß. Daß er mich damals in Moschaisk so herunterputzte und im Wosnessenskij-Kloster anbrüllte, das war alles nichts als die Ahnung, sein Unglück stehe vor ihm und heiße Maryna. Bin ich nun sein Todesengel geworden? Wen Gott verderben will, den macht er zuvor blind. Ich habe ihn geblendet! Und wer mich? Meine Eifersucht, Selbstsucht, Ehrsucht, meine Scheu vor der Schande, meine Angst vor den heimischen Lästermäulern und mir, mir selbst, nämlich vor meinen Leidenschaften, die mich – das wußte ich – fressen würden, wenn ich leer ausginge und Dimitrij ohne mich von Höhe zu Höhe stiege. Geblendet haben mich auch die großen Ideale. Vielleicht aber – habe ich mir die heiligen Zwecke nur herangeholt? Das kann doch nicht sein, denn schon vorher war ich doch, wie Dimitrij, ganz und gar Jesuitenzögling. Ach, bevor Dimitrij stürzte, wie war ich da schon frei für ihn allein und ihm unterworfen! Er war der Kapitän, und alles, was Rom oder Polen hieß, hatte ich auf sein Geheiß tatsächlich und freien Herzens über Bord gerollt. Dimitrij, kommst du wieder, um mich zu befreien, so kenne ich nur noch eine Regel und Leitschnur: dich. Dann suche ich keines Gottes Wohlgefallen mehr zu erringen als deines. Wir belügen uns alle ja gern (auch du tatest es damals in Krakau, als du dir Iwan IV. nach deinem Geschmack zubereitetest, weißt du noch?), auch ich tat es, als ich mich wer weiß wie fromm um die Union der Kirchen ereiferte; aber wie bald hast du dich frei gemacht von allem falschen Schein, und wie ehrlich bin ich dir zuletzt darin gefolgt! Dabei soll es bleiben. Wenn du mir lebst, lebst, lebst. Dann, ich schwöre es, soll es mir eins sein, ob du mich befreist und wieder erhöhst, ob du mich holst und heimschickst oder ob ich hier sterbe. Ach, ich glaube, ich widerspreche mir Zeile an Zeile.

Abends.

Wirklich, meine Kerkermeister sind viel freundlicher geworden. Was heißt das?

Am nächsten Morgen.

Man hat mir eine Schüssel Johannisbeeren zum Morgenbrei und etwas Honig zum Süßen des Breies hingestellt! Ist die lange, lange Nacht bald herum?

Zwei Tage darauf.

Heute habe ich meinen Wächter angefleht: ›Kriege ich denn keinen Geistlichen? Soll meine Seele verlorengehen?‹ Ich lag und mimte eine Schwerkranke, die sich nach dem Tode sehnt. Er brummte: ›Du bist eine Ungetaufte. Was brauchen Heiden Priester?‹ Ich erwiderte: ›Getauft bin ich am zweiten Tag meines Lebens und glaube an Christus wie du. Und bei meiner Krönung empfing ich das heilige Öl und nahm den Leib und das Blut des Herrn im Mysterium der

Eucharistie. Was also willst du? Ich bin orthodox geworden und so rechtgläubig wie du.‹ Da kratzte und rieb er sich das Stachelmaul und versprach, meine Bitte weiterzugeben.

Vierundzwanzig Stunden später.

Soeben ist der Pope weg. Er hat mich zu trösten gesucht und mir zunächst nur Litaneien vorgeplappert. Dann fragte ich ihn nach dem vierten Gebot. Er nannte es. Ich fragte, ob Kindesliebe gut oder schlecht sei. Sehr gut. Dann brachte ich ihn dahin, es schlecht zu nennen, wenn man dem Kinde, das um des Vaters Schicksal bangt, nicht einmal verraten will, ob und wo er lebe. Und ganz zuletzt machte ich ihm die süßesten aller betränten Kinderaugen, die je in eines Weibes Gesicht gesessen und eines Mannes Herz verdreht. Ich tat so verzweifelt, daß er mir die Hand auf den Scheitel legte und mich streichelte: ›Sei getrost, dein Vater lebt und erfreut sich ein paar Werst von hier, mitten in der Stadt, bester Gesundheit.‹

Allen Heiligen Dank! Jetzt nehme ich das nächste Hindernis: Brieflicher Verkehr zwischen Vater und Kind. Danach das übernächste: Einmal wieder Vater und Kind Auge in Auge, wenn auch nur für eine halbe Stunde! Ich hoffe jetzt wieder auf so viel. Sicherlich läßt man uns beide am Leben, weil Dimitrij lebt. Oder – ach! Genügt es nicht, daß sie König Sigismund fürchten, den König als Rächer seiner hingemordeten Untertanen und seines Bundesgenossen, des Zaren von Moskau? Qual, Qual, Qual und kein Ende!

Tags darauf.

Ich weiß jetzt den Kalender, wir schreiben den 21. August. Daher flimmert draußen die Luft vor Hitze. Selbst in meinen Wölbungen ist es warm. Meine Räume liegen im zweiten Stockwerk des runden, mächtigen Eckturms. Ich habe durch die rostigen Fenstergitter einen weiten Blick, aber die Sehnsucht geht viel weiter. Sonnenuntergang.

Ich verstehe nicht mehr, warum ich einst Vater so gram

war. Ich Sünderin! Er war mir schon fast zuwider. Fast? Ich will nicht lügen. Ich haßte, ich verachtete ihn schon. Doch jetzt, wenn ich ihn nur einmal wiedersehen, seine Stimme hören, mich in seine Arme flüchten könnte! Da wäre ich schon reich. Er weiß vielleicht viel mehr über Dimitrij und unsere Zukunft als ich, viel mehr, gewiß.

22. September.

Wieder ein Blick durch den Mauerspalt in die Vergangenheit! Ich hatte wiederum den Popen gebeten, und er war rasch erweicht. Dies holte ich aus ihm heraus:

Zunächst das wunderbarste aller je vernommenen Evangelien, eine Kunde, von der ganz Moskau erfüllt ist. Ein Fährmann in letzter Mainacht an der Oka hat drei schweigsame Männer mit ihren Pferden übergeholt. Am anderen Ufer hat ihm der jüngste unter ihnen sechs blanke Goldstücke zugeworfen und gesagt: ›Damit du es weißt, du hast den Zaren übergesetzt. Bald kommt er aus Polen mit großen Heeren wieder. Dann soll dir diese Fahrt gelohnt werden, als hättest du Gott und alle Engel gefahren.‹

Auch im Deutschen Gasthaus zu Putiwl hat man dieselben drei gesehen und teils polnisch, teils russisch reden gehört.

Mein Herz zappelt vor Wonne Tag und Nacht. Ich kann nicht mehr schlafen noch wach sein, ich bin ganz und gar Traum und Gesang und bestehe aus Tränen der Freude. O Hoffnung, süßeste Süßigkeit!

Noch eins: In der Mordnacht fehlten plötzlich vier Pferde im zarischen Marstall! Wer die wohl entführt hat? Wer darauf wohl auf und davon war?

Über die Vorgänge im Palast damals in der Mordnacht weiß der Pope nicht mehr als irgendeiner, der nicht Augenzeuge war, doch macht auf ihn großen Eindruck, was sich das Volk in den Straßen zuraunt. Eins hat ihn fast umgeworfen: Er hat in Moskau die beiden Toten am dritten Tag gesehen, besonders bewegt die angebliche Leiche dessen, der wenige Tage zuvor in Gold und Juwelen gestrahlt. Da habe er sich gewundert: Daß der angebliche Dimitrij ja bärtig sei. Auch das übrige nah vorbeidrängende Volk habe über den Bartwuchs gestaunt und frage sich bis heute, ob die Bojaren, dies unverbesserliche Pack, ihr Opfer nochmals verfehlt hätten? Außerdem ging alsbald wie ein Lauffeuer die Rede vom Doppelgänger des Zaren hin und her, den man in der Stadt und bei Hofe mehr als einmal kennengelernt. Ebender sei gefallen, nicht der Zar. Bärtig freilich war der auch nicht. Und noch ein Gerücht, dem eine Wahrnehmung zugrunde liegen mag. In der dritten Nacht habe nach eidlicher Aussage der Wächter über dem Tische, auf dem der Leichnam des ›Hexers‹ gelegen, eine blaue Flamme hin und her geflackert. Sobald man sich dem Mirakel genähert, sei die Flamme verschwunden, sobald man sich entfernt, sei sie wiedergekehrt. Seither sei ein furchtbarer Schrecken durch weite Schichten des Volkes gegangen. Freilich hätten die meisten das Mirakel so gedeutet, daß der Tote ein Zauberer, also wohl doch der gerichtete Zar sei. Jedenfalls, ein frommer Kaufmann habe vom Bojarenrat damals, als die Leiche Basmanows schon bestattet worden, die Erlaubnis erlangt, den Leichnam auf den Serpuchowschen Kirchhof also – außerhalb der Stadt – zu begraben. Als der nächtliche Leichenzug bei Mondschein aufgebrochen, habe sich, wie beim sonnigen Einzug Dimitrijs, so auch jetzt beim Auszug, ein Wirbelwind auf dem Roten Platz erhoben, der den Leichenzug in Staub gehüllt und jede Sicht genommen. Als der Zug das Kulischkojer Tor verlassen, habe der Sturm zugenommen, das Dach eines der Tortürme weggerissen und die Straße mit Trümmern bedeckt. Dies alles wieder (so der Pope und sein abergläubisches Volk) spreche dafür, daß der Tote mit dem gekrönten Betrüger und Zauberer identisch sei. Noch andere Wunder seien geschehen. Bei der

Gruft in Serpuchow hätten sich zwei Tauben niedergelassen und wären, weggescheucht, immer wieder auf ihre Stätte zurückgekehrt; wie trauernde Geister hätten sie dagesessen, die die verstümmelten Reste bewachten. Auch jene blaue Flamme habe wieder über dem Grabe geschwelt, und eine übernatürliche Musik sei hörbar geworden. Daraufhin sei denn – wie mir der Pope als Augenzeuge beschwört – das Grab tatsächlich geöffnet worden Da, als man bis zum Sarge vorgestoßen, sei er plötzlich leer gewesen, doch habe man die Leiche am anderen Ende des Friedhofs auf dem Boden liegend vorgefunden. Da, sagte der alte Mann, ergriff ganz Moskau eine Panik. Es gab Volksaufläufe auf dem Roten Platz. Man schrie: Ja, dieser falsche Zar war ein teuflisches Wesen, ein Vampir; er hat die Magie von den Finnen erlernt, und nun versteht er durch seine Zauberei, zu sterben und wieder aufzuerstehen. Verbrennt den verfluchten Rest!

Und so ist es wirklich geschehen. Man brachte den verwesenden Kadaver in die Hauptstadt zurück und verbrannte ihn auf einem großen Scheiterhaufen. Der Bojarenrat stand dabei und überwachte alles. Mit äußerster Vorsicht mußte die Asche eingesammelt und in eine Kanone gestopft werden. Mit Gebrüll spannte sich dann der Pöbel zum Teil ins Geschirr, zum Teil begleitete er unter Anführung Hymnen singender Priester und Mönche die Kanone bis in jenes Stadttor, durch das Dimitrij einst als Triumphator eingerückt. Im Torbogen wurde die Mündung gegen die polnische Straße gerichtet. Dann kommandierte jemand in Anwesenheit des Wassilij Schuiskij, des Usurpators: ›Im Namen des Vaters und des Sohnes und des Heiligen Geistes – Feuer!‹ Und die Asche wurde hinausgefeuert. Ein Freudengeheul, als seien sie erlöst, ging durch die Massen. Man umarmte sich, lachte und weinte, doch nicht lange. Tiefe schwarze Wolken jagten herüber und verbreiteten Rabenfinsternis, und der starke Widerwind warf sie unter Blitzen und Donnerschlägen mit starken Sturmstößen als feinen Staubregen über Moskau und dem plötzlich verstummenden Pöbel in alle Weite. Es prasselte ihnen ins Gesicht. Was war das? War das nun der Sand der Straße, was da prasselte? Nein, dachte jeder, da ist gewiß die verdammte Asche dabei! Und sein Staub, Dämonenstaub, fährt auf Rußland los, weht über alle Länder, schlägt überall nieder, wo noch ein Russe wohnt! Und seitdem geht durch Moskau die Rede: Allenthalben in jeder Brust wird sein Name aufleben und die Herzen verhexen, ja, sein Name, seine Kühnheit, seine Schönheit, sein Ruhm, mag er nun Iwans Sohn gewesen sein oder nicht, das wird wie toll machendes Fieber alles Volk, das ihn so geliebt, ergreifen. Der Pope bezeugt: Unter den Bojaren, die aus Verantwortungsscheu vor den Rache androhenden Polen Schuiskij ohne Volkswahl so rasch zum Zaren gemacht, so rasch mit wenigen Stimmen auf der Estrade neben den beiden Leichen ausgerufen, unter ihnen bereut man schon längst, was geschehn, und der Mann auf der Straße sagt: Der Zar war ein wackerer Mann. Ein Jahr nur hat er regiert, und schon zitterten seine Nachbarn. Gott wird die Bojaren, die alle Herrscher töten, richten. Werden wir nun glücklicher sein?

Heilige Mutter Gottes, wenn wirklich mein Dimitrij ein solches Ende genommen hätte, wie der alte Mann beschrieben, so kann ich nicht mehr atmen und sein, will's und darf es nicht. Wer wäre schuld an seinem Tode? Ich mit, ich allen voran! Nie hätte ich ihm nach Moskau folgen dürfen. Meine verbrecherische Eifersucht auf Xenja! Xenja hätte ihn bewahrt. Und dieser kindische Eifer um die Größe unserer Kirche und meines Vaterlandes! Oh, meine Angst vor Spott und Schande, oh, mein Hunger nach eitlem Glanz und Ehren! Nun brachte ich ihm unerwünschte, unbestellte Helfer zu, fünftausend Helfer zum Unheil. Ich habe durch die Hochzeitsfeierlichkeiten und jene unsere letzte Nacht des Rausches seine Wachsamkeit, seine hundert Argusaugen bis zum letzten zum Einschlafen gebracht. Ich habe – ach, was hilft's! Zu spät, sich selbst zu verklagen!

Heilige Mutter Gottes! Es kann nicht sein, er lebt, er lebt! Er kommt und spricht mich frei!

An meiner Befreiung liegt mir nichts. Im tiefsten Verlies oder unter Foltern will ich hier zugrunde gehen, wenn er nur lebt und triumphiert. Ich beuge mich in jeden Verzicht. Er lebt!

Wahr ist an all den Fabeleien nur das eine: Sein Name ist in Millionen Herzen wie nie zuvor entbrannt, daß sie phantasieren, klagen, wüten, einander anklagen und hassen müssen und ihm von allen Seiten am Tage seiner ruhmreichen Wiederkehr zuschießen werden wie hingefegter Sand im Sturm. Dann halte er Gericht!

Zwei Tage darauf. Mein Kalender ist wieder durcheinander. Ich fahre fort: Aber wo nun die Herzen brennen in aller Weite, wie weit schon Schuiskij im Bürgerkrieg liegt, ob er nicht schon vor der Ritterschaft Polens verzweifelt, die doch endlich nahen muß, um Dimitrij geschart (oh, Dimitrij wird dann doch ganz und gar und nicht nur zwangsläufig der ihre sein und endlich groß und bewußt auf die polnische Seite rücken, nachdem er seine Russen kennengelernt; er wird jetzt andere Saiten aufziehen und drakonisch als Pole und Katholik dies Reich aus seiner Roheit, Dumpfheit, Barbarei und Besessenheit reißen wollen und dann rücksichtslos den Weg führen, den Pomaski vor uns gesehen und ihm vorgezeichnet und ich doch wohl mit Recht, mit Recht vertreten), kurz, von alledem und was den gefürchteten Schuiskij betrifft, schweigt der feige Pope. Die Pfaffen sind hier das leidensselige Ducken gewöhnt. Da sind die römischen Priester von anderem Schlag.

Am Tage darauf.

Freude! Erster Bote der Außenwelt! Ein quasi jüdischer Bauchladenhändler, eigens zu mir entsandt. Von Ataman Zarutzkij kommt er. Und meine Wachmannschaft, täglich milder gestimmt, hat der Händlermaske vertraut und uns nicht einmal Zuhörer beigesellt. Triumph! Zarutzkij läßt mir dreierlei sagen:

Von Schmerz und Zorn erfüllt, haben die Kosaken am Don, haben die Veteranen Dimitrijs allenthalben zu den Waffen gegriffen und schicken ihre Heereszüge mit heiligen Gesängen zum Kampf für Dimitrij gegen das verruchte Moskau herauf. Zweitens schart sich die polnische Ritterschaft dicht an der litauischen Grenze und rückt auf der alten Siegesstraße Dimitrijs heran. Drittens: Dimitrij ist unter ihnen und wird vor ihnen herrücken. Zwar habe es lange gedauert, bis er in Polen den Rachefeldzug durchgesetzt, doch nun erreichten seine Botschaften alle Getreuen in der Sewersk und von Strom zu Strom. Der König habe alle innerpolitischen Schwierigkeiten angesichts des Massakers in Moskau, dem offenbar die Mehrzahl aller polnischen Herren zum Opfer gefallen, hinter sich gebracht. Sogar der Reichstag hat den König ermächtigt, mit allen Mitteln des Reiches Krieg zu führen, die Toten zu rächen und Moskau zu strafen. Patrouilliert Dimitrij also dem polnischen Heere voran, so bildet der König zu gegebener Zeit die Nachhut. Daß er persönlich nicht sogleich mitzieht, das dürfte Dimitrij mühselig genug erreicht und der König nur notgedrungen zugebilligt haben, damit nicht der Schein entstehe, als wünsche der König das russische Reich zu annektieren und benütze Dimitrij als kleine Staffagefigur, womöglich, um ihn nach dem Siege abzuschütteln; kurz, Dimitrij führt.

In Freudentränen schwimmen meine Seligkeiten und sind soviel wie Minuten am Tag!

Stunden darauf.

Ich muß es mir ordnen und der Reihe nach vergegenwärtigen, wie alles gekommen, seit ich verhaftet und isoliert, ahnungslos und verzweifelt bin und meine Tage durchfiebere. Der intelligente Jude hat es mir alles zugeraunt. Hinter seinen Berichten steht als Garant der wackere, alte Zarutzkij.

Zunächst einmal: Nur dadurch haben die Verschworenen des Verbrechers, der sich jetzt Zar schimpft (aber schon mit dem Gedanken umzugehen scheint, mich und meinen Vater zusammenzuführen und uns beide früher oder später nach Polen abzuschieben), also nur dadurch gelang es dem Komplott, den Palast des Zaren anzugreifen und so viele Schuldlose in ihren Stadtquartieren abzuschlachten, daß er dreierlei tat: Erstens wurden Verschworene über die Vorstädte, auf die Märkte und in die Schenken verteilt, um die Lüge zu verbreiten, der Zar habe ihre Religion wieder abgeschworen und weise die Polen und Litauer gerade an, bei dem Sturm auf die Holzburg an einem der letzten Hochzeitstage alle dorthin geladenen Bojaren und Rechtgläubigen durch die Polen töten zu lassen und danach alles Volk, das sich Rom nicht unterwerfen würde, auszurotten. Da die dumme Lüge nicht recht zog, hieß es in der Mordnacht: ›Die Polen wollen den Zaren umbringen und sein Szepter für ihren König usurpieren! Rettet Dimitrij Iwanowitsch!‹ So wurde in der Tat viel betrogenes Volk vor den Kreml getrieben. Die Torwache war entweder bestochen worden oder glaubte der Parole, es gehe um Väterchens Rettung. Sie leistete dem Pöbel keinen Widerstand. Im Tumult vor dem Zarenpalast tauchte dann die Gegenparole auf: Nicht die Polen bedrohen den Zaren, vielmehr der Zar mit den Polen uns ! Das waren die Leute des Schuiskij, die machten sich den Wirrwarr und das Getümmel zunutze. Auf alle Fälle, hieß es, sei der Zar in Schutzhaft zu nehmen. Diese Parole trieb denn auch zum Sturm auf den Palast an. Die von Schuiskij ausgehaltenen Fanatiker, diese seine verblendeten ›Patrioten‹, ließen sich von der Brandung vorneweg in den Palast hineinwerfen. Noch eins war vorbereitet worden: Die zum Schutz gegen einen Handstreich im Palast zusammengezogenen Leibwachen waren plötzlich nicht mehr da. Irgend jemand hatte sie wegkommandiert, so daß infolge unserer verliebten Unachtsamkeit nur fünfzig Hellebardiere im Vorsaal saßen. (Übrigens, daß Schuiskij verfrüht losschlug, hatte zur Ursache, daß er in Erfahrung gebracht, wie wohlunterrichtet der Zar über seine Anschläge war. Er soll den Komplicen in jener Nacht zugerufen haben: ›Schon weiß der Zar alles und kennt jeden von uns beim Namen. Schlagen wir zu, ehe er uns das Genick umdreht!‹) Kurz, die eigentliche Leibwache lag in der Schreckensnacht im Stadtinneren im Quartier, die besten Strelitzen in ihren vorstädtischen Kasernen, und meine Polen, sogar entwaffnet, in Privathäusern weit verstreut. Jedem meiner Landsleute war sein Mörder zugeteilt. Alle Gefängnisse hatten ihre Verbrecher ausgespien. Auch wußte Dimitrij nicht, daß in der Nacht des 26. Mai aus dem Lager um Moskau allerlei Truppen einrückten, die er nicht bestellt hatte, so das Kontingent von Nowgorod; das soll ihm feindlich gewesen sein. Als der Sturm losbrach, die Glocken heulten und die Menge schrie, hatte ich schon so selig geschlafen, und der Tag brach an. Und kurz vorher schon soll es Wlassjew gewesen sein, der seinen Komplicen aus dem Palast her, wo er Wache hatte, die Mitteilung übersandte, die Luft sei rein. Da habe Schuiskij seiner Bande nochmals zugerufen: ›Keine Minute länger gesäumt! Der Zar weiß unser ganzes Geheimnis!‹ Als sie zu Pferde auf dem Roten Platz angelangt, sollen da schon Edelleute im Panzerhemd, mit Bogen und Arkebusen ihre Pferde unter allerlei Pöbel hin und her geritten haben. Danach sollen die Entschlossensten zur Erlöserpforte vorgerückt sein. Nach der Öffnung des Tores, heißt es, sei die Menschenflut nachgedrungen. An der Himmelfahrtskirche vorüberstürmend, habe man gesehen, wie Schuiskij abgesessen und vor dem Bild der Heiligen Jungfrau von Wladimir niedergekniet sei, gebetet und sich bekreuzigt habe, um aufzusitzen mit dem Schrei: ›Rechtgläubige Christen, Tod dem Ketzer!‹ Ja, und dann dröhnte sofort die große Iwansglocke los, sagte der Jude, und nach und nach antworteten alle Moskauer Glocken. So geschieht das bei Feuersbrünsten. Und da stürmten Scharen und Rotten durch die Vorstädte und rissen Tausende hinter sich her: Zu den Waffen! Nach dem Kreml! Der Zar wird ermordet! – Wer ermordet den Zaren? fragte es aus Fenstern und Türen. Antwort: Die Litauer! So etwa begann das große Morden und Schlachten. Aber gewisse Horden stürmten mit einer anderen Parole ins Zentrum: Zar und Polen wollen uns und die Bojaren ermorden! So steche und würge, wer kann! Nieder mit dem Zaren der Litauer!

Basmanow, Dimitrij und die Leibwache haben sich erst verteidigt. Basmanow fiel als erster mit dem einen Gedanken, wie er wohl seinen Freund, den Zaren, retten könne. Zum Schluß war die Leibwache in Dimitrijs Badezimmer gedrängt. Dort warf sie die unnützen Hellebarden weg und lieferte sich aus. Inzwischen kam Dimitrij zu mir gelaufen und rief mir zu: Versteck dich! Und so weiter. Wenige Minuten darauf war der Vogel ausgeflogen. Sie haben da irgendwo Iwan Sokolow gefunden und umgebracht. Den machten sie zum Pastetenbäcker: ›Seht hier den Zaren aller Reußen!‹ Sie fragten ihn: ›Hund von einem Bastard, wer bist du, wo stammst du her?‹ Es kann zur Not sogar stimmen, daß der Bedauernswerte, um sich zu retten, gesagt: ›Ihr alle wißt, ich bin euer Zar und der rechtmäßige Sohn des Iwan Wassiljewitsch. Fragt meine Mutter!‹ Jedenfalls so viel wird stimmen, daß ein Kaufmann Walnjew es war, der da brüllte: ›Wozu mit dem ketzerischen Hund so viel reden? Seht, wie ich dem polnischen Dudler die Beichte abhöre!‹ Und damit drückte er ihm die Muskete auf die Brust und schoß ihm ins Herz. – Man merke sich neben dem Namen des Schuiskij diesen Namen Walnjew! Ich ahne, warum du es so eilig hattest, Walnjew. Die ganze Rebellion hing daran, daß der Zar ein toter Mann sei. Seine Macht außerhalb Moskaus war viel zu groß. Und war der Rechte entwischt, so mußte er dennoch fürs erste tot sein. Oder solltest du wirklich den Doppelgänger verkannt haben, Walnjew? Auch das ist möglich.

Von draußen schrie es herauf: Was sagt der polnische Lustigmacher? – Er gesteht seinen Betrug ein! rief man vom Balkon hinab. – Haut ihn nieder! schrie aus der hirtenlosen Herde heraus einer der beiden zu Pferde haltenden Schuiskijs, wahrscheinlich Wassilij selbst – oder auch sein Bruder Dimitrij.

Doch wozu noch lange in der Vergangenheit wühlen? Die Zukunft ist mein! Sie heißt nach wie vor: Dimitrij! Seine Kosaken an den großen Strömen, seine Heere, seine Städte und Dörfer, alles ist wieder im Aufbruch.

Allzulange durfte der Jude nicht bei mir verweilen. Ich habe ihn gedrängt, Vater aufzusuchen, und zwar auf dieselbe Art wie mich, damit Vater teilhabe an meinen Seligkeiten. Oder sollte Vater schon mehr wissen als ich?

Ein neuer Pope war da! Er hält mit mir! Ein Diakon. Auch er erzählt: Soll da aus Neapel ein Russe bei Dimitrij in Sandomierz oder Ssambor aufgetaucht sein, ein Kriegsheld, der ein ähnliches Lebensschicksal wie Zarutzkij gehabt. Er hatte, so höre ich, sein hohes Amt in Neapel verlassen, um Dimitrij seine Dienste anzubieten, doch bevor er die polnische Grenze überschritt, hörte er vom Aufruhr in Moskau und vom großen Rätselraten, ob Dimitrij noch lebe oder nicht, auch von der neuen patriotischen Eintracht in Polen. König Sigismund war wieder in Macht und Handlungsfreiheit, der Reichstag um ihn geschart, einig wie nie zuvor, der Krieg gegen Moskau beschlossene Sache. Der Neapolitaner, Bolotnikow soll er heißen, reiste weiter, um in Sandomierz die Wahrheit zu sehen. Dort (oder war es in Ssambor?)

wurde er Dimitrij vorgestellt. Er erhielt von ihm einen kostbaren Pelz und Geld zum Geschenk, vor allem aber die Ernennung zum General eines der bereits vorrückenden bäuerlichen Volks- und Sonderheere Dimitrijs. Mit dem soll er nun schon in Tula stehn. In Tula! In Tula!

Was mich wundert, ist nicht, daß Dimitrij vor seinem Aufbruch so viel Wochen verstreichen läßt, denn zweifellos hatte er viel mit dem König zu regeln, viel ihm abzuringen, sondern daß er nun, da die Kämpfe längst begonnen, immer noch in Polen verweilt, statt voranzureiten, wie es sonst seine Art war. Aber eben die Politik hält ihn noch zurück. Der Sieg auf dem Schlachtfeld ist ihm ja diesmal ganz gewiß und läuft ihm nicht weg, doch das, was dem Siege folgt, das muß schon jetzt vor Geiersgriffen gesichert werden, unbeschadet einer propolnischen und römischen Politik.

Was hat Zarutzkij sonst noch durch den Sohn Israels berichten lassen? Er und der Diakonus stimmen in folgendem überein:

Nach der Mordnacht hat ein Bojarenrat unter dem Vorsitz des Schuiskij regiert. Mein Vater, die beiden Gesandten und alle dem Blutbad entronnenen Edelleute befanden sich, voneinander getrennt, genauso in Schutzhaft wie ich. Nun forderten, die sich als Sieger fühlten, sie auf, einzugestehen, daß sie schuldig – oder mitschuldig – geworden am Plan der Unterwerfung des Reiches und des Unterganges der Nationalreligion. Da aber hat mein Vater, wie oft in äußerster Gefahr, seine Geisteskraft bewiesen. Er soll sehr würdig erwidert haben: Wir Polen haben bona fide gehandelt. Ihr Russen allein, ihr habt euch diesem Dimitrij, den ihr plötzlich einen Hochstapler nennt, so rasch unterworfen, daß diese Unterwerfung, noch jüngst euer Ruhm, jetzt von euch selbst zu eurer größten Schande gestempelt wird. Diese Unterwerfung (unter Führung des einst so verehrten Basmanow mitten im Kriege) geschah zu der Zeit, als ich meinerseits mit vielen Polen, von Zweifeln und Skrupeln heimgesucht, die Walstatt längst verlassen. Damals, als ich nach Polen ritt, da hättet ihr ihn wegwischen können von eurer Erde. Schuiskij schlug ihn damals in der Tat, aber rettete ihn dann und ließ ihn wieder erstarken und zog ihn absichtlich groß. Und dann starb Godunow. Alles übrige entschied sein Allergetreuester, nämlich Basmanow, euer Held. Habt ihr das alles vergessen? Nachdem ihr ihn so zu eurem Zaren gemacht, ihr großen Herren, ihr Soldaten, Bürger und Bauern weit und breit, nachdem ihr ihn feierlich als Dimitrij Iwanowitsch eingeholt und gekrönt und ihm aller Welt als Kaiser gepredigt, wie sollten wir Polen noch anders von ihm halten? Und gläubig oder nicht, gutgläubig jedenfalls, sind wir von Wlassjew, eurem Gesandten, und dem Bojarenrat als Hochzeitsgäste geladen worden. Diese seine Gäste hat das moskowitische Volk in schmachvollster Verräterei ermordet und ausgeraubt, und als wir uns in der Mordnacht verschanzten und verteidigten, wie es unser Recht gegenüber ruchlosen Mördern ist, da hat man uns nach stundenlanger Schießerei und vergeblicher Belagerung das Versprechen gegeben, uns frei und unbehelligt heimziehen zu lassen. Auf dieses Versprechen hin ergaben wir uns. Nun aber nimmt man uns schnöde gefangen. Wir appellieren an das Völkerrecht, das ihr zynisch mißachtet. Und so fort.

Darauf konnten die Bojaren nicht viel antworten. Hatten sie nicht Dimitrij anerkannt und gehuldigt? Aber nun beschlossen sie: Auf, Freunde, lassen wir die große Masse der polnischen Edel- und Handelsleute, nachdem wir sie so blutig gekämmt und ausgelaust, heimwärts reisen! Der König von Polen wird ohnehin schon wie ein Verrückter tun, wir hätten uns zuviel erlaubt. Andererseits müssen wir auch Geiseln behalten, Geiseln gegenüber Polen, damit es uns nicht mit Krieg überziehe. Halten wir also die beiden Gesandten zurück (daß sie toben und schreien werden, kümmere uns nicht!) und verschleppen wir vor allem die immerhin doch gekrönte Zarin und den Wojewoden ins Innere unseres Vaterlandes, nachdem die Exzariza uns ausgeliefert, was ihr der Hochstapler, ihr Komplice, geschenkt. Alles war Kroneneigentum, was sie in Polen erhalten und nur zum Teil über die Grenze zurückgebracht, Silberzeug, Juwelen, Kleidung und dergleichen. Herr Mniszek aber soll bis zur letzten Kopeke erstatten, was fehlt, was ihm sein Schwiegersohn in Krakau oder Moskau eingehändigt. So beschlossen sie, und dann haben sie, diese feige Tyrannenbrut, noch zu sagen gewagt: ›Schwöre, Jerzy Mniszek, dich nie zu rächen noch durch deine Gesippen dich rächen zu lassen! Schwöre, unsere Tat und uns alle bei deinem König, wenn du einst heimgekehrt, zu verteidigen und zu rechtfertigen!‹ In so großer Angst vor König Sigismund kniete man bereits, nach solchem Blutrausch todesblaß, auf den Leichenhaufen der massakrierten Untertanen Seiner Majestät des Königs, auf den Toten der polnischen Ritterschaft und Wirtschaftsleute. In solcher Angst machte man innerhalb von acht Tagen, ohne die Provinzen zu befragen (die freilich zu Dimitrij standen), auf Grund einiger Zurufe aus Bojaren-, Bürger- und Handwerkerschaft und der Strelitzen auf dem Roten Platz, neben den Leichen des Basmanow und des Sokolow, Schuiskij, den Erzschubiack, zum Zaren und dachte: Mag *er* nun die Verantwortung tragen für das, was nachkommt.

Ja, der Süden des Reiches und viele Städte glaubten und glauben so wenig an Dimitrijs Tod als ich. Sie fordern Rache und die schwerste Bestrafung des ›Pelzhändlers‹, das ist gewiß. Wie sollte es anders sein? Die Kosaken eilen für ihren Helden zu den Waffen. In Moskau herrscht wohl Herrschaftslosigkeit, das läßt sich denken. Jeder Ehrgeizling will nun endlich nach oben und sein Glück machen. Alles kriecht da, intrigiert und verklagt einander so schamlos als möglich – man stelle sich's vor! Der reiche Schuiskij sah sich als Zar zunächst arm wie eine Kirchenmaus und ohne Heer, aber die Kirche half ihm auf. Dimitrijs Patriarchen Ignatius hat man natürlich abgesetzt und ins Kloster gesteckt; ein uralter Metropolit aus Kasan, Hermogen, soll Patriarch geworden sein, ein störrischer Kirchenfürst und großer Hasser Roms. Religiöser Fanatismus macht blind! hat Dimitrij so oft zu mir gesagt. Das sehe ich jetzt an diesem Hermogen. Er hat sich auf des elenden Usurpators Geheiß dazu hergegeben, in Uglitsch den kleinen Kindersarg heraufholen zu lassen. (Angeblich waren von diesem Sarge bereits die tollsten Heilungswunder ausgegangen.) Der Sarg ward geöffnet, und was fand man? Ein völlig heiles, sogar gänzlich unverbranntes, rosigfrisches dreijähriges Kind, das lieblich, ja betäubend duftete. Man hat es kürzlich zur Heiligsprechung nach Moskau überführt. So hat Hermogen seinen neuen Heiligen und Schuiskij, der Satan, den göttlichen Beweis gegen Dimitrij, den angeblich toten Dimitrij. Die Leiche des Boris Godunow und die seiner Gattin und seines Sohnes hat er feierlich nach Troiza überführen lassen, nannte ihn aber in seiner großen Proklamation an das Volk trotzdem den Mörder des Uglitscher Kindes. So gibt dieser Lump mit der einen Hand und nimmt mit der anderen. Einerseits erhöht er Boris als Opfer des Zauberers Dimitrij, andererseits macht er ihn zur dunklen Folie, auf der die trübe Glorie eines Wassilij Schuiskij ein wenig sichtbar werden soll.

Marfa, die Wahnsinnige aber, die Hexe, hat er zum Widerruf erpreßt. In der Mordnacht soll ein Rappe auf einer Pritsche die fragliche Leiche ihres angeblichen Sohnes unter ihr Fenster geschleift haben. Vielmehr – das war schon am Morgen. Da soll Marfa flackernden Auges auf den entstellten Toten niedergestarrt und angesichts so massiver und grausiger Drohungen ihren Dimitrij mit krankem Hohngelächter verleugnet haben: Er war der Antichrist, der Antichrist! Schrecklich seine Auferstehung! Marfa soll dann auch schriftlich erklärt und besiegelt haben: Grischka Otrepjew (man wärmt den alten Schwindel wieder auf) hat mich und alle Nagojs ein Jahr lang bedroht und erpreßt. Ihn verfluche ich auch dafür (so soll in dem Manifest zu lesen sein), daß er den Frevel begangen, eine Heidin zu heiraten, ohne sie taufen zu lassen, und daß er die Ermordung aller Bojaren und die Einführung des lutherischen und römischen Irrglaubens geplant.

Was aber sagt zu alledem das Volk? Im Hinblick auf den neuen kleinen Heiligen Hermogens erzählt es sich (zweifellos mit gutem Grund und Wissen), daß niemand anders als Schuiskij das kleine Kind könne umgebracht, präpariert und statt des alten Leichleins im Zinksarg unterschoben haben, niemand als er sei fähig zu so abscheulichem Frevel wider die Religion. Zu dem Widerruf der Marfa aber sagt der Mann auf der Straße: Unser Zar Dimitrij Iwanowitsch bedrohte niemanden, auch Marfa nicht; wohl aber hat einst Boris Marfa bedroht, aber sie hat ihren Sohn nicht verleugnet, und erst recht hat sie jetzt dieser Schuiskij erpreßt, und wahrscheinlich wieder umsonst. Denn wer hat Marfa selber gesehen und gesprochen? Man hat ihre Unterschrift gefälscht, sie weiß nichts von dem Mandat.

Doch genug vom Vergangenen! Der Zukunft zugewandt! Nur noch eins. Jude und Diakon versicherten, daß in den Städten des südlichen Rußland bereits viele Briefe Dimitrijs mit seinem großen Siegel im Umlauf sind. Darin verspricht er, bald an der Spitze eines großen Heeres zu nahen. Die Briefe gingen zuerst noch von Sandomierz aus; der letzte, der bekannt geworden, von Starodub. Der Fürst Schachowskoj – habe ich ihn nicht kennengelernt? – soll in Putiwl das Glück gehabt haben, das ganze Land schon wieder zum Aufstand zu bringen. In wenigen Tagen soll er mehr Kosaken und Bauern gesammelt haben als Dimitrij seinerzeit in Wochen.

Wieder eine neue Botschaft. Ich verschweige den Boten.

Wassilij, der Usurpator, hat auf den alten Schwindel zurückgegriffen, wonach Dimitrij mit Grigorij Otrepjew identisch sei. Um die Fiktion festzumachen, hat er eine ganze Familie auf dem Roten Platz erscheinen lassen, nämlich unter anderem des Otrepjew ›leibliche Mutter‹ (meines Wissens lebt sie seit Jahrzehnten nicht mehr), ferner seinen Stiefvater und seinen Bruder. Die haben auf der Estrade angesichts der verunstalteten Toten feierlich mit vielen anderen angeblichen Verwandten, etwa sechzig Personen, schwören müssen, der Zar Dimitrij habe sie in Galitsch, wo sie zu Hause seien, gleich nach seinem Regierungsantritt in den Kerker werfen lassen; nun seien sie gottlob befreit worden, und der hingerichtete Verbrecher da habe einst als das schwarze Schaf ihrer Sippe zu ihnen gehört und sei kein anderer als Grischka Otrepjew. Aus welchen Gefängnissen wohl hat sich dieser ganz unglaubliche Verbrecher die falschen sechzig Zeugen zusammengelesen? Das Volk erzählt sich hohnlachend, der Zar Dimitrij habe keinem dieser sechzig auch nur entfernt ähnlich gesehen. Wer war auch schon je in Galitsch? Und wo werden die sechzig *jetzt* abgeblieben sein?

Schuiskij, diese Ausgeburt der Finsternis, hat mit seiner traurigen Bojarenclique eine Anklage, die aus zehn Punkten besteht, gegen den angeblich Toten veröffentlicht. Die zehn Punkte besagen: Dimitrij ist Otrepjew. (Ein entlaufener Mönch verdient eo ipso den Tod.) Er war ein Magier und hat als solcher die Heere des Boris behext und besiegt. Er war ein gottloser Ketzer. Er hat sich dem Papst verschworen, Rußlands alte Kirche abzuschaffen und die römische einzuführen. Er hat landesverräterischerweise seinem Schwiegervater Smolensk und Sewerien abgetreten. Er hat geplant, bei dem kriegerischen Schauspiel vor den Toren Moskaus die Bojaren und halb Moskau tückisch durch die Polen hinschlachten zu lassen. (Diese Behauptung soll Schuiskij durch Folterung aus Butschinski herausgepreßt haben. Butschinski soll gesagt haben: Ich habe den Zaren gewarnt, ich habe prophezeit, daß diese Gewalttat ganz Rußland zum Aufstand bringen werde, aber er hat erwidert: Keineswegs! Sieh dieses Volk, wie ich's mißhandle, und alle ducken sie sich!) Ferner hat der falsche Dimitrij nach Schuiskijs Edikt stets den Rat der Bojaren mißachtet; die von den Polen Mißhandelten, wenn sie sich bei ihm beklagten, mit Prügelstrafen traktiert oder bedroht, gehöhnt und verbannt. Er war ein Verschwender, hat den Staatsschatz verschleudert und großenteils nach Polen verbracht. Er hat Nonnen reihenweise geschändet wie auch die Tochter des Boris. Er hat mit den Räuberbanden an der Wolga und ihrem Chef, der sich Pjotr Fjodorowitsch, des Zaren Dimitrij Neffe, nannte und heute noch auf der Wolga die Schiffe plündern läßt, unter einer Decke gesteckt. Er hat die Überfälle seiner polnischen Gäste auf russische Damen nicht bestraft, sondern geduldet und sich darob amüsiert; einer, den er zum Schein solchen Greuels wegen zum Tode verurteilt, erschlug mit seinen Landsleuten seine Henker. Und so geht es fort.

Was für ein Unhold dieser Schuiskij ist, der einerseits Boris Godunow feierlich mit Weib und Kind in Troiza beisetzen läßt, andererseits öffentlich erklärt, Boris habe in der Tat das Uglitscher Prinzchen ermordet! Was tut es, denkt er, daß ich selbst die Exekution an den empörten Uglitschern vollstreckt habe?

Ich frage mich: Hat dieser Verbrecher überhaupt kein Gedächtnis, gar keine Logik? Das Hin und Her seiner Eide geniert ihn keinen Augenblick.

Wer ist dieser Rostower Metropolit Philaret, der die Exhumierung des Uglitscher Prinzchens geleitet haben soll? Er ist, soviel ich höre, ein zwangsweise geschorener Romanow und erst durch Dimitrij zu seinem hohen Amte gelangt. Ich hörte damals bei der Hochzeitstafel seine blonde männliche Schönheit rühmen. Er sehe wie Christus aus, hieß es. Mag er. Ganz offensichtlich hat er mit Schuiskij seinen Frieden gemacht und die kleine Wunderleiche mit allem Pomp nach Moskau geleitet. Selbstverständlich konnte er's sich in Uglitsch nicht leisten, zu erklären, die kleine Leiche sei die des echten Prinzen nicht und keineswegs ein unverwester Leib. Ich nehme zu seiner Ehre an, daß er nicht um seinetwillen so gehandelt, sondern vielleicht, um seinem Vaterland Wirren zu ersparen, oder daß er in puncto Unverwestheit gar nicht zum Lügner geworden, sondern dem greulichen Schuiskijschen Betrug aufgesessen.

Eine Woche lang habe ich nichts mehr aufgeschrieben. Ich brauche diese Zufluchten zum Papier nicht mehr. Meinen Jubel trällere ich lieber vom Gitterfenster durch die Sommerluft in die Weite. Sollen sie mich für verrückt halten! Wann endlich kommt Nachricht von Vater? Aber ich will ganz geduldig sein. Ich bin ja schon ganz zufrieden. Mögen sie mich jetzt umbringen, ehe mich Dimitrij befreien kommt. Ich sterbe lachend. Mein Dimitrij siegt! Und wird nun wissen, auf wessen Seite sein Stand ist. Heilige Mutter Gottes, kann ich ihm nicht mehr zur Seite stehen, so sei du mit ihm, erhalte ihn, Heiliger Geist, beim Eucharistischen Christus, der alleinseligmachenden und allein heiligen Kirche! Gottvater, der Du Dir meinen Dimitrij im Mutterleibe ausersehen und aus hundert Nöten errettet, segne ihn! Mich laß leben oder sterben, wie Du willst, ihn mitherrscherlich stützen oder als verklärter Engel droben geleiten – nicht mein, sondern Dein Wille geschehe!

Am 11. Oktober. Ich wollte nichts mehr schreiben und will's auch nicht mehr. Aber dies sei das allerletzte: Vater und ich werden zusammengeführt. Morgen reise ich zu ihm. Das bedeutet alles! Freiheit! Dimitrijs Sieg! Schuiskijs Not! Jetzt, ihr Hunde, hütet euch! Mit Skorpionen soll man euch züchtigen, dafür will ich sorgen. So wahr mir Gott helfe! Aus ist es mit der asiatischen Barbarei hier! Heil dir, mein Vaterland, treueste Tochter Roms!«

Am nächsten, schon herbstlich kalten Morgen hielt ein ungefederter Kastenwagen vor der kleinen Bohlentür des gedrungenen Turmes. Ein halbes Dutzend Reiter saß auf, als sie Maryna mit einem ihrer Wärter erscheinen sahen. Maryna sah sich von einem ihr unbekannten Offizier in Schuppenhemd und Helm höflich empfangen und zum Wagen geleitet. Sie ging über das bereifte Gras, atmete selig und tief, blieb stehen, schloß die Augen im Sonnenglanz und genoß jeden Schritt. Welcher Wechsel der Dinge! Herrgott! rief ihr Herz, Du kannst mich nicht in neue Enttäuschungen führen; ich bin nicht mehr um meinetwillen da.

Die holprige Fahrt in wärmenden Decken dauerte wohl zwei Stunden und führte an leeren Feldern, halb umgebrochenen Äckern und Streifen voll leuchtender Sonnenblumen vorbei, durch den frischen Duft und Schatten herbstlicher Mischwälder. Die Sonne stieg, und es wurde warm. Die begleitenden Reiter begannen zum Geklirr ihres Wehrgehängs zu singen, jauchzten nach jeder Strophe auf und warfen ihre Lanzen hoch. In dieser Gegend gab es noch keinen Krieg. Besonnter, warmer Friede weit und breit. Dann tauchte ein Kloster zwischen verstreuten Birken- und Kiefernhainen auf, und auf dieses Ziel hielten die Vorreiter hin. Im Bogen fuhr man unter Baumkronen halb herum, dann sah Maryna von vorn den aus Feldstein gemauerten Eingang zwischen zwei Gästehäusern, und aus dem Tor liefen einige Männer hervor, darunter ein Mönch, riefen dann und winkten rückwärts – und hervor trat nun die gedrungene Gestalt des Wojewoden von Sandomierz. Als Mniszek näher kam, sah sie mit Schrecken, wie sehr ihr Vater gealtert war. Als sie ausstieg – kaum huschte ein Lächeln über sein Gesicht. Als sie ihm in die Arme sank, standen Tränen in seinen Augen. Keines Wortes mächtig, hielt er sie nur fest. Dann, als sie vor ihm stand und ihrer Ergriffenheit, Freude und Zuversicht mit Worten Ausdruck verlieh, drückte er ihr nur stumm beide Hände.

Sie begrüßte dann die anderen Männer um Mniszek und erkannte einen seiner Diener und zwei Vasallen aus der Gegend von Ssambor und Herrn Sokolowski. Allen schüttelte sie herzhaft die Hand, und erst die tiefen Verbeugungen der Herren erinnerten sie daran, daß sie ja Kaiserin war, immer noch Majestät, Majestät.

In einem Garten des Klosters hinter einer Feldscheunenwand stand ein gedeckter Frühstückstisch. Maryna staunte ihn an. Ihr Vater lud sie zum Niedersitzen und Zugreifen ein. Der Mönch und die Polen, die sie hergeleitet, zogen sich zurück. Es gab Piroggen, Marynas Lieblingsschleckerei zum Frühstück, und Wildbretpastete und dazu Bier. Mniszek bemerkte, das gebe es erst seit wenigen Tagen. Die Monate vorher sei die Haft hart und schändlich gewesen, und gegen das Völkerrecht sei sie noch heute, aber man dürfe nun hoffen, und Maryna werde wohl das gleiche gelitten haben. Der Mönch kam zurück und brachte eine Kanne Brühe und Brot. Kaum war er wieder mit ehrfürchtigen Verbeugungen davon, als sie ihrem Vater mit einem kleinen Aufjauchzen vorlegte, losredete und mit funkelnden Augen und großem Appetit zu essen begann. Ihr Vater war anscheinend appetitlos, betrachtete aber bereits seine schöne Tochter voll Bewunderung, größer aber schien noch sein Mitleid zu sein. Er fand sie zwar schmäler und blasser geworden, sonst unverändert – bis auf die schäbige bürgerliche Kleidung. Sie trug das Kölner Gewand. Er fragte: »Das ist jetzt dein ein und alles?«

Sie lachte und munterte ihn auf: »Bald prangen wir wieder in Hermelin, und bluten sollen die Banditen.«

Mniszek schaute sie verblüfft an. Da beschwor sie ihn:

»Dimitrij lebt ja noch, Vater. Er kommt mit Pauken und Trompeten.«

»Glaubst du wirklich?« fragte er zweiflerisch. Freilich, die Creme der polnischen Ritterschaft sei wieder im Anmarsch, der König werfe von Krakau Blitze in den Kreml hinüber; all die Hingemordeten würden gerächt werden, und das letzte entscheidende, furchtbare Ringen der ganzen Republik um ganz Rußland, es stehe bevor; was für das ganze Abendland entscheidend sei; und auch ein Dimitrij solle wieder unter den Rächern sein; doch wenn schon der erste Demetrius ein Täuscher gewesen, so sei dieser zweite entweder ein Erzhalunke oder ein ganz toller Phantast, der um Groß-Polens willen diese mehr als peinliche, diese für ihn höchst gefährliche Rolle übernommen hätte. Auf alle Fälle sei er ein Dummkopf.

Maryna saß starr und fragte böse, woher er das vermute? Dann berichtete sie alles, was sie wußte, und zwar in einer Weise, daß in ihres Vaters Gesicht wieder Farbe kam, ja, seine Faust langsam auf den Tisch niederfiel, was einen Entschluß bedeuten mußte. Er räusperte sich wieder gewichtig wie in alter Zeit und begann seinerseits auszupacken.

Der Schuiskij habe ihn mit Brief und Siegel aufgefordert, nach Moskau zu kommen, Eide zu schwören, seinen Antrag auf Ersatz des erlittenen Schadens zu stellen und mit Geld und Gut, Dienern und Freunden und seiner Tochter als freier Mann in die Heimat zu ziehen. Es frage sich nur, ob Schuiskij bei dieser Geste Polen gegenüber sich so sicher fühle, wie er tue, oder ängstlich um Ausgleich besorgt sei.

Da fragte nun Maryna den Vater aus, um das entscheiden zu können. Er ergänzte ihr Wissen hier und dort. Zunächst berichtete er von Pater Pomaskis Tod. Der Pöbel habe seine Leiche in Stücken auf Spießen durch die Straßen getragen.

»Pomaski tot!« rief Maryna. Das empfand sie, als sei für sie ihre Kirche selber dahin. Aber während Mniszek weitersprach, dachte sie: Jetzt sind wir frei, Dimitrij! und schämte sich.

Mniszek berichtete, auch die Musikanten seien in der entsetzlichen Nacht niedergemetzelt worden, in jenem Kremlkloster, welches Dimitrij ihnen vorübergehend als Wohnung zugewiesen. Ach, dachte Maryna, seine Lieblinge, seine Symphoniker!

Aber die Stadtpaläste und Staatsgebäude oder die Lager, worin die Polen gelegen, hätten sich damals gut verbarrikadiert und verteidigt und aus jeder Ritze gefeuert. Da habe der Pöbel schweren Blutzoll gezahlt. Weil das Morden, Schießen, Läuten, Brüllen, Plündern, Saufen und Notzüchtigen (zuletzt ohne Rücksicht auf Freund oder Feind) bis Mittag gewährt, seien die beiden Schuiskijs mit dem Fürsten Mstislawskij, anderen vornehmen Bojaren und imposanten Strelitzenkorps durch die Straßen gezogen, auch vor das uneinnehmbare Gesandtenlogis, in dem Mniszek mitgewohnt und -gekämpft habe, und hätten überall ausposaunt: Rechtgläubige Christen, das Gericht ist vollzogen. Verwechselt jetzt die Unschuldigen nicht mit den Schuldigen! Von da an habe der Pöbel die vergeblich belagerten Gebäude und das Logis der Gesandtschaft den Strelitzen überlassen. Alsbald habe man überall Waffenstillstand geschlossen. Er, Mniszek, habe mit den Bojaren fracturam geredet. Er wiederholte jetzt vor Maryna seine berühmte Rede, nicht anders, als habe er das feige Gesindel vor sich und stauche es zum soundsovielten Male zusammen. Dabei war er aufgestanden und stolzierte im Garten zwischen den Beeten hin und her und schnauzte die Kohlköpfe an.

Maryna fragte, ob Zarutzkij inzwischen wohl bei Dimitrij sei.

»Längst! Bei Starodub, so ließ der Herr Hetman mir sagen, sei er dem Zaren begegnet und habe ihn unter Freudentränen umarmt.«

»So ist doch Dimitrij Dimitrij!« rief Maryna. Mniszek hielt inne und blickte zu Boden: »Ja, wenn man Zarutzkij trauen darf. Übrigens auch unser Miechawiecki und ein Fürst Schachowskoj haben von sich hören lassen, zwei um Dimitrij sehr verdiente Veteranen. Schachowskoj lief schon einmal als der ersten einer zu ihm über, und Miechawiecki schlug sich damals wie der Teufel. Von Korela – nichts mehr gehört. Schachowskoj aber und Miechawiecki, die beiden werden es gewesen sein, die der Fährmann mit dem generösen Unbekannten, der sich hernach als Zar zu erkennen gab, über die Oka setzte.«

»Wo ist unser Narr abgeblieben, unser lustig-kluger Kolja?«

Mniszek zuckte die Achseln: »Hoffentlich hat er sich durchgeschwindelt. In seiner Landsleute Augen war er sehr schuldig, hatte er doch die Hofmusikanten angeworben.« Er kam zurück und blieb mit finsterem Blick in die Weite vor ihr stehen.

»Was denkst du?« fragte sie.

»Ich komme nicht darüber weg, daß Dimitrij, dieser einst immer vorausfliegende Pfeil, so empörend lange in Polen, in Sandomierz, im Versteck gezaudert, scheu und der Öffentlichkeit fern.«

Maryna legte los: »Natürlich scheu. So tief verwundet, wie er war. Auch ich könnte in Polen als eben erst gekrönte und schon wieder verjagte Kaiserin keines der schadenfrohen Gesichter wiedersehn. Er könnte doch niemand dort zum gläubigen Bekenntnis zwingen: Du warst und bleibst der rechte Sohn Iwans und der wahre Selbstherrscher aller Reußen, nicht? Also verkroch er sich, verstört und voller Scham, wie er war. Ich weiß, wie verwundlich er ist. Empörend lange, sagst du? Wieso empörend? Was weißt denn du, Vater, welches Dickicht er vor dem Feldzugsbeginn mit Stumpf und Stiel hat ausrotten müssen? Da ist nichts zu empören.«

»Doch, Maryna! Weißt du, daß seiner neuen Getreuesten einer, ein gewisser Bolotnikow, in Tula nach monatelanger, heroischer Verteidigung kapituliert hat?«

»Der Mann aus Neapel? Ja, der steht in Tula, schon in Tula.«

»Stand, stand, stand. Statt mit einem Ersatzheer heranzufliegen, hat Dimitrij mit Miechawiecki in der Sewersk, um Putiwl, herumgetrödelt und -gezaudert, und Bolotnikow ging unter. Bolotnikows Boten flehten Dimitrij an: Komm und hilf uns, wir können nicht mehr, wir verhungern! Dimitrij schickte sie mit dem Bescheid zurück: Meldet dem Tapfersten der Tapferen, eilends würde ich kommen und ihn befrein, die Mächtigen stürzen, die kleinen und großen Tyrannen, und Schuiskij vertilgen.

»Woher weißt du das?«

»Von Miechawiecki. Schachowskoj übrigens saß mit in Tula. Auch jener noble Vagabund aus Kasan, der es Dimitrij abgeguckt, der im Schutz der Wolgakosaken den Rang eines Zarewitsch Pjotr beansprucht, auch er soll bei Bolotnikow gesessen und ihm und ganz Tula hungern geholfen haben. Ob sie noch leben?«

Ehe Maryna weiterfragen konnte, kam der Mönch zurück und meldete buckelnd: Mit Einverständnis des Archimandriten freue sich der Igumen, Maryna Mniszek und ihren Herrn Vater bei sich empfangen zu dürfen.

Trotz dieser betonten, neuartigen Höflichkeiten merkten sie in den nächsten Tagen, wie streng sie noch beobachtet wurden. Und es mußte noch der erste Schnee hereinbrechen, der auf noch grüne Birken und Buchen fiel und im Laufe der Tage und Nächte, pausenlos und lautlos niederwirbelnd, Garten, Feld und Wald ins frühwinterliche Hermelinkleid hüllte, ehe Zar Schuiskij den Reiter mit der Botschaft sandte, der Wojewode, Maryna und ihr Anhang sollten sich bereithalten; sie würden dort und dort vereint werden und dann und dann gemeinsam nach Moskau reisen. Weitere Nachrichten über den Stand der Dinge drangen von keiner Seite zu ihnen durch.

Endlich waren der große Tag und die Stunde da, daß Maryna und ihr Vater sich in dem Schlitten erhoben, der vor dem Schuiskij-Palais inmitten starker Wachtmannschaften vorgefahren, sich aus den Pelzjacken schälten und von Offizieren ins Haus führen ließen.

Zar Wassilij empfing sie gütig, zu gütig, als daß sie nicht sofort das Kriecherische seiner Höflichkeit hätten wahrnehmen müssen. Trauernd gestand er mit einem Blick auf Maryna, das unverdiente Schicksal dieser Dame tue ihm leid.

»Und das Los der tausend und aber tausend Hingemetzelter?« wagte sie zu fragen. Der Zar aber wagte nicht, sich zu erbosen, sondern seufzte: »Bei allen Heiligen, das alles habe ich nie gewollt.«

»Wer wird das glauben?« fragte, keck geworden, Maryna. Jetzt zog er die Stirne kraus: »Mein Titel ist Majestät.«

»Wo bleibt der meine?« fragte Maryna. »Hat man mich nicht gekrönt?«

»Es war ein Versehen, meine Dame. De jure ist sie nicht geschehen. Bedankt Euch bei dem Betrüger!«

Maryna fragte: »Ist er tot?«

Scheinbar fassungslos starrte der Zar sie an. Mniszek trat vor und bat um Nachsicht. Maryna, von der Umwelt abgeschnürt, kenne die Ereignisse seit Beginn ihrer Schutzhaft noch nicht.

»Nun denn«, begann der Zar seine Schilderung, »ich, der ihn genauestens kannte, so gut wie Ihr, seine Gattin, habe ihn mit zerschossener Brust vor meinen Füßen liegen gesehen.«

»Und zerfetzt, geschändet bis zur Unkenntlichkeit«, ergänzte Maryna.

»Meine Dame, mehr als fünfzig Menschen waren um ihn, als der tödliche Schuß ihn traf, auch Freunde aus seiner Leibgarde. Sie alle sind Zeugen. Nur der von Fürstenberg kann nicht mehr zeugen.«

Anscheinend zerfloß nun Maryna in Wehmut, Trauer, Schmerz und bat mit tränenerstickter Stimme um eine Schilderung, wie ihr Gemahl gestorben. Eine Ohnmacht schien sie anzuwandeln. Sie ließ sich in den nächsten Sessel sinken, bat dieserhalb um Verzeihung und legte ihre Stirn in eine Hand. Lüge! rief sie sich zu, er war längst unter freiem Himmel. Sie fragte: »Wo fing man ihn ein?«

»Auf dem hinteren Hof bei den Strelitzen. Er konnte nicht mehr gehn. Auf einer Bahre trug man ihn herein.«

»Nicht mehr gehen?« schrak sie auf.

»Sein rechter Schenkel war gebrochen.«

Sie erschrak nochmals, ihr Gaumen wurde rasch trocken. Doch mit letzter Kraft rief sie sich zu: Lauter Lügen! Leise fragte sie: »So hat man ihn vom Pferde gerissen, auf dem er fliehen wollte?« Denn vier Pferde, so besann sie sich, vier Pferde fehlten im Stall, darunter das seine.

»Nicht vom Pferd. Er hatte vom hohen Fenster wohl am Feuerwerkspalier der Außenwand hinabklettern wollen, war aber, da das Zeug nicht hielt, abgestürzt und lag stöhnend in Schmerzen da, als die Strelitzen ihn fanden. Diesen versprach er goldene Berge, wenn sie ihn schützten. Die verteidigten ihn gegen die andringende Menge mit Musketensalven, während hinter ihrer feuernden Front der Unglückliche auf den Mauerresten jenes Fundaments saß, das einst den Palast des Zaren Boris getragen. Der Mensch hatte ihn abtragen lassen, um nicht ständig an den erinnert zu werden, an dem er so schuldig geworden. Endlich schwenkte vor der niederduckenden Menge der Aufrührer ein Parlamentär die weiße Flagge und rief:

›Stellt den unsinnigen Widerstand ein! Ganz Moskau erhebt sich. Unsere Leute sind unterwegs, um sich eurer Frauen und Kinder zu bemächtigen, ihr Strelitzen. Die sind jetzt die Geiseln in unserer Hand und werden samt und sonders als Opfer fallen auf dem Altar des Vaterlandes, wenn ihr den Schelm nicht herausgebt.‹

Das zog. Sie gaben ihn heraus, den Betrüger. Zürnt nicht mir, unglückliche Frau, daß ich solche Karten ausspielen mußte! Man trug den Unseligen in den Palast. Zorniges Gebrüll war um ihn her, Fäuste bedrohten und schlugen ihn. Man trug ihn an seiner entwaffneten Leibwache vorbei. Er winkte ihnen unter Tränen zu. Da fiel Walter von Fürstenberg die Menge an, der Dummkopf, und wurde niedergesäbelt. Man schrie den Betrüger jetzt an: ›Gestehe, wer bist du?‹ Und verstockt bis zum letzten, erwiderte er: ›Euer rechtmäßiger Zar, der legitime Sohn Iwan Wassiljewitschs. Fragt meine Mutter!‹ Auch diese letzte Lüge war umsonst. Gnadenschuß ins Herz! Viel zu groß war diese Gnade!«

Maryna zitterte am ganzen Leibe. Mniszek trat hinter sie, streichelte sie und sagte: »Das weiß sie schon, Majestät, darum trifft sie's doppelt.«

»Warum fragt sie dann?« fragte Zar Wassilij.

Darum! dachte Maryna inbrünstig und heftig, um mich gegen alle eure Lügenpfeile panzern zu können. Und sie rief sich ihre eigenen Zeugen ins Gedächtnis, rückte sich die ganze Zeugenwolke vor Augen: Miechawiecki, Zarutzkij, Fürst Schachowskoj, die polnische Ritterschaft, die wieder unter seine Fahnen geströmt und ihn zum Teil doch schon kenne, das Hausgesinde in Sandomierz oder Ssambor, das ihn wiedererkannt haben mußte, den König und seinen Hof, die jetzt unbedenklicher als je zu ihm standen, sie alle, alle waren ja seine Zeugen und straften den Buckligen Lügen. Auch die Bevölkerung von Putiwl, die doch wieder um ihn aufgestanden, und seine Donkosaken unter Korela und alle, alle, die ihn sicher wieder von Sieg zu Sieg tragen – so weit, so nah, daß dieser Schuiskij vor Angst schon nicht mehr ein noch aus weiß. Haha, mag die große Menge auch einen Sokolow mit einem Dimitrij verwechselt haben, einem Zarutzkij, Schachowskoj und Genossen widerfährt das nicht.

Als Maryna nach solchen Erwägungen glaubte, sie dürfe nun wieder die Gefaßte spielen, fragte sie leise, ohne das Gesicht zu heben, und kopfschüttelnd: »Wie kann es dieser Pseudodimitrij wagen, dem ersten, meinem Heros, ähneln zu wollen? Gleicht er ihm irgendwie?«

»Kein bißchen, meine Dame. Man hat ihn mir als hakennasigen, schwarz- und kraushaarigen, mindestens dreißigjährigen Kerl geschildert, ungebildet, ungeschliffen, in allem ein Gegensatz zum ersten Pseudodimitrij.«

»Majestät, wie grundschlecht müssen die vielen sein, die jetzt wider Wissen und Gewissen – ach!«

»Sehr schlecht, die wahren Teufel, bei Gott! Aber diesen polnischen Herren ist jeder Unhold recht, können sie nur – über ihre Rache für Brüder und Vettern hinaus – die Gelegenheit beim Schopf ergreifen, um endlich unser Rußland auszurauben, auszubrennen, auszumorden und unter sich die Wüstenei zu teilen.«

»So hart ist der neue Krieg?« fragte Mniszek.

»Gott sei's geklagt!« bestätigte der Zar. »Das Volk der Russen aber betört noch der Name des Zauberers, und so gehen sie seinem Erben, dem Verruchten, auf den Leim. Der große Haufe besteht aus unentwegten Abenteurern, deren gottloser Sinn nichts als die Ordnung haßt, die heilige Ordnung, die vom Gott der Ordnung ist.«

»Ja«, nickte Maryna nachdenklich und ernst und erhob sich. »Majestät mögen mir vergeben, daß ich mich, während Majestät standen, ohne Erlaubnis gesetzt. Schwäche überfiel mich.«

Der Zar sann vor sich nieder, seine Augen wurden eng und trüb, dann begann er: »Nachdem Ihr Euch, meine Dame, endgültig überzeugt habt, daß Eure tragische Rolle in Rußland beendet, werdet Ihr das Dokument Eures Thronverzichts freiwillig unterschreiben.«

Maryna schwieg, der Zar wartete, hob seine spitzen Brauen, blinzelte weiter den Teppich an und spitzte die Ohren. Maryna fragte: »Wozu auf einen Titel verzichten, den Eure Majestät als für mich nicht bestehend ansehen?«

»Wie meint Ihr das, meine Dame?«

»Eurer Majestät Anrede war, solange ich hier verweile, ›meine Dame‹ oder ›mein Kind‹. Daß ich de facto keine Kaiserin mehr bin, ist gewiß. Doch kann ich ja wohl meinen Verzicht auf den Titel einer Zarin von Rußland nur dann unterschreiben, wenn die, so es von mir erwarten, mich zuvor als Majestät angeredet und mir zu verstehen gegeben, daß ich eine Person sei, die Rang und Titel der Majestät herzugeben und niederzulegen imstande sei.«

Der Zar sagte kalt und schroff: »Wie Ihr seht, lasse ich Euch und Euren Herrn Vater nach Polen ziehn. Das täte ich nicht, wenn der zweite Pseudodimitrij mit dem ersten identisch wäre, denn dann würdet ihr von Eurem Vaterland her, das ja mit ihm gemeinsame Sache zu machen scheint, zu ihm stoßen, was ich Euch kaum verdenken könnte. Da Ihr nun wißt und bestätigt, daß Euer Gatte den Tod gefunden, lass' ich Euch ziehn, natürlich unter starker Bedeckung und auf Wegen, die die des Aufrührers nicht berühren. Solltet Ihr in der Heimat den Titel einer Majestät weiter beanspruchen wollen, obwohl die Schande Eures Gatten und Eures sehr verdächtigen Ehrgeizes vor aller Welt kund geworden, so machtet Ihr Euch zur Zielscheibe des Witzes aller Nationen. Gesteht, ob Ihr Euch so lächerlich zu machen wünscht!«

»Nie im Leben!« rief Mniszek und warf abwehrend beide Hände hoch. Maryna ergriff die Gelegenheit und fügte hinzu:

»Majestät haben gehört: Nie im Leben. Meines Herrn Vaters Wille entscheidet alles. Ich bin ihm untertan. Längst habe ich seine Einwilligung erbettelt, in ein Kloster eintreten zu dürfen. Bin ich hier niemals Kaiserin gewesen, so werde ich auch künftig keine sein. Soll ich aber meinen Thronverzicht erklären, so müßte meine Unterschrift schon lauten: Maryna, Zariza von Rußland. Dann wär' ich's doch vor meinem Volk und aller Welt für ein paar Tage gewesen! Die Formulierung müßte ich – naturellement – goutieren.«

»So sei's!« polterte Schuiskij ärgerlich. »Unsrerseits verzichten Wir auf jedes weitere Gespräch mit der Komplizin eines in alle Ewigkeit Verfluchten.« Damit wandte er sich an den Wojewoden und wiederholte in drohendem Ton: »Der neue Gauner, dem ganz Rußland bereits den Namen des Räubers von Tuschino gibt, hat auch mit dem kühnen Charakter des ersten Betrügers nichts mehr gemein. Er ist ein feiger, grausamer Wüterich und erbärmlicher Lump.«

Tuschino? Maryna besann sich pochenden Herzens, daß Tuschino doch ein Dorf bei Moskau sei. Sollte ihr Dimitrij wieder so dicht vor seinem Moskau stehn? Sie glühte, bebte. Nun, das würde sich rasch ergeben. Nur erst in die Freiheit!

Indessen sprach der Zar weiter, warf dann und wann aus seinen Schlitzaugen mißtrauische Blicke auf Maryna, redete aber wieder würdevoll den etwas krumm dastehenden Wojewoden an: »Ich habe Eure Exzellenz nach Moskau kommen lassen, um Eurer Exzellenz Freiheit, Entschädigung und die Heimkehr anzubieten. Was gewesen, will ich als christlicher Monarch verzeihn.«

Das war der Exzellenz nicht neu. Preis? fragten Mniszeks Augen, nachdem er sich höflich verneigt.

»Ich habe Euch geschrieben. Jetzt füge ich die einzige Bedingung hinzu: Sie meint Euren ritterlichen Eid, daß Ihr weder mit noch ohne jenes Scheusal von Tuschino je wieder gegen Moskau und meine Krone agieren werdet, vielmehr den König in Krakau beschwichtigen und ihm und aller Welt verkündigen wollt, daß Euer Schwiegersohn zu Pulver verbrannt worden und der neue Prätendent der Verwüster eines Rußland sei, welches, solange ich lebe, um nichts mehr als um die Freundschaft unseres westlichen Brudervolkes besorgt sein wird. Ich biete dem König Unterhandlungen an im Sinne jener alten Vorschläge, die den ewigen Frieden zwischen unseren Reichen im Sinne gehabt.«

Mniszek versprach, den Eid schwören zu wollen, da ihm der Zar ja die geringe Entschädigungssumme bewilligen werde, die er werde benennen müssen, um vor seinem eigenen König und Volk bestehen zu können. Er verlangte die längst überlegte Summe von genau einhundertvierundfünfzigtausendsechshundertundvier polnischen Gulden und keine Kopeke darunter und darüber. Der Zar zuckte ein wenig, als er die Zahl vernahm, doch er wollte sich nichts merken lassen. Mit etwas belegter Stimme sagte er: »Dem reichsten Herrscher auf Erden, dem Gott alle Tage Neues beschert, steht es nicht wie anderen Fürsten an, zu feilschen. Das Sümmchen ist gewährt. Ich freue mich der Bescheidenheit Eurer Exzellenz. Und nun zum Schwur, Herr Wojewode!«

Er schellte mit der Tischglocke. Sein Bruder, Großfürst Dimitrij, erschien in großer Pracht, grüßte und entnahm seiner Mappe ein Blatt. Der Zar stellte die Herren einander vor. Maryna übersah er. Der Zarenbruder studierte sein Blatt noch einmal durch und verlas dann die Eidesformel. Maryna, der kein Stuhl angeboten wurde, ließ sich jetzt wieder gelangweilt – zur Verblüffung des Zaren – nieder, hatte ein spöttisches Lächeln in den Mundwinkeln und stieß – zweimal! – einen kurzen, verächtlichen Windstoß durch die Nase. Sie achtete auf jedes Wort des Eides. Schließlich trat Mniszek traurig an den Tisch und unterschrieb ohne Bedenken. Hauptsache: Freiheit! Und Verbrechern gegenüber gilt ja kein Wort. Im übrigen, sagte er sich, da Dimitrij nun doch wohl tot, sehne ich mich nur noch nach Ruhe und Frieden. Meine Rolle – auch in Polen – ex! Wir werden privatisieren. Er war ein müder, gebrochener Mann. Das sah ihm seine Tochter an, als er so lässig unterschrieb.

Sie wurden verabschiedet und entlassen.

»Gebt auch Ihr mir Eure Hand in Christi Namen!« bat der Zar nun doch in versöhnlichem Ton Maryna, »und kehrt in Frieden heim! Vergeßt, was hinter Euch liegt! Ihr habt gewiß in gutem Glauben gehandelt und seid die am schändlichsten Betrogene. Doch Ihr seid sehr schön. Gott zeige und beschere Euch den Euer würdigen Gatten!«

Kaum, daß Vater und Tochter im planüberspannten Schlitten nebeneinandersaßen, um durch unbekannte Straßen mit Schellengeläut dahinzugleiten, fragte sie ihn heftig:

»Wo liegt Tuschino? Bei Moskau doch?«

»Ich kenne kein anderes.«

»Nun hin zu ihm, hin!«

»Maryna!«

»Haha, nicht sofort mit diesem Schlitten – naturellement, doch so schnell wie möglich! Zauderst du etwa? Hast du nicht gemerkt? Schuiskij pfeift auf dem letzten Loch. Ganz verfallen ist er. In wenigen Tagen, spätestens Wochen, regiert hier wieder Dimitrij. Oh, mein Gott! Unsere Hochzeit wird fortgesetzt. Hat sie als Bluthochzeit begonnen, so mag sie als solche enden. Doch dann fließt anderes Blut. Für jeden Polen büßen mir zehn Verräter, dafür will ich sorgen. Dimitrij steht vor Moskau. In Tuschino! Und das lügt und lügt! Das erzählt von einem krummnasigen, schwarzwolligen Lümmel. Wenn man noch sagen würde: Er gleicht Dimitrij wie ein Ei dem anderen, und daher kann er die Menge, freilich noch längst nicht unsere Vertrauten, täuschen! Aber das lügt und lügt so plump, so dumm wie möglich! Sokolow ist tot, nicht Dimitrij. Lauter Schwindel, das mit dem Beinbruch.

Wenn irgendeiner doch, hat sich Sokolow das Bein gebrochen, Dimitrij fällt auf die Füße, immer! Zum Marstall wollte er ja. Das lügt und lügt!«

Der Vater blickte seine Tochter staunend an, und sein Kopf wackelte. Maryna öffnete einen Schlitz der Schlittenplane und lugte seitlich hinaus. Da stand plötzlich hinter einer Nebenstraße, an der sie vorbeirauschten, das ferne Bild des großmächtigen Erlösertors, zeigten sich alsbald auch andere Kremltürme, und Maryna rief wie im Fieber:

»Wann und wie werd' ich euch wiedersehen? Ich schwöre bei Gott und der Mutter Gottes: Dimitrij, sei, wo du willst, nirgendwo will und werde ich sterben als in dieser Stadt!«

Dann setzte sie wieder ihrem Vater zu, bis er sich nochmals wirklich wieder zu sagen begann: Sie hat recht, Dimitrij lebt, und alles nimmt seinen herrlichen Fortgang.

Außerhalb der Stadt stand ein stattliches, zweistöckiges Haus, schneebedeckt, von Militärkordons abgeriegelt und von Strelitzen umtrottet, das Quartier des Wojewoden, seines Gefolges und Marynas. Dort nahm die Fahrt für heute ihr Ende. Dort ging das Feiern und der Jubel an.

Die alte Gefolgschaft wußte bereits durch einen der Wächter draußen, der mit seinem Herzen ganz auf seiten Dimitrijs stand, daß der Held in einem Triumphzug sondergleichen und viel mächtiger, weit glücklicher auch als im Kriege gegen Boris bis vor Moskaus Tore gestürmt und gedrungen und glanzvoll in Tuschino residiere. In Tagen, in höchstens zwei bis drei Wochen ziehe er im Kreml ein. Immer mehr Bojaren, Kaufherren, Hofleute, Offiziere und ganze Heeresteile von hungernden Soldaten liefen Schuiskij weg und zu ihm über, fast alle großen und kleinen Städte im Reich hätten ihm gehuldigt, der ›Pelzhändler‹ sitze wie ein Greis auf dem Dach in Wassersnot und blicke sich nach Hilfe um. Ob der Schwede helfen werde? Also sei der Keulenhieb von Dimitrijs Helm abgeglittenund jenem in die eigenen

Knie gefahren. Es sei aus mit ihm. Dimitrij benötige auch den König nicht mehr.

Als man einander solcherlei freudenvoll bestätigt, fiel man sich in die Arme. Nur Maryna hielt auf ihren Rang und tat kaiserlich. Nun sollte das Ganze begossen werden. Jurij, der Diener, ging auf den Flur und winkte den Posten heran: Ob er gern Wodka trinke? Der Soldat leckte sich den Schnurrbart. Jurij ließ – seit Monaten versteckte – Silbermünzen in seine Hand gleiten: »Zwei Kruken! Eine für dich.« So ließen sie denn bald den Branntwein von Mund zu Mund wandern und tranken auf Maryna und die Zukunft. Beschwingten Geistes hechelten sie durch, was alles an guten und ärgerlichen Dingen geschehen. Sie nannten die edelsten Namen der polnischen Ritterschaft, die unter Dimitrijs Fahnen geeilt. Auch des Königs Generalissimus Rozynski sei mit von der Partie. Alle diesmal mit des Königs Segen, in seinem Namen! Wenn dem Gerücht zu trauen sei, so habe allerdings zwischen Rozynski und Miechawiecki in Tuschino ein Duell stattgefunden, bei dem Miechawiecki gefallen sei. Bedauerlich. Aber bei Wolochow habe Rozynski mit seinen Husaren hurraxdax die russische Front durchbrochen, und seither liege die Hauptstadt vor Dimitrij und seinen Polen, Kosaken, Bauern, Tscherkessen und so weiter zum Zugriff bereit.

Warum er nicht endlich zugreife? Das habe seine politischen Gründe; und es gebe Spannungen innerhalb der Front der Sieger, nämlich einerseits –

Ein Strelitzenhauptmann trat ein und meldete, er sei ernannt worden, morgen früh den Zug der Gefangenen zu führen, man möge sich bereithalten.

Maryna erkundigte sich, ob man sich auf der Heerstraße bewegen werde. Der Hauptmann brummte: »Auf absolut sicheren Wegen.«

Die kein Dimitrij erreicht! ergänzte Marynas Herz – und schrumpfte ein vor Trauern und Bedauern.

Es kam eine dennoch unbeschwerte, eine selige Nacht. Ruhelos schlief Maryna ihrem Glück entgegen. Jetzt, da Dimitrij am Vorabend seines erneuten Sieges stand, war's keine Schande mehr, sich in der Heimat blicken zu lassen. Sehr bald würde man ja wieder nach Moskau ziehn. Sie würde ihn gewißlich nicht hindern, scharfes Gericht zu halten, nach seinem Ermessen. An sich war ihr bereits wieder wenig nach Rache zumut. Allen Menschenkindern war sie wieder hold, selbst ihren Feinden; außer dem Buckligen. Kein Pardon für den Satan! Die schlimmste Pein, die grausigste Tortur für ihn!

Sie schlief hinter einer spanischen Wand. Einmal, als sie aufgewacht, lag sie vor Erregung lange wach. Auch ihr Vater war schlaflos und hörte sie seufzen.

»Töchterchen schläft nicht?«

»Nein.«

»Sorge oder Freude?«

»Freude. Und du? In Sorge?«

»Ja. Die werde ich nicht mehr los, bis ich deinem Zaren wieder Aug in Auge gegenüberstehe.«

Schweigen. Dann Maryna: »Ach, daß unser lieber, kluger, tapferer Pater noch lebte! Dem würde ich jetzt beichten.«

»Beichten? Was? Im Notfall ist auch der leibliche Vater dafür gut.«

Sie liebte seine Neugier nicht und hielt ihn keineswegs für einen Beichtiger, schließlich aber war er ihrer Leiden und Freuden Genosse, hatte Ohren und sollte ihr folgsam bleiben, komme, was da wolle. So tat sie doch eine Beichte durch die spanische Wand hin, schilderte, wie (trotz der damals empfangenen Absolution) ihr Gewissen seit Ostroschskis Tode heimlich wund gewesen, auch damals gerade, als sie in Sjewsk Dimitrij vor der schicksalsschweren Schlacht von Dobrynitschi so entmutigt vorgefunden. Da habe sie alles darangegeben, auch ihre Unberührtheit, ihn beschwichtigt, aufgerüttelt und zu sich gebracht. Allein ihre Leidenschaft sei eben doch der Angst entsprungen gewesen, weniger wohl dem Bangen um Dimitrij als um die Rechtfertigung ihrer selbst und der ganzen großen Aktion. Sie habe ihn damals bei seiner männlichen Eitelkeit gepackt. Später freilich, in Moschaisk, sei sie über Dimitrijs Plan, die Bojarenschaft mit den Polen und diese mit seinem eigenen Volksheer zu schlagen, noch tiefer entsetzt gewesen als dazumal über Ostroschskis Tod. Doch habe sie sich da zu erbarmungsloser Härte und unbedingtem Gehorsam durchgebissen, ihm zuliebe, ja zum Verzicht auf die großen religiösen Ziele; aber doch durch einen kleinen Streich erreicht, daß er Litauer und Polen auf anständigere Manier hätte loswerden können. Aber soweit, soweit habe sie sich entäußert, daß sie gar nichts mehr gesagt, als Dimitrij habe durchblicken lassen: Mein erster Krieg wird vielleicht mit Sigismund Wasa sein, nicht mit dem Khan der Krim, und ehe ich losschlage, schließ' ich mit Schweden den Nichtangriffspakt und bin gedeckt. Zu frech – so habe Dimitrij gerufen –, zu dumm und unverschämt sind mir jetzt Sigismunds Gesandte gekommen. Jetzt werde ich ihm zeigen, wer ich bin ... Aber dann, dann, als Dimitrij gefallen schien, ach, da habe sie sich selbst verklagt, furchtbar verklagt, als habe gerade sie ihm überall das Konzept verdorben, schon durch ihr Kommen und die vielen Übermütigen, die sie mitgebracht, auch durch ihren Hunger nach rauschenden Festlichkeiten, die seine Aufmerksamkeit dann ausgehöhlt, und durch ihr Betteln bei ihm um Milde bald für das Polentum, bald für die Bojarenschaft; das alles habe ihn sein Vorhaben zu lange aufschieben lassen. Zuletzt habe sie in der Qual der Gefangenschaft einmal aufgeschrien: Gott und ganz Rußland möcht' ich erdrosseln! Das sei eine fürchterliche Sünde, wohl gar die Sünde wider den Heiligen Geist gewesen. Sie bitte unter Tränen Gott um Verzeihung. Aber endlich, endlich wisse sie nun: Gott und Dimitrij leben! Nochmals, sie widerrufe jetzt die Lästerung in heißer Reue, bekenne sich als ganz, ganz große Sünderin, bitte Gott, sie zum Zeichen der Vergebung bald, bald mit dem Sieger erneut zu vereinen, und bekenne unter tausend Tränen des Dankes: Gottes Wege seien alle, alle wunderbar. So brachte sie vieles durcheinander vor.

»Absolvo«, sagte Mniszek in seinem Bett, »und nun schlafe, mein Kind.«

Sonderbarerweise entschlief er nun als erster und schnarchte beneidenswert. Im Morgengrauen schlief auch sie wieder ein.

Als beide nach dem Erwachen aufgestanden, sich angekleidet und am Frühstückstisch begrüßt hatten (und siehe, es gab gebratenen kalten Fisch, Hirsebrei, Ahornsirup, Butter und Brot, dazu warmes Bier) und guter Dinge waren, kam mit unsicherem Lauerblick nach hinten, heimlich also, vom Flur der Soldat herein, dem Jurij am Tage zuvor den Wodka spendiert, holte aus dem Ärmel einen Brief für Mniszek hervor, den ihm ein Spion über Nacht zugesteckt, und verschwand. Der Wojewode wendete den Brief um und um.

Maryna schlug sich die Hand vor den Mund und jauchzte leise auf: »Sein Siegel!«

In der Tat, das war sein großes, stolzes, schweres Siegel, das den Brief verschloß! Und schon hatte sie das Schreiben dem Vater entrissen. Mit einer Nadelspange aus ihrem Haar öffneten ihre fliegenden Hände das Schreiben, und ihre bebenden Lippen murmelten laut, was sie las.

»Lauter!« bat Mniszek.

Sie deklamierte: »Ihrer Majestät, der Zariza von Moskau, und Seiner Exzellenz, dem Herrn Wojewoden von Sandomierz. Wohlunterrichtet durch Unsre Vertrauten in Moskau, daß der elende Schuiskij Euch zu sich gerufen und Euch heute heimeskortiert, teilen Wir Euch mit, daß Wir die wenigen Wege, die seinen Moskowitern noch offenstehen, kennen und kontrollieren. An der Schwelle Unsres endgültigen Sieges, den Uns keine Macht Himmels und der Erde entreißt, rufen Wir die Zariza an Unsre Seite. Auch Seine Exzellenz laden Wir an Unsern Hof. Wozu nach Polen gehn? Der Adel Polens ist hier! Kommt! Es erwartet Euch beide voll Ungeduld –«

Hier stutzte Maryna mit einem Ausdruck, der aus Enttäuschung in Bestürzung und Entsetzen überging, wurde bleich wie die Wand und schien völlig fassungslos.

»Dimitrij?« ergänzte Mniszek fragenden Blicks, nahm das Blatt herüber, sah die Unterschrift, suchte im Wams nach seiner Brille, fand sie nicht, rieb die Augen, sah wieder ins Blatt und sagte: »Das – ist nicht sein Namenszug ...«

Maryna, so oft und leicht sie in ihrem Leben in Ohnmacht zu fallen verstanden, diesmal stockte ihr das Herz wirklich, und randvoll von Übelkeit fiel sie vornüber auf den Tisch. Ihr Bewußtsein wollte dennoch nicht völlig erlöschen. Zu tief saß ihr der Schreck im Blut. Mniszek sprang auf.

Als Maryna zwei Stunden danach im planüberspannten Gefährt neben ihm saß, das als letztes in der Wagen- und Reiterkolonne Moskau in westlicher Richtung verließ, saß sie wie versteint. Ihre Augen waren gebrochen wie die einer Toten. Sie hatte in das Gesicht der Medusa gesehn und war nun gegen den unverschämten Rat des Räubers von Tuschino immun, viel zu tot, um seine Verlockung noch von sich abwehren zu müssen. Die Welt war eine Gruft. Aber diese versteinernde Medusenfratze, wem gehörte sie an? Dem Gott, der sie auf ihre Bahn geworfen, tagaus, tagein, der sie mit ruhmreichen und heiligen Zielen und Zwecken umstrickt und genarrt und jetzt nach all dem Katz-und-Maus-Spiel die Krallen in sie schlug. Er allein trug dies ertötende Gesicht. Die Christusmaske war davon gefallen. Zahllose Gewichte hängten sich an sie und zogen sie stetig und still, unaufhörlich, von Todestiefe zu Todestiefe. Da spürte sie weder Lästerung noch Schmerz im vereisten Herzen, nicht einmal jene Verzweiflung mehr, von der das Inferno der Verdammten in ewigem Echo widerhallen soll: ›Laßt alle Hoffnung fahren!‹ Sie fuhr weder heimatlichen Spießrutengassen und gesellschaftlicher Ächtung entgegen noch einem Versteck in irgendeinem polnischen Kloster, um da wie Marfa zu enden; sie ließ sich eben nur von Tiefe zu Tiefe sinken wie ein Stein und wartete ohne Ungeduld auf nichts als lauter Nichts, höchstens darauf, daß das tote Herz in ihr sich endlich im allerletzten Nichts vergesse und verliere. Ohne Verwunderung fragte etwas in ihr: Daß ich noch lebe? Schlägt mein Herz doch schon längst nicht mehr ...

Mniszek, seit langen Wochen krank, fühlte sich endgültig zum Privatisieren bestimmt. Schuiskij hatte ihn halbwegs saniert. So beschied er sich, fror und hatte sogar eine metaphysische Anwandlung, indem er sich darauf besann, daß alles Irdische tatsächlich ein Ende nimmt. Mit scheuem Seitenblick wagte er einmal Maryna zu fragen: »Wo steht das: Wir gehen daher wie ein Schemen und machen uns viel vergebliche Unruhe, wir sammeln und wissen nicht, wer es einnehmen wird? Pilgrime sind wir wie alle unsere Väter ...« Danach schwiegen beide wieder stundenlang.

Bis der Überfall geschah. Hatten sie ihn nicht doch befürchtet? Hatte ihn irgend etwas in ihnen nicht doch noch erhofft? Trotz aller Erstorbenheit?

Rechts der Kolonne schwang sich weiß und sanft eine bewaldete Höhe hin. Da schwärmte plötzlich mit Feldgeschrei vom Wald her eine stattliche Schar säbelschwingender Reiter auf den Geleitzug nieder. Maryna wußte sofort: Seine Leute! Die Angreifer umzingelten die drei Wagen und griffen mit Pistolenknall und Säbelhieben im Nahkampf Schuiskijs Berittene an. Der Hauptmann sank vom Pferd, nur zwei Männer verteidigten sich, der Rest sprang schleunigst vom Sattel, hob die Hände und ergab sich. Maryna machte, höchst gleichgültig, erst dann die Augen auf, als unter den drei fremden Reitern, die vor ihr hielten, Kolja Kochelew war. Er lachte ihr zu. Ein kleiner neuer Hoffnungs- und Freudenblitz zuckte ihr durch die Seele. Sollte der Urheber jener fremden Unterschrift –

»Kolja!« rief sie.

Kolja saß ab, trat an den Wagen, schlug an seinen Säbel und rief: »Eure Majestät ist befreit. Zurück zum Kreml im Heere des Rächers!«

»Lebt er denn, lebt er denn?« schluchzte und schrie sie in unsäglicher Angst, der Angst, um Dimitrijs grausiges Ende nochmals Tod um Tod sterben zu müssen. Sie hatte doch schon alles hinter sich gehabt – und war soeben wieder aufgelebt!

»Er ist wahrhaftig auferstanden!« Mit diesem pathetischen Ostergruß stand der Lustigmacher da, küßte Marynas Hand und bat sie sehr ernst, die Herren anzuhören. Schon entsank ihr wieder aller Mut.

Der eine der Kavaliere in schnurbesetztem Pelz, federbuschgeschmückter Fellmütze und mit Silberborten an den Pelzstiefeln, auf tänzelndem Rappen, schnurrbärtig, glatten Kinns und jugendlich, grüßte mit niedergeschwenktem Säbel und leichter Verbeugung: »Zborowski.«

Der andere, ähnlich gekleidet, doch blond und knebelbärtig à la mode, tat es ihm nach: »Stadnicki.«

Sie luden Ihre Majestät und Seine Exzellenz nach Tuschino ein. Zborowski sprach von dem zum Greifen nahen Siege Dimitrij Iwanowitschs, Stadnicki von der Pflicht der Zarin, ihren Thron wieder einzunehmen.

»Pflicht – gegen wen?« fragte Maryna mit Mühe und Not.

»Gegen den Helden, Majestät, dessen Erbin Ihr seid. Mit einem Wort: Die Pflicht der Rache ruft.« So Stadnicki.

Dazu deklamatorisch Zborowski: »Der wir alle unser Leben und Sterben weihen. Rufen Eure Majestät nicht die Namen des toten Helden noch der erschlagenen Brüder, so rufen sie doch die Macht und Ehre Polens und Großpolens Ritterschaft an.«

Damit war es heraus. Es half alles nichts, Maryna mußte weiter alle Tode sterben und noch einmal und endgültig vom Leben Abschied nehmen.

Kolja flüsterte ihr zu: »Es ist unser Iwan Sokolow. Folgt dem Ruf, Majestät, wie wir alle!«

»Niemals, niemals«, röchelte jetzt zornig und mit der letzten gesammelten Energie des kranken Mannes Mniszek. Er hielt sich mit beiden behandschuhten Fäusten die Ohren zu. Aber in Maryna war nun doch bereits ein Fünkchen von den fernen Bränden des Infernos haftengeblieben, und in all dem toten, dürren Reisig ihrer Seele schwelte und brannte es auf. Rache, Rache hieß das eine zündende Wort.

Sie stand langsam im Schlitten auf, geheime Erregung rötete ihre Wangen, sie schwankte, und dann schrie sie auf: »Dimitrij!«, so daß es vom Wald her widerhallte. Und nun warf sie die Pelzdecke von sich, stieg aus und fuhr Kochelew nach einer geraumen Weile heiser, hart und verbissen an: »Was ist's mit Sokolow? Ist er Dimitrijs halbwegs wert? Darf er der Rächer sein? *Er* soll Dimitrijs Namen tragen dürfen, seinen Namen? An seiner Seite – ich – schlafen!! Oder soll ich ihn zuletzt umbringen und beerben und selbst – Selbstherrscherin sein und regieren im Sinne meines Dimitrij? Denn anders würde es nichts. Aber wäre das eine Rache, du? Für wen wäre ich da? Und wie lange hätte ich Glück?«

Stadnicki, der nach hinten geritten, schnauzte dort inzwischen die Gefangenen an: »Hundert Schritte seitwärts, verfluchte Horcher!« Seinen Leuten befahl er, sie oben am Waldrand im Auge zu haben. Zborowski sann über Marynas Worte nach. Dann wünschte sie, mit Kolja allein zu sprechen, stapfte im Schnee müde voraus und fragte ihn dort hastig hunderterlei: »Wie konnte Zarutzkij den Soko-

low für den toten Dimitrij halten? Oder es wagen, mich hinters Licht zu führen?«
»Aus Rache!« sagte Kolja.
»Wie konnte Miechawiecki –«
»Rache!« sagte Kolja.
»Wie konntest du selbst, du selbst, Kolja –?«
»Rache, Majestät, aus Rache.«
»Ja, gut, gut.«
Es sprach in ihr weiter: Rache ... Kein süßeres Wort mehr für mich als dies. Haß oder Liebe, beide sind *ein* Leben und sterben beide, wenn sie nicht wachsen. In mir wächst er noch, dieser gegabelte Baum, wächst und wächst, will nicht aufhören. Ach, daß ich noch so jung bin! So lebendig! So soll der Baum bis zur Hölle hinabwurzeln und meinethalben in den Himmel ragen. Von mir hat kein Gott mehr Rechenschaft zu fordern. Die große Maske fiel. Gut, so fällt auch von mir wie Verlarvung, was ich irgendwann geglaubt und gewesen. So besteige ich an dieses Sokolow Seite den Thron aufs neue, den mir von Dimitrij erkämpften Thron. Im Namen der Rächer: Rußland unter das polnische Joch!

Dimitrij, viel zu gut für diese Welt, sagte einmal: Resignatio ad infernum – auch darin noch sei Hoffnung. Oder er sagte: Der Krone würdig sein, das sei mehr, als sie tragen; Heldensache sei es, einen Thron zu erobern, doch ihn mit nobler Geste verlassen zu können, das erfordere Engelsnatur, und die habe er nicht. Was sagte er noch? Größtes Verbrechen eines Führers: Seines Volkes Leidenschaft und Begeisterung entfachen und dann mißbrauchen. Oder: Niemand bringt dem Volke Freiheit, der nicht frei ist über sich selbst. So *dachte* er immerhin, so groß und ehrlich. In seiner Schwermut klagte er einmal: In der Wüste ist kein Echo, in der Einsamkeit keine Freude ... Hier stöhnte Maryna auf und rief vor sich hin: »O Gott, Rache für mein verpfuschtes Leben!«

Sie hatten schon weit mehr als hundert Schritt gemacht. Maryna blieb stehen, blickte auf die Männer zurück und sagte:

»Das ist nun ausgemacht, ich gehe zu Sokolow. Unter einer Bedingung: Keine Trauung mit ihm (c'est clair, er ist ja ›Dimitrij‹), aber auch keine Ehe (c'est clair, er ist es ja nicht). Das will ich schriftlich. Unterzeichneten Vertrag!«

Kolja wagte zu sagen: »Sei es so! Doch kann ich nur hinzufügen: Er erinnert so an unseren Geliebten, daß man weint, sooft man ihn sieht, und glaubt, man tue alles dem Verewigten droben, was man seinem unlauteren Erben auf Erden erweist.«

»Was soll das?« fragte sie scharf. Doch sie wußte wohl, was es sollte. Ob sie wohl einmal imstande wäre, diesen zweiten Pseudodimitrij in einer solchen Illusion zu umarmen, als gäbe sie sich dem ersten hin, in einer Herzensverwirrung, die sie in ihm nicht nur den Rächer, sondern den Abglanz Dimitrijs erleben ließ? Ob sie am Taumelkelch nicht aufschreien würde: Dimitrij? Ob über ihr und dem Gatten dann nicht der Verklärte erscheinen, winken und lächeln würde, dankbar winken ihr, seiner Rächerin? Was man denen im Fegefeuer zuwendet, das erreicht sie doch auch? Wie, wenn nun ihre Intention immer nur ihn meinen würde? Sie fragte Kolja: »Wie klingt seine Stimme?«

»Wie damals, Majestät.«

»Ist er denn wenigstens tapfer? Und in seinen Manieren erträglich? Mit Phantasie begabt? Kein zu roher Klotz? Kein bloß ausgehaltener Fresser und Säufer? Wie behandelt man ihn? Jagt er gern? Tanzt, reitet und fischt er? Ja? Die Jagd war Dimitrijs Leidenschaft. Versteht er was von Musik? Merkt man ihm gute Pläne an? Ach, was frage ich! So oder so gehe ich hin. Doch keine Trauung, keine Ehe! Darauf hat er dokumentarisch zu verzichten, oder ich schreie seine Herkunft aus. Ohne diese Bedingung folge ich dem Wojewoden nach

Sandomierz über die Grenze. Denn ich kenne den Wojewoden; er macht nicht mit ... Was stehen wir herum? Gehn wir zurück!«

Sie stapften beide dem Wagen zu. Fast alle Reisenden waren ausgestiegen und bildeten zwei Gesprächsgruppen, eine um Zborowski, eine um Stadnicki. Da fiel Maryna ein, daß sie doch noch viel zu erforschen hatte, worüber Kolja vielleicht –

Sie blieb stehen, Kolja desgleichen. Nun fragte sie ihn und ließ sich folgendes erzählen:

In der Nacht, als Dimitrij von der Wand stürzte, den Schenkel brach, von den Strelitzen erst verteidigt, dann ausgeliefert und zuletzt im Palast erschossen wurde, hatte Kolja, der im Marstall beim Fürsten Schachowskoj gewesen, noch vor dem Lärm der Glocken und dem Aufstand der Massen mit Miechawiecki zu Pferde den Kreml verlassen; im Verlaufe der Nacht dann hatten sie durch das Hin- und Herdrängen der tobenden Massen gleichsam als mitaufständische Reiter sich durch die Stadt geflüchtet und diese verlassen. Weit draußen in einem Walde verschnauften sie, hielten Rat und sandten einen herrenlosen Reitknecht, der sich ihnen angeschlossen, als Späher in die Hauptstadt zurück. Nachmittags kehrte der mit den kläglichsten Nachrichten wieder. Alsbald stand der Beschluß fest, unverzüglich ans Werk der Rache zu gehn. Nochmals wurde der Reitknecht ausgeschickt, um Schachowskoj heranzuholen. Als er gegen Abend eingetroffen, beschloß man in jenem Walde: Um die getreuen Städte und Landschaften in Süd und Nord, zumal die Kosaken, zum Marsch auf Moskau und zum schonungslosen Gericht auf die Beine zu bringen, mußte man sie glauben machen, der Zar lebe noch und kehre von irgendwoher zurück. Fürst Schachowskoj und Herr Miechawiecki und Kochelew beschlossen, nach Sokolow zu fahnden und den, wenn man ihn aufgreifen sollte, die Rolle Dimitrijs spielen zu lassen. Kochelew lachte zwar ärgerlich und sagte, Sokolow werde den Doppelgänger nun gewiß nicht mehr spielen. Schließlich bot er sich selbst – fürs erste – für die Rolle an. Er wollte sie (selbstredend) nicht auf die Dauer oder gar öffentlich spielen, denn bei allem mimischen Talent, bei aller Vertrautheit mit des Zaren Art und Gewohnheiten fehlte es ihm an der erforderlichen Ähnlichkeit; aber in Polen, in Sandomierz oder Ssambor, wo man das Stück wieder anzufangen und das beleidigte Polen sowohl wie Sigismund Wasa einzufangen versuchen konnte, da würde sich vielleicht Gelegenheit bieten, die Rolle mit sparsamer Zurückhaltung und distance zu spielen – bis auf weiteres. Man setzte also nach einigen Tagen zu dritt über die Oka, schlug sich bis Putiwl durch und ließ dort und überall über die Rettung des Zaren im Moskauer Blutbad dies und das verlauten, und zwar so, daß es die Volksseele zum Sieden brachte. In Ssambor angelangt, zog sich Kolja in die Verborgenheit jener oberen Gemächer zurück, die einst Kyrill-Dimitrij zur Wohnung gedient. Dorthin schickte ihm der Herrgott oder sein Teufel als ersten Fang einen gewissen Bolotnikow zu, einen alten Haudegen aus Italien. Kolja spielte vor ihm Dimitrij den Gestürzten und machte ihn zu seinem Generalissimus. Fürst Schachowskoj, der, Heere sammelnd, schon auf den künftigen Kriegsschauplatz vorausgeeilt, wurde ihm unterstellt. Nun verreiste Miechawiecki zum König nach Krakau. Der König in seinen Nöten sah eine Gelegenheit, über alle Parteien weg an alle Patrioten zu appellieren. Er tat es mit großem Erfolg. Der Reichstag predigte Vergeltung für die in Moskau hingeschlachteten Landessöhne, und König und Reichstag sowie die zusammenströmende Ritterschaft taten gern, als glaubten sie an die Mär vom Überleben des Zaren. So kam Miechawiecki mit guter Botschaft nach Ssambor zurück. Jetzt beschwor er Kochelew, die Zarenrolle weiterzuspielen und schleunigst mit nach Rußland zu gehen. Es gelte, auch dort, vor allem in der Sewersk und um Putiwl herum, den Helden Dimitrij Iwanowitsch öffentlich darzustellen (glaube es oder traue seinen Augen, wer da wolle oder nicht!), die zusammenströmenden Kontingente, die vor Wut nichts würden unterscheiden können, stracks zu bewaffnen und Bolotnikow, der allzu kühn und allzu weit mit den aufständischen Bauern vorgeprescht und schon in Tula eingeschlossen sei, zu entsetzen. Damals fielen zahlreiche Dienstmannen mit ihren Truppen von Bolotnikow ab, da er den blutigen Aufruhr gegen alle Herren predigte. Aber das alles traute sich Kolja nicht mehr zu und versprach es nur für den Fall, daß sich kein Iwan Sokolow mehr sollte auffinden oder für diese seine Chance gewinnen lassen. Während er dann mit Miechawiecki und anderen polnischen Großen, darunter dem Litauer Jan Sapieha, in Putiwl agitierte und rekrutierte, kamen die Brand- und Notbriefe Bolotnikows. Endlich, endlich fand sich Sokolow wie ein Gefangener ein, von zahlreichen Russen umgeben, ließ sich überreden, bestechen, einkleiden, trat öffentlich als Dimitrij auf, schickte seine Ukase an den ganzen Süden des Reiches, Stadt für Stadt, und spielte den (hart und bissig gewordenen) Helden. Bald kamen die großen polnisch-litauischen Kontingente nachgerückt. Da zog an ihrer Spitze der zweite Pseudodimitrij von Starodub aus, wo Zarutzkij zu ihm stieß, auf der Siegesbahn des toten Helden auf Moskau los und stand nach Rozynskis Sieg bei Wolochow in Tuschino. Natürlich war und ist dieser zweite Dimitrij, anders als der erste, *nur* noch Marionette der großpolnischen Politik. Was aber der erste Dimitrij nie erreicht, nämlich die Hilfe des ganzen großpolnischen Reiches, das fiel dem zweiten Dimitrij zu wie im Traum. Er nun wird ganz im Sinne Polens herrschen und, von ihm umringt und getragen, unantastbar sein.

Jetzt wußte Maryna endlich alles, auch dieses: Sie, die Polin, könne als Zariza eines zweiten Betrügers ihrem alten, herrlichen Vaterlande noch sehr, sehr dienlich sein. Ob auch Rom? Danach wollte sie vorläufig nicht mehr fragen. Aber Rußland, Rußland ins Joch! Hatte ihr toter Mann sie schon pro Rußland und contra Polen bekehrt gehabt, nun gut, dieses Versprechens war sie nun quitt; die Dinge waren anders gelaufen; die Rache hatte das erste und letzte Wort. Moskaus Sühne würde in seiner Unterwerfung unter die Republik bestehen. Allslawien unter Krakaus Führung in Blickrichtung auf Skandinavien – en avant! Ach, war sie schon wieder bei diesen Plänen?

»Komm nun, Kolja! Sie warten.«

Als sie wieder beim Vater stand, blickte der ihr fragend entgegen und sagte sehr resolut: »Auf, Kind! Wir setzen die Reise fort.«

Er wandte sich an Stadnicki: »Verbindlichsten Dank in Dimitrij II. Meldet ihm: Wir mögen nicht mehr, goutieren ihn nicht. Causa finita.«

»Was hat der Herr dir über ihn berichtet?« fragte Maryna mit bösem Blick unter gerunzelter Stirn.

»Daß er recht hurtig im Blutvergießen und ein Feigling dazu und lustiger Prasser.«

»Grausam, blutig?« entschied Maryna. »Das paßt zur Rolle eines Verbitterten. Feige? Mein Mut soll ihn bald überspielt und bewältigt haben. Als Werkzeug ist er mir recht.«

»Heißt das ... daß du nach Tuschino willst?«

»Schon bin ich unterwegs, Herr Vater.«

Zborowski war hinzugetreten und schnarrte mit Kommandoton: »Auch Ihr, Herr Wojewode. Selbstverständlich ist es unser Befehl, auch Euch zu beschaffen, so oder so. Er bedarf der Anerkennung durch beide, seine Gattin und seinen Herrn Schwiegerpapa. Jetzt und künftighin.«

»Und folgen wir nicht?« forschte hellhörig Maryna.

»Und folgen wir nicht?« echote ihr Vater.

»Ich sagte: So oder so!« erwiderte drohend Zborowski.
»Versetzen sich Majestät und Exzellenz an seine Statt!«
»Deutlicher!« befahl Maryna.
»Wir haben nicht nur Waffen mitgebracht, auch Spaten. Der Boden im Wald dort ist noch ziemlich weich.«
Mniszek stöhnte auf.
Maryna lachte: »Das wäre ein schlechtes Geschäft für ihn. Was kümmert mich mein Tod nach all dem Sterben, das schon in mir geschehen? Folglich bin *ich* es, die hier Bedingungen stellt. Ich diktiere: Mein Vater reist heim, ich reite mit Euch und bleibe die Zarin von Rußland.«
Zborowskis Blick fragte Stadnicki, ob das zu verantworten sei. Stadnicki nickte, als sage er: Ich denke, schon. Maryna sah das und setzte den Schlußpunkt mit den Worten ihres Vaters: »Causa finita.«
So galt es denn, Abschied zu nehmen. Fassungslos saß der gebrochene Mniszek da. Während Stadnicki der Begleitung des Wojewoden befahl, die Wagen zu besteigen, und Zborowski dem Walde durch den Schnee entgegenstapfte und hinaufrief, man solle die Gefangenen bringen, und während nun die einen einstiegen und die anderen sich vom Wald her näherten, versuchte Mniszek noch einmal verzweifelt, seine Tochter von ihrem Entschluß abzubringen. Seine eigene Waghalsigkeit war ein für allemal dahin. Vergeblich stellte er ihr die Aussichtslosigkeit eines zweiten Betruges und die Unvermeidlichkeit einer neuen Katastrophe vor Augen, die sie diesmal endgültig verschlingen werde. Sie fragte nur stumpf: »Wer sagt dir, daß ich sie überleben will?« Da jammerte er über seine grauen Haare und die Einsamkeit seines Alters. Sie spottete: »Warum alt und immer älter werden, Vater?« Er bedrohte sie mit seinem väterlichen Fluch im Namen aller Vorfahren, deren Gedächtnis sie besudeln werde. Sie lachte bitter auf: »Segen oder Fluch, was ist das oder gilt das wohl? Lächerlicher Pathetiker!«

Die Gefangenen wurden unter Nackenschlägen und Fußtritten nach Moskau entlassen. Ihre Pferde und Waffen blieben als Beute zurück. Zborowski und Stadnicki saßen auf, und Maryna küßte ein letztes Mal des Vaters Hand, so formgerecht und zierlich, wie sie es als Kind gelernt. »In Moskau, Herr Vater, sehen wir uns wieder, noch ehe dieser Schnee zerschmilzt.«

Mniszek schüttelte den Kopf: »Solche Reisen vertrage ich nicht mehr. So lebe denn – oder stirb wohl!«

»Auch du!«

Eine Weile saß er noch starr und wie entseelt da, und dann winselte und schrie er auf und riß sich sein einst vergöttertes Kind aus dem Herzen heraus, weihte es seinem Untergang und würdigte es keines Blickes mehr, verlassen, verraten und weggeworfen, wie er war. Sogleich knallte eine Peitsche, zogen die Pferde an und fort ging's. Maryna blickte ihm nach. Ein paar Tränen traten ihr nun doch in die Augen; aber sie wandte sich um, bestieg eines der Pferde und trabte im Damensitz mit ihren Begleitern davon.

Es wurde ein Ritt von einem Vorposten zum anderen, und dabei weihte sie ihr künftiges Schicksal, es falle aus wie es wolle, als Opfer den Mannen ihres Dimitrij. In zahllosen Szenen ihrer gemeinsamen Vergangenheit vergegenwärtigte sie sich ihn und malte sich immer wieder sein bitteres Ende aus: Wie er den Sturz vom Gerüst getan, mit Beinbruch und blutigem Schädel nach kurzer Ohnmacht ächzend dagelegen, von den Strelitzen aufgelesen und auf einem Mauerrest des geschleiften Palastes des Boris gesessen, wie er die Strelitzen beschworen, ihn zu verteidigen, wie er ihnen Himmel und Erde dafür versprochen, wie sie in der Tat ein paar Salven in die Angreifer gesandt und den ersten Angriff zu Boden gefegt, wie sie dann doch nachgegeben und die Waffen gestreckt, wie Dimitrij unter Gejohl und Faustschlägen ins Gesicht auf einer Bahre in eins der geplünderten und wüst gewordenen Palastzimmer getragen worden, vorbei am Baderaum, in dem die entwaffneten Hellebardiere gestanden und trauernd ihm nachgeblickt, wie er ihnen unter Tränen zugewinkt, wie der von Fürstenberg sich frei gemacht, ihm nachgeeilt, wie Dimitrij, zum Hohn mit dem dreckigen Gewand eines Pastetenbäckers angetan, auf die Frage, wer er sei, getrotzt: ›Ich bin der rechte Erbe eures größten Zaren!‹, wie es wieder Hiebe geregnet und Fürstenberg, unbewaffnet, wie er war, ihn mit seinem Leibe gedeckt, dieser Fürstenberg zusammengehauen worden und mit gespaltenem Schädel gefallen, wie sie abermals geschrien: ›Hund von einem Bastard, wer bist du, woher stammst du?‹, und Dimitrij nochmals getrotzt: ›Fragt meine Mutter!‹, wie man gelogen, die habe ihn längst verleugnet, wie ihm dann dieser Walnjew das Gewehr aufs Herz gesetzt und wie der erlösende Schuß gekracht ... Da haben dann die draußen wohl geschrien: ›Was sagt der Lustigmacher, der Pole?‹ Da hat man von der Galerie zurückgerufen: ›Er gesteht seinen Betrug ein!‹ Antwort: ›Haut ihn nieder!‹ Siehe da, das ›Kreuzige, kreuzige ihn‹ nach Geißelung und Verhöhnung! Dann endlich hat man den zerfetzten Leib hinabgeworfen, und zur gleichen Stunde ist Pomaski gefallen und seine Kirche in Flammen aufgegangen, hat Marfa den, der doch ihr Sohn geworden, vom Fenster herunter kopfschüttelnd stumm verleugnet, ihn, den man ihr vors Fenster geschleift ... Aber jetzt, jetzt beginnt das Werk der Rache! Dies Moskau hat sich selbst um seine Freiheit gebracht.

So ritt Maryna dahin. So vergingen zwei Stunden, und endlich sah sie Tuschino vor sich.

Weit und breit umgürtete eine bunte Zeltstadt den Ort, dessen Dächer man sah, und seine Kirche, da faßte die Zeltstadt wieder ein beschneiter Wall mit Graben und Palisaden ein, standen auf diesem Wall Kanonen, flatterten in gleichmäßigem Abstand festliche Fahnen und Wimpel darauf.

Plötzlich kam aus der Zeltstadt Trompetengeschmetter, tauchten hier und da auf dem Wall Köpfe, Oberkörper, ganze Menschen auf, feuerte eine erste Haubitze, donnerten die Kanonen Salut. Vor dem starkbewachten Lagereingang stand eine mit vier Pferden bespannte, weißgoldene Karosse mit gekröntem Dach. Ein Schwarm von Offizieren, zumeist polnische Husaren, doch auch Kosaken, eilte aus einem Blockhaus heran, das hinter dem Lagerportal wohl die Torwache beherbergte, und erwartete Maryna und ihre Begleitung. Sie kam heran und hielt, sie suchte die Gesichter ab. Und siehe da, mit großen weißen Zähnen, bärtig und rotbackig, stand lachend der untersetzte Zarutzkij vor ihr, nickte ihr ermutigend zu, reichte ihr beim Absteigen die linke Hand, führte sie der prächtigen Kutsche entgegen, ließ sie einsteigen, riß dann den Säbel heraus, brüllte sein Vivat, und alle Herren fuchtelten und huldigten mit. Da erkannte sie auch Jan Sapieha und die Fürsten Radziwill und Wisniewiecki (auch diese also genierten sich nicht; warum auch? Es galt die gemeinsame Sache und Rache, ja!). Während das Geschrei im Lager zunahm und die Kanonenschläge donnerten, fuhr Maryna in ihre neue Herrlichkeit – oder Gefangenschaft ein, zu ihrem neuen Dimitrij, an den sie doch den alten nicht verriet, nein; fuhr die breite Hauptgasse des Lagers dahin, umringt nun und umrannt nicht nur von Kriegern, sondern auch von Zivilisten, Dorfbewohnern, und dann mitten ins Dorf hinein, wo sich Kirche und Rathaus gegenüberstanden und man schon zahlreiche opulente Blockhäuser aufbaute – für den Hofstaat wohl und die neue Regierung. Etwas verwundert fragte sie sich: Will man hier denn noch lange kampieren? Mitten auf dem weiten Platz aber stand ein purpurnes Rundzelt mit vergoldetem Doppeladler an der Spitze und dem Zarenbanner davor und den unentbehrlichen, in weißen Damast und Hermelin gekleideten, Silberäxte schulternden Rynden zur Rechten und Linken des

Eingangs. Die Menge, die hinter einem rotberockten Strelitzenspalier die Gasse bildete, winkte, schrie, Mützen und Tücher schwenkte, bestand im Vordergrund sichtlich aus den neuen Hofbeamten und einer Gegenduma (Maryna schloß die Augen und wagte nicht, zu ermessen, wieviel elende Postenjäger von Schuiskij weg hierher oder von hier wieder zurück täglich hin und her wechseln mochten, um sich immer neu und teurer zu verkaufen). Wo aber war Er?

Der Wagen hielt. Maryna stieg aus und ließ sich von einem auf sie zutretenden General – er stellte sich als Rozynski vor, und sie erkannte ihn von einem Kupferstich wieder – und einem anderen, dessen Namen sie vor Erregung nicht verstand, bis vor das Zelt geleiten. Während dieses kurzen Ganges nahm sie, wie sie meinte, spöttische Lippen und zynische Blicke genug wahr, und einige zwinkerten recht verständnisinnig und einer nicht ohne Mitleid sogar. Der Vorhang der Zelttür ging auf. Die geleitenden Herren blieben zurück. Sie trat ein. Der Vorhang hinter ihr fiel zusammen.

Sie sah ihn stehen, ihn, in Dimitrijs Tracht, Iwan Sokolow, in der Dunkelheit des Zeltes, nicht anders, als sei er die fleischliche Auferstehung des Unglückseligen.

Dämonischer Staub! dachte sie. Seine Asche, nach Osten gefeuert! Millionen Russen Herz an Herz von der Asche befallen, verhext und besessen im Aufruhr! Der hier aber glich ihm schon lange, lange. Gleicht er ihm? Hohle Kopie. Roh, ungeschickt gemacht, und doch sein Rächer; darum ein Abglanz von ihm! Nun war sie zu ihm gekommen. Hatte er sie eingeholt? Sie holte ihn ab!

Aber alle Kraft wich von ihr. Sie schwankte, er fing sie auf und hielt sie fest. Sie lag in seinen Armen. Bilderreihen jagten da blitzschnell durch ihre Phantasie. Sie sah vor sich die Ironie der täglichen Devotionen ihrer Pans, sah Orgien, wie sie einem Räubernest zukamen, sah Krieg und Sturmangriff unter tausend Bannern und Moskau genommen, und wie sie abermals ihren Einzug hielt durch scheues Gassenvolk hinein in Kreml und Palast, ach, in Dimitrijs entseelten Palast; wie sie als Sachwalterin des Krakauer Throns mit Terror und Tücke diesen zweiten Pseudodimitrij da und Moskau und das Reich niederschreckte und polnische Armeen über alle Städte und Weiten warf, jagte, hetzte; Widerstand sah sie, Aufruhre und deren Zusammenbruch und Erstickung in Rauch, Flammen und Blut; sie sah sich mitbeteiligt an allen Verbrechen, die nun von diesem Zelt ihren Ausgang nahmen, und von Triumph zu Triumph oder von Unglück zu Unglück hingeopfert – ach, nicht an Polen, gar an die Kirche; ach, an den Moloch ihrer Rache ...

# Nachspiel
## Die letzte Welle

Zu Brest-Litowsk erklang in einem Klosterhof Schellengeläut. Der Abt, ein rundlicher Herr, breitete horchend beide Hände auf das vor ihm liegende Manuskript, erhob sich, trat ans Fenster, blickte hinab durch den Tanz der dicken Flocken und fand seine Vermutung bestätigt: der Schlitten des russischen Gesandten aus Warschau.

Nachdenklich wanderte er nun hin und her, bis der Gast, dem der Bruder Pförtner unten im Flur Reisepelz und Mütze abgenommen, vom Bruder Sekretär geleitet im Türrahmen erschien. Man begrüßte sich herzlich heiter und sprach von Wetter und Reise.

Nach der Bewirtung, die ein dienender Bruder rasch und geräuschlos besorgte, begann der Abt: Er habe, um das Verfahren abzukürzen, vor einigen Tagen dem Delinquenten befohlen, alles, was er über seine Herkunft sowie seine und seiner Eltern Schicksale zu vermelden sich getraue, schriftlich niederzulegen. Der junge Mensch, übrigens noch Novize, der sich in strenger Klausur befinde, habe ein paar Nächte an ein manuskriptum gewandt, das er, der Abt, dem Herrn Gesandten hiermit übergebe.

Der Russe, ein glatzköpfiger Herr mit schwarzem, kurzem Vollbart, ebenso mollig wie der Abt, empfing die Blätter, stellte fest, daß der Verfasser sich des Lateinischen bedient habe, und trug die Bitte vor, einer der Mönche möge es ihm übersetzen, da er dieser Sprache nicht mächtig sei. Hernach wolle er den Jüngling recht bald ins Verhör nehmen und ihm die Flausen so oder so austreiben. Er habe keine Lust, die Albernheit publik zu machen und politische Instanzen zu bemühen. Man werde – hoffentlich! – den Patienten wohl auch an Ort und Stelle und in aller Stille kurieren.

Der Abt war einverstanden und bot an, selbst den Dolmetsch zu machen. Da der Russe sich mit Freuden einverstanden erklärte und seine Dankbarkeit beteuerte, nahm er die Blätter zur Hand, setzte sich bequem zurück, bewehrte seine Augen mit einer Hornbrille und las: »Soli Deo Gloria!«

»Dies«, sagte der Gesandte, »braucht Ihr mir nicht zu übertragen. Doch nun voran!« Er leerte seinen Becher, setzte sich gleichfalls bequem und schlug ein Bein über das andere.

»So will ich mein Heil als Übersetzer versuchen«, lächelte der Abt.

»Ich, Zarewitsch Iwan Dimitrijewitsch, Enkel des größten Zaren aller Reußen, Johannis Basilidis des Vierten, zubenannt des Schrecklichen, dankbarer Zögling des edlen Fürsten Sapieha, bekunde auf Befehl meines gestrengen und gütigen Abtes hiemit um Allerseelen anno Domini 1632 in frommen Gedanken an meinen Herrn Vater, den unglücklichen und hochseligen Zaren Demetrius, Sohnes des obgenannten Johannes Basilides, und in frommer Verehrung meiner erhabenen, noch unglücklicheren, nun aber höchstseligen Frau Mutter, der Zarin Maryna aus dem hohen Hause der Mniszek, nachfolgendes als mein heimliches, mir vom Fürsten Sapieha, dem teuren Ziehvater, überkommenes und bestätigtes und ihm selbst von meinem in Gott entschlafenen Erretter, dem Edelmann Pan Bielinski, zugetragenes und beschworenes Wissen.

Gott ist mein Zeuge, daß ich mit ganzem Herzen, stolz und demütig zugleich und ohne Falsch glaube, was mir als

Wissenschaft über meine Herkunft und vergangenen Schicksale aufliegt und wahrlich Last ist, nicht Lust, meine Qual und Not, nicht meine Wonne, und dennoch mein Stolz bleibt bis an den Tod. Ich bezeuge meinen Rang und Adel, will darauf leben und sterben und flehe zum Gott meiner Väter, daß er mir zu meinem Namen, Rang und Recht verhelfen möge – nach seiner Gerechtigkeit und seinem Erbarmen. Nicht, als ob ich noch Anspruch auf meiner Väter Thron erhöbe! Das tue ich nicht, so heftig mich auch meiner teuren, unglückseligen Eltern Schicksal dazu aufrufen möchte. Da sie erlöst und – wie ich hoffe – im Himmel der Märtyrer sind, auch der moskowitische Thron vom Hause Romanow und meines Vaterlandes Fluren von der wohltätigen Göttin des Friedens eingenommen worden, so begehre ich von der Welt nichts weiter als meinen Titel und die ihm gebührende Ehre und Dotation.«

Der Gesandte lachte: »Der bescheidene Jüngling gewinnt mir das Herz ab.«

Der Abt bestätigte, der Verfasser sei der sympathischste, freundlichste und schüchternste Träumer, der ihm je begegnet. Er fuhr fort: »Was ich nunmehr in der mir anbefohlenen Kürze aufzeichne, kann ich nicht mehr von meiner hochseligen Frau Mutter wissen, ebensowenig von Pan Bielinski, wohl aber habe ich's von meinem großmütigen Ziehvater Fürsten Sapieha her (der mich übrigens wie im Polnischen auch im Russischen und Lateinischen und allerlei Wissenschaften und Künsten hat unterweisen lassen) und schließlich aus Büchern über die Geschichte meines teuren und vielleidenden, großen und herrlichen Vaterlandes.

Als mein Herr Vater, Zar Demetrius, durch den Aufruhr des verruchten Basilius aus dem Hause der Schuiskij, des nachmaligen Zaren, zu Moskau die Macht, nicht aber das Leben eingebüßt, floh er, wie bekannt, mit dem getreuen Fürsten Schachowskoj dorthin zurück, woher er einst zu seinen Siegen aufgebrochen, nämlich ins Polnische nach Ssambor, der Lieblingsresidenz seines Herrn Schwiegervaters Jerzy Mniszek, welcher, wie auch meine Frau Mutter, noch des Schuiskij Gefangener war. Keiner Erwiderung wert erachte ich jene, die da behaupten, der auf Ssambor eingetroffene Flüchtling, der sich zur Wiedereroberung seines Thrones nur langsam durchrang, sei nicht mehr mein Herr Vater, der Zar Demetrius Iwanowitsch gewesen, sondern ein vom Fürsten Schachowskoj bestellter Betrüger und Ersatzmann. Ich bin bereit, vor unparteiischen Höfen alle argumenta aneinanderzureihen, die meines Herrn Vaters abermalige Errettung sowie die Etappen seiner Flucht und seine Identität bezeugen.

Fürst Schachowskoj und die Putiwler, die er wieder rasch zum Aufstand brachte, alle Sewersker und sämtliche Kosakenhorden am Don erhoben sich zorniger denn je und griffen ritterlich zu den Waffen. Der Usurpator Zar Basil mußte die moskowitischen Heere abermals, wie schon unter Boris Godunow, gegen meinen Herrn Vater ins Feld peitschen. So groß flammte der Name Demetrius über allen Herzen, daß Basil seinen Spießknechten zunächst den Feind, gegen den er sie ausgehoben, gar nicht zu nennen wagte, sondern log, Tataren hätten die Sewersk überfallen. Wie staunte das moskowitische Heer, als es im sewerischen Lande, dem Feind gegenüberstehend, nicht Muselmanen, sondern Glaubensbrüder und Landsleute vor sich sah, geführt vom altbekannten Ataman Istoma Paschkow! Unter dem ersten, wütenden Ansturm seiner Kosaken zerstob die Schlachtordnung der Moskowiter in alle Winde. Wie wurde da ein groß Gemetzel unter den Betrogenen! Was in Gefangenschaft geriet, dem peitschten die Geißeln der Rächer den Rücken blau. ›Meldet eurem Pelzkrämer‹, schrie man ihnen zu, ›daß der Zar mit einem gewaltigen Polenheer wiederkehrt, sein mörderisches und verräterisches Moskau nach Gebühr zu züchtigen.‹

Doch mein Herr Vater verzog noch immer in Polen, und soweit auch das Feuer des Aufstandes gleich einem Grasbrand in die Steppen fuhr und die Stämme zur Rache entflammte, ihr geliebter Zar ließ sich nicht sehen. Ich weiß es vom Fürsten Sapieha, was den Grollenden in seiner Verborgenheit hielt. Sein empfindsames Herz war allzu tief erkrankt von alledem, was ihm an Tücke und Schmach widerfahren, und der Qualen des Ingrimms voll. Kurzum, des Thrones und des Herrschens schier überdrüssig, haßte er nun sein Volk wie Coriolan sein Rom, ja, er gedachte, es der Selbstzerfleischung als einer göttlichen Strafe auf lange Zeit noch zu überlassen.

Da rührte Bolotnikow an sein Herz. Isajewitsch Bolotnikow, teuren Angedenkens, der Treueste der Treuen, der Tapferste der Tapferen, er kam gerade aus Italien, suchte meinen Herrn Vater in Ssambor auf und erlöste das Herz des Gekränkten halbwegs aus Starrheit und Krampf zu neuer Tat, zu erneuertem Kampf für das Vaterland und den getretenen und verratenen gemeinen Mann, der ihm doch Treue gehalten. Mein Herr Vater beschenkte Bolotnikow mit einem Ehrensäbel – es war der, den er dereinst bei Dobrynitschi geschwungen –, einem Pelz und dreißig Dukaten. Ach, mein Herr Vater war arm, mehr hatte er nicht, aber er verlieh ihm den Oberbefehl über die Leute des Fürsten Schachowskoj und alle künftigen Truppen und schickte ihn mit einem Diplom nach Putiwl vor.

Rasch brachte Isajewitsch zwölftausend Mann zusammen und vereinigte sich mit den Heldenscharen des Istoma Paschkow, schlug die Moskowiter in zwei Schlachten und rückte bis auf sieben Werst an die Hauptstadt heran. Doch jener Paschkow, ebenso unbeständig als tapfer, der schon früher einmal bei Dobrynitschi meinen Herrn Vater verraten, er nun, schwer gekränkt ob seiner Zurücksetzung gegenüber Bolotnikow, ließ sich und seine Unterführer abermals vom Schurken Schuiskij kaufen und riß unserem Bolotnikow noch viele von dessen Getreuen weg.

Ach, Bolotnikows Bauernheere unter der Führung der Dienstmannen, einig mit den Aufständischen der Städte von Rjasan und jenseits der Oka, die auf Prokopij-Ljapunow hörten, und einig mit den Rebellen des Moskauer Hinterlandes, wie hatten sie so unbesieglich und mächtig im Lager von Kolomenskoje gestanden! Doch Bolotnikows aufrührerische Botschaft, die zur Niederwerfung der großen Grundherren, zur Aufhebung ihres Besitzes und der Leibeigenschaft rief, sie ließ die Dienstmannen selbstsüchtig aus der gemeinsamen Front ausbrechen und mit Istoma Paschkow zu Schuiskij übergehen. Der so geschwächte Bolotnikow erlitt von Michail Skopin-Schuiskij, einem jungen Verwandten des Usurpators, eine Niederlage, schloß sich in Kaluga ein und schrieb immer dringender und verzweifelter, der Getreue, an meinen Herrn Vater, welcher seinem lähmenden Grimm noch verfallen war und die Schreiben nicht erhielt, auch wohl um König Sigismund von Polen warb, er schrieb und schrieb, um dessen Ankunft zu beschleunigen. Mein unglücklicher Herr Vater brach denn auch schließlich wohl auf, doch nun kam er zu spät, zu spät. Oh, wie beklagt schon Achill seinen Zorn, den er erst nach des Patroklos Tode fahren läßt! Genauso erging es meinem Herrn Vater mit seinem Grimm, genauso kam Bolotnikows, seines Patroklos, Ende. Statt meines Herrn Vaters erschien Pjotr Fjodorowitsch und stieß zum Fürsten Schachowskoj, herbeigeführt von den wolgaischen Kosaken. Er setzte sich in Putiwl fest, dem Mittelpunkt und Herzen des ganzen Aufstandes. Da Pjotr Fjodorowitsch, den mein Herr Vater übrigens zur Zeit seines Moskauer Glückes nie als seinen Neffen und als Sohn seines Herrn Bruders, Zar Fjodor, und seiner Frau Schwägerin, der Zarin Irina, anerkannt, nichts weiter begehrte, denn als Regent des Zaren Demetrius zu gelten, solange und sooft Zar

Demetrius abwesend sei, nahmen Fürst Schachowskoj und das Putiwler Volk den fraglichen Fürsten auf. So marschierte denn nun dieser Peter mit Schachowskoj, zogen die vereinigten Truppen beider Isajewitsch Bolotnikow entgegen. Dieser hatte Kaluga vor dem siegreichen Michail Skopin-Schuiskij inzwischen räumen müssen. So schlossen sich denn nach einigen Erfolgen die drei, Bolotnikow, Schachowskoj und Fürst Peter, in Tula ein. Wie stark waren die Wälle von Tula, wie treu und tapfer die Bewohner dieser eisernen Stadt, wie lange hat der Usurpator mit seinen hunderttausend Mann und mehr persönlich um Tula ringen müssen, als welch ein verkörpertes Heldenlied des Mutes, der Standhaftigkeit und der Treue schreitet da Bolotnikow im grausigsten Elend umher! Mein Rjuriksblut entbrennt, ich muß das Heldenlied singen!

Tritt da ein Diakon Krawkow vor Schuiskij und seinen Bojarenrat: ›Gebiete, daß man mir gehorche, und ich ersäufe dir alles, was in Tula lebt, bis zur letzten Wanze!‹

›Prahlerei!‹ rufen ärgerlich lachend die verwunderten Herren. Doch er spricht: ›Tula liegt in der Talsenke am Upafluß. Dämme ich unterhalb Tulas die Upa auf, so gebe ich meinen Kopf her, wenn die Stadt nicht in ein paar Stunden unter Wasser steht.‹ Und er erhält Vollmacht.

Die Soldaten schleppen Sandsack um Sandsack zum aufdämmenden Deich zusammen, und in Tula setzt zur Hungers- die Wassernot ein, wüten alsbald furchtbare Seuchen. Alle Arbeit der Belagerer gilt hinfort dem Damm, ebenso jeder Ausfall der Belagerten. Da tritt ein Gegenspieler jenes Diakons, ein Mönch, vor Bolotnikow hin, gibt sich als Hexer und stellt dem doch wohl leichtgläubigen Mann in Aussicht, gegen hundert Rubel Lohn den Damm, welchen pure Zauberei und die Hölle selber zustande gebracht, zu durchbrechen. Er springt in die Upa und taucht weg. Nach einer Stunde heißt es: Er ist ersoffen. Doch mit Schrammen und

Schrunden bedeckt erscheint er wieder pudelnaß und erklärt, er habe es mit zwölftausend Teufeln zu tun gehabt, sechstausend davon den Kopf zurechtgesetzt, aber die andere Hälfte nicht stauchen können; diese sechstausend seien die schlimmsten, die gäben nicht nach ...

Wohl kamen nun meines Herrn Vaters erste Depeschen an, die da trösteten und sagten, er werde in Kürze zur Stelle sein, widrige Umstände hielten ihn noch ein wenig fest. Fürst Schachowskoj riet zur Übergabe. Bolotnikow ließ ihn für diesen Rat in den Kerker werfen, der sangeswürdige Held. Erst als man alle Pferde, Hunde, ja Ratten verzehrt hatte und kein Riemen mehr da war, an dem man hätte kauen können, boten Bolotnikow und Pjotr Fjodorowitsch, ohne für sich selbst Pardon oder Sicherheit zu verlangen, die Öffnung der Tore an, unter der einen Bedingung, daß der Sieger die heldenmütige Besatzung amnestiere; unter ehrwidrigen Bedingungen aber wollten sie lieber sterben, entweder mit den Waffen in der Faust oder so, daß zuletzt ein Kamerad den anderen verzehre, bis zum letzten hin. Nun, der Usurpator, von so grausigem Mut entsetzt, sicherte den Verteidigern von Tula das Leben zu und verlangte, der Gleisner, nur soviel Treue für sich, als sie an den Räuber aufgeopfert hätten – womit er meinen Herrn Vater meinte. Anno 1607 im Oktober verließ man die Stadt. Stolz trat Bolotnikow vor den Sieger hin, setzte sich die Schneide des Säbels an die Kehle und sprach: ›Ich habe dem, der sich mit Recht oder Unrecht Demetrius nennt, meinen Schwur gehalten. Er hat mich verlassen, ich bin in deiner Macht. Köpfe mich denn! Doch schenkst du mir Leben und Freiheit, vielleicht dann diene ich dir forthin – wie ihm!‹

Nun war Schuiskij nicht der Mann, der Anspruch auf den Ruhm der Großmut oder auch nur des Anstandes erhob. Er begnadigte Bolotnikow, sandte ihn nach Kargopol und ließ ihn dort – ertränken. Jener Pjotr wurde gehängt. Schachowskoj, weil in Ketten gefunden, fand Gnade, Leben und sogar Freiheit.«

Hier unterbrach der Abt und stellte fest, der junge Bruder im Herrn übertrete ja wohl längst das Gebot der Kürze, man müsse ein paar Seiten übergehen, um zur Sache zu kommen. Der Russe wehrte ab, erklärte, er höre mit Vergnügen und denke alter Zeiten. »Wie gefallen Euch meine Landsleute, Abt?« lachte er ihn an – so über den Becher hin, den er an die Lippen setzte. »Sind sie Kerle? Ertragen sie was? Können sie auch treu sein?«

»Bei allen Heiligen!« so der Abt voll Bewunderung. »Leider vergeudet der Mensch seine Treue oft an den Falschen. Bolotnikow war eines besseren wert als jenes zweiten falschen und auch noch feigen Demetrius.«

»Ach was«, rief der Gesandte, »Bolotnikow war Bauernführer und Rebell, und das, wofür er stritt und litt, das sah er, der Betrogene, mit dem Namen des Betrügers benannt, doch war Demetrius die Sache selber nicht. Zweifellos aber hat er die beiden falschen Dimitrij für identisch gehalten. Den ersten hatte er ja nie gesehen, nur den zweiten. Ja, ja, das war ein Schicksal. Wackerer Bolotnikow! Wißt Ihr, Abt, woher er damals kam, als er in Ssambor auf den rätselhaften Fremdling und somit auf den Fürsten Schachowskoj, der den Gauner als geretteten Dimitrij dorthin bugsiert hatte, hereinfiel?«

Der Abt bat um Auskunft.

»So hört und ermeßt es, was es in sich birgt! Bolotnikow war dem Fürsten Teliatarskij leibeigen gewesen, wurde als Kind von den Krimtataren geraubt, von der Krim nach Konstantinopel verkauft, war lange Jahre Galeerensklave, brannte endlich auf abenteuerliche Weise durch und floh nach Spanien, kam dann nach Neapel, diente dort jahrelang im slawonischen Korps, brachte es zum Offizier und erwarb sich tüchtige militärische Kenntnisse. Er lernte einen Jesuiten kennen, der ihm Lust zur alten Heimat und zum neuen Wunderzaren machte. Doch während seiner Reise erfuhr er vom Moskauer Blutbad, kurz bevor er nach Polen kam, und in Polen selbst, das Idol der Armen und Unterdrückten sei gerettet und auf seinen Ausgangspunkt, Ssambor oder Sandomierz, zurückgeworfen worden. Also besuchte Bolotnikow den nun zweimal Geretteten, wurde sein Generalissimus und kämpfte, litt und starb für ihn mit jener Russentreue, die – weiß Gott! – der Himmel freilich anders hätte belohnen können – nach meinem hadernden Sünderverstand. Nun, Ihr seid ein Mann Gottes und blickt tiefer, aber seit Euer unfehlbarer Heiliger Vater des ersten Betrügers Opfer geworden, trau' ich auch Euch keinen übermenschlichen Einblick in die allmächtige Weisheit zu. Nichts für ungut! Auf Euer Wohl!« Er trank den Becher zur Neige.

Der Abt hielt es für klüger, auf die kleine Anzapfung nicht einzugehen, sondern fortzufahren. Er suchte die Stelle im Blatt, wo er geendet, und dolmetschte weiter: »Zar Basil, der Sieger, konnte aufatmen: Alles Rebellentum war durch den Fall Tulas entmutigt, und König Sigismund, dessen Rache für das Moskauer Massaker noch ausstand, durch eine Adelskonföderation, die hunderttausend Mann im Felde hatte, sehr in Gefahr, des Thrones verlustig zu gehen. Daher die Nachsicht, mit der er die Nachricht vom Sturze meines Herrn Vaters und vom Moskauer Massenmord an den Söhnen der erlauchten Republik aufnahm.

Inzwischen aber war die Sonne der Rache am Horizont und mein Herr Vater in Putiwl erschienen. Er erließ seine Proklamationen und riß wieder die Sewerische Ukraine, wie zwei Jahre zuvor, sich zu Füßen. Die Herzen stürmten ihm wie unter Pfingstflammen von allen Seiten zu.«

»Hallo!« unterbrach hier der Gesandte belustigt. »Schreiber dieses ist genauso ein Taugenichts wie jener nun dritte Demetrius! Tut so, als halte er den zweiten, den Verräter des

Bolotnikow, und diesen dritten, der sich endlich blicken ließ und Radau um sich machte, für *eine* Person und diese ganze höllische Dreieinigkeit der Demetriusse für seinen einen unsterblichen Erzeuger. So ein Bursche! So was ist Mönch!«

Der Abt bat dennoch um Nachsicht für einen notorischen Phantasten, an dem Fürst Jan Sapieha schwer gesündigt und den ein ärgerer Sünder also erst mißleitet und vergiftet habe, und fing wieder an: »Erst in Starodub erfuhr mein Herr Vater von Bolotnikows verzweifelter Lage in Tula. Frühere Briefe hatten ihn, wie gesagt, nicht erreicht. Dem Manne nun, den Bolotnikow um Hilfe zu ihm ausgeschickt, hatte sich unterwegs ein anderer, ein alter Haudegen meines Herrn Vaters, angeschlossen, der sich mit seinen Kosaken nach Tula zu werfen und Bolotnikow aufzuhelfen gedacht, und der war kein anderer als der berühmte Kosakenataman Johann Martinowitsch Zarutzkij. Wie habe ich sein Antlitz noch vor Augen! Oh, wie stürmisch umarmte der Wackere wohl meinen Herrn Vater, dessen Errettung aus dem Moskauer Blutbad ihm niemals zweifelhaft gewesen, wie freudig umarmte er Pan Miechawiecki, meines Herrn Vaters getreuen Kampfgefährten aus dem Krieg gegen Boris Godunow, der sich längst wieder bei meinem Herrn Vater befand –«

»Galgenvögelchen!« brummte der Gesandte. »Der Zarutzkij hat den Schwindel auf dem Pfahl gebüßt, doch immerhin: Sein ›Heldenleben‹ ist auch einen Wälzer wert. Das war ein grausamer, aber zäher und entschlossener Oberbandit, lieber Abt, beim heiligen Nikolaj, das kann ich Euch sagen. Wie aber endete Miechawiecki, der andere Schwindler? Das ist mir entfallen.«

»Gemach, Exzellenz, es kommt noch«, versetzte der Abt. »So macht nur fort, Hochwürden!« drängte der Russe. »Das Ding weckt altes, vermodertes Leben. Geister schwanken heran in Schwaden, und Dämonen spuken nach. Nur fort, nur fort!«

Der Abt übertrug: »Und dann, zu all dem rasanten Zulauf, dem von allen Erinnyen hergehetzten, gegen den meines Herrn Vaters Wachstum im Krieg wider den Godunow kümmerlich erscheint, zu all den unverhofften Verstärkungen durch Kosaken, Überläufer und Bauern, erschien nun, alles Frühere überbietend, die ganze Blüte der polnischen Ritterschaft mit einem überaus glänzenden Heer, einem Heer, wie es das Jahr 1604 bei weitem nicht gesehen. Da kamen sie alle, die Edlen Rozynski, Sapieha, Tiszkiewicz, Lisowski, Wisniewiecki, und brachten mehrere Tausende von Reitern mit. Welcher Bösewicht will es nun wagen, all diese Helden der erlauchten Republik, die meinen Herrn Vater zum großen Teil aus seinem ersten Feldzug kannten wie ihr eigen Spiegelbild, des schamlosen Betruges zu zeihen? Wer wagt es, so große Namen zu besudeln? Sie haben damals meinen Herrn Vater alle als den alten Kameraden, den geliebten Helden und als den geweihten Souverän umarmt und huldigend verehrt. Wohl ermunterte sie die Erinnerung an den glorreichen Siegeszug gegen Boris, wohl belebte sie die polnische Erbfeindschaft gegen Rußland, wohl hatten sie die Niedermetzelung ihrer Anverwandten in Moskau zu rächen, doch wo ist der Bösewicht –«

Der Russe erhob wie ein Schulbub den Finger und sagte: »Hier sitzt der Bösewicht. Und so wahr die Blüte der polnischen Ritterschaft diese Komödie spielte, so wahr, behaupte ich, hat sie auch das erste Mal Komödie gespielt, als es gegen den armen Boris Godunow ging.«

Der Abt fuhr fort: »Woher kamen die Herren so plötzlich? Ihre Konföderation gegen den König hatte mit demselben Frieden geschlossen, es waren sich König und Adel in dieser Parole einig geworden: Rache für das Moskauer Blutbad! Denn dieser hatte den Bruder, jener den Vetter oder Freund in Moskau verloren, oder die Beklagenswerten waren noch aus Schuiskijs Kerkern zu befreien. Das war des Schuiskij erste Ernte aus seiner Blutsaat. Er erntete aus Drachenzähnen geharnischte Feinde wie Jason. Worauf sie freilich sonst noch sannen, die polnischen Ritter, das hieß natürlich Eroberung und Macht, gewiß. Oh, es kann ja hernach nicht verschwiegen werden, daß einige dieser Herren, vor allem der noch daheimgebliebene König selbst, meinen Herrn Vater und seine heiligen Rechte nur zum Vorwand für die eigenen Gelüste eine Zeitlang mißbrauchten. König Sigismund träumte sehr bald davon, zuletzt meinen Herrn Vater zu verdrängen und sich selber die Zarenkrone auf das Haupt zu setzen. Hat er sie doch späterhin nicht einmal seinem eigenen Sohne, Kronprinz Wladyslaw, gegönnt, nur sich, nur sich.

Nun hieß es abermals für Schuiskij, den Sieger von Tula: Antreten! Er hatte sein Heer schon beurlaubt gehabt, denn seine Kassen waren leer. Nun zog er es wieder zusammen. Der Judas, der Usurpator, er hatte wahrlich keine Freude an dem meinem Herrn Vater so verbrecherisch entrissenen Szepter. Selbst seinem besten Strategen, dem Abgott seiner Soldaten; dem jungen, tapferen Michail Skopin-Schuiskij, mißtraute der von Furien Gehetzte und ersetzte ihn zeitweilig durch seinen törichten Bruder Demetrius, den er alsdann zu seinem Mars erhob, um dann doch wieder in der Zeit höchster Bedrängnis Michail Skopin jammernd den Oberbefehl anzutragen.

Damals also schickte der König seinen alten, eisernen Marschall Rozynski als Generalissimus voraus, und dem wieder ging eine gewaltige Fama voraus. Dessen erste Tat war denn auch, meines Herrn Vaters ergebensten Freund, Pan Miechawiecki seligen Angedenkens, im forcierten Duell mit unfairem Stoß zu ermorden. Dann aber griff er bei Wolochow an. Ein einziger Schock der Husaren genügte, die russische Front zu durchbrechen. Was da noch Beine rühren konnte, floh nach Moskau hinein. Die Hauptstadt lag offen da, eine reife Frucht in blinkender Schale. Mein Herr Vater stand vor seinem neuen Triumph, hatte wieder einen Fuß auf der ersten Stufe des wiedererrungenen Thrones – da kam der Verrat!

Von nun an flattert meine schreibende Hand vor Schmerz, es blutet mein Herz, und mit Blut schreibe ich, nicht mit Tinte.

Die Polen, sie rückten in Moskau nicht ein, machten zwölf Werst davor im Dorfe Tuschino halt und vergeudeten dort zu meines Herrn Vaters Qual und Raserei siebzehn unwiederbringliche Monde im Hauptquartier. Man änderte seine Gesinnung. Man wollte eben meinen Herrn Vater, dessen unabhängige, glorreiche, wenn auch kurze Regierung nur allzugut noch in aller Erinnerung war, nicht wieder als Herrscher sehen, wollte sein Reich der polnischen Republik unterwerfen und wartete auf ein Doppeltes: Erstlich, daß König Sigismund komme und meinen Herrn Vater verdränge, und zweitens, daß Rußland sich noch weiterhin zerfleische und zerfleische, bis es sich endlich würde matt- und leergeblutet haben. Darum lagen die hunderttausend Krieger in und um Tuschino herum, fuhren in die Landschaften und verheerten sie nutzlos und verbrecherisch, plünderten die Dörfer, ließen die Landsitze der Edlen in Flammen aufgehen und erhoben schwerste Kontributionen, trieben ungeheure Viehherden herbei und fraßen sie auf, verachteten das Bier und betranken sich nur noch an Met, und all das mußte mein unglückseliger Herr Vater mit seinem Namen decken, also, daß er bis heute bei den russischen Chronikschreibern der Räuber von Tuschino heißt. Das Gerücht vom Schlemmer-, Lotter- und Räuberleben lockte alles Raubgesindel von weit her nach Tuschino, auch die Tataren. Unter den Fahnen des hart und unbarmherzig gewordenen Rächers Demetrius, hieß es, ist nun den treulosen Moskowitern gegenüber alles erlaubt. Wir, hieß es, sind jetzt des Iwanowitsch neue schwarze

Iwansgarde, die mit dem Hundekopf und Besen. Kommt, raubt, mordet, hurt und schlemmt! Der Himmel segnet es alles.

Moskau zitterte vor der Rache des Sohnes Iwans und gedachte des entsetzlichen Gerichts, das Iwan IV. einst über Groß-Nowgorod gehalten. Doch niemand zitterte und jammerte wie der Usurpator selbst inmitten seiner Soldateska. Er überschlug sich in Grausamkeiten an jedem Rebellen, den er fing, und stellte deren Übeltaten weit in den Schatten, er raste gegen jeden Verdächtigen in seinem Heer und Gefolge, er unterfing sich der teuflischsten Greuel. Um sein Heerlager vor dem übermächtigen Feinde, der es wegwischen konnte, zu sichern, holte er sich Rat bei den Zauberern in Moskau. Diese Söhne der Hölle rieten ihm: ›Schneide schwangeren Frauen die Frucht heraus und zerstückele sie, reiße Pferden das Herz heraus und zerfetze es, das Hackfleisch aber streue im Kreis um dein Lager, und kein Feind übersteigt den Bannkreis.‹ Und danach, wie gewisse Autoren bezeugen und ich glaubhaft finde, tat er, der Unaussprechliche. Aber wenn er so auch jeden Einbruch in seine Stellung verhinderte, konnte er doch nicht verhüten, daß umgekehrt jeder, der ihn verraten und aufgeben wollte, zum Feinde überlief. In dieser Not und in seiner Angst auch vor König Sigismunds Nahen machte er einen Vertrag mit dem König von Schweden, dem alten Gegner Sigismunds, trat ihm schöne Gebiete ab, bot ihm gewaltige Summen und erhielt ein Hilfsheer von fünftausend Mann unterm Kommando jenes Jakobus Pontus de la Gardie, welchen der im gegenwärtigen und schon so langwierigen deutschen Krieg tapfer streitende Schwedenkönig Gustavus Adolfus, der sogenannte Löwe aus Mitternacht, seinen Lehrmeister in der Kriegskunst nennt. Und nun hatte in so schwerer Not auch Michail Skopin wieder den Oberbefehl.

Noch wähnte sich mein Herr Vater von Tag zu Tag dicht

vor seinem triumphalen Einzug in die Hauptstadt, in Kreml und Thronsaal. Man hielt ihn hin, aber noch durfte er alles hoffen. Da stieß meine unglückselige Frau Mutter, die mit ihrem Vater und einigem Gefolge aus der Gefangenschaft endlich entlassen worden und in sicherer Bewachung nach Polen unterwegs war, nun aber durch Reiter meines Herrn Vaters befreit wurde, zu ihm, und Gatte und Gattin, Zar und Zarin, meine tapferen, heißblütigen und hochherzigen Eltern, sie waren wieder vereint. Meine Frau Mutter hat mir später allerlei, soviel ein dreijähriges Kind zu fassen vermag, von meinem lieben Papa erzählt, allein das meiste über beide weiß ich nicht von ihr noch aus Büchern, sondern vom Fürsten Sapieha her, der es in seiner treuen Brust für mich aufgehoben. Doch ehe ich über das hochverehrte Paar und die Ängste, Hoffnungen und Verzweiflungsstürme berichte, die seine Herzensgemeinschaft wie Sommer und Winter wechselnd erfüllten, umreiße ich weiter die Ereignisse und Verhängnisse, die das erlauchte Paar nunmehr umtrieben und schließlich verschlangen – ach, um mich, ihr Kind, meiner gegenwärtigen Verwaistheit und Verlorenheit zu überliefern.

Man plante zu Tuschino die Eroberung des St.-Sergius-Klosters von Troiza, der geistlichen Hochburg des Widerstandes, um damit des Usurpators Schuiskij Ende einzuleiten. Damit fiel nun die Tragödie wie in Stromschnellen ihrem in Gottes unerforschlichen Ratschluß verhängten, freilich noch fernen Ende und Absturz entgegen.

Die Generale Rozynski und Sapieha entzweiten sich. Die unbesiegliche Streitmacht zerteilte sich um sie. Fürst Jan Sapieha, mein Ziehvater, verließ Tuschino mit dreißigtausend Mann und sechzig Kanonen, um Troiza zu nehmen, Rozynski blieb mit meinen Eltern vor Moskau zurück. Aber Troiza hielt stand. Umsonst donnerten Sapiehas Geschütze und spien sechs Wochen lang Verderben auf das gewaltige Kloster nieder, umsonst verdoppelte man die Stürme. Ein ungeheurer Enthusiasmus beseelte die Verteidiger. Mönche und Krieger standen Schulter an Schulter und teilten Kampf und Gefahr, Mühsal und Tod. Das Kreuz in der Linken, warf der Mönch mit der Rechten die Sturmleiter um. Im Feuer der Geschütze besserte man die Breschen aus, füllte man sie mit Sandsäcken, verband man die Verwundeten, hörte man die Beichten der Sterbenden. In frommen Verzückungen erschienen den fanatischen Mönchen, die im anstürmenden Polen nichts als den die russische Nationalkirche mit Verderben bedrohenden Heiden erblickten, die Heiligen Sergius und Nikon. Diese eröffneten den Visionären als Beschützer Troizas und ganz Rußlands von Tag zu Tag, was der Feind vorhabe und wie man ihm begegnen müsse. Weder die überlegene Zahl noch die hervorragende Taktik noch die eiserne Mannszucht im Belagerungsheer besiegten jene Verteidiger, die sich blindlings in jede Gefahr und in Tod und Verderben stürzten, um nur ja die Märtyrerkrone zu erlangen. Partisanen aus den geplünderten, gebrandschatzten, ihres Viehes beraubten, zur Verzweiflung getriebenen Dörfern vernichteten die Konvois des polnischen Nachschubs, und wehe jedem Polen, der in ihre Hände fiel. Mindestens wurde er lebend unter das Eis der Flüsse gestoßen mit dem Schrei: ›Ihr freßt unsere Ochsen und Kälber, nun freßt unsere Fische dazu!‹

Weiter! Michail Skopin-Schuiskij und Jakob de la Gardie entfalteten im Norden einen glänzenden Feldzug. Der Skopin ersann auf Rädern rollende Holzforts, darin die Hakenschützen, wohl gedeckt, ein verheerend Feuer in die einst unwiderstehlichen polnischen Kavallerieattacken sandten. Moskau erhielt wieder Lebensmittel, und viele Städte kehrten zum Gehorsam zurück und anerkannten den Usurpator. Jan Sapieha verlor sogar eine offene Feldschlacht, hob die Belagerung von Troiza auf und schloß sich mit dem von Seuchen dezimierten Heer in Dimitrow ein. Schuiskij durfte jubeln. Verschwenderisch belohnte er seine Generale und haßte und beneidete sie zugleich wie weiland Saul den siegreichen David. Fast wäre Michail Skopin an seiner Statt Zar geworden, da starb er plötzlich dahin – ich vermute, an Schuiskijs Gift –, und nicht nur ganz Rußland, auch die Polen, die ritterlich jeden tapferen Gegner zu ehren wissen und Sinn für Größe haben, trauerten um ihn. Mein Herz, so heftig darin der Schmerz meiner teuren, unglückseligen Eltern nachzuckt, verteilt seine Sympathien auf beide Seiten und kann Troiza und Rußland, das ja mein eigentliches Vaterland ist und bleibt, Bewunderung nicht versagen.«

Der russische Gesandte schmunzelte zufrieden und brummte: »Das ist ein netter Zug an dem Bengel, Hochwürden.«

»Jetzt, da der Name Demetrius täglich an Ansehen einbüßte, der Norden ihm entrissen wurde, der Süden ihn fast verließ, brach König Sigismund an der Spitze seines einst gegen die Konföderation gesammelten Heeres herein. Nun, meinten er und sein Reichstag, sei der Augenblick da, Stephan Bathorys Träume zu verwirklichen. Er erklärte die warägische Dynastie für erloschen und erhob, mütterlicherseits von den Jagellonen stammend, Anspruch auf meines Herrn Vaters Thron. Man hatte ihm berichtet, Schuiskij sei verhaßt, mein Herr Vater verachtet, Rußland erschöpft, das Reich sehe sich nach einem unparteiischen Fürsten um, der ihm endlich den Frieden darreichen könne, und die großen und kleinen Bojaren, hieß es, blickten auf Wladyslaw, denn nur noch ein Ausländer stehe über der russischen Zwietracht. Selbst Schuiskij, logen sie, sei in seiner Verzweiflung einmal schon bereit gewesen, zugunsten des polnischen Kronprinzen abzudanken, wenn Rußland dadurch nur des Räubers von Tuschino ledig würde. Ja, nun endlich barst Sigismund vor Entrüstung über das Moskauer Blutbad von 1606, in dem seine Polen untergegangen, und prahlte von der glänzenden Rache, die er zu nehmen gewillt sei. Der Reichstag jubelte ihm zu. Mit zwölftausend Mann legte der König sich um Smolensk. Sein Krongeneral war der Hetman Stanislaw Szolkiewski, ein im Lauf vieler Kriegszüge zum Krüppel gewordener Veteran des Bathory, ein Haudegen im sechzigsten Lebensjahr, der die Kriegserfahrung und Diplomatenweisheit des Greises mit der Energie und Kühnheit eines Jünglings in sich vereinte. Er riet, durch die Sewersk gegen Moskau vorzurücken und Wladyslaw zum Zaren auszurufen, doch die beiden Herren Potocki bestimmten den König, zuvor Smolensk zu nehmen, es werde sich ohne Schwertstreich ergeben. Welcher Irrtum! Die Verteidiger von Smolensk standen denen von Troiza nicht nach. Wie zäh und tapfer ist der Russe, wo es um seinen Glauben und Boden geht! Wie unbestechlich blieb der Wojewode Michail Schein als Kommandant von Smolensk! Zwei Jahre verbiß sich der König in die Festung.

Schuiskijs Entsetzen über diesen Einfall eines neuen Feindes hatte sich bald gelegt. Noch lebte ja und siegte im Norden Michail Skopin, und mein Herr Vater hob ja die Belagerung von Moskau auf, da all seine Polen auf ihres Königs Ruf zu diesem eilten und ihn verließen. Ihr König hatte sie, die einst gegen ihn Konföderierten, amnestiert. Polens Glorie strahlte vor ihnen auf. Vergebens suchten meine Eltern die Treulosen zu halten, vergebens versuchte meine Frau Mutter, den päpstlichen Legaten abermals für meinen Herrn Vater zu gewinnen, vergebens schenkte mein Herr Vater Herrn, Mniszek die ganze Provinz Smolensk, die er freilich nicht mehr besaß. Meine unglücklichen Eltern konnten nicht hindern, daß des Königs Gesandte, fast unter ihren Augen, selbst Rozynski zum Verräter machten. Rozynski stellte die Gesandten meinem Herrn Vater nicht einmal vor, fuhr ihn vielmehr, zur Rechenschaft aufgefordert, halb betrunken mit den Worten an: ›Scher dich zum Teufel, Schurke! Lange genug haben wir für dich unser Blut vergossen. Der Teufel weiß, wer du in Wahrheit bist!‹ Verstört wie nie in seinem odysseischen Leben, eilte der tödlich Entehrte zu meiner Frau Mutter, weinte und raste: ›Rozynski muß sterben! Er oder ich! Er verrät mich an diesen König! Ich bin in seiner Gewalt! Nun, so verlasse auch ich Tuschino, du aber, ich flehe dich an, du bleibe hier, meine tapfere Gefährtin! Ich rüste die Rache zu, dich behüte der Himmel. Er weiß, ob wir uns jemals wiedersehen.‹

Ich feuchte das Blatt mit Tränen, stelle ich mir den Abschied der Liebenden vor. In Bauernlumpen auf einer Mistfuhre floh Demetrius, Zar aller Reußen, hinweg. Mit ihm ging nur Kochelew, seit Jahren sein Tröster und vielgetreuer Narr.

Kaluga war das Ziel seiner Flucht. In einem Kloster verfaßte er jene berühmte Proklamation, die beweist, wie unrecht ihm all die Heuchler getan, die ihn dereinst beim Moskauer Blutbad als den polnisch oder römisch gesinnten Agenten Polens oder des Papstes ausgeschrien und gestürzt hatten, angeblich um Rußland und seine alleinseligmachende Kirche zu retten. Sollte mein Herr Vater je ernstlich erwogen haben, die Union der Kirchen herbeizuführen oder Polen beherrschenden Einfluß auf Moskau und das Reich zu verschaffen, so war er inzwischen vom Scheitel bis zur Zehe zum orthodoxen, polenfeindlichen, romhassenden, dem verderbten Abendland gänzlich abgewandten Russen geworden. Selbst meine erhabene Frau Mutter, der man hochfahrenden Nationalstolz, anmaßenden Konfessionseifer und die ganze Verwöhntheit und herrische Leichtfertigkeit der vornehmen polnischen Dame zugetraut, sie war ganz offensichtlich – in Harmonie mit ihrem Gemahl – mit Polen und dem Katholizismus zerfallen. Denn also schrieb mein Herr Vater an die Einwohner von Kaluga:

›Der Polenkönig verlangt von mir die Provinzen Smolensk

und Sewersk, behauptet, ich hätte sie ihm vor meinem ersten Feldzug, dem gegen Boris Godunow, geschenkt, auch gehörten sie ihm seit alters. Verflucht will ich sein und nicht Dimitrij heißen, trete ich ihm diese Gebiete ab, lasse ich das Heidentum dort sich einnisten. Brüder, er kennt meinen Willen. Darum hat er meinen Heerführer Rozynski und dessen polnische Korps verführt und an sich gerissen. Aber ihr, o Einwohner von Kaluga, antwortet mir, ob ihr mir diese Verräter mit eurer Treue ersetzen wollt! Schwört ihr mir Ergebenheit zu, so will ich bei euch wohnen und mit Gottes und des heiligen Nikolaj Hilfe und in der Kraft so vieler guter Städte, die zu mir halten, an Schuiskij und den Polen Rache üben. Ich bin bereit, für den Glauben zu sterben. Unterstützt meine Anstrengungen, bewaffnet euch mit mir gegen die Ketzerei! Wir wollen dem Polenkönig nicht ein Haus, nicht einen Pfahl, viel weniger eine Stadt oder gar eine Provinz abtreten.‹

Auf dem Marktplatz wurde diese Proklamation verlesen. Hoch brannte die alte Liebe zum Namen Demetrius. Die Leute von Kaluga baten meinen Herrn Vater herein, empfingen ihn mit Salz und Brot, kleideten ihn fürstlich und gaben ihm Pferde, übereichten ihm auch eine stattliche Summe Geldes.

Doch wie erging es inzwischen meiner Frau Mutter in Tuschino? Ach, da begründete und beschwor das demoralisierte Heer eine freie Soldatenrepublik, die weder Schuiskij noch meinem flüchtigen Herrn Vater gehorchen, sondern sich umschauen sollte nach demjenigen Fürsten, der ihre Dienste am nobelsten würde bezahlen können. Und so nahm denn Rozynski die Gelegenheit wahr, erwirkte von Sigismund die Begleichung des rückständigen Soldes und betrieb, daß alles Polnische zu Sigismund, alles Russische zu Schuiskij gehe. Nur ein Rest, welcher entweder den Fürsten Sapieha zum Führer erkor oder meinem Herrn Vater die

Treue hielt oder aber sich noch viel, viel teurer an Sigismund zu verkaufen gedachte, bildete marodierende Räuberbanden. Was muß meine hilflose und vereinsamte Frau Mutter damals gelitten haben! Arme, stolze, schöne Maryna Mniszek! Aber – Gott weiß! – ihr Herz blieb fest und ungebeugt ihr Sinn. Zu jener Zeit geschah es, daß ein Janikowski sich vor Sigismund erbot, meinen Herrn Vater in Kaluga zu meucheln und dem König die Tore der Stadt zu öffnen. Daß der König dies Angebot ablehnte, haben seine Schmeichler ihm hoch angerechnet und laut ausposaunt. Doch wer weiß, wie des Königs Großmut zu sehen? Rußland sollte sich wohl erst noch weiter in Bürgerkriegen verwüsten und schwächen. Auch wußte er gar wohl, daß der gemeine Mann in meinem Herrn Vater wohl immer Rußland sah und nach eines Demetrius Ermordung gewiß nicht dem Krakauer Mörder, sondern dann doch lieber dem Moskauer Schuiskij zulaufen würde.

Meine Frau Mutter, ungebeugt, doch ihres Lebens nicht mehr sicher, flüchtete sich zum Fürsten Jan Sapieha nach Dimitrow. Der Fürst riet, die Zone der Angst und Gefahr zu verlassen und zur Heimat zurückzukehren, bot ihr auch sicheres Geleit bis Sandomierz an, sie aber entgegnete: ›Nein. Die Zarin aller Reußen hat hier ihres Gatten Not zu teilen, Schmach zu rächen, Sieg zu feiern oder Tod zu sterben. Auf keinen Fall werde ich in Polen die Schmach der Gescheiterten zur Schau tragen. Ich teile mit meinem Gemahl das Los, das Gott ihm bestimmt hat.‹ Und geharnischt als Husar, von fünfzig Kosaken begleitet, verließ sie Dimitrow und erreichte Kaluga und den Gemahl nach ununterbrochenem Ritt von zweihundert Werst. Das war meine Frau Mutter, Zarin Maryna, die verwöhnte, angeblich so verzärtelte Polin.«

»Zweihundert Werst?« staunte der russische Gesandte.

»Mein Herr Vater war, wie gesagt, längst nicht mehr der

milde Titus, der heitere, leutselige, gutherzige, generöse, musikfreudige, Feste feiernde, Freundschaft pflegende, plauderfrohe Held von ehedem. In seine Züge hatten sich Bitterkeit, Ingrimm und steinerner Haß, Kälte und Erbarmungslosigkeit eingegraben, sein Mund war verstummt, sein Ohr dem Zauber der Musik ertaubt, sein Charme in Düsternis erloschen. Wen verwundert das? Wer wäre so unverständig, aus solcher Verwandlung den Schluß zu ziehen, der Demetrius von einst und der, den meine Frau Mutter zu Tuschino wiedergefunden, seien eben nicht identisch gewesen; der erste sei ein westlicher Hirsch, der zweite ein russischer Bär gewesen, und nur meine Frau Mutter, die sich – vom ersten zum zweiten Dimitrij hin – aus einer vielleicht noch liebenden polnischen Katholikin zur rachsüchtigen russischen Orthodoxin verwandelt, sei ein und dieselbe geblieben, sich selber treu in ihrer von Anfang an betrügerischen Verwegenheit und maßlosen Ehrsucht? Wer wagt solchen Schluß?«

»Moi même!« meldete sich der Russe und trank.

Der Abt seufzte lustig und übersetzte weiter: »In meines Herrn Vaters Blut war nur das andre Erbteil seiner Vorfahren erwacht, die grausame Härte seines Vaters, des schrecklichen Iwan. So hat mir Fürst Sapieha erzählt, daß mein Herr Vater einmal einen lutherischen Deutschen in Moskau, einen Pastor Bär, und fünfzig andere Ketzer seiner Gemeinde ausheben und nach Kaluga schleppen ließ, weil sie mit Emissären des Polenkönigs angeblich Briefe gewechselt. Ohne Verhör, so befahl er, sollte man sie ertränken. Meine Frau Mutter flehte ihn weinend um Gnade und Gerechtigkeit an, er aber raste selbst auf seine Gattin los und schrie: ›Ein Wort noch, und ich ersäufe dich mit!‹ Eins ist gewiß: Daß die Zarin nicht nur die Fegefeuer mit durchmaß, durch die ihr Gatte mußte; sie litt am ärgsten unter der Veränderung seines Wesens. Aber sie richtete nicht, sie liebte nur noch inbrünstiger fort.

Anno Domini 1610 standen sich im verwüsteten Rußland drei große Heere feindlich gegenüber: Im Osten lag Sigismund vor Smolensk, im Süden hielt mein Herr Vater Kaluga, Tula und andere Städte besetzt (freilich war ihm ein Teil seines Heeres zu den fruchtbaren, noch unberührten Ufern der Ugra entwichen und verhandelte von dort aus teils mit ihm, teils mit Sigismund), und drittens warf der Fürst Prokopij Ljapunow ein neues Panier auf. Zum einzigen wahren Verteidiger des Glaubens ausgerufen, hieß er sich den Weißen Zaren und führte den allererbarmungslosesten Krieg gegen alles, ob polnisch, ob russisch, sofern es entweder Schuiskij oder Sigismund oder meinen Herrn Vater anerkannte, und wo sein Roß hindurchstampfte, wuchs kein Gras mehr. Ach, auch noch die Krimtataren zogen heran, gleichsam um Schuiskij zu helfen, plünderten die Dörfer, verschleppten Männer und Frauen, trabten dann heim, verkauften die Beute und verjubelten den Erlös.

Nun aber rückte Schuiskij, da Michail Skopin tot, mit letzter Kraft, mit sechzigtausend Kriegern, zur Befreiung von Smolensk gegen Sigismund vor. Seines Heeres Rückgrat waren die stattlichen Korps der Schweden, Deutschen, Engländer und Franzosen unter Jakob de la Gardie. Zehntausend Mann Vortrab sollten vor Schuiskij her die Straßen von Detachements, die Sigismund entgegensenden würde, reinfegen. Bei Sigismund standen nun Rozynski und selbst Sapieha, die ihm freilich nur geringe Truppen zugebracht, da ihre Soldateska es vorzog, auf eigene Faust zu räubern. Dem König war das Geld ausgegangen, sein Reichstag enttäuscht und kriegsmüde, Smolensk trotz Minen und Geschütz, trotz aller Sturmangriffe und Bestechungsversuche am eisernen Kommandanten Michail Schein, nicht zu nehmen gewesen – was sollte der König nun tun? Weiter um die spröde Braut Smolensk werben oder Schuiskij entgegenrücken?

Nun beginnt ein neues Heldenlied: das des Marschalls

Szolkiewski. Ich muß es singen, wiewohl er es war, der meinen Herrn Vater ins tiefste Elend hinabstieß. Die Potockis waren bei Sigismund damit durchgedrungen, daß Smolensk dicht vor dem Fall stehe und um keinen Preis aufzugeben sei, mithin ein detachiertes Korps, gleichsam als Todeskommando, das ungeheure Heer des Schuiskij mit spartiatischer Thermopylen-Tapferkeit aufhalten müsse, werde, was da wolle, nur um Zeit zu gewinnen, und zu solchem Heldengang könne nur einer hinreißen: Szolkiewski.

Szolkiewski nahm das Todeskommando an. Er erklärte, er sei schon längst des Lebens satt und begrüße einen so ehrenvollen Tod. Aber da er zuvor doch noch den Kampfesschweiß daransetzte, errang er auf ritterlichste, todesmutigste Art unter Gottes Beistand jenen überaus wunderbaren Sieg von Kluschino, von dem die Historienbücher singen und klingen werden bis an den Jüngsten Tag, jenen Sieg, der den des Gideon über die Philister völlig verdunkelt, Polens Aar bis zur Sonne erhebt und bis heute in den schier geblendeten Augen des Russen Polens Überlegenheit sichtbar zu machen scheint wie ein entwölktes, schneebedecktes Gebirge.«

Der Abt hielt hier inne und bedachte, die nachfolgende Schilderung könne seinen Gast kränken. Er sagte, der Schreiber werde zu weitschweifig, man müsse zum Ende kommen, auch ermüde die Übersetzungstätigkeit, und des Herrn Gesandten Zeit sei bemessen. Und so fuhr er ein paar Seiten später fort. Der Russe empfand die Rücksicht wohl und nahm sie wortlos an.

»Schuiskij hatte verspielt, wurde abgesetzt und zum Mönch geschoren, und wie er dabei auch um sich schlug – die Herren Bojaren selber (so heißt es) hielten ihn bei den Handgelenken fest. Insoweit war mein Herr Vater gerächt.

Flugs entschloß sich mein Herr Vater zum kühnen, letzten Handstreich und zog mit seinem Heer racheschnaubend in

Eilmärschen auf Moskau los, um endlich in dieser heiligheillosen Stadt zu sein und des Vaterlandes Unglück zu rächen. Wehe jetzt den Bojaren! Da riefen diese in größter Angst den Sieger von Kluschino, Herrn Szolkiewski, zu Hilfe. Der hörte den Angstschrei, brach auf, fuhr auf Blitzen daher – und kam *vor* meinem Vater in Moskau an, erhielt als Retter vertraglich den Oberbefehl auch über die russischen Korps, und nunmehr hielt sich Rußland, das zähe Rußland, das nicht umzubringende Rußland, unter diesem Szolkiewski für völlig unbesiegbar. Natürlich wollte Sapieha, der sich übrigens wieder mit meinem Herrn Vater geeinigt, gegen diesen Szolkiewski nicht mehr kämpfen. Er ging zu ihm über. Doch war er vornehm genug, diesen Schritt davon abhängig zu machen, daß der König meinen zum letzten Mal betrogenen Herrn Vater, dessen Fahne ein Jan Sapieha solange geführt und der seinerseits Sapiehas Soldaten viel zugut getan, irgendwie entschädige. Das mindeste sei doch, man lasse dem Zaren Demetrius die Wahl, ob er die Oberherrlichkeit über die Landschaft Grodno oder Ssambor vorziehe. Szolkiewski erwiderte mit der Bitte, meinen Herrn Vater zu befragen, ob er um diesen Preis die Waffen strecken werde. Fürst Sapieha wollte es tun.

Zwei Stunden entfernt, ahnten meine unglücklichen Eltern in dem Kloster, darin sie sich aufhielten, nichts von dem, was man spielte. Da ritten Boten des Königs in den Klosterhof ein, wurden von meinen Eltern empfangen und eröffneten, was der König auf Szolkiewskis und Sapiehas Fürsprache hin ihnen zugedacht. Meinen Herrn Vater entseelte nun fast dieser neue Verrat, stumm saß er da und dachte nur eines: Dem König glaube ich kein Wort mehr und keinem Menschen auf Erden und keinem Gott mehr im Himmel. Meiner Frau Mutter Antwort war ihrer wert: ›Meldet zurück! Seine Majestät der Zar hat einen anderen Vorschlag. Der Zar verlangt von Seiner Majestät dem König die Abtretung seines polnisch-litauischen Reiches und bietet ihm zur Entschädigung als Wojewodschaft Krakau oder Warschau an – ganz nach des Königs Wahl.‹

Jetzt war nur noch einer unter meines Herrn Vaters Heerführern zur Hand: Zarutzkij.

Nun Szolkiewski in Moskau herrschte, flohen meine Eltern und Zarutzkij mit verhängtem Zügel vor ihren Truppen her nach Kaluga zurück. Dort faßte man, da die Sache verloren, zu dritt den Plan, sich in Astrachan festzusetzen und ein selbständiges Fürstentum zu begründen. Man umgab sich mit muselmanischen Tscherkessen und Tataren. Tragische Ironie: Mein Herr Vater hieß in seinen Erlassen immer noch Einziger christlicher Herrscher der Welt. Nun ihm all sein Unglück von Christen geworden, haßte er alles Westliche auf der geliebten russischen Erde und schwor: ›Sobald ich meine Krone wiederhabe, lasse ich auf Rußlands heiliger Erde nichts am Leben, was sie nicht geboren!‹

Allein er haßte sich wohl schon mit, haßte selbst das Licht der Sonne und alles, ließ seine Heiden nachts aus Kaluga schwärmen, Kaufzüge ausrauben, Freie und Unfreie zu Tode peitschen und russische wie polnische Edelleute auf den geringsten Verdacht hin in der Oka ertränken. Ja, er raste nur noch und schrie: ›Türken und Tataren sollen meine Verbündeten sein, so sie mir zum Thron meiner Ahnen verhelfen, und kann ich Rußland nicht mehr regieren, so soll's zu meinen Lebzeiten keine Ruhe mehr vor mir haben!‹

Oh, die ihr dies lest, bittet, bittet für die Seele des Iwan, die in ihm aufgewacht war, und betet und opfert für die Seele im Fegefeuer!

Dann kam das Ende.

Es war bei König Sigismund ein Fürst Kassimowskij, ein Tatar, der den Zarentitel trug. Den hat mein Großvater Iwan IV. zum Christentum bekehrt und ihm Kassimow als Fürstentum verliehen. Mit Rozynski war auch er zu Sigismund übergetreten, trauerte aber um seinen Sohn, der bei meinem Herrn Vater in Kaluga geblieben. Kassimowskij sorgte sich um den Sohn, begab sich heimlich nach Kaluga und bat ihn: ›Dein Herr ist verloren, rette dich selbst und ziehe mit mir!‹ Der Sohn aber stellte beschworene Mannentreue höher als Sohnesliebe und überlieferte seinen Vater an seinen Herrn. Wohl sträubt sich meine Feder, da ich dies schreibe, und doch kann ich nicht anders, als es mit einer Regung von Dankbarkeit verzeichnen. Aus mir spricht Sohnesliebe, dieselbe, die im jungen Kassimowskij schwieg. Kurzum, des alten Kassimowskij Ende war der Tod unter dem Eis der Oka.

Nun empfanden die Muselmanen diese Tat als abscheulich, und ein Tatarenfürst Pjotr Jeruslanow, übrigens mit dem abgesetzten Schuiskij entfernt verschwägert, beschloß, am jungen Kassimowskij das Gericht zu vollstrecken und ihn zu erdolchen. So sollte, wie er meinte, diese Schmach von den Tataren weggewaschen werden durch des Schuldigen Blut. Er lauerte Kassimowskij in der Nacht auf, doch kam ein anderer Tatarenjungfürst daher, und Jeruslanow erdolchte versehentlich den falschen. Mein Vater tobte und ließ Jeruslanow mit fünfzig seiner Leute in den Kerker werfen. Aber er gab sie wieder frei, brauchte er sie doch für den Weg nach Astrachan, den sie kannten, befehligte doch Jeruslanow eine zahlreiche Garde. Nun spielte Jeruslanow den zwiefach Getreuen, verheerte das Umland eifriger denn zuvor und vertagte seine Rache. Und deren Tag kam. O du schwarzer elfter Tag im Dezember des Unheilsjahres 1610!

Mein Herr Vater, dessen Herz wieder freier und fröhlicher schlägt, da er nach neuen Ufern ausblickt, reitet mit Jeruslanow und zwanzig Tataren und einigen Beamten des Hofes zur Jagd hinaus. Sein Trautgesell Kochelew ist dabei. Während die verschneiten Wälder die belasteten Zweige still über sie breiten, verlassen zu Kaluga insgeheim tausend tatarische Reiter in kleinen Gruppen die Stadt durch verschiedene Tore und vereinigen sich irgendwo zum Zuge nach Astrachan. Und während solches geschieht, langt mein Herr Vater mit Jeruslanow und Kochelew an einem Rastort an, wo man für die Jagdgenossen Erfrischungen bereithält. Die übrigen Jäger halten sich im Jagdrevier auf. Die drei sind abgestiegen, und mein Herr Vater trinkt. Da knallt ein Schuß, und durch die Brust getroffen bricht mein Herr Vater zusammen, während Kochelew entsetzt in den Sattel springt, die Hofbeamten, die ihm entgegenreiten, mit sich reißt und mit verhängtem Zügel nach Kaluga hineinjagt, dort die Mordtat in alle Gassen schreit und das getreue Volk, das dem großen Namen Demetrius allzeit hörig geblieben wie dem eines Messias und Gottes, zur Vergeltung ruft. Und des Volkes Zorn vertilgt in wenigen Stunden den ganzen Rest der zurückgebliebenen Reiter tatarischen Bluts und opfert sie den Manen Dimitrijs Iwanowitsch Rjurik, des Einmaligen, Niewiederkehrenden, Unvergeßlichen. Und solches geschieht in jenen furchtbaren Stunden, da meine hochschwangere Frau Mutter, aufs tiefste erschüttert, grauenvoller aufs Herz geschlagen als dereinst in der Moskauer Mordnacht nach ihrer Krönung und Hochzeit, mich, ihr erstes und letztes Kind, gebiert. Seht, ihr Fühllosen, die ihr mich, den Linkischen, wegen seiner Selbstgespräche oft verlacht, seht, so bin ich zur Welt gekommen! Könnt ihr ermessen, was auf mir liegt, zumal ich's bis heute vor aller Welt verschweigen mußte?

Man fand meines Vaters Leiche von Jeruslanows Säbelhieben zerfetzt. Ja, jetzt war er endlich und gewißlich still, kalt und tot, er, den man viereinhalb Jahre zuvor auf dem Roten Platz unter der sengenden Sonne schon glaubte vermodern zu sehen, und meines Vaters Haupt, darin so große Gedanken gewohnt, Gedanken, die sich wie weltweite Wurfnetze über die Zukunft gebreitet hatten, lag abgehauen neben dem Rumpf. Jeruslanow, mit seinen tausend Reitern nach Astrachan unterwegs, hatte ganze Arbeit hinterlassen. Kochelew bezeugte, mein Vater habe, als er den tödlichen Schuß erhielt, noch den Hohn seines Mörders vernehmen müssen: ›Das wird dich lehren, Khane ersäufen und Fürsten in Kerker werfen, verfluchter Hund!‹

Höchst feierlich, mit allen den moskowitischen Großfürsten zukommenden Ehren und Zeremonien wurden des Zaren Demetrius Überreste in der Kirche von Kaluga bestattet. Was half es nun, daß der kleine Hof, daß die trauernde Stadt mir, dem Kind in der Wiege, den Treueid leistete?

Ataman Zarutzkij – Ehre seinem Andenken! – Herr Zarutzkij, der Abgott der Kosaken, er wurde jetzt zum ritterlichen Beschützer meiner verwitweten Frau Mutter und ihres Kindleins. Dieses erhielt nun nicht mehr den unseligen Namen Demetrius, aber doch den verpflichtenden des großen Iwan. Zarutzkij und sein Kosakenheer nahmen die Zarin und mich in ihre Mitte und zogen, allenthalben sich durchschlagend, an Moskau vorbei durch das südliche Rußland und weit, weit umher. Umsonst suchten die unglückliche Herrscherin und ihr Patron die Kosaken des Südens zu neuem Aufstand, neuer Rache zu entfachen. Drei Jahre lang blieb die einst im Kreml gefeierte rechtmäßige Zariza die im Biwak des Kosakenhäuptlings bald hier, bald dort kampierende Frau, und die so Unbeugsame, übermenschliche Zähe hatte nur noch eine Hoffnung: all ihren Haß, all ihre Rachegedanken, all ihren ungebrochenen Stolz, all ihre unbefriedigten Ansprüche dereinst in ihres heranwachsenden Iwan Dimitrijewitsch Seele zu investieren.

Was geschah noch in diesen drei Jahren des Schweigens? Ich fasse mich nunmehr kurz, wie mir mein Abbas befohlen.

Szolkiewski hatte in Moskau als Reichsregent den Treueid der Moskowiter auf Wladyslaw, den Kronprinzen zu Krakau, erwirkt und konnte nun die Ironie der Geschichte belächeln, daß ein russischer, mißleiteter Nationalstolz, der anno 1606 den letzten Waräger als Agenten Polens und der Römischen Kirche verleumdet und umzubringen versuchte, nunmehr von Polens Gnaden einen Knaben und Vollblutpolen demütig als Herrscher entgegennahm. Szolkiewski hatte Bathorys Ziele erreicht, Polen und Rußland schienen einer gemeinsamen Zukunft entgegenzureifen. Man lobte mit Recht Szolkiewskis Gerechtigkeit, soldatischen Freimut und schonende Zurückhaltung, auch die neue Mannszucht seiner polnischen Korps, man verzieh ihm sogar den tief beschämenden Sieg von Kluschino. Selbst der Patriarch schien gewonnen: Wladyslaw, hieß es, werde zur östlichen Kirche übertreten, und Szolkiewski schützte das Volk gegen alle Marodeurbanden, die noch bewaffnet gegen die Beschlüsse des von ihm inspirierten Reichsrates protestierten. Er war's, der den geschorenen Schuiskij und dessen Bruder an Sigismund auslieferte. Und unter der Bedingung, daß kein polnischer Adler über Smolensk flattern würde, wollte sogar der Verteidiger dieser Stadt, Michail Schein, denjenigen Herrscher anerkennen, den das russische Volk ihm benennen würde. Doch siehe da, Hochmut kommt vor dem Fall. Den Fall tat der von seinem Siege berauschte Sigismund Wasa. Alles verdarb dieser König sich selbst. Seine Jesuiten hatten ihm in den Ohren gelegen: Nichts sei geschafft und gewonnen, solange weder Rußland der polnischen Krone Vasall sei noch die kirchliche Union den Sieg kröne; für alle Zeiten müsse man das Schisma auslöschen; dieser Szolkiewski aber habe der griechischen Kirche die Unabhängigkeit zugesagt und nichts für Rom getan; Wladyslaw werde einst ganz und gar zum Russen werden und einst weder des Vaters Vasall sein noch die Union der Kirchen vollziehn. Und so schrieb denn Sigismund, in seinem Siegesrausch gebläht und verblendet, an Szolkiewski, er nehme die Zarenkrone für sich selbst in Anspruch, er allein sei aller Reußen Monarch, alle Ukase hätten in seinem Namen auszugehen. Szolkiewskis Bitten und Warnungen fruchteten nichts, die Jesuiten waren stärker als er, und vor so viel Torheit dankte der müde, alte, verdiente Mann ab, übergab verbittert Herrn Gonszewski sein Statthalteramt und reiste ab, während die Polen in den Städten des neu eroberten Reiches Sigismund allenthalben zum Zaren ausriefen und der alten Überheblichkeit durch Übergriffe frönten.

Bis daß der Zorn des russischen Riesen aufs neue wie Erdbeben ausbrach.

Patriarch Hermogen, jetzt acht Jahrzehnte alt, hochgeachtet im ganzen Reich, er gab den Alarm, er weckte den alten Drachen. Der Krieg entbrannte mit größerer Wut als je zuvor. Zwar fiel nun endlich Smolensk, dessen Pulvermagazine in die Luft flogen, es versank in einem Flammenmeer, und Sigismund hielt Einzug zwischen rauchenden Trümmern, nachdem sich die heroischen Einwohner selbst in die Flammen gestürzt, lauter Herakliden, um nicht zu erleben, wie das alte Rußland mit seiner Religion vergehe. Auch Moskau mußte noch rings um den Kreml verbrennen. Die polnische Besatzung, in den Kreml zurückgedrängt, ließ die Stadt in Flammen aufgehen und entkam hinter dem Flammenwald für ein Weilchen. Aber zu Ungeheuern schwollen die Heere der aufständischen Provinzen an, und alle Dämonen brüllten. Dennoch war dies das Ende noch nicht.

Drei russische Armeen umlagerten den Kreml: die Banden aus dem Lager von Tuschino unter dem Fürsten Trubezkoj; Zarutzkijs Kosaken, der im Namen der Zarin Maryna und dem ihres Sohnes focht; und schließlich das Heer jenes entsetzlichen Patrioten Prokopij Ljapunow, der sich den Weißen Zaren hieß und von nichts als der Unabhängigkeit Allrußlands wissen wollte. Nun, Gonszewski gelang es, die Zwietracht der drei Heerführer und Heere zu nutzen und alle drei einzeln zu schlagen. Ljapunow wurde sogar von seinen eigenen Haufen ermordet, die hatte Gonszewski listig gegen ihn aufgebracht, und Hermogen, die Seele des Aufstandes, ging im Kerker zugrunde. Kasan aber und Wjatka riefen mich, Iwan Dimitrijewitsch, Marynas Kind, zum Herrscher aus. Nowgorod holte des Schwedenkönigs Sohn und seine Streiter herein. Ein entflohener Diakonus Isidor wagte gar, als falscher, als wirklich erster falscher Demetrius, meinen Herrn Vater ersetzen zu wollen, und gewann Anhänger, eine Zeitlang sogar Herrn Zarutzkij, der diesen Tort meiner Frau Mutter antat in einer Zeit, da er mit ihr, der umsonst zur Gattin Begehrten, zerfallen war. Und Sigismunds Heere nahmen immer noch mit Gewalt oder Bestechung Stadt um Stadt, noch schien der König recht zu behalten, seine Polen schlugen sich wacker. Doch wie brennt mir das Herz heute noch von all jenen Bränden und Wunden, da ich die Greuel vermelde, und fast möchte ich heute noch, wo all die Drangsal und Vorschattung des apokalyptischen, letzten Weltbrandes längst verflogen, aufschreien, wie damals Rußland schrie: Haltet ein! Wann und wo kommt der Redliche, wann und wo der Erretter? Wäre ich kein Kind gewesen, ich hätte damals weinend verzichtet und meine Mutter zum Verzicht bestimmt. Doch so hielt der Allmächtige Gericht über ein Volk und Reich, das seinen David, seinen gottgeweihten Herrscher so schändlich von sich gestoßen. Amen.

Gott aber zürnt nicht immerdar, in der größten Not hilft er seinem Israel auf. Der Redliche kam, und ich muß ihn nun segnen. Der neue Träger göttlicher Huld, er war kein Waräger mehr, kein König, kein Großbojar, kein Marschall, kein Soldat. Es war der Metzger Kosma Minin aus Nischnij Nowgorod, ein schlichter Sohn meines Volkes; das war der gemeine Mann, den mein Herr Vater einst so liebt.

Kosma Minin wurde das Zauberwort gegeben, das die Massen des gepeinigten Volkes zum letzten Aufgebot rief: Für den Glauben! An sich keine neue Parole. Doch nun geschah sie in Vollmacht. Setzen wir nicht nur das Leben daran, rief er, verpfänden wir zuvor Weib und Kind, um Krieger zu rüsten und zu speisen und das heilige Rußland von all seinen Henkern und Räubern zu befrein! Als erster opferte er, dieser neue Judas Makkabäus, all sein Gut, als erstem gab ihm sein Volk den frommen Titel: Erwählter des ganzen russischen Reiches, als erstem gelang ihm die Einung aller Herzen in allen Provinzen zu gemeinsamem Schutz und Trutz, schaffte er allenthalben Ordnung und Zucht, als erster fand er den rechten Strategen, den lauteren Patrioten, der ihm ebenbürtig, und siehe, wieder war es ein Demetrius, und er hieß: Dimitrij Poscharskij. Der – o Wunder! – vertrieb die Polen von einer Stadt zur anderen. Um ihn und Kosma scharte sich mein großes, herrliches Volk, er befreite Moskau, und er und Kosma und alles Volk erwählte im März anno Domini 1613 Michail Fjodorowitsch Romanow, den siebzehnjährigen Sohn Philarets, des Metropoliten von Rostow und dann Patriarchen von Moskau, auf meines von allem Erdenjammer und -unrat erlösten Vaters Thron. Einige übrigens berichten, diesem Mischa sei längst, noch zur Zeit des Zaren Boris, die Krone geweissagt worden.

Mit einem Schlage, wie oft auch die Pest übersättigt am eigenen Würgen und Morden ausstirbt, mit einem Zauberschlage war die Macht der Hölle gebrochen, Gottes Zorn verraucht und seine Huld offenbar. Ich Armer triumphiere noch heute mit euch, ihr Erlösten, wiewohl ich um das entsetzliche Ende weinen muß, das euch zugut die stolze Maryna nahm, meine immerschöne, geliebte Frau Mutter, euch zugut auch der Patron meiner Kindheit, Ataman Zarutzkij, und das mich all meiner Rechte beraubte und mein gegenwärtiges Leben zum nachklagenden Echo macht.

Zarutzkij erlitt seine letzte Niederlage bei Woronesch, erreichte mit uns beiden die Wolga und bemächtigte sich Astrachans. Jedoch wir wurden von den Heerführern des jungen Romanow vertrieben, strebten flüchtig zum östlichen Strande des Kaspischen Meeres und – gelangten nicht mehr hin. Zu Anfang Juli des Jahres 1614 überraschte uns ein Überfall an den Ufern des Jaik. Wie deutlich sehe ich heute noch alles vor mir! Man lieferte uns an die Generale aus, die uns lang genug gehetzt. Oh, wie ich mich auch dieser Vorführung entsinne – deiner, meine königlich schweigende Mutter Maryna, deiner, mein gefesselter Zarutzkij. Wie mir die Wochen unsrer Verschleppung nach Moskau noch vor der Seele stehn und in meine nächtlichen Träume brechen, so daß ich oft auffahre, durch meine Zelle irre und zittre! Mit einem einzigen Satze sei das ganze Entsetzen jetzt abgeschüttelt: Der Recke Zarutzkij verendete grauenhaft auf dem Pfahl, die Zarin Maryna, die als eine neue Tamara ein großes Reich hätte regieren können und müssen in meines Vaters weitspähendem Sinn, sie verlosch im Moskauer Gefängnis. So und nicht anders hat sie ihr Moskau wiedergesehn und wieder verlassen.

Und ich? Warum starb ich nicht mit? Verschonte man mich? Ich bete mit Sankt Paulus an: O welch eine Tiefe des Reichtums der Weisheit sowohl wie der Erkenntnis Gottes –«

Hier stockte der Abt, räusperte sich unwillig, ja schlug mit der Faust auf die Blätter. Aber der Gast lachte: Das sei nur konsequent von dem vertrackten Bösewicht, wenn er schon lüge, konsequent und infam zu lügen und heilige Apostel nicht zu verschonen. Er wünsche das Zitat zu vernehmen und die Verdorbenheit dieses letzten Gauners in der größten Gaunerhistorie der Weltgeschichte zu ermessen.

»Gut denn«, zürnte der Abt, »er habe es, wie er's verdient!« Er übersetzte: »O welch eine Tiefe des Reichtums der Weisheit sowohl wie der Erkenntnis Gottes! Wie gar unbegreiflich sind seine Gerichte und unerforschlich seine Wege! Denn wer hat des Herren Sinn erkannt, oder wer ist sein Ratgeber gewesen?

Warum ich mich mit diesen Worten vor dem Dreimalheiligen in den Staub werfe? Vernehme nun und erfasse, wer da kann, all meiner Zeilen Sinn und Ziel!

Ja, auch mich, den Zarewitsch Iwan Dimitrijewitsch, hatte man von der Tafel des Lebens auzulöschen befohlen, aber siehe, ein Pan Bielinski war durch Gottes Erbarmen zu meinem Erretter erkoren.

Er besuchte dank guter Protektion meine Frau Mutter in ihrem Verlies, und so tief erschütterte ihn das Flehen dieser mit tragisch verklärter Schönheit geadelten Frau, so tief ergriff ihn die Bitte, für des unschuldigen Kindes Errettung das Äußerste zu wagen, daß er hinfort auf nichts als meine Entführung sann. Was ihn gänzlich zum Gefangenen der Gefangenen machte, das war ihr immer noch so stolzer Sinn, der meinte, ich müsse dereinst von Polen her den Weg meines Herrn Vaters aufs neue antreten, um abermals zu gewinnen, was weder er noch sie hatten halten können.

Und eine neue, letzte, schwere Sünde, doch mir zum Heile, geschah; ich weiß nicht, ob von meiner armen Mutter ersonnen oder von Pan Bielinski erdacht. Ein podlachischer Schlachziz und Witwer namens Dimitrij Ljuba war damals in den Moskauer Wirren verschollen und hatte sein Knäblein als Waise zurückgelassen. Bielinski nahm sich des Kindes an und besuchte mit ihm meine Mutter mittels eines Passes, den er sich selbst gefertigt. Das arme Kind des Ljuba ließ er bei meiner Frau Mutter zurück, mich führte er in die Freiheit. Ich verstand damals nicht, was mir geschah, doch sehe ich heute noch alles vor mir: Wie ich meine geliebte Mutter an Bielinskis Hand verließ und ihr in Tränen verklärtes Antlitz mir nachleuchtete. Ich besinne mich auf die Abreise in Herrn Bielinskis Wagen an seiner Seite am selben Tag, auf unsre rastlose Fahrt bei Tag und Nacht, unsre Fußwanderungen durch Wälder und Moräste und am russischen Grenzadler vorbei, an den Augenblick, da mich der Fürst Jan

Sapieha freundlich aus seinen Händen empfing, auch an mein erstes Samtkleid, das er mir zuschneidern ließ, an meine ersten Unterrichtsstunden im Palais und Jahre danach – an jenen überwältigenden Morgenspaziergang an seiner Hand durch seinen von Vogelgezwitscher belebten Park, vorbei an Fasanengehegen und Wildgattern, wo wir die Rehe fütterten; wie er sich da endlich auf lauschiger Steinbank niedersetzte, mich auf die Knie nahm und meine und meiner erhabenen Eltern Geschichte sowie meine Zukunft und Berufung mir zu erklären begann.

Was bedarf es weiteres auf diesen Blättern als mein Warägerwort, welches sich auf meine frühesten Erinnerungen und das Edelmannswort des Fürsten Sapieha klar und fest gründet?

Es ist an der Zeit. Aller Welt ins Angesicht eröffne ich nun, was ich mit Worten und Briefen anzudeuten begonnen:

Wer ich sei, welches Ranges ich mich nicht länger entblößt zu sehen wünsche, welche Ehren und Einkünfte mir gebühren und – zu welchem Verzicht ich bereit bin. Ich flehe die Seelen meines Herrn Vaters und meiner Frau Mutter im Fegefeuer auf den Knien um Vergebung an, daß ich ihren mir nochmals auferlegten Weg nicht mehr zu beschreiten und all meine Kraft nur daranzusetzen gewillt bin, daß ihnen beiden dasjenige Gedenken der Mit- und Nachwelt zuteil werde, das ihrer Größe, ihren Sünden und Leiden, ihrem erschütternden Los zwar nie gerecht wird, aber doch in Schauern der Ehrfurcht nachgeht von Geschlecht zu Geschlecht.

Gegeben zu Brest-Litowsk im Jahre des Heils 1632 nach Allerseelen.

Iwan Dimitrijewitsch Rjurik, Zarewitsch.«

Der Abt legte die Blätter von sich, atmete auf und rieb sich die Spuren der geistigen Strapaze aus dem Angesicht, schenkte sich ein und trank Seiner Exzellenz nachdenklich zu. Endlich begann der Russe:

»Nicht alles hat das Bürschchen verdreht, nicht alles. Die Dinge gehn ihm etwas durcheinander. Und sein braves ›Elternpaar‹ war ein Möwenpärchen auf schwankendem Meer. Das Meer aber das Volk, wie es Bolotnikow meinte. Armer Bolotnikow ... Halten Städter und Bauern nicht zusammen, dann gehn sie beide zu Bruch. Darauf könnt Ihr Häuser baun, lieber Abt. Ja, der Räuber von Tuschino ... Fast wär's ihm vor Moskau geglückt. Da war nur noch die Ausfallstraße nach Südosten, nach Saraisk und Kolomna offen. Und inzwischen griff die Bewegung des Wolgagebiets unterm Kampfruf ›Pjotr Fjodorowitsch‹ um sich. Aufruhr jenseits des Ural sogar ... Im Westen, in Pskow, übernahm eine ›Kammer des Volkes‹ alle Gewalt. Überhaupt, das Volk entdeckte sich selber; das war das Große an der heillosen Zeit. Es entdeckte sich wieder. Heiliger Nikolaj, im Wolgagebiet brannte man die Dörfer nieder, befestigte die Städte, errichtete Palisaden und Verhaue, da ließ man sich in den belagerten Höfen mit eigenem Feuer verbrennen! Und schaffte es gerade so, daß der Widerstand in die Breite und Weite wuchs. Erfand und erkor seine Führer. Da darf ich ein bißchen prahlen, Väterchen: War selbst dabei! Kurz, was einst mit Bolotnikow im Dreck gesessen, tat auch hier mit. Ja, führend waren die Städte. Als da sind Nischnij Nowgorod, Wologda, Ustjug, Galitsch. Man befreite Kostroma und Jaroslawl. Ich langweile Euch, lieber Abt. Doch seht Ihr, ich kannte auch den großen Rufer im Streit, Hermogen, persönlich, der im Kerker als Märtyrer starb. Auch Jakob de la Gardie hab' ich gesehen. Seine Schweden ließen Moskau endlich Moskau sein und okkupierten für ihren König Nowgorod. Das war der Anfang der schwedischen Intervention. Aber Nowgorod und Moskau verständigten sich und riefen alle erreichbaren Städte in Sendschreiben zum Kampf. Das gleiche tat Jaroslawl im Nordosten, Ljapunow im Süden; der trat mit Nischnij Nowgorod in Verbindung und hätte den ganzen Aufstand gern persönlich geführt. Ha, Trubezkoj! Kosma Minin! Fürst Poscharskij! Das waren Zeiten! Wie mir da die Erinnerungen kommen! Februar 1612: Das allrussische Aufgebot im Marsch über die Wolgastädte nach Jaroslawl, wachsend unterwegs und schwellend von Ort zu Ort über Troiza und bis vor Moskau hin. Der Zarutzkij war mit seinen Kosaken von Moskau gerade abgerückt. Trubezkoj stieß mit seinem Heer zu Poscharskij. Die Polen unter Chodkiewicz wurden geschlagen und hinausgehauen, und zwei Monate später ergab sich die polnische Kremlgarnison. Aber hol's der Teufel –«

Hier stand der Gesandte auf und steckte beide Fäuste zornig in die Taschen.

»Sechs Jahre darauf kam die nächste polnische Intervention, eben unter jenem Wladyslaw. Der Apfel fällt nicht weit vom Stamm, Hochwürden. Und die ukrainischen Kosaken waren wieder dabei. Hol's der Teufel! Zwar zogen sich die Räuber zurück, doch nicht beutelos. Sie brachten für einen vierzehneinhalbjährigen Waffenstillstand nun doch noch Smolensk, ganz Sewerien und Tschernigow an sich. Hol's der Teufel!«

Der Gesandte spuckte aus und funkelte sein Gegenüber an. Der Abt versicherte, er könne nichts dafür, und bat, auf den Roman seines Novizen zurückzukommen; diese Angelegenheit sei heitrer.

»Nehmen wir's heiter! Gut.«

Damit setzte er sich, der Gesandte, strich den Bart und brummte: »So, mein Bürschchen, und nun entscheidet sich's, ob du für deine künftigen Tage in ein Quartier, das dem letzten deiner ›Frau Mutter‹ verdammt ähnelt, umzusiedeln wünschest, oder ob eine Tracht Prügel das ihre tut. Hochwürden, ich möchte jetzt das Früchtchen kennenlernen.«

Der Abt ergriff die Tischglocke, schellte den Bruder Sekretär herein und befahl ihm, die Vorführung des Novizen zu veranlassen. Dann erhob er sich, ging hin und her und trat zuletzt vor seinen Gast: »Exzellenz, *eine* Bedingung stell' ich: daß zuvörderst ich allein den Burschen vernehme und Eure Exzellenz sich auf die Rolle des Hörers beschränken.«

»Und Zuschauers. Gewährt! Soviel ich in Eurem Machtbereich zu gewähren habe. Es wird mir ein Vergnügen sein.«

Ein bleicher, etwas hohläugiger junger Mönch wurde eingelassen. Trotz und Furcht kennzeichneten sein hübsches, schmales Gesicht, das Maler von verzückten Mönchen im Jesuitenstil als Modell hätte reizen können, kennzeichneten seinen Schritt, seine zu noble Verneigung vor dem Russen, seinen Handkuß vor dem Abt. Wahrscheinlich schlug ihm sein Herz bis zum Halse, aber – er war ja ein Zarewitsch.

Der Abt begann: Der Herr Gesandte Seiner Majestät des Zaren und er selber, des Novizen väterlicher Freund und Abt, hätten mit großer Teilnahme, bald lachend, bald weinend, bald entsetzt, kopfschüttelnd und geduldig den Roman da gelesen, der voll tiefinnerlicher Falschheit sei, aber nicht ohne Phantasie, dessen größter Übelstand aber darin bestehe, daß er seinen Autor an den Galgen bringe.

Der Jüngling begann empört etwas zu stammeln, doch der Abt schnitt ihm das Wort ab – mit sehr bedrohlichem Tone. Dann fuhr er ruhig fort: »Ich bedaure, daß ich einen Dichterling noch zu solcher Hochstapelei auf dem Papier und eine eitle, kindische Träumerseele zu solchem Orgiasmus verführt – nachdem sich Jan Sapieha schon genug an ihr versündigt. Man soll niemand in Versuchung führen. Doch hat's wohl auch einiges für sich, daß sich der Wahnsinn einmal ganz entlade ...«

Der Novize öffnete den hübschen Mund –

»Tace!« fuhr der Abt ihn an. Danach erklärte er mit netter Ruhe, der Lügenteufel habe Zucker genug gekriegt. Zwei

Tatsachen stünden fest: Erstlich habe der Sapieha ihn inzwischen verleugnet und sich auf Auslandsreisen begeben, zweitens habe Pater Kowalewski, Societas Jesu, auf allerhöchste Lizenz hin ein Beichtgeheimnis des Pan Bielinski preisgegeben, worin Bielinski als Sterbender die wahre Herkunft des Novizen Johann und das mit Herrn Sapieha abgekartete Spiel offenbar gemacht.

Dann fuhr der Abt fort: »Ob der Novize Johann sich jetzt wohl auf seinen Namen besinnt? Ob er nun endlich aufhören wird, Bemerkungen über seine noble Geburt fallen zu lassen? Oder fatale Briefe an hohe Herrschaften zu versenden? Ob er nicht lieber bereit ist, hic et nunc vor seinem Abt und dem Herrn Gesandten zu erklären, daß er bereue, widerrufe und Sapieha zum Teufel wünsche? Ob er unter ein solches Dokument – denn es müßte schon schriftlich geschehen – nicht seinen wahren, ehrlichen, unbescholtenen Namen setzen wird?«

Dem so überfahrenen jungen Mann sprangen Tränen in die Augen, und der Abt erkundigte sich, ob das schon Tränen der Scham oder gar der Dankbarkeit seien – oder noch erst der Angst? Nun, der sonst so gutherzige, lernfreudige, für Poesie und Historie so empfängliche junge Held habe nur noch die Wahl, entweder mit der angeratenen Erklärung die Affäre aus der Welt zu schaffen oder dort zu enden, wo die von ihm verklärte Kanaille Maryna ihr Betrügerleben ausgehaucht: im Kerker. Seine Exzellenz, der Herr Gesandte, könne sich mit einem verflossenen Iwan Dimitrijewitsch sachkundig über den ersten und zweiten, dritten und vierten Demetrius verständigen, doch das sei überflüssig. Er, der Abt, halte für den Sünder eine unverdiente Gnade bereit. Hier im Kloster könne der Exzarewitsch natürlich nicht mehr bleiben, habe aber die Chance, ein vernünftiges, ordentliches und bescheidenes, in seiner Weise wohlgesichertes Leben zu beginnen, nämlich als Rechnungsführer, Sekretär und Hausmeister beim gegenwärtigen Wojewoden von Sandomierz, allwo die Dynastie Mniszek längst erloschen. Dort also, wo einst der erste falsche Dimitrij geatmet und seinen Anfang genommen, dort könne auch er atmen, neu beginnen und den Beweis erbringen, daß ihm die Luft dort nicht mehr an der Seele schade. Jedenfalls solle er nicht für den Hauptschuldigen, den Fürsten Sapieha, büßen.

»Damit genug!« schloß der Abt. »Seiner Exzellenz Aufbruch steht bevor. Auf dem Schreibpult liegt ein sauberes Blatt, auch Tinte und Feder sind zur Hand. Lustig, mein Junge, ich habe Lust, einiges zu diktieren!«

Der Jüngling fiel auf die Knie, schlug die Hände vors Gesicht und schluchzte.

»Aufgestanden! Vorerst ans Pult und als ein Mann ehrliche Tat getan! Danach vor Seiner Exzellenz und im Beichtstuhl und vor Gottes Thron zur deprecatio! Der Beichtstuhl und der Herrgott laufen nicht weg, haben noch ein Stündchen Geduld.«

Der arme Sünder stand auf, biß sich auf die Lippen, ging, mit dem Ärmel die Augen wischend, zum Pult hin und nahm die Feder. Abt und Gesandter blinzelten sich an. Dann kam von des hin und her wandernden Abtes Lippen dieses geruhsame Diktat:

»In nomine patris und so weiter. Amen. Ich Endesunterzeichneter erkläre hiermit unter Anrufung der himmlischen Dreieinigkeit, daß ich, der am heutigen Tage aus dem Kloster und so weiter zu Brest-Litowsk ausscheidende Novize, welcher sich hier und da mündlich und schriftlich als den Zarewitsch Iwan Dimitrijewitsch empfohlen, solches nur als unnützen Bubenstreich und Spiel der Phantasie betrieben, ioci causa –«

»Das ist leider nicht wahr, Herr Abt«, hauchte der Schreiber und blickte nieder.

»Tut nichts«, sagte der Abt, »diese Lüge nehm' ich auf

mich. Kannst sie hernach bei mir selber beichten. Fahre fort! Wo blieben wir stehen?«

»Ioci causa.«

»Und weidlich geflunkert. Ich bereue und widerrufe und erkläre vor aller Welt, daß ich dergleichen nie wieder tun will. So wahr mir Gott helfe!

Solches unterzeichne ich mit meinem guten Namen, den mir kein Teufel mehr stehlen soll, in völliger Freiheit. Ich heiße: –«

Eine Stille trat ein. Der Schreiber, so weit gekommen, schaute sich nach seinem Abt mit einem Blick voll Scham, Trauer, Getrostheit und Dankbarkeit um.

»Nun«, sagte dieser ernst mit Olympieraugen, »diese drei letzten Wörtlein diktiere ich nicht, die sind *deine* Tat, edler Zarewitsch Iwan Dimitrijewitsch, oder –?«

Der Jüngling unterschrieb und sagte: »Johannes Faustinus Ljuba.«

Dann war es wieder still im Raum.

»Mir scheint, du bist fertig, Johann Faustin. Exzellenz wartet auf das Dokument.«

Ljuba kam und überreichte dem Gesandten das Blatt mit tiefer Verneigung, und der Abbas erklärte: »Exzellenz gedenkt, dein Manuskript drucken und publizieren zu lassen, natürlich unter Beifügung deiner Erklärung.«

In großen Nöten stand der Arme da, und seine Tränen tropften.

»Nun«, rief die Exzellenz, »er wagt nicht einmal mehr zu betteln. So seh ich plötzlich einen andern Weg, potztausend, der führt ganz kurz zum Ofen dort. Dessen Tür läßt sich öffnen. Herr Ljuba könnte mir die Druckkosten ersparen, wie?«

Da verbeugte sich Johann Faustin, sammelte hastig mit zitternden Händen die Blätter ein, ging zum prächtig gestaffelten, graugrünen Kachelofen, öffnete die Eisentür und beförderte nach einem letzten um Einverständnis bittenden Blick das Konvolut ins schwarze Loch. Die beiden Herren traten hinter ihn, und alle drei sahen dem Aufflackern, Verkohlen und Verkrümmen der Papiere zu. Der Russe philosophierte:

»Allerletztes Nachlodern jener großen Feuersbrünste ... Ich kenne einen langbezopften Chinesen, einen Mandarin, der war mein Freund, der würde sagen: Es fiel ein Stein in des Teiches Mitte, Wellen kreisten auseinander. Die allerletzte Welle verzittert nun, das Ufer spürt sie nicht mehr. Das Schilf flüstert längst von anderen Dingen ...«

# INHALT

### I
### Feuerwerk
### 7

### II
### Der fromme König
### 86

### III
### Ein Vagabund
### 144

### IV
### De Profundis
### 206

### V
### Marfa
### 243

### VI
### Die Bärenhatz
### 286

### VII
### Inferno
### 352

### VIII
### Die eisernen Würfel rollen
### 453

IX
Billiger Lorbeer
565

X
Triumph im Schatten
624

XI
Im Labyrinth
722

XII
Brautfahrt mit Waffen
861

XIII
Die Bluthochzeit
1020

XIV
Dämonischer Staub
1105

Nachspiel
Die letzte Welle
1167

Die Deutsche Bibliothek – CIP-Einheitsaufnahme

*Marg, Gerhard*
Demetrius : Roman / Gerhard Marg .
Berlin : Verl. Volk und Welt, 1996
ISBN 3-353-01071-8

Copyright © 1996 dieser Ausgabe
by Verlag Volk und Welt GmbH, Berlin.
Alle Rechte der Verbreitung, auch durch Film, Funk und Fernsehen,
fotomechanische Wiedergabe, Ton- und Bildträger jeder Art,
auszugsweisen Nachdruck oder Einspeicherung und Rückgewinnung
in Datenverarbeitungsanlagen aller Art, sind vorbehalten.
Lektorat: Dietrich Simon
Schutzumschlag: Lothar Reher
Gesetzt aus der Sabon, Linotype
Satz: deutsch-türkischer fotosatz, Berlin
Druck und Bindearbeiten: Wiener Verlag
Printed in Austria
ISBN 3-353-01071-8